KB240896

줄당기기기와 길쌈이 유명한
청운 마을

안동대학교 민속학연구소 편

줄당기기와 길쌈이 유명한
청운마을

안동대학교 민속학연구소 편

"이 책은 청송문화원의 재정지원으로 간행되었습니다."

우측에서부터 창효각 · 동은정 · 정효각

좌측면에서 본 동은정

파서정 전면

청운리 남당

창효각 전면

영의정 좌측면

만취정

만취정 원경

용전천 새들보

용전천

마을민속 조사 모습

마을풍물패의 연주와 소고춤

청운마을의 농기

머리글

남성들의 줄당기기와 여성들의 삼베길쌈 전통이 강했던 마을

한국 농촌의 어떤 마을의 문화이든지 대동소이하다고 할 수 있습니다. 한반도에 한민족이 사는 농촌이라면 그곳 주민들의 생활방식이 다른 농촌 사람들의 생활방식과 특별히 구별되기란 어렵습니다. 크게 보면 같다고 할 수 있고, 조금 미세하게 구석구석을 살피면 좀 다른 점을 발견할 수 있습니다. 그런데 마을 사회와 문화를 연구하는 사람들은 얼마나 같은 점이 있는가 하는 쪽보다는 얼마나 다른 점이 있는가 하는 쪽에 더 많은 무게를 두어 온 것이 사실입니다. 마을마다 같은 삶의 방식은 한국인들이 함께 만들어온 공분모에 해당하는 삶의 전통이므로, 한국 안에서는 그다지 주목될 수 없습니다. 하지만, 그것도 한국문화의 일반적 특성을 파악하는 데 유용할 뿐만 아니라, 외국인들에게 한국문화를 알리는 데 매우 중요한 것입니다.

따라서 마을 사회와 문화를 조사·연구할 때는, 마을마다 같은 점과 다른 점을 모두 찾아내는 노력이 요구됩니다. 이러한 시각에서 조사할 경우, 개별 마을의 개성을 살릴 수 있으리라 생각합니다. "십리부동풍(十里不同風)"이니, "십인십색(十人十色)"이라는 말이 있습니다. 십리를 가면 풍속이 같지 않다는 것이며, 사람도 열이면 열 모두 성격이 다르다는 뜻입니다. 이런 옛말은 개별 마을을 조사 연구할 때, 매우 적절한 참고가 될 것입니다. 마을마다 풍속이 좀 다를 것이고, 주민들도 마을마다, 마을 안에서도 개개인별로 성향이 다를 수 있다는 가정을 하게 하기 때문입니다. 이런 생각을 하면서 어떤 마을에 들어가서 조사하면 다른 마을과 공통점과 차이점이 무엇인지를 좀 더 쉽게 찾아낼 수 있을 것입니다.

청운마을을 조사 연구하기까지

안동대학교 민속학연구소에서는 2000년부터 매년 경북도내 시군별로 전통성이 있는 대표적인 마을을 1개씩 선정하여 조사 연구하고 있습니다. 민속학연구소원들이 중심이 되어서 조사 연구하지만, 제한된 기간 안에 민속학연구소원들의 역량으로 해결하기 어려운 일은 외부의 전문연구자를 초빙하여 진행하고 있습니다. 그뿐 아니라, 민속학적 현지조사에 대한 학문적 훈련을 쌓기 위하여 안동대학교 대학원생들도 참여하여 풍부한 자료를 모으고 있습니다. 마을 사회와 문화에 대한 이러한 현지조사는 퍽 큰 의의를 가집니다.

이런 작업의 가치는 우선 민속학적 연구자료를 체계적으로 수집하여 민속학 연구의 발판을 튼튼하게 구축하는 데 있습니다. 개인별로 자신의 관심분야에 따라서 마을을 조사·연구한 성과들은 많습니다만, 한 마을을 전면적·집중적으로 조사하여 체계화하지 못함으로써 마을 사회와 문화에 대한 해석이 편향성을 가지기 쉬웠습니다. 따라서 연구기관에서 조사단을 구성하여 폭넓게 조사함으로써 향후 다양한 연구의 기초를 다질 수 있을 것입니다.

또한 한국의 전통문화가 산업화·도시화 등으로 말미암아 빠르게 사라지는 상황에서, 전통성이 비교적 강하게 남아 있는 마을을 조사함으로써 전통문화의 실상을 마을차원에서 확인할 수 있습니다. 전통문화는 대부분 마을을 기반으로 하여 형성·전승되던 것이므로, 이를 실증적으로 확인하는 데는 마을 조사가 가장 효과적입니다. 이런 조사를 통하여 수집·정리된 자료는 현대와 미래의 문화정책을 올바로 수립하는 데뿐만 아니라, 지역개발과 대안적인 지역문화를 활성화하는 데도 중요한 근거가 될 것입니다.

이번 조사지인 청운마을은 우연히 선정된 것이 아닙니다. 농업생산을 기반으로 하는 청송지역의 민속문화를 연구할 때 적절한 곳이 어디인지에 대하여 청송군 관계자의 조언을 들었습니다. 이 때 파천면 덕천마을과 중평마을, 청송읍 청운마을이 후보지로 거론되었습니다. 이어서 민속학연구소에서 예비조사를 하여 청운마을을 선정하게 된 것입니다. 청운마을은 농촌으로서 역사가 깊고, 청송에서 가장 큰 마을이며, 전통성 있는 공동체문화가 상당히 잘 남아있다는 점에서 조사연구에 적절한 곳으로 평가되었습니다.

그 후 2003년 2월과 7월 두 차례에 걸쳐 6일간 모든 조사단원(조사위원, 보조원)이 참여한 가운데 공동조사를 하였습니다. 공동조사는 마을의 경로당에서 숙박을 하면서 이루어졌습니다. 그리고 개별적으로는 수시로 현지조사를 하였습니다. 7월 공동조사시에는 조사보고서를 펴낼 때, 중요하게 다루어져야 할 점, 간과하면 곤란한 점 등에 대하여 토론을 하여 대체적인 흐름을 설정할 수 있었습니다. 그리고 나서 11월 7일에는 조사연구 보고회를 개최하여 각자 조사한 내용을 교차 확인할 수 있게 되었습니다.

청운마을은 이런 개성을 가진 마을

앞서 마을조사를 하면, 마을의 개성을 살려 보고서를 꾸미는 것이 중요하다고 했습니다. 그렇다면, 청운마을은 어떤 개성을 가지고 있는지가 궁금할 것입니다. 조사위원이 각 분야별로 조사한 내용에 기초하여 보면, 청운마을은 여타의 마을과 공유되는 현상이 많이 있습니다. 하지만 다른 마을과 공유되는 현상을 제외하면, 대체로 다음과 같이 구별되는 점이 나타납니다.

첫째, 오랜 역사를 간직한 대규모 집성촌입니다. 청운마을은 현재 평해 황씨들이 밀집해서 사는 집성촌입니다. 물론 황씨들이 살기 전에도 다른 성씨가 살았지만, 지금부터 430년 전(1573년)에 평해 황씨의 두 형제가 이곳에 들어오면서 점진적으로 황씨들의 집성촌으로 성장해 왔습니다. 그리하여 지금은 평해 황씨들이 전체 호수의 70% 정도를 차지하고 있습니다. 더구나 1960년대에는 318호에 달하는 대촌으로서, 그리고 지금도 214호를 이루고 있는 마을로서, 예나 지금이나 청송에서 가장 규모가 크고 인구가 많은 마을입니다. 규모가 큰 집성촌인데다가 조선시대에 국가적 공무를 수행한 마을이었으므로, 주민들 간의 단합을 매개로 하는 공동체적 관습이 다른 마을보다 더 성할 수 있습니다. 또한 오랜 역사를 거치면서 나름대로 주민들로부터 추앙받고 지역사회에 기여한 인물들이 배출되어, 서당·정자·정려각이 곳곳에 남아있습니다. 오늘날 이것은 마을의 주요한 역사·문화적 상징물로 자리잡고 있습니다.

둘째, 교통요지에서 넓은 들을 끼고 부채꼴 모양으로 배치된 마을입니다. 청운마을은 용전천이라는 하천을 끼고 형성되어 있는데, 이 하천 주변으로 크고 작은 규모의 여러 들판이 조성되어 있습니다. 그리하여 청송에서 가장 넓은 들판을 소유하고 있는 마을일뿐만 아니라, 부촌으로 평가되고 있습니다. 남자나 여자나 주민들이 부지런히 일하는 전통은 이런 경제적 기반과 관련되어 있는 것으로 이해됩니다. 또한 성황산이라는 마을 앞산에 올라가 보면 마을의 형상은 합죽선을 펴놓은 듯이 집과 골목이 배치되어 있습니다. 게다가 마을의 위치가 청송 주왕산으로 통하는 길과 포항 방면으로 통하는 길이 만나는 삼거리이므로, 교통요지에서 삶의 터전을 잡았다는 것이 주목됩니다. 이것은 거군적인 줄당기기가 이곳에서 행해진 한 배경이 될 듯합니다.

셋째, 줄당기기와 풍물, 환장대 세우기로 유명한 마을입니다. 1930년대까지는 마을의 동계에서 주관하여 매년 정월에 '큰줄'을 당겼으며, 이 줄당기기는 청송에서 가장 규모가 큰 줄당기기였습니다. 아랫마을과 윗마을 두 편으로 나뉘어진 상태에서 청송군의 북쪽과 남쪽 지역 사람들이 가세하여 줄을 당겼는데, 기천명이 참여하였다고 합니다. 큰줄은 남자 어른들이 줄 위에 올라탔을 때 발이 땅에 닿지 않을 정도였다고 하니, 그 굵기를 능히 짐작할 수 있습니다. 큰줄당기기는 앞놀이, 본놀이, 뒷놀이로 구성되었으며, 큰줄당기기를 하기 전에는 아이들이 먼저 '애기줄'을 당겼습니다. 큰줄당기기는 오늘날 청송군의 축제마당에서 재현되고 있습니다. 이러한 공동체놀이의 전통은 자연히 지신밟기와 풍물의 전통을 강성하게 하였습니다. 청운마을에서 특히 주목되는 것은 '환장대'를 세우는 풍습입니다. 재력이 있는 집에서 정월 열 나흗날 저녁에 높은 소나무 장대를 집안에 세우는데, 장대 꼭대기 부분에는 청색과 홍색 종이와 흰 깃발, 그리고 초롱불을 매달아 두는 것입니다. 이것을 음력 2월 초하루까지 세워두었다고 합니다. 이것은 다른 농촌의 볏가릿대[禾竿] 세우기와 유사한 풍습이지만, 그와 다른 사회·문화적 배경을 가진 풍속일 수도 있습니다.

넷째, 안동포보다 더 낫다는 삼베를 생산했던 마을입니다. 안동포는 전국적 차원에서 볼 때 특별한 삼베로서 그 가치가 널리 인정된 지 오래입니다. 안동포는 이른바 '생냉이'[生布]라 하여 안동문화권 밖의 일반적인 삼베인 '익냉이'[熟布]와 확연히 구별되는 삼베입니다. 생냉이 이기 때문에 더 곱고 빳빳하게 직조할 수 있습니다. 잘 짜면 15새(날실 1200올로 구성)를 짤 수 있는 것이 안동포입니다. 그런데 이곳 청운마을 사람들에 따르면, 과거에 청운마을의 들판에서 생산되는 대마가 품질이 우수하여 안동 사람들이 이곳에 와서 대마를 구입하여 안동포를 짰다고 합니다. 그래서 이 마을 사람들은 청운마을에서 생산되던 삼베가 안동포보다 더 낫다고 하는 강한 자부심을 가지고 있습니다. 지금도 일부 부녀자들이 안동에서 대마를 구입하여 삼베길쌈을 하고 있으니, 옛 전통을 잇고 있는 것이라 하겠습니다. 대마를 재배하던 1960년 대까지만 해도, 대마를 증기로 찌는 '삼굿'을 할 때에는 마을의 남정네들이 조를 편성하여 강변에 나와서 하루종일 협업방식으로 일을 하였습니다. 부녀자들은 삼을 삼을 때, '둘게삼'이라 하여 공동으로 일했습니다. 이토록 남자나 여자나 공동노동을 요구하는 삼베길쌈이 특별히 성행한 데에는 집성촌이라는 마을 사회의 특성이 작용하고 있을 것으로 보입니다.

다섯째, '우물집(井자집)' '여칸집(까치구멍집)', '도투마리집' 등과 같은 토속적인 가옥들이 있는 마을입니다. 현재 중요민속자료로 지정되어 있는 성천댁은 우물집인데, 경북 북부지역의 양반가인 ㅁ자형 와가의 형태이지만, 규모가 작아서 '까치구멍집'의 평면형식이 ㅁ자형 와가로 확대발전하면서 안마당이 우물 만한 크기로 조성된 형태라고도 할 수 있습니다. 그밖에도 지붕의 박공부에 배연·통풍·채광의 기능을 겸하는 구멍이 있고 평면 6칸의 겹집인 전형적인 까치구멍집, 그리고 일자형 평면배치를 한 건물임에도 가운데 지점에 부엌을 조성하고 좌우로 방을 배치한 도투마리집이 있습니다. 이런 사례를 통해볼 때, 청운마을에는 경북 북부지역의 양반가옥과 서민가옥의 형태가 모두 공존하였음을 알 수 있고, 이것이 이 마을의 전통적인 주거생활의 다양한 모습이라는 사실을 헤아릴 수 있습니다.

청운마을이 전국의 다른 농촌과 공유되는 사회·문화적 현상에다가 청운마을에서 나타나는 구별적 현상(정도의 차이를 포함)을 합하면, 그것이 곧 청운마을의 사회·문화적 개성이 될 것입니다. 청운마을이 다른 농촌과 구별되는 현상을 나름대로 그려낼 수 있게 된 것은, 오로지 미세 분야의 다양한 전공자들이 함께 연구했기 때문에 가능했습니다. 시간이 부족할뿐더러 조사비가 보잘것없었음에도 마다하지 않고, 민속학연구소의 마을조사 취지를 전폭적으로 수용하여 충실한 조사를 해주신 조사위원님께 진심으로 감사드립니다.

끝으로 조사의 결실을 한 권의 책으로 발간하도록 출판비를 지원해 주신 배대윤 청송군수님께 감사드립니다. 또한 여러 날에 걸쳐 따분하고 귀찮은 조사에 우호적으로 협조해주신 청운마을 주민 여러분께도 깊은 고마움을 표합니다. 아무쪼록 이 책이 20세기 한 마을의 문화를 이해하는 데 실증적인 자료로 활용된다면 더 없는 보람이라 생각하면서, 청운마을의 주민들 모두 행복하게 오래 오래 사시기를 빌어마지 않습니다.

2003. 12. 20.

안동대학교 민속학연구소장 배 영 동

목   차

I. 마을의 역사와 사회구성

청운마을의 경관과 문화적 특성

1. 청운리의 입지

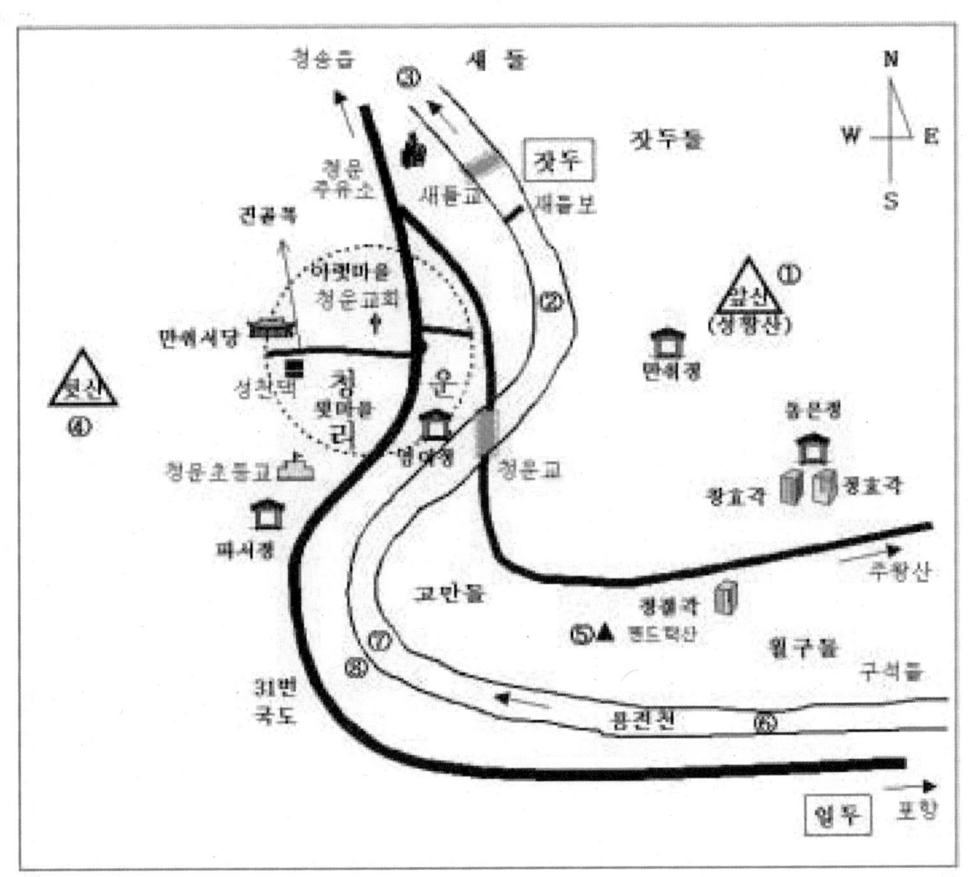

청운리 경관도

청운리는 청송군 청송읍의 남쪽 5km지점에 위치하는 큰 마을이다. 이곳은 청송의 유명한 관광지인 주왕산으로 가는 길목에 위치하고 있다. 절대적인 위치는 동경 129도, 북위 36도 24분 지점이다.

마을 앞산에 가서 보면, 청운리는 마치 살부채를 펴놓은 형국이라고 한다. 마을 앞쪽으로는 용전천(龍纏川)이 흐르고, 이 하천을 바라보고 그 西岸으로 마을이 형성되어 있다. 즉, 마을은 용전천과 뒷산 사이에 조성되어 있으며, 마을의 동쪽과 서쪽 사이로는 청송과 포항을 잇는 31번 국도가 지나가고 있다. 이 국도의 서쪽은 뒷산에 연접하여 고도가 높고, 동쪽은 용전천을 끼고 있어서 지대가 낮은 편이다.

2. 청운리의 경관

<사진 1> 만취정에서 본 청운리

(1) 자연경관

청운리는 애초에 취동(翠洞)으로 불리었다. 그래서 '취동팔경'이라는 말로 빼어난 경치가 이야기되고 있다. 이 마을에 있는 정자 영이정(詠而亭)을 1911년에 낙성할 때 엮은 시

집에 취동팔경에 대한 시가 수록되어 있다.[1] 주민들의 해석을 곁들여 취동팔경을 살펴보
면 다음과 같다.

제1경 성대신월(星臺新月) : 그림 속의 ①
제2경 부연모하(釜淵暮霞) : 그림 속의 ②
제3경 은어심담(銀魚深潭) : 그림 속의 ③
제4경 봉산낙조(烽山落照) : 그림 속의 ④
제5경 선산초적(仙山樵笛) : 그림 속의 ⑤
제6경 월구청탄(月駒淸灘) : 그림 속의 ⑥
제7경 고만어화(菰灣漁火) : 그림 속의 ⑦
제8경 벽암조수(霹巖釣叟) : 그림 속의 ⑧

　제1경은 마을 앞산인 성황산에 초생달이 뜨는 모습이 아름답다는 것이다. 제2경은 마
을 앞 용전천에 있는 가마소(주민들은 가매소)에 생긴 저녁노을이 일품이라는 것이다. 제
3경은 역시 마을 앞 용전천에 은어소에서 은어가 노니는 모습을 읊은 것이다. 제4경은 마
을 뒷산으로 해가 지는 광경을 말한다. 제5경은 맨드락산에서 버들피리 부는 모습을 말한
다. 제6경은 깨끗한 물이 흐르는 '월구 거랑'(월구천)의 풍광을 지칭한다. 제7경은 고만천
에서 밤에 고기 잡는 광경이 운치 있다는 것이다. 제8경은 고만천 바위에서 늙은이가 낚
시하는 모습이 낭만적인 경치임을 뜻한다.
　이처럼 이 마을에 팔경이 있다고 이야기되는 것이나, 팔경을 한시로 읊은 것은 마을이
역사가 깊고 고풍스러울 뿐만 아니라 그 위상이나 성격이 제법 자연친화적·서정적·문
학적 취향을 엿보이고 있다는 것을 의미한다. 물론 이 한시는 비록 20세기 벽두의 것이지
만, 여기서 읊조린 대상은 그 이전부터 아름다운 경치로 이야기되었을 것으로 짐작된다.
　한편 주민들에 의하면, 이 마을을 둘러싸고 있는 산에는 크고 작은 골짜기가 있다. 마
을의 입구에서부터 한 바퀴 돌면서 골짜기를 열거하면 다음과 같다.

① 성 지 골 : 아래성지골, 웃성지골로 나누어진다.
② 고저오골 : 빈지나무골, 우무골, 짚은골로 나누어진다. 한국전쟁 때 인민군들 시체
　　를 묻은 골짜기다. 주민들이 나무하러 다니던 곳이다.
③ 낙갈(落葛) : 일두 동네 안쪽이다. 주민들이 나무하러 다니던 곳이다.
④ 속골(涑골) : 속동(涑洞)이란 마을이 있었다. 이에골, 머리골, 삼밭골로 나누어진다.
⑤ 냉골 : 그 안에 남과실, 통시골(통신골), 고적대(=고적동), 가능골, 독지골도 있다.
⑥ 건지골 : 앞산에 있는 것

---

1) 徐光潤 序, 『영이정 낙성시 시집(詠而亭落成時詩集)』, 1911년.

<사진 2> 새들교에서 본 청운리

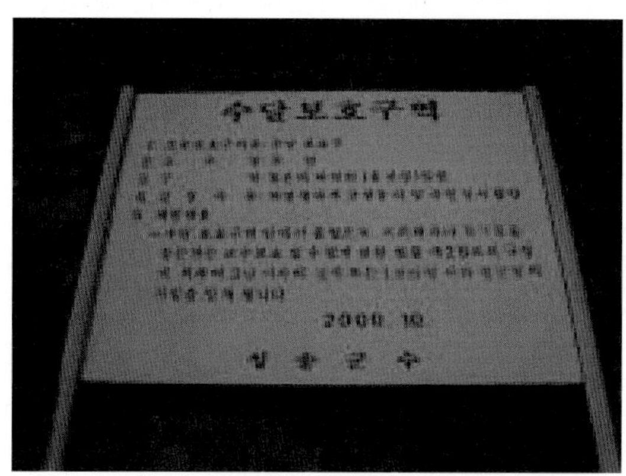

<사진 3> 용전천의 수달보호구역 안내판

⑦ 잣두골 : '잣두'라고 하는 곳에 4~5호가 살던 골짜기. 그 안에 못이 있다.

⑧ 금동오골('금동이골'이란 말) : 입구에 못이 있고, 그 안에 시시이밭골, 문둥골이 있다. 주민들이 나무하러 다니던 곳이다.

⑨ 웃딱시골 : 공동묘지와 이어진 골짜기이다.

⑩ 아랫딱시골 : 웃딱시골 옆에 있는 골짜기이다.

또한 마을을 둘러싸고 있는 산을 보면 다음과 같다.

① 남산 : 송이가 많이 나는 곳이다.
② 뒷산 : 보름날 달구경하는 산이다.
③ 성황산 : 星皇山이라고도 하고 앞산이라고도 한다.
④ 맨드락산 : 월구들의 동쪽에 있는 매우 나지막한 산을 말한다.

마을의 주요한 바위들의 분포는 다음과 같다.

① 모치바우 : 황소 같은 형상이다. 그 아래에 마당바우가 있다.
② 자래바우 : 자라가 많이 있는 곳의 바위이다.
③ 가매소 바우 : 가마솥 같은 바위 2개가 있다.
④ 고적대 : 사냥할 때 제사지내는 바위이다. 동은정 뒷골에 있었으나, 지금은 없어졌다.

(2) 사회경관

이 마을에는 남쪽과 북쪽을 가로지르는 골목길이 있다. 이를 주민들은 '진골목', 혹은 '김골목'이라고 하는데, 이를 기준으로 하여 마을을 윗동네와 아랫동네로 나누고 있다. 윗동네, 아랫동네로 나눌 때 위, 아래의 기준은 물이 흐르는 방향에 따르는 것이다. 진골목을 기준으로 하여 상류 쪽은 윗동네, 하류 쪽은 아랫동네로 명명한다. 마을에서 줄당기기를 할 때에도 이 두 동네가 서로 경쟁하게 되어 있다.

물흐름	상 류	하 류
방향	남 쪽	북 쪽
동네 이름	윗 동 네	아랫동네
줄당기기	숫 줄	암 줄

이 마을에는 서당, 정자, 비각 등과 같은 몇 개의 유교적 건축물이 있어서 마을사회의 특성을 이해하는 데 주요한 지표가 된다.

① 만취서당(晩翠書堂) : 처사 황학(黃㳶)이 강학하던 곳이다. 황학은 의성 사촌에 살던 川沙 金宗德의 제자이다. 이 서당은 마을 뒷산 기슭에 있다.
② 만취정(晩翠亭) : 처사 황학의 藏修之所이다. 이 정자는 마을 앞산(성황산) 중턱에 위치하여 마을을 바라보고 있다.

③ 영이정(詠而亭) : 평해황씨 청운 입향조 黃德弼을 위한 정자이다. 마을의 남쪽 끝 물가 절벽 위에 있다.

④ 파서정(巴西亭) : 武科합격자 黃廷必의 吟詠之所로 후손이 세웠다. 마을의 서남쪽 청운초등학교 부근의 도로변(청송-포항간) 언덕 위에 있다.

⑤ 동은정(東隱亭) : 嘉善 黃道浩의 隱詠之所로 후손이 세웠다. 청운리에서 이웃한 송생리로 가는 길목 좌측에 있다. 다른 곳에 있던 것을 최근에 옮겨왔다.

⑥ 쌍효각(雙孝閣) : 省庵 黃就根과 그 부인 晋州姜氏 表閭閣으로서, 순조 때에 정려된 것이다.

⑦ 창효각(彰孝閣) : 闡幽堂 黃泰澄(1727~)의 효자각. 동은정 앞에 정효각과 나란히 있다. 다른 곳에 있던 것을 1987년에 옮겨왔다.

⑧ 정효각(旌孝閣) : 稼隱 黃夏欽의 효자각. 동은정 앞에 창효각과 나란히 있다. 1932년에 비각을 세웠다가, 1960년대에 다시 세웠다. 다른 곳에 있던 것을 옮겨왔다.

⑨ 정절각(貞節閣) : 黃信還의 딸 玉香의 貞烈閣이다. 청운리에서 청운교를 건너서 조금 가다가 도로변 우측에 위치한다.

<사진 4> 만취정

그밖에 주요한 사회경관의 지표가 되는 것은 다음과 같다.

① 성천댁(星川宅) : 중요민속자료로 지정된 고가옥으로서, 까치구멍집 형태의 口자형 기와집인데 안마당이 무척 좁다. 18세기에 지어진 집으로 추정된다.

② 청운교회 : 마을의 서쪽에 위치하며, 아랫마을에 속한다.

③ 청운초등학교 : 마을 뒷산 자락에 있으며, 1968년 3월 5일 개교하여 1996년 3월 1일 폐교되었다. 현재는 주왕산캠프장으로 활용되고 있다.

④ 기타 현대적인 사회경관의 지표 : 경로당, 농협창고, 이발관, 가게, 정미소, 주유소, 식당, 시내버스 승강장, 청운교, 새들교, 청송군 농축산물 간이판매장 등이 있다.

<사진 5> 청운교회 전경

<사진 6> 이발소

<사진 7> 청운초등학교 교적비

<사진 8> 마을내 공용 창고

<사진 9> 마을 입구의 휴게실과 주유소

<사진 10> 마을 입구의 단란주점과 매점

<사진 11> 마을 입구의 특산물 간이판매장

<사진 12> 1970년대의 엽연초 건조실(황초굴)

(3) 경제경관

마을을 둘러싸고 형성된 크고 작은 들판은 이 마을 경제경관의 주요한 지표이다. 마을 사람들에 따르면, 청운리는 청송군내에서는 가장 부촌이라고 한다.

① 월구들과 구석들 : 대마의 대량생산지로서 이곳에서 나는 대마는 마디가 없어서 안동 대마보다 낫다고 한다. 안동포 보름새 이상의 삼은 여기서 사 가지고 갔다고 한다. 특히 구석들(월구 구석들)은 양질 대마를 가장 많이 생산하던 곳이었다.
② 일두들 : 일두 동네 부근에 있으며, 해가 가장 일찍 뜨는 들이다. 日頭가 바로 해가 가장 일찍 뜬다는 것을 뜻한다.
③ 남산들 : 전부 밭이다.
④ 고만들 : 전부 밭이다.

<사진 13> 파서정에서 본 고만들

<사진 14> 새들보와 새들교

⑤ 잣두들(척두들) : 논과 밭이 7 : 3의 비율로 구성된 들이다. 옛 '잣두' 마을이 있던
  곳에는 대량으로 소를 먹이는 우사가 12채 축조되어 있다.
⑥ 새들 : 하천변이지만 지대가 높고 가장 늦게 개발된 논이다. 좋은 논이 있다. 어떤
  사람은 새들 속에, 굼들, 섶들, 담안들, 구들을 포함하여, 새들을 총칭으로 여기기
  도 한다.
⑦ 굼들 : 굼팅이가 졌기 때문에 붙여진 이름이다. 가장 좋은 논이 있다. 토지 가격이
  가장 비싼 곳이다.

다음으로 이 마을의 중요한 경제경관으로 수리시설을 들 수 있다. 마을 앞에 조성된 '새
들보'는 새들에 물을 대는 보로서 주민들의 농업생산에서 매우 중요한 자원이다. 경제경
관 가운데서 뺄 수 없는 것은 저수지이다. 가장 큰 저수지는 일두마을 방향으로 가다가
낙갈 골짜기에 있는 '낙갈못'으로서, 일두들과 구석들에 농업용수를 공급한다. 다음으로
마을 앞 용전천을 건너서 잣두골에 있는 '독지골못'은 잣두들에 농업용수를 공급한다. 새
들보의 끝지점에는 양수장이 설치되어 있어서 독지골못으로 물을 퍼올린다. 마지막으로
금동오골에 있는 '금동오골못' 역시 잣두들에 물을 보내준다.

3. 청운리의 형성과 확장

(1) 옛 청운 마을

청운리는 조선시대에 국가적 공무를 수행하는 마을이었다. 『靑己誌』에는 청운마을을 다
음과 같이 소개하고 있다. "靑雲 在府治南十里, 南距 文居 四十里, 東距 梨田坪 四十里,
西距 安東 琴韶 六十里, 北距 角山 四十里, 中馬 二匹, 卜馬 五匹, ……" 즉, 청운은 부치
의 남쪽 10리에 있으며, 남쪽의 문거까지 40리, 동쪽의 이전평까지 40리, 서쪽의 안동
금소까지 60리, 북쪽의 각산까지 40리이다. 보통말은 2필, 짐신는 말은 5필이다.
그런데 이 청운마을의 규모는 청송내에 있던 유사한 성격의 마을인 화목마을, 이전평마
을에 비해서 무척 컸다. 이것은 1936년도 발행 『청송군지』에 나오는 기록을 통해서 입증
된다. 그 내용은 다음과 같다.

	청운마을	화목마을	이전평마을	각산마을
보통 말(필)	2	2	2	-
짐신는 말(필)	5	5	-	-
공무종사원(명)	400	135	200	-
기 타 종사원 남자(명)	51	8	1	-
여자(명)	49	3	1	-

아무튼 청운마을은 과거에도 규모면에서 청송에서 가장 큰 마을이었다. 지금도 마을의
호수가 청송에서 가장 많은 대촌이다.

(2) 평해황씨의 청운리 입향과 정착

주민들에 따르면 이 마을에는 원래 이씨가 살았으며, 그 다음에 김해김씨가 들어왔고,
그 후 평해황씨가 들어왔다고 한다. 평해황씨 족보에 의하면, 이 마을에 처음 들어온 황
씨는 평해황씨 14世 황덕필(黃德弼: 正德 庚午생 1510~)이 동생 황덕진(黃德進: 正德
丁丑생 1517~辛巳 1581 졸)과 함께 1573년(선조 癸酉)에 의성 文興里에서 이곳 청운
리로 이주하였다. 족보를 통하여 이들의 선대를 살펴보자.

    8세   希碩(平海君 : 조선 태조 佐命開國功臣)
    9세   鵠 (府使公파 派祖: 동래부사, 묘는 양주군 동두천)
   10세   義祖(從仕郎: 묘는 양주군 동두천)
   11세   國老(兵曹參議: 단종 계유년에 사화를 입어, 경주 杞溪로 이주함)
   12세   得善(通德郎: 묘는 영일군 杞溪에 있음)
   13세   後萬(通仕郎, 증호조판서: 기묘사화에 연루되어 의성군 문흥리로 이주함)

평해황씨의 得貫祖는 평해군에 봉해진 조선 건국공신 황희석이며, 이 마을 사람들은 그
의 아들 부사공 황곡의 후예들이다. 그래서 주민들은 모두 평해황씨 부사공파이다. 선대
조상이 경기도 양주군 동두천에 살다가 단종 때의 계유정난을 피하여 현재의 포항시 기계
면으로 이주하였고, 그 후 기묘사화에 연루되어 의성군 문흥리로 옮겨서 한 세대를 살다
가 그 아들이 청운리로 들어온 것이다. 이 마을에 들어온 황덕필, 황덕진 형제는 오늘날
청운리 황씨의 입향조이지만, 7~8호의 황씨를 제외한 대부분의 황씨들이 황덕필의 후손
이다.

(3) 평해황씨 중심의 동성마을 형성

1573년에 황덕필과 황덕진 형제가 이곳으로 입향함으로써, 평해황씨가 입향한 지 무려 430년이 되었다. 1936년도 간행 『청송군지』에서 나오는 청운리 주민들의 성씨를 볼 때, 황씨 이외에도 金・尹・林・姜씨가 함께 사는 마을이었음을 알 수 있다. 물론 황씨들이 입향하기 전에는 가평이씨들이 살았다는 것을 주민들의 증언으로 확인한 바 있다.

황덕필과 황덕진 형제들이 입향한 후, 이 마을은 점진적으로 황씨들의 인구가 증가하여 현재는 전체 인구의 70% 이상이 평해황씨로서 이들 중심의 동성마을로 변화되어 왔다.

○德弼 ┬ 장자 元兆 ┬ 장자 止中(만력 무자생)
                    │ 차자 處中(만력 정축생)
                    │ 삼자 守中(만력 경인생) : 후손이 청운리 황씨의 2/3 정도 차지함
                    └ 사자 應中(만력 계사생)
            │   * 元兆의 후손이 청운리에 100여호 이상 거주.
            └ 차자 元奇 : 후손이 송생리 고평마을에 20여호 파천면 신기리에 40여호 거주.

○德眞 ─ 元義 ─ 鍾中 ┬ 장자 壽仁(숭정 계유생)
                            │ 차자 壽宅(숭정 병자생)
                            └ 삼자 壽起(숭정 경진생)
            * 덕진의 후손이 청운리에는 7~8호 거주.
              후손이 주로 영양군에 많이 거주.
              부남면 감연리에 일부, 송생리 후평마을에 5~6호 거주.

<사진 15> 처사 황학을 모신 송벽사(청송 송생리 소재)

덕필의 손자대에 와서야 가구 수가 증가하면서, 점진적으로 황씨들의 비중이 증가하였을 것이며, 황씨 중심의 마을이 된 것은 18~19세기에 이르러서 가능하였을 것으로 보인다. 더구나 앞에서 본 많은 몇 개의 정자나 열녀각, 효자각 등은 19세기에 세워졌거나 20세기에 다른 곳에서 옮겨온 것 등은 곧 청운리가 황씨 중심의 동성마을로 형성된 이후의 현상이라고 볼 때, 평해황씨 동성마을 형성의 시점이 18세기 후반에서 19세기임을 암시한다.

그리고 이 마을에서 학문으로 뛰어난 선조로 흠모되는 處士 黃澄은 영조 무인년(1758)에 태어나서 정조 갑자년(?)에 사망한 인물이라는 점은, 그의 활동시기인 18세기 후반에서 19세기 전반기에 황씨들의 응집력이 강화되었음을 짐작케 한다. 그 시기에는 황씨들의 가구 수도 크게 증가하였을 것이며, 따라서 황씨 중심의 동성마을로 형성된 시점은 18세기 후반에서 19세기 전반기로 추정할 수 있다.

4. 청운리의 사회문화적 특성

청운리가 조선시대에 국가적 공무를 수행한 마을이었다는 역사적 사실은 청운리의 사회문화적 특성을 형성하는 데 적지 않은 영향을 미쳤다고 보인다. 국가의 공무에 종사하는 사람이 많았기에, 그들의 경제활동이나 생활풍습에 집단적 획일성이 높아지거나 공동체적 질서가 외부로부터 요구되었다고 봐야 할 것이다.

이 마을에서 풍물이나 줄당기기 등과 같은 놀이가 강성한 전통을 가진 것은 무엇보다 집단적 상호작용이 왕성하였음을 입증하는 현상이다. 이것은 더 근원적으로 국가로부터 부여된 공무를 원활하게 수행하는 과정에서 형성된 사회문화적 전통이라고 할 수 있다. 또한 경제적으로 다른 마을에 비해서 청운리가 부촌으로 운위될 수 있는 것은, 과거의 공무 수행을 위한 토지를 배경으로 하는 것일 수도 있고, 국가적 차원의 공무를 수행하는 과정에서 부지런하게 대응하면서 형성된 생산활동의 전통으로도 이해된다.

그리고 이 마을의 통혼권이 비슷한 성격을 갖는 청송군 이전평 마을, 안동시 금소 마을과 같은 곳이라고 하는 것은, 국가적 공무에 종사하던 사람들끼리 자주 혼인하였음을 뜻한다. 19세기 20세기에 효자각, 정려각, 정자 등을 다른 곳에서 옮겨와 이 마을에 세운 것은, 사회구성체의 변화가 일어나던 시대에, 동성마을의 주체세력인 평해황씨들이 사회적 위상을 강화하려는 노력의 단면으로 보인다. 이러한 현상은 조선 개국공신의 후예가 사화를 피해 불가피하게 이주한 문중사적 과거를 극복하고 옛 명예를 회복하려는 움직임이라고 할 수도 있다.

<배 영 동>

청운의 형성과 역사

1. 청운마을의 연혁과 구성

청운리가 속한 청송은 삼국시대에는 고구려의 영토로 청기현(靑己縣)으로 불리며 독립된 영역으로 있었으나, 신라에 속한 후로는 적선현(積善縣)으로 고쳐져 야성군(野城郡)에 속한 현이 되었다. 또 고려초기에는 부이현(鳧伊縣) 또는 운봉현(雲鳳縣)으로 개칭되었다가 성종대(成宗代)에는 다시 청부현(靑鳧縣)으로 불리며 예주(禮州)의 속현이 되었다. 그러다가 조선시대 태조 3년(1394)에 이르러 인근의 진보현을 합속하였으며, 세종 1년(1419)에는 청보군(靑寶郡)으로 승격하게 되었다. 청송이라는 명칭은 세종 때 행정구역 개편과정에서 진보현을 독립된 현으로 분리하는 대신, 송생현(松生縣)을 합속하면서 얻게 되었다. 청운리는 송생현에 소속된 지역으로 있다가 이 때 청송군 부내면(府內面)에 속하게 되었다. 또한 청송은 세조 때 군사적 방어위주의 행정개편을 단행하는 과정에서 요충지로서 그 중요성이 부각되면서 도호부로 승격됨과 동시에 안덕현(安德縣)을 관할에 두게 되었다. 이때부터 청운은 교통의 중심지로서 세조 때는 송라도(松羅道)에, 성종 때는 안기도(安寄道)에 딸린 청운역(靑雲驛)이 되었다. 그 이후로 청송은 조선시대 전시기에 걸쳐 종3품 도호부사가 파견되던 대도읍으로 남아 있다가 1895년 군으로 강등되었다.

이 후 1914년 일제의 행정구역 개편에 따라 진보현이 폐지되고 6개면 중 2개면은 청송군에 편입되었으며, 4개면 32개 동은 영양군에, 1개동은 영덕군 지품면(知品面)에 속하게 되었다. 청운리 또한 1914년 행정구역 개편에 따라 일부지역을 송생동(松生洞)에 넘겨주고 남개곡(南介谷)을 병합하여 청운동이 되었으며 청송읍에 편입되었다.[1]

---

1) 경상도, 『慶尙道邑誌』; 청송군 『靑己誌』, 『越智唯七編,新舊對照朝鮮全道府郡面里洞名稱一覽』.

『경상북도 읍지』,「청송부읍지」 청송군도

  청운리는 주왕산 국립공원 진입로에 위치한 마을로, 청운(靑雲)·일두(日頭)·수구너미라고 불리는 3개의 자연마을로 형성되어 있다. 마을 앞으로는 용전천이 흐르고, 용전천 너머에는 성황산(星皇山)이 있다. 약 400년 전 처사 황학(黃㶅)이 이곳에 살면서 강학을 하였다고 해서 그의 호에 따라 만취동 또는 취동이라 부르기도 한다. 현재 총 189가구가 살고 있으며 이 가운데 평해황씨가 70%를 차지하고 있다. 일두마을은 청운동에서 대구 방향으로 1km지점에 위치하고 있으며, 약 100년 전에 형성된 마을이다. 현재 23가구가 살고 있는데, 주로 청운황씨 자손들이다. 마을 앞의 넓고 비옥한 월구들[月球坪]에 해가 뜨면, 이 마을을 가장 먼저 비추기 때문에 일두라 부르게 되었다. 수구너미에는 현재 3가구가 살고 있는데, 청운동 입구에 자리잡고 있어 수구너미라고 부른다. 현재는 거의 농경지로 변해 고만들이 형성되어 있다.2) 산업화 이후 이농현상으로 가구 수와 인구가 꾸준히 줄고 있지만, 청운마을은 현재까지도 규모가 상당히 큰 동성마을 유지하고 있어 동성마을의 모습을 살피는 데는 부족함이 없는 마을이다.

---

2) 경상북도교육위원회, 『경상북도 지명유래총람』, 1984.

<표 1> 청운리 가구수와 인구변화

구분	가구수	인구수			구분	가구수	인구수		
		계	남	여			계	남	여
1978년	269	1,586	842	744	1990년	218	869	432	437
1980년	250	1,346	680	666	1995년	216	749	374	375
1985년	240	1,149	590	559	현재	215	-	-	-

2. 청운리의 고대흔적

청운리에는 삼국시대 고분과 산성의 흔적이 남아있다. 특히 마을을 둘러싼 야산 일대에는 약 130기의 원형봉토분이 남아있는데, 이들은 대부분 훼손되어 그 원형을 알 수 없으나, 청운초등학교 뒤편 야산에는 원형을 유지하고 있는 고분 1기가 있다. 이를 통해 청운리에는 삼국시대에도 사람들이 살고 있었음을 확인할 수 있다. 현재도 월구들을 중심으로 청운마을 주변에서는 토기와 기와 파편들이 흔하게 발견된다.

(1) 분 묘

① 청운리 고분군 ▲ (삼국시대 고분)

청송군 청송읍 청운리 70-1에 위치하고 있으며 약 90기의 원형봉토분이 있다. 봉분의 직경이 7-10m정도인데 오래 전부터 산을 개간하여 50기는 완전히 파기되었고 그 나머지 40기도 완전히 반파상태이다. 노출된 유구와 토기편으로 보아 삼국시대의 고분으로 판단된다.

고분군이 남아있는 청운초등학교 뒷산

고분군이 남아있는 청운리 주변 야산

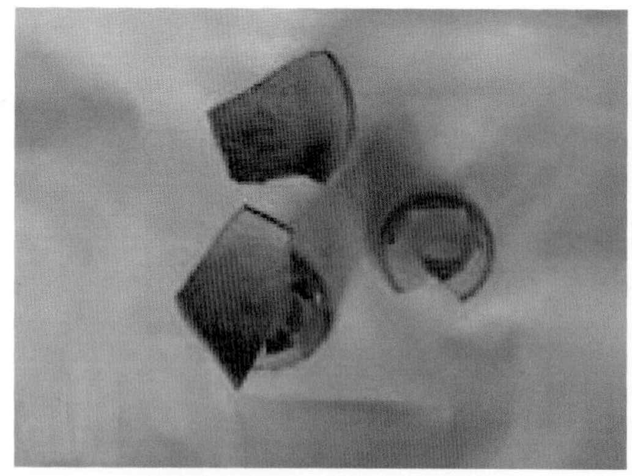

청운리 주변에서 출토된 토기편

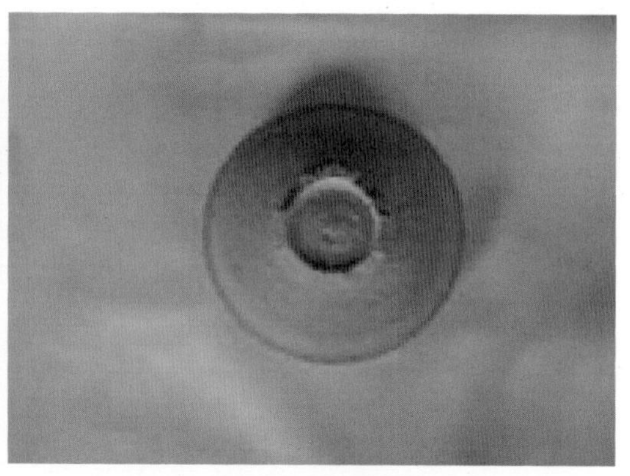

청운리 주변에서 출토된 토기편

청운리 고분군 (청운초등학교 뒷산)

청운리 고분군(청운초등학교 뒷산)

② 청운리 고분군 Ｂ (삼국시대 고분)

청송군 청송읍 청운리 1001에 위치하고 있으며, 현존하는 고분은 약 40기가 있는데 유존상태가 매우 불량하다. 청운마을 주민들은 이를 고려장터라고 부르고 있다. 현재 청운초등학교에는 출토된 토기 약 30점이 보관되어 있는데 모두 삼국시대 토기로 추정된다.

(2) 성

현재의 마을 앞산인 성황산(星皇山)에는 삼국시대에 축조된 것으로 추정되는 산성이 있다. 석성(石城)의 형태로 완벽하지는 않지만 그 흔적을 확인할 수 있다.

3. 청운마을이 동성마을이 되기까지

　경북 동북부지역에서 오늘날까지 전해지는 전통마을의 형성 시기는 대체로 조선 중·후반이다. 물론 도회지와 가까운 지역이나, 주요교통로를 끼고 발달한 가촌은 일찍부터 마을이 발달하였다. 또한 비교적 큰 강을 끼고 있는 지역은 일찍부터 마을이 형성되었으며, 그 규모도 컸다. 이는 농사에 필요한 물을 끌어들이기 쉽다는 지정학적 이점 때문이다. 청운리에도 일찍부터 마을이 형성되었던 것 같다. 청운리의 환경은 수량이 풍부한 용전천과 마을 앞과 뒤에 병풍처럼 둘러쳐진 그리 높지 않은 야산들로 이루어져 있기 때문에 농경과 채취를 통해 비교적 풍부한 수확이 가능한 곳이다. 그러므로 일찍부터 사람들이 살수 있는 조건이 갖추어진 지역이라고 할 수 있다.

　청운마을에 언제부터 사람이 살았는가는 정확히 알 수 없으나 지금까지 마을주변에 남아있는 고분이나 토기로 미루어보아 늦어도 삼국시대에는 상당수의 사람들이 마을을 이루고 살았을 것으로 추측된다. 실제로 마을 주민의 증언에 의하면 청운마을에는 아주 오래전부터 월구들을 중심으로 마을이 형성되어 있었는데, 여기에는 주로 경주김씨와 경주이씨가 살고 있었다고 한다.

　또한 청운마을은 조선초기에 교통의 중심지로서 역이 설치된 지역이다. 역이란 전명(傳命) 뿐만 아니라 변경의 긴급한 군사정보 및 사신왕래에 따른 접대와 공문서의 전달을 신속하게 하기 위해 설치된 교통·통신기관이다. 청운역에 대한 최초의 기록은 조선왕조실록 『세조실록』에 나타나는데, 이 후 청운은 경상북도 동북부지역을 잇는 교통의 중심지로서의 기능을 담당하게 된다. 그러므로 현재 청운마을에 살고있는 평해황씨나 예천임씨의 입향조가 마을로 들어오기 전에 이미 상당한 규모의 촌락을 이루고 있었음을 짐작할 수 있다.

　즉 다른 지역의 동성마을이 대체로 현재주민의 입향조에 의해 형성되고 발전되어 왔다면, 청운리의 경우는 현재주민들의 입향조가 이미 마을에 살고 있던 주민들과 섞여 살면서 점차 마을의 주요 성씨로 성장하였을 것으로 생각된다. 이는 마을의 전설을 통해서도 확인 할 수 있다. 현재의 마을형태가 갖추어지기 전 청운에는 본래 가평이씨가 살았다는 이야기기 전해진다.

　　청운동에는 원래 가평이씨가 살았고 동네 입구에 성지골이란 산골이 있는데, 옛날 성진이라는 도사가 "후일 여기서 정승이 난다"는 한마디를 남기고 그 골로 들어가 홀연히 사라졌다 하여 이 골을 성지골이라 불렀다. 가평이씨들은 성진도사의 이 말을 기대하면서 수대 째 살아보아도 정승이 나지 않자 떠나고, 그 후 도학자 황처사 취학 만취공이 났다고 한다.

　이와 같이 청운리에는 현재의 청운리를 구성하고 있는 성씨들이 입향하여 삶을 영위하기 전부터 사람들이 살고 있었는데, 그 중 하나가 전설에 등장하는 가평이씨일 것이다. 그러나 가평이씨들이 언제부터 이 마을에 정착해서 살고 있었는지는 정확히 알 수 없다. 평해황씨들이 이 마을에 입향한 것이 선조 6년(1573)이니, 그 이전부터 누대에 걸쳐서 가평이씨들을 비롯한 여러 성씨들이 역촌을 형성하고 삶을 영위하고 있었을 것이다.

1913, 4년에 조선총독부 임시토지조사국이 작성한 토지조사부를 통해 1910년대 전반기 청운마을의 성씨분포를 살펴보면 <표 2>와 같다. 토지조사부에 등장하는 청운마을의 주민 수는 247명이다. 이를 성씨별로 살펴보면 황씨가 159명으로 전체의 64%를 차지하고 있다. 타성 중에 12%를 차지하고 있는 임씨 30명은 예천임씨와 안동임씨로 구성되어 있다. 황씨와 임씨를 제외한 나머지 성씨는 58명으로 전체의 24%를 차지한다.

<표 2> 1913, 14년 청운리 토지소유자 성씨분포

계	황씨	타 성						
		임씨	김씨	윤씨	박씨	이씨	강씨	기타
247명	159	30	12	10	8	8	4	16 (권, 남, 서, 신, 안, 전, 정 조, 최, 홍)

1910년대 초기의 이와 같은 성씨분포는 현재 청운리에 살고 있는 성씨분포와 크게 다르지 않다. 즉 현재 청운리의 주요성씨들도 평해황씨와 예천임씨·안동임씨·파평윤씨·진주강씨이다. 평해황씨의 경우는 현재도 약 70%정도를 차지하고 있는데 이는 1910년대 초기보다 많은 수치이다. 그렇다면 이들 각 성씨들은 언제부터 청운마을로 들어와 현재까지 세거하고 있는 것일까?

이 마을에서 가장 큰 세력을 형성한 평해황씨는 조선시대 선조 때 입향하였다. 입향조는 양무공(襄武公) 황희석(黃希碩)의 7세손 황덕필(黃德弼)이다. 황덕필은 서울에서 포항·의성을 거쳐 청운리로 입향하여 그 자손이 현재까지 세거하고 있다. 예천임씨의 입향조는 서하(西河) 임춘(林椿)의 후손 임귀창(林貴昌)이다. 임귀창은 숙종 때 예천에서 입향하여 그 자손이 청운리에 살고있다. 안동임씨는 임박(林樸)의 후손 임영중(林榮中)이 안동 길안에서 입향하여 현재까지 세거하고 있다. 또 파평윤씨의 입향조는 윤흥대(尹興大)이다. 윤흥대는 영천부원군(鈴川府院君) 윤삼산(尹三山)의 후손으로 선조 때 지리(池里)에서 청송으로 입향하였다. 진주강씨는 박사(博士) 강계용(姜啓庸)의 18세손 강한(姜漢)이 봉화에서 청송으로 입향하였는데, 그 6세손 강순희(姜淳禧)가 청운리로 이거해 후손이 살고 있다.3) 즉 이들은 모두 조선시대 선조~숙종대에 청운리에 입향한 사람들인데, 이들 중 마을에서 중요한 세력을 형성한 사람들은 평해 황씨이다.

---

3) 靑松郡, 『靑松入鄕誌』, 1995

4. 평해황씨 부사공파의 입향과 동성마을의 형성

청운에 입향한 황씨는 평해황씨 부사공파(府使公派)로 입향조는 황덕필(1510~1573)이다. 덕필의 자(字)는 몽뢰(夢賚)이며, 호는 영이(詠而)이다. 덕필은 선조 6년(1573) 동생 덕진(德眞, 1517~1581)과 함께 청운리로 입향하였다. 이들의 입향과정을 살펴보면 덕필의 증조부 국노(國老)는 벼슬이 가선대부 행병조참의겸오위도총부부총관(嘉善大夫 行兵曹參議兼五衛都摠府副摠官)이였다. 그런데 재직시 계유정난(癸酉靖難)에 연루되어 경주(현재의 포항시 기계면)로 낙향하였으며, 이들은 경주에서 다시 의성을 거쳐 현재의 청운리로 들어오게 되었다.

평해황씨 입향조가 처음부터 청운리에 정착할 목적은 아니었던 것 같다. 1995년 청송군에서 편찬한 『靑松入鄕誌』에는 황덕필의 묘갈명이 소개되어 있다. 그 묘갈명에는 "입향한 지 19년 만에 임진왜란이 일어나 세상이 어수선하여 귀향하지 못하고 자연을 벗 삼아 고향을 떠나온 한을 삭혔다."라는 구절이 있다. 이는 평해황씨가 임진왜란이라는 나라 안의 혼란한 사정으로 인해 청운에 머물렀다는 내용이다. 그러나 평해황씨들이 이곳으로 입향하여 머물게 된 보다 명확한 근거는 알 수 없다.[4]

덕필의 조부는 휘가 득선(得善)으로 통덕랑(通德郞)이었고, 아버지 고(考)의 휘는 후만(後萬), 통사랑(通士郞)으로 호조판서에 증직되었다. 덕필의 어머니는 예천임씨로 임총(林叢)의 딸이다. 부인은 함안조씨 상노(相老)의 딸로 덕필과의 사이에 3남을 두었다. 현재 청운마을에 살고 있는 평해황씨의 대부분은 덕필의 후손들이다. 동생 덕진의 후손들은 청운리와 송생리에 살고 있는데 청운리에는 약 10가구만이 살고 있다.

이를 종합해볼 때 청운황씨는 1573년에 입향하여 현재까지 약 430년을 세거하고 있다. 이들이 청운마을에서 동성마을을 형성하면서 입지를 견고히 할 수 있었던 배경에는 처사 황학(1758~)의 출현이 큰 역할을 했을 것으로 추정된다. 황학은 조선시대 영·정조대에 활약했던 청송사림이다. 김종덕(金宗德)의 문인으로 학봉(鶴峰) 김성일(金誠一)을 잇는 영남학파의 한사람으로 활약하였다. 청운리에는 현재 황학과 관련된 많은 유적들이 남아있는데, 이는 18~19세기에 활약한 황학 이후에 마을의 입지가 더욱 견고해졌음을 의미한다. 그 이외도 평해황씨와 관련된 많은 유적들이 남아있는데, 이들은 대체로 19세기 이후에 건립되었거나 옮겨온 건물이다. 이로 미루어 볼 때 평해황씨들은 청운마을에서 입지를 확고하게 굳힌 것은 황학의 출현 이후로 보아야 할 것이다.

그리고 또 하나는 평해황씨들이 마을주변의 토지를 확보하면서 점차 경제적 기반을 확대해갔다는 점이다. 1913,14년에 조선총독부 임시토지조사국이 작성한 토지조사부를 살

---

4) 靑松郡, 『靑松入鄕誌』, 1995.

펴보면 청운황씨가 소유한 청운리의 토지는 모두 242,132평이다. 이는 전체 민유지의 41%에 해당하는 토지이다. 국유지를 제외하면 마을전체의 토지 중 절반인 50%를 황씨들이 소유하고 있었다. 물론 이들이 소유한 일인당 평균토지면적은 1,500평으로 영세하긴 하지만, 입향 당시 청운마을에 특별한 경제적 기반이 없었던 황씨들이 마을의 토지를 자신들의 것으로 만들어갔다는 점은 의미가 크다고 하겠다.

이러한 배경을 통해 마을에서 점차 자신들의 입지를 다지면서 동성마을을 형성한 청운황씨들은 많은 유적들을 생산하였다. 이는 현재 청운마을의 문화적 경관임과 동시에 청운리가 평해황씨의 동성마을임을 알려주는 중요한 자료이다.

(1) 사(祠)

송벽사(松碧祠) : 청송읍 송생리에 있으며, 처사 황학을 호축(戶祝)한 곳으로 춘추로 철향(醊享)하고 있다.

(2) 정자 및 서당

① 만취정(晩翠亭) : 청운마을 동쪽에 위치하고 있으며, 조선시대 말엽의 처사 황학이 은거하던 곳이다. 그의 후손들이 그것을 추모하기 위해 1909년 정자를 지었다. 영릉(冽陵) 신관조(申觀朝)의 기(記)와 수제(修齋) 유건호(柳廷鎬)의 양송(梁頌)이 있다.

② 만취서당(晩翠書堂) : 청운마을 서쪽에 위치하고 있다. 조선시대 만취 황학이 글을 가르치던 곳이다.

③ 영이정(詠而亭) : 청송읍 취봉산(翠峰山) 아래 만대상(灣臺上)에 위치하고 있다. 후손들이 영조 15년(1739년)에 입향조 황덕필을 추모하여 창건하였으며, 1945년에 현재의 장소로 이건하였다.

④ 동은정(東隱亭) : 송생리로 가는 길목 좌측에 위치하고 있다. 가선(嘉善) 황도호(黃道浩)의 은영지소(隱詠之所)로 후손들이 건립하였다.

⑤ 파서정(巴西亭) : 마을의 서남쪽 청운초등학교 부근에 자리잡고 있다. 무과급제자 황정필(黃廷必)의 은영지소로 후손들이 건립하였다. 원래는 다른 장소에 있었으나 최근에 옮겨왔다.

(3) 정려각

① 쌍효각(雙孝閣) : 순조때에 정려된 것으로, 황취근(黃就根)과 그의 부인 진주강씨의

표려각(表閭閣)이다. 다른 장소에 있던 것을 1987년에 옮겨왔다.

② 정효각(旌孝閣) : 동은정 앞에 위치하고 있으며, 황하흠(黃夏欽)의 효행비각이다. 1932년에 비각을 세웠다가 1960년대 다시 세웠다.

③ 창효각(彰孝閣) : 동은정 앞에 위치하고 있다. 평해황씨의 시조 황온인의 20세 손인 한림학사 황명후를 기리기 위한 효행비각이다.

④ 정절각(貞節閣) : 청운교 건너편 우측에 자리잡고 있다. 황신환(黃信還)의 딸, 옥향(玉香)의 정절각이다.

5. 일제강점기 청운마을의 경제사정

<표 3>은 토지조사부에 기재된 청운동의 전답과 대지・임야・분묘지의 총면적과 필지 수, 국유지와 민유지를 나타내고 있다. 이 가운데 1910년대 청운리 주민의 중요한 생계수단이었던 전답의 규모를 살펴보면, 밭이 408,483평, 논이 182,263평으로 총 590,746평이었다. 밭이 전체농토의 69%, 논이 31%로 밭농사 지대였다. 청운마을의 논밭을 민유지와 국유지로 구분해보면 국유지가 117,967평, 민유지가 472,778평으로, 국유지가 전체 20%를 차지하고 있다. 이는 역둔토가 1894년 갑오개혁을 거치면서 국유지로 전환된 것으로 보아야 할 것이다. 국유지 가운데는 밭이 21%, 논이 19%로 밭이 논보다 약간(2%포인트) 많은 편이다. 주민들의 증언에 따르면 국유지는 대체로 토지가 비옥한 새들에 있었는데 청운마을 주민들이 소작을 했다고 한다.

<표 3> 토지조사부에 실린 청운동의 토지현황

구 분	총면적 (평)	필지 수(평)	국유지(평)	민유지(평)
총 계	682,726	1,189	181,379	501,347
전(田)	408,483	664	84,136	324,347
답(畓)	182,263	476	33,832	148,431
대(垈)	37,638	17	36,379	1,259
임 야	31,588	8	27,032	22,754
분묘지	22,754	24	-	-

청운마을 민유지의 소유현황은 어떠했을까? <표 4>는 청운동 민유지의 소유현황을 나타내고 있는 표이다. 민유지의 80%인 376,169평은 청운리 주민의 소유였다. 밭이 276,419평(85%), 논이 99,750평(67%)으로 밭의 점유율이 높게 나타나고 있다. 이와 같은 청운마을 주민의 토지 점유율은 같은 시기 타 지역에 비해 매우 높은 편이다.

<표 4> 민유지의 소유자별 현황 (% : 전체 전답면적 대비)

민 유 지 (평)			청운리 주민의 토지			외지인의 토지		
계	논	밭	계	논	밭	계	논	밭
472,778	324,347	148,341	376,169 (80%)	276,419 (85%)	99,750 (67%)	96,609 (20%)	47,928 (15%)	48,681 (33%)

이를 성씨별로 살펴보면 황씨가 242,132평, 임씨가 54,949평, 타성이 79,088평을 소유하고 있다. 토지조사부에 나타나는 청운마을의 토지소유자는 모두 247명이다. 이를 기초로 청운마을의 평균 토지소유 규모를 살펴보면 밭이 1,100평, 논이 400평으로 총 1,500평이다. 이는 매우 영세한 수준으로 청운리 주민들의 일제강점기 생활을 쉽게 짐작할 수 있다. 이 가운데 전체 토지의 41%를 소유하고 있는 황씨는 모두 159명이다. 이를 평균해 보면 밭 1,050평, 논450으로 총 1,500평이다. 임씨들은 총 30명이 토지를 소유하고 있는데, 이들은 평균적으로 밭1,350평, 논450평으로 총 1,800평을 소유하고 있다. 전체평균과 황씨평균보다 300평이 많긴 하지만 역시 비슷한 실정이다.

<표 5> 청운마을 주민의 성씨별 토지소유현황 (% : 전체 전답면적 대비)

총 계 (평)			황씨소유의 토지(평)			임씨소유의 토지(평)			기타성씨의 토지(평)		
계	논	밭	계	논	밭	계	논	밭	계	전	답
376,169 (64%)	276,419 (68%)	99,750 (55%)	242,132 (41%)	172,075 (42%)	70,057 (38%)	54,949 (9.3%)	40,889 (10%)	14,060 (8.1%)	79,088 (13.3%)	63,455 (15.5%)	15,633 (8.5%)

<표 6>은 외지인이 소유한 토지규모를 나타내고 있다. 민유지 가운데 청운리 주민이 아닌 외지인이 소유하고 있는 토지는 16%로 96,609평에 달한다. 논의 경우는 전체 농지의 26%를 외지인이 소유를 하고 있다. 이 외지인은 주로 청송군내에 거주하고 있었으며, 청송군 밖에 거주하는 지주의 토지는 11,619평에 불과했다.

<표 6> 외지인 토지 소유현황

외지인의 토지			郡外 거주자의 토지			郡內 거주자의 토지		
계	논	밭	계	논	밭	계	논	밭
96,609	47,928	48,681	11,619 (12%)	5,271 (11%)	6,348 (13%)	84,990 (88%)	42,657 (89%)	42,333 (87%)

청운마을의 역사와 유래에 대해서 비교적 많은 관심과 기억을 가지고 있는 황윤구와 황도

수씨에 의하면 이 마을의 농가구성은 대부분이 소작농이었다고 한다. 일제강점기 청운마을의 인구는 400여 호에 달했다고 한다. 그렇다면 토지조사부에 등장하는 247명을 제외한 나머지 약 150명은 토지를 소유하지 못했다는 말이다. 이는 약 40%에 가까운 농가가 순수한 소작농이었음을 의미한다. 이들은 주로 새들·구석들·송생리의 고평들을 소작하고 있었다. 특히 1920년대 역둔토였던 국유지를 민간인에게 불하하는 과정에서, 비교적 경제사정이 넉넉했던 덕천의 심씨들, 안동의 의성김씨들이 청운리 새들의 토지를 소유하게 되었다고 한다. 일제강점기 한국의 소작농의 삶은 매우 어려웠다. 청운리 또한 예외일 수 없었기 때문에 1920년대 이후에는 마을을 떠나 주로 만주·일본으로 이주하는 주민들도 생겨났다.

　논농사로는 주로 쌀과 보리를, 밭농사로는 밀·목화·대마를 재배했다. 일제강점기 목화는 일제의 주요 수탈품목이었기 때문에 생산을 강요당했을 뿐 아니라 수확 후에도 강제공출이 심했던 작목이었다. 청운리 주민들도 면화를 공출하였는데(현재 청송읍 금곡1동 우체국 앞에 있는 산림조합), 일부 주민들은 담당직원의 강제 공출을 피해, 면화를 감추어 놓고 밀매하거나, 집에서 몰래 활용했다고 한다. 이 때문에 담당직원은 집집마다 숨겨둔 면화를 찾아내려고 혈안이 되었으며, 수조기를 봉쇄하는 등 면화 공출량을 늘리려고 온갖 방법을 동원했다.

청운마을 월구석들

청운마을 새들

　이밖에 청운리에서 부업으로 행해진 주요품목으로 대마와 양잠이 있었다. 대마는 주로 월구석들을 중심으로 재배가 이루어졌다. 주민들의 제보에 따르면 월구석들의 1/2이 삼밭이었다고 한다. 보통 200평(한마지기)에 3가구가 함께 경작해서 3등분하였는데, 평년의 경우 가구 당 12필을 생산했다. 그중 가구당 3필은 지주가 가져갔지만, 9필 정도가 남았기 때문에 이는 일제강점기 청운리의 경제에 많은 이익이 되었다. 더구나 대마는 이모작으로 벼를 재배할 수 있고, 일본인의 수탈품목이 아니었기 때문에 청송시장에서 자유로운 매매가 가능해, 농가에 많은 도움을 주었으리라 짐작할 수 있다. 대마에 비해 양잠은 활성화가 되지 못했는데, 이는 뽕밭이 형성되어있지 않았기 때문이다.

일제강점 말기는 일본이 전쟁준비를 위해 물자와 인력을 극심하게 수탈한 시기였다. 1940년대 극단적인 전시체제로 전환하면서 청운리 또한 전쟁물자의 공급기지에서 벗어날 수 없었기 때문에 주민들은 수확한 모든 쌀을 공출하게 되었다. 수확한 쌀은 직접 수레를 끌고 영천으로 가져갔다고 한다. 또한 주민들은 솔방울을 따서 공출해야 했으며, 집안의 쇠붙이는 모두 빼앗겨야 했다. 인력도 동원되었는데, 수십 명이 징병·징용에 동원되었다.

이와 더불어 일제강점기 청운리에도 일본인이 거주하게 되었다. 형석(螢石)을 채취하는 광산이 있어서, 광산에서 일하는 일본인 3명이 가족들과 함께 거주했다. 그중 대표가 이나까와(稻川)라는 사람이었다. 그 외에도 옛 역사(驛舍) 건물 지하에 '인조견'을 짜는 공장이 있었는데 일본인이 운영했다고 한다.

<강 윤 정>

수평적 사회관계의 동성마을
-계와 모임을 통해 본 청운마을 사람들의 사회생활-

을미회의 여름 모임

1. 모임과 사회생활

현지 조사를 마치고 자료를 정리하면서 마을 조사 연구자가 가장 쉽게 발견하는 현상은 농촌 마을의 계 혹은 그 외에 사회적 모임의 수가 상당히 많고 활동도 매우 활발하다는 점이다. 현재 대부분의 농촌 마을 사람들은 적게는 하나 많게는 5~6개의 계에 가입하고 있다. 그리고 모이는 횟수도 적게는 일년에 한번 그리고 많게는 매달 모이며 계금(契金)으로 매년 3만원에서 심지어 백만 원 이상을 지출하기도 한다. 물론 도시에 살고 있는 사람들도 다양한 계 혹은 모임에 가입하고 활동하고 있다. 그러나 농촌 사람들이 계의 참여 횟수, 계금의 액수는 현재 농촌 사람들이 처한 열악한 경제적 환경, 60살 이상의 인구가 전체 80%를 차지하는 인구 구성 그리고 농사에 동원되는 노동력의 강도와 기간에 비추어 상당히 많은 계가 조직되어 운영되고 있다. 이에 따르는 농촌 가계의 부담은 상당히 크다.

농촌 마을에 많은 계 그리고 여러 가지 모임이 조직되고 활성화된 된 배경은 다양하다. 농촌의 사회 조직을 연구하는 농촌 사회학자들은 농촌에 조직된 계와 그 외 사회모임들을 조직 목적에 따라 6 종류로 분류할 수 있다고 한다.[1] 그러나 계 혹은 그 외의 사회모임은 한 가지 목적으로 조직된 것도 있지만 다양한 목적으로 형성된 것도 많다는 점을 고려하면, 농촌사회학자의 이러한 분류는 기본적으로 계를 가입하고 있는 사람들 중심으로 계가 추구하는 목적에 따라 단순히 분류한 것으로 보인다. 따라서 농촌사회학자들의 계의 분류는 농촌의 계 혹은 그 외의 사회 모임이 여러 가지 열악한 환경에서도 활성화된 이유를 구체적으로 제시하지 못하고 있다.

본 연구자가 조사한 대상은 계와 그 외에 청운리 사람들이 가입하고 있는 사회 모임이며, 이를 통하여 청운리의 사회생활을 분석하는 것이 조사의 목적이다. 이를 위하여 본 연구자는 우선 청운리의 계와 여러 사회모임에 관한 자료를 수집하였다. 그러나 본 연구의 궁극적인 목적이 계 등의 사회조직에 대한 분석이 아니고 청운리 사람들의 마을 생활을 분석이므로 마을 생활을 전반적 모습을 나타내는 자료, 예를 들어 인구 현황, 마을의 경제 현황, 지리적 특성 혹은 역사적 변천 과정 등을 함께 고려하여 분석한다. 다만 3회에 거친 현지조사로서 200호 이상이 되는 주민들의 사회생활, 경제적 환경 등의 모든 부분을 조사하기 힘들었다. 이러한 이유로 본 조사에서는 우선 청운리 사람들이 계 혹은 그 외에 사회모임을 구성하데 영향을 주는 기본적 요소들을 생업, 교회 신자와 비신자, 거주 지역, 평해 황씨와 다른 성씨 등의 4 가지를 선정하였다. 그리고 이를 바탕으로 청운리의 계 혹은 사회모임을 생업형, 상호부조 그리고 친목도모 등 3 종류로 분류하였다. 본 조사에서는 마을의 행정조직 그리고 여기에 준하는 조직들 예를 부인회, 노인회 등에 대한 자료는 조사 기간의 한정 그리고 마을 안에서 이 조직들이 하는 역할과 기능이 매우 미약하기 때문에 조사하였으나 정리는 하지 않았다.

---

1) 최재석, 『離村과 契集團』, 『교육논총』 16/17합집, 1989, 3쪽. 최재석은 농촌의 계는 1. 생산 식리 공동 구매 등을 목적으로 하는 경제적 집단, 2. 동리의 공공비용의 지불을 목적으로 하는 정치적 집단, 3. 성원의 복리 및 상호부조를 목적으로 하는 복지적 집단, 4. 조상의 제사 혹은 부락의 제사를 목적으로 하는 종교적 집단, 5. 성원의 자녀교육을 목적으로 하는 교육적 집단, 6. 성원의 친목과 오락 등을 목적으로 하는 레크리에이션 집단 등으로 분류하였다.

2. 청운리 사람들의 사회생활에 영향을 주는 요소들

청운리 사람들의 계와 모임을 분석하기 이전에 사회 집단을 형성하게 된 혹은 형성하지 않아도 되는 사회생활의 전반적 모습을 기술할 필요가 있다. 일반적으로 농촌 마을의 사회생활을 분석하는 단위로는 일반적으로 거주 인구수, 남성과 여성, 연령과 성씨 분포, 계층적 구조 등으로 나눌 수 있다. 그러나 이러한 분석 단위들도 각 마을에 처해 있는 생태·지리적 환경, 경제적 환경 그리고 마을 주민의 역사적 경험 등이 고려되어야 하며, 이를 통하여 각 마을마다 다른 사회생활의 특성이 드러나게 기술할 수 있다.

청운리는 평해 황씨 동성마을이며 과거 교통과 통신의 중요한 역할을 수행하였던 특수 촌락이었다. 그러나 현재 발견할 수 있는 특수촌락의 흔적은 거의 찾아 볼 수 없다. 다만 조선 후기 중인 혹은 양인(良人)들의 사회 조직의 장(長)을 의미하였던 좌상(座上)이란 용어를 현재 일부 마을에 조직되어 있는 계 조직의 장(長)을 지칭하는 용어로 아직도 사용되고 있어 이를 통하여 어느 정도 특수촌락으로서 청운리의 과거 흔적을 발견할 수 있다.

청운리의 또 다른 특색은 다른 동성마을에 비하여 많은 사회 모임이 조직되어 있다는 점이다. 일반적으로 동성마을은 계 혹은 모임이 다른 마을에 비하여 상당히 적게 조직되어 있다. 동성마을에 사회모임이 상대적으로 적은 이유는 계 혹은 그 외의 농촌 사회모임 형성 목적을 혈연의식이 자연스럽게 해결하여 주기 때문이다. 따라서 청운리의 계가 많이 조직된 이유는 여러 가지 이유가 있으나 우선 동성마을임에도 불구하고 마을주민들의 혈연의식의 약한 것으로 볼 수 있다. 마을 주민이 평해 황씨 후손이라는 정체성의 의식이 약하다는 측면은 일반적으로 동성마을의 일상적인 사회생활에 나타나는 남녀 구분을 거의 찾아 볼 수 없는 것에도 보인다. 또한 마을의 다른 주민을 지칭하는 용어가 주로 친족 명칭이 아니고 이름을 사용하는 데 잘 보여지고 있으며 심지어 일부 마을 주민들은 조사자들에게 특정 주민의 별명을 알려줄 정도이다.

그 외에 청운리 사회생활 그리고 모임을 결정짓는 중요한 요소로 작용하는 것은 교회에 신자와 비신자, 윗마을과 아랫마을 그리고 마을에서 4km 떨어진 9반 등에 거주 지역 그리고 농업 종류 등을 들 수 있다.

(1) 청운리 교회의 역사와 사회생활의 영향

청운리에 교회에 들어 선 시기는 1959년으로서 다른 농촌 마을보다 상당히 늦게 들어 섰다. 그러나 청운리 교회는 초창기부터 청운리 주민들의 교육 사업에 역점을 두어 선교 사업을 진행하여 많은 주민들에게 관심을 유도하였다. 청운리 교회를 개척할 당시 안동에 본부를 둔 경안노회에서 파견된 권영철 전도사가 현 마을 교회 위치에 천막을 치고 선교 활동을 하면서 마을에 청운고등고민학교를 설립하여 운영하였다. 당시 청운리에는 가정 환경으로 초등교육만을 받고 중등학교에 진학하지 못한 청소년이 많았다. 따라서 이들을 위한 중등교육 과정 개설은 마을 주민들에게 교회를 새롭게 인식하는 계기가 되었다. 또한 마을 주민 50명 이상이 아직도 교회에 나가는 배경이 되었다고 보인다. 그러나 청운고등공민학교를 통한 교회의 선교 사업의 성공은 마을의 교회 신자와 비신자 사이에 사회적 관계에 일정한 선을 긋게 되는 계기도 되었다. 예를 들어 현재 교회에 지속적으로 나가는 사람들, 특히 여성 교인들은 마을 안에 다른 모임에 거의 참여하지 않는다. 또한 70년대 마을의 청년 조직인 4H조직이 해체 된 이후 당시 마을의 청년들이 두 개 집단을 형성하여 운영하는 데 이 집단 구성에 교회 신자와 비신자라는 구분이 일정 부분 역할을 하게 된다.

(2) 거주 지역에 따른 사회생활과 모임

청운리는 현재 행정적으로 9반으로 구성되어 있다. 그러나 청운리 사람들은 이 마을을 윗마을, 아랫마을 그리고 일두 등 3 가지 공간 영역으로 구분하고 있다. 일두는 행정상 9 반으로 본 마을에서 4km 떨어진 독립마을을 지칭한다. 윗마을과 아랫마을을 흔히 현재 마을 관통한 국도 31번을 기준으로 구분한 것으로 이해하기 쉽다. 그러나 이 도로는 일제 강점기에 놓였기 때문에 마을 사람이 전통적으로 인식하고 있는 윗마을과 아랫마을의 경계가 아니다. 마을 사람들이 구분하는 윗마을과 아랫마을의 경계는 국도 31번에서 주왕산 가는 방향의 도로가에 있는 버스정류장을 경계로 하여 청송읍 방향은 아랫마을이고 주왕산 그리고 부안 방향이 윗마을이다.

윗마을과 아랫마을의 주민들이 과거 평해 황씨라는 동성으로 구성되어 있어도 마을 생활의 일정 부분을 독립적으로 수행하는 공간으로 인식되었던 것으로 보인다. 단적인 예로 마을공동체 성격이 가장 잘 나타나는 상여계가 윗마을과 아랫마을에 따로 구성되어 운영되었다는 점이다. 또한 윗마을과 아랫마을은 정기적으로 줄댕기기를 거행하여 윗마을과 아랫마을 주민들의 정체성을 형성토록 하였다. 또 다른 예로는 60년대까지 청운리 본마을에 살고 있는 어린이들은 윗마을과 아랫마을로 나뉘어 다른 편에 살고 있는 어린이들과 돌팔매 싸움이나 패싸움이 벌어지기도 하였다는 주민들의 증언에서 당시 마을 구분이 잘 나타난다.

현재는 새마을 사업으로 마을 내에 있는 여러 간선도로의 확장 및 포장 그리고 이주 농가의 증가로 인하여 윗마을과 아랫마을의 경계선은 아무런 의미가 없어졌으며 대신 국도 31번을 경계로 새로운 생활권이 형성되었다. 국도 31번을 이용하는 차량 수에 관하여 조사된 기록은 없으나 상당히 많은 차량이 이 국도를 이용하고 있으며 그리고 차량의 속도는 일반 성인도 조심하여 도로를 건너야 할 정도이다. 따라서 마을의 노년층 특히 여성들은 특별한 일이 없는 경우에 국도를 건너가지 않는다. 이러한 이유로 현재 청운동 교회가 있는 곳에 사는 여성 노인들은 주로 인천댁에 자주 모이며 용전천 부분에 사는 여성 노인들은 주로 마을 회관에 출입을 한다.

아랫마을과 윗마을 이외에 청운리를 구성하는 또 다른 구역은 일두이다. 일두는 두 마을에서 약 4km 떨어진 곳에 위치하고 있으며 행정구역상 9반이다. 이 지역은 사라호 태풍 이전에 6~7 가구만 거주하고 있었으나, 태풍 피해를 입은 아랫마을과 윗마을 주민들이 대거 이곳으로 이주하면서 거의 독립된 마을로 성장하게 되었다. 현재 일두에는 총 24 가구가 거주하고 있으며 본 마을과 같이 점차로 인구가 줄어들고 있다. 그러나 아직도 청운리 마을 총회에 참석하지 않으며 독립적인 마을 총회를 개최한다. 또한 일두 주민만이 참가하는 이중계(里中楔)2)와 평토계를 조직하여 운영하고 있다. 그러나 일두에 사는 사람이 대부분 평해 황씨들로서 아랫마을과 윗마을 사람들이 참가하는 문중 모임 혹은 그 외의 사회 모임에는 가입하여 활동하고 있다. 일두에는 2002년에 마을회관이 건립되어 독립적인 마을 생활은 계속될 것으로 보인다.

3. 청운리의 사회 모임

(1) 공동노동을 위한 모임

우리나라의 계는 크게 결사체적 성격 즉 특정 집단의 이익과 친선을 도모하는 계와 공동체적 성격, 예를 들어 마을 공동체를 유지하려는 목적으로 조직한 계 등의 두 가지 목적으로 조직되었다. 이중에 조선시대 후기 자연촌의 증가로 마을 공동체 유지와 지속을 위한 계가 많이 조직되어 운영되었다. 특히 이 시기에 공동노동을 위한 계가 많이 등장하게 된다.

공동 노동을 위한 계는 일제 강점기 총독부의 토지조사사업을 통한 마을 공동재산의 상

---

2) 이중계는 辛未年(1931년) 조직된 것으로 이중계 문서에 기록되어 있다. 일두의 70세 이상 되는 주민들도 이 계의 조직 년도 혹은 시기에 대하여 구체적으로 알지 못하고 있다. 다만 이중계의 문서에 주민들도 알지 못하는 '도산동(島山洞)' 이중계로 표시된 것으로 보아 이 시기에 형성된 것으로 추측할 수 있다. 이 계가 조직된 이유는 문서에 기술되어 있지 않기 때문에 구체적으로 알 수 없으나 주민들의 이야기에 의하면 마을의 행사, 공동 사업 등을 원활하게 추진하기 조직되어 운영된 것으로 보인다. 이러한 목적으로 70년대까지 이중계의 자금 조달을 위하여 마을에 있는 일부 토지를 소작을 주었다고 한다. 70년대 후반 마을에 전화선을 설치하기 위한 자금조달을 위하여 토지를 처분하였으나, 이후로 마을 주민 모두가 일정 금액을 지출하여 운영하고 있다. 2003년에 이중계 운영 자금으로 마을 주민 1인당 만원씩 지출하였고 소를 사육하고 있는 마을 주민은 소 1마리당 5천원의 이중계 운영자금을 지출하였다.

실 그리고 사유지의 증가 등으로 인하여 거의 사라지게 되었다. 그러나 아직도 일부 마을에서 공동 노동을 위한 계가 아직도 운영되고 있다. 현재 청운리에 마을 주민의 공동 노동을 위한 계와 모임으로는 보의 운영을 책임지는 수리계, 사과 농사를 위한 사과작목반 그리고 한우협회가 있다.

① 수리계

공동 노동 특히 농업과 관련된 계의 운영 방향은 크게 공동 경작과 수확으로 나눌 수 있다. 그 외 농사에서 가장 중요한 물의 관리와 배분도 공동 노동을 위한 계의 중요한 목적이다. 물의 관리는 주로 보(洑)의 축조와 관리 그리고 물의 분배로 나눌 수 있으며, 우리나라에 벼농사가 시작된 이후 농사에서 가장 중요한 작업 중에 하나였다.3) 특히 조선 후기 이후 자연촌이 급속하게 형성되면서 물의 관리와 분배는 마을 주민들의 농사에 가장 중요한 관심사였다. 물의 관리와 보급은 일제강점기의 산업화 정책 그리고 식민지 정부의 의도된 마을공동체 해체 작업으로 인하여 공동노동에 의한 농사방식의 급격한 변화가 있었으나 보의 축조와 관리는 쌀의 증산을 위하여 지속되었다.

현재 농촌 마을에 물의 관리와 배급은 주로 토지공사에서 운영하고 있으나 일부 마을에서는 아직도 마을 주민이 직접 관리를 한다. 청운리는 현재 총 6개의 들로 구성되어 있다. 들의 위치는 청송읍쪽에서부터 부동면으로 나오면서 새들, 잦두들, 고맛들, 월구들, 일두들, 남산들 순으로 놓여 있다. 이중 청운리 주민이 주로 경작하는 토지는 새들, 잦두들, 일두들, 월구들로 4개의 들이다. 잦두들과 새들은 1997년에 조용태의 주도로 경지정리를 하였으며 일들은 2000년도 그리고 월구들은 1970년에 새마을사업의 일환으로 경지정리를 하였다. 이 네 개의 들은 토질이나 관개의 편리로 나누어보면, 마을 앞을 흐르는 용전천의 물을 이용하여 물이 풍부하고 수리시설이 편리한 봇(洑)들과 못을 만들어서 물을 공급하는 못(池)들로 나눌 수 있다. 새들과 월구들은 봇들이며, 일두들과 잦두들은 못들이다. 따라서 봇들인 새들과 월구들은 물대기가 수월하기 때문에 땅값이 평당 5만원선에 거래되는 반면, 못들인 일두들과 잦두들은 못의 물을 대거나 양수기를 이용하는 관계로 땅값이 평당 2만 5천원에서 3만원 사이에 거래된다.4)

---

3) 김택규, 『한국농경세시의 연구』, 영남대학교출판부, 1991, 410-423쪽.
4) 참고로 청운리 들의 땅값은 새들〉월구들〉잦두들〉일두들 순이다.

<표 1> 청운리 경지면적 (단위: ha)

들명	계	전	답	비고
계	190.4	97.6	92.8	
새 들 (洑들)	21.2	4.5	16.7	1997년 경지정리
잦두들 (못들)	55.8	30.8	25.0	〃 〃
고맛들	11.3	11.3	·	밭無, 경지정리×
월구들 (洑들)	37.4	7.4	30.0	1970년대 초 〃
남산들	23.5	23.5	·	밭無, 경지정리×
일두들 (못들)	41.2	20.1	21.1	2000년 경지정리

<표 2> 2003년 잦두들 근무자 명단

이 름		5월	6월	6월	7월	7월	7월	8월	8월
강병길	황충구	15	2	20	6	22	30	4	6
황필구	황희걸	16	3	21	7	23	31	5	7
황병양	조용태	17	4	22	8	24	8월1		8
황점모	황경모	18	5	23	9	25	2		9
황동구	황해욱	19	6	24	10	26	3		10
황선흠	황덕모	20	7	25	11	27			11
황도원	황금모	21	8	26	12	28			12
황원구	황문모	22	9	27	13	29			13
황병두	황병유	23	10	28	14				14
황점구	황하구	24	11	29	15				15
황병두	황정흠	25	12	30	16				16
황삼율	강위흡	26	13	7월1	17				17
황수원	황유모	27	14	2	18				18
김광수	황수구	28	15	3	19				19
황서구	황용구	29	16	4	20				20
황충구(소골)	김만복	30	17	5	21				21
황상구	고수선	31	18						22
황병원	황수홍	6월1	19						23

이 네 개의 들은 모두 청운리 주민들이 관리하게 하고 있으나 들의 관리를 위한 회칙 (會則) 혹은 계측(契則)이 따로 없다. 다만 계장(혹은 도감)·총무(혹은 강구)가 들의 관리와 운용에 관한 책임을 진다. 각 들의 책임자는 다음과 같다. 월구들은 황삼률(계장)· 황모흠(총무), 일두들은 남정수(계장)·황성원(총무), 새들은 조용태(계장=도감)·황문모 (총무=강구), 잦두들은 황서규(계장 및 총무)[5] 등이다. 그리고 못들인 일두들과 잦두들은

---

5) 잦두들은 계의 경비가 없어서 2003년부터 1인(황서규)이 다 함, 1년 수고비 60만원을 줌.

수로를 전반적으로 관리하는 도감과 강구가 있지만 물이 집중적으로 필요한 5월 중순부터 8월 하순까지 몽리자들이 돌아가면서 밤 근무를 선다. 근무 순서는 일반적으로 경작면적이 많은 사람이 순으로 짜여 있다.6) 근무 순서가 표시되어 있는 근무자 명단은 황서규 씨가 잦두들 도감을 맡았던 1992년에 작성되어 시행되었다.

그 외에 들에 관한 운영 원칙은 관리하는 계장과 총무에게 1년 60만원을 수고비로 지불한다. 들 관리자들의 정기모임(총회)은 12월 중에 유사가 정하며 장소는 유사집이나 청송읍 내에 식당에서 개최한다. 들 관리자들은 정기 총회 이외에 7월에 단합대회를 개최하여 친목을 다진다.

<표 3> 2002년 잦두들 근무자 명단

이 름		5월	6월	6월	7월	7월	8월	8월	8월
황필구	황충구	15	4	24	9	24	1	6	8
황선흠	황희걸	16	5	25	10	25	2	7	9
황학원	황병육	17	6	26	11	26	3		10
황점모	황경모	18	7	27	12	27	4		11
황동구	황해욱	19	8	28	13	28	5		12
황국모	황금모	20	9	29	14	29			13
황원구	황문모	21	10	30	15	30			14
김만복	황병두	22	11	7월 1	16	31			15
황종구	황점구	23	12	2	17				16
황병구	황정흠	24	13	3	18				17
강위흡	황삼율	25	14	4	19				18
함수원	조용태	26	15	5	20				19
김광수	황수구	27	16	6	21				20
황충구(소골)	황하구	28	17	7	22				21
황서구	황금원	29	18	8	23				22
황유모	황학용	30	19						23
황용구	황한구	31	20						24
황상구	고수선	6월 1	21						25
황병원	황수흠	2	22						26
황도원	황덕모	3	23						27

② 청금사과작목반

현재 청운리 사람들이 가입한 작목반으로는 사과 작목반이 유일하며 명칭은 '청금사과작목반'이다. 청금 사과작목반의 구성원은 청운리 이외에 교리 그리고 금곡리 사람들이

---

6) 2002년과 2003년에 잦두들 근무자 명단은 아래를 참고하기 바람.

가입하고 있다. 작목반 회원은 현재 총 21명이나 한 때는 25명이 된 적도 있었다. 현재 청금사과작목반 반원은 김용수, 조주현, 황성구, 강위기, 황선구, 임태식, 전성도, 강위흡, 황서규, 황국훈, 황국모, 유광진, 박태호, 황태현, 황수원, 김용원, 이황, 황용구, 황하구, 황계흡, 박형동 등 총 21명이다.

<표 4> 청금작목반의 명단

성 명	거주지	재배면적(평)	연간생산량(상자)
김용수	청운	5000	1500
조주현	교리	3000	700
황성구	금곡	3700	1500
강위기	금곡	6000	2400
황선구	청운	3500	500
임태식	청운	7200	2000
전성도	청운	3000	500
강위흡	청운	4000	1500
황서규	청운	3000	800
황국훈	청운	5000	2700
황국모	청운	3500	800
유광진	금곡	5000	600
박태호	교리	3100	800
황태현	금곡	5000	1000
황수원	청운	3000	1000
김용원	교리	7000	2000
이 황	금곡	7000	2500
황용구	청운		
황하구	청운	2000	
황계흡	청운	2000	
박형동	청운	4000	
총21명			

　작목반이 구성되던 시기에 사과밭 평수가 3000평 이상을 소유하고 있는 농가하고 있는 모두 가입할 수 있었다. 당시에 작목반에 가입할 경우 농기구 구입할 경우 가격에 50퍼센트를 정부가 보조하였고 또한 작목반 운영 자금을 중앙농협에서 지원을 하여 사과 농사를 많이 짓는 농가에서 관심을 가졌으나 김대중 정권에서 이러한 재정적 지원 혜택이 없어지면서 가입 자 수가 줄어들게 되었다. 사과작목반원 수가 줄어들게 되는 또 다른 이유는 2003년부터 작목반에 가입하기 위해서는 70만원~80만원 정도를 작목반 가입비로 제출해야 되는 새로운 규정에 생겨서 이로 인한 경제적 부담이다. 작목반에서 가입비를 받는

이유는 청금사과작목반의 기존 사업 중에 논과 다른 경작지를 구입하였고 새로 가입한 사람들에게 경작지 구입에 따른 부담금의 일부를 지불토록 하기 때문이다. 현재 사과작목반 원들은 예전과 달리 정부 보조가 없지만, 작목반원들이 서로 새로운 시장을 개척하기도 하며 품종의 개량과 농약의 이용, 자금관계 등 서로 정보를 공유하면서 살아남을 방도를 찾고 있다.

작목반 임원의 임기는 2년이나 사과 농사에 많은 일손이 필요로 하여 한 번 지명을 받은 임원은 보통 연임을 한다. 임원의 임기로 2년으로 규정한 것은 임기를 1년으로 하였을 경우 자주 임원의 교체를 하여야 하고, 따라서 작목반 활동 상황을 파악하다가 임원을 다른 반원에게 넘겨주어야 하기 때문이다

2003년 현재 회장은 임태식, 부회장은 황국모, 총무는 황하구 씨이다. 청금 사과작목 반의 정기적인 모임은 가을의 총회와 사과 접과와 모심기가 끝난 7월쯤에 당일로 차를 타고 관광을 가거나 다리 밑에서 음식을 해먹는 등의 단합대회를 한다. 작목반의 자금은 총회 및 단합대회 등에 사용하거나 작목반원의 부조금으로 사용된다.

<청금 사과 작목반 회칙>

제1장 총칙

제1조(명칭) 본 회는 청금작목반이라 칭한다.

제2조(목적) 본 회는 회원 상호간의 친목 및 농사정보교환 판로개척을 목적으로 한다.

제3조(소재지) 본 회의 사무실은 청송읍내에 둔다.

제4조(사업) 본 회는 전조의 목적을 달성하기 위하여 다음 사업을 시행한다.

　　1) 상호친목을 위한 행사

　　2) 관·혼·상·제의 참여

　　3) 과수생산 기술개발 및 판로의 개척

　　4) 기타 본회가 필요하다고 인정하는 제반사업

제2장 회원

제5조(회원자격) 본 회의 회원은 청송읍 소재 과수재배농가에 한한다. (단, 과수원 3000평 이상의 농가에 한한다.)

제6조(신규회원) 신규 가입자는 회원 2/3출석 출석인원 전원 찬성으로 자격을 얻을 수 있고, 모든 제반사항은 총회결정에 의한다.

제7조(회원권리와 의무) 전 회원은 본 회 사업에 참여할 수 있고, 결의권과 임원의 선거권, 피선거권을 가지며 회비부담과 회칙준수 의무를 진다.

제8조(제명) 회원의 제명은 다음 사항의 경우에 한한다.

　　1) 본 회의 명예회손과 불이익을 초래하는 행위 및 본 회의 규정을 위배하는 자

　는 총회 결정에 따라 제명 처분할 수 있다.

2) 회비를 1년 이상 체납하거나 1년간 회의 불참시 회원자격을 상실한다.

3) 자진탈퇴 또는 제명시는 납부한 회비와 권리는 본 회에 귀속되면 법적인 어떠한 보상도 요구하지 못한다.

4) 본 회의 회원 중 과수원을 처분하고 1년 이내에 과수원을 재취득하지 아니할 때 (기존 회원은 일천평 이상)

제3장 임원과 임기

제9조(임원) 1) 본 회는 그 목적을 달성하기 위하여 다음과 같이 임원을 둔다.

(1) 회장 1명

(2) 부회장 1명

(3) 총무 1명

(4) 감사 1명

2) 임원의 임기는 1년으로 하되 연임할 수 없다.

3) 임원의 결원이 발생했을 시는 회장이 이를 위촉하되, 임기는 전임자의 잔여기간으로 한다.

제10조(임원의 선출) 임원은 총회에서 추천에 의하여 무기명투표로 하고 과반수 이상의 찬성으로 한다. (단 총무는 회장이 임명한다.)

제11조(임원의 직무)

1) 회장은 본회를 대표하며 본회의 제반 사무를 총괄하여 총회 및 임원의 의장이 된다.

2) 부회장은 회장을 보좌하고 회장 유고시는 그 직무를 대행한다.

3) 총무는 회장의 명을 받아 본회의 재정과 제반사무를 수행한다.

4) 감사는 본회의 사업에 따른 예산결산을 정기 감사 이를 총회에 보고한다.

제4장 총회

제12조(총회의 종류와 소집)

1) 본회의 총회는 정기총회 및 임시 총회로 한다.

2) 정기 총회는 매년 1월달 안에 한다.

3) 임시총회는 필요시 회장이 수시로 소집한다.

4) 총회 의사는 1/2 이상 참석에 과반수 이상 찬성으로 결정한다.

제5장 재정
　제13조(운영) 본회의 운영은 회비 및 특별회비와 기타 수익금으로 한다.
　제14조(예산) 본회의 예산은 임원 회의에서 심의하되 총회의 인준을 받아야한다.
　제15조(회계연도) 회계 연도는 매년 1월부터 익년 1월로 한다.
　제16조(회비 종류 및 금액)
　　　　1) 회비는 년 100,000원으로 하되 특별회비는 수시로 징수 할 수 있다.
　　　　(전·후반기 2회 분납한다.)
　　　　2) 신규 가입자는 본회의 평가 총자산의 회원수를 나눈 금액에 전년도 회비
　　　　를 가입금으로 하여 일시불로 징수한다.
　제17조(회비관리)
　　　　1) 본회의 회비는 금융기관에 전액 예금하여 관리한다.
　　　　2) 임원은 임기기간 내 회원의 회비를 미납 없이 전액 인수인계해야 한다.
　제18조(지출) 본회의 제정은 회장의 인준을 거처 지출하고 차기 총회에 감사의 서명
　　　　날인 후 총회에 보고하여야 한다.
　제19조(사업지출)
　　　　1) 회원 직계존속의 길흉사시 50,000원 상당 지급한다.
　제20조(자산) 매년년말 총회시 자산 재평가를 실시한다.

부　칙

제1조(회칙의 개정) 본회의 회칙은 제적인원 2/3이상 참석에 참석 과반수 이상 참석으
　　　　로 한다.
제2조(회칙의 시행) 본 회칙은 1994년 1월 12일로부터 시행한다.
제3조(회원의 탈퇴) 본 회원의 탈퇴시 기본자산의 회원 1인 지분을 지불한다. 단 1년
　　　　간 유예기간을 둔다.

<3조부칙> 기본 자산이란 매입시 금액을 말하며 보조금도 제외한다.

* 96. 12. 26: 회장 및 임원은 1년 단임으로 한다.

③ 한우협회

20여 년 전까지 청운리 사람들은 대부분 소를 사육하였으며 청송군 내에서 소를 가장 잘 사육하는 마을로 소문이 났다고 한다. 소 사육에 대하여 마을 사람들의 자부심은 대단하여, "금곡에는 집 자랑, 송생은 교육 자랑, 청운은 소 자랑"이란 이야기를 이 마을에서 자주 듣게 된다.

청운리의 한우협회는 1999년 창립되었으며 그 규모별로 전국단위, 도단위(도회장), 군단위[7](군지부회), 축산계(청운리)로 나누어지며 소를 사육하는 사람은 의무적으로 가입을 해야 한다. 현재 이 마을에 한우협회 회원은 16명이다. 황선흠(49세, 20두), 황삼율(52세, 40두), 황한우[8](49세, 45두), 황문모(52세, 30두), 조용태(52세, 40두), 김기인[9](50세, 73두), 임태식(46세, 14두), 황성원(49세, 12두), 강위흡(52세, 40두), 황종구(54세, 27두), 황해욱(56세, 27두)[10] 황충구(48세, 25두), 황희걸(48세, 12두), 강병길[11](45세, 40두), 황준흠(61세, 6두), 황성구(72세, 31두) 이상 16명이 회원이다. 2003년 현재 소는 먹이지 않지만 회원인 사람은 황모흠(47세)[12], 황선구(47세)[13] 등이다.

한우협회의 회칙은 없으며 정기적인 모임도 없다. 다만 마을 주유소 옆에 있는 휴게실 식당에 자주 모인다. 회원들이 이 곳을 모임 장소로 정한 이유는 우선 도로에 위치하고 있어 소의 도난을 감시할 수 있으며 마을에 중앙에 위치하고 있어 회원들이 모이기 쉽기 때문이라고 한다. 회원들은 이 곳에서 매일 만나 소 가격 내지는 사육에 대한 정보를 교환한다. 따라서 소 거래를 전문으로 하는 상인들이나 사료를 판매하는 장사들은 반드시 이 곳을 찾게 된다. 현재 청운리 한우협회 회장은 황해욱 씨이다. 황해욱 씨가 회장으로 선정된 이유는 협회 회원 중에 가장 연장자이기 때문이다.

청운리 한우협회가 조직되기 이전에 각 가정에서 소를 사육하였다. 그러나 1991년 당시 청송군의 '고급육단지' 사업을 시행하였고 이를 위하여 공동축사를 짓는 마을에 보조금을 지불하였다. 당시 마을에서 소를 사육하였던 황성흠, 강병길, 황삼율, 황희걸, 황점구 등 5명이 군의 재정 지원을 받아 공동 축사를 마련한 이후 일부 가정을 제외하고는 대부분 이 곳에서 소를 사육한다. 소를 공동 축사에서 사육할 경우 관리가 수월하며 관리비용이 저렴하고 방제 효과가 높다고 한다. 공동 축사를 지어 운영할 당시 육우를 목적으로 소를 사육하였다. 그러나 황성흠 씨가 2001년에 번식을 목적으로 소를 사육하기 시작하였고

---

7) 청송군 한우작목회는 2002년에 발족하였으며 회장은 이 마을에 사는 황선흠 씨이며 간사는 김명광 (축협 대리)이며 1년에 2회의 정기모임(12월 정기 총회와 필요시)을 개최한다.
8) 청송군에서 소를 제일 잘 먹인다고 소문이 났음.
9) 김기인씨는 현재 청송읍 월막리에 거주. 전 축협직원, 한우협회 회장.
10) 황해욱씨는 황종구씨의 친형이다.
11) 한우협회 현재 총무 임.
12) 소를 사육할 당시 16두 정도를 소유하고 있었음.
13) 소를 사육할 당시 16두를 소유하고 있었음.

대관령 목장에서 인공수정사 활동을 한 김기인 씨가 이 마을에 전입한 이후 현재는 황선흠, 조용태, 황삼율, 황한우, 김기인, 강위흠, 화영원, 황희걸 씨 등이 번식우를 기르고 있다. 현재 육우와 번식우 반반 정도로 공동 축사에서 사육하고 있다.[14] 청운리 한우협회 회원들은 소 사육 이외에 회원들의 길흉사에 관심을 갖고 도움을 준다.

(2) 상호부조를 위한 모임

일제강점기 이후 마을 공동체를 유지하기 위한 계의 활동은 현저히 줄어들었으나 마을 주민들 사이에 상호부조를 위한 계는 더욱 활성화되었다. 특히 특정 시기에 돈과 품이 많이 필요로 하는 혼례 그리고 상례를 위한 계는 현재도 활성화되고 있다.

청운리는 평해 황씨의 동성마을이다. 동성마을 주민들은 일반적으로 혼례 혹은 상례에 필요한 자금과 품은 마을에 살고 있는 다른 친족 구성원들이 행동 원칙과 요령을 명시한 회칙 혹은 계칙 없이도 품앗이 전통으로 해결한다. 그러나 청운리처럼 200호 이상의 주민이 거주하는 마을에서는 마을 구성원의 혼례 혹은 상례에 모두 동원될 수 없기 때문에 마을 일부 구성원들이 계를 조직하여 경제적 문제와 노동의 문제를 해결한다.

현재 청운리에서는 자녀의 결혼과 부모의 죽음을 대비하여 계를 조직하여 운영하고 있다.

① 자녀 결혼친목계(일명 천만원계)

자녀 결혼친목계(이하 천만원계)는 자녀 결혼 때 사용되는 돈 그리고 마을에 친한 사람들 상호간의 부조금에 대한 부담을 줄이기 위해서 1998년에 김용수 씨의 주도로 조직된 계이다. 이 계가 조직될 당시 결혼을 앞 둔 자녀를 둔 청운리 사람 중 친한 관계였던 황종구, 황정구, 황점구, 황상모, 황용구, 황한우, 황건호, 김용수, 황해욱, 황문모, 조용태, 강위흡 씨 등이 참여하여 조직하였다. 천만원계는 회칙이 있으며 모임의 회장인 좌상 이외에 임원에 대한 규정은 없다. 현재 천만원계 모임의 좌상은 김용수 씨이다. 김용수 씨가 이 친목계의 좌상으로 뽑힌 이유는 계원 중에 가장 연장자이기 때문이라고 한다. 자녀 결혼 친목계는 회칙에 따라 일년에 한 번 정기 모임을 소집하는 데 보통 12월 개최하였다고 한다. 정기 모임에는 남성 계원만이 참석할 수 있다. 그 외 일년에 한 번 단합대회를 개최하는데 이 모임에는 부부동반으로 참석할 수 있다.

계의 운영은 결혼 날짜를 잡은 자녀의 부모인 계원을 제외하고 다른 계원들이 각각 100만원씩 지출하여 적금 통장에 입금한다. 모인 1,100만 중에 해당되는 계원에게 1,000만

---

14) 현재 청운리 한우 협회 회원들이 번식우에 많은 관심을 갖는 이유는 소 가격이 최근 20년 사이에 가장 높기 때문이다. 참고로 현재(2003년)의 소 가격은 암송아지 350만원, 황송아지 250만원, 암소 700만원, 황소는 500만원에 거래된다.

원 이상을 지불하고 나머지는 액수는 통장에 적립한다. 1,000만 원 이상이란 최초로 혜택을 받은 계원에게 1,000만원을 지급하고 다음 계원에는 3% 증가한 금액을 지불하는 것을 의미한다. 그리고 한 계원에게 한 번에 지불만이 허용된다. 현재까지 계금의 혜택을 받은 계원은 황종구(1,000만원), 황정구(1,030만원), 황점구(1,060만원) 그리고 황상모 씨(1,090만원) 등이다.

<천만원계 회칙>

본 계를 규범 있게 추진하기 위하여 다음과 같이 규약을 정한다.

1. 본 계의 명칭은 자녀결혼 친목계라 칭한다.
2. 본 계의 계원의 자격은 12인으로 한다.
3. 본 계의 목적은 회원 상호간에 친목을 도모하고 계원 자녀의 혼인시 1인당 일백만원을 태워주며 자녀 1인에만 한하며 물가 상승에 따라 년 3%씩 인상한다.
4. 본 계의 임원은 계장 2인과 유사 2인을 두어 본회를 이끌어간다.
5. 매 회마다 1인의 부담금은 공동계금으로 정립한다.
6. 계원 중 이사 시에는 탄 예금을 납부하여야 하며, 납부 못할 시는 보증인물을 세워서 보증인이 책임진다.
7. 계원 중 11명이 타고 1명이 남았을 때 그 다음해에 태워준다.
8. 본 계의 정기총회는 년 1회로 하고 연말에 개최한다.

2000년 2월 16일

② 쌀 계

쌀계는 1982년에 부모의 회갑과 상례에 경제적 도움 주고자 황성구, 황상구, 황종구, 황삼율, 황문모, 황학원, 황하구, 황선구, 황용구 씨 등에 의하여 조직되었다. 계원 한 명이 경기도 이주하여 현재 계원 수는 총 10명이며 계장은 황성구 씨가 맡고 있다. 쌀계가 조직될 당시 계원이 지출해야 되는 계금의 액수와 횟수에 대해서 명확히 기억하는 계원이 없어서 자세한 내용은 알 수 없으나 부모가 회갑을 맞거나 혹은 상을 당한 계원에게 쌀 한 가마니를 지급하였다고 한다.

현재 계의 일년 회비는 5천원이며 일년에 한 번 정기총회를 개최하며 그 외에 모임은 전혀 갖지 않는다. 현재까지 저축된 계금은 1300~1400만원 정도이고 계원들의 부모들이 모두 사망하여 현재 계금의 사용 목적은 주로 계원 자녀의 결혼 시에 부조금으로 사용한다. 계금의 지출은 2001년 10월 22일 회의를 통하여 자녀 길사시 계원 1인당 현금 20만원을 납부하도록 하였으며, 2002년부터는 자녀 결혼친목계와 같이 매년 3%로 증가된 금액을 지불하기로 결정하였다. 그러나 쌀계는 자녀 결혼친목계와 달리 계원이 모두 황씨들로 구성되어 있는 것이 특징이다.

〈쌀계 계측〉

목적 본계는 회원 상호간에 친목을 도모한다.

제1조 본회는 1983년 12월 5일 발족한다.
제2조 본 계는 계원 길흉사 구별 없이 친부모 일에만 백미 소두 3두를 지출한다.
제3조 본 계는 계원 이사시 차액을 전액 계장에게 지불한다.
제4조 본 계의 유사는 연령 순위대로 하되 임기는 1년으로 한다.
제5조 본 계의 계원은 계원 길흉사시 작업을 책임진다.
제6조 본 계의 총회경비는 유사가 부담하되 연중회비는 총회시 5,000원을 납부하고 회
      비는 유사가 관리한다.
제7조 본 계의 자금은 계원은 일체 사용하지 못하며 보증도 할 수 없다.
제8조 본 계의 정기총회는 매년 양력 12월 20일로 한다.

③ 상두치(상여계)

과거 청운리에 두 개의 상두치가 형성되어 있었다. 현재 국도 31번에서 주왕산으로 가는 도로 편에 있는 버스 정류장을 중심으로 청송읍 방면에 동내인 아랫마을에 아랫상두가 있었고 주왕산과 부동 방향에 형성된 동내인 윗마을에 형성된 윗상두가 있었다. 두 상여계의 형성 연대는 자료의 부족으로 알 수 없다. 다만 조선시대 이래 상례에 복잡한 절차가 수반되는 관계로 많은 인원이 일정 기간 동원되어야 하기 때문에 비용 지출과 과제 분담으로 인하여 이웃의 도움이 절대적으로 필요로 하였다. 이러한 이유로 상례는 죽은 사람이 속한 가족 행사에 머물지 않고 가족이 살고 있는 마을 그리고 죽은 사람이 속한 친족의 가장 중요한 행사 중에 하나였으며 또한 이러한 과제를 효과적으로 수행하기 친족 집단을 동원하는 규범을 만들거나 계를 조직하여 운영하였다.

전통적으로 우리나라에서 상례가 마을 생활에 갖는 의미 그리고 과거 역촌 그리고 동성 마을로서 청운리 사람들의 연대감이 이웃의 다른 마을보다 강하였다는 측면을 고려하여 보면 청운리의 상두치는 상당히 오래 전에 형성된 것으로 추측된다. 그리고 한 마을에 두

개의 상여계가 형성된 배경도 자료의 부족으로 정확히 알 수 없으나 아마 초창기에는 윗마을와 아랫마을이라는 거주 공간에 따라 상여계가 형성되어 운영되었던 것으로 추측된다. 그러나 현재는 아랫 상두는 91년대 곳집에 있는 상여가 도난당해 해체되고 윗상두만 운영되고 있다. 상여가 도난 될 당시 윗상두의 상여도 도난당했으나 바로 16인승의 새로운 상여를 영천에 가서 구입하여 계를 계속 운영하고 있다.

2003년 현재 윗상두 계원은 황수춘, 황대원, 황기수, 황두호, 황성구, 황순모, 황도원, 황상관, 황순흠, 황모흠, 황영모, 황학래, 황서규, 황문모, 이종만, 임우산 씨 등이며 유사는 황순흠 씨와 황문모 씨가 맡고 있다.

마을 안에 상례를 수행하기 위한 목적으로 조직된 계는 평토계, 산밥계[15], 초롱계[16] 등이 있었다. 현재는 평토계만 일두 주민들이 중심이 되어 운영되고 있으며 계원은 총 10명이다. 윗상두의 유사는 2명이며 임기는 1년으로 16명이 순번제로 유사를 담당하고 있다. 총회는 1년에 한 번 개최를 한다. 현재 마을에서 상이 났을 경우에 사용하는 제기(祭器)는 이장집에 보관하고 있다.

아랫상두는 상여를 도난당한 이후 해체되었다. 마을의 행사로서 상례가 갖는 문화적 의미에도 불구하고 기존 아랫상두에 속한 계원들이 다시 상여계를 구성하려는 노력을 기울이지 않는 이유는 오랜 시간 동안 같은 마을에서 거주한 이웃 주민들의 도움을 충분히 예상하기 때문이다. 예로 상을 당한 가족 구성원들은 죽은 사람 혹은 가족 구성원들이 속한 계 혹은 그 외 사회 조직에서 도움을 기대할 수 있다. 예를 들어 아래 언급하게 될 일심회 회원들은 그들의 활동을 다른 마을주민에게 자랑하고 또한 활동 자금을 마련하기 위하여 상례에 적극적으로 참여하기 때문이다.

<상두치 회측>[17]

1. 1992년부터는 유사는 2명으로 정함
2. 계회는 연 1회로 함
3. 현재 좌상(座上) 사망 후 좌상은 단 1명으로 모신다
4. 만약에 계원이 부족시 유사 또는 계장도 단군(單軍)으로 세울 수 있다.
5. 단 탈퇴시는 벌칙조(條)로 백미(白米) 3 두(斗)를 대금(代金)으로 지불한다.
6. 신가입자는 하시(何時)라도 환영함

---

15) 상두꾼들이 먹는 밥을 준비하고 운반하기 위하여 조직한 계이다.
16) 초상난 집에 초롱(호롱불)을 만들고 갖다주는 모임이다.
17) 본 계칙은 1992년 11월 5일에 작성되었다. 상두치 서류의 표지에 향도계(香徒禾契))로 기록되어 있는 점이 특이하다. 이 점에 관하여 마을 주민들 역시 명확한 대답을 하지 못했다. 본 계칙은 대부분 한자로 쓰여 있었으나 본 조사자가 대부분 한글로 옮겨 놓았다. 그러나 회칙의 문구 중에 문법적으로 틀리거나 불명확한 의미는 그대로 기술하였다.

7. 서기 1997년 1월 7일 계회(契會)시 사망 당할 시 본가에서 출두(出頭) 못 할 시는
   일금 3만원을 유사에 지불한다.

④ 평토계

평토계는 평토제에 사용되는 떡을 만들기 위하여 쌀을 모으기 위하여 조직된 계이다.
이 계는 1966년 11월에 조직되었으며 회원은 모두 일두에 살고 있다. 2003년 현재 계원
으로는 황종흠, 황영모, 박상균, 황준흠, 황재흠, 황보흠, 황윤택, 황모흠 씨 등이다. 계
가 조직되었던 초창기에는 계원의 부모가 상을 당했을 경우 상을 당한 계원을 제외하고
다른 계원들이 백미(白米) 5 두(斗)와 대두(大豆, 콩) 1 두(斗)를 부조를 하였다. 이외에도
상을 당한 계원의 일을 도와주었다. 현재는 현금으로 부조를 한다. 예를 들어 2003년에 모
친상을 당한 황준흠 씨에게 계원들이 2만원씩 부조를 하였다.

⑤ 일심회

일심회는 1978년에 조직되었다. 이 모임은 마을 청년들의 모임이었던 4H모임이 해체
되면서 마을 젊은층의 친목 도모와 마을 사업 중에 일손과 재정이 많이 필요로 하는 일을
담당하기 위하여 조직되었다. 조직될 당시 일심회 발기인은 총 10명이었다.
일심회가 조직되기 이전 마을에 상록회라는 청년들의 모임이 있었다. 그러나 상록회가
여러 가지 이유로 1980년에 해체되면서 이후 마을의 유일한 청년 모임으로 활동하고 있
다. 현재 회장은 황한우 씨이며 총무는 황모흠 씨가 맡고 있다. 회원 자격은 청운리에 살
고 있는 35~55세 남성으로 회측에 명시하고 있다. 그러나 보통 노인회에 가입하기 이전
인 64세까지 가입하여 활동하고 있다.
일심회는 그 동안 청운리 젊은층의 유일한 조직이며 마을의 봉사단체로서 젊은 세대의
친목 도모 이외에 마을의 중요한 사업들인 풀베기, 마을의 중요 사업 예를 들어 마을들의
한해 대책 사업, 제방둑 건설, 도로보수 작업, 상여꾼으로 활동하였다. 또한 이러한 작업을
통하여 운영 기금을 모았다. 2002년도 일심회의 활동사항은 겨울철 경로당에 기름 2드럼,
5월 8일 어버이날 경로잔치에 찬조하였다. 또한 일심회 회원 이외에 마을주민이 병원에
입원하였을 경우에도 30만원씩 병원비를 보조하였다.
마을 내의 일심회 회원들과 같은 연배이면서 과거 상록회 회원이었으나 이 모임에 가입
하고 있지 않은 일부 구성원, 예를 들어 현 동장과는 일정 정도 갈등관계가 조성되어 있
다고 생각된다. 그러나 구체적인 갈등 상황은 당사자들이 언급을 회피하여 조사하지 못했
다. 현재 일심회 회원들의 수는 점차로 줄어들고 있다. 이유는 회원들의 노령화 그리고
현재 마을 내의 젊은 사람들이 신입 회원으로 가입하고 있지 않기 때문이다.

〈일심회 회측〉

제1장 총 칙

　　제1조 (명칭) 본회는 일심회라 한다.

　　제2조 (사무소) 본회의 사무소는 청운리에 둔다.

　　제3조 (목적) 본회는 회원 상호간에 친목을 도모하고 마을 발전을 위한 협조와 봉사활
　　　　　동을 목적으로 한다.

　　제4조 (사업) 본회는 제3조의 목적을 달성하기 위하여 각오의 사업을 한다.

　　　　　　1. 회원 상호간 업무 협력 및 친목도모와 상부상조

　　　　　　2. 마을 발전을 위한 봉사활동

　　　　　　3. 본회의 수입을 위한 노력동원

　　제5조 (운영원칙) 본회는 특정인이나 정당, 종교 및 기타 사회단체 등의 이익을 위하여
　　　　　활동 할 수 없다.

제2장 자 격

　　제6조 (회원의 자격) 본회는 청운리에 거주하는 만 35세에서 55세까지의 청·장년으
　　　　　로 한다.

　　제7조 (회원의 권리와 의무)

　　　　　　1. 회원은 본회의 운영에 참여할 권리를 가진다.

　　　　　　2. 회원은 본회의 제반규약을 준수하고 총회 및 임시회 결정사항을 성실히 수행
　　　　　　　하여야 한다.

　　제8조 (회원가입)

　　　　　　1. 청운리에 거주하는 35세 이상의 청장년

　　　　　　2. 총회시 제적인원 1/2이상 참석에 참석인원 1/2이상 찬성

　　제9조 (회원제정) 다음 각호에 해당하는 자는 자격을 상실한다.

　　　　　　1. 본회의 명예를 실추시켰을 때

　　　　　　2. 1년이상 불참 및 회비 미납시

　　제10조 (임원) 본회 임원은 회장 1인, 부회장 2인, 총무 1인, 감사 2인, 이사 6인, 서기
　　　　　 1인

　　제11조 (임원의 선임과 임기)

　　　　　　1. 임원은 정기총회시 무기명 비밀투표로 선출한다.

　　　　　　2. 회장, 부회장, 감사는 총회시 선출한다.

　　　　　　3. 총무, 이사, 서기는 회장의 선임후 총회 인준을 받는다.

　　　　　　4. 임원의 임기는 1년으로 하되 연임할 수 있다.

　　　　　*회장 유고시 부회장이 자격을 대행한다.

제12조 (임원의 자격)

제13조 (임원의 의무)

    1. 회장은 회무를 총괄하고 본회를 대표한다.

    2. 총무는 회장명에 의하여 본회 운영 및 회계를 담당한다.

제3장 회 의

제14조

    1. 본회의 정기총회와 임시회를 한다.

    2. 총회는 매년 1월 중에 한다.

    3. 임시회의는 회장의 필요시 이사회의 의결을 거쳐 회장이 소집한다.

    4. 회장은 총회의 의장이 된다.

    5. 총회의 의결은 제적인원 1/2이상 참석에 참석인원 1/2이상 찬성으로 결정한다.

제15조 (총회의 의결사항)

    다음 각 호의 사항은 총회의 의결을 얻어야 한다.

    1. 회칙의 제정 및 개정

    2. 임원의 선임과 해임

    3. 회원의 제명

    4. 회의 제정사항

    5. 예, 결산 승인

    6. 기타 본회 운영에 필요한 사항

제4장 제정

제16조 (회계연도)

    본회 회계연도는 매년 정기총회 개최일로부터 익년 정기총회 전일까지로 한다.

제17조 (재정관리)

    1. 본회의 재정은 회원의 회비, 찬조금 회원의 노력동원, 기타 수입으로 한다.

    2. 총무는 세입, 세출에 필요한 장부를 비치한다.

제5장 부 칙

제18조(경조규정)

    1. 회원 직계 존비 속 흉사시 조화 1점

    2. 회원 직계 존비속 입원시 3만원 내외

    3. 회원 입택시 4만원 내외

제19조 (상벌규정)

    1. 본회 발전을 위해 공로가 인정될 시 이사회를 거쳐 상장과 부상 또는 각종 패
      등을 줄 수 있다.

(3) 친목도모를 위한 모임

앞에 언급한 사회조직은 회원들 간의 상부상조가 모임에 가장 큰 목적이지만 친목 도모라는 측면도 배제할 수 없다. 우리나라 농촌 마을에서 현재 조직되어 활동하고 있는 많은 계들이 주로 조직 목적이 친목도로로 한정하고 있다. 이것은 농촌마을 인구가 감소하고 노령화되면서 마을 사람들끼리 공동 노동 혹은 상호부조의 필요성이 점차로 줄어들면서 나타난 현상이다. 그리고 농촌에 남아 있는 사람들의 친교가 마을 생활에서 가장 중요한 일상생활로 정착되기 때문이다.

친목 도모를 위한 계는 같은 마을 구성원으로 조직된 것도 있지만 도로 사정이 나아지고 승용차와 대중교통의 증가로 면 단위로 조직되는 경우가 많다. 또한 도시로 이주한 사람 중에 고향 마을에 같은 연배와 계를 조직하여 운영하는 경우도 많다. 현재 대부분의 농촌 마을 구성원들은 친목 목적을 위한 계에 대부분 가입하고 있고 더구나 여러 개의 계에 가입하여 활동하는 경우가 많다.

① 청운리 주민들로 구성된 모임

㉠ 관광계

현재 청운리에 사는 주민들이 친목도모를 위하여 조직한 계는 관광계가 유일하다. 관광계는 3년 전인 2000년에 조직하였고 현재 계원은 총 6명으로 황종구(삼거리 슈퍼집), 황점구, 황삼율, 황문모, 강위흡, 조용태 씨 등이다.

이 계는 마을에서 친하게 지내는 아주머니들이 부부동반으로 관광을 가기 위하여 모은 계이다. 현재 한 달에 한 번씩 삼거리 슈퍼에 모이고 계금으로 매달 각 계원들이 3만원씩 모은다. 관광계의 계측이 따로 없고 임원도 유일하게 통장을 관리하는 총무만 있다. 계의 목적이 관광이나 현재까지 관광을 간 적이 없고 다만 자녀들이 성장하여 일상적인 도움이 필요 없고 시간적 여유가 많을 시기에 부부동반으로 관광을 가기 위한 모임이다.

② 마을 외 주민들과 같이 구성된 모임

청운리에 살고 있는 주민과 인근의 다른 마을 혹은 서울, 대구 등의 외지에 살고 있는 청운리 출신 사람들과 같이 결성한 친목계는 상당히 많다. 계원들은 같은 연배로 동내에서 어린시절부터 친하게 지냈거나 같은 학교에서 공부하였다는 공통점을 갖고 있다.
이 모임은 크게 청운리 거주하는 사람들과 청운리 출신 사람들이 만든 모임과 청운리 출신이 아닌 사람들이 만든 모임으로 나눌 수 있다.

㉠ 청운리 출신 사람들의 친교모임

· 을미회

을미회는 1948년 청운리에서 태어난 사람들의 모임으로서 계원은 현재 청운리에 거주하는 황주원(갑장), 황사원, 황금모, 황왕구, 황재호 씨와 외지에 나가 있는 사람 5명과 황하구, 황용구, 황병혁, 황정원, 황충구, 황희걸, 황호구 씨 등 총 12명이다. 을미회를 조직한 시기는 약 20년 전이다. 임원으로 계장과 유사가 있다. 계장은 계원 중에 생년월일이 가장 빠른 황주원 씨가 맡고 있으며 그 외에 유사 한 명을 임원으로 두고 있다. 모임은 일년에 여름 야유회 그리고 겨울 정기총회 두 번의 모임을 갖고 있으며 주로 계원들이 모두 모일 수 있게 휴가철과 농한기에 하루를 정하여 부부동반으로 모임을 갖는다. 회비는 처음 결성 당시 천 원이었으나, 현재는 1년에 20만원이며 여름 총회 때 10만원 그리고 겨울 총회 때 10만원을 낸다. 회비의 관리는 유사가 하며, 회비 사용은 천 만원 정기적금에 입금하고 계추 혹은 그 외에 행사에 지출한다. 천 만원 적금은 이미 한 차례 만기가 되어 은행에서 천만 원을 찾아 계원 부인들에게 '무스탕'을 사주었다고 한다.

· 모추방구계

모추방구계는 주왕산으로 가는 다리 건너 산에 큰 바위인 못추방구의 이름을 따서 만든 모임이다. 이 바위에서 어릴 적 같이 놀던 마을 남성들이 만든 계이다. 현재 회원들은 윤봉식(대구 거주), 황상완(대구), 황세구(대구), 황학원, 황춘구, 황수모(대구), 황팔도(대구), 황한우, 황준구, 황선흠 등이다. 계측은 없고 임원은 유사 한 명만이 있다. 올해의 유사는 윤봉식 씨가 맡고 있다. 일년에 한 번 여름철에 모임을 갖는데, 2003년에는 7월 20일에 개최하였다. 모추방구계는 청운리 출신 중에 동년배들의 친교모임이기 때문에 모임은 주로 화투를 치거나 노래방을 가는 행사가 주를 이루고 있다.

㉡ 청운리 외 출신 사람들과의 친교모임

출신 마을 이외에 인근 지역에 사람들과의 친교모임은 현재 농촌 마을 남성들이 조직한 모임으로 가장 흔하게 발견된다. 이것은 현재 마을에서 중추적인 역할을 하는 남성들이 대부분 해방 이후 출생한 세대로서 인근 지역의 사람들과 접촉할 기회가 많았기 때문에 생긴 현상이다. 예를 들어 인근 지역에 같은 초·중등학교 다니거나 같은 시기에 군에 입대하여 친구로 지속하여 만남을 갖거나 사회생활을 하면서 면소재지 등 지역의 중심지에서 여러 가지 이유로 동년배를 사귈 기회가 많아졌기 때문이다. 청운리 남성 중에 대부분의 40~60대에 속한 사람들은 마을 외에 사람들과 모임에 참여하고 있다.

· 백말띠 동갑계

갑오생 출신들의 모임으로 군단위에 100여명 읍단위에 24명이며 청운리에는 황성원, 황병훈, 황준구, 황선흠, 황한우 이상 5명이 백말띠로서 백마회 회원으로 가입하고 있다.

· 신묘회(申卯會)

청송읍에 있는 신묘년 생 출신의 동갑계로서 현재 회원이 20명이며 청운리에는 조용태 씨만 가입하고 있다.

· 개모임

개띠 해에 출생한 청송중학교 동기생 모임으로 작년에 (2002년) 결성되었다. 청운리에 는 강병길 씨가 회원으로 가입하고 있다.

· 청수회

청송초등학교 18회 졸업생 모임이다. 임원은 회장과 총무가 있으며 1년에 4회 부부동 반으로 모임을 갖는다. 현재 이 마을에서 청수회에 가입한 회원들은 2년을 청운분교에서 다녔고 나머지 4년을 청송초등학교에서 배웠던 사람들이다.

· 청우회

청운초등학교 2회 졸업생의 모임으로서 현재 회원은 60명의 동창생 중에 현재 회원은 20명이다. 청우회 회장 서울에 거주하는 이종희 씨이다. 1년에 1회 정기모임을 가지며 연회비 12만원이다.

· 청운회(靑雲會)

청운회는 1993년에 황삼율 씨가 주도하여 청운리에 거주하는 조용태, 황삼율, 황문모, 강위흡 씨 등 총 4명 그리고 인근 지역에 사는 조용구, 황대홍, 황차흠, 황익홍, 이수성, 황견광, 황금구 7명 총 11명이 친목도모를 목적으로 결성하였다. 현재 황삼율 씨가 회장 이며 모임은 1년에 한번 여름에 가지며 주로 부부동반으로 야유회를 간다. 청운회는 친목 도모 이외에 회원가족이 상을 당하면 모임에서 회원들이 50만원을 모아 부조를 한다.

4. 조사자료 정리를 마치며

청운동 조사를 하면서 연구자는 마을 내의 계 혹은 그 외에 사회모임을 조사하고 다른 한편으로는 가능한 많은 마을 주민을 만나 그들의 일상적인 사회생활에 묻고자 하였다. 이는 농촌사회학과 달리 민속학에서 농촌 사회의 계 연구는 마을 사람들의 사회생활 연구 의 한 방편으로 인식되어야 한다고 생각하기 때문이다. 그리고 기존의 계 연구가 주로 계의 목적과 활동 등을 중점적으로 분석하여 마을의 한정된 사회생활만을 분석할 수밖에 없다는 문제점을 인식하였기 때문이다.

이러한 연구자의 조사 목적을 달성하기 위해서 청운리의 인구 규모는 너무 컸다. 물론

본 조사자도 가급적 청운리의 많은 사람들을 만나 그들의 일상적 혹은 비일상적 사회생활에 대하여 질문하였다. 그리고 마을의 계 혹은 다른 사회모임이 결성되는 혹은 결성되지 않아도 되는 이유에 대해서도 고민하였다. 그러나 조사 기간의 시간적 제약으로 인하여 기존 계에 대한 조사와 연구처럼 모임의 참여자와 활동 상황을 중심으로 청운리 사람들이 참여한 사회 모임의 형성 배경과 특징만을 언급하였다.

자료 정리를 하면서 부족한 부분을 보충하기 위하여 보충 조사를 하는 과정에서 일두에서 한 종계(宗契)를 우연히 관찰을 하게 되었다. 이 종계는 평해 황씨의 한 지파(支派)의 구성원으로 조직된 계로서 매년 12월 혹은 1월에 종계를 개최한다. 계원은 약 20명 정도이나 이날 참석한 계원은 7명이었다. 이 날 계추의 진행은 계원들이 계금을 제출하고 식사를 하는 순서였다. 본 종계의 계추에 참석한 계원들이 본 조사자가 이전에 현지 조사를 하면서 여러 가지 계에 관한 정보를 주었던 주민들도 있었다. 본 조사자는 종계원들과 식사를 하면서 이들에게 이전에 계에 관한 정보를 물었을 당시 본 종계에 관한 정보를 알려주지 않았던 이유에 대해서 물었다. 이들의 대답은 한결같이 그들이 참여하는 계가 너무 많아 모두 정보를 알려줄 수 없었고 그리고 본 조사자의 조사 대상인 가족 단위가 참여하는 계가 아니고 마을 주민 혹은 인근 지역 사람들이 참여하는 계로 이해하였기 때문이라고 하였다.

이와 같은 에피소드는 조사자가 조사 전술의 실패 그리고 조사 대상에 대하여 체계적으로 인식하지 못하였다는 점을 보여주고 있다. 그러나 다른 한편으로는 조사 대상이 너무 광범위하다는 것을 보여주는 예이기도 하다.

본 종계에 마침 한 일두 주민이 참가하였다. 그는 상두치에 대한 정보를 본 조사자가 알려 주었던 이 마을에서 가장 나이가 많은 주민 중에 한 분이다. 그는 본 조사자가 평토계 문서 존재 여부를 묻자, 문서를 보관하고 있는 주민의 집을 안내하였고 그리고 이 집에서 개최되는 종계에 본 조사자와 같이 우연히 참여하게 되었다. 그는 종계 계원의 식사 요청을 계속 거부하였으나 본 조사자가 계원들의 식사 요청을 수락하자 마지못해 같이 식사를 하였다. 그리고 조사자가 종계가 개최되는 집을 나서자 종계에 참석하는 계원들과 담소를 나누다 황급히 자리를 떴다.

청운리 사람들은 혈연 의식이 다른 동성 마을보다 상대적으로 결속력이 약하다. 그럼에도 불구하고 이들은 필요에 따라 마을에 살고 있는 평해 황씨의 유대를 강화하고 경우에 따라서는 지파의 결속을 여러 종류의 모임을 통하여 강화시키기도 하다. 물론 청운리 사람들의 모임은 혈연적 요소만이 중심이 된 것이 아니고 앞에서 언급한 것처럼 세대 혹은 거주 지역 등이 작용하여 모임을 형성하고 운영하고 있다. 따라서 청운리의 사회생활에 대한 분석은 계 혹은 사회 모임에 대한 분석 이외에 청운리 사람들의 가족 혹은 친족 관념을 이들의 문화적 실천을 같이 분석해야 될 것으로 생각된다.

<이 상 현>

청운마을 평해 황씨 문중과 묘사(墓祀)

1. 청운리 종가, 입향조 황덕필에서 종손 황병양에 이르기까지

서기 28년(신라 유리왕 5), 중국 후한의 유신(儒臣)이었던 황락(黃洛)이 장군 구대림(丘大林: 평해 구씨의 시조)과 함께 사신으로서 교지국(交趾國: 옛 월남의 지방)으로 가던 중 풍랑을 만나 신라의 땅인 평해 월송포(越松浦)에 도착하여 그곳에 자리를 잡고 살면서, 스스로 '황장군'이라 칭하며 황씨의 시조가 되었다. 현재 평해 월송리(越松里)에 황장군의 묘소가 전해지고 있으며, 구장군이 살았다는 곳을 구미진(丘尾津)이라 부르고 있다. 황장군의 아들 3형제 중 맏아들 갑고(甲古)는 기성군(箕城君)에 봉해져 평해 황씨의 시조가 되었으며, 둘째 을고(乙古)는 장수군(長水君)에 봉해져서 장수 황씨의 시조가, 셋째 아들인 병고(丙古)는 창원백(昌原伯)에 봉해져 창원 황씨의 시조가 되었다(『조선씨족통보』, 1974).

황씨의 시조는 중국 후한의 황락으로 알려져 있으며 풍랑으로 인해 평해 땅에 자리 잡게 되었다고 한다. [그림 1]에서 보듯이 갑고의 맏아들 온인(溫仁)은 고려조에서 금오위대장군을 지냈으며 '앉은 곳이 내 본(本)이다'하여 평해를 본으로 삼게 되었는데, 이로써 평해 황씨의 실제 시조는 온인이라고 할 수 있다. 그런데 온인의 묘소는 행방을 찾을 수 없어 1975년 후손들이 황락의 제단이 자리한 평해 월송리에 비석을 세워두고 음력 10월 중정(中丁)에 제를 올리고 있다. 2世 우정(佑精)과 3世 유중(裕中)의 묘소 역시 행방이 묘연한 탓에 후손들이 힘을 모아 1975년 월송리에 비석을 세우고 음력 10월 중정에 제를 지내고 있다.

족보에 따르면 평해 황씨는 3世 유중의 아들 대인 4世에 이르러 최초의 분파를 한다. 유중의 세 아들을 중심으로 3개 파가 형성되는데, 청운리 평해 황씨는 셋째아들 용(瑢)의 후손으로서 충경공파(忠敬公派)이다. 용은 고려조에서 삼중대광(三重大匡)을 지낸 인물로만 알려져 있을 뿐 출생연대에 대해서는 기록이 남아있지 않다. 한편 용이 고려조 삼중대광에 올랐기 때문에 용의 후손들을 대광공파라고도 한다. 용을 비롯하여 형제 진(瑨)과 서(瑞)의 묘소 역시 행방을 알 수 없다.

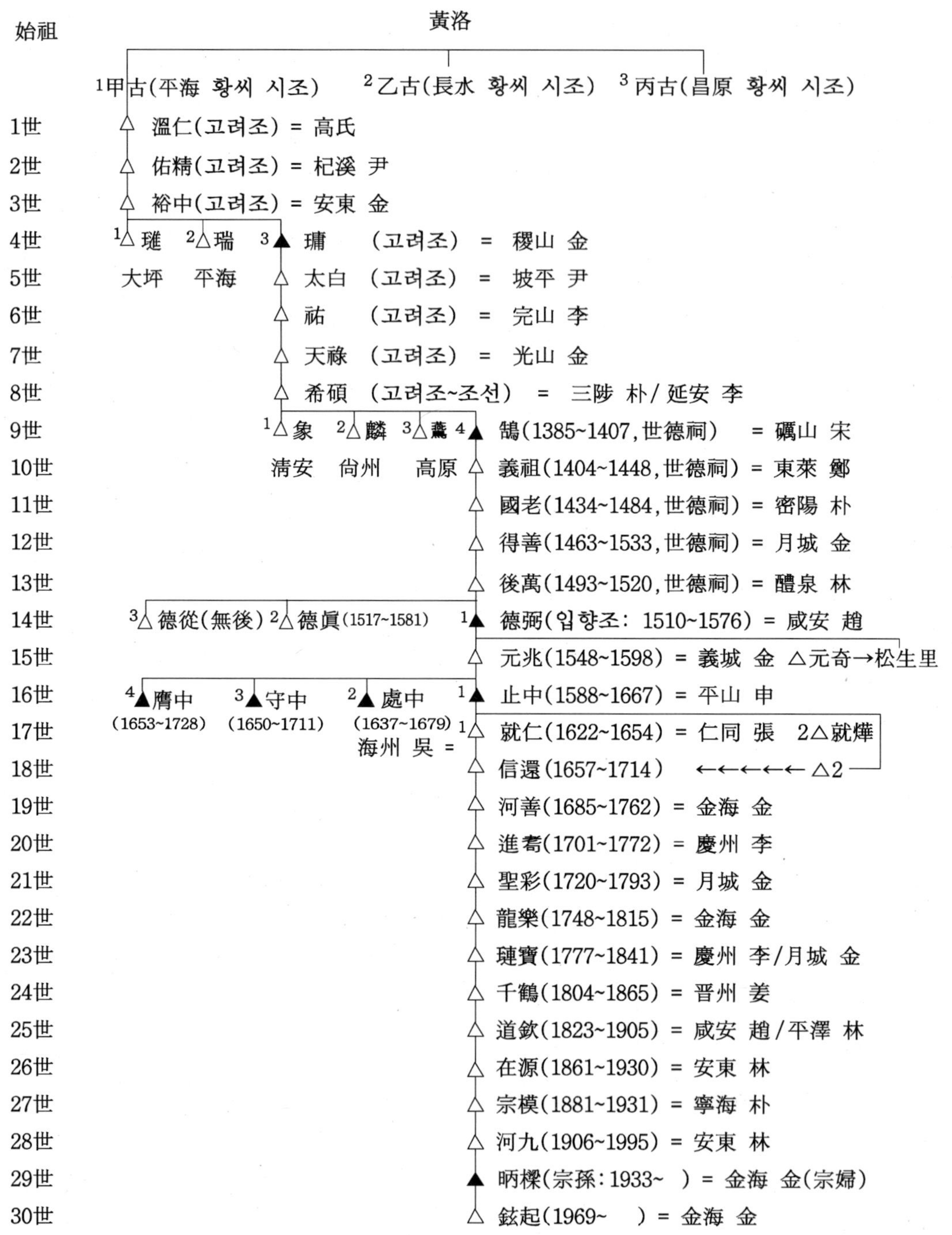

[그림 1] 청운리 평해 황씨 계보도

이후 평해 황씨는 8世 희석(希碩)의 아들 대인 9世에서 다시 분파를 하는데, 즉 희석의 네 아들을 중심으로 4개 파가 생겨나 청운리 평해 황씨는 넷째아들 곡(鵠)의 혈통을 잇게 된다. 그리고 곡이 고려조에서 동래부사를 지냈기 때문에 부사공파(府使公派: 鵠派라고도 함)라고 칭한다.

9世 곡(鵠)과 10世 의조(義祖)의 묘소는 경기도 양주군 동두천 사당동에 있는 것으로 확인되었다. 족보(부사공파 파보)에 따르면 11世 국노(國老)는 단종이 계유사화(1453~1456)로 인해 영월에 유배되자 동두천에서 경주로 낙향했다고 하는데, 이를 입증이라도 하듯이 국노의 묘소는 기계면(1906년까지 경주에 내속되어 있었음)에 자리하고 있다. 12世 득선(得善)의 묘소 역시 기계면에 있으며, 13世 후만(後萬)은 1519년에 있었던 기묘사화로 인해 의성 문흥리로 이거한 것으로 전한다. 후만의 묘소는 의성 솔리면 길포(吉浦)에 있다.

후만은 덕필(德弼), 덕진(德眞), 덕종(德從) 세 아들을 두었는데 덕종은 무후(無後)로만 되어 있을 뿐 기록이 전혀 남아있지 않다. 족보에 따르면 당시 의성에 살고 있던 덕필은 선조 계유년(1573년)에 아우 덕진과 함께 청송 허봉산 아래 자리한 만취동(晚翠洞: 지금의 청운리)으로 옮겨와서 이곳에 영이정(詠而亭)을 짓고 벼슬에는 뜻을 두지 않은 채 오로지 학문에만 전념했다고 한다. 덕필의 묘소는 청운리 가는실(細谷)에 있으며 아우 덕진의 묘소는 부내면 고정동(考亭洞)에 있다. 이로써 청운리 입향조는 14世 덕필이 되는 셈이다.

영이정(詠而亭) 전경

영이정(詠而亭)

영이정 대청에 걸려있는 이건기(移建記)에 따르면 원래 마을 한가운데에 자리하고 있었던 영이정을 1946년에 현재의 자리로 옮긴 것으로 되어있다. 다음의 인용문은 『靑松樓亭錄』(2000년 발행)에 실려 있는 '영이정 이건기'의 일부이다.

중종 때 詠而 黃公이 의성(聞韶)에서 청송의 翠洞里(청운리)로 옮겨 살았는데……(중략)……그 자손들이 퍼져서 한 동리가 되었으나 世代가 멀고 끼친 빛이 날로 가리어져서 바라볼 勝景이 없어서 病통으로 여겼는데 丙戌年(1946) 가을에 후손들이 서로 의논하기를 우리 할아버지께서 이곳에 집을 하신지 이제 사백년이 되었으나 물과 언덕 초목은 당시와 틀린 것이 없으나 우리들이 분명하지 못하여 할아버지의 영향을 만분의 일도 따라가지 못하였으나 다행히 우리의 모든 父祖들이 誠과 孝를 다한데 힘입어 높은 한 칸의 정자를 눈으로 볼 수 있으나 생각건대 제도와 장소가 맞지 아니하니 새롭게 세우려고 생각한 것이 先父老들의 뜻이었으나 이룩하지 못하였는데……(중략)……先父老들의 뜻을 받들고 이어서 지키는 일은 될 것이다 하니 모두가 좋다하여 이에 터를 東菰灣에 정하고 바위를 끊어 臺로 하고 쌓아서, 기와를 옛것을 쓴 것은 오래된 물건을 잊지 아니하기 위함이요 軒檻과 기둥은 새롭게 하니 살펴보니 진실로 아름답도다. 칼질하는 者, 톱질 하는 者, 흙 칼로 벽 바르는 者, 모두 그 재주를 다하니 몇 달이 아니 되어서 완공하였다.

이렇듯 지금의 영이정은 윗대 조상들이 증축·이건하려고 했지만 뜻을 이루지 못하다가 1946년에 이건을 결정하고 완공한 건물이다. 얼마 전까지만 해도 정자 옆 마당 재실에 영이정 위토를 소작하던 사람이 살면서 정자를 관리하고 덕필의 묘사 준비를 해주었으나, 타지로 떠나버리고 난 후 마땅한 사람을 찾지 못해 재실을 뜯어버렸으며 지금은 집터만 남아있다.

그런데 위의 내용에 따르면 덕필은 중종 때 청송으로 옮겨온 듯한데, 이는 선조 계유년으로 되어있는 부사공파 족보의 기록과 다르다. 이처럼 덕필의 행적을 더듬는 과정에서 기록이 제각기 달라 다소 혼란스러운 점도 없지 않다. 1973년에 발행된 『黃氏名賢錄』에 따르면 덕필의 출생연대는 미상으로 되어있고, 1531년(중종 26년)에 사망한 것으로 되어 있다. 또한 1995년에 발행된 『靑松入鄕誌』에는 다음과 같이 적혀있다.

> 입향조의 휘는 德弼이요, 자는 夢賚요, 호는 詠而니, 입향연대는 선조 6년 계유년(1573)이며 아우 덕진과 함께 입향하였다. 입향조의 증조부 휘 國老가 벼슬이 嘉善大夫行兵曹參議兼五衛都摠府副摠官이었는데 재직시 癸酉靖亂(1453~1456)에 연루되어 경주로 낙향 후……(중략)……그의 증손인 덕필이 입향한 지 19년 만에 임진왜란이 일어나자 세상이 어수선하여 귀향하지 못하고……

족보에 따르면 덕필은 1510년(正德庚午五月五日生)에 출생하여 1576년(丙子三月二十三日卒)에 사망한 것으로 되어 있으나, 위의 기록에서는 '1573년에 입향하여 19년만인 1592년의 임진왜란을 겪었다'고 하니 다소 의문스럽다. 아마 기록과정에서 약간의 연대착오가 생긴 듯하다.

청운리 평해 황씨의 대부분은 덕필의 후손들이며, 덕진의 후손은 청운리와 송생리 등지로 흩어져 있는데 청운리에는 약 10가구 정도 살고 있다. 이들은 15世 원조(元兆)의 아들 대에 이르러 다시 4개 파로 갈라진다. 맏아들 16世 지중(止中)은 묘소가 청송 부서

청운리 종가

부친 黃河九씨의 기제를 올리고 있는 종손 黃昞樑씨와 차종손 黃鉉起씨(2003년 7월 17일)

면 등현(嶝峴)에 있다는 이유로 등기파(혹은 등개파), 둘째아들 처중(處中)의 묘소는 청송 부남면 속곡(涑谷)에 있기 때문에 속계파, 셋째아들 수중(守中)의 묘소는 청송 안덕면 노래(老萊)에 있으므로 노래파, 넷째아들 응중(膺中)의 묘소는 청운리 낙갈(洛葛)에 있어서 낙개파로 불린다.

청운리 종가는 등기파 지중의 혈통을 잇고 있으며, 속계파 처중의 후손들은 그리 많지 않다. 현재 청운리에는 노래파 수중의 후손들과 낙개파 응중의 후손들이 가장 많다. 이처럼 청운리에는 9世 곡을 파시조로 삼고 있는 부사공파와 그 아랫대의 4개 파, 총 5개의 파문중이 결성되어 있는 셈이다. 마을 최고령자가 문장(門長)이 되며 현재 92세의 황원섭씨가 맡고 있다. 유사는 부사공파에서 1명, 그 아래의 4개 파에서 각각 1명씩 두고 있으나 노래파의 경우에는 규모가 크기 때문에 2명의 유사가 있다. 음력 10월에 날을 잡아 부사공파 전체모임인 문중취(門中聚)를 개최하는데, 이는 9世 곡(鵠)에서 15世 원조(元兆)까지의 묘제를 지내기 위한 조직이다. 그리고 4개 파에서는 각 조상들의 묘사를 위한 종계취(宗契聚)라는 별도의 조직을 결성하고 있다.

지금의 청운리 종가는 1970년 무렵 종손의 부친 황하구(黃河九: 1995년 90세로 사망)씨가 신축한 것이다(사진 참조). 원래 종가는 윗동네에 있었는데 1940년 무렵 아랫동네로 내려왔으며, 이후 홍수로 인해 집이 침수되어 지금의 종가를 신축했다. 현재 종가에는 93세의 노종부와 종손 내외분이 살고 있다. 안동 林씨 노종부는 청송 부동면 이전리 출신이며, 60세 종부는 청송 파천면 출신의 김해 김씨로서 청송읍으로부터 효부상을 받은 바 있다. 종손 황병량(黃昞樑)씨는 황하구씨의 2남 3녀 중 장남으로 태어났으며 현재 71세이다. 종손의 동생 황병주(黃昞柱)씨는 올해 68세로 청운리에 살고 있다. 종손은 슬하에 1남 4녀를 두었는데 세 번째가 차종손 황현기(黃鉉起: 35세)씨이다. 차종손은 직장관계로 현재 부산에 살고 있으며, 직장에서 만난 부산출신 김해 김씨 차종부(32세)와 2000년에 혼인하여 딸 둘을 두었다.

현재 종가에서는 3대조 곧 증조부모까지의 삼대봉사를 하고 있다. 부친 황하구씨의 생전에 고조부모의 제사를 매혼(埋魂)했다고 한다. 신주는 없으며 지방제사를 올리는데, 2003년 7월 17일 저녁 8시 무렵에 부친 황하구씨의 기제사가 있었다(사진 참조). 당시의 참사객은 종손과 차종손, 종손의 동생, 두 명의 종형제, 재종형제와 집안사람 한 명, 청송으로 출가한 맏딸 내외이다. 초헌은 종손이 맡았으며 차종손은 집사를 담당했다. 아헌 대상자인 근친자 가운데 37세의 종형제와 58세의 종형제, 71세의 재종형제가 있었으나 연령을 고려하여 나이가 가장 많은 재종형제가 아헌을 맡았으며, 두 명의 종형제 중에서는 양복을 갖추어 입은 37세의 종형제가 종헌을 담당했다.

이날 부산에 살고 있는 차종손 내외와 청송의 맏딸 내외는 조사자들이 방문할 것이라는 사전연락을 받고 일부러 참사했으며, 서울에 살고 있는 37세의 종형제는 휴가를 맞아 고향방문을 한 계기로 참사하게 되었다.

평소 차종손 황현기씨는 직장일이 바쁜 탓에 기제에는 거의 오지 못하고 설날과 추석의 절사에만 참사하는 편이다. 자신이 차종손이라는 의식은 항상 갖고 있지만 문중 일을 비롯한 집안의 대소사에는 거의 얼굴을 내밀지 못한다. 특히 노종부를 비롯하여 현 종손 내외분이 돌아가신 후도 은근히 걱정이다. 그렇다고 해서 생업을 접고 막무가내 고향으로 돌아올 수도 없기 때문이다. 이처럼 전국의 동성마을 종가들이 겪고 있는 문제를 청운리 종가도 어김없이 겪고 있는 것이다.

2. 조상의 묘소를 잃어버린 슬픔을 달래기 위한 '세덕사'

청운리에서 자동차로 약 5분 거리에 위치한 송생리(松生里)에는 9世 곡에서 13世 후만까지 다섯 분의 조상 위패가 배향되어 있는 세덕사(世德祠)가 있다. 송생리는 덕필의 둘째아들 15世 원기(元奇)가 분가한 곳으로 전하며, 이전에는 평해 황씨들이 다수 거주하고 있었는데 지금은 5가구 정도만이 살고 있다. 이처럼 송생리와 청운리의 깊은 관련성은 다음의 이야기를 통해서도 엿볼 수 있다.

> 청운리에 있는 덕목산(일두에 있음)은 송생리에 살고 있는 의성 김씨 것이었고 송생이산이 평해 황씨 것이었어. 그런데 덕목산은 자손이 번창하는 혈이고 송생이는 관록 먹는 자손이 나는 혈이었어. 당시 김씨 집에서 바꾸자고 해서 우리가 덕목산을 차지하게 되었지. 송생리 가보면 정말로 터가 좋은 것을 알 수 있어.
>
> <제보자: 황유모씨(77세)>

뿐만 아니라 송생리에는 22世 황학(黃澩: 1758~1804)이 배향되어 있는 송벽사가 자리하고 있는데, 황학의 호를 따서 '만취사당(晩翠祠堂)'이라고도 한다. 정확한 건립연대는 알 수 없으나, 만취서당과 만취정이 건립된 무렵인 1840년대에 함께 세워진 것으로 알려져 있다. 매년 음력 2월 중정(中丁)에 향사를 올린다. 황학은 황덕필의 아우 황덕진의 후손이며 호는 만취(晩翠)이다. 영조 34년(1758) 황석진과 함안 조씨 사이의 둘째아들로 청운리에서 출생했으며 어릴 적부터 글 읽기를 즐겼다고 한다.

황학(黃澤)이 배향되어 있는 송벽사(松碧祠)

황학(黃澤)의 신주

만취서당(晩翠書堂)

기록에 따르면 황학은 부친이 논에 가서 새를 쫓으라고 했더니 책을 갖고 가서 논두렁에 앉아 해가 저물 때까지 책만 읽었다고 한다. 이를 지켜본 부친이 일을 제대로 하지 않는다하여 이번에는 산에 가서 나무를 해오라고 시켰더니, 황학은 나무를 하게 되면 책을 읽을 수 없다고 하염없이 눈물을 흘렸다고 한다.

황학은 성장한 후에도 벼슬에는 뜻을 두지 않고 오로지 학문에만 전념하여 '청운리에 진실로 높은 선비가 있다'는 칭송을 들어왔다. 이에 황학의 명성을 전해들은 현감이 지방 선비들의 시험을 주관해주고 관광도 즐기도록 권유했으나 황학은 '스스로 알면 밝은 판단이 있을 것이다'라며 정중히 거절했다고 한다. 평생 벼슬길에는 오르지 않고 마을에 서당을 지어 학문을 전한 것으로 알려지고 있다. 현재 마을에 남아있는 만취서당은 1843년 후손 황대손(黃大孫)이 건립한 것이다. 황학은 순조 4년(1804)에 눈을 감았는데, 묘소는 청운리 낙갈(洛葛)에 있으며 배위는 영해 박씨이다. 마을 앞을 흐르는 강 건너편에는 1847년 후손들이 뜻을 모아 건립한 만취정(晩翠亭)이 있다.

황학이 배향되어 있는 송벽사 옆에 청운리 평해 황씨 조상들을 모신 세덕사(世德祠)가 자리하고 있다. 세덕사는 1980년 후손들에 의해 건립되었으며 9世 곡(鵠), 10世 의조(義祖), 11世 국노(國老), 12世 득선(得善), 13世 후만(後萬)이 배향되어 있다.

이들 조상을 세덕사에 배향하게 된 사연은 후손 황영호(黃永浩)씨가 작성한 세덕사기(世德祠記: 1980년 작성)에 실려 있다(『靑松樓亭錄』, 2000).

세덕사(世德祠) 정문

세덕사

17대조 부사공(鷝) 이하 4位의 묘소가 보첩에는 상세히 기록되어 있으나 연대가 옮겨지고 여러 번 난리로 자손이 흩어져 살아 실전(失傳)하였으니 자손들의 무궁한 슬픔이로다. 내가 여러 번 양주(楊州)와 기계(杞溪) 등지를 찾아가서 선영(先塋)의 의총(疑塚)을 찾아보았으나 돈연히 증신(證信)이 없어서 마침내 정성을 이룩하지 못하니 더욱 죄송한 마음 금할 수 없다. 제종(諸宗)께서 의논하여 사당을 세움이 어떠하뇨 하니 모두가 좋다하여 재목을 모으고 기와를 구워서 족인 계돈(季墩)과 상영으로 더불어 수금 차 각처로 가면서 재도 넘고 발섭(跋涉)도 하고 풍우와 추위더위도 겁내지 않고 모금하여 몇 달이 지나 준공하고 이에 17대조 부사공 이하 5位의 위패를 차례로 뫼시고 소목(昭穆)대로 5位를 높이 향사하니 자손의 추모하는 마음과 작은 정성을 펼 수 있어서 황연(況然)히 선령(先靈)께 양양하게 즐기시며 의지하는 듯 하도다. 자손들도 태평이 돌아온 듯 무궁토록 떨칠 것이로다.

세덕사 내부전경

중앙에 자리한 鷝의 위패를 마주하여 좌측 안쪽으로부터 得善과 後萬(사진 정면), 우측 안쪽으로부터 義祖와 國老의 위패가 놓여있다.

위의 내용으로도 알 수 있듯이 세덕사는 잃어버린 조상의 묘소를 대신하여 건립된 사당이다. 족보에 따르면 9世 곡과 10世 의조의 묘소는 양주군 동두천읍 지행리 사당동에 있으며, 11世 국노는 경주 기계면 연대산(連臺山)에 배위 밀양 박씨와 합장해있다. 12世 득선 역시 기계면에 묘소가 있으며, 13世 후만의 묘소는 의성군 솔리면 길포에 있다.

황수도씨(71세)에 따르면 문중사람 몇 명이 족보에 명시되어 있는 장소를 방문하여 수소문해보았지만 묘소의 행방을 찾을 수 없었다고 한다. 그러기를 수차

9世 鵠의 위패

례 거듭하면서 애간장을 태우다가 마침내 문중어른들과 의논한 끝에 사당을 세우기로 결정한 것이다. 그리고 때마침 황학이 배향되어 있는 송생리 송벽사 근처에 땅을 소유하고 있던 문중사람이 선뜻 부지를 마련해주어 지금의 세덕사가 세워졌다. 사진에서 보듯이 중앙에 자리한 곡(鵠)을 중심으로 좌우로 2위씩 배열되어 있으며, 매년 청명일에 향사를 지내고 이를 위해 유림계가 결성되어 있다.

3. 아홉 묘소를 향해 지내는 입향조 황덕필의 묘사(墓祀)

입향조 덕필의 묘비

사진으로는 식별하기 어려우나 묘비 뒤 가파른 언덕 위로 주인을 알 수 없는 아홉 묘소가 줄지어있고, 이중 하나가 덕필의 묘소이다.

세덕사에 얽힌 가슴 아픈 사연만이 아니라 청운리 평해 황씨들에게는 또 다른 아픔이 있다. 매년 음력 10월 초 정일(初丁日)은 청운리 평해 황씨 조상들의 묘사를 지내는 날이다. 올해 (2003) 양력 10월 31일 오전 8시 30분 무렵 문중사람들은 채비를 서둘러 가는골(細谷)로 향했다. 입향조 덕필의 묘사를 지내기 위해서이다. 원래대로라면 파시조인 9世 곡(鵠)부터 찾아뵈어야 마땅하지만, 9世에서 13世 후만(後萬)까지의 묘소는 실전(失傳)하여 세덕사에 위패를 모시고 있기 때문에 청운리 평해 황씨 묘사는

14世 입향조 덕필부터 시작된다. 청운리에서 자동차로 약 5분 거리에 자리한 가는골에 입향조 덕필의 묘소가 있다. 그러나 막상 가는골에 가면 '詠而處士平海黃公之墓'라고 적힌 묘비만 서있을 뿐, 묘비 뒤로는 가파른 언덕만 펼쳐져 있다. 묘비가 서있는 곳에서 약 5미터 정도 위로 올라가면 그제야 무덤이 보이기 시작하는데 그 뒤를 이어 여러 개의 무덤이 줄지어 있다. 마을사람들에 따르면 모두 아홉 무덤이라 하는데, 현재 육안으로 식별할 수

묘비 앞에 차려진 제물

있는 것은 여섯이다. 아홉이든 여섯이든, 중요한 것은 이들 모두 주인을 알 수 없는 무덤이라는 사실이다. 마을사람들은 이 가운데 하나가 덕필의 묘소일 것으로 추측하고 있다.

아홉 무덤 중 하나가 입향조 어른의 것임에 틀림없지만 명확히 알 수 없고, 그렇다고 해서 제를 올리지 않으려니 입향조 어른을 뵐 면목이 없고…. 이러한 상황에서 가장 지혜로운 방법은 아홉 묘소를 향해 일제히 제(祭)를 올리는 것이다. 아홉 묘소를 향해 제를 올린다면 그 중 어딘가에 계실 입향조 어른도 드실 것이고, 또 입향조 어른 덕에 나머지 여덟 분도 배불리 드실 것이니, 모두에게 좋은 일이다. 이런 연유에서 아홉 무덤이 줄지어있는 가파른 언덕 끝자락 편편한 곳에 입향조 덕필의 묘비를 세웠다(사진 참조). 지금의 후손들이 짊어져야 할 고민을 덜어준, 묘비 세우신 어른이 고맙기만 하다. 그러나 덕필의 6세손이라고만 전할 뿐, 묘비 뒤에 새겨진 글자는 비바람에 지워져 읽을 수 없을 정도이다. 아무튼 후손들에겐 더없이 고마운 지혜로운 어르신이다. 그런데 묘사를 지낼 때는 아홉 묘소를 향해 일제히 제를 올린다고 하지만, 벌초는 그리 간단하지 않다. 한 기(基)라도 빠뜨리면, 행여 그것이 입향조 어른의 묘소일 수도 있기 때문에 아홉 묘소의 벌초를 동시에 행하는 수밖에 없다. 이것 역시 만만찮은 일거리이다.

덕필의 묘비 앞에서 제(祭)를 올리고 있는 후손들

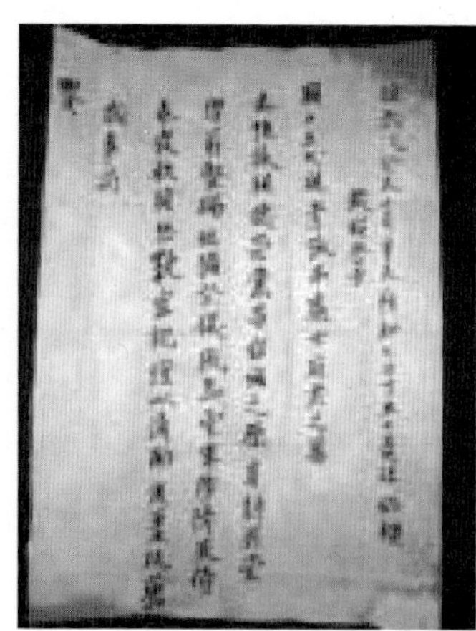

축문(祝文)

　가는골 입향조 덕필의 묘사를 지낼 때는 당연히 종손 황병량씨가 초헌을 맡는다. 아헌은 황유모씨(77세)가, 종헌은 황함영씨(67세)가, 축관은 황수도씨(71세)가 담당했다. 입향조 덕필의 묘사를 지내는 과정은 다음과 같다.

　　입향조 어른을 모셔오기 위해 참사자 전원이 재배(再拜)하는 참신(參神)으로 묘사가 시작된다. 그러면 초헌 황병량씨가 분향(焚香)을 하고 술을 바닥에 뿌림으로써 입향조 어른이 오신 것을 상징적으로 나타낸 후, 인사를 드리는 초헌 재배의 강신(降神)과정이 있다.
　　이로써 입향조 어른이 오셨다고 생각되면, 본격적인 대접을 시작하기 위해 후손 대표로서 초헌이 첫술을 올린다. 술을 드신 입향조 어른이 안주를 드시고 또 시장하시다면 밥도 드실 수 있도록 집사자가 메 뚜껑을 열어 놓고 포(脯) 위에 젓가락을 올리는 정저(正箸)를 한다. 그러면 축관 황수도씨가 초헌을 대신하여 수확철을 맞아 입향조 어른을 모시고 제(祭)를 올리게 된 경위를 보고하고, 또 한 해 동안의 안부인사도 드리는 축문을 읽으면[讀祝], 그제야 초헌이 재배하고 뒤로 물러난다. 술을 더 권하기 위해 아헌 황유모씨가 앞으로 나와 술을 드리고 재배하고, 이어서 종헌 황함영씨도 다시 술을 올리고 재배한다. 이로써 입향조 어른이 술을 배불리 드셨다 싶으면, 이번에는 식사를 제대로 하시도록 집사자가 숟가락을 메에 꽂는 삽시(揷匙)를 하고 포 위에 있던 젓가락을 떡[餠] 위로 옮겨놓는다. 음식을 드시는 중, 혹 목이 마르실까 싶어 초헌이 입향조 어른에게 술을 더 권하기 위해 메그릇 뚜껑에 술을 받아 올리는 첨작(添酌)을 하고 재배하면, 입향조 어른이 마음 편히 음식을 드실 수 있도록 참사자 전원이 엎드려 기다리는 부복(俯伏)을 한다. 입향조 어른이 음식을 배불리 드셨다 싶을 정도로 기다리고 있다가 축관이 헛기침을 세 번 하면 몸을 일으켜[平身], 갱을 내리고 숭늉(물)을 올리는 헌다(獻茶)를 한다. 그리고는 떠나시기 전에 음식을 좀 더 드시도록 하기 위해 머리를 숙이는 국궁(鞠躬)을 하면서 잠시 기다린다.
　　이로써 입향조 어른에 대한 대접이 끝났다 싶으면, 마지막 인사를 드리기 위해 참사자 전원이 재배하는 사신배례(辭神拜禮)가 있다. 후손 전원의 인사를 받은 입향조 어른이 무사히 떠나실 수 있도록 초헌이 앞으로 나와 축문을 태워 하늘로 올려 보내는 분축(焚祝)을 하면, 그제야 상을 물리는 철상(撤床)을 하고, 입향조 어른이 드시고 남긴 음식을 후손들이 나누어먹는 음복(飮福)을 한다.

　입향조 덕필은 평해 황씨가 청운리에 뿌리내릴 수 있도록 터전을 마련해 준 조상이다. 그래서인지 다른 조상들에 비해 대접이 융숭한 편이다. 우선 제물이 풍성하고 대접을 하는 절차에 있어서도 빠뜨림 없이 꼼꼼히 챙긴다(사진 참조).
　가는골 입향조 묘사가 끝나면 일두에 자리한 덕목산으로 향하는데, 자동차로 약 5분 정도의 거리이다. 덕목산에는 덕필의 맏아들 15世 원조(元兆)와 배위 의성 김씨, 원조의 손자 17世 택봉(宅鳳)의 배위 파평 윤씨, 택봉의 맏아들 18世 정필(廷必)의 배위 밀양 박씨, 네 분의 묘소가 자리하고 있다.

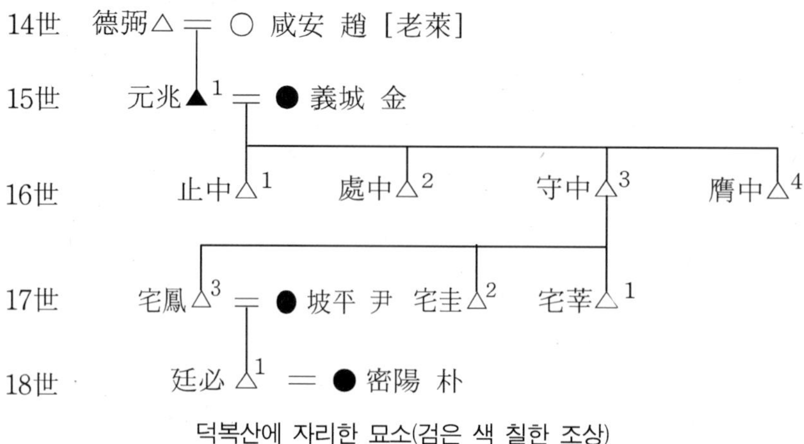

14世   德弼△ ═ ○ 咸安 趙 [老萊]

15世   元兆▲¹ ═ ● 義城 金

16世   止中△¹   處中△²   守中△³   膺中△⁴

17世   宅鳳△³ ═ ● 坡平 尹 宅圭△²   宅莘△¹

18世   廷必△¹ ═ ● 密陽 朴

덕복산에 자리한 묘소(검은 색 칠한 조상)

비석 바로 뒤편은 15世 元兆, 그 바로 뒤편은 배위 義城 金氏, 좌측 뒤편은 18世 정필의 배위 密陽 朴氏, 가장 위쪽은 17世 택봉의 배위 坡平 尹氏의 묘소이다.

15世 元兆와 배위 義城 金氏에게 제(祭)를 올린 후 분축을 하고 있는 종손 황병량씨

덕목산에 도착한 후손들은 삼삼오오 짝을 지어 각 묘소 앞에 제물을 진설하기 시작한다. 해가 떨어지기 전에 안덕면 노래(老萊) 등지에 계시는 조상을 서둘러 찾아 뵈어야 하기 때문이다. 황유모씨(77세)에 따르면 예전에는 참사자가 많아 이른 아침 서리 내릴 때 산에 올라가서 그곳에서 분정(分定)·파록(爬錄)까지 하고 성황을 이루었는데, 요즘은 별도의 분정이 필요 없을 정도로 참사자가 줄어들었다고 한다.

각 묘소에서의 진설이 끝나면, 가장 먼저 15世 원조의 배위 의성 김씨 묘소를 찾는다. 원조의 묘소로 인혼(引魂)하기 위해서이다. 원조와 배위 의성 김씨 묘소는 앞뒤로 나란히 줄지어 있기 때문에 원조의 묘소 앞에 내외분을 기리는 묘비를 세워두고 함께 제(祭)를 올린다. 따라서 종손 황병량씨가 의성 김씨 묘소 앞에서 향을 피우고 절을 하고는 향을 원조의 묘소 앞으로 가져오는데, 이로써 배위 의성 김씨의 혼을 모셔온 셈이다.

덕목산에서의 묘사는 가는골 덕필에 비해 비교적 간략하게 이루어진다. 사진에서 보듯이 15世 원조 내외분에 대한 제물 진설에서 메와 갱, 그리고 나물, 탕, 전, 도적의 닭이 생략된다. 과실의 종류와 수량도 대폭 줄어들기 때문에 사과, 배, 감은 한 개씩만 올리고, 밤과 대추는 같은 그릇에 함께 담는다.

제(祭)를 올리는 절차에서도 마찬가지이다. 이곳에서는 참신 → 분향 → 강신 → 초헌 → 독축 → 초헌 재배 → 아헌 → 종헌 → 부복 → 전원 재배 → 분축 → 철상 → 음복의 순서로 치러지는데, 메와 갱이 없기 때문에 조상에게 메를 권하는 삽시가 없고 초헌이 첫술을 올리면 젓가락을 포 위에 얹는 정저만 행한다. 그리고 갱을 내리고 숭늉을 올리는 헌다도 생략된다. 또한 메를 드시지 않은 상태에서 술만 자꾸 권하기가 죄송하므로 초헌

17世 택봉의 배위 파평 윤씨 묘소에서 제(祭)를 올리고 있는 주손 황병기씨.

18世 정필의 배위 밀양 박씨 묘소 앞에 진설된 제물

이 드리는 첨작도 하지 않는다. 종헌이 마지막으로 술을 드리고 나면 바로 부복(俯伏)으로 들어가고, 그런 다음 조상을 보내드리는 사신배례를 행하는 것이다.

15世 원조 내외분에 대한 묘사가 끝나면 17세 택봉의 배위 파평 윤씨의 묘소로 향한다. 그런데 택봉은 맏아들 지중(止中)의 등기파가 아니라, 원조의 셋째아들 수중(守中)의 자손이므로 노래파(老萊派)이다. 따라서 이때부터는 노래파 후손들이 중심이 되어 묘사를 치른다. 수중의 주손(冑孫) 황병기씨가 초헌을 맡고, 나머지 후손들이 각각의 역할을 맡는 것이다. 종손 황병량씨를 비롯한 지중의 등기파 후손들은 특정 역할은 맡지 않고 참사만 한다. 제물 역시 노래파에서 준비하는데 역시 메와 갱, 탕과 나물은 생략되었으며(사진 참조), 제를 지내는 절차는 원조 내외분과 동일하다. 한편 18세 정필의 배위 밀양 박씨의 묘사에서는 절차는 대개 동일하지만, 제물은 파평 윤씨보다 훨씬 더 간략해진다(사진 참조).

청운리 평해 황씨의 묘사를 지낸 음력 10월 초정(初丁) 양력으로는 10월 31일, 이 무렵 청운리는 콩 수확철을 맞이하여 너나없이 마을 이곳저곳에서 '콩 털기'에 여념이 없다. 조상 받드는 일도 소홀히 할 수 없지만, 생업을 뒷전으로 하기도 힘든 형편이다. 콩 털어

벌어들인 돈으로 객지나간 자식들 뒷바라지하여 그 자식들이 이름을 떨치면 떨칠수록 청운리 평해 황씨들이 더욱 뿌리를 깊게 내릴 수 있기 때문이다. 그러기에 정성스런 마음으로 묘사를 지내면서도 마음 한 구석으로는 '콩 털기' 생각뿐이다. 때문에 '콩 털기'를 서둘러야 하는 사람은 덕목산까지의 묘사만 일단 지내고, 청운리에서 멀리 떨어진 안덕면 노래산(老萊山)에 계시는 여러 조상께는 면목은 없으나, 이쯤에서 발길을 돌린다. 노래산에는 입향조 덕필의 배위 함안 조씨, 16世 수중과 배위 안동 임씨, 17世 택규와 배위 안동 임씨, 그리고 택봉 어른이 계신다.

<김 미 영>

Ⅱ. 세시풍속과 민속신앙

청운마을의 세시풍속과 생업

1. 간단한 마을 소개

청운리는 약 140가구의 평해 황씨 양무공파가 집단 거주하는 황씨 집성촌이며, 타성이 약 60가구를 차지한다. 타성 중에서 임씨가 많은 편이며, 윤씨와 전씨·박씨·강씨 등도 거주하고 있다. 청운리에 평해 황씨가 입향한 것은 약 430년 전이다.

청운리에는 주민등록상으로 216세대가 거주하고 있어 마을 규모는 다른 농촌마을보다 큰 편이다. 1970년대 초반에 비하면 100세대 이상 줄어들었다. 2002년에 2가구가 청송읍에서 청운리로 이주하였는데, 청운리가 청송읍 소재지보다 집값이 싸고 생활비가 적게 들기 때문에 간혹 이사 오는 경우가 있다.

청운리는 행정구역상 총 9반으로 구성되어 있다. 대구로 통하는 도로를 중심으로 윗마, 아랫마로 나뉘며, 본마에서 약 1km 정도 떨어진 곳에 위치한 9반을 일두라고 하여 모두 3개의 자연마을이 형성되어 있다.

청운리의 생업은 대부분 벼농사와 고추농사이다. 경작지로는, 월구들과 일두들·새들· 잣두들이 있다.

마을의 중요한 일을 결정하는 개발위원회는 1982년부터 있었는데, 예전에는 개발위원들이 의논해서 이장을 선출했다. 십여 년 전부터는 마을 주민들이 총회를 열어서 이장을 선출한다. 총회는 정월 보름날이며, 백여 명 정도 모인다. 그 때 떡과 회(생선회)·고기· 술·음료수 등을 장만하여 마을회관에서 먹는다.

개발위원회 외에 노인회와 부녀회 등의 조직이 있다. 노인회 회원 가입 기준은 만 65세 이상의 마을 거주 노인이며, 현재 회원은 106명 정도이다. 실제 만 65세 이상 노인은 140명 정도인데, 노인회 가입이 자율적이므로 경로당에 출입을 하지 않는 분들은 노인회에 가입을 하지 않기 때문이다. 노인회 가입 절차는 별도로 없고, 경로당에 나와서 가입비 만원을 내면 회원이 된다. 경로당 자금은 경로잔치나 명절 때 젊은이들의 찬조금으로 충당을 한다. 노인회장은 현재 8반에 거주하는 황유모씨인데 노인회 임원의 임기는 2년이며, 연임할 수도 있다. 회장·총무·감사·이사가 있으며, 안노인들 사이에서 비공식적으로 회장을 선출하여 관광을 가거나 윷놀이를 할 때 회비를 걷기 쉽도록 했다. 노인회 활동을 많이 해서 경상북도에서 우수상을 받기도 했다.

청운리에 들어서면 집집마다 국기게양대가 있어 태극기를 연중 게양하고 있다. 국경일에 태극기 게양이 잘 시행되지 않으므로 노인회에서 태극기를 보급하자는 취지에서 66가구에 국기게양대 설치비용을 3만원씩 보조해 주기로 결정했다. 그리하여 2002년 노인회에서 3만원을 지원하고, 각 가정에서 3만원을 부담하여 국기게양대 66개를 만든 것이다.

2. 한 눈에 세시풍속을 볼 수 있는 일람표

청운리의 세시풍속은 다른 지역과 마찬가지로 선별적으로 행해진다. 설날과 추석은 이제 국가적인 공휴일이니 나름대로 명절세시가 행해지지만 그밖에 중요 세시명절이었던 단오와 칠석·동지 등에 대한 기억이 완전히 사라진 것은 아니다. 이들 날을 상기하여 음식을 장만하는 등 소소하게나마 행사를 치르는 가정이 종종 있다.

우선 청운리의 세시풍속 일람표를 작성하여 한 눈에 볼 수 있도록 한다.

월	일	명칭	의례 및 행사	시절식	현존여부
1	1	설날	정월제사(정초차례)·세배·설빔·복조리.	떡국·강정·감주·식혜.	○
		밀날	장 담그기.		○
		닭날	장 담그기.		○
	14	수세하기	밤에 잠자면 눈썹 센다고 하여 밤새기.		
		용물뜨기	먼저 뜨면 재수있다고 하여 우물물 긷기.		
	15	정월 대보름	동제·찰밥·귀밝이술·부럼깨기·달보고 소원빌기.	찰밥·묵나물.	○
	16	귀신날	체 걸어두기·신발 엎어두기.		
		정월 놀이	윷놀이·줄 당기기·지신밟기·쥐불놀이·수숫대 세우기.		부분적
2	1	'영두할머니 내려오는 날'	물 떠놓기·영두고사 지내기.	취떡·나물·과실.	
3		한식	성묘·가토하기.		○
		화전놀이	음식을 장만하여 강변이나 산에 가서 먹으며 놀기.	화전·비빔밥·술.	
4	8	부처님 오신 날	절에 가서 불공드림.		○

월	일	명칭	의례 및 행사	시절식	현존여부
5	4	약쑥뜯기	약쑥 뜯어 말림.		부분적
	5	단오	군디뛰기[그네뛰기]·머리에 궁궁이 꽂기.	쑥떡·취떡.	부분적
7	7	칠석	절에 가서 불공 드림.	국수.	○
		풋구	일꾼들 하루동안 노는 날.	국수·전·떡·술.	
	15	백중	절에 가서 불공 드림.		○
8	15	추석	추석 차례.	송편.	○
9	9	중구	중구 차례.	송편.	○
10		시사	5대조 이상 조상에 시사 지냄.	떡.	○
		안택고사	가신단지 곡식 갈아줌.		○
		메주 쑤기			○
		김장하기			○
		밤지키기	집안에 불 쓰고[켜고] 기도.		부분적
11		동지	동지팥죽·팥죽 쑤어 가신에게 올림.	팥죽	○
12		섣달 그믐	잠자지 않고 불 켜두기(수세).		○
윤달			화장실 고치거나 새로 짓기·이사가기·수의 마련·묘 이장.		○

3. 다달이 행해지는 세시풍속 자세히 보기

(1) 정 월

① 차례와 세배

설날 아침에 일어나면 몸을 정결하게 하고 설빔으로 갈아입은 후 집안 어른들께 먼저 세배를 드리고 차례를 지낸다. 작은 집이라면 자신의 집에서 먼저 차례를 지내고 큰 집에 가서 차례를 지낸다. 차례를 지낸 후에 떡국으로 아침을 먹는다. 아침을 먹고 잠깐 쉬다가 집집마다 돌아다니며 어른들께 세배를 드리는데, 초이튿날 혹은 초사흗날까지 한다. 이웃을 찾아다니며 세배 드리던 풍속은 사라진지 20여년은 되었다.

설날이 다가오면 섣달부터 설 준비를 하는데, 요즘은 시어머니가 며느리들과 의논을 한다. 설날 3~4일 전부터 장을 보고 가래떡을 뽑는다.

설 차례 때 예전에는 떡국으로 차례를 지냈지만, 요즘은 밥제사를 지내는 집이 많다. 설날에 아침은 떡국을 먹고, 차례 상은 일반 기제사와 같이 차린다. 왜냐하면, 그것이 간편하게 느껴지기 때문이다. 탕·나물·고기·곶감·대추·밤·사과·밀감 등의 과일을 올린다. 요즘은 밀감과 바나나도 올리지만 원래 대추와 찰밤·감·포를 올리고 술만 부으면 되는 것이다. 차례 상에 올라가는 것이 떡국에서 밥으로 변하면서 성조[성주]와 삼신에도 떡국을 놓다가 밥을 놓는 것으로 바뀌었다.

형국댁할머니[1]는 자녀들이 좋아하는 송편을 만든다고 한다.

"우리는 만날 송편 해 먹어. 죽은 사람보다도 산 사람이 맛있어야 되제."

우선 산 사람의 맛있어 하는 음식이어야 한다는 것이다.

② 정초 불공

정월 초사흘에서 아흐레까지 절에 가면 신수를 봐 주고, 가족 중에 삼재 든 사람이 있으면 방패(방법, 방술, 예방)해 준다. 정초 절에 가면 '손자와 손녀'가 공부 잘하고 시험을 치면 붙게 해 달라고 축원을 하는 의미에서 인등을 달기도 한다.

③ 방 생

방생은 봄·가을 일년에 두 번 하는데, 봄 방생은 정초 아무 때나 날을 잡아서 한다. 주왕산 대성사 주관으로, 2003년 2월에 합천 해인사에 방생하러 갔었는데, 청운리에서는 7명의 할머니들이 다녀왔다.

④ 정초 금기

정월 대보름날 아침 일찍 남의 집에 여자들이 출입하는 것을 꺼렸다. 요즘도 황국심(여, 58세)씨는 정월 대보름날 가게에 여자들이 아침 일찍 오는 것을 꺼리고 첫 손님으로 남자들이 오기를 바란다.

"지금도 요전 앞새도 정월 열 나흗날에 밤새도록 불 써 놨는데, 남자 손님이 담배 한 갑 사러. 어애 반가울로, 새북에. 글트라."

2003년 정월 열 나흗날 밤에 불을 써놓고 있었는데, 보름날 새벽 남자손님이 담배를 한 갑 사러 가게에 왔다. 그 때 그 손님이 그렇게나 반가웠다고 한다. 또 처음 가게에 오는 사람의 띠에 따라 그 동물이 잘 된다고 여겼다.

"까치 보름날이 맨발로 나가면은 뒤축이 까치눈 뜬다 카매, 뒤축이 갈라진다고 양발[양말] 신어라 그래, 어른들이."

이 말은 까치보름날인 정월 열 나흗날 아침에 맨발로 다니면 발 뒤축이 터지거나 갈라진다고 하여 어른들이 아이들에게 양말을 신고 다니라고 했다는 뜻이다.

---

1) 박노순(여, 78세).

⑤ 신수 가림

정월이 되면 신수를 가린다고 하여 점을 보거나 토정비결을 보아 한 해의 운세를 점친다. 보통 정월 보름을 전후하여 사람들이 많이 보는데, 현재 청운리 사람들은 황수도씨에게 자주 간다.

⑥ 빨래하지 않기

정월 대보름에는 마을 제사를 지내기 때문에 열 나흗날 빨래를 하지 못하게 했다.

⑦ 꺼저리콩

정월 열 나흗날 "꺼저리콩 놓는다."라고 하면서 콩을 볶아 방 네 귀퉁이에 놓아두었다가 먹는다. 옛날에는 구들방이라 꾸지럭 벌기[벌레]가 있어서 그 방침[방법, 양밥]으로 콩을 볶아 방에 놓아두었다.

⑧ 저녁 일찍 먹음

정월 열나흗날 저녁은 4시쯤 되면 먹는데, 저녁을 일찍 먹어야 농사를 일찍 마친다고 믿었기 때문이다.

⑨ 밤지키기(수세=守歲)[2]

정월 열 나흗날 밤에 잠을 자면 눈썹이 센다고 하여 자지 못하게 하며, 집안 곳곳에 불을 써 놓는다. 예전에는 호롱불을 켰지만, 이후에 촛불, 그리고 요즘에는 전깃불을 밤새도록 켜고 "우리 아들, 딸 나가있는 것 잘 되그르[되게] 해주고 우리 식구들 편하그르[편하게] 해주소."라고 마음 속으로 기도한다.

⑩ 용물뜨기

정월 보름날 새벽에 뜰백[두레박]에 촛불을 써서 우물에 내려놓는데, 누구라도 가장 먼저 우물에서 물을 뜬 사람이 그 촛불을 가져와서 아들 공부방에 갖다놓으면 재주가 있다고 했다. 또는 정월 보름 새벽, 첫닭이 울 때 우물에서 먼저 물을 뜨면 좋다고 하여 미리 물을 뜨기 위해 잠도 자지 않고 기다렸다. 닭이 울 때쯤 되면 집집마다 여자들이 우물에 나와 두레박을 늘어뜨려 놓고 닭이 울기를 기다렸다. 뜰백이 올라와 있으면 누군가가 먼저 떴다는

---

2) 수세는 섣달 그믐날 하는 것이 보편적인데 이 마을의 제보자들은 정월 대보름날 밤과 섣달 그믐날에 '밤 지키기'를 한다고 했다. 밤지키기는 조사자가 임의로 표현한 것이다.

표시가 된다. 그리고 세 군데에서 물을 뜨면 부자가 된다고 해서 세 우물에 물을 뜨러 다녔다. 그 물로 아침에 찰밥을 하여 밥을 뜰 때 물을 떠놓고 "어예든동 올해 재수 있그르 해 주소."라고 빌고, 성주에 찰밥을 올리고 "어예든동 성주님, 잘 될 수 있그로 해 주소."라고 빌었다. 집안에 수도를 설치한 이후로 더 이상 우물의 물을 뜨지 않게 되었다.

⑪ 복조리

예전에는 설을 쇠고 보름을 전후하여 장에 가서 복조리를 사서 집안에 걸어 놓았다. 10여 년 전에 마을 청년들이 복조리 장사를 했다. 정월 초에 "복조리 사소." 라고 외치며, 새벽에 던져놓고 며칠 후에 돈을 받으러 왔다. 그렇게 복조리를 팔아 마련한 돈은 마을 기금으로 사용되었다. 그러나 3년 정도 이런 복조리 장사를 하고 그 이후로는 하지 않았다.

⑫ 수숫대 세우기(보리타작)3)

정월 열 나흗날이 되면, '수꺼지 이파리'(수수잎)를 벗겨가 보리같이 만들어서 걸금[거름]에 꽂아 놓는다. 다음날인 대보름 아침에 마당에서 뚜드려[두드려] 가지고 불에 사른(태운) 다음 재는 거름에 넣는다. 농사짓는 사람들이 농사 잘 되라고 하는 것이다. 밤에 장난꾸러기 아이들이 나흗날 저녁에 기다란 꼬쟁이[꼬챙이]를 들고 "보리 뚜드리자."하며 다니면서 그걸 짜들라고(부수려고) 한다. 때문에 밤새도록 지키고, 아이들이 오면 똥물을 퍼 붓곤 했다.

⑬ 찰밥·부럼 깨기·귀밝이술

정월 대보름날 아침에 밤·호두·땅콩 등으로 부럼을 깨고, 귀가 밝아진다고 하여 남녀노소를 막론하고 귀밝이술을 조금씩 마신다. 예전에는 방이 짚 자리였기 때문에 부스럼이 많이 났으므로 그것을 방지하기 위한 것이다. 그리고 오곡을 넣은 찰밥을 해서 먹고, "용머리 싼다."고 하여 피마자 잎으로 밥을 싸 먹었다.4) 특별한 의미는 알 수 없으며 그냥 좋다고 여겼다. 요즘은 피마자 잎이 없으므로 묵나물만 삶아 먹는다. 검은 나물을 먹으면 산에 일하러 가서 풀쐐기에 쏘이지 않는다고 한다. 찰밥 아홉 그릇을 먹으면 좋다고 해서 아이들이 마을을 돌아다니면 각 집에서 밥을 주었다.

---

3) 수숫대 세우기는 일종의 가농작 행위이다. '보리타작'이라는 명칭으로 곧잘 통용되기도 한다.
4) 이를 복쌈이라고 한다. 복쌈은 복을 담는다는 뜻, 그리고 쌈의 모양처럼 풍성한 것이 곧 풍요를 상징하는 뜻이 담겨있다. 특히 복쌈은 밥과 같은 식량을 싼다는 점에서도 풍요와 관련된다는 점을 알 수 있다.

⑭ 소 밥 주기

소에게 찰밥과 나물을 주어 나물을 먼저 먹으면 숭년[흉년]진다 하고, 찰밥을 먼저 먹으면 풍년 든다고 여겼다.

"밥부터 먹어야 아이구, 올해는 풍년진다 카고 나물 가트만 올게 또 숭년이다 이카고."

⑮ 개보름(개에게 밥을 안줌)

정월 대보름날 개에게 아침과 점심을 굶겼다. 달이 올라올 때에야 개에게 밥을 주는데, 낮에 밥을 주면 털이 빠지고 좋지 않기 때문에 아침과 점심은 주지 않는다. 그래서 "개 보름 쇠듯 한다."는 말이 생겼다.

⑯ 황장 세우기

정월 초에 동네 청년들 여남은 명이 마을 뒷산에 가서 장대처럼 곧게 뻗은 파란 솔가지가 달린 생소나무를 베어와 집 앞에 세운다. 이 나무를 제보자에 따라 황장 혹은 환장이라고도 한다. 황장을 세울 때는 구덩이를 파는 것이 아니라 소나무 꼭대기에 새끼줄을 십자로 땅바닥에 당겨 맨다. 그리고 소나무 꼭대기에는 새끼줄로 도르래와 같은 것을 달아서 아침저녁으로 기름 등을 올리고 내린다. 이는 마을 어느 집이나 다 하는 것이 아니라 동네 유지라고 할 수 있는 4~5집 정도만 세운다. 나무를 해 오는데 힘이 많이 들기 때문에 이 일을 도와 준 사람들(동네 일꾼들)에게 음식을 푸짐하게 대접한다.

황장을 세우면 온 동네 사람들이 구경을 하러 왔다. 정월 대보름까지 세워두며 늦게는 이월 초하루까지도 세워두기도 한다.5)

일제 강점기 말기에 나무를 못하게 해서 그 당시에는 하지 못했고, 광복 후 마을에 전기가 들어오기 전까지 황장을 세웠다.

⑰ 달보기(달맞이)

정월 대보름날 저녁달이 뜨기 전에 마을 뒷산이나 언덕에 올라가서 달을 본다. 떠오르는 달을 가장 먼저 보는 사람은 재수가 좋다고 한다. 달이 올라올 때 절을 하며 "달님, 일년 재수가 아무튼 있게 해 주소." 라며 빌고, 처녀 총각들은 시집 장가를 잘 가게 해 달라고 소원을 빈다. 달을 향해 계속 절을 하기도 한다. 요즘은 달이 뜨면 집에서 구경하는 정도이다.

달 색깔에 따라서 한 해 농사의 풍흉을 점치기도 했다. 달의 붉은 쪽이 많아야 농사가

---

5) 이는 충남 서산지방의 볏가리(또는 볏가릿대)와 같은 것이라 할 수 있다. 볏가리 역시 정월 대보름에 세워서 음력 2월 초하루에 털어낸다.

잘 된다고 여기고, 흰 쪽은 쭉정이가 많이 생겨서 농사가 잘 안 된다고 생각했다.

⑱ 장 담그기

음력 정월에는 장을 담는데, 말날과 닭날을 길일로 여긴다. 이는 닭6)과 말 같은 털 있는 짐승 날(유모일)을 좋은 날로 생각하기 때문이다. 뱀과 같이 털 없는 짐승 날은 좋지 않다.

장을 담기 전에 볏짚에 불을 붙여 단지 안에 넣어놓고 불이 활활 탈 때 뚜껑을 덮어놓으면 그 연기로 소독이 된다. 그렇게 하면 잡내가 나지 않는다. 장을 담그고 숯 세 덩어리와 대추·고추를 넣는다. 숯은 소독을 위해, 고추는 잡맛을 제거하기 위해, 대추는 장맛이 달게 하기 위한 것이다. 그런 뒤에 뚜껑을 덮고 왼새끼로 꼰 새끼줄에 숯과 고추를 꽂은 금구[금줄]를 둘러놓지만, 10년 전부터는 그렇게 하지 않는다.

⑲ 윷놀이

예전에는 정초에 마을 공터에서 주민 모두가 모여 윷놀이를 했다. 청년회에서 주관을 하여 상품을 걸어놓기 때문에 편윷을 하지 않고 1 : 1로 겨뤄 토너먼트식으로 진행했다. 윷놀이에 참가하는 사람들은 참가비를 내고, 상품은 1등부터 4등까지 주었다. 상품으로 양복감 한 벌과 같은 꽤 값나가는 것을 주었기 때문에, 친선이 목적이 아니라 상품이 목적이었다. 그러나 마을이 워낙 커서 사람들이 한꺼번에 모이기도 힘들고 행사를 벌이면 일도 많기 때문에 요즘은 마을 전체가 윷을 놀지는 않고, 정월 열 여드렛날에 경로당에서 친선을 목적으로 휴지와 비누를 상품으로 걸고 윷놀이를 한다.

⑳ 지신밟기

정월 대보름 아침에 마을 어귀부터 집집마다 풍물을 치며 지신밟기를 한다. 지신밟기를 하는 집에서는 곡식과 돈을 주는데, 그것으로 마을 공용의 그릇을 구입한다거나 공금으로 사용했다. 풍물을 잘 하는 어른들은 돌아가셨고, 지금 그 맥을 이은 사람들이 현재 육십 대들이다.

㉑ 동 제

정월 대보름 자시(子時)에 동장을 비롯한 두 사람이 제관이 되어 당제를 지낸다. 보름날 아침 경로당에 제물을 가져와 어른들께 드려 음복을 한다. 예전에는 당제 제물을 음복하면 좋다고 여겨 서로 먹으려고 하고, 집에 있는 아이들에게도 먹이기 위해 가져가곤 했

---

6) 닭을 뜻하는 한자어 유(酉)자와 장(醬)자 속에 酉자가 들어있는 것이 재미있다. 혹 이들 '유'자와 관련시킨 주술성을 내포한 것이 아닌가 생각해 볼 수 있다.

다. 또 동제를 일 년에 두 차례, 정월 보름과 시월 보름에 걸쳐 지냈다. 시월 보름 마을 뒷산의 소나무에 동제를 지냈는데, 소나무가 죽고 제를 지낼 사람이 없으므로 6~7년 전부터 정월에 한 번만 지낸다. 당집은 2002년에 대홍수로 인해 무너졌다. 당집 안에 위패와 같은 신체는 전혀 없다.

동제를 지내는 당은 두 곳인데, 한 곳은 마을 앞산에 있는 숫당(남당)이고, 한 곳은 마을의 뒤쪽에 있는 암당(여당)이다. 숫당은 당집이 있으며, 암당은 소나무 세 그루가 그 모습을 대신하고 있다. 숫당의 당집에는 제사를 지내는 자리가 세 곳이다. 동제는 마을 사람들의 평안을 위해 지내고 있지만 신앙대상은 분명치 않다. 그러므로 숫당에서 누구를 모시는지 마을 사람들은 알지 못하고 있다. 이를 잘 알고 이야기 해 줄 수 있는 분들도 돌아 가신지가 오래 되어 자세한 이야기를 들을 수가 없다.

예전에는 마을 공동 소유의 토지에서 나는 수확물로 동제의 제물을 마련했는데, 15년 전부터는 토지를 경작할 사람이 없다. 그래서 그 이후로는 이장이 시장에서 제물을 장만하는데, 이장이 교회 장로이므로 동제를 지내려고 오는 사람이 있으면 제를 지낸다. 매년 반장들 중 두 명이 참석하는데, 황문모씨와 황성호씨이다. 이장은 동제 지내는 준비만 하고, 제를 지내는 것은 매년 참석하는 두 명의 반장이다.

옛날에는 제관이 되면 상을 당한 집의 출입은 물론 골목 밖에 나갈 수 없는 등 금기가 엄했다. 십 년 전까지는 제물을 숫당의 당집에서 모두 마련하였다. 그래서 당집 옆에는 따로 제물을 마련하는 집이 있었다. 그 집에서 떡도 찌고 도적을 가져가서 손질하는 등 모든 일을 하였다. 하지만 지금은 제관을 하려는 사람도 없고, 형식적으로 지내는 동제인 까닭에 제물 마련은, 제관을 맡아서 해 오고 있는 황문모씨 댁에서 준비하고 있다. 장에 가서 도적을 마련하여 오고, 떡은 방앗간에 맡겨서 준비한다.

동제를 지내는 곳이 두 곳인 까닭에 숫당과 암당의 제물 종류는 조금씩 다르다. 그리고 숫당과 암당 모두 구분하여 제물을 준비한다. 하지만 동제에서 제일 중요한 떡은 모두 백 찜이며 제물에 간을 하지 않는 것과 고기의 종류는 세 가지를 올리는 등 몇 가지의 공통점도 있다. 떡은 십 년 전까지만 해도 시루 째로 올렸으나 떡 방앗간에서 해 가지고 와 올리는 지금은 그 떡을 시루 채 올리지 않고 있다. 올리는 고기의 종류 세 가지는 상어고기와 조기·고등어이다. 간혹 고등어 대신 방어 새끼인 사백이를 올리기도 하였다. 도적을 올릴 때는 육고기는 절대 사용하지 않는다. 포는 주로 북어포를 많이 올렸는데 지금은 구분 없이 아무 포나 올린다. 제주는 모두 감주를 올렸으나 형식상으로만 지내면서 막걸리를 제주로 올린다. 숫당에는 탕을 올리고, 암당에는 미역국을 올린다. 제물을 담는 제기는 이장이 보관하고 있기 때문에 동제가 있을 때마다 제기를 받아와서 사용하였다. 그리고 사용하고 난 다음에는 이장 댁에 가져다 놓는다.

십 년 전까지만 해도 황토를 파오고, 금삭(금색. 금줄)을 꼬아 당 주변에 뿌리고 제관의 집 앞에도 뿌렸다. 금삭 역시 황토와 마찬가지로 당 주변에 두르고 제관의 집에도 둘렀다.

하지만 지금은 형식적인 동제로 그치므로 황토를 뿌리거나 금삭을 치지도 않는다. 십 년 전까지만 해도 마을 앞의 하천에서 동제를 지내기 전까지 자주 목욕재계를 했다. 지금은 동제 지내기 전에 한 번 정도 목욕재계를 하고 하천의 물을 양동이에 떠 가지고 올라가 더러운 것이 묻으면 손을 씻으며 동제를 지낸다. 동제를 지내는 순서는 일반 제사와 별반 차이가 없다. 이 마을의 동제 때에는 원래부터 축문이 없이 지내왔기 때문에 축문을 읽는 순서가 없다. 그리고 십 년 전까지만 해도 마을의 대동 소지를 올렸으나 지금은 소지를 올리지 않는다.

㉒ 귀신날

정월 열엿새는 '귀신날'이라 하여 어떤 일도 하면 안 되며, 밖에 다니지 못했다. 그 날은 귀신이 세상에 내려온다고 여겨 마당에 체를 걸어놓고 신발을 엎어놓거나 방에 들여놓았다. 귀신이 내려와서 신발을 신어보고 자기 발과 맞는 것을 신고 올라가면, 그 신발 주인이 숨진다고 생각했다. 체를 걸어놓는 까닭은 귀신이 쳇구멍을 세다가 날이 밝으면 그냥 올라간다고 여겼기 때문이다. 저녁에는 삽작거리에 명씨[무명씨]와 고추·짚으로 불을 피운다.

㉓ 줄당기기

정월 대보름을 즈음하여 청운리에서 줄당기기를 크게 했다. 섣달이 되면 골목골목 편을 나누어서 아이들이 줄을 만들어 당기고, 그 이후로 줄이 점점 커진다. 정월 초순부터 집집마다 짚을 내어 반 별로 줄을 만들어 냇가에서 큰 줄을 만든다. 현재 9개 반이지만, 예전에는 18개 반이었다. 냇가에서 반별로 가져온 줄로 큰 줄을 만들면 각각 길이가 200m나 되었으며, 그 줄을 수백 명이 어깨에 메고 줄싸움을 하기도 했다. 편은 삼거리 골목을 중심으로 웃동네와 아랫동네로 나누었으며, 청송읍과 파천면, 진보 사람들은 아랫동네 편에서 청송의 나머지 5개면 사람들은 웃동네 편에서 줄을 당겼다. 웃동네가 이기면 풍년이 든다고 여겼다. 줄싸움은 줄을 당기기 전에 흥을 돋우는 앞놀이로 볼 수 있는데, 당시 사람들이 매우 흥겨워했다. 지금은 마을 앞에 제방이 있지만, 옛날에는 제방이 없고 냇가가 넓었다.

줄당기기는 정월 대보름을 지낸 후 열엿샛날이나 열이렛날에 하는데, 주로 오후에서 저녁 즈음이 된다. 당시 줄을 당길 때 풍물을 쳤다. 당시에는 '줄을 안 당기면' 동네가 해를 당한다는 믿음이 있었다. 한 번은 줄을 안 당긴 적이 있었는데, 마을에서 운수사업을 하는 사람들이 교통사고로 사망하는 사건이 벌어졌다. 그러자, 마을에서 줄을 안 당겨서 그런 일이 벌어졌다는 여론이 일어 그 후로 계속 줄을 당겼다. 그러나 사람들이 줄어들고 줄을 당기는 것도 귀찮게 여겨져 1970년 즈음에 줄당기기를 더 이상 하지 않게 되었다. 1980년대에 청송군에서 청운 줄당기기의 맥을 잇기 위해 2년마다 한번씩 하는 청송 문화제 때 줄을 만들어 당기자는 여론이 일었다. 그래서 1980년대부터 청송문화제에서 청운리 사람들이 줄을 만든다.

청송 문화제 때 청운리가 풍물 경연대회에서 최우수상과 우수상을 여러 번 받을 정도로 실력이 있다. 청송 문화제에서 큰 줄을 만드는 수고를 하기 때문에 청송군에서 청운리에 군민상을 수상하기도 했다.

예전에 마을에서 줄을 당길 때는 정말 신이 났고, 1980년대 초반에 청송문화제 때만 해도 많은 사람들이 줄을 당겼는데, 요즘은 줄을 당기는 사람도 많지 않고 재미가 없다. 줄 크기도 예전에 비해 1/3도 되지 않는데, 시가행진 할 때 줄을 멜 사람들이 없다. 그나마 중·고등학생들을 동원해서 줄을 메고 시가행진을 하고 일반인들은 참가하지 않는다.

줄을 당기기 위해 암줄과 숫줄을 연결하는데, 그 때 암줄과 숫줄의 목에 종나무를 끼운다. 결혼해서 아이를 못 가지는 사람들이 종나무 고은 물을 마시면 아들을 낳는다고 하여 서로 가져가려고 하고, 못 가져간 사람들은 밤새도록 울기도 했다.

문화제 때 마을 사람들을 동원해서 하루 만에 줄을 만들어야 하는데 문화제를 10월, 추수할 시기에 하므로 사람들을 동원하기 어렵다. 그래서 교대하여 한 해는 1반부터 5반에 속한 사람들이, 또 한 해는 6반부터 9반에 속한 사람들이 줄을 만든다.

줄을 만들어 놓으면 여자들은 줄 근처에 가지도 못하게 하고, 젊은 청년들이 줄을 밤새도록 지킨다. 여자들은 줄을 타넘으면 아들을 낳는다고 하여 줄을 넘으려 하고, 마을에서는 여자가 줄을 타넘으면 부정을 탄다고 하여 금한다.

줄 속에 칼을 넣으면 당길 때 줄이 끊어지므로 밤에 상대편 줄에 몰래 ‘칼밥’(칼)을 넣으러 가기도 한다.

여자들은 물론 어린아이들까지 줄 당기는 냇가에 나왔다. 남녀노소를 막론하고 모두 줄을 당겼다. 줄당기기 후에 줄은 끊어서 소먹이로 쓰려고 가져갔지만, 요즘은 그런 사람들도 없고 며칠 있으면 누가 가져간다.

㉔ 입 춘

정월에는 입춘축을 붙이는데, 주로 이 근처의 주왕산 절이나 이사리의 절에서 입춘축을 받아온다. 입춘축을 붙일 때에는 스님이 정해준 날짜와 시간에 맞추어서 붙여야 한다.7)

---

7) ‘입춘시(立春時)가 들 때’에 입춘축을 붙인다는 뜻이다.

(2) 2월

① 금 기

이월 초하룻날 집안에 남자가 먼저 들어오면 닭이 잘 된다고 하여 여자들이 아침 일찍 남의 집에 가지 못하게 했다.

② 영두할매[영등할매] 내려오는 날

2월 초하루를 '영두할매가 내려오는 날'이라고 한다. 이 날은 떡을 가지가지 마련해서 영등고사를 지낸다. 주로 지난해에 뜯어놓았던 쑥으로 떡을 많이 하는데, 짚으로 떡을 싸서 깨끗하고 마땅한 곳에 걸어놓았다가 여러 날이 지난 후에 쪄서 먹는다. 떡을 하기 위해 나락을 널어서 말릴 때 참새가 와서 먹으면 그 자리에서 '고꾸라질' 만큼 영등할매가 영험하다고 생각한다. 그리고 영등할매 오는 날 아침에 보리밥을 해서 '방티'(양푼이나 함지박 같은 큰 그릇을 말함)에 퍼놓고 숟가락을 식구 수대로 꽂는다. 그리고 식구마다 소지를 올리면서 재수 있게 해 달라고 빈다.

황국심씨는 "정월 스무날부터 찌끄레기 할매들이 내려오고 이월 초하룻날 옳은 영두할매가 내려온다."고 이야기한다. 이월 초하룻날 백찜과 쑥떡 등의 여러 가지 떡과 나물 등을 마당 한가운데 반에 차려놓고 빈다. 그 떡은 짚 꾸러미에 싸서 다락에 올려놓았다가 명절이 다 지나간 뒤에 (영두할매가 올라간 뒤) 다시 쪄서 이웃과 나눠먹는다. 이월 초하루부터 영두할매가 올라가는 이월 스무날까지 매일 아침 일찍 물을 떠놓는다.

영두할매가 내려올 때 딸을 데리고 오면 바람이 살랑살랑 불고, 며느리를 데리고 오면 비가 온다고 여긴다. 왜냐하면, 바람이 불어야 딸의 치맛자락이 나풀거려 예쁘고, 비가 오면 며느리의 치마가 얼룩덜룩해져 보기 싫기 때문이다. 그러나 그 날 며느리를 데리고 내려와야 풍년이 든다는 믿음을 가지고 있다. 이는 며느리가 살림을 일으키는 장본인이기 때문일 것이며, 그렇기 때문에 농사에 중요한 비가 며느리를 데리고 올 때 내린다고 믿는 것이다.

영두할매는 이월 스무날에 올라가는데, 그 날은 "부지깽이를 거꾸로 세워도 잎이 나오고 산다."라는 말이 있다. 그만큼 이월 스무날은 생명력이 강한 날, 완연한 봄임을 시사하는 말일 것이다.

(3) 3월

① 삼진날

삼월 삼진날은 "강남제비가 들고 난다."고 한다. 즉, 강남 갔던 제비가 돌아오는 날이라는 뜻이다.

② 한 식

성묘를 하고 산소가 무너진 곳이 없는 지 살펴보고 '가토'[개토]를 하기도 한다.

③ 화전놀이

예전에는 양력 4월과 5월 두 달 동안 화전놀이를 했다. 한 사람이 여러 패에 소속되어 있으므로 화전놀이를 여러 번 하게 된다. 동년배끼리, 반별로, 문중별로 하므로 한두 달 동안 버드나무 밑이나 다리 밑에서 술을 마시고 풍물을 치고 놀았다. 요즘은 농사철이 많이 당겨졌지만, 예전에 손으로 모를 심을 때는 6월까지 심으니까 나뭇잎이 피는 4월은 농사철이 아니었기 때문이다. 요즘은 대개 추수한 후에 관광을 가는 편이다.

(4) 4월

① 초파일

4월 초파일, 부처님 오신 날에는 절에 가서 부처님께 "자식들 잘 돼 달라고" 기도하며 절을 한다. 스님과 함께 신도들이 초롱불을 들고 마음속으로 소원을 빌면서 탑을 열한 바퀴씩 돈다.

또 절에 가서 연등을 단다. 연등을 일년치를 다는 것은 건 5만원을 내는데 특별히 초파일에 가서 다는 것은 별도로 하여 3만원부터 5만원까지 있다.

② 월내(구황식)

1950년대를 전후하여 흉년이 들었을 때, 식량이 부족해서 산나물을 많이 뜯어서 죽을 쑤어 먹었다. 대표적인 것은 쑥과 송구이며, 떡보리도 많이 먹었다. 쑥은 들과 냇가에 가면 있는데, 예전에는 춘궁기에 쑥으로 배를 많이 채웠다. 밥을 하면 좁쌀이나 기장쌀을 조금 넣고, 나물이나 쑥을 많이 넣어 죽을 끓여 먹는데, 일년 동안 그렇게 먹으면 얼굴이 푸석푸석하다. 당시 '시무고도리'를 훑어서 쪄먹기도 하고 나물이라는 나물은 모조리 먹었다. 황국심씨는 나물에 물려서 요즘 정월 보름날 묵나물도 먹지 않는다.

송구떡도 많이 해 먹었는데, 산에서 가급적이면 마디가 긴 소나무를 골라 속껍데기를 벗겨와서 삶은 후에 물에 담궈 놓는다. 그런 후에 디딜방아에 찧으면 부드러워지는데, 거기에 쌀가루를 섞어 솥에 보자기를 깔고 찐다. 찐 것을 따뜻할 때 떡메로 친 후에 인절미

만들 듯이 길다랗게 만들어 칼로 끊어 고물을 묻혀 먹는데, 그것을 송구떡이라 한다. 송구를 쌀과 섞어 쪄서 밥으로 먹기도 한다.

떡보리는 봄과 여름 사이에 먹을 식량이 없을 때 아직 덜 여문 보리를 베어서 찐 후 솥에 볶는다. 그런 후에 방앗간에서 찧어 껍질을 채로 까불어서 먹는다.

(5) 5월

① 약쑥 뜯기

5월 초나흗날에 베는 쑥은 약쑥이라고 하여 말려두고 뜸을 뜨기도 하고, 가을에 여러 약초를 같이 넣고 고아 약을 해 먹기도 한다. 형국댁 할머니는 올해 초에도 약을 고아 먹었다고 한다.

② 단 오

단오에는 궁궁이를 베어서 머리에 꽂았는데, 향이 좋고 머릿결이 좋아지기 때문이다. 또 머릿결이 좋아진다고 하여 쟁피[창포] 삶은 물에 머리를 감기도 했다. 단오에 취떡을 해서 먹고, 그 외에는 별다른 음식을 해서 먹지 않았다. 공동으로 음식을 해서 먹지도 않았다. 요즘은 궁궁이도 그다지 없고, 머리에 꽂고 다니는 이도 없다.

예전에는 단오를 크게 했다. 군디[그네]를 당나무(암당의 소나무)에 매어놓고 뛰었다. 짚을 집집마다 걷지 않고, 반장들이 앞장서서 짚을 내가지고 줄을 들여서 맸다. 그 후에 청년들이 앞장서서 하다가 군디를 매어 뛰는 풍속이 사라졌다. 줄은 나흗날 들여서 5일에 맨다. 군디는 남녀 구별 없이 자신 있는 사람, 자신이 잘 뛴다고 생각하는 사람은 모두 뛰었다. 높이 올라가는 사람이 있으면 탄성을 지르기도 하고, 누가 더 높이 올라가나 싶어서 구경하기도 했다. 중년에는 군디를 높이 뛰는 사람에게 공책과 같은 상을 주기도 했다.

(6) 6월

① 복달음

복날에는 개를 잡아 보신을 하여 무더위를 이기고자 했다. 마을 전체에서 개를 잡는 것이 아니라 마음 맞는 사람, 혹은 동년배나 이웃끼리 모여서 개 한 마리를 잡곤 한다. 복날뿐만 아니라 여름철 행사에 개를 잡기도 한다. 그러나 불교 신자들은 개고기를 먹지 않는다.

그리고 동년배 친구들끼리 약수를 먹으러 20리가 채 되지 않는 '달기'(약수터를 말함. 여기서는 약수에 삶은 닭고기 백숙을 주로 하는데, 그래선지 보통 '달기'라고 한다)에 가곤 했다. 요즘은 아들네가 오면 백숙을 먹으러 달기 약수탕에 가기도 한다. 이 밖에 수박을 사서 먹고, 파전을 구워먹기도 한다.

② 복날 용제

복날이 되면 논이나 밭에 제사를 지내기도 한다. 옛날에는 약이나 비료가 없어서 나락이 누렇게 피어서 죽는 병이 자주 왔다. 때문에 양밥으로 떡을 구워서 논 모퉁이마다 놓고, 지나가는 사람들과 나누어 먹으면 괜찮았다고 한다.

③ 익모초 먹기

더위를 먹으면 익모초[육모초]를 빻아 즙을 내서 먹는다.

(7) 7월

① 칠 석

견우와 직녀가 만나는 날인데, 그들이 흘리는 눈물이 비가 되어 내린다. 까막까치가 그들이 만날 수 있도록 다리가 되어 주기 때문에 다음날 까마귀와 까치를 보면 머리털이 빠져 있다고 한다. 쌀 두되를 이고 근처의 절을 찾아가 불공을 드린다.

칠석에는 국수처럼 가정의 살림살이가 길게 늘어서 잘 되라는 의미에서 국수를 먹었다.

② 백 중

백중에는 '조상님 천도하는 날'이라고 절에 가서 기도한다.

③ 풋 구

힘든 농사일이 거의 끝나는 시기가 세벌 논매기를 끝낸 시점이다. 그 때 한 해 동안 일을 하느라 수고했다는 의미에서 주인집에서 머슴과 일꾼들에게 음식을 해주고 일꾼들이 하루 노는데, 이를 풋구라고 한다. 청운리에서 머슴들이 없어진 30~40년 전부터 풋구를 하지 않았다. 이 날은 머슴뿐만 아니라 마을 사람들이 모두 논다. 풋구 때 먹던 음식은 장떡과 지짐·보리개떡 등이다.

장떡은 밀가루 반죽에 고추와 정구지(부추)를 썰어서 넣고 호박잎 위에 놓고 찌는 것이다. 보리개떡은 보리를 찧고 난 껍질 중에서 고운 가루를 보관해 두었다가 소다가루를 넣고 반죽을 해서 찐 것이다.

(8) 8월

① 추 석

추석은 설 명절과 함께 큰 명절이다. 이 날 아침 차례를 지내고 성묘를 한다. 예전에는 중구제사를 지냈으나 1970년대 이후 추석에 지내게 되었다. 추석에는 송편과 나물·전을 준비한다. 외지에 사는 아들들이 집에 돌아갈 때 조금씩 넣어준다.

(9) 9월

① 중 구

예전에는 추석에 추수를 할 수 없어서 9월 9일 중구에 차례를 지냈다. 벼 수확을 많이 하게 된 새마을 운동 때부터 추석에 차례를 지내게 되었다.

(10) 10월

① 안택고사

음력 10월에 햇곡을 수확하면 성주와 삼신·용단지 앞에 밥을 해서 떠놓고 삼신바가지와 용단지 안에 들어있던 곡식을 내고 햇곡으로 갈아 넣는다. 이 때 시루떡이나 백찜·삼실과 등 여러 음식을 함께 올리며 간단하게나마 고사를 지낸다. 묵은 곡식은 남에게 주지 않고 가족들끼리 밥을 시어먹거나 떡을 해 믹는다.

② 김 장

김장은 음력 10월에 한다. 김장할 때는 이웃끼리 서로 도와주는데, 그렇지 않으면 일손이 모자라서 김장을 할 수 없다. 일종의 품앗이이다.

③ 메주 쑤기

메주는 10월 스무날쯤에 쑤는데, 예전에는 아이들에게 "미주[메주] 콩 먹고 똥누러 가믄[가면] 호랑이가 와서 업어 간다."고 겁을 줘서 콩을 집어먹지 못하도록 했다. 쳇바퀴를 만들어서 그 안에 콩을 눌러 담아 메주 모양을 낸다.

④ 시사(時祀)

입향조의 시사일과 파별로 시사를 지내는 날이 정해져 있으며, 요즘도 정일에 제를 지 낸다. 시사를 지낼 때 위토를 경작하는 사람들이 제물을 만들어서 묘소까지 운반하여 주 었다. 요즘은 시사에 참석하는 사람들이 많이 줄어들었다. 관심도 그만큼 적고, 도시로 이 주한 사람들이 많아 마을에 거주하는 사람들이 줄었기 때문이다.

⑤ 밤 지키기

시월 열 나흗날 밤에 정월 열 나흗날 밤과 같이 불을 쓰고(켜고) 기도한다.

(11) 11월

① 동 지

동짓날 팥죽을 쑤어 먹는 풍습은 지금까지도 행해지고 있다. 예전에는 팥죽을 쑤어 집 안 곳곳에 뿌리면 잡귀가 범접하지 않는다고 여겼다. 그러나 요즘 이러한 풍속은 없어졌 다. 팥죽에는 찹쌀가루를 반죽하여 동그랗게 빚어 넣는데, 이를 새알이라고 한다. 아이들 에게 "나[나이] 더 먹으면 더 먹는데이, 덜 먹으면 덜 먹는데이."라고 나이 수대로 먹어야 된다고 했다. 이는 예전에 동지가 한 해의 시작점이었던 유습이 남아있는 것으로 볼 수 있 으며, 현재에도 '작은 설'로 불린다.

동지가 동짓달 초순에 들면 '애기동지'라 하여 팥죽을 쑤지 않는데, 아이들에게 해롭다 고 여겼기 때문이다.

가족 중에 임신한 사람이 있을 때, 새알을 커다랗게 빚어서 아궁이에 넣고 갈라지거나 튀어나오는 모습을 보고 아이의 성별을 점쳐보는 풍습이 있었다. 만약, 새알이 갈라지면 딸이고 툭 튀어나오면 아들이라고 여겼다.

(12) 섣달

① 수세(밤 지키기)

이 날 자면 눈썹이 센다고 하여 밤에 잠을 자지 않았다.[8]

---

8) 이러한 풍속은 정월 대보름에도 있다고 했다.

(13) 윤달

윤달에는 공달이라 아무 일이나 해도 탈이 없다고 여긴다. 그렇기 때문에 죽음옷(수의)도 윤달에 주로 만들어 놓는다. 화장실을 고치거나 집수리, 묘를 이장하기도 한다.

4. 청운리의 이런저런 생업

청운리의 생업은 대부분 벼농사와 고추농사이다. 경작지로는, 월구들과 일두들·새들·잣두들이 있다. 논은 한 마지기당 200평이며, 밭은 100평이다. 경지면적으로 보면 논이 90ha, 밭이 80ha로 논농사가 밭농사보다 많다. 청운리의 경지규모가 청송읍 14개 마을 경지면적의 1/3을 차지하고 있다. 밭에 재배하는 작물은 거의 고추이며, 사과농사를 하는 집이 현재 10가구가 채 안 된다. 몇 년 전에 15가구가 사과를 재배했는데, ‘사과금이 없어서(가격이 낮아서)’ 나무를 많이 캐냈다. 예전에 농협에서 작목반을 구성하라고 하여 고추 작목반을 만들었는데, 현재는 작목반으로서의 기능을 하지 못하고 이름만 남아있다. 저수지는 잣두들에 두 군데 있고, 일두들에 한 군데 있다. 일두들의 저수지는 규모가 크고 잣두들의 저수지는 규모가 작아서 날이 가물면 마을 앞 냇가에서 양수장으로 물을 퍼올려 사용한다.

주요 생업을 소개한다.

(1) 길 쌈

청운리에서는 나락과 조를 많이 재배했으나, 예전부터 ‘길쌈 곳’이라 할 정도로 길쌈을 많이 했다. 안동의 금소와 마찬가지로 길쌈을 해서 가족들 의복을 만들어 입고, 시장에 갖다 팔기도 했다. 명주와 무명도 많이 했다.

길쌈을 워낙 많이 해서 “청운에 딸 줄라카이 길쌈 때문에 딸 안 준다.”는 말까지 있었다고 한다. 을 하면 일이 워낙 많고 고되므로 딸이 고생할까봐 그런 것이다. 청운리는 주로 청송장에 다니므로 베도 청송장에 내다 팔았는데, 가계에 많은 도움이 되었다. 길쌈을 많이 할 때는 베가 많이 나올 때쯤 타지에서 사람들이 와서 사가지고 가기도 했다. 나일론이 나온 뒤 길쌈이 차츰 사라졌다.

예전에는 논 가장자리와 밭둑에 떨어진 삼씨가 자라서 여물면, 가을에 사람들이 삼씨를 받아서 심기도 하고 밭 가장자리에 삼을 조금 심어서 삼씨를 받기도 했다. 집에서 삼씨를 받지 못한 사람들은 시장에 가서 구입한다.

웃들(월구들)에서 질 좋은 삼이 재배되므로 웃들의 논 주인들이 도지를 줬다. 논한 마지기에 마음 맞는 서너 집이 함께 삼을 갈아서 논 면적에 따라 똑같이 나눠 자기가 관리하고 삼을 벨 때도 역시 그러하다. 즉, 논을 공동으로 임대하는 것일 뿐이며, 논에 심은 삼은 공동으로 관리하는 것이 아니라 각자 관리한다.

삼을 베는 것은 초복 열흘 전쯤이다. 삼을 베어 잎을 쳐낸 후 한 묶음씩 묶어서 찐다. 삼을 찌기 위해서 삼굿을 만들어야 하는데, 삼굿은 한 두 사람의 남성이 만들 수 있는 것이 아니므로 여러 집에서 공동으로 삼을 찐다. 만약 내일 삼을 찌려고 생각하고 있다면 오늘 오후에 강변에 나가본다. 강변에는 삼굿을 하러 나온 사람들이 많이 있으므로 다섯 집이나 일곱 집씩 맞춰서 "우리도 여게[여기] 한 군데 하자." 라고 합의를 하여 삼굿을 할 자리를 판다. 그 후에는 불을 지필 나무들이 필요한데, 굵은 나무가 필요하다. 잔 것은 처음 불을 살리기 위해서 넣는 것으로만 이용되고, 그 후에 열을 많이 낼 수 있고 숯이 많이 나오는 것은 굵은 나무들이기 때문이다. 이튿날 아침 삼굿의 제일 밑에는 나무를 재고 삼을 잴 곳과의 경계에 돌로 축을 박는다. 오전에 삼을 잴 자리를 닦아놓고, 오후가 되면 자기 집에 있는 삼을 묶어서 지고 나와 삼굿 옆에 세워놓는다. 이 때 이미 삼굿 밑에 재어놓은 나무로 불을 피워 놓는다. 삼을 잴 때는 아래부터 긴 것을 재고 차츰 올라가면서 잔 것을 잰다. 그 위와 옆에 소나무 가지를 덮은 후에 보리짚을 많이 덮는다. 그 위에는 자갈과 왕모래를 섞어 부은 후에 저녁을 먹고 나면 나무는 거의 다 타고 돌은 열을 받아 단 상태이다. 그 상태에서 양동이로 물을 퍼부으면 '쉐~'하는 소리가 나면서 김(증기)이 삼과 나무 경계에 돌축 박은 사이로 들어가서 삼이 익는다. 물을 한동안 퍼붓고 그 이튿날 아침에 나와서 삼굿을 파보면 시퍼렇던 삼이 누렇게 익어서 잘 벗겨진다.

보천댁은 어머니에게 길쌈을 배웠는데, 열여섯 살 무렵부터 베 짜기를 배워 열일곱 살 무렵에는 익숙하게 짤 수 있었다. 청운리는 어머니의 친정이며, 보천댁의 외가가 있는 곳이기도 하다. 청운리는 안동포를 많이 했는데, 주로 아홉새와 열새를 짰다. 보천댁은 일년에 열 필정도 짜서 시어머니가 청송장에 내다 팔아 살림에 보탰다고 한다.

삼 삼을 때는 밤에 친구들끼리 모여서 '둘게'[두레]로 돌아가며 삼는다. 그럴 때는 노래를 불러 노동의 힘겨움을 잊기도 했다.

40년 전에는 길쌈을 해서 장에 팔아 생활을 꾸려나갔다. 당시 여성들의 하루 생활이란 낮에 들에 나가 일을 하고, 저녁부터 밤 12시까지 삼을 삼고, 새벽 4, 5시에 교회 종이 치면 일어나서 삼을 삼는 것이었다.

시집갈 때 자신과 신랑 옷, 시댁 식구를 위한 '정성옷'을 직접 길쌈을 해서 옷을 만든다. 주로 무명으로 옷을 짓는데, 물레로 실을 자아서 베를 짠다. 평상시에 있는 옷은 검정 물을 들여 치마를 해 입는다.

삼베를 짠 후 누렇게 색을 내는데, 그것을 "상괴 낸다."고 한다. 상괴는 콩깎지 등을 불

로 때서 남은 재로 잿물을 받아 삼베에 발라서 아랫목에 묻어놓고 하룻밤이 지나면 씻어
내는 방법으로 한다.

거랑(강변)에서 빨래를 할 때도 서숙재로 잿물을 받아서 사용했다. 빨래와 삼 찌는 것,
상괴낸 후 씻는 것 등 모든 것이 강변에서 이루어졌다.

(2) 벼농사와 고추농사

고추농사는 겨울부터 시작한다. 2월에 비닐하우스 안에 고추씨를 뿌려서 싹이 올라오면,
3월 중순쯤 포트에 옮겨 심는다. 그 때 20명 정도 품앗이를 해서 집집마다 돌아가며 포트
에 옮겨 심는다. 품앗이하는 사람이 정해진 것은 아니고 그 때 그 때 수소문해서 시간 되
는 사람들이 서로 도와준다. 많이 하는 집은 30명까지도 품앗이한다. 고추 모종을 옮겨 심
은 포트는 비닐하우스 안에서 재배되며, 5월 초순이 되면 들에 심는다. 들에 옮겨 심는 것
을 "본토 나간다." 라고 한다. 고추를 딸 때는 품삯 2만 5천원~3만원을 주고 일손을 산다.

모내기는 이앙기로 하는데, 기계가 없는 사람은 이앙기를 가진 사람에게 한 마지기당 2
만원을 주고 임대하여 모를 낸다. 가을에 벼를 수확할 때는 콤바인 사용료로 한 마지기당
삼만원을 주면 탈곡해 주므로 벼농사는 쉽다.

고추농사가 벼농사보다 품이 많이 들어서 제일 힘들다. 고추를 이식할 때는 하루에 모
두 끝내야 하므로 3,000평 정도의 규모를 농사짓는다면 3, 40명의 사람이 필요하다. 고
추는 양력 7월 말부터 10월 말까지 수확한다.

예전에는 집에서 새참을 준비했었는데 요즘은 새참뿐만 아니라 점심까지 식당에서 시
켜 먹는다. 장을 보고 집에서 음식을 준비하면 돈은 돈대로 들고, 한 사람의 인력이 손실
되므로 식당에 주문하는 것이 편하고 경제적이다. 모심기는 이앙기를 이용하므로 고추 심
을 때 주로 식당에서 점심을 시켜 먹는다. 식당에 정식을 시키면 일인당 4천원이며, 밥과
반찬을 잘 준다. 요즘은 들에 배추를 심을 때는 다방에 커피를 시켜서 먹는 사람도 많다.
수해 복구할 때 장비 기사들에게 빵과 우유를 줬더니 다방에서 커피를 시켜 달라고 해서
그렇게 했다. 다방에 커피를 주문하면 오전 참은 스프와 커피를 가져온다. 요즘은 농촌도
많이 달라졌다.

논은 냇가나 보에서 바로 물이 들어가는 땅이 비싸다. 청운리에서 새들과 월구들이 평
당 5만원, 못들은 3만원~2만 5천 원 선이다. 밭은 제일 비싼 땅이 3만원이다.

5. 마무리

앞에서 밝힌 바와 같이 청운리의 세시풍속은 다른 지역과 마찬가지로 선별적으로 행해진다. 설날과 추석은 이제 국가적인 공휴일이니 우선 명절로서의 구실을 하지만 그 때의 세시풍속은 역시 선별적이다. 차례와 성묘는 다른 지역과 마찬가지로 가장 보편적인 세시이며 그밖에 세배 등은 예전과 달리 대체로 가족으로 한정된다. 예전에는 친척은 물론 이웃에까지 다니며 세배했지만 그러한 풍속이 사라진지 20여년이 되었다. 이러한 현상은 비단 청운리에만 해당되는 것은 아니다. 그밖에도 예전에는 정월에 세시풍속이 다양하게 행해졌지만 지금은 대개 기억에 남아 있을 정도로 약화되었다. 그런 가운데서도 단오와 칠석·동지 등 중요 명절을 상기하여 음식을 장만하는 등 소소하게나마 행사를 치르는 가정이 종종 있다. 따라서 세시풍속을 통해서 마을을 들여다보면 아직도 전통마을로서의 모습을 찾아볼 수 있는 것이다.

생업면에서도 옛 모습이 완전히 사리지지 않았다. 곡물 농작, 특히 벼농사가 중심을 이루던 전통사회와 달리 산업사회 이후에는 주요 농작물이 상당히 다양해졌는데 청운리는 벼농사가 아직도 주를 이루고 있다는 점이 눈에 띤다. 그밖에 고추농사가 주요 생업으로 자리매김하고 있다.

예전에 청운리는 나락과 조를 많이 재배했으나 '길쌈곳'이라 할 정도로 길쌈을 많이 했다. 특히 웃들(월구들)에서 질좋은 삼이 재배되므로 웃들의 논 주인들이 도지를 주었다. 안동의 금소 못지않은 길쌈곳으로 알려져 "청운에 딸 줄라카이 길쌈 때문에 안준다."고 할 만큼 길쌈이 성했다. 나일론이 나온 이후 길쌈이 점차 사라졌지만 아직도 길쌈을 하는 집안이 있다.

이처럼 청운리에서는 고추농사와 더불어 벼농사를 생업으로 하면서 길쌈도 하고 있어 아직도 나름대로 전통마을의 모습을 간직하고 있는 것이다.

<김명자·김수미>

도로에 삼을 널어놓았다.

임춘서씨가 삼톱으로 삼을 벗기고 있
다. 삼 재료는 안동 금소에서 구입하
였다.

마을 뒤 언덕에 위치한 소나무 세 그루
가 암당이다. 암당에는 예전에 시월 보
름날 제를 올렸으나, 요즘은 정월 대보
름에 지낸다.

황학구 할아버지가 직접 쓰고 그린 입춘축과 세화, 부적. 할아버지는 3대째 일관을 하고 있다.

보천댁 임초옥씨 댁의 입춘축. 부산
에서 아들이 보내주어 붙여놓았다.

임춘선씨 댁은 현관문 앞에 입춘축을 붙여놓았다.

사동댁 김덕술할머니(79세)댁에서는 정초 말날에 장을 담그기 위해 메주를 씻어서 햇볕에 말리고 있다.

남포댁 황분임 할머니는 단오 전날인 오월 초나흘에 약쑥을 뜯어 처마 밑에 말려 놓았다.

남포댁 황분임 할머니 댁의 쟁기.

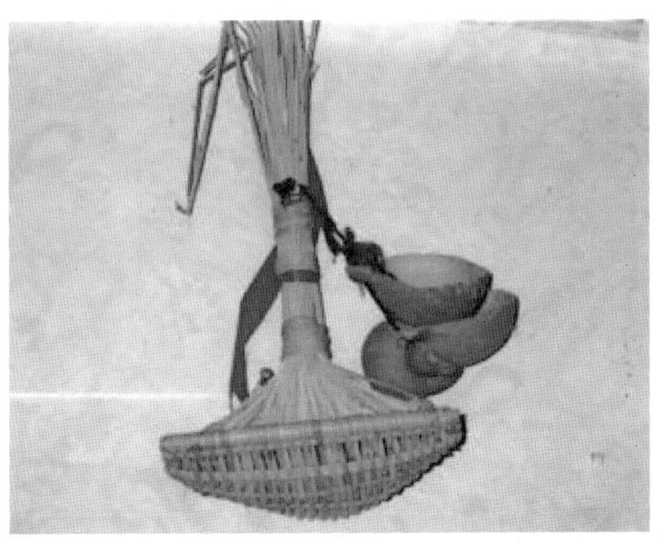

부엌에 걸려있는 남계댁 임분임 할머니댁의 복조리. 십여 년 전
마을 청년들이 복조리 장사를 할 때 구입한 것이다. 청년들이
복조리를 마당에 던져놓고 이튿날 돈을 받으러 다녔다.

풍흉년 예측의 월령과 서리 관행

1. 농부의 일년 농사 내다보기

察歲時凶豊　　　　한 해의 흉풍을 살핀다[1]

一月
歲宜黑雲四邊天　　　초하룻날 검은 구름이 사방에 깔리면
大雪粉粉是旱年　　　큰 눈이 날리고 이해는 가뭄이 있겠다.
但得立春晴一日　　　다믄(다만: 필자) 입춘일이 맑으면
農夫不用力耕田　　　농부가 쓸데없이 힘써 밭을 갈겠는가

二月
驚蟄聞雷米似泥　　　경칩일에 천둥소리 나면 쌀이 흙탕되고
春分有雨病人稀　　　춘분일에 비오면 병든 사람이 드물어지고
月中但得逢三卯　　　월중에 卯일을 세 번 만나면
處處棉化豆麥宜　　　곳곳에 목화, 보리 잘되리

三月
風雨相逢初一頭　　　삼월 초하룻날 비바람 치면
沿村瘟疫萬人憂　　　어촌에 돌림병이 생겨 많은 사람 근심되네
淸明風若從南至　　　청명일에 만약 남풍 불면
定是農家有天收　　　정확히 농가에 수확이 많으리라

---

1) 이 자료는 黃壽道(남, 70)씨가 서당에 다닐 적에 선생 黃貴享에게서 전수 받은 것인데, 훗날 그가 다시 정서한 것을 옮겨 적은 것이다.

四月

立夏東風少疾病　　　입하에 동풍 불면 질병이 적고
晴逢初入果生多　　　초하룻날 맑으면 과실이 많아지네
雷嗎甲子庚辰日　　　갑자 경진일에 천둥치면
定主蝗虫侵損禾　　　메뚜기가 주인되어 나락을 갉아먹네

五月

端陽有雨是豊年　　　단오날에 비오면 풍년들고
芒種聞雷美切然　　　망종에 천둥치면 아름다움이 끊어지고
夏至風從西北至　　　하지에 서북풍이 불면
萬蔬園內皆熬煎　　　모든 채소밭이 다 못쓰게 되네

六月

三伏之中逢酷熱　　　삼복에 폭염을 만나면
五穀田野多不結　　　모든 곡식 전야가 결실이 안되네
此時若不見灾厄　　　이때에 만약 재앙이 없더라도
定主冬寒多雨雪　　　겨울혹한과 눈, 비 재앙이 있겠다

七月

立秋無雨是堪憂　　　입추에 비가 없으면 근심이 생기고
萬物從來只半收　　　만물이 반 수확으로 쫓아오리
處暑若逢天下雨　　　처서에 비 만나면
緩然結實也推雷　　　결실이 더디고 날씨가 좋지 않네

八月

秋風天氣白雲多　　　가을바람 하늘 흰구름 많으면
處處歡歌好晚禾　　　곳곳에 노래소리 늦나락도 잘되리
只怕比時雷電閃　　　다만 두렵거니 이때 천둥번개 치면
冬來米價道如何　　　겨울에 쌀값이 어찌되겠는가

九月

初一飛霜侵損生　　　초하룻날 서리오면 손해가 생기고
重陽無雨一冬晴　　　중구날에 비가 없으면 한겨울 맑아지네
月中火色人多病　　　보름달이 붉으면 사람에 병이 많고

更遇雷聲菜價增　　　　　다시 천둥소리 만나면 채소값 올라가리

十月
立冬之日怕逢壬　　　　　입동일에 壬일 만날까 두렵고
來歲高田枉費心　　　　　내년에 높은 밭 마음만 허비하네
此日更逢壬子日　　　　　이날 다시 壬子일을 만나면
灾傷疾病損人民　　　　　재앙과 질병으로 사람 손상이 있겠다

十一月
初一西風盜賊多　　　　　초하룻날 서풍 불면 도적이 많고
更○大雪有灾魔　　　　　큰눈으로 길을 덮어 재마가 있을지라
冬至天晴無日色　　　　　동지날이 맑고 별다른 색이 없으면
來年定唱太平歌　　　　　내년에 태평가 부르미(부름이:필자) 정해지겠다

十二月
初一東風六畜灾　　　　　초하룻날 동풍 불면 육축이 안되고
若逢大雪旱年來　　　　　만약 큰 눈 오면 내년에 가뭄이 오겠다
但今此日晴明好　　　　　다만 이날 청명하면 좋아서
分仁農家放下懷　　　　　농가에 좋음이 있고 좋지 않음은 물러가다

一月上元日晴宜百果　　　초하루 날씨 좋으면 모든 과실 잘되고
二月祉日雨年豊果少　　　초이튿날 비오면 풍년드나 실과는 적겠다
三月初三日雨宜蠶　　　　초삼일 비오면 누에가 잘되고
四月初四日雨穀貴　　　　초사일 비오면 곡식이 귀하겠다
五月端午日雨是豊年　　　단오날 비오면 풍년들고
六月流頭日雨五穀豊　　　유두일에 비오면 곡식이 풍년드네
七月立秋日小雨吉大雨傷禾　　입추에 비오면 좋고 많이 오면 나락이 좋지 않다
八月祉日雨來年豊　　　　복날 비오면 내년에 풍년들고
九月重九日雨大宜收禾　　중구날 비오면 나락이 잘되고
十月十五日晴冬暖　　　　보름날 맑으면 겨울이 따뜻하고
至月十六日晴柴炭平　　　십육일 맑으면 땔감 하기 좋고
臘月初一雪來年大旱　　　초하룻날 눈오면 내년 가뭄이겠다

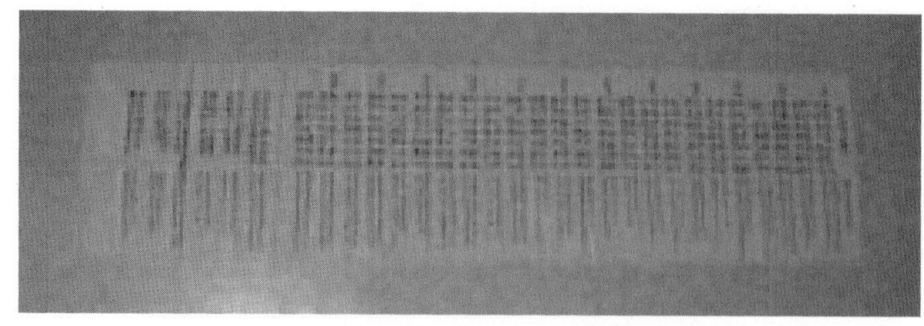

황수도씨가 쓴 촬세시흉풍

이 두 종류의 자료를 보면, 다음과 같은 특징을 읽을 수 있다.

① 두 자료 모두 『농가월령』이지만, 속신적 차원의 예측으로 구성되어 있다. 그것도 자연현상에 근거하여 농사의 앞날을 예측하는 방식이다.
② 일년을 음력으로 계산해도 열두 달로만 산정하고, 윤달은 안중에 없다.
③ 월내에서는 24절기를 중요한 기준일로 설정하고 있다. 월은 생활력이고, 24절기는 농사력이라는 사실이 확인된다.
④ 의미 있고 특정한 날에 바람, 천둥, 비, 달, 눈 등과 같은 자연현상의 상태가 어떠한가를 보고 풍흉을 예측하고 있다.
⑤ 풍흉은 농작물에만 한정되지 않고, 사람과 가축에게도 적용되는 문제였다.
⑥ 농사를 합리적 활동 영역으로 생각하기보다는 자연의 영향을 크게 받는 불가측적인 활동영역으로 간주하고 있다.
⑦ 원인현상으로부터 결과예측을 하는 데 작용하는 인과관계는 어떻게 설정되는지 불명확하다. 아마도 경험적 통계에 가까운 것이 아닐까 하는 생각을 해본다.

2. 청소년들의 서리관행과 그 의미

(1) 서리하던 기억을 찾아서

① 제사날 밤에 2년째 서리하다 붙잡히다: 강○현(남, 85세)

해방 후 그게 어느 시기인지 몰라도, 수박 날 때가 되가(되어 가지고) 그 집 제사가 드는 거라. 이래 가지고 한번은 수박 따먹으로(따먹으러) 갈려고 하니, 해바우(별명)가 등불 써가주고 제사를 지내로(지내러) 가는 거라. 해바우가 확실히 우리보다 나이 많은데, 힘이 부족하이 우리가 "제사 지내로 못간다, 수박 따먹으로 같이 가자"고 했는 거라. 가

가지고 고걸 하나하나 따 가지고 오면 되는데, 가지껏(힘껏) 수박을 때려 가지고 어느 놈이 익었는지 속을 먹어보고 익으면 따 가지고 먹고 또 깨고. 수박밭을 다 매조지는(모조리 망치는) 판이라.

그때 나이가 열 몇 살, 스무 살 미만이거든. 요번에는 따먹었는데 모르는 거래. 그래 그 이듬해 같은 날 제사 지내는 줄 알고 또 갔다. 그 이듬해 또 해바우를 데리고 갔다. 그때 그 어른이 지난해 제사 때 따먹었으이(먹었으니) 오늘 밤에 또 온다는 걸 알고 있는데, 해지고 늦도록 안 들어가고 있다 그지. 틀림없이 우리가 따먹는다는 걸 아는데. 고마 영감이 기어 나와 난리를 지기는데(치는데) 자기 손자 되나 조카되나, '황 해바우'라고 그 놈만 붙잡혔어. 붙잡혀 놓으이(놓으니) 누구누구 다 (이름) 나오고. 나중에 난리가 났는 거라. 두 해째란 말이지. 근데 그 당시 법이 희안하지. 웬만하면 두 해의 수박을 (합산해서) 물릴건데, 훈계정도로 "뒤는(이 다음으로는) 다시는 그러지 마라" 그러고 치웠는데. 그게 남 망홨는(망쳤는) 턱이라니까. 서리가 도둑질 아니가.

그케(그렇게) 해 가지고 따먹고. 근데 밭 한자리를 조졌는(망쳤는) 거야. 몇이서 그랬는지 지금은 모르지. 여럿이 가 가지고 밭에 가 가지고 수박을 한 덩어리 두 덩어리를 따 가지고 오는 것이 아니고 깨 가지고 손을 넣어 가지고 먹어보고 익었는지 보니간에 마구 수박을 모조리 깨는 거라. 이놈을 깨고 보고 안 익었으면 내버려두고 저 놈을 깨고.

② 닭서리 하다가 보리 서 말씩 물려주다: 황○도(남, 70세)

요새는 하우스에 호박이 나오지만, 호박을 보통 봄 되면 숨아(심어) 가지고 호박이 요만하게 열 땐데. 뭘 쌔벼(훔쳐) 먹자 하면은 집에 암탉을 먹여가지고 그 안아가지고(새끼 쳐 가지고), 커 가지고 요만 할 때래요. 두진(인명)이가 뭐라고 하면, 우리 외가집에 닭 잡아 먹으로 가자고 하거든. 그래가지고 근태(인명) 하고 누구하고는 저 망 비에고(망을 보게 하고). 저짝 마을 끝에 살 때요. 나는 또 이짝 골목으로 망봤다 하이. 근태 하고 봉식(인명)이 하고 들어가이 닭을 꺼낼려고 하이, 요 문이 적어가지고 안 들어가는 거예요. 그리 낸중에(나중에) '꽥' 거리니, 영감이 나온다. 그래 영감이 나오는 데도 억지로 빼가지고 나왔어. 그래 나와서 어디 갔냐면 '흙구뎅이 집'(흙구덩이 부근에 있는 집을 말하는 듯)요. 거 해 먹을라 하니. 그 집 할마시(할머니) 얼마나 못땠는지 해 먹지를 못해요. "요 놈의 새끼들, 니들 도둑질 해먹지". 그래가지고 골목길 나오자니께네, 그밖에 윤서댁에 말이죠, 개가 계속 공공 짓는 판이래요. 그래 가만 숨었다니간에 닭을 골목에 놓아두고 숨었는데, "이놈들아" 하고 들어오는데, 닭을 내버리고 도망을 갔는데 어디로 갔냐면 흙무더기 양수장까지 도망을 갔어.

그때 올모심기 할 땐데, 모심으로 갔어요. 그때가 내가 장가가기 전이니간에 18살 땐가 그랬어요. 모 심구다니간에 봉식(인명)이 모(母)가 우리 엄마보고 "금시댁이요" 하더라.

그래 "나오소" 하더라고. 그래 나가이 그리 영감이 "닭도둑"이라고 하면서 나오는데 할마이 뒤에 따라나오다가 놀래(놀라) 가지고 국도에 도랑이 이래 안 졌니껴? 그이 도랑에 빠져 넘어가 가지고 이래뿌는데 양손이 이래 다 까져 뿌랬어(버렸어). 닭 잃은 집 주인 할마시가 도둑을 붙잡을라고 그래됐지. 이래가지고 닭을 가지가(가져가) 그 집에 달아 매(매어)놓고 "고소한다"고 하거든. 닭을 달아 매놓고 "고소한다"고 하거든. (그래서) 술 받아와 가 가지고 일곱이가(7명이) 사정 사정을 하고, 하나(1명당)에 치료비로 보리 서 말씩 물어(물려) 줬다니깐에. 사월에 여 동식(인명)이 하고 두진(인명)이 하고 여기 규태(인명) 하고 그래. 이 할마시만 안 그랬으면(안 다쳤으면), 자갈밭에 이래놓이(넘어져 놓으니) 이 양손이 발랑 까져 버렸다니깐. 그래가지고 닭고기 맛도 못보고.

③ 감 서리하다가 주인을 놀라게 하다: 강○현(남, 85세)

옥상(인명)이 조부요. 요새 사천(택호)네 살던 집에 거기 큰 감나무가 안 있었는강? 이 어른이 어떻게 했노(했냐) 카면은, 저 안동 마포에 지릅(겨릅) 하는 게 안 있어요. 지릅 크다한 거 해 가지고 우를(위쪽을) 붙잡아 매(매어) 가지고 벌려놓고(원뿔형 움집처럼 만들었다는 뜻), 밑에다가 보리짚을 깔아놓고 감 지키는 판인데, 내하고 친구들 하고 감 따러 가 가지고 담 넘어가는데, 한 머리(무리) 넘어가고 넘어가고 해 가지고 다 넘어갔는 거래. 그래 넘어 가 가지고 따면 되는데, 거 가 가지고 더듬었는기라. 사람이 있는가 없는가 더듬으이, 이 어른이 놀래가지고 뻘떡 일라이(일어나니) 삼을(겨릅을) 우로(위쪽으로) 묶아 놓았거든, 일어서이 갓인지(갓처럼) 덮어 썼뿠다(써버렸다). 그 어른이 키가 크이(크니) 일어서이, 이놈들이(아이들이) 이리 돌고 저리 돈다. 그리 자다가 일어나이(일어나니) 방향을 모르거든. 정신을 못 채려(차려) 가지고 (아이들을) 끌어안은 거래. 끌어안으이(안으니) 그 어른이 뻭시가지고(힘이 세어서), 무척 뻭싰다고. 손목을 붙잡혔는 거래.(조사자: 어른이 붙잡힌 거예요?) 아니 감 따러 갔는 사람이 붙잡혔다니깐. 그 날 밤에 (도둑을 찾으라는) 비상소집이 걸려 가지고, 밤에 심부름을 하러 돌아다닌다. 붙잡혀 가지고 영감이 "감을 따먹으면 지서로(본마음으로) 따지 사람을 그쿠러(그렇게까지) 애를 먹이고. 이 놈들이 사람을 죽일라고 그라냐?" 하면서 야단을 쳐. (조사자: 그분은 겨릅을 왜?) 감을 지킬라고. 도둑 안 맞을려고. 나는 전과자거든. 수박 따먹었지. 감 따먹었지. 담 넘어다보이 우습울 꺼(우스울 것) 아니래요. 이런 걸 덮어쓰고 영감이 삥삥 돈다. 담만 뛰어 넘으면 되는데 그걸(겨릅으로 만든 것과 아이들을 함께라는 뜻) 잡고 같이 도니.(조사자: 그걸 몇 살 때 그러셨어요?) 우리 열 너댓살 됐을 꺼래. 곶감 도둑질 많이 했어. 우리사(우리야) 도둑질 한도 없이 했지.

④ 수박 사는 척 하면서 서리하다: 이종○(남, 83세)

내하고 경팔(인명)이 하고 꼴 비로(베러) 갔나 그랬어. 그래서 목욕을 하고 나니깐 해는 다 빠졌단 말이야. 그래 수박 한 덩어리 먹고 하자 그래서. 수박 사먹을 돈도 없으면서 그래 갔단 말이래.

이제처럼 두 노인이 앉아있어. 하나는(한 사람은) 뭐라 했는지 하면은 "밭에서 최고 굵은 수박 한 덩어리 얼마 하니껴?" 하니깐 말이다, "왜 물노(묻느냐)" 한단 말이야. "젤(제일) 큰 거 따오소" 내가 산다 말이야. 내가 한참 죽께서(지껄여서) 그카이(그렇게 하니까) 그리 노인이 젤 굵은 거 따러 갔단 말이야. 따러 갔는데 그 중에 젤 굵은 놈으로, 그때 한복 우와끼(웃옷) 말이따(말이야). 적삼을 벗더니 수박을 싸 가지고 지게에 담아놓았단 말이다. 지게 딱 덮어놓걸랑. 그 때 주인이 밭에서 젤 굵은 걸로 따 왔단 말이다. 그래 "그 얼매이껴(얼마닙까)" 물으이(물으니) "얼매라" 이칸다. "돈이 없어 못 살시더(사겠습니다)" 수박 한 덩이 중간에 놓고 "오늘 못 살시더. 내중에 삼시더(나중에 사겠습니다)". 그래놓고 "가자"고 했다. 그래 땡볕에 가 가지고 깨놓고 먹는데 둘이 다 못 먹어. 먹다 보이께네(보니까) 학상(인명)이가 지나가, "내려 온나" 해서 "수박 먹어라" 했지, 그땐 서이 먹었다. 하여간 그땐 간이 배밖에 나왔어. 수박 따로 보내놓고는 젤 굵은 놈을 따가지고 지게에 담아놓고설랑. (조사자: 맹 수박집 주인도 마을 분이고요?) 맹 마을사람이야. (조사자: 그때 그렇게 한 사람은 나이 몇 살 때 그렇게 한 거예요?) 글(그) 때는 나이 열 대여섯 살, 그쯤 될 꺼래.

⑤ 감나무에 올라가 서리하다가 '환장대'로 찔릴 뻔하다: 이종○(남, 83세)

감 따러 갔어. 올라가 따는데 그래 담 높은데 하나도 보이지 않는데 망보고 서있다. 저짝 사람 오는 동 모르지. 하나는 위에 올라가 따고, 나는 밑에서 따는데, 따다니깐에 뭐가 샅다리(사타구니) 밑에 올라오는 거라. 뭐로 보니깐에, 어른이 사랑에서 뻘거벗고 자다갈랑, 감따는 소리 난다 말이래. 밑에서 감따는 소리 듣고 '환장'(장대)을 들고 찌르는 거래. 감나무에 올라가 따는데 이 어른이 나와 가지고. 방에 있으이 감 따는 소리가 똑딱똑딱 난다 말이래. 그때는 감나무 있는 사람은 이걸 지킬라고. 그때는 누구나 다 따 먹으니깐에. 나무 위에 올라가 있다니깐에 어른이 작대기는 안 도래가고(닿고) 하니, 빨가벗고 앉아 가지고 "내려온나 내려온나" 하는 거래. 내려가나, 내려가면 뚜드려 맞는데.

감나무 밑에 가니깐에 지릅(겨릅)이 있단 말이래. 우리가 지릅을 밟고 올라갔는데. 그래 가만(가만히) 있었는데. 가만 나왔는 거 보니깐 뻘거벗고 나왔단 말이라. 밤이래. 그래 이제 내부터 내려온나 하니깐에, 거기 드리 뛰이(냅다 뛰어내리니), 거기 지릅을, 비가 와 가지고 덮어놓았는데, 뛰이 "펄썩"한다. 그 높은 데 거길 내려 뛰 가지걸랑 영감이 옷 입고 따라오는 동안 집으로 왔어. 오이께네(오니까) 그래 정재(인명) 삼촌은 말이따

(말이야) 집에 와 가지고, 그때 '독꾸리 사쓰' 라는 거, 거기다가 감을 여남은 개 따 옇어 (넣었어). 그런 수도 겪어 봤는데. 그때는 그게 보통이라고 그랬어요. 요새 같으면 도둑 이지요.(조사자: 뛰어내릴 때 그 밑에 장독대 있다고 안 그랬어요. 그래 그거는 안 깨졌 어요?) 그거는 덮어놓았으이 안 깨지지. 요새 같으면 따다 놓아도 안 먹는다(너무 흔해서 먹지 않는다는 뜻). 그때는 감 따오면 10개도 넘게 먹었거든.

  (조사자: 그럼 그 어른은 감나무에 올라가 있는 사람이 누군지 다 알았을 꺼 아니에요?) 모르지. 감낭기(감나무)는 이래 덮여 있고, 쳐다보이 사람들이 있으이 잘 모르지. 벌거벗고 나와 가지고. 요새 같으면 빤스(팬티)도 입고 하지만은. 한참을 "내려온나, 내려온나" 하는 데 안 내려 오이 춥단 말이래요. (조사자: 그때 그 어른은 몇 살쯤 되셨어요?) 그때 내가 열 몇살 먹었으니깐, 그 어른은 사십 그쯤 됐지요. 힘이 있으면 밑에서 꼬쟁이로 찌르면 되는데 힘이 있나 밑에서 올라올 수 있나. 그게 몰라서 그렇지 큰일 난단다. 그런 얘기 있 잖아요. 감을 따다가 주인이 나와서 고래고래 고함치니깐 운짐달아(다급해서) 가지고 널 쪘단(떨어졌다는) 말이지. 널쩌가지고, 즉살해부린 거래. 그런 수가 있다고.

⑥ 서리하다 붙잡혀 다친 주인 치료하고 일까지 해주다: 황중○(남, 75세)

  6학년 졸업하고. 6학년 졸업을 내가 16세에 했거든. 그때도 소가, 황소 큰 거라, 축산 소라 카고(하는 게) 있었거든요. 축산소를 먹였는데, 이놈을 가을되면, 콩도 누렇고 그러 면 마구 걸굼(거름)을 실어내거든요. 걸굼을 실어내고 하다가 낮에 잠시 쉬는 시간에, 하 모(인명) 하고, 운구(인명) 하고, 내 하고 몇이 어불었든(어울린) 패거리가 어불어(어울 려) 가지고, "올 저녁에 감 깎아 놓았는 거 있으니 도뒤켜(도둑질해서) 먹으러 가자" 이카 거든. 걸굼 싣고 가면은 저녁 되면은 콩서리 시큰(실컷) 해 먹고, 일이라 하면은 뭐같이 하고 저녁답에(저녁 무렵에)는 집에 가서 씻커든. 죽 주는 거 한 그릇 먹고, 배는 고프거 든. 어디 갔노 하면은 상해(인명)네 집에 처마에 곶감이 쭉 달렸는 걸 우리가 낮에 봐놓 았거든요. 가면은 서숙(조) 비까리(가리) 나락 비까리 둥글둥글 마당에 있고, 상해 아저 씨가 마루 끝에 처마에다 머리 비고(베고) 코를 기린다(곤다). 상해 아저씨가 코를 기리 거든요. 서이(세 명이) 들어갔거들랑. 하모 하고, 운구 하고, 내하고 서이(세 명이) 들어 갔는 기라. 살살 기어드가이(기어들어가니) 그 어른은 코를 기리고(골고) 있고. 그카고 (그렇게 하고) 있는데 "하모야, 니 올라가 따거라 내 받을게. 운구, 니 올라가거라" 하다 가 쑥 땡기이(당기니) 곶감이 확 떨어지거든요. 끌어 앉고, 요새같이 옷이 있나, 홑바지 저고리 아이껴(아닙니까). 거기에 끌어 앉고 서이(세 명이) 올라가서 시시마끔(제각기) 따 가지고 "야, 띠(뛰어)" 그러이 "예이 이놈들, 예이 이놈들" 일어나서 따라온다. 상해 아 저씨가 따라나오다가 각산에 집 앞에 그 아카시아나무 큰 거 있고, 거 쇠구루마(소달구 지)가 있는데 상해 아저씨가 구루마에 걸려가지고 넘어졌어. 그래가 다쳐버렸거든.

붙잡지는 못하고 다쳐가지고 어에 됐노(어떻게 됐냐) 하면은, 들고 뛰어 왔는 게 어디 왔노 하면은 고두방재 아래채에 왔거든. 약국을 하던 그 방이라. "감도 못 먹고 옷만 배렸다(버렸다)" 이카고 들어가 있으이(있으니), 상해 아줌마가 우리 노는 그 방을 알았단 말이래. 그리(그러니) 이 집 아줌마가 옷을 베렸는(버렸는) 걸 보이(보니) 분이(화가) 난다. 영감은 다쳤고 클(큰일) 났는 거라. 우리는 (그 사람이) 다쳤는지 안 다쳤는지 모르잖아. 그래 그 아주매(아줌마)가 문을 열고 "예이 이놈들아" 하고 문을 확 여니 네 놈이 시시마끔 튀었다. 이래가지고 붙들렸어. 왜 붙들렸냐 하면은 하모가 붙들렸어. 운구도 도망가고 나도 도망갔는데 (하모가) 할매한테 붙잡혔는데, 이래가 들고 튀가(튀어가서) 집에 오이(오니) 밤이 깊어 대문이 잠겼어.

대문이 잠겼는데 담으로 해서 대추나무로 내려가서 할아버지 곁에 잤어. 그래 아침 먹고 있으니 대문을 열어 놓았는데, 상해 아지매가 밥먹다 보이(보니) 그 집 아지매가 들어오면서 "아저씨요 아저씨요 중구 있니껴(있습니까)" 하니간에, 할배는 모르지 그래 "예 있니더" "중구 어디 있니껴" 그러이 "중구 학교 갈라고 아침 먹니더". 거서(거기서) 마 나는 큰방에 있다가 '밥 정황'(밥 먹을 경황)도 없고 부친이 "야 임마야, 밥 먹고 학교 가라 왜 이카노" 하이, 밥 정황이 있니껴 학교 갈 수 있니껴. 그래 할아버지가 아시고 들어오는데 "중구야 중구야 여기 상해네 제수씨가 왔는데 왜 카노"그래. 내가 방에 있다 보니간에 "중구야 중구야 여 온나(오너라) 한다" 어에(어떻게) 안 나올 수 있니껴. 나오이(나오니) 학교도 못 가고. 나오이 "야 이늠아, 너희 아저씨 다쳤는 거 봐라" 칸다. 발을 다 깨가(깨트려서) 쳐 매가(매어가지고) 있는데, 아지매가 "된장 갔다가 쳐 매라" 하더라. "중구 너 집에 가서 된장 가온나, 된장 가지고 쳐 매고, 저 있는 걸굼(거름) 너거 다 내라(들에 운반하라)". 나보고 한다. 귀가 찬다. 보리 갈 때라서 걸굼을 내던 무렵이라.

그래가지고 할 수 없지요. 하모 하고 운구 하고는 어디 갔는지 도망갔는지 없고. 하모도 졸업했고 운구도 졸업했고, 나는 1년 늦었고. 그래 안 불 수 있니껴. 그래 운구 하고, 하모 하고 서이(세 명이) 그랬다 카이, "곶감은 놔두고 된장 가와(가지고 와서) (다친 데) 고쳐주고, 걸굼은 너희 서이 내라". 그이 우리 집에 조부님하고 아버지가 알았어. 불려가가(불려가서) 얼마나 당했는지. 그이 "된장 갖다가 쳐매주고 걸굼 다 내줘라" 내한테 하더라고. 그리 저녁 되이(되니) 할아버지가 다 연락해 가지고 운구 하고 하모하고 다 잡아왔어. 그래 "내일부터 거 걸굼 다 내줘라" 그래됐어. 그래 하루 가서 몇 바리를 냈어. 내니간 그 집 아지매가 어떻던 동 "야, 요놈들아 가거라, 됐다 가거라" 해서 결국엔 마쳤는데, 시껍했다 시껍했어. 하루도 아니고 오전만 일해 줬어요.

(2) 서리 관행의 범주와 사회적 의미

서리는 장난삼아 현장에서 먹을 정도로만 훔치는 것이다. 훔친 것을 가지고 와서 남기거나 판매하는 것은 곤란하다고 여겨졌다. 평소에 무엇을 서리할 것이 있는지 알 수 있는 지역에 해당하는 자기 마을이나 이웃마을 정도의 범위에서 훔치는 것이다. 특히 현장 또는 그 인근에서 먹을 수 있는 것을 훔치는 것이다. 가공이 필요한 것도 있지만, 가공하지 않고서도 먹을 수 있는 것이 더 선호되었다. 이러한 서리는 사회적으로 성장과정에 있는 10대 연령층이 주로 하는 것으로서, 먹을 것이 부족하던 시절의 간식 공백을 매우는 것이었다.

한편 서리는 자기 것과 남의 것을 구분하는 판단력을 기르고 확인하는 사회적 의례였다. 서리하던 아이를 붙잡으면 철저하게 계산하여 제재하기보다는 교육적 차원에서만 응징하고 관대하게 처리한다. 그래도 서리를 하다가 붙잡히면 평생 도둑질을 하면 안된다는 교훈을 얻게 된다. 그런가 하면 서리는 또래 집단의 친밀도를 증진한다. 서리를 통하여 다른 집의 살림이나 논밭의 농사의 진행 정도에 관심을 가질 수 있다. 또한 서리를 하면서 마을의 지리나 들판에 대하여 정보를 더 잘 익힐 수 있다. 서리는 단순한 장난이라기보다는 전근대 사회에서 촌락내 또래집단의 사회적 의례이자 사회화 과정의 하나였다. 장난과 재미, 교육적 제재와 관용이 동시에 실천된다는 점에서, 촌락공동체 의식이 살아있던 시기의 사회적 관습이었다.

<배 영 동>

청운마을의 옛 영화를 드러내는 동제당과 마을굿

2003년까지 동제당으로 사용했던 옛 전사청(典祀廳)

1. 마을의 전통과 위상을 보여주는 제당과 마을굿

　마을굿은 우리나라 전역, 대부분의 마을에서 행해온 민간신앙적인 제의이다. 자연신을 섬기는 형태로부터, 인공적인 원혼이나 덕망있는 인물 등의 인격신을 모시는 형태에 이르기까지 그 신앙대상이나 양식 역시 무척 다양하다. 이러한 마을 규모의 제의는 단순히 매년의 정기적인 의례에 머무는 것이 아니다. 마을굿은 해당 마을의 정체성을 구성하는 중요한 매개체가 되었으며, 제의 뒤에 이루어지는 동회, 대동회 등은 민주적인 집단적 협의체로서의 기능을 훌륭하게 수행해왔다.

이러한 우리나라 동제의 일반적인 형태 가운데에서도 청운리는 여느 마을과는 다른 양상을 보여주고 있으며, 특히 동제당의 형태는 아주 특수한 양상을 드러내고 있다. 청운리의 동제당은 일반적인 동제당보다 훨씬 큰 규모였던 것으로 파악된다. 제당 옆에 제물을 준비하는 건물이 따로 마련되어 있을 정도의 위상이었던 것이다. 이러한 제물을 준비하는 곳을 보통 전사청이라고 하는데, 이는 향교나 서원에나 딸려 있는 제사에 쓸 제수를 마련하는 부속채를 일컬으며, 일반 마을의 동제당에서는 거의 찾아볼 수 없는 형태의 것이다.

이는 동제당의 내력과 관련되어 있는 것으로 파악된다. 본래 청운리의 동제당은 용전천 건너에 있는 성황산의 꼭대기 근처에 있었다고 한다. 그런데 약 100여년 전 청송지역에서 위세가 높았던 청송심씨 일파가 묘자리로 성황당이 있던 곳을 지목하였고, 이를 관철시키는 과정에서 지금의 자리로 이건되었던 것으로[1] 파악된다. 즉 산 정상 부근이라는 지형적인 요인과 성황사의 일반적인 전통으로 인해서 전사청이 필요하였던 것이며, 마을 가까이로 이건하면서도 이러한 형태를 그대로 유지한 것으로 파악된다.

> "국립공원 周王山 진입로에 위치한 동네로, 앞은 龍纏川이 흐르고 그 너머 星皇山이 있고 산 중턱에 晩翠 先生의 정자가 있다."[2]

위 기록에서도 알 수 있듯이 현재 동제당이 있는 쪽의 산 이름이 성황산이었던 것이다. 즉 성황당이 있었던 산이었기에 붙여진 이름으로 파악된다. 산의 이름으로 일컬을 정도로 이 부근에서는 상당히 유명한 성황당이었을 것이다. 이 성황당이 언제 건립되어 지금에 이르는지는 문헌기록이 남아있지 않아 섣부르게 단정할 수 없지만 청운 마을이 국가의 직능을 담당했던 곳이었다는 점을 고려한다면 적어도 조선중기 이전일 것으로 판단된다.

따라서 이러한 국가직능기관으로서 마을의 특성이 동제당에도 반영된 것으로 판단된다. 또한 청운리에 진유기점(眞鍮器店)이 있었다는 기록을[3] 찾아볼 수 있다. 이에 더하여 평해황씨가 집성촌을 형성함으로써 동제의 위상도 더욱 강화되었을 것이다.

> 국립공원 주왕산 진입로가 갈라지는 곳으로 남쪽으로 성황산이 솟아있고, 성황산과 마을 사이로 맑고 깊은 용전천이 흘러 금곡리로 들어간다. 2개의 자연부락으로 구성된 평해황씨의 집성촌이다.[4]

평해황씨들의 집성촌으로 자리 잡기 시작한 때가 정확히 언제인지는 알 수 없지만 기록상으로 볼 때 평해 황씨가 제일 앞에 표기된 점을 고려하면 적어도 조선중기경부터는

---

1) 김수봉(남, 89세), 강주형(남, 85세), 황병구(남, 71세) 제보, 2003년 10월 29일 필자 면담.
2) 慶尙北道敎育委員會, 慶尙北道 地名由來總覽, 1984, 308쪽.
3) 靑松郡誌 券之一 匠店條.
4) 慶尙北道·慶北鄕土史硏究協儀會, 慶北마을誌(下), 1992, 421쪽.

황씨들의 동성마을로 성장해 온 것으로 파악된다. 이렇게 국가의 직능을 수행하는 특성으로 인해서 인근에서는 상당히 큰 마을로 자리 잡기 시작했으며, 500여 호 이상이 거주하는 집성촌이자 개성 있는 동제와 줄당기기를 연행해온 유서 깊은 마을이 되었다.

2. 전통적인 마을굿의 형태

이들이 전통사회에서 제를 지내온 형태는 마을을 중심으로 3개소의 당을 두고 각각 남당, 여당, 삼신당으로 섬겼다. 즉 용전천 건너 성황당(서낭당)과 뒷산에 위치한 여당, 그리고 청송읍에서 마을로 들어오는 입구에 삼신당을 두었던 것이다. 삼신당의 형태는 마을 입구의 느티나무였으며, 여당은 소나무 5그루가 신체로 자리 잡고 있었다. 그러나 현재 삼신당은 레미콘 공장이 들어서면서 자취를 감추었고, 여당 역시 최근에 태풍 매미 때 넘어진 한 그루를 포함해서 3그루가 고사한 상태이다.

마을 입구에 삼신당을 두고, 마을 뒤의 산에 여당(안당)을 두는 동시에, 이와 마주보는 강 건너에 서낭당을 배치하였다. 또한 삼신당이라는 이름에서 알 수 있듯이 자손의 번창을 기원하는 신앙형태가 발전했던 것으로 보이며, 여당에 올리는 제물 역시 미역을 비롯한 여성의 생산과 관련된 것인 점을 감안할 때 상당부분 마을신앙이 기자신앙과 연결되어 있었던 것으로 판단된다. 그리고 제관 선정에 있어서도 생기복덕을 맞추어 깨끗한 인물을 뽑는 것이 일반적인 것임에도 불구하고 자식을 못 낳는 사람을 제관으로 선정하기도 하였다는 제보를[5] 통해 볼 때 자손의 번창과 관련하여 마을신앙이 함께 발전하였던 것으로 파악된다.

다음은 2003년 10월 29일 청운리 노인정에서 면담조사한 내용이다.

> 김수봉: 삼신당나무.
> 강: 야. 저 아래 저 은어소카는데. 고목나무. 거 삼신당이 거기 있었는데, 거기 지내고, 뒷전에 인제 안당이고, 백에 남당이고.
> 김: 삼신당나무카는데 거는 우리 거게 우리 아제. 거 막 줄로 막 쳐 놓고.
> 조사자: 삼신 당나무가 따로 있었어요?
> 김: 아. 여 저 은어소 이 밑에. 주유소 밑에 산비탈 있는 게 거기 있었어.
> 조: 거긴 주로 뭐. 당고사 지낼 때도 거기서 고사 지냈어요?
> 강: 고사 지내지.

---

5) 황은래(남, 58세) 2003년 10월 29일 필자 면담.

본래는 5그루가 있던 여당의 모습

김: 당고사 지낼 때 삼신 당나무라카는 그거는 뭐 아 놓는데 필요한 그건 모양이라.

조: 그럼 뭐 아녀자들 거기 가서 빌고 그랬어요?

강: 아니 뭐 지내는 거는 맹 남자들이 가 지내고.

조: 애기 낳아 달라고 빌고.

강: 애 많이 낳아 달라고 비는게 아니고, 글때는 옛날에는 아들이 잘 죽었거든. 죽는게 뭐 홍악
(홍역) 앓아도 죽고, 뭐.

강: 아들 거 병이 많이 댕기니, 아들 무사히, 무사히 해 돌라꼬. 거게 빌고, 그거 참 앞당에 가고,
앞당에 올리고 인제 뒷당에 가가주고 인제 제 올리고, 삼신당에는 인제 그 중 첫 번에 가 빌
어줬다카이. 우에든지 애환이 없도록 해 달라고. 그거 안주 모를거를요. 삼신당나무. 나는 아
는데.

삼신당은 기자신앙의 측면만이 아니라 마을로 들어오는 온갖 나쁜 기운들을 막아내는
액맥이로서의 기능을 수행하였던 것이다. 마을의 입구를 튼튼하게 지키고 안과 밖으로 마
을을 보호하는 남녀당을 갖추었으니 마을이 흥성하지 않을 수 있겠는가.

음력 정월 나흘날, 시월 열나흘날 두 번을 마을앞 만취정에서 산신의 위패를 모시고 제사를 지낸
다.6)

위 기록을 통해서 볼 때, 본래는 산신의 위패를 모시고 지내던 산신제의 형태였음을 알
수 있다. 그런데 또 하나의 의문점이 있다. 보통 마을 제당은 마을의 입구나 뒷산에 있기
마련인데, 청운의 제당은 용전천 건너 즉 물 건너에 위치하고 있다. 이러한 제당의 배치

---

6) 慶尙北道·慶北鄕土史硏究協儀會, 慶北마을誌(下), 1992, 422쪽.

는 좀처럼 찾아보기 힘든 형태이다. 다음의 면담내용을 살펴보자.

조정현: 그거 혹시 연유를 잘 모르겠는데, 보통 당이 마을 입구나 이런데 많이 있는데, 강 건너
　　　에 있지 않습니까? 그 당이, 왜 강 건너에 있게 됐는지 뭐 이런 얘기 혹시 들어보셨는지?
김수봉: 어. 거 위치가 좋으이께네.
강주형: 어. 위치 전에 뭐 그런 일이 있는데, 거 골치 아퍼. 그런거 하지 마소. 그런거 뭐할라꼬.
　　　당이 본세 앞당에 있었는데, 딴 데 있었는데, 청송심씨가 미(묘) 써 가주고 그래 뭐 당을 뭐
　　　윙길라카이, 윙길 자리가 없는데, 거기서 뭐 새가 날아와 가주고 거 앉어가주고 당을 거기 모
　　　셨다 이카는데.
김: 당을 불렀단다. 부르면 거와 앉는단다. 그래.
강: 그래 그런 소리하면 요새. 요새 사람이 들으면요. 그거 말또 아닌게래. 그런 얘기 하지마소.
조: 아. 그러니깐 원래는, 원래는 당이 거기 있었는데, 청송심씨가 거기에다가.
강: 미를 썼어.
조: 미를 써버릴려다. 아 썼어요?
강: 썼부렜다카이.
조: 써 버려가주고.
강: 뜯어내고.
조: 아. 당을 뜯어내고.
강: 야.
조: 그걸 인제 옮기게 되면서 터를 저쪽으로 잡게 됐다. 아. 원래 저 위에 있었는데.
강: 그런 거짓말 쎘지 뭐.
김: 거짓말 많지 뭐.
강: 거기 당 있을 때 뭐.
황병구: 근데 거기 당을 해 놓고, 이 마실에서 어에 댕겼든동 몰래. 거 대백에(절벽, 산꼭대기에)
　　　당에. 그때는 질이 다 있었지.
김: 그때는 뭐, 댕기는 거 그런. 그 질이 약간 좋았나.
황: 저, 산꼭대, 저, 제일 높은데.
조: 저 위쪽에. 제일 높은데.
강: 거짓말을 옛날 어른들 거짓말 얼매나 했는지. 거 당 있을찍에 말이래. 말을 타고 가다보면 말
　　　이라. 거 당 있을 때 마 말을 타고 가면 말이야. 거기 말이 발이 붙어가 걸음을 못 걸고, 뭐
　　　내려 가주고 뭐, 끌고 가고 했고 뭐.
김: 그 당 밖으로 말을 타고 못 갔단다. 발이 붙어 가주고 못 갔단다.
조: 원래 그러면 주왕산 넘어 가는 길이 저쪽에 길이 있었습니까?
김: 거 맹 거 요새길로 글로 갔어. 소로.
조: 소로 거 놀로 있는 쪽으로 쭉 넘어가면 어디가 나옵니까? 절로 넘어가면. 옛날에 서낭당으로
　　　넘어가면.
강: 서낭당은 바로 여 앞에 높은 산 저기 있고. 주왕산 가는 길은 거 산 밑으로 그냥 주왕산 가면
　　　되고. 질이 쫍았지 거기 뭐.
김: 질로 뭐 말로, 말타고 다녔는데 뭐, 솔았는데 뭐.

강: 대구 가는 데도 요만한 길이(팔을 벌릴 정도) 대구꺼정 걸어 갔는데 뭐.

조: 아. 그러니깐 거기 있던 것이 여기로 옮겨왔다.

강: 거기 얘기 들어보면 거짓말이 얼매나 되는동.

조: 그래 가주고 새가 날려 와서 부르니 여기에 오게 됐다 이런 얘기죠?

강: 당을 부르이께네. 새가 와서 앉고.

김: 당을 부르이께네. 그 자리에 와가주고 거게 당을 했다.

강: 뭐 당 있을 때는 뭐 말타고 가면 뭐 말에 발이 붙어가주고 막 못가고 뭐 내려 오고, 끌어 왔뿌고. 이거 뭐 거짓말또.

김: 거짓말이 아니래. 그, 그랬다카이.

황: 그래 그 만치 거게 미터가 좋타카는 그 터가 좋타 그래 놓으니, 그래 거 심씨네들이 그짜 와가주고.

조: 거기도 그랬고, 요기도 지금 여당 있는데 앞에다.

김: 심씨네 지 권리, 권리를 가지고 했거든. 그때 조선 총독, 조선 총독 그러면 위재 아들 캐 놓으이 심상원이.

강: 양, 양아들.

김: 양아들이래 놓으이.

강: 앞산 미도 가 보면요. 좋코. 뒤에 미도 안 됐니캐도 양짝 여 벌려 가주고 등 여 복판에 있고.

황: 그게 부채여. 부채.

조: 거 올라가보니깐 마을이 쫙 보이더라구요.

황: 그래 나와가주고 퍼져 놓으이, 꼭 부채 이래.

김: 여게, 이 동네가 부채살인데 거기 부채살.

조: 중심이구나. 이 건너편으로도 청송심씨 묘가 있다면서요?

강: 거기는 남자고 여기는 여자고.

조: 아. 남자고, 여자고.

김: 두 군데를 써 놨시.

강: 그 사람들 청송에 미터(묘터) 좋은 데 다 알았어.

조: 거 뭐 혹시 동제 지내고 그럴 때 청송 심씨 쪽에서 뭐 지원금을 내거나 이런 적은 없습니까?

김: 없어. 없었는데.

조: 못 들어보셨습니까? 그런 얘기.

강: 그 사람들 뭐 촌 사람들 등따리 삐껴 먹고 살았지 뭐.

조: 예. 그래도 묘를 쓰고 이랬는데.

강: 옛날에는요. 부자라카는게 뭐 우예야 부자가 되노카면 천석꾼을 할라카면 천명의 등따리 삐껴서 천석꾼질했고, 백석꾼은 백명의 등다리 삐껴서 백석꾼을 했는데, 거기 뭐 및 천석꾼 했으니, 청송 군민 등다리 다 삐꼈지 뭐.

용전천 건너의 동제당뿐만 아니라 안당이라 할 수 있는 여당이 있는 곳에도 청송심씨가 묘를 썼다. 묘하게도 청송심씨의 묘 역시 남녀의 묘가 서로 바라보고 있는 형국이라는 설명이다. 또한 마지막에 기술된 청송심씨들의 위세를 절감할 수 있는 대목은 이들이 청송심씨의 그늘로 인해 이루 말할 수 없는 많은 고통을 당했음을 토로하고 있는 것이다.

청운리 동제당 전경[7]

어떤 이들은 동제당을 가리켜 '당사'라는 표현을 쓰기도 한다. 이는 이전에 성황사의 위상을 가졌던 동제당에 대한 자부심의 표현으로 파악된다. 위 사진의 왼쪽에 있는 둔덕이 본래의 동제당이며, 정면에 보이는 건물이 전사청으로 쓰이던 건물이다. 최근에는 이를 제당으로 사용해 왔다. 이 건물의 상량문은 다음과 같다.

龜　西紀壹仟九百七拾貳年陰九月初四日未時 上梁　　龍

상량문에 의하면 전사청은 1972년에 중건한 것임을 알 수 있다. 그때까지만 해도 동제당이 아닌 전사청의 역할을 담당하는 건물까지 새로이 중건할 정도로 신앙적인 위세가 강했음을 시사하는 대목이다. 또한 이 건물 안에는 제기로 사용하던 가로*세로 약 20cm 정도의 제의도구들이 10여개 가까이 남아 있었다.

옛 기록에 의하면 본래의 동제당에는 산신의 위패를 모셨다고 했고, 마을 어른들의 기억 속에는 수많은 사기그릇들이 모셔져 있었다고 한다. 제관을 계속하고 있는 황문모씨의 제보에 의하면 제사에 모셔지는 신위가 누구인지는 알 수 없지만 3개의 신위를 모시고 있다고[8] 한다. 예전에는 마을공동 토지에서 생산한 수확물로 제물을 마련했지만 약 15년 전부터는 마을기금으로 동장과 반장들이 주도적으로 제물을 장만하고 제를 모신다. 현재 황문모씨와 황상호씨가 거의 제의를 주관하고 있는 상황이다. 십여 년 전까지는 직접 동제

---

7) 본래는 전사청으로 사용하던 건물이었는데, 1995년경 옆에 있던 '당사'가 무너져 내린 이후로 동제당으로 사용해 왔다. 그러나 현재(2003년 10월 29일 확인)는 이 건물마저 무너져 사실상 당집은 없는 상황이다.

8) 황문모(남, 53세) 2003년 10월 8일 필자 면담.

당 옆 전사청에서 제물을 마련하였다. 그곳에서 떡도 찌고 도적을 손질하는 등의 일을 즉석에서 수행하였던 것이다.

허물어진 옛 동제당의 모습

3. 현대의 청운리 마을굿

청운리의 마을굿은 정초의 지신밟기로부터 시작된다. 정월 초사흘 경부터 시작되는 지신밟기와 함께 줄당기기를 위한 짚 걷기, 그리고 아이들의 골목 줄당기기가 벌어지면서 마을은 그야말로 절정을 위한 분위기의 고조가 이루어진다. 정월 열나흘날 밤 자정 경이 되면 삼신당으로부터 시작해서 남당, 여당의 순으로 제를 올린다. 흥겨운 지신밟기를 계속 해왔지만 제를 모실 때에는 쇠소리를 내지 않고 마을 전체가 침묵을 유지하면서 재계한다.

10여 년 전까지는 제관집에 금삭과 황토를 뿌리고 제관들도 일주일 전부터 용전천변에서 목욕재계하며 경건하게 제를 준비했지만 현재는 상당부분 형식적인 제의가 되어가고 있는 것으로 파악된다. 제물은 남당과 여당이 각각 다른 양상을 보여준다. 남당에는 도적, 백찜, 탕을 올리고, 여당에는 백찜과 김, 미역국을 올리는 것이다. 떡은 백찜을 시루째로 올리고 고기는 상어고기, 조기, 고등어, 또는 방어 새끼인 사백이를 올린다. 육고기를 사용하지 않는

다는[9] 특성도 나타난다. 축문은 없었으며 10여 년 전까지는 마을소지를 올렸지만 현재는
소지도 올리지 않고 유교식 제의만 남당에서 간단하게 지낸다고 한다. 동제를 지낸 다음날
음복과 동회를 열고 이후 어두워질 무렵 또는 다음날부터 줄당기기가 시작된다.

청송군지에는 청운리의 줄당기기에 대해 다음과 같이 기록하고 있다.

> "경기시작을 알리는 농악이 울려 퍼지고 남녀노소 할 것 없이 구경꾼들로 인산인해를 이룬다. 이
> 윽고 상쇠의 신호에 따라 마을 수호신을 모신 堂을 바라보고 제를 올린다. 이는 오늘의 위대한 행사
> 를 수호신에게 알리고 마을의 평화를 빈다."[10]

제기 앞면과 뒷면

당 안에 남아 있는 목제

이 기록에서도 알 수 있듯이 청운리의 줄당기기 역시 동신을 중심으로 마을의 정체성을
찾는 가운데 결속력을 다져가는 문화적 장치였다. 당을 바라보고 제를 올린 연후에야 줄
당기기를 벌인다는 사실은 공동체의 모든 집합적 행동에 있어서 최우선으로 섬기는 대상
이 바로 동신임을 각인시킨다.

그러나 현대에 들어와서 청운리의 동신은 전혀 영향력을 발휘하고 있지 못하다. 또한
최근에 살펴본 동제당의 모습은 처참하기 그지없는 것이었다. 당사로 불려지는 동제당은
겨우 명맥을 유지하던 건물 하나마저 무너져 내려 있었고, 여당으로 불리는 소나무 신체
역시 한 그루가 뿌리째 뽑혀 있었다. 이러한 마을신앙 관련 제당이 훼손되고 있는 상황에
서도 마을사람들은 그리 대수롭게 생각하지 않는 인상이다.

---

9) 마봉남(여, 81세, 황문모씨의 母) 2003년 9월 8일 필자 면담.
10) 청송군, 『청송군지』, 789쪽.

무너진 제당

　청운리의 마을굿이 이렇게 쇠퇴하게 된 원인은 일반적인 요인도 있겠지만 교회신도가 늘어나게 된 것이 주요한 요인 중에 하나인 것으로 파악된다. 청송군지를 살펴보면, 청운교회는 1956년에 건립되었고, 신도수가 남 30, 여 60으로 총 90명에 이른다고[11] 기록되어 있다. 또한 현재의 마을 주도세력인 젊은 세대 중에 독실한 신자가 늘어가고 있고, 마을굿이 더 이상 형식적인 의무 이상의 의미를 갖지 않게 된 것도 한 요인이 될 것이다. 청운리의 줄당기기가 70-80년대부터 청송문화제를 통해 겨우 명맥만 유지하는 것과 마찬가지로 마을굿 역시 형식적인 명맥유지에 급급하고 있는 실정인 것이다.

　이러한 상황에 반응하기라도 하는 듯이 제당과 전사청이 차례로 무너져 내린 상황이고 여당의 소나무 역시 뿌리째 뽑혀 있는 모습이다.

　국가적 직능을 수행하는 마을이자 평해황씨 집성촌으로서의 자긍심과 결집력을 상징하던 마을굿과 줄당기기가 형식화되면서 자연스레 청운리의 전통적 인식과 민속들은 그 자취를 잃어가고 있다. 일개 마을이었지만 상당한 격을 갖춘 성황사와 대규모 대동놀이를 보유해왔던 청운의 모습은 이제 오간 데 없다. 게다가 옛 영화를 상징적으로 보여주던 제당마저 무너진 상황에서 앞으로 이들이 어떤 대응을 해나갈 것인지 주목된다. 이들이 다시금 옛 영화를 되살리며 마을굿의 전통을 이어갈 것인지, 아니면 과거형으로서 마을굿에 대한 잊혀진 전통의 뒤안길로 들어설지 자못 긴장되는 마음을 감출 수 없다.

<조 정 현>

---

11) 청송군, 『청송군지』, 399쪽.

청운마을의 새해맞이 축제와 줄당기기

1. 새해맞이 축제의 흐름

묵은해를 보내고 새해를 맞이하는 시점에서 송구영신의 축제판을 벌이는 것은, 전근대의 마을에서 보편적인 것이었다. 이 새해맞이 축제의 구성과 전개의 과정은 지역마다 약간의 차이가 있었지만 크게는 다르지 않아서 대개 집 차원의 의례와 놀이, 그리고 공동체 차원의 의례와 놀이가 교직되면서 축제를 구성하게 마련이었다.

청운리의 경우도 사정은 다르지 않았다. 설날을 기점으로 새해가 시작되면 차례를 통해 혈연을 확인하고 세배를 통해 이웃간의 친교와 연대를 새롭게 하였으며 十二支日의 준수를 통해 집과 개인의 벽사진경을 도모하였다. 이와 같은 집 차원의 활동과 별도로 마을 차원의 활동도 전개하였으니 동회를 통해 동제를 봉행할 제관을 선출하는 한편 새해맞이 축제의 가장 역동적 연행인 줄당기기를, 준비하고 진행하며 마무리할 소임들을 선임하였다.

사실 줄당기기를 가장 먼저 준비하고 시작하는 것은 아이들이었다. 이미 정초가 되면 아이들은 가는 새끼줄을 얽어 줄을 만들고 고샅을 휘저으며 애기줄을 당겼다. 시간이 흐를수록 참여연령도 높아지고 줄의 규모도 커지며 어른들의 관심도 깊어져서 어른들 사이에 큰줄에 대한 이야기가 오가게 된다. 말하자면 아이들의 애기줄은 큰줄의 신호이자 전초전이었던 셈이다.

새해맞이 축제의 절정은 대보름 명절에 마련되었다. 축제의 구성을 양극적인 것과 단극적인 것으로 나눈다면 한국 전통사회의 새해맞이축제는 양극성을 띤 단극적 구성을 하고 있었다. 혈연단위의 활동을 배경으로 하는 설과 지연단위의 활동을 배경으로 하는 대보름이 각기 축제의 의미 있는 한 축으로 자리 잡고 있었지만 축제성의 발현은 상대적으로 대보름에 집중되었다. 대보름으로부터 집과 마을단위의 占歲的 祈年的 活動들이 시작되어 축제의 분위기를 한껏 고양시켰다.

청운에서는 대보름 자시에 암당과 숫당에서 동제를 올리고 날이 밝아오면 동회를 소집하여 한해살이를 결산하는 한편 새해의 마을살이를 설계하였다. 마을에 깃들어 사는 집에서도 보름맞이에 분주했다. 아침에 일어나면 먼저 견과류를 깨물어 치아의 건강함을 꾀하고 오곡의 찰밥을 조상과 나누어 먹었다. 거리로 나선 아이들은 처음 만난 이에게, 장난스런 몸짓으로 더위를 팔아 다음 계절의 안녕을 준비하고 땅거미가 내려앉으면 산에 올라 보름달을 맞으며 가족의 안녕과 건강을 빌었다. 달맞이를 마치면 마을로 내려와 쥐불을 놓고, 더러는 준비한 홰를 돌리며 홰싸움을 벌였다.

보름을 전후한 아이들의 축제적 활동 가운데 빼놓을 수 없는 것이 "보리뚜드리기(假農作)"였다. 정월 14일, 까치보름에 아이들은 수수대로 만든 각종 곡식과 농기구의 모형을 거름더미에 꽂아두었다. 보름이 되면 아이들은 집집을 돌아다니며 그 집의 거름더미에 꽂힌 모형들을 경쟁적으로 부수었고 이를 "보리 두드린다"고 하였다. 두드려진 모형들은 태워 재를 만든 뒤 도토리 껍질에 담아 양을 측정하면서 "한 섬이요! 두 섬이요!"라고 하여 풍요를 예축하였다.

집 단위의 활동 가운데 또 하나 특징적인 것은 '환장대 세우기'이다. 환장대는 대여섯 발 길이에 한자 정도의 굵기를 가진 곧은 나무를 세우고 그 꼭대기에 등을 매단 높은 장대이다. 환장대는 모든 집에서 세우는 것이 아니라 이른바 "와가(瓦家)"라고 부르던 부자집에서만 세웠지만 청운 사람들에게 새해맞이 축제를 상징하는 존재로 인식되었다.

줄당기기야말로 청운리 새해맞이 축제의 중심적 연행이었다. 축제기간 내내 줄당기기는 청운사람들을 사로잡는 축제 중의 축제였고 마을 사람들의 모든 역량이 이곳에 집중되었다. 정초부터 시작한 아이들의 줄당기기는 점점 규모가 커져 마침내 보름이 가까워오면 본격적으로 '큰줄'을 준비하였다. 풍물패를 앞세워 집집을 돌며 짚을 거두고 힘깨나 쓰는 남정네들은 빠짐없이 강변에 모여 경쟁적으로 큰줄을 만들어 가는 과정이 며칠 동안 계속되는 한편 인근 동네에 우군을 청하는 일도 진행되었다. 줄을 당기는 날이 되면 마을사람들, 인근에서 몰려온 우군들, 그리고 장사치들로 마을은 온통 북새통을 이루어 고양된 축제분위기를 연출하였다. 그런 가운데 줄판이 시작되면 줄을 당기기도 전에 양편은 몸싸움을 시작하여 기선을 제압하려고 하였다. 싸움은 두 줄을 멜 때도 어김없이 계속되어 거친 입씨름과 몸싸움이 거듭되었다. 마침내 두 줄을 결합하고 줄을 당기기 시작하면 "집에 누워 있는 환자도 문지방에 발을 대고 용을 쓸 정도"로 전력을 기울여 줄을 당겼다. 한참 줄을 당기다가 양편의 기운이 팽팽해 승부가 나지 않으면 "훌테기"를 시작한다. 각 줄의 선두에 있던 사람들이 상대편 줄로 넘어가 '종줄'을 당기고 있는 사람들을 걷어 내고 자기편으로 줄을 끌어오는 것이다. 이 과정에서 또 양편 간에 거친 싸움이 전개되고 이 싸움에서 이긴 편이 마침내 승리를 얻는다.

줄당기기의 승패가 결정되었다고 해서 싸움이 끝난 것은 아니었다. 진 편은 이긴 편 사람들이 자기편의 줄을 점령하지 못하도록 막고 이긴 편은 승자의 권리를 행사하기 위해서 진 편의 줄 위에 올라서려고 한다. 이 과정에서도 거친 몸싸움은 어김없이 전개되었다.

줄당기기가 청운 마을을 둘로 나누어 벌이는 거대한 싸움이라면 지신밟기는 청운의 품

속에 깃들어 사는 집과 집을 엮어나가 마침내 하나임을 확인하는 통합의 놀이였다. 보름 이후에 시작하여 월말까지 계속하는 지신밟기를 통해 마을 사람들은, 줄당기기의 앙금을 가라앉히고 다시금 둘이 아닌 하나임을 확인할 수 있었다.

미리 밝혔듯이 이와 같은 축제의 흐름은 이른바 "선제사 후놀이형"에 속하는 지역의 마을 단위 축제에서 보편적인 것이었다. 이런 보편성 속에서도 청운의 새해맞이 축제는 남다른 데가 있으니 유례를 찾아보기 어려운 역동성과 활력이다. 이 역동성과 활력의 원천은 청운의 문화 속에서 해명되어야 할 문제지만 축제 내적인 관점에서 보면 환장대 세우기와 줄당기기, 그리고 지신밟기가 축제의 역동성과 활력을 담보하는 연행으로 판단된다. 이런 맥락에서 이 세 연행을 소개하고 그 성격을 살펴보려고 한다.

2. 환장대 세우기

환장대는 대여섯 발(약 12~13m) 정도의 길이에 지름이 한 뼘 반(약 30㎝) 가량 되는 곧은 소나무를 이용해서 만든다. 청운리 인근의 산에는 벌채를 많이 해서 크고 곧은 나무가 없기 때문에 마을에서 약 20리 떨어진 파천면 수촌리까지 가서 나무를 베어 와야 했다.

환장대를 세울 집의 가장은 일꾼 서너 명과 함께 나무를 구하러 갔다. 가장이 적당한 나무를 선정하면 일꾼들이 나무를 베는데, 나무를 베기 전에 집에서 준비해 온 막걸리를 나무 주위에 뿌리고 절을 하는 약식고사를 지낸다. 그리고 일꾼들이 나무를 베서 잔가지를 훑어내고 꼭대기에 있는 솔가지는 그대로 둔 채 운반한다. 이 과정이 매우 힘들기 때문에 일꾼들을 부릴 정도의 재력이 뒷받침되어야만 환장대를 세울 수 있다.

산에서 베어 온 나무는 솔가지를 그대로 둔 채 곁가지는 모두 쳐낸다. 나무껍질은 낫으로 벗겨내어 흰 속살이 보이도록 다듬는다. 그 후에 꼭대기의 솔가지가 뻗어 나가는 부분에 청색과 홍색의 종이를 묶어 놓고 제일 꼭대기에는 흰색의 깃발을 묶어 놓기도 한다. 환장대의 목 부분에는 종

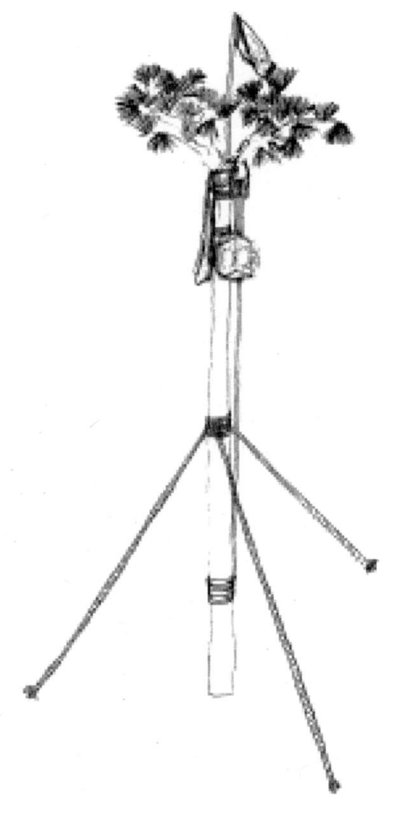

<그림 1> 환장대

이로 만든 초롱을 달아 기름불을 밝히는데, 이 등에 줄을 매달고 도르레를 이용하여 오르내릴 수 있게 하였다. 이렇게 만든 환장대는 정월 열 나흗날 밤에 마당 한 복판에 세워 불을 밝힌다.

환장대는 정월 열 나흗날 저녁에 세워 보름명절(정월 14～ 2월 1일) 동안 세워놓는다. 환장대를 세울 때는 나무가 쓰러지지 않고 똑바로 설 수 있도록 양쪽을 새끼줄로 묶어 고정시킨다. 정월에는 해가 일찍 떨어지는데 해가 지면 종이로 만든 초롱에 참기름으로 불을 밝혀 나무꼭대기에 올렸다. 환장대는 한 집안에 하나씩 장자의 집에 세우는 것이 원칙이다. 예컨대 여러 형제가 분가하여 마을에 살면 맏이의 집에만 환장대를 세우고 맏이의 형편이 어려우면 동생이 경비를 부담해서 맏이의 집에 환장대를 세우는 것이다.

환장대 세우기는 인력과 경비가 상당히 들기 때문에 와가(기와집)에서 밖에 할 수 없었다. 청운리에는 황학구, 고수성, 성천댁(임목성), 황인술, 황사헌, 황충구, 임병두, 황병오, 그 외 두 집 등 와가가 총 10집 있었다. 환장대는 이들 와가에서만 세웠고 혹 마을 사람들이 생각하기에 형편이 넉넉하지 못한 집에서 세우기라도 할라치면 분수에 넘치는 일을 한다고 욕을 먹기도 하였다. 환장대를 세우는 것은 "신에게 그 집안의 성의를 보이는 것으로서 액운이 나가고 축복이 들어오기를 바라는 마음"에서 비롯되었다고 한다.

3. 줄당기기

(1) 동계와 줄집, 편의 구성

① 동계와 줄집

줄당기기의 제반 사항을 준비하는 바탕은 동계였다. 동계는 동장을 중심으로 이루어졌다. 청운리는 규모가 큰 마을이었기 때문에 동장 밑에는 반장이 18명이나 있었고, 마을 전체를 포괄하는 동계 이외에 '아랫마을계'와 '윗마을계'가 각기 존재하고 있었다.[1) 아랫마을계와 윗마을계는 계장은 없고 유사 한 명씩을 두어 계를 운영하였다. 유사의 일은 풍물과 계금의 관리 등이었고 줄당기기와 같은 큰 행사를 할 때 음식을 준비하는 등의 뒷일을 책임지는 것이었다. 두 마을의 계는 각각 10월이나 11월경에 유사를 교체하는 '유사갈이'를 하는데, 이 때 새해의 줄당기기에 대해 의논하기도 하였다.

한편 '줄집'은 줄당기기를 위한 별도의 소임으로서 아랫마을과 윗마을에 하나씩 있었고

---

1) 줄당기기가 마을에서 활발하게 전승되고 있던 1930～40년대까지만 해도 마을의 규모는 매우 컸다고 한다. 당시에 마을의 가구 수는 어림잡아 400호가 넘었을 뿐만 아니라 아이들의 수 또한 1000여명이 넘었다고 한다. 특히 흥미로운 것은 마을의 규모가 매우 커서 동장은 별도의 사무실을 두고 있었고, 그 밑에는 서기가 있었다고 한다.

<그림 2> 줄당기기의 편구성
(빗금친 부분은 줄당기기가 벌어졌던 용정천변이다.)

1930년대까지 존재했다. 줄집은 아무나 할 수 있는 것이 아니라 마을 사람들이 인정하는 사람만이 할 수 있었고 인정의 기준은 일차적으로 "학식 있고, 덕망 있는 어른"이었다. 그러나 학식과 덕망이 전부는 아니었다. 줄집은 줄을 트는 사람들을 위해 술과 음식을 제공하고, 짚이 모자라면 짚을 마련해야 했으므로 재력도 어느 정도 갖추고 승부에 집착하는 '싱벽(승부욕)'도 있어야 가능했다. 따라서 줄집을 맡는 사람은 제한적일 수밖에 없었다. 줄집은 해마다 바뀌는 것이 아니라 특별한 문제가 없는 한 계속하였다. 줄집을 맡는다는 것은 줄당기기의 전체 과정에서 지도자가 되는 것이므로 당사자는 상당히 명예스럽게 인식하였고 타인에게는 선망의 대상이었다.

줄집이 활약하던 줄당기기는 1930년대를 끝으로 중단되었다. 그 뒤 1950년대 중반에 이르러 마을의 젊은 사람들이 까닭 없이 많이 죽자 1957년부터 다시 줄당기기를 시작하였다. 이 때부터는 줄집을 별도로 뽑지 않고 각 마을의 반장들이 줄집의 소임을 감당하였다.

② 편의 구성

청운리는 남북으로 길게 자리하고 있으며 마을복판에 길이 나 있다. 이 길과 마을의 골목이 만나서 삼거리를 이루는데, 삼거리를 중심으로 윗마을과 아랫마을이 갈라지고 이 구분은 줄당기기에서도 통용되어 아랫마을과 윗마을이 각기 한편을 이뤄 줄당기기에 참여하였다.

해마다 그러했던 것은 아니지만 큰줄을 당길 때는 청운 사람들뿐만 아니라 원근의 친인척과 근동의 지역민들까지 초대하여 함께 줄을 당겼다. 친인척의 경우 멀리는 안동시 임하면 금소리의 사람들까지 참여할 정도로 열성이었다.

한편 인근 지역민들의 경우, 30리 안팎까지 직접 풍물패를 꾸려 찾아다니면서 참여를 청하였다. 참여의 범위를 보면 북쪽으로는 청송읍을 비롯해서 파천면과 진보면까지 원군을 청했고 남쪽으로는 부남·부동면까지 원군을 청하였다.

이처럼 친인척은 물론 인근 지역 사람들까지 초청하다보니 줄을 당기는 날이면 기천명의 외지인이 청운을 찾았고 보통 한 집마다 여남은 명씩 손님을 치게 마련이었다. 외지에서 온 이들은 각기 그들을 초청한 편에 소속되어 줄을 당기면서 신명을 풀어냈다.

편을 구성할 때 종종 문제가 되었던 것은 한 집안의 구성원이 아랫마을과 윗마을에 따로 사는 경우였다. 일반적으로는 분가한 지차집의 식구들이 장손의 집이 있는 쪽으로 가서 줄을 당기게 마련이었지만 각 마을에서는 다른 마을로 가려는 이를 막기 위해 "애걸 반 협박 반"으로 말리고 나서 더러 주먹다짐이 일어나기도 하였다.

줄당기기에서 주로 이기는 쪽은 윗동네였다. "힘은 아랫동네 사람이 나아도 간장은 윗동네가 나았다"고 하는 향언에서 알 수 있듯이, 윗동네 사람들은 아랫동네사람들보다 재력이 보통 "논 한마지기 정도" 모자랐고 전반적으로 덩치도 작았지만 기질이 활동적이고 승부에 대한 집착이 센 편이었다.

(2) 애기줄과 큰줄

정월 초순이 되면 대여섯 살 가량의 어린 아이들이 모여 마을 곳곳에서 줄을 당기기 시작한다. 점차 줄당기기에 참여하는 아이들의 연령이 높아지고 인원도 늘어나면 처음에 당겼던 줄을 풀고 짚을 보태서 새 줄을 만들었다. 처음에는 줄의 굵기가 팔뚝보다 약간 굵은 정도였지만 점차 줄이 커져간다. 아이들의 줄당기기가 열기를 더해 가면 어른들 사이에서도 줄당기기에 관한 이야기가 오고 가고 마침내 큰줄을 당기기로 결정하면 이 때부터, 그 동안 아래 윗동네를 별로 가리지 않던 아이들의 줄당기기도 지역에 대한 의식을 갖게 된다. 또한 이때부터 '싱벽(승부욕)'이 강한 어른들이 나서서 줄 만드는 것에서부터 줄을 당기는 요령까지 아이들을 지도하면서 도와준다.

아이들은 줄을 당기기 전에 어깨에 줄을 메고 마을의 골목골목을 돌아다니다가 상대편과 마주치면 줄머리를 부딪히면서 격렬한 몸싸움을 벌였다. 이렇게 한 까닭은 다른 아이들의 참여를 독려하는 한편 아군의 기세를 과시하고 상대편의 기세를 제압하기 위한 것이었다.[2] 어린아이들의 줄당기기는 마을 곳곳에서 이루어졌지만, 제법 나이가 든 큰아이들의 줄당기기는 일정한 장소에서 이루어졌다. 마을의 북쪽에서 남쪽으로 뻗어있는 길이 경사가 져 있기 때문에 경사가 비교적 완만한 지금의 청운휴게소 앞 도로에서 줄을 당겼다. 이 때 큰아이들이 당겼던 줄은 길이가 약 50m, 지름이 약 30㎝ 정도 되었으며, 어린아이들은 위험하기 때문에 참여하지 못하고, "줄을 끌어안고 당길만한" 아이들만 참여할 수 있었다. 아이들의 줄당기기는 늦어도 정월 열흘날 무렵이면 끝나고 애기줄을 당기면서 사용한 줄은 모두 풀러 큰줄을 만드는데 보태었다.

애기줄이 끝나고 나면 어른들은 큰줄 만들 준비에 바빴다. 큰줄은 대개 정월 열흘날 무렵부터 만들기 시작해서 보름이 지나야 완성한다. 줄당기기는 이르면 정월 열엿새나 열

---

2) 이종태(남, 83, 청운리 거주)의 제보.

이레날 당기지만 늦으면 2월 초하루나 그 뒤에 당기기도 하였다. 줄당기기는 아무리 일러도 정월 보름날 전에 하지 않으며 늦어도 2월 보름을 넘기지 않는다. 줄을 당기는 날짜는 줄집을 비롯하여 윗동네와 아랫동네의 어른들이 만나서 조정한다. 각편은 자기편에게 유리한 날을 잡기 위하여 옥신각신하기도 하였다. 예컨대 그 마을에 길흉사가 있을 경우, 그 날을 피하여 가급적이면 온 마을사람들이 참여할 수 있는 날을 잡으려고 애쓰는 것이다. 줄을 당길 날짜가 정해지면 이때부터 원근의 친인척과 주변 지역의 사람들을 초대하는 작업이 시작된다. 누가 일부러 시킨 일도 아니지만 각자의 승부욕 때문에 다투어 보다 많은 사람들을 끌어들이려고 애쓰는 것으로부터 이미 큰줄당기기는 시작되었다.

(3) 줄만들기와 보관

<그림 3> 줄트는 모습

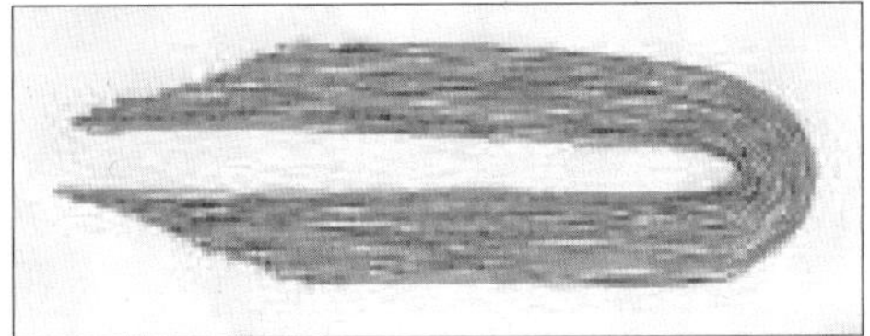

<그림 4> 가닥줄을 늘어트린 모습

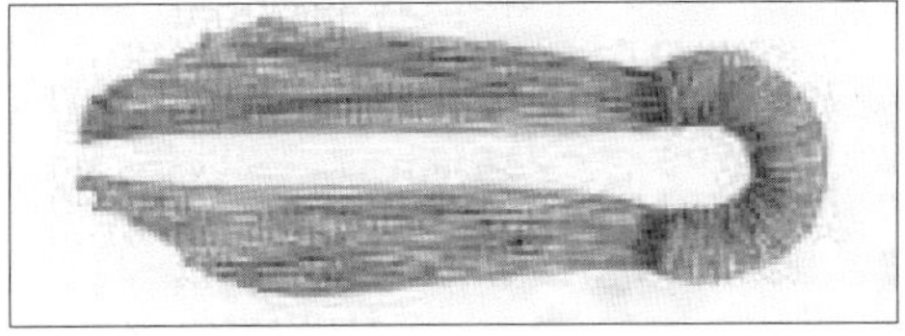

<그림 5> 줄머리를 만든 모습

줄을 만드는 일은 짚을 모으는 것으로부터 시작한다. 짚을 모으러 다닐 때는 각 마을별로 풍물패를 앞세웠는데 이때 20~30명 쯤의 아이들도 함께 다녔다. 풍물패가 대문 앞에서 풍물을 두드리고 아이들이 이구동성으로 "짚 주소, 짚 주소"하고 외치면 주인이 나와서 짚을 건네주었다. 만약 짚을 주지 않거나 짚의 양이 살림살이에 비해서 부족하면 아이들이 바로 또는 밤에 따로 찾아와서 "다랍네 다랍네 통시피탈 다랍네 (더럽네 더럽네 변소처럼 더럽네)"라고 노래를 불렀다. 사람들은 아이들이 놀리는 말을 듣기 싫어서라도 형편껏 짚을 내놓았다. 만족할 만큼 짚을 얻으면 아이들은 "부자세 부자세 이집 이는 부자세(부자네 부자네 이집은 부자네)"라고 노래를 부르며 그 집이 부자가 되라고 축원하였다.

이렇게 모은 짚을 줄집으로 옮겨 가닥줄을 만들기 시작한다. 가닥줄은 말 그대로 한가닥으로 이루어진 줄로서 나중에 몸줄을 만드는 바탕이 된다. 가닥줄을 만드는 방식은 다음과 같다. 먼저 세 명이 주고받으면서 줄을 꼬아나가

다 일정한 길이가 되면 그 줄을 제법 큰 나무 줄기 너머로 넘겨 한 사람이 잡고 줄이 풀리는 것을 막는다. 나머지 세 명은 계속해서 주고받으며 줄을 만들어 나간다. 이때 줄 만드

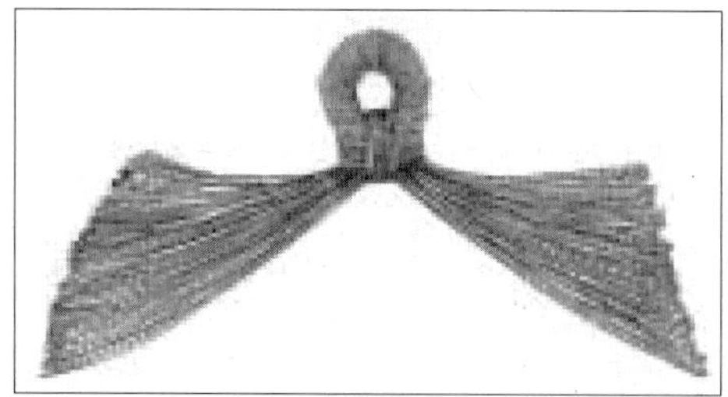

<그림 6> 줄목을 묶은 모습

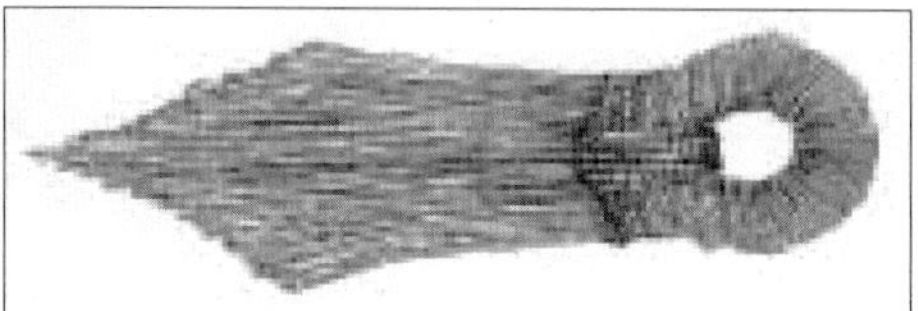

<그림 7> 몸줄을 펼친 모습

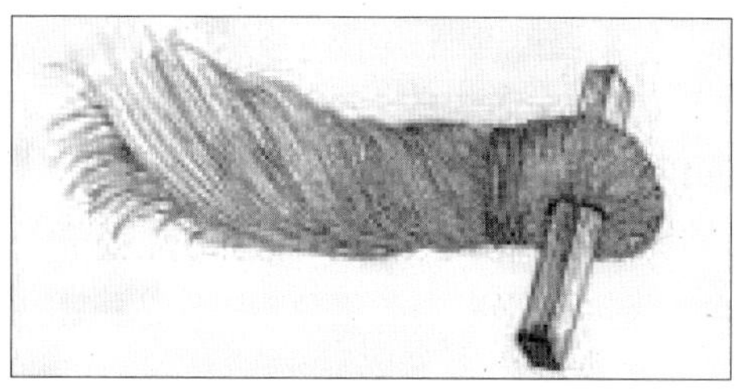

<그림 8> 줄머리와 몸줄을 돌려 줄만들기

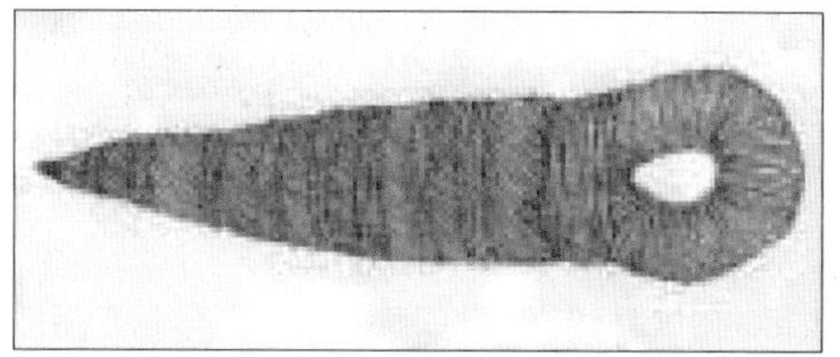

<그림 9> 몸줄을 묶은 모습

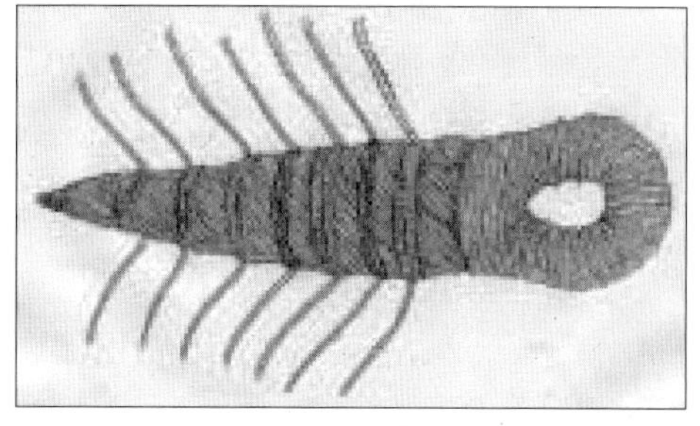

<그림 10> 완성된 큰줄

는 이들에게는 각기 짚을 대주는 이들이 붙어 있다. 이 과정을 "줄 튼다"라고 한다(그림 3 참조). 줄을 틀 때는 세 명이 동시에 줄을 건네주어야 하기 때문에 "버달로 버달로"라는 구령을 되풀이하면서 작업을 하였다. 가닥줄은 길이가 약 150~200m가량 되었고, 굵기는 약 10~15㎝ 정도 되었다. 큰줄을 만드는 데 필요한 가닥줄은 80~100가닥 정도였다.

다 만들어진 가닥줄은 줄을 당기는 장소인 마을 앞의 용전천으로 옮겨 큰줄을 만들었다. 큰줄을 만들 때는 용력께나 쓰는 남정네들이 거의 참여하였다. 청운리의 줄당기기는 줄을 만드는 방법에서부터 독특하다. 하나씩 틀어서 만든 가닥줄을 바닥에 펼치는데 이때 아예 반을 구부려 접어놓는다(그림 4 참조). 이렇게 모든 가닥줄을 구부려 늘어뜨려 놓은 후에 펼친 줄의 구부러진 부분을 새끼줄로 감아서 줄머리를 만들고(그림 5 참조) 이어서 줄목을 만든다(그림 6 참조). 그 뒤 가닥줄을 하나씩 엮어나가 전체를 모두 연결시키고 줄에 탄력을 주어 잘 끊어지지 않도록 하기 위해 물을 뿌리고 밟는 과정을 몇 번 거친다. 이 때는 거의 모든 마을사람들이 나와서 풍물 가락에 맞춰서 줄을 밟는다. 물을 뿌리고 밟는 과정을 몇 차례 거치면 줄머리부분에 서까래를 집어넣어 줄머리를 고정시키고 한쪽방향으로 돌린다(그림 8 참조). 줄이 완전히 꼬아지면 새끼줄로 군데군데를 빈틈없이 묶어서 몸줄을 완성한다(그림 9 참조). 그 뒤 종줄을 달아서 줄을 완성한다(그림 10 참조). 이렇게 만든 줄의 길이는 약 70~100m가량 되었고, 줄의 굵기는 성인 남성이 줄에 올라탔을 때 발이 땅에 안 닿을 정도였다. 줄을 만들기 시작하면서부터 매일 밤마다 장정들이 줄을 지킨다. 상대편이 깨진

병조각이나 사기 가루를 줄에 뿌리는 등의 방법으로 줄에 위해를 가할 수 있기 때문이다. 만약 이를 방치하면 줄을 당길 때 유리가루 또는 사기가루가 짚으로 파고들어 줄이 끊어질 위험이 있다. 따라서 각편에서는 밤새 줄을 지키고 상대편의 허점을 노려 위해를 가하려고 애쓴다.

(4) 줄당기기

① 앞놀이

원래 줄당기기는 밤에 이루어졌다. 곳곳에 횃불을 켜 놓고 수천 명이 당기는 줄은 장관이었다. 그러나 50년대 중반 이후에 복원하면서 부터는 밤에 당기지 못하게 하여 낮에 당겼다. 밤에 당길 때는 사람들이 많이 다치기 때문에 경찰이 직접 나와서 지키기까지 하였다고 한다. 마을에서는 계속 시간을 늦추려 하였고 경찰은 빨리 당기라고 하여 실랑이가 벌어지기까지 하였다. 낮에 당기게 되자 마음놓고 상대편을 때리거나 해코지하지 못하게 되었다.

줄당기기를 하는 날 아침이 되면 마을 사람들뿐만 아니라 줄을 당기러 온 사람들이 모두 나서서 용전천에는 수천 명의 사람들이 모인다. 또한 각지에서 몰려온 장사치들이 난전을 펼쳐 풍성한 먹거리를 제공한다. 한편 각 편의 풍물패는 쉴새 없이 풍물을 울리고 사람들은 마을계와 줄집에서 마련해온 음식이며 장사치들이 파는 음식을 먹고 마시며 전의를 다진다.

줄을 당기기 전의 의례는 특별한 격식 없이 줄집을 맡은 사람이 개울 건너의 산에 있는 서낭당을 향해 절을 올리는 것으로 갈음한다. 서낭님께 배례하면 양편의 줄을 끌고 와 줄을 연결한다. 이때 양편을 줄을 쉬 끌어오지 않고 풍물패와 함께 어우러져 놀이판을 벌이면서 서로 기세를 올린다. 이 과정에서 양편 사람들은 자기편의 줄을 지키면서 상대편의 줄을 침범하기 위해 돌파를 시도하고 자연스럽게 육박전이 벌이는데 이것을 줄쌈이라고 한다.

줄싸움과 기세다툼을 거듭한 후에 오후가 되면, 양편은 "자 메우자"라는 고함소리와 함께 두 줄을 결합할 지점까지 운반한다. 줄을 옮기고 나면 윗마을의 숫줄과 아랫마을의 암줄을 걸고 '종나무'를 끼워 결합한다. 종나무는 잘 부러지지 않도록 단단한 참나무로 만들었는데 길이가 1.5m정도이고 굵기는 약 20㎝가량 되었다. 종나무를 끼우는 과정에서 '줄멕이싸움'이 벌어진다. 줄멕이 싸움은 양편이 상대편의 줄머리를 자기편 쪽으로 끌어오려고 다투는 과정에서 벌어지는 싸움이다. 줄을 당길 때 상대편의 줄머리가 자기편 쪽에 가까울수록 당기는 데 유리하기 때문에 양편은 격렬한 싸움을 전개한다. 이 싸움은 워낙 거칠게 전개되고 줄머리가 오고 가는 과정에서 큰 부상을 입을 가능성이 높기 때문에 외동이거나 몸이 약하면 아예 참여하지 못하였으며 힘이 세고 건장하거나 형제가 많은 집의 장정들이 들어갈 수 있었다. 줄멕이 싸움에서 지게 되면 사기가 꺾이기 때문에 줄당기기의 승패는 이미 줄멕이 싸움에서 어느 정도 결정된다고 할 정도였다.

② 본놀이

이 마을 노인들의 말에 의하면 "줄을 당기는 것은 전쟁이었다". 그만큼 싸움이 치열했음을 말해준다. 밀고 밀리는 줄멕이싸움이 어느 정도 마감되면 겨울 해는 벌써 서산 언저리를 맴돌고 있다. 이때부터 본격적인 줄당기기가 시작된다. 사람들은 몸줄에 달린 종줄을 잡고 있다가 줄집을 비롯한 각편의 지휘부에서 고함과 깃발 등으로 신호를 하면 줄을 당기기 시작한다. 각편은 예닐곱 개씩 깃발을 준비하였는데, 모양은 삼각형과 네모진 것이 주종을 이루었고 크기는 가로 세로 각기 두 자 정도였으며 무명천으로 만들어 싸리나무 등에 매달았다. 깃발은 신호는 물론 자기편을 응원하고 사기를 올리기 위해 사용하였다.

줄당기기의 승부가 쉬 나지 않으면 양편의 용맹한 이들이 줄머리부분으로 이동하여 '홀태기'를 시도하였다. 홀태기는 상대편의 줄목 부분으로 넘어가서 상대편의 장정들을 물리치고 줄목을 점거하는 것으로서 이것을 "홀테기 뺀다"라고 한다. 원래 홀테기는 수수대의 겉껍질을 밀어 올리고 속대를 빼는 것으로서 줄을 속대로 줄 당기는 이들을 수수껍데기에 비유한 것이다. 홀테기는 고도의 작전으로서 일치단결된 힘이 필요하다. 팽팽하게 접전을 벌이다가 갑자기 줄을 놓아버리면 상대편은 뒤로 넘어지게 된다. 이때를 놓치지 않고 줄머리를 넘어가서 상대편을 물리치고 줄목을 장악해야 한다. 따라서 같은 편간의 사전 합의가 있어야만 가능한 작전인 것이다. 워낙에 갑작스레 이루어지는 데다 상대편이 순식간에 다가와 미구 휘젓고 다니기 때문에 당한 쪽은 일단 물러나지만 이내 전열을 가다듬어 탈환을 시도한다. 이 과정에서 격렬한 육탄전이 전개되어 부상자가 속출한다. 그러다가 마침내 어느 한편에서 상대편의 줄목을 장악하면 승부는 이미 결정난 것이나 마찬가지이다. 줄의 머리부분을 상대편이 장악하고 있기 때문에 아무리 힘을 써도 상대편 줄이 끌려올 리 만무하고 더욱이 상대의 기세에 눌린 상태이므로 전의를 상실할 수밖에 없기 때문이다. 또한 이미 살펴보았듯이 독특한 줄 제작 방식으로 인해 줄목 부분이 다른 지역의 줄에 비해서 약하기 때문에 빼앗긴 줄목이 터져 승부가 결정 나는 경우도 적지 않았다.

③ 뒷놀이

줄당기기의 승부가 결정되었다고 양편의 겨룸이 끝난 것은 아니다. 양편은 서로 상대방의 줄에 올라타려고 하였다. 이긴 편은 승리의 기쁨을 만끽하기 위해 진 편의 줄 위에 올라서려 했으며 진편은 더 이상의 수모를 당하지 않기 위해서 상대편을 막는 한편 오히려 이긴 편의 줄에 올라타 승리의 효과를 훼손하기 위해 노력을 아끼지 않았다. 이것이 두 번째의 줄쌈이다. 아직 줄을 결합하기도 전에 상대편의 줄을 빼앗기 위해 벌였던 첫 번째의 줄쌈과 마찬가지로 이때 역시 격렬한 육박전이 전개되었다. 첫 번째 줄쌈은 낮에 벌어져 어느 정도의 자제력이 작용할 여지가 있지만 이 두 번째의 줄쌈은 한밤중에 벌어지기 때문에 얼굴을 가리지 않고 싸움을 벌임으로써 그만큼 부상의 위험성이 높았지만 사람들은 부상을 개의치 않고 싸움에 몰입하였다.

(5) 줄의 처리

줄당기기가 끝난 다음날 줄을 한쪽 편에 감아 놓는다. 줄을 감을 때는 맨 밑에 줄머리를 두고 그 위로 몸줄을 올려놓는데, 다 감아놓은 줄은 마치 뱀이 또아리를 튼 것과 같다. 이렇게 감아놓은 줄은 동장의 관리하에 보관했다가 줄집 및 반장들과 협의하여 적당한 가격에 필요한 사람들에게 팔았다. 마을 사람들에게 '줄을 언제 판다'고 알리면, 특히 소를 기르는 사람들이 자신이 필요한 만큼 반장에게 신청하여 돈을 치른 뒤에 짚을 실어갔다. 줄로 사용한 짚을 소가 먹으면 병이 나지 않고 새끼를 잘 낳는다는 속신이 있는데다 여러 사람이 힘을 주고 당겼기 때문에 짚이 부드러워져서 소가 잘 먹어 서로 사가려고 하였다. 줄을 판 돈은 줄집을 맡은 이에게 3~4할 정도를 떼주고 나머지는 동네의 기금으로 활용하였다.

4. 지신밟기

청운리의 풍물패는 대부분 20~40대 청장년을 중심으로 이루어졌다. 지신밟기는 정월 보름 이후부터 시작하게 마련이었다. 지신을 밟을 때는 마당에서 먼저 놀고 난 후 정지에서 놀고 주인의 요청이 있으면 대청과 방 등에서도 놀았다. 그 뒤 집에서 나올 때 마당에서 지신밟기 소리와 함께 지신을 밟았다. 정지에서 지신을 밟으며 주인은 정지에 모셔둔 조왕신을 위해서 솥뚜껑의 오목한 부분에 한 양푼 정도의 쌀을 담아놓았다. 그리고 솥뚜껑 옆에는 초를 켜서 불을 밝힌 후에 풍물패를 맞이했다. 정지에서 지신을 밟고 난 후 주인의 요청이 있을 때 대청에 올라가 성주신을 위해서 풍물을 치고 놀았다. 대청에서 풍물을 칠 때도 정지에서 할 때와 마찬가지로 쌀을 담은 그릇과 초를 상위에 올려놓았다. 풍물패들은 대청에 올라갈 때 신을 벗지 않고 올라갔으나 주인들은 개의치 않았다고 한다. 그 후에 다시 마당으로 내려와서 지신을 밟고 다음 집으로 이동하였다.

<그림 11> 청운분교승격 독립교건립 모금기념 (1966. 2. 10. 조병윤씨 댁 마당)
첫줄 : 황상도, 전성도, 황학용, 임국헌, 황영학, 황중구, 강유연, 황용구, ○○○, 황영대, ○○○, 둘째줄 : 윤재탁, 우수기, 우만숙, 김광수, 황귀용, 황병구, 황원구, 황풍작, 황해욱, 황건모, 조병해, 셋째줄 : 윤재탁, 강실경, 강주호, ○○○, 황상영, 임인달, 황정호, 황수복, 황종익, 황주일, 황충구, 김용봉, 이종태, 임병두, 황장원, 윤영식, 황호걸, 황일호, 황사언 (왼쪽부터)

<그림 12>
호랑이탈

1966년 정월에는 마을 역사상 가장 대규모의 지신밟기가 이루어졌다. 이때의 지신밟기는 청운분교를 독립교로 승격시키기 위한 기금마련을 목적으로 이루어졌으며 열 하루에 걸쳐 행해졌다. 걸립의 규모도 커서 형편이 좋은 집에서는 쌀 열 가마 정도를 내놓았고 형편이 아주 안 좋은 집에서는 쌀 닷말 정도를 내 놓았다. 이때 걸립한 쌀이 모두 100 가마 정도 되었고, 이 쌀을 팔아 기금을 조성할 수 있었다. 하지만 이러한 사례는 특별한 경우이고 평년의 지신밟기에서는 형편에 따라 소량의 쌀을 내놓는 것이 일반적이었다. 풍물패들은 쌀을 많이 내놓는 집에서는 그만큼 더 신명나게 놀아주었고 그러다 보면 쌀을 더 내놓기도 하였다.

이 마을 풍물패의 잡색은 사대부 1, 각시 3, 포수 1, 호랑이 1 등 여섯 명으로 구성하였다. 사대부는 종이로 만든 정자관을 쓰고 흰 수염을 턱에 달았으며 긴 곰방대를 왼손에 쥐었다. 각시는 치마저고리를 입고 머리에는 고깔을 썼는데, 이 때 쓰는 고깔은 풍물패의 고깔처럼 좌우측과 꼭대기에 꽃을 하나씩 달아 장식하였다. 포수는 어두운 색 계통의 옷을 입고 군화를 신었다. 머리에는 베레모와 비슷한 모자를 착용하였고 손에는 나무로 만든 총을 들었다. 호랑이는 종이로 만든 탈을 쓰고 몸에는 천으로 만든 옷을 입었다. 호랑이옷의 엉덩이 부분에는 꼬리를 달았다. 잡색들은 풍물패를 따라 다니며, 자신의 역할에 맞게 연기를 하였다. 호랑이는 포수에게 쫓겨다니기도 하였고 때로는 마을 사람들에게 겁을 주기도 하였다. 포수가 호랑이를 향해 총을 쏘면 호랑이는 죽은 척하였고 포수가 죽은 호랑이를 메고 가기도 하였다. 잡색을 맡아 했던 사람들은 주로 "놀기 좋아 하고 싱거운" 사람들이었다.

풍물패의 행렬은 기수, 치배, 잡색 등의 순서였다. 기수는 '農者天下之大本'이라고 쓴 깃발을 들고 풍물패의 선두에 섰다. 깃발은 그리 크지 않아 사람의 키보다 약간 큰 정도였다. 깃발의 가장자리에는 천으로 술을 달아 붙였다. 기수의 뒤에는 상쇠, 부쇠, 징, 북, 장구, 소고 등의 순서로 늘어섰으며, 포수와 호랑이, 사대부와 각시가 그 뒤를 따랐다. 그러나 포수와 호랑이는 대열에 구속되지 않고 멋대로 주위를 왔다갔다하면서 흥을 돋구었다. 아래의 그림은 1966년 지신밟기의 사례이다.

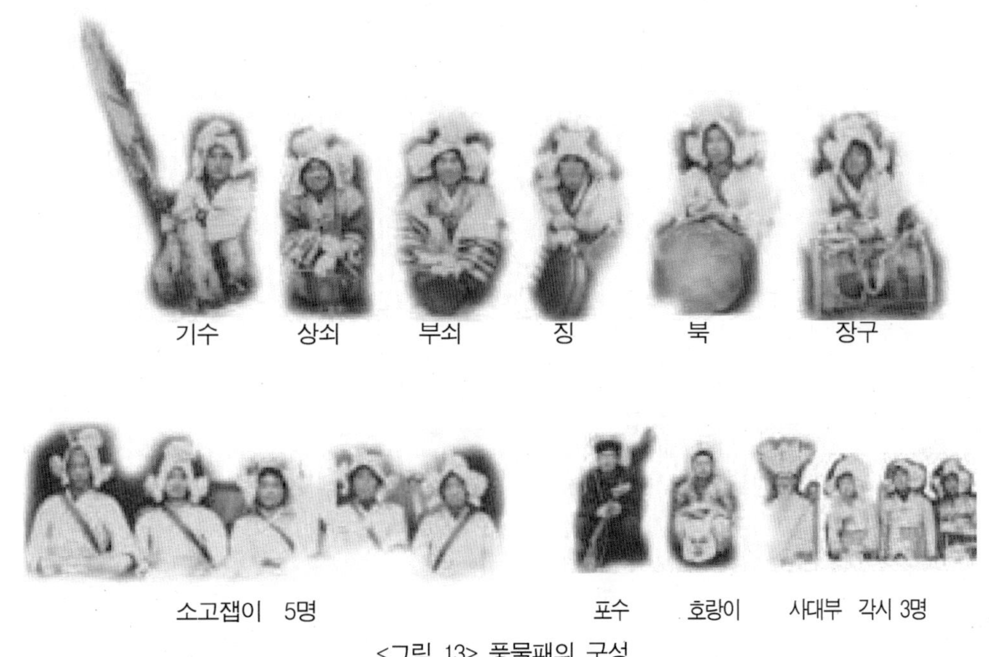

<그림 13> 풍물패의 구성

풍물패들은 기량 습득을 위해서 별도의 교육을 받지 않았다. 어릴 때부터 마을에서 풍물패의 뒤를 따라다니며, 구경했던 경험들이 축적되어 자연스럽게 풍물가락을 배우게 되었다. 풍물패에 속한 사람들은 모든 악기를 두루 다룰 수 있었는데, 지신을 밟을 때는 그중 특별히 잘 다루는 악기를 연주하였다. 1960년대만 하더라도 윗마을과 아랫마을에서 풍물을 각각 한 채씩 가지고 있었는데, 지신밟기를 할 때는 이를 합쳐서 함께 하였지만 줄을 만드는 데 필요한 짚을 모을 때는 별도로 패를 꾸려 활동하였다.

지신밟기 사설은 다음과 같다.

오호루 지신아~ 지신 지신 눌리세
오호루 지신아~ 지신 지신아 눌리세(모두 함께)

오호루 지신아~ 사방 지신 눌러 주소오
오호루 지신아~ 지신 지신아 눌러주소

오호루 지신아~ 이 집 집터 대목아~
오호루 지신아~ 지신 지신아 눌리세

오호루 지신아~ 어느 대목이 지었나
오호루 지신아~ 지신 지신아 눌리소

오호루 지신아~ 아들이 나도 효자가 나소
오호루 지신아~ 지신 지신아 눌리세

오호루 지신아~ 딸이 나도 열녀가 나소
오호루 지신아~ 지신 지신아 눌리세

오호루 지신아~ 소가 나도 약대가 나소
오호루 지신아~ 지신 지신아 눌리세

오호루 지신아~ 개가 나도 불개가 나소
오호루 지신아~ 지신 지신아 눌리세

오호루 지신아 · 닭이 니도 봉황이 니소
오호루 지신아~ 지신 지신아 눌리세

오호루 지신아~ 잡구 잡신 물알로
오호루 지신아~ 지신 지신아 눌리소
오호루 지신아~ 성주님요 잘 있시으소
오호루 지신아~ 지신 지신아 눌리소

청운리의 풍물가락은 다음과 같다

(1) 자즌모리

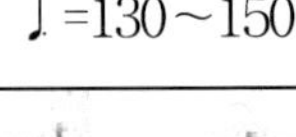

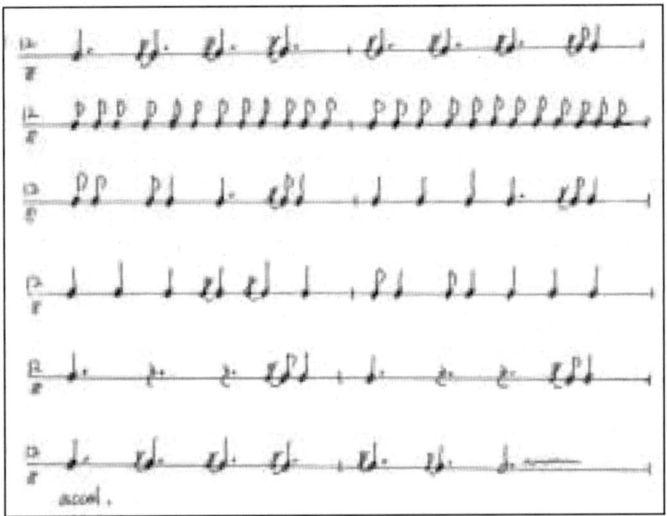

(2) 휘모리

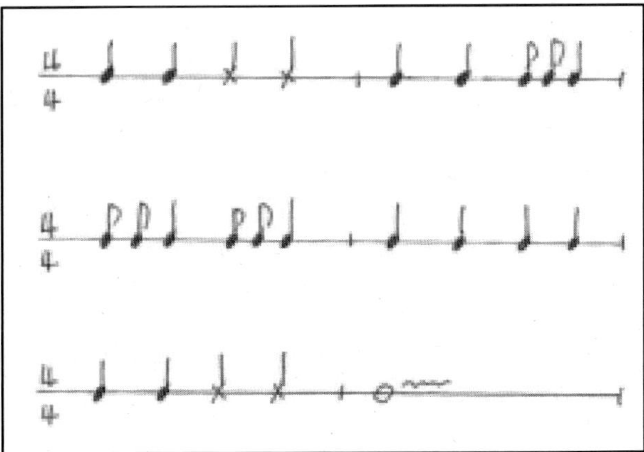

(3) 휘모리에서 자즌모리로 넘어가는 가락

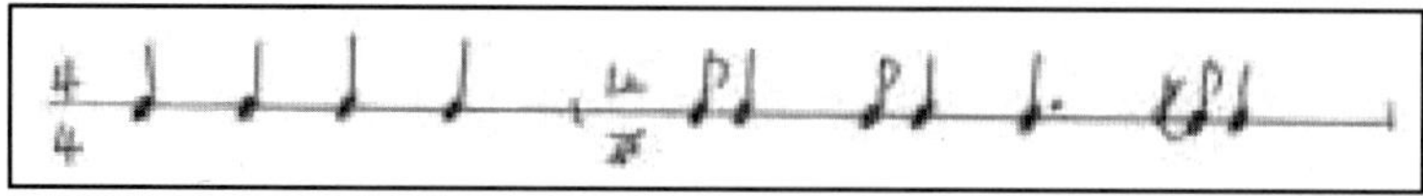

제보자: 김광수(남, 63세), 우수기(남, 63세), 황상모(남, 76세), 황정구(남, 56세)

5. 맺음말

이미 밝힌대로 청운의 새해맞이축제에서 각별한 주목을 끄는 것이 환장대세우기, 줄당기기, 지신밟기이다. 환장대세우기는 나무를 수직으로 세워두고 주술종교적 의미를 부여한다는 점에서 서낭대, 화간, 솟대, 그리고 영덕 남정의 깃대 및 밀양의 농신대와 유사하지만 등을 달아 놓았다는 점에서 결정적인 차이점을 보여준다.3) 마을 사람들은 환장대의 어원을 장대에 매단 등불이 밝아 멀리서도 보이기 때문에 '환한 장대'라고 부른 데서 찾고 있다. 일리 있는 말이다. 췌언이지만 환장대의 환이 桓일 가능성을 상정해본다. 이 桓은 역참의 표지로 세워놓았던 나무 표식이라는 뜻을 갖고 있다. 다른 한편으로 등은, 등리(燈吏)를 따로 둘 만큼 역참에서 중요하였고 그런 배경 위에서 등을 매단 장대가 이 지역에 출현할 수 있었던 게 아닌가 추론해 본다.

다음으로 줄당기기이다. 청운줄당기기의 특징은 우선 줄의 제작에 있다. 쌍줄을 당기는 다른 지역의 경우 가닥줄을 늘어놓은 뒤 말아서 묶고, 반으로 접어 줄머리를 만들며 그런 다음에 몸줄 두 개를 묶고 마지막으로 종줄을 다는 것이 일반적이다. 여기에 비해 청운에서는 늘어놓은 가닥줄을, 엮지 않은 상태에서 반으로 접어 줄머리를 만들고 그 다음에 줄을 엮은 뒤 말아서 몸줄을 만들고 종줄을 달았다. 이렇게 하면 아무래도 줄머리의 형태가 이지러지고 작아질 가능성이 높은데 왜 이런 방식을 택했는지 현재로선 알기 어렵다.

청운의 줄당기기에서 또 하나 주목되는 것은 굉장히 격렬하게 전개하는 앞놀이와 뒷놀이, 그리고 줄당기기의 승부를 결정하는 '홀테기'이다. 일반적으로 쌍줄당기기의 앞놀이는 줄 위에 패장을 태우고 공중에서 줄머리를 맞닥뜨려 승부를 결정하는 고싸움 형식의 놀이이게 마련이다. 그런데 청운에서는 이 형식의 놀이는 나타나지 않고 대신 몸으로 상대방을 밀어붙이는 '줄쌈'이 나타난다. 또한 암줄과 숫줄을 결합하는 과정에서도 유례를 찾기

---

3) 이 환장대를 같은 청송의 부남면 감연 1리에서는 황장(黃腸)이라 부르기도 한다(국립문화재연구소, 『경상북도 세시풍속』, 2002, 833쪽.).

어려울 정도로 격렬한 몸싸움을 전개한다. 무엇보다 특징적인 것은 '훌테기'이다. 줄을 당기다 말고 상대 줄로 넘어가 격렬한 육박전을 전개하면서 상대줄을 앗아 승부를 결정하는 '훌테기'는 청운 줄당기기, 나아가 청운 문화의 역동성을 보여주는 대표적인 사례라고 할 수 있겠고, 승부를 결정한 뒤에 다시 벌이는 두 번째의 줄쌈 역시 같은 맥락에서 이해할 수 있는 것이라 하겠다.

청운의 지신밟기에서 특징적인 것은 호랑이탈이다. 가락이나 연행의 형태는 다른 지역과 대동소이하지만 호랑이탈에다 호랑이의 몸을 형상화한 의상은 좀체로 보기 어려운 것으로서 그 배경과 시대성을 보다 소상히 살필 필요가 있겠다.

<한 양 명>

청운마을 사람들의 신앙생활

1. 신심(信心)이 깊은 청운리 사람들

　청운리에는 교회에 다니는 사람들이 비교적 많다. 그런가 하면 전통적으로 섬기던 가신(家神)을 아직까지 귀하게 위하는 가정도 상당수 있다. 그밖에 절에 다니는 사람들도 있다. 가신을 섬기는 가정에서 그들의 신심(信心)은 지극하다. 비록 신체(神體)가 없이 건궁으로 섬기는 경우도 예전처럼 가신의 자리에서 의례를 행한다. 가족 중에 교회에 나가는 사람이 있지만 예전부터 섬기던 가신을 정성으로 위하는 가정도 있다. 요즘 입춘축과 같은 부적은 쉽게 볼 수 있는 신앙형태인데 이곳 청운리에서도 마찬가지다. 부적, 그리고 세화(歲畵)를 붙여 그에 따른 신력(神力)으로 가정을 지키고자 한다. 교회와 절을 찾는 사람들 역시 종교심이 돈독하여 전반적인 면에서 볼 때 청운리는 종교적인 마을로, 그곳 사람들의 극진한 신앙생활을 볼 수 있다. 가신을 섬기는 것을 우상숭배라고 폄하하는 경우도 있지만 반면 기독교를 믿는다는 점에서는 신앙생활이 다른 양상으로 지속됨을 볼 수 있다.

　청운리 사람들의 신앙생활을 가정신앙과 제도종교로 나누어 살펴보기로 한다.

2. 가정신앙

　청운리에서 현재 주요 가신으로 섬기는 신은 성주와 삼신, 그리고 용단지다. 이들의 신체를 좌정해둔 가정도 있고 신체는 없이 건궁으로 모시는 가정도 있다. 따라서 가정신앙이 비교적 강한 전승력을 보여주고 있다. 그런데 가정신앙의 전승력이 확연하게 드러나면서 앞에서 밝힌 것처럼 교회에 다니는 사람들이 상당히 많다. 다만 성주와 삼신을 '우상'이라고 생각하여 모시지 않게 되었다는 한 제보자의 말은 조사자를 다소 씁쓸하게 하는 것이 사실이다. '우상숭배'라는 표현이 결코 사라지지 않는 것은 우리 민속신앙을 부정적으로 보는 견해가 예전부터 지금까지 존속되고 있기 때문일 것이다. 어떻게 보면, '우상'이라고 표현한 사람도 정말로 폄하해서라기보다는 기독교인들이 보편적으로 하는 말을 그대로 옮긴 것일 수도 있다. 실제로 그 제보자는 가신을 우상이라 하면서도 신체를 없앨 때에는 무당에게 물었는데 이는 가신에 대하여 함부로 할 수 없다는 전통적인 종교 심성을 바탕에 깔고 있는 것으로 볼 수 있다. 그야 어떻든 종교를 바꿀 수는 있지만 우상숭배와 같은 표현으로 '가치평가'를 앞세우는 것은 우리 문화를 왜곡시킬 수 있는 준거가 될 수 있다.

(1) 대주로 극진하게 섬기는 성주

새로 집을 지으면 그 대들보를, 성주가 좌정해 있는 자리라고 여기는데, 할머니들은 성주가 곧 대들보라고 생각한다. 성주는 곧 대주이며, 집안의 모든 일을 관장한다. 성주의 신체는 한지를 네모나게 접어서 그 둘레에 실을 매어 대들보에 매어둔다.

대주가 사망을 하면 지금까지 위하던 성주를 내보내고 그 아들이 새로 받는다. 성주를 새로 앉힐 때는 날짜를 가려서 골목에 황토 흙을 뿌리고 금석(금색, 금줄을 말함)을 쳐놓는다. 시루떡을 시루 채 갖다놓고 상에는 고기와 대추·배·밤 등의 과일, 쌀을 놓고 성주를 들인다.

성주에게는 매년 시월마다 무꾸쟁이(무당)에게 좋은 날을 받아서 밥을 해 떠놓고 고사를 지낸다. 초산댁[1]은 "성주는 할아버지이고, 삼신은 할머니인데 죽으면 모신다."고 했다. 요즘도 교회 신자 외에는 성주를 섬기는데, 성주의 신체 없이 마음에서 무성주로 모시는 경우가 많다.

태호댁[2]은 현재 성주와 삼신을 모시고 있다. 새색씨로 시집 왔을 때 어른들이 용단지도 모시고 있었으나, 집을 개량하면서 용단지는 모시지 않게 되었다. 성주는 할아버지로 이 댁의 가장이라 생각하고, 삼신은 할머니로 이 댁의 안 어른으로 생각하고 있다. 이 댁에서는 시아버지가 돌아가신 후 삼년상을 치른 뒤 기존에 있던 성주를 없애고 지금의 성주로 갈았다. 지금의 성주로 갈 때 태호댁은 21세였다. 무당에게 손 없는 날을 받아 그 날 무당이 집안에 모시고 있던 성주를 떼어 집 밖의 깨끗한 나무에 매달아 없앴다.[3] 그리고 태호댁의 남편 나이 끝의 수가 홀수 때 다시 성주를 모셨다.

성주를 모시던 날 초저녁 때쯤 무당이 와서 성주를 앉혔는데 현재 안방 문 쪽이 성주 자리였으므로 그 성주 자리 앞에 성주상을 차렸다. 성주상에는 팥시루떡을 시루 째 올리고 콩나물국과 조기·삼실과를 올렸다. 성주상 앞에서 무당이 징을 두드리며 나름대로 빌면 옆에서 태호댁도 "대주님요, 이 가정을 좋게 해 주세요."라고 말하며 비손을 한다. 무

---

1) 임춘화(여, 69세).
2) 이옥순(여, 67세, 친정은 경북 점촌).
3) 성주의 신체를 없앨 때 집 밖에 있는 나무에 매어 삭아 없어지도록 하거나 또는 태워 없애기도 한다.

당이 성주를 모시는데 걸리는 시간은 보통 세 시간 정도가 된다. 태호댁에서 성주 모시는 것을 알고 있는 동네 주부들이 모여들어 성주 모시는 것을 보고 난 후에 성주상에 올린 음식들을 나누어 먹으며 화기애애하게 보냈다.

태호댁에서는 명절 차례 때 제를 지내기 전에 성주상과 삼신상을 따로 하나씩 차려 성주와 삼신 앞에 놓는다. 성주에 대해서는 태호댁의 남편이 절을 하고, 삼신에게는 태호댁이 절을 한다. 성주상에는 막걸리 한 그릇과 밥, 국을 올리고 수저도 놓는다. 또한 조기와 백찜·나물·삼실과를 올린다. 삼신상 역시 성주상과 마찬가지로 막걸리를 한 그릇 떠서 올리고 밥과 국 및 수저·백찜·나물·삼실과를 올리는데 삼신상에는 성주상과 달리 조기를 올리지 않는 차이가 있다.

이렇게 성주와 삼신에 의례를 올린 뒤에 조상 제사를 지낸다.

집안의 가신에게는 '수지'를 올린다. 햇곡식이 나는 시월이 되면 햇곡으로 밥을 지어 먼저 수지를 떠서 성주 앞과 삼신 앞에 올린다. 정월 대보름에는 찰밥을, 동지에는 팥죽을 쑤어 가장 먼저 성주와 삼신 앞에 올린다.

황학구씨댁은 현재 창고로 쓰는 방에 성주를 모셔놓았다. 명절마다 성주 앞에 황씨가 직접 밥을 지어 떠놓는다. 아침 일찍 차례 지내기 전에 성주 앞에 놓는데, 설날에는 상에 떡국만 올린다. 부인이 생존시에는 부인이 밥을 지어 그릇에 담아놓으면 황씨가 성주 앞에 밥을 갖다 놓았는데 요즘은 직접 하는 것이다. 정월 보름에는 찰밥을 해서 놓고, 시월 상달에도 성주에 상을 차려놓는다.

마을에서 성주를 맬 때 황학구씨에게 날을 받으러 오고, 성주를 어떻게 매는지 모를 경우 황씨가 직접 가서 매주기도 한다. 한지로 성주를 맨 경우 많이 더러울 때 날을 받아 성주 앞에 음식을 차려놓고 갈아준다.

부일댁4)의 경우 삼신은 내보내고 성주는 건궁으로 모신다. 그래서 요즈음에도 명절 차례를 지낸 후에 성주와 용단지에 밥을 올린다. 이렇게 성주와 용단지를 극진하게 섬기는 까닭은 가정과 자녀들이 잘 되기를 바라는 마음에서이다. 성주부터 밥을 떠놓는데, 그 이유는 모르고 시어머니가 하시던 대로 따라하는 것이라고 한다.5)

남계댁6)의 성주는 샛방(건넌방) 천장 안에 있는데, '성조'[성주]7) 자리만 벽지를 뚫어 놓았다. 대들보에 성조를 모셔야 되는데, 집 천장이 높아서 그 안에 성주의 신체가 있다. 대들보에 한지로 성조를 매어 놓았는데, 방에서 보면 성조 신체(神體)가 잘 보이지 않는다. 집을 허물 때 손 없는 날을 택해 성조는 산의 나무에 매어놓아 저절로 삭아 없어지도록 하고 삼신 바가지는 강물에 띄워 보냈다. 현재 성조는 30여년 전 집을 신축할 당시 상량할

---

4) 임봉월(여, 72세).
5) 성주는 대주를 의미하는 으뜸신으로 일컬어지기 때문일 것이다.
6) 임분임 (여, 75세).
7) 남계댁은 성주를 성조라고 했기 때문에 그대로 쓴다.

때 모셨다. 새로 성조를 모실 때 청운리 이웃 마을인 금곡리 초막골에 있던 '무꾸쟁이'(무당)가 와서 주언을 하는 등 의례를 해 주었다.

요즘 설 차례 때 밥제사를 지내는데, 예전에는 떡국으로 차례를 지냈다. 차례 상에 올라가는 것이 떡국에서 밥으로 바뀌면서 성조와 삼신에도 떡국을 놓다가 밥을 놓는 것으로 바뀌었다. 성조에는 밥에 숟가락을 꽂고 젓가락은 고기에 얹어놓고, 큰아들이 절을 한다. 대보름에는 찰밥, 동지에는 팥죽을 떠놓는다.

황필구씨 댁은 가족이 모두 교회에 다닌다. 부인은 시집 올 때 이미 교회에 다니고 있었는데, 시집 왔을 때 시어머니께서 성주와 삼신을 모시고 있었다. 교회에서 성주와 삼신을 모시는 것을 우상이라고 생각하여 황씨 부인 자신이 직접 성주를 떼어내고 삼신 바가지를 불에 "싸질렀다."고 한다.

원곡댁8)은 성주와 삼신을 모셨으나, 정확히 언제부터 모시지 않게 되었는지는 기억에 없다. 하지만 성주와 삼신을 모실 때는 보통 사람들이 그렇게 하듯이 설과 대보름·추석 때에는 각각 상을 차려 성주와 삼신 앞에 두고 절을 하였다. 그리고 동지에는 팥죽을 쑤어 떠 가지고 제일 먼저 올렸다. 햇곡식이 나면 수지를 떠서 제일 먼저 올려서 햇곡식이 난 것을 알렸다.

황수원9)씨 댁에서는 지금 건궁으로 성주와 삼신을 모시고 있다. 어머니가 살아 계실 때는 성주와 삼신을 정성들여 모셨으나 어머니가 돌아가시고 얼마 되지 않아 집을 개량하면서 성주와 삼신의 신체를 내보냈다. 성주를 내 보낼 때는 황씨가 직접 소나무에 매어 내보냈고10) 삼신은 바가지였는데 곰팡이 핀 쌀은 버리고 바가지는 "깨 부셨다."

지금 건궁으로 모시는 삼신 자리는 안방 북쪽이고, 성주 자리는 안방 남쪽이다. 예전에 어머니가 살아 계실 때도 지금과 마찬가지로 그 자리였다. 지금도 설과 대보름, 추석에는 그 자리에 성주상과 삼신상을 차려 놓고 절을 한다. 동지 때는 아무 것도 하지 않으나, 시월에 햇곡식이 나면 수지를 떠올려 제일 먼저 알렸다.

성주상과 삼신상을 차려 대주(황수원씨)가 성주 앞에서 절을 두 번 하고, 그 다음에 삼신 앞으로 가서 두 번 절을 한다. 그리고 나서 성주상에 차린 음식은 대주가 먹고, 삼신 상에 차린 음식은 부인이 먹는다. 이 음식은 절대로 집안 식구들 이외에 다른 사람에게는 주지 않는다. 왜냐하면 나쁜 액이 들어온다고 생각하기 때문이다. 명절에 지내는 차례에 앞서 성주상과 삼신상을 차려놓고, 먼저 절을 한 다음에 차례를 지낸다. 이처럼 조상 차례는 가신에 대한 의례를 먼저 한 다음에 한다. 그만큼 가신의 위상은 높은 것이다.

용계댁(85세)은 성주와 삼신을 모시고 있으나 조사자들을 피하며 이야기도 하지 않고 보여주지 않으려고 하였다.11)

---

8) 임필선(여, 94세).

9) 황수원(남, 65세, 묵계 어른), 부인은 권길자(여, 묵계댁, 친정이 안동 길안 묵계다).

10) 성주의 신체를 없앨 때 신체를 태우거나 또는 마을의 큰 나무에 매어놓기도 한다.

(2) 여자 상어른이 좌정한 삼신

삼신의 신체는 바가지 안에 쌀 혹은 베[벼]의 수지를 넣고 종이를 덮어씌워 실타래를 맨 것으로, 보통 안방의 장롱 위나 시렁에 얹어둔다. 돌아가신 시어머니가 삼신으로 좌정하는 것이 일반적이다. 만약, 그 아랫대가 숨지면 삼신바가지를 거랑에 띄워보내거나 야트막한 산에 올라가서 깨끗한 곳에서 불태우고 다시 삼신을 앉힌다.

태호댁의 삼신은 시어머니가 돌아가시면서 없애고 새로 모셨다. 무당이 손 없는 날을 가려 삼신을 불에 사랐다(태웠다). 그리고 함(현재 종이상자)에 무명천과 광목을 넣어 삼신을 새로 모셨다. 삼신 자리는 안방의 아랫목이다. 안방 아랫목에 무당이 시키는 대로 삼신상을 차렸다. 삼신상 위에는 백찜(백설기)과 미역국·삼실과를 올렸다. 성주상과 달리 삼신상에는 고기 종류를 올리지 않는다. 그리고 무당이 시키는 대로 태호댁이 절을 하는데 무당은 징을 두드리며 비손을 하였다.

언젠가 태호댁의 딸이 아팠을 때 병원에 가도 낫지 않고 자꾸 걱정이 되어 무당을 찾아갔다. 그 때 무당이 삼신 하나를 더 앉히라고 했다. 그래서 무당이 시키는대로 시장에서 단지를 사가지고 와서 쌀을 담아 신체로 하여 삼신을 하나 더 앉혔다. 하지만 딸의 병이 낫지 않자 딸을 교회에 보내고 그 때 모셨던 삼신은 집에서 나갔다.

집안의 가신에게는 보통 햇곡식이 나는 시월이 되면 가장 먼저 수지를 떠서 성주 앞과 삼신 앞에 둔다. 그리고 설과 정월 대보름, 추석 때는 따로 상을 차려 성주와 삼신 앞에서 절을 한다. 그 때 차리는 상 위의 제물은 성주와 삼신을 모실 때 차렸던 음식과 똑같이 차려 낸다. 동지 때는 팥죽을 쑤어 제일 먼저 성주와 삼신 앞에 한 그릇 씩 떠둔다.

삼신은 아기를 낳을 때도 비는데 이 때 따로 상을 차려 비는 것이 아니라 마음속으로 비손을 한다. 태호댁이 아기를 낳을 때 돌아가신 시어머니도 그렇게 하셨고, 며느리들이 아기를 낳을 때도 삼신 앞에서 빌었다고 한다. 마음속으로 빌 때는 "장마에 위(참외) 굵듯이 잘 크게 해 주세요." 라고 한다.

이 댁에서는 명절 제사 때 제사를 지내기 전에 성주상과 삼신상을 따로 하나씩 차려 성주와 삼신 앞에 놓는다. 그리고 성주는 영감님이 절을 하고, 삼신은 태호댁이 절을 한다. 이렇게 성주와 삼신에게 제를 지낸 뒤에 조상 제사를 지낸다.

성주상에는 막걸리 한 그릇, 그리고 밥과 국을 올리고 수저를 놓아둔다. 이밖에 조기와 백찜·나물·삼실과를 올린다. 삼신상 역시 성주상과 마찬가지로 막걸리 한 그릇, 밥과 국, 그리고 백찜·나물·삼실과도 올리고 수저를 놓는다. 그러나 삼신상에는 성주상과 달리 조기를 올리지 않는 차이가 있다.

---

11) 가신을 함부로 보여주면 좋지 않은 일이 생길 것이라 생각하는 경우가 종종 있다. 물론 이를 부끄럽게 생각하여 감추려는 경우도 있겠으나 대개는 금기의식 때문에 보여주지 않는다.

집안에 새로운 음식이 들어 올 때는 삼신에게 제일 먼저 알린다. 새로 들어온 음식을 삼신에게 먼저 올렸다가 그 다음에 집안 식구들과 먹는다. 예전에 시어머니는 시사(時祀)를 지내기 위해 만든 음식도 삼신에게 제일 먼저 올렸다가 시사에 썼다고 한다.

점촌댁12)은 이십 오년 전부터 교회에 다니기 시작하여 지금은 교회에서 권사로 일하고 있다. 그래서 예전에 모시던 성주와 삼신을 '우상'이라고 생각하여 모시지 않는다. 점촌댁은 열일곱에 혼인을 하고 남편을 따라 일본에 가서 살다가 광복 후 시댁인 이 곳으로 들어와서 살기 시작했다. 남편의 몸이 안 좋아서 마을에 사는 무당에게 가 물으니 삼신을 들어앉히라고 하였다. 그래서 무당이 시키는 대로 바가지를 하나 사서 쌀을 담아 신체로 하여 삼신을 앉혔다. 삼신을 모셔도 남편의 병은 차도가 없자, 다시 무당을 찾아가니 무당이 절을 믿으라고 하였다. 점촌댁은 절을 믿느니 차라리 교회에 다니겠다고 하여 그 때부터 교회에 다니게 되었다.

교회에 다니면서 가신의 신체를 없애게 되었다. 그 때 무당이 하라는 대로, 집안에 앉혔던 삼신을 집 밖으로 내보내게 되었다.13) 바가지 안에 들어 있던 쌀은 꺼내서 밥을 지어 먹고, 바가지는 마을 앞 강가에 들고 가서 물에 띄워 보냈다.

남편이 아플 때 잠깐 모셨던 삼신은 보통 사람들이 위하는 것처럼 모셨다. 설과 대보름·추석에는 상을 따로 차려서 절을 하고, 동지 때는 팥죽을 쑤어 제일 먼저 올렸다. 그리고 햇곡식이 나면 수지를 떠서 제일 먼저 두었다.

산덕댁14)은 막내아들이 교회에 다니자, 자신도 삼 년 전부터 교회에 다니기 시작하였다. 삼 년 전까지만 해도 삼신을 건궁으로 모셨는데 지금은 건궁으로도 모시지 않는다. 이 댁은 지차집인 까닭에 가신에 대하여 크게 관심을 갖지 않았다. 그래서 성주와 삼신의 신체를 상정하지 않고 삼년 전까지 건궁으로 삼신을 모셨을 뿐이다. 혼인하여 분가하기 전에 시어머니가 극진히 모시는 것을 보았다고 한다. 시어머니는 설과 대보름·추석에는 성주와 삼신상을 각각 차려 절을 했다. 그리고 햇곡식이 나는 시월에는 햇곡식을 처음 찧은 수지를 떠서 올렸다고 한다.

삼신의 위치는 안방 동쪽이다. 삼신상은 밥과 국·백찜·나물 서너 가지와 삼실과를 올리는데 국으로는 콩나물국과 무국을 올린다. 자신은 섬기는 방식도 잘 모르지만 시어머니가 하는 것을 보았기 때문에 그런 식으로 설과 대보름·추석에는 성주상을 차려 절을 한다. 그리고 햇곡식이 나는 시월에는 처음 찧은 수지로 떡을 하거나 밥을 지어 올렸다. 대보름에는 찰밥을 삼신상에 올렸다.

남계댁의 삼신 신체는 원래 바가지였는데, 30여 년 전 집을 신축하면서 삼신바가지를

---

12) 박상열(여, 78세, 친정은 청송 진보, 교회에 다님).
13) 삼신을 우상이라 여기면서도 신체를 없앨 때에는 무당에게 물었다는 사실은, 가신에 대하여 함부로 할 수 없다는 전통적인 종교심성이 마음의 근저에 있었다는 것이 아닐까.
14) 김수연(여, 63세, 친정은 대구).

내보내고 무꾸쟁이가 새로 앉혔다. 예전의 삼신바가지는 안방 실경[시렁] 위에 모셔놓았었다. 바가지 안에는 쌀을 넣고 한지로 덮어서 실로 맨 형태였다. 집을 신축할 때 실경을 없앴기 때문에 지금과 같이 한지를 접어서 아래를 오징어 다리처럼 여러 갈래로 잘라 모시게 되었다.

삼신은 시어머니를 모신 것으로, 설과 추석이 되면 성조와 삼신부터 먼저 밥을 떠놓는다. 성조 상에는 밥과 국·고기와 나물·과일 등을 올리지만 삼신에는 고기는 쓰지 않고 나물만 올린다. 가신에 올리는 제물 역시 조상 제사음식과 마찬가지로 고춧가루는 넣지 않는다. 차례 또한 조상에게 지내는 것인데, 성주와 삼신에게 먼저 밥을 올리는 까닭은 집안에서 조상보다 성주와 삼신이 더 어른이라고 생각하기 때문이다. 삼신에는 남계댁이 마음속으로 "아이들 공부 잘하라."고 빈다.

남포댁15)은 사라호 태풍으로 집이 무너져서 삼신의 신체가 태풍에 떠내려갔는데, 이사하고 새로 모셨다. 전에 성주 신체도 있었으나 태풍으로 인해 떠내려가고 새로 모셨다가 8년 전에 영감님이 돌아가셔서 성주 신체를 집 밖의 나무에 달아 집안에서 떠나보냈다.

삼신의 신체는 조그마한 단지로, 안방 벽 구석에 모시고 있다. 단지는 남포댁이 시장에 가서 직접 구입한 것이다. 단지 안에 쌀을 넣고 한지로 덮어씌웠다. 매년 시월 스무날쯤 단지 안의 쌀을 꺼내 밥을 해서 한 그릇 떠놓고 햅쌀로 갈아 넣는다.

설이나 대보름과 같은 명절 때 삼신 앞에 밥을 떠놓고, 동지에는 팥죽을 올린다. 삼신은 아기를 점지해주는 기능을 하며, 흔히 '삼신 할매'라고 부른다. 아기를 가지면, 삼신할머니께 "어애든동 잘 낳아 주소."라고 빌고 해산한 후에는 삼신상을 차린다. 삼신상에는 쌀과 미역 한 올을 올리는데, 한 칠 동안 아침마다 상을 차린다. 아기가 울기라도 하면 삼신 앞에 물을 떠놓고 "어진 삼신 할매요, 조씨 가문에 애기 태아(점지해) 준 거 어예든동(어떻게든) 잘 길라 주소. 장마에 위 굵듯이 우야든동 잘 굵도록 해주소. 잘 아울도록(크도록) 해주소." 라고 빈다.

(3) 농사를 보살펴주는 용을 모신 용단지

논농사가 많을 때에는 용단지가 농사신으로 중요한 구실을 했지만 논농사가 약화되면서 용단지에 대한 의식 역시 약화되었다.

용단지에는 용왕님이 있다고 믿으며, 주로 부엌이나 광에 모신다. 그러나 집을 신축할 때 물에 떠내려 보낸 집이 많았다. 부일댁은 집 뒤안에 용단지가 있었으며, 명절에 차례를 지낸 후 밥을 떠놓는다.

남계댁의 용단지는 아랫방에 있으며, 예전에 바깥어른이 살아계셔서서 논농사를 지을 때

---

15) 황분임 (여, 74세).

는 용단지에 쌀을 연연이(해마다) 갈아 넣었으나 요즘은 농사를 짓지 않으니 남의 쌀을 받아서 넣어야 한다. 그렇기 때문에 남의 쌀을 넣어봐야 무슨 소용인가 싶어 한 해, 두 해 넣지 않다가 이제는 쌀을 넣지 않게 되었으며 제대로 위하지도 않게 되었다. 현재는 용단지만 남아 있다.

집을 새로 짓기 전에는 정지(부엌)에 용단지를 모셔 두었으나, 신축할 때 정지를 방처럼 만들어서 요즘은 아랫방에 놓아두었다. 예전에는 용단지 뚜껑 위에 물과 밥을 놓고 염원했다. 용단지에는 명절 때 물을 떠놓고 "올해 농사 잘 돼 주세이." 라고 마음속으로 빈다.

용단지 안의 쌀은 모내기를 할 때 꺼내서 모내기꾼들에게 밥을 해주었다. 당시에는 모내기철이 되면 지난해 수확했던 쌀은 떨어지고 보리를 수확하기 전이라 먹을 것이 모자랐기 때문에 일꾼들에게 밥을 주기 위해서 용단지의 쌀을 헐어야 했던 것이다.

(4) 소를 지켜주는 우마신(牛馬神), 기타

외양간의 신을 우마신이라고 한다. 소와 말의 역할이 절대적으로 필요하던 시절에는 고사를 지낼 때 이들을 위하는 의례도 했다. 즉 다른 가신과 함께 외양간에도 떡을 올려 우마의 건강을 빈 것이다. 특히 음력 10월 중 말날 중에도 무오일(戊午日)16)은 그 중 길일이라 하여 이 날 상달 고사를 지내고 마굿간에도 떡을 접시에 담아 올렸다. 소를 키우는 가정에서는 당연히 소를 위하고 특히 정월 대보름에는 소를 통해 농점(農占)을 치기도 한다. 소에게 밥과 나물을 내놓아 소가 어느 음식을 먹는 가에 따라서 점을 치는 것인데 밥을 먼저 먹으면 곡식 농사가 풍년이 들고 나물을 먼저 먹으면 야채 농사가 풍년이 든다고 여겼다. 농촌에서 소는 절대적인 존재여서 생구(生口)로 일컬어진다. 이는 식구를 의미하는 말이다.

3대째 '일관(日官)'을 하고 있다는 황학구씨는 구멍 뚫린 돌을 모아 외양간에 걸어놓았다. 그렇게 하면 소가 아무 탈없이 건강하게 잘 자란다고 믿기 때문이다. 이밖에도 황학구씨는 잡귀를 막기 위한 부적과 입춘축을 직접 쓰고 세화(歲畵)를 직접 그려 방 벽에 붙여놓았다. 요즘 입춘축은 대체로 절에서 써서 신도에게 보내주는데 황씨는 직접 한 것이다. 반면 황병대(남, 68세)씨댁에서는 절에서 준 부적, 그리고 스님이 와서 직접 해 준 부적을 각기 방의 벽과 천장에 붙여놓았다. 특히 전자의 부적은 잡귀의 범접을 막기 위한 것이라고 한다. 이밖에도 황병대씨댁에는 현관문에 입춘축을 붙여놓았다. 또한 담 위에는 엄나무 가지를 묶어서 올려놓았는데 이는 집안에 잡귀가 들어오지 못하게 하는 의미로 한 것이다. 황학구씨 댁 역시 대문 옆에 엄나무를 걸어 잡귀의 범접을 막고 있다. 임춘선(여)씨는

---

16) 무오일(戊午日)의 무(戊)자와 무성(茂盛)할 때의 '무'자가 한자로는 다르지만 발음이 같기 때문에 무오일을 길일로 여긴다. 반면 병오일(丙午日)은 병(丙)자가 병(病)과 발음이 같다하여 꺼린다.

정초에 절에 가서 부적을 받아와 방문 위 벽에 붙여 액막이를 하고 있다.

3. 제도종교(기성종교)

청운리는 다른 농촌마을에 비해 마을이 크기 때문이기도 하겠으나, 교인들이 많은 편이다. 불교를 믿는 분들은 주로 주왕산의 대성사에 다니고, 이사리의 절에 가기도 한다. 마을 안에 청운교회가 있어서 교인들은 모두 청운교회에 다닌다. 청운교회가 설립된 것은 50년쯤 되었다.17) 현재 50~60대들은 10~20대 때 모두 교회에 다녔다. 청운리의 교회 신도는 약 50~60명이다. 청운교회가 처음 설립될 당시에는 교인이 그리 많지 않았고, 1960~70년대에 교인이 많이 증가했다. 그러나 새마을 운동 이후 산업화로 인해 많은 사람들이 도시로 떠나고, 학생들은 외지의 학교에 다님에 따라 교인들의 수는 눈에 띄게 감소했다.

청운교회를 개척한 권영철 전도사가 인품이 좋아서 마을 사람들이 교회에 많이 나가게 되었다고 한다. 청운리에 교회가 없었을 때 신도들은 거리가 멀었지만 청송읍에 위치한 청송 제일교회에 걸어서 다녔다. 청운교회에는 처음에 천막을 치고 운영했으며, 그 후 목조건물을 짓고 경운 고등공민학교 교실도 별도로 축조했다. 그 당시 교회에서 경운 고등공민학교라는 중등과정을 개설하여 가정형편이 어려워 중학교에 진학하지 못한 사람들이 교회를 통해 중등과정을 마치기도 했다. 그러한 이유로 많은 젊은이들이 교회에 나가게 되었고, 다른 마을에서도 청운교회에 와서 중등과정을 배우는 사람들이 많았다. 현재 건물은 1983년도쯤 신축한 것이다.

몸이 좋지 않아서 교회에 나가기 시작한 사람들이 마을 내에 몇 명 있는데, 그 중의 한 분이 보천댁18)이다. 보천댁은 30여 년 전부터 교회에 다니기 시작했는데, 그 계기는 허리가 아파서 교회에서 설립한 마산의 병원에서 치료를 받게 되면서부터였다. 그 이전부터 시어머니와 큰딸이 교회에 다녔었다. 보천댁은 척추 결핵으로 허리가 아파서 일곱 달 동안을 걷지 못했는데, 그녀가 다닌 마산의 병원은 척추 결핵 환자에 한해서 치료를 받을 수 있었다. 약을 먹고 병을 고쳤는데, 아프지는 않지만 병을 앓은 후유증으로 허리가 조금 굽었다. 그 병원의 의사와 간호사들이 교인이어서 아침마다 보천댁의 병상에 와서 기도해주므로, 미안한 마음과 함께 빨리 병이 나아서 교회에 나가야겠다는 생각이 들었다고 한다.

교회에서 청운리 마을을 1~3구역으로 나누어서 구역예배를 볼 때는 장로들이 자기가 맡은 구역으로 간다.

교인들은 설날에 차례를 지내는 대신 추도식을 한다. 음식은 차례 지내는 것과 마찬가

---

17) 『청송군지』에는 1956년에 건립된 것으로 나타난다.
18) 임초옥(여, 69세).

지로 준비를 하며 추도식을 마치면 작은 집(동서네 집)과 나눠먹는다. 추도식을 할 때 음식을 상에 차려놓지는 않고, 가족들이 둘러앉아 돌아가신 조상을 다시 한 번 생각한다. 추도식을 한 후 아침으로 떡국을 먹는다. 추도식에 장로나 목사를 초대하여 예배를 보게 되면 좀더 격식을 차려 진행된다. 먼저 찬송가를 한 장 부르고, 기도한 후에 다시 찬송가를 부른다. 그 뒤에 성경 말씀을 나눈 후 찬송가를 부르고 축도로 예배를 마친다. 추도식 때 장만하는 음식은 제사음식과 비슷하지만, 사람들이 먹기 좋게 만들고 좀더 간소하다. 예배를 본 후에 장만한 음식을 나눠먹는다.

4. 마무리

　　청운리 사람들의 신앙생활을 가정신앙과 제도종교로 나누어 간략하게나마 살펴 보았다. 종교분포를 구체적으로 데이터화 한 것도 아니고 오직 연구자가 만난 제보자들의 제보를 기준으로 서술했기 때문에 사실상 겉핥기 식으로 된 감도 없지 않다. 그러나 이러한 자료를 통해서도 청송리 사람들이 신앙생활을 지속하고 있다는 사실을 들여다 볼 수 있었다. 가신의 경우 웃어른이 섬겼기 때문에 그대로 지속한다고 한 반면 교회에 다니는 사람들의 경우 상당히 '인정적(人情的)'임을 볼 수 있다. 가령 삼신을 또 하나 섬겼으나 딸의 병이 낫지 않아서 교회로 보냈다는 제보자의 경우, 또 전도사가 워낙 인품이 있어서 교회에 다녔다고 하는 경우도 그런 예라 할 수 있다. 그밖에 병원의 의사와 간호사들이 교인으로 아침마다 병상에 와서 기도해주어 그 고마움에 교회에 대한 인식이 좋아서 다니게 된 경우도 있다. 사실상 이러한 예는 청운리에만 해당되는 것은 아니다. 그럼에도 청운리 사람들의 신앙생활을 살펴볼 때 두드러지게 나타나는 것은 바로 청운리 사람들의 인정어린 품성이 아닌가 싶다.

<김 명 자>

남포댁 황분임 할머니 댁의 삼신단지.
안방 벽 구석에 모셔져 있는데 단지 안에 쌀을 넣고 한지로 덮어씌웠다. 매년 시
월 스무날쯤 단지 안의 쌀을 꺼내 밥을 해서 한 그릇 떠놓고 햅쌀로 갈아 넣는다.

남계댁 임분임 할머니 댁 고방에 모셔놓
은 용단지. 현재는 쌀을 갈아넣지 않고,
비어있는 상태이다.

부일댁 임봉월씨댁의 용단지. 집 뒤안에 있으며, 명절에
차례를 지낸 후 밥을 떠놓는다.

황학구 할아버지는 구멍 뚫린 돌을 모아 외양간에 걸어놓았다. 그렇게 하면 소가 아무 탈 없이 잘 자란다고 믿는다.

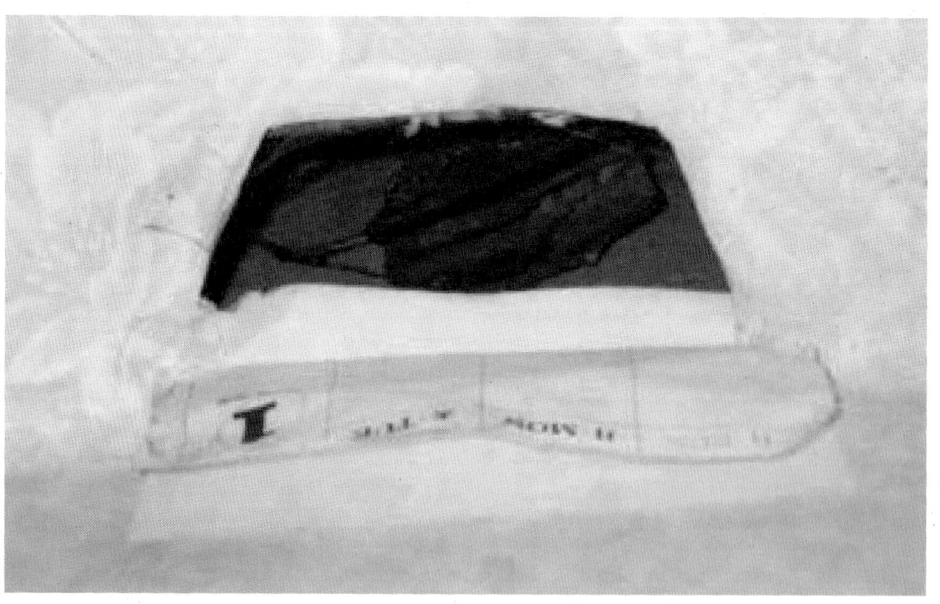

남계댁 임분임 할머니댁의 성주. 한지를 접어 대들보에 매었으나, 지붕이 높아 건넌방 천장 안에 있는 모습이 되었다. 성주가 있는 부분만 벽지를 뚫었다.

임춘선씨 댁 부적. 정초에 절에 가서 받아와 문 위에 붙여놓았다.

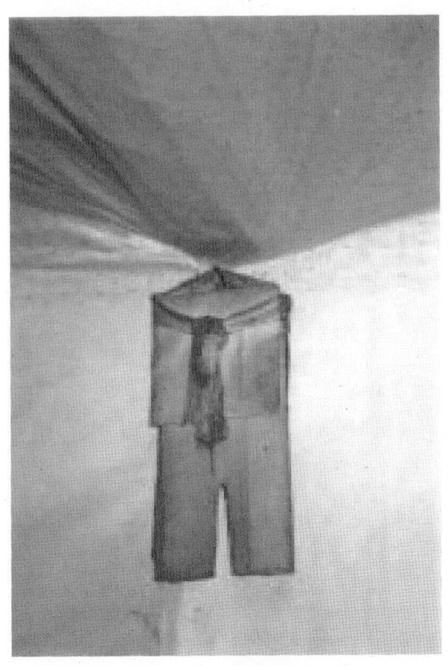

태호댁 이옥순씨댁의 성주. 안방에 모셔져 있는데 시아버지가 돌아가신 후 그동안 모셨던 성주를 내보내고 다시 모신 것이다. 명절마다 성주 앞에 상을 차려서 할아버지가 절을 하고, 시월에 수저로 밥을 해서 올린다.

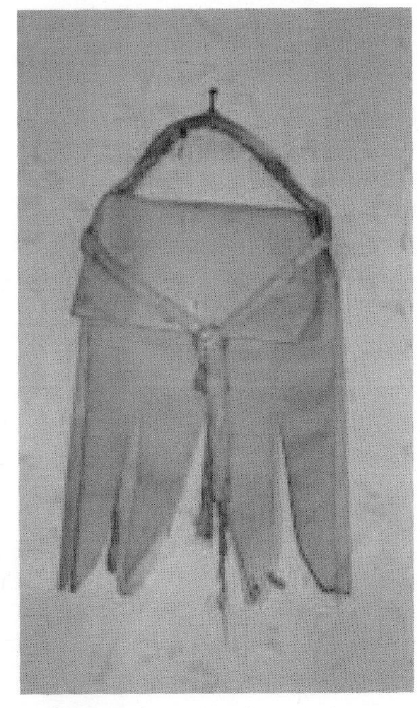

남계댁 임분임 할머니댁의 삼신으로 한지로 접어 실을 매고 아래를 가위로 잘라서 늘어뜨렸다. 집을 신축하기 전에는 삼신바가지의 형태로 안방 실겅[시렁]에 모셨었으나, 지금은 안방 벽에 매어 놓았다.

제보자 황학구 할아버지. 대문 옆 오른쪽 벽에 잡귀를 막기 위한 엄나무를 걸어놓았다.

제보자 보천댁 임초옥씨. 손수 지은
저고리와 치마를 입고 환하게 웃고
있다. 교회 갈 때는 정장을 하는데,
주로 한복을 입고 간다.

보리타작과 환장대 세웠던 보름

　* 청운 마을의 정월 대보름 풍속은 그 규모도 컸으며 다양했던 것 같다. 그러한 이유로 다른 명절에 비해서 사람들의 기억 속에 크게 자리하고 있다. 열 나흗날 저녁 온 가족 식구들이 모여 수수깡으로 온갖 곡식을 다 만들어 잿더미에 놓고 보름날 아침 뚜들었던 보리타작과 어느 정도의 재력을 가진 집에서는 누구나 환장대를 세웠던 풍속을 통해 정월 대보름의 풍속을 엿볼 수 있다. 그럼 할아버지들이 들려주는 정월 대보름 이야기를 들어보자.1)

보름날 아침에 보리타작

우수기2): 그라고(그리고) 그게 인제 보름날 아침에 요새 시간에 말할 거 같으면 한 5시, 6시 이 정도만 되만 보리 뚜들러 가는 법칙이 있었어요. 그때는 가먼(가면) 찰밥 해가 대접해가 술하고 대접 잘 해가 타작꾼 들어왔다 그라면 그랬는데.

조사자: 그땐 같이 공동으로 하는 모양이죠.

우: 갔는데 우리가 지금 종전부터 얘기 한 것은 그 맨들면 보기 좋잖아요. 그 인제 아들이 다니면서, 뚜들기, 뚜드는 거 좋아했어요.

김광수3): 그 뚜드면 뚜드는 거 참 재밌다. 뚜드면 기분이 바삭바삭 뿌서지니(부서지니).

한양명(조사자): 저 보름날 아침에 와서 뚜드리면, 환영받고. [김광수: 환영받고.] 열 나흗날이 뚜드면.

김: 열 나흗날 뚜들면 곡식이 덜 익었는데, 뚜들면 안 되잖니껴. 허허허.

우: 그 미리 저지는(저지래 하는) 거지 뭐. [조: 저지래 하는 거고.] 새복(새벽)에 가며는 밥 주지, 술꺼지(술까지) 대접 잘 해가 타작꾼이라고.

한: 그래 주로 두드리던 연배가 보통 한 열 한 대여섯.

김: 글쵸(그렇죠). 우리는 많이 뚜드리러 다녔니더.

---

1) 2003년 2월 24일 경로회관에서 임재해·한양명·조정현·추현태 조사, 임재해 정리, 조연남 녹음자료 채록.
2) 우수기, 남, 63세.
3) 김광수, 남, 63세.

조: 짚신 가주고(가지고) 될 때, 바로 뭐 한 되, 두 되 됩니까?

우: 한 섬, 두 섬.

김: 아이(아니) 그 하나 되면 한 섬 되고, 두 나 되면 두 섬 카고 이랬다 카이.

조: 한 섬, 두 섬 이래 쟀습니까? 그래 재가주고 열 섬 이래 안 갈껀데요.

우: 뭐 되기 달렸는데, 쪼끔 담으면 한 섬이라 그라고.

김: 두 섬 되기 달렸는데,

조: 짚신으로 쟀고.

김: 예.

조: 그 다 재고 난 다음에 그 재를 어떻게 합니까?

김: 재는 뭐, 뭐 거름에 놓고,

황상모4):아 따 보름날도 새복 되며는 저 밤, 밤 있니껴. 밤, 자다가도 새복에 아버지가
　　　밤, 부스럼 깨 먹으러 간다고.

김: 부스럼이 뭐라 카며는 옛날에는 약도 없고, 이래 할 때는 얼굴.

황상모: 영양이, 영양이 요새 겉이 많이 먹니껴. 못 먹으니까. 부스럼이 많이 나고. 그걸
　　　몸에 헐미(딱지)라고. 헌대지(헌디). 헌대.

김: 여 어데, 어데 뭐 뭐 불태기가 나가주고(나서) 곰기도 하고.

우: 그건 예전이나 지금도 티비에도 많이 나오고 있잖니껴.

한: 근데 그 저 보리 만들고 할 때 그 만드는 거 주로 집에 어른들이 하십니까?

우: 그 어른들. 노인들까지 다 했어요.

김: 온 집안 식구들이 다. [한양명: 아들부터 해가, 식구들이 다?]

우: 한 뭐 삼사일, 오일 지내면 그때부터 맨들어 모아요.

조: 근데 그거 묵은 그 수수대를 가주고(가지고) 해야 되는데, 자기 집에 울타리가 없으
　　　면 남의 집 울타리 가서.

김: 옛날에 그거 말도 마요. 그 농사는 다 졌어요.

한: 할 때 아예 고마 거 씰거는(쓸거는) 아주 따로 띠(떼어)놓고. [조: 아이구 저런, 대
　　　단한 마을이네.] 근데 그거 할 때 혹시 저 안 어른들도 그거 만들 때 참여했습니까?

황상모: 예. 물론이지요. 전 식구 다 만들어가주고.

한: 그럼 이런 것도 있습니까? 아이고, 요번 보름에는 어느 집 보리 잘 됐더라. 이런 이
　　　야기 있습니까?

황상모: 예. 실제 잘 하는 집이 있어가주고.

우: 또 많이 만드는 집이가 보기가 낫고. [한: 아. 많이 만드는 집이?]

황상모: 마커 거름에 퇴비 우에 세워 놓으이.

---

4) 황상모, 남, 58세. 이장.

곡식은 물론 소에 쟁기까지 만들고

한: 대충 그때 만드신 거, 대충 말씀 해 보시면, 어떤 거, 어떤 거 한 번 말씀을 해 보
십시오.

우: 벼도 만들었고.

김: 보리, 밀, 수수 뭐 다 만들었어. 호박도 만들었는데.

한: 호박. 아까 뭐 허수아비도 만들었고, 목화도 하고. 또 어떤 게 있습니까? 콩 있어
요. 콩?

우: 콩 있지요.

황상모: 그때 작물은, 씰 수(쓸 수) 있는 작물은 거의 다했고.

한: 작물은 다 했고.

황상모: 그 수수깡 가주고(가지고) 빌꺼(별거) 다 만들 수 있어요.

한: 그 농기구, 농기구는 뭐, 뭐 만듭니까?

우: 소도 만들고, 쟁기도 만들고.

김: 쟁기, 지게, 써레, 훑챙이. [한: 훑챙이.]

조: 그거 만들다 안경도 하나 만들고.

김: 안경도 하나 만들어 찌고(끼고). 우리도 인제 다 맨들어 놓고 인제 다 맨들었으이.
우리도 안경, 안경 껴가주고(껴서) 씨고 당겼다(다녔다) 카이. 쪼맬(조그마할) 때.

황상모: 그 수꾸때(수수대)도 한 이년쯤 묵어야 해요. 잘 요래.

한: 그라면 인제 거름더미 위에 이래 피면 많이 앉이면.

김: 많이 앉이면 보기 좋으래요. 그거는 많이 많들어 세워야.

한: 그라면 인제 전부 평평하게 거 세워 놓습니까? 아니면 경사지게 이렇게.

김: 퇴비 많이 모다 놓잖니껴. 그 주로 퇴비 많이 했이이께네. 그 우에다가 꼽아 놓고.
또 마이 꼽아 놓으면 네모 빤뜻하게(반듯하게) 보기 좋도록.

황상모: 그 보리, 보리 겉은 거 만들어가주고 수수깡에, 수수깡에 우에 길게 꼽아 놓으
면 보리가 익은 거 같이 곡식이 탁 이래 고개 쑥이고.

한: 보리 이싹(이삭)은 뭐로 합니까?

황상모: 이싹 그 수수깡으로 해가주고 껍질 또 삣꺼가주고(벗겨서) 꼽아가주고(꽂아
서) 또 쪼그맣게 요렇게 수수깡 만하게 잘라가주고(잘라서) 붙여가주고 이으면 되
거든요.

김: 밀으는 밀 쐐기 안 있니껴. 그걸로 맨들고.

조: 벼도 그 쐐기 가주고(가지고).

우: 예. 벼도 해요.

조: 양대를 만들었던 가요?

김: 다 했어. 다 만들었어. 줄 양대 카고.

조: 양대는 어떻게 만들지요? 이렇게 연결하고.

우: 그렇죠. 연결하고.

조: 고리맨치로.

우: 연결해서 고리맨치로(고리처럼).

김: 여러 개는 다 만들 수 있거든요.

한: 하. 지금도 저거 만들라 카먼 만들 수 있습니까?

황상모: 마음만 먹으면요.

김: 지금 그런 게 없어요. 지금 다 잊었부리고 안 된다. 수수대가 없다고.

조: 그런 거를 보존해야 되는데, 환장대 그런 거 하고.

한: 청송 문화제나 이런 거 할 때 사실 보리 맨들기 대회 이래가 동 대항 해가 한 번 하
    며는.

환장대의 이름 유래

조: 그 왜 환장대라 그러죠?

황경모5):그거도 우리 잘 모리고(모르고).

조: 예. 으. 그거 하면 뭐 불 키면 뭐 어떤 일이 좋습니까?

황일호6):그 뭐 말로는 뭐. 우리 이우제(이웃에) 뭐 다 빌었지 그 당시에 했는데 글때는
    (그때는) 여게 마을이 및 집이 했었는데 그 마구 일년 내에 보름, 보름 대보름쯤
    해가주고 인제 보름에 해가주고 일년 내에 그 뭐 살아가는데 모시고 있으면 쫌 인
    제 밝다.

한: 그걸 쫌 그 토지도 있고, 쫌 살기 괜찮은 그런 집에서 했습니까? 아니며는.

황: 뭐 인제 그런 집이 했지요. 해가주고 인제. 그때 인제 머슴도 있고 한 집이. 이웃
    에는 큰 나무가, 높은 나무가 없이니깐. 먼데(먼 곳에) 가서 다 알아서 해가주고 인
    제 지고 오고 했는데.

한: 거기에 등말고 다른 거는 단 거 없습니까? 예를 들자면 뭐 수수깡이나 뭐 이거 저
    조 이삭이나 뭐 말라 놨던 거.

황: 이 마을에는 그런 거 없는데. [한: 없습니까? 그럼 대만 높게 해 가주고 등, 그냥 초
    롱만.] 예. 그래가주고 사방에 등만 땡겨 내고.

조: 묶지도 안하고. 다만 이제 소나무 끝에 솔가지가 살아 있어야되고. 끝은 살아 있어
    야 보기 좋다. 국기 게양대에 이래 달아 올릴 때 줄 가주고(가지고) 매일 저녁에

---

5) 2003년 2월 24일, 황경모, 남, 70세.
6) 2003년 2월 24일, 황일호, 남, 77세.

붙이고, 아침 되면 끄고 해야 되니깐.

한: 동네 저 어린애들이 그거 깬다고 돌 던지고 혹시 그런 건 안 했습니까?

황: 뭐 그런 거는 안 했습니다.

귀양초 매달아 환장대 만들기

우: 그거는 우리 철없을 때라 잘 모리겠는데, 예전에 환장하는 것도 유명했어요. [한양
　명: 뭐가요?] 환장. [조: 환장대.]

한: 환장때요.

김: 집집매도(집집마다) 마당 복판에 높다랗게 세워가주고 불 다는 거.

황상모: 그때 촛불 달아가주고.

한: 그 참 그거 한 번 여쭤 볼라 그랬는데, 그 환장대 세우고 거기다가 고사 지내는 집
　이 있었습니까?

우: 고사 지냈지요.

한: 환장대 앞에다 상 차려 놓고 말이예요?

우: 야.

한: 아. 그런 집이 있었습니까?

우: 우리는 워낙 우리도 환장 세워 놨는 거 많이 봤는데. 행사, 그런 과정에서 우리는
　잘 몬 봤는데. 제사까지 지냈어요. [한양명: 아. 그 앞에다 상 쪼매 차려 놓고, 비
　손도 하고. 어.] 쪼끔(조금) 잘산다 카는 집이는(집은) 보름전인지 몰래도 "환장하
　러 간다" 그러면 그 주변에 사람 많이 디리고(데리고) 갔어요. 요즘 마 그거 마 지
　고[7] 오는 거도 아니고, 여러 사람들 미고(매고) 이래 왔는데.

김: 찌다(길다) 크다 미고 왔거든.

한: 한 그저 환장대 긴 거는 한 여섯 빨 정도 됐다면서요?

우: 여섯 빨(발)도 넘었어요.

한: 여섯 빨도 넘습니까?

우: 넘었어요. 길었어요.

한: 요즘 메타로 하면 한 몇 메타쯤 됩니까?

우: 아무래도 한 십메타(M) 이상. [한양명: 그럼 한 여섯 빨 정도 되네요.] 여섯 빨,
　쪼끔 일곱 빨. 하기야 보통 이 전주[8]보다 훨씬 더 높았으니깐. 전주 두 개, 한 개
　높이.

---

7) 잘 사는 집에서는 며칠 전부터 여러 사람을 데리고 좋은 나무를 구하기 위해 산에 올라가서 환장대
　로 쓸 나무를 짊어지고 온다.

8) 전봇대.

한: 근데 이 동네만 한 게(것이) 아니고, 저 쪽에 뭐 한실도 하고.

우: 딴 동네는 보지는 못해.

한: 청송 근처에는 다 했다 그러데요. 그게.

우: 많이 했어요. 이 마을에도. 잘 사는 집에는 거의 다 했어. [한: 그렇지요]

조: 그걸 왜 환장대라 그러지요?

우: 원래 그때 환영하러 간다 그래고, 그때 그 위에 불, 등 다는 거는 우에됐든지 국기 식으로 이래 올려 꼭대기 등에 불이.

한: 그 꼭대기 위에다 깃발도 꽂았다 그러데요.

우: 깃발도 꽂지.

김: 그때는 뭐 전기 없으니, 어차피 촛불이거든.

한: 촛불이, 초롱, 초롱불 아닙니까? 초롱을 올리고, 초롱이래 이렇게, 이렇게 덮어 씌워 가주고.

우: 불은 계속 써 놓는 건 아니고 밤 되면 불 썼는데, 이게 이 뭐 요새 태극기 그 게양 하듯이 하는 방법이 올리고 내리는 방법이 내 생각인데. 줄로. 이래.

한: 근데 그 위에 꽂힌 깃발이 어떤 어른 말씀 들으이께네. 청색, 홍색, 그 푸른색하고 붉은 색하고 칠해가주고 올렸다 그러고, 그 혹시 깃발 기억나십니까?

김: 이거는 아는데 그거는 몰래.

한: 깃발 달렸던 거는 기억나십니까?

김: 깃발 달렸는 거는.

한: 바람 불면 펄럭펄럭거랬다는데요?

우: 깃발 달린 거 기억나요.

김: 깃발은 달린 게 딴 게 아니고, 이 지단커로(길게) 해가주고 여러 가지, 여러 가지 붙 들어매가(붙들어매서).

우: 깃발이 아니고, 소나무를 했는데, 소나무 하면 그때 가먼 마지막 순이 있잖아요. 그 양짝에 귀양초라는 그런 게 있어요. [한양명: 고 소나무 마지막 순을 두고, 고 위에다가 깃발을 달았다.]

김: 깃발 다는 거는 거 노란 거, 새파란 거, 노란 거 이래가주고 수북해가주고, 붙들어 매가주고.

우: 민속놀이에 관한 거 별로 들은 바가 없어서.

황상모: 어른들 고인 됐부리고, 어른들만 지금 살아 계셨으면.

나무가 찌리 지다고 환장이라 캤어9)

황일호: 환장하는 거, 환장 카는 거 모르지요. [조: 예. 몰라요.] 큰 낭글 좋은걸 비다
　　가(베다가) 등을 단다 카이. 이 원래 절에 등 달듯이 안에 초 써가주고 달아 놨다
　　가 2월 되면 인제 내룹니다. [조: 아. 예. 집집마다.] 예. 그거도 인제 재력이 되
　　는 집은 하고 능력이 안 되는 집은 몬 하고. [조: 재력이 있는 집.] 멀리 가서 미
　　고10)(매고) 와야 되니.

조: 그 언제부터 그렇게 합니까?

황: 보름에. [조: 보름부터 이월초하루까지.] 네. [조: 네.]

황유모: 나무를 비다가 보름에 인제 등을 단다고요. 나무를 저 산에 가가주고 한 20메다
　　넘는 찐(긴) 낭구(나무)를 비다가 고래 인제 등을 단다 카이.

조: 그거를 환장등이라 그랬습니까?

황: 그걸 등단다 캤지.

조: 아까 환장하는 걸 뭐.

황유모: 환장대.

조: 그거는 환장대고? 그게 황, 황장입니까?

황수도: 환장이래 환장. 나무가 찌리(길이) 지다고(길다고) 환장이라 캤어.

조: 아. 네. 거기다 계속 저게 등 달아 놓으라 그면(그러면) 뭐 기름불하고 뭐 불 붙였
　　다 기름도 썼다. 계속 갈아야겠네요.

황유모: 내라가주고(내려서).

조: 내라가 달고, 초롱을 달겠네요. 그럼.

황유모: 초롱을 하지.

조: 한지로 초롱을 만들어가주고 달겠네요?

황유모: 예.

조: 그럼 낮에는 뭐 껐다가, 밤에 달고, 매일 그 정성이 대단하네요. 그렇게 하는 이유
　　가 뭐 있습니까? 뭐 예를 들어 농사 잘 되라고 한다든가.

황: 그 집, 그 집이 잘 되라고 하는 거지. 뭐. 동네적11)으로 하는 게 아니고, 개인이 하
　　는 거지.

조: 그거는 저기 남자분들이 주로 합니까? 여자 분들이 주로 합니까?

황: 주로 남자들이 가여 나무해가 와가주고 서워(세워), 서워가주고, 서울(세울) 때는
　　타고, 서우는 게 아니고 그냥 세우고 양짝에 줄로 이래 매고. [조: 아 하. 줄을 매

---

9) 2003년 2월 24일 경로회관에서 임재해·배영동 조사, 임재해 정리, 조연남 녹음자료 채록.
10) 어느 정도의 재력을 갖추고 있어야, 머슴을 시켜서 먼 산에 좋은 나무를 구해 오는 것을 말한다.
11) 동네에서 공동적으로 하는 일.

고.] [배: 농기 세우는 거 하고 비슷하게.] 세워 놓고 이래 매가주고, 이래, 이래. 달아 놓으면.

조: 불 켜고 관리하는 거는 여자분들이 합니까? 남자분들이 합니까?

황: 주로 뭐 뭐, 그 집 가족들이가.

조: 가족들이. 야. 그래가주고 2월 초하루까지 한다는 거 참 예사 노릇이 아니네. 그 주로 비는 것은 농사 잘 되는 겁니까? 아니면 뭐 자손을 많이 낳게 해 달라고 빕니까? 집안이 편안해 달라고 빕니까?

황: 모르지 뭐. [조: 하하.]

좋은 소나무를 골라 잎 달린 그대로

배영동: 해보신 경험 있으신 분 있으세요?

황수도: 예. 우리도 해 봤어요. 그 나무 가주고(가지고) 내중에 반(半) 뿔때가주고(부러뜨려서) 다리까지 맨들고. 사다리. [배영동: 사다리 기둥.] 반. 그거도 맨들고. [배영동: 그럼 상당히 굵으내요. 나무가.] 굵죠. 이만한 게. 요새 겉이 낙엽송이 있으니깐 괜찮지마는 옛날에는 그런 낭기 고르기가 힘들어요.

조: 주로 소나무로.

황수도: 야. 소나무.

배: 높이는 어느 정도 몇 발쯤 됩니까?

황: 높이는 뭐, 뭐 그 집이 능력에 딸렸어(달렸어). 좋은 거 빌라 카면 좋은 거 골리면(고르면) 좋은 거 비고.

황수도: 한 뼘 안 돼. 전봇대만 안 되요.

황: 한 20메다야 안 될라.

황유모: 20메다면 적지 싶은데.

조: 그럼 옛날에 그거 달아 놨을 때 이 마을에 와 보면 훤하고 희한했겠네요?

황유모: 그 꼭대기 소나무 그래도 인제 잎은 소를 있는 거 그대로.

조: 이파리 그대로 살려가주고(살려서). 그거를 어느 분 한 분 재연을 한 번 했으면 좋겠다. 재연하기 어렵습니까?

황: 허허. 오새 그 달고 할라 카면 옛날에는 힘이 좋았지마는 밀라 카면.

배: 우리 거 나무 비는 거는 학생들하고 같이 가서 고 따라가지 뭐요. 비디오로 한 번 찍지뭐요.

조: 하. 그건 저게 다른 마을에 없는거거든요. 그건 뭐 제 생각엔 고 고만 문화재로 지정이라도 하고 싶을 정도로 그런 풍속입니다.

황: 요새는 경운기가 드가이(들어가니). 나무 구하기는 쉬울 게라.

황수도: 낙엽송 전부 샜니더.

황: 소나무도 지금 할라 카면 해. 아. 낙엽송 안 해도 돼. 소나무 뭐. 해도 돼.

배: 계절적으로 할라하면 지금 정도는 해야되겠네요. 너무 늦으면 안 되겠네요. 재연할
　　라 카면.

조: 그치. 요새는 인제 일할 무렵이죠. 이월초하루가 인제 삼월 초하루가 며칠 안 남았
　　으니깐. 한 일주일 하네.

배: 그거 한 번 재연 한 번하면 좋겠는데.

황: 열 명 가면 지고 오니더. 길 좋기 때문에. [조: 아.] [배영동: 열 명이요.]

황수도: 아이, 도로 가운데까지 꺼내면 경운기 싣고 오던동, 차에 싣고 오던동.

조: 점심 먹고 어른들 한 번 합시다. 그래가주고 사진도 쫌 찍고.

황: 마지막이 없다. 막 이만큼한데, 할라 카면 눈꾸덩이 모하니더. 지고. 뭐. [조: 눈꾸
　　댕이에.]

태극기 게양하듯이 그리 달면 된다

배: 그 등 이외에 다른 건 다는 건 없어요?

황: 다른 건 다는 거 없지요. 등만. 등. [배: 없어요. 등만 달아요.]

조: 그거 이거 올릴라면 줄 또 뭐가 있어야 되겠네요? 그렇죠.

황: 줄 옛날에 못 박아 했지. 뭐 요새 나이롱 줄 뭐. 요 요런 고래이 달아가주고. [조:
　　고래이 달아가주고. 문고리에.]

배: 태극기 게양하듯이.

황: 엉. 태극기 게양하듯이 그리(그렇게) 달면 된다 카이.

배: 아주 옛날부터 그런 풍습이 있었답디까?

황: 예 예.

조: 고거 없어진지 몇 년 정도?

황: 그거 없어진제가(없어진지가) 전쟁 나고, 없어졌을 게라. 글체요. 6.25 전쟁 나고.
　　없어졌지.

황유모: 그게 없어진지 한 4, 50년 됐어. 전쟁통에.

배: 많이 세울 때는 이 마을에 한 몇 프로 정도 그걸 세웠습니까? 한 반수 정도.

황: 에이. 반수 안 되요. 반수 안 되요.

배: 한 50호 정도는 됩니까?

황유모: 그냥 그대로 그 집이 밥술이나 먹고 그냥 산다는 사람이.

황: 일꾼 하나씩 디리고(데리고) 했지.

황유모: 요새야 기냥(그냥) 마커 거의 다 그냥 밥 먹고 살만하지마는. 그 당시만 해더라

도 이 밥 먹고 기냥 남의 집 쌀 길러 안 간 사람 몇이 되는교12). [배영동: 아. 예.] [조: 아. 하 그거 참.]

배: 그럼 일꾼들은 그걸 보고서 뭐 어떤 생각을 할까요?

황: 일꾼들은 뭐 그 집이 하라 카는 데로 해야 되제. 그 집이. 일년에 인제 옷 두벌 얻어 입고, 명절에 세경 받고 몸 팔려 간거나 한가지니께네.

조: 고 나무 베려 갔을 때 평소에 그 나무를 봐 놔야 되겠네. 대충 봐 놨다가. 어. 그 나무 베기 전에 뭐 혹시 기도를 하거나 절을 하거나 하지는 않고.

황: 그런 거는 없고. 뭐 제를 채리는(차리는) 거 없고, 등만 하고. [조: 등말 달고.] 등 달아가 일년 안녕을 빌어요. 불 밝힌다 이거죠.

조: 그럼 그 이월 초하루, 내릴 때 그때가 주로 뭐 영등할땐데 혹시 영등한다는 말씀 들은적이 있습니까? 영등굿하거나 이런 거.

황: 굿, 굿 겉은 거는 없어요.

<임 재 해>

---

12) 먹을 게 흔치 않았던 그 시절, 거의 대부분의 사람들이 남의 집에서 쌀을 얻어먹었다는 말이다.

청송군 축제였던 줄당기기

  * 마을의 여러 가지 지명 이야기를 하다가 정월달의 큰 축제였던 줄당기기 이야기를 들려주었다. 청운 마을은 정월 보름만 되면 줄당기기를 구경하기 위해 집집마다 모인 손님들의 발걸음이 끊이지 않았고 사람들로 인산인해를 이뤘던 청송군의 큰 축제의 하나였던 줄당기기가 열렸던 곳이다. 당시 줄당기기에 대해 할아버지들의 생생한 목소리를 통해 들어본다.[1]

웃동네가 숫줄이고 아랫동네가 암줄이지

배영동: 그러면 줄땡기기할 때, 패를 나눌 때는 기준이 어딥니까?

황일호[2]: 기준이 여 삼거리 안 있뎁디까? 고 삼거리에서 니리가는(내려가는) 이 차도. 저 짝으로는 강변 쪽으로 내려오는 차도. 거기서 저 우로(위로) 저 신작로로 해서 저쪽으로는 아랫동네고 그 우로 이쪽으로는 윗동네고 이렇게 갈라졌어. 일두꺼지는 여 어디로.

황수도[3]: 글 때는 고마 여 청송가는 데는 전부 여 아랫동네에 속했고, 월막이고 뭐 진보도 고마 할매들 줄땡기러. 진보가는 줄도 여(여기) 왔어요. 거기 안 하고. 줄이 고마(고만) 거사(거기서) 와서 땅이 안 닿을 정돈데, 이만침(이만큼) 컸어요. 줄이. 그리고 이 우로 부동 이짝으로는 전부 웃동네. 그러면 남쪽이 우거든요. 왜 남쪽이 우냐카면 남쪽이 죽음이 인다 카이. 그때는 뭐 아주 몸체도 약하고, 뭐 이런 사람은 줄머리에 서가(서서) 드가지도 몬(못) 했어. 외로운 사람도 몬 드가고. 줄 싸움을 하는데, 밑에 사람 우에하고 막 하는데 약한 사람 그 안에 드갈 수 없는 게래. 밟혀 죽는 수가 있다고요. 숨도 안, 숨도 못 쉬고. 내가 형제가 많은 사람으는(사람은) 가고, 외로운 사람은 줄머리에 드가지도 몬 했어요.

배: 죽은 이야기도 있습니까?

---

1) 2003년 2월 24일 경로회관에서 임재해·배영동 조사, 임재해 정리, 조연남 녹음자료 채록.
2) 황일호, 남, 77세.
3) 황수도, 남, 70세, 초산어른.

황유모4):죽은 이야기는 없고. 다친 사람은 있고.

황: 딴 동네는 아문, 아문 장사가 드와도 드가면, 드가면 요절라.

황유모: 아랫동네는 전부 요꺼지(여기까지) 차지하고, 밑줄에는 이래 장정들이 여기까지 차지하고 이 사람들이 아래 사람으는 위쪽에 인제 줄에서 사람들을 밀어 올려 가주고 줄을 많이 차지하는.

황: 그 줄을 뺏을라고. 줄만 뺏었부면. (다 같이 이야기함) 줄만 뺏었부면 줄을 막 차지할라고. 또 잡아 땡긴다.

황유모: 힘이 약한 쪽이 줄을 뺏기는데. [조: 맨 첨에 어쨌든 줄 뺏기 싸움부터 하는구만.]

황: 복판에는요. 우리도 거 많이 드갔세이. 자꾸 밀어가면 배터지고. 〔조: 예.〕 이래가 주고 배 한쪽 이래가주고 자꾸 밀면, 자꾸 밀면.

황수도: 지금 인제 청송 여게는(여기는) 줄 매는 사람이 우리 청운 사람들뿐이래요. 청송서 군에서 무슨 행사가 있어가주고. 문화제 겉은 거 줄땡기면(줄당기면) 줄을 전부 조제하는, 맨드는(만드는) 사람은 전부 청운 사람밖에 없어.

황: 각 면에서는 면 단위는 인제 줄은 한 가닥은 해 가 오거든요. 해가 갔다, 청송 갔다 놓은면 만드는 거는 이제 청운 사람들, 여기 사람들이 가가주고 전부 다 만들고. [배영동: 면에서 해가주 올 때는 굵기 한 요정도 됩니까?] 잘 트는 사람, 야무이(야물게) 잘 트면 작고, 못 트는 사람은 막 일타 카이. 야물게 잘 트면 야무면 자고, 몬 트면.

배: 결국은 줄땡기기 할 때는 이 마을 사람들이 줄땡기기 하는 것이 아니고, 청송군에 거의 전부다 하는 걸로 봐야 되겠네요.

황유모: 거 남쪽에서 이리 오는 그거는 윗동네 거 가까우니깐, 저 웃쪽, 저쪽에서 오는 쪽에는 아랫동네 말하는 건데.

배: 남쪽과 북쪽에 줄땡기기 패라 그럽니까? 그 부르는 이름이 있습니까?

황유모: 그 패는 별로 없고, 그 골목을 중심으로 해가주 고기서(거기서) 인제 줄을 매어서.

조: 아니. 이 쪽에 남쪽으로 하는 사람은 동부라 그러든가, 저 쪽은 서부라 한다든가 뭐 그런 이름이.

황유모: 아니, 이 동네 이름을 따가주고. 아래쪽으는 아랫동네패. [조: 아랫동네 패.] [배영동: 아랫동네 편. 편.] 저 위에서는 윗동네가 가담을 하니깐 웃동네편. 이게 암줄, 숫줄이 갈라져.

배: 아. 어디가 암줄입니까?

____

4) 황유모, 남, 77세, 노인회장.

황유모: 그래 그때는 웃동네가.

황덕호: 아래쪽이 암줄이고.

황유모: 웃동네가 숫줄이고, 아릿(아랫) 동네가 암줄이지.

조: 그럼 어느 쪽이 이겨야 풍년이 든다든가, 뭐 그런 게 있었습니까?

황유모: 그런 거는 있어요. 그게 인제 숫줄이 이기며는 풍년이 들고, 암줄이 이기면 흉년이 든다. 이런 말이 전해내려왔는 거고.

조: 거 또 승부에 따라 뭐 상금이 있거나 무슨 그런 게 있었습니까?

황유모: 별다른 상금이 없었어. [조: 아. 그럼 이기는 재미로 했구만.]

황수도: 어른들이 주관 안하고 글 때는 아들부터 시작을 했으이. 아들부텀 이제 쪼맨, 쪼맨 쪼만큼썩(쪼만큼씩) 해가주고, 그게 낸제(나중에) 차차차차 커가주고 그게 낸중에(나중에) 큰 줄이 되제.

줄집은 기벽이 세고 전략있는 부자집에서

조: 그럼 아이들 줄 따로 있겠네요? 그럼.

황수도: 아이들 줄 없었어요.

황유모: 젤 첨에 시작하는 게 어디서부터 시작했냐하면. 첨부터 개울가에 나가 시작했는 게 아니고, 인제 보름 그때쯤 되며는 아이들이 골목, 골목이 모여가주고. 몇 군데 씩 이래 줄을 자기 골목끼리 인제 줄을 당겼어. [조: 자기 골목끼리. 질목이면 질목끼리 줄 다리고.] 저 아랫골목은 또 아래골목끼리 지대로(스스로) 또 아이들이 모여서 당기고 이랬는 줄이 보름 가까이되며는 몇 차례 거듭 하는 도중에 자꾸 많아 져가주고. 자꾸 커 많애(많아) 지잖아. 이래면 인제 개울에 나가서 크게 인제 줄을 정돈을 해가주고 그래서 인제 큰 줄이 되지. 보름마다.

조: 그럼 그 큰 줄을 그렇게 할려면 누군가 그 일을 이끌어 가는 지도자가 있어야 되겠네. 굉장히 조직적으로.

황유모: 그래가주고 나중에 줄집이라 카는 게 생겼죠.

조: 줄집이 생기고. 그럼 줄집 어른이 그걸 총괄책임 해가주고 줄 가져 온나. 뭐 어떻게 한다하는 이런 것들이.

황유모: 그게 자연발생적으로 그렇게 되야 되지. [조: 자연발생적으로.] 결국은 인제 아랫동네는 아랫동네대로 인제 줄집이 생기고. [조: 줄집이 생기고.] 웃동네는 웃동네대로 줄집이 생기고, 자연발생적으로 이 생기는 원인이 워낙 이 줄에 대한 승부욕이 강하다 보니깐. 아이들하는 데서부터 시작해가 차차차차 어른들이 인제 가담을 하게 되는 거라. 이런 유(이유)로 해가주고 인자.

조: 그럼 줄 집에서 주로 하는 역할이 뭡니까?

황유모: 이 줄을 한데(한군데) 모아서. [조: 모으고.] 줄 집에선 상당히 참 개인 사제를 털어가주고. 거 일 하는 사람 대접도 하고 뭐 이런 일도 있었어. [조: 그러니깐 뭐 줄집은 뭐 부자집이 해야 되겠네.] 대략 부자집이라고 봐야지요. [조: 행랑도 너르고.] 예. 마을로서는 기벽이 세고. [조: 기벽이 세고.] 참 전략이 있고, 이런 사람 되야 줄집이 되지. 안 그러면 줄집이 될 수 없지.

조: 그러면 줄집 어른이 저게 줄 타고 뭐 이랬습니까?

황유모: 타는 그런 거는 없었고.

줄이 떨어지거나 뺏기면 자동으로 진다

조: 예. 그럼 여기 뭐 줄 땅기는 날이 보름날 저녁입니까?

황유모: 예. 보름날 지내고 글 때 인제 대게 큰 줄이 되요.

조: 그러면 열 여섯날 합니까? 열 다섯날 합니까?

황유모: 그 날째(날짜)는 뭐 열 이렛날 될 수 도 있고, 열 여섯 날 될 수도 있고.

조: 열 이래 될 수도 있고, 될 수도 있고. 예. 그럼 그때 뭐 청송 읍내 사람도 오고, 뭐 부동 사람도 오고 하면 사람이 막 많겠네요.

황유모: 보름에 되며는 이 마을에 손님들이, 타관에서 왔는 손님이 없는 집이 없다 그래.

조: 손님이 없고. 그러면 그런 손님들 때문에 뭐 이 돼지를 잡아가주고. 뭐 음식을 국밥을 해가 판다든가. 그런 장사는 없고.

황유모: 뭐 그런 거 없어. [조: 그런 거 없고, 시시만큼.] 친척들이. 인척들이.

배: 여자들은 이렇게 안 오고요?

황유모: 왜. 여자들도 많이 와요. 아들, 여자들까지.

배: 여자들은 구경하러 오는 겁니까? 아니면 줄 당기는데 합류하러 겁니까? ?

황유모: 여자들은 물론 목적이 구경이겠지마는 줄이라는 게 땅겨지고, 이 승부욕이 나면 마 뭐 어느새 왔는지 모르지. 전부다 합류하니깐.

황: 떨어져야 끝이 납니다. [조: 줄이 떨어져야 끝이나요?] 예. 안 그러면 뒤에 와 구경꾼들이 와 몰려들면, 구경꾼들이 전부 와서 달려드니까. [조: 예.] 그래고 인제 끊게 내리 가면 힘이 모지랠땐(모자랄때는) 막 앉그던(앉거든). 앉으면 어차피 못 끊긴다. 그래다가 일제히 '와' 가마이(가만히) 마 비밀 해가주고 깃대 들고 대니는(다니는) 사람들이 짝 와 한 몫에 와 땡기면 요새사(요즘에는) 막 왔다, 갔다 하다, 결국은 떨어진다. [조: 야.] 떨어지면. [배영동: 줄이 큰 줄이 떨어진다고요?] 이만한 게 하면 떨어지지요.

배: 뺏기는 게 아니고요?

황: 거 뺏게도 지고. 뺏겠부면 그 자동적으로 줄이 뺏기면 자동적으로 진다 카이. 줄이

이 뭐 이만침(이만큼) 뺏겼부면 줄이 안 집니까?

배: 떨어지는 경우에는 예컨대. 떨어지는 쪽이 지는 겁니까?

황: 떨어지면 막 그 저게 막 양진영이 이래 꼽했는(꼽힌) 거 종종 이거 때고 꼽했는 거 가자. [배영동: 아. 땅겨(땡겨) 가버리구나.] [조: 아 아.] 땅겨갔부면 뭐.

줄당기기 전 당고사와 줄 지키기

황유모: 근데 줄을 이래 만들어 놓으면 줄당기기를 하는 전날 밤이나 하루날밤이나 혹은 하루 이틀 동안은 거기서 아주 지켜야 돼. 지키고. 사람들이. 특히 여자들은 줄을 못 타넘는데. 그래 참 그걸 막기 위해서 지키고 그랬는데. 그 여자들이 타 넘으면 줄이 끊어진다는 그런 전설도 있기 때문에.

조: 그러며는 그런 전설만 있는 게 아니고, 일부러 여자들 보내가주고 여자들 타 넘게 할려고 하거나 그런 시도도 있습니까?

황유모: 글쎄, 그런 거는 잘 모르겠는데 어쨌든 그 여자들 그 근방에는 못 오게 했으니깐.

조: 줄 지키는 사람이 있었겠네요. 밤새도록 지켜야겠네요?

황유모: 예. 그렇지요.

황: 줄을 한 짝 가재이가 엮어 놓으면, 여게서 저기는 되께라. 하나가요. 점점 가닥이 굵고 이래 해가 물 줘가주고, 여기 전부 뛰고는 이거 밟아가주고. 줄 찔기(질기)라고. [조: 아. 물주고 그 위에서 뛰고 이랬단 말씀이죠?] 뛰고 왔다, 갔다 왔다, 갔다 하루점도록(하루종일) 하다가 저녁에 말아가주고 땡기고, 말아가주고 땡기고. 그래가주고 인제 한 번 이래 말면 매가리부터 말려야 되거든. 야문거 말려서 땡기고, 땡기고 뭐 맹 돌떵거리지(돌덩이) 뭐.

황유모: 여 젤 나(나이) 많은 어른이 줄당기기 첨부터 시작해가주고 준비해 나가는 과정 뭐 정리된 게 있는데, 참고하시면 되고.

조: 줄땅기기 전에 미리 제사를 지냈다면서요?

황: 제사는 거. 제는 없고. 당고사. [조: 당고사.] 저 앞산 당에 보고 막 뚜들고 양쪽에 절하고 그랬죠. [조: 어. 그거는 줄하고 관계없이?] 줄하고 관계없어요.

황유모: 관계없고, 당에 보고 인제 절하고. [조: 그 풍물패들이.] 예.

조: 줄땡기기가 없어진지가 뭐 한참 됩니까? 그만한지가.

황: 해방 후에도 인제 많이 했니더. [조: 해방 후에도 한참하고.] 보름에는 하고.

황유모: 한 50년 가까이 되나.

흉년 들어 짚이 없을 때는 산 칡기를 걷어서5)

한양명: 세 번 땡긴다 말씀하신 분이 계시든데.

김광수6): 아주 옛날에는 그랬어요. 차츰 굵어져가주고 인제 나중에는 어른들이 인제 그 줄을 땡겼어요.

황상모7):정월달 되며는 반마다 짚 거 다 모아가주고 애기줄 다 드러가주고(드려서) 인제 큰 줄 만들어가 냇가에서 줄땡기지 뭐. 그런 인제 먼저도 얘기했지마는 우리 집에서도 얘기했지마는 내가 칠십 년도 군에 제대해 오고, 그때 71년도 군에 제대했나? 그 뒤로부터 줄을 안 당기더라구요. 그래고 한 십 년 간 있다가 80년 들어와가주고 문화제 할쩍에 우리가 줄 만들었어요.

황정구8):마을에 재앙이 덮치니끼네. 인제 "줄을 한 번 땡기자." 카는 거.

황상모: 지금 경로당에 어른들 지금은 돌아가셨는데, 그 그때 경로당 저 아래 있을 때 가가주고 얘길 들어 보니깐. 이 줄 땡기는 유래는 마 정확히는 알 수 없고, 한 몇 백년, 몇 백년 됐는데 계속 그 마. 줄을 땡겼는데 한 해는 흉년이 들어가주고, 내 믄저(먼저) 얘기했을 기라. 흉년이 들어가주고, 흉년이 들면 짚이 없잖아. 짚이 없으니깐. 줄을 몬 만든다고. 그 핸(해는) 줄을 안 땡겼어요. 그래 안 땡겼는데 마. 냇가에서 줄 울음소리가 들려가주고. 그래 그 다음해 또 다시 줄 만들어 땡기니까. 그 울음소리가 안 드렸다 그는데(그러는데) 그래 인제 어떤 해는 흉년 들고 하며는 산 칡이를 걷어가주고, 줄 땡기기까지 했다고.

황정구: 글때 그 외 그래가주고 짚은 없고, 산에 칡을 걷어가 만들어가주고, 그래 가 땡겼다 하는 거 유래가.

힌: 동난 후에는 첨 줄을 땡긴 게 언젠지 혹시 기억나십니까?

김: 동난 후에는 뭐 계속 땡기기는 땡겼거든요.

황정구: 작은 줄을 고래(그렇게) 땡겼지요. 우리 철 들어가주고도 계속 땡겼는데, 한 해께 안 땡기다 어, 차사고로 나가 마을에 재앙이 쫌 생겨가주고 이래가 안되겠다 카면서 모, 모아가주(모아서) 당겼는데.

줄을 안 땡겨 젊은 사람들이 교통 사고로 죽고

우: 글때 몇 년 쉬었어. 몇 년 쉬다가 줄을 땡기다가 안 땡기니까, 이런 뭐가 생긴다 그래가주고.

---

5) 2003년 2월 24일 경로회관에서 임재해·한양명 조사, 임재해 정리, 조연남 녹음자료 채록.
6) 김광수, 남, 63세.
7) 황상모, 남, 58세, 이장.
8) 황정구, 남, 55세. 쇠를 잘침.

황상모: 교통사고 나가주고 젊은 사람들.

한: 마지막 줄을 당기고 나가주고 동장님, 70년도에 군대가셨다구요?

황상모: 아니래. 난 68년도 갔는데, 70년도 제대해가 오니깐. 그 뒤에는 줄을, 줄땅기기 없었어.

한: 그 68년 전까지는 땡겼다고요.

김: 그 뒤에는 없었다고.

황상모: 땅기고 인제 80년도, 70년도 안 땅기고 80년도 들어 와가주고 청송 문화제 그 행사가 생겨가주고 그래 인제 줄을 땅겨야 된다 그래가주고. 작은 줄, 작은 줄은 각 면에서, 면 별로 해 가주고 마을에서 만들어와가주고(만들어와서), 저희가 용개천 냇가에 거기서 우리가 가서 만드는데, 만드는데 글 때 80년대 들어와가주고 줄을, 문화제, 청송 문화제 하는데 우리가 가서 줄을 만들었어요. 지금은 뭐 명맥만 유지하지요. 실지 뭐 해마다 하는 거도 아니고.

김: 2년마다 하나, 3년마다 하나?

황상모: 2년마다 하는데, 지금은 그때 우리 동네 줄 하면, 줄보다는 3분지(분의) 일도 안 돼요. 우리 동네 줄은 알지도 몬 했거든요.

황정구: 우리 줄은 용다린가 거 올라서서 땅에서 요만침(요만큼) 발이 들리가주고.

황상모: 지금도 청송 문화제하는 줄 가닥은 큰 줄 엮어가주고 그 반 접으며는 접어가주 하며는 뭐 백 가닥, 백 가닥 이하. 근데 지금 옛날에 우리 줄땅기기 하면 삼분의 일도 안해요. 지금은 백 가닥 백에 안 되요.

우: 백 가닥 정도 되께래.

한: 지금 줄이 백 가닥이 못 된다고요?

황상모: 예. 맞아요. 지금, 지금은 백 가닥 백에 안 되는데. 우리 동네 하는 거는 우에, 우에 타며는 발이. 발이. [김광수: 발이 땅에 들리. 들렸다고(들렸다고).] 그 길이도 우리 지금 청송하는 거 거의 뭐 거의 백 미더(100M), 백 미더 백에 안 되는데, 한 줄이 말입니다. 암줄, 숫줄이 있잖니껴. 아랫줄이 암줄이고, 웃줄이 숫줄인데 그거 합하면 백 미더 백에 안 되고. 여는 우리할쩍에는 거의 2백 메다 되고. [한양명: 한 줄에 2백 메다요?] 예 예. 지금 문화제 하는 거 보다 몇 배는 더 크지요. 지금 뭐 할 수 없이 명맥만 유지하지 뭐.

한: 그 개천에서 줄 우는 소리 들었다는 분이 혹시.

황상모: 어 돌아 가셨어. 전부다 지금 그 어른들이 돌아 가셨어.

한: 택호가 어떻게 되십니까?

황상모: 진보땍이9). [한양명: 진보댁.] 거 인제 지금 아래대가 인제 우리 청송군 의장 하

---

9) 줄 우는 소리를 들었다는 돌아가신 어르신을 말한다.

　　잖아. 군의회 의장.

한: 지금 돌아가신 분, 휘자가 어떻게 되시는데요? 황 뭔자, 뭔자?

황상모: 황. '영(永)'자. '기(基)'잔데. '목'자 돌림이래. [한양명: 영짜, 기짜?] 영기씬
　　데.

한: 길 '영(永)'자에, 터 '기(基)'자 쓰십니까?

황상모: 예 예.

조: 황영기 그 어른은 매일 신문에도 사진하고 소개가 됐어.

황상모: 그 뭐. 큰 줄 만들 때, 실지는 뭐 나와가주고 일을 못 했어도.

김: 지휘만 했는데.

황상모: 주선, 주선은 어떻게 해 줘. 글때맨치로(그때처럼) 저거를 했는데. 군에 인제
　　그거 줄 큰 줄 드리면 감사패도 하나 주고. 문화제할 때. [한: 아. 감사패.]

황정구: 그 어른이 와가주고 계속 이제 저 그거하고 그랬는데.

한: 그 댁에 가면 신문기사 있겠네요. 그죠? 그때 그 사고가 마을 앞에 큰길에서 이렇
　　게 났습니까?

황상모: 큰길에서 났는 게 아이고, 젊은 사람이 지금 즉 말하면 부남면 그 삼거리 있지
　　요. 그쪽에서 교통 사고 나가주고 죽었거든요. 그래 가 인제 줄을 또 다시 땡겼지.

우: 그 한 사람도 아니고. 몇 이가.

한: 그 몇 분이, 몇 분이 교통사고 났어요?

황상모: 교통 그때.

김: 내 알기로 두 분인가, 세 분이.

우: 영남이네.

황상모: 그 아제하고, 저 오원 아제하고. 거도(거기도) 죽었고.

김: 둘이나?

한: 둘이 아니고 벌써 셋이네요. 아까. 그 부남면 거 재에서.

황상모: 아니래. 우리 동네 사람이 거기서, 운수 사업을 했는데, 거기서 차가 구부러가
　　주고(굴러서) 두 사람이 죽었다고요.

한: 아. 그 분은 함자가 어떻게 되신다고요?

김: 뭐 홍이라?

황상모: 거는 영홍이라. 영홍. [한양명: 황영홍.] 영홍이고, 하나는 황오원. 둘이 그때
　　차 구부러가주고 죽었어. [한양명: 아. 이 분들이 사고나고.] 줄을 한 번 땡기고.

한: 그 다음에 인제 줄 울음소리가 들리고.

황상모: 아이. 그때는 줄 울음소리가 안 들리고, 옛날에, 옛날에. [한양명: 이건 옛날
　　이야기고?] 옛날에. 옛날 어른들이. 고때는(그때는) 한 70년대라?

한: 군대가기 전이네요?

황정구: 아니다. 70년대 아니꺼를 60년도 후반쯤 될꺼를. 그때 그 당시에. 60한 7년
　　　그때쯤 될끼라.

우: 70년대 맞다.

한: 어르신이 군대 갔다 오고 난 다음에는 줄 안 당겼다 그러셨잖아요?

황상모: 아. 그고.

한: 고 전 아닙니까?

김: 맞어 전. 67년쯤, 1967년도쯤. 70년도 안 땅겼다 카이.

황상모: 군대 가기 전이라 카이.

한: 요 앞에 저 나무 보쌀(?). 보쌀 한 번하고도 그 해도 당겼다 하던데. 보쌀하던 해에.

황상모: 하튼 뭐 70년도.

한: 천방하던 해에도 한 번 당겼다고 하던데.

황상모: 천방, 천방한지 오래 됐어요.

한: 그이까 60년대 그때.

황상모: 여. 앞 제방은 뭐 했는지가 얼마 안되고. 그때 줄땅기기 할쩍에는 앞 제방이
　　　없었거든요. 없는 상태여서 냇가에서 줄땅기기 했고.

황정구: 여게 글때 큰 줄 땅길 때 집집매덤 여게 손님이 한 한 뭐 5명 내지 6명은 있었
　　　다이.

황상모: 웃동네, 웃줄은 숫줄땡기는 데는 그 우에 5개면, 또 아랫줄은 진보아래 3개면.
　　　손님이 와가 집집매덤 오명 썩은 다, 다 묵었다 하이. 우리 그때 집에. 아. 아랫줄,
　　　웃줄 거 마커 전부 장정들 미고(메고), 줄싸움 할 쩍에 그 속에 드갔부랬다가 숨막
　　　혀 죽었부래.

우: 옛날 어른들 들어보면 전부 그 줄 매고 드갔다가 골빙(골병)들어.

김: 골빙(골병) 들어. 밟혀가주고.

한: 홍, 홍국 아재요? 홍국 아재?

김: 행곡.

한: 행곡 할배.

김: 행곡 할배.

황상모: 그거는 적지 마소. [조: 고기가 헌고기라.]

김: 고기, 고기가 많다 얘기라. 일곡이, 풍곡이, 노곡이, 여기 고기 중에 돼지고기는
　　　없다.

조: 그러니깐 돼지고기는 없니껴? 생고기, 말고기.

한: 줄 싸움 할 때 이래 줄을 울러 매고 하잖습니까?

황상모: 줄을 매고, 줄을 매고 아랫줄하고 암줄하고 숫줄하고 전부 그래 수 백 명이 됐
　　　죠. 수 백 명 돼가주고 줄 싸움을 하는데, 그 줄을 미고. 그때도 줄 싸움을 하고

뉘우잖아요. 딱 뉘어놓골랑 싸움을 해가 드가가 그 상대방 줄을 앞에가 드갔부래
가 인제 이기거든요. 그러이께네. 사람이 많이 다친다이끼네. 막 서로. 몇 뻔(번)
드가도 나오질 못해.

우: 내 오늘도 얘기 해 줬는데 그래 이렇게, 이렇게 매워 놨으면, 요게 갱기 아닙니까?

황상모: 매워 놓기 전에 줄 싸움부터, 줄싸움부터. [조: 이 어른 말씀 들어 보고요.]
예 예. 줄 매우기 전에 줄싸움하고 나중에.

서로 막 밀며 치열했던 줄싸움

우: 그거는 승복하는 그게랬고, 줄 딱 땡기기 시작하면 이제 진짜 싸움이 벌어지는데
서로 밀고, 이게 줄땡기기래요. 여게서 여게 사람들 밀어 가 이만큼 파고 드가면
이래면 여게 사람들 여게 못 들어가요.

한: 그거도 줄 싸움이라 그랬습니까?

우: 예 예. 그게 진짜 줄싸움이지.

조: 이장님이 고거 하기 전에 줄싸움은 줄 막 부딪치고.

황상모: 예 예.

조: 고거 하는 거 자세하게 쫌 설명해 주세요?

황상모: 고 얘기하소.

우: 고 인제 서로 인제 숩게(쉽게) 이야기할라 카면.

황정구: 안동 금소 겉으면 동채싸움이라 카잖니껴. 그죠.

우: 이 거 뭐 뭐로 하냐면, 느그(너희)한테 안 지겠다 카는 이런 식으로 미고 막 서로
돌면서 이렇게 막 서로 막 풍물치고 희딱 그래가주고 인제 줄을 밀게 되는데.

한: 그 저기 저 줄을 다 만들고 그 다음에 인제 거 줄이 원체 무겁기 때문에 들 수는
없잖습니까? 목도가 담이 있고,

김: 담이 있다 카이.

한: 저쪽 줄하고 인제.

황상모: 우에(위에) 다 민다고요(맨다고요).

한: 우에 기둥을 다 치우면.

김: 종줄 아(안) 있니껴?. 옆에 종줄 요런걸 전부 달아놨다이 전부다요.

한: 아. 종줄을 미었습니까?

우: 예. 종줄을 놔 떵길(댕길) 때.

황상모: 땡길때 쓰고, 줄당길때는 줄 절대. 코 옆에 인제 붙어 땡기라고.

김: 그거는 땡길때 하는 거고. [한양명: 종줄은 땡길때하고.] 원줄 다 밌지.

한: 줄 머리 속에도 그냥 밌습니까?

황상모: 다 미고, 끝까지 다 있다고요. 미고. 아랫줄, 웃줄.

황정구: 근데 여게 줄 땅겼다 하면 면 수가요, 여 부남면, 부동면, 여 5개면.

황상모: 밑에 3개면 해 가주고 저 짝은 아래쪽에 해 가주고, 저 짜는 아래쪽에. [한양
　　　명: 그럼 줄 미고.] 줄 미고는 줄 싸움을 하지.

한: 줄싸움을 할 때 위에 대장 태웠습니까?

황상모: 그때는 태우지.

한: 대장이 뭐 새끼줄 같은 거 이렇게.

황상모: 기를 들고.

한: 기를 들었어요?

황상모: 예. 기 들고 인제 그 싸움하기 전에 인제 풍물패는 풍물 치고, 흥을 돋구기 위
　　　해서.

한: 그때는 어떤 기를 들었습니까?

황상모: 그때는 뭐 확실히 뭔주(뭔지) 모르지.

한: 기는 손에서 한 손에 들만한 그런 기를 들었습니까?

김: 예.

한: 한 손에 잡고.

황상모: 풍물패는 아래, 웃동네 두패, 풍물을 쳐야 흥이 나거든요.

김: 풍물패도 두 필이 인제. 풍물이지.

조: 그래가주고 줄싸움할 때 그 올라탄 표장이, 깃대든 표장이 깃대를 뺏기를 한다든
　　　가, 서로 쓰러뜨리기를 한다든가, 뭐 박치기를 한다든가 뭐 그렇게.

황상모: 우리 전에는 당했는 거. 그런 건 안 해.

김: 밀어 부치기.

우: 그래 일단은 줄뺏기하는 거는 줄 미와 갖고 땡길 때 서로 밀고 인자 안 뺏길라 그
　　　라고.

황상모: 여 청송 문화제 이거 하는 거는. 고마.

조: 부딪치지는 안 합니까?

우: 부딪치기도 했지마는 그래 심한 건 아니고요. 대적하는 거는.

한: 줄을 서로 공중에서 이래 부딪쳐가주고 서로 막 밀어붙이고, 서로 왔다갔다하고 이
　　　런 건 했습니까?

김: 밀고 뭐 그거는 많이 했어.

황상모: 했었는데. 글때는 뭐 전부 뭐 힘자랑이지. 뭐 힘자랑.

김: 형제 여럿이 있는 집은 하고, 혼자 있는 거는 마 안되고.

황상모: 큰 줄 한 번 당긴다 카먼 사람이 굉장히 많이 다쳐요. 그때는.

우: 그거 한 번씩 칸다 카먼 마을에 그 저게 거동 불편코(불편하고) 나 많은 노인들,

출입을 모 하는 노인들도 방에 눕어가주고도, 문지방을 발로 뻣때고 용을 썼어요.

황상모: 그리 참 그렇게 세월이 어두운 세월이었어요. 요새 겉으면 누가 그거 하겠노. 돈 준다 캐도 안 하지. 여 청송 문화제 하는데 밀 사람 없어가주고 여 중·고등학교 학생들 와가주고 미고.

황정구: 요새 사람 몸 안 다낄라고(다칠려고) 몸을 사리기 때문에 그거 안 한다 카이.

김: 하기야 그게 글때는 어른들 몸도 많이 생각 아(안) 하고.

아들 낳기 위해 서로 차지하려했던 종나무

황상모: 어제 내 얘기했지마는 그 종, 숫줄이, 암줄에 해 가주고 거 종나무 있잖니껴. 종나무 이 사람 잘 했거든요. 종나무 매끈하게 해요. 근데 그 인제 아들 못 놓는 사람 있잖니껴. 아들 못 놓는 사람 종나무 가주(가지고) 가가주고 그거 끓여가주고(끓여서) 삶아가 물 마시면 아들 놓는다 그래가 그리 서로 가 갈라고, 난리 지기는 거래요. 내물 쓰는 거도 있고. [조: 뭐 하는 거도 있다고요?] 내물, 내물. [조: 아. 내물 쓰는 거.] 야. 돈 먼저 줄꺼이, 얼매 줄꺼이. 그리 줄테니까 가져 오라 그러거든요.

조: 그럼 그거는 누가 결정합니까?

황상모: 그래 인제 결정하는 건 뭐 우리가 결정하죠. 우리가 우리 동네에서 하니깐. 종나무도 만들고 하니깐. 제일 먼저 줄땅기기 누가 했냐 카면 우리 동네 여기서 여기 나가주고 인제 청송, 청송서 사는 분이 있었는데 거기 아들이 없었어요.

김: 그카고 들어보이께네. 몇 집이 있다.

황상모: 그때 가 몇 사람이 아들을 낳았어요. 아들을 낳았는데, 그래 인제 종나무를, 종나무 뺏일라고 수많은 사람이 달거드네(달려드네). 서로 막 가주 갈라고. 우리는 우리 동네 사람이 탁 짜고 마, 종나무 마, 그 종나무 땅겼부면 안 뺏잤니껴. 뺄려고, 막.

우: 줄로 끊고. 막.

황상모: 막 끊고 하는데. 한 명이 쥐고 도망치면, 막 뒤에 뺏을라고 수십 명이 따라 오는 게라. 따라 와가주고 늦게 억지로 해가주고 어에 갔나 카믄 차에 싣고 여 청송하고, 여 파천, 파천면 경계 거 가주고(가지고) 인계했거든요. 거가 인계 해주고. 거가 인계 해주고. [한양명: 이래 넘길라고.] 예 예. 거기 바라코 있다가. 거서 인제.

한: 청송 파천 경계까지.

황정구: 도망쳤어요(도망쳤어요).

한: 여기서 얼마 됩니까?

황상모: 거만 한 2키로 안 되겠네. [한양명: 여기서 2K요.] 아. 여기서말고 청송서,

청송 문화제 할 때 거기서 2키로 와가주고 도망쳐 차에 싣고 와가주고 거서 인제 인계하고 거서 그 사람들 받아서 가고, 그래 그 사람들 나중에 아들 낳았다 그래. 아들 놓고, 그 또 저게 해운이 아들 놓고, 학석이 놓고, 하튼 뭐 주섭이 뭐.

김: 주섭이는 둘이나 아들 낳았다.

한: 그 누구라고요?

황상모: 에에. 그 이름 적지 마소. 하하하.

한: 여기, 여기는 안 씁니다. 그 맹 비문입니까? 비문에 황주섭씁니까?

황상모: 아니래, 아니래 황주섭씨 아니래. 황주섭 캤다가 큰일 날라고. [우수기: 우리가 여 청송에 요새 다니는 거는.] 그때요. 그 청송 어떤 사람인데 아들 없었는데, 우리가 그짝테도 줄이가 막 종나무 뺏길라고 마. 하마 몇 명 수십 명 대기 해 있는 게라. 대기해 있다 마 워낙 떼거지가 많으니까 쫓아갔는데 그 사람 종나무 못 가(가져) 갔다고. 밤새도록 냇가에 막 울고, 집에도 못 가고 그래 친구들이 인제 밤 한 열시 돼가주고 집에 드가자 카이.

“야! 이놈의 새끼야. 집이라 카는 게 그 종나무도 못 가가.”

밤새도록 울고.

김: 중년에 청춘에서 종나무 딱 쥐었부면 꼼짝도 모 하지, 딴 데는 그만치 초장은 강했다 카이.

황상모: 강한 게 아니고요. 너무 어둡어가주고, 너무 어두워가주고 그랬지.

우: 미우는데 왜 그래 힘이 들었노 카먼 앞으로 적게 해가, 안 믹해.

황상모: 요새는 우리 만드는 거는 마 쉽게 하도록 고마.

황정구: 똑 뒤에서 뒤에서 이래 다 맞춰 갈라 카다 떡 떨어져도 안 되고, 다 맞춰 갈라 카다 똑 떨어지면 안 되고. [우수기: 안부를 적게 해가주.] 그래.

한: 근데 아까 그 줄 미울 때 싸운 줄싸움 말입니다. 암줄하고 숫줄하고 이렇게 들어가야 할거 아닙니까? 들어가기 전에 서로 서로 미는. 아니, 아니 미고 하는 거 말고.

우: 첨에는 세력 싸움을 첨에 하다가, 그 양쪽에 막 붙어가 했지요. 서로 안 밀릴라고. [김광수: 근데 했부리며는.] 고마 서로 뺏길라고. 서로 밀고.

김: 땅 그 나무만 꼽았부머는 전부 막. 전부 막. 글로 쫓어드간다 카이. 이래 되는데 저 뒤에는 모리거든(모르거든).

우: 여 치도 않았는데. 땡겼분다. [한양명: 그렇죠.]

김: 그 뒤에 모리거든. 미앤다 그러면 땡겼분다. 다 미앴다 그러면 땡겼부고, 또 땡기면 또 안되고. 몇 번씩.

황정구: 앞에 대장이 섰는 사람들은 이 깃발 가주고요(가지고요). 이래 이그졌다 카이.

한: 그 사람들 징 쳤습니까?

김: 징 쳤지요.

한: 징 치기 전에 서로 상대편 금을 넘지 말라고 밀어붙였단 말이죠?

김: 서로가 안 밀릴라고. 거서 뺏겠부면 지는데.

황상모: 웃동네 이기면 풍년지고.

우: 아랫동네 이기면 풍년지지. 여자팀이 이기면.

김: 그래도 남자팀이 이긴다 하잖아. 요시는(요새는) 남자가 쫌, 쫌 체면이 죽는 겉애.

황상모: 근데 요즘은 신사적으로 그래 땡겨이 글치. 옛날에는 사람이 얼매나 다쳤는동. 요즘은 그래 하는동.

우: 오새는 전에 얘기했지마는 줄도 아니라 그거.

김: 딴 데서 줄 만들어 왔는 거는, 손만 쥐며는 허불허불하게. 든든하게 만들어야지. 옛날에는 낭게(나무에) 짝 걸어 놓고는 씨다 땡겼잖아.

황상모: 지금 하는 거는 할 수 없어 하지.

김: 그거는 뭐 줄도 아니라 카지. 옛날에 반, 반이 띠해 놓거든. 이 반이 어느 거, 어느 거 그래 놓으만 그때 가먼 뭐 뭐 완전히 반반이지.

황상모: 이 반에는 몇(몇) 반, 이 반에는 몇 반이라 했다 카이.

우: 내가 그 짓을 왜 했든가. 모르지.

조: 어르신 이거 한 번 도에서 도와주고 이래면 하실 생각 있습니까?

황상모: 아니, 아니. 도와주기는 뭐 도에서 도와 줄 일도 없고 뭐. 하하하.

조: 아니예요. 우리 생각에는 줄땅기기, 지신밟기, 환장대 놀이, 이 세 개는 뭐 보름 축제로 여기 한 번 뭐.

황상모: 아니, 우리 그런 거 안 합니다.

김: 그래 할라 카면 힘들께야. 오세 전부 마커 몸을 아끼거든.

황문모: 근데 젊은 사람이 많이 없어 놓으이. 옛날에는 집집마다 장골이 그래도 한 몇 이상 됐고. 지금은 뭐 젊은 사람 뭐. 전부다 뭐 젊다 카면 그저 한 50 넘어야.

황상모: 지금 뭐. 그때 한 1700명, 1800명 그 정도 됐는데 지금 뭐.

조: 지금 말씀하신 어른 되게 젊어 보이는데, 총각 겉은데 50, 60이라고.

황상모: 누가요?

조: 지금 말씀하신 어른말이예요.

황문모: 육십. 아이시더.

황상모: 오십 서이. 오십 서이면 한참 청년이지 뭐. 허허허.

김: 오새, 칠십 카면. 우리도 안주 얼라래.

우: 농촌에는 저 정도면 인제 젊다고 보는 게래.

황상모: 집에 어른한테는 얼라지 뭐. 팔십 얼매껴? 구십 얼매껴.

김: 팔십, 팔십 아홉. 근데 우리 아버지 연세 그래도 내 육십 넘은 아들도 얼라지.

황문모: 오새는 뭐 줄을 만들어도. 전부다. 옛날에는 전부다 그 경찰이 밀고, 그 큰 거

를 밀고 다 했지마는. 지금은.

우: 옛날에는 아깨도(아까도) 얘기했지마는 인근 그 소산 동네 사람들 여 다 모이가 있
  이머는 이거 뭐 암만 한다 캐도. 그런 사람은 먼데서 구경 할 뿐이고.

한: 본동에 큰 줄 당길 때.

황상모: 수백 명 넘지. 사람이 거 뭐 말도 모 하지 뭐요. 8개 면이 다 왔으니깐.

김: 이 얘긴 한 분들 우리 아버지 어른들 왔다 갔다 카던데.

황상모: 청송 할튼 팔개 면이 다 왔으니깐.

줄 종나무는 소여물과 생남을 위해10)

조: 옛날에 이 마을에 전에 뭐 큰 줄 땡겼다고 하는데.

김수봉11): 예. 줄으는 거 회관 거 시리 동나무 밑에. 그 쪼가리 없디껴.

조: 아니. 가주 왔습띠다. 몇 동가리 가져왔습니다.

김: 다 일러 보면 한하 걸려. 그것도 복사하든교?

조: 예. 거도 복사하지마는 정리 해 놓은 거 보다는 그때 생생한 경험들 그때 뭐 그런
  이야기를 좀 들려주면 좋겠네.

김: 그 대충 흐름만 대답하는데 뭐 거기에 다 씌였어요. [조: 예. 건 봤습니다.] 그게
  어는 제, 언제 했더라는 연도는 안 쓰였죠. 그 아주, 아주 옛날이라 그거는 확실히
  모르지요. 그거는 내가 저 군에서 그거 내한테 글 때 조사 할쩍에 그게 내가 그때
  인제 나를 한 두 사람 와가주고 우리 집에 와가주고 대략 해 가주(가지고) 가가주
  고, 군에가 그걸 맨들어가주고 내한테 한 불 보냈더구만. 그걸 줘 났는데.

조: 예. 그 줄땡기기하고 난 다음에 그 줄을 어쩝니까?

김: 줄 그근요(그거는요). 쌀아가주고(썰어서) 거름도 여코(넣고) 뭐 소여물도 했고.
  [조: 소여물도 하고.]

황덕호12):주로 소여물 했지 뭐.

김: 그거 뭐 소여물 했지.

조: 근데 그걸 뭐 가주 가며는 재수가 있다든가? 뭐. 농사가 잘된다든가.

전선도13):부석나무. 종나무.

황덕호14):종낭그는.

김: 종나무 모난 데는 가주 가며는 생남(生男)한다는 그런 말이 있어. 종나무 가주가면

---

10) 2003년 2월 24일 경로회관에서 임재해 조사 및 정리, 조연남 녹음자료 채록.
11) 김수봉, 남, 89세.
12) 황덕호, 남, 82세, 청계어른.
13) 전선도, 남, 68세.
14) 황덕호, 남, 82세, 청계어른.

뭐 우에 하든지. 가주(가져) 가데. 글타 카미.

황덕호: 가주 간다.

김: 그거 가주 갈라고(갈려고) 서로 싸움하고.

황덕호: 깔고 앉을라고.

조: 가주 가서 깔고 앉아요?

황덕호: 예. 깔고 앉아요. 부인이. [조: 부인이.]

김: 그래 해야 아들 낳니깐. [조: 아. 가주 가서 깔고 앉고.]

황덕호: 말로는 그카는데 그래 주고 깔고 앉는 걸 봤다 뭐. 말은 그래 나 있어. [조:
　　예.] 그 가주가 부인이 자리에 깔고 앉는다든가, 안고 잔다 카다 뭐.

<임 재 해>

Ⅲ. 여성들의 생애와 일생의례

청운마을 여성의 생애양상과 인식

1. 개 요

이 글은 50대-80대 연령층에 속하는 청운마을 여성들이 살아 온 삶의 양상과 인식에 대한 조사 보고이다. 주로 혼입여성을 중심으로 그들의 혼인, 출산, 육아, 노동, 경제활동, 여가와 놀이, 조직관행 등을 살펴보고자 했다. 다행히도 동네 혼인을 한 여성들이 있어서, 미혼 여성의 삶에 대해서도 소략하나마 다룰 수 있었다.

대상이 50-80대에 걸쳐 있는 것은 변화의 양상을 포착하기 위해서이다. 70대 이상의 여성들은, 정도의 차이는 있지만 이 마을로 시집 와서 일제시대와 해방, 그리고 6.25 전쟁을 겪었다. 그래서 혹심한 가난을 경험한 세대이기도 하다. 그 시대에는 마을의 통혼권이 대체로 한정되어 있어서, 혼입여성이라 하더라도 이 마을이 완전히 낯선 곳은 아니었다. 이 마을이 외가곳인 사람도 있고, 더러는 한 마을 사람이나 집안사람이 먼저 시집와 살고 있기도 했다.

1960년대 이후에 마을로 시집 온 60대 이하의 여성들은 70대 여성들과는 다른 삶의 실천과 인식을 보여주는 세대이다. 사회 경제적인 변화와 아울러 통혼권역도 넓어지고 다양해졌다. 그러한 차이와 변화는 50대 여성들에 이르러서는 더욱 확연하게 드러남을 볼 수 있다.

조사방법은 서른 분 남짓의 여성들을 연령층 별로 만나서 주제를 염두하여 면담조사하는 동시에, 생애담 조사법을 병행하였다.[1] 생애담의 조사는 여성생활의 내용이나 삶의 경험을 여성 자신의 목소리를 통해 재구할 수 있다는 이점이 있다.[2] 가능한 한 세대별로

---

1) 두 번의 정기답사 외에 두 차례 더 조사했다. 허경민군(대학원 3학기)이 사진 자료를 제공해 주었고, 박동철군(민속학과 4년)은 조사와 채록을 도와주었다. 고마움을 표한다. 조사 일정은 다음과 같다. 2003. 2. (겨울정기답사) / 203. 6. 1./ 2003. 7. 11.-13.(여름정기답사)/ 2003. 9. 20.

2) 부록으로 여덟 분의 여성 생애담을 첨부하였다. 본문에서는 가능한 한 구술자료를 인용하였으나, 지면의 제약이 있어서 <부록1>은 요약본으로 대신했다. 참고로 <부록2> 구술자료를 한 편 첨가해 두었다.

지속과 변화를 읽고 기술하고자 노력했다. 제보해 주신 분들은 택호로, 택호가 없는 경우는 이름으로 표시할 것이나, 프라이버시를 침해할 수 있는 내용이라고 연구자가 판단한 경우에 한해서는 알파벳으로 대신했다.

2. 청운리 여성 생활의 이모저모

(1) 혼 인

마을로 혼입해 온 여성들은 주로 안동과 청송 지역 출신이 많다. 안동은 길안면 금소, 청송은 진보, 부동, 부남면에서 많이 왔다. 마을의 통혼권은 이들의 표현을 빌면 이른바 '연줄혼인'의 전형을 드러낸다고 할 수 있다. 70대 이상 여성들 경우에는 안동 길안면의 금소와 청송 부동면의 이전 출신이 가장 많다. 부동면의 이전마을에서 시집 온 한 할머니는 이 마을이 외가곳인가 하면, 그 시어머니는 안동의 금소분이시다. 시조모, 시모, 며느리가 모두 임씨인 경우도 있다. 이렇게 배경과 규모가 비슷한 마을들간의 연줄혼인으로 인하여 이 마을 내에는 고향이 같거나 한 집안 사람들이 적지 않다. 그러나 60대 이하에 이르면 그러한 연줄혼인의 유대가 상당히 약해지고, 통혼권도 대구, 경산, 영천, 영양 등으로 넓어지게 된다.

연세가 높을수록 이른 나이에 혼인했다. 70대 이상은 대체로 18세 전후가 되면 혼인을 서둘러야 했다. 스무 살만 넘으면 노처녀로 간주되었기 때문이다. 게다가 일제시대에는 정신대의 징발을 피해 15-6세의 나이에 혼인하기도 했다. 대부분은 이렇게 아무 것도 모르는 어린 나이에 부모가 정해 준 중매혼을 했다. 마을 내에서 동네 혼인을 한 호동댁(77)은 '갔다가 다시 돌아오는 것'인 줄 알고 시집을 갔을 정도이다.

> "색시 공출한다 하며 일정시대 때 그래가지고 마 마 겁내가지고, 내 나이 어린 걸 보낸다고 뭐 열 다섯 먹은 게 뭘 아나, 천지도 모르고 보내준다고 보내 왔고." (옥산댁·77)

> "뭐 아니껴? 그때사 없어가지고 아무것도 모르고 뭐, 요새 같으면 뭐 신랑하고 마주앉아 주께라도 보지만은 그 때는 어른들이 가라 하니 가는가부다 하고 그래, 그래고 뭐 아무 것도 모르지 뭐 그때사요." (덕천댁·75)

그러나 50-60대가 되면 혼인 연령도 20세 이상으로 높아지며, 더러는 25세가 넘어서 혼인한 경우도 있다. 금계댁(59세)처럼 시집을 안 가겠다고 열흘 이상이나 밥을 안 먹고 버티기도 했다.

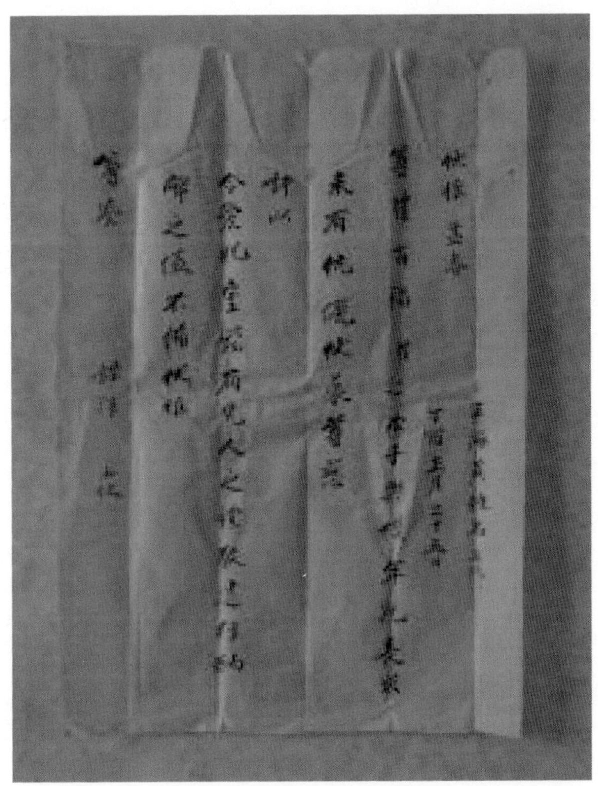

<사진 1> 태호댁(65)의 예장지

　마을 여성들은 대부분 전통혼례를 올렸다. 그 구체적 절차는 중매와 맞선과 의혼을 거쳐 혼약이 이루어지면 신랑의 집에서 '사주단자'를 보내는 것으로 시작된다. 마을 안어른들에게는 '사성', '허혼편지', '초편지'라는 말도 익숙하다. 사주를 받은 신부집에서는 날을 받아서 신랑집으로 보내는 연길의 예를 행하는 것으로 답례한다. 이 때 납폐의 일시도 함께 보낸다. 납폐는 혼인 며칠 전이나 또는 하루 전에 신랑집에서 예장지와 예단을 보내는 절차이다. '함'이 오는 날이 되겠다. 함 속에는 홍보에 싸인 예장지와 함께, 혼수용 옷감과 서속, 때로는 화장품 등이 들어 있었다. 함진아비는 아들 낳은 사람을 가려서 했으며, 조와 수수 같이 알갱이 빼곡한 '서속'을 함께 넣은 의미도 '자손'을 기원하는 뜻이 있었다.

　연령층이 내려오면서 혼인의 절차는 점차 간소해졌다. 맞선을 보는 자리에서 혼약이 이루어지고 택일까지 한 경우도 있다. 그 뿐인가. 50대는 당자끼리 맞선을 보고, 더러는 약혼사진도 찍었으며, 드물지만 연애결혼을 하기도 한다. 이는 혼인 당자끼리 맞선도 볼 수 없었던 70대 이상과 비교하면 적지 않은 변화이다.

　지금도 많은 할머니들이 사성과 납폐의 예장지를 보관하고 있다(사진1). 연길지가 거의 남아 있지 않은 것과는 대조적이다. 남성보다는 여성에게 혼인이 갖는 의미가 더 각별하였던 것일까. 할머니들은 시집오던 즉시 농 밑에 깊숙이 보관해 두었던 그 예장지를 죽을 때 품에 품고 갈 것이라고 한다. 그것을 접거나 구기면 허리가 아프다든지, 죽을 때 가져 가야 앞서 간 남편과 재회할 수 있다는 속신도 남아 있다. 물론 6.25 사변통에, 또는 집을 개축하거나 이사하는 통에 없어진 경우, 사는 게 힘들어서 완전히 잊고 산 경우도 있다. 그리고 '없다', '어디 있는가 모르겠다'고 사래질치시는 분들 가운데는 그것이 너무 귀한 것이어서 남에게 내보이거나 남의 손을 타는 것 자체를 금기시하는 것이 아닌가 짐작되는 경우도 더러 있었다.

혼수를 위한 예단은 많은 경우가 무명, 명주, 광목, 옥양목에다 우대 한 벌, 파란 치마와 빨간 저고리 정도였다. 거기다 양단 치마저고리 한 벌, 반짝이 치마 한 벌감이 더 보태지면 잘 받은 편이었다. 시집오는 신부들은 예단으로 온 것을 가지고 시부모와 남편의 옷을 장만하고, 그 밖에 씻고 벗을 정도의 자기 옷들을 마련해 왔다. 대체로 한 죽(열 벌)을 기본으로 했던 모양이지만 그에 못 미치는 분들이 많았다. 시부의 도포를 해 오면, 잘 하는 것으로 여겼다. 한 할머니는 시부가 돌아가실 때 자신이 해 온 도포를 입고 가셨다고 자랑스러워했다. 이불은 대개 한 채를 해 왔고, 두 채 이상은 드물었다. C댁은 무명 솜 놓고, 검은 물 빨강 물 들인 무명천에다 흰 색 호청을 입힌 이불을 한 채 가져 와서, 아이 몇 낳도록 그것 하나로 덮고 살았다. 금계댁(59세)은 맏딸이어서 특별히 친정에서 한 채를 더 장만해 주었다고 한다.

혼례일이 되면 신랑은 상객과 더불어 신부집으로 와서 혼례를 치른다. 혼례 후 신부들은 시집으로 신행길을 떠나게 되는데, 신행기간은 혼례날 바로 돌아서 신행해 가는 '도신행', 삼일 머무르다 신행하는 '삼일신행', 해를 묵혀서 간다는 '묵신행'의 세 형태가 공존하였다. 신부집의 경제적 형편이나 지위가 묵신행을 가능하게 했다는 통설이 있지만, 이 마을의 묵신행은 반드시 그런 것은 아닌 것같다. 묵신행을 한 할머니들은 주로 음력 3월에 혼례하고 10월에 신행해 가는 방식을 많이 택하고 있는데, 그 기간은 논농사뿐만 아니라 삼농사의 농사력과도 맞추어진 것으로 보인다. 이 마을에 시집 온 신부들의 묵신행 기간은 실제로 '길쌈'을 위해 소용되었던 것이다. 아마도 이 마을이 안동의 금소나 저전 못지않은 '길쌈곳'이었던 사실과도 무관하지 않을 듯하다. 혼례 후 신부를 친정에 묵게 하고는, 시집에서는 그 해 수확한 삼을 훑은 채로 신랑의 재행길에 들려 보냈다. 그것을 받은 새 신부는 친정어머니의 도움을 받아 부지런히 베를 짜고 옷을 지어야 했다. 해묵이 신부들을 '질쌈하러 갔다'고 말했다는 것을 보면, 결국 묵신행 기간이 '길쌈하는' 기간으로 인식되었던 것임을 알 수 있다.

도신행을 한 경우도 많다. 도신행을 한 덕천댁(75)은 시댁에서 첫날밤을 지낸 삼일 후에 바로 근친을 갔고, 그 후 한 달 만에 또 친정나들이를 했다. 금계댁(59)도 사흘 만에 첫 근친을 가서 나흘을 머무르다 시댁으로 돌아왔다. 도신행 이후의 잦은 근친은 시가 나름으로는 바로 며느리를 데려 온 데 대한 배려였던 지도 모르겠다.

 도신행이든 묵신행이든 신부의 신행길은 막막하고 두려운 것이었다. 안덕댁(80)은 혼례 당일 신랑이 타고 왔던 가마를 바꾸어 타고 시집으로 왔다. 안동 금소에서 시집 온 금호댁은 금소–청운간 60리의 거리를 반으로 나누어서, 양가에서 내준 가마를 타고 시가 곳으로 들어섰다. 사면의 전경이 차단된 가마를 타고 물설고 낯설은 곳으로 이주하는 새 신부들의 심정이 어떠했을까. 그래서 어떤 이는 '가마멀미'로 죽다 살았다고 하고, 또 다른 이는 난데없이 가마다리가 빠져서 졸지에 '새고개'까지 걸어야 했던 고충을 기억한다. 짖꿎은 가마꾼들이 가마를 마구 흔들어대기도 했다.

 전통혼례를 올린 신부의 신행길은 이렇게 가마가 동반되었다. 트럭을 타고 온 경우에도 시집의 마을에 들어와서는 가마를 갈아탔다. 어떻든 시집 대문은 가마를 타고 들어서야 했던 모양이다. 대문을 들어서면서 가마꾼들은 모아둔 짚불을 발로 툭툭 차고 타 넘었다. 재액을 위한 행위로, 이들의 표현을 빌면 '양밥'하는 것이었다. 새 신부들은 가마문을 연 신랑의 손에 이끌려서 마침내 자신의 뼈를 묻어야 할 시댁 마당에 첫발을 내딛는다. 기다리고 있던 시댁 식구들은 내려서는 새 신부에게 감주를 마시게 했다. 먼 길 오느라 마른 목을 축이라는 뜻이었을 것이다. 이 때 시누이들이 감주라고 속이고 구정물을 먹이는 장난을 치기도 했다(금계댁·59).

 가마 속에는 요강을, 그 요강 안에는 찹쌀과 팥, 또는 계란(세 알)을 담아 왔다. 계란에는 아들을 낳으라는 기원, 찹쌀에는 '찰지게 잘 살라', 또는 '찰떡같이 금슬이 좋으라'는 기원의 의미가 있었다. 또한 엿을 가져와 특별히 시어머니를 드린 것은 시어머니의 입이 엿처럼 딱 들러붙어서 시집살이가 수월해지기를 바라는 뜻이었다.

 신행 당일 시댁 마당에서 신부들은 어른들께 현구고례를 올렸다. 그들은 이 절차를 '예수드린다'고 표현했다. 새 신부가 '예수를 드리면', 어른들은 밤을 던져주면서 아들을 낳으라는 덕담을 해 주었다.

 도신행을 한 신부들은 첫날밤을 시댁에서 맞이한 셈인데, 새 식구에게 구정물을 먹이는 것과 같은 장난기가 첫날밤의 신방 엿보기로까지 이어졌다. 신방 엿보기를 하느라 문구멍을 뚫거나 문종이를 잡아뜯어 놓는 것은 흔한 일이었다. 금계댁(59)의 경우에는 첫날밤 육촌 시누가 라이터로 신방의 문구멍을 뚫다가 문의 창호지에 불이 붙어 문까지 다 타버렸다고 한다. 동짓달 스무 닷새날 혼례하고 바로 도신행을 해서 차린 신방이었으니, 그 삼동의 추운 날씨를 어떻게 하랴. 시숙과 고모들이 멍석으로 가려주어 덜덜 떨면서 겨우 첫날밤을 났다.

 다음 날부터 아침저녁으로 시어른께 문안 인사를 드리는 것으로 여성들의 시집살이가 시작되었다. '사관드린다'고 표현하는 이 문안 인사는 어른들이 그만두랄 때까지 하는 것이지만, 통상 사흘 정도면 끝이 났다. 그리고 대개의 신부들은 시집온 지 사흘 만에 부엌에 나가 요강에 담아 온 찹쌀로 밥을 하고, 가져 온 열두 가지 반찬을 곁들여서 시집 식구들을 대접했다. 시부모가 돌아가셔서 시숙의 집에서 시집살이를 시작한 금계댁 역시 사흘

<사진 2> 태호댁의 약혼사진

<사진 3> 박강옥씨(59)의 약혼사진
올케가 함께 찍었다.

만에 부엌에 나가 쌓여있던 아궁이의 재를 모두 긁어내고 새로 불을 지펴서 찰밥을 지었다.

덕촌댁(68)의 친정어머니는 시집가는 딸에게 '귀 어둡아 3년, 눈 어둡아 3년, 벙어리 돼가 3년 살라'고 당부했고, 안덕댁(80)의 친정아버지는 '시집가서는 강아지가 불러도 대답하고 살라'고 가르쳤다. 여전히 유교적 가부장제의 도덕이 엄존해 있었음을 본다. 남편될 사람과 맞선을 본 것도 아니었고, 또 그렇게 불심가난인 줄도 몰랐고, 다만 부모가 보내는 대로 아무 것도 모르고 와서 살았다고 하지만, 결국은 어려운 삶을 참고 극복하면서 살아냈던 분들이 많다. 그들의 인고와 감내를 가능하게 한 것이 무엇이었을까? 아래의 상호댁(65)이 말하는 '법' 때문이었을까?

"그쿠 없는 줄 모리고, 그쿠 없는 줄 알았나? [중략] 우리 친정도 잘 살았는데, 딸네들 건방시러 몬 씬다 카마 (공부를) 안 시겠단다. 그래가 눈까마구를 맨들어놨다, 날로. 그래가 여어 시집 와노이 아무꿋도 없어가아, 참 법이 뭔동, 신랑 하나 보고 와갖고 그쿠 고상했다 카이."

그런 한편으로 60-70대 제보자 두어 분은 시집 왔을 때 시어머니가 다른 데 살러 가고 계시지 않았다고 했다. 제보자들의 이야기로는 '못 먹고 살아서' 다른 데 살러 갔다고 하지만, 당시의 도덕적 관념도 그러하거니와 자식을 두고 살러 가는 일이 쉽지는 않았을 터이다. 더 놀라운 것은 두 경우 모두 몇 년 후에 그 시어머니들이 되돌아와 이 곳에서 세상을 뜨셨다는 것이다. 제보자들의 윗대이면 적어도 연령이 100세를 상회할 텐데, 그 시대에 다른 곳으로 살러 갔다가 다시 되돌아와도 받아들여지는 현실이 존재했던 것이다. 그 외에도, 소박은 아니었지만 혼인한 이후 남편이 만주론가 가버리고 돌아오지 않아 친정살이를 했던 여성도 있었다.

연령이 낮아지면서 나타나는 뚜렷한 변화는 혼약
－납채(사성)－택일 등과 같은 혼례 전의 절차들이
점차 간략해지는 것이다. 드물게도 예식장에서 신식
결혼식을 올렸다는 경천댁(56)은 시어머니와 신랑될
사람이 맞선을 보러 와서는 바로 결정할 것을 고집
하여, 이튿날 사성을 받고 택일까지 했다고 한다. 또
50대의 여성들에게 보이는 흥미로운 변화는 약혼사
진을 찍는 것이다(사진2·3). 사진관에서 성장을 한
차림으로 나란히 찍은 사진 아래에는 때로 '약혼기
념'이라는 글씨가 씌어져 있었다. 시계와 반지 같은
예물을 약혼의 징표로 나누기도 했다. 이 사진 약혼
은 예식장에서 신식 결혼식을 하게 되는 이 분들의
자식 세대까지도 행해졌다(사진4). 납폐의 예와 이러
한 약식의 사진 약혼식이 공존했던 현상이 무척 흥
미롭다. 또한 50대의 전통혼례에서는 신랑의 친구들

<사진 4> 태호댁 아들의 약혼기념사진

이 축사를 읽었다. 신랑 신부의 친구들이 신랑 신부와 기념사진을 찍거나(사진5), 양가 혼
주들이 신랑신부를 가운데 세워 놓고 찍은 사진도 있다. 요즘 예식장에서 찍는 가족사진
의 형태가 이미 그들의 전통혼례의 장에서 이루어졌음을 볼 수 있다.

<사진 5> 박강옥씨 결혼식에서 친구들과 함께 찍은 사진.
초례상 양편에 축사 두루말이가 여러 장 놓여 있다.

(2) 출산과 육아

우선 조사 대상 세대에 해당하는 여성들의 이름을 보자. 출산 후 이루어지는 아이의 작명은 부모가 자신의 희구를 담아서 그 아이에게 정체성을 부여하는 중요한 행위이다. 당시의 부모들은 딸들에게 어떤 바램을 가졌던가. 마을 내 60대 이상 여성의 이름에 순(順), 옥(玉), 분(粉), 녀(女), 선(善), 월(月), 춘(春), 예(禮)3), 자(子), 화(花), 복(福) 자가 많이 나타나는 것은, 여아에 대한 당시의 관념과 기대를 반영한 것이다. 특히 흥미로운 경우들이 있다. '일예', '일선', '이순', '계월'과 같은 이름은 '몇째 딸'인가로 작명한 경우이다. '말분', '말연'이란 이름도 딸 가운데 '끝'을 의미하는 것이긴 하지만, 이 경우는 끝이기를 바라는 주술이 동반되었을 가능성이 많다. '기남'이란 이름은 아들을 바라는 기원을 이름에 담은 경우이고, '봉수', '남술', '덕술', '남수', '상열' 등의 남자 이름들 역시 다음에는 아들 낳기를 바라서 지었을 것이다. 그런가 하면 '분한', '분선', '분녀', '분순', '분임', '기분', '분옥', '분탁'에서 보듯이 '분'자가 들어가는 이름들이 압도적으로 많고, 동명도 많다. '분(粉)'자가 다음에서 말하듯, 과연 딸이어서 '분(憤)하다'고 붙여진 이름일까? 아니면 말 그대로 분(粉) 꽃처럼 예쁘기를 바라서 붙인 이름일까? 어떻든 마을 내 200여 남성 호주의 이름에는 이 '분'자가 보이지 않는 건 확실하다.

> "이름도, 우리 조부가 조모하고, 일찍이 참 우리 아부지 남매가 사남맨데, 우리 큰아버지 우리 고모 있고 우리 아부지 있고 우리 삼촌 있고, 참 일찍이 그래 조실부모하고 그랬다 카이. 조선에 없는 동생이고, 조선 없는 마, 참, 내만 동생 있는 거 겉이 그래, 우리 큰아버지하고 우리 고모하고 남매들 그래 키웠다 카이. 그래 딸이라도 첨에 낳아 놓으니, 나는 귀타고 이름을 귀선이라고 지었어. 이름을. 귀타고 '귀선'이라고 지었는데, 고 서너 살 먹을 때까지는 귀여움을 받았는데. 그래 우리 또 여동생이는 '아이고 요번에사 아들 놓지' 하는데 또 낳아놓으니 또 딸이래. 그래 우리 큰아버지가, 요새는 딸이라도 철학관에 가가 이름 짓고, 잘 짓고 그라잖아. 그런데 또 우리 큰아버지가 '아, 요번에는 아들인 줄 알았는데 아들 못 놓이께네 요번엔 분해서 '분선'이라고 지어야 되겠다' 하매."(덕촌댁, 68)

위에서 보았듯이 마을 여성들의 이름은 부모의 기대와 관념이 일방적으로 반영된 나머지, 자신의 정체성이 제대로 부여되지 않은 경우가 많았다. 착함, 선함, 어여쁨, 복됨 등의 의미항이 포함된 순, 옥, 화, 선, 복 자의 이름들은 그나마 나은 것이고, 대개는 몇 째딸인가를 기억하는 것으로 족한 정도가 아니면, 딸이라서 반기지 않는 느낌이 이름에 담겨지기 십상이었다. 더욱이 다음에 태어날 남자동생을 위한 주술용 작명에 이르면, 그 여성은 한 인간으로서의 실체를 인정받지 못했다고 말해도 과언이 아닐 정도이다.

그러나 신행길 가마의 요강 속에 담아 온 계란의 효험이었는지, 정작 이 마을 여성들

---

3) 여(女)의 변형일 것. 예컨대 '일예'는 '일녀', 곧 첫째 딸이란 뜻을 가진 이름일 것이다.

은 아들을 쉽게 출산한 편이다. 아들을 낳지 못해서 고심한 흔적은 그다지 많지 않다. 서른 분 남짓 만났는데 몇 분을 제외하고는 대부분 아들을 둘 이상 낳았으며, 다섯 이상을 둔 분도 있었다. '아들 많이 낳으면 부자된다'고 해서 생기는 대로 낳았다는 한 할머니는 6남 1녀를 두었으나, 살아보니 '부자는 거식, 내 고통만 크지'라고 자조하기도 했다. 남편이 나이가 많아서, 또는 딸만 둘을 내리 낳아서, 시댁에서 아들을 초조하게 기다린 경우에도 제 때 아들을 낳아 그 걱정들을 씻었다. 그런가 하면 A댁은 삼 대째 외동이다가 남편 대에 와서 겨우 형제를 두었던 집으로 시집 와서 아들 다섯을 낳았건만, 땅 한 평 없이 가난하게 살았던 탓인지 시어른들은 좋아하시는 기색도 없었다고 한다.

물론 이 마을에도 祈子를 빌었던 자취는 있다. 마을 앞을 흐르는 하천의 건너 편 끝자락에 삼신당이 있었다가, 일제시대 도로를 내느라 없앴다고 한다. 그걸 없앤 일경이 벌을 받았다는 이야기, 또는 그걸 없앴던 해 마을의 아이들이 가가호수대로 죽어나갔다는 기억도 남아 전한다.4) 좌중의 다른 분은 아이들이 죽은 것이 '홍진' 때문이었다고 대수롭지 않게 여기기도 했지만, 그렇게 많은 아이가 한꺼번에 죽은 적은 없었다며, 제보자는 굳이 아이들의 죽음을 삼신당의 파쇄와 연관짓고 있었다. 그러나 그 길이 나고 걸어다녀야 했던 대구나들이가 편리해졌다는 이야기를 덧붙이는 것으로 보아서, 정작 삼신당이 없어진 것에 대한 유감이나 아쉬움은 크게 없는 듯했다. 마을의 암당에 미역국을 올리는 걸 보면 여기에 삼신당의 기능이 복합된 것으로 생각된다. 그 밖에도 지금은 사라진 강변의 '구리바우'나, 여기서 멀지 않은 주왕산의 절에 가서 기자를 빌기도 했다.

출산 후 금줄은 대부분 한 칠동안만 쳤다. 50대로 오면, 신앙 등의 이유로 금줄을 치지 않은 경우도 보인다. 안덕댁(80)은 시부가 금줄을 쳤고, 아들은 금줄에 고추를, 딸은 미역을 매달았다고 기억한다. 삼신에게도 산후 첫밥과 첫국을 놓고 비는 것으로 그만이었다. 무엇보다 산후 한 칠 동안도 누워있을 새가 없었다고 한다. 상호댁(65)의 말처럼 모심기철에 출산이라도 하면 '금방 낳아 놓고 실(탯줄)도 안 뗐는데 모자리' 하러 갔을 정도로, 산모에 대한 배려를 할 겨를이 없었다.

제대로 먹지도 못한 산모도 많았다. A댁은 큰 아들을 가졌을 때 식량이 모자라 콩나물죽을 끓여먹었는데, 그나마 식구들 떠주고 나면 제 몫이 없어 굶고 잔 적이 비일비재했다. 달이 차서 아이를 낳았더니 피골이 상접했다. B댁은 둘째 딸을 낳고 하도 배가 고파서 시어머니 몰래 보리 삶아놓은 것을 훔쳐 먹다가 들키기도 했다.

B댁은 아들을 얻으려고 주왕산의 절에서 숱하게 빌었지만 딸만 여섯이다. 딸은 낳아도 무사하고, 아들은 낳기만 하면 죽었다. 막내딸의 이름을 '꼭지'(한자이름은 '말나')로 지어보기도 했다. 딸을 그만 낳으라고 그리 지었는데, 그 후로는 아들도 딸도 들어서지 않고 일절 단산이 되어버렸다. '꼭지'란 이름 주술의 효력이 너무 지나쳤던 것인가? 씨받이까지

---

4) 강주희씨(남·85) 제보.

들였으나 뜻을 이루지 못했다. 당시 오백만 원을 주고 들였던 씨받이가 아이를 가졌다고 해서 귀한 음식과 과일도 갖다 바치고 정성을 들였는데, 결국 거짓임이 드러나서 돈만 잃고 도로가 되었다. 아들이 없다고 숱하게 바람도 피던 남편은 그 이후로 마음을 잡았다. 성품이 활달한 이 분은 아들이 자신의 팔자에 없거니 받아들이고 살았다면서, 지금은 오히려 부부 금슬을 자랑한다.

가난한 집에 시집 와서 살림을 일구느라 아이들을 돌볼 시간이 없었는데도 잘 자라준 효성스런 딸들에 대한 자긍도 대단하다. 밭매느라 한창 바쁠 때 첫돌 지난 젖먹이 딸이 자꾸 울고 보챘다. 그래서 호미로 '껄께이'(지렁이)를 잡아 신발에 담아 보이면서 호미를 쥐어 주었더니 울음을 그쳤고, 자신이 밭을 몇 고랑 매고 오는 동안 아이는 신발 가득 지렁이를 잡아놓고 있었다는 것이다. 요즘은 딸들과 그 기억들을 나누면서 웃음꽃을 피운다. 여성들의 과중한 일 때문에 육아가 뒷전으로 밀려났던 시절을 단적으로 말해 주는 사례이다. 아래의 제보도 유사한 경우이다.

"우리 엄마…아이 일곱이 낳아가지고 키우는데 비(베) 짜야 되제, 들에 일 해야 되제, 또 보쌀 겉은 거 이런 거 방간에 찧이가 먹제, 아아를 업고 하루 종일 업고 이래가 있이만 기저구도 없어갖고 오줌이 앞뒤로 다아 차 놓으면 아침에 새복에 일나 보쌀 낋이가 밥해 먹으만 인제 거어 옛날에 부엌 불 땠는데, 그거 씻꺼(씻어) 입어? 뭐 비누가 있나, 옛날에 식구 많제, 씩지도(씻지도) 못하고 그냥 말라가(말려서), 불 때만 이래 앉았이만 다 마르잖아요? 말라가 또 그냥 입고."(박강옥·57)

(3) 여성의 일과 경제활동

세 며느리는 대부분 신행해 온 시흘 만에 부엌에 나갔다. 금계댁(50)은 신행한 시흘 뒤 부엌으로 나가 아궁이에 있던 재를 모두 긁어내고 새로 불을 지펴 밥을 했다. 이른바 부엌의 새 주인으로서 삶이 시작된 것이다. 시집 온 지 사흘 만에 첫발을 내딛은 부엌은 그날 이후로 며느리된 여성들의 전용 작업공간이 되면서, 식구들을 먹이는 책임을 함께 떠맡게 된다. 먹거리 뿐이었겠는가. 입거리 장만이나 빨래와 청소 같은 일상적인 가사노동이 하루 하루 득달같이 그들을 옥죄었다. 사람살이의 기본이 되는 의식주생활의 유지와 지속이 모두 그 집 며느리의 손에 달려 있었다고 해도 과언이 아니었다. 다음의 언술들은 그러한 양상들을 생생하게 드러낸다.

"옛날에는 순전히 풀 비 가지고 요새 7, 8월달에 풀 비가지고 풀 살고, 뭐 밥도 요새 멋대로 아홉시고 여덟 시고 먹지만, 들에 갈라 하면 밥도 일찍 해야 되고 보리쌀 끓여야 되고 요새매로 이밥만 흔히, 뭐 먹나 쌀도 요만큼 얹어 어른들만 떠주고 그랬는데 일찍 보리쌀 퍼다가 쌀 얹어가지고 감자는 마캉 집집마다 울맹큼 해가지고 감자 끓어가지고 또 얹어야 되지. 요새 매로 좋은 뭐 가스랜지 있나? 아무 것도, 전기 밥솥이 있나 뭐 마카 불 때가지고 [그래도 밥하시고 또 들에 나가셔서 일

하시고, 그리고 또 점심때 오셔서 밥하시고 저녁에 또 삼 삼으시고.]5) 맞어, 방아 쩧어야 되지. 아침에 보리쌀, 저녁 먹고 땔끼고 아이구 몸살날래. 삼을 또 삼고 뭐 낮으로는 방아 쩧이며, 삼, 손에 걸어가 방아 쩧이면서 째고 바느질도 전부 하고 밤에도 하고 바느질 같은 것도, 이래 놀 새가 있었나?"(옥산댁·77)

"소죽 끓여야 되지 보리쌀 안쳐 놓고 감자 깎아야 되지 장이라도 뭐 찌져야 되지. 그 또 뭐 나무 밑에 호박 심아 놓은 거 호박 잎파리 뜯어가 쪄야지. 나도 그 때요 사는 거는 좀 애 먹었니더. 왜 그로 하마 시할매 있었지요, 시아버지 시어머니 있었지요. 상을 몇 날 놓니껴? 참 인제 우리 신랑하고 할매하고 한테 채려가 드리고, 시아버지는 혼자 외상 채려 드리고. 그 때 시동생 둘이 안 있었니껴? 시누가 둘이 있었잖니껴? 내 오니까네 우리 영감 바로 동생은 시집 가부리고 그래도 그래가마 한테 이래 마 양푼이 퍼주고, 시어마씨도 딴 상도 못 받아자시고 돌아가셨잖아."(덕촌댁·68)

"길쌈하지, 보리방아 쩧어 먹지, 요새 생각해도 우예 살았는동 싶으다. 보리방아 쩧어 먹지, 풀 베러, 요새쯤 됐다, 거름 쇠끼는 풀 베러 또 간다. 가마는 소골에 한바리 실코 지고 와가지고 버실라 놓으만 또 쓸어야 된다. 쓸어가지고 걸궁에 쳐넣어 놨다가 똥하고 썪으면 그 이듬해 보리 갈 때 거름하고 이랬다. 이래도 아침 절에 보리쌀 보리 꼭 쩧어가지고 볕에 널어 놨다가 점심 먹고 앉힐라 하만 그 놈 또 때꺼야 된다. 때꺼가아 저녁에 보리쌀… [때꺼는 게 뭡니까?] 아시, 인제 지근지근 쩧어가지고 널어 놨다가 마르면 인제 또 까불려 부리고 다부(다시) 방간에 디딜방아 다부 쩧는다 하이. 그걸 쩧어가지고… 그래가지고 밥을 해가지고 저녁에 안쳐가지고 감자 앉히고 해가 밥 해 먹고 또 삼 삼는다."(덕천댁·75)

"그래 길쌈 해가지고 팔아도 쓰고. 뭐 그때사 돈 주고 옷 사 입니껴? 전부 집에 해가 입었지 뭐요. 또 그래 삼동에는 명 가지고 또 명베 해가지고, 또 삼동에는 명베 해가지고 옷 해 입고. 그리고 인자 뭐 내복이 있나, 명 인제 그거 쏘케(솜) 해가지고 그거 속에 만들어가지고 그리 인자 [솜 나아가지고.] 솜 나아가지고 그래 뜨시긴 뜨시대. 그래 놓으만. 그래가지고 인제 뭐, 바지고 저고리고 솜으로 처음에는 요래 뜯어가지고 고냥 재 가지고 놔두었다가 입을 옷 마캉(모두) 씨이(씻어)가지고 잿물에 삶아 씨이가지고, 그 때는 잿물 뭐 받찼나 하마, 서숙찜요 그거 이런 데 떼가지고 그거 가지고 잿물 받았다. 그거에다가 치대가지고 물에 삶아가지고 거랑에 씨이가 와여, 뜨슨 물은 또 잿물 낸다. 내가지고 그래 널어 놨다가 풀한다 왜. 풀해가지고 뜯어놓으니 이 손이 터져가지고, 삼동에 춥기는 하고 그래가지고 풀 해가 뚜드려가지고 이래 마캉 해가지고 고거 한 불 꾸멜라 하만, [다시 솜…] 다시 다부 나야 되지. 다부 놔가지고 전부 시침 다 옇어야 되고, 이 솔패 시침 다 옇고, 속에 뭉치지 마라고. [시침도 속에 다시 다 넣어야 된다 그지요?] 야. 바지는 이 사폭에 시침 다 옇어야지 소케가 안 뭉치지. 저고리는 이 등어리로 마캉 시침을 넣어야 안 뭉친다. [솜 안 뭉치게…] 야. 안 뭉치라고. 그래 옛날에 그랬니더. 아이고, [잠도 못 주무셨다 그지요?] 오래 몬 잡니더."(덕천댁·75)

"비누가 있나 그 때는 뭐, 불 때가지고 이래 왜요, 옛날, 아지매 그래 마이 했제. (재를) 이런 버지기에 이래 담어가주고 물 퍼부아가 밑에 노란 물 띠끼마 그거가주고 빨았제. 시어마이 시아바이

옛날 보선 신었잖아? 보선볼, 딱 올이 똑같이 해야 된단다, 그거. 안 그러마 시어마시 벨난 시어마시는 밤새도록 받어가 아침에 조나놓오만, 그거 올이 하나만 술리만 다 잡어 땄부딴다. 땄부고, 또 옛날에 왜요, 나는 할배가 있어가 그거 꾸메 봤는데, 광목 바지, 접바진데, 솜바지 이래 두비가(뒤집어) 하는 거 조금 해 봤는데, 요래 굽에다가 때를 덜 빼나아 놓오만, 벨난 시오마시는 요래 굽에 요런 데 접쳤는데 때 덜 갔다고 뺏겨가 마당아 패기 쳐부랬다 카더라 카이. [상호댁 :우리도 그랬는데 뭐.]"(박강옥 · 57)

첫새벽이면 일어나 물 긷고, 보리방아 찧고, 아침밥하고, 낮에는 다시 보리방아를 찧거나, 찧은 보리를 '때끼고', 곱찧고, 또 삼 째고, 들일가고, 빨래하고, 저녁이 되어 저녁밥을 지어 먹이고 나면, 다시 다음날 아침거리로 쓸 보리를 까불고, 풀 썰고, 바느질하고, 삼 삼고, 명 잣고, 베 짜는 일을 일년 열두 달 동안 거의 매일 반복했다. 삼째기와 방아찧기는 동시에 했다는 분이 많았다. 손으로는 삼을 째고, 발로는 방아를 찧는 식이었다. 농번기라도 되면, 위의 기본적인 일과에 논농사일과 새참준비가 보태졌고, 남의 품일을 하거나, 길쌈을 본격적으로 했던 여성들은 그 일들이 질과 양면에서 추가되었다. 하루 스물네 시간으로는 도저히 환산이 불가능해 보이는 노동의 절대량이 아닐 수 없다.

아래의 표는 덕천댁(75) 외 몇 분의 구술을 중심으로 그들의 며느리 시절, 하루 일과를 일의 내용을 중심으로 정리해 본 것이다. 농가의 며느리들에게는 일반화된 하루 일상이었을 것이다.

	일 과	추 가
오전4시-7시	보리방아 찧기, 소죽 끓이기, 물 긷기, 아침밥 준비 및 식사	
오전7시-12시	물 긷기, 들일(밭일)하기, 보리방아 찧기(보리쌀 때끼기), 삼째기, 나물(손질)하기, 집안 청소	모심기,새참하기(논농사철)/ 나물하기(봄,여름)
오전11시-오후1시	점심준비 및 식사	
오후1시-5시	들일(밭일)하기, 빨래하기, 보리방아 찧기(보리쌀 곱찧기), 삼째기, 나물(손질)하기	모심기,새참하기(논농사철)/ 나물하기(봄,여름)
오후5시-7시	저녁밥 준비 및 식사	
오후7시-밤중 (취침시까지)	삼삼기, 삼베길쌈/명잣기, 무명길쌈, 바느질하기, 보리쌀 까불려놓기	풀썰기(7,8월)

더욱이 이 마을은 유명한 길쌈곳이었던 터라, 마을 여성들 대부분은 길쌈노동에도 종사했다. 마을로 혼입한 여성들의 친정 부모들은 길쌈곳으로 딸을 시집보내 힘들어서 어떡하느냐는 이웃의 걱정도 많이 들었다. 친정에서 길쌈을 해 보지 않았던 며느리들은 배워서 하느라 더 힘들었다.

더구나 길쌈은 며느리들이 해야 할 '밤일'이었다. 위에서 본 그 갖가지 노동을 낮 동안 해냈으니 저녁 이후나 밤 시간은 다음 날의 노동을 위해 쉬고 잠자야 했음에도, 다시 길쌈의 노동이 그들을 기다리고 있었다. '낮으로는 먹거리, 밤으로는 입거리'란 표현이 그러한 현실을 단적으로 드러낸다. 잠이 없어진 노년의 시어머니가 지키고 있어 꼼짝달싹할 수도 없었던 고통, 밀려드는 잠에 대한 욕구를 다음 언술들에서 읽을 수 있다. 오죽하면 화장실의 주춧돌에 머리를 박고 잠을 잤을까. 밥보다도 잠이 훨씬 더 고팠던 시절이었다.

> "내 딴 게 힘든 게 아이고 삼 삼고 그게 힘이 들었다. 모갱이(모기) 등어리 와 뜯어먹지, 아이고 미칠래라, 미쳐. [중략] 여북하면 밥 주지 말고 날 시컨 자라 했으마…[중략] 아이고 여북하고 화장실에 가가지고 주춧돌케 머리 이래 박고 그래 잤데이." (용동댁·78)

> "그리이 뭐 자부니라꼬, 어른들 앉어노이 더 자부랍더래이. 얼매나 자부, 밍 잣는다꼬 잣으이 막 보드끼이…[일동 웃음] 그래 막 비비비 틀어가주고 그래 마이 자불았다, 나는, 자불기도. 그래도 그 잠 하문 실컨 못 자보고 그래 살았다. 그래. 그래가주 이 이래 잣다 보마, 이랬부마 막 미끌리 가… 주대 올리가 마 티이나가고 해. 하이구 암만 정신차리도 안돼. 어떤 직에는 나와가 마 담에 이래가 섰다가, 마당아 또 이래가 댕기다가 이래 드가도 또 이연 매앵 자불고 자불고. 이래도 어른들이 '자거라' 소리도 안 하고 가지도 안 하고, 열두 시꺼징 그래 있었다. 담배만 자꾸 피우고 이래 앉아, 그래, 못잤다 카이. 뭐 누울 시간이 있나. 뭐 안고 만지고 젖믹에마 뭐 하고, 뭐 이래, 반질도 안고 반질하고 이래다 보마 잠도 몬 자고, 일해 논 데도 없고 그래 밤새웠다. 할옷 한불썩 꿰밀라 카마 날새웠다 카이. 자부다 보마 날새았다. 멩이에다 소캐 나아가지고 그래 이래 해 뒤비가지고 또 여게 문챈다꼬 이래 여게 석 줄 넉 줄 시침 옇고 그래 아래 우에 한불썩 하고 나머 날이 다 샌다. 마 밥하기 바뿌다 카이." (C댁·76)

덕천댁(75)은 '구석들'에 큰 삼밭이 있었으며 마을 앞 천변에서 삼굿을 크게 했다고 기억한다. 삼밭이 없어진 후 대부분은 길쌈을 그만두었으나, 지금도 금소에서 삼을 사 와서 길쌈을 계속하는 분들이 열 서너 분 정도 된다. 호동댁(77)은 월계들에 있는 논에다 삼을 직접 갈았고, 덕촌댁(68)은 베를 한 필씩 주는 조건으로 남의 논을 도지로 빌어서 삼농사를 지었다. 그 때 삼을 갈아서 가져다 넣어놓기만 하면 '비가 왔다'고 그들은 입을 모았다. 그들이 금소에서 삼을 받아와서 한 지는 10년 남짓되었다. 두 분의 대화를 들어보인다.

> "나는 그래도 친정에서는 짜지는 안했다 카이. 삼는 건 삼고 이래도 시집 와가지고 내가 짰지. 우리 시어마이 혼자 아들하고 사니라고 길쌈 많이 안했다 카이. 그래가 내가 와가지고 내가 비도 짜고 이래 하니께. 그래 길쌈 많이 했디더. 길쌈 많이 하고, 소도 믹이고, 비도 얼마나 했니꺼. 비도 내사 세 필씩 감았는 거 그 도투마리 넣으면 다른 이 오만 사람 안 보인다 캐. 그래도 그 비 다 짜 내고 그리 살았디더. 그래가 짜가 팔아가지고 양식 바까오고, 고기 사오고, 만날 그래 살았지 뭐. [덕촌댁 : 이 집 아지매 살아 나왔는 거나 우리 살아 나왔는 거나 비슷하제.]

한 필을 짜는 데는 짜는 이의 솜씨나 실의 상태에 따라 5-10일 정도가 소요되었다. 솜씨가 좋은 경우는 5-6일이면 충분했다. 이렇게 짠 베는 식구들의 입거리를 충당한 외에도 시장에 내다 팔아 가계를 꾸리는 데 보탰다. 남편이 몸이 아프거나 해서 농사를 그만두어야 할 사정일 때면 아내가 하는 길쌈이야말로 가정경제의 구심이 되었다. 그녀들이 짠 베는 시부 또는 남편의 손으로 넘어가 시장에서 팔려 가용의 돈이 되고 고기가 되었던 것이다.

논농사나 밭농사에 있어서도 여성들의 역할은 남성 못지 않았다. 거의 대부분의 여성들이 논일이나 밭일을 남편 못지않게 해낸 것은 물론이고, 시집와서 논(밭)농사를 주도적으로 경영하여 치산한 여성들이 적지 않다. 그들은 땅뙈기 한 평 없는 집에 시집와서, '내가 와서 살림 다 이루었다'고 당당하게 말한다.

B댁(65)은 시집 온 이래 쉬지 않고 일한 덕분에 조금씩 땅을 사모았고, 지금은 남부럽지 않게 산다. 그렇게 '때거리가 없을' 정도로 가난한 줄 모르고 시집을 와서, 자신이 품팔이를 해서 먹고 살았다. 남의 집 사과밭에서 사과 따고 적과하는 일 뿐 아니라, 나무도 해서 팔고, 도라지도 캐서 팔았다. 한 해 적어도 나무를 이백 단 이상씩을 해서는 백 단은 집에서 쓰고, 나머지는 내다팔았다. 그래서 이 분은 자신이 시집 와서 살림을 일구었다고 자신 있게 말한다.

> "그쿠 없는 줄 모리고, 그쿠 없는 줄 알았나. 그 때꺼리 없는 줄 알았나. 참 시집 오이 때꺼리가 없어…. 그쿠 없더라 카이요. 논밭때기도 하나 없더라 카이. 전부 아아들 딜꼬(데리고) 내가 품팔이 해 먹고 살았다 카이. 전부 남우 일 해가. [지금은 인제 논도 좀 갖고 계시고…] 지금은 인자 살기 편하다 카이. [와서 살림을 이루셨네요.] (아주 큰 소리로) 다 이뤘지. 내 시집와가 다 이뤘지. [청중: 도시서 와가 일을 어째 할 줄 알고?]… 아무꿋도 없어갖고 내가 사과밭에를 얼매나 댕긴 줄 아노? [청중: 도시서… 와가 일을 어예 했노?] 남 하는 거 배아가(배워서) 했지 뭐. 밭에 고치도 숨구는 거 배아고 뭐, 고치 따는 거도 배아고, 마카 배아가 하지 뭐…. 그것도 몬 배우나, 다 배아가 했지 뭐. 그래가 남우 집에 뭐 사과 따러도 가고, 사과 접과하로도 가고, 참 참 전에는 사과밭이, 다리가 지리지릿 했잖아? 거어 올라가마 솔찍히 죽으까 겁난대이. 그래도 참 돈이 뭐, 뭐로, 그래 일하고. 그래 인지는, 참말 인지는 부자다. 인자 남한테 빌로 안 가고, 남한네 빌로 안 가마 부자지 뭐."

경산 하양에서 시집 온 T댁(65)도 신랑이 도시로 나가서 일을 할 것이란 약속을 믿고 골짜기인 이 마을로 시집왔으나, 그 일이 여의치 않았던 데다 시집은 그야말로 불심가난이었다. 시부가 지게짐을 지고 밭농사를 조금 지어서 겨우 먹고 사는 형편이었다. 제보자가 더 문제로 여긴 것은 그렇게 가난하게 살면서도 일을 하려 들지 않는 시집식구들의 태도였다. 이렇게 살 수는 없다고 판단한 그녀는 남의 논을 도지로 빌려 논농사를 짓자고 남편을 설득했다. 논농사에 대해 전혀 무지했던 그녀였지만, 시아버지로부터 농사일을 하나하나 배워서 본격적으로 농사를 짓기 시작했다. 그렇게 해서 돈을 모을 수 있었고, 지금은 소유 농지가 상당한 편이다. 지금도 그녀는 쉬는 법이 없다. 논농사는 기본이고 고추 등의 밭작물 외에도 4-5월은 남의 과수원에서 사과작업을 하거나 표고버섯에 약넣는 일 등으로 품을 파는 일을 서슴지 않는다.

K댁(59)의 자부도 남다르다. 부모가 돌아가신 후 형님 집에 얹혀살던 남편에게 시집을

온 K댁은 한 달만에 남의 집 곁방으로 살림을 났다. 처음에는 땅이 없어 남의 땅을 빌어 농사를 짓기도 하고, 소를 길러 농사도 짓고 그 소가 송아지를 낳으면 팔아서 돈을 모았다. 그렇게 해서 논도 사고 집도 샀다. 지금의 경로당 터에 있던 집을 샀는데, 방 두 칸에 부엌이 한 칸 붙어 있었다. 그 곳에서 30년을 살다가 10년 전 지금의 집으로 이사했다. 지금도 이 분은 농사 없는 겨울철에는 농협에 가서 사과포장을 해주고, 사과철에는 적과도 한다. 하루 일당이 삼만 원이다. 10년 이상 가계부를 적어 왔을 뿐만 아니라, 늘 그것을 참고로 수입보다 지출이 초과되지 않도록 한다. 지출이 수입의 선을 넘을 상 싶으면 시장 출입도 삼가고 일절 지출을 하지 않았다. 남편이 병을 얻어 5년 여 고생했을 때, 그녀는 뱀을 여러 마리 고아 먹이면서 적극적인 간병을 했다. 남편은 그 약 덕분에, 그리고 그 어려운 약을 만들어 바친 아내의 정성 덕분에 병이 나았다고 믿고 있다. 남편은 부인을 '여자로서는 보통 넘'는다고 평가하며, '이런 할마시 웬간해 안 빠져, 땅 밑에 들어가도'라고 말할 정도로 깊이 신뢰한다.

마을의 다른 여성들도 사과 적과나 사과 포장일, 또는 표고버섯 약 넣기와 같은 품일을 많이 하는 편이다. 차로 데리러 오고 데려다 주면서 점심과 참을 제공하고 하루 삼만 원의 일당을 준다. 더 젊은 이들은 가까이 있는 주왕상의 약수탕이나 식당에 나가서 일하기도 한다. 그래서 고추, 콩, 대추, 깨 등의 밭농사와 먹을 만큼의 논농사를 조금씩 짓는 외에는, 농토가 있어도 묵히는 경우가 많아졌다. 계절 또는 연령층마다 일의 종류는 조금씩 다르지만, 위와 같은 일들로 한 달에 적어도 6-70만원 이상은 벌 수 있기 때문이다. 농사도 짓고, 소도 기르고, 주말이면 일당 받는 품일도 나가는 억측 여성들이 많다. 65세 이하의 여성들은 거의 놀지 않는다는 자평들이고, 70대 이상의 여성들 가운데도 금소에서 사온 삼으로 삼베를 짜서 가계를 보태는 분들이 아직도 여럿 계신 것을 확인할 수 있었다. 필당 7-80만원을 하는데, 많이 하는 분들은 열 필도 넘게 한다. 다음은 마을 여성들의 부지런함과 적극성을 자평하는 언술이다.

> "여자들이 한시도 안 놀아요. 아이구 유명하대이. [부자되겠네.] 그러이 마카 빚 안지고 그냥 그저 뭐 잘… 잘 살아 마카. 그래도 잘 사고. 또 알뜰히 안 하고, 여자들 일 마이 안 하는 집이는 빚져 가주고 난리고. 아이구 여게 여자들겉이 일 마이(많이) 하며, 진짜, 얼마나 하는동, 아주 여자들 나(나이)많은 사람 내놓고, 사람 구경을 못해요."(박강옥·57)

(4) 의식주생활 양상과 여성의 자리

위에서 본 것처럼 하루 스물 네 시간으로는 도저히 환산이 불가능해 보이는 노동의 절대량을 감내해 낸 여성들의 실제 의식주 생활양상은 어떠했을까? 식구들의 입거리와 먹거리 마련을 위한 구심적 역할에 상응하는 자리나 대우가 과연 그네들에게 주어졌는가?

그렇지 못했던 것 같다. 일은 늘 과중했고, 밤과 잠은 부족했다. 특히 70대 이상 세대는 먹거리와 입거리를 상당 부분 직접 생산해서 충당한 시절을 살았던 만큼 물자가 부족할 수밖에 없었고, 자연히 며느리된 여성들은 늘 마지막 차지가 될 수 밖에 없었다. 결핍되었던 만큼 먹거리, 입거리의 위계와 순차는 엄정했던 것이다.

할머니들이 그려보이는 밥솥의 구도와 분배는 그러한 위계를 엄격하게 반영한다. 주로 보리쌀을 깔고, 한 가운데 '웁쌀'용 쌀을 조금 얹고, 또 다른 한 켠에 감자를 얹어서 밥을 하면, '웁쌀' 부분은 가부장 어른에게, 그 나머지 보리쌀과 감자 부분은 남편, 시어머니, 자식들, 며느리 순으로 분배가 되었다. 수확기에서 가까운 삼동에는 쌀로 웁쌀을 하지만, 보리 나도록 먹으려면 점차로 나물을 많이 섞어 먹어야 했다. 그러면 감자가 점차 웁쌀을 대신하게 된다.

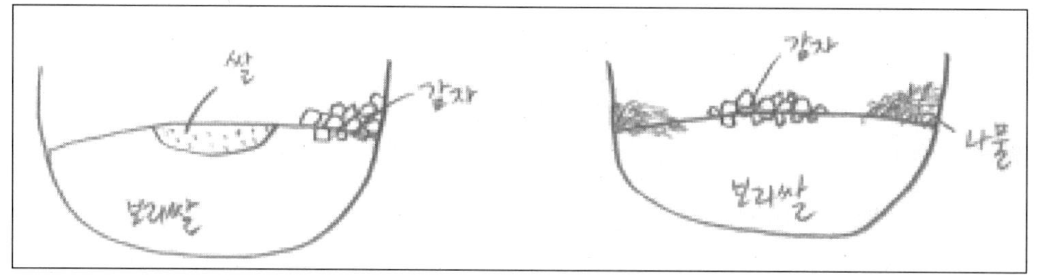

보리쌀마저도 없어 죽을 쑤었을 경우는 차등 분배는 아니더라도, 양이 부족한 나머지 며느리의 몫까지 남아나지 않았다. 그리고 그러한 질서는 아래의 사례에서 보듯이, 며느리가 홀몸이 아니어도, 또는 막 출산을 했어도 달라지지 않았다.

"우리 큰아 있을 때는 밥이 있나 죽을 써 가지고 콩나물 그래 넣어 가지고 쌀을 한 접시나 넣고 몇 식구에 대 여섯 식구에 이래 들라주고는 그 뭐 남았겠나, 먹기 싫어가지고 숱하게 저녁 굶고 잤다. 정지 부석 앞에 이래 앉았다아 마 그릇 나오만 씻어가 설거지 해 놓고 드가만 굶고 자고, 굶고 자고. 애가 낳아 놓으니 큰아 낳아 놓으니 똑 껍데기하고 뼈하고, 살이 없드라 하이. 살이 없드래. 뱃속에서 골아 놓으니께네. 그크로 말랐다 하이." (A댁·77)

"[청중: 하이고, 그 딸 놓고 얻어먹지도 모(못)했제?] 그 딸 놓고, 우리 두채 딸 놓고도 모얻어 머어가, 두채 딸 낳아가 한 날 아칙에 하도 배가 고파갖고 보쌀 떵거리 안 있나, 그거 껑껑 얼었는 그런 거를 가마이 우리 시오마시 모리기 도둑해 먹고 이랬다. [딸 낳았다고 주지를 않았어요?] 주기사 주지만도, 모도 옛날에는 미역국 쬐매 끓이가 보리밥 한 숟가락 주이끼네, 쌀은 구경해내나, 보리밥 한 숟가락 주이 금방 배 꺼지잖아, 아아 낳안 어마이가, 보리밥 한 숟갈 무이 그 머언동 만동이라. 그러이 뭐 마 배고푸이 아침 식전에 일나 도둑해 먹고 그랬지 뭐." (B댁·65)

B댁은 평소에도 점심을 자주 굶어야 했다. 들에 갔다 오면 딸들이 자신의 점심밥을 남기지 않고 다 먹어버린 때문이었다. ‘내 밥 좀 남겨놔라’고 딸들을 나무랬지만, 자신이 식량을 조금이라도 아끼려고 ‘펐다 부었다’를 몇 차례나 되풀이하면서 보리쌀을 깎고 깎아서 밥을 부족하게 한 때문임을 스스로 모르지 않았다.

식량이 떨어져 가면, 며느리들은 자신이 굶어가면서 식량을 아껴야 했고, 또 나물을 해와서 밥에 보태거나 죽으로 끓여 먹었다. 보리개떡도 많이 먹었다. 그러다 구황의 시기가 오면 송구나 밀기울 죽 등으로 어떻든 식구들을 먹여야 했던 것도 며느리들의 역할이었다. 덕천댁(75)은 해방되던 해 지독한 흉년이 나서, ‘송구’를 벗겨 콩가루 묻히고 쌀 몇 알 섞어서 죽을 끓여 먹거나, ‘밀기울’이나 ‘대도박’ 등6)으로 견뎌야 했던 기억이 아직도 또렷하다.

반찬은 된장에 호박잎, 나물무침이면 족했고, 다음의 언술에서 보듯이 생선이 있으면 당연히 가부장 남성의 차지였다.

> “[어르신 옛날에 밥 먹을 때 시아버지하고 시어머니하고 한상 했어요?] 한상에 안 드렸지 뭐. 시아버지만 차렸지 뭐. 시어머니는 우리하고 같이 자시고 그 땐 온통 상도 잘 차렸다고 차렸겠나. 오새같이 이래 없으면 못 자셨지. 쌀로다 한줌씩 없으면 그 요래 덮어가지고 드리고. 뭐, 우린 마카 감자하고 보리밥하고. 고댕이(고등어) 한 손 옛날에 사만, 시아버지 반찬, 한 장 딴에(장 동안에), 한장 딴에 반찬했다. 그 땐 왜 고댕어 대바리(대가리)도 안 내버리고 막 꾸어가지고 불에 꾸어가지고, 그런 거는 인제 뭐한 사람들 그랬다 카이. 고등어 대바리 누가 먹나, 요새 다 내버리지. 그 때는 그것도 못 얻어 먹었다 카이. [고등어 대가리 그것도?] 못 얻어 먹었다 카이. [그건 누가 먹었어요? 시어머니가?] 그거 뭐 뭐 시어머니하고 신랑하고 먹었지, 요새도 그칸다. 고등어 대바리 내버리만 ‘옛날에는 이것도 못 얻어 먹었는데 다 내뿌려 버린다고’ (옥산댁 · 77)

위의 언술에서 보듯이 밥상의 차별도 물론 있었다. 시아버지는 따로 한 상, 시어머니와 남편은 겸상으로 차려드리고 나머지 식구들은 모두 한 상에서 같이 먹었다.

> “소죽 끓여야 되지 보리쌀 안쳐 놓고 감자 깎아야 되지 장이라도 뭐 찌져야 되지. 그 또 뭐 나무 밑에 호박 심어 놓은 거 호박 잎파리 뜯어가 쪄야지. 나도 그 때요 사는 거는 좀 애 먹었니더. 왜 그로 하마 시할매 있었지요, 시아버지 시어머니 있었지요. 상을 몇 날 놓니껴? 참 인제 우리 신랑하고 할매하고 한테 채려가 드리고, 시아버지는 혼자 외상 채려 드리고. 그 때 시동생 둘이 안 있었니껴? 시누가 둘이 있었잖니껴? 내 오니까네 우리 영감 바로 동생은 시집 가부리고 그래도 그래가 마 한테 이래 마 양푼이 퍼주고, 시어마씨도 딴 상도 못 받아자시고 돌아가셨잖아.”(덕촌댁 · 68)

시할머니가 계실 경우는 남편과 시할머니가 겸상을 하는 통에, 시어머니도 남은 다른

---

6) 콩기름 짜고 남은 찌꺼기를 누룩처럼 두들겨서 만든 것으로 당시 시장에서 팔았다고 한다. 맛이라고는 없었다며, 요즘 사람들은 도저히 먹을 수 없을 것이라고 했다.(덕천댁 · 75)

식구들과 한 상에서 먹어야 했다. 나머지 식구들은 밥그릇이나 수저의 변별 없이, '양푼이'에 함께 담아서 먹은 경우가 많았던 듯하다.

복식에 대해서도 며느리들은 다른 식구들의 입성을 해대기에 바빠, 자신의 옷을 특별히 마련할 여유가 없었다. 시집 올 때 해가지고 온 옷으로 대충 입고 살았다. 일이 많아 제대로 갈아입을 새도 없었다. P씨(57)가[7] 전해 주는 친정어머니의 사례를 보자.

> "우리 엄마…. 아이 일곱이 낳아가지고 키우는데 비(베) 짜야 되제, 들에 일 해야 되제, 또 보쌀 겉은 거 이런 거 방깐에 지이가 먹제, 아아를 업고 하루 종일 업고 이래가 있이만 기저구도 없어갖고 오줌이 앞뒤로 다아 차 놓오면 아침에 새복에 일나 보쌀 꿇이가 밥해 먹으만 인제 거어 옛날에 부엌 불 땠는데, 그거 씩꺼(씻어) 입어? 뭐 비누가 있나, 옛날에 식구 많제, 씩지도(씻지도) 못하고 그냥 말라가(말려서), 불 땔 때만 이래 앉았이만 다 마르잖아요? 말라가 또 그냥 입고. 또 그 이튿날이 자고 맹 아아 안고 젖 믹애고 하마 오줌 사면 그거 매앵 또 그 부엌에 불 땔 때만 그대로 말라가 입고 이랬다 카더라 카이. 그 옷을 갈아입으이 감당이 없거등."

여성에게는 자신만의 공간도 주어지지 않았다. 방 두 칸에 부엌 달린 집에 시부모, 시동생, 시누가 함께 살고 있었다면 어떻게 공간의 배분이 이루어졌을까? 남녀로 구분하는 것이 일반적이었다.

> "그래가 이래 저녁으로 인지 글찍에는 딴 방이 없었다. 천부 어른들하고 한테 이래 노이께네 우리 안에 오새 저 할마시 사는 집에 저게다. 우리는 요오 사고. 홍호네라고 왜, 저 어데 갔분동 모를 따, 절에 어데 갔일 께라. 그 집 할마이가 낮에도 오고 밤에도 오고 밤낮으로 오는 기라. 밤낮으로 와 가아 인제 우리 일하는 한 방에 큰 방에 뭐뭐 딸네고 며늘네고 전부 만날 한 방아 있었지 뭐. (동포댁 · 79)

이렇게 시어머니, 며느리, 딸들이 모두 한 방에 기거하고 잠을 잤다. 같은 공간에서 머무는 밤 시간이야말로 시어머니가 며느리의 길쌈을 종용하고 감시할 수 있는 때이기도 했다. 가끔 시어머니의 친구까지 밤마실을 와서 돌아가지도 않고 함께 지켜보고 있으면, 앉아서 졸다가 명을 잣다가 새벽을 맞이하기 일쑤였다.

> "어른들 앉어노이 더 자부랍더래이. 얼매나 자부, 밍 잣는다꼬 잣으이 막 보드끼이..[일동 웃음] 그래 막 비비비 틀어가주고 그래 마이 자불았다, 나는, 자불기도. 그래도 그 잠 하문 실컨 못 자보고 그래 살았다. 그래. 그래가주 이 이래 잣다 보마, 이랬부마 막 미끌 리가… 주대 올리가 마티이 나가고 해. 하이구 암만 정신차리도 안돼. 어떤 직에는 나와가 마 담에 이래가 섰다가, 마당아 또 이래가 댕기다가 이래 드가도 또 이연 매앵 자불고 자불고. 이래도 어른들이 '자거라' 소리도 안 하고 가지도 안 하고, 열두 시꺼정 그래 있었다. 담배만 자꾸 피우고 이래 앉아, 그래, 못잤다 카이.

---

7) 이 분은 이 마을 태생이고, 친정어머니는 부남면 구천에서 이 곳으로 시집왔다.

마 눕울 시간이 있나. 뭐 안고 만지고 젖믹에마 뭐 하고, 뭐 이래, 반질도 안고 반질하고 이래다 보
마 잠도 몬 자고, 일해 논 데도 없고 그래 밤새웠다. 할옷 한불썩 뀌밀라 카마 날새웠다 카이. 자부
다 보마 날새았다. 명이에다 소캐 나아가지고 그래 이래 해 뒤비가지고 또 여게 문챈다꼬 이래 여
게 석 줄 넉 줄 시침 옇고 그래 아래 우에 한 불씩 하고 나머 날이 다 샌다. 마 밥하기 바뿌다 카
이."(동포댁 · 79)

식구가 많지 않아 다행히 부부 방이 주어졌더라도, 두 칸 방이 붙어 있거나 두 방 가운
데 미닫이문이 달려 있어서, 도저히 부부를 위한 공간이라고 할 수 없는 것이었다.

"담집이고 방 두 낱이고 정지 있고. 이보다 더 허물랬어. 쪼만치 지어 났는데 시집 오니까 방 두
낱인데, 복판에 이래 문 있고, 신랑 각시 이야기도 잘 모하고. 한 방에는 어른들 자고 저짝 방에는
둘이 자고 이랬는데 애기도 한 마디 올케 모했지 여어 문이 상간에 이래가 있는데. [그래도 어떻게
아들 다섯이나 낳으셨네요.] 하하하. 그래가지고 집이 떠내려 갔부렸거든. 떠내려 갔는데 집을 잃
았부렸으니, 갈 데, 살 데 어디 있나? 남의 방 하나 얻어 사이께네, 시아바이하고 뭐 그 때는 시어
머니 돌아가시고 시아바씨하고 한 방에서 뭐 아들하고 며느리하고 막 자고."(옥산댁 · 77)

(5) 여가생활과 조직관행

여성들은 놀이나 여가를 별도로 가졌던 기억이 많지 않다. 특히 70대 이상은 놀았다는
기억이 별반 없다. 흔히 '노달'이라고 하는 정월 한 달 동안에도 여성들만의 특별한 놀이
는 없었던 것으로 보인다. 그저 다른 달보다 여유가 있었던 정도라고 한다. 평소에는 '명
둘게'나 '삼둘게'를 하면서 함께 밤참을 먹고 즐겼던 기억 정도가 남아 있다.

"글쩍(그럴 적)에 밍둘게 삼둘게 얼매나 잣었노? 저 집 시오마시 이 집 시오마시 …전부…여어
송계떡(댁)이 시오마시, 얼매나 많었노? 주석이네 할매 뭐, 그래 전부 다 밍둘게 삼둘게 잣는데,
나는 인제 여 옆에 앉아 비짜고, 다리이(남들) 인제 그 밑에다 주욱 나아놓고 밍잣고 이라는데, 글
때 실컨 짜다 니러와가 또 비빔밥 해가주 막 비비가 디리마, 그 때 내 했는 밥을 모도 그쿰 맛있다
카대. 하하하하. 그래 해디리고 또 짜고 이랬다."(동포댁 · 79)

'명둘게' 또는 '삼둘게'는 명잣기와 삼삼기를 공동으로 하기 위해 일곱 내지 여덟 명 정
도로 조직된 것이다. '돌려 가며, 오늘은 이 집 해하고, 내일은 저 집 해'하는 품앗이 방식
이었다고 하는데, 아마도 삼농사를 안 하게 된 이후로는 자기 분량을 가지고 모여서 같이
일하는 방식으로 바뀐 듯하다. 아무튼 이러한 여성 일집단이 일의 틈새에 아주 잠깐씩 여
가를 공유했을 가능성이 있다.

70대 가운데 동네 천변에 '활동사진'[8]이 들어와서 구경했다는 분이 계시긴 하나 흔하지

---

8) 박강옥씨(57)는 당시 활동사진이 들어오면, '영어왔다'고 했다고 기억한다.

는 않다. 그러나 50-60대로 내려오면 활동사진의 경험을 한 분들이 많이 있다. 이 세대는 다른 놀이나 여가를 즐겼던 경험도 많다. 연령 및 개인별로 정도의 차이는 있겠지만 이 마을의 50-60대 여성들이 회상하는 젊은 시절의 놀이문화는 특기할 만한 것이었다. 일과 경제 활동에서 드러났던 그들의 적극적 기질이 놀이문화에서도 다시 확인되었다.

<사진 6> 여성들의 친목 모임

　우선 들 수 있는 것이 정월에 있었던 여성집단의 '밤마실' 문화이다. 그들은 밤에 집단으로 모여놀기를 즐겼다. 낮에는 가사일 등으로 모일 시간이 없었으므로 대체로 하루 일상이 끝난 밤 시간에 '놀 집'을 정하고 모였다. 대개는 갓난아기들을 업고 와서 다른 방에다 모아 재웠다. 그 집의 남편이 아기보기 역할을 하면서, 아이가 깨서 울기라도 하면 그 아이의 엄마를 호출해 주었다. 주로 노래하고 춤추면서 놀았다. 물지게 물 떠놓고, 바가지 엎어놓고 두들기면서 노래도 했다. 주로 윤창과 제창 방식으로 했으며, '앵두나무 우물가에', '울려고 내가 왔나'와 같은 트로트를 많이 불렀다. 고구마 부침개 등의 야참거리를 장만해서 먹은 일도 빠뜨릴 수 없다. 그렇게 먹고 뛰고, 목청껏 노래하고 나면 모인 사람들이 밤새도록 내뿜은 열기와 입김으로 방의 문풍지가 푹 젖어 내려앉아 버렸다.

　　"아아 업고, 하내이썩(씩) 업고, 그 때 신랑들은 여자들 놀로 못가게 했다. 하나씩 업고 가면, 한 집이 가 놓오만, 한 방아, 그 집 아저씨 보고, 아아 재애놓고 보고 딴 방에 놀면은, 아아 깨면은 그 집 아저씨 아아 누 집이 알라 깼다 카면은 한 머리 가가 달개면 또 한 머리 깨고[아, 아저씨가 아아

봐주고.] 그 집이 놀로 가놓오면, 그 집 아저씨가. 하내이 깨면 하내이 우고. 이래나놓으 먼 옛날에
는 날새도록 그래 노다 오면 집이 신랑들은 옛날 그 문고리 안 있나, 문이잖아, 문, 잠아(잠궈) 놓
고 안 열어 준다. [너무 재미있다.] ‘인자 다시 안 간다. 열어 달라.’ 카마 열어주거등. 그 이튿날 또
간다. [중략]

　그래나아 놓오만 옆에 아저씨네들이 장기(장고) 잘 치는 아저씨들이 장기 쳐주제, 옛날에 왜요,
고리 있는 문, 문종이 가아(문종이로) 발르잖아. 그래 밤새도록 놀고 나머 문종이가 젖어가주고 싸
악니러앉았부고. [문종이가 와 젖습니까?] 사람들이 그래 놀고 뛰고 하니까. 그래 그래도 우리 마
이 했다. 그래 요 아지마들 요 이부제 모이만, 밤새도록 .. 그래가 하이튼 설부텅. 설에는 여자들
재수, 초승부텅 노오마 재수없다 카민서 여자들 못나가잖아? 그래 그 설 늦게 나가 모이노오마 고
마 이월 한 보름, 이월 떡해 먹고 그 때는 치떡도 해먹고 했잖아요? 그럴 동안에는 노오만 농사일
다 아오면은 못논다 카면서 인제, 옛날에는 그랬잖아, 일꾼들, 남우집 일꾼들…있었잖아, [머슴
들?] ‘이월만 지나면 이래 웃닥가재이 쥐고 운다’ 캤잖아요?”(박강옥 · 57)

　위의 언술에서 보듯이 이 밤놀이는 정월 보름경부터 이월 보름경까지 허용되었던 것으
로 보인다. 이웃의 아저씨들이 장구를 쳐 주었다는 것을 봐도 그러하다. 그러나 남편들이
아내들의 밤놀이를 전적으로 용인한 것은 아니었다. 밤새 놀고 난 그들은 새벽이 되어 찾
아든 제 집의 잠긴 문고리를 잡고 싹싹 빌어야 하는 경우도 있었다. 집집마다 한바탕 난
리가 난 후, 다시는 그러지 않겠단 약속을 받고 평정이 되긴 했지만, 이튿날이면 그 야회
는 재연되었다. 몰래 빠져 나와 놀고, 빌고, 용서받고, 다시 빠져 나오는 일이 반복되었던
것이다.

　기실 이 사태에 대한 남편들의 으름장과 용서는 형식일 뿐이고, 남편들도 그러한 방식
으로 여성들의 한시적 분출을 묵인해 주었던 것이 아닌가 생각된다. 다만 그 밤놀이가 한
두 번 정도로 그치지 않고 연일 계속되는 것에 대해, 그리고 그것이 발산하는 열기에 대
해, 남편들이 조금씩 불안해졌을 수는 있다. 그러나 그러한 불안도 놀이가 정초의 ‘노달’
에 행해지기 때문에 문제적 일탈이 아니라는 믿음으로 상쇄될 수 있었고, 그저 형식적인
관행으로 문고리를 잠그는 정도의 으름장으로 대응한 것이 아니었을까 생각된다. 동네 혼
인을 했던 박강옥씨(57)는 혼인 전부터 그런 모임에 동참했으며, 그 때가 정말 재미있고
즐겁던 시절이었다고 회고한다.

　이 세대의 기혼 여성들은 또한 친목계, 평토계, 상포계 등을 중심으로 놀 기회가 있었
다. 친목계는 친목을 목적으로 하는 부부모임이어서 당연히 놀이와 여가가 중심이 되는
것이지만, 상여계의 일종인 평토계나 상포계도 ‘부조’ 못지않게 놀이가 큰 기능을 했던 것
같다. 평토계나 상포계는 가깝고 또래가 비슷한 집 열 서넛 정도로 결성되었다. 평토계는
상사가 나면 계원 집집마다 쌀 두 되, 참쌀 한 되, 팥 한 되씩 모아서 집에 차리고 산에도
가져갈 떡을 충당했다. 상포계는 둘 또는 셋의 유사를 중심으로 상사가 나면 도와주되, 돈
을 모아서 돌아가며 틔워주는 방식이었다. 박강옥씨(57)는 이웃 아주머니와 둘이서 열세

집으로 구성된 상포계의 유사를 한 적이 있는데, 상사에서 부조의 역할을 끝낸 뒤에는 모두 모여서 묵밥이나 비빔밥을 해먹고 놀았다고 한다. 부부가 함께 참여해서 춤추고 북 치고 장구 치고 놀았다. 아이들까지 와서 먹어대느라, 가마솥에다 쌀 한 말로 밥을 해도 모자랄 지경이었다.

혼인 이전 여성들의 놀이문화도 들여다 볼 필요가 있다. 명둘게와 삼둘게가 있던 시절, 처녀들도 또래들끼리 삼둘게를 모았다. 할머니들이 만들어 준 '삼가리'를 가지고 한 집을 정해서 모여서는 무릎을 내놓고 삼삼기를 했다는 것인데, 정작 삼삼기는 뒷전이고 베게 던지기 등의 장난을 치기가 일쑤였다. 삼둘게를 한답시고 밤 외출을 감행해서는 강가에 가서 목욕도 하고, 물방구도 치고, 김치 서리한 것으로 김치밥 밤참도 해 먹었다. 그러노라 밤늦게 집으로 돌아가면 들킬까 보아, 신발을 벗고 살금살금 뒤안으로 들어가다 할머니한테 욕뜸질을 얻어먹었을 정도로 그렇게 심하게 놀았다.

'서리'는 다반사였던 모양이다. 남의 집 감나무에 열린 감 서리, 밭의 호박이나 묻어둔 고구마 서리, 그리고 김치서리를 많이 했다. 특히 김치서리를 많이 했으며, 아마도 안 해 본 사람이 없으리라 했다. 동네 천변에 활동사진이 들어오기라도 하면 몰래 구경을 갔고, 마을회관에서 노래자랑이 열릴 때도 가서 구경했다. 이 때 또래의 남자친구들과 어울려 놀기도 했다. 단오가 되어 천변에 있던 버드나무에 그네를 매면, 밤늦게까지 그네를 뛰고 놀았다. 요즘도 50-60대 여성들은 친목을 목적으로 한 부부모임이나 동갑계 등에서 놀이의 기회를 가진다. 마을에 친목계들은 여럿 있어 왔던 것으로 보인다. 지금은 논으로 변해 버린 천변에서 1년에 한 번씩 날을 받아서 고기 잡고 매운탕도 해서 먹고 놀았다. '천렵'이라고 했다 집에 계시는 어른들이 못 보게 산 너머의 숲 속에 가서 맘껏 놀기도 했다. 지금도 돌다리 밑에서 개를 잡아먹고 즐기는 친목 모임이 있다. 이 때 여성들은 부부 단위로 그 모임에 참여한다. '띠모임'이라고 해서 마을 안팎에 사는 처녀 시절의 친구들끼리 모이는 친목모임도 있다.

65세 이상이 되면 여성들은 여성경노회원이 되어 경로당에 출입하게 된다. 그러나 경로당에 모이는 할머니들은 대체로 용전천 주변에 사는 분들로 고정되어 있는 편이다. 경로당에서는 주로 화투로 소일한다. 현동으로 통하는 큰길가의 '미니슈퍼'에도 상노인 할머니들이 몇 분 모이신다. 이천댁 할머니댁은 국도 건너편 동네 할머니들이 모여 노시는 곳이다. 현재 여성들의 마실가기 구도는 아랫마을과 웃마을로 나눠지기보다 31번 국도를 중심으로 구획되고 있는 것처럼 보인다.

3. 세대별로 본 여성의 생애인식과 그 변모

 여성의 생애는 아무래도 혼인이 기점이 된다. 굳이 '뒤웅박 팔자'의 극단적인 비유를 떠올리지 않더라도 50대 이상의 연령층에 속하는 농촌마을의 여성들에게 있어서 혼인은 삶의 조건과 향방이 결정되는 일대 전기가 아닐 수 없었다.

 마을 내 60대 이상의 여성들은 거의 중매혼인 데다, 자신의 의사와는 상관없이 부모가 정해 준 혼인을 해야 했다. 게다가 70대 이상 여성들의 혼인에는 일제시대 '정신대 징발'이라는 상흔이 자리하고 있다. 그래서 일제의 '처녀 공출'을 피해서 열다섯 또는 열여섯의 어린 나이에 시집을 갔다.

> "옛날에는 그 때는 우리 시대 열다섯에, 그 때 일정 때라가지고 색시공출… 나도 열 여섯 살에 왔는데 뭘. 그 때는 한참 색시공출한다 하마 데리고 가고 그랬니더. 그것 때문에 일찍 치워버렸지." (용포댁 · 75))

 그들은 대체로 '자신의 의사' 없이 이루어진 이 운명적 결정을, '그 때는 다 그랬다'고 당연하게 받아들였으며, 시집 이후의 지독한 가난이나 과중한 노동으로 인한 고통도 당연히 감내해야 하는 것이라 생각했다.

> "여와 가마타고 와 가지고 뭐 첫날 저녁 자도 뭐 낯도 몰랐지 뭐. 남사 시럽다 카마 있고 뭐, 낯이 뭐로, 선을 봤나 뭐, 참, 어마이 아바이 보내준다고 와 가지고 아무따나 살다가…" (임시향)

> "여어 시집 와노이 아무끗도 없어가아, 참 법이 뭔동, 신랑 하나 보고 와갖고 그쿠 고상했다 카이." (상호댁 · 65)

 그러나 그렇게 살았던 자신의 삶에 대해서는 "내 살았는 거 말도 하지 마소."라고 손사래를 치든가, '우리 산 거는 산 게 아니다'라는 부정적 인식이 지배적이다.

> "옛날에 살았는 거는 말도 몬한다. 아이구, 먹는 것도, 밥도 몬 얻어 묵고, 만날 죽 먹고, 죽도 시컨, 옳은 죽 못 먹고, 나물죽 먹고. 어예 살았노. 옛날 살았는 거는, 요새 아아들 그카만 거짓말이라 칸다."(옥산댁)

> "남 뭐라 하니 들어내나, 내가 뭐 할 줄을 아나. 시집산다고 고생하고 그카다 보이 소문난 시아바시 모시고 살았는데, 모릅니더. 말도 마소. 그런 거 생각고 맹시코 있으면 살아내니껴. 못 사니더. 그래 이리 이래 살다가 보이 아들 딸 키워가 시집보내고 장가보내고, 아무 끗도 몰라. 내 사는 거는 참 말도 마소."(D댁 · 80)

> "그 때 옛날 시대는 가도 오도 모하고 사니 그렇지마는. 철대가리 없어 그래 살았지."(D댁 · 80)

 자신들은 아무 것도 몰라서, 또는 철이 없어서 그렇게 살았다고 생각한다. 그러나 혹독

한 시집살이로 그들의 삶을 힘들게 했던 시부모를 탓하기보다, 가난이나 시대를 탓하면서 그 시부모들을 끌어안는 시선을 보이기도 한다.

> "아이고, 내 같은 거 살았다 하마 말도 하지 마소. 동네 사람 다 알 긴데…. 시어른들이 나빠 그런 것도 아니고 없어 못 살았지. 그 때 시대 말도 하지 마소. 얼마나 더럽운 시대로."(D댁·80)
> "하문은(한 번은) 도둑해 머이(먹으니) 시오마이 나오더라 왜. 그래가 우물거리이끼네, '하도 배고 파가 보쌀 도둑해 머었니더.' 캤다. 도둑해 머이 도둑해 머었다 카지 우야나. 그래 사람 도둑해 머었 는 기지 뭐. 가마이 머었으이끼네. [웃음] 그랬다. [그래 안 머라캅디까?] 머라카지는 안 하더라. 잘 했다 이카더라. 우리 시오마이 그래 못댔지는 안 하지. 그 때도 몬 살아가 갔부렸지. 하기사 여어 뭐 때거리도 없고 하이 갔부렸지."(B댁·65)

살아도 산 게 아닌 그들의 삶에서, 과연 남편들은 그들의 보호자가 되었는가? 얼굴도 안 보고 시집 와서, 첫날밤도, 때로는 한참 뒤까지도 얼굴을 마주 바라보지 못했던 남편들도 그들에게 어려운 존재이긴 마찬가지였다. 말이 없고 인정이 없어서, 또는 일본이나 군대를 가버려서 그렇기도 했지만, 대체로 부모 모시고 사는 처지의 남편들에게는 제 안 사람을 남 보듯이 하고 사는 것이 미덕으로 간주되던 시대였다.

> "옛날부터 그랬다. 그 우낙(워낙) 그래 재미가 없이 살았다. 오늘날꺼징 그렇잖아? 그래 이얘길 하문(한번) 아기자기 몬 해봤다."(C댁·79)

> "입도 잘 안 떠고 하이께네, 뭐 인정도 별로 있는 것 같지도 안 하고, 뭐 어에다 보이께네 아들 오 남매 낳아 가지고. 어에다 보니 참 그랬지 뭐. 아무 것도 모르고. 인정답게 앉아가지고 곁에 앉아 이래보지도 못하고. 시집 사는데 그럴 수가 있니껴?"(덕천댁·75)

그러면서도 예장지를 소중하게 보관하였다가 죽을 때 품 속에 안고 가서 앞서 간 남편을 다시 만나려는 바램을 간직하고 있는 걸 보면, 많은 경우 그네들의 생애에서 남편은 결국에 가서는 가장 소중한 존재가 되었던 모양이다. 그런 한편으로 아래와 같은 생각도 공존하고 있어 흥미롭다.

> "내사 하도 고생을 시켜서 따라가고 싶지도 안 하다."(용동댁·78)

> "영감이 가만, 할마이가 가주간다 그카더만은 어엤는동, 할마이고 나발이고."(안덕댁·80)

다른 시댁 식구들에 대한 생각은 다양한 편이다. 동네가 다 알 정도로 유별나게 까다로왔던 시아버지를 모신 경우도 있지만, 대체로 시아버지는 며느리들에게 관대하고 너그러운 존재였다. 며느리에게 잊지 못할 가르침을 남기신 분도 있다. 다음은 동네 혼인을 한 분이 친정어머니의 경험담을 대신 전해 준 것으로, 부지런히 일해서 가난을 이길 것과 동시에 배곯는 이들에게는 베풀고 살라는 시부의 교훈이 생생한 경험을 통해서 며느리에게 각인되었음을 읽게 하는 감동적인 예화이다.

> "옛날에 부자집에 가가 쌀로 한 말 달라 카마, 그냥 뭐한 집이는 그냥 혼들어가 주고, 안 그러면 은 솔솔 요래 바가치가 떠버어가(부어서) 싹 밀어뿌고 준다네. [상호댁: 그래 주는 이들 많다.] 고거 가와가(가져와서) 어른만 한 그륵 되도록 그래 하마 금방 떨어진다 카더라.
> 그래가 우리 할배가 카더란다. 돌아가실 때, '야들아, 너거 낸중에 혹시나 논 사거들랑, 쌀 파거들랑, 다리이(남), 나중에 한 말이라도 파거들랑, 절절절 혼들어가주고 주고 한 바가치 더 버어 조래이.' 카민서 우리 할배가 그거 신신부탁하고. '야들아, 뭐 설부이 설부이 캐도[9] 배고픈 거 만치 설분 거 없으이께네, 우에든동 알뜰히 손발이 많아도 알뜰히 해가주고 밥 배부리도록 시컨 시컨 먹어라.' 카고 우리 할배가 저어 골짝에, 아지매 아지만도 낳게, 거어 마 재갈 같은 전지를 크으, 손발로 다 해가주고 논 떴단다 그거. [상호댁: 그래, 그래. 그래, 그랬다 옛날에.] 옛날 어른들 죽자 사자, 밥만 먹으만, 밥만 먹으만 잠만 자만 새복에 일나갖고 어예든지 그 재갈 다 손수로 자아내가주고 그래가 그 논 다아 뜨고. [훌륭하시다.] 낸재 우예든동 쌀 파거들랑 쩔쩔쩔쩔 혼들어가 주고, 한 바가치 더 주고. [그게 참 훌륭하시다, 생각이.] 우리 할배, '야아들아, 손발 놀리치 마고 어예든동 알뜰히 해가주고 배곯지 마래이. 뭐이 뭐이 카기나 마기나 배고푼 거 만치 설분 거 없다.' 카민서 우리 엄마 있는 데, 애들 있는 데 신신부탁하고 돌아가셨다 캐."(박강옥·57)

시누에 대한 기억이나 생각은 부정적이지 않다. 오히려 친정살이한 시누와 같이 살면서 길쌈 솜씨가 좋은 그녀에게 길쌈을 배웠다고 칭찬하는가 하면, 가난의 고통을 함께 겪은 동류의식 같은 것도 가지고 있다. 어린 시누이들은 올케들이 거의 키우다시피 하여 시집 보냈기 때문에 자식처럼 생각되기도 한다.

> "시누 둘이 데리고 시아바씨하고 살아보이 시누들도 고생 많이 했니더. 없긴 없고 그래 내 밑에 시누 둘이는 항상 동생들 같이, 생각하면 안타까워요."(안덕댁·80)

> "시집 와가 일곱 살 먹었는데, 지금 막내이 시누가. 이래 와도 만날 그거는 시누 안 같고 만날 딸 같지 뭐. 시집 가서 아무 것도 모르면 삐떡하만 전화 온다. '언니야, 씨레기 된장 우에 끓이노?' 하고 만날 이래 전화하고 그랬다. 그 시누가 또 잘한다."(경천댁·57)

가사와 길쌈, 농사일로 눈코 뜰 새가 없었던 며느리 시절에는 낮잠을 주무시는 시할머니가 부러워서 '빨리 어른이 되었으면 좋겠다'고 간절하게 소망했는데, 이렇게 금방 다가올 줄은 몰랐다. 요즘은 일이 너무 없어서 지루하고 심심해 못 견딜 지경이다. 그렇게 자고 싶던 잠을 넘치게 잘 수 있게 되었는데, 이제는 정작 잠이 안 와서 탈이다. 허리가 아파 오래 누워있을 수도 없다.[10]

---

9) 섧다 섧다 해도.
10) 호동댁(78), 덕촌댁(68).

　　"그라이라도(그러잖아도) 경로당에 간다고 놀면은, 엄마, '이래 놀고 비락(벼락) 안 맞나' 이칸
　　다. '비락 맞을다' 칸다."(옥산댁 · 77)

　그래서 70대 이상 여성들은 이제 자신들이 '고물'이 다 되었다고 생각한다. '다 살았다',
또는 '이래 살면 뭐하나'라는 생각도 강하다. 더러는 '너무 오래 살았다'고 초조해 한다.

　　"옛날에 살안 역사를 이래 생각하만 요새 사는 거는 하도 편하이께네, 뭐 자고 싶으면 자고, 놀
　　고 싶으면 놀고 이래 하이. 안 카나, 아이고, 그래 고물 다 돼노니 농사도 못 짓고 하이께네, 만날
　　경노당에 놀고. 둘이, 영감 할마씨 들어 앉아 있으이께네 심심코, 뭐 시간이나 보내고, 뭐 인제는
　　다 살아가지고 아무 것도 뭐 할 것도 없고 그저 아무 때나 밥이나 한 숟가락 끓여 먹고 노는 거, 그
　　거, 그거 뿌이지 뭐."(옥산댁 · 77)

　　"눈도 옳지 않지, 까짓 '살면 뭐하노', 맨날 '살면 뭐하노' 하니더. [중략] 너무 오래 살아 낭피(낭
　　패)라. 말도 하지 마소. 고생인데 뭐."(D댁 · 80)

　게다가 갑자기 달라진 세상, 여러 가지 이기와 도구의 발달이 가져온 생활상의 편리와
여유는 그녀들을 허탈하고 허무하게 만들기도 한다.

　　"요새 세월이 그쿠로 좋으이, 허성 세월이 넘어갔부리가지고, 청춘은 어디 갔노 칸다. 청춘은 어
　　디갔노, 다시 한번 가만 못 오는 거, 이래 늙어빠져놓으이 인제 아무 짓도 못하고 걸음도 옳게 못
　　걷고. 참 청춘이 어디 갔노, 허성세월 넘어갔부뤘노."(옥산댁 · 77)

　　"아이 옛날에 그래 살았니더. 그래 사람 살다가 요새 세월 좋으니 나(나이) 많아부리고 이 아무
　　짓도 몬한다. 아이고 참, 내사 살았는 거, 옛날 어른 불쌍치."(덕천댁 · 75)

　그런 그들에게 자식은 마지막 보루이다. D댁은 아들에게 재산도 변변하게 물려주지 못
했고, 학교도 못시켜서 부모 노릇 한 게 없다고 하면서도, 올 가을에는 아들에게 가야겠
다고, 혼자 이렇게 살아 뭐하는가고 다짐하듯 말씀하신다. 무엇보다 마을의 많은 어머니
들은 없는 살림에 교육을 많이 시키지 못해 자식들에게 미안한 마음이 크다. 그런 한편으
로 재산도 많이 물려주지 못했는데 그런대로 잘 자라 제 몫을 하는 자식들이 대견하다.

　　"가을게는 아들한테 가야겠니더. 혼자 이래 살아 뭐하노. 큰 아들이 대구에 있는데 가도 뭐, 아
　　아 둘 낳아 키우는데, 고 이렇게 사이 뭐 물려 줬나. 이러니 저거대로 나가 이래 사는데 고생시러우
　　이 혼해빠진 노가다 하니더. 마카 사는 게 고생이시더. [중략] 지그(저희) 벌어 마이(많이) 모앴지
　　(모았지). 지 돈으로 마카 지키고 사니더. 언창(워낙) 지그(저희)가 알뜰이 해가 아들 키워가미 집은
　　모두 사가지고 사니더만. 부모짓 한 게 없는데 뭐. [중략] 우리 아들 10원 한 장도 몬 타고… 부모
　　호강을 못 받아 봤니더."(D댁 · 80)

　70대 이상의 마을 여성들은 거의 대부분 힘들게 살았고, '우리 산 건 산 게 아니'라는 생각을 공유하고 있다. 이 분들에게 제일 기뻤거나 보람을 느꼈을 때가 언제인가 여쭈어 보았더니, 자식(특히 아들)을 성혼시켰을 때, 그리고 그 자식들이 손자를 안고 왔을 때라는 대답이 가장 많았다. 자녀들이 어머니들의 걱정이자 기쁨이고 기대인 것은 이 마을의 여성들도 다르지 않다. 마을 내에서 유일하게 서울서 의과대학을 다니는 아들을 자랑하는 옥산댁은 합격 턱으로 돼지를 잡고 동네잔치를 했다. 자녀들에 대한 이야기가 대화에서 많은 비중을 차지하는 것도 그 때문이다. 특히 학력, 직업, 배우자(며느리와 사위), 손자 손녀가 이야기의 중심이다. 집집마다 자녀들의 졸업사진, 결혼사진, 손자 손녀의 돌사진들이 안방이나 마루를 장식하고 있는 것을 봐도 그러하다(사진7).

<사진 7> 안방의 벽을 장식한 가족사진들

　60대, 50대로 내려올수록 여성의 자기 인식과 삶에 대한 자기 평가에 조금씩 변화가 나타난다. 치산을 통해서 가난을 극복하고 분명한 치가사를 통해서 집안을 일으키는 데 주체적 역할을 한 여성들의 결단과 실천을 앞장(2. 3.)에서 이미 살펴 본 바 있다. 그들은 자신의 역할에 대해 스스로 자긍할 뿐 아니라, 남편과 자식들의 인정과 지지도 아울러 받고 있다. 금계댁의 딸들은 '우리 엄마 대한민국 엄마'라고 하고, 남편도 자신의 아내가 대단히 강한 여성임을 자랑한다. 그들은 '내가 시집 와서 살림을 일구었다'고 당당하게 말한다. 여러 가지로 노력했지만 아들을 얻지 못했던 B댁은 없는 살림에도 최선을 다해서 여섯 딸들을 가르쳤다. 자신이 못 배운 것이 한이 되었던 것이다.

　　"전에는 전시 우리 아이들 공부 시길 때는 전부 남우 돈 다 끄어다 그래 시겠다. 하다 내가 공부을 안 해가, 원이 돼갖고. 우리 친정아버지가 딸네들 공부 시기마 건방시러… 딸네들 공부시기마 건방시러 못씬다고, 우리 친정도 잘 살았는데, 딸네들 건방시러 몬씬다 카마 안 시겠단다. 그래가 눈 까마구를 맨들어놨다, 날로."

　그는 자신의 딸들에게 만족한다. 그의 딸들은 시집도 다들 잘 갔고, 다들 잘 살고, 그리고 부모한테도 다들 잘 한다고 자랑이다.

> "옛날 겉으마 딸 필요없다 카지만 요줌우는 딸 괜찮애."

무엇보다도 이들에게서는 '산 것이 아니다'든지, '말도 마라'는 식의 극단적 부정이나 억울함과 허무함이 배인 목소리가 아니라 어떤 극복의 힘 같은 것이 감지된다. 그렇더라도 70대 이상 여성들이 '살아 냈던' 삶의 경지를 절대로 폄하할 수는 없다. 그들은 일제 식민지 시대와 6.25 전쟁을 겪었던 세대였다. 거기다가 전통적인 윤리의 사슬은 더욱 강고했을 터, 달리 어찌해 볼 수 없는 현실이 그들을 옭아맸을 것이라 짐작된다. 5, 60대로 내려오면서 목소리가 밝아지고 있는 것은 현실적 상황의 변모와도 무관하지 않다. 일제 강점기 주로 소작농이었던 마을 주민들이 해방 이후가 되면서 자신의 토지를 소유하게 되는 경제적 변화가 가능했던 사정과도 관계가 있을 것이다.

4. 마 무 리

사람과 사회의 삶에서 여성의 민속이 따로 존재할 리 없지만 이를 별도로 다루는 것은 성별에 따른 문화의 차이를 전제하기 때문이다. 계층이나 지역에 따라 문화의 내용이 다르듯이, 남·여성의 생활문화도 그 다름을 인정하고 범주화해서 볼 때 더욱 정교한 문화 읽기가 가능하다. 성별간 분리가 획연한 사회일수록 그 문화의 차이도 클 것이라 보면, 한국의 전통사회야말로 그러한 읽기를 위한 유용한 사례라 할 수 있을 것이다.

그러나 여성의 민속을 별도로 다루는 더 궁극적인 목적은 남녀 양성이 이루어내는 관계의 문화를 읽기 위한 것이다. 바람직한 관계의 문화는 조화와 평등을 이상으로 한다. 따라서 관계의 문화가 부조화나 불평등의 국면을 가지고 있다면, 그 연유와 배경을 탐구하고 바로잡기 위한 실천까지도 모색해야 한다. 과연 남·여성의 민속 또는 문화가 역할의 조화 및 관계의 평등을 이루고 있는가의 여부는 간단히 파악할 수 있는 것이 아니므로, 면밀한 조사와 해석이 축적될 필요가 있다. 무엇보다 양성의 민속을 유기적인 연관 속에서 드러낼 필요가 있을 것이다.

그렇게 본다면 이 글은 면밀함과 유기성, 그리고 해석의 면에서 여전히 문제와 한계를 가진 것이지만, 세대별로 드러나는 여성 경험의 공유, 여성 인식의 공유를 확인하고, 그 변모의 과정을 따라가 본 의의는 인정될 수 있을 것이다. 특히 5, 60대 여성들의 삶과 문화에서 드러난 그 적극성, 강인함의 국면은 청운마을의 여성 문화가 갖는 특징으로 두드러질 만하다고 생각된다.

<천 혜 숙>

<부록 1> 청운마을 여성들의 생애담(요약본)

(1) D댁(80)

청송 안덕에서 열일곱 살에 이 곳으로 시집 와서 계속 살았다. 동갑이었던 남편은 두 형제 중 장남이었다. 바깥사돈끼리 친구여서 혼약하게 되었는데, 딸을 키워 아무데나 준다고 온 종반이 친정아버지를 나무랬다. 친정아버지는 '요새 시대는 양반 상놈이 없고 그저 어예든지 가가지고 강아지도 부르거든 대답하고 그래 살으라'고 나를 이 곳으로 시집보냈다. 동짓달 초엿샛날 친정에서 혼례를 올리고 바로 도신행했다. 신랑이 타고 온 가마를 내가 탔고, 신랑과 시아버지는 걸어서 왔다. 가마멀미를 해서 죽다가 살았다. 이불이나 농 등은 하인들이 지고 왔다. 설 쇠고 정월 열엿새 날인가, 첫 근친을 갔다. 마침 막내 동생 첫돌이었다.

내가 시집왔을 때는 시어머니는 영덕인가로 살러 가버리고(후에 여기 와서 세상버렸다), 시아버지와 시누 둘, 시동생 하나가 있었다. 곧 신랑이 군대엘 가버렸고, 3년을 시누 둘과 함께 시아버지 모시고 살았다. 시아버지가 까다롭고 별나서 힘들었다. 스물 하나에 낳은 맏아들이 네 살 되었을 때 살러 갔던 시어머니가 돌아왔다. 시어머니가 뭔지, 살러 갔다 왔어도 내게는 까다로웠는데, 시아버지 돌아가신 후에 동네사람들이 나무래자 그러지 않았다.

땅이 없어 남의 논을 부쳐먹었고, 길쌈은 식구들 입성 장만할 정도로만 했다. 남의 토지를 부쳐먹으니 농사를 지어도 남는 게 없어 늘 배가 고팠다. 밤엔 삼삼고 명잡고, 새벽 되면 아침 밥 해먹고 들에 가야 했다. 그 때는 왜 그리 졸리던지, 졸면서 삼삼고 길쌈해서 식구들 입혔다.

자식은 6남 1녀 두었다. 아들 많이 낳으면 부자 된다고 해서 생기는 대로 낳았는데도, 워낙 없이 살아서 고통만 컸다. 자식을 많이 가르치지도, 재산을 물려주지도 못했다. 부모짓 한 게 없다. 오래 살아서 낭패다. 자식들이 손자들 안겨 주면 제일 좋다. 나같은 건 살았다고 하지 마라. 시집 산다고 고생하고. 그러나 시어른들이 나빠 그런 게 아니고, 없어서 그랬다. 그 시대 말도 하지 마라. 얼마나 더러운 시대였나?

(2) C댁(79)

부동 이전에서 자라 열여덟에 혼인했다. 친정아버지가 알음이 있는 이 마을에 놀러 왔다가 술에 취해서 혼약하고 어머니도 모르게 (청혼)편지를 보내버렸다. 물를 수도 없고 해서 혼인했다. 친정어머니가 이 마을 출신이다. 삼월 삼짓날 친정에서 혼례를 올렸다. 첫날밤에는 신방 들여보내 놓고 구경한다고 문구멍을 온통 뜯어놓았다. 몇 달 묵고 시월 스무날 신행해 왔다. 친정에서 묵는 동안은 놀기도 하고, 신랑이 가져다 준 삼으로 길쌈도 했다. 예단으로 무명, 명주, 광목, 옥양목과, 우대 한 벌, 양단 치마저고리 한 벌을 받았고, 시아버지 명주 도포와 이불 한 채를 혼수로 해 왔다. 검고 빨간 물을 들인 무명이불에 흰 호청을 입혀서 가져 와서는 아이들 몇 낳도록 그것 하나로 덮고 살았다.

신행길에는 상객, 요객, 하님이 동행했다. 나는 가마를 탔는데, 도중에 가마 다리가 부러지기도 하고, 얼음에 미끄러지기도 해서 고생했다. 찹쌀을 담은 요강을 짐에 넣어왔고, 열 두가지 반찬도 해 왔다. ‘예수’드릴 때 놓을 반찬은 따로 오합에 담아 왔다. 신행 당일 마당에서 예수드렸더니, 시어른들이 밤을 던져주면서 아들 낳으라고 빌어주었다.

신랑은 나보다 한 살 많았는데, 워낙 부끄럼이 많았다. ‘날 받았다’고 가져왔을 때도 신랑은 나를 피해 다니고 근처에 오지도 않았다. 혼인 후 삼을 보낼 때, 동생이 숫기 없는 걸 잘 아는 시누이가 고무신 한 켤레를 사서는 ‘새댁 신겨보고 맞는지 발도 만져보고 하라’고 시켜서 보냈지만, 남사스러워 방에도 들어오지 못했다. 처남댁들이 모두 한 마을 사람이어서 더 그랬을 거다. 그 때 누이한테 실컷 꾸지람 들었다고, 내가 시집오니 형님이 말해 주었다. 워낙 그런 사람이라 이 날까지 재미없이 살았다. 아기자기 이야기 한 번 못해봤다. 둘이서 하도 이야기를 안 하니까 시어머니가 정이 없어 그런가 걱정했다.

그 때 명둘게, 삼둘게 많이 하던 시절, 우리 집에 이 집 저 집 시어머니들이 다 모여 둘게를 했다. 그 옆에 앉아 베를 짜다 나와서 비빔밥 해서 드렸다. 내가 한 밥을 모두 맛있다고 하면서 먹었다. 그 때는 따로 내 방이 없었다. 딸네고 며늘네고 같이 있는 큰방에 동네 할머니까지 놀러 와서는 밤이 늦어도 돌아가지 않았다. 그 방에서 지란불이나 호롱불을 쓰고 길쌈을 했다. 그것이 없으면 솔가지불을 쓰기도 했는데, 그 때는 명을 잣아놓으면 꺼멓게 그을렸다.

얼마나 졸리던지, 어른들 계시니 더 졸렸다. 잠 한 번 실컷 못 자보고 살았다. 암만 정신을 차려도 안 되고, 나와서 담 밑에 서 있거나 마당을 돌아다녀 보아도 소용이 없었다. 어른은 ‘자거라’ 소리도 안 하고, 담배만 피우고 앉아 있었다. 몸을 잠깐 누일 수도 없었고, 앉아서 일하다 졸다 보면 밤이 새곤 했다. 바느질하다가 날이 샌 적도 있다. 명에다 솜 놓아서 뒤집어 시침하다 보면 날이 밝아 있었고, 그러면 아침밥하기 바빴다.

낮에는 맨날 들일하고 참 고생스럽게 살았다. 방아찧어 먹었지, 물 여 먹었지, 밭 맸지, 길쌈했지. 방아찧으면서도 늘 손은 놀리지 않고 다른 걸 만졌다. 새벽 다섯 시 전 캄캄할 때 일어나 소죽 끓여 먹이고, 아침밥을 지었다. 신랑을 풀 베러 보내고 나서는 매일 방아 찧고, 물 이고, 빨래 하고, 들에 가는 일을 반복했다. 칠 팔월이 되면 저녁에는 풀 써는 걸 도왔다. 또 밤에는 길쌈을 해야 했다.

(3) A댁(77)

열 다섯에 '색시공출'을 피해서 이 곳으로 시집왔다. 친정은 부동면 이전이며 마을 어른 이 중매를 했다. 어머니가 선 보러 나가셨는데, 나보다 여섯 살 위였던 남편은 장모가 맘 에 들어서 혼인을 결심했다고 한다. 그러나 나는 예쁘장했던 어머니보다 정작 아버지를 많이 닮아서, 혼인 후 남편이 그걸로 구박도 많이 했다. 음력 3월 29일에 친정에서 혼례 를 올렸고, 그 해 여름을 친정에서 묵었다. 첫날밤은 그냥 자야 된다고 어른들이 말해서 그냥 잤다. 혼례 후 석 달만에 '쟁일 걸어온다'고 하면서 남편과 시부가 떡고리를 가지고 처가에 다니러 왔다. 하룻밤 지낸 후 시부는 돌아가고 남편은 이틀 더 머무르다가 갔다.

친정에서 반 년을 묵고 시댁에서 날을 보내서 음력 10월 14일에 신행해 왔다. 가마를 타 고 왔는데, 바로 시집으로 들어오지 않고 이웃에 정해둔 '신방'에 잠시 머물렀다가, '양밥' 으로 해 놓은 불꺼뎅이 위를 넘어서 시집의 대문 안으로 들어왔다. 가마 속에 넣어둔 요강 에는 찹쌀과 팥을 담아 왔다. 그걸로 사흘만에 찰밥을 해서 먹었는데, 내가 직접 하지는 않았다.

시집 온 지 삼년 만에 신랑이 일본으로 노역하러 가서 2년 후 해방이 되어서야 돌아왔 다. 그래서 첫아이를 스물 하나에 낳았다. 삼 대째 외동이다가 남편 대에 와서 형제를 두 었던, 손 귀한 집으로 시집 와서 아들 다섯을 낳았지만, 워낙 땅 한 평 없이 가난하게 살 았던 탓인지 시어른들은 좋아하시는 내색도 없었다.

시부모, 시동생과 함께 방 두 칸에 부엌이 달린 조그만 집에서 살았다. 한 방에는 시어 른과 시동생이, 다른 한 방에는 우리 부부가 잤는데, 두 방 사이에 문이 있어서 모든 것이 조심스러웠다. 사라호 태풍으로 그 집마저 떠내려 가버린 후 새 집을 지을 때까지는 남의 집 곁방에서 온 식구가 함께 기거하기도 했다. 지금 사는 집은 나무를 직접 하고 큰 대목 을 들여서 지은 집이지만 칸살이 적어서 여전히 좁고 불편하다.

신행 때는 이불 두 채와 옷가지 등속을 해 왔다. 시댁에서 혼수로 보내 온 천으로 묵신 행 기간 동안 친정어머니와 함께 옷을 만들었다. 또 여름에 시댁에서 훑은 채로 보내 온 삼으로 길쌈해서 옷을 지어 왔다.

열다섯에 시집왔지만, 새벽같이 일어나서 디딜방아로 보리쌀 찧어 밥해 먹고, 들에 가 고, 베 짜고, 풀 베고, 바느질하고 잠시도 놀 새가 없었다. 손으로는 삼을 째고 발로는 보 리방아를 찧었다. 잠을 실컷 자 보는 게 소원이었다. 이틀을 제대로 자지 못하고 내리 일 을 했던 어느 날 밤에 명(무명)을 틀다가 졸았다고 시어머니는 무명 트는 작대기로 나를 때렸다. 그 일이 지금도 잊히지 않는다.

저녁도 숱하게 굶고 잤다. 보리쌀을 깔고, 그 위에 쌀을 조금 얹고, 또 한 켠에는 감자도 얹어서 밥을 지었다. 쌀 부분은 어른들 떠드리고, 나머지 식구들은 보리와 감자 부분을 먹었다. 큰 아들을 가졌을 때는 식량이 없어 콩나물에다 쌀 한 접시 넣고 죽을 쑤어먹기도 했는데, 그나마도 부족하여 내 몫이 없었다. 굶고 자고, 굶고 자고, 달이 차서 아이를 낳았더니, 뱃속에서 하도 곯아서 뼈와 껍데기 뿐, 살이 없었다. 고등어도 한 손 사면 한 장 동안에 시아버지 상에만 올랐다. 고등어 대가리도 버리지 않았는데, 그것도 시어머니와 신랑이 먹을 수 있었고, 나는 맛도 못 봤다. 요새처럼 비누도 세탁기도 없던 시절, 겨울철 빨래도 몹시 힘든 일이었다. 앞 거랑에 가서 맨 손으로 빨래를 하다 보면 손이 얼어붙어서 울기도 많이 울었다.

그래도 우리 아들이 의과대학 다닌다. 동네가 이렇게 넓어도 서울서 의과대학 하는 이는 우리 아들뿐이다. 청송군내도 드물 것이다. 3년 재수 끝에 아들이 의과대학 들어가서, 돼지 잡고 동네잔치 했다.

(4) 덕천댁(75)

진보 각성 출신으로 열일곱 살에 혼인했다. 친정에서 혼례를 치르고 도신행했다. 동짓달의 사십 리 신행길은 멀고도 추웠다. 시댁에서 맞이한 첫날밤에는 '손도 안 왔고'11), 제각기 잤다. 그 다음 날 친정아버지와 함께 친정으로 '쟁길'가서12) 사나흘인가 머물렀는데, 그때 남편의 얼굴을 처음 봤다. 남편은 입도 잘 안 떼고 인정도 별로 없었는데, 어쩌다 보니 오남매를 낳고 살았다. 시동생 둘에, 시집갔다가 돌아온 시누, 장가갔다가 상처한 시숙, 그리고 시아버지가 한 집에 살았으니 그럴 수밖에 없었을 거다. 어머니 안 계신 살림을 맡아 하던 시누는 내가 시집오자 바로 살림을 물려주었다.

길쌈은 시누한테 배워서 했다. 삼십 대가 넘도록 길쌈을 많이 해서 식구들 옷도 해 입히고, 팔아서 생활에도 보탰다. 길쌈해야 되지, 보리방아 찧어 먹지, 요새 생각하면 어떻게 살았나 싶다. 보리는 아침에 찧어서 볕에 널어놨다가 다시 찧어서('때꺼서') 점심밥을 한다. 저녁이 되면 다음날 아침거리로 쓸 보리를, 물을 조금 들겨서 곱찧어 두었다가, 밤중에 보리가 부슬부슬해지면 까불려 둔다. 새벽이 되면 그 보리쌀을 솥에 안치고 웁쌀로 감자를 얹어서 아침밥을 했다.

옛날에 산 거는 말도 마라. 잠도 실컷 못 자고. 삼동에는 명베에다 솜 놓아서 만든 바지고 저고리고 모두 다시 뜯어서 빨았다가, 그 옷들이 마르면 풀하고 두들겨서, 다시 솜 놓고 시침 넣어 원래대로 꾸며야 했다. 비누 대신에 서숙쩸으로 잿물을 받아서 썼다. 요새

---

11) 신랑의 손이 자신의 몸으로 안 왔다는 뜻이다.
12) 제보자에게는 남편은 '재행길'에 해당되므로 그렇게 표현한 것이다.

사람들한테 말하면 '우쩨 살았노' 할 거다. 옛날에는 그렇게 살았다. 요새 세월 좋아지니 나이 많아져버리고, 옛날 어른들만 불쌍하다.

섣달부터 정초에 식구들 입힐 옷들을 준비하느라 집집마다 다듬이질 소리가 퍼져 나왔다. 아이들은 명베에 검은 물을 들여서 옷을 해 입혔다. 이월 되면 '봄솔까마'를 한 볏가리 해 저다 놔야 여름에 농사지을 수 있었다. 삼월에는 직파하고 명갈고, 오월에는 보리 베고 모 심기를 했다. 깡깡오월, 미끄덩 유월, 어정 칠월, 둥둥 팔월, 설렁 구월이라고 했다. 이곳은 팔월에도 햇나락이 안 돼서 보통 구월 중구에 제사를 지냈다.

시월 들어서면 김장 준비하고, 시월 말경이 되면 타작 때 나온 짚을 가지고 집의 지붕들을 새로 이었다. '밤연계'를 엮어서 돌려가면서 했다. 우리 집의 순서가 되면 안에서는 비빔밥에다 밀주로 저녁 새참을 대접한다. 시월에는 또 나락을 베고 난 논에다 보리를 갈아야 한다. 동지섣달이 되면 남자들이 하는 가마니 치기, 왕골자리 짜기를 돕기도 했다.

식량이 부족하여 숱한 나물을 자주도 먹었다. 큰 보자기 가지고 점심을 싸서 '수청' 너머에 있는 산에 가 나물을 해 와서는, 삶아가지고 콩가루 더벅더벅 묻혀서 밥할 때 한 켠에 얹어두었다가, 주로 여자들이 먹었다. 지금은 오히려 귀해서 못 먹는다. 송구도 벗겨서 죽을 끓여먹었다. 해방되던 해 흉년이 져 먹을 게 없어서 송구죽을 많이 먹었다. 송구를 벗겨 두들겨서 콩가루를 치고 쌀 조금 넣어서 죽을 끓이면 색깔이 벌겋게 되는데, 그걸 식혀서 먹어보면 그렇게 맛이 있었다. 그리고 장에서 파는 '밀찌불'(밀기울)도 사다가 물에 풀어서 죽을 끓여 먹었는데, 먹으면 입 속이 깔끄러웠다. 뿐만 아니라 콩기름을 짜고 남은 찌꺼기를 쳐서 만든 '대도박'도 먹었는데, 아무리 배가 고파도 그건 먹을 것이 아니었다. 육이오 나던 해는 피난가느라 농사를 제대로 돌보지 못했는데도 풍년이 졌다. 그래도 비행기가 폭격을 놓는 통에 '식겁'을 했다.

이 집으로 이사 온 지는 사십 년 남짓 되었다. 지금 사십 셋 된 막내를 이 집에 와서 낳았다. 바깥양반은 돌아가신 지 십구 년 째 된다. '추수' 하나도 안 하고 돌아가셔서 나 혼자서 해야 했다. 그래서 잘 하지도 못했다. 맏이는 술 한 잔이라도 대접한다고, 부산에서 예식한 후 따로 집에서 잔치했고, 둘째는 종반만 가서 경주에서 하고, 셋째 아들도 김천 가서 했다.

(5) 덕촌댁(68)

덕촌에서 음력 스무 엿샛날 혼례하고 바로 도신행했다. 신행해 올 때 가져온 찹쌀로 시어머니가 찰밥을 해서 식구들이 나누어 먹었다. 친정어머니는 내게 "벙어리 돼가 삼 년 살고, 눈 어둡아 삼년 살고, 귀 어둡아 삼 년 살라"고 당부하셨다.

시집 사느라 고생은 그다지 하지 않았지만, 길쌈이 서툴러서 힘들었다. 특히 잠이 많이 부족했다. 매일 낮잠을 주무시는 시할머니가 부러워서 '난도 언제 할매 돼가 낮에 저래 시컨 자 볼까' 생각도 했다. 본격적으로 길쌈일을 한 것은 남편이 아파서 농사를 지을 수 없게 된 이후이다. 10년 여 동안 길쌈으로 가계를 꾸렸다. 우리는 논이 없어서 베 한 필 씩 주고 남의 논을 빌려 삼농사를 지었다. 삼굿을 할라치면 어김없이 비가 오곤 했다.

집안일도 힘들었다. 아침밥을 할 때는 보리쌀 안쳐 놓고 보리짚으로 불 때면서 수시로 발로 차 넣어 가면서 소죽도 끓이고, 감자 깎고 된장 끓이고 호박잎 쪄서 반찬 준비도 했다. 시아버지는 독상으로, 신랑과 시어머니는 겸상으로 차려 드리고, 시동생과 시누들은 모두 한 ‘양푼이’에 퍼 주고 나면 나는 물을 이러 갔다. 물버지기를 깨서 시어머니에게 꾸지람도 들은 적도 있다. 시어머니는 결국 독상을 못 받아보고 돌아가셨다.

그러다가 친정 가라 하면 말할 수 없이 좋았다. 친정에서는 팔 남매 맏이였다. 딸 둘 낳고 아들을 본 친정어머니가 그 남동생을 너무 귀애해서 늘 꾸지람을 들어야 했다. 동생을 울리거나 때렸다고 야단이었고, 실수로 떨어뜨려 어딘가 상처라도 나면 절단이 났다. 아홉 살, 열 살 밖에 안 되었을 때도, 나는 엄마가 ‘감자 깎아 놔라’ 하면 깎아 놓고 시키는 대로 다 했다. 요새 같으면 ‘머심아만 사람이가’ 소리도 했겠지만, 그 때는 그럴 수 없었고 나는 훌쩍 훌쩍 울기만 했다.

조부모가 일찍 돌아가셔서 우리 아버지는 큰아버지와 큰 고모의 절대적인 보살핌 속에서 자랐다. 큰아버지는 그 동생의 첫째 딸인 나를 귀하다고 ‘귀선’이라고 이름 지어 주었다. 그러나 내 여동생은 또 딸이라서 ‘분하다고’ ‘분선’이가 되었다. 큰아버지까지 나를 귀하다 여겼건만, 친정어머니는 밤낮 아들만 귀애해서 나는 어느 날 하루 울지 않는 날이 없을 정도였다.

(6) B댁(65)

대구에서 스물 둘에 시집 왔다. 늦은 혼인이었다. 대구에서 방직회사를 다니던 나를 남편의 누이가 보고 중신을 섰다. 나는 안 한다고 고집을 부렸으나 남편이 막무가내였다. 친정어머니는 그렇게 가난한 집인 줄은 모르고, 마음 좋아 보이는 데 재산이 뭐 필요하냐며 나를 설득했다.

막상 시집을 와 보니, 시집은 때거리가 없을 정도로 가난했다. 논밭돼기 하나 없어 내가 아이들 데리고 품팔이해서 먹고 살았다. 남의 사과밭에 품팔러 내가 얼마나 다닌 줄 아나? 고추 심기 등 밭농사일은 모두 배워서 했다.

이제는 부자다. 내 시집 와서 살림 다 일구었다. 우리 아이들 공부 시킬 때는 늘 남의 돈을 꾸어다 썼다. 내가 공부를 안 한 게 원이 돼서 딸아이들 공부를 어지간히는 시켰다. 우리 친정도 잘 살았는데 딸네들 공부 시키면 건방스러워 못 쓴다고 친정아버지가 나를 ‘눈까마구’(까막눈)를 만들어 놓았다. 그래서 여기 시집 와 보니 아무 것도 없어서, 참 법이 뭔지 신랑 하나 보고 와서는 죽도록 고생하고 살았다.

딸만 여섯 두었다. 아들은 낳기만 하면 죽어버렸다. 아들이 없다고 남편이 바람도 피워서 마음고생을 많이 했다. 답답해서 씨받이도 해 봤지만 돈만 내버리고 결국 아들을 얻지 못했다. 인제는 남편도 마음을 잡았고, 딸들도 시집가서 다 잘 산다. 잘 사니 많이 보태주고. 요즘 세상은 딸이 좋다.

아이들 공부 시킬 때는 농사도 많이 지었는데, 지금은 내외 먹을 정도로만 짓는다. 그 때는 나무도 일 년에 이백 단씩 하고, '약'(도라지)도 캐서 팔았다. 그래도 아이들 밥도 옳게 못 먹였다. 거의 보리밥이었고, 자주 보리개떡으로 때워야 했다. 보리밥이나 개떡도 해 놓으면 딸들이 다 먹어버리고 내 점심이 남아있지 않았다. 아끼고 아껴서 하다 보니, 늘 양이 부족한 건 당연했다.

(7) K댁(59)

팔 남매 장녀로 청송 금계에서 열아홉 살에 이 곳으로 시집왔다. 청송초등학교를 다녔다. 그 당시만 해도 여자들은 안 가르쳐서 여학생이 드물었다. 동네 분이 중매했는데, 동생들과 지내는 게 좋다며 시집을 안 가겠다고 열흘 넘도록 물만 먹으면서 투쟁했다. 철도 없었다. 아버지의 으름장에 억지로 시집 왔다.

예장지 받은 후에 청송읍에서 만나 약혼사진 찍었다. 중매장이가 신랑 나이를 두 살 아래로 속이는 바람에 중간에 말이 났다. 일단 얼굴이나 보자고 불러 내려서 저녁에 청송사진관에서 만나서 약혼사진을 찍고 헤어졌다. 그 때도 나는 신랑될 이의 얼굴을 마주보지는 못했다.

예단으로는 옷감이 담긴 함 외에도, 떡을 가득 담은 고리짝과 술 등이 왔다. 이 때 함진애비는 아들 낳은 사람이 한다. 이불 한 채, 양단 치마저고리 한 벌, 반짝이 치마 한 벌, 웃대 한 벌감을 받았다. 이들 천으로 옷과 이불을 만들었고, 그 외에 신랑 도포에다 시집 와서 내가 입을 입성들을 장만해 왔다. 맏딸이라고 해서 아버지가 특별히 이불을 한 채 더 해 주었다.

친정에서는 옷 마르는 날, 이불하는 날들을 택일해서 옷과 이불을 만들었다. 이 일을 도와주는 이도 깨끗하고 가정이 화목한 사람을 가려서 했고, 남편이 없거나 자식이 일찍 죽은 사람은 기피했다. 남편이 없는 사람은 함이나, 그 함에 든 천을 만져 볼 수도 없었다.

약혼한 후 보름 만에 친정에서 혼례를 올렸다. 동짓달 스무 닷샛날이었다. 혼롓날은 눈이 많이 내려 마당이 질척거렸다. 첫아들 낳고 깨끗한 집안 아지매가 절을 시켜 주었다. 혼례 치른 그 날 바로 도신행했다. 트럭을 타고 왔다가, 열 집 정도 남겨둔 거리에서 가마로 갈아탔다. 동네 사람들로 구성된 가마꾼들이 장난으로 가마를 흔들어 가마가 출렁출렁거리기도 했다. 시집에 들어올 때도 시누들이 감주라 속이고 구정물을 먹이는 장난을 쳤다. 들어와서는 바로 방으로 안내되어 기다렸다가, 시집 식구 및 친척들에게 절을 올렸다.

첫날밤에는 육촌 시누가 라이터로 신방 문구멍을 뚫다가 창호지에 불이 붙어 문이 타버렸다. 동짓달 추운 날씨를 시숙과 고모들이 멍석으로 가려 주어 겨우 잘 수 있었다.

신행 후 삼일 만에 남편과 함께 근친을 갔다. 특별히 음식을 가져간 기억은 없다. 근친 간 날은 처남들이 남편을 시렁에다 붙들어 매고 발바닥을 때리고 솔잎으로 발바닥을 찌르고 했는데, 장모가 나와서 술이나 먹을 것을 많이 내놓겠다고 하면서 말렸다. 나흘 만에 다시 시댁으로 왔다. 예장지는 그 때부터 농 밑에다 보관했다. 저 세상으로 갈 때 각각 자기 것을 관 속에 넣어간다고 들었다.

시부모가 다 돌아가셨던 터라 내게는 형님 댁이 시집이었다. 시집온 지 사흘 만에 부엌에 나가, 아궁이 재를 모두 긁어내고 처음으로 불을 지폈다. 큰 집 식구들이랑 모두 한 방에서 같이 식사를 했는데, 부끄러워서 밥도 제대로 못 먹었다. 신랑 얼굴도 잘 몰랐고 그냥 엎드려서 조금 먹고는 부엌으로 나와 버렸다. 그렇게 한 달을 살고 남의 집 곁방살이로 살림을 났다.

남편 나이가 많아서(혼인 당시 30세) 자식이 늦을까 걱정이 많았지만, 혼인 이듬해 첫아들을 낳았다. 이웃 할머니가 아기를 받아주셨다. 교회를 다니시던 친정어머니가 금줄 같은 것을 미신으로 여겨서 치지 않았다. 이어 딸 둘을 낳자, 시숙이 아들을 더 낳아야 된다며 또 걱정을 했다. 막내로 아들을 하나 더 봐서 2남 2녀를 두었다.

살림 날 때 특별히 받은 재산은 없다. 남의 밭을 빌어서 고추 등을 심었고 소도 키웠다. 일소를 사서 논밭을 갈고, 그 소가 송아지를 낳으면 키워 팔았다. 그렇게 부지런히 일해서 돈이 모이면 논을 한 또가리씩 샀다. 집도 한 채 장만했다. 집은 19,900원에 샀는데, 20,000원 안 채운다고 100원을 뺀 것이다. 방 두 칸, 부엌 한 칸 있는 오두막집이었다. 그 집이 솔아서 91년에 지금의 집을 지어 이사했다.

남편의 건강이 좋지 않아 오 년여 고생했다. 그 오 년 동안 혼자서 지게 지고 농사지었다. 그 때문에 딸들이 재주가 있었지만, 대학 공부를 못 시켰다. 남편의 치병을 위해 뱀을 몇 마리나 고아 먹였다. 특히 산 채로 잡아서 고우자니, 뱀이 발버둥을 치고 고약한 냄새도 나서 무척이나 힘들었다. 그러나 그 덕분에 남편이 살았다. 자식들이 '우리 엄마, 대한민국 엄마다'라고 칭송한다.

그 전에는 일에 빠져서 생각을 못했다가 90년부터 농사일기겸 가계부를 써 왔다. 작년보다 지출이 더 나면 시장에 출입을 끊고 일절 지출을 삼갔다. 딸들이 가계부 덕분에 우리가 살았다고 그것을 '가보'라고 한다. 수도요금이 잘못 나와서 바로잡은 적도 있다. 평소에 계량기 보고 다 적어두기 때문에 바로잡을 수 있었다. 농사에 들어가는 비료도 일일이 적어둔다. 지금도 겨울철에도 놀지 않는다. 농협에서 사과 포장하고 하루에 삼만 원, 사과 적과하고 하루 삼만 원씩 번다.

자식들 혼인 시킬 때, 특히 아들 장가보낼 때가 가장 기뻤다. 자식을 다시 얻어 오니 더 좋았다. 손자 봤을 때도 못지않게 좋았다. 그러나 딸을 시집보낼 때는 빼앗긴 듯하여 섭섭했다.

(8) 경천댁(56)

경산 하양에서 스물여섯에(1973년) 시집 왔다. 이 곳으로 시집 온 집안의 형님이 중매했다. 시어머니와 신랑이 우리 집으로 선보러 왔는데, 시어머니는 내가 마음에 들었던지 결판을 내겠다고 돌아가지 않고 하루 밤낮을 졸라댔다. 결국 그 다음날 '사성편지'를 쓰고 날을 받았다. 혼약이 이루어지고 나서 정식으로 만나 시계를 주고받으면서 '약혼사진'을 찍었다. 나보다 네 살 위인 남편은 칠남매 맏이였다. 영천의 예식장에서 결혼식을 올리고 곧장 시댁으로 왔다. 시댁 문으로 들어서기 전에 짚불을 타넘고, 감주를 마셨다. 그리고 상을 차려놓은 마당에서 어른들께 절을 올렸다.

친정에서는 농사를 짓지 않았기 때문에, 농사일을 배워서 해야 했다. '모찌기'가 솥에다 모를 넣고 찌는 것인 줄 알았다. 서툴게 모단을 묶는 나를 보고 시아버지가 기가 막혀 웃었다. 시집오던 첫해는 수도도 없어서 물을 여다 먹어야 했다. 부엌에 큰 물독이 있어서 그것을 다 채워 두어야 했다. 그래서 물지게를 지는 법, 물이 쏟기지 않도록 바가지를 띄워두는 법을 배웠다. 동짓달이면 집까지 오는 동안 물동이의 물이 꽁꽁 얼어붙어 버렸다. 빨래도 거랑가에 가서 했다.

내가 시집 왔을 때는 접시, 이불, 베개 하나 옳은 게 없었다. 내가 시집 와서, 놀지 않고 일하고 아껴서 오늘까지 살았다. 특히 사과작업은 처녀 때부터 한 것이라 잘 할 수 있었다. 지금도 4, 5월까지는 사과포장 작업을 하고, 표고버섯 약넣는 일도 하고, 절대로 가만히 놀지 않는다. 세금이나 전화요금 같은 건 남편이 담당하지만, 가정의 생활비는 내가 벌어서 충당해 왔다. 올해도 표고버섯 약넣는 일로 한 달에 팔십 오만 원 벌었다.

칠 남매나 되던 시동생과 시누도 내가 와서 다 성혼시켰다. 특히 시집왔을 때 일곱 살 나던 막내시누이는 내가 거의 키운 셈이어서 정이 많이 들었다. 지금도 자주 전화를 하고 나한테 잘 한다.

＜부록 2＞ 덕천댁의 일년 또는 평생의 삶(구술 채록본)

일 시 : 2003년 9월 20일
장 소 : 덕천댁 할머니댁
조사자 : 천혜숙, 박동철(민속·4)
제보자 : 덕천댁·75세

진보에서 시집 와서

[할머니, 어디 임씨세요?]13) 나는 저게 울진이시더. [아, 울진 임이네요. 친정곳은 안동입니까?] 아니 저 진보 각상 하는 데. [몇 살때 시집 오셨는데요?] 열 일곱에요.[그 때 사성 받았을 적에 기분이 어땠습니까?] 뭐 아니껴? 그때사 철이 없어가지고 아무 것도 모르고, 뭐 요새 같으면 뭐 신랑하고 마주앉아 주께라도 보지만은 그 때는 어른들이 가라 하니 가는가 부다 하고. 그래 그래고 뭐 아무것도 모르지 뭐. 그 때사요. [그 때는 아직 할아버님 얼굴도 못 뵙고?] 못 봤지요, 몬 보고. 시집와가지고 첫날밤 하루 밤 자고 그 이튿날 쟁질(재행질)하는 게 있는 기라. 처갓집에, 그 이튿날 하루 밤만 자고 쟁질 하는 게 있는데, 거어 가이 처가에 가가지고 마 한 사나흘 있다 와 가지고 그래 어이 쳐다봤지 뭐. 몰랐지 뭐요. [혼례는 친정에서 안 치루고?] 예, 친정에서 했니더. [치루고 여기 도신행 해가지고 바로 오셔 가지고 여기서 첫날밤을 치루고 다시…] 다시 쟁질 간다 하마 처가에. [아, 재행으로.] 옛날같이 뭐한 사람은 묵신행을 했으만 안 그런데. 나는 지날 마당에서 혼례 해가지고 고마 여어 가마 갖다놓고 타고 그때서여 여기 진보서 이까지 타고 오이께네 춥기는 하고, 동짓달에 사십리다. 여기 가마를 타고 와가지고 그래 첫날 저녁을 자는데… 그 때사 암만 신랑 뭐라 해도 요새 사람 같지 않거든. 마 손도 안 온다. 뭐 시시마쿰, 들다 보고 이래도,14) 시시마쿰 자고 고마 아침에 일나 세수하고 고마 쟁질 간다 하마. 인제 우리 아배가 나를 데리고 왔거든. 데리고 올 적에 장인 영감하고 같이 처가에 간다. 가가지고 한 사나흘 있다 와가지고 그래 인자 신랑 얼굴이라고 봤지 뭐. 그래 봤니더. [보니까 좋으십디까? 마음에 드셨어요?] 철이 없어놓으이 마음에 드는 것도 모르고, 안 드는 것도 모르고 살았는 게 그때다. 옛날에 서로 얘기를 할 줄 아노? 우리 영감 사진 어디 갔노? 치워버린

---

13) [ ]로 묶은 것은 조사자가 말한 부분이다. 이하 '조사자'를 따로 명기하지 않는다.
14) 신방엿보기를 했던 모양이다. 그렇게 들여다 봐서인지 신랑은 손도 대지 않았다는 뜻.

게부다. 글은 이제 참 마이(많이) 아니더. 글은 한문도 마이 알고. 그렇다 보이 어중간하지 뭐요.

이래놓으이 입도 잘 안 띠고 하이께네 뭐 인정도 별로 있는 것 같지도 안 하고, 뭐 어에다 보이께네 아들 오남매 낳아 가지고. 어에다 보이 참 그랬지 뭐. 아무 것도 모르고. 인정답게 앉아가지고 곁에 앉아 이래보지도 못하고. 시집 사는데 그럴 수가 있니껴? 시동생 둘에, 시아바씨 시어마씨 없더라 내 오이(오니). 시누에다가 또 우리 맏시숙이가 장개 가가지고 저 진보 저 영양 석보 하는데 거어 가서 살았는데 거어서 그만 상처를 해뿌리고…15)[연세는 어떻게 되십니까?] 다섯이요. [일흔?] 예, 나이가 많아 아무 것도 모하니더. [그래도 그렇게 전혀 안 보이십니다.] 콩밭에 콩이 몇 포기 안 났거든. 팥 숨어났더니 어떤고 싶어 가마 앉았으니 심심해 가지고 그래 갔다가…[팥하고 콩 심은 데는, 밭이 여기서 멉니까?] 저 건네 있니더. 저 건네 물레방아간 있는 데 거기 있니더. [지금 그러면 밭농사 조금 하시는 거 외에는…] 콩이시더. 논도 없고 딴 거는 몬하고 콩 쪼메 심어가지고 메주콩도 하고 그랠라고 여기 두 마지기 심어 놓고, 팥 숨가놓은 데는 밭 한 댓대기 되는 거 올게는 메주콩, 흰콩이 잘 됐더라. 많이 열렸더라 가보이.

길쌈일

[원래 처음 결혼해 오셨을 때는 농사도 조금…] 지었지요. 농사도 짓고 그 때는… [베도 짜셨습니까?] 베 짰니더. 여기 구석들이라 하는 데 삼 많이 갈았니더. 요새 여어 금소보다 못하잖여. 금소보다 더 나았니더 여게. 구석들에 삼 갈아가지고 훑어 놓으면 색깔도 좋았다, 허연 삼이. [금소보다 더 나았다?] 예, 그리 했는데 인제는 고마 안 하니더. 하마 몇 십 년째 안 하고. [구석들 하는 게 어디?] 요, 요 요게요 월계 구석 하는 데 저 우에는 조금 우에는 월계고, 여 아래는 구석하는데. [들 이름이 구석들… 거기 삼 농사를 많이 지었다구요?] 예, 마이 지었니더. 한 몇십 년 전에는 많이 지어 딴 데 사람 사러 오고. 옛날 어른들 씩겁했지, 삼굿하니라고. 저 앞 강변에 가 여기 돌에 파가 묻어 놓고 그 물 곁에 마이 했니더. 하고 나도 길쌈 마이 했니더. 베 맬 줄을 몰라 그렇지, 다 했니더. [베를 매시지는 않았구나?] 예, 매지는 않았니더. 짜고 명잡고 날고 그랬지, 매는 거는 내가 안 맸고 그랬지. 몇십 년 지나부렸으니… 길쌈을 여기 삼을 안 가니요. 여기 사람 몇 집에는 금소 가서 받아와가, [사가 와가] 예, 사가 와 하니더. 요 넘어 덕촌댁이라고 있지요? 그 어마이는 요새 허리가 아파가 몬하지, 한 몇 해 했다. 이웃에는 그 이웃에는, 양옥집 그 어마이는 아파 들어앉았다만은, 그 어마이도 하고. [어디? 양옥집 길가집에?] 덕촌댁 곁에 거어 양

---

15) 시숙은 상처를 했고, 시누는 제보자가 시집오기 전부터 친정살이를 했다는 이야기인데, 테입에 이상이 있어 채록불능이다.

옥집 안 있디껴? 덕촌댁 거기도요, 많이 했다. 작년까지 비 짰는데.

[그, 어른 그거 해가 다 공부시키고 하셨겠네요?] 뭐 팔기도 하고 공부도 시기고 그랬지. [그, 집에 입성도 하고.] 예, 옷도 했고. 그래 해 놔뒀다가 사러 오만 팔고. 한 필에 뭐 칠십 만원씩, 육십 만원씩, 안동포라 안동포라 하마 그랬니더. 이 마실이 원래 길쌈곳이니더. 여기가. 그래 내 여기 혼인말 하이께네 ‘그 길쌈곳에 가서 워에 할라 길쌈, 어에 할 줄도 모르는데‘ 이캤다. 그래가 여어 와가 시누한테 배웠는데 애를 먹었니더. 그래가 했니더. 여기 길쌈곳이니더. 전부 이 구석들, 월계들에 전부 삼밭이랬니더. 그래더니 요새는 그만 안 하데. 인제는 안 하고 보리를 갈아. 금소 가만 안 하니껴? 삼 많이 갈잖아? [시집와서 시누한테 배우셨구나.] 시누한테 배웠니더. 시누가 왜 그랬나 하마 시집을 갔는데, 부동하는 데 거어 시집을 갔는데, 시집 가던 그 해 그만 내뿌렸부리고, 놔두고 신랑이 그만 만주로 가뿌렸어. 만주로 가가지고 근 한 몇십 년을 안 와. 그래가 안죽 소식 없지 뭐.

그래가지고 안 오니께네 혼자 거어 살 수 없어가지고 친정에 고마 친정살이를 했더라. 하이 내 오이께네 내 오니 친정살이, 어마이도 없고 하이, 모친도 없고 하이 아바이 모시고 [어머니가 안 계시니까.] 부친 모시고 오라버니하고 친정 살림을 살고 있디더. 그래가 내가 시집을 와가지고 그 살림 받아가지고 내가 사는데, 시누는 길쌈을 글쿠 잘 하니더. 얼마나 얼마나 잘 하고. 시누한테 배웠니더. 한 나이 삼십 대쯤 넘도록 했니더.

[삼십 대까지는 하셨네요?] 예, 여어 삼 갈 때까지는 했니더. 이제는 뭐 한 단씩 받아가지고, 하고 싶어도 눈 어두워 가지고 몬하고 하고 싶어도 몬하고 자신도 안 나고. [베틀도 있었겠네요?] 있었지라요. 사무 뒤안에 있었는데, 상구(늘) 있었는데, 도투마리도 두마 있었고, 우리 참 바디는 덕촌네 건네주고, 양옥집 그 집에 가 있다. 솔도 아랫방에 걸어 놨더니 누가 가주 가버리고 없고, 바디도 이만침 있었니더. 그런 걸 내가 난중에 문화재하는 데 쓸라고 내뒀디만 어디 가뿌리고 없드라 하이요. 도투마리는 뒤안에 놔뒀는데 누가 가지고 가뿌리고 베틀은 몰라, 뚜드라 땠는동 우웬는동 없대. 고마 인제 아무 것도 없니더. 아무 것도 없고 길쌈에 대한 건 아무것도 없고. [그 때 길쌈 해 놓으시면 사람들이 사러 오만 팔기도 하고…] 장에 가만 팔고. [장에는 누가 갑니까?] 그 때 여자들 가내니껴? 남자들이 가지. [그러니까 시아버지가 갔다?] 예, 신랑이 가고 그렇고. 또 쪼매하는 사람은 해입기 바빴고. 식구 많은 집에사 한 해 두 벌씩 해 줘 보이소. 뭐, 뭐 몇 필 돼야 된다.

[그 한 필 짤라만 얼마나 걸립니까?] 한 필 짤라 하만 잘 짜는 사람이사 한 오일 짜만 꼭 짜마요 한 대엿새 짜만 다 짜니더. 짜기 좋은 거는 한 대엿새 짜만 짜고요, 풀이 죽고 옳지 않은 거는, 서툴고 하면은 한 열흘 넘게 걸려야 되고. [그 인제 실이 옳지 않으면?] 인제 옳게 풀이 죽든동 풀이 죽어서 터래기가(터럭지가) 자꾸 일어나 떨어지든동 이러면 시간이 자꾸 가잖니껴? 참 매는 데도 쫄쫄 잘라매가지고 참기름 바디에 발라, 짜는 솜씨 있는 사람은 한 대엿새 짜만 한 필 충분히 짜니더.

먹거리, 입거리 마련

[참, 옛날에 안어른들이 일을 많이 하셨다 그죠?] 길쌈하지, 보리방아 찧어 먹지, 요새 생각해도 우예 살았는동 싶으다. 보리방아 찧어 먹지, 풀 베러, 요새쯤 됐다, 거름 쇠끼는 풀 베러 또 간다. 가만은 소골에 한바리 실코 지고 와가지고 벽시루 놓으만 또 쓸어야 된다. 쓸어가지고 걸궁에 쳐넣어 놨다가 똥하고 썪으면 그 이듬해 보리 갈 때 거름하고 이 랬다. 이래도 아침절(나절)에 보리쌀 보리 꼭 찧어가지고 볕에 널어 놨다가 점심 먹고 앉 힐라 하만 그 놈 또 때꺼야 된다. 때꺼가아 저녁에 보리쌀… [때꺼는 게 뭡니까?] 부근, 아 시, 인제 지근지근 찧어가지고 널어 놨다가 마르면 인제 또 까불려부리고 다부(다시) 방간 에 디딜방아 다부 찧는다 하이 [다시]. 그걸 찧어가지고… [그걸 때껀다 합니까?] 그걸 때 껀다 하이.

그래가지고 밥을 해가지고 저녁에 안쳐가지고 감자 안치고 해가 밥 해 먹고 또 삼 삼는 다. 아침거리 또 우예노 싶어, 아침거리 또 보리쌀 보리방아 보리를 가지고 꼽찧는다 왜. 꼽찧는 건 생보리를 찧어가지고 까불리부리고 까불면 보리쌀 안 나왔니껴? 그걸 다부 호 박에 부어가지고 물 조금 붙들려가지고 그거 또 꼽찧어 가지고 쪄가지골랑…[보리 알은 빼고?] 어언제, 보리 알은 생보리 밥그릇 찧어가지고 까분다 하이. 까불어부리고 그 보리 쌀로 다부 호박에 부어가지고 또 찧는다. 그래 꼽찧는다 하거든. [때꺼는 거하고 꼽찧는 거하고 다르지요?] 때꺼는 거는 찧어가 말라가지고 저 널어 놨다 바짝 말라가지고, 그래 인제 다시 찧는 그거는 인자 때꺼는 거고. 꼽찧는 거는 보리를 가지고 고만 보리쌀 만들어 밥해 먹는 거 그거는 꼽찧는 거거든. [아, 보리를 보리쌀로 만들어서.] 예, 맨들어가지고 그 래 놓으만 저녁에 못 까분다 왜. 저녁에 몬 까불만 바가지 내가지고 꼭꼭 눌러 놨다가 솔 가지 불 써 놓고 솔가지 불 써 놓고 삼 삼다가 [밤에?]. 예, 삼 삼다가 열두 시 되만 보리 쌀이 부실부실하다. 그래 채에 까불려가지고 까불려 놨다 새벽에 일나 그 놈을 또 보리쌀 안치고, 움쌀이 뭐로 하만, 감자가 움쌀이다, 감자가. [아, 감자를 움쌀로 했어요?] 쌀이 있 는교? 옛날에 뭐. [쌀이 없어서?] 야, 그 감자를 움쌀이라 한테 깎아가 한 짝에 얹어 가지 고 둑둑둑 깨가지고 그래 섞어가지고 먹고 뭐. 아이고, 옛날에 살았는 거는 말도 마소. 뭐, 잠도 시컨 못 자고 뭐, 그래 길쌈 해가지고 팔아도 쓰고. 뭐 그 때사 돈 주고 옷 사 입니 껴? 전부 집에 해가 입었지 뭐요. 또 삼동에는 명 가지고 또 명베 해가지고, 또 삼동에는 명베 해가지고 옷 해 입고. 그리고 인자 뭐 내복이 있나, 명 인제 그거 쏘케(솜) 해가지고 그거 속에 만들어가지고 그리 인자 [솜 놓아가지고] 솜 낳아가지고 그래 뜨시긴 뜨시대, 그래 놓으만. 그래가지고 인제 뭐, 바지고 저고리고. 솜으로 처음에는 요래 뜯어가지고 고 냥 재가지고 놔두었다가 입을 옷 마캉 씨(씻어)가지고 갯물에 삶아 씨이가지고, 그 때는 갯물 뭐 받찼나 하마, 서숙찜요 그거 이런 데 떼가지고 그거 가지고 갯물 받았다. 그거에 다가 치대가지고 물에 삶아가지고 거랑에 씨이가 와여, 뜨슨 물은 또 갯물 낸다. 내가지고 그래 널어 놨다가 풀 한다 왜. 풀 해 가지고 뜯어놓으니 이 손이 터져 가지고, 삼동에 춥기는 하고 그래가지고 풀 해가 뚜드려가지고 이래 마캉 해가지고 고거 한 불 꾸멜라 하만, [다시 솜…] 다시, 다부 나야 되지. 다부 낳아가지고 전부 시침 다 옇어야 되고, 이 솔패 시침 다 옇고, 속에 뭉치지 마라고. [시침도 속에 다시 다 넣어야 된다 그지요?] 야. 바지는 이 사폭에 시침 다 옇어야지 속케가 안 뭉치지. 저고리는 이 등어리로 마캉 시침을 넣어야 안 뭉친다. [솜 안 뭉치게] 야. 안 뭉치라고. 그래 옛날에 그랬니더. 아이고, [잠도 못 주무셨다 그지요?] 오래 몬 잡니더.

그러다 아침에 풀 벤다 하고, 새벽에 일나야지 보리쌀 퍼 자아가지고 그래가 밥 해가 참 믹이고 믹이 보내. 풀베러 보내놓으면 또 이때쯤 오만, 또 아 말도 마소. 옛날에, 요새사 요새 아들 앉혀 그카만 '어에 살았노' 이칸다. 그래 인제 논 멜지게 새참을 뭐라 하만 인제 밀 해가지고 빻는다. 집에요 방앗간에 창고 맞차가 빻아가지고 채로 흔들어 가지고, 그래도 그게 맛 있니더. 맛이 있니더. [요새는 그런 게 얼마나 귀한 음식입니까?] 야, 요새는 밀가루 샀는 거 어디 맛있니껴, 어데요? 그 때는 집에 생산해가지고 졌는 거는 수제비 해놓으만 맛도 있대. 그래 거기다가 감자 뚱뚱 설어 놓고, 호박 좀 넣고, 수제비 떠 놓으만 참 맛있었다. 그래 먹고 논매는 데 그걸 해가지고 한 버지기 퍼가지고 그래 이고 가니 참 이 인제 떠가 농가(나누어) 주고. 아이 옛날에 그래 살았니더. 그래 사람 살다가 요새 세월 좋으니 나(나이) 많아부리고 이 아무 짓도 몬한다. 아이고 참 내사 살았는 거, 옛날 어른 불쌍치.

명절삼으로 맞는 정초

[일년 동안, 그러면 정초 되면 어떻게 하세요?] 예, 정초 되만 그 때도 맨 명절삼 같은 거 해가지고 명절삼, 섣달에나 명절삼 해가지고 이달 섣달그뭄 안 다가오나? 다가오만 마 옷 해 입힐라 그만, 명절 가 옷 해 입혀야 된다. [예, 그렇지요.] 설에 그래 그걸 얼른 짜니더. 얼른 짜가 못 해. 짜만 도투마리하고 베틀하고 우선 놔두고 기계로 끊어가지고 씨이가지고 풀 해가 뚜드려가지고 그래 옷 마캉 말라가지고 소케 놔가 해입혔고. [아, 그러니까 정초 섣달 그믐 때면 정초에 입힐 옷 준비한다 그지요?] 그래 집집마다 다듬이질 소리 난리지 뭐요. 마 뚜드리니라고. 이래 하고 또 인제 아, 쪼매큼한 아, 학교 다니는 거는 명베 그냥 입히면 안 되고 또 검은 물 들여가지고, 검은 물 들여가지고 입혀. 우리 큰 아 사진 보만 검은 물 들여가지고 한복 입고 사진 찍었는데. 졸업할 때, 국민학교 졸업할 때 참 그랬니더. 그래고 인제 그래 가지고 섣달 그믐날에는 마캉 참 보면 옷 해가 입히고 이 집에서 다듬이질 소리, 저 집에서 다듬이질 소리, 그래가지고 해가지고 입혔고.

이월, 봄솔까마

그래 설 소고(쇠고). 설 소만 뭐, 뭐, 정월 한달 되만 지내가만 일꾼들 봄솔까마 한다. 하면요 이월 초 봄소까마 한다. 하마 한 볏가리 해져다 나야지 농사를 짓지. 그래가 산에 가 소까부리 하니만 한 두 바리 세 바리 지고 와야 소까부리 지태(집채)같이 져놓고 그래 이제 여름에 농사 진다 하마. [그거는 일꾼들이 합니까? 직접 하셨어요?] 일꾼도 하고, 우리 또 신랑도 해야 되지요. 일꾼 없는 집에는 맨 주인이 해야 되고, 또 잘사는 집에는 일꾼들이 나가 하고, 소 몰고 가여 해가지고. [그래 소까바이 가뜩 해 놔야 된다 그지요.] 해가지고 소까데까리 재에놔야 여름 농사 짓지. 또 그랬니더.

삼월부터는 농사일로

[그럼 삼월에는요?] 삼월에는 농사철 아니래? 한참 직파하지. 고치 갈고, 보리 갈고, 명 갈고. [그러면 사월은?] 밀하고 보리하고는 이제 보니 시월달에 한다… 옛날에는 시월 되만 얼매나 추웠다. 이제 나락 베 버리고 그 보리 때려 놓고 묻을라 하만 보리 덩그리가 마 묻을라 하만 흙이 얼어가 떼댕 떼댕 그랬다. 설 소아 보리고, 삼월 사월 되만 보리가 포롱 포롱 올라 오니더. [아, 삼 사월되만 보리가 올라오고.] 예, 삼사월 되만 보리가 시푸리해 가지고 고마 좋을라 하만 퍼득 좋아 부리거든. 그래가지고 인제 오월쯤 되만 하마 보리 익어 가지고 유월 되만… [유월에 보리 베고 인제 거기다가 모심기를 합니까?] 예, 예 보리 비고 모 심십니다. [그게 칠월입니까?] 예, 그래 모 숨는 거는 오월 달이지. [모 심는 거, 음력 오월에.] 음력 오월이시더. 양력은 요새 유월… 음력은… [보리를 베야 그 땅에다 모를 심을 거 아닙니까?] 야, 보리 비야, 보리 비가지고 저기 구석들 하는 데, 큰집 식구, 요새는 큰집이 이사를 갔지만, 그 때는 거어 큰집 있을 때 전부 베가지고 단을 묶어가지고 큰집 이짝에서 저 단을 별러 놓고 그래 인제 모 숨그니더. 오월 달에 오월 달에 모 숨가놓 으만 비가 와 가지고 뭐 보리 몬 걷으만 비가 와가 보리 싹이 나가지고, 널어 놨는데 [아 하, 널어 놓은 데.] 널어 놓은 데 보리싹이 시퍼렇게 그랬다. 그랬니더 옛날에. [그럼 안 되 지요?] 그래 놓으만 안 되지요 뭐요. 보리 그래 오래 되만 고만 쭉떡 보리 같이 그렇지. [그 전에 보릿단을 거두어야 되는데…] 거두어야 되는데 바빠가지고 못 걷고 비가 오이께 네 고마 마 비도 맞추고 이랬지 뭐. 근데 우리 클 적에는 진보 각성서로(각성에서는) 여어 (여기) 같이 이래 보리를 안 널고 거기는 보리를 비가지고 떼까리를 잰다 하이. 보리를 데 까리를, 막 그 때 그랬거든. 진보 친정에 클 때는 보리 떼까리를 마구 무데, 무데이로 재가 지고 그래 났다가 칠 팔월 뜯으면은 날파리가 얼매나 나왔다. 그래가지고 뚜드렸니더. 그 런데 여기는 오니께네 볏가리체 일루 절루 널데. 일루 절로 뭐 뜰에 널어가지고 뭐 낭개고

산에고 뭐 뭐 큰 길로 모를 마카 널데. [널어 놓는구나.] 예, 여어 오니 바닥에 널데. 근데 우리 클 적에 진보는 안 그랬다. 마카 떼까리 지었다.

깡깡 오월, 미끄덩 유월, 어정 칠월, 둥둥 팔월, 설렁 구월

[그럼 팔월에는 뭐 합니까?] 팔월에는 인제 맨 뭐 저게 요새는 팔월달 되만 추석날에가 뭐 하지만, 그 때는 팔월에는 뭐 했는동… [추석 준비합니까?] 추석 준비하지. 그 때는 추석요, 팔월에 안 지내고 요새는 팔월에 지내지. 그 때는 올 같이 나락이 이래가지고 [예, 늦나락이라서.] 햇나락을 모 해가지고서 구월 중기에 지냈니더. 옛날에는 구월 중기에 많이 지냈다. 구월 중기에 지내고 뭐. [그럼 팔월은 그냥 지나가겠다 그지요? 조금 여유가…] 그렇지 여유가 있었지. 맨 뭐 직파 다 해가지고 곡식 다 갈아 놨지. 깡깡 오월, 미끄덩 유월, 어정 칠월, 둥둥 팔월, 설렁 구월…요새사 곡식도 마캉 일찍어놓으이 하마 마캉 놀잖아? 옛날에는 이렇게 놀 새도 없었니더.

아침마다 똥물 져다 보리밭에 갔다 뤄야 되지. [일꾼이 있었습니까?] 우린 일꾼 없었니더. [주로 두 분이 하셨다 그지요?] 예, 일꾼도 있어도 그리 두지만은 본인 주인도 맨 똥, [같이 해야지요.] 비료 있니껴? 똥물 가지고 보리 다 걸우고 또 그 다음에 뭐 콩밭에도 주고 이랬지, 뭐 뭐.

동짓달이면 지붕잇고 자리치고

[그럼 시월, 이럴 때는 김장 준비합니까?] 시월달에는 김장 준비했지. 김장 준비하고 뭐 참 그랬지 뭐, 동짓달에는 인제 좀 뺐했지. 추우니께네. [쉰다 그지요?] 동짓달에는, 동지 섣달에는 일꾼들 들어앉아가지고요, 이런 초당방 같은 데 들어앉아가지고 멍석도 매고 신도 삼고 둘방한 맷방석 그거도 매고 또 집 이운다 하마 새끼도 꼬고 그 때 마카 초가집 아니었니껴? 그래 인제 촌집도 뭐, 한 집에는 동짓달 초순에 구월 시월 말일쯤 되만 집을 이이야 되거든. 이으만 **밤 연계**로 엮었다 하이. 밤 연계로 돌려 가마. [밤 연계가 뭡니까?] 이웃에 돌려가마 연계를 맺었다 하지. 짚 가지고 짚 가지고 연계를 맺어가지고 그리 인제 집을 마캉 잇는데, 저녁에 막 비빔밥 해가지고 밀주 해 옇어가지고 비빔밥 해가지고 그거 마구 연계짚 해주는 사람들 마캉 저녁에 새참 먹여가지고, 그 이튿날 그 연계 가지고 집 이이고 그랬잖아. 민속촌에 가만 짚 안 이이 놨니껴? 맨 그랬다 하이 옛날에.

[그걸 구월, 시월에 합니까?] 예, 시월달에 한다 하이. 시월달에도 늦게 하니더. 구월 시월에는 나락 타작하니라고, 요새 이런 타작 하니껴? 기계가지고 딛는 거, 마랑 마랑 하는 거 안 있니껴? 그거 가지고 타작 [그거 하고 나서 이제 짚…] 그거 하고 나서 인제 짚

이 나와야 연계 엮어서 집을 이이지. 타작을 해야, 짚이 나와야, 연계를 엮지. 그래가지고 구 시월에는 뭐 나락 두들고 뭐 가여, 들에 가여 뭐 보리 덩거리 뭐도 뭐 하고 보리 갈고 나락 비이 들라놓고도 두들여 놓고 보리 가느라고요 [아, 나락 타작 후에.] 예. [보리 갈아야 된다.] 보리 갈아놓고 그리 하다 보만 인제 그리 나락 두들은 집 가지고 연계 맺어 가지고 전부 집 이이고. [연계 맺는다는 게 뭡니까?] 연계 엮는다 말이다. [그래 밤에 하니까 밤 연계라 합니까?] 밤 연계라 하지, 그쿠 뭐한 집에는 낮에 엮어 하는 집도 있고⋯ [그것도 같이 합니까? 품앗이처럼 합니까?] 이웃에 이래 하만 엮어 주러 온다. 오만 우리도 해 부리만 저 집 엮으면 또 가고 품앗이도 아니고 거들러 가지. [손 거들어 주는 거다 그지요?] 예, 서로 거들어 주로 다니지 뭐. 요새 뭐 나물 엮듯이 그래 엮는다.

그리고 용바람 틀어가지고 하고. 뭐 참 옛날에사 아이고 그래가 짚을 만져놓으니 이 마손이 벌어져여, 짚을 만져가지고 그래 놓고는 동지섣달에는 들어앉아가지고 멍석 매고 맥반석 매고 신 삼고 가마이 치고 [가마이도 치고.] 예, 가마이 쳐야 나락 넣지요. 그 때사 뭐 딴 거 푸데기 있었니껴? 가마이 쳐야 인제. [안어른들은 그런 일들을 하기 위해서 다 준비 해주고 밥 해대고 이런 거 한다 그지요? 직접 하기도 하고?] 가마이 틀라고 치면요, 뭐 옇어줘야 된다. 짚 여줘야 된다. 작대기 기단한 거 요래 해 가지고 짚을 요래 해 가지고 옇어 줘야만 치는 사람 받을 매가 친다 하이. 그거 넣어 줘야 된다. 또 이 자리도 옛날에는 전부 마카 깔았거든. 왕골자리를 깔았다. 왕골자리 까는 데도, 또 가마이틀하고 왕글자리틀하고 다르다.

가마이 틀에는 새끼를 간소름하게 꽈 가지고 고래 요만한 거 가지고 가마이틀 하지만은도 이 자리 초석자리틀에는 크다. 큰데 노로 인제 삽으로 노로 꽈가지고 그래 인제 날로 만들어가지고 치는 데는 논에다가 왕겨 심어 가지고 쫄쫄 째가지고 내려놓으만 참 곱데이. 그래 가지고 고거를 인제⋯ 삼동 되면 그걸 하느라고 애먹지 뭐, 밥 해먹지 물 이지요, 빨래 씻지 [그거 하면서도 그지요.] 예, 그거 하면서도 그래 많이 했더. 그래 가지고 그 때사 [밥하고 물이고 빨래를 여자가 기본적으로 하면서도 그런 거 다 도와줘야 되는구나.] 그 때사 이런 자리가 있었니껴? 초석자리 안 깔았니껴? 그 때사. 그리고 없는 집에는 멍석 매가지고 멍석 매가지고 깔아 놓으면은 어떤 집에 가만 아아는 많지, 거어 똥을 싸가지고 멍석 위에 똥이 다 디가고, 오줌을 싸가지고 그 무데기는 마 썩어가지고 그거 먹고 이랬다니까. 참 그래 모두 살았더. 우리는 시아바씨가 있는 때문에 그런 건 안 해봤더. 여적지(이때껏) 초석자리 깔았지 뭐, 여적 초석 깔았지. [왕골하고 초석이 다릅니까?] 맨 한가지시더. 왕골 가지고 초석자리라 하는⋯ [아, 왕골 가지고, 초석자리라고.]

나물·송구·미찌불 같은 것으로 허기를 때웠던 시절

[나물 같은 것도 하러 가 보셨어요?] 아이구, 나물하러 갔지래요. 나물하러 점심 싸가지고 아주 큰 보 하나 가지고 저 수청하는 넘에 거가 나물 해가지고 이고 오고 뭐 이랬니더. 이러고… [옛날에 식량이 부족하니까 그걸로…] 예. 그래가 나물로 해가지고 삶아가지고 콩가루 더벅 더벅 묻혀가지고 삼동되면요, 요래 쌀을 밀어 놓고 한 짝에 부어놓으만 또 고 고냥 있데, 콩가루 묻힌 나물이가. 그래가 남자들은 나물 덜 섞으고 그래 인자 떠가지고. [밥할 때 한 구석에다가 그거를 같이 하는구나.] 하니더. 덜 섞으고 남자들 주고 여자들은 나물 많이 섞어가 먹고 그래도 그게 그쿠로 맛있더라 하이요. 지금도 얼마나 귀해서 못 먹지, 밥 하면서 움쌀은 감자하고, 나물하고 콩가루 묻힌 것도 한 구석에 놓고. [그리고 나머지는 보립니까?] 맨 보리쌀이지. 여름에는 그렇고요. 삼동에는 인제 참 보리 많이 하는 사람들은 밑에 보리쌀 좀 깔고 또 농사도 많이 짓고 잘 사는 사람은 나락을 흔케씩(흔하게) 먹지요. [아. 삼동에는 인제 수확이 있으니까.] 수확이 있으니 그렇고. [그 때는 움쌀을 인제 쌀로 하겠네요.] 그리고 빡빡하게 나락을 쪼매 해가지고 이거를 우웨든동 햇나락 나도록 먹어, 보리 나도록 먹어야 될 낀데, 하모 가난한 사람들은 숱한 나물 섞어 먹었니더. 콩가루 더벅 더벅 묻혀가지고 한 짝에 찡겨 놨다가 숱한 나물 묻혀 먹었니더.

그리고 인자 송구 벗거 먹었는 거 모릅니껴? 알 거를? 그거는 [이야기는 들었습니다.] 이야기는 들었니껴, 송구죽요? 그 때는 육이오 적에는 일본 해방됐다, 송구 먹던 해에는. 올해, 일본 해방이가요, 오십 육년째 났는 거같다. 맞지요? [더 됐습니다.] 칠년이라…. 그래 그 때 송구 벗겨 먹었니더. [그 때 먹을 게 없어가지고.] 예, 그 때 한참 어려워가지고 해방되고 해방되던 해는 어예가지고 육이오때, 해방되는 해는 풍년이 졌는데, 일본 해방되던 해에는 흉년이 져가지고 먹을 게 없어가지고 송구 뱃겨가지고 두드려가지고 그래가지고 저 골목에 마카 벌건 물이 송구 물이 내버리고, 그래가지고 참, 콩가루 푹 쳐가지고 쌀 섯나 넣고 죽 써 놓으만 그래도 그게 맛있어요. [송구에다가 또?] 콩가루 묻혀가지고 고 쌀 섯나 넣고 그래 놓으만 죽이 벌겋다 왜? 그래 울아부려도 그래가지고서나 식하가 먹어보만 그 죽이 그래 맛있어요. 콩가루가 들어 그렇든동 [맛있겠네요.] 맛있어요.

그래하고, 참 뭐 뭐 그래가지고 미찌불(?)도 장에 가만요 밀기울? 무슨 미찌불인지 장에 가만 이래 맥방석에 놓고 버어(부어) 놓고 판다 하이. 그걸 한 대씩 가져 와가지고 그거를 풀쳐가지고 죽을 써 놓으만 세사아 못 먹니더. 까끄라버요. 그래 배가 고프니 그걸 먹지 우웨니껴? 그랬지. 뭐로 물에 풀어가지고 그래 끓여가 먹었다 하이. 끓여가 먹고 대도박(?)하는 게 있었거든. 똑 누룩 마냥 이리한 거 그런 거를 가져와가 뚜드려가 파는데 어에 보면 콩지름 짜부리고 콩 맞데기 같은 거 그런 걸 파는데 세상아 그것도 못 먹고, 암만 배고파도 그거는 못 먹을래라. 그 때 그래 모두 고생했니더.

그러다 그 이듬해 농사 고마 보리 뭐 하고 뭐 해 가지고 농사 한 해 잘 지으니께네 고마 미마늘(?) 돼뿌리고. 해방 되던 그 해 그쿠로 애 먹었지. [해방 되던 해 힘드셨다?] 예, 일본 해방 되던 해요. 육이오 해방 되가지고는 참 풍년 졌니더. 육이오는 피난 댕기며 농사 안 돌봐도 지대로 돼가지고 괜찮았는데, 에이고 무서워라.

육이오 경험

[육이오 때는 피난 가셨습니까?] 갔지로요. [피난 어디로 가셨어요?] 저 건너요, 저 건너 잣대 하는 데 거어 갔니더. 잣대 하는 데 우리 논이 거기 있니더. 논으로는 높고 길은 낮은 데 속에 팠다 하이 그래 부엌굴 같이 파가지고 거어 가 은신했다. [논은 높고 길은 낮아서.] 예, 고래 파가 고오 은신하고 그리 가만 생각하니 어른은 암만 나가자 캐, 잽혀도 안 나갔습니다. 안 나갔어. 그 때는 동서를 한테 데리고 있었다. 시동생 장게 보내고 데리고 있었는데 마캉 나갔다. 시동생하고 동서하고 내하고 전부 다 나가부리고 우리 큰 아 그 때 세 살 먹었는고? 그래 나갔는데 어른을 혼자 집에 놔두니, 암만 가자 그래도 안 가니더. [어른이 안 가시겠다고.] 예, 이래가지고 마 집에 들어 왔다. 막 들어 와가지고 얼마 안 있다 마 비행기가 돌아다니며 폭격을 놓는데 씩겁했다. 그 때요.

혼자서 한 자식 추수

[이 집으로 오신 지는 몇 년 되셨어요?] 여기 온 적에 우리 막내이가 올게 사십 너인동 소띠면 사십 너인가 서인가 모르겠다. 소띤데. 가 저 아래 있을 적에 뱄는지 여기 와 뱄는지 그거는 몰래. [아 그 쯤 해서 일로.] 예, 그래가지고 여 와가지고 놓긴 여 와가지고 낳았거든. 낳았는데 한 삼십년 넘어 갈 끼라. 안 그러니껴? 야가 한 사십 안 될라? [여기 와서 낳았으면 아드님 나이하고 똑 같네요.] 예, 여어 와 낳았다 하이. 막내이 여어 와 낳는데 올게 사십 서인가 너인가 그렇다. 그래 한 사십 년 넘지. [바깥 어른신은 언제 돌아가셨습니까?] 보자, 올게 돌아가신 지가 십구 년째 났는 동, 올게 십구 년째 났는 동 싶으다. 오래 됐니더. 추수 하나도 안 하고 돌아가셨다.16) 돌아가시고 추수했다. [아이고, 힘드셨다.] 뭐 잘했니껴, 뭐요? 맏이는 나도 마실에 이 짝에 사는데 나도 큰일에 갔으니 맏이는 내가 술 한 잔이라도 맏이는 집에 한다 하모 예식은 인제 부산서 해가지고 집에서 잔치했고, 둘째는 우리 종반만 가가지고 경주에서 했고, 셋째 아들이는 버스 큰 차 한 대 내가지고 저 김천 가 했니더.

<천 혜 숙>

---

16) 자녀들 성혼시키는 것을 '추수'로 표현했다.

청운마을의 소박하지만 격식을 갖춘 혼례

이 보고서는 현재 청운리에 살고 있는 70대 남녀노인들이 직접 경험한 혼례를 조사하여 작성되었다. 이 노인들은 이르게는 17세 늦게는 24세에 혼인하였으므로, 대략 1945년에서 1955년 사이에 혼인을 했다고 볼 수 있다. 일제로부터의 해방과 한국전쟁이라는 사회적 상황 아래에서 혼례를 치룬 노인들인 셈이다. 이 보고서는 주자가례에 기술된 혼례과정에 따라 내용을 정리하기 보다는 현재 그들의 기억 속에 생생하게 남아있는 것들을 기술하려고 노력했다.

1. 중매는 신부 쪽에서 먼저 넣는 법이 아니다

70대 노인들의 혼인은 일반적으로 중매를 통해서 이루어졌다. 수곡댁(76세)[1]의 경우도 중매를 통해서 이루어졌다. 중매인은 청운리에 살면서 신랑 쪽과 신부 쪽 양가의 사정을 잘 아는 사람이지만 "촌수가 없는 사람이다"고 말할 정도로 먼 친인척의 남자였고 신부 측에 좀 더 가까웠다고 한다. 먼저 신랑 쪽에서 중매인을 통해 좋은 신부를 구해달라고 청을 넣으면 이어서 신부 쪽에서도 신랑집의 사정을 살피기 위해 중매인을 구한다. 원칙적으로 중매는 신랑 쪽에서 먼저 넣는 것이다. 수곡댁은 그 이유에 대해서, "딸 주지 못해 들살 되면 보기도 안 좋고 우사"이기 때문이라고 설명해주었다. 신부집에서 먼저 중매인을 보내거나 눈에 띄게 혼처를 구하게 되면 혹시나 신부에게 무슨 문제라도 있지 않나하는 인상을 피하기 위해서 이다. 중매인을 통해 처음으로 혼담이 오고갈 때는 1947년 음력으로 10월초였다. 혼담이 있은 후 약 5개월 만에 혼인이 이루어진 것이다. 중매를 넣을 당시에도 신랑은 돈을 벌 목적으로 일본에 건너가 있었는데 부모님의 권유로 고향에 오게 되었다고 한다. 수곡댁은 1948년 음력으로 3월 13일 17살에 혼례를 올렸다. 그 때 신랑은 24살이었다고 한다.

한 마을 내에 장차의 신랑신부가 같이 살더라도 중매인은 필요하다. 18세에 시집간 후

---

1) 시집오기 전 친정에서 5형제자매 중에서 맏이였다. 친정은 청운에서 덕천 방면에 있는 신흥이다.

동댁(78세)의 경우가 그 경우이다. 청운마을 내에서 촌내혼으로 혼인이 성사되었지만 중매인을 통해 혼담을 주고받았다. 비록 신랑이 같은 마을에 살고 있었지만 후동댁은 신랑될 남자의 얼굴도 몰랐다고 한다.

> 나는 한 마실에서 시집갔다. 나는 저 아래동네에 살고 신랑은 마을 복판에 살아도 신랑을 잘 몰랐다. 요새 사람들 같으면 알지만 그때 우리는 몰랐다. 중매쟁이가 있어서 우리 집에 먼저 왔다. 그 다음에 우리 집에서 신랑집을 알아봤다. 처자중매도 있고 총각중매도 있는데 총각집에서 먼저 중매가 들어오면 처자집에서 중매쟁이를 총각집에 보낸다. 어른들은 다 알지만 그래도 중매쟁이는 있었다. 나는 18살 먹어서 갔지만 시집가는 게 뭔지도 모르고 갔다. 부모님이 알아서 했지 내가 한건 없다.[2]

2. 신랑의 용모는 그 다음이다

중매인을 통해 혼사를 치르더라도 양가의 어른들의 마음이 맞아야 혼사가 성립될 수 있다. 혼인은 남녀 당사자만의 결합이 아니라 두 집안 어른들의 뜻이 더 중요하며 그들 사이에 합의가 이루어져야 한다. 즉 양가 어른들이 바라는 '좋은 신랑', '좋은 신부'로서의 조건이 있게 마련이다. 이에 대해 황병구 어른은 다음과 같이 말해주었다.

> 중매쟁이를 통해 그 집이 어떠냐하고 물어본다. 집안이 좋나 나쁘나 알아본다. 신랑집에서 보내면 신부집에서 나중에 알아본다. 알아본다는 건 그 집 가정이 밥이라도 먹고 지내느냐, 그 집 가정이 시아바이 시어마이 성질이 썩 나쁘다든가 알아본다. 교육도 알아봐야 된다. 인물은 차후문제다. 인물은 별로 안중요하다.[3]

위의 진술처럼 중매인을 통해 알아보는 내용은 '신랑 쪽의 경제적 조건' '시부모의 성격', '신랑의 교육수준' 등이며 신랑의 얼굴은 그리 중요하게 따지지 않음을 알 수 있다. 여기서 또 하나 알 수 있는 것은 신부의 조건보다는 신랑의 조건을 더 따지고 있음을 볼 수 있다. 이러한 조건은 현재 70대에 속한 노인들이 혼인할 당시의 사회적 상황 즉, 일제로부터의 해방과 연이은 한국전쟁 상황에서 발생하는 경제적 궁핍과 맞물려 있다고 볼 수 있으며 장차 혼인해서 살게 될 시댁의 경제적 수준이 시집살이의 강도와 연결되어 있다고 보기 때문이다. 이들 노인들과의 면담에서, "그 당시 우리는 먹고 살기도 힘들어 무엇 무엇했다"라는 말을 자주 들을 수 있었다.

---

2) 제보자: 김일예 78세.
3) 제보자: 황병구, 72세.

3. "나는 몰다 시집갈 아가 알지"

중매를 통해 부모가 혼사를 결정하는 것이 일반적이지만, 반드시 그렇지만은 않다. 수곡댁의 경우가 그러하다. 수곡댁이 혼기가 차자 세 곳에서 중매가 들어왔다. 먼저 장차 수곡댁의 시댁이 될 청운리에서 들어왔고, 나머지 둘은 안덕과 청송에서 각각 중매가 들어왔다.

> 중매가 들어왔는데, 부모님이 몇 일이고 시집을 어디로 보낼지 서로 상의를 해봤지만, 결정이 안 났어요. 그 때 집에 어른이 "나는 몰다 시집갈 아가 알지"라고 했어요. 그래서 어매가 나한테 물었어요. "넌 어디로 시집갈래?" 그래서 나는 "이왕 시집갈려면 청운으로 갈란다"라고 했지요.

수곡댁에 있어서 혼인은 부모님의 의사보다 시집갈 자신의 입장이 더 중요하게 작용했다고 볼 수 있다.4) 수곡댁이 청운리에 있는 총각한테 시집가게 결정적인 배경은 당시의 다른 처녀들과는 달리 공식적인 학교교육을 받았다는 데 있는 것 같다. 수곡댁은 신흥에서 약 한 시간 거리에 있는 소학교를 다녔는데, 학교로 오가는 길에 반듯이 청운리를 거쳐야했다. 그런 연유로 학교를 오고가면서 둘은 서로 얼굴을 익힐 기회가 있었던 것이다. "학교 다니면서 신랑 될 사람을 봤다. 신랑 될 사람도 나를 세밀히 봤고, 서로 마주보고 이야기를 안해봐도 서로 저런 처자한테 장가갔으면, 저런 총각하고 살았으면 좋겠다하고 생각하고 있었다"고 했다. 그러나 그 당시 중매를 하지 않고 처녀와 총각 둘이 서로 좋아서 혼인하는 예는 없었기 때문에 결국 중매인을 통해 혼인을 하게 되었다.

4. 혼수는 시아버지께 드리는 도포가 가장 중요하다

혼수는 천정의 경제적 형편, 시댁과 그 친척들의 수에 따라서 달라질 수 있다. 수곡댁의 경우는 시댁식구가 많아서 혼수를 많이 할 수밖에 없었다고 한다. 혼수를 해야 할 대상은 시부모, 시조모, 시동생과 시누이(7명), 고모부 내외, 외삼촌 내외까지 모두 했다. 그 중에서도 시아버지한테 드리는 도포가 가장 중요했다고 한다. 수곡댁이 시댁의 맏며느

---

4) 같은 시기의 문경 현리의 경우 혼인은 전대의 통혼권에 살고 있는 친지의 중매로 이루어지는 경우가 많고 본인의 의사와는 관계없이 양가 어른들끼리의 혼약으로 성립되는 것(천혜숙, 『혼인』, 『반속과 민속이 함께 가는 현리마을』, 경북의 전통마을Ⅱ, 2003, 안동대학교 민속학연구소.)이 일반적인 현상이라고 볼 때, 위의 사례는 이 시기에는 특별한 경우이거나 각 마을이 지니는 사회문화적 특수성에 근거한다고 볼 수 있겠다.

리였기 때문이었다. 이 지역에는 맏며느리가 해가는 혼수 중에 도포는 필수적이었다고 한다. 형편이 되지 않아 혼수로 도포를 장만하지 못할 경우도 있지만 대체로 도포를 해가는 것을 당연시 하는 것이다. 그래야 맏며느리로서 체면도 세울 수 있는 것이다.

> 도포해가는 게 기본인데 그래야 시댁 식구들한테 위축이 안되고, 체면이 서요. 만약 맏며느리가 도포를 안해가고 잘 사는 둘째 며느리가 해가면 맏며느리로서 체면이 안서지요. 그러나 맏며느리가 아니더라도 시댁에 살면서 시부모를 모시고 시댁의 조상들을 제사지내야 할 경우에도 혼수로 도포를 꼭 해가요.5)

수곡댁의 경우 도포는 특별히 친정어머니가 손수 짠 고운 삼베로 지은 것이었다. 시어머니한테는 시장에서 구입한 무명으로 저고리와 치마, 시동생 세 명에게는 모두 정장 양복, 그리고 시누이 3명에게는 시장에서 구입한 내복을 해주었다. 고모에게는 버선 한 켤레, 고모부에게는 양말 한 짝, 그리고 외삼촌한테는 이불 한 채를 해주었다고 한다. 신랑에게는 무명바지 저고리, 두루마기, 돈주머니, 버선, 양복 한 벌(곤색), Y사추, 넥타이, 구두, 양말을 했다. 가구로는 화려한 장식을 한 오동장롱을 해갔다. 당시 마을에서 혼수로 장롱을 해간 집은 거의 없을 정도였다고 자랑하듯 이야기 해주었다.

이렇듯 수곡댁의 혼수는 무척 많고 다양한 편에 속한다. 당시에 청운리로 시집온 대부분의 여성들은 주로 옷감을 해올 정도였다고 하니 수곡댁이 해온 혼수의 규모를 짐작할 수 있다. 안동 금소에서 시집온 금호댁6)은 안동포로 옷을 지어왔다고 한다. "온다카만, 이웃 사람들하고 시댁 식구들이 그거(옷) 구경하러 왔어요." 시집올 때 안동포로 시아버지와 시어머니 옷을 지어왔으므로 그게 자랑이었다고 했다.

혼사를 치르는데 드는 경비와 관련하여 "소 팔아서 시집장가가면 안된다", "아무리 형편이 안되도 소 팔아서 시집장가가면 못 산다", "시집장가 갈 때 소는 절대 안판다", "금송아가 팔아서 장가 헛간네"와 같은 언술을 많이 들을 수 있었다. 즉 혼수비용이나 혼사를 치르기 위해 소를 파는 일은 절대로 없다고 한다.

5. 함 속에는 혼례의 의미가 들어있다

함은 신랑집에서 신부집으로 예물과 납폐서를 보내는 것을 말하며, 지역에 따라 폐(幣), 봉채(封采), 봉치, 봉채함이라고도 한다. 함은 혼례 당일 또는 그 전날 보내는 것이

---

5) 제보자: 임분임(남계댁), 75세, 진보에서 시집옴.
6) 제보자: 임시한(74세), 안동 금소에서 시집옴.

일반적이다. 청운리로 시집온 대부분의 여성들은 혼례 전날 받았다고 했다. 함은 대체로 신랑의 친구들이 가지고 오지만, 친구라고 해서 누구나 함을 짊어질 수 있는 것은 아니다. "신랑 친구 중에서 장가가서 첫아들을 낳은 사람이 매야 한다."7) 이 말에는 함을 들고 온 신랑 친구가 혼인 후 첫 아들을 본 것처럼 신부도 혼인해서 첫 아들을 낳으라는 주술적 의미가 들어있다고 볼 수 있다. 신랑 친구가 신부집 가까이에 도착하면 쉽게 들어오지 않고 애를 먹이는데, 함지기들이 바라는 요구를 다 들어줘야 함을 받아볼 수 있다. 마침내 함을 받게 되면 함을 가기고 온 신랑 친구들에게 술과 음식을 대접하고, 함은 깨끗한 상 위에 조심스럽게 올려놓는다. 함은 대체로 신부의 어머니가 열어본다. 수곡댁이 받은 함 속에는 옷감, 화장품 4종류(입술 바르는 것, 눈썹 그리는 것, 파우더, 분), '잘 여문 서속 이삭 세 개', '명주뭉치'가 들어 있었다. 옷감은 신부가 해 입을 것이었고, 화장품은 당시 누구나 받을 수 있는 예물이 아니었을 만큼 특별한 예물이었다. 서속 이삭 세 개와 명주뭉치는 혼례와 관련된 의미를 담고 있다. '잘 여문 서속 이삭 세 개는 건강한 자식을 서속 씨만큼 많이 낳으라는 의미이고, 명주뭉치는 명주의 질기고 뭉치의 얽힌 모양처럼 떨어지지 말고 오래도록 잘 살아라'는 의미라고 한다.

6. 웃음이 넘치나는 초례청

혼례는 신부집 마당에서 치러진다. 이 때 초래청에는 음식을 올린다기 보다는 의미를 올린다고 보아야 할 것 같다. 초래청에는 가운데 부분에 대추, 밤, 곶감, 쌀을 올리고 신부와 신랑 쪽에 각각 청홍보에 싼 암탉과 수탉을 놓고, 병에 대나무(혹은 향나무)를 꽂고 청홍실로 장식한다. 신부 쪽에는 손을 씻고 닦을 수 있도록 물이 담긴 대야와 술 주전자를 두고, 신랑 쪽에는 특별히 집에서 만든 두부와 젓가락을 추가한다. 대추, 밤, 곶감, 쌀, 암탉과 수탉 외에 팥, 용떡, 콩(대두), 사과, 배, 국수 등을 추가하는 경북의 다른 지역과 비교하면 그 당시 청운마을의 초례청은 간소한 듯하다.

혼인하는 날 신부를 보고 쓸데없이 웃지 말라는 의미로서 "초례청에서 웃으면 첫딸을 낳는다"라는 언술이 있음에도 불구하고 청운리 남성들이 초례청에서 겪은 일들을 들어보면 웃지 않을 수 없다.

> 신랑 앞에는 두부를 놓는다. 집에서 만든거다. 쟁만 위에 두부 만들어 놓고, 장난치느라고 팔뚝만한 젓가락을 갖다놓는다. 장난치느라고 그거 뒤베라 카는데(뒤집어라) 그거 뒤벨수 있나 그래서 그냥 집다가 놓는다. 그러면 친구들이 그거 안뒤베면(안뒤집으면) 첫딸 놓는다카지만 그거 다 장난이기 때문에 여사(예사)로 생각한다.8)

---

7) 제보자: 김일예, 74세 촌내혼을 함.

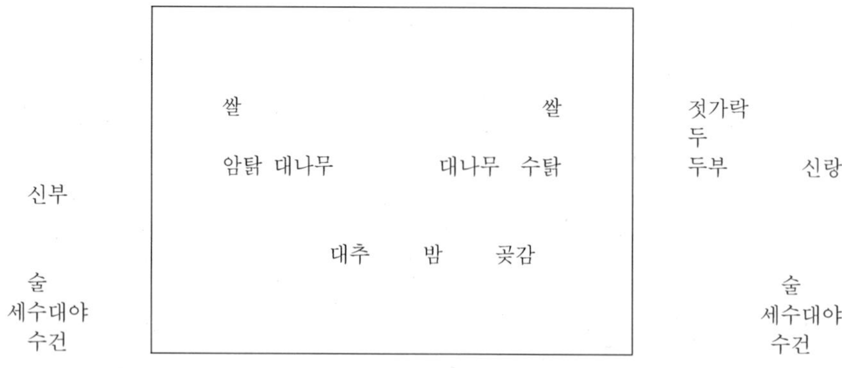

초례청

신랑 앞에 놓은 두부는 신랑의 재주와 성격을 알아보기 위함이라고 한다. 신랑은 젓가락을 사용해서 두부를 온전한 모양을 유지한 채로 한 번 뒤집어 놓아야한다. 두부 옆에는 적당한 크기의 쇠젓가락 대신에 팔뚝만한 나무젓가락을 놓아둔다. 쇠젓가락으로도 쉽게 뒤집을 수 없는 것을 아예 젓가락질조차 못하도록 한 것이다. 그 팔뚝만한 나무젓가락을 잡으려고 하는 신랑의 모습은 하객들의 웃음을 자아내기에 충분하다. 어떤 신랑은 젓가락을 사용해서 쉽게 두부를 뒤집을 수 없자 맨손으로 두부를 뒤집기도 했다고 한다. 그럴 경우 신랑의 성격이 좀 급하거나 아니면 비위가 좋아서 그렇게 한다고 판단한다.9)

초례청에 올린 쌀은 혼례를 치루는 동안 닭이 쪼이 먹기도 하고, 남은 것은 하객들이 가지고 간다. 밤에 잘 때 이를 가는 아이에게 초례청에 올린 쌀을 먹이면 더 이상 이를 갈지 않는다는 믿음 때문이다.

청운리로 시집온 70대 여성들은 그들의 친정이 어디이든 간에 거의 비슷한 혼례복을 입은 것으로 기억한다. 일반적으로 입는 옷을 보면, 머리에 비녀를 꼽고 족두리나 화관을 얹고, 복식으로 분홍색 치마에 초록색(또는 노랑이나 파랑) 저고리를 입었으며 신발은 흰 고무신을 신었다. 속옷으로는 속적삼, 속바지, 고쟁이를 입

혼례를 마치고 기념촬영

---

8) 제보자: 황병수, 72세.
9) 제보자: 임분임, 75세.

었다. 그 당시에 금·은박이나 자수 등의 문양을 넣은 옷을 입은 사례는 없는 것으로 보인다. 또한 신부가 활옷이나 원삼을 입은 예를 본 기억이 없는 것으로 기억했다. 신랑은 모두가 한복 명주바지 저고리에 두루마기입고 사모관대를 했다고 말했다. 신부복은 족두리나 화관을 제외하면 대개 친정에서 마련한 것이어서 약간 차이를 보이지만, 신랑복은 마을에 있는 것을 혼례 때마다 공통으로 쓰기 때문에 똑같다.

7. 골고루 잘 대접해야 잔치 잘했다는 소릴 듣는다

대부분의 하객들은 마을 사람들과 친인척들이다. 이들을 대접하기 위한 음식은 혼례를 잘 치렀는지 그렇지 않은지가 결정될 만큼 매우 중요하다. 형편이 되는 집은 '소고기국'에 갖가지 전과 떡이 제공되지만, 그렇지 못한 집에는 소고기국 대신에 '멸치국'을 내놓는다. 멸치국도 대접할 수 없을 정도이면 비빔밥으로 하객을 대접한다. 떡국잔치도 있는데 다른 음식은 쓰지 않고 떡국만으로 하객들을 대접하는 경우이다. 그러나 무엇보다 중요한 것은 하객들을 위한 음식으로 무엇을 했느냐 보다도 "찾아오는 손님들에게 골고루 잘 대접해야 하는 것이고 그래야 잔치 잘 했다는 소릴 들을 수 있었다. 그렇게 하기 위해서는 설령 남기더라도 모자라지 않도록 음식을 많이 해야 한다"[10]고 한다.

8. 형편에 맞는 부조를 한다

혼례에 참석한 하객들은 부조로 현금으로 하지 않고 주로 음식이나 곡식으로 했다. 쌀, 떡국, 감주, 술이 대표적인 부조물품이다. 친척이나 이웃이냐 그리고 경제적 형편이 어떠한가에 따라서 각기 부조물품이 달랐다. 마을에 있는 가까운 친척은 쌀 다섯 대나 한 말, 먼 친척이나 이웃 사람들은 감주나 떡국 다섯 대나 한 말, 형편이 좋은 집은 한 말 정도의 떡국을 부조한다. 멀리 사는 친척이나 사돈댁은 부득이 돈 부조를 하는 경우도 있다. 이처럼 하객들은 자신과 혼주와의 관계, 그리고 자신의 경제적 형편뿐만 아니라 혼주의 경제적 형편에 따라 부조의 물품을 달리 함을 알 수 있다.

옛날에는 못살았기 때문에 감주해서 가지고 간다. 현금부조는 없었다. 좀 친하면 감주나 막걸리하고, 쌀부조는 대략 친척간에 한다. 보통 한 말 한다. 거의 다 한 말 한다. 잔치할 때 사용하고 남

---

10) 제보자: 이종택, 83세.

으면 먹지 그걸 파는 경우는 없다. 그 집이 부자 같으면 쌀부조는 안한다. 못사는 집은 비빔밥을 쓰기도 했다. 떡은 떡국잔치할 경우에는 떡국을 쓴다. 떡국 잔치도 있다. 떡국으로 하는거다.[11]

9. 신방지키기와 신랑다루기

신랑은 초행 때 신부집에서 혼례를 올리고 3-4일 정도 처가에 머문다. 대례를 치르고 처가에서 첫날밤을 보내는데 신방에 간단한 주안상이 들어온다. 이 주안상은 야상, 야물상, '더듬상'이라고도 부른다. 이때 술, 밤, 대추, 전 등을 올린다. 약간의 술과 음식을 먹고 잠자리에 드는데 신랑은 반드시 신부의 왼쪽 버선을 먼저 벗겨서 자신의 오른쪽 무릎 밑에 넣는다. 대부분의 신랑들은 부모나 가까운 친척들로부터 첫날밤을 잘 치를 수 있도록 교육을 받았다고 했다.

> 문 다 째놓는다(찢어놓는다). 종반에 있는 사람들하고 오라바이들 하고 문 다 뜯었다. 그래서 어매가 자리도 쳐주고, 병풍으로 막고, 천으로 막았다. 첫날밤을 자고 일어나도 신랑 인물이 어예 생겼는지도 몰랐다.[12] 이틀 지나도 신랑 인물 못봤다. 신방에 들어가니깐 불끄니깐 신랑 못봤다. 남사스러워서 얼굴을 못봤다.[13]
>
> 신랑이 신부의 버선을 벗겨 오른쪽 무릎 밑에 넣는다. 첫날밤에 버선 벗기는거 어른들로부터 교육을 받았다.[14]

첫날밤은 편하게 넘어가지 않는다. 신랑 신부는 거의 잠을 잘 수 없을 정도라고 한다. '상지기'라고 해서 신랑 신부가 밤에 뭘 하는지 보려고 신부의 친척들이 문구멍을 뚫거나 어떤 경우에는 문을 뜯어버리기 때문이다. 이런 상황에도 수줍음 많은 신부는 신랑의 얼굴을 못 보기 일쑤다.

신랑은 혼례를 치르고 그저 신부를 데려오는 것이 아니다. 신랑은 동상례 혹은 '신랑다루기'라는 관행을 통해 세 번째로 시련을 맞이한다.

> 신랑다룰 때 신랑이 죽는다. 처남들, 대소가 사람들이 신랑을 시렁에 다루매 놓고 마구 팬다. 얼매 빌래하고 솔잎하고 나무 막대기로 마구 팬다. 각시 와서 풀어달라고 사정을 하고 장모가 와서 좀 풀어달라고 해야 된다. 음식도 내고 돈도 내고 해야 풀어준다. 남의 색시 따간 게 죄다. 그래서 신랑은 그냥 맞고 있어야 된다. 다 장난으로 그러는 거다. 이 방에 왔는 사람은 다 그래했다.[15]

---

11) 제보자: 황병수, 72세.
12) 제보자: 임시항, 74세.
13) 제보자: 임시항, 74세.
14) 제보자: 황병구, 72세.

한다리 놓는다. 찔룩발(절름발이)이다, 다리 전다하고 신부를 놀린다. 다 신부 놀리려고 하는 거
다. 각시 애달래려고 절지도 않는데 전다칸다.[16]

신부집에 가면 그 마을에 청년들이 새신랑 왔다고 가가주고 달아매고 발목 붙들어 매서 시렁에
달아내고 술 내라고 팬다. 솔잎도 사용하고 배에도 찌르고 그거 다 재미로 그러는 건데, 10몇 년
20년 키워놓은 처자를 데리고 갔으니깐 술을 한 잔 내라고 카는 거라. 술은 대략 장모가 낸다. 자
기 집에 있는 음식 다 차려내라고 하는 거다. 장모도 와서 우리가 요구하는 데로 다 주끄마 우리 사
우 풀어주라고 해야 된다.[17]

위의 사례에서 보듯이 신랑은 동상례를 당연히 치러야 하는 통과의례로 생각하고 각오
를 단단히 해야 한다. 신랑다루기의 가장 일반적인 관행은 일단 신랑의 발을 묶고 시렁에
맨 다음 나무 막대기나, 더 심하게 다룰 때는 싸리나무로 신랑의 발바닥을 때리는 것이
다. 이보다 좀더 강도를 높일 경우 솔잎을 묶어서 신랑의 발바닥을 찌르고 배나 등까지도
찌른다. 만약 추운 겨울에 혼례를 치렀다면, 속옷 차림으로 신부집 마루의 기둥에 묶일
수도 있다. 이 과정에서 장모가 나서서 자기 딸 생각해서라도 사위 풀어달라고 애원하거
나 중재를 하지만 당장에 풀어주지는 않는다. 신랑다루기를 하는데 대한 죄를 묻기도 하
는 데, 잘 키워놓은 남의 색시 훔쳐가는 것이 죄이며 신랑다루기는 일종의 이에 대한 벌
에 해당한다. 벌을 좀 덜 받기 위해서는 신랑다루기를 하는 마을 사람들이나 친척들의 요
구를 들어주어야 한다. 요구는 주로 장모가 술과 음식을 푸짐하게 내오는 것이며 요구를
다 들어주면 신랑다루기는 마무리 된다. 이 모든 과정은 엄숙하거나 살벌한 분위기에서
수행되는 것이 아니라 웃음과 유쾌한 분위기에서 이루어진다. 비록 좀 심하게 다루더라도
신랑은 절대 화를 내거나 싫은 내색을 하지 않는다. 오히려 신랑다루기를 하지 않으면 섭
섭하게 생각한다. 신랑은 신랑다루기를 장난으로 이해하고 이를 통해 처가 식구들은 물론
마을 사람들과 새로운 인간관계를 맺을 수 있다고 생각하기 때문이다.

10. 신행과 근친

신랑이 초행을 가서 혼례를 치르고 나서 재행과 삼행을 하는 것이 일반적이다. 신부가
묵신행을 하는 경우 신랑은 삼행까지 하기도 하지만, 청운리에 살고 있는 70대 남성 가운
데서 초행 이후에 재행과 삼행을 모두 경험한 분은 그리 많지 않았다. 묵신행하는 것을
가장 이상적인 관행으로 간주하고 있지만 실제적으로는 초행 후 3일 만에 신부를 본가로

---

15) 제보자: 임시황, 74세.
16) 제보자: 최귀선, 69세.
17) 제보자: 임시황, 74세.

데리고 가거나 재행을 한 후에 바로 데리고 간 사례가 대부분이었다.

신행할 때 신부는 빈손으로 오지 않는다. 엿, 술, 찹쌀, 팥, 쇠고기 장조림 등을 준비해서 온다. 대개 항아리(국단지)에 담아오지만 새로 구입한 요강에 넣어서 오는 경우도 있다고 한다. 이들 음식과 곡식은 시댁의 친척들을 대접하기 위한 것이기도 하지만, 갓 시집오면 음식도 서툴고 반찬도 변변치 못할 경우도 있기 때문에 딸을 위해서 친정어머니가 준비해준 것이다. 신행을 한 신부는 3일이 지나면 부엌일을 시작하게 되고, 적어도 3달 동안 시부모에게 아침 문안인사를 드려야 한다. 시댁에 마루가 있으며 마루에서 드리고 없을 경우에는 방안에게 드리게 된다.

> 친정갈 때 시어머니가 나한테 길쌈거리 한 단 두 단 쥐어 보낸다. 다시 시가에 돌아올 때 삼베를 한 보따리 들고 왔다. 시어머니가 내가 친정 가서 노는 것을 못 봐줘서 그랬는 갑다. 시집살이 시킬라고…18)
>
> 시집에 살다가 친정에 왔다. 절편, 인절미를 해갔다. 그리고 친정갈 때 길쌈감 가지고 친정에 갔다. 우리도 가지고 갔다. 친정에 갈 때 베가지고 왔다. 친정에서 거의 1년 있다가 갔다.19)

시집살이를 하던 새댁이 처음으로 친정에 가는 것을 근친이라고 하는데, 절편이나 인절미 등의 음식을 장만해서 가지만 길쌈거리를 들고 갔다는 이야기를 대부분의 여성 노인들로부터 들을 수 있었다. 짧게는 일주일 길게는 1년 정도 친정에서 머물다가 돌아올 때는 길쌈한 결과물을 가지고 와야 한다. 이 모두가 고된 시집살이로 이해했다. 친정에 왔다고 해서 편히 쉴 수 있었던 것이 아닌 것이다.

<손 재 완>

---

18) 제보자: 임분임, 75세.
19) 제보자: 수곡댁, 76세.

일생의례의 기록으로서 가족사진

1. 일생의례의 기록, 가족사진

　1839년 사진이 발명된 이래 인류가 가장 많이 찍은 사진은 무엇일까. 정확한 통계를 낼 수 있는 것이 아니니 아무도 확언할 수야 없겠지만, 난 '가족'이라고 굳게 믿고 있다. 장롱 위 먼지 쌓인 앨범을 꺼내 보면 터무니없는 말이 아님을 금방 알 수 있다. 그렇다면 사람들은 왜 가족사진을 찍을까.

　'사진'이라는 것은 거울과 비슷하여 아무 것도 새겨지지 않은 채 존재할 수 없다. 항상 무언가를 비추어야 되는 거울처럼 말이다. 과거의 순간, 죽어버린 순간의 박제로서 사진은 미래에 다시 감상되어질 운명을 타고난다. 물론 사진을 찍을 당시의 목적은 대부분 '기념'일 것이고 또 다른 말로 '기록'이다. 이 순간이 지나면 다시는 오지 않을 시간을 정지시키려는 인간의 '기록'에 대한 노력은 회화의 역사를 거슬러 올라가야 할 만큼 유구하다. 하지만 기록의 주체가 지극히 제한적인 회화에 비해 사진은 놀랍도록 빨리 대중화되었다. 특히 1880년대 코닥에서 휴대가 간편한 카메라와 롤필름을 생산하면서 누구나 기록의 주체가 될 수 있었다.

　그렇다면 이 땅의 민중들은 사진을 어떻게 수용하였을까. 상층보다 서양에 대한 정보가 부족했던 민중들은 그들에 비해 폐쇄적일 수밖에 없었다. 일례로 19세기 말 서울에서는 서양사람들이 어린아이들을 유괴하여 솥에 삶아 말린 다음 가루를 내어 현상약품으로 쓰고, 눈알을 빼 카메라의 렌즈로 만든다는 유언비어가 나돌 정도였다.[1] 이 사건은 고종까지 직접 나서서 방을 붙이고 난 후에야 진정이 되었지만 당시 민중들의 카메라에 대한 두려움은 쉽게 가시지 않았다.[2] 초상사진에 관심을 표명했던 상층의 적극적인 수용으로 그

---

1) 최인진, 『한국사진사』, 눈빛, 1999, 124~130쪽.
2) 카메라에 대한 두려움은 다음과 같은 속신으로 나타났다. "사진을 찍으면 피가 마른다", "사진을 한 번 찍으면 몸이 마르고 두 번 찍으면 명이 짧아진다", "어릴 때 사진을 찍으면 수명을 다하지 못하고 죽게 된다", "세 사람이 같이 사진을 찍으면 가운데 사람은 죽게 된다" 등등. 위의 책, 132쪽.

두려움은 차츰 없어지게 되었지만 민중이 적극적으로 사진을 수용하는 데는 시간이 더 필요했다.

사진의 놀라운 사실성 때문에 민중들은 두려움에 떨면서도 한편으로 카메라의 신기한 능력에 점점 매료되어 갔다. 사는 동안 자신의 흔적을 남기고자 하는 것은 인간의 근원적 욕망이 아니던가. 그런 점에서 기록매체를 가질 수 없었던 민중들에게 사진은 새로운 기록매체로 자리매김하게 된다. 특히 일생의례를 기록하는 데 있어서는 엄연한 공식행사로 틀을 잡아, 의례가 끝난 뒤 기념촬영을 하는 것은 더 이상 이상한 일이 아니다. 또한 기념사진은 소비적인 측면뿐만 아니라 생산적인 측면에서도 대중적이다.3) 문자매체의 생산과 소비에 소외되었던 민중들이 '기록'을 통해 '기억'을 연장시키는 카메라 앞에 주저 없이 서게 된 것은 어쩌면 당연한 일인지 모른다.

일생 동안 누구나 다 겪는 일이지만 매우 중요한 일이기 때문에 사람들은 이 때를 특별히 기념하기 위하여 의례를 치르고4) 그 의례를 오래 기념하기 위해 '기념 사진'을 찍는다. 백일사진, 돌사진, 입학·졸업사진, 결혼사진, 가족사진, 회갑사진, 영정사진 등 태어나는 순간부터 죽는 날까지 사진은 '기념' 내지 '기록'이라는 이름으로 따라다닌다. 자연히 의례의 주재자 혹은 참가자인 가족이 기념사진의 주인공이 된다. 의례의 기념사진은 의례를 기념하는 사진일 수도 있지만 그 주인공들이 대부분 가족이라는 점에서 의례가 행해지는 시점의 가족을 기념하는 사진일 수도 있다. 즉 일생의례가 행해진 그 당시의 가족모습을 사진으로 정지시켜 세월이 지난 후에 다시 보겠다는 의도가 다분히 녹아있는 것이다. 카메라가 더욱 대중화되면서 기념사진은 일상의 영역으로 확대된다.

가족 구성원들은 가족사진에 대하여 어떤 의미를 부여하고 있을까. 대개 사람들은 사진에 찍힌 피사체와 사진을 동일시하는 경향이 있다. 혹 그렇지 않다 하더라도 적어도 사진은 곧장 피사체를 연결 지어 '사진' 자체를 생각하기보다 그 대상을 연상케 하는 것은 부정할 수 없다. 가족사진도 예외가 아니어서, 단란한 모습의 가족사진은 가족들의 행복했던 순간을 떠올리기에 부족함이 없다. 이것이 '가족사진'을 찍는 이유이다. 가족은 사회를 구성하는 가장 기초적인 집단으로서 개인의 존재 기반이 되는 혈연집단이다. 가족이 개인의 존재를 확인하는 가장 일차적인 동거집단이라면 가족사진은 그 존재의 증거 역할을 한다. 즉 가족사진을 통해 소속집단의 정체성을 확인하는 것이다. '기억'을 연장시키는 수단으로서의 가족사진은 가족의 존재와 개인의 정체성을 확인하는 효과적인 방법이다. 따라서 가족들은 벽에 걸려있는 가족사진을 통해 가족의 존재를 확인하려한다.

---

3) 이경민, 『일상, 새로운 의미의 탄생 또는 잊혀진 의미의 대상』, 『기념사진전』, 1999.
4) 나승만, 『공동체의 의례생활』, 『한국민속학 새로 읽기』, 민속원, 2001, 183쪽.

2. 아랫 세대가 강조되는 가족사진

20년 전만 하더라도 카메라는 장롱 깊숙한 곳에 보관하였다가 중요한 가족 행사가 있는 날이면 꺼내 몇 장 찍고 다시 고이 모셔두는 물건이었다. 당연히 사진도 카메라만큼 귀한 것이었다. 사진 찍는 일이 흔치 않은 일이기에 카메라 앞에 설 일이 있으면 으레 흐트러지지 않아야 하고 엄숙하기까지 해야 한다. 이러한 일종의 경건함은 사람들을 '차렷' 시키고 줄을 맞춰 세운다. 공식적인 가족행사를 마친 가족들은 나름의 기준으로 정렬한 다음 옷매무새를 가다듬는다. 사진사의 지시에 따라 경직된 자세에서 눈을 깜빡거리지 않게 신경 쓰고 심지어 숨을 참아가며 모두 카메라의 렌즈를 응시한 후에야 사진이 찍히는 것은 사진에 대한 태도를 단적으로 보여준다 하겠다. 영원히 기록될 사진을 생각하면 사진은 그렇게 함부로 찍힐 수 없는 것이었다.

청운리와 같은 농촌마을에서는 도시에 비해 이러한 경향이 더욱 뚜렷하여 사진의 종류 또한 제한적이다. 최근에 찍은 사진들을 제외한다면 그 종류는 대개 결혼사진, 사진관에서 찍은 돌사진, 약혼사진, 환갑잔치사진 등의 비일상적인 시·공간의 기록이 대부분이다.[5] 칼라사진 시대로 넘어오면 학사모를 쓴 졸업사진과 여행사진 등이 자주 보인다. 간혹 동무끼리나 전우들과의 "우정을 영원히" 간직하기 위해 찍은 사진도 있으며 최근에는 돌사진을 비롯한 손자·손녀의 사진이 압도적으로 많다.

특히 벽에 걸린 사진의 경우 식구들이 늘 봐야하고 손님들에게 보여도 될 만한 것이 선별되다보니 그 종류가 더욱 한정적이다. 11가구를 대상으로 조사해본 결과 적게는 3개, 많게는 18개의 사진액자를 벽에 걸어두었다. 이 중에서 공통적으로 있는 사진 중 1세대[6]의 사진, 결혼사진, 손자·손녀사진, 졸업사진, 생일잔치사진, 여행사진 등으로 분류하여 그 수를 도해하면 다음의 <표 1>과 같다.

11가구의 액자 총 수는 100개이며 그 중 가장 많은 수는 전체 41개인 손자·손녀사진 이다. 그 다음은 28개인 결혼사진이다. 손자·손녀사진과 결혼사진이 전체 3분의 2를 차지한다. 그 다음으로 졸업사진, 1세대의 사진, 생일사진, 여행사진 순이다.

---

5) 젊은 세대일수록, 도시로 갈수록 가족사진은 일상의 시·공간을 기념하는 경향이 강하다. 이것은 사진 매체의 친숙도와 관련이 있을 것이다.
6) 청운리에 거주하는 할아버지·할머니들을 1세대로 표현하였다.

<표 1> 청운리 11가구에 걸린 사진 분류표

	액자수	1세대의 초상사진	결혼사진	손자·손녀 사진	졸업사진	생일사진	여행사진
임순난(58)	11	1	4	4	2	-	-
임원예(72)	3	1	-	1	-	1	-
이옥순(67)	9	1	-	7	-	1	-
황경모(71)	14	1	6	6	-	-	1
황국심(58)	5	1	1	3	-	-	-
황무홈(66)	10	-	6	4	-	-	-
황수원(65)	10	-	1	3	6	-	-
황원구(67)	6	-	-	4	2	-	-
황풍작(64)	7	1	2	4	-	-	-
황학구(77)	18	3	5	5	-	2	3
김수봉(88)	7	1	3	-	2	1	-
계	100	10	28	41	12	5	4

　황경모의 안방에 걸린 <사진 1>의 액자들을 보면 위의 통계 결과를 잘 이해할 수 있다. 전체 14개의 액자 중 본인의 사진과 여행사진을 제외한 나머지가 결혼사진과 손자·손녀 사진의 사진이다. 한 액자에 두 장이 들어있는 것을 감안하면 손자·손녀의 사진은 8장이다. 총 9명 중 아직 사진을 보내오지 못한 손자 1명을 제외하고 모두 걸어놓은 셈이다. 물론 아들, 딸의 결혼사진도 모두 걸려있다. 어떤 사진을 벽에 걸어놓느냐는 질문에 황경모는 당연히 자식들의 사진이라고 답하였다.7)

<사진 1> 황경모의 방에 걸린 사진

---

7) 경북 청송군 청운리, 황경모, 남, 71세, 2003. 7. 조사.

조사자: 어떤 사진 걸어놓으세요?

황경모: 다 자식들 사진이지. 손주사진은 하나 빼고 다 걸려있어. 인지는(지금은) 맏손주는 대학
다니는데.

조사자: 손자가 대학생인데도 아직까지 애기 때 사진을 걸어놓으셨어요?

황경모: 요새 사진은 찍어주지도 않는데. 찍어줘야 걸어놓지.

조사자: 찍어주면 걸어놓으시겠어요?

황경모: 걸어놓지.

　황경모는 벽에 자신의 초상사진과 여행사진이 걸려 있음에도 방에는 모두 자식들의 결혼사진과 손자·손녀의 사진을 걸어놓는다고 하였다. 특히 맏손자의 돌사진은 이미 20년 남짓 지났지만 여전히 벽을 장식하고 있다. 최근 사진을 주면 사진을 바꿔 걸어놓겠다는 황경모의 말은 바꿔 말해 새로운 사진이 오기 전에는 결코 맏손자의 사진을 뗄 수 없다는 얘기다. 즉 가족구성원의 사진은 모두 걸려있어야 한다는 의식을 엿볼 수 있다. 결혼식과 손자·손녀의 탄생은 모두 가족구성원의 확장을 의미한다는 점에서 가족사진의 기능이 단지 기념에 머무는 것이 아니라 새로운 구성원의 증표처럼 보인다.

　전체 100개의 액자 중 현재 청운리에 주거하고 있는 1세대의 사진은 본인의 사진과 생일사진, 여행사진이 있으나 그 수는 19개에 불과하다. 나머지 81개의 액자 속 주인공은 청운리를 떠나 도시에서 살고 있는 아들·딸과 손자·손녀들이다. 이러한 사진들은 대부분 자식들이 명절에 가져오는 경우가 많다. 고향에 자주 오지 못하는 자식들이 손자·손녀들을 보고싶어하는 부모들을 위해 사진을 액자에 넣어 보내는 것이다. 할아버지, 할머니들은 손자·손녀가 보고싶을 때마다 사진을 본다고 한다.

3. 자랑하고 싶은 의례사진

(1) 결혼사진

　청운리의 여러 집을 방문하여 집안에 걸려있는 사진들을 살펴본 결과 몇 가지 종류로 압축된다. 우선 가장 보편적인 사진으로 자식들의 졸업·약혼·결혼사진이 있고 손자·손녀들의 사진 등이 있었다.[8] 그 중 가장 많은 비중을 차지하는 것은 결혼사진과 손자·손녀사진이다. 결혼사진은 다시 1세대의 결혼사진과 아랫세대의 결혼사진으로 나눠볼 수 있는데 1세대들의 결혼사진은 드물게 있는 편이었다. 그 이유는 당시 사진촬영을 하지 못했

---

8) 그 외 생일잔치사진, 여행사진이나 군대사진, 행사사진 등이 있으나 양이 적어 논외로 하였다.

거나 촬영을 했음에도 보관을 잘못하여 분실한 경우가 있었다. 그러나 그 다음세대인 자식들의 결혼사진은 없는 경우가 없었고 대부분 흑백에서 컬러사진으로 전환되었음을 볼 수 있다.

<사진 2> 황풍작씨의 가족사진

결혼식이 주민들이 생각하는 가장 큰 의례라는 것은 손님을 맞아 집안의 사진을 소개하는 것에서도 확인할 수 있다. 우선 부모들은 자식들의 결혼 유·무를 알리려하고 그것은 벽에 붙어있는 사진을 통해 곧장 증명된다. 결혼사진들은 큰 액자에 차례로 들어가기도 하며 각각의 액자로 걸리기도 한다. 이 사진들이 가장 전면에 내세워지는 것은 자식들에 대한 1세대들의 생각의 표현이기도 하다. 즉 자식들을 결혼시켜 부모로서 할 일을 다 하였다는 자부심과 함께 자식들의 결혼이 '가장 기뻤던 때'라는 인식의 표현이기도 하다.

(2) 돌사진 및 손자손녀사진

<사진 3> 이옥순의 방에 걸린 사진

청운리의 집에 가장 많이 걸려 있는 사진은 손자·손녀의 모습이다. 도시에 나가 있는 아들·딸의 자식들이 태어나면 가장 귀엽고 해맑은 모습으로 촬영하여 부모들에게 보낸다. 자주 부모님을 찾아볼 수 없는 자식들이 손자·손녀들을 보고싶어하는 부모님을 위해 사진을 액자에 넣어 보내고 청운리에 있는 할아버지, 할머니들은 손자·손녀가 보고싶을

때마다 사진을 본다고 한다. 이옥순(67)은 예전에는 아들, 딸들의 사진과 본인들의 결혼한 사진을 걸었지만 자식들이 결혼을 하고 손자·손녀들이 태어나니까 손자들 보고싶을 때 쳐다보려고 손자들의 사진을 걸어났다고 하였다. 특히 속상할 때 손자들을 쳐다보면 손자들이 웃고 있어 같이 웃는다며 아기들의 사진을 통해 힘든 일을 잊으려함을 볼 수 있다. 몇 달 후 다시 이옥순을 찾았을 때 손녀딸이 하나 더 생겨 딸이 사진을 보내왔다며 한 장이 더 걸려 있음을 볼 수 있었다.

　이렇게 손자·손녀들이 태어나면 청운리의 할아버지·할머니는 얼마 지나지 않아 손자·손녀들의 모습을 사진으로 볼 수 있다. 이것은 할아버지·할머니가 원해서일 수도 있지만 김분기(68)의 경우 손자·손녀들이 직접 '우리 사진은 왜 안 걸었냐"며 따져 묻기 때문에 빠짐없이 걸어야한다고 하였다. 손자·손녀들의 사진은 아이들이 커서도 계속 어릴 적 사진이 걸려있게 된다. <사진 4>의 태호댁 방에 걸린 사진 중 큰아이는 벌써 고등학교를 다니고 있지만 아직도 돌사진을 걸어놓고 있다. 그 이유는 대체할 만한 사진이 없기도 하고 어릴 적 사진이 더 보기 좋기 때문이라고 하였다.

<사진 4> 몇 달 후 다시 찾은 이옥순의 방에 한 장의 사진이 더 걸려있다.

(3) 약혼사진

　요즘은 약혼식을 간소화하거나 생략하는 경우가 많아서 약혼식을 따로 하지 않는 이상 약혼사진을 찍는 경우는 거의 없다. 1970년대까지만 하더라도 결혼식 전 당사자들이 만나 약혼사진을 찍는 것이 일반적이었다고 이옥순은 말하였다. 점촌에서 청운리로 시집온 이옥순이 약혼사진을 찍었던 사연을 소개하면 다음과 같다.

　　신랑이 거 있다는 거도 모르게 나는 그것도 모르고 집(점촌)에 있는데 아버지가 집 뒤에 밭에서 일을 하고 계시는데 잡술 걸 갖다드리라고 심부름을 나를 보냈어. 나는 신랑 될 사람이 거 있는 줄도 모르고 심부름 갖다드렸지 뭐야. 그럴 적에 신랑 될 사람은 먼 눈으로 날 보고 있었어요. 아버지

한테 음식 갖다 드리는 거를 봤어. 그래도 눈치도 몰랐
고. 그리고 며칠 있다가 엄마가 "시집가야 된다." 뭐 이
런 말씀을 하는데 열아홉살이나 먹으니까 우리 친구도
시집을 가고 그러니까 '나도 인제 시집을 가야되는구나.
갈 때 됐는구나' 생각은 했지. 그러니까 한번 만나볼래.
그래서 만나보자 그랬지.

우리 어른들은 먼저 사위될 사람을 한번 봤지. 그래고
사위될 사람이 보고싶다 그러니까 몰래 봤지. 그래고는
이야기해가지고 만나볼래, 시집갈래 이래가 친구들도 시
집가고 그러니까 나도 시집가야되는구나 해서 만나보자
했지.

그래고도 한 일주일 있다 왔지 싶어요. 날 만내러.
그때는 집에 와가지고 그쪽 사람하고 중신애비하고 우
리 집에 오셨는데 방에서 이야기를 한바가지 하시다가
슬그모니 다 나가시더라고. 둘이 앉차놔뚜고. 그리 인
지 신랑될 사람한테 이야기를 해봐라 이야기가 됐는가
봐. 나는 수줍어가 가만히 앉아가 있고 그래 묻는 말이
이래. 자기도 쑥쓰럽지. 나는 그기 다 생각 나. "생일은

<사진 5> 태호댁의 약혼사진

언젠데요?" 이래 묻더라고. 그래 나는 또 3월 1일이라 카고 "댁에는 언젠데요?"이래 물었어. 내가
우예 그래 물었는지. 그래가지고 자기도 말하고. 할 말이 없으니까 그러는 거지. 그래가 맻 마디 하
면서 "우리가 인지는 결혼하게 되며는 약혼사진도 찍어야 되겠죠."이러더라고. 그래서 그러면 "그래
야지요" 그래 대답했지. 그기 인지 '맞선본다' 이말이야.

사진관에 가니까 사진사가 앉히주는대로 시키는대로 하고 뭐 같이 사묵고 그럴 줄도 몰랐고 사
진만 찍고 갔어요.

그 외 황풍작씨의 앨범에서도 비슷한 약혼사진을 찾아볼 수 있었고 황무흠씨의 아들 약
혼식 사진은 사진관에서 예물을 전달하는 상황을 연출하여 약혼사진을 촬영한 것이 있었
다. 당시에는 굳이 약혼식을 하지 않더라도 약혼사진을 촬영하는 것으로 약혼식을 대체했
다고 한다.

(4) 졸업사진

벽에 걸어놓은 사진들의 기능이 자주 보기 위한 것과 동시에 남에게 자랑하고 싶은 것
을 내보이는 역할을 한다고 보았을 때 자식들의 졸업사진은 부모들에게 가장 자랑할 만한
사진이 분명하다. 특히 검은 가운에 학사모를 쓰고 있는 대학 졸업사진은 그야말로 농촌
마을에선 자랑거리가 아닐 수 없다. 웅계댁은 사진을 가장 많이 찍은 때를 자식들의 졸업
식으로 기억하고 있을 만큼 졸업식을 '사진을 찍는 날'로 인식하고 있었다. 생각해보면 내
가 대학 졸업식 때 한 것이라곤 사진 찍은 것밖에 없는 것 같다. 고등교육을 받지 못한 부

모세대에게 장성한 자식의 대학 졸업사진은 자신의 성공을 온 동네에 과시할 수 있는 것
이니 굳이 앨범 속에 넣어둘 이유도 없다. 하지만 대부분 손자·손녀의 돌사진이 대체되
는 사진은 대학졸업사진, 즉 학사모를 쓰고 있는 사진이다.

<사진 6> 황수원씨 방에 걸린 사진

4. 부재한 가족의 자리를 메우는 가족사진

롤랑 바르트는 사진의 본질을 죽음에 비유하였다.9) 즉 사진은 과거를 정지시켜 놓음으
로서 다시는 돌이킬 수 없는 순간을 영원히 증명하고 있기 때문에 한 장의 사진은 다시는
돌아올 수 없는 존재론적 죽음을 내재하고 있다는 것이다. 사진에 찍힌 존재는 '사진을 촬
영한 그 때에는 여기에 있었다'를 증명하면서 동시에 '지금은 사진 속 그것이 현재 여기에
있지 않다'라고 말한다. 한 사진평론가는 피사체는 부재한데 사진은 시간을 동결시킨 채
그대로 머물러 사진만이 홀로 그때의 이미지를 간직하고 있기 때문에 모든 사진에 내재한
"죽음"을 이해하고, 그리하여 누구든지 사진과 마주하면 그 내재한 숙명적 죽음의 의미를
헤아려야 한다고 하였다.10)

'사진의 존재증명과 부재증명'은 사진에 대한 메타비평으로서 사진의 본질을 밝히는 미
학의 하나로 자주 언급되는 말이다. 나는 사진에 대한 메타비평으로서가 아니라 사진 텍
스트 속에서 '부재증명'을 발견할 수 있었다. 청운리의 집집마다 걸려 있는 사진 중 가족
의 모습을 담은 사진이 아닌 것은 전체 100개의 사진 액자 중 4개에 해당하는 여행 사진
밖에 없었다. 이것은 가족이 사는 공간에 가족 이외 사람들의 사진은 거의 걸리지 못한다
는 것을 의미한다. 즉 집이라는 공간이 가족들만을 위한 것이라는 인식을 볼 수 있다.

또한 나머지 96개의 가족사진 중 대부분은 현재 거주하고 있는 노인들의 사진이 아니

---

9) 롤랑 바르트, 『카메라 루시다』, 열화당, 1998.
10) 진동선, 『부재의 풍경들』 전시평 중에서, 2002.

라 고향을 떠난 자식들의 사진이었다. 1세대들을 제외한 나머지 가족들은 고향에서 부모와 함께 동거하는 것이 아니라 도시에서 생활하며 명절에나 가끔씩 들린다. 1세대들만 고향을 지키고 2·3세대들은 부재한 공간에서 그들이 서로 가족임을 웅변하는 것이 바로 방에 걸린 가족사진이다. 즉 한 무리의 가족사진 속 가족은 1세대를 제외한 대부분이 이곳에 있지 않다는 부재증명의 기제로 사용되고 있는 것이다.

집집마다 자식들의 결혼사진이 벽에 걸린 이유는 자식들이 결혼하여 분가하였다는 것을 반증하고 손자·손녀들의 사진이 많았던 것은 청운마을에 아이들이 없음을 반증하는 것이다. 실제 1968년 개교한 청운초등학교는 980명의 졸업생을 배출하였지만 학생수의 감소로 1996년 폐교되었다. 참고로 연도별 졸업생수의 변화는 <표 2>과 같다.

<표 2> 청운초등학교 연도별 졸업학생수(청송교육청 자료 제공)

졸업년도	학생수	졸업년도	학생수	졸업년도	학생수
1970	49	1979	44	1988	28
1971	53	1980	52	1989	19
1972	62	1981	34	1990	26
1973	58	1982	39	1991	16
1974	51	1983	44	1992	21
1975	41	1984	31	1993	11
1976	64	1985	35	1994	14
1977	66	1986	25	1995	12
1978	44	1987	29	1996	12

가족은 한 울타리 안에서 희노애락을 함께 하는 집단이라는 전통사회의 가족 개념이 현대사회로 오면서 변하고 있다. 살아 움직이는 사람들의 집합인 가족이 살아있는 유기체로서 변화를 꾀하는 것은 당연한 일이다.[11] 이렇게 살아 움직이는 유기체인 가족집단은 끊임없이 가족공동체를 유지·지속하기 위하여 가족 구성원의 꾸준한 집단적 노력을 하고 있다.[12] 가족사진은 이러한 가족들의 노력을 매개하는 역할을 한다고 보여진다. 가족의례 뒤 사진 촬영은 서로의 관계를 확인하고 변치 않는 가족의 사랑을 증명하는 동시에 대외적으로 과시하는 역할도 한다. 청운리의 많은 집에서도 가족사진은 흩어져 있는 가족을 하나로 묶는 구실을 톡톡히 하고 있다.

---

11) 양옥경, 「한국 가족개념의 변화 : 신가족주의의 모색」, 한국가족사회복지학회, 2000.
12) 신수진, 「한국의 가족주의 전통」, 『한국가족관계학회』 제3권, 1998.

"가족이 다 들어있지. 가족 하나하나 다 들어있지."-이옥순[13]
"아들 볼라고, 보고싶을 때 보고 그럴라고 사진 걸어났지."-황국심[14]
"일 디고 보고 싶을 때 보면 얼마나 좋다구요. 가지는 못하고 즈그도 오지는 못하고 사진보고 전화하고"-김분기[15]

위의 진술을 보더라도 가족사진은 가족을 하나로 묶는 고리로서 충분히 이용된다. 도시에 있는 자식들도 자신들의 존재를 가족의 테두리 안에 자리잡기 위해 끊임없이 사진을 청운리로 보내는 것이다. 노동력이 왕성한 젊은 세대가 직업을 찾아 도시로 이동함으로서 농촌지역의 집은 노인들만 있는 경우가 많다. 이런 분가가정이 늘면서 부모와 자식간의 관계에도 변화가 나타났다. 자식을 대를 잇기 위한 수단으로 그리고 가족 생산체제 속의 도제적 존재로 보기 보다 장기간의 온정적 보살핌을 필요로 하는, 부모의 정서적 충족의 근거로서 바라보기 시작한 것이다. 결국 가족이란 험난한 사회에서 서로 따뜻함을 느낄 수 있는, 그래서 정서적으로 지지를 받고 자신의 정체감을 확인할 수 있는 사적 공간이라는 인식이 확산되었다.[16] 떨어져 있는 부모와 자식 사이의 정서적 공백을 메워줄 수 있는 것은 단란한 가족사진이다. 점점 소외되어 가는 현대사회의 개인은 정서적 집단으로서 가족을 중요시하고 그 중심 매개로 가족사진을 활용하는 것이다.

5. 가족사진의 변화양상

앞서 살펴본 바와 같이 집안에 걸린 사진은 어른 내지 부모 중심에서 자식세대 중심으로 변화한 것을 볼 수 있었다. 돌아가신 조부모의 사진은 어느새 치워지고 그 자리를 자식들의 결혼사진과 아기들의 사진이 온 벽을 차지하게 된 것이다. 이러한 사실은 가족구성원의 위상 변화를 보여주는 하나의 단서로 볼 수 있다.

이른바 근대화, 산업화는 농촌인구의 도시 유입을 초래하였고 농업생산에 기반한 대가족은 해체되고 핵가족화 되었다. 이로 인해 가족형태는 물론 가족 구성원의 위상까지 변화하게 된다. 가부장적 가족관계는 자식세대의 부재로 자연스럽게 해체되고 농촌마을에서는 노부부 중심의 가족 형태가 일반화되었다. 또한 자식세대의 출산율 저하로 인해 남아선호사상마저 현저히 약화되는 경향을 볼 수 있다.

특히 아들과 손자로 이어지는 가부장적 질서는 적어도 가족사진에 있어서 그 흔적을 찾

---

13) 경북 청송군 청운리, 이옥순, 여, 67세, 2003. 7. 조사.
14) 경북 청송군 청운리, 황국심, 여, 58세, 2003. 7. 조사.
15) 경북 청송군 청운리, 김분기, 여, 68세, 2003. 8. 조사.
16) 신수진, 『한국의 사회변동과 가족주의 전통』, 『한국가족관계학회』, 제4권, 1999.

기가 힘들었다. 아들·딸은 물론이고 손자·손녀 세대에까지 남·녀의 차별은 가족사진에서 보이지 않는다. <사진 3>의 경우 이옥순은 친손자, 친손녀, 외손자, 외손녀의 구별 없이 모두 걸어야 한다고 했다. 이옥순의 경우뿐만 아니라 황풍작, 황무흠의 경우도 다르지 않았다. 다만 <사진 1> 황경모의 경우, 외손자, 외손녀의 사진을 친손자·친손녀의 사진과 구분하여 다른 방에 걸어두었다.17)

<사진 7> 도시에 사는 임원예의 큰아들 가족사진

또 다른 가족변화의 모습 중 하나는 사진 속 가족의 범주이다. 지금까지 살펴본 대부분의 가족사진은 직계 가족만이 그 대상이 된다. 앞서 가족사진은 동거집단의 소속감을 확인하는 역할을 한다고 하였다. 즉 동거집단의 정체성을 확인하는 것이 가족사진의 주요한 목적이다. 때문에 동거집단의 범위가 줄어들면 가족사진의 대상이 되는 가족의 범위도 줄어들기 마련이다.

하나의 단위로서 가족이 생산의 주체가 되는 가족농 생산형태가 급속한 산업화에 따라 변화되면서 대가족제는 해제되기에 이른다.18) 삼촌과 사촌이 한 집에 동거하는 경우는 찾아보기 힘들다. 이것은 가족사진에서도 어렵지 않게 확인된다. 청운리에서 살펴본 100개의 사진 액자 중 직계가족 이외의 사진이 걸려 있는 곳은 하나도 없었다. 여러 사진이 한 액자에 있는 경우, 간혹 삼촌, 고모, 이모, 사촌 등의 친족이 있기는 하나 드문 예다. 결혼사진의 경우 사진 안에 먼 친척까지 있는 경우가 많지만 그들은 직계가족의 결혼식에 온 손님일 뿐이다. 말하자면 직계가족 외의 결혼식 사진은 결코 방에 걸리지 않는다는 얘기다. 이것은 도시로 가면 더욱 극명하다. <사진 7>은 도시에 사는 임원예의 큰아들 가족이다. 부부와

---

17) 석 달 후 다시 황경모의 집을 방문하였더니 손자·손녀의 사진이 모두 한 방에 걸려있었다. 딸이 다녀간 후의 변화라고 했다.
18) 김흥주, 「한국 농민가족의 변화양상과 가족문제」, 『농촌사회』 5집, 한국농촌사회학회, 1995.

아들, 딸 등 4명이 동거하는 가족의 사진으로 도시 가족사진의 전형이라 할 수 있다. 이러한 가족사진에는 부모와 자식 세대 등 두 세대가 함께 찍는 것이 주이고 조부모 세대도 드물게 등장한다. 즉 도시에서는 직계가족 중에서도 동거가족만이 벽을 장식할 수 있는 권한을 가진다. 이것을 통해 가족 범주에 대한 지금의 인식을 엿볼 수 있다.

<허 경 민>

스무 살에 남편 없이 시집 온 부일댁의 혼례

* 여러 할머니들이 모인 가운데 청계 할머니의 출산 이야기를 듣고, 조사자가 시집 올 때 이야기를 권하자 다들 안 하려고 했다. 하지만, 조사자가 "부일할매 혼례 들어 보자."고 권하여 시집 올 당시 상황을 할머니의 재미난 흉내로 들을 수 있었다.[1]

이앙한다 카면 애를 먹고 그래 하제요

조사자: 뭐 또 다른 이야기. 시집 올 때 이야기, 뭐 약혼하고 뭐 남편 첨 만내고 가마
　　　　타고 온 이야기 한 번 누가, 어느 할매가 자기 시집오는 그 첨 처녀 때.

전남수: 여기 있는 사람이야 다 가마 타고 시집왔지 뭐. 누가 차 타고 시집왔다?

조: 어느, 어느 할매가. 오늘 돌아가면서 다 합니데이. 누가? 부일할매.

임봉월[2]:아이고 내가 입담이 없어가주고.

---

1) 2003년 2월 23일 경로회관에서 임재해 조사 및 정리, 조연남 녹음자료 채록.
2) 임봉월, 여, 72세, 부일댁.

조: 아니, 입담은 뭐 입담 없어도 괜찮습니다. 할매 저기 몇 살에 시집오셨습니까?

이복선: 시집왔는 얘기하기 하라 캐가 정혼채로 왔다 그면.

조: 예. 함 들어봅시다. 들어보고.

임: 옛날에 해 묵힌다 카면요. 스무(스물) 살에. 예전에 그 승인한다 카면 첨에 스무 살에 결혼해가요. 스무 한 살에, 시집 스물 한 살 먹어가 인제 시집을 이리 온다 카이. 예전에 그 약혼이 있나? 뭐하믄(뭐하면) 중신애비 와가 하머 중신 띠가 가며, 해가 그리 인제 해 묵힌다 카면요. 하마 결혼부터 하면요. 결혼부텀 한다 카이요. 날 받아가. [조: 예.] 그래 결혼하면 해 묵힌다 카면 인제 그래 상근 해가 그래 스무 한 살에 왔는데, 첨에 옛날에 약혼하면 쪼매 그냥 산다 카면 이양3) 한다 카면 왜 그래 애를 먹고 그래 하제요. 우리는 친정 저 촌에 사이까네. 참말로 그때 옛날에도 애 먹었다 카이. 막 떡으르요. 집에서 빻가 해가 종발이든, 뭐도 했는 거를 해가, 옛날에는 뭐 차가 있니껴. 뭐. 경운기 있나? 아무꺼도 없으이. 소격에다가요. 소격에 떡을 해가.

조: 소격에? 소격에?

임: 소요. 소. 큰 소 믹이는(먹이는) 통에다요. 또 지리매 라는 거 또 해가, 지리매 해가 또 예전에 이래 싸리로 해 놓이 상자 아(안) 있니껴. [조: 예. 상자.] 상자에다 떡을 집에서르 이래 해. [조: 고리, 고리. 예.] 찰떡도 이래 오리도 하고, 허연(하얀) 떡도 오리로 해가, 그 상자에다 여 가요. 이래, 이래 넣다가 모서리 있는 데까지 끊어 여(넣어). 마로(뭐하러) 그커로(그렇게) 해가주고. 해가(해서) 이래 상자에다 한 군데에다가 두고리썩 넣어가(넣어서) 네나(네개) 아이껴(아닙니까?). 쇠격에 싣고, 또 하내기는 술로, 집에서 해, 청주 해가요. 이른(이런) 단지에 한 단지. 지게에다요. 지게에다 짊어지고 이래 오고, 또 이제 떡 니(네) 상자 다 하고, 또 인제 이런 고래 한 고랠(고리)랑양. 돼지를 한 바리(마리) 잡아 가주고요. 한나도(하나도) 안 건들고. 고 머리까지 발까지 싹다(전부다) 온 마리 해 놓으이. 이런 고래 한 고릴래. 그거 인제 옹구에 실겠는 대로, 그 우에(어떻게) 다 얹에가(얹어서) 그래 가 실고(싣고) 이래 가. 이게 인제 그 공떡이라카매 딸 키워 준 공떡, 이양이라 카믄 그래 와가.

조: 이양먹는 거는 요즘 약혼하는 거 아닙니까?

임: 글치. 그 약혼택(턱)이지마는 약혼도 아이고, 뭐.

조: 그거를 이양먹는다고.

임: 이양이라 카면 그래 갖다주고 고마 갔부니더. [조: 아. 이양떡, 이양떡이구만.]

---

3) 지금의 약혼을 말하는 것으로 신랑집에서 신부의 부모님이 키워준 공을 생각하여 떡과 음식을 신부 집으로 보내는 것을 말한다.

예. 이앙떡.

박추월: 옛날에 사돈내때는 그게 인제 공짜백이 떡이지.

임: 공짜라 캐이. 그게 공짜라이카면요. 이래 가주골랑.

조: 그거는 저 아들집에서 가주오는 거.

임: 예. 신랑집에서. 그래 가주왔는 거를 그래이 동네는 적제(작제). 한불 피고도[4] 그 떡을 우에니껴. 할 수 없어 가주골랑. 또 늦게는 또 불러다가 막 믹엤고. 또 우리 외가도 카면 막 싸가 둘러도 그 우에니껴. 암만 그 옛날에.

박: 호강했네.

임: 그케(그렇게) 많이 해 가 와 그래가주고 와가 그래 참 시집와가.

박: 부자집이니 그마이(그만큼) 많이 해가 보냈지.

한 뭐시기 지고 시댁에서 또 보러 왔데요

임: 예. 그래 글치(그렇지). 그래 참말 결혼해가 있다가 그리 있이면요. 또 우리는 시조보님은 계시고, 시아버님이 안 계셨다 카이. 이래 났디마는 시어머님하고 적은(작은) 집, 종조모님하고 보러온다 카면요. 보러 온데 또 수월이[5] 해가 옵니더. 보러 올 때도 또 뭐 싹 갖춰가 잘 해가 또 뭐 해가 또 뭐, 뭐 이렇게 한 뭐시기.

조춘란: 그렇게 많이 받아먹었으면.

임: 야. 한 뭐시기 지고 또 보러 왔데요. 보러 와가 그리 글때도(그때도) 왜 얼매나 까자구실로 마. 또 그러면 안 가나 오새 겉이 또 인제 며느리 보러 왔다 카미 하루 묵는다. [조: 아. 하하.] 보러 왔으이. 그래 하루 묵어가 또 그 보러 왔다 가고. 그래가 인제 그거 인제 그거는 묵는 해는 택이 끝났제. 끝나고 있다가 그래 인제 또.

조: 대례를 해야 될 거 아닙니까?

임: 야. 대례 아(안) 하지요. 안죽(아직) 메느리(며느리) 안죽 안 데려가고 있이-(있으니). 보러는 왔제.

조: 보러는 오고, 근데 아직 신랑은 한 번도 안 만내고.

임: 신랑 만냈길래 보러 왔제. 글 때는 보러 올 때는 신랑이 만냈지. 신랑을 만나 딱 석달 만에 또 군멜 갔부네.

마실에 신발집이라고 한 집 맞차가요

조: 신랑을 언제 만났습니까? 이앙, 이앙떡 오고 난 다음에.

임: 이앙떡 오고 잔채(잔치)는 했죠.

---

4) 동네 사람들과 함께 나눠 먹었다는 말이다.
5) 이앙할때처럼 수월찮게 잘 해 왔다는 것이다.

조: 잔채할 때 고 이야기 해 주셔야지.

임: 그래 그래제. 그래 잔채오는데 그리 옛날에, 옛날에 저 아가씨라 카면 잔채날이라 카면 평풍(병풍)요. 안 있니껴. 그리 구석에다 이리 둘러 쳐준다. 고. 디(되게) 답 답드라마는 고 쳐가 놔두고 잔채한다고 하는데, 신랑이 그때 신랑이사 누가 가매(가마) 타고 올라 카나. 저 와가 그 얼마 안 되는데 거 와가, 신랑 왔다. 신랑이 뭐. 무슨 신랑이 죽어도 가매 안 탈라 카는데, 그 다와가다 그래도 타야 되지이카면서. 그 마실(마을)에 또 신발집이라고 한 집이 맞차(맞춰)가요. [조: 신발집?] 야. 그또 마실에 신발집이라는 거 한 집 또 맞차가요. [조: 신발집.] 예. 그거 신 발집이라고 하니더. 신랑이 와가 바로 들어올라 카면 불편하다고. 집 한집, 방 하 나 맞차가 그래 가매, 가매 타고 그래 와가 참말로 제를 지내고.

조: 그러니깐 인제 신랑이 가매 안타고 마을에 들어와서 신발집에 가서 거기서 점심 먹 고 옷 갈아입고. 고기서 인제 할매집 들어 갈 때 그때 인제 가매 타고 들어갔다.

임: 예. 글 때 그래 올 때 인제 사모관대 씨고(쓰고) 다 채려가, 그래 가매 타고 들어 와가주고 그래 제를 치르고 옛날에, 옛날에 그래 힘이 들었다고요.

머리 깜아 삣고 뭐 내대로 하는 대로

조: 글때, 그 전날 저녁에 할머니는 신부할라고 뭐 준비를 뭐 어떻게 했어요? 머리 감 아 삣고 뭐 어떻게 했어요?

임: 글체요. 머리 깜아 삣고(빗고) 뭐 내대로 하는 대로 했지마는. [청중: 어떤 이야기 가 나올까? 기대를 걸었던 할머니들을 비롯하여 모두 웃음을 터트림].

조: 하하하. 뭐 하는 대로 뭘 했는지 그거를 얘기 해 줘야지요.

임: 뭐 했는지도 몰씨더. 오새요(요새) 하마(하면) 그때 머리도 깜아 삣고, 씻기도 매 일, 매일 씻고 뭐.

조춘란: 그래도 부일 양반으는[6] 쇠골 장개(장가) 갈 때 신랑 좋다고. 쇠골.

조: 그래 연지하고. 그래 곤지하고 연지하고 찍고.

임: 예. 맹 그래가주 쪽두리 씨고요(쓰고요). 이래 또 절 할 때는 또 양짝에 손 붙들고 이래 절 씨게코. [청중: 하하하]

조: 고게, 저게 그 날, 그 전날 뭐 할머니나 누가 집에 친정에서 그 신랑하고 첫날밤 할 때 어떻게 해야 된다 뭐 이런 거 말씀 듣고 안 하셨어요?

임: 그 뭐 거져(그저) 우리 뭐 하는 대로 했지. 몰래, 모래지 뭐요. 그게 씨게코 이것 도 모르고.

---

6) 부일 할머니의 남편, 새신랑을 두고 말하는 것이다.

제일 장골이 안아 내어 대례 지내고

조: 그러며는 그 저게 대례장에 갈 때는 어떻게 나갔어요? 걸어나갑니까?

임: 이. 아니지요. 쪽두리 씌웨(씌워)가주고, 이 신부는 나는 이래 어에 걸쳤제요. 어떤 데는 안아 낸다.

조춘란: 안아 낸다. [조: 안아내지요?] 방안에서 안아낸다.

임: 제일 장골이가요. 장골이 이래 안으면 마 쪽두리 씌우고 다 해가주고 안으만 이케(이렇게) 딱, 딱지면 딱 붙이면 마 희한하게 고게가[7](거기에 가서) 요래 세워 주니더. (허허허)

조: 그거 누가, 오빠가 합니까? 아버지가 합니까?

전: 장골이가 안아내는데.

임: 뭐. 아무이래도(아무사람이라) 그 안아 내는 사람, 좋은 사람, 좋은 사람해야 한다고 하디더.

이: 친척이 그래도 뭐 안아 내는 거지.

임: 예. 그래가주골랑. [조: 그래가주고 인제 안께가주고 대례장에 왔다. 그 다음에.]

이: 예 예. 절할 땐 또 양짝(양쪽)에요. 양짝에 이래 가, 절할 순번(순서)이라 카면 절을 탁 해가 이것도 잘 받차주면 절하기 수우이더(쉽습니다). 같이 절하지.

임: 같이 이래 절하고. 그래가 북향재배(北向再拜) 카고. 그래, 그래 해.

조: 고때 신랑 봤습니까? 못 봤습니까?

임: 못 보지요. [조: 못 보고.] 대례청에서 서로 인제 마주 비면(보면) 안 좋다 캤다. "옛날에 글치요?" [주위에 할머니들에게 물었다.] 그카며는 또 볼 택(턱)도 없고 이 이래, 이리 키 족두리 해가 덮어씌우고 수건 이래가 했부면 안 빌(보일) 정도로 해가 했다 카이. 글때.

조: 아. 궁금 안 했어요? 요래가주고. 볼 생각 안 했어요?

임: 아. 그래 보는동, 뭔동 뭐 옛날에 그저 그대로 인제 한다고 했지 뭐요.

큰손하면 큰상 차려 대반하고 같이 먹고

조: 그럼 그 다음에 대례 끝나고 난 다음에 어디로 들어갔습니까?

임: 그래 새댁이 바 드가고요. [조: 방에, 신방 따로.] 예. [조: 그래고?]

조춘란: 신랑은 신랑 대로 드가고, 또 각시는 각시 대로.

임: 신랑은 신랑대로 드가고요. 그랜데(그런데) 신랑의 잔채(잔치)를, 옛날에 뭐 쪼매 낫게 한다 카면 신랑 큰사(큰상)는 말도 몬 하디더. [조: 예.] 그키(그렇게) 잘 채

---

7) 혼례를 위해 마당에 준비된 대례청 신부 자리를 말한다.

　　려가주고. 둘이도 이래 마주도 지가 들고 가가 의원해가미 들고 가여. 뭐 쪼맨 바
　　―는 그런 거 꽉 차데. 그래해가이(그래해서).

조: 그래는 인제 대례 마치고 난 담에 그래 신랑이 웃손하고 같이 그래 받겠죠?

임: 예.

조: 상객?

임: 예. 또 신랑 대반이라 카면요. 또 그래 같은 유(類)되는 사람으로 또 그 하내기 젙
　　에(곁에) 그 의원하고 있다 카이.

조: 그거 대반이지요?

임: 예. 대반이라 카지.

조: 예. 그때 상을 몇 게 냅니까? 큰상 하나만 냅니까? 아니면 뭐 경반상 있고 또 뭐
　　상이으.

임: 큰우 카면 큰 거 하나 채려가, 뭐 대반하고 같이 먹고. [조: 먹고.] 그 뭐 또 그 인제.

박: 손(손님) 한 사람, 그 손대로 따로 채려가(차려가).

임: 또 그 저 웃손들이 하면야 웃손이라 카만 또 사랑어른 또 대반이라 카면, 웃손 대
　　반이라 카면요. 그진(거진), 그진 같은 어른들도 맞차가요. 또 그 손, 큰 사람 그
　　때서리(그때에) 마 잔채하는데서를 그래 채리고 하는데, 옛날대로는 그거 마 이거
　　진다 카이. 애를 먹고. 글때는 우리도 그거 부라가 안 하고요. 빌도(별도)로 판이
　　라도 맨들고, 거기서 다 없앴부랬다. 우리 할거 맨 또 그래고 및(몇) 해 안 지내고
　　는 보이. 고거를 그대로 부라가, 부라가.

이: 옛날에는 그래 하이꺼니. 자신(먹은) 뒤에 또 큰상 잘 채린 거는 싸 가주고, 또 신
　　부집으로 보내데요. 신랑집이 꺼를.

조: 신랑집으로 가주 가지요. 보내지요? 전부 싸 가주고. 쪼끔 먹고.

이: 예.

임: 언제요? 글 때는 그래도 우리는 그거 부라가 안 하고요. 빌도로(별도로) 상이라고
　　맨들고, 거기서 다 없앴부랬다. 우리 할꺼는 또 그래고는 몇 해 안 지내고는 보이,
　　또 그거를 고데(금방) 부라가 또 마 치사 보냈테요. [이복선: 싸가.] 우리는 또 치
　　샀어. 빌도로 했어. 이래 하는 거는.

조: 부일 할매네는 상을 별로도 하고.

임: 별도로 하고 큰상 채렸는 거는 그 자리에서 부랐어. 다 먹고 뭐. 옛날에는 먹는 게
　　기릅잖아요(귀하잖아요). 잔채오고하면 어에든동 거게서를(거기서) 이걸 피(펴
　　서) 오늘 먹는다 카는 서로 다 되지요.

별도로 고배로 태상 맞춰서

조: 그래서 신랑집으로 보내는 음식을 태상이라 그랬어요?

임: 예. 또 빌도로요. 요래, 요래 맞추고요. [조: 상대방꺼 고리에 많이 넣가주고 가는 그거를 태상이라 그랬구나.] 예. 그래, 그래가. 가면.

이: 그때 어데 예 담으면 어데 그륵(그릇)으로 쪼매 담는 거 고배8)로 안 하나? 고배로. 마커 고배로 해가 인제.

조: 고배, 고배로 한다는 말이 뭔 말씀입니까?

이: 이리, 이리 막 요새 매로 돌상에 담은 거 매로 고래 고배 안 해 놓습디까? 옛날에 는 큰상으로.

임: 집에서도 그래 고배를 해가, 쫌 힘이 들었다 카이. [조: 고배를 한다는 거는 위로 이래 많이 올라오게. 궨다는 말이지요.]

이: 예. 궤요. 참 뭐 전부 땅콩이만 땅콩만 그래 소복이. 대추면 대추대로 꽂감이면 꽂 감대로 고래하고. 참밤이면 참밤대로. 떡이면 떡대로. 마커 그래 고배로 안 합니 까? 그래 큰상 채릴라 카면 큰 힘들어요. 옛날에는.

조: 예. 그 다음에 인제 태상까지 했고요. 태상하고 인제 저녁때 되며는 상객은 잡니 까? 잡니까?

임: 그래, 그래 글 때는 또 자지요.

이: 자는지, 가는지 몰겠네.

조: 어떤 집은 가는 집, 자는 집 있는데, 할매들마다 다 할테니깐. 일단 이 할매댁에서 어떻게 했는지.

임: 야. 그랬는데 우리는 그거 할때이카면 9월, 음력으로 9월 초아흐랫날에 하이. 그 저 뭣이 중기9)라 카나. 중기 제산데, 뭐 바쁜데 땡겨 지냈기때무(때문에) 그 핑계로 마 피시럽다고. 어뜩 내려 오실라고. 통객이 그래 왔제. 글타고(그렇다고). 우리 시 조부님이 오셨다가, 그 날이 내려가셨다 카이.

서로 마주 술 한 잔썩 부어 주고

조: 예. 그리고 신랑은 그날 밤에 언제쯤 들왔습니까?

임: 몰래. 언제쯤 들왔는 거는 모리, 모리고요. 신랑이 들어오니껴? 색시가 가야지요. [조: 아 아. 신랑있는 방으로.] 야. 그랬지 싶으이더. 내 생각은.

전남수: 아니야. 신랑이 색시 방으로 오지. 색시가.

---

8) 차린 음식을 위로 궤어 올린다는 말이다.

9) 음력 9월 9일을 중구라고 하며, 예전에 곡식이 추석까지 곡식이 익지 않아, 햇곡을 장만할 하지 못한 경우, 9월 9일까지 기다렸다가 햇곡으로 추석차례를 지내는 것을 말한다.

이: 색시가 아니라, 신랑이 드오지.

임: 그래, 그래 맞다. 맞다. 또 요 이리키(이렇게) 한 상으로요. 가지(여러 가지), 가
지, 가지, 가지를 채리거든요(차리거든요). 채려가하고 술하고 이리 채려 한 상 채
려다 놓거든. 채려다 놓으면, 색시는 족두리 씨고(쓰고), 이래가 앉았이면 신랑이
들오거든요. 들와가주고 그래 또.

이복선: 맨들어 줘야 되.

임: 그래 놓으면 마 또 이래 서로요. 서로 술 한 잔썩 서로 마주 서로 한 잔썩 버(부
어) 줘도 색시는 글때, 글때는 또 부끄럽다고 취미나한다고. 그거를 오새 같으면
한 잔 먹지요. 그거, 참 그거를 먹지도 몬 하고 또 요래가 이래 있이먼. 한 잔 먹
으라 캐도. 아이고 취미나 한다고. 말도 안 하고 이래 안 먹고. [할머니가 그 당시
의 고개를 이쪽으로 돌리는 시늉을 한다.] 말도 아 하고 그래 있다가. 그래 인제
주고받고 인제 한 잔 버(부어) 먹고 인제, 색시 버 주면 신랑은 좋다고. 퍼뜩 자시
죠. 그래 먹고. 이놈의 신랑이 그 족두리 또 다 이래 뱃겨(배껴) 곱게, 곱게, 곱게,
곱게 놓고. 글때 또 색시도요. 암만 글타 그래도 신랑 이 두래이 긑은(같은) 거.
고름이 이래 풀어주고 쪼끔이래 하고 서로 그래가, 이 적으로 인제 좋다 카마 어디
이런 신랑이 있나. (하하하하)

전: 그 적으로 잤는겠다.

임: 아이고, 야구재라(얄구저라). 어데 이런 이쁜 신랑이 있나 싶으고. 이거를 이래.

조: 고때. 고때는 얼굴 보셨겠네.

임: 아. 그때는 뭐. [조: 처음, 처음 얼굴 보셨겠네.] 야. 뭐 첨이제요. 뭐. 낮에도 몬
보고.

조: 첨에 신랑 얼굴 딱 봤을 때 느낌이 어땠습니까?

임: 좋엤지(좋았지요). 뭐. [조: 조엤어요?] 야. 우리 신랑은 좋어이더.

문을 쥐 뜬는데 밖에 보면 눈이 까맣다

조: 그때 뭐 아들 낳으라고. 어르신들이 밤을 떤져 준다든가?

임: 예. 방떡 이래 채려가 그 상을 요롷게 쯤 물려 놓거든요. 물려 놓고 잘라 그라면
쪼끔 이래 물려 놓으면, 또 장난패들이 와가 그럼 밤하고 다 훔채갔부고. 그 이튿
날, 그 이튿날 또 장난한다 커면, 엊저녁에 채려 놓은 거 내 놓으라카믄. 신랑이
고, 각시고 못 전디거를(견디게) 해가 그래 놓으면, 또 저저 엄마가요. "아이고,
야들아. 너는(너희들은) 어제 쪼매 간수를 하지. 이렇게 해가 어예노?" 카면 또 어
데 또 준비 쯤 해 났다가 이게 엊저녁에 먹던 거라 카메. 내 놓고 또 주고요. 옛날
에 그렇게 장난을 그랬다 카이.

조: 예. 아. 그때 그 음식 중에서 뭐 밤을 먼저 먹어야 아들을 놓는다든가? 뭐 이런 이
  야긴 없었습니까?

임: 왜. 있지요? 뭐 뭐 대추 먹으면 뭐 좋다 카고. 또 신랑이 대추 먹으라고 또 집어
  주고. 그래도 내 먹었는가. 안 먹었는가 잊어먹었부랬네.

조: 그래 두 분이서 인제 술 한 잔씩 권하고 할 때는 뭐. 어른들이나 일가 친척이 보고,
  뭐 술 권해라, 어째라 이렇게 뱎에서 뭐 이라고.

임: 아이고. 왜요. 이 놈의 문으로요. 문을 손으로 다 짚어 째여. 그 날 저녁에는 추워
  가주고요. 아이 마 한지래, 한지래. [청중: 하하하]

조: 그때는 저게 몇 월 며칠이었는데?

임: 9월 달이거든요. [조: 9월 달요?] 예. 9월 9일 날이. 음력으로요. 그래 낳디마는.
  그 날짜는 내가 안 잊었부리는데 아이, 추워요. 추워요. 아이 마 문을 쥐 뜯고. "아
  이고, 저 남 부끄러워서 우에 먹나."
  "부(부어) 줘라."
  어떻게 하냐꼬. 그래야 인제 농담 되 났지. 그때는 우에 그래 남사시러. 오새(요
  새) 겉으면 함 뻣뻣하게 함 해 보고. [청중: 하하하하] [조: 그래가주고 인제.]

전: 잡귀가 아(안) 온단다. [조: 아. 잡귀가 안 옵니까? 그거.] 옛날에 잡귀가 안 온데.

조: 그래가주고 인제 하고 인제 일단 족두리 다 벗고, 맨 처음에 뭐 버선 먼저 벗깁니
  까? 이 족두리 먼저 벗깁니까?

임: 족두리하고 다 벗고, 그렇게, 그렇게, 그렇게 해가. 또
  "아이고, 신랑 버산(버선) 벗기라, 벗기라."10)
  카면 신랑이 억지로 땡겨가(땡겨서) 또 벗껴(벗겨) 준다. 벗겨주면 또 신랑 몬인
  듯이 벗었다. 또, "신랑 양발도 삐끼줘라, 삐끼줘라."
  눈은11) 새사(세상에) 보면 까맣다. 이거처럼 이래야 좋은가? 싶어가주고 하긴 해야
  된다. 근데 남사도 시럽지. 말이 아니지 뭐요. 뭐 시집이 언제 지내갔부싰었지. 그
  래가주고 비겠코. 그랬니더 첫날 저녁에는.

조: 예. 그래가주고 그 다음이 중요한데. 그랬니더하고 넘어가면 어쩝니까? 그래가주
  고 이부자리에 들어가셨구만요. 두 분이서.

임: 예.

조: 그래가주고 인제 그 지키고 있던 사람들은 뭐. 그래도 그때도 안 가고 막 쑤시고.

임: 아이고 난리제요. 막 나갔다, 드갔다, 나갔다, 드갔다 일부로 막 나갔다, 드갔다.
  맹 뭐 윗고(웃고) 그래 장난할라고. 재재 모도(모두) 모데가(모여서).

---

10) 첫날밤에 문 밖에서 장난패들이 그러핵 하라고 일러주는 말이다.
11) 첫날밤을 어떻게 하는지 방 문 앞에서 구경하던 사람들이 눈이 까맣게 보일 정도로 많았다는 말이다.

신랑은 3일만에 대들보 안 비는데 가 자고

조: 그래서 첫날밤 잘 주무시고, 아침에 어떻게 하셨어요? 먼저 일어나셨어요?

임: 그렇체요. 먼저 일어 나오고. 뭐.

조: 그래 이제 그 다음날 아침은 어떻게 했어요? 신랑이 뭐 누구한테 인사를 했다던가?

임: 다 인사해야지요. [조: 인사하고.] 야 야.

조: 그리고 신랑하고 첫날밤 자고 나와서 다시 고날(그날) 중에 언제 만났습니까?

임: 맹 뭐 낮에사 보지 뭐요. [조: 낮에 보고.] 야.

조: 신랑이 몇 일 묵었습니까? 고 저게. 초례밤하고.

임: 고래고는 뭐 한 삼일 있다가. [조: 삼일?] 야.

조: 뭐 이웃에 가서 뭐 하루밤 자고 다시 오거나 그러지 않았어요?

임: 3일 만에는. [조: 3일만에.] 야. 3일 만에는 뭐 대들보 안 비는데(보이는데) 가(가
    서) 자고 들어와야한다 카면요. 뭐 이우제(이웃에) 어디 나가자고 들어오고. [조:
    자고 들어오고.]

전: 참. 격식이 있다.

임: 야.

조: 이틀 자고 3일 나가서 자고, 그 다음은 드와서 몇 일을 더 잤습니까?

임: 그 그래 한 5일만에 잤지 싶어요.

조: 5일 만에 인제 두고 갈 때는 뭐 어째, 신랑 혼자 갔습니까? 뭐. 여 누가 가거나.

임: 혼자 가지. [조: 혼자 가고. 예.]

조춘란: 또 처남 데루고(데리고) 오잖나.

임: 참 데루 오나, 데루고 간동(가는지) 내가 잊이 먹었다. 뭐.

조: 예. 그래고는 인제 묵신행했는게 같애 그렇죠?

임: 그래 묵신행.

한 도달 돼가 신랑이 군대 갔버렸다 카이

조: 그래서 인제 한 일년 있다가 시집을 갔습니까? 아니며는.

임: 그래가주고 늦게 됐일꺼래. 데려 오라. 아이래. 그래고는 9월, 시월, 동짓달 뭐 한
    거저 마만 석 달이지. 한 도달(두어달) 돼가요. 요새 말해 신랑이 군대 갔버렸다
    카이. [조: 아이고.] 아이고. 말이 아이래요. [조: 예. 말도 아니네. 진짜.] 말도
    아이래요. 요새서는 참말로 말도 아이래요.

조: 그래, 그래가주고. 그래 군대 간 동안에 한 번도 못 봤겠네.

임: 못 보지요.

조: 휴가 왔을 때 안 왔어요?

임: 어. 휴가도.

조춘란: 신행으는 고마 신랑 없는 데 왔나?

임: 그래 신랑 없는데 시어머이하고 종조모하고 보러 오시고요. 또 미늘(며느리) 본다
고. 보러 오시고. 또 그 뭐 신랑으는 군대 갔부고. 또 맹 이 집 잔채도 해야 되고,
뭐 없다고. 안 할 수도 없고. 날 받아 보냈데. 또 신랑도 없는데 시집 왔니더. [조:
아. 신랑 없는데?] 야. 신랑도 없는데 시집 왔더니만. 저 시집, 시집은 왔는데 '뚱'
하더라 카이.

두패도군 가마 타고 시집가서 큰상 받고

조: 시집 갈 때 가마 타고 갔습니까?

임: 가매 타고 예. 가매 타고. 저.

조: 처음부터 가마 타고 갔습니까?

임: 우리집에서르요. 가매를 이래 끼워 놓으니. 우리 오새 서울 있는 막내동상이 나갔
다, 드갔다, 나갔다, 드갔다. 요새 만날 그 소리 해가미(하면서) 웃는다. 그랬디만
은 그 가매를 타고요. 이래 두패도군카미 해가 또 하내기 무거우면 또 고담이, 고
담이 해가 이래, 이래 미고(매고) 와가.

조: 둘이서 맸습니까?, 넷이서 맸습니까?

임: 둘이서 밋지요. [조: 둘이서 매는 게 또 두 사람이 따라 다니면서.] 같이 따라 다
니면서. [조: 두 사람이 따라 다니면서 가다가 바꿔 미고.] 바꿔 미고, 바꿔 미고.

조: 그거를 두패도군이라고 그러구만요.

임: 둘이서 매지요.

조: 둘이서 매는데 인제 또 두 사람 따라 다니면서 바꿔 매고.

임: 예. 바꿔 매고, 바꿔 매고 해야지.

이: 바꿔치기 해야지. 그러면.

조: 그거를 두패도군이라 그러는 구만요?

임: 예. 두패도군. 그래 하다가 여 와가주고는 또 새댁이는 인제 또 가매 치예가, 새색
이딕이가 가매 애를 먹고, 저 여여 잔채집 바로 들어갈라 하면 또 신발집이라고 또
있었다 카이. 그 집이 가가주고. 그래 저 이래 마 정신 채려가, 또 다시 따듬어가
또 그래 인제 또 시집으로 드가이. 또 시집에 드가면 또 시집에 또 대상한다고. 큰
상을 마 얼매나 잘 채려 주거든요. 잘 채려 주면 그, 그 큰상으는 다 안 싸고. 쪼
끔씩, 쪼금씩 엄마 갖다준다 카면 또 이래 싸도 또 태상은 태상대로 해라. 거 여
가. 이랜다. 큰상 봉다리다 카면 거 피(펴) 보면 이 집이 '사돈네가 이렇게 잘 했
구나.' 카미 아라고.

안 먹는다고 "아이, 쪼끔만 쪼끔만하면"

이: 한 숟가락도 못 먹는 게 그지.

임: 예. 새댁이로, 오새는 마 자기 먹을 때 먹제요. 글 때는 새댁이라 카면 이 이게 숟가락이라 카면, 이기 새댁이라 카면, 대반이라 카미 곁에(곁에) 앉아가요. 떠가, 이래 이거 입에 갔다 여면(넣으면) [할머니가 색시였던 그 당시의 흉내를 내면서 숟가락을 입에 안 대겠다고 고개를 돌리는 흉내를 냈는데, 참 기가막힌 흉내였다. 거기 모인 모든 사람들이 웃음을 터트렸다] 안 먹는다고 말도 못 하고요.
"아이, 쪼끔만, 쪼끔만하면,"
[또 고개를 돌린다. 모두들 웃음을 터트렸다]. 글 때는 진짜 그랬다 카이요. 전: 지금 그래 하는가? (하하하하)

임: 스스만큼(시시만큼) 떠 먹글(먹게) 나두지. 지(자기) 마음대로 먹을게 썼는데(많았는데), 반 숟가락이면 먹다 치울낀데, 떠 여 주기는 만데(뭐하러) 그래 떠 여 주는동. 그래고 또 대반쟁이 카면 또 글찮다 카면 제일 이제 간다하이 통해도, "새 새댁이 쪼끔만, 쪼끔만"카면 이리 입에 갔다 대면 그장 [할머니는 또 고개를 돌린다. 사람들은 웃음을 참지 못한다.] 그렇게 믹인다(먹인다) 카다가 하나도 능겨(넘겨) 보지도 못하고, (하하하) 하나 먹어보지도 못하고. 그래가 참말로 저 뭐시기 시집왔다. 시집오니 신랑이 있나? 참말로 고마 하하 이 촌이래 놓이. 촌부자, 일부자하이까나. 일이 말도 몬해. 참말로 일도 디고 마 이 피곤한데다. 저 머시기 그래 일하고 이래 있다 가이께네. 그래 올래요 그래 머시기 그 애기가 가져가요.

첨에 애를 가지고 군대에 갔던 모양이래요

조: 애기. 그 남편이 군대 있는데 어에 애기를 가졌어요?

임: 첨에 (애를) 가지고 군대에 갔버렸던 모양이래요. [조: 아.] 그래가 인제 저게 낳았는데, 아이고 그래 참 친정에 가가 그래 낳을 때, 거 친저가(친정에서) 놓으니. 그래 저 시어머이가 또 인제 손자 봤다고. 상덕이 온다고. [조: 상덕이 오지요. 예.] 사돈 웃하고, 허허 얼라 기저구하고, 얼라 옷하고 미역하고 쌀하고 얼마나 해가, 또 얼마나 많이 해 가요. 또 그래 인제 얼라 상덕이 온가 카미 또 왔데. 그래 와가 신랑도 없는데요. 그래 신랑이 군에 한 일년 있다 오이께네. 그새(사이에) 낳았지요. 그래 낳아가지고, 그래 있다가 또 그래가 마 인제 마 시어마시왔는게 그래 있다가, 또 시어마시 가셨부고. 인제 얼라 말 드리고 놀만하고 하이께네. 그래 또 본집이 와야되지. 그래 인제 또 엄마가 업고. 예전에는 뭐 차가 있니껴? 엄마가 업고 그래 여 와가, 시집 오이 또 손자 온다고. 얼매나 잘 해 놓고, 그래 먹고 인제 엄마가 하루밤 자고 가도 그 이튿날으는 아침은 안 잡수고 가실 적에 얼마나 뭐

뭐. 갓잖찮은게 그제요. 사우(사위)만 있이면 또 얼매나 든든하고 좋으니꺼. 그치
마는.

조: 아침을 안 먹고 가셨다고요?

임: 아. 아침을 안 잡수티(잡수터니). 쪼금 잡수고. 그래고 가시미(가시면서) 그렇게
우드라카이(울더라하이). 그래 가야 되지. 저게 사우도 없는데 갓잖채이 글체요.
그 두고 가보래요. 얼매나 안 됐일리껴.

조: 그래 애 놓고 몇 일 만에 왔어요?

임: 아. 글 때 도달, 글 때 서 너달 있었을께요. 요즘에 아 낳는 거 보다 더 좋을 때 왔
으이. [조: 예.] 그래 아 우리 어무이가 그랜다고. 우리 시조부도 그랬다.
"아이, 야들아. 이상하다. 나는 생각에 사돈이 아무꺼도 마음에 걸릴 거 없지 싶은
데 자꾸 눈물 놓지. 내가 야 맘에 왜 저카지 싶어, 내가 마음에 울매나 안됐다. 안
됐다."
글 때 그 소리 할 때,
"아이고 할배요. 어에 뭐 딴 거 그래 글리껴(그렇니껴). 그 뭐시기 얼라를 놔두고
가이. 그래 섭섭어(섭섭해서) 글리더."
카이.
"그래. 니 말도 옳다, 옳다."
그래가 참 오이(오니). 그래이. 가 얼라와가 산다 그래 사다가(살다가) 신랑이 한
일년 너매 가(넘어서) 왔다 카이. 첫 후가 와가, 첫 후가 와가 한 이틀밤 자고 가
는데, 어른들 있다고요. 그 얼라라고, 내 아들이라고 이래 드다(들려다) 보지도 아
(안) 해. 저 서울 동대문 보듯이 보고.(하하하) 그랬다 카이요. 이쁘면서도 그거를
가매(가만히) 이 우리, 우리 얼라라 카고. 오새 겉으면 이와 날리죠. 일치마는(이
렇지마는).

이: 오새 겉은 사람으는 방에 와가주고도 이래 드다 보지도 안 한다. 옛날 사람들은 우
엤는동 몰래. 그제요.

신발집에 가가 한참 이래 눕었다가

조: 그 저게 제가 그 중간에꺼 몇 가지 쫌 물어 볼께요. 그 저게 가마 타고 올 때 친정
에서 여기까지 제법 멀잖아요.

임: 예.

조: 가마멀미 같은 거 안 하셨어요?

임: 왜. 안해요. 멀미는. 신발집에 가가 한참이래 눕었다가. 멀미나이. 또 니리(내려)
걷지도 몬 하는데. 함 멀미도 나는 데 또 그거 아죽(아직) 안 (?) 두패도군이 해

놓은 게 걸겠나. 글체요. 뭐. 멀미도 해요.

조: 그때 가마 타는 거 뭐 요령이 있습니까?

임: 암것도(아무거도) 없니더. [조: 아무 그냥 앉아 있었어요?] 그냥 앉아 있이면 이래 낀가리(끈) 기머요. 니리막(내리막)을 내려 갈 때, 뒤로 재키고 또 오두막을 올라갈 때 앞으로 이래, 이래하고. 얼매나 호사시럽그로. [청중: 하하하하]

조: 아. 그거를 타고 알았어요? 아니면 누가 이야기를 해서 그렇게 했습니까?

임: 아이고. 그 뭐. 그 때 시집오고, 하는 거는 다 그래했으이. 가마에다 아주 입고.

조: 가마 안에 오랫동안 있으면 소피 같은 거 마려울 수 있는 데 어떻게. 가마 타고 오는 중에 소피 마려울 때는 어떻게 하시죠? 소변, 오줌 마려울 때.

임: 아. 아. 그럴 수가 있이므사 뭐 뭐 사무 디리 한데 뭐. 패꾼들 니라 주고요. 노질이고 한데 뭐. 패꾼들 니라 주고요. [조: 니라 주고.] 뭔 불편이 없노. 없노. 가끔가다 그케주고요이란다. 맹 오새 차 (같애요).

전: 옛날에 시집갈 때 오줌 매렵나. 물도 안 먹고 댕기는데 뭐.

임: 맹 글 때 왜야 가끔 그래도 물잖아요(묻잖아요). 야. 먹은 거도 없고, 눌 필요도 없지마는 그래도 가끔, 가끔 오면 물잖아요.

조: 그 다음에 다 와가주고 신발집에 들어 갈 때까지는 아직. 저기 시집하고는 아무 관계가 없죠?

임: 예.

조: 그럼 신발 집에 가서는 그냥 쫌 쉬었어요? 그 집에서 서도 뭐 음식을 쫌 뭐 먹었습니까?

임: 뭐. 본집에 거서 이래 들어오는데 넘어가니껴. 함 멀미나재. 해가.

조: 예. 안 먹고.

조춘란: 신발집 그래고는 준다 그자.

전: 우리는 떡국 끓여 준다.

임: 떡국 끓여 주거나 우리는 여, 여 우리 저 외가가 있어 놨더이 우리 외가 집에서 하니라고[12) 그 위가(외가가) 막 믿업지(믿더워서) 해가요. 그 다 쪼끔 많이 중재를 해가 눕어(누워) 정신을 채려가 먹을 형편도 안 돼. 그랬지.

감주 세 번 먹고 가매 맨 사람이 짚불 차고

조: 그 다음에 인제 다시 가마 타고 시집을 갔어요. 가서 내릴 때 뭐 시어머니가 나갈 때 가마 안에 나올 때 뭐 소금을 뿌렸다든가? 불을 피웠다든가?

임: 아이래요. 감주요. 가주(가지고) 와가(와서). [조: 예. 감주.] 이래 시 번(세번)

---

12) 신발집이 외가집.

　　마시고 또 드갈때요. 짚으(짚을) 가(가지고) 불을 해 놓으면 가매 있는(맨) 사람
　　이 '툭툭툭' 차가 드갔부는 거라.

조: 예 예. 감주는 왜 세 번 먹이지요?

임: 모르지요.

조: 모르고. 그 짚불은 왜?

임: 그 귀신 쫓아내다고. [조: 예. 따라 들어온 귀신이 못 들어오게.] 예. 못 들어오거
　　를 보삽에 들어갈 때 불버텀(불부터) 해 놓고 고 내릴찍에 감투 맸니더.

시어마이가 엿 먹고, 시누네 입 붙이라 카면

조: 아. 내릴 찍에. 그 다음엔 인제 들어 가가주고는 뭐 어떻게 합니까?

임: 아침에 그냥 가마(가만히) 앉았고, 그 날 이전에 뛰내리데 뭐. 허허

박: 가마 앉아서 이제 어른들 예수 받잖나요?

임: 예수. 절.

박: 어른들, 시어마이, 시아바이 그 집 대소간 손님들 마커(하나)마다 앉쳐 놓고, 앉쳐
　　놓고.

임: 마다(마당)가 앉쳐 놓고.

조: 그걸 예수 받는다고 그래요?

임: 예 예. 예수절이라카믄요. [조: 그걸 왜 예수절이라고 그럴까?] 예수절이라 카데
　　요. 그거는.

조: 현구례한다고 그러는데.

조춘란: 현구례하는 거는 대례 지낼때하고, 오새 폐백 보는 거 하고 한가지래.

임: 오새 폐백과 한 가지지.

박: 그거를 옛날에는 예수라 카지. 예수절 드려야 하지. 예수절.

조: 그 예수절 지낼 때는 뭐 혹시 시어머이나 누가 뭐 엿을 나눠주면서 입을 붙어라 그
　　랬다든가 뭐 아들 낳으라고 뭐 대추를 줬다거나 뭐 그런 거 없었습니까?

조춘란: 그러이 시어마시 예수 저거, 예수 드리는데 떡방팅이 이고 춤춘다 카미 그래제.

임: 예. 뭐. 춤추고, 시어마이가 정작 엿 먹고, 시누네 모도 엿 주고이래데. 입 붙이라
　　카면서. [조: 아. 아. 시어마이하고, 시누하고.]

전: 밤 던져 주고 글채 뭐. 근데 요새는 테레비에 보면 그래.

임: 또 폐백을 뭐 거진(거의), 거진 같이 하데요. 뭐.

조: 그래가주고 첫 아기 놓을 때까지 이야기가 거진 끝났지요?

임: 예. 이제 다른 분들 해도 되니더.

조: 누가 그 다음에 두 번째로 이 할매했는 거처럼 첨부터. 근데 그 중매는 누가 했지

요. 신랑. 고거 이야길 안 하셨네. 어예 가주고 이 신랑 만나게 됐는지.

임: 중매는 글 때 외가 중신 아 한다 카는데 어에가 우리 외사촌 오빠가요. 여 우리 외 가가 여 있어가. 여 있어 가주고 여 권해가 그래 했다니까.

조: 외사촌 오빠가 서로 중매하고 얼굴 보지도 못하고.

임: 야. 안 봤지요. 옛날에 말만 들었고. [조: 말만 듣고.] 야.

조: 외사촌 오빠가 여 신랑이 어떻타고 소개를 했습니까?

임: 첨 맹 글 때도 뭐. 좋다 카면 좋다 카고 뭐.

조춘란: 글 때는 그때 부일 양반 글 때 대학하고 좋다 카미 했다 참말로. [조: 예.]

임: 좋체.

조: 부일 어른이 그때 하마 대학 했어요?

임: 예. [조: 아이고. 그럼 그 이후에 높으게 뭘 하셨겠네.] 아이래. 그 뭐 아(안)하데 요. 군대가 잘 있다오고, 잘 있다오고 안 하고 뭐.

조: 그 다음엔 어느 할매. 창마13) 할매가 하든지 예. 할매. 창마 할매는 저게 몇 살 때 오셨습니까?

전: 어에왔나 캐도. 내 아까 가매 타고 홈째로 왔다 캤다. (하하하)

임: 홈채로 왔다 카이. 저 선생님이 홈채가 오덴동 아나.

전: 오르막에 갈 때는, 오르막에 올라 갈 때는 [자신이 이야기를 하면서도 너무너무 웃 겼던지 웃으면서 이야기를 했다.] 뒤로 널질까봐 앞을 붙들고 그랬다. 내 얘기했 다 카이. 그런 것도 내 얘기했다. [경로당에 모인 할머니 한 분이 잠이 와서 안 되 겠다며 일어서니, 다른 할머니들도 하나, 둘씩 일어나기 시작했다.]

<임 재 해>

---

13) 그날 즉석에서 만든 택호로 전남수, 여, 70세를 지칭한다.

아들 늦게 낳아 고생한 청계댁의 출산 경험

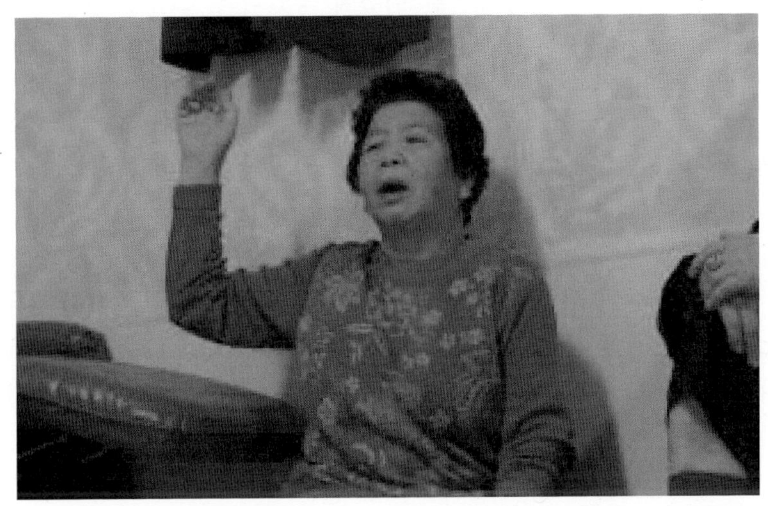

* 청계 할머니 자식이 몇 인지 얘기해 보라는 다른 할머니의 권유로 시집와서 지금까지 살아온 청계 할머니의 이야기를 들어보았다. 외동손 집안에 시집와서 아들을 늦게 낳아 고생한 이야기와 요즘과는 많이 다른 출산에 관련된 이야기를 들어보았다.[1]

그래 외동손에 아들 놓을라고

조춘란[2]: 애기 몇이 낳는지. 애기 몇이 낳나 얘기할라나[3].

전남수[4]: 남새시럽다(남사스럽다). [청중: 모두 웃음.]

---

1) 2003년 2월 23일 경로회관에서 임재해 조사 및 정리, 조연남 녹음자료 채록.
2) 조춘란, 여, 71세, 주실댁.
3) 청계댁이 잿물 내는 이야기를 한참하고 있던 중, 주실댁이 끼어 애기 몇 명 낳았는지에 대해 이야기 하라고 한다. 청계댁이 아이를 많이 낳았기 때문이다.
4) 전남수, 여, 70세, 즉석에서 지은 택호로 창마댁.

임봉월5): 그거 젖 다 믹이거든(먹이거든).

조춘란: 이왕 청계댁이 얘기 나왔으니 청계댁이 얘기 다 해 보세요.

이복선6): 뭔 얘기 할 게 있어야 되제.

조사자: 청계댁이 살아온 이야기 한번 들어 보시더. 우리 그건 요. 그런 거 진짜 할매(할머니) 손자나 아들이나 그걸 알아야 되요. 근데 그게 할매가 이래 살았다 하는 거를, 그런데 그거를 할매만 살은 게 아니고 이 할매도 살았고, 이 할매도 살았고 다 살았는데, 요새 젊은 사람들이 진짜 할매들 우에 살았는지 모르고 고생했다고 그래요.

이: 요새는 참 호강스레 살지요. 옛날에 우리는 열 여덟에 시집왔거든요. 열 여덟에 시집와 가주고 아 첫아(첫 아이), 열 아홉에 낳았니더. 그리 요새 사람들은 얼매나 호강하니껴. 요새 사람들은 안죽(아직) 어린애라 캐여. 열 아홉이면 어린애라 캐요. 그런데 그 열 아홉에 애 낳았는데 쪼매 낳습니다. 구남매 백(밖)에 못 낳았습니다. [할머니들 모두 크게 웃는다.] 구남매 밖에 못 낳았어요. 우리 영감이 외동이거든요. 외동이 놓으니 또 딸 놓제, 외동이 놓으니 또 딸 놓제. 내중에 놓으니 또 딸 놓제. 옛날에는 아들, 딸. 요즘은 구별7) 하지마는 그때는 구별도 못하는 게라. 그래 외동손에 아들 놓을라고. 놓으면 또 딸이제, 놓은 또 딸이제 할 수 있니껴. 뭐 놓다, 놓다 보이 구남매 백에 못 낳았니더. 우리 딸 여섯 놓고, 아들 삼형제요. 구남맬시더. 쪼매 낳제요? [청중: 모두 웃음.] [조: 그땐 뭐 다.]

조춘란: 다른 이(사람)가 적다 캐야지(해야지). 내가 적다 카면 우에나(어떻게 하나).

이: 암만 낳는다고 놔도 구남매 못 낳았으니 뭐.

아 놓는단 소리를 몬 하는 게라

조: 거 얼라 놓을 때 이야기 한 번 해보세요. 우리 동네, 우리 동네 어떤 할머니는 저, 저녁하가다 밥 푸는데, 애기 나올 기미가 있어가주고, 밥 푸다가 그만 두고 가서 자기 혼차 안 방에 가서 다 애기 놓고 산 가르고 나와가 밥 다 퍼가주고, 어른들한테 차려 주고 그래 들어 누웠다고 그런 애기.

이: 아이고. 여보소. 말도 하지 마소. 우리는 애 놓을 찍에(때에). 우리는 참말로 실지로(실제로) 그랬데이. 나는 우리 딸도 영천 간 딸 놓을 때는 닛째(넷째) 놓을 때는 영감 삼월 삼짓날이 수술했지요. 3월 초 여섯날이 참 실지로 알라 낳았거든. 영천 간 딸 낳았거든요. 배는 북상 겉제(같지). 영감 병원에 입원 시켜 놔 뒀죠. 어야니

---

5) 임봉월, 여, 72세, 부일댁.

6) 이복선, 여, 68세, 청계댁. 앞의 여러 제보자들은 경로회관에서 함께 이야기를 해 준 사람들이며 청계 할머니는 출산 이야기를 비롯하여 여러 가지 민요를 들려주는 등 적극적인 제보자이다.

7) 요즘은 산부인과에서 아들인지, 딸인지 사전에 알 수 있지만, 예전에는 알 수 없었다는 말이다.

껴(어떻게 합니까?). 물 이러 가는데, 진짜로 아 기미[8]가 있는데도. 어짤(어쩔) 수 있나? 물동이 놓고. 여, 여 참 집이 있는데, 진광 끝에까징 물 이러 나갈라 카이. 물동 가주(가지고) 가가(가서) 아는 놓을라고 참말로 배는 주름[9]이 져도 가다가 쉬고, 아 놓는단 소리를 몬 하는 게라. 주름지면 쉬고, 남 안 볼 찍(적)에는 섰다가 운짐이 다면(달면) 가고 또 가다가 오다가. 그리 옛날에 시어마이는 딸로 여러 키(명) 놓으이께네. 애 놓는단 소리나 해 냅니까? 못 합니다. 이제 소리 "와"[10] 그래야 아 놓는 줄 아잖니껴. 글치요. 그래가주고 물 떠 놓고 저녁 먹고 나니까네. 밥을 뜨(떠) 놔 놓으이 밥을 못 먹는 기라(게라). 시어마이, "야 왜 저녁을 안 먹노?" 이카이. 실제 이 저녁 먹을 수도 없어. 왜 먹을 수도 없냐 카면 아를 놓으면 또 이거 아들 놓을라, 딸 놓을라 싶은 걱정이 있제. 진짜로. 영감 병원에 입원 씨게(시켜) 났제. 이러이 께네. 우에 아 놓는 거를 뭐하노. 어에 뭐 말도 몬 하고. 그래가 저녁을 안 먹으니, "왜 안 먹노?" 이카더라고. "아. 밥이 먹기 싫어가. 마 먹기 싫니더. 안 먹을랍니더." 이카이께네. "뭐 죽은 발 뻗쳐 놓고도 먹는데, 왜 뭐 안 먹노." 이칸다. 시어마이가. 발 뻗쳐 놓고 죽은 사람 있는데도 먹는데, 아프다고 그래가 안 먹노 싶어 놓으니. 안 먹나 이 뜻으로, "발 뻗쳐 놓고도 먹는데, 왜 안 먹노." 이칸다. [박추월[11]: 그 할마시 그래 주겠을께래(이야기했을 게라).] 예. 우리 시어마이 몽탕몽탕 끊어 주깼니더[12]. 그래 못 먹었다. 뭐. 안 먹고 있다이께네. 저녁에 자러 드갔부고 뭐. 운짐이 다니.

딸 놓으니 시어마니 우는데 밥이 넘어가나

이: 요즘에사 아 놓는 거 얼매나 좋으이껴. 그지요. 옛날에 우리는 짚자리는 안 깔아 봤니더마는 초석(草席)으는 만날 깔았니더. 초석자리 걷어 놓고[13], 애 놓는데 짚 깔아 놓고 놓는다. "왜. 옛날에 안 그랬니껴? [옆에 함께 있었던 할머니들에게 물으면서,]" 우리들 애 놓을 때 그랬니더. 짚 깔아 놓고 애 놓으이께네. 놓고 낳으니까네. 짚을랑 부뚜막 갔다 놓고도 시어마이 듣는데도 몬 그카고, 죽으나 사나 들어 올 찍에 인제 요 부뚜막에 갔다 놔 뒀다가 인제 디게(되게) 운짐이 다면(달면) 갔다 놓는다고. 가만히 봐가 요래 피(펴) 놓골랑 자리 걷었부고, 놔 놓고 "와" 그면(그러

---

8) 아이 낳을 기미를 말한다.
9) 지금의 애 놓기 직전에 몇 분 간격으로 나타나는 통증을 이야기하는 것으로, 배가 일정한 간격으로 꽉꽉 절린다는 말이다. 통증이 심할 때는 잠깐씩 쉬었다가는 것이다.
10) 애기를 혼자 낳아서, 애기 울음소리가 "와"하고 들리는 것.
11) 박추월, 여, 68세, 유덕댁.
12) 인정스럽게 얘기하는 것이 아니라, 인정없게 딱딱 끊어 이야기한다는 말이다.
13) 초석자리 버리는 것이 염려되어 애기 놓을 자리만큼 걷는 다는 말이다.

면) 인제 시어머이가 인제 딸 낳았구나 그면 고마 딸 낳아 놓으이 "아" 소리 갑자기 나이까네. 시어마이 쫓아 나온다. 우리 시어머이 성격 얼매나 급했노. 그지? 나오이께. 마. 딸 놔, 놔버렸다. 고마 고(그) 자리 앉아 운데이. 시어머이가 대성 통곡 해가미 우니더. "이 집이 문 닫았다." 가마. "왜 우디더." 왜. 어잖니껴. 뭐. 그러이께네. 밥이 우에 넘어 가니껴. 밥이 없어 굶는 게 아니고, 진짜로 밥이 안 넘어가 못 먹었니더. 그 통중(痛中)에 우리 영천, 저게 딸 둘이 저게 홍진 받아 놨디라. 우리는 영천, 참 저게 부산 간 거, 큰딸하고, 둘째 딸하고 홍진 받아놨지. 아 놔 났지. 영감 수술 해 놔 뒀지. 그캐요. 말도 하지 마소, 말도 하지 마소. 책 마도(모아도) 이만침(이만큼) 놓지 싶으다. 진짜로. 글때 서러움을 줘가 주잖애. 내 바람에, 눈물이 나가주고 밥이 안 맥히고(먹히고) 시어마이가 우는데, 밥이 우에 넘어가노. 그래 살았니더. 그래 사이 뭐 뭐할 여개(여가)가 있니껴. 뭐.

박: 그 대신에 많이 낳아 놓으이 요새 안 좋아[14].

이: 요새 좋아.

아 놓을 때 짚은 반다시 깔아야 돼

박: 이런 사람들[15]은 짚 깔아 놓고 놓는다 카면 시껍할게라. 아 아, 균 붙는가 카면서.

임봉월: 아(아이) 짚 깔아 놓으면 기스[16]진다고. 뭐.

박: 기스 지는 거 보다 균이 더 마 시껍할낄시더. [조: 자리를 버릴까 싶어서 짚 깔고.]

이: 예. 옛날에는 마커(모두) 그랬어요.

임: 그래도 인제 애나 놓으면 에기랑 인제 들어 미고, 디믄(디만) 두둑 바리라도 있는데 갖다 앵겨(안겨) 놓고 그적세(그때서야) 그 인제 태를 놓으면 그 짚에다 싸 말아가주고 부엌에 갔다 옇부랬지. 쳐댔부리지(태워 버리지).

이: 옛날에 그래 살았다.

임: 그렇기 때문에 짚도 반다시(반드시) 짚을 깔아야 자기의 태를 놓으면 그거를 뭉쳐 가주고 부엌에 넣기 때문에 짚은 반다시 깔아야 되. 옛날에.

이: 비니루(비닐) 나고(나오고) 좋다 캤잖아. 비니루 나고 마커 밑에 깔았부니깐 밑에 자리에 안 묻고 좋다 캤다 카이.

박: 그때 비니루 어데 있었니껴.

이: 그때 비니루 없었다. 그 뒤에 그랬지마는.

---

14) 키울때는 힘들어도 지금은 식구들이 많아서 좋다는 말이다.
15) 함께 이야기를 듣고 있던 대학원 여학생들을 말한다.
16) 얼굴에 상처나는 것을 뜻한다.

임: 학생들 갓잖이도 않다. 옛날, 옛날해도 짐승보다 더 못했다. 더 나을 수도 없지.

이: 요새는 인제 돼지 새끼 낳아도 떡 가가 불 써 놓고 안 하나.

아들 놓으면 하늘에나 올라 갈동 싶어가주고

박: 예. 우리들 애 놓을 때사(때에는) 참말로.

이: 그러이께네. 거적때기17)에 자빠져야 아들인동, 딸인동 안다한다. 짚 깔아 놓기 때문에. [박추월: 아들인동, 딸인동.] 짚에 나왔는 그 자빠져야 인제 낳아 봐야 아들인동, 딸인동 아지(알지). 딸 많이 낳으면 그카더라마는. 옛날에는 그랬잖아요. 요즘은 병원에 가면 아들, 딸로 구분을 다 하지마는 암만 딸로 많이 낳아도 그 구별을 할 줄 알아야 되지요. 그러이 생긴 데로 다 놓는 기라. 아들 놓을까봐. 아들 놓으면 하늘에나 올라 갈동 싶어가주고.

전남수: 아이고 한 열 낳았을껜데 고마 아들 났버려가주고 고마 구남매 뱊에 못 낳다.

이: 예.

오새는 아들 많으면 절단 난다 카이

조: 그래요. 한 열 낳아 볼긴데. 예. 그 저게 몇 남, 몇 녀 낳으셨습니까?

이: 예?

조: 팔녀 일남 낳으셨습니까?

이: 으으으. 구남맨데 아들 삼 형제, 딸 여섯이요.

조: 위로 딸이 몇이 예요?

이: 우로 딸이가요 다섯이고. [조: 아들 서이 놓고 인제.] 아들 서이 놓고 인제 늦게 인제 또 딸 하나 막내이 났네.

임: 오새는(요새는) 말도 몬 하지. 딸 서이고, 아들 여섯이 놓으면 황세 다리 된단다. [조: 아.]

박: 아들 더 놓을라고, 아들 서이 났는데 또 너이째 보고 막 저게 아들 낳시면(낳았으면) 아들 너이 될껜데, 딸일세.

이: 너인데, 막내 딸 놓을 때 가이께네. 또 나(나이) 많다 카매, 하매 유산 안 씨게(시켜) 주디더. 요새 겉으면 나 많지도 안 해도. 서른 한 일곱 될 때사 안 그랬일라마는.

조: 아 할매 쪼금 뭐 뭐 어째 났으면 황세 다리 됐겠다고? 뭐 어째 됐으면 황세 다리 됐겠다고. 이렇게. 이제 무슨 말씀하셨잖아요. 부일할매. 예.

---

17) 아이를 낳을려고 깔아 놓은 짚을 말한다.

이: 몰씨더. [조: 부일 할매?]

임: 내가 뭐라 카디껴. [조: 하하하.] 만약에 저게 딸이 서이고요. 아들이 여섯 겉으며
　　는 하는 수 없이 모(못) 산다. 사방 지사 달라네. 미늘래(며느리)들 안 주면 시어
　　마이 숭(흉)한다. [청중에서 웃음바다가 됨] 아. 안 주면 숭한다 카이. "우리 어마
　　이 맨날 딸만 생각고. 그래 가 딸 만침 생각하면 집도 사주낀데. 딸 같이 생각하면
　　뭐도 주껜데." [할머니는 목소리를 가늘게 하면서 며느리 흉내를 낸다. 역시 경로
　　당에 함께 모였던 할머니들 모두 웃음을 참지 못한다.] 카고. 딸이 여섯이기 때문
　　에 이 할매나 나나 그런 복이 없다 이카니더. 오새는 절단난다카이. 아들 많으면
　　절단 난다 카이. 오새 대충 보면 그렇다 캐요. 어디 뭐 꼭 글타 카는 게 아이고(아
　　니고). 그진(거의), 그진 보면 그렇다 카이.

이: 우리도 참 아들 다섯이면.

전: 요즘은 딸 둘, 아들 하나 좋다 카나.

임: 아들 둘, 딸 하나 좋다 칸다. 딸 그만침 추수하고요.

이: 예. 돈 더 들었지요. 더 쫓애긴 더 쫓애지.

전: 딸 둘, 아들 하나 카면 좋아. 딸들한테는 그만큼 뒤바뀌고.

이: 우리들 알 놓을 때만 해도 아들마 놓으면, 고마 참말로 고마 좋다고 안 부샀니껴.

"아이고 아들 낳다. 반갑다. 아들 낳다"

조: 그래가주고 딸만 계속 그래 놓다가, 첫 아들 낳을 때 상황을 한 번 이야기 해 보세
　　요. 어떻게 낳고, 반응 시어마이가 웃었는지, 울었는지. 고때 심정을, 고 과정을
　　아까처럼 한 번.

이: 첫 아들을 놔 놓으니까네. 처음에 아들을 놔 놓으니까네. 6월 달에 낳았잖니껴. 5
　　월 16날이 놔 놓으니까네. 영. 아침에 인제 쪼매 다르이되도 운짐이 다니께네. '딸
　　놓으면 우얄고' 싶어가주고 집에 있는단(있는다는) 소리도 몬 하고. "오늘 보리 비
　　러(베러) 가야 될씨더." 이카이께네. "보리 비러 오지 마라."[18] 카더라니. "보리 비
　　로 오지말고 집에 있거라." 이카데이. 요즈음은 쌀이 흔치마는 그때는 쌀이 귀찮니
　　껴(귀하잖아요). 쌀이 적잖니껴. 보리밥을 많이 먹잖나. 여름이래 놓으이께네. [조:
　　예.] 이제 애 놓기 전에 보리 뚜든다고. [조: 예.] 마당 싹 씨러(쓸어) 놓골라 보리
　　타작 할라 카이 마 뚜들라 카이 아! 모(뭐) 참말로 보리 몬 뚜들겠드라 카이. 그 놈
　　의 아를 안 났버렸니껴[19]. 고마. 아들 놔 놓으니.

조: 어디서 낳어요?

---

18) 시어머니가 할머니한테 한 말이다.
19) 마당에 보리를 뚜드려고 하다가 갑자기 아이를 낳아버렸다는 말이다.

이: 집에서를. 맨 또 그래 낳지.

조: 아까 딸 놓듯이 그렇게 났어요?

이: 예. 맹 그래 낳지. [조: 혼자서.] 예. 혼자서를 맹 그래 낳지.

임: 짚 피 놓고.

이: 그래 짚 피 놓고, 맹 그래 혼자서 낳지. 그래 낳지. 놔 놓고 아칙(아침)에 금방 마당 씰었는데, 우리 인제 맏딸이가 인제 알라를 놔 놓으니 들여다보고, "엄마 우야고." 한다. '아이구 마 딸아 겉으면 저거 마 어에가(어떻게 해서) 마 없앴부리면 싶으드라. (그래도) 못 없애겠더라고.'"놔 뒤라 야야, 안죽(아직) 가마(가만히) 있어 봐라." 카이. 어마이는 안죽 가마 있어보라 카는데 보이 운짐이 다이께네. 안 돼 놓이(놓으니). 앞집에 가요. "유호네하고 인제 순잔어마이 거 살았거든." [청중에 이야기를 듣고 있던 할머니들을 향해 던진 말이다.] 쫓아 나와, "인제 금방 마당 씨던데 왜 그카노." 싶어가주고 맨발로 쫓아왔더라 하이께네. 고부지리(고부끼리). 쫓애 오이(오니) 참 아들 낳아 놓으이께네. 뒤게(되게) 자자르 쭝이 나이께네. 돌아다 얼른 보지 싶어도 못 돌아다 볼리데이. 그게 딸이 까봐. 마. 굉장이 아프이마. 이거 들셔 볼 마음이 없고, 고마 하마(벌써) 마 딸 낳은 건지 싶어, 하마 맥이 없는 기라. 덜레(떨려)가주고. 또 딸 놨지 싶어가주고, 모(뭐) 저거 들셔 볼 정황도 없고, "아이고, 아지매 뭐 났노?" 카이께네. "아이고, 아들 낳다. 반갑다. 아들 낳다." 카데. 그래도 거들로 서너 번 물었다. 물으이, "아들 낳다 카이께네. 딸 낳다 카노?" 하미(하면서) 그러이께네. 이제 아들 놔 놓고 인제 그 집 아지미가 인제 태 가르고 눕해 놓고, 그래 인제 그 적세(사이에) 옥필이20)가 인제 소골 논에 영감 디리러(데리러) 갔제. 디릴러 가 놓으이께네. 그리 인제 영감으는 아침에 기척이 없다가 드릴러(데릴러) 와 놓이 요게 또 말이 쫌 급해 놓으이께네. 짜부주, 짜부주 주겠디만(말했더니만) 바로 쫓채갔부려 놓으이 마. 뭐 났는고, 우에 됐는도(어떻게 되었는지) 뭐 삼촌하고 싸와가 그는가?21) 싶어 놓이께네. 운짐이 달아가 지게도 냈버렸부고 마, 참말로 마 신마(신만) 신고 쫓채 왔더라 카이.

아들 놔 놓으이 그래 참 좋티더

이: 오이(오니), 집에 오이, 아들 놔 놓으이께네. 아들 놔 놓으니 글 때는 뭐가 좋노? 카며는 아들 놔 놓으이 별로도 뭐, 뭐는 모리는데, 마음은 탁 놨부이께네. 예. 격정이 없습디더. [임봉월: 그때 시어마시 있었나?] 있어도 시어마시는 이전 또 할매 시조모 제사 지내 먹으러 갔부리고 없었거든. 없었버래가주고. 걱정이 탁 없어

---

20) 딸을 말한다.

21) 그 당시 시동생과 함께 살고 있었는데, 할아버지는 딸이 급하게 오니 그렇게 생각했던 것이다.

고마. 아들을 놔 놓으니 반갑긴 반가분데(반가운데), 갔다 오이 그래도 뭐 반갑어 놓이 영감도 생견(생전)에 그래 아(안)하던 영감이 밤에 타작해가주고. 여(여기) 방간에. 그때는 방간 찧는 게 여 울매나. [임봉월: 복잡았어.] 복잡았지. 마들 가 가주고 쇠격(소격) 실커가주고 벌써 쪄 가와가주고.

전남수: 좋긴, 좋다. 하하하.

이: 아들 놔 놓으이. 그래 참 좋티더.

조: 쪄가 와 가주고 뭐 밥을 했어요?

임: 그래 햇보리밥?

이: 이밥 해 주지. [조: 이밥, 이밥 해 줄라고 밤에 찌 가주고 왔구나.] 언지요(아니요). 보리 방아 가주고 식구 먹을라고. 보리 바―(방아). 영감이 밤에 와가주고 거 또 보리 뚜들어 가주고 그래도 마들꺼정 가가주고 쪄가주고. 그래도 뭐 인상 안 쓰고 가주고 오이까네(오니까네). 기분이 쫌 좋았지 뭐. [청중: 하하하하.]

조: 시어머님은 와 가주고 아들 낳는 거 보고 뭐라 그랬어요?

이: 좋타카지 뭐. [조: 좋다고.] 그래 놓으이까네. 매.

임: 시어마이 달랑달랑, 달랑거리미 어르니 얼매나 좋아서.

박: 청계네 아들 낳았다고 난리가 났어. 참말로.

이: 참말로 아들 낳았다고. 참말로 그때 두등 그랬지 뭐.

박: 이웃 사람들 가만히 안 있거든.

이: 참말로 마커 반가워 그랬니더.

임: 그 집 금색(금줄) 놓은 거 넘거더(넘어다) 보고 반갑다고 그랬다 카이. 옛날에.

이: 외종손에, 외종손에 놓으니 딸이제, 놓으니 딸이제. 그때마다 딸로 쭉 났버려놓니. 그때 저 약바(?) 그때 그캤다 카이. 일로. 큰어마이(큰어머니) 죽은 이캤다. "이고 (아이고) 고마 날매로(나처럼) 놓치 말면, 어마이 저 신경은 안 씰껀데." [조: 어 허.] 그때 한 방 모여 앉았는데 자석이는 그카더라. "에이고, 그래도 죽쑨 솥에 밥은 몬 하나고(하냐고)." 여러 키 놓다 보면 아들도 놓는데, 몬 놓는 거 낳다 카드란다. 그게 귀에 다 들어오더라 카이께네. 그래 나는 서이 놓으이.

혼자 만날 혼자서르 아를 낳아요

조: 예. 그럼 청계 할머니 그러면 주로 혼자서 이 해산, 몸 다 풀었겠네요.

이: 예. 한 번도 병원에 안 가고.

조: 그 저 첨에 애 첫 아기 놓을 때는 뭐 시어머니 거들어 주지 않았습니까?

이: 못 거들었지 뭐요. 우리는 또 애 놓으며는 집에 여 사람 바라코 있고, 못 낳아요. 남사 시럽어. 그 우에 놓니껴. [하하]

조: 어. 그 친정에 가가주고.

이: 예.

조: 여기서 첫 아기 놓을때부터 혼자 놓으셨니껴?

이: 예. 혼자. 만날 혼자서르 아를 낳아요. 그리고 소리나야 인제 (다른 사람이 들어)
오지.

조춘란: 그래 놓으이 글케(그렇게) 많이 낳았지. [청중: 모두 웃음.]

조: 그러며는 아들 놓고, 그 다음 또 아들 놓을 때도 혼자 낳았습니까?

이: 만날 그래 혼자 낳았지. 다 놓을때까지 혼자 낳지.

조: "아"소리 날 때까지.

이: 예. "아"소리가 나야 인제 다르이가 드러 오지. 뭐요. 요새 사람들이사 신랑도 오
제. 옛날 신랑이나 아 기미마 있다 카면 하마 갔부고 뭐, 뭐. 시 칠(삼칠), 미 칠
(몇 일)이 가는데도 그 바−(방에) 들여다 보니껴. 안 들여다 보니더. [조춘란: 오
늘 가가 그래라.]

박추월: 실지로 옛날에는 그랬다.

아 기미마 있이며는 들여다보지도 않았니더

이: 옛날에는 그랬니더. 우리는 영감 아 기미마(기미만) 있이며는 아죽(아주) 마 들여
다보지도 안았니더. 그캐 우리 막내이 놓고는.

전: 우리는 서너 달 동안 안 들어온다.

이: 우리도 그랬다 카이께네.

전: 아 낳나? 소리도 안 하고.

이: 우리 막내이. 그거는 저 9월 달에 놔 놓고도 한 서 너칠 가도 안 들어다 보데. 안
들어다보다 늦게 그캐. "어머 여보소, 여보소 어이 그커도(그렇게도) 무심오(무심
하오). 걸배이(거지)가 이 바− 있다 가도, 갔부랬나 싶어가 문 열어 보껜데(볼텐
데). 어에 그캐 안 들어다 보나." 이캤는데. 그리 사는 게 심들어여(힘들어요). 그
리 사는 게 뭐, 뭐 농사짓고 이 놈의 아 볼라네. 질삼할라네. 방아 찧어 밥 해먹을
라네. 빨래 씻을 라네. 요새사(요즘에는) 세탁기 있고, 마커 또 집어 옇(넣어)부면
돌아가면 뭐 정지해 알아서 '빼빼' 거지요 뭐. 얼매나 좋아.

조: 저 창마라 그랬지요. 친정이요.

전: 예.

조: 창마댁이라고. 인제 할매, 택호를 내가 불러야되지. 이름을 부를 수가 없고.

박: 오늘 져가주고.

조: 창마할매는 어 저게 애기 놓으며는 집안 식구들이 서너 달, 아니 아저씨가 서너 달

안 디다 봤다구요?

전: 우리는 뭐 섣달이 모고(뭐고) 안 디러(들어) 와요. [조: 섣달이 모고. 예.]

이: 마커 그랬지 머요. 마다(마당)에 디리고 나온나 하이까네 어이, 카드라 하이. 우리는 아들, 딸 그거를 몰르잖아(모르잖아). 애기를 다 자꾸 놓고 이래면. [조: 예.] 머시마를 기다리지마는 여 나가주고 얼마 있다 아들 놓고, 뭐 딸 놓고, 아들 놓고, 아들 놓고 하이. "이 사람이 뭐 낳는고."카이, "또 고런 거22) 낳니더." 카면서 둘째 아들 놓고, 시째(셋째) 아들 또 낳거든. 같이. 양겹어23) 놔 놓으이그카니더. 우리는 아들 낳고 뭐 그런 거는 없어요.

몸조리 많이 하면 초칠꺼정

조: 그 저게, 그렇게 놓고 나며는 미역국 먹고 몸조리는 어떻게 했습니까?

이: 몸조리 뭐 그거 많이 할 수 있니껴? 많이 하며는 초칠(칠일)꺼정 일주일 있고, 글아이면(그렇지 않으면) 일주일도 몬 있고 댕기고 글치(그렇지) 뭐. 딸 놓을째사 사흘, 삼만 해도24) 운짐이 달면 마 밥 해먹지. 우에니껴.

박: 삼, 삼날이라 카는 게 그게 또 있데요.

이: 사흘만에는 사흘 삼이라이캅니다.

조: 삼이라 그래요. 삼날이라 그래요.

이: 예. 사흘 삼날이라고.

조: 삼날은 뭐하지요?

이: 삼날은 맹 미역국 끓여(끓여) 밥 주지. 뭐요. [조: 그 전에는 뭐 미역국 끓여 밥 안 먹습니까?] 맹 줘요. 맹 첫 국밥 끓여 가 맹 삼신판에 미역 국 얹이고, 쌀 떠다 놓고 뭐. 그래 놓고 뭐 어마이 안 줍니까? 그래면 먹고.

조: 그런데 아기 젖 물리는 거 삼날에 첫 물립니까? 언제부터 물립니까?

이: 아. 삼은 그래도 한 삼일 가이까네. 젖 돌아.

전: 삼일 전에는 젖이 잘 안 나옵니다.

이: 젖이 잘 안 나옵니다. [조: 아. 삼날에 처음 젖을 먹이고.] 그때 인제 밀건(멀건) 물 쪼매 나오면 인제.

박: 그래도 젖은 물리지요.

이: (젖을) 빨래키는 빨래도.

전: 옛날에는 젖이 안 돌아 나오면 이웃에 애기 믹엤는(먹였는) 젖 얻어다가 믹엤는데.

---

22) 아들.

23) 연속으로.

24) 사일도 아닌 삼일만에 밥을 해 먹었다는 말이다.

이: 우리는 아 그래 여러 키 낳아도 젖 얻어다가 안 믹에 봤니더. 그래지도 안 했니더.
   똑 내 젖 나오면 고마 믹에도 뭐 이랬지 뭐. 젖 얻으러 안 댕겨 보고. 만날 내 젖
   나오면.
박: 우리도 안 댕겨 봤다.
이: 고마 먹이고.

딸 놓으면 시어마이가 금줄 꼬아서 문 앞에

조: 그러면 삼날 다음에 그러면 또 아저씨들 저게 금구 쳐야 되잖아요. 금줄.
전: 금방 띠기면25) 치잖아요. [조: 금방 띠기면 치죠.]
이: 아저씨26) 뭐 딸마(딸만) 자꾸 놓는데, 금석 새끼 꼬니껴. 그런 거 하니껴. 그런 거
   해 주니껴. 새끼 겉은 거 영감은 그런 거 안 꿔요. 신랑들은 그런 거 꼬니껴? 안 꼬
   니더.
조: 그럼 금줄은 어에 칩니까?
이: 시어마이가 아무따나 뭐 땋아가 뭐 그냥 문 앞에, 딸 놓으면 문 앞에 요래가 갔다
   뭐. 문 여면(열면) 되게 스챈다 그거. 문 여면 스챈다27) 카이. 딸 낳았다고 방 문
   앞에 여 놓으니 이 문 여면 덜컥, 덜컥 서로 받체제. 요새는 금석 치는 사람도 없더
   라.
박: 요샌 병원에 가 놓는데.
조: 문 여면 스챈다고요?
이: 이 천지 바챘지요(부딪치지요). [조: 아 바챈다고.] 이런 거 들여 놓으이까네. 짚
   을 이만큼썩 들여 좌 놓으이께네. [조: 예 예.] 문 열면 만날 바챘지 뭐요. 뭐요.
   바채고, 그래도 귀찮애. 뭐 우에니껴 뭐 할 수 없지 뭐.
전: 옛날에 딸 낳다 카면 문천에다가.
이: 예. 아들 놓으면사 고사할때까정 보기도 좋게 기다하캐(길다랗게) 이래 피 놓지만,
   딸 낳아 놓으이 문 백(바깥)에 요따가 문 여면 요따다, 문 여면 요게 이래 달아 놓
   으이께네. 문 여면 받체제. 문 닫으면 받체제. 뭐 딸 놓으면 설움 많이 받았지요.
   뭐.
전: 삼 칠 내내 치몬(치면) 외인(外人)이 안 들어오기 땜에(때문에) 부정탄다고 외인
   이 안 들어오기 때문에 삼 칠 내내 들어앉아 조리한다 카고. 그래 놓으이께네. 딱
   일주일만에 금석 딱 치고.

---

25) 아이를 낳자마자 바로.
26) 자신의 남편을 말한다.
27) 딸을 낳으면 방문 바로 앞에 금줄을 치기 때문에 사람들이 문을 열고 나가고 들어올때, 계속 부딪친
   다는 말이다.

이: 그래 먼저 뿐에(번) 막내이 그거 상견례 갔다 오다 그캤다. "아이고! 요새 보이께
　　네. 딸도 놓고 아들도 낳아야 될래라마는동. 옛날에 내 딸 놓을 때는 외로움도 많
　　이 받았다" 이카이. 우리 영감이 이칸다. "그래 놓으니, 요새 뭐 아들도 잘하고 며
　　느리도 잘하고 딸도 잘 하는데."

딸 여러 키 놓는 거 두 칠 시 칠 놓니껴

조: 그러며는 저게 삼날하고 그 다음에는 또 뭐하죠? 초칠합니까?
이: 예. 일주일만에 인제 삼신에 미역국 끓여가 판에 밥하고 떠 놔 뒀다 그 밥을 인제
　　알라 놓는 어마이 주면 먹고 그래니더. [조: 그거 또 두 칠에 또 하고.] 뭐 딸 여
　　러 키 놓는 거 뭐 두 칠, 시 칠 놓니껴.
박: 하기는 시 칠까지.
이: 예. 삼 칠꺼지 해요. [조: 삼 칠까지하고 인제 금줄 걸고.] 예.
임: 유세시럽어야 아들 놓고. 유세시럽어야.
조: 그 인제 유세시럽어야 삼 칠까징하고.
이: 금석은 초칠만 지나면 떳분데이.
임: 누구보다 잘 먹고 삼 칠까지 조리하고 이래지마는 뭐 딸 놓고 하면 뭐.
이: 어떤 사람은 금삭을 삼 칠에 띤다(뗀다)카더라마는 우리는 똑 초칠이면 떳분다(떼
　　버린다).
조: 아들 놓고도 그랬어요?
이: 예. 아들 놓으나 딸 놓나 고마 초칠에 가요. 일주일만 있으면 떳부래. 그 금삭 놔
　　두며는 쫌 불편하잖아요. 깡기는 것도 많고.
박: 올 손님이 못 오시지.
이: 뭐 궂은 일. 뭐 남 죽었는겠다 이래 뭐한 거라 그런 거를 잘 삼신가운데는 그런 거
　　를 잘 못 보잖아요. 그치마는도 고마 그거 떳부며는 여간 봐도 괜찮잖아요. 그러이
　　께네. 그거 때민에도(때문에도) 걷었부면 팬(편)하지 뭐.

친정 엄마가 아 두디기 해가주고 와요

조: 그 다음에 인제 삼 칠까지 다하고 그 다음에 백날 뭐 합니까?
이: 옛날에 백일이 있습니까? 백일이 없어요. 백일 날짜도 몰랬지 뭐요. [조: 날짜도
　　모르고.] 우리는 백일이는 몰래도. 첫딸으는 놓고 첫 돌 해 먹고, 머시매들은 그래
　　도 돌로 해 먹었다. 첫 딸은 해 먹고, 해도 딸 아들 여러 키 놔도 뭐 첫돌 해 먹어
　　도 뭐 우리 꺼정(끼리) 뭐 그저 국 한 그륵(그릇) 믹여(먹여) 끓여 먹었부지 뭐.
　　떡 하고 뭐 이런 거 하고 해 내 내나.

조: 그러면 인제 또 아기 놓으며는 친정에 또 알리면 친정 어른들이 뭐 상 가주고 온다
　　고. 또 뭐 해 가주고 안 옵니까?

이: 해 가주고 와요. 친정 엄마가 뭐. 아 두디기. 첫아는 첫애기 놓으며는 아 매도는
　　(마다는) 못 하고, 첫애기 놓으며는 인제 미역사고, 인제 알라 두디기 사고.

임: 쌀 한말하고.

이: 예. 알라 옷하고 미역하고 해가 와요. 그래 해가 오면 그거 국 끓이고 밥 해가 인
　　제 마음이 가는 사람들도 이웃에 불러 믹옜고.

조: 그거를 보통 친정에서 올 때, 언제 칠 끝나고 옵니까? 칠 중에 옵니까?

이: 칠 날, 칠 날이 옵니다. [조: 초칠날?] 삼칠 걸으면 삼 칠 해 먹으면 삼 칠에 대강
　　많이 옵니다.

박: 그 쪽에서 하는 데로 따라서. [조: 아.]

이: 초칠에는 잘 아(안) 오고. 삼 칠에 많이.

조: 주로 친정어머니가 오겠네요?

이: 어머니가 오지. 친정 엄마가 많이 오지요.

조: 그런 기별을 어떻게 합니까? 요새야 전화하고 하지마는.

이: 그래도 뭐. 어데로 풍풍[28]으로 뭐 이래 연락이 가면 연락이 가지 뭐.

조춘란: 촌에는 장이 안 있니껴. [조: 장날. 장날. 예. 그렇죠.] 자(장에) 가면 저 사람
　　만내면 고마 듣고.

이: 옛날에서 대구나 뭐 그런데 어디 딸로 치우나. 오새는 뭐 대구로 부산으로 서울로
　　갔부고, 옛날에는 뭐 진보[29] 아이면 금소[30]고, 이전 아니면 청운이고.

전: 그 좋다.

조: 또 그 저게 청계 할매는 몸 푸는 이야기 아주 귀한 자룐데. 옛날에 짚 깔아 놓고
　　하는 거 모른단 말이지. [모인 할머니들이 모두 함께 웃음] 이런 거 알아야 되요.
　　뭐 왕이 뭐 어쨌다 하는 거 몰라도 괜찮아. 그거 몰라도 되고, 이런 거 우리 할매
　　들이 다 그렇거든요. 그런 이야기를.

임: 이 바 있는 사람들, 다 짚 깔고 낳았다. (허허허)

이: 다 짚 깔고 낳았지 뭐.

전: 낼이(내일) 연세 많은 할아버지들 저 방, 사랑어른들 몇 분 청구하고 해가, 옛날
　　뭐도 많이 있으께다. 내 겉으면(같으면) 인제 모르지만.

<임 재 해>

---

28) 소문을 듣고.
29) 청송군 진보면.
30) 안동시 임하면 금소.

관혼상제의 전통과 변화의 모습

* 과거 관혼상제의 모습을 이모저모 살펴보고 현재와 변화된 모습에 대해 황유모 할아버지께 들어보았다. 장례에서부터 생일에 이르기까지 그 변화의 모습 속에 예전의 모습들이 여전히 이곳 저곳에 남아 있어 다시 새로운 전통이 만들어진다.[1]

요즘장례는 병원에서

조사자: 옛날에 그 해 오던 풍속 중에서 없어졌거나 크게 바뀐 것이 있는데, 아, 그거는 쫌 살렸으면 좋겠다. 옛날 하던 대로 했으면 좋겠다하는 뭐 그런 게 뭐 있습니까?

황유모[2]:글쎄요. 갑자기 생각이 잘 안 나네요.

조: 여기도 뭐 이 초상이 나며는 뭐 전에처럼 산역하지 않고, 뭐 기계 가 와가주고 산역하지요?

황: 예. 기계 산역, 기계도 많이 하고요. 요즘은 보통 뭐 이 초상도, 예법도 옛날하고 쪼끔 뭐 거의 다 병원에서 많이 이용하고 양식을 이용해가주고 많이 하는 수도 많고.

조: 아. 마을에서 직접 초상 잘 치지 않고, 병원 영안실에서.

황: 영안실에서 하고.

조: 영구차가 이까지(여기까지) 오고.

황: 영구차도 영구차지만도 상여도 전부도 거기서 해 가주고 하고 그런 게(것이) 많다 카이(하니).

조: 아. 하. 혼례식도 읍내 가서 하고, 장례식도 읍내 가서 하고, 병원에서, 영안실에서 하고.

황: 그렇케(그렇게) 자꾸 되가는 게야.

조: 그렇케 자꾸 돼 가죠. 여기서는 주로 어디 청송읍내 갑니까? 안동 갑니까?

---

1) 2003년 7월 12일 경로회관에서 임재해 조사 및 정리, 조여남 녹음자료 채록.
2) 황유모, 남, 77세, 노인회장.

황: 여는요. 주로 여게 보건소.

조: 여게 보건소. 청송 보건소?

황: 예.

조: 영안실도 청송 보건소 영안실 있습니까?

황: 예.

조: 아. 보건소 영안실을 많이 이용하는구나. 그런데 인제 보건소나 어디 병원에 입원해서 돌아가신 경우에야 거의 뭐 영안실 이용하지마는 마을에서 돌아가신 경우에도 그쪽에 가서.

황: 어. 그러는 수도 있어. 집에서 뭐하면(뭐하면) 참 임종할 시간이 가깝다 싶으면 글로(거기로) 옮기는 수도 있고.

조: 아. 그렇게 해가주고.

황: 말로는 그래 하는 게 오히려 편하데. 뭐 글터라(그렇드라) 카고.

조: 예. 그렇죠. 그러면 영안실에서 초상을 치르고, 그러며는 탈상도 역시 뭐 도시처럼 일찍 하겠네요?

황: 요즘도 거의 다, 3일 탈상 거의 다 해요. 5일 탈상도 드물어.

조: 아. 요즘 5일 탈상도 드물고. 영안실에 하는 경우에 이까지 영구차로 와가 마을에서 상여로 바꿉니까? 어떻습니까?

황: 거 안직(아직) 상여도 매고 갈 사람, 거기서 아주 상여를 해와, 거기서 인제 여비를 들여 가주고, 거서 돈마(돈만) 내면 거기서 미리 다 준다니깐.

조: 아. 그러나 뭐 거기서 이까지 매고 오고 거리가 너무 멀잖습니까?

황: 그래 거서 직접 뭐 산으로 인제, 산지로 가는 수도 있고, 집에 와가주고 한 번 들려 가눈(가는) 수도 있고.

조: 아. 마을 상두계는 거의 쓸모가 없네요. 그러면.

황: 상두계는 지금 거의 다 혼실혼실해졌부랬고.

조: 아. 혼실혼실해졌고. 영안실에서 이야기만 하면 뭐. 상여나, 상여, 상두계면, 상두
계, 산역 이게 다 고만.

황: 우선은 인제, 여게도 인제 옛날에는 웃동네 상두계가 있었고, 또 아랫동네 상두계
두 군데가 있었거든요. 그 상두계가 양쪽에 다 모이고, 다 같이 인제 했거든요. 이
게 두 개가 없어졌버리고, 마을에서 한다 카는 거는 이게 청년들 일신회라고 모임
이 하나 있었는데, 그래 그리 부탁해가주고 거기서 말한 상두계원이 나와 가 상두
없어.

조: 아. 상두 없구나.

황: 예.

결혼식 전날 본가에 가서 축하해주고

조: 혼례식은 주로 어디서 합니까?

황: 혼례식은 전부 뭐 예식장에서 하지 뭐.

조: 예식장은 주로 청송 이용합니까? 아니면 서울로, 부산으로 아이들이.

황: 그거는 뭐 신부라든가, 새로 결혼하는 신랑이라든가 이런 사람들이 늘 주체가 되니
깐. 그쪽으로 따라가는 수가 많지.

조: 그러니깐 청송 읍내에서 잘 안 하겠네요?

황: 그 왜 여기서도 많이 하는 수도 있고, 대구 있이면(있으면) 대구가 하는 수도 있
고. 다 글치 뭐요.

조: 예를 들면, 대구나 서울에서 한다. 그러면 마을에서는 어떻게 합니까?

황: 여기 딴 사람은 먼데 예식장까지 가기가 상당히 거북하잖아요. 그러면 잔치를 두
번 해요.

조: 두 번 하는구나.

황: 인제 만약 내일이가 결혼식 날짜다 하며는 고 전날 하루는 오후쯤 되면은 그 집 본
가에 가가주고 신랑, 신부가 없어도 거(거기) 가서 축하해주고, 거 가서 인제 참
축의금도 전하고 글치요.

조: 전에는 마을에 잔치하면 뭐.

황: 온 동네가 다 모였는데, 요새는 그래 뭐 하는 게 아니고, 전날에 거저(그저), 꼭
가야 될 사람은 그 집에 가서 축하해주고, 또 예식장에 안 가고 안 될 사람은 뭐
차를 내가주고 같이 타고 가는 거지.

조: 축의금은 주로 현금밖에 안 하시죠?

황: 그렇죠. 옛 겉이(같이) 음식들은 없어.

조: 없고. 그러면.

황: 옛날엔 뭐 감주나 햇술이나 묵이나 하고 해 가주고(가지고) 했는데 지고 가고, 이고 가고 했는데, 요새는 그런 거 없어요.

조: 그런 거 없고, 그 당사자 집에서는 음식을 쫌 장만해가주고 낮에 손님을 대접하고, 그러다 보이 저녁 따메 인제 작은 잔치가 되는군요.

황: 예.

조: 잔치 음식, 뭐 특별히 뭐 옛날에는 뭐 국수를 먹는다든가 이랬는데, 지금은 뭐 그런 음식 어떤 게 있습니까?

황: 음식을 꼭 잔치라 해서 국시나 떡국 먹는 사람은 없고, 뭐 그냥 보통 손님 대접하듯이.

조: 옛날에는 왜 그 잔치하면 꼭 국수 언제 먹나 그러잖아요. 그때 정말 국수를 그렇게 먹었던가요?

황: 그때는 국수보다는 여, 이 지방에서는 떡국을 많이 했어. [조: 떡국을 많이 했습니까?] 예. [조: 아하. 점심때 주로 떡국.] 예. [조: 아. 하.] 떡국을 많이 했고, 또 그냥 그 비빔밥 많이 하고.

조: 잔치 음식이 떡국. 우리 동네는 비빔밥을 많이 했는데.

황: 여, 여도(여기도) 비빔밥.

조: 근데 왜 그 국수 뭐 언제 먹노 카고.

황: 말로는 그카는 데, 국수 가주고(가지고) 때우는 데는 많인(많이는) 안 해. 국수보담은(국수보다는) 떡국은 쫌 많거든. 헤헤.

조: 예. 떡국은. 그러며는 여기서 인제 전날 인제 저녁 따베 축의금 가져오는 사람을 위해 가주고 음식 쫌 적당히.

황: 아주 준비를 합니다.

조: 아. 준비를 해가주고 대접하고. 특별히 그 노는 거는 없고, 그냥 음식 대접하고 주로 이바구(이야기) 하다 가고.

황: 그렇죠. 놀 형편이 안되니께네.

잔치 때 색시 불러 하는 뒷풀이가 많이 있었어

조: 옛날 전통적으로 (혼례)할 찍에는 풍물치고 놀았습니까? 혼례 잔치 때.

황: 그 인제 아, 참 옛날 식으로 예식을 올리며는 그 집에서 마당에서 안 올립니까? 색시 불려가 잔치 뒷풀이가 많이 있었어.

조: 아. 혼례 마치고, 잔치 뒷풀이할 때 뭐 풍물도 치고.

황: 예.

조: 아. 하. 그러며는 여기서 인제 내일 예식장에 예식을 한다. 그럼 오늘 저녁에 축의 금 가져오는 사람을 위하여, 음식 대접하고 쫌 놀다 헤어지고, 내일 또 거기 갈 사람은 인제.

황: 바리(바로) 뭐 대소간이라든가, 가까운 친척이라든가. 뭐.

조: 뭐. 관광버스 한 대 부르겠네요? 그럼.

황: 보통 관광 버스 한 대는 잔치한다 카머은(하면) 대절해가주(대절해서) 가지. 자기 집안사람들, 대소간 사람들만 가도 한 차는 넘어.

조: 그러니깐. 거기 갈 사람들은 어제 부조를 뭐 집에 가서 다 했분거지. 거기 간다고 부주 안 하고 있다가.

황: 아니. 거 갈 사람은, 예식장에 갈 사람으는 그 전날에 부주 안 하거든. [조: 아. 부주 안하고.] 가야 될 사람은 자기 뭐 가까운 친척 이러면 가서 심부름하고 이거는 하지마는 부조는 안 하고 있다가, 예식장에 가서 하는 게 많지. [조: 아. 하. 그렇구나.] 형제간이나 이런 사람들 뭐 참 집에서 주고 뭐 있지마는도 대게 예식장에 갈 사람은 거 가서 하지.

조: 예식장 가는 관광버스 타고 가며는 어떻습니까? 그냥 앉어가주고 갔다가.

황: 예식장에 가는 거는 그 한 번 관광하는 거도 되고, 갈 때는 뭐 그렇게 노래하고 뭐 이런 거는 별로 없지마는도 거기서 올 때는 나서면 그때는 참 관광이래. 하하하.

조: 딴 데 안 가도 막 차 안에서 놀고, 그때는 뭐 차안에서 음식도 쫌, 술 쫌 나눠주고. 갈 때는 뭐 그런 건 없고.

황: 갈 때도 음식은 뭐 음식은 나눠 주지마는 노래하고 뭐 그런 거는 없어.

조: 아. 그 재미가 있겠네요. 예를 들어가주고 뭐 어떤 집에는 관광버스 두 대를 맞춘 다 뭐 이런 경우도 있습니까?

황: 갈 손님이 많은 집은 두 대를 맞추는 집도 있어.

조: 아. 혼례를 다 그렇게 하고, 마을에 그러면 사모관대 이런 거는 없겠네요. 족두리 하고 이거, 옛날 때 쓰던 거.

황: 없어요. 없을 게라.

조: 요새 뭐. 기어코 옛날 구식대로 한다고 하는 이런 집도 없지요?

황: 없어요. 없어.

육순 잔치하는 사람은 보지를 못했어

조: 회갑, 회갑 잔치도 마을에서 잘 안 합니까?

황: 회갑, 회갑 잔치 없어져요. 인제.

조: 회갑 잔치 없어져요? 회장님, 뭐 회갑 잔치 안 하셨습니까?

황: 나는 뭐 우리 대소간들 모여가주고 놀고 했는데, 옛날에는 참 아무나 돌아오며는
　　아주 뭐, 뭐 당연히 회갑잔치를 한다고 생각을 했는데, 육순 잔치하는 사람은 보지
　　를 못했어. 대부분 팔순 잔치한다든가, 칠순 잔치한다든가, 나중에 가서는 하는 수
　　도 쫌 있었는데, 인제 그것도 요즘 자꾸, 자꾸 없어지데. 없어지고, 뭐, 뭐 회갑잔
　　치 카는(하는) 거는 그 얘긴 못 들었어.
조: 그래도 옛날에 전통적으로는 젊었을 때, 뭐 정말 할배들하는 회갑 있었을 꺼 아닙
　　니까?
황: 그렇죠.
조: 그때는 회갑 할 때는 뭐 어떻습니까? 우리 금소 동네에서 어릴 때 보며는 특징이
　　인제 회갑 뭐 술 한잔씩 드리고, 그 다음에 막 풍물치고, 그래 놀다가 인제 뭐 하
　　느냐하면 이 솥 밑에 껌댕이나 벼루에 먹을 갉아가주고 막 붓 가주고(가지고) 며
　　느리, 사위 막 그리고 다니더라고요.
황: 그래 그거 가주고 실수 안 합니까?
조: 그, 그거 왜 그랬는지 모르겠어요.
황: 그거는 인제 자식들이 아무리 나이가 많애도(많아도) 개구쟁이 시절로 돌아간다.
　　그래가주고 그래 하는 거지. 그래서 막 얼굴에 막 판서를 해가주고 놀고, 뭐 별거
　　다 덮어 씌워가주고 이러기도하고 뭐 여러 가지가 꾸미는 방법이 있는데, 제일 만
　　만한 게 어린 개구쟁이 시절로 돌아가서 어른들을 그렇게 한다. 난 그렇게 보고있
　　는데.
조: 그렇게 여러 가지 꾸미신다고 그랬는데, 또 뭐 어떻게?
황: 또 뭐 옷 우에다가 요래 가 뭐 천을 또 이래 두르고, 아기자기하게 꾸민다든가, 뭐
　　좌우간 그런 거 덮어쓰고 뭐 논다든가.
조: 고런건 주로 뭐 가족들 중에서 합니까? 마을에 잘 노는 사람들이 합니까?
황: 아니, 환갑 잔치라든가, 뭐 이런 잔치는 그 노는 사람들은 처음에는 가족들이 중심
　　이 돼서 놀지마는, 놀다보면 동네 아는 사람들이 거의 다 아무나 어불려서(어울려
　　서) 놀게 되고 이래.
조: 그러니깐 평소에 풍물하고 다르게 이게 악기만치는 게 아니라, 꾸미는 게 많구만
　　요. 재밌게. 우리는 거 시커멓게 이래 칠하는 거를 항칠한다고 그러드라고요.
황: 항칠한다 하데.
조: 여기도 항칠한다 그럽니까? 아. 하. 그래가주고 마, 마 거지처럼도 꾸미고.
황: 꼼추로, 꼼추로 다 하고 뭐, 뭐 이래 가 꾸며가주고.
조: 아. 하. 그렇죠. 그런, 그런 잔치가, 환갑 잔치가 마을에 큰 잔치로 있었는데, 그거
　　도 인제 거의.
황: 그거도 거의 없어진지가.

조: 한 20, 30년 됐습니까?

황: 하마 한 20년 됐을 끼라.

조: 그럼 뭐 요새는 칠순이나 팔순 잔치해도 옛날처럼은 안 하겠네요?

황: 옛날처럼 그래 뭐 뛰어 놀고 뭐 그래 하는 거는 집안에서, 방안에서 뭐, 대소간 모여가주고 하는 거는 노래하는 거는 있겠지만 뭐. 옛날 겉이 그렇게 노는 거는 눈에 안 띠요(보여요).

조: 주로 칠순 잔치합니까? 팔순 잔치합니까?

황: 지금 칠순 잔치도하고 팔순 잔치도 하고 그러데요.

조: 둘 다 하시겠어요? 뭐 회갑 잔치는 잘 안 하셔도.

황: 회갑 잔치는 뭐 아예 뭐 할 생각을 안 하고.

조: 할 생각을 안 하고. 그래도 뭐 자녀들은 해야 안 되겠습니까? 이래며는(이러면) 뭐 여행을 한다거나 뭐 그럽니까?

황: 그런 거는 있겠지. 여행을 보내 준다든가 또 자식들만 모여가주고 밥 한끼 한다든가. 이런 거는 있지마는 뭐 초청해가주고 뭐 놀고. 이런 거도 없고.

조: 그거는 칠순정도 되야 하겠네요?

황: 이제는 솔직히 환갑 카는 거는 아직 노인네가 될 수 없거든.

제 날에 못 얻어먹는 생일

조: 그러면 생일 때는 어떻습니까? 생일 때는 뭐 자녀들이 멀리 있는 경우에, 공휴일도 아니고 하며는.

황: 요새는 생일 날짜를 꼭 그때 안 맞추데요. 왜 안 맞추고 쫌 당겨서, 만약에 일요일이 생일전날이라든가, 공휴일이 앞에 있으면(있으면) 고(그) 날 보다 먼저 하는 수도 있고.

조: 주로 저 자녀들이 객지에서 오는군요.

황: 오지.

조: 혹시 뭐, 객지에 있는 자녀한테 가서 생일 하는 경우도.

황: 그래하는 사람도 있지. 생일 얻어먹으러 가는 사람도 있지.

조: 하하하하. 글까 이제 옛날에는 전부다 모든 게 어른들 중심인데, 이제는 젊은 사람들.

황: 예. 직장인들이고 한데 뭐.

<임 재 해>

Ⅳ. 의식주 생활의 전통

청운마을의 의생활

1. 바느질 배우기

여느 마을과 마찬가지로 청운리에서 자란 혹은 그 근방에서 시집을 온 여성들 역시 열 살이 되기 전부터 바느질을 배웠던 것으로 기억하고 있다. 대량 생산되는 기성복이라는 개념 자체가 없었던 시절이었기 때문에 한 가정의 의생활을 책임져야 할 미래의 주부로서 당연히 습득해야 했던 중요한 기능이 바로 바느질이었다. 물론 이들 역시 동시대를 살았던 대부분의 여성들처럼 공식적인 학습 과정을 통해 체계적으로 바느질을 배웠다기보다는 생활 속에서 그 필요성에 의해 자연스럽게 체득하게 되었던 듯하다. 따라서 몇 살에 시작해서 몇 살까지 무엇을 배우는가의 명확한 기준이 마련되어 있는 것은 아니었다. 대략 '여남은 살'이 되면 어머니나 할머니로부터 바느질을 배워 익혔으며 그것이 곧 그들의 생활이었다.

바느질은 그 방법을 체계적으로 가르치거나 배우는 것이 아니라 먼저 '보는 것'부터 시작되었다. 일단 작은 바느질 거리를 '꿰매보고' 부분별, 계절별, 옷감별 바느질 방법을 체득한 후 옷감을 '말라보고(마름질을 해보고)' 옷 자체의 구조를 이해하는 순으로 진행되는 것이 일반적이었다. 어린 여자아이는 먼저 조각보를 만들거나 치맛단 감치는 것을 시작으로 부분적인 바느질을 배웠다.

청운리의 여성들 역시 다른 지역의 여성들과 비슷한 경험을 가지고 있다. 그들은 의복으로서 가장 처음 만들어보고 배운 것이 저고리였다고 기억하고 있다. 윗옷인 저고리는 남녀 모두 공통적으로 입는 것이었고 다른 윗옷과 구조가 비슷하기 때문에 저고리를 만들 줄 알면 규모가 큰 옷인 두루마기나 도포, 마고자 등을 짓는 것으로 차차 그 범위를 확대할 수 있었다. 따라서 이러한 방법은 한복 바느질을 익히는 과정에서 가장 합리적인 교육법이었다고 할 수 있다.

개인차가 있긴 하지만 여자아이들에게 바느질을 가르쳐주는 할머니나 어머니 역시 가사노동을 영위해야 하는 처지였기 때문에 하나하나 꼼꼼히 일러주기보다는 먼저 '실습'을 시키고 그것을 통해 문제점을 발견하는 방식으로 진행되었던 듯하다. 어린 나이에 처음 의복을 지어 보았던 경험이 그들의 기억 속에 또렷하게 남아 있는 것도 바로 경험을 통해 얻은 것이기 때문이다. 특히 겹저고리는 그 구조에 비해 바느질의 단계가 복잡하기 때문에 자칫 잘못 잇거나 뒤집으면 겉감과 안감이 따로 떨어져 소매가 네 개인 저고리가 되는 등 의외의 결과가 속출하기도 했다.

바느질은 뭐 여덟 살 아홉 살 때믄 다 바느질하지. 배우기는 뭐 까짓 거 지가 하는 기지. 나 여덟 살 먹었을 때 적삼을 말라주고 니 해입어라 이래드라. 엄마가 말라주지 사매가 여 붙는동 여붙는동 모르잖아. 사매는 달았지만은 섶으로 이래 접쳐가주고 해야 하는데 여다 기양 달고 접치이께네. 해가주고 펄렁 혼들고 가이 귀싸대기 한찰 얻어맞았지. 정신이 해쩍 돌아오드라. 생전에 안하다보이 눈물이 찌끔 나고 그래 할매한테 가서 이르는 거야. 할매 할매 어매가 나를 이그 몬했다고 때렸다, 왜 몬했노 이르고. 할매가 니가 이래 했으니 맞아야 안되나. 이래 하이 안되지. 요걸 오렇게 냉기고 오래 들쳐서 오렇게 박아라. 고걸 냉겨서 요걸 끊어뿌고 요기다 감치라. 그라믄 머리에 쏙쏙 들어가지.

고때부터 여덟 살부터 시작해서 맨들어 입어야지. 또 인제 설이 됐는데 목화감이 인제 분홍을 들이고 남끝동을 끝동을 시장에 가 사야돼 사가주고 설저구릴 해입어라 줬다. 물어보이께 니가 알아가 남 입었는 거 보구 해입으라꼬. 남은 끝동을 단 게 이만큼 넓잖아. 나는 달아노이께네 요만한 거야. 다 오리뿌고 요만침 남고 쬐끔만 나오고. 다리는 이만큼인데. 그래 어매가 눈이 없나 이래. 눈 있어, 그카이 할매한테 물어봐, 그 소리만 하고. 할매, 어매가 나를 눈 없다고 뭐라근다. 보자. 이기 눈 없는 거지 있는 게라. 눈이 있으만은 저 걸렸는 어매 저구리 봤지? 왜 그거 안보고 하노. 왜 안봤노. 마구 귀싸대기 한찰 맞고. 그걸 어째 안 보노. 거 걸릿는 걸 눈이 있으믄 보라꼬 해놨는 거. 왜 안보고 하노. 거 인제 걸어 났는 게 보라 이기지. 보고 배와야지. 누구가 가리켜주나. 가만 참 그걸 보고 내 걸 보이께네 가당치도 안해. 저구리가 제일 힘드이께 그거 하나 하믄 두루막도 그른 식으로 하고 도포는 홍태기만 달믄 그른 식으로 하고 그르이께 첨에 저구리만 하나 제대로 하믄 그 비슷하게 자꾸 번져나가이.(황한이(79세))

바느질을 하는 데 있어서 가장 어려운 것은 마름질을 제대로 하는 것이었다. 한복은 지극히 평면적인 구조를 가지고 있기 때문에 마름질 자체는 매우 간단하다. 그러나 각 구조에 따라 결을 제대로 맞추지 않으면 세탁 후에 옷이 뒤틀리거나 늘어지는 문제가 나타날 수 있기 때문에 주의해서 만들어야 한다. 더구나 2003년 현재 70세 이상인 여성들이 살았던 당시에는 직물의 수급이 매우 어려웠던 때였기 때문에 옷감의 폭을 이용해 최대한 경제적으로 마름질을 해야 했다. 그리고 이것은 여성의 '알뜰함'을 보여주는 하나의 기준치가 되기도 했다.

직물 한 필은 보통 30센티미터 내외의 길이 한자를 기준으로 총 40자이다. 40자 직물 한 필로 만들 수 있는 것은 여성의 치마 하나에 저고리 두 벌, 남성의 경우 바지 하나에 홑저고리 두 벌 정도였다. 홑옷인지 겹옷인지, 남성인지 여성인지에 따라 이러한 기준치에는 다소 변화가 있을 수 있지만 대략 이것이 일반적인 평균이었다. 당시의 자나 치가 정확하지는 않았다는 것을 감안하더라도 이 안에서 기준치 이상의 무엇-예를 들자면 작은 조각보나 버선 등-을 더 만들 수 있도록 마름질하는 것은 매우 중요한 기술이었다.

마름질 자체가 바느질의 전체적인 단계 가운데서 가장 기초적인 것이었으나 바느질 방법이나 의복의 구조를 이해한 다음에 습득하게 되는 것은 바로 이런 이유 때문이었다.

의복을 만들 때 사용했던 바느질 방법은 몇 가지에 지나지 않았다. 기교를 요구하는 것이 아니라 꿰매어 붙일 수 있는 실용성이 요구되었던 때문이다. 그들은 주로 '감채기(감침질)'와 '호프기 또는 호픔질(홈질)' 그리고 '뱀음질(박음질)'을 사용했다. 홑옷을 만들어 가장자리를 완성할 때나 치맛단을 마무리할 때에는 정교한 감침질이, 그리고 겹옷을 만들거나 '핫옷(솜옷)'을 만들 때에는 홈질을 이용했다. 홈질은 꼼꼼하게 할 경우 박음질보다 빠르게, 거의 비슷한 정도의 튼튼함을 유지할 수 있었기 때문이다.

2. 길쌈하기와 혼수 마련하기

여성들의 길쌈은 옷감 수급이 철저하게 자급자족적인 성향을 띠고 있는 상황에서 가장 확실한 의복재료의 보급원이다. 일제강점기에 들어서면서 옥양목이나 광목 등이 시장에 나오기는 했으나 그것을 사는 것보다는 재배와 길쌈을 통해 생산하는 것이 가장 보편적이었다.

> 삼은 키우지. 나는 들에는 안 가봐서 모르는데 들에서 어에 키우는지 그것도 모르는데. 키와가주고 집에 싣고 오는 거야. 저 여여 도랑 건네 구디를 파고 그걸 거다 여가지고 밤새도록 삶아. 거다 삶아 가주고는 강변에다가 널어요. 널어 놓으만 그때는 여자들이 나와가주고 물에 담가가주고 빗기기도 하고 그런 말라가주고 곱게 말라가주고 집에 가주. 그래 갖다 놓고 물에 담가 빗기가주고 꺼푸래기 빗기가주고 이래가주고 그게 안동포가 되는 기야. 이른 판대기를 놓고 톱이라는 니모 빤듯한 쇠로 만들었는 걸로 얄팍한 삼을 요래 대고 땡겨내므는 하얗게 껍데기가 홀홀 배끼지. 부좌가주고 말래가 비끼가 뽈또구리 하이 자꾸 널어 말루만은 해솜소롬 해져. (황한이(79세))

마을의 어떤 여성과 만나도 삼베 짜는 이야기를 얻어들을 수 있을 만큼 청운리의 삼베 길쌈은 매우 보편적이고 일상적인 여성 노동이었다. 삼씨를 뿌리는 시기에 대해서는 '살구꽃이 떨어질 무렵'이라는 대답을 하는 것으로 보아 정확한 날짜를 정하기보다는 대략의 절기를 가려 심었던 것으로 보인다.

삼씨를 뿌리고 키워 재배하는 것은 남자들의 몫이었으며 단으로 묶어 강가로 옮기고 돌을 달궈 찌는 과정 역시 남자들의 전폭적인 지원 아래 이루어졌다. 청운리가 삼을 재배하여 삼베를 짤 수 있었던 데에는 지리적으로 강을 앞에 끼고 있다는 점이 매우 유리하게 작용했을 것으로 추정된다. 일단 삼을 재배해서 실을 만드는 과정에는 삼을 찔만한 장소와 물이 가까이 있어야하며 삼을 쪄서 훑고 바래는 과정에도 많은 양의 물이 필요하기 때문이다. 삼베를 생산한 뒤에는 색을 균일하게 내기 위해 바래는 과정이 한 차례 추가되는데 이때에는 이미 양잿물이 들어와 있었고 안동이나 인근 지역에서 그것을 전문적으로 쪄 주는 집도 있었다.

삼 훑는 모습

청운리 여성들은 직물 생산을 통한 자급자족은 물론 중요한 수입원으로 길쌈을 활용했다. 최근에는 삼을 재배하지도 않고 다른 마을에서 재배한 삼을 사다가 훑어 짜는 여성들만이 있을 뿐이지만 몇 년 전까지만 해도 삼베를 짜는 것은 여성들이 경제력을 창출하게 되는 가장 쉽고도 보편적인 방법이었다. 청운리의 여성들은 삼을 재배하여 실을 만들고 짜서 옷감을 만드는 단계와 판매 경로, 대략의 가격까지도 알고 있었다. 삼베를 짤 때 둘게삼으로 공동 노동을 하는 경우도 있었고 혼자서 모든 과정을 하는 여성도 있었다. 여러 명이 할 경우 일년에 대략 열 필 이상을 생산했다고 전하며 혼자서 집중적으로 베만 짰던 한 여성의 경우 열 필 정도를 짜서 내다 팔아 주된 수입원으로 사용했다고 한다.

오새 비 한 필에 칠십 만원 육십 만원 하지만 무삼 한자 오원씩 하이 뭐 많이 받으만 기추리 한 필에 팔 천원 받고 팔고. 주로 아홉 새 일곱 새하고. 열 새는 시간이 많이 가 모해. 그래 또 삼동 되만 명베 해가 베 팔아야 돈이 생기지. 비 안 팔믄 어디가 돈이 생기노. 요새는 참 나락을 융자도 주고 나 많은 사람들 돈도 주고 식량도 대주고 하지만 이전에는 그른 게 없으이. (금계댁(81세))

삼을 훑어 묶는 모습

훑은 삼을 널어 말리는 모습

　청운리 여성들은 길쌈을 통해 삼베뿐만 아니라 명베(무명)과 명주도 생산했다. 목화를 키워 솜을 만들거나 누에를 먹여 명주를 생산하는 등 다른 지방의 여성들과 비슷한 정도의 직물 생산을 하였으나 삼베의 전통이 가장 오랫동안 남아 있었던 것으로 보인다. 삼베의 경우 밤에 짜면 올이 떨어지는 것—매어놓은 경사가 끊어지는 것—을 확인하기 어렵기 때문에 주로 낮에 짰다고 한다. 올이 떨어지면 다시 이어야 하는데 이렇게 되면 그 자리에 묶은 매듭이 남고 결과적으로 삼베가 고르게 짜지지 않는다.

　따라서 이들은 올이 떨어져도 별다른 표시가 나지 않고 올을 잇기에도 수월한 무명을 시간 가리지 않고 짜는 대신 고품질의 삼베를 생산하기 위해서 삼베길쌈에 낮 시간을 할애하였다. 이렇게 길쌈을 하는 데에 시간적인 배분이 확실했다는 것은 곧 이들이 다양한 직물을, 수시로 생산하였다는 점을 더욱 분명하게 보여주는 예이다. 이들이 짠 직물의 새(升)수는 주로 일곱 새에서 아홉 새 사이였다. 비교적 짜기 수월하면서도 판매에도 별 지장이 없는 새 수가 바로 이 정도였으며 그 가운데서도 삼베는 여덟 새로 짜는 것이 가장 일반적이었던 것으로 보인다.

　같은 폭 안에 경사 80올이 더 들어가는 것만으로는 별다른 차이가 없는 듯하지만 무명이나 명주와는 달리 삼베의 경우에는 실을 찢을 때부터 몇 새 베로 짤 것인가를 정해야 했고, 새 수 하나의 차이에 따라 들이는 공과 시간에 뚜렷한 차이가 있을 수밖에 없었다. 아홉 새 베를 짜는 시간이 여덟 새 베 한 필 반을 짜는 시간과 비슷하고 기술적으로도 어려움이 있다면 판매를 통해 경제적인 이익을 창출하려는 입장에서는 여덟 새 베를 생산하는 데에 조금 더 치중하는 것이 당연한 일이었다.

여덟 새 많이 하고 아홉 새도 별로 안하고 여덟 새 일곱 새 이래 많이 했지. 무난하이께네. 여덟 새는 나쁘지도 안하고 그크러 좋지도 안하고 하기 숩으이께네. 아홉새는 좀 잔잔하이 곱으니께 좀 더디지 뭐 시간이. 아홉 새 겉은 거는 하믄 주장 보선비 조구리 비 쪼끔 곱은 거는 보선은 쪼끔 곱으만 태가 있다꼬 보선은 쪼끔 곱은 거 하고 저구리 베두 쪼끔 곱은 거 하고. (호계댁(79세))

여덟 새 삼베와 무명

자투리 삼베로 만든 조각보

흔히 직물의 새 수가 높아 곱게 짠 것은 항상 좋은 옷을 만들 때 사용하는 것으로만 이해하고 있다. 그러나 새 수가 높다는 것은 품질이 좋다는 특징 외에도 강도가 높다는 장점을 가지고 있다. 실제로 이들의 경험담을 들어보면 직물의 강도가 높아야 효율적인 몇몇 의복류에 새 수가 높은 직물을 사용함으로써 실용성을 증대시켰음을 알 수 있다. 버선의 경우에는 모양새가 탄탄해야 발 모양이 단정하게 유지되기 때문에 저고리나 바지 등을 만들고 남은 새 수 높은 옷감 자투리로 만들어 쓰기도 했다.

한편 혼수를 장만하는 것은 바느질과 길쌈을 배우는 그 시점부터 이미 시작되었다. 혼수를 위한 기본적인 준비는 직물이었다. 이것은 이미 어느 정도 자급의 형태를 띠고 있었기 때문에 한 해 두 해 모아두었다가 자신의 옷을 지어 입거나 바느질에 제법 익숙해진 후에는 옷을 지어 하나씩 둘씩 모아두었다. 청운리로 시집을 오거나 혹은 외지로 시집을 간 사람들은 대부분 묵신행을 했다고 하는데 바로 이 기간이 혼수를 집중적으로 장만하는 시기였다.

혼수의 종류나 수량은 개인에 따라 차이가 두드러지게 나타나지만 주로 어떤 것을 어떻게 해가지고 가는가에 대한 기준치에 대해서는 비슷한 수준으로 인식하고 있었다. 신부 자신이 평생 동안 입을 옷을 해가지고 가는 것, 의복의 가짓수에 따라 '한 죽'씩 마련하는 것을 비교적 상위의 경우로 인식하고 있으나 형편이 닿지 않을 때에는 다양한 예외가 있었다는 점을 강조하는 경향을 보인다.

　맹 옛날에나 오새나 혼수는 다 있지. 참 잘 사는 사램은 잘 해가 가고 못사는 사램은 못하고. 참 오새매로 맹 뭐 신랑 도포도 해가가고 시어른 도포도 해가가고 잘 사만 그래 하고 없이 사는 사램 몬해가 가고. 내가 뭐 벨로 해가 온 것도 없고 마카 옷이나 한 벌씩 해주고 그게 가지래. 옛날에는 참 죽으로 해가 오는 사람도 있지. 열 개쓱. 그래가 해가 오는 사램도 많애. 광목 명비 삼베 생내이 이른걸 가주고 인제 박음옷을 해가. 그 죽으로 한다카이 적삼도 열나 처매도 그래 바지도 그래 마카 이래가 하이. 그래 많이 해가 오고 오새 마카 돈 들여가 해가 오믄 그때도 그게 맹 돈이지만은. 그래도 암만해도 옛날에는 오새매로 그래 하는기 있나, 뭐.
　(마산댁(79세))

　식구들의 옷이나 버선 등을 만드는 데에 사용하는 직물의 일부는 시댁에서 보내는 상답 안에 포함되어 있었다. 신부측에서는 자신이 짠 옷감이나 상답으로 온 옷감들을 가지고 자신의 옷과 혼수품을 만들었다. 신랑과 시부모의 옷 일습은 물론 시댁 식구들에게도 버선이나 조끼 등의 작은 성의를 보여야 했다. 물론 집안과 격식, 경제력에 따라 차이가 있었지만 신부의 새 옷을 만들 옷감만은 대부분 챙겨 보내왔던 듯하다. 안동의 반가로 시집을 갔던 한 여성은 시아버지가 입을 '안동포 도포'를 손수 마련했으며 혼수와 자신의 옷을 마련하기 위해 어린 시절부터 길쌈한 옷감을 모두 사용했다는 경험담을 들려주기도 했다.

화곡댁이 짜고 만든 안동포 도포

　도포를 혼수품으로 마련하는 것은 안동 인근에서도 널리 알려져 있는 것이다. 그러나 이것은 실질적인 용도가 없는 사람들에게는 상징적인 역할을 했을 뿐이다. 청운리 여성들의 경우 혼수품으로 도포를 마련한 예를 찾아보기는 어려웠으나 자신들이 짠 옷감으로 도포를 만들어 판매한 경험을 가진 예는 쉽게 찾아볼 수 있었다. 물론 도포의 바느질 방법이 매우 까다로운 편에 속하기 때문에 바느질을 전문적으로 하는 사람들에게 맡겼고, 스스로 도포를 지을 수 있는 사람은 매우 적었던 것으로 보인다. 화곡댁의 경우 자신이 예전에 짰던 무명과 삼베를 모두 가지고 있었으며 특히 삼베로 만든 도포를 잘 보관했다가 도포를 마련하는 사람들에게 일종의 샘플로 내어 보여주기도 했다.

청운리 여성들이 상담으로 받는 옷감의 종류를 살펴보면 시대적인 변화는 물론 연령 대에 따른 유행의 모습 또한 확연히 알 수 있다. 1940년대에 혼인을 한 여성들이 무명이나 삼베 이외의 옷감을 그다지 많이 받지 않았던 데 비해 불과 10여 년 뒤인 1950년대 초반에 혼인을 한 여성들은 '뉴똥'이나 '비로도' 등의 직물을 상담으로 받는 경우가 더러 있었다.

일본을 통해 대량생산된 합성섬유들이 들어오면서 새로운 것이 곧 좋은 것이라는 인식이 널리 퍼지게 되었고 그 결과로 무명과 삼베보다는 '신식' 한복감을 주고받는 일이 자연스럽게 확산되기 시작했다. 아직까지도 자신이 혼수로 해온 속바지가 남아 있다는 제보자들이 있으나 이것은 당시에 아주 많은 옷을 만들어왔기 때문이 아니라 일제강점기를 거친 이후로 옥양목이나 광목, 인조 등의 대체 직물이 다양하게 등장한 탓이다. 더욱이 청운리 여성들의 경우 길쌈이나 농사 등을 통해 경제적인 활동에 참여하는 예가 더욱 빈번했기 때문에 뒷부분이 갈라지고 부피가 큰 속바지들을 입기보다는 간단한 몸뻬류의 의복이나 바지 등을 착용한 예가 더욱 빈번했다.

시댁 식구들에게 줄 혼수를 마련하기 위해 옷을 지을 때 가장 필요한 것은 치수였다. 그러나 지금처럼 치수 개념이 명확하지 않았던 때였기 때문에 혼수품으로 옷을 지을 때에는 주로 중매쟁이를 통해 어렴풋이 듣고 짐작하거나 대강의 치수를 적어 받기도 했다. 짐작으로 옷을 지을 때에는 평균치로 만들어 가기도 했다. 한복 자체가 체형에 따라 확연히 달라지는 옷이 아니었기 때문이기도 하지만 바느질을 하는 가운데에 남는 부분을 모두 오려내지 않고 안감 속에 그대로 두어 후에 고쳐 입기가 쉬웠기 때문이기도 하다.

3. 빨래하기와 손질하기

바느질과 길쌈의 연장선에 있는 것이 바로 빨래이다. 빨래는 더러워진 옷을 뜯어 씻고 말려 풀을 먹이고 다시 잇는 과정을 전부 포함하고 있는 것이었다. 빨래를 하기 위해 사용한 세제는 잿물이었으며 여러 가지 잿물의 재료 가운데서도 가장 효과가 뛰어나다고 ― 독하다고― 알려진 것은 메밀의 껍질이었다. 서숙이나 조 등의 짚도 잿물을 내리기에 적당했지만 청운리 여성들은 그 중에서도 메밀껍질을 독한 잿물을 내리기 위해 사용하였다고 말한다. 처음 받은 잿물이 가장 독하기 때문에 주로 삶는 빨래를 위해 따로 받아두고 두 번째, 세 번째로 내린 잿물을 섞어 빨래를 담그거나 손으로 치대는 데에 사용했다.

겹옷이나 핫옷(솜옷)의 경우 모두 뜯어서 완전히 분리하는 과정을 거쳐 잿물에 담그고 치대어 방망이로 때리거나 삶아서 때를 빼는 등의 방법을 사용했다. 무명이나 삼베 등은 모두 천연섬유이기 때문에 삶은 과정만으로도 어느 정도 때를 빼는 것이 가능하다. 옷 가짓수도 많지 않거니와 그 모든 일을 감당해야 하는 여성들이 길쌈이나 바느질 외에 방아 찧기와 들일 등도 해야 했기 때문에 가능한 한 때가 덜 타도록 만들려는 노력을 기울이기도 했다. 일제강점기에는 옷감에 염색을 할 수 있는 다양한 합성염료들이 나와 있었는데 이를 장에서 사다가 사용하는 것 외에 주변의 자연물을 이용하는 경우도 있었다.

> 치마 물 딜였지. 그거는 인제는 팔았어. 빨간물 딜이는 거 팔러 오만 사서도 하고 까만물 들고. 그거도 일본 시대 때 그거도 혼치 않애가 오새 단풍나무 있잖애. 그거 막 뱀에 가가 홅어가 오새 뭐 고무통이 있으이 글치만 그때는 고무통이 없으이께네. 옛날에 단지나 독겉은 그른 데가 홅어다 막 여가 물로 붓고. 요즘 보이 그 나무 물, 요즘 또 옛날 식으로 만들어가 많이 나오대. 대나무 잎도 들이고 맹 그 식이라. 그때는 그래노만 무쇠 긑은 거 단지에다 그거하고 물에다 단풍잎하고 눌래가 단지에 우에 찌들려 노만 물이 시커멓다. 까맣지도 안하고 거무리 하고 글치 뭐 먹물 들여논 거 매로 그거다 비 짜가 담가가주 삶아 씻고 물들여가 그것도 해노만 먹물 맹 들였는 매로 거무리 한게 까맣지도 안하고. 그래도 맹 뚜디리가 풀 해가 그래도 그거 좋다 카고. 때가 자꾸 묻으이께네. (그렇게 하면) 때가 묻는 것도 잘 모리고 하니까.
>
> (청계댁(68세))

대부분의 나뭇잎이나 풀은 물에 담가 삭히거나 찧으면 산화되어 갈색 계열의 빛깔을 갖게 된다. 이렇게 삭힌 물에 옷감을 넣고 치대면 물이 들게 되는데 이 과정만을 거치고 말리게 되면 물들인 것이 빨리 빠져 버려 아무 소용이 없다. 이것을 막는 방법이 바로 철이나 동 등의 매염제를 사용하는 것인데 청계댁의 경우 무쇠솥에 담가 물을 빼거나 무쇠솥의 뚜껑 등을 함께 넣어 삭혔기 때문에 그것이 매염제 역할을 해서 염색이 훨씬 오래 유지될 수 있었던 것이다. 물론 이와 같은 기제를 알고 있었는지에 대해서는 확인할 길이 없다. 윗 세대로부터 하는 방법을 이어받아 그대로 한 것이기 때문이다.

염색을 하는 방법 외에 푸새 즉 풀을 먹이는 방법 또한 빨래를 훨씬 수월하게 만들어주는 것이었다. 풀은 주로 밀가루나 쌀가루를 사용해 만들었는데 쌀로 죽을 쒀 자루에 받혀 쓰거나 밀가루에 물을 붓고 삭혀서 거른 뒤 다시 끓여 푸새를 하기도 했다. 밀가루 풀은 푸새를 했을 때 누런빛을 띠는 경향이 있고 바늘이 쉽사리 들어가지 않는 불편함 때문에 쌀풀이 훨씬 더 선호되었다. 풀을 먹인 후에는 '서답돌(다듬잇돌)' 위에 놓고 두들기거나 밟아서 꾸덕꾸덕하게 말린 후 한 차례 다듬이질을 했다. 푸새 후에 옷편을 맞출 때에는 원래의 과정을 다시 한번 반복하게 되는데 이때에는 핫저고리, 핫바지를 만들기 위해 넣었던 솜을 다시 타서 넣고 밥풀 등으로 고정하는 세밀한 작업도 똑같이 이루어졌다.

4. 그들이 입었던 옷

다른 지역의 여성들과 마찬가지로 조사에 참여한 청운리 여성들 역시 한복을 입고 자랐다. 그러나 1920년대 이후에 태어난 여성들이 자라던 때에는 한복 자체에도 많은 변화가 있었다. 우선 안에 복잡하게 갖춰 입는 속옷의 종류와 가짓수가 두 가지 이내로 줄어들었다. 앞뒤가 터진 '꼬장주'와 밑이 막힌 '단의' 정도가 이들의 속옷이었으며 이것도 곧 반바지 형태의 바지로 대체되기 시작했다. 여성들의 경우 팬티처럼 완전히 밀착되거나 크기가 작은 속옷을 입은 경험이 전혀 없는 것으로 드러난다. 아래쪽에 입는 속옷은 크기가 큰 바지이외에는 없었으며 월경을 할 때 사용하는 월경포만이 가장 작은 크기의 속옷이었다.

월경포는 주로 무명으로 만들어 사용했지만 그나마도 구하기 어려울 때에는 헌 옷을 뜯어 접어서 만들거나 삼베 조각을 여러 겹 바느질해서 쓰기도 했다.

여성들에게 일본식 '사루마다'가 전해지기 이전에 남성들에게는 오히려 반바지 형태의 속옷이 있었다. 이는 여름에 입는 삼베옷 때문이다. 입으면 전신이 두루 비치는데 이것을 막기 위해 삼베와 무명 등으로 작은 반바지 모양의 속옷을 만들어 입었다.

종아리를 덮을 수 있는 길이의 바지는 사타구니에 여분이 없으면 밑이 터지거나 찢어지는 일이 많았기 때문에 삼각형 조각을 덧대어 붙이는 식으로 여러 가지 속바지를 만들어 입기도 했다.

일제강점기에는 정책적인 영향으로 몸뻬 입기를 강요당했고 이것은 청운리 여성들에게도 예외는 아니었다. 그들의 기억 속에 몸뻬가 들어온 것은 대략 60여 년 전, '안동 철도국에 일본 사람들이 들어오면서부터'였다. 몸뻬를 입지 않으면 배급을 받을 수 없었고 관에서 나와 철저하게 단속을 했기 때문에 생활에도 여러 가지 불편함이 있었던 것으로 전한다. 각종 차출 때에도 몸뻬를 입고 나서야 했는데 미처 몸뻬를 만들지 못한 여성들은 속곳의 앞뒤를 꿰매 물을 들여 입기도 했다. 몸뻬를 만드는 방법을 모르는 경우도 더러 있어서 속바지 모양으로 만든 후에 앞뒤에 허리띠를 붙여 입는 우스꽝스러운 모습도 볼 수 있었다고 한다. 허리나 발목에 넣는 고무줄도 한참 후에나 나왔기 때문에 허리 앞뒤에 말기를 달아 앞끈을 뒤로 돌려 묶고 뒤끈을 앞으로 내어 묶어 고정하는 등 갖가지 변형된 몸뻬가 등장했다.

반강제적으로 몸뻬를 입었던 여성들은 치마에 비해 활동이 편리한 몸뻬에 차츰 익숙해지게 되었고 일상생활에서 아예 생활복으로 선택해 입는 비율이 늘어났다. 다만 바지를 겉옷으로 입는 것에 대한 거부감은 여전히 남아 있어서 외출을 하거나 어려운 자리에 나설 때에는 한복을 입고 치레를 갖추었다.

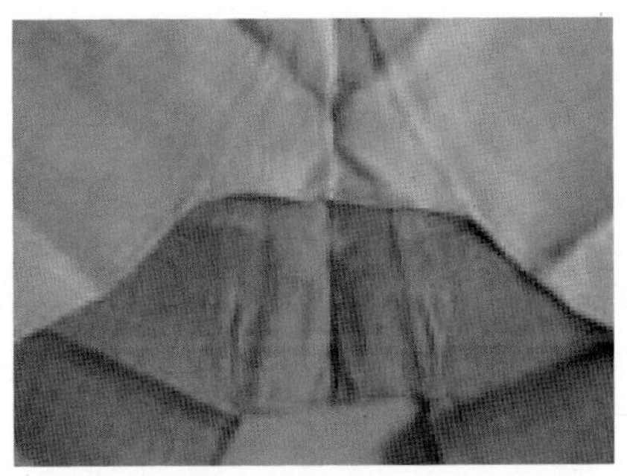
삼각형 바대를 덧대어 붙인 바지 밑부분

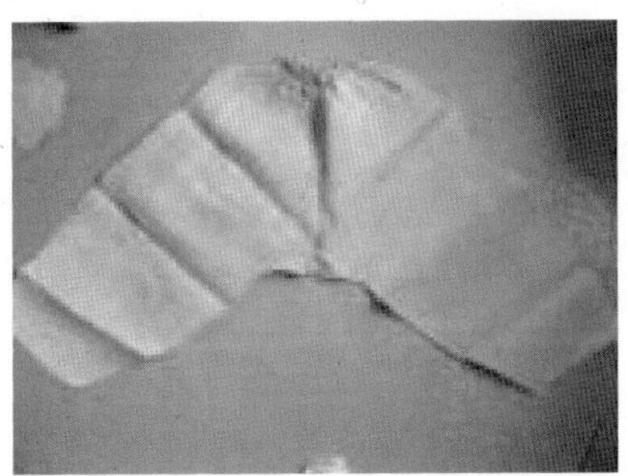
개량형 삼베 속바지

 남성들의 바지와 저고리는 형태나 크기, 길이 등의 변화가 매우 적었지만 여성들은 하의로 바지와 치마를 함께 입으면서 저고리의 길이에도 변화가 생겼다. 가슴이 드러날 만큼 짧고 좁았던 저고리는 몸뻬 위의 허리를 가릴 수 있을 정도로 길어졌고 고름을 없애 단추나 매듭으로 여며 입는 일이 늘어났다. 그 외에 인조가 등장하면서 무명이나 삼베로 만들어 입던 옷을 전부 대체하기도 했다. 이러한 외부적 변화는 의생활의 변화와 직물 사용의 범위를 달리하게 만드는 중요한 요인이 되었다.

 의생활 자체가 넉넉하지 못한 상황에서 헌옷을 재활용하거나 수선하는 기술 또한 그 가치를 인정받게 마련이다. 여느 옷보다도 가짓수가 적고 계절을 가리지 않는 버선은 주로 무명으로 만들어 신었고, 그 때문에 자주 떨어져 여러 번 '볼을 받아' 신었다. 이것을 '새금볼' 또는 '때움볼(땜볼)'이라고 하는데 떨어진 부분을 오려내고 그 위에 천을 덧대어 감침질로 꼼꼼하게 때워 붙이는 것을 말한다. 버선이 주로 떨어지는 부분은 뒤축과 엄지발가락, 새끼발가락의 옆쪽이었다.

 보신이 잘 떨어져요 어예다 보만 신 신고 살방살방 그는 데 잘 떨어져. 그래 볼받어 대잖어. 기양 붙일라 카이 안돼서 요래 끊어내고 고다 헝겊 대고 박아가 때움볼 박니라고. 오새사 양발 한 켤레 신어노만 썻그만 고마 편하고 잘 떨어지도 안하고 얼매 좋아요. 옛날엔 참 그래 했다카이. 헝겊 대가 볼 받아가 꼬매노만 새금볼 받아가 신어노만 이뻐. 볼 대가 신으만 한복 입고 보신 신어노만 이뻐요. 홑보신 신고 그래 할 여가 있나. 더우이 홑보신 신으만 좋지만 대략 뭐 접버선 신제. 뭐 옛날에는 솜도 놔 신었어. 발 시리이께네. 보신은 한 켤레 신으만 더는 못 신어. 양발은 한 켤레 신으만 더 신을 수 있는데 보선은 더 못 신어. 딱 한 켤레 신으만. 그르이 깨네. 추우만 버선 안에 솜 놔가 신고 옛날에 글때사 뭐 마카 어렵고, 오새는 마카 다 편안하고. (호계댁(79세))

 버선을 신고, 그들이 신은 것은 짚신이나 일본식 나무신발인 게다, 그리고 고무신 등이었다. 가장 흔하면서도 구하기 쉬운 것이 짚신이었다. 재료도 비교적 쉽게 구할 수 있었고 삼는 기술만 있다면 몇 켤레씩 마련해두었다가 쓸 수 있었기 때문이다. 그 외에 일본 사람들이 신었던 게다를 구해 신기도 했다. 직접 나무를 깎아 전체 형태를 만든 다음 자

전거 타이어를 잘라 가운데를 잇기도 했다. 발가락 사이에 걸어 신는 게다는 우리나라의
버선을 신고 발을 끼우기가 매우 힘들었지만 형태가 간단하고 만들기가 쉬워서 보편적으
로 이용했던 것으로 보인다.

> 그때는 신이 있나 뭐가 있나 시아바지 짚신 삼아주만 동세 꺼랑 내 꺼랑 큰집 물 지어다 저 우에
> 져놓고 그라만 시아바지가 저 000들 신발 자꾸 떨어줏는다카고 그거 떨어진다고 벗어놓고 발 떨어
> 지는 거는 생각도 안하고 맨발로 다니가 발 껍데기 떨져가 피가 다 나고. 우리 고무신은 안 신어봤
> 어. 영감 저 만주 갔다 나올 적에 새로 나왔다 카믄서 백고무신 사주드라. 그래 해방된 뒤에는 고무
> 신 신고. (금계댁(81세))

일제강점기에 이미 검정 고무신이 나왔지만 반마다 배당되는 것이 적어 주로 반에 속한
사람들이 제비뽑기를 해서 나눠 가졌다. 뒤늦게 고무신을 신었던 사람들도 외출할 때만
신고 집에서는 게다나 짚신 등을 신었다.

의생활은 경제력과 매우 밀접한 영향을 갖는다. 따라서 경제력이 허락하지 않을 때에는
최소한의 가짓수에, 최소한의 옷감을 사용한 의복을 만들어 입을 수밖에 없다. 먹고사는
일이 해결되지 않으면 의생활이라는 '치레'는 뒷전으로 밀리게 마련이다. 청운리 여성들은
의복의 재료가 되는 직물을 다양하게 생산했고 그것을 통해 경제적인 이윤을 창출하기도
했지만 자신들의 의생활을 그다지 풍족하게 영위하지는 못했다. 다만 최소한의 의생활을
영위하는 가운데서 대체품을 이용하여 부족함을 매우는 지혜를 발휘하기도 했다.

<조 희 진>

청운마을 삼굿의 원리와 과정

청운리에는 삼 재배가 무척 성했다. 특히 '월구들'에서 나는 삼은 품질이 무척 좋았다고 한다. 청운리 사람들의 표현을 빌면, "청운 삼은 안동 삼보다 훨씬 낫다", "예전에도 안동 포 고운 것은 이곳 청운 삼을 가지고 가서 했다", "안동포보다는 청운삼베가 더 품질이 좋 다"고 한다. 말하자면, 안동에서 생산된 삼이나 삼베보다도 이곳 청운리에서 생산되는 삼 과 삼베가 더 낫다는 자부심이 주민들에게 있다는 뜻이다.

지금은 청운리에서도 안동의 금소리와 고곡리에서 재배한 삼을 구입하여 삼베 길쌈을 하고 있지만, 지금부터 30~40여 년 전까지는 청운리에서도 독자적으로 삼을 재배하고 삼굿을 하였다. 단절된 기술이긴 하지만, 어떻게 삼을 쪄서 길쌈이 가능하게 하였는지에 대해서는 제대로 정리된 보고서가 없기 때문에, 주민들의 경험적 증언으로 재구성하는 것 은 무척 큰 의의가 있을 것으로 믿는다.

수확한 삼은 1년생 풀이지만, 그 내부는 섬유질이 전혀 없는 딱딱한 겨릅이고, 그 겉에 섬유질의 삼이 싸여 있다. 따라서 겨릅에서 섬유질의 삼을 쉽게 분리하기 위하여 삼을 증 기로 쪄야 한다. 삼굿이란 수확한 삼을 증기로 찌는 작업을 총칭하는 말이다. 어원적으로 말하면, 삼굿은 삼을 찌는 구덩이를 지칭하는 '삼굴'이다. 이것이 발음하기 편하게 '삼굿' 으로 굳어졌다. 삼굿이라는 말이 삼구덩이에서 왔다는 사실은, 주민들이 삼굿을 하기 위 하여 구덩이를 파는 것을 "삼굿을 판다"라고 하는 점으로 증명할 수 있다.

삼굿을 하는 과정과 원리는, 불에 달군 돌에 물을 뿌려서 나오는 증기로 삼을 찌는 것이 다. 이 기술은 하나라고 하더라도, 구체적인 시행의 방법에 있어서는 지방에 따라서 약간의 차이가 있을 수 있다. 청운리의 공동 삼굿의 구체적인 실상을 단계별로 보면 다음과 같다.

1. 제1단계: 삼굿 조 편성

삼을 베어서 삼을 찌는 것은 혼자서는 하기 어렵다. 그래서 여러 집이 공동으로 삼굿을 한다. 규모가 적으면 5집, 많으면 10집 정도가 하나의 삼굿 조를 이룬다. 이 마을에서는 보통 3일 이내에 삼굿을 모두 마무리한다고 한다.

만일 아이를 출산했다든지, 상중에 있다든지 하여 부정이 있는 집에 대해서는, 마을 사람들이 조를 편성하는 데 끼워주지 않는다. 그래서 이런 집에서는 삼 농사를 지어도 삼굿을 함께 할 사람이 없어서 무척 애를 먹는다. 간혹 마을 주민들이 잘 모르는 부정이 있는 사람이 삼굿을 함께 했다가 삼이 제대로 익지 않아서 뒤늦게 시끄러워지기도 한다. 그러므로 부정이 있는 사람은 아예 삼굿을 함께 하는 것을 포기하고 혼자서 삼굿을 해야 한다. 이런 삼굿을 '독굿'이라고 하는 바, 그 방법은 별도로 설명하고자 한다.

2. 제2단계: 아궁이 만들기

하천변에 나가서 물을 쉽게 운반할 수 있고, 땅을 파도 물이 나지 않고, 불을 피워 증기로 삼을 찔 때 효과적인 경사지를 선정한다. 먼저 아궁이를 만드는데, 아궁이란 나무로 불을 때서 돌을 달구는 공간으로서 구덩이 형태이다. 아궁이는 상대적으로 고도가 낮은 쪽으로 잡는다. 이것은 향후 열기가 높은 쪽에 배치되는 삼 솥에 쉽게 이르도록 하기 위함이다. 아궁이를 만들 때, 아침 식전에 가래를 이용하여 땅을 깊고 넓게 판다. 1명이 가래를 잡고, 3명이 가래줄을 당겨서 한 질 깊이로 판다. 간혹 삽을 이용해서도 파지만, 성과가 적어서 가래를 이용한다.

아궁이의 형태는 평면형이 반달꼴이라고 한다. 원형으로 땅을 파도 향후 삼 찌는 솥 쪽으로 직선형의 경계담을 쌓으니 자연히 아궁이는 평면형태가 반달꼴이 된다. 아궁이를 다 파면, 나무를 쌓고 돌을 올린다. "마른 '소깝'(소나무 잔가지)을 깔고 그 위에다 장작 깬 걸 놓고, 그 위에 통나무를 놓고. 그이(그러니까) 도끼로 장작 깬 것을 놓고 그 위에 통나무를 놓고, 그 위에 돌을 넣고."라는 말은 아궁이에 나무 쌓는 방식을 말한다. 그리하여 아궁이에 쌓은 나무는 한 길 정도 높이가 된다. 이 때 반달 모양의 아궁이 양 끝 지점에는 발화구(發火口)를 조성하고 그곳에 발화가 잘 되는 나무를 배치한다. 전체적으로 볼 때, 아궁이에 쌓인 나무 위로는 굵은 돌을 올리고, 다시 그 위에는 자갈로 덮은 형태였다. 아궁이의 외형은 큰 거름더미 같이 된다.

3. 제3단계: 삼 찌는 솥 만들기

삼 찌는 솥은 아궁이보다 더 고도가 높은 지점에 연접하여 만든다. 아궁이와 삼솥의 경계지점에는 돌을 이용하여 '축담'을 60cm 가량의 높이로 쌓는다. 이 축담은 기본적으로 불기운이 삼단에 바로 닿지 않도록 하면서 삼을 익히는 경계벽이다. 또한 축담은 향후 삼단을 걸쳐놓는 데도 일정한 역할을 하도록 하는 것이다.

솥의 형태는 방형의 구덩이지만, 뒤쪽으로 갈수록 바닥의 고도를 조금 높인다. 솥의 규모는 쪄야 할 삼단의 물량에 비례한다. 그러나 최소한의 평면 크기는 가로 세로가 삼단의 길이 이상은 되어야 하고, 깊이는 삼단을 몇 층으로 쌓을 수 있어야 한다. 솥에 삼단을 쌓아 올리기 때문이다.

솥의 밑바닥에는 침목(枕木)을 설치한다. 침목은 삼단을 올려두는 것이기도 하지만, 또한 증기가 지면과 삼단 사이로 통하도록 하는 역할도 한다. 침목은 솥의 앞쪽(전반부)과 뒤쪽(후반부)에 각기 다른 방식으로 설치한다. 축담과 닿아 있는 앞쪽에는 침목을 축담 방향과 나란하게 설치한다. 그 이유는 삼단이 축담과 수직 방향에서 만나도록 쌓아야 하기 때문이다. 그런데 솥의 뒤쪽에는 침목을 축담과 수직방향으로 설치한다. 그 이유는 솥의 뒤쪽에는 삼단을 쌓을 때, 축담과 나란한 방향으로 쌓기 때문이다.

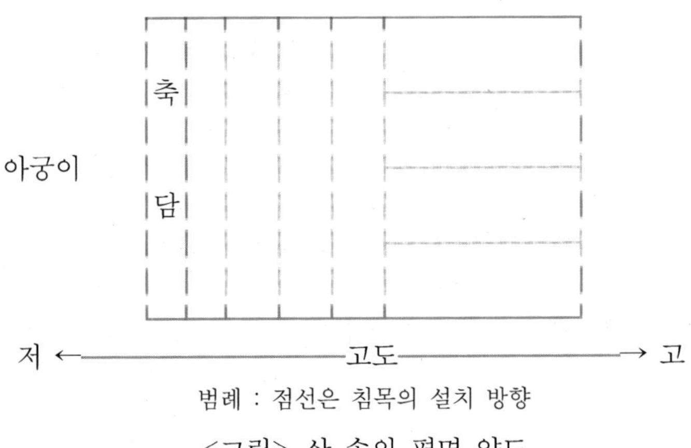

범례 : 점선은 침목의 설치 방향

<그림> 삼 솥의 평면 약도

4. 제4단계: 불피워 돌 달구기

아궁이에 불을 피우는 것은, 오전 10시경부터 오후 5시경 정도까지 한다. 발화구에 불을 붙이면 쉽게 타는 나무부터 타서 점차 통나무로 불이 옮겨 붙는다. 나무의 양이 워낙 많기 때문에 불이 매우 오랫동안 탄다. 먼저 돌이 달고, 그 다음에는 그 위에 덮인 자갈이 시뻘겋게 달아오른다. 아침부터 오후까지 불을 피웠으니, 겉에 덮인 자갈까지 붉게 다는 것은 당연하다. 그러면 불기운을 보존하고 많은 증기를 얻기 위해서 자갈을 계속해서 더 덮어준다. 그렇게 하면 자갈층의 두께만 해도 약 1.5m에 달하게 된다.

5. 제5단계: 솥에 삼단 쌓기

오후 늦은 시간이 되면 아궁이의 불이 사그라지는 대신, 돌과 자갈은 시뻘겋게 달아 있는 시간이 된다. 이 때 삼단을 삼 솥에 쌓기 시작한다. 여러 사람이 참여하기 때문에, 삼단을 쌓을 때는 자기의 삼단에다 자기 나름의 표시를 한다. 그 형태는 삼단을 묶는 끈에 다른 꼬리표를 달든지, 아니면 이색 천을 달든지, 혹은 새끼로 자기 나름의 표시를 하기도 한다.

삼 솥의 앞쪽으로는 품질이 좋은 삼을 배치하고, 뒤쪽으로는 품질이 나쁜 삼을 쌓는다. 좋은 삼이란 가늘고 길이가 긴 삼을 말하며, 나쁜 삼이란 억세고 짧은 삼을 말한다. 대개 앞쪽으로는 6층을 쌓는데, 그것도 "내리 석 단, 치 석 단"이라고 하여, 삼의 뿌리부분과 머리 부분이 서로 반대방향으로 교차시켜 6층을 쌓는다. 이렇게 해야 높이의 균형을 맞출 수 있다. 뒤쪽으로는 8층 이상을 쌓는다. 10가구가 참여하면 보통 150단 정도의 삼을 쌓게 된다. 삼 1단은 삼베 1필을 할 수 있는 물량이다.

그런데 솥의 앞쪽에 배치하는 삼단에는 증기가 유입될 수 있도록 별도의 장치를 한다. 삼단 1개에 길이는 50cm정도 되고 굵기는 팔목만 한 '목나무'(일명 목새나무: 증기가 들어오는 길목에 해당하는 나무라는 뜻)를 2개씩 꽂아서 축담 위에 걸친다. 축담 사이로 증기가 들어오는데다가, 하단에 놓일 삼단마다 이렇게 축담 위에 걸쳐야 삼단 사이로 증기가 잘 침투하기 때문이다. 축담의 높이가 60cm 정도밖에 안 되어도 무방할 뿐만 아니라, 모든 삼단을 이렇게 증기가 침투하는 축담에 연결하여 걸쳐두지 않아도 무방한 까닭은, 하단에 있는 삼단으로 침투한 증기는 자연히 상단쪽 삼단으로 올라가기 때문이다.

향후 물을 부을 때를 대비해서 '목나무' 상단으로는 '눈썹소깝'이라 하는 소깝을 걸쳐두어야 한다. 또한 삼단을 그득히 쌓은, 솥의 나머지 부분에도 삼단 위에 소깝을 덮고, 그 위에 보리짚을 덮고, 최종적으로는 자갈과 모래를 두텁게 덮어준다. 이것은, 솥으로 들어온 증기가 새어나가지 않고 삼이 잘 익히도록 하기 위함이다. 목나무를 제대로 잘 꼽지 못하면, 나중에 아궁이에 물을 부으면, "삼 솥에 쾅 쾅 소리만 나고 삼이 익지 않는다"는 것이다.

6. 제6단계: 아궁이 위에 물 뿌려서 증기로 삼 찌기

삼이 제대로 잘 익는 것은 다행이지만, 간혹 그렇지 못한 경우도 발생한다. 경사도의 문제, 화력 문제, 물 붓는 적시 선택의 문제, 화력과 삼의 물량간의 부조화 등등 사실 여러 변수가 개입될 수 있다. 그럼에도 주민들은 예전부터 삼이 제대로 익지 않는 것은 부정을 탔기 때문이라고 생각해왔다. 그리하여, 아궁이에 물을 붓기 전에 먼저 '부정치기'를 한다. 그 방법은, "부정이야"하고 외치면서 삼 솥 위에 물을 한 동이 뿌리는 것이다. 이것을 일명 '부정 가샌다'라고도 한다.

이어서 아궁이 위에 하천의 물을 수 백 동이 가져다 붓는다. 삼단을 솥에 쌓은 뒤 저녁을 먹고 나서 물을 주기 시작하는데, 밤이 깊도록 장정들이 물동이로 물을 세 차례 준다. 1차 물을 부을 때, 달구어진 돌과 자갈이 "피익" 소리를 강렬하게 내면서 발생한 증기가 곧바로 삼단으로 들어가서 삼이 다 익어버린다고 한다. 1차 물주기로 삼이 익지 않으면 끝내 제대로 익지 않는다고 한다. 다만 2차, 3차 물주기는 아궁이의 불도 끄고 삼도 더 잘 익히려고 하는 것인데, 비유하자면 삼에 뜸을 들이는 것과 같은 이치라고 한다.

한번 물을 줄 때는 아궁이 위에 구덩이를 파듯이, 덮인 자갈과 모래를 3군데 걷어내고 물을 붓는 즉시 다시 모래와 자갈을 덮어야 한다. 증기가 새어나가지 않도록 하기 위함이다. 한 차례 물을 줄 때에도 참가자 전원이 구덩이를 파고 물을 붓고 다시 덮고 하는 일을 수없이 되풀이한다. 그리고 이 때 축담 위의 목나무 부근에도 물을 푹 주어야 한다. 그곳에 물을 주지 않으면, 아궁이의 불기운이 강렬하여 삼단에 불이 붙기 때문이다. 물을 줄 때가 삼굿에서 가장 바쁜 시간이다. 그야말로 눈코 뜰 새 없다고 한다. 이렇게 물을 주면 증기가 모두 삼 솥 쪽으로 들어가서 삼이 익게 된다.

이런 식으로 물주는 것을 크게 세 차례 반복한다. 1차 물주기가 끝나고 나서 삼이 익을 동안 일정 시간이 필요하다. 마찬가지로 2차 물주기가 끝나고 나서 또 삼이 익을 시간을 주어야 한다. 이렇게 일을 마치면 대개 밤 12시가 넘는다고 한다. 다만, 1차 물주기와 2차 물주기, 2차 물주기와 3차 물주기 사이에는 비교적 한가한 시간이다. 이 때 술도 마시고 노래도 부르면서 논다. 초복 무렵이라 "술이 몸에 익으면, 물구덩이에 들어가서 물동이 들고 노래해가며" 논다. 노래는 보통 '칭칭이'를 했는데, 옛날 어른들이 하는 것만 봤지, 지금의 노인들도 해본 경험은 거의 없는 것 같다.

7. 제7단계: 솥 해체하여 삼 꺼내기

다음날 아침 5시경이 되면 삼 솥을 해체하여 삼단을 꺼낸다. 이 때까지도 아직 삼단에 열기가 남아 있다. 각자 삼단에 표시한 것을 보고 자기 삼을 찾아간다.

8. 개인이 삼굿을 하는 방법

앞서 언급한 바 있는, 개인이 하는 삼굿 즉, '독굿'을 하는 방법은 공동 삼굿과 다르다. 집안에 부정이 있다든지 하면 개인적으로, 혹은 부정이 있는 사람이 더 있으면 그와 함께 삼굿을 한다. 그것은 공동 삼굿과 마찬가지로 소형 아궁이를 만들지만, 소량의 삼단을 멍석으로 싸 가지고 삼 솥에 세워서 넣고, 물을 뿌려서 익히는 방법을 쓴다. 워낙 물량이 적기 때문에 굳이 공동 삼굿처럼 하지 않아도 삼을 익힐 수 있다고 한다.

제보자: 황수도(남, 70세), 이종태(남, 83세), 황유모(남, 77세), 황금원(남, 59세)

<배 영 동>

청운마을 사람들의 제사와 제사음식

1. 가족 유형변화와 제사, 그리고 제물

조상제사는 여러 종류가 있으나 그 중에서도 기제사는 어느 집에서나 치르는 가장 일반적인 제사이다. 기제사는 보통 4대조까지의 조상을 모시기 때문에 참여자의 범위도 넓으며, 지파가 나눠지면서 봉사자수 또한 늘어난다. 따라서 기제사는 어느 집에서나 직·간접적으로 경험할 수 있는 대표적인 조상제사이다.

만약 한 집에서 4대조까지 봉사를 한다면 그 집의 일년 기제사는 여덟 번 드는 셈이다. 따라서 기제사는 각 집의 문화와, 집의 구성원들이 경험하고 있는 한국사회의 문화가 가장 잘 녹아날 수 있는 의례라고 생각된다.

답사지역인 청송군 청운리는 평해 황씨가 모여 사는 동성촌락이다. 동성촌은 각성들이 모여 사는 마을보다 주민들의 단합과 결속이 잘 이루어진다. 즉, 8촌 이내가 모여 사는 동성촌에서는 기제사 때 8촌을 초과하는 남계친도 기제사에 참여할 수 있는 기회가 비교적 많은 편이다. 반면 새로운 문화를 받아들이는 데는 각성마을보다 비교적 보수적이라고 인식되고 있다. 이러한 특성을 지닌 동성촌의 기제사를 대상으로 제물장만에서 드러나는 물질문화, 조상과 제사에 대한 후손들의 인식으로 파악할 수 있는 정신문화, 가족 유형과 관계변화에서 나타나는 사회문화 이 모두를 살펴볼 수 있다.

현재 청운리에 존재하고 있는 가족 유형은 모두 파악하지 못하였다. 그러나 조사하였던 집의 가족 유형변화를 통하여 그에 따른 제사의 변화를 살펴보고자 한다. 조사된 집의 현재 가족 유형은 노부부만 사는 집(황병모씨 집)과 노부모 혼자 사는 집(박추월, 유덕댁, 71세)으로 나누어진다.

우선, 박추월 할머니(71세) 집의 가족 유형변화를 살펴보면 다음과 같다. 박할머니는 지금으로부터 55년 전 청송군 화천면 덕천리에서 청송군 청운리로 시집을 왔다. 친정이 넉넉한 형편이 아니었기 때문에 부잣집으로 시집가는 것은 꿈도 꾸지 못하였고 욕심내지도 않았다. 시댁의 경제력은 논 5마지기, 밭 1500평 정도를 소유하고 있었다. 재배작물은 서숙, 보리, 벼, 고추, 담배였다. 농사짓는 데에는 모든 식구의 노동력이 할 애되었고 여자들은 길쌈과 집안 살림도 같이 병행하였다.

박할머니가 시집왔을 때(1948년 당시) 집의 가족규모는 시부모 내외, 동서 내외, 조카 한 명, 질녀 둘, 할머니(본인)와 남편 모두 9명 함께 기거하는 대식구(大食口)였다. 박할 머니의 남편은 둘째였지만 다른 집들과 마찬가지로 결혼 후 바로 분가하지 않고 5~6년 시 댁에서 지낸 후 분가한다. 더욱이 박할머니의 남편은 결혼 후 2개월 만에 군에 입대하였 기 때문에 군에서 돌아오기 전까지는 박할머니는 시댁식구와 함께 살았다.

이 당시 제사에 사용되었던 제물을 살펴보면 다음과 같다. 제물은 집에서 농사지어 생 산되는 것은 수월하게 사용할 수 있었으나 그 외에는 시장에서 보리를 주고 구입하여 사 용하였다. 밤, 대추, 고사리, 도라지, 콩나물은 집에서 직접 키우거나 산에서 채취하여 사 용할 수 있었다. 겨울철에는 말려놓은 고사리, 도라지, 콩나물을 사용하지만 시금치 같은 나물은 제철에만 쓸 수 있었다. 사과와 배는 값비쌌기 때문에 형식에 맞게 똑같은 개수를 구입하지 못하는 경우가 잦았다. 탕은 고등어로 적을 하고 남은 재료를 사용하여 만들었 다. 떡은 시루떡이나 기지떡이나 일정한 규칙 없이 상황과 형편에 맞게 집에서 디딜방아 에 빻아 직접 만들어 사용했다.

음식 중에는 제물로 사용되어서는 안 될 음식이 집집마다의 가풍에 따라 정해져 있기 마련이다. 박할머니 집의 경우에도 비늘 없는 생선은 제물로 써서는 안돼는 것으로 정 해져 있었지만 조기를 올리지 못하는 경우가 많아 조기대신 고등어나 청어를 올렸다고 한다.

제물로 사용되는 음식에는 일정한 규칙이 있지만 그 규칙보다는 형편에 따르는 실용성 을 추구하는 경향이 더 짙음을 알 수 있다. 이러한 경향은 가족의 유형이 분화되고 경제 력이 신장될수록 더 강하게 나타난다.

박할머니는 남편이 군에서 의가사제대를 하면서 분가하게 된다. 결혼한 지 6년이 되던 해이다. 분가한 집은 현재 박할머니가 살고 있는 집이다. 분가를 하면서 남편을 농산물과 건어물을 청송 장에 나가 팔거나 장이 먼 청운 근교 시골마을을 돌아다니며 장사를 하였 다. 장사로 돈은 어느 정도 모았으나 병에 걸려 벌어 놓은 돈을 치료비로 쓰느라 넉넉한 생활도 하지 못하였다. 그런 가운데 자녀는 3남 2녀를 두게 되었고 남편은 10년의 투병생 활을 하다 1983년 사망하게 된다. 남편이 사망하고 자녀들이 남편의 기제사를 모시게 되 면서 박할머니가 경험했던 시댁의 큰집 제사나 시부모 제사와는 다른 많은 차이가 나타나 기 시작한다.

성장한 자녀들이 직업과 혼인 등의 문제로 각각 타지로 분가하면서 제물 또는 제물의 재료를 분담하여 준비해 오기 시작한다. 울산에 사는 큰아들은 어물을 준비해 오고 과일 과 육류는 두 동생이 각각 준비해 온다. 큰아들이 어물을 준비해오면서 고등어, 청어는 제물에서 빠지게 되었고 과일의 가지 수는 더 늘어나게 되었다. 계절과 형편에 맞아야 준비될 수 있었던 참외나 수박은 흔히 쓰게 되었고 바나나, 귤, 포도 등도 제물로 올리게 되었다. 자녀들은 기본과일을 위시하여 색다른 과일을 자주 사오기 때문에 어떤 제물은 올려도 되고, 어떤 제물은 올리면 안 된다는 개념 없이 자녀들의 정성으로 생각하고 모두 제물로 사용하게 되었다고 한다.

육류도 쇠고기, 돼지고기, 닭을 제물로 올리는 게 원칙이지만 삼 시 세끼도 먹기 어려웠던 신혼시절에는 계란만 올리거나 계란, 닭 정도만 올리는 게 일반적이었다. 그러나 자녀들이 제물을 맡게 되면서 육류도 세 종류를 모두 갖추어 올리게 되었고 탕의 재료도 고등어에서 쇠고기로 바뀌게 되었다. 전, 튀김류도 그 종류가 한두 가지가 늘어나게 되었다. 삼 시 세끼를 해결하기 힘든 시대에 비하여 음식에 대한 가치가 낮아지면서 제사음식도 더 이상 특별한 날에만 먹는 음식이 아니게 되었다. 제사음식에 대한 박할머니의 이야기를 들어보면 다음과 같다.

> "옛날에는 마을회관에 가지고 가서 나눠 먹고 했는데 지금은 줄 사람은 주고, 음식도 흔하고. 아들, 딸 가는데 싸주고. 요즘은 흔해 빠진 게 음식이잖아. 옛날에 명절 제사 지내면 어른들한테 음식 머리에 이고 가져다주고, 요즘에는 명절음식도 안 나눠 먹고. 옛날에는 기제사 지낼 때는 놀러오는 사람도 있고 음식 얻으러 오는 사람도 있고 그런 사람한테 주고. 그런데 어른들한테는 꼭 줘요. 집안에나 이웃에나 어른들한테는 주고. 요새는 제사 끝나고 나면 내가 안 남겨 둬. 아이들 다 싸주고. 놔두면 내가 먹지를 않아. 이웃에 어른들 있고, 우리 친구들 있다고 해도 내가 안 먹게 돼."

박할머니 집의 제사 시간은 밤 11시이다. 저녁에 제사를 지내는 이웃도 많으나 자녀들이 집에 도착하는 시간에 맞추어 밤 11시에 한다. 둘째 아들은 자영업을 하기 때문에 제사가 끝나고 다음날 아침에 떠나도 크게 무리가 없으나 회사에 다니는 큰아들은 제사의 모든 절차가 끝나면 돌아가는 게 보통이다. 따라서 손자손녀들도 기제사가 평일에 들면 참석하지 못하는 경우가 대부분이며 토요일이나 일요일에 드는 경우에는 모두 참석한다.

가족의 유형이 확대가족에서 직계가족, 또 다시 노부모 혼자 사는 독거 유형으로 변화하면서 제사 음식의 준비방법이 각 상황에서 가장 편리하고 합리적인 방법으로 변모하게 되었다. 이러한 변화에는 한국경제의 발전과 기술의 진보라는 조건이 물론 작용하였다. 그러나 이러한 변화된 상황은 가족 유형의 다양화를 낳았고 이에 따라 각 시기별로 제물에 있어 준비와 구성이 차이를 가지게 되었음을 알 수 있다.

노부부로 구성된 황병모씨 집은 50년 전에는 할아버지, 할머니, 아버지, 어머니, 남동생 3명으로 구성된 3세대 가족이었다. 황병모씨는 1950년에 혼인하여 3남 1녀를 낳았다. 혼인하여 자녀를 출산하고 양육하는 과정에서 조부, 부모가 사망하고 동생들은 이웃이나 타지로 분가하게 된다. 혼인을 기점으로 황병모씨는 약 50년 동안 3세대 확대가족에서 2세대 확대가족, 미혼자녀 동반 직계가족에서 노부부 가족으로 변화되는 과정을 거치게 된다.

현재 황병모씨는 4대 봉사를 하고 있다. 그가 유년기에 경험했던 제사와 현재 직접 모시는 제사의 가장 큰 차이점은 제관의 수와 음식의 량이다. 조부, 부모를 모시고 살던 50년 전에는 8촌까지 기제사에 다 참석하였다. 친척 대부분이 같은 마을에 살았기 때문에 시간과 장소에 구애를 받지 않았다. 하지만 지금은 모두 외지로 나가 있고, 자녀들 또한 직장관계로 외지에 나가 있다. 둘째 아들이 같은 마을에 살고 있지만 분가하여 살고 있다. 현재 기제사의 제관은 아헌관으로 동생 한 명이 참석하고 종헌관으로 맏손자가 참석하고 있다. 세 명의 동생 중 2명이 사망하였기 때문에 나머지 한 명의 동생이 아헌관으로 참석하고 있으나 동생이 참석하지 않을 경우에는 맏아들이 아헌관 역할을 한다. 제사시간이 밤 12시 여서 자녀들이 모두 참석하지 못하는 경우도 있다. 자녀들이 참석하지 못할 시에는 손자·녀 역시 제사에 참석하지 못하기 때문에 청송읍에 사는 딸네가 제사에 참여한다. 딸이 제사에 참석할 경우에는 사위가 종헌관을 한다.

제사에 참여하는 사람의 수가 일정하지 않고 8촌 이내의 친척도 모두 한 마을에 살지 않기 때문에 준비하는 제물의 양도 마찬가지로 줄어들게 되었다. 이웃과 제사음식을 나누어 먹던 풍습도 지금은 잊혀지고 있다. 제사음식에 대한 황병모씨의 생각을 들어보면 다음과 같다.

> "음식은 싸가 다 가져가지. 여기 놔두면 누가 먹나. 너거 다 싸가가라 하지. 놔두면 누가 그렇게 먹는다고. 제사음식은 귀신이 와서 먹었다고 맛이 없지. 귀신이 먼저 먹어서 제사음식 맛이 있나. 명절 때는 다 지내니까 안 나눠먹고, 옛날에는 일부러 가가 가오고 그랬는데, 요새는 누가 나눠먹나. 집에서 다 지내는 거, 거 뭐 하러 나눠먹나."

제사음식을 많이 장만해도 노부부만 사는 집에는 음식을 먹을 사람이 없기 때문에 남은 제사음식은 도리어 처치 곤란이 된다. 이웃들도 예전같이 제사음식을 그렇게 반기지 않기 때문에 더욱 그러하다. 따라서 제사에 쓰일 양만 준비하고 제사가 끝나고 나면 그 음식들은 자녀들에게 싸준다.

제사음식 양이 줄어든 반면 질과 종류는 좋아지고 다양해 졌다. 황병모씨 역시 제물은 모두 자녀들이 각각 분담하여 장만해 온다. 포항에 살고 있는 첫째 아들은 어물, 같은 마을에 사는 둘째 아들은 육류, 대구에 사는 막내아들은 과일을 준비해 온다. 자녀들이 재료를 직접 사오기 때문에 제물이 자녀들의 입맛에 맞혀지는 경향이 있다. 옛날에는 튀김을 잘 올리지 않았는데 자녀들이 음식을 하면서 올리게 되었다고 한다. 고구마, 새우튀김은 손자·녀들이 잘 먹기 때문에 예전에는 올리지 않았지만 지금은 올린다고 한다. 반면 황병모씨 아내가 제사음식을 준비할 때만 해도 올렸던 배추전, 무전, 정구지전은 지금 만들지 않는다고 한다. 황병모씨 아내가 시집왔을 때에는 고등어를 올렸으나 지금은 올리지 않는다고 한다. 자녀들이 재료를 사오면서 육류가 많이 늘어났다. 시집왔을 당시에는 탕도 고등어를 넣고 만들었으나 지금은 쇠고기를 넣어 만든다고 한다. 과일 역시 자녀들이 준비해 오는 대로 제물로 사용한다. 기본과일 이외의 것을 사오더라도 모두 제사상에 올린다.

황병모씨 집의 제물의 특색은 삼색 나물(고사리, 도라지, 시금치, 가지)과 국에 사용되는 콩나물을 제외하고는 채소가 거의 쓰이지 않는 것이다. 배추전이나 무전 대신 물명태, 가자미 등의 어전을 사용하고 아예 전 대신 튀김을 올리고 있다. 집안의 기호와 제물 준비자의 제사에 대한 직접적인 책임이 적어지면서 제사음식 또한 규칙과 고정성이 점점 약해져 가고 있다.

가족의 규모가 작아지고 형태가 변화되면서 제사와 제물도 실생활에 맞추어 지고 있는 것 같다. 제사가 일상성을 벗어난 의례이지만 점점 일상에 맞게 편리함을 찾고 있다. 제사시간이 저녁시간대로 당겨지거나 제물 또한 정해진 규칙이나 오랫동안 유지되어 온 가풍에 따라 구성되기보다는 편의성을 보다 추구하게 되었다. 이러한 현상은 조사 대상 집이 명분과 전통을 중요한 가치로 여기는 명문가문이나 종가집이 아니라 일반적인 평범한 집에 국한되어 있기 때문에 더 강하게 나타날 수도 있다. 가족의 유형이 다양화되고 시간의 개념이 변화되면서 동성마을의 일반적인 집도 예학을 넘어 일상을 위한 실용성을 추구하고 있는 것으로 보인다.

2. 청운리 평해 황씨 소종가의 기제사

청운리에서 소종가(小宗家)라고 불리는 이 집은 덕(德)자 진(鎭)자 어른의 주종가(主宗家)이다. 이 종가에는 음력 9월부터 12월까지 모두 일곱 번의 제사가 든다. 현재 종가에는 노종부(老宗婦)인 김분남씨(58세)만 기거하고 있으며 종손은 몇 년 전에 사망하여 맏아들이 현재 소종가의 종손이다. 자녀들은 모두 대구에서 생활하고 있기 때문에 기제사가 든 날, 명절, 휴가, 주말 정도에만 집을 들르곤 한다. 종손이 혼인하여 대구에 살고 있지만 모든 제사는 청운에서 지낸다. 제사는 밤 10시에 지낸다. 제사가 끝나고 밤 12시쯤이면 모든 자녀들이 대구로 돌아간다. 전 종손이 있을 때만 하여도 제사는 자정을 넘겨야 지냈으나 현재는 자녀들의 생활과 형편에 맞게 시간을 2시간 정도 당겨서 지내는 것이다.

이 종가에서는 노종부인 김분남씨가 시집왔던 1965년에도 위패 없이 지방을 써서 제사를 지냈다. 그 당시에는 지방을 쓸 때, 붓글씨로 한자(漢字)로 썼으나 지금은 펜을 사용하여 한글로 쓰고 있다. 전 종손이 살아 있을 때만 하여도 예전 방식대로 지방을 썼으나 전 종손이 일찍 사망하는 바람에 자녀들이 지방 쓰는 법을 배우지 못하여 한글로 쓰고 있다고 종부는 말한다.

제물로 생선은 조기, 고등어를 사용하고 육류는 돼지고기, 쇠고기, 닭고기를 사용한다.

생선, 육류 모두 꼬지하여 도적판에 쌓아 올린다. 도적으로 제일 위에 올리는 닭은 배가 보이도록 올리는데 어른들이 하던 방식을 그대로 따르고 있다. 탕에는 쇠고기, 무, 두부를 넣어 조리한다. 채소는 다래잎, 시금치, 가지 세 종류를 사용한다. 포는 명태포를 쓰기도 하고 오징어포를 쓰기도 한다. 떡은 예전에 주로 시루떡을 집에서 직접 만들어 사용하였으나 지금은 바빠서 떡집에서 절편이나 기지떡으로 맞추어 사용한다. 술은 예나 지금이나 막걸리를 사용하고 있다. 전은 연뿌리전, 동태포전, 고구마전, 배추전을 하는데 요즘에는 배추전은 하지 않는다고 한다. 과일은 대추, 밤, 감, 수박, 사과, 배를 사용한다. 과거 겨울철에도 사과, 배, 밤, 곶감, 대추는 꼭 올렸다고 한다. 그러나 수박은 시집왔을 당시, 잘 지내야 올리는 제물이었다고 한다.

모든 제물의 양을 과거 대식구를 이룰 때와 비교하여 많이 줄어들었다고 한다. 지금은 노종부 자신 혼자 살기 때문에 음식도 조금씩 하게 되며, 많이 먹는 사람도 없다고 한다. 그리고 동서들은 농사를 짓기 때문에 바빠서 도와주지 못한다고 한다. 그러나 시아버지제사는 다른 제사보다 신경을 많이 쓰게 되고 다른 제사와 같은 음식을 올려도 양은 더 많이 올린다고 한다. 가장 염두를 두는 제사가 시아버지 기제사라고 한다.

마을에 있는 제관은 시동생과 7촌 시동생이 전부이다. 두 시동생과 자녀 3명을 다하여 제관은 모두 다섯 명이다. 제를 지낼 때 제관들은 양복을 입고 지낸다. 명절에는 한복을 입고 지낸다고 한다.

제삿날 지키는 금기는 빨랫줄을 모두 걷는 것이다. 빨랫줄이 마당 한 가운데 있으면 모두 걷게 되는데, 빨랫줄이 마당 가운데를 지나지 않고 측면에 있게 되면 걷지 않는다고 한다. 옛날 어른들이 빨랫줄이 마당 복판에 있으면 안 된다고 하여 옆으로 매어 놓았다고 한다.

현재 청운리 평해 황씨 소종가에서는 기제, 차례 이외에 묘제는 지내지 않는다고 한다. 농사규모는 1965년 당시에 논 12마지기, 밭 8마지기로 담배, 고추, 깨, 콩을 재배하였다고 한다. 지금은 논 단 마지기, 밭 서너 마지기를 소유하고 있지만 다른 사람에게 맡겨서 농사를 짓고 있다.

<강 동 휘>

마을의 형상과 주생활

─정(井)자형 우물집과 일(一)자형 홑·겹집─

1. 들어가면서

청송을 생각할 때면 항상 지릿하고도 떨떠름한 맛의 약수 그리고 선뜻 먹기가 망설여지는 푸르스름한 색의 밥과 죽이 떠오른다.

어느 해 였던가 무더웠던 여름날 몸이 약하신 어머니의 요양처를 찾아 들린 곳이 이곳 청송이었다. 청송과의 첫 만남이었으며 그렇게 집을 멀리 떠나 여행을 해 본 것도 처음 있는 일이었다. 도착했을 당시 낯선 곳의 묘한 설레임으로 약간 들 떠 있었으나 곧이어 옴팍하게 파여진 벌겋게 녹슨 빛깔의 샘에서 길어 낸 한 모금의 약수는 청송을 평생 잊을 수가 없는 맛으로 나의 뇌리에 각인시켜 버리고 말았다. 더구나 대구에서 4시간이나 비포장 길을 따라 터덜거리며 버스 안에서 시달린 뒤라 처음 대한 그 시골의 이미지는 차멀미와 같은 울렁거림 그 것이었다. 당시 청송은 그 곳에서 나는 약수가 효험이 있다 하여 요양을 위해 많은 사람들이 여름 한철 찾는 곳이었다.

그러나 어머니가 그 묘한 맛의 약수로 지어주신 밥과 죽은 신기하게도 찰지면서도 맛이 고소했는데 더욱 이상스러운 것은 그 밥의 색이 푸르스름한 것이었다.

비릿한 약수와 고소하면서도 푸르스름한 밥과 죽 그리고 깊은 산골오지 이것이 청송에 대한 나의 어릴 적 기억의 전부였다. 이후 몇 차례 청송을 찾은 적이 있었으나 거의 대부분 지나쳐 가면서 잠시 들려 본 기억뿐이다.

이번 청송 청운리를 대상으로 세 번째 마을단위의 집 조사가 이루어졌다. 매번 그러하지만 특히 이 마을은 다른 지역에 비해 지리적으로 깊숙한 산골에 위치하였을 뿐만 아니라 조선시대에는 한때 驛이 있던 곳이었음을 전해 들었기에 예전의 법식을 고스란히 간직한 고택들을 기대 하였고, 운이 좋으면 타 지역과는 사뭇 다른 유형의 주거도 대할 수 있을 것 같은 막연한 기대감이 들었다.

조사를 위해 마을을 찾던 그 날도 수십 년 전 청송을 첫 대면할 때와 같이 숨이 턱에 차오를 듯 무더위가 기승을 부리고 있었다. 포항에서 청송으로 난 31번 국도를 타고 몇 차례 길을 물어가며 마을을 찾았으나 국도변에 자리한 청운리를 그만 무심결에 지나쳐 버리고 말았다.

이십년 가까이 전통건축을 탐색해 오면서 멀리서도 대상물의 대략 위치를 어림짐작으로 찾았던 감만 믿다가 놓친 실수였다. 청운리는 그랬다. 우선 겉으로만 보면 국도변에서 문득 문득 마주치는 평범한 작은 마을과 크게 다를 바가 없었다. 고색창연한 기와집들이 보이는 것도 아니었고 마을 전체의 풍광이 멀리서 한눈에 드는 번듯함도 지니지 못하였다. 어둔한 사전지식으로 막연히 그렸던 마을의 모습과는 판이하였다.

그러나 마을 속을 잠시 둘러본 우리는 곧 그 까닭을 알 수 있었다. 1959년 이곳을 초토화 시켰던 사라호 태풍이 그 이유였다. 당시 마을 앞을 휘돌아 흐르던 강이 넘쳐 거의 모든 마을이 물에 잠기게 되었는데 그나마 다행스러운 건 높은 지대에 위치한 몇 몇 집들이 피해를 입지 않고 온전할 수 있었던 것이다. 현재 마을에 위치한 수많은 집들은 그 이듬해부터 시작하여 그 뒤로 다시 지어진 것들과 근년에 지어진 현대식 주택들이 들어서면서 지금과 같은 마을의 풍광이 되었다 한다. 그리고 보면 청송 청운리는 태풍 이전에 지어진 몇 몇의 집들과 태풍이후 예전 법식을 준용하여 다시 지은 주택, 그리고 현대식 주택들이 서로 혼재되어 있는 마을이다.

이들 중 전통적인 방법으로 지어진 목조 가구식 구조의 집들을 조사 대상으로 정하고 이들을 실측 조사하였다. 조사는 마을 전체 배치도를 작성하고 건물 배치 및 평면과 단면을 실측하여 도면으로 만드는 한편 사진촬영·비디오 녹화·면담 등을 통해 얻어진 자료를 조사내용 정리 때 검증자료로 활용하였다.

○ **조사일정**

−집중조사: 2003. 7. 11(금) ∼   7. 13(일)
−보충조사: 2003. 8. 13(수) ∼   8. 15(금)
                 2003. 10. 1(수) ∼ 10. 2(목)

○ **조사 연구자**

−연구원
　정명섭 (상주대학교 건축공학부 교수)
　곽동엽 (대진대학교 건축공학과 교수)
−보조 연구원
　김영만 (대진대학교 대학원 건축공학과 석사과정)

정경재 (상주대학교 대학원 건축공학과 석사과정)
박지희 (상주대학교 건축공학부)
류용환 (상주대학교 건축공학부)
손인혁 (대진대학교 건축공학과)
백유정 (대진대학교 건축공학과)
이소희 (상주대학교 건축공학부)

  ○ 조사 내용

－마을 배치
－건축물
 • 정자 3 개소 : 만취정(晩翠亭), 영이정(詠而亭), 파서정(巴西亭)
 • 서당 1 개소 : 만취서당(晩翠書堂)
 • 주택 16 개소

2. 마을 돌아보기

  청운리는 청송읍에서 포항방면으로 뻗은 31번 국도를 따라 남쪽으로 약 5km 떨어진 곳에 위치한 마을이며 행정상으로는 이 마을에서 포항쪽으로 약 1.5km 정도 떨어져 있는 일두(日頭)까지를 포함한 지역을 일컫는다.
  마을은 청송읍에서 포항으로 난 국도를 따라 남으로 내려가다 주왕산방향의 도로가 분기되는 지점으로부터 시작된다. 도로가 나뉘는 삼거리의 형상이 매우 좁아 그 모양대로 청운리의 초입 부분도 매우 좁다랗게 시작된다. 뿐만 아니라 마을을 감싸 안은 듯한 두 개의 도로가 거의 평행으로 달리다가 점차 일정한 간격으로 벌어지는 형상으로 마치 삼각형 모양의 길쭉한 자루처럼 생겼다.

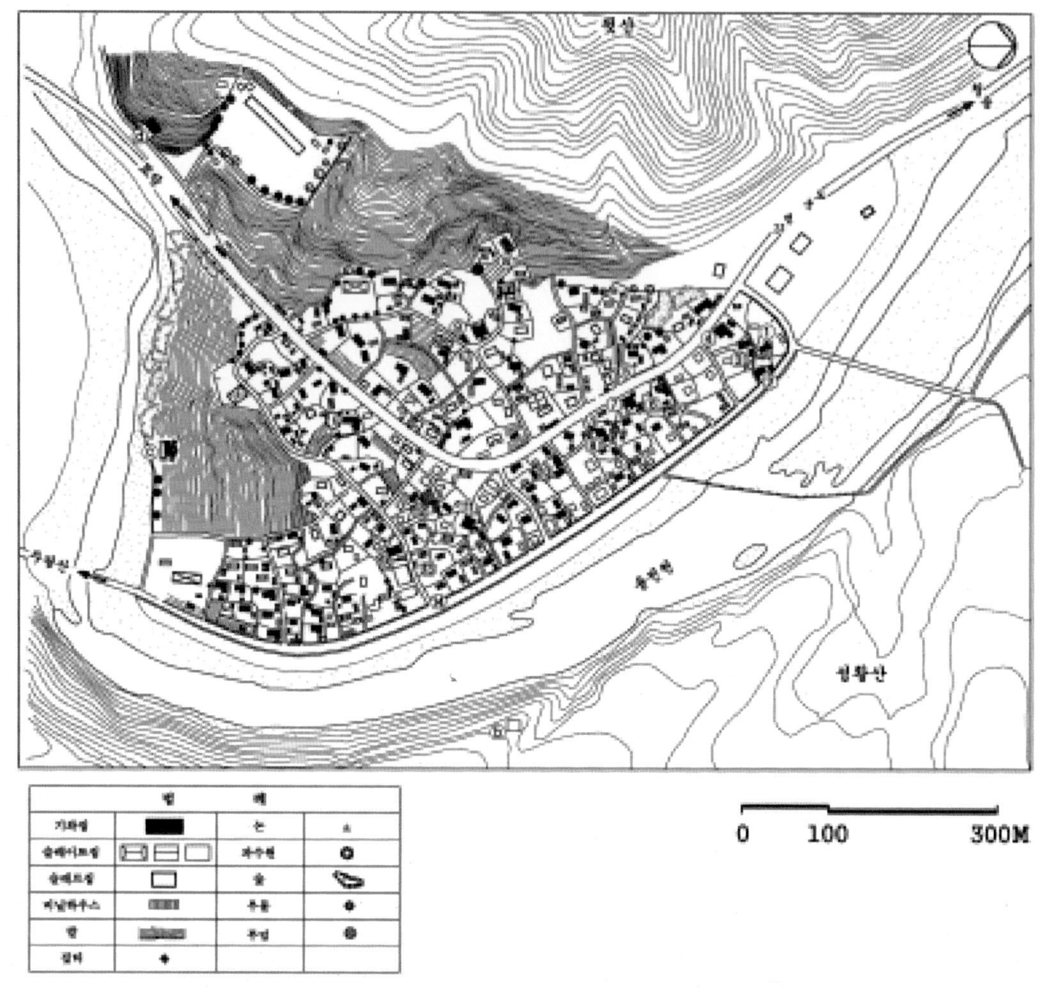

청운리 배치도

①황주백 ②이종태 ③황이명 ④김종태 ⑤황대흠 ⑥황성구 ⑦고수성 ⑧황서구 ⑨성천댁 ⑩황수원
⑪황학구 ⑫김분홍 ⑬김용수 ⑭황한구 ⑮황정남 ⑯윤수남 ⓐ만취서당 ⓑ만취정 ⓒ영이정 ⓓ파서정

　　주민들은 이러한 형상이 부채를 닮았다 하여 마을의 풍수형국을 이름하여 부채형이라
부르고 있다. 그러나 31번 국도가 흡사 부채를 둘로 갈라놓은 듯 마을을 동에서 서로 길
게 관통하고 있어 주민들은 온전한 형국을 파괴하는 이 도로를 매우 못 마땅하게 여기고
있다. 마을 안 도로에서 차 사고가 자주 발생하는 것도 형국을 자른 도로를 내었기 때문
이라 한다.
　　마을 앞으로는 주왕산 방향의 도로와 나란하게 달리는 용전천(龍纏川)이 마을을 휘돌
아 흐르고 있으며 그 뒤로 성황산이 마치 병풍을 펼쳐 둔 듯 마을 앞을 가로막고 있다. 마

을로 보아서는 안산이 되는 산이다. 그러나 마을의 뒷산인 진산(鎭山)과의 거리가 너무 가까워 그 사이에 끼인 마을은 지형상 폭이 좁고 옆으로 길쭉할 수밖에 없었던 것으로 보인다. 마을의 좌우로는 청룡과 백호가 앉을만한 자리는 없으며 열려진 틈으로 31번 국도가 나면서 마을을 위아래로 갈라놓게 된 것이다. 마을을 통과하는 이 국도는 남북방향으로 지나가고 있으며 남쪽이 높고 북쪽이 낮아서 경사로처럼 마을을 통과하면서 마을 중간쯤에서 휘어지게 되었다.

따라서 청운리의 전체적인 마을 배치를 결정짓는 요소들은 마을을 중간으로 관통하는 31번 국도와 주왕산 진입도로, 마을 앞을 흐르는 용전천과 성황산(聖皇山) 그리고 진산인 마을의 뒷산이 된다.

이러한 요소들에 의해 마을의 윤곽이 결정되고 그 안에서 집들은 각기 향을 정하고 자리를 잡았다. 즉 마을 안 집들은 거의 대부분 뒷산의 경사지를 타고 앉아 안산인 성황산을 바라보며 동향으로 앉았다. 이러한 추세는 뒤에 지어진 현대식 주택에도 적용되어 청운리 주택들 대부분이 동향으로 방위를 정하는 특징적인 면을 보이고 있다.

또한 두 개의 도로가 마을의 질서체계를 지배하는 강력한 요소로 작용하고 있기 때문에 골목길들조차 이 두 도로를 위에서 아래로 다시 아래에서 위로 이어주는 연결로 역할에만 충실하고 있을 뿐이다.

그 중 가장 중심이 되는 마을 안 길은 삼거리 슈퍼가 자리한 골목이다. 골목길 중 가장 넓고 마을의 중앙에 위치한 이 길은 마을을 위아래의 두 영역으로 나누는 기준이 되기도 하여 길을 중심으로 윗마와 아랫마가 나뉘어 진다. 마을 앞을 휘돌아 흐르는 용전천의 상류쪽이 윗마가 되며 그 반대가 아랫마이다. 원칙적으로 하면 지형이 높은 곳이나 군소재지 방향의 영역을 윗동네라 하는 것이 보편적이나 이 마을에서는 용전천의 흐름을 기준으로 하여 위아래로 나누었다.

이와 같이 마을배치의 전체적인 질서체계에 중요한 요소로 작용하는 산과 천 그리고 도로에는 각 각 마을을 대표하는 정자와 서당 비각 등을 배치하여 상징적 의미를 더욱 부각시키고 있어 매우 흥미롭다. 마을에서 항상 바라다 보이는 성황산에는 晚翠亭을 두었고 뒷배경이 되는 진산의 가장 높은 곳에는 만취서당을 배치해 놓았다. 뿐만 아니라 도로의 초입 부분과 龍纏川이 흘러와 마을과 맞닿는 상류 부근에는 각 각 巴西亭과 詠而亭 그리고 雙孝閣을 자리 잡고 있다.

원래 청운리는 본관을 알 수 없는 이씨들과 김해 김씨들이 차례로 들어와 터를 일구고 생활하였으나 지금으로부터 약 350년 전에 평해 황씨인 황덕필 황덕진 형제가 들어오면서 차츰 동성마을로 발전하였다 전한다. 조선시대에는 한때 역참이 있었던 역말이기도 하였다지만 현재 그 흔적은 어디에도 남아 있지 않다. 약 40년전 마을이 가장 번성하였을 즈음에는 318호까지 살았다 하며 현재는 일두의 25호를 포함하여 약 214호가 마을에 거주하고 있다.

3. 여칸집(까치구멍집)

(1) 김종태씨 집

현 소유주 아들인 김진성씨(56세) 말에 의하면 그의 고조부가 이 집을 지었다 하니 건립연대는 약 100년 이상으로 거슬러 올라가게 된다. 도로가 나뉘는 마을 초입인 삼거리 근처에 자리하였는데 전체적인 위치를 보면 아랫마의 끝 부분이고 마을의 가장 북쪽 모서리 근처가 된다.

대지의 한쪽이 31번 국도에 등을 대고 면해있음에도 불구하고 출입구는 측면의 골목 쪽으로 나있다. 도로의 방향에 개의치 않고 마을 앞 안산 방향으로 집을 향하게 한 것이다. 대문은 따로 설치하지 않았고 골목으로 열려진 곳을 이용하여 집으로 출입하고 있다. 출입구는 좁은 반면 안으로 들어오면서 대지의 형상이 점 점 불룩해 져서 좁다랗고 길쭉한 자루형상을 하였다.

열려진 출입구를 들어서면 좌우로 이웃집과 경계가 되는 돌담이 나란하게 마주하고 있고 대지의 가장 깊은 곳에 오두막하게 본채가 동향으로 앉았다.

집은 본채와 그 앞의 작은 부속채가 'ㄱ'자형으로 배치되어 있는데 부속채는 방앗간(현재는 닭장으로 사용하고 있다)과 마구로 사용되었다 한다. 이 외에 정지에서 연결되는 옆마당에는 방과 창고 한 칸씩으로 이루어져 있는 또 다른 부속채가 한 棟 더 자리하고 있으며 그 앞쪽 우측에는 수돗간과 장독대가 배치되어 있다.

출입구와 본채 사이에 형성된 비교적 길고 좁다란 앞마당은 동선 연결의 원활함을 위해 텃밭을 가꾸지 않았으나 뒷마당과 정지 우측 마당에는 콩과 옥수수 호박 등 밭작물을 심어 기르고 있다.

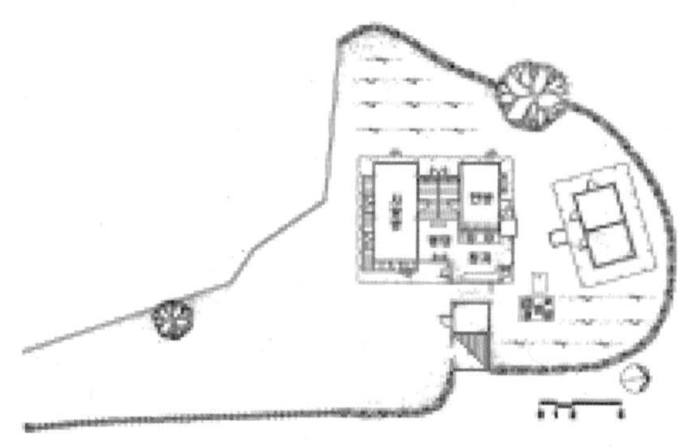

김종태씨 집 배치 평면도

　본채는 정면 3칸 측면 2칸 반의 크기를 가진 전형적인 까치구멍집이다. 지붕은 현재 팔작지붕으로 시멘트 기와가 올려져 있으나, 원래는 초가지붕이었다 한다. 바로 앞집에 사는 황이명씨(88세)는 이 집을 아직도 ‘여칸초가집’이라 부르고 있다.

　본채의 정면에 난 판문을 열고 봉당에 들어서면 오른쪽으로는 앞쪽과 옆으로 반 칸씩 확장되어 크기가 칸 반정도 되는 정지가 연결되고 정지의 맞은편 봉당 건너에는 사랑방 앞쪽칸이 자리하였다. 이 자리는 원래 전형적인 까치구멍집에서는 외양간이 들어서는 곳이다. 따라서 김종태씨 집은 외양간이 떨어져 나가고 그 자리에 대신 방이 들어 간 변형된 까치구멍집으로 생각할 수 있다. 봉당에 연이어 뒤쪽으로 1칸 크기의 대청마루가 접하였고 대청 좌우로는 각 각 사랑방 뒤칸과 안방이 마주보고 배열되어 있다. 좌측의 사랑방은 후면쪽으로 반 칸이 확장되었고 마주한 안방은 전·후면으로 각 각 반 칸씩 확장되어 거의 두 칸 크기와 맞먹게 되었다. 원래 사랑방은 앞쪽의 방과 뒤쪽의 방 사이에 간막이가 설치되어 작은 사랑과 큰사랑으로 구분되어 사용되었던 것으로 보인다. 그러나 후대에 간막이를 제거하고 이를 커다란 하나의 방으로 합쳐 이용하였다. 두 방 사이에는 아직 예전의 간막이 흔적이 남아 있다. 사랑방의 전면과 측면에는 모두 돌출된 쪽마루가 설치되어 있어 밖에서 직접 출입하는데 불편함이 없도록 배려하고 있다.

　정지 측면에 위치한 부속채는 정면 2칸 측면 1칸의 간소한 건물로 1칸씩의 온돌방과 두지로 이루어져 있다. 또한 이 부속채와 본채와의 사이에는 수돗간과 장독대가 놓여 있어 옆마당과 정지와의 사이가 주부의 가사작업 공간임을 보여준다.

김종태씨 집 전경

　이와 같이 이 집은 우선 겉보기에 서미 2동에서 자주 보이던 변형된 여칸집의 구성을 하고 있는 듯 보인다. 그러나 서미동의 여칸집과는 많은 부분에서 다른 점을 보이고 있어 청운리 만의 지역적인 특징을 찾아 볼 수 있다.

 전형적인 여칸집은 집의 특성상 거의 모든 공간이 봉당이나 마루로 열리게 되어 내부 지향적인 성격을 지니게 되는 경우가 일반적이다. 외부로 향한 문과 창이 아주 작게 설치되거나 그렇지 않으면 아예 문을 두지 않는 경우도 허다하여 결과적으로 여칸집의 외관은 매우 폐쇄적인 형태를 띠게 된다. 그러나 이 집은 사랑방이 외부를 향해 완전하게 열려진 구조를 보이고 있다. 즉 봉당을 거치지 않고 외부로 직접 드나들 수 있는 출입문이 사랑방에 설치되어 있으며 더구나 사랑방 바깥쪽으로 쪽마루를 덧 설치하여 출입하는데 불편함이 없도록 배려한 세밀함까지도 찾아 볼 수 있다. 그러나 이와는 반대로 집의 내부쪽으로는 출입을 억제하려는 듯 외여닫이 창호 하나만을 두었는데 특히 전면쪽 사랑방은 집 안쪽인 봉당으로는 아예 문을 개설치 않은 고집스러움을 확인 할 수 있다. 앞 뒤로 나란하게 배열된 사랑방 두 칸이 안방이 있는 대청쪽을 등을 지고 돌아앉아 있는 듯한 형상이다. 더욱이 사랑방이 위치한 좌측면 방향에 집으로 드나드는 진입구가 뚫려있어 자연스레 집을 출입하는 사람들이 사랑방을 거치게 되는 유교적 내·외 질서가 갖춰지게 되었다.

 안방은 대청과의 사이에 외여닫이 세살문을 달아 서로 교통되게 하였으며 뒷마당과도 외여닫이로 통하게 하였다. 그러나 뒤안으로 낸 이 세살문은 키가 매우 낮아 출입을 위함이 아니라 공기를 소통시키거나 뒤안을 바라다 볼 수 있도록 창으로 계획한 것임을 알 수 있다. 또한 대청 배면쪽으로 兩開판문을 달아 두었는데 이 역시 집 뒤로 출입을 위한 것이 아니라 여름철 환기나 조망을 위해 설치된 것으로 보인다. 안방 아랫목 상부와 대청의 후면 상부에는 물건을 올려 둘 시렁이 설치되어 있어 다음해에 파종할 곡식 종자나 살림살이 등을 갈무리하고 있다.

김종태씨 집 대청 상부 가구

정지는 봉당과의 사이에는 문을 달지 않고 개방시킨 반면 옆마당쪽으로는 외여닫이 판장문을 설치하여 가사작업 공간으로 통하는 동선을 원활하게 하였다. 안방쪽으로는 '一자형' 부뚜막을 두고 가마솥 걸은 아궁이를 만든 반면 이와 마주한 반대편에는 바닥을 높인 후 가스렌지와 찬장 등을 두었다. 부뚜막 상부에는 안방에서 이용한 듯한 돌출 벽장의 흔적이 남아 있다. 환기와 통풍을 원활하게 하려는 듯 정지의 벽체는 모두 두꺼운 판재를 사용하여 판벽으로 구성하였고 그것도 부족한지 측면 벽체 위에 둥그런 새구멍을 큼직하게 두 개나 뚫었다. 또한 정지와 봉당 사이에는 관솔을 지펴 피운 두등불로 조명하던 화창(火窓) 시설이 남아 있고 앞마당에서 봉당을 통하지 않고 드나 들 수 있는 쪽문을 봉당 출입문 옆으로 살며시 내어 두는 기지를 발휘하였다.

정지 앞으로 위치한 부속채는 정면 2칸 측면 1칸의 간략한 건물로 현재 좌측칸과 우측칸을 각 각 닭장과 창고로 사용하고 있으나 원래는 방앗간과 외양간이 있던 곳이라 한다. 전면을 제외한 三面은 심벽 마감되어 있는 반면 전면은 모두 판벽으로 構造되어 있다. 우측의 외양간 상부에는 나지막하게 쇠다락이 형성되어 있어 농기구 등을 올려 보관하고 있다. 측면 마당에 위치한 부속채 역시 정면 2칸 측면 1칸의 작은 건물로 온돌방 1칸과 두지 1칸으로 구성되어 있다.

본채와 부속채 모두 자연석 기단 위에 막돌 초석을 두고 건물을 앉혔는데 기둥과 서까래로 사용된 목재가 매우 부실하고 타락된 정도가 심해 보수가 시급한 것으로 보인다. 대청 상부가구는 연등 천장으로 구성되어 있는 반면 양쪽 온돌방은 따로 천장을 설치한 여칸집 구조법을 충실하게 따르고 있다.

(2) 황서구씨 집

조사 당시 주인이 집을 비운 상태라 정확한 집의 내력은 알 수가 없었다. 그러나 건물의 구조방식과 架構部材의 상태 등을 종합해 볼 때 건립년대는 약 100년 전쯤인 것으로 여겨진다. 이 집은 마을을 양분하는 31번 국도변의 아래쪽(동쪽) 영역에 위치하였는데 대충 아랫마의 중간정도의 지점이며 전체적으로 볼 때는 마을의 동북방향 쪽으로 치우친 곳이다.

대지의 전체적인 형상은 남북으로 약간 긴 타원형의 모습을 하고 있으며 골목길을 접한 남쪽 모서리를 제외하고는 삼면을 다른 대지에 접하였다. 따라서 김종태씨 집과 마찬가지로 골목을 향해 남쪽으로 출입구를 열어 둘 수밖에 없으며 대문은 대다수의 집들과 마찬가지로 따로 설치하지 않았다.

출입구를 들어서면 좌우로 시멘트 블록담장이 대지를 둘러싸고 있는데 이 담에 기대어 오른쪽으로 근래에 새로 지은 듯한 시멘트 불록조의 화장실이 자리하고 있고 이와 마주한 왼쪽으로는 기둥에 지붕만을 올린 매우 긴 비가림막을 지어 고추건조기, 경운기, 농기구 등을 보관하여 두고 있다. 대지의 중앙부분쯤에 본채를 앉혔는데 다른 집들과 마찬가지로 대지 출입구를 우측으로 대하면서 안산방향인 동향으로 몸을 돌려 앉았다. 따라서 집의 출입구를 들어서면 주택의 좌측면이 정면으로 보이게 서있는 배치이다. 그런데 집의 내부 室배열을 보면 사랑방이 좌측으로 자리한 까닭에 이런 배치의 경우 집의 출입구와 사랑방이 마주 대하게 되는 결과를 초래하게 된다. 이러한 배치 및 공간의 배열도 앞서 살펴본 김종태씨 집과 같은 구조로 집을 출입하는 사람이 반드시 사랑방 앞을 거쳐야 하는 내외적 질서에 의한 것으로 해석할 수 있다.

황서구씨 집 배치 평면도

본채 앞쪽으로 부속채를 길게 달아내었는데 지붕 회첨 뿐만 아니라 벽체도 본채와 맞닿게 하여 얼핏 보면 이 둘의 건물이 한 채로 보인다. 따라서 본채와 부속채가 'ㄱ 자형'으로 배열되어 안 마당을 감싸 안고 있는 모습이다. 수돗간은 정지 앞 마당에 설치되어 있고 옆 마당에는 텃밭을 일구고 구석진 자리 한쪽으로 장독대를 두었다.

본채는 정면 3칸 측면 2칸으로 여칸집의 기본 골격으로 지어졌으나 사랑방이 뒤로 1칸 확장되고 안방과 정지가 전후로 각 각 반 칸씩 돌출 되면서 양 측면이 3칸으로 되었다. 지붕은 한식기와를 올린 팔작지붕인데 기울어지고 퇴색된 감은 있으나 제법 고색이 묻어 나는 집이다. 주민들에 의하면 건립 당시부터 기와를 이은 청운리에서 몇 안되는 기와집 중 하나라 한다.

본채의 동쪽으로 난 출입문을 들어서면 1칸의 봉당을 중심으로 좌우로 각 각 1칸의 사랑방과 칸 반의 정지가 배열되어 있고 다시 봉당의 뒤로는 1칸 크기의 대청이 접하였다. 이 대청을 가운데 두고 좌우로 또 다른 2칸 통의 사랑방과 칸 반의 안방이 마주 대하고 있다. 이와 같은 평면의 배열은 사랑방의 크기만 다를 뿐 앞 서 살펴 본 김종태씨 여칸집과 그 배열이 동일하다. 즉 외양간이 떨어져 나가고 대신 그 자리에 온돌방이 들어가 앉은 변형된 여칸집 평면으로 볼 수 있다. 그러나 이 집은 현대식 생활의 불편을 해소하기 위해 집의 골격은 그대로 유지한 채 내부공간을 개조한 사례로 흥미롭다. 즉 봉당을 바닥을 높여 대청과 그 높이를 맞추고 싱크대와 냉장고 가스렌지 등을 갖춘 현대식 주방공간으로 개조한 것이다. 또한 봉당과 정지와의 사이에는 다시 벽을 치고 막은 다음 정지를 외부에서 직접 출입하는 독립 공간으로 만드는 기지를 발휘하였다. 예전의 정지 공간에는 안방쪽으로 가마솥 걸린 火木 아궁이가 그대로 남아있고 현재도 안방을 난방하기 위해 불을 땐다 한다. 난방을 위한 공간과 취사공간이 분리된 결과를 초래해 얼핏 불편할 것으로 생각할 수 있으나 오히려 거주공간으로 스며드는 연기와 그을음 등을 막을 수 있고 난방비를 저렴하게 아낄 수 있는 잇점이 생긴 것이다.

황서구씨 집 본채 좌측 사랑방

황서구씨 집 봉당

정지에는 외부에서 직접 드나드는 출입문뿐만 아니라 옆마당으로 연결되는 兩開 판장문이 설치되어 있고 다시 아랫채로 통하는 외여닫이 띠살문까지 달려있어 앞마당과 옆마당 그리고 아랫채를 연결하는 동선이 모두 모이는 장소가 되었다. 정지 뒤로 연접한 안방은 대청에서 외여닫이문을 통해 연결되고 옆마당으로는 두 개의 외여닫이 띠살문이 설치되어 출입과 조망, 환기를 위한 창호역할을 담당하고 있다.

봉당에 접한 대청은 배면 벽체의 구성을 위와 아래가 다르게 구성하였다. 즉 중방 아래로는 널찍널찍한 판재를 가시새에 박아 댄 판벽(板壁)으로 구성하였는데 반해 그 위로는 외를 짜 엮고 안팎에서 황토를 바른 심벽(心壁) 마감을 하였다. 그리고 판벽에는 집 뒤로 연결되는 兩開 판문을 달아 두었는데 크기와 문의 높이를 볼 때 내부의 환기나 통풍 문제를 해결하거나 뒤안을 바라보기 위한 목적으로 설치한 것으로 보인다.

집의 가장 바깥 익사(翼舍)에 앞뒤로 나란하게 배열된 두 사랑방은 김종태씨 집의 경우와 마찬가지로 내부보다 외부로 열려진 외부 지향적 구조를 보인다. 내부의 봉당과 대청쪽으로는 외여닫이 띠살문이 설치된 반면 외부쪽의 매 칸에는 상대적으로 개방성이 높은

兩開 띠살문이 개설되었고 더구나 사랑방 외부로 폭이 좁은 쪽마루가 놓여져 출입에 불편함이 없도록 배려하고 있다. 전면 쪽마루 아래에는 두 사랑방을 동시에 난방하는 火木 아궁이가 남아있으며 굴뚝은 배면 기단에 설치되었다.

막돌 허튼층 쌓아 두벌대 정도 높이의 기단을 축조한 후 바닥을 시멘드 몰탈로 마감하고 그 위에 자연석 초석을 놓고 기둥을 세웠다. 기둥과 서까래 부재는 이 마을의 다른 집들에 비해 비교적 건실하며 상부가구는 홑처마 5량가로 엮어 올렸다. 대청 상부는 원래 연등천장으로 꾸몄으나 봉당을 주방으로 개조할 당시 반자를 올려 상부 가구가 내부에서 직접 보이지는 않는다.

본채 앞으로 길게 배치된 정면 2칸 측면 1칸의 부속채는 원래 방앗간과 외양간 1칸씩으로 이루어져 있었으나 방앗간 있던 자리는 후에 이를 고쳐 욕조와 수도 시설을 갖추고 알루미늄 샛시 창을 단 다음 욕실로 사용하고 있다. 부속채의 구조는 본채와 거의 동일하나 상부가구만은 3량가로 하여 본채의 지붕보다 한단 낮게 구성하고 지붕 회첨을 연결하였다.

4. 우물 井字집 (우물집)

(1) 고수성씨 집

고수성씨 댁은 이 마을 사람들이 우물집 혹은 우물 井字집이라 부르는 몇 안되는 집이다. 집의 내력을 알만한 자료는 찾을 수가 없으나 마을 노인들의 말에 의하면 100년 이상된 집이라 한다. 앞에서 살펴 본 황서구씨 집 바로 뒤편에 위치하였으며 31번 국도변에 집이 접해 있다. 마을 전체로 본다면 북쪽으로 치우친 지점에 자리한 것으로 볼 수 있다.

대지의 서쪽이 31번 국도에 직접 접한 반면 나머지 세면이 다른 집의 대지에 둘러싸여 출입구는 어쩔 수 없이 국도에서 직접 면한 서향으로 개설되게 되었는데 이렇게 되고 보니 동향한 집의 뒤편으로 출입구가 뚫리게 된 보기 드문 형상이 되고 말았다. 그러나 국도와 집의 구도를 보면 원래 넓었던 대지의 일부가 국도에 의해 잘려 나가면서 지금과 같은 이상한 형상이 된 것으로 보인다. 대지는 국도 방향으로 긴 반면 폭은 그에 비해 좁은 불규칙한 직사각형 형상이다.

대지의 중앙부분에 본채를 앉혔는데 다른 집과 마찬가지로 안산인 성황산을 바라보며 동쪽 방향으로 자리를 잡았다. 서쪽 방향으로 난 출입구를 애써 무시한 듯한 배치이다. 대지를 둘러싼 담장은 거의 대부분 돌담으로 구축되었고 국도와 접한 일부분만 시멘트 블록조로 개조되었는데 이는 국도가 대지를 자르고 난 후 대지의 형상에 맞추어 다시 쌓은 것으로 보인다.

방형의 대지 안에는 이 집의 좌향 우측편으로 근래에 새로 지은 듯한 현대식 주택이 자리하고 있고 본채의 전면 좌측으로는 역시 간략한 구조의 부속채가 연결되어 정면 외부에서 볼 때 얼핏 'ㄱ 자형' 집처럼 보인다. 대지의 출입마당 왼쪽으로 간략한 구조로 비가림막을 설치하고 고추건조기를 두었으며 비교적 넓게 남은 옆마당에는 여러 가지 밭작물을 심어 기르는 텃밭을 조성하였다. 수돗간과 장독대는 각 각 정지의 전면과 옆뜰에 두어 정지에서 연결이 쉽게 이루어지도록 하였다.

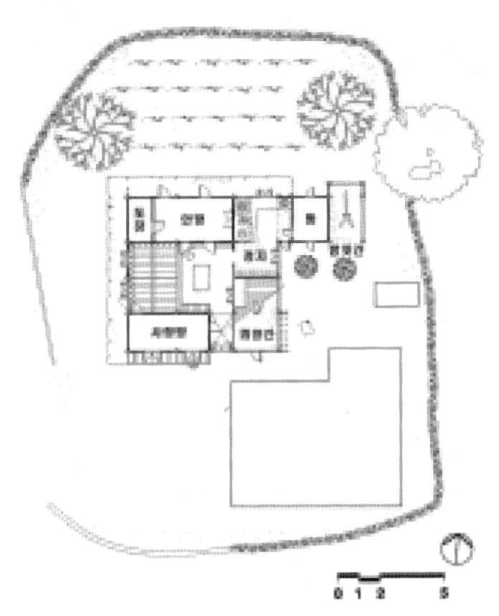

고수성씨 집 배치 평면도

본채는 정면 4칸 측면 3칸 반의 크기인 口字形 평면으로 앞에서 살펴 본 여칸집과 비교하면 정면과 측면이 각 각 한 칸 혹은 칸 반정도 크고 가운데 조그마한 크기의 안뜰이 형성된 것이 다르다. 지붕은 한식기와을 이은 팔작지붕으로 구성하였는데 평면에 맞추어 지붕마루가 口字形으로 연결되고 가운데 부분의 지붕이 뚫린 형식이다. 주민들 중 일부는 이와 같은 평면의 모습이 정자형(井字形)이다 하여 우물 정자집이라 부르기도 하고 또한 일부는 집 안에서 보는 안뜰의 모습이 꼭 우물이 뚫린 것과 같다 하여 우물집이라 부르기도 한다고 한다. 어떤 이는 비가 오면 지붕을 타고 빗물이 안뜰에 마치 우물처럼 모인다 하여 부른 이름이라 한다.

본채의 평면구성을 보면 가운데 대청을 중심으로 좌측의 사랑방 영역과 우측의 안방영역으로 크게 구분할 수 있다. 우선 집의 좌측 사랑방 영역은 앞에서부터 각 각 1칸 크기의 외양간과 반 칸 크기의 측면 출입문간, 2칸 통의 사랑방이 차례대로 배열된 반면 우측부분은 각 각 칸 반 크기의 정지와 안방 그리고 반 칸의 도장방이 순서대로 연접하였다. 사랑방과 안방 사이에는 비교적 규모가 큰 2칸 통의 대청이 설치되었고 그 앞으로 대청과 맞먹는 크기로 안뜰이 형성되었다. 안뜰 앞으로는 1칸씩의 정면 출입문간과 창고가 나란하게 병렬 배치되어 있다.

이러한 본채의 전체적인 평면 구성은 여칸집의 평면 구조와 그 배열이 동일하여 매우 흥미롭다. 즉 전형적인 여칸집의 구성인 사랑방과 외양간, 대청과 봉당, 안방과 정지의 배열이 그대로 적용되어 있음을 알 수 있다. 그리고 보면 이 우물집은 여칸집의 평면에서 사랑방과 외양간 사이에 측면 門間이 새로 개통되고 대청과 함께 봉당의 크기가 2칸으로 확장되면서 자연스레 봉당이 안뜰로 바뀐 것으로 이해할 수 있다. 즉 전형적인 여칸집이 확장 발전된 모습이라 할 수 있다.

고수성씨 집 본채 전경

고수성씨 집 안뜰

　가운데 자리한 2칸 크기의 대청은 안뜰쪽으로는 개방되어 있으나 배면쪽으로는 벽을 치고 각 주칸에 兩開판문을 설치하여 뒤안과 통하게 하였다. 대청 뒷 벽체는 다른 집들에 비해 매우 높게 축조되었는데 이는 상부 가구구조의 특별함에 그 이유가 있다. 대청 상부 구조를 보면 가장 높은 종도리를 중심으로 집의 앞쪽으로는 중도리와 주심도리를 차례로 내려 걸었으나 집 뒤쪽으로는 중도리가 주심도리가 되어 서까래를 받고 있다. 앞은 5량가 구조이나 뒤는 3량가 구조를 취한 것이다. 따라서 전체적인 架構構造는 5량구조에서 중도리 하나가 생략된 변칙적인 반 5량 구조가 되었다. 대청의 뒷벽이 높은 이유는 앞쪽의 중도리 높이까지 벽을 올려 막은 때문이다. 높게 형성된 벽체의 가운데에 중방을 걸고 위와 아래를 달리 마감하였는데 위는 심벽으로 처리한 반면 아래쪽만 판벽으로 마무리하였다. 대청배면과 안방쪽 상부에는 시렁을 걸고 각종 물건을 갈무리할 장소로 활용하였다.

　대청 좌측으로 위치한 사랑방은 2칸의 크기로 내부를 터서 하나의 공간으로 이용하고 있다. 대청쪽으로는 구석에 치우쳐 외여닫이 띠살문 하나만을 옹색하게 설치한 반면 외부쪽으로는 매 칸에 양개 띠살문을 두어 상대적으로 개방성을 높였다. 뿐만 아니라 폭이 비교적 넉넉한 쪽마루를 외부쪽에 깔아 두어 사랑방을 드나드는데 불편함이 없도록 배려하였고 측면 문간에서 직접 사랑방과 교통되도록 외여닫이 띠살문까지 설치하였다. 이러한 출입문의 설치 형식을 볼 때 사랑방은 흡사 안방쪽을 등뒤로 돌려 두고 바깥쪽을 바라보고 앉은 모습을 연상케 한다. 천장에는 고미반자를 올렸고 바름벽지로 벽체를 마감하였다.

　대청 우측으로 자리한 안방은 1.5칸의 크기이나 주칸이 매우 넓어서 방의 크기가 상대적으로 사랑방보다 넓다. 사랑방과는 달리 안뜰과 옆뜰로 통하는 외여닫이 띠살문이 설치되어 있으며 대청에서 직접 출입을 위해 쪽마루를 대청과 연결하였다. 따라서 안방은 안뜰과 대청 그리고 옆뜰로 통하는 동선의 유통이 매우 원활해 졌다. 정지쪽으로는 머리벽장을 내밀었고 상부에 兩開門을 설치하여 집안 살림을 보관하는 장소로 활용하였다. 뿐만 아니라 이와 마주한 뒷벽쪽에는 반칸 크기의 도장방을 두어 곡식이나 찬거리를 보관하는

고수성씨 집 대청 상부 가구

찬방으로 활용하고 있다.

정지는 집의 앞쪽으로 반 칸이 확장 돌출된 모습이며 바로 이웃한 문간과는 개방되어 있다. 뿐만 아니라 옆뜰로 통하는 두 짝의 판문과 아래채 온돌방을 드나들 수 있는 띠살문을 달아 이웃한 공간과의 연결이 매우 긴밀하다. 안방 벽장 하부에는 'ㄱ 자형'으로 부뚜막이 축조되었으며 안방과 아랫방을 난방하는 火木 아궁이가 설치되었다. 정지 옆으로 자리한 문간은 정지와 개방되어 있기 때문에 집의 정문으로서 출입기능 뿐만 아니라 정지의 기능을 일부 담당할 수 있는 공간이 되기도 한다. 출입대문은 매우 견고한 한 장의 판재로 만들어진 두 짝의 兩開門 형식으로 이는 측면의 출입문과 같은 형식이다.

좌측 문간과 이웃하게 자리한 외양간은 천장을 매우 낮게 하고 그 위로 다락을 올린 이층구조이다. 벽체는 환기와 통풍을 위해 판벽으로 구조하였는데 문간 쪽에서는 구유를 걸쳐 구획하였다. 그리고 가축이 집안을 거치지 않고 드나들 수 있도록 외부에 직접 출입문을 내었는데 키를 매우 낮게 한 다음 그 위로 다락문을 설치하였다. 외양간 다락은 바로 옆의 창고 상부에까지 연결되어 매우 넓고 활용도가 뛰어나다.

막돌 외벌대로 쌓은 기단에 자연석 초석을 둔 다음 그 위에 네모기둥을 세우고 상부 구조를 결구 하였다. 대청 상부는 연등천장으로 구성하였으나 온돌방 상부는 다시 천장을 덧씌운 더그매를 둔 여칸집 구조법을 따랐다. 즉 대청에서 보면 지붕의 양쪽 박공이 직접 보이는 구조이다. 대청의 상부구조는 앞서 서술한대로 반 5량가 구조이나 양측의 翼舍와 門間은 3량가로 결구하여 지붕이 한단 낮다.

본채의 전면 좌측에 앞쪽으로 길게 연접된 부속채는 전체 크기가 정면 2칸, 측면 2칸의 크기이다. 좌측에서부터 온돌방 1칸과 이어서 방앗간 1칸이 연접된 형식으로 현재 사람이 살지 않은채 방치되어 있다. 온돌방은 정지와 앞마당 그리고 옆뜰로 연결되는 외여닫이 띠살문이 설치된 반면 방앗간은 전면만 개방된 평면이다.

(2) 황학구씨 집

황학구씨 집은 전술한 고수성씨 집과 평면구조가 거의 동일한 우물 井字形 집이다. 상량묵서에 의하면 道光 十一年(支那年代)에 지은 것이라 하니 서기로 치면 1831년에 건립된 셈이다. 집의 위치는 웃마의 영역 중 약간 북쪽으로 치우친 곳에 마을의 중심이 되고

황학구씨 집 대문채

있는 삼거리 슈퍼에서 두 집 건너 이웃한 자리이다.

대지는 남북으로 약간 긴 타원형으로 동남쪽의 일부분과 북쪽변이 골목에 접하였으나 출입구는 막다른 골목이 접한 동남쪽 방향에 내었다. 주택이 안산을 바라보는 방향인 동향으로 앉고 보니 자연스레 집으로 들어오는 출입구가 전면에 위치하게 되면서 대부분의 다른 집들과는 달리 본채와 진입구의 관계가 명확해졌다. 뿐만 아니라 이 집은 대지로 출입하는 대문간채를 따로 갖춘 번듯함까지 겸비한 집이다. 주왕산 방향의 국도에서 서쪽으로 난 골목을 따라 올라가다 보면 골목이 끝나는 지점에 정면 2칸 측면 1칸의 크기로 골슬레이트를 이은 대문간채를 만난다. 이 대문간채의 좌측 칸에는 판벽으로 된 외양간이 자리 잡고 우측 1칸은 집을 드나드는 대문간이다. 원래는 초가지붕이었으나 후에 개조되었고 대문은 현재 탈락되어 없어진 상태이다. 대문간을 통해 대지 안으로 들어서면 맞은편에 본채가 자리하였고 좌측의 대지 구석 모퉁이에는 길게 세워진 비가림막 아래로 고추건조기 등이 보관되어 있다. 또한 대문간채 우측으로는 빈지문을 단 1칸 크기의 두지가 매우 건실하게 세워져 있다. 본채의 앞과 좌측은 마당으로 사용되고 있는 반면 우측과 뒷마당은 농작물을 심어 기르는 텃밭으로 가꾸었다.

본채는 정면 4칸, 측면 3칸 반의 크기이며 口字形 평면으로 고수성씨 집과는 크기와 평면구성이 완벽하게 동일하다. 그러나 정면 문간 옆으로 자리한 외양간과 창고 자리에 2칸 통의 사랑방이 들어선 점이 다르다. 뿐만 아니라 정지 앞으로 이어진 부속채가 없어진 대신 정지 우측으로 방앗간 1칸이 연접된 점이 다르다. 지붕은 한식기와를 이은 팔작지붕이며 지붕마루 역시 口字形으로 연결된 동일한 모습이다.

그러나 이 집은 구조를 그대로 유지한 채로 현대식 생활방식을 수용하기 위해 많은 부분을 개조한 상태이다. 가장 눈에 띠는 개조는 대청마루 청판을 걷어내고 바닥을 시멘트 몰탈 구조로 바꾼 다음 가스 렌지와 싱크대, 냉장고 등을 갖춘 현대식 주방 겸 거실로 용도를 전환한 것이다. 또한 알루미늄 샛시창을 달아 막고 외부와 차단된 독립된 공간으로 꾸몄다.

본채의 평면 구조를 살펴보면 현대식 주방으로 개조된 2칸 크기의 대청을 중심으로 좌측으로 2칸 통의 상방이 위치하였고 그 반대편인 우측에는 반칸 크기의 도장방이 자리하였다. 도장방 아래쪽으로는 칸 반의 큰방(안방)이 이어서 접하였고 다시 1칸 크기의 정지가 차례로 연접된 배열 구조를 보인다. 그리고 다시 정지의 좌측으로 방향을 바꾸면 정면 문간 1칸과 사랑방 2칸이 순서대로 연접되어 있어 고수성씨 집과 같은 온전한 口字形 평면이 되었다.

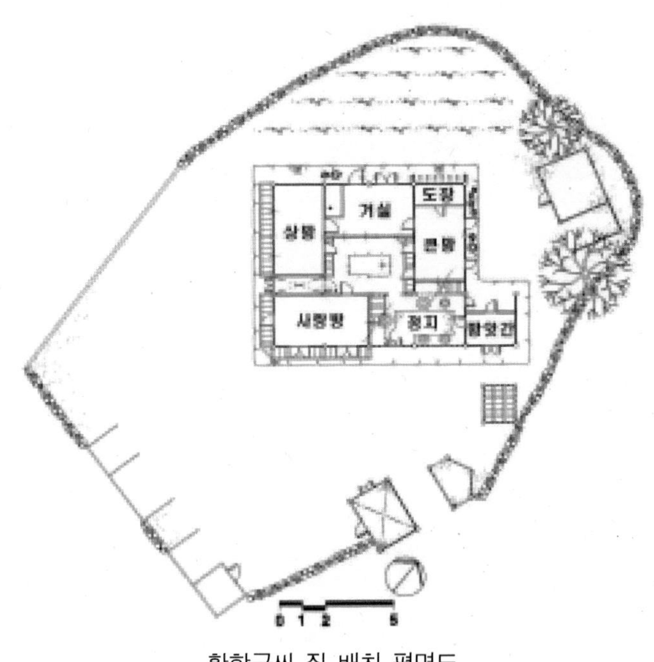

황학구씨 집 배치 평면도

　전면을 4짝 미서기 알루미늄 샛시창으로 막고 내부를 현대식 주방으로 꾸민 대청(주방 및 거실)의 한쪽 구석에는 수돗간을 만들기까지 하였고 배면에는 兩開板門과 함께 외여닫이 알루미늄 샛시창을 설치하여 뒤안과 교통되게 하였다. 뿐만 아니라 대청 좌측의 상방과도 목재 플러쉬 문을 달아 연결되게 하였다. 그러나 큰방 뒤의 도장방과는 출입문을 개설치 않아 직접 연결되지 않게 하였다. 대청을 개조하면서 반자를 설치하여 노출되었던 연등천장의 상부가구는 현재 가려져 있다.

　대청 좌로 위치한 상방은 2칸 통의 크기이다. 대청쪽으로는 외여닫이로 된 목재 플러쉬 문을 달아 교통되게 하였고 대청 앞 쪽마루와도 유리를 끼운 외여닫이 알루미늄 샛시창을 연결시켜 고수성씨 집과는 달리 내부와 연결성이 매우 좋다. 뿐만 아니라 상방은 집의 바깥마당 쪽으로도 매우 적극적으로 열려진 구조이다. 즉 측면 2칸에는 매 칸마다 2짝의 미닫이 샛시창을 달아 출입케 하였을 뿐 아니라 밖으로는 쪽마루까지 설치하여 개방성과 교통성을 훨씬 높였다. 미닫이문이 설치된 자리엔 원래 兩開 띠살문이 달려 있었던 것으로 짐작된다. 상방과 사랑방 사이의 측면 문간에는 근래 설치한 듯한 덩치 큰 기름보일러가 자리하고 있어 드나들기에는 매우 불편하게 되었다. 이 보일러는 상방만을 난방하기 위해

황학구씨 집 본채 전경

황학구씨 집 본채 배면

설치된 것이다. 이 문간의 상부에는 이층 다락을 짜올렸는데 안뜰쪽에서만 여닫을 수 있는 판장문을 높직이 달아 두었다.

안뜰과 대청을 사이에 두고 상방과 마주한 큰방은 칸 반의 크기로 이루어졌으나 주칸이 넓어 상방과 거의 같은 넓이가 되었다. 큰방은 대청에서 직접 연결되지 않은 반면 안뜰에서 출입할 수 있는 외여닫이 띠살문이 달렸고 그 옆으로는 다시 키가 작은 바라지 창이 나 있다. 이와 함께 측면 텃밭 쪽으로는 매 칸에 동일한 형태의 외여닫이 띠살문이 설치되어 드나들 수 있다. 큰방 뒤로는 반 칸 크기의 도장이 연접하였는데 오직 큰방에서만 드나들 수 있도록 문을 달았다. 나머지는 모두 벽으로 막아 차단하고 뒷벽에다 환기를 위한 구멍을 큼지막하게 뚫렸다. 도장이 주거공간이 아니라 물건이나 곡식을 수납하는 공간임을 짐작하게 하는 부분이다. 큰방과 정지가 접한 벽에는 상부를 정지쪽으로 반칸 정도 물려 쌓고 머리벽장을 만들었다. 벽장은 큰방에서 사용할 수 있도록 양개 미닫이문을 높이 달았다.

정지는 원래 1칸 크기이다. 그러나 정지 옆으로 개방된 1칸 크기의 문간과 경계가 모호하여 얼핏보면 문간을 포함한 2칸 모두가 정지인 것처럼 보인다. 정지의 4면 벽체를 따라가며 口字形으로 부뚜막을 쌓고 큰방과 사랑방쪽으로 각 각 火木 아궁이를 두었으나 큰방은 오래전에 개체된 연탄보일러로 난방하고 있어 현재 불을 지피는 일은 없다 한다. 문간과는 개방되어 직접 연결됨은 물론이고 외여닫이 판문으로 측면마당으로 드나들 수 있으며 정지 옆으로 자리한 방앗간과도 직접 통한다. 따라서 정지에 인접한 공간과의 동선이 매우 긴밀해지고 편리해졌다. 1칸의 방앗간은 정지에서뿐만 아니라 외부에서 직접 드나들 수 있는 구조로 하기 위해 전후로 각 각 쌍여닫이와 외여닫이 판문을 달았다. 그러나 현재는 각종 잡동사니를 쌓아 보관하는 창고로 활용하고 있다.

2칸 통의 사랑방 자리는 전형적 여칸집의 외양간과 창고가 자리잡고 있던 곳이다. 외양간이 없어진 변형된 여칸집의 경우와 같이 생활환경의 개선을 위해 이 자리를 온돌방이 대신하게 된 것으로 보인다. 사랑방의 전면과 우측 외부로는 좁다란 쪽마루가 깔렸고 출입문도 매우 개방적으로 설치되었다. 전면 각 주칸과 좌측면 주칸에는 각 각 兩開 띠살문과 외여닫이 띠살문이 설치되었다. 그러나 내부 안뜰 방향으로는 2 주칸 중 한 곳에만 외여닫이 띠살문이 설치되어 외부에 비해 상대적으로 개방성이 낮아졌다. 우측 문간쪽으로는 큰방에서와 같이 반칸을 물리어 내 쌓고 상부에 머리 벽장을 두었다. 외부 기단 모서리에는 사랑방 굴뚝이 세워져 있다.

시멘트 몰탈 마감의 기단 위에 자연석 주초를 두고 네모기둥을 세워 집을 축조하였다. 대청 상부의 가구는 고수성씨 집과 동일하게 종도리를 중심으로 앞은 5樑架 형식으로 꾸몄으나 뒤쪽으로는 3樑 구조로 결구한 변칙적인 반 5량가 형식이다. 따라서 대청의 뒷벽이 중도리 높이까지 매우 높게 올라간 흔치 않은 모습을 하였다. 이에 비해 양 翼舍는 3樑架로 결구되어 한단 낮게 지붕마루가 연결되었다. 지붕은 홑처마 팔작지붕으로 한식기와를 이었다.

(3) 성천댁

성천댁은 이 마을에서 유일하게 문화재(중요민속자료 172호)로 지정 관리되는 품격 높은 우물 井字形 집으로 가장 규모가 크다. 집이 위치한 자리는 아랫마에 해당되나 31번 국도를 중심으로 보면 서쪽지역 主山의 중턱에 올라가 앉은 모습이다. 청운교회 앞 골목을 따라 산등성이를 올라가다 보면 비교적 마을의 끝부분이라 여겨지는 높직한 곳에 자리를 잡았다.

집터를 가운데 끼고 골목이 좌우로 나뉘게 되어 자연적으로 대지의 2面이 골목과 면하게 되었다. 대지는 남북방향으로 길고 동서의 폭이 좁은 직사각형 모습인데 좁다란 남쪽방향으로 대문간채를 따로 세웠고 이의 맞은편 북쪽에 치우쳐 동향으로 본채를 앉혔다. 이렇게 배치되다 보니 본채의 좌향으로 봐서는 대문간이 옆구리에 오게 된 흔하지 않은 배치 형태가 되었다. 그러나 앞에서 살펴보았듯이 우물 井字形 집의 구조상 옆쪽으로 방향을 돌려 앉은 사랑방으로 인해 출입구의 위치가 오히려 자연스러워 보인다. 뿐만 아니라 사랑방 옆으로 통래 문간까지 뚫리고 보니 외견상 전형적인 口字形 주택처럼 보인다. 대지의 형상에 맞추어 담을 치고 막았는데 다른 집들과는 달리 담 위에 한식기와를 올려 한껏 격식을 갖추고 멋을 부렸다. 사람이 살지 않은 채 비워져 있지만 본채와 대문간채가 잘 정비되어 있다.

본채는 정면 4칸, 측면 3칸의 크기를 기본으로 하고 사랑방 뒤쪽으로 다시 1칸의 온돌방이 덧붙여진 모습이다. 홑처마 팔작으로 지붕을 꾸미고 한식기와를 이었는데 지붕마루

성천댁 본채 좌측면

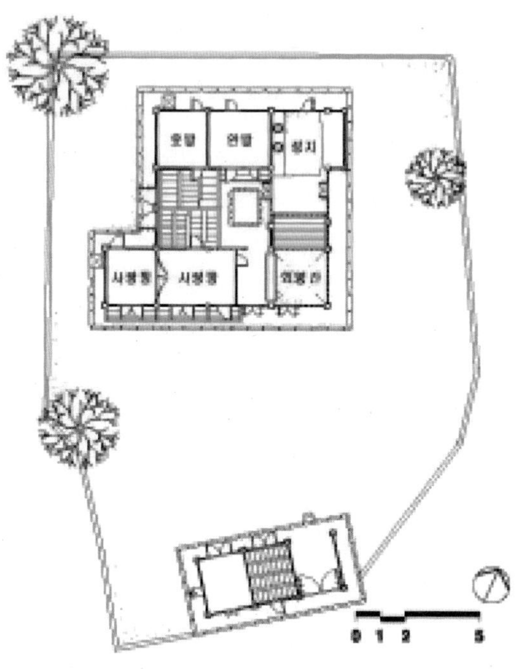

성천댁 배치 평면도

가 口字形으로 연결된 구조이다. 평면구성을 보면 가운데 대청을 사이에 두고 좌측의 사랑방 영역과 우측의 안방 영역이 서로 마주하고 있는 전형적인 우물 井字 집 구조이다. 우선 집의 좌측 사랑방 영역은 앞에서부터 각 각 1칸 크기의 외양간과 반 칸의 側門間이 이어지고 그 뒤로 1칸 반과 1칸 크기의 사랑방 두 개가 연접된 구조이다. 반면 좌측 부분은 전면에서부터 각 각 칸 반 크기로 확장된 정지와 1칸의 안방, 그리고 안방 뒤로 다시 웃방이 차례대로 연접된 모습이다. 사랑방과 웃방방 사이에는 비교적 규모가 큰 2칸의 대청이 설치되었고 그 앞으로 안뜰이 형성되었다. 안뜰 앞으로는 정지와 병렬로 문간과 창고가 나란하게 자리잡고 있다.

사랑방은 칸 반 크기의 큰 사랑과 1칸의 작은 사랑방이 앞뒤로 연결되어 있다. 두 방 사이에는 다른 집들에서는 볼 수 없는 4 분합문이 설치되어 있어 필요에 따라 두 방을 합하여 사용할 수 있는 구조이다. 사랑방 바깥쪽으로는 쪽마루가 설치되고 매 주칸에 兩開 띠살문이 달려 외부에서 쉽게 출입하게 되면서 개방성이 높아졌다. 그러나 이와는 반대로 대청과 안뜰 쪽으로는 외여닫이 띠살문 하나씩만 달아 의도적으로 개방성을 낮추었다. 앞의 큰 사랑방은 대청으로 출입하게 된 반면 작은 사랑은 뒤안으로 통하게 되어 자못 눈길을 끈다. 원래 사랑방은 눈에 보이 않는 뒷마당이나 은밀한 곳에는 출입문을 따로 두지 않는게 상례이기 때문이다. 외부 사람이지 눈에 띠지 않게 안방 쪽으로 접근하는 것을 경계하기 위해서 이다. 그러나 이 집 작은 사랑방은 뒤안으로 출입문을 낸 것이다. 장가 든 아들이 큰 사랑방에 거주하는 어른 눈을 피해 건너방 새색시 방으로 드나들던 문이 아닌지 상당히 주목되는 부분이다. 집 주인에겐 밖으로 노출되지 않는 그들만의 비밀스런 소통 문을 가진 반면 외부인들에겐 안채로의 관심조차 허용하지 않는 이중성이 집의 구조에서 묻어난다. 특히 이런 이중성은 측면 문간에 설치된 사랑방 띠살문 옆의 가림 판벽이

성천댁 안뜰

성천댁 대청 상부 가구

극명하게 드러내 보이고 있다. 이 가림판벽은 문간을 드나들며 사랑방을 출입하는 외부인에게 안뜰 쪽이 건너다 보이게 되는 것을 방지하기 위해서다.

이러한 사랑방 구조와 함께 이 집이 다른 우물 井字形 집과 틀린 점은 안방 뒤로 웃방이 배열된 평면 구조라 할 수 있다. 즉 앞에서 살핀 두 곳의 우물 井字形 집은 안방 뒤로 수납공간인도장이 연접하였는데 반하여 성천댁은 안방 뒤로 웃방이 위치하고 있다. 다른집보다 거주기능이 강화된 것으로 볼 수 있으나 원래부터 이러한 평면인지는 의심스럽다. 안방과 웃방은 모두 안뜰과 옆뜰 양쪽으로 매우 개방적인 구조이다. 웃방은 대청과 옆뜰로 외여닫이 띠살문이 설치되어 서로 소통되게 하였고 안방 역시 안뜰과 옆뜰에서 출입할 수 있는 외여닫이 출입문이 달려 있다. 다만 안방은 안뜰 쪽으로 출입문 외에 키가 낮은 바라지 창을 나란하게 둔 점이 다르다. 현재 안방 벽장은 따로 설치되지 않았으나 정지 쪽 벽 중방에 부재홈이 듬성듬성 남아 있어 원래는 벽장이 달려 있었음을 알 수 있다.

정지는 집 앞쪽으로 반 칸 확장되어 한 칸 반의 비교적 넓은 공간이다. 뿐만 아니라 정면 문간과의 사이가 구획되지 않고 개방되어 있어 때에 따라 문간을 포함하여 2칸 모두를 정지로 사용할 수 있는 꽤 가변적인 구조이다. 정지로의 출입은 문간의 대문을 통해 하도록 되어 있고 옆뜰로 연결되는 외여닫이 판장문도 달려 안팎으로 원활하게 소통된다.

특히 정지에서도 이 집의 차별성을 찾아 볼 수 있어 주목된다. 일반적으로 정지는 환기와 통풍문제를 해결하기 위해 널판을 사용하여 판벽으로 구축된다. 그래야만 널판 틈새로 공기가 들락거릴 수 있기 때문이다. 그러나 의외로 성천댁 정지는 심벽으로 쌓은 구조이다. 그리고 다시 옆뜰로 통하는 문 위에다가 꽤나 큼지막한 환기 구멍을 둘씩이나 뚫어 공기를 소통시키고 있는 것이다. 이와 같은 차별적인 배기의 방법이 통하는 이유는 정지 옆으로 나란하게 병열 배치된 문간과 창고 그리고 외양간의 연등천장이 서로 통하는 구조로 만들어 졌기 때문이다. 길게 서로 하나의 천장으로 이루어진 상부구조가 연기와 그으름이 배출되는 굴뚝 역할을 하게 된다.

안방쪽 하부에는 부뚜막이 놓이고 가마솥이 걸린 화목 아궁이 두 군데가 남아있다. 현재 이 아궁이는 방을 난방하는 용도로만 사용되고 취사는 현대식 주방설비를 따로 갖추고 가스렌지를 사용하고 있다.

그에 비해 외양간과 창고는 板壁 구조이다. 이 둘은 각 각 한 칸과 반 칸 크기로 서로 접한 구조로 외양간에는 가축들이 드나드는 출입문이 외부에서 직접 연결되는 반면 창고는 안뜰과 문 없이 개방되어 있다. 외양간과 측면 문간 사이에 구유를 두어 경계 짓고 있는데 측문간에 있는 사랑방 아궁이에서 쇠죽을 끓여 구유로 날랐을 것으로 짐작되나 현재 사랑방 아궁이는 개조되어 당시의 모습을 찾을 길 없다. 외양간 상부에는 농기구 등을 보관하는 쇠다락이 형성되어 있다.

대청은 2칸통 크기로 안뜰과는 개방된 구조이나 뒤쪽은 심벽으로 막았다. 대청의 뒷벽 가운데 기둥을 중심으로 좌우로 연접시켜 외여닫이 판문을 달아 외부에서 보기엔 얼핏 兩開門이 설치된 것 같은 모습이다. 마루는 우물마루로 꾸미고 상부는 연등천장으로 하였는데 익사와 마찬가지로 몸채도 모두 3량가 구조이다. 대청 상부의 보와 도리 구성이 독특하다. 사랑방 벽과 큰방의 모서리 기둥 위에 마루를 가로지른 긴 부재를 걸고 그 위에 보를 걸쳐서 마당 쪽으로 외팔보처럼 돌출 시키고 그 끝에 처마도리를 저울대처럼 걸쳐놓았다.

두벌대 정도의 자연석 기단 위에 덤벙 주초를 두고 네모기둥을 세워 집을 세웠다. 잘 정비되고 관리된 집으로 부재들이 건실하고 강건해 보인다.

대문간채는 정면 3칸, 측면 1칸의 간략한 구조로 대문간, 마루방, 온돌방 1칸씩이 나란하게 연접된 구조이다. 온돌방은 내부 마당에서만 드나들 수 있도록 출입문을 달고 바깥 길쪽으로는 상부에 쪽창만을 두었으나 마루방은 외부와 내부에서 동시에 소통되는 출입문을 달아 이채롭다. 본채와는 달리 홑처마 3량가로 결구된 초가 지붕집이다.

5. 도투마리집(김분홍씨 집)

김분홍 할머니가 독거하고 있는 이 집은 지은 지 약 100년이 넘어 간다 한다. 집이 위치한 곳은 웃마의 중간 부분으로 마을 경로당에 바로 이웃한 곳이다. 미니슈퍼 옆 길을 따라 동네 안으로 들어서다 우측 경로당 방향으로 꺾어 들면 골목 끝에 막다르게 자리한 집이다.

대지는 동서 방향으로 길고 남북으로 폭이 좁은 형상인데 경로당 앞길에 대지의 한쪽 끝을 접했을 뿐 나머지 면은 모두 다른 대지들에 접해 있다. 따라서 길에 면한 남쪽 방향으로 출구를 낼 수밖에 없게 되었다. 집터의 형상에 맞추어 자연석 돌담을 둘러치고 구획하였는데 대문은 따로 세우지 않고 골목으로 개방된 곳을 이용하여 자연스레 출입하는 트임문이다.

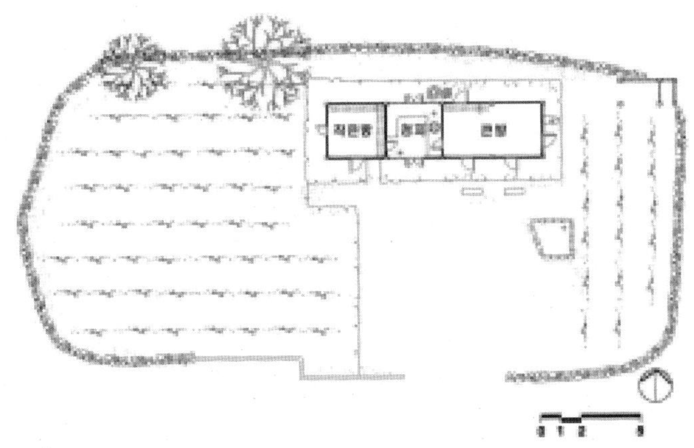

김분홍씨 집 배치 평면도

  가로로 길쭉한 직사각형 대지의 형상에 맞추어 나란하게 집을 배치시키고 나니 대지의 출입구를 정면으로 바라보면서 남향하게 되었다. 청운리 대부분의 집들이 案山 방향인 동향으로 앉는 추세이다 보니 이 집의 방향이 오히려 규칙을 거스르는 것처럼 보인다. 대지 내에는 몸채 외에 간략한 구조로 간신히 지붕을 가린 헛간과 변소가 대지 한쪽 구석에 궁색하게 자리를 잡았을 뿐이며 나머지 빈땅은 호박과 고추 등을 심어 기르는 텃밭으로 활용하고 있다.

김분홍씨 집 전경

김분홍씨 집 정지

  몸채는 정면 4칸, 측면 1칸의 一字形 집으로 골슬레이트를 이은 홑처마 우진각 지붕집이다. 원래 초가지붕이었다 하나 1970년대 새마을 사업이 한창 진행 중일 때 슬레이트로 고쳐 이었다 한다. 좌측에서부터 1칸 크기의 작은방과 정지가 차례로 연접해있고 그 옆으로 다시 2칸 통의 큰방이 놓인 평면구조이다. 이처럼 집의 가운데부분에 정지를 배치시키고 양쪽으로 온돌방을 들인 집을 베틀의 도투마리 형상과 비슷하다 하여 도투마리 집이라 부른다. 청운리에서 도투마리 집은 이 집이 유일하다. 그러나 주민들 말에 의하면 예전엔 도투마리 집이 3-4채 정도 더 있었다 한다.

정지는 앞마당에서 직접 출입 할 수 있도록 정면에 兩開 판문이 설치되어 있고 뒷마당 쪽으로도 동일한 두 짝의 널판문이 달려 있다. 그러나 뒷벽에 설치된 두짝문은 문턱의 높이가 높고 키도 낮아 드나드는 문인지는 의심스럽다. 정지에서 양쪽 온돌방으로는 외여닫이 띠살문으로 연결된다. 부뚜막은 큰방과 작은방 그리고 뒷벽쪽으로 형성되어 'ㄷ자형이 되었다. 큰방쪽에는 가마솥이 걸린 火木 아궁이와 함께 후에 설치된 연탄 보일러가 시설되어 있으나 작은방에는 아궁이가 없고 외부의 정면 기단 위에 따로 작은방 아궁이를 시설하였다. 연탄보일러 공사를 하면서 정지를 새로 손볼 때 출입문 한쪽 구석으로 간이 상수도를 설치하여 편리하게 사용할 수 있도록 하였다.

큰방이 있는 자리엔 원래 1칸씩의 방 두 개가 나란하게 연접되어 있었으나 후에 이를 하나로 틔우고 현재와 같이 2칸 통의 큰방이 생긴 것으로 생각된다. 큰방 정면에는 앞마당에서 출입 할 수 있는 외여닫이 띠살문이 나란하게 두 곳 설치되어 있으며 배면뿐만 아니라 측면으로도 외여닫이문으로 연결된다. 그러나 집 뒤로는 땅이 너무 좁아 뒷마당이 없음을 볼 때 배면 창호는 출입을 위한 용도는 아닌 것으로 생각된다. 방 내부 뒷벽과 측벽 상부에는 시렁을 걸고 이불이며 가재도구들을 올려 보관하는 장소로 활용하고 있다.

1칸의 작은 방은 정지뿐만 아니라 정면의 앞마당과 측면 마당으로도 외여닫이문을 내어 직접 출입할 수 있도록 배려하였다. 고미반자로 천장을 올렸고 벽지 바름으로 내부를 마감하였다.

두벌대 내지 세벌대의 막돌 허튼층쌓기로 기단을 높이고 자연석 초석 위에 네모기둥을 놓은 다음 3량가로 가구를 결구 하였다. 세장하고 잘 다듬지 않은 부재를 사용하여 집을 지은 데다 관리 상태가 좋지 않아 집이 상태가 매우 퇴락 하였다. 도투마리 집이 흔치 않음을 생각할 때 체계적인 정비 관리의 손길이 시급하다.

6. 一字形 집

(1) 황대흠씨 집

조사당시 주인이 출타중이라 집의 자세한 내력은 파악 할 수 없었다. 그러나 대부분의 집들과 마찬가지로 1959년 사라호 태풍 이후 새로 지어진 집으로 보인다. 따라서 집의 나이는 약 40년이 조금 넘는 것으로 추측된다. 앞에서 살펴 본 고수성씨 집과는 31번 국도를 사이에 두고 마주한 집으로 아랫마의 중간쯤 되는 자리이다. 국도변 경사지를 타고 앉아 도로에서 올려다 보이는 집터의 형상이 제법 높직하다.

　대지는 남북이 조금 길고 동서 방향의 폭이 그에 비해 작은 불규칙한 다각형 모습이다. 땅의 전면으로 국도가 지나가고 골목 초입도 이 집터의 모퉁이 부근에 면하게 되었다. 따라서 대지로 드나드는 출입구가 자연스럽게 동남쪽 모서리 부분으로 나게 되었는데 대문을 달지 않고 개방된 곳을 이용하여 출입하고 있다.

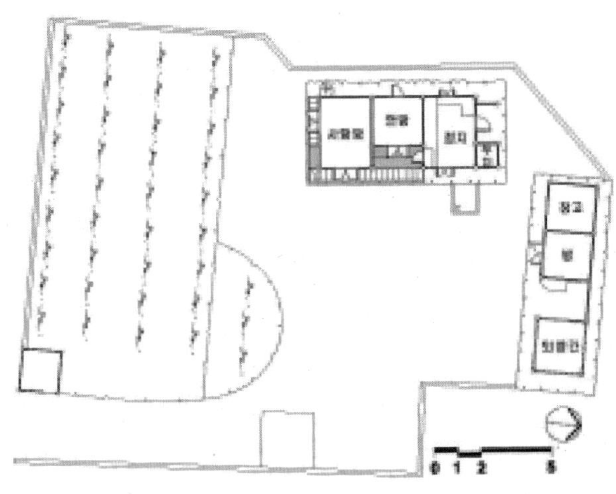

황대흠씨 집 배치 평면도

　열려진 모퉁이 부근의 트임대문을 들어서면 좌측의 시멘트 담장에 접해 간이로 지은 잿간겸 변소가 조그맣게 자리하고 있고 반대편 대지의 가장 안쪽으로 동향의 본채와 남향의 부속채가 각 각 직각 배치되어 있다. 앞마당은 출입에 필요한 최소한의 공간과 일부분을 제외하고는 모두 옥수수와 콩, 파, 고추 등을 심어 기르는 텃밭으로 일구어 두었다.

　본채는 정면 3칸 반, 측면 칸 반의 크기인 一字形 평면 구조로 골슬레이트를 이은 팔작

황대흠씨 집 전경

지붕으로 지어졌다. 그러나 건립 당시에는 이 마을 대부분의 집들과 마찬가지로 초가였을 것으로 추측된다. 좌측에서부터 1칸 반 크기의 사랑방과 1칸의 안방 그리고 다시 1칸 반의 정지가 차례대로 배열되었다. 안방 앞으로는 반 칸의 장마루가 깔리고 다시 그 앞으로는 쪽마루가 덧대어 설치되었다. 이 쪽마루는 안방 앞뿐만 아니라 사랑방 전면과 측면을 돌아가며 연결된 것으로

출입 하는데 편리하도록 설치 한 것이다. 정지의 우측으로는 반 칸 정도로 기둥을 내어 쌓은 다음 처마 아래 의지하여 벽을 치고 공간을 마련하였다. 그런 다음 전면 반쪽은 앞마당 쪽으로 빈지문을 달아 두지로 활용한 반면 그 뒤쪽은 정지에서 문을 내어 장독과 찬거리 등을 두는 장소로 쓰고 있다. 현재는 벽이 허물어져 장독들이 외부로 드러나 있다.

사랑방은 안방에 비해 반 칸 넓은 크기로 전면과 좌측면으로 같은 형식의 兩開 띠살문을 달아 출입케 하였다. 그러나 우측의 마루와의 사이에는 출입문을 두지 않았고 심지어 안방과도 통하는 문을 두지 않았다. 가장 간단한 구조인 3칸 건물임에도 불구하고 사랑과 안방의 분리 개념이 녹아 있는 것은 아닌지 눈길을 끄는 부분이다. 사랑방 아궁이가 앞쪽마루 하부에 설치되어 있고 배면 기단에 굴뚝이 시설되어 있지만 이미 오래 전부터 불을 지피지 않은 채 방치되어 있다.

안방은 사랑방 보다 반 칸 작은 대신 전면에 장마루 반 칸이 덧 붙여져 있다. 이와 같이 몇 몇을 제외한 청운리의 대부분 一字形 집에는 안방에 접하여 반 칸 크기의 마루가 설치되는 것이 일반적이다. 이처럼 안방 앞으로 마루가 깔리는 것은 주부의 효율적인 가사노동 공간을 확보하고 정지로의 원활한 동선 연결을 위해서이다. 마루와는 쌍여닫이 띠살문으로 소통되게 되었고 집 뒤쪽인 뒤안으로도 외여닫이 띠살문을 통해 연결된다. 정지는 사랑방과 같은 1칸 반의 크기이다. 안방 앞의 마루와 직접 연결되도록 외여닫이문이 설치되어 있는 한편 집 앞과 뒤로 쌍여닫이 판장문이 설치되어 동선이 매우 편리한 기능적인 평면이 되었다. 정면을 제외한 측면과 배면 벽체가 다른 집들과는 달리 심벽으로 구성되어 있어 정지문 위와 뒷벽에 환기구를 크게 뚫어 환기와 통풍을 원활하게 하였다. 현재 부뚜막은 안방과 뒷벽 쪽으로 남아 있고 화목 아궁이도 그대로지만 후에 따로 설치한 연탄보일러가 안방을 난방하고 있다. 연등천장으로 구성된 정지 상부가구는 3량가 구조로 종도리가 측면으로 굴곡져 내려와 충량의 역할까지 담당하게 된 간략한 구조이다. 서까래 부재는 매우 세장하고 거칠지만 그으름 등이 묻어 세월의 흔적을 느낄 수 있다.

부속채는 정면 4칸, 측면 1칸의 크기로 본채와 같이 골슬레이트 팔작 지붕으로 구조되었다. 좌측에서부터 각 각 1칸 씩의 고방, 아래방, 헛간, 외양간이 순서대로 연접하였다. 고방은 현재 앞에 달린 문이 떨어져 버렸으나 크기로 보아 쌍여닫이가 설치되어 있었던 것으로 보인다. 방 내부는 황토 마감의 벽이 그대로 노출되어 있고 상부도 연등천장으로 마감되어 서까래가 보인다. 아랫방은 정면으로만 쌍여닫이 띠살문이 달려 있고 내부는 벽지 바름으로 마감되었다. 그러나 한쪽의 벽체가 허물어져 매우 퇴락한 상태이다. 외양간은 사면이 판벽 마감이고 상부에는 쇠다락이 형성되어 농기구 등을 올려 둘 수 있도록 하였다.

(2) 윤수남씨 집

집 주인인 윤수남씨에 의하면 1953년에 지어진 집이라 하니 지금으로부터 정확히 50

년 전에 건립된 것이다. 도투마리집인 김분홍씨 댁에서 마을 안쪽으로 거슬러 올라가다 보면 우측으로 꺽어져 들어간 깊숙한 곳에 대문간이 자리하였다. 웃마중에서도 가장 위쪽 지역에 위치한 셈이다. 남북방향으로 난 골목의 끝 부분에 막다르게 대지가 접하였고 나머지 세면은 이웃과 접하였다. 이에 따라 집의 출입구는 대지의 남쪽 방향 모서리에 나게 되었다. 다른 집들과는 달리 대문채를 따로 설치하였는데 정면 2칸 반, 측면 1칸의 크기이다. 대문채는 좌에서부터 1칸의 행랑방과 대문간이 자리하였고 그 옆으로 반 칸 크기의 변소가 위치한 구조이다.

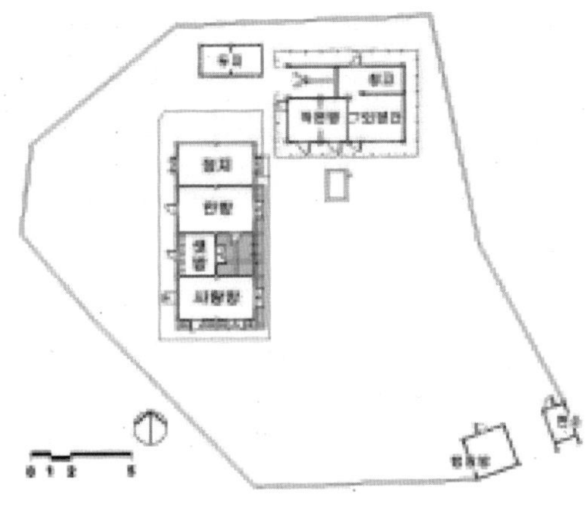

윤수남씨 집 배치 평면도

대지는 자연 형상에 따라 구획되지 않은 불규칙한 모습으로 이웃집과는 자연석 돌담을 쌓아 경계를 지었다. 매우 넓은 대지의 반대편에 동향한 본채와 남향의 아래채를 직각으로 배치하고 그 뒤로 2칸 두지를 두었다. 본채와 아래채 앞의 마당은 동선연결의 원활함을 위해 비워두었으나 앞과 뒤 마당 구석구석에는 텃밭을 일구어 옥수수, 고추, 호박, 파 등을 심어 기르고 있다. 정지 앞 마당 한 구석에는 따로 수돗간이 마련되어 있다

본채는 정면 4칸, 측면 2칸의 一字形 평면으로 한식기와을 이은 홑처마 팔작지붕집이다. 집의 크기와 사용목재를 볼 때 건립 당시부터 와가로 건축된 것으로 보인다. 평면 구조는 다른 一字形 집과 크게 다르지 않다. 즉 가장 좌측으로 2칸 통의 사랑방이 자리하고 그 옆으로 앞뒤에 각 각 마루 1칸과 샛방 1칸이 연접되었으며 다음으로 이어서 다시 2칸 통의 안방과 정지가 차례로 배열된 평면 구조이다. 사랑방의 좌측에서부터 안방 앞까지는 폭이 좁은 쪽마루가 설치되어 방을 드나드는데 편리하게 하였다.

사랑방은 앞마당과 측면 마당으로 매우 긴밀하게 소통되는 구조이다. 앞마당 쪽으로는 兩開 띠살문을 내어 직접 출입하게 하였는가 하면 측면으로도 각 주칸에 띠살문을 달았다. 그러나 바로 이웃한 샛방과 마루와는 통하는 문을 두지 않았다. 의도적으로 문을 내

지 않은 고의성이 엿보인다. 방 내부 바닥은 비닐장판을 깔았고 벽지 바름으로 마감되어 있으나 천장은 예전의 고미반자를 그대로 남겨 두어 고졸한 모습 그대로 이다. 전면 쪽마루 하부에 가마솥을 걸은 비교적 널찍한 아궁이를 설치하여 두고 사랑방을 난방 하였다.

윤수남씨 집 대문채

윤수남씨 집 전경

사랑방과 접한 샛방과 마루는 각 각 1칸 크기로 서로 兩開 띠살문으로 교통되고 샛방 뒤로는 외여닫이로 뒤안과 연결된다. 마루는 예전엔 마당쪽으로 개방되어 있었으나 네짝 미서기 유리창문을 새로 달고 마루방 형식으로 꾸몄다. 현재 가재도구와 살림살이 그리고 값이 나가는 농기구 등을 보관해 두는 장소로 쓰고 있다.

안방에는 앞마당뿐만 아니라 뒤안과 통하는 띠살문을 설치하였고 샛방 앞의 마루와도 연결된다. 따라서 사랑방에 비해 주변 공간들과 매우 긴밀한 관계를 지니게 되었다. 뒷벽 상부에는 가재도구를 올려두고 보관하는 시렁이 아직 남아 있으나 정지 쪽으로 내민 벽장은 약 3개월 전에 뜯어버렸다 한다. 당시 집을 수리하면서 도배를 다시 한 탓인지 안방은 매우 깨끗한 상태이나 천장을 평반자로 고쳐 올려 사랑방에 비해 고졸한 맛은 덜하다.

정지 역시 개조되었다. 5년 전쯤에 정지바닥을 올려 쌓고 입식부엌으로 다시 꾸민 것이다. 원래 정지엔 전면과 배면으로 각 兩開 널판문이 달려 있었으나 개조하면서 뒷문은 폐쇄시켜 드나들지 못하게 막았다. 바닥을 높여 장판을 깐 다음 천장과 벽체의 안으로 다시 합판재를 덧대어 외부공기가 판벽 사이로 새어 들어오는 것을 방지하였다. 부엌 내부엔 싱크대와 수도시설 그리고 안방을 난방하는 기름 보일러 등이 자리하고 있다.

두벌대 정도의 높이로 기단을 쌓은 다음 자연석 초석 위에 네모기둥을 세우고 상부가구를 짜 올렸다. 가구는 앞 뒤 기둥 상부에 비교적 튼실한 대들보를 걸치고 그 위에 종보를 겹쳐 놓은 다음 짧은 동자기둥을 세워 종도리를 받친 5량가 구조이다. 집의 구성부재들이 매우 건실하고 격식을 차려 지은 집으로 번듯함을 갖추었다.

아래채는 정면 3칸 반, 측면 2칸 정도의 크기로 시멘트 기와로 지붕을 올린 팔작집이다. 안채에 비해 아래채는 간략하게 짓는 법이지만 이 집의 아래채는 본채와 거의 맞먹는 크기와 구조를 지닌 겹집형식으로 덩치가 커졌다. 좌측에서부터 앞쪽에 1칸 온돌방 두 곳과 그 뒤로 방앗간이 연접하였고 우측으로는 외양간과 창고가 각 각 앞뒤로 등을 맞댔다. 두 작은방은 예전에 이 집의 작은 며느리가 거처하던 곳으로 서로 통하지 않고 각 각 외부에서 직접 출입 할 수 있는 독립된 방이다. 이 방은 오래 전부터 사용치 않았던 관계로 내부가 매우 퇴락되어 있고 현재는 농기구 등을 보관하는 장소로 활용하고 있다.

 작은방 뒤로 접한 방앗간은 폭은 좁고 깊이가 깊은 길쭉한 평면이며 집 옆에서 출입 할 수 있도록 개방되어 있다. 외양간과 창고는 사잇벽이 없이 하나의 공간으로 이루어져 있다. 다만 외양간의 천장을 낮추고 그 위에 쇠다락을 올리다 보니 자연히 창고와 경계가 이루어진 것이다. 환기와 통풍을 원활히 하기 위해 판문과 판벽으로 공간을 구획하였고 쇠다락 상부로 천장을 치지 않아 얼기설기 결구된 3량가의 상부구조가 보인다.

7. 그 밖의 一字形 집

주택명	위 치	배 치	본 채 세 부 사 항	사 진
황이명	- 마을 초입, 아랫마의 가장 북쪽 끝자락	- 대지의 형상 : 동남으로 긴 불규칙한 다각형 형태 - 출입구 : 대지의 남쪽 모서리 - 동향의 一字形 본채와 남서향의 헛간채가 예각으로 직교 배치 - 본채 전면 앞마당에 텃밭을 일굼	- 정면 5칸, 측면 1칸의 홑처마 시멘트 기와 팔작지붕집에 정지 옆으로 두지 1칸이 後設된 형태 - 평면배열 : 좌측에서부터 사랑방 1칸 + 마루 반칸(前)과 중간방 반칸(後) + 큰방 1칸 + 정지 1칸 + 두지 1칸 - 정지 뒤로 보일러실과 욕실은 신축 - 구조 : 시멘트 기단 위 자연석 호박 주초, 네모기둥, 3량가, 홑처마, 시멘트 기와 팔작지붕집	황이명씨 집 전경 황이명씨 집 본채 황이명씨 집 아래채

주택명	위치	배치	본채세부사항	사진
황주백		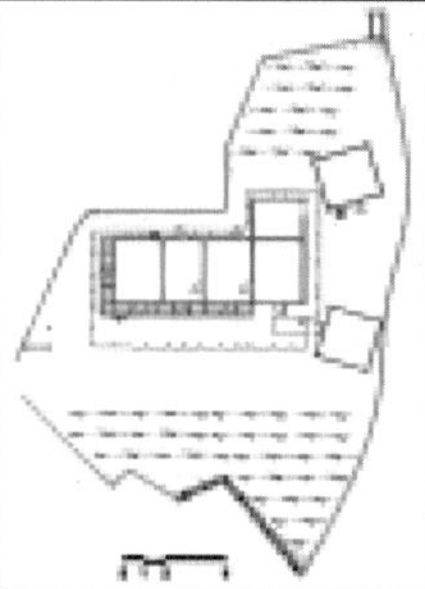	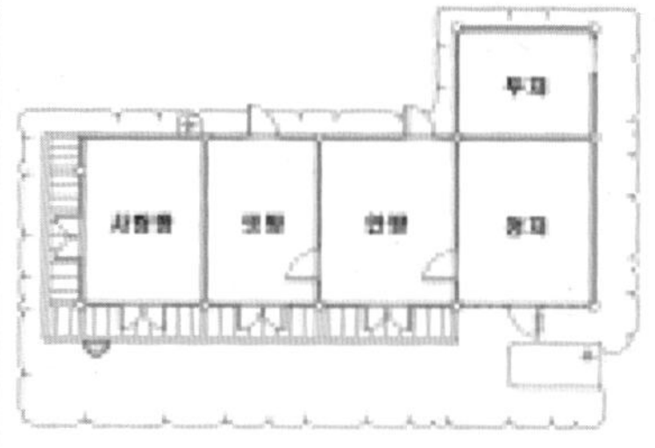	 황주백씨 집 전경  황주백씨 집 본채  황주백씨 집 헛간채
	- 황이명 씨와는 골목을 사이에 두고 마주함. 아랫마의 가장 북쪽 끝자락	- 대지의 형상 : 남북보다 동서 방향이 긴 불규칙한 다각형 모양 - 출입구 : 대지의 남쪽 - 동향한 一字形의 본채와 그 우측으로 1칸 크기인 간략한 구조의 헛간 및 외양간채가 따로 배치됨	- 정면 4칸 측면 1칸 크기에 정지 뒤로 두지가 부가된 형태 - 평면배열 : 좌측에서부터 사랑방 1칸 + 샛방 1칸 + 안방 1칸 + 정지 1칸 - 안방과 샛방 그리고 정지는 서로 방 내부에서 서로 교통되는 구조인데 반해 사랑방은 외부로만 출입문을 열었음. - 사랑방 전측면과 샛방 그리고 안방 앞으로 쪽마루 설치 - 구조 : 3량가, 시멘트 기단 위 호박주초, 네모기둥, 홑처마 시멘트 기와 팔작지붕	
이종태		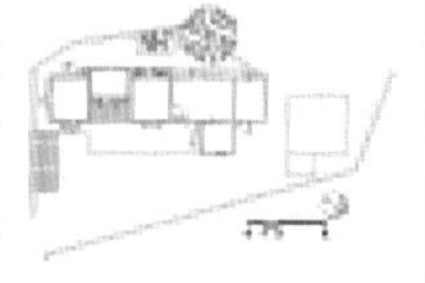	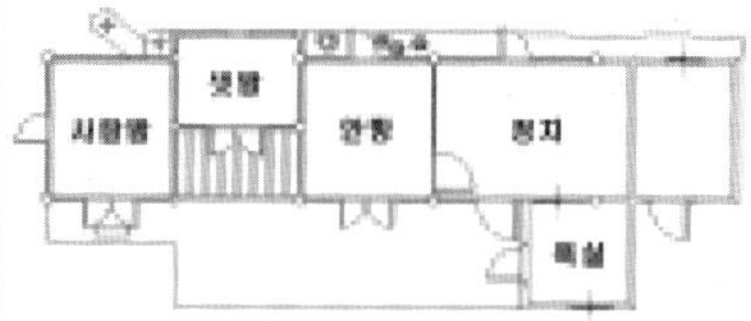	 이종태씨 집 전경  이종태씨 집 뒤안 장독대  이종태씨 집 마루
	- 아랫마의 마을 초입부분, 가장 북쪽 끝자락, 황주백씨 집 앞집	- 대지의 형상 : 남북으로 긴 사다리꼴의 불규칙한 형상 - 출입구 : 대지의 남동쪽 모서리 - 동북향의 一字形 본채와 출입구 옆의 간략한 비가림막이 역 'ㄱ자형'으로 배치 - 본채 전면 앞마당에 텃밭을 일굼	- 정면 5칸, 측면 1칸의 홑처마 시멘트 기와 팔작지붕집에 정지의 옆과 앞으로 방 한 칸과 욕실 한 칸이 새로 덧붙여진 형태 - 평면배열 : 좌측에서부터 사랑방 1칸 + 마루 반칸(前)과 샛방 반칸(後) + 안방 1칸 + 정지 1칸 반 + 방 1칸 (증축) - 본채 앞으로 차양을 매우 길게 내어 달고 시멘트로 바닥을 높여 생활공간화 하였음. - 구조 : 시멘트 기단 위 자연석 호박 주초, 네모기둥, 3량가, 홑처마, 시멘트 기와 팔작지붕집	

주택명	위 치	배 치	본 채 세 부 사 항	사 진
황성구	- 아랫마을의 중간 지역, 마을 전체로 보았을 때는 서쪽으로 치우친 곳	- 대지의 형상 : 전체적으로는 정사각형을 지향하나 대지에 면한 부분이 좁은 다각형의 형태 - 출입구 : 국도에 면한 대지의 서쪽면 - 동향한 一字形의 본채와 그 우측으로 一字形의 부속채가 자리하여 전체적으로 'ㄱ 자형' 배치	- 정면 4칸 측면 1칸 반 크기를 기본으로 하고 사랑방 뒤로는 시멘트 블록조의 욕실이 부가되고 안방과 정지가 부분적으로 확대됨 - 평면배열 : 좌측에서부터 정지 1칸 + 안방 2칸 + 사랑방 1칸 - 안방이 좌우 2칸 통으로 형성되어 있으나 생활하면서 안방과 샛방을 틔운 것으로 추측됨. 사랑방과 안방 사랑방과 마루와는 소통되는 문이 없음 - 안방 앞으로만 반 칸 크기의 툇마루가 설치되었음 - 구조 : 3량가, 시멘트 기단 위 호박주초, 네모기둥, 홑처마 골슬레이트 팔작지붕	황성구씨 집 본채 황성구씨 집 부속채 황성구씨 집 정지 상부가구
황수원	- 아랫마을 가장 남쪽 끝부분, 마을 전체적으로 치자면 삼거리 슈퍼가 위치한 중간 지역임.	- 대지의 형상 : 동남에서 북서 방향이 약간 긴 불규칙한 다각형 형태 - 출입구 : 대지의 남쪽 모서리 - 동남향의 一字形 본채와 서남향의 부속채가 둔각으로 각을 이루며 배치 - 앞마당에 고추밭을 일굼	- 정면 4칸, 측면 1칸 반의 크기로 홑처마 시멘트 기와 팔작 지붕집이다. 정지 옆으로 다시 공간을 내어 쌓고 찬간으로 이용하였음. - 평면배열 : 좌측에서부터 사랑방 1.5칸 + 중간방 1칸 + 안방 1칸 + 정지 1.5칸 - 중간방과 안방 앞으로 반칸의 툇마루가 깔렸음. 정지 상부에 다락 형성. - 구조 : 시멘트 기단 위 자연석 호박 주초, 네모기둥, 3량가, 홑처마, 시멘트 기와 팔작 지붕집	황수원씨 집 전경 황수원씨 집 본채 황수원씨 집 아래채

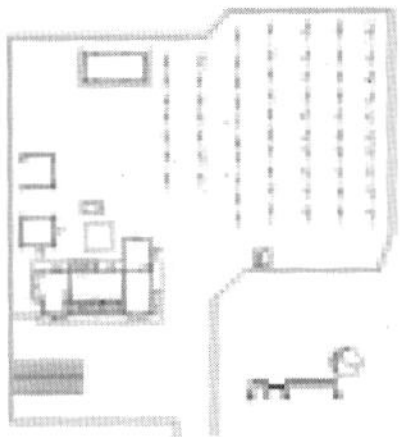

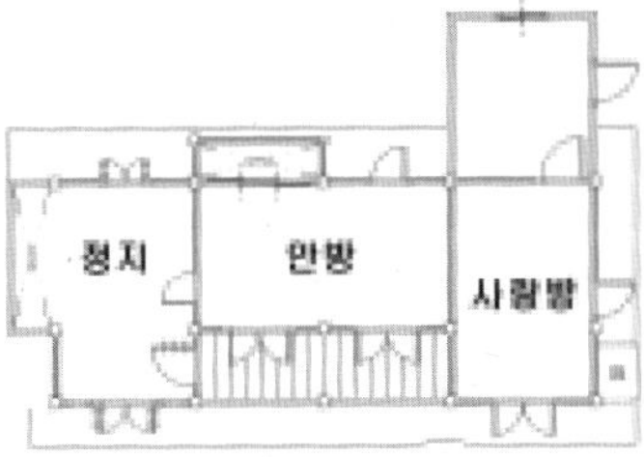

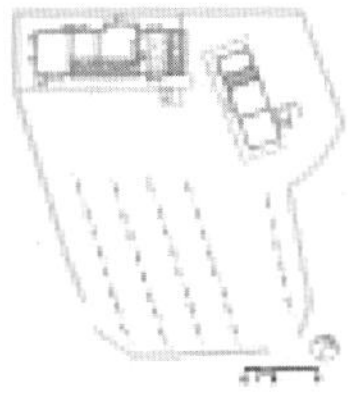

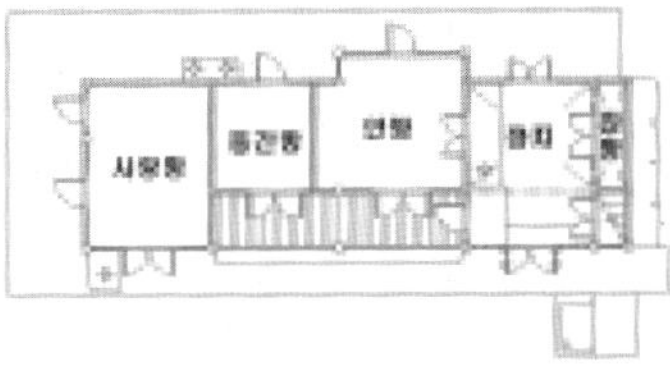

주택명	위 치	배 치	본 채 세 부 사 항	사 진
황한구		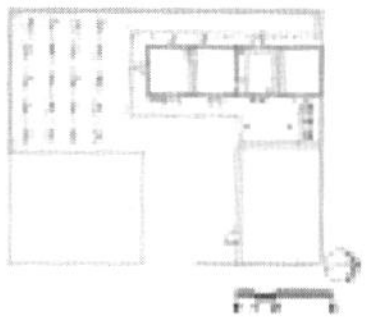	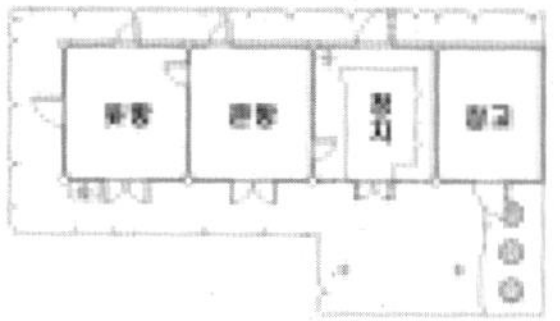	 황한구씨 집 본채 전경 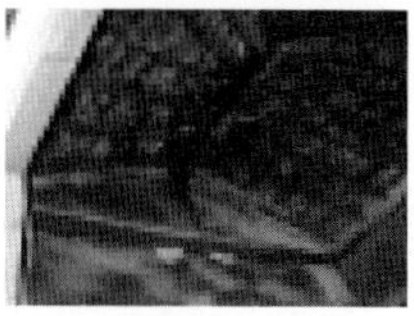 황한구씨 집 정지 상부가구  황한구씨 집 정지
	- 웃마의 중간 지역, 미니 슈퍼와는 길을 사이에 두고 마주함.	- 대지의 형상 : 남북방향으로 길고 동서가 폭이 좁은 직사각형 모양 - 출입구 : 대지의 동쪽 - 동향한 一字形의 본채와 정지 앞으로 규모가 큰 신축창고가 위치함. 약 20년 전에 본채 앞에 구멍가게를 신축하여 마당이 매우 좁음.	- 정면 4칸 측면 1칸 크기에 정지 옆으로 창고가 덧붙여진 형태 - 평면배열 : 좌측에서부터 웃방 1칸 + 큰방 1칸 + 정지 1칸 + 창고 1칸 - 다른 집들과는 달리 큰방과 웃방이 내부로 서로 교통되는 구조임. 정지와 창고는 상부가 연등천장으로 연결되어 환기와 통풍이 원활하게 처리됨 - 난방과 취사는 연탄 보일러와 가스렌지를 사용함. - 구조 : 3량가, 시멘트 기단 위 호박주초, 네모기둥, 홑처마 시멘트 기와 팔작지붕	
김용수		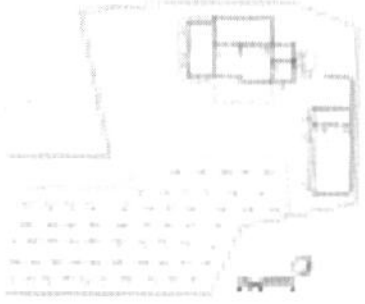	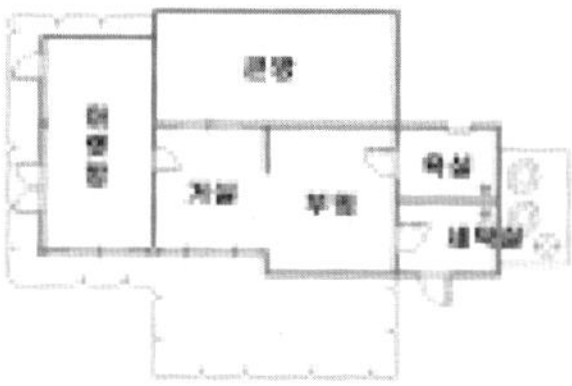	 김용수씨 집 전경  김용수씨 집 부속채  김용수씨 집 안방 내부
	- 웃마의 중간 지점, 마을 전체적으로 보았을 때 약간 동쪽으로 치우친 지역, 황한구씨 집과 이웃한 집	- 대지의 형상 : 남북으로 긴 불규칙한 형태 - 출입구 : 대지 남쪽면 - 동향의 一字形 본채와 남향의 부속채 직교 배치 - 출입구와 본채를 잇는 동선 공간외 앞마당 전체에 텃밭을 일굼	- 정면 4칸, 측면 2칸의 홑처마 시멘트 기와 팔작 지붕집에 우측면 정지 옆으로 욕실과 세탁실이 신축 부가됨 - 평면배열 : 좌측에서부터 아랫방 2칸 + 거실(마루) 1칸(前)과 큰방 1칸(後) + 부엌 1칸 + 세탁실 및 욕실 - 기본 구조를 그대로 유지한 채 많은 부분이 개조된 상태임, 마루를 거실화 하고 안방을 뒤로 반칸 내밀어 공간을 확장 함, 집 앞으로 차양을 깊숙하게 달고 평상을 깔아 생활공간으로 삼음. - 구조 : 시멘트 기단 위 자연석 호박 주초, 네모기둥, 3량가, 홑처마, 시멘트 기와 팔작지붕집	

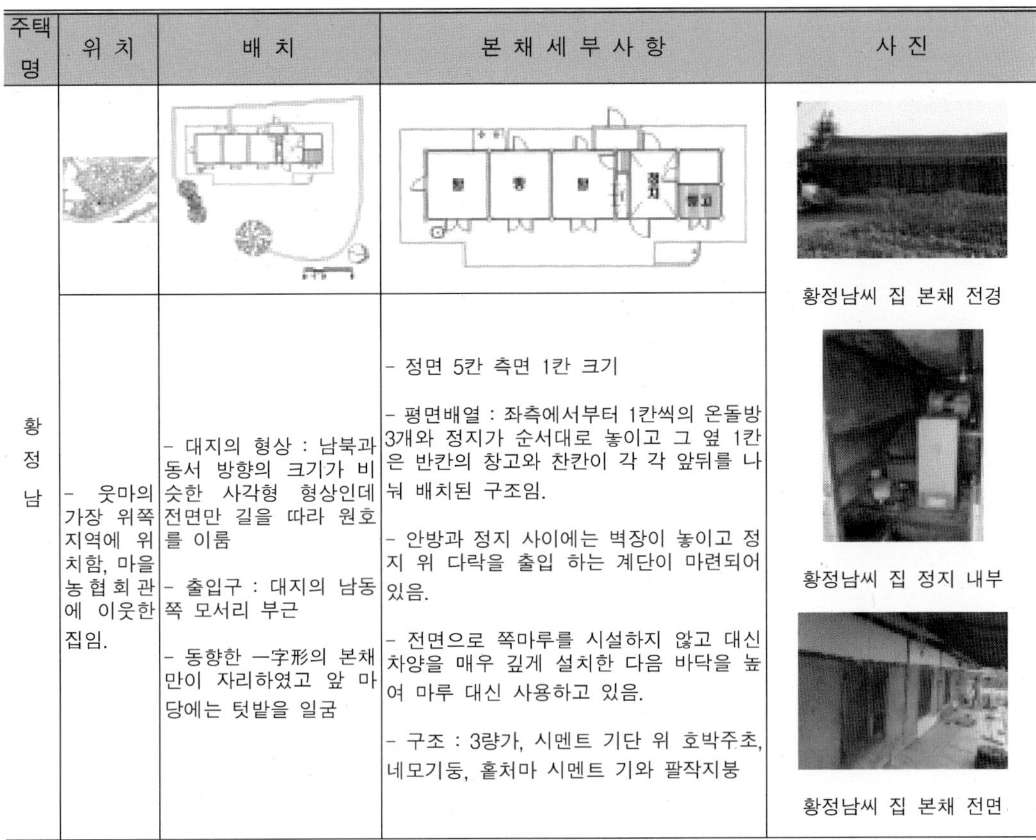

주택명	위 치	배 치	본 채 세 부 사 항	사 진
황정남	- 웃마의 가장 위쪽 지역에 위치함, 마을 농협회관에 이웃한 집임.	- 대지의 형상 : 남북과 동서 방향의 크기가 비슷한 사각형 형상인데 전면만 길을 따라 원호를 이룸 - 출입구 : 대지의 남동쪽 모서리 부근 - 동향한 一字形의 본채만이 자리하였고 앞 마당에는 텃밭을 일굼	- 정면 5칸 측면 1칸 크기 - 평면배열 : 좌측에서부터 1칸씩의 온돌방 3개와 정지가 순서대로 놓이고 그 옆 1칸은 반칸의 창고와 찬칸이 각 각 앞뒤를 나눠 배치된 구조임. - 안방과 정지 사이에는 벽장이 놓이고 정지 위 다락을 출입 하는 계단이 마련되어 있음. - 전면으로 쪽마루를 시설하지 않고 대신 차양을 매우 깊게 설치한 다음 바닥을 높여 마루 대신 사용하고 있음. - 구조 : 3량가, 시멘트 기단 위 호박주초, 네모기둥, 홑처마 시멘트 기와 팔작지붕	황정남씨 집 본채 전경 황정남씨 집 정지 내부 황정남씨 집 본채 전면

8. 정자와 서당

(1) 만취정(晚翠亭)

평해 황씨 22세손인 黃潭(1774-1804)을 기리기 위해 그의 후손들이 1847년에 건립하고 그의 호를 따 만취정이라 하였다.

정자는 마을 앞 용전천 건너 성황산 중턱에서 마을을 내려보고 있다. 용전천과 만나는 급경사지 중간 부분에 평평하게 터를 고르고 정자를 앉혔는데 원래 마을 앞으로 내를 건너는 다리를 놓아 출입하였다 하나 다리가 없어진 지금은 급한 산록에 난 좁다란 산길을 타고 간신히 드나들 수 있을 뿐이다. 잡목과 수풀이 우거진 산 속에 달랑하게 정자 건물만이 자리하였다.

정면 3칸, 측면 2칸 크기의 一字形 홑처마 한식기와 팔작 지붕집으로 마을을 마주 대하면서 서향으로 앉았다. 가운데 마루를 중심으로 양쪽에 온돌방이 배치된 좌우 대칭의 평면형식으로 방과 마루 앞에는 다시 1칸 크기의 마루가 덧붙여져 상당히 개방적이다. 좌·우측 온돌방 위에는 각 각 경재(敬齋)와 의재(義齋)란 편액이 걸었다. 방을 정하여 특별히 이름을 붙인 것이다.

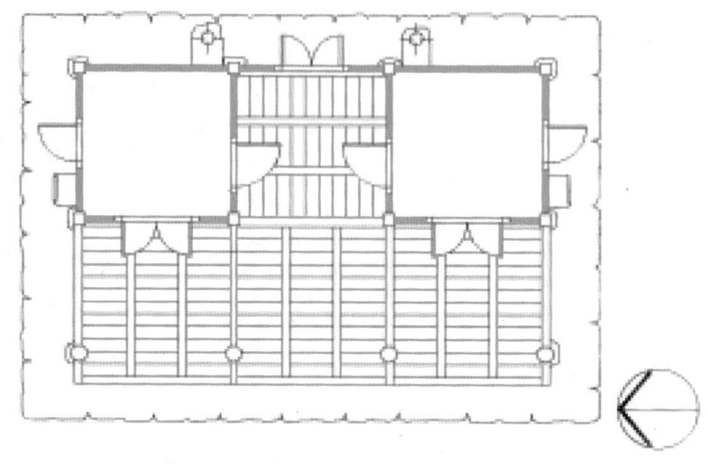

만취정 평면

방 앞으로는 문지방 밑에 머름을 들여 문턱을 높인 다음 兩開 띠살문을 달아 마루와 연결한 반면 좌우로는 외여닫이 출입문으로 대청과 외부로 소통된다. 좌우 외짝 문의 주 기능이 드나드는 용도로 쓰는 출입문인 반면 정면의 문은 출입기능이 다소 배제된 창의 역할을 한다. 대청 뒷벽에도 마찬가지로 하부에 머름을 들인 문얼굴을 두고 兩開 판문을 달아 밖의 경치를 감상하기도 하고 여름철 통풍에 대비하기도 하였다.

좌우측 기단 위에 양쪽 온돌방을 난방하는 함실아궁이를 설치하고 배기를 위한 굴뚝은 뒤쪽 기단에 두었다. 외벌대로 쌓은 자연석 기단 위에 막돌 덤벙 주초를 놓고 기둥을 세웠는데 마루 앞 기둥은 원형으로 다듬은 반면 온돌방은 네모기둥을 사용하여 축조하였다. 원기둥이 네모기둥보다 격식이 높기 때문에 온돌방에 비해 상대적으로 위계를 높게 보는 마루에 원기둥을 써 차별한 것이다.

대청 상부가구는 5량가로 결구 하였는데 대들보 위에 종보를 두고 판대공으로 종도리를 받은 구조이다. 그러나 대들보는 앞뒤를 건너지르는 하나의 목재로 하지 않고 온돌방 기둥 위에서 두 부재를 맞댄 합보 형식으로 결구 하였다. 창방과 주심도리 장혀 사이에는 소로를 둔 소로 수장집이다.

(2) 파서정(巴西亭)

이 정자는 무과 합격자인 黃廷必의 吟詠之所로 그의 후손이 세웠다 한다. 포항방향 마을 초입인 청운 초등학교 근처에 자리하였다. 정자가 위치한 지대가 높아 마을을 출입하는 차량들을 굽어살피고 있는 형상이다.

만취정 전경

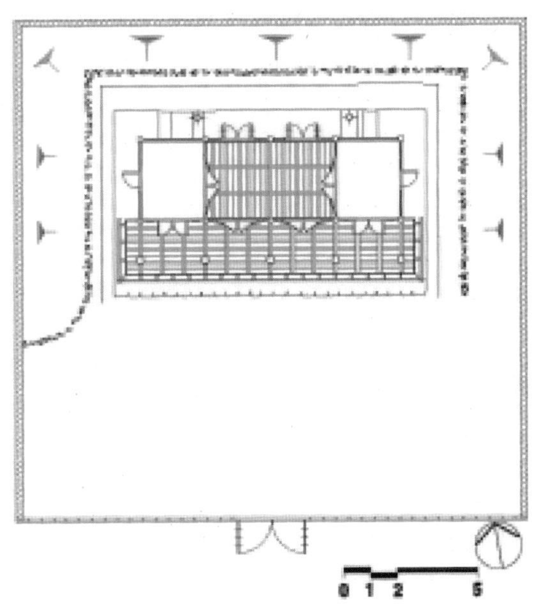

파서정 배치 평면도

방형으로 구획된 대지 안에 남향으로 단촐하게 정자만 배치되었는데 대지 뒤로 깊숙한 자리에 건물이 앉았기 때문에 그 앞으로 비교적 넓은 마당이 마련되어 있다.

건물은 정면 4칸, 측면 1칸 반 크기로 겹처마로 격식을 차린 다음 한식기와를 올려 팔작 지붕으로 꾸몄다. 이 정자는 만취정과 규모만 다를 뿐 평면 구성은 동일하다. 즉 가운데 대청을 중심으로 좌우로 온돌방이 자리한 좌우 대칭의 중당협실(中堂夾室)형식이며 다시 그 앞으로 반칸 크기의 툇마루가 덧붙여진 모습이다. 그러나 만취정과는 달리 툇마루 앞으로 헌함을 돌려 대고 계자난간을 덧대어 공을 더 들였다.

2칸 통의 대청은 툇마루와의 사이에 4분합 들어열개 문을 달아 구획하고 뒷벽 두 칸에는각 각 두짝 판문으로 소통되게 하였다. 양쪽 온돌방은 창호 구성조차 대칭으로 꾸몄다. 양쪽 방 모두 대청 쪽으로 4분합 여닫이문을 달아 필요에 의해 문을 개방하게 되면 두 개의 방과 가운데 대청이 하나의 공간으로 통합되게 되는 구조이다. 뿐만 아니라 온돌방은 앞쪽의 툇마루와도 쌍여닫이 띠살문으로 연결되고 측면 외부에서도 직접 출입케 되어 매우 동선이 기능적이다.

파서정 전경

시멘트 기단 위에 초석을 두고 기둥을 세웠는데 만취정과 같이 마루 공간에만 원기둥을 세웠다. 뿐만 아니라 초석도 그 형식을 달리하여 차별하였다. 즉 온돌방을 구성하는 네모기둥은 자연석 덤벙 주초를 사용하여 받친 반면 원기둥 하부엔 다듬은 돌을 사용하였다.

대청상부가구는 5량가 구조이며 대들보 위에 종보를 겹쳐 올리고 둥글게 모양을 다듬은 판대공으로 종도리를 받쳤다.

(3) 영이정(詠而亭)

평해 황씨 청운 입향조인 黃德弼을 기리기 위해 후손들이 지은 정자이다. 이 건기에 의하면 현재의 건물은 원래 마을 한가운데 자리하고 있던 것을 1946년에 그의 후손들이 지금의 장소로 옮겨 새로 지은 것이라 한다. 주왕산으로 들어가는 국도를 따라 가다 마을 끝 부분에 이르러 물가 절벽 위에 위치하였다.

정방형 대지를 돌아가며 기와 담을 둘러 구획하고 전면 동쪽으로 일각문(一角門)을 세워 출입케 하였다. 대지의 뒤편 북쪽으로 치우쳐서 정자를 배치하고 앞마

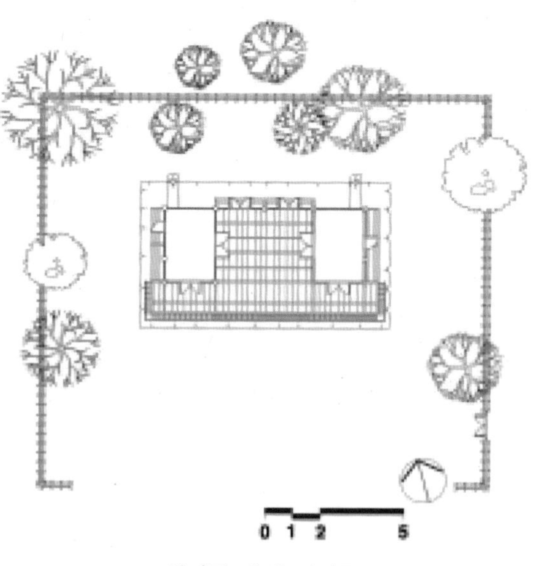

영이정 배치 평면도

당은 비교적 평평하게 다듬었다. 건물 뒤로는 단을 쌓아 나무와 화초 등을 심어 가꾸었다.

건물은 정면 4칸, 측면 1.5칸 크기로 한식기와를 이은 5량가 홑처마 팔작 지붕집이다. 이건기에 의하면 기둥과 가구부재 등은 새 것을 사용하였으나 기와만은 오래된 물건을 잊지 않기 위해 그대로 다시 썼다 한다.

평면은 가운데 2칸 대청을 중심으로 양쪽에 방을 배치한 중당협실(中堂夾室)형식으로 파서정과 구성과 크기 면에서 거의 동일하다. 방과 대청 전면으로 다시 반 칸 크기의 툇마루를 깔고 그 밖으로 헌함과 계자각을 덧 설치하여 품격을 높였다. 특히 마루 전면에 원 기둥을 사용한 반면 온돌방에는 네모기둥을 써 공간의 위계를 구별한 것은 앞에서 살펴본 두 정자 건물과 동일한 건축수법이다.

영이정 전경

대청 뒷벽 두 칸에는 양개 판문을 달고 뒤로 나설 수 있도록 밖으로 쪽마루를 설치한 반면 전면은 개방하였다. 이에 반해 온돌방은 대청과 전면 툇마루 방향으로 두 짝의 띠살문을 내어 연결하고 다시 외부쪽으로 외여닫이 출입문을 두어 밖에서 직접 드나들 수 있도록 하였다. 또한 방의 뒷벽 상부에는 밖을 내다보거나 환기를 위해 열어 둘 수 있는 큼지막한 바라지창을 두었다. 온돌방 상부 천장은 고미반자를 올리고 앙토를 발랐으나 퇴락한 상태로 방치되어 있어 군데군데 비가 새는 곳이 눈에 띤다.

두벌대 정도의 자연석 기단 위에 자연석 주초를 놓고 기둥을 세운 다음 상부 가구를 결구 하였다. 그런 다음 기둥 위에 큼지막하고 굴곡진 부재를 대들보로 걸고 다시 그 위로 종보를 겹쳐 올려 제형 판대공으로 종도리를 받게 한 5량가 구조이다.

（4） 만취서당（晩翠書堂）

만취(晩翠) 황학(黃學)이 강학하던 장소에 그의 후손 황대손(黃大孫)이 1843년에 건립한 것이라 한다.

서당은 마을의 가장 서쪽 끝부분 뒷산 중턱에 자리하였다. 만취정과는 마주하는 정반대편 자리이고 마을의 가장 높은 지대이다. 따라서 만취정과 함께 마을을 앞뒤에서 옹호하면서 내려다보는 모습이 되었다.

따로 담으로 구획하지 않고 경사지를 평평하게 고르고 서당을 앉혔는데 서당 우측으로 자그마한 규모의 고직사가 함께 자리하고 있다.

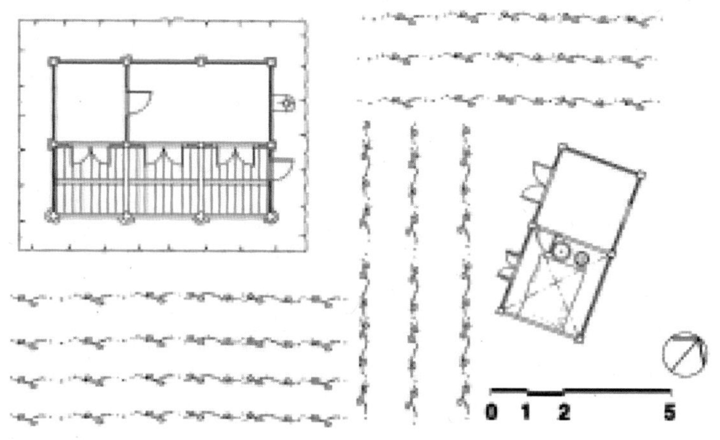

만취서당 배치 평면도

서당은 정면 3칸, 측면 2칸 크기의 一字形 홑처마 한식기와 팔작 지붕집으로 앞쪽은 마루를 놓고 뒤쪽으로 방 두 칸을 들인 비교적 간단한 평면형식이다. 마루 앞은 개방되었으나 측면은 벽을 치고 막은 다음 우측면에 외여닫이 판문을 내어 달았다. 반면 온돌방은 대청과의 사이 매 주칸에 두 짝 띠살문을 달아 서로 연결시키고 나머지 세면은 문을 달지 않고 폐쇄 시켰다. 그러나 두 방은 내부에서 외여닫이 띠살문으로 서로 통하게 된 구조이다.

두벌대의 자연석 기단 위에 호박 덤벙 주초를 놓고 기둥을 세웠는데 마루 전면은 원기둥을 사용하였으나 온돌방에는 네모기둥을 썼다.

온돌방 상부에는 근래에 설치한 듯한 합판재의 평반자가 매우 부실하게 올려져 있을 뿐만 아니라 벽체도 벽지를 바르지 않고 시멘트 몰탈이 노출된 채 방치되어 있는 등 관리상태가 매우 부실하다.

만취서당 전경

 고직사로 쓰던 건물은 정면 2칸 측면 1칸의 홑처마 한식기와 박공지붕 집으로 우측 칸
은 정지로 사용하고 좌측에 1칸 온돌방을 들인 구조이다. 서당 쪽으로 각 각 두 짝의 판문
과 띠살문을 내어 출입하게 하고 방과 정지 사이에 외여닫이를 두어 서로 통하게 하였다
 정지에는 'ㄷ자형' 부뚜막에 火木 아궁이가 설치되어 있고 상부에는 다락이 올라가 있
다. 그러나 현재 우측 벽이 무너진 채 방치되어 있어 보수가 시급하다. 자연석 주초 위에
네모기둥을 세우고 3량가로 상부 구조를 결구 하였다.

<정 명 섭 · 곽 동 엽>

길쌈의 오랜 전통과 삼굿의 풍습

 * 안동의 금소삼만 유명한 줄 알았더니 청송의 청운삼이 안동보다 더 유명했다고 하는데 예전 청운 마을의 길쌈의 오랜 전통과 마을 앞 냇가에서 크게 했던 삼굿에 대한 이야기를 들어보았다. 무더운 여름날 앞 냇가에 모두 모여 이곳, 저곳에서 삼굿하던 이야기를 들으면 그 모습이 머릿속에 얼른 떠오른다.[1]

금소보다 먼저 많이 했던 길쌈

황정구[2]:여게가(여기가) 제일 먼저 길쌈을 많이 했는데, 요즘은 참 글로[3] 매가 여 요즘 길쌈을 안하잖니껴. 옛날에는 여 길쌈하고 그 사람들이 여서 금소리에 여서 시집간 여성들이. 여 지금 없어졌부고 그쪽에서 참. [조: 예.] 그 당시는 삼 많이 했거든요. 대마, 요즘 참 대마라 카니더마는 그 당시는 마마 굉장히 많이 하고 그랬는데 그런 여인들이 전부다 없었부고, 집집마다 여 베 짜는 베틀 안 있었는교. 그거 전부 파괴씨겠부고(파괴시키고) 없다 카이. [조: 예.]

황상모[4]:보고 문화원에 가면 농악하는 거 해 났고 있다 카이. 이자 뭐. 대강 치는 거만 보고 문화원에 가면 줄 만드는 거, 농악하는 거 다 있잖아. 비디오도 있고, 일반 사진도 있고 다 있잖아. 거가 사진 찍어. 여 몇 사람이 해가주고 책에 있는 거 보기도 안 좋고, 한 40명 이상, 50명 가까이.

조: 여게 처녀들이 고마 금소동네 시집 가가주고 금소 삼베 됐네요.

황정구: 여기가 원조라고. [조: 원조라고요?] 예. 여기 금소리보다 여게 질쌈(길쌈) 더 많이하고, 아주 더 옛날부터 여기 했다 카이. 근데 저이 거게하고, 여게하고 참 마마 사돈을 많이 맺었거든요. 여 사람이 글로 가고, 여 사람이 글로 가고 막 그랬다 카거든요.

김광수[5]:딴 게 아니고, 여게 거 그 질쌈해가(길쌈해서) 돈 다 벌게 되이 아 하지. 히

---

1) 2003년 2월 24일 경로회관에서 임재해 조사 및 정리, 조연남 녹음자료 채록.
2) 황정구, 남, 56세.
3) 안동시 임하면 금소 동네를 말한다.
4) 황상모, 남, 76세.

히히.

황상모: 옛날에 뭐 질쌈 했다 카먼 산에 나무 다 뭐 또러시이 다 만들어뿐데. 그 놈의
　　　 뭐 삼 삼는다고, 삼꿋(삼굿)한다고. [조: 아. 삼굿한다고.]

김: 나무 이 만큼 해가. 여게는 사람을 이래가주고.

황상모: 금소 매로(처럼) 찌는 게 아니고, 마커 거랑에(냇가에).

김: 여는 아주 계획적으로. 여는. [조: 삼굿했단 말이죠?] 예. 삼굿이 몇 단 됐냐 카면
　　200단이.

황상모: 삼백 단이. 이 동네는 금소 매로 통에 찌는 게 아이고(아니고), 거랑에 자갈파
　　　 가주고 크게 해가주고 그 삼 재이고, 앞에 거 저, 저 나무 재가주고(재서) 불질러
　　　 가 그 밤에 하면, 밤에 열한시쯤 되며는 물동이 가주고(가지고) 그 다 물 주잖니
　　　 껴. 물 들어 노래하면서 뚜들고 노래하며 물 퍼가주고 붓고 거 부며는 물이 거 저
　　　 돌 받아가주고 이게 막 '콰광' 소리가 난다고요. 소리 나가주고 그 김이 충분히 다
　　　 드가잖니껴. 드가면 그 삼이 다 익는 게라.

조: 근데 금소 삼하고 이길려며는 한꺼번에 이야기하면 지니더. 한 사람씩 이야기해야
　　되는데, 한꺼번에 이야기하면 아무 소리도 아니예요. 그러니깐. 이장님 말씀하시
　　고, 또 금소삼은 아무꺼도 아니다. 이거죠.

황상모: 아무꺼도 아니지. 금소는 통이6) 틀리니 아무꺼도 아니지.

김: 만약에 요새도 여 할라 카먼 여 발달이 돼가주고 찔 찌도(줄도) 몰라. 이제 그 초산
　　할배7) 거 유씨들이래. [조: 아. 그래요.] 옛날에 뭐 삼굿하는 거 뭐 구경이나 옳게
　　했었니껴?

조: 그 구경은 못했지만 그 하마 조사해가 근 그림하고 건 마을에 함(하마) 책이 다 나
　　왔어요. 그이까. 금소 사람하고 해가주고 이길려며는.

김: 40년, 50년 전인데 뭐.

조: 예. 금소 사람한테 이길려며는 한 분씩, 한 분씩 또렷하게 말씀하시고.

황상모: 이기고, 지고 그게 문제 아니고. 금소 거는(거기는) 하지도 않았어요. 삼. 글
　　　 때는 지금은 바꿔 데 가주고 금소 사람 사가주고 여 와가주고 하고.

조: 청운에서 삼 할 때 금소는 삼 안 했다고요?

황상모: 안 했죠. 안 했지요. 여 사가 갔는데. 지금은 금소 삼을 우리가, 우리 동네 사
　　　 가주고 일부, 한 몇 집이 하고 있거든.

조: 우리, 저도 금소8)가 고향인데, 거기도 앞에 내가, 요거 보다 쪼끔 더 약간 떨어져 제

---

5) 김광수, 남, 63세.
6) 삼을 삼는 작업인 삼굿을 할때 쓰는 통부터 다르다는 것이다.
7) 황수도 어른을 말한다.
8) 안동시 임하면 금소동을 일컫는다.

방만 넘어가면 내(川)가 있어가주고, 걸음마만 할 줄 알면 다 수영하고. 아 그렇군
요. 그러면 여기, 길쌈하면 또 뭐 삼도 거 걸어 놓코, 열어 놓코 그러지 않습니까?

왜정말까지 앞내에서 야단스럽게 했던 삼굿[9]

황유모[10]: 야. 옛날에 여기도 삼 많이 했습니다. 지금 여 큰 배기 여게 월구들, 이 들은
거의 뭐 전부 삼, 논이 전부 삼밭이랬어요. 그래 이 근방에는 여기보다 몬 했는데,
그때는 금소보다 여기 더 많이 했지.

조: 금소보다 더 많이 했어요. 지난번에 어른들이 여기 삼이 일등 삼이라고. 금소 삼은
안 된다고. 그래가주고, 내가 금소서(금소에서) 왔는데, 그라면 됩니까? 한 번 해
볼랍니까? 내가 이랬더니, 그러니, 아. 여게, 옛날에 여기 금소 삼보다 훨씬 나았
다고.
황: 예. 질도 좋코.
조: 근데, 근데 왜 금소는 계속하는데 여기는 왜 삼 안 하십니까?
황: 여기도 뭐 한 10여 년 전에 뭐 정부에 허가받아가주고(허가받아서) 이래한다고.
이래. 요즘 금소도 허가 받아가주고 할꺼 아니여. [조: 예. 다 그렇죠.] 글 때 인
제 10년 전에 한 번 또 한다고, 신청하라 카고 야단 지기디만(하더니만) 뭐 결국
안 되데. 그래고(그리고) 마 그 후로 계속 안 한데. 요즘 한 집도 하는 집이 없어.
조: 한 집도 하는 집이 없어요? 더러 뭐 할머니들 길쌈하는 경우가 있긴 있던데.

---

9) 2003년 7월 12일 경로회관에서 임재해 조사 및 정리, 조연남 녹음자료 채록.
10) 황유모, 남, 77세, 노인회장.

황: 그거는 삼을 사가주고, 주로 금소 가서 사가주와. [조: 아. 하.] 여기 또 금소하고
　　는 또 상당히 인연이 많지.

조: 글체요. 우리 증조할머니도 뭐, 여 마을에서 오셨다는데. 여기 그러며는 삼할 때
　　전에 삼굿 하셨다 그러데요?

황: 삼굿 했지요. [조: 삼굿은 뭐 어예 합니까?] 삼굿은 냇가에 가서 하는데, 이 냇가
　　에 가서 인제, 구녕(구멍), 구덩이를 인제 이래, 이래 제법 이래 파가주고, 고 한
　　반쪽으는(반쪽에는) 인제 왜 가에 돌 이래 쌓아 올려가주고 이래가 인제 나무를
　　잰다. [조: 나무를 재고?] 나무를 재고 인제 불 질러가주고(질러서), 태운단 말이
　　제. 태우고, 이 짝 반쪽으는 밑에 무명을 여코(넣고) 요 뭐 해 가주고 짐(김)이 잘
　　드갈 수 있도록 구멍을 뭐 요래 해 가주골랑 삼을 재고.

　　삼은 뭐, 뭐 차로 실어도 큰 차로 한 차가 넘도록 잰 거 가주고(가지고), 그래 하루
　　종일 거 인제 뭐, 장작을 재가주고, 재 놓으면 그래 인제 조금 타며는 고 돌 우에
　　자꾸 얹고 이래서 나중에는 그 돌이 불떵어리가 돼가주고, 그거 갖다 인제 흙을 붓
　　고 이래가주고 자꾸 달과가주고 돌이나 인제 뭐 물대하는 거는 요래가주고 거다 물
　　을 짚어 넣는다, 물을 갖다 퍼붓는다. 그러니깐 물 가까운데 요래 해야지. 물을 들
　　어 나르기가 싶도록, 그래가주고 물을 한 버덩 여러 사람이 가서, 물 질 때는 야단
　　이 나지요. 뭐, 뭐. 막 갖다 버가주고(부어서), 그래먼 짐이 한꺼번에 확 이래 삼단
　　쪽으로 짐이 들어간단 말이야. 그래가 짐을 막 씨여가주고(씌여서) 삼굿 한다.

　　그래 되면 인제 그동안 불 다 꺼질때까지 그래 해 놓코는 들어와가(들어와서) 자
　　고, 그 이튿날 아침에 가며는, 뭐 다 했지 뭐. 삼단 꺼내가주고 또 갖다 놓는다.

조: 아. 그 다 익으면 이게 삼단이 쪼끔 내려 앉습니까?

황: 생걸(생것을) 그래 묶어가주고 오래 놔두니깐, 그것이 다 익으며는 살이 쫌 밀릴
　　꺼 아닙니까? 그래이께네.

조: 그거 할 때는 그럼 뭐 마을에서 단체로 해야 되겠네요?

황: 단체로 해야지요. 여기서 뭐, 삼을 보통 초복 전후로 해가주고 하거든. 하는데 보
　　통 삼굿 여 하나에 뭐 열 집썩, 열 한 집씩, 이래 해가주고는 하는데 같이, 참 합
　　동으로 해서 하는데.

조: 그러면 열 집쯤 하며는 거기 삼단이 한 뭐, 백 여단 들어가겠네요?

황: 거 백 여단 넘게 들어가지.

조: 백 여단 넘게 아. 근데 그거 왜 삼굿이라 그러죠?

황: 몰래. 굿이라 하는 거는 흔히 야단스러운 거를 굿이라 안 합니까? [조: 예 예. 그
　　래요.] 내가 생각할 때, 굿이라는 건 아주 번거롭고, 분주하고, 야단스럽게 한꺼번
　　에 이래 한다고 해서, 그래서 굿이라고 붙였지 싶은데.

조: 예 예. 맞습니다. 예. 뭐 싸우거나 뭐 씨끄럽게 하면 굿중이다 이러죠. 이 집이 굿

하나, 우에되노?

황: 예. 맞아요. 예. 할 때는 참말로 야단법석이다. 물 뜨고 이래 할 때는 온 동네가 막 푸석푸석 하던데. [조: 온 동네가 막 푸석푸석 하겠네요?] 정신이 없죠.

조: 그럼 뭐 그거 물주고 막 편 갈르고 할 때, 노래 부르는 거는 혹시 없었습니까?

황: 노래 카는 거는 내가 못 들어봤는데, 꽹과리가 있으면 여, 여 양푼이를 디 내려가 주고 뚜드러먼 이래 하는 수도 있었어요. [조: 아, 풍물 치고 했군요.] 아이들이라든가, 혹은 뭐 마누라가 뚜들겨주고 하면 신나가주고 그래 해서 하는 거 나는, 나는 어디서 봤는 거 같은데. [조: 풍물을 본격적으로 치지는 안하고 그냥 양푼이 겉은 거 뚜드렸습니까?] 글치.

마을 사람 모두가 기술자가 됐는 택이지

조: 아. 근데 그거 뭐 하기 전에 부정 탄다고 제사를 지내거나 빌거나 그러진 않았습니까?

황: 그러진 않은 거 같은데.

조: 근데 그 뭐. 잘못하면 설었부먼 배린다고 하데요?

황: 그렇지요. 참말로 중신해가주고(신중해서), 여럿이 모이면, 특수하게 참 잘하고 요령을 잘 알고 하는 사람이 한 둘씩은 꼭 끼어 있다 카이.

조: 아. 열 집씩 하는 마다. 그거 고렇게 몇 집씩, 몇 집씩 하는 거는 뭐, 삼 갈 때부터 몇 집씩 하잖아요.

황: 삼 가는 거는 각기 했어요. [조: 아. 각기하고.] 야. [조: 삼굿 할 때만.] 삼굿 할 때는 인제 자기 했는 삼 갖다가 인제 한꺼번에 뭐 조를 짜가주고 갖다가.

조: 그니깐 그 특별히 마을에 전문가가 있어서, 삼굿을 어예 하도록, 지금 불 때라, 지금 물 가져 와라. 이래 지시하는 게 아니고, 고 팀이, 원리를 잘 아는 사람이 그것을 이끌어 가면서 했군요.

황: 거 뭐 해마다 하니깐. 거의 모두가 뭐 기술자가 됐는 택이지.

조: 전부가 그 사람들이네. 아 하. 그러면 그 뭐 술 간간히 또 해 나르고, 또 부녀들은 또 그랬겠네요?

황: 그렇죠. 물 우에되든동 많이 먹어야 되니깐. 그런 거는 뭐, 나와가주고 집에 해 놨다 가주 나와서 먹고 이래지.

조: 거물을 나를 때 주로 요즘은 뭐 양동이 같은 거 나왔지마는 옛날엔 뭘 가주고 했습니까? 물통에 했습니까?

황: 물은 주로 양동입니다. [조: 아. 그때도 양동이 썼습니까?] 양철 가주고(가지고) 만든 거. 양철 가주고 물지는 거 왜. 양동이. [조: 물지게.] 예. 주로 그거 미고 인제.

조: 주로 남정네들이 했습니까? 여자들도 끼었습니까?

황: 여자들은 뭐 물 뜨는데 이런 거는 별로 못 하고. 주로 남자들이 했어. [조: 남자들
  이?] 여자들은 뭐 삼 내가 널어놓으면 그때부터 인제.

조: 그때부터 여자들이. 삼굿하는거까지는 남자들이 했고. 그럼 어르신네들도, 어르신
  도 직접 한 번 참여해 봤습니까?

황: 구경은 더러 했지마는 난 일평생 안 해 봤어.

조: 안 해 보셨습니까? 그럼, 어르신네 생각하기에 몇 년도까지 그 삼굿했는 거 같애요.

황: 할튼 왜정말까지는 했을 꺼야. 아마.

조: 아. 하. 왜정말까지. 그 이후에는 어떻게?

황: 그 후로는 얼마 안 했는 거 같은데, 나는 뭐, 그때는.

조: 금소 동네도 보니깐. 옛날에 삼굿했다고 하는데, 우리 어릴 때 볼 때는 삼굿 안하
  고 큰 솥, 무쇠 같은 거 가주고.

황: 가마솥 같은 거. [조: 예. 우리는 솥에다 찌는 거 봤거든요. 우리 어른들이 다 우
  리 어르신 말씀하신 것처럼.] 우리 여기서는 주로 삼굿을 하고, 혹시 또 그래가주
  고 뒤쳐져가주고 한 집씩 빠졌는(빠진) 사람들, 이런 사람들은 가마솥에다가 삼을
  이래 세워 놓콜랑 이래 불때가주고, 김 올려서 익히고 그러는 거는 나는 봤어요.

조: 그럼 뭐 덮어가주고 해야 되겠네요.

황: 글치. [조: 옛날에 뭐 덮을 거 있습니까? 요새야 덮을 꺼 많지만?] 할튼 뭘 덮었는
  지, 덮기는 꼭 싸가주고 꼭 덮었는데.

조: 가마솥에 불때가주고 김을?

황: 예. [조: 아하. 요새도 뭐 닥나무를 그러시는 분들이 있더라고. 다른 마을에 보니
  깐.] 삼굿에 이미 처져가주고 같이 가담을(참여를) 못하고 말이야. 그래가주(그래
  서) 익히고.

조: 그러면 길쌈을 언제, 여기 저게. 아니, 길쌈이야 아직도 할머니 일부 하지마는 삼
  을 안 간 거는 언제 적부터 안 갈았습니까?

황: 상당히 오래 됐지 싶은데. [조: 상당히 오래 됐어요?] 우리가 2, 30대 넘어가주고
  는 안 하게 된 걸로, 없어 졌으니깐 한 몇 십 년 됐어.

<임 재 해>

V. 전승되는 노래와 이야기

약화된 민요의 전승력과 풍부한 민요 전통의 자취

1. 전승현장 없는 노동요의 전승력

민요의 전승력은 설화에 견주어 보아도 더욱 약화되었다. 이야기판이 사라진 것처럼 소리의 현장도 사라진 까닭이다. 소리판은 농사일의 방식이나 의식의 전승과 연관되어 있기 때문에 근대화와 더불어 상당히 이른 시기에 중단되었던 것이다. 그래도 노동요 가운데 모내기 소리와 길쌈 노래가 자투리나마 다양하게 남아 있는 것은 큰 수확이다. 길쌈은 최근까지 전승되었고 모내기는 기계화되었지만, 제보자들이 젊은 시절에는 직접 모내기를 했던 까닭에 잃어버린 소리의 기억을 되살릴 수 있었던 것이다.

그러나 보리타작 노래나 상여소리는 전혀 들을 수 없었다. 상여소리는 뒷소리만 간신히 들어 보는 정도였다. 전문적인 앞소리꾼이 존재하지 않는 까닭이다. 마을에 앞소리꾼이 없다는 것은 사실상 소리의 전통이 끊어졌다고 할 수 있다. 보리농사를 짓지 않은지 이미 30년 가까이 되는 까닭에 보리타작 노래도 들을 수 없었다. 모내기는 여러 사람들이 두레로 하는 까닭에 민요를 부를 수 있는 조건이 갖추어지고 사설도 풍부하게 전승될 수 있었지만, 보리타작은 가족들끼리 하기 일쑤여서, 상일꾼이 있는 집이 아니면 노래를 부르면서 보리타작을 하는 경우는 드물다. 그러므로 보리타작 노래는 모내기 소리에 비해 전승력을 진작 상실할 수밖에 없다.

청운리는 안동포로 유명한 안동시 임하면 금소리와 쌍벽을 이룰 정도로 과거에 길쌈이 성했던 곳이다. 주민들은 금소리 삼보다 청운리 삼이 더 훌륭했다고 주장한다. 그러한 주장은 터무니없는 것이 아니다. 과거에는 청운리 삼도 이름을 떨쳤다. 다시 말하면 부녀들의 길쌈문화가 발달했다고 할 수 있다. 자연히 길쌈노래도 풍부할 수밖에 없다. 그러나 이제는 길쌈도 잘 하지 않고, 아주 드물게 길쌈을 하는 이가 있어도 두레로 하지 않기 때문에 길쌈노래를 부르지 않는다. 삼삼기 노래 일부를 들을 수 있는 정도였다. 베틀노래는 들을 수 없어서 아쉬웠다.

2. 풍물패의 전통과 의식요 전승

의식요로는 성주풀이와 지신밟기 소리가 제법 풍부하게 전승되고 있었다. 서사적인 줄
거리를 이루는 서사민요가 아니라, 한결같이 집안의 풍요와 자손 번성을 비는 축원 기능
의 주술적 민요에 해당되는 것이었다. 성주풀이와 지신밟기는 모두 집안의 번성을 비는
가신신앙의 한 의식에서 노래되는 것이어서 서로 만난다. 따라서 사설도 대목이 집을 짓
는 내용이 두 노래에 공통으로 들어 있다. 그리고 지신밟기에도 성주신에게 축원하는 내
용이 포함되어 있다.

오호루 지신아 이 집 짓던 대목아
오호루 지신아 지신지신 눌리소
오호루 지신아 어느 대목이 지었나
오호루 지신아 지신지신 눌리소
오호루 지신아 박대목이 지었나
오호루 지신아 지신지신 눌리소
<지신밟기>

그런데 이 마을 성주풀이에서 흥미로운 것은 성주의 본향은 여전히 경상도 안동땅 제비
원이 본이지만, 집을 짓는 내용이 아니라 배를 모으는 내용을 노래하고 있다는 사실이다.
"앞집이 서대목/뒷집이 김대목은/저솔 한 개 묻어다가/조그맣게 배를 띄워" 흐르는 물에
둥실둥실 노닐고자 하는 것이다. 그러므로 이 자료를 통해서 성주신앙은 집성주 외에 배
성주도 있다는 사실을 농촌마을의 성주풀이를 통해서도 확인할 수 있다.

특히 지신밟기는 정월 대보름의 집돌이 풍물굿과 밀접한 관계를 이루고 있다. 청운리는
청송군에서도 알아주는 풍물 솜씨로서 풍물패가 유명하다. 최근에도 복식을 갖추어 시군
대표로 풍물대회에 나가고 청송군내 행사 때는 빠지지 않고 참여한다. 따라서 매년 정초
가 되면 마을은 흥겨운 풍물소리로 출렁거렸고, 최근까지 지신밟기 전통이 지속되었다.
그러므로 풍물반주에 맞추어 부르는 지신밟기 소리도 전승력을 지닐 수밖에 없다.

3. 할머니들의 놀이노래와 택호노래

놀이노래로 두드러진 것은 대부분 여성요로서 할머니들이 주로 불렀다. 가장 풍부한 것이 택호노래이다. 시집 와서 배우거나 지어 부른 택호 노래가 있는가 하면 친정에서 처녀 시절에 부른 택호 노래도 있다. 이때는 어른들의 택호를 노래로 부른 것이 아니라 또래 처녀들의 이름을 따와서 그들의 생김새나 행동거지를 노래로 형상화한 것이다. 택호든 이름이든 모두 꽃의 형상에다 견주어 노래했다는 점에서 한결같다. 그러므로 이들 노래를 달리 말하면 꽃노래라고 할 수도 있다. 왜냐하면 "도리납작 접시꽃"이나 "오막조막 깨안 꽃", 또는 "논둑 밑의 모매꽃"처럼 꽃의 독특한 생태가 비유적으로 노래되는 까닭이다.

이 밖에는 할머니들이 손자 손녀를 어르고 달래면서 부르는 노래들이 주목된다. 다양하게 노래된 것이 '시상달강' 노래이다. 아기 겨드랑이에다 두 손을 넣어서 잡고 좌우로 움직이면서 부르는 노래인데, 밤을 주워다가 껍질은 다른 사람들 주고 알맹이는 너랑나랑 먹자고 하는 내용이다. 이와 짝을 이루는 '풀미딱딱' 노래는 아주 초보적인 대목만 들을 수 있었다. 아기 손목을 잡고 앞뒤로 흔들면서 부르는 노래인데, 대장간의 풀무질하는 내용을 형상화하면서 부른다. 자장가도 같은 기능을 하는 노래이다. 마을이 크고 아직도 아이들이 더러 자리니 아이들 달래는 노래도 그 자취가 남아 있는 셈이다.

추억의 놀이노래로는 할머니들이 어릴 때 놀면서 부르던 것들이다. 실내 놀이로서 서로 마주 앉아 다리를 쭉 펴고서 노래를 부르며 끝날 때마다 다리를 구부리고 바른 자세로 먼저 돌아오기를 겨루는 '이거리 저거리 각거리' 놀이와 노래가 있다. 몇몇 할머니들이 그때를 떠올리며 노래를 부르고 놀이도 하느라 웃음바다를 이루었다. '항굴레야'는 방아개비를 놀리면서 불렀던 동요이고, '앞니 빠진 갈가지'는 동무를 놀리면서 불렀던 동요이다.

4. 잡가의 전승과 서사민요의 자취

동요가 아닌 어른들의 놀이노래로는 점놀이를 하면서 부르는 '남원골 춘향이'가 있었다. 노래보다 놀이에 대한 이야기가 더 많았다. 그네뛰기 노래도 단편적으로 남아 있었다. '칠성가'와 같은 서사민요도 온전하지 못하지만 그 흔적이 남아 있고, 할아버지들의 '창부타령', '만고강산' 등의 잡가도 몇 편 수집되었다. 다양한 민요 유형으로 볼 때 소리판이 살아 있었던 과거에는 상당히 풍부한 민요문화를 누렸던 것으로 짐작할 수 있다.

민요를 소리꾼 별로 살펴보면 3, 40년 전의 기억을 더듬어 모심기 소리와 상여 뒷소리, 성주풀이 등을 불러주신 우수기 어른과, 고령의 나이에도 불구하고 모심기 소리를 구성지게 불러준 이종태 어른을 대표적인 소리꾼으로 들 수 있다. 특히 이종태 어른은 모심기 소리뿐만 아니라, 어렸을 때 들었던 여러 가지 가지 노래를 두루 기억하고 있었으며, 창부타령 등 잡가도 구성지게 불렀다. 또 부인과 함께 주고받으며 불렀던 모심기 소리는 일품이었다. 그 동안 부부로 함께 살아오면서 서로가 노래를 잘 한다는 것을 알고 있었지만, 서로의 노래를 직접 들어 본 적은 그 날이 처음이었다고 한다. 교환창으로서 모내기 노래의 본디 양상을 되살린 셈이다. 구체적으로 대표적인 소리꾼들의 면모를 보기로 한다.

5. 청운리의 소리꾼

(1) 우수기(남, 63세)

이 마을에는 예전부터 모심기 소리는 흥하지 않았다고 한다. 요즘 농촌의 연령 기준으로 봐서 비교적 젊은 나이에도 불구하고 지금까지 모심기 소리를 잘 부르고 있는 사람이 바로 우수기 어른이다. 상여 앞소리는 부른 적이 없다고 하면서 뒷소리로 불러 주었다.

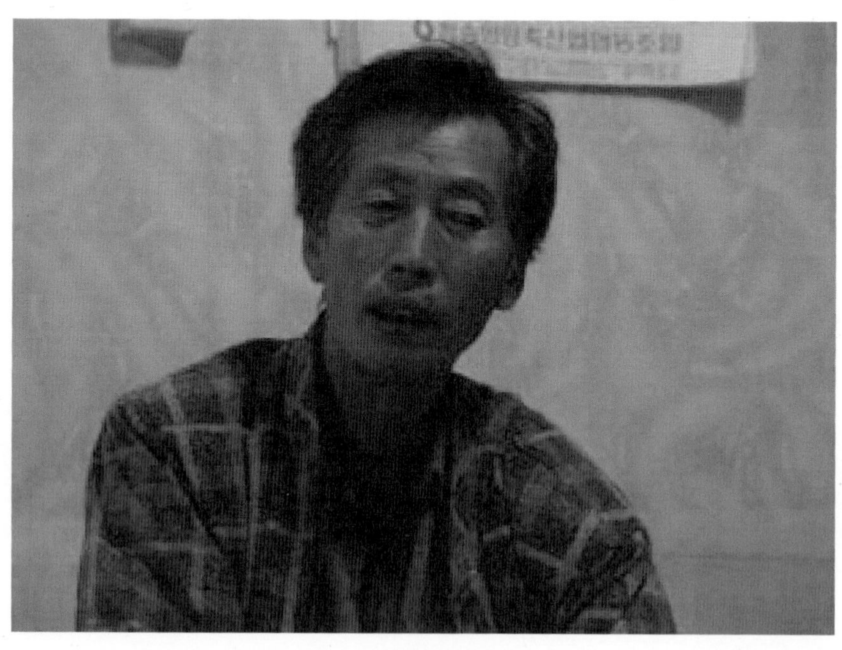

 우수기는 태어나서 줄곧 고향을 떠난 적이 없는 마을의 토박이 농사꾼이다. 청운리 같은 마을에서 '오빠' '동생' 하며 지내던 지금의 부인과 혼인하여 살고 있다. 줄곧 농사일을 하다가 군대에서 제대한 이후로 전기 관련 사업에 종사했다. 그래서 마을에 처음으로 라디오를 들을 수 있는 시설을 맡아서 했다. 집집마다 스피커를 달아서 유선으로 라디오를 들려주는 일이 1970년대 새마을 사업의 하나로 진행되었던 것이다.

 지금 기억하고 있는 모심기 소리는 어렸을 때 마을 어른들이 직접 부르는 것을 들은 것이라고 한다. 민요에 관심이 있고 흥도 많은 편이지만, 현재 건강이 좋지 않아서 적극적으로 노래를 구연하려들지 않았다. 좀더 이른 시기에 조사를 했더라면 하는 아쉬움이 있다. 노래뿐만 아니라 장구도 잘 쳐서 마을 풍물패에서 중요한 치배 구실을 한다. 20년 전까지만 해도 마을의 큰 행사였던 지신밟기나 풍물대회에 앞장섰던 분이다.

(2) 이종태(남, 83세)와 최옥기(여, 77세) 부부

 이종태 어른은 고령의 나이에도 불구하고 많은 이야기와 노래를 들려주었다. 막내아들을 어렵게 서울 의대에 보낸 이야기를 눈시울을 붉히며 들려주는가 하면, 창부타령과 만고강산, 진시황 노래 등 잡가들도 두루 불러주었다. 노래를 부른 뒤에는 어사 박문수 이야기와 같은 재미있는 설화도 들려주었다. 부인인 최옥기 할머니와 자리를 함께 하면서 모심기 소리를 주고받으면서 교환창 형식으로 불러 모처럼 신명나는 소리판을 이루었다. 두 부부는 서로의 소리에 놀라면서 새삼스레 옛노래문화의 전통을 되살려냈다.

 경주 이씨로서 원래 한양에서 줄곧 살았다고 한다. 여기에 들어오게 된 계기는 고조부가 사화를 피해서 혼자 이곳으로 이주해 오게 되면서부터이다. 그 뒤에 증조부가 아버지를 찾아 역촌이었던 청운리에 들어와 자리를 잡으면서 지금까지 이곳에서 살고 있다. 고조, 증조, 조부는 모두 외동이었다. 아버지 역시 외동이었는데, 아버지가 자신과 동생 두 형제를 낳았지만 동생이 일찍 죽고 그 역시 외동이 되어 스스로 4대 독자로 인식하고 있다.

 손이 귀한 집의 4대 독자였기 때문에 자녀에 관한 기대로 모두 팔남매를 낳았다. 손이 귀한 집안이어서 그의 아버지는 "닭이 천이면 봉이 한 마리다. 닭이 많으면 봉이 생긴다"고 하며, 늘 돈이 많은 것보다 자식 많은 것을 더 큰 재산으로 여기고 아이들을 많이 낳을 것을 강조했다고 한다. 자식을 많이 낳으면 그 가운데 누군가 인간 노릇을 제대로 하는 사람이 나게 마련이라는 것이었다.

　그의 성장기에는 시골 사람들 대부분이 상급학교에 진학하지 못하는 형편이었다. 집안 형편도 퍽 가난했기 때문에 초등학교도 제대로 다니질 못했다. 열다섯 살이 되었을 때는 너무 가난하여 끼니를 제대로 때울 수조차 없어서 마을의 형들을 따라 태백지역의 탄광에 가서 광부일을 하였다. 탄광 일을 하여 집에 용돈을 보내며 어렵게 객지생활을 하는 동안 부모님의 그리운 정을 알게 되었으며, 그때 비로소 철이 들었다고 한다.

　스무 살이 되었을 때 당시 열다섯 살이었던 지금의 부인을 만나 혼인을 하였다. 그때부터 부부가 집안 살림살이를 모두 책임지고 살아왔다. 물론 부모님께 소꼬리만한 논이나 밭도 물려받지 못하였고, 주로 서숙(조), 콩, 나락(벼) 농사를 지어서 먹고 살았다.

　열다섯 살에 시집 온 최옥기 할머니는 워낙 어린 나이라 길쌈하는 것을 배우지 못하고 시집을 오게 되었다. 시집 와서 고부간에 길쌈을 했지만, 둘 다 선 솜씨라 삼베가 엉성하여 잘 팔리지 않아 고생했다고 한다. 그러나 지금은 길쌈 솜씨가 숙련되어 마을에서 둘째 가라면 서러울 정도이다. 이들 부부는 어려운 살림에 농사를 지어 팔남매 자식들을 훌륭하게 키웠으며 특히 막내아들은 서울 의대에 보낼 수 있었다. 이때는 경로당에 가서 500원짜리 화투치기도 하기 힘들 정도로 경제적 어려움을 겪었다. 지금은 자녀들이 모두 성공하여 아무 걱정이 없다고 한다.

　이종태 어른의 소리들은 이러한 어려운 환경과 함께 간다. 나무를 하러 다니면서 부르거나 힘겹게 농사지으면서 신세한탄으로 부른 노래들이 많다. 젊었을 때는 마을에 노래를 잘 부르는 기생이 살고 있어서 얻어듣고 배운 노래도 있지만, 대부분 힘겹게 농사일을 하면서 스스로 불렀던 노래들이다. 부인인 최옥기 할머니 역시 모심기 소리나 나물하러 다니면서 불렀던 일노래를 주로 불렀다. 할아버지 못지않게 좋은 목청을 지녀서 노년의 나이에도 불구하고 모심기 소리를 주거니 받거니 하며 부르는 모습은 정말 일품이었다.

(3) 이복선(여, 68세)

　　열 여덟 살에 황덕호 어른에게 시집 와서 이 마을에서 줄곧 살고 있다. 외동인 집에 시집 와서 열 아홉 살에 첫 아이를 낳았지만 계속 딸을 낳아 시어머니의 구박 아닌 구박을 받아 마음고생이 심했다. 늦으막에 아들을 낳아 지금은 아들 삼형제, 딸 여섯 형제 모두 9남매를 두었다.

　　현재 할아버지와 아들 내외 그리고 손자들과 함께 살고 있어서 다른 사람들과 달리 손자들의 재롱을 즐기며 산다. 따라서 부르는 노래도 택호 노래를 제외하면 시상달강, 풀미딱딱, 자장가 등 대부분 손자를 어르는 노래들이다. 다른 할머니에 비해 남달리 기억력이 뛰어난데다가 손자 손녀들과 함께 살기 때문에 아이들을 달래는 노래를 잘 부를 뿐 아니라, 어릴 때 직접 놀았던 놀이노래들도 잘 불렀다.

6. 청운리 민요 목록

(1) 상여 뒷소리

(2) 모심기 소리

(3) 삼 삼기 노래

(4) 성주풀이

(5) 지신밟기

(6) 나물하는 노래

(7) 택호 노래

(8) 시집살이 노래

(9) 생금생금 생가락지

(10) 시상달강

(11) 풀미딱딱

(12) 이거리 저거리 각거리

(13) 자장가

(14) 까치야 까치야

(15) 앞니 빠진 갈가지

(16) 항골레비

(17) 남원골 춘향이

(18) 그네뛰기 노래

(19) 첩 노래

(20) 칭칭이

(21) 칠성가

(22) 창부타령

(23) 진시황 노래

(24) 만고강산

7. 민요 자료 채록

(1) 상여 뒷소리

－조사일: 2003년 2월 24일, 제보자: 우수기(남, 63세), 조사자: 김유희, 조연남, 나카무라 카즈요.

* 조사자가 상여소리를 청했다. 앞소리는 한 적이 없다고 하면서 뒷소리만 부르기 시작했다.

조사자: 상이 났으면 하는 절차가 있으니까 그 순서대로 한 번 부탁드리겠습니다.
우수기: 올라갈 때는 "오홋수아" 카마(하면) 한 어깨에 매고 가던 거 확 추스르마(추스르면) 인제 옛날에 한 줄에 사람이 너이씩(네 명씩) 들어갔으니까 다섯 칸이마(칸이면) 이 십 명 아이래요(아니래요). 그라마(그러면) 반 짤라가주고 한 번 하고 반 짤라가주고 뒤로 한 분(번) 하고. 건 인제 앞에서 한 분 하마(하면) 뒤에서 한 분하고 그런 식으로 해가.
조사자: "오홋수야" 하면서 올라가고.
우수기: 다 올라가면 반복으로.
조사자: 오 홋수야 그 의미가 뭡니까.
우수기: 그건 모르겠어. 엊저녁에 덜구소리 어떻게 하냐 묻는데 그건 지역적으로 다 다른데, 이 마을에는 거의 다 덜구를 안 했어요. 왜 안 했냐 하마 이 마을에 성씨들이 황씨네들이 많이 살거든요. 황씨네가 족(族)을 이루고 살기 때문에 조상들을 산소에 모시며는 후손들이 덜구를 찧게 되마(되면) 우에(윗대에) 조상들이 울림이 간다고 덜구를 안 찧었어요.
조사자: 조상들한테 울림이 간다는 소리는요?
우수기: 지형적으로 울림이 간다. 지형적으로 차단하게 된다는 거지요.
조사자: 그럼 덜구는 안 찧고.
우수기: 밟고 이 정도는 했겠지만 그 소리는 안하고.
조사자: 그럼 이렇게 "둘째 상주야 맏상주야" 이런 소리는
우수기: 덜구 찧는 마지막 과정에서 한건데 안해 봤는데.
조사자: "어허넘차 어허"
우수기: 상여 매고 갈 때.
조사자: 상여 매고 가면서.
우수기: 그건 앞소리가 아니고. 앞에서 한 번하고 뒤에서 한 번 하고. 그거는 잘하고 못하는 소리도 없었고. 상여소리도 지방에서도 마을마다 조금씩은 틀리요.

너호오 너호호
너호 넘차 너호오

"앞에 사람들이 하마 뒤에 사람들이 받아서"

너호오 호이야
너호오 넘차 너호오오

"이래 자꾸 그것만 반복을 해가주고. 앞뒤로 갈라가주고. 앞에 한 분하마 뒤에 하고."

조사자: 그라마 앞소리는?
우수기: 이 마을에는 앞소리 하는 사람 없었어요. 잘 사는 사람들이 하기 위해서는 문 그래 하는
　　　사람들이 있어요. 망께도 미기고(매기고) 그런데 전문하는 사람이 다른 마을에 풍물치고 사
　　　온다 카나 그런 거는 있었어요.
조사자: 어른신은 소리는 안 매기시고.
우수기: 그거는 상여 미면(매면) 다 합동으로 하는 소리니까. 누구라도 다 하는 거니까 했지.
조사자: 갈 때까지 "어허 넘차" 하셨다구요. 마을회관에서 하신 것도 이거를 하신 겁니까?
우수기: 예. 상여 미고 힘들 때 하는 거는 안 했고. 모숭기(모심기) 소리도 안 했고.

(2) 모심기 소리

① 모심기 소리(1)

-조사일: 2003년 2월 24일, 제보자: 우수기(남, 63세). 조사자: 김유희, 조연남, 나카무라 카즈요.

* 성주풀이를 하고 나서 조사자가 모심기 노래를 청했다.

　　우수기: 모심기 소리는 내가 안 했기 때문에 어제 저녁엔 안 했지. 우리 한 이삼 십대에 하던 소
　　　　리는데, 하마(벌써) 다 잊았부랬지.
　　조사자: 아닙니다. 기억나시는 대로만 하시면 됩니다.
　　우수기: 한 삼, 사십 년, 사십 년 전에. 그 때는 하루에 육백평 정도 되니까. 사람이 어느 정도냐
　　　　카마(하면), 심는 사람이 한 열 서이, 열 너이, 그 다음 논 작으만(작으면) 사람이 논 써래질
　　　　한다 그러지. 소하고 두 사람하고 모가단 피워주고 날라주고 논 골루고 하는 사람이 서너 사
　　　　람이 되야 되지. 점심해 가주고 갔다주마(갔다주면) 논 한 뚜가리 심자마(심자면) 사람이 십
　　　　칠 명 내지 이십 명 걸리(걸려). 그러니까 하루 종일 하니까 지업잖아요(지겹잖아요), 시간적
　　　　으로. 그러니까 소리를 해가마 이 짝 논뚜가리에서 받아가미 해주고 이웃, 이웃끼리 심으마
　　　　즐겁게 하기 위해서 그러는 거지.
　　조사자: 그러면 이십대, 삼십대까지는 손으로 모를 심으셨네요.

해는 지고야 저무는데 골골마다 연기나네
우루야님은 어둘가고 연기 낼 줄을 왜 모르나1)

---

1) 조사자가 의미에 대해서 묻자 다음과 같이 설명했다. 옛날에는 불 때가미 밥을 하잖아요. 숩게 말하

모시야 적삼아 반적삼이 분통겉은 저젖 보소

"이짝에서 이래하마 딴 집에서는 받어가 해요"

많이 보며는 병나고요 손톱만치 보고가소

조사자: 이게 받아서 하시는 소립니까?
우수기: 한 자리에서 이짜서(이쪽에서) 하마 저짜서(저쪽에서) 하고. 이웃에 하는 소리를 받아가
　　　저짝에서 또 하고. 일절에서 하마 받는 짜 저짝에서 받으가미 하고.
조사자: 모찌기 할 때는요?
우수기: 그 때는 없어요. 바쁘고 노래 할 그것도 없고. 모를 숭글(심을) 때는 쉬는 시간도 있고
　　　하니까?
조사자: 심고 그 다음에 뭐하십니까.
우수기: 심었부마(심었버리면) 물 관리하고 옛날에는 논매기를 했지요.
조사자: 그렇지요. 논매기 소리도 있지요?
우수기: 있지요. 있기는 있는데 안 해봤기 때문에.

② 모심기 소리(2)

-조사일: 2003년 2월 24일, 제보자: 황수도(남, 70세) 조사자: 임재해, 천혜숙, 배영동.

　* 저녁을 먹은 후에 초산 어른이 모심기 소리라며 종이에 적어 놓은 것을 들고 오셔서, 모심기
노래를 들었다.

　　황수도: 저 산 밑에. 녹음하지 마소, 내 이리거든(읽으면). 요게 인제 하나 하고, 하나 받아쓴데,
　　　요거 일 번은(첫 번째는) 두나(두번) 받어 고 밑에는 뺏버리세이. 어른들 아래 한데.

이 물꽃 저 물꽃 다 흐려 놓고 진네[2] 양반 어디로 갔노

　　황수도: 요 받아 하는 거는 안죽(아직) 아(안) 했고, 그 다음에 둘째

바다같은 이 논짝이 장기판이 다 되었네
이게무슨 장기냐 신선놀음이 장기제
상주한판 공갈못에 연밥따는 저 처녀야
연밥 추밥 내 따주께 백년가약 내캉맺세

　　마 두 내외간이 이혼했단 말이래. 그래 우리 집에는 연기 낼 사람이 없다 그거지.
　2) 주인네.

백년가약 어렵잖네 연밥따기 늦어지네
모시적삼 시적삼에 분통같은 저젖보소
많이보면 병이되고 눈꼽만치 보고가소

황수도: 요 한 사람 하면, 한 사람하고, 한 사람 하면,

남창남창 벼랑끝에 무정하사 우리오빠

황수도: 그걸 우에 그면 벼랑 끝에 큰물이 져가(져서) 가는데 마누라하고 여동생하고 가다가 물에
　　　둘이가 툭 빠지이께네. 여동생 놔두고 마누래만 붙들렸거든. 그래 붙드이 그,

남창남창 벼랑끝에 무정하사 우리오빠
나도죽어 저세상가서 서방부터 정할라네

황수도: "찔레꽃은 장가들고", 찔레꽃은 하얗거든요. 하야이(하야니) 노인이래요.

찔레꽃은 장가들고 성류꽃은 요각간다

황수도: 성류꽃은 아직 빨가이(빨가니) 젊은 청춘이래요. 그래 노인이 장가를 가고, 젊은 청춘이
　　　인제 요각(요객)을 간단 말이라. 그래이(그러니) 그 노인이 가머(가며) 그카이꺼네. 인제,

만인간아 웃지마라 씨종주보러 내가 간다

황수도: 하하하. 자식 놓을라고 내가 간다. 하하하.
조사자: 예. 씨종자 볼라고.
황수도: 씨종자 볼라고 내가 간다. 요번에 또,

알금삼금 얼근독에 맛이좋은 백화주를
팔모게끼 유리잔에 나비한쌍이 권주갈래

조사자: 요 팔모게끼를 뭐를 팔모게끼라고?
황수도: 뭐 팔모잔이지 뭐요. 팔모게끼 유리, 알금살금 얼근독 카는(하는) 거. 독이 살짝 얼것단
　　　말씨더. 그게 인제 맛이 좋은 백화주를 담아 놔가주 인제 팔모게끼 유리잔에 나비 한 쌍이.
　　　나비 한 쌍은 인제 그 맹 여자들이지 뭐. 나비 한 쌍이 권주갈래. 또,

해는지고 춥은날에 어떤행상이 떠다가네

이태백이 본처죽어 이별행부가 떠나간다

황수도: 요 행부래요.

장사장사 황어장사 내린것이 무엇이냐
잔아잔버들 시단색에 온갖패물이 다 들었네

황수도: 이 패물장사가 옛날에 황어장사래.

해는져서 저문날에 처녀둘이가 나들이가네
석자수건 목에걸고 총각둘이가 뒤 따라가네

조사자: 그 왜 뒤따라갑니까?
황수도: 연애지 뭐. 옛날에. 연애하러 가야 되지요.
조사자: 근데 아까 그 하나는 행상이고, 하나는 행부라고, 이별 행부 그랬는데 이게 행상하고 행
    부하고 다릅니까?
황수도: 이 행상이 맹 가는데 또 이별 행부라고 옛날에 그래 부르데요. "이별 행부가 떠나간다" 이
    래거든요. "이태백이 본처 죽어 이별 행부가 떠나간다"
조사자: 근데 왜 그 이태백이 본처가 왜 여 나옵니까?
황수도: 그케(그러게) 말시더. 그 옛날에 맹 죽거든. 어에(어떻게) 지가(지어서) 이래 불렀다 카
    네. 옛날에.
조사자: 그래, 어르신네 모숨기 하면서 이래 불렀습니까?
황수도: 예. 우리도 불렀고, 그 여 저 내리 오전에, 오후에 갑니까? [조사자: 예.] 오전에 여 부를
    어른들 몇이 오지 뭐. [조사자: 예.]
천혜숙: 근데 어르신 부를 때 모심기 할 때 두 패로 나눠서 주고받고 합니까?
황수도: 아니지. 두 패로 나눈 게 아니지. 한 사람이 하면 또 한 곡 뿌리 또 받어 부리고(부르고),
    받어 부리고, 받어 부리고, 하내기 계속해서 부리면 힘이 들어 안 되거든. 모심기해 가며.
천혜숙: 한 사람이 예컨대.
황수도: 고 인제 요 짝이 있거든요.
조사자: 짝이 있는데 여럿이가 그 짝을 나눠서 부르는 게 아니고, 어느 한 사람이 부리고.
황수도: 한 사람이 이짜(이쪽) 하다가, 또 이짜 하다가, 또 이짜 한 사람꺼는 또 이짜 하다가. 그
    래 뭐.
천혜숙: 아. 그 노래 아는 사람이 주고받고, 주고받고 하는군요.
황수도: 그래가주(그래서) 인제 여럿이 와가주고 뭐. 그래 하도록 하시더. 낼 오전에 여럿이 와가
    주고 그래 하도록 하시더.
조사자: 예. 고맙습니다.
천혜숙: 귀한 자료네.

황수도: 귀한 자료가 아니고, 옛날에는.

조사자: 이거 어제 그래 밤새도록 생각해서 정리했습니까?

황수도: 이거 하마 아래 번에. 선생님 왔다갔는 뒤에요. 벌써 저 얹어 놓고 잊었버랬어.

배영동: 전에 오니깐 뭐 또 한 번 적어 주시더라고요. 그래서 적어주지 말고 직접 불러 주세요.

조사자: 어르신네 이런 소리하면서 모숨기 한지가 지금부터 몇 년 전쯤 됩니까?

황수도: 뭐 농사지믄(농사지으면서) 계속 했으니. 그때 한 뭐 군에 갔다 와가주고도 계속 했지요.

조사자: 아. 군에 갔다 와가주고. 한 삼 십대까지 했습니까?

황수도: 군에 갔다 올 때 시물(스물) 다섯이라. 군에 왔다와서 계속했지. 지금부터 한 칠십 년이 께네. 시물 다섯 빼버리면 울매나(얼마나) 오래지.

조사자: 예. 요거는 받는 소리 생각이 안 나셨던 모양이지요?

황수도: 알아요. 알았는데 그거는 쫌 안 돼가주고 거 빼버렸어.

조사자: 안 돼, 안 돼가주고요?

황수도: 그래가주 인제 노인들하고 마커(모두).

조사자: 여게 "문어야 대전복 손에 들고 첩의 집에 놀러 갔다?"

황수도: 예. 그거도 있어요. "첩의, 첩의 집에 갈라 카걸랑 나 죽는 거동을 보고 가소." 카는 그거도 있고, 옛날 거 많이 있다 카이. 내 아는 것만 대략 요래 적었는데.

첩의집은 꽃밭이고 본처집은 연못이다

황수도: 그거도 있고 뭐.

5월이라 단오에 추천하는 영들이가
온갖남녀 짝을지어 양명상선이 단오건만
우리님은 어딜가서 추천가잔 말이없나

황수도: 뭐 이거도 있고 뭐.

조사자: 아하. 여기 그럼 논매기 소리도 있었겠네요.

황수도: 논매기 소리는 그저 그 논매는 데는 소리할 힘이 안 되요. 힘이 들어가주고, 막 엎드려 하이께네. 모심기는 나락이 안 됐으니, 나락이 다 클 땐 논매기 소리는 그저 "왜" 카고 그래지 뭐. 논 오래 옳게 미는 건 뭐 군데, 군데 삼아 놓고 막 휘젓었부고 그래지.

조사자: 아.

황수도: 일 노래 안 하면 지겨워 모-(모를) 모(못)했지 뭐.

조사자: 노래 안 하면 지겨워가주고. 노래하면 신명이 나고.

황수도: 술 먹고 노래 해가머 그 숨구면, 또 덜 디지(힘들지) 뭐.

조사자: 덜 디고. 그 모 심을 때 두레로 심었습니까? 아니면 두레로 심었습니까? 놉해가주고.

황수도: 마커 뭐 사람도 놉하고 품앗이도 하고 이랬지요. 내 이 한 곡 또 해 보까?

조사자: 예 예.

남창~ 남창~ 벼랑 끝에~ 무정하사 우리오빠

황수도: 이래면 또 다른 이가 또 짓다가,

나도~ 죽어~ 저 세상 가서~ 서방부터~ 정할래네
찔레에꽃~ 장가들고~ 석류꽃은 요각가네~
만인간아~ 웃지 마라~ 씨종자 볼려고 내가가네
알굼삼삼 얼근독에~ 맛이좋은~ 백화주여
팔모게끼~ 유리리잔에~ 나비한쌍이 권주갈래

황수도: 이 막 더 빼고 한다 카이.
조사자: 예 예. 길게 빼죠.

해는 지고~ 저무나니 어떤 행상이~ 떠나아가네~
이태백이~ 본처~ 죽어~ 이별행부가 떠나가네
장사 장사 황어~ 장사~ 너심등심 무엇이나
잔아잔버들 시~당세기 온갖패물이 다 들었네

황수도: 하하. 몬(못) 할다(하겠다).

조사자: 여기 잔아 잔버들. 아. 아. 잘디 잔버들.
황수도: 예. 버들 가주고(가지고) 인제 당시기를 매거든요. 잔아잔버들 시당세기에 온갖 패물이
　　　　다 들었네.
조사자: 혹시 뭐 "점심 밥글 이고 올 때 분통 겉은 저 젖 보소?"
황수도: 그 여(여기) 아(안) 있니껴. 여 어디냐.

모시~적~삼 시적삼에~분통같은 저~젖보소
많이~보며는 병이~되니~눈꼽만치만 보고가소

조사자: 니가 무슨 반달인가? 초승달이 반달이지.
황수도: 예. 그런 거도 있고요. 많이 있다 카이요. 닐이 오면 저 오늘, 저 닐이 오면 영감들 그 저
　　　　아까 이야기한 영감들 잘 안다 카이.

③ 모심기 소리(2)

-조사일: 2003년 7월 12일, 제보자: 이종태(남, 83세), 조사자: 조연남.

* 우여곡절 많은 생애사가 거의 끝나갈 무렵 옛날 노래를 청했다. 이 마을에는 모심기 소리가 없었다고 하면서, 기억을 더듬으면서 노래하기 시작했다.

조사자: 그래도 뭐 조금이라도 아시면, 뭐 모심기 소리도 했었잖아요. 어르신.

이종태: 모심기 소리?

조사자: 예. 모심기 소리도 괜찮고, 뭐 어르신이 혼자서 힘들 때 일하면서 부르신 노래도 괜찮고.

이종태: 모심기 소리도 이 마실에는 어떻노 하머은(하며는) 뭐 반촌에 가면 모심기 소리 잘한다. 여, 여 송세기라 카는데 거 가도 보면 모 숨구는데, 모숨기 소리하는 거 보면 거 아주 처량시럽게(처량하게) 잘 했거든. 잘 했는데, 이 곳에는 모심기 소리 할 줄 모린다 카이. 이 곳에는.

조사자: 잘 몰랐어요?

이종태: 이곳에는 모심기 소리를 참 몬 하거든. 근데 노래 가락, 청춘가, 양산도리 뭐 이런 거는 하지마는 모심기 소리 카는 거는 여게 이 고자(고장), 앉어가주고 참말로 하는 사람 드물었단 말이야.

이종태: 모심기 소리 첫 꼭지가 젤, 제일 어렵운데, 곡조를 우에 붙여야 되는동. 자.

문에야아아 게야야 자진고리이이~ 벌려없는 뫼가 떴네
그 뫼 저 뫼가 누 뫼런고오 천리 강-산 새얀 뫼다

조사자: 와. 너무 잘하시네요. 뭐 이게 뭐 앞소리?

이종태: 고게 인제 앞소리가 가지고(전부고). 앞소리. 이 모심기는 인제, 주고받고 했거든. 앞소리하고, 뒷소리하고 주고받고 했는데.

사래야아아 지고야 장찬밭에에 목화 따던 저 처녀야아
목화야 털목은 내가 땀세에 백년 언약 둘이 하자
백년 언약은 숩지만은 목화 따기 늦어 간다

이종태: 허허허 글타(그렇다).

조사자: 너무 잘 하세요.

이종태: 그래. 나는 젊을 때는 이거 소리하먼 이거 목 한참 잘 갈 때, 소리하먼 부인들이가 하하 하 일 몬 했다.

조사자: 그러니깐요.

이종태: 이제는 늙어가주고, 목이 안 가, 안 해 놓으니 글체.

조사자: 눈물 날거 같아요. 진짜로.

이종태: 원래 이 모숨기 소리 구슬프다.
조사자: 근데 어떻게 일하면서 그렇게 구슬픈 노래를 부르셔도 흥이 났을까요?
이종태: 흥이 나지. 모숨기 소리 흥이 나는 게라.
조사자: 가사는 구슬픈데 흥이 났구나.
이종태: 나지르(나지).

모시야아 적삼 반자락에이이 분통 같은 저 젖 보소

이종태: 이카면 모 숨굿타 젊은 부인들 이래 막 싸맨데이[3]. [모두 웃음] 그 희한하제. 젖이가 젊은 사람들 오새는(요새는) 젖통이 안 크지만, 글때는(그때는) 아, 아 젖 먹이면, 젖이 이마했거든. 덜렁덜렁 이만한 게. 그 소리하면 이 싸맺부린다.
조사자: 그 남자, 여자 같이 하니깐. 소리를.
이종태: 같이 하지. 같이 하지만 그런 소리는 여게서는 모숨기 소리가 반촌에 매로(처럼) 그래.
(많이 보며는) 병 들꺼고오 손톱만치만 보고 가소
이종태: 답이 인제 그런거래.
조사자: 아. 쪼금만 보고 가라.
이종태: 많이 보면 빙(병) 난다고.

머리야아 좋구야 키 큰 처녀어 울뽕 낭귀 걸 앉었네
울뽕 달뽕은 내 따 줌세이 내 품안에 잠들거라

이종태: 답이 인제 글타.
조사자: 아. 글쿠나(그렇구나). 어르신 그러면 이게, 앞소리, 뒷소리 같이 부르신 거죠?
이종태: 같이. 하내기(한 사람이) 부르면 거(거기) 따라가주고 받아 주는 소리가 믹여야(맥여야) 되거든. 딴 소리 안 나고 거 고 다 한 소리 해줘야 되거든.
조사자: 또 더 있으시죠?
이종태: 있기는 많이 있어. 있는데, 생각해 보면.
조사자: 천천히 해 주세요. 저희 뭐 다 듣고 가도 오늘은 이것만 들어도.
이종태: 허허허.

해는 지고야 날 저문데에이 어떤 행상이 떠나구나
이태백이이 본처 죽어 이별 행상 떠나간다

이종태: 이태백이 본체, 본처가 죽어 이별 해 가는 거. 소리가 그래.
조사자: 가사가 되게 슬프네.

---

3) 윗도리를 싸는 시늉을 하면서.

④ 모심기 소리(3)

-조사일: 2003년 7월 12일, 제보자: 이종태(남, 83세), 최옥기(여, 77세), 조사자: 조연남.

* 같은 날 저녁을 먹은 후 제보자 집으로 갔다. 막 저녁 식사를 끝낸 모양이었다. 조사자들이 찾아갔을 때 노래 연습을 하고 있던 것처럼 느껴졌다. 할머니와 두 내외는 서로 노래를 잘 한다며 먼저 부르기를 재촉했다. 노래 할 때에도 서로 주거니 받거니 하면서 신명나게 불렀다.

조사자: 할머니 모심기 소리 한 번 해 보세요!
최옥기: 모심기 소리 하도 디가(힘이 들어) 몬 한다.
조사자: 한 번만 해 보세요!
이종태: 해보라면 해봐야 되지. [할아버지 역시 할머니 소리가 듣고 싶었든지 함께 권했다.]
조사자: 할아버지, 저희 어떻게 해야 되요. 모심기할 때 옆에서. 뒷소리하는 사람들은.
이종태: 하면 내(내가) 뒷소리 받으면 되지.
최옥기: 뒷소리 내 하는 거 받아 내나? 시시만큼인데, 내 하는 거 잘 모르고, 마커(모두) 모리는
　　　　데(모르는데).
이종태: 아이고. 아는대로. 모르면 몬 하고. 아는대로하면 되지 뭐. 아무께나 하기 수운(쉬운) 거
　　　　해 봐라.
최옥기: 하하하하 싱겁꺼르.
이종태: 내가 하까?
조사자: 예.
이종태: 아께(아까) 하던 거 해 보까?
조사자: 예 예.

　모시적삼 반 자락에~분통 같은 저 젖 보소(이종태)
　마니 보며는~병이~되고오~손톱만치마 보고 가소(최옥기)
　해~야 지고야 장찬 밭에 목화 따는 저 처녀가

최옥기: 왜 한 가진 안 하노. 그래 안 된다. 내가 다 할 수 있나.

　목화아 따기는 어렵잖소 백년언약은 어렵도다
　오늘~해가 다졌는고 양선 뒤뜰에~해 다 졌네에
　방실, 방실아~웃는 모습~다 못 보고야 해 다 졌네
　머리 좋구야 키 큰 처녀 울뽕 낭기에 걸앉었었네에
　울뽕~따기는 애렵잖~소오 백년언약은 어렵도다

이종태: 그래 하면 안 되고.

최옥기: 그래 해야 되는데, 나는 그래 한다.
이종태: "울뽕달뽕은 내가 땀세, 백년 언약을 둘이 하자 캐야." 소리, 그 인제 제가 되는 게래.
조사자: 울뽕달뽕은?
이종태: "울뽕달뽕은 내가 땀세. 백년 언약을 둘이 하자." 그, 그래 해야 그 인제. 소리 제목이 맞
　　　는 게래.
최옥기: 그캐(그러게) 내하고 안 맞는다 카이.
조사자: 아. 제목이,

　문예야아~온개야~자진 골에~으(?) 없는 내가 떴네에

최옥기: 난 잘 모린다. 모린다.

　그 뫼 저 뫼가 누 묄런고 천리강산 새야 뫼라
　서울~이라 유다락에~금삐둘기 알을 놓네에
　그 알~저 알을 나를 주먼 금년 과게를 내가 하제

　샛별 겉은 점심 그릇~반달알 같이 떠나온다
　니가 뭣이나아 반달이로 그믐 초이가 반달이세

　이 물괴~저 물괴 헐어놓고이~쿤네 양반 어디 갔나
　문예4) 대전복~양손에 들고오 첩의야 집에 희롱 갔네

　해는 다지고오 날 저문 날에~어뜬 행상 떠나구나아
　이태~백이야 본처 죽어어 이별 행상이 떠나가네

[모두 함께 박수를 치면서]
이종태: 잘 하제?5)
조사자: 예.

　어데 갔더나 이 논배미이 여게 꽂고야 저기 꽂고오 장구팔이가 다 되었네
　니가아~아 무슨아 장구어여 신선노래가 장굴래라

이종태: 장길(장구)래라. 아, 힘에 붙여. 휴.
최옥기: 숨차 이것도 본 할다. 이거는 모숨구고 하면 참 디데이. 옛날에 이래 모숨구고, 줄 처 놓

---

4) 문어.
5) 할머니의 노래하는 것을 두고 하는 말이다.

코 모숨구고 하면 얼매나 디다. 엎디려(엎드려) 모 숨굴라네. 노래할라네. 이거는 둘이 주고 받고 해야 하제. 혼차서(혼자서) 하면 숨이 차 몬 한다.

이종태: 모숨기 소리는 또 질게(길게).

최옥기: 쫌 늘어가주고(늘려가주고) 해야 되는데.

이종태: 지게, 질게 빼기 때문에 더 지다고. 강똥강똥하면6) 덜 딘데.

조사자: 천천히 해서 더 힘이 많이 드는구나. 그래도 노래하면서는 일 하는데 쫌 쉽죠? 할머니.

이종태: 시간 가는 줄 모리지 뭐.

조사자: 아. 시간 가는 줄 모르고.

최옥기: 옛날에 젊을 때는 모숨가 가머 노래 해 가면 해도 별로 참 딘줄도 모르고 숨(심) 갔지.

이종태: 남녀간에 해보면 주고받고 하면 그 이제 사람이 젊은 마음으로 기분이 좋아지제.

최옥기: 어떤 사람으는 같이 잘한다 카고 하면, 이래 하면 힘이 난다 카이.

이종태: 이, 이거 모심기 소리 질게 빼머는 먼 데 가 소리가. 저 건네, 저, 저게 모숨구는 소리하 먼 여게 다 들기고. 질게 간다고. 들에 가 일하면, 들에 가도, 산에 가도 다 들기는데.

조사자: 울뽕, 울뽕이라는 거는 뭐예요? 울봉 따기는.

이종태: 아. 뽕. 뽕. 누에 믹에는(먹이는) 거.

조사자: 아. 울뽕. 울뽕. 우리 뽕?

이종태: 내하고 다리게(다르게) 하네. 나는 울뽕저뽕 카는데.

조사자: 다 이렇게 소리가 틀리죠?

최옥기: 틀리게 하네. "울뽕저뽕은 내 따 줌세, 백년 언약은 내캉(나하고) 하세." "울뽕저뽕은 따 기 어렵잖소. 백년 언약은 어렵도다." 나는 그래, 그래 하는데 나는.

이종태: "머리 좋고 키 큰 처녀 울뽕 낭게 걸 앉었네." 카는데.

조사자: 앉었다?

이종태: 앉어가주고 뽕딴다. 그 말이라.

최옥기: 누에, 누에 믹에는데 뽕 아는동(아는지) 몰다.

조사자: 예 예.

이종태: 그 소리래.

최옥기: 모심기 소리는 아무때나 꺼다(끌어다) 붙여서 하면 되는데. 뭐.

**서울~이라 앞마당에 우케에 멍석에~새~앉었네
후여~후여어 암만7) 훑쳐도 안 날어가네에**

이종태: 아니야. 후여 뒤여 아무리 쫓아도 임 보러 간 새가 안 날아간다.

조사자: 아. 후여, 뒤여 암만 쫓쳐도.

최옥기: 그건 또 다리네(다르네).

함~북 단북아~이 수재비이 사우야 반에 다 올랐네에

---

6) 소리를 길게 빼지 않고 짧게, 짧게 하면 덜 힘들다는 말이다.

7) 아무리.

해미야 노리개는 어디가고오 딸이야 도둑을 맽겼든가

이종태: 그래 인제 이 수재비를 해 가주골랑, 자인(장인) 영감하고, 인제 사우(사위)하고 인제 자
    인 영감이 보이께네. 사우만 수북이 껀데기꺼지 주고. 고마 이 딸이가 자기 아바이는 고마 물
    만 줬다. 줘 놓으이께네. 그 소리하는 곡조가 그게래.
그 영감이가 답을 하는데 뭐라 카는가 하면 "암북, 담북 이 수재비, 사우야 판에 다 올랐네. 해미
    (할미)야 노리개는 어디 가고, 딸이야 도둑을 맽겼던고" 심지를 알아야 되거든. 하하.

암자야 통도라 큰 절 뒤에~알배기 처녀가 넘 노 난다
낚수 노세이 낚수 노세이~알배기 처녀를 낚어보자

이종태: 그래 하며는 아꺼로(알걸)?
조사자: 처음에 뭐라 그러셨어요?
이종태: "암자라 통도라 큰 절 뒤에, 알배기 처녀가 넘노 난다. 낚수 노세, 낚수 노세, 알배기 처
    녀를 낚어 보자." 헤헤헤. 연애, 연애하는 거래.
조사자: 근데 알배기 처녀는 무슨 뜻이예요?
이종태: 알배기 처녀, 처녀 얼라(아기) 뱃단 말이지 뭐.
조사자: 아, 아 그렇군요.
이종태: 즉 말하자면 그게래.

(3) 삼 삼기 노래

① 삼 삼기 노래(1)

-조사일: 2003년 2월 23일, 제보자: 임성윤(여, 63세). 조사자: 임재해, 김유희, 조연남, 나카무라
카즈요.

* 마을회관에 여러 할머니들이 모인 가운데, 할머니께 삼삼을 때 부른 노래를 청했더니, 잘 모르겠
다고 하시더니 불러주었다.

조사자: 삼삼을 때 부르는 노래 잘 하시겠네요?
임봉월: 삼삼을 때 노래 몬 해. 옛날에는 있었는데.
조사자: 진보 청송 진 삼가리, 영해, 영덕에 벋쳐 놓고.
임봉월: 예. 그거사(그거야) 하지.
조사자: 예. 그거 한 번 들어 봅시다.
임봉월: 그 아까 여(여기) 했잖아.
임성윤: 아저씨8) 다 알고 있다마는. "영덕, 영덕. 진보 영덕 걸쳐놓고 우리 치고 나리 치고." 뭐

다 아네 뭐.

조사자: 다시 한 번, 고거 한 번 들어봅시다!

임성윤: 아이고, 내가 그거 뭐. 그것도 찌래기(길이) 길어야 되지 뭐. 뭐.

조사자: 아이야. 찌래기 긴 데로 다 못 하고 아는대로 짤막, 짤막해도 관계없어.

전남수: 그런 거도 안 하나.

임성윤: 하하, 지금 뭐라 카니껴. 인제. 창마.

진보 청송 진삼가리

영해 영덕 뻗쳐 놓고

영해 영덕 관솔가지

비비치고 나리 치고

울오라베 관솔 놓고

우리 엄마 밤참하고

비비치고 나리치고

밤새도록 삼았는데

한발이고 반발이고

임성윤: 다 잊었부고 모르니더. 인제.

조사자: 예. 진보 청송 진삼가리 그럴 때 그쪽으론 실제로 삼가리가 깁니까?

임성윤: 예. 말이 찌래기 지다고(길다고). 이래.

조사자: 찌래기 기다.

임성윤: 찌래기 지다고. 이래, 진보 청송까지 뻗쳐 놓으이(놓으니). 울매나(얼마나) 깁니까?

임봉월: 여게서 저(저기) 꺼정(까지)도 안 갔는데.

조사자: 그러면 이런 노래를 삼 삼으면서 불렀습니까?

임성윤: 전에 그랬지 뭐. 아(아이) 때 그랬지.

② 삼 삼기 노래(2)

-조사일: 2003년 10월 29일, 제보자: 최옥기(여, 77세), 조사자: 조연남.

* 삼 삼을 때 노래를 청했더니 몇 마디 없다고 하면서 불러 주었다.

진보 청송 진삼가리

영해 영덕 뻗쳐 놓고

비비치랑 나리치랑

---

8) 조사자인 임재해 선생님을 일컫는다.

최옥기: 그카데. 그런 노래가 있데. 고거 몇 마디 없더라.

조사자: 고게 다 예요. 할머니 그럼 옛날에 삼 삼으면서 하셨어요? 직접?

최옥기: 삼 삼을 때 그래 하데. 다르(다른) 이(사람이) 그래 하는 거 들어봤지. 뭐. 내가 짓지도
　　　안 하고. 다르 이 하는 거 들어봤지. 뭐.

(4) 성주풀이

-조사일: 2003년 7월 12일, 제보자: 이종태(남, 83세), 조사자: 조연남, 나카무라 카즈요, 유경숙.

＊ 저녁을 먹고 할머니와 할아버지 내외분을 만나기 위해 찾았다. 저녁을 드시고 내외분이 다정
스레 텔레비전을 보고 있다가, 우리를 반갑게 맞아 주셨다. 내외분이 부르는 모심기 소리를 듣고,
이야기 몇 편을 구연하신 다음 성주풀이를 부르기 시작했다.

낙양성~~~ 십리허에
높고 낮은~저 무덤은
육 년 고을에 몇 몇이냐아
절대 가지가 기 누구냐
우리도 죽어지면~
저기 저 무덤이로구나
어라 만세
어라 대신이야

성주본이가 어드메냐
성주본이 어드메냐
경상도 안동땅에
제비원이가 본일래라
제비원에 솔씨 받아
솔천 대천에 던졌더니
낮이면 태양을 받고
밤이면 이실을 맞아
그 솔이 점점 잣을 맺어
소부동에 대부동에
우리 황장목 되었구나
앞집이~서대문
뒷집이 김대목은

저 솔 한 개 묻어다가
조그맣게 배를 띄워
강국산 칡이 끊어
허리가 둥실 둥실 끊어
당고양치 흐른 물에
허리라 둥실 짚어 넣고
북방이라 급한 행세
이 배 아니면 어찌하드냐
어라 만세에

(5) 지신밟기

① 지신밟기(1)

-조사일: 2003년 2월 24일, 제보자: 우수기(남, 63세) 조사자: 김유희, 조연남, 나카무라 카즈요.

* 아침식사를 마치자마자 제보자 집으로 찾아갔다. 그 전날 마을회관에서 다 했다며 노래 하기를 주저했다. 조사자가 요청을 하자 차근차근 설명을 곁들여가며 노래 부르기 시작했다.

우수기: 옛날 어른들이 토대에 내려오는 지신이라는 것은 가정에서 신을 많이 지켰잖아요. 신이 인제 물려 없앤다는 점에서 풍물을 치고 했는건데. 어제 한 건 이 지역의 원줄거리 간단하게 한 건데 그건 뭐 맨들라(만들라) 그라면 얼매든지 맨들어가주고 많이 할 수도 있는데 원줄거리만 했는데. 뜻으는 아무 잡신이 침입을 하지 말두록금 울리는 그거랬고, 앞으로 한 일년 농사도 잘 되고, 가정에 아무 우환이 없고 잘되게 해달라는 거니까, 놀러 일년에 한 번씩 설 명절이 되마(되면) 본집에서 한 번씩 이래 요청을 해요. 어제 내가 한 것은 대청이나 이런데서 한 건데 성주신이나 뭐 이런, 또 뭐 용왕신하고 그 또 정지 부엌이 요청을 하마(하면) 거도 (거기도) 가(가서) 했고.

어허루 지신아 지신지신 눌리소
어허루 지신아 지신지신 눌리소
오호루 지신아 이 집 짓던 대목아
오호루 지신아 지신지신 눌리소
오호루 지신아 어느 대목이 지었나
오호루 지신아 지신지신 눌리소
오호루 지신아 박대목이 지었나

오호루 지신아 지신지신 눌리세

오호루지신아 아들이 나도 효자가 나소

오호루 지신아 지신지신 눌리소

오호루 지신아 딸이 나도 열녀가 나소

오호루 지신아 지신지신 눌리세

오호루 지신아 소가 나도 왁대가[9] 나소

오호루 지신아 지신지신 눌리세

오호루 지신아 개가 나도 불개가 나소

오호루 지신아 지신지신 눌리소

오호루 지신아 닭이 나도 봉학이 나소

오호루 지신아 지신지신 눌리세

오호루 지신아 잡구잡신 물 알로[10]

오호루 지신아 지신지신 눌리세

오호루 지신아 성주님요 잘 있으시소

오호루 지신아 지신지신 눌리소

우수기: 부엌에서 하는 거는 다 똑같은데 인사만 다 틀리는 거라.

조사자: "부엌에 갑시다." 이런 이야기하시는 건 아니구요?

우수기: 그런 거는 아이고(아니고) 본집에서 요청을 하마 드가고, 없으마 가요. 마지막에 "조왕 성주님 계시소" 그것만 다르고 다른 거는 다 똑같아요.

조사자: 샘에 가면요?

우수기: 샘에는 가보질 안 앴어요.

조사자: 그러면 성주한테 가고, 대청 밑에 가고, 정지 조왕한테 가고.

우수기: 해돌라 그라마 하고, 없으마 마당에서 놀다가 그래지.

조사자: 그럼 미리 밟기 전에 "우리 집에는 정지하고 밟아 주세요!" 라고 요청하마.

우수기: 그래. 요청을 하마.

조사자: 마구간에도 가시지요?

우수기: 그건 합쳐가주고 했어요. "사방지신 눌리소. 구석구석 눌리소. 마구간도 눌리세. 정지구 석도 니구석 마구구석도 니구석." 맨들어가주고 하는 기지.

조사자: 그라마 맨들어 가면서 한 번 해 보세요.

우수기: 아이고! 이 정도만 됐잖아요.

조사자: 이거 들으려고 왔는데.

오호루 지신아 구석구석이 눌려주소

---

9) 아주 강한 소를 의미한다고 설명했다.

10) 아래로.

오호루 지신아 지신지신 눌리소
오호루 지신아 마당 구석도 니구석
오호루 지신아 지신지신 눌리소
오호루 지신아 방구석도 니구석
오호루 지신아 지신지신 눌리세
오호루 지신아 마구구석도 니구석
오호루 지신아 지신지신 눌리소
오호루 지신아 정지 구석도 니구석
오호루 지신아 지신지신 눌리세
오호루 지신아 마구구석도 니구석
오호루 지신아 지신지신 눌리소
오호루 지신아 구석구석이 눌리주소

우수기: 합동으로 이래가주고 그래 하는 건데.
조사자: 마구 앞에 가서 하시는 겁니까?
우수기: 아니고. 그냥 합동으로. 대청이마(이면) 대청. 그건 인제 신이 모셔져 있는 곳이고. 조왕
　　　신하고 거 가고 딴 데는 가는데 없어요. 정지에서도 합쳐서 하는 기고. 원줄거리는 그런 거
　　　고. 맨들어지면 얼매든지(얼마든지) 하는 기지.

② 지신밟기(2)

- 조사일: 2003년 2월 24일, 제보자: 김광수(남, 63세), 우수기(남, 63세), 황상모(남, 58세), 황정구
(남, 55세), 황문모(남, 53세), 조사자: 임재해, 한양명, 조정현, 추현태.

 * 이장님이 풍물 잘 치는 사람들을 모아 순식간에 노인회관에 풍물패들이 구성되었다. 이 마을
의 자랑인 풍물을 한 번 치려 하고 있다. 즉석에서 풍물패가 구성되었고, 우수기 어른이 지신밟기를
함께 불렀다.

황정구: 빨리하시더. 내가 씻을려고 지금 참.
황상모: 이거 한 잔 마셔야지.
김광수: 마. 오늘 하지 마고, 앉어 노다가 치웠부고.
황상모: 아이. 한참 뚜드는 거만 보면 된다 카이께네.
우수기: 서 갖고(가지고), 서 갖고 뚜드려야 홍이 나는데.
황상모: 지금 서가 뚜드리던지, 앉어가(앉아서) 뚜드리든지, 서가 뚜드려야지.
황정구: 근데 나는 하기 싫다. 나는.
김광수: 근데 여기 뭐 메구 치는 거는 딴 데하고 틀리니데이.
우수기: 이거 다 장단이, 장단이 다 틀려요.

김광수: 여게는 앞이 특이하고 딴 데는 보머는 뭐. 여. 신은 더 나요. 여기.

황상모: 신이 더 나지. 들으면 재밌습니다.

조정현: 그렇다고 자랑을 많이 하시더라구요. 직접볼라고.

김광수: 풍물을 들으며요. 가마(가만히) 섰다도(섰다가도) 지데로(스스로) (동작을 하면서) 합니다.

한양명: 아이구 너무 잘 하십니다.

황정구: 상여 나갈 때 그 앞에 뭐야 소리 있잖아요. 그거. 그거도 지금 옛날에는 많이 했는데.

조사자: 상여소리 말이죠?

김광수: 그 참 하시던 어른들이 마커 그때 돌아갔뿠어. 오널은(오늘은) 마 내 혼자만 알고 있었어.

조사자: 예. 근데 그 소고춤이 아주 명무(明舞)데요? 예.

황상모: 고 다음에 인제 명맥이, 저 사람이 맹 아랫대거든요. 할튼(하여튼) 뭐 젤 여 잘 치고.

김광수: 소고는 뭐 뼁뼁 돌아가미 막 막. 안주(아직)까지 전부 다 잊었부래 글체(그렇지).

조사자: 그거 소고춤 추면 여기 아주매들 고마 오줌을 슬슬 싸겠는데요?

김광수: 그래, 그 때문에, 전도[채록불가] 떠내려갔다 말았거든.

조사자: 전도 떠내려가다 말았다구요? 아이구.

황정구: 원래 이 어른이 말씨더. 지지고 있거든요. 소고 쳤부면 다 나왔거든. [조사자: 예 예.]

김광수: 근데, 안주 여게 이래이 글체. 신바람 나면 뼁뼁도다가(뼁뼁돌다가) 막 꼬두박질(곤두박질) 하다가.

황정구: 원래 그래. 옛날에 소고춤이 김홍도 그림에도 있듯이. 요즘 여, 여 젊은 사람들, 그냥 막 이런 이래는데 그게 옛날 소고춤은 진짜 그거 막 몸짓이.

김광수: 그때 이 뚜드는 거는 별론데, 몸짓을 잘 해야 된다 카이. [조사자: 예. 몸짓을 잘 해야 돼.] 그럼우에나 카며는 옳게 몬 하이 글체. 상모 볼라고 모도. 참.

황상모: 방에서 하면.

김광수: 방에서 하이. 딱 재복 채린 거하고, 안 채린 거하고 천지 차이거든.

우수기: 방안에서 하면.

김광수: 요즘 옛날 이런 고유 풍물 소리가 없을게래요. 이게. 이런 식으로 돼가주고. 아구 덥어래. 덥어서 못 살다. 여. 아이고 덥어래.

황상모: 집에 있는 거 보다 낫지요?

황정구: 집에 있었이면 텔레비전 탁 보고 앉었으면.

황상모: 집에 있으면 뭐 하나. 잘 나왔지.

김광수: 아무나 오라 카나. 아무나 오라 카는 거 아니고.

조사자: 오늘 이거 풍물 해 모으시는 거 보니 동장님 위력을 제가 알겠습니다.

김광수: 근데 저 북하고, 소고하고 징하고 시(세)가지 가지거든(전부거든). 장기(장구) 할라 카이 안 되고, 메구 배울라 카이 안 되더라 카이. 그 두 가지. 히히히. 근데 저 딴 게 아니고요. 여 와가주고 촬영하는 거 보다 학생들이 더 잘 하겠는데(할텐데) 왜요.

조사자: 예. 학생들이 더 잘해도 그거는 저 쪼대로 하는 거고, 이 동네는 이 동네 쪼가 있는데 이 동네 쪼가 뭔가 그걸 볼려고.

우수기: 옛날 구형식 내려오는 그거를 인제 지금은 맨들어가주고 훨씬 더 잘하지.

조사자: 예. 훨씬 더 잘 해봐야 소용이 없어요. 원래 우리 식을 더 잘하는 게 중요한 거지.

황상모: 메구 치는 건 아주 힘들긴 심(힘)든데.

우수기: 징하고 북이 힘들고.

김광수: 그럼 그 다음에도 누구나 카면 북도 힘들고. 북도 팔 아프이, 팔 아프이.

우수기: 북이 팔 아프이께네.

황상모: 미는(매는) 거는 관계없는데.

추현태: 같은 동네에서 해도 맹 다릅니까?

우수기: 안 다른데.

추현태: 같은 동네에서 뭐 같은 어른 하시는 거 보고 배우는데.

황상모: 아이 농악이 메구가 삼 명 쳤는데요. 같이 다 똑겉이(똑같이) 쳐야. 같이 나가면 똑같
이 해야지. 하나이 틀래면(틀리면) 안 되지.

우수기: 상쇠 쳐 나면 그 뒤에 사람은 거 따라 가지.

황상모: 그 따라 가 해.

김광수: 그래 여 저게 저 상쇠 치다가 내 걸음이 빠르면 혹시나 중간에 가다가 끊어질 일 있잖애
요. 끊어졌다가 이 사람 치는 거 보고 따라 가미 친다 카이. 내꺼 다 해 놓고, 글타 카이. 그
런 게 있었다고.

우수기: 그 음악 겉이 어느 순간 몇 박자 거게 뭐, 그 훈련이 돼 있는 겉으면 뭐 하는데, 지금 뭐
자기 나름대로 뭐 하기 때문에 앞의 사람 치는 거 봐 가민서(가면서), 주로 소리 들어 봐 가
면서 따라서 해요.

추현태: 장구를 어디서 쫌 배우셨습니까?

우수기: 아니요.

추현태: 아니, 이 손 움직이시는 게 이 보통급이 아니신데요?

황상모: 장기고 뭐 여기 뭐 다. 매일 거 저 그 뭐니껴. 차전 할 직에 이 분은 어릴 때부터 계속 쳤
기 때문에 잘 치요.

김광수: 근데 나도 치보이 장기(장구) 치는데, 딴 사람은 못 친다 카데. [청중: 하하하하]

황상모: 한 가지만 잘 하면 돼요. 소고 잘 안 치니껴. 다 잘 했부면 혼자 다 해.

우수기: 그 옛날 어른들 거 속담에 말이 있는데 12가지 하는데.

김광수: 한 가지 잘 해야지. 열 두 가지 다 잘 할 수 있나. 그러머 힘드니더. 사물에 못 올라간다
카이.상쇠는 연습해면 되지 뭐.

황상모: 연습할라 카면 전문적으로 그거만 해야 되는데, 농사짓고 또 하다, 잊어, 잊었부리고, 또
새로 문화제하면 또 연습해가주고 또 한 2년 있다, 또 잊어버리면, 또 새로 하고 전문적으로
해야 되.

우수기: 전에 안동, 거 예천 같은데 보면 그 저 영주 갔을 때는 예천서는 전문성 훈련 시켜 가주
고 사람이 그때는 한 70명 이쯤 되더라고.

김광수: 최하 50명 이상 되야 한다 이께네.

황상모: 예천에서 청송읍에 인제 부국장으로 온 사람이, 그걸 감사한다고.

"동장님 동네 일년에 울매(얼마) 지원해 줄까요?"

대번 치워버렸어. 우리는 예천에 가는데, 도에서 돈을 마 천만원, 2천만원, 지사 왔부면 와 5백만
원 주지 뭐. 이래 하는 게 그거, 그거 받아 뭐 합니까? 한 번 오면 5백만원, 천만원 지원해
주는데. 그거 가주고(가지고) 뭐하노. 가지 마라.

우수기: 군 대항에 나가면 1, 2등, 우승, 준우승 왔다 갔다.

(6) 나물하는 노래

-조사일: 2003년 7월 12일, 제보자: 최옥기(여, 77세), 조사자: 조연남, 나카무라 카즈요, 유경숙.

* 할아버지의 칭찬에 힘입은 할머니는 나물할 때 노래 없냐는 조사자의 질문에 모른다고 했지만, 할아버지가 첫 부분을 불러줬더니 "그 칭칭이 믹에는 겐데."라고 하면서 노래를 부르기 시작했다.

남산 밑에 남도령아
서산 밑에 서처자야
칭아 칭칭나네에

"옛날에 이래하는긴데"

나물가세~나물가세~
첫닭 울어 밥을 해서
둘해 울어 밥을 먹고
시해 울어 신발을 해서~
신작로야~굽은 길로
저 산 겉이로 잘도 간다

올라가먼 올고사리
줌줌이 꺾어 옇고
느러오먼 늦고사리
줌줌이 꺾어 옇고
골로 가며는 골고사리
줌줌이 꺾어 옇고
등을 가먼 등꼬사리
줌줌이 꺾어 여코
산세 좋코 물 좋은들
점심 먹세 점심 먹세
서처자 밥을 둘러보니
외시겉은 쌀을 앉채

앵두같은 팥을 앉채
도리납짝 수박 식게
오복소복 쌓였구나
남도령 밥으는 둘러보니
삼년 묵은 보리밥에
사년 묵은 고리장을 쌓구나여
서처자 밥은 남도령 주고
남도령 밥으는~서처자 주고
나물 보를 둘러보니
서처자 보는 한짝 귀가 덜찼구나
남도령 보는 니귀 뺀뜩 다 찼구나
서처자 보는 남도령 주고
남도령 보는 서처자 주고

"그래 가주 놀다가"

처매를 벗어서 후장을 치고

"허허허. 마커 그래가주고 노다가보이께네"

엄마가 죽어 부음이 왔다
엎파질랑 자빠지랑 부음 받고 간다

"가다가"

한짝 고개 넘어서니
곡소리가 진동하고
한짝 고개 넘어가니
행상소리가 진동한다
서른 둘이~상두꾼아
한 번 쪼끔 낮춰다고
우리 엄마 한 번 쪼끔 다시 보자
에라 요 마한년[11]
딸자슥이 씰 데 없다

---

11) "행상꾼들이 지나가면서 하는 소리야"

(7) 택호 노래

① 택호 노래(1)

- 조사일: 2003년 2월 26일, 제보자: 이순태(여, 68세), 조사자: 김유희, 조연남, 나카무라 카즈요.

* 칠성가에 이어 택호 노래를 청했더니, 다 잊어버렸다고 하면서 몇 소절 불러주었다.

이순태: 아. 그건 인제 택호를 붙여가주고 이름을 지어놨는 건데, 어릴 때 그래가주고 다 알아내
    겠나?
조사자: 생각나시는 대로.
이순태: 그래.

  보기좋은 목화꽃은
  호명댁이 꽃일래라
  도리납짝 접시꽃은
  금당댁이 꽃일래라
  오막조막 깨안꽃은
  노동댁이 꽃일래라
  허리질순 하마꽃은
  유동댁이 꽃일래라

이순태: 아이고, 많이 있는데 모르겠다.
조사자: 아까 허리질순 무슨 꽃이라고요?
이순태: 하마꽃은.
조사자: 하마꽃이 무슨 꽃?
이순태: 하마꽃 있잖아. 산에.
조사자: 할미꽃.
조사자: 아. 할미꽃, 그거를 하마꽃.
이순태: 허리질숙 담배꽃도 있고. 우리, 우리는 그런 거를 많이 갈채주고, 배우고 했지마는 지금
    은 너무 안 해가주고 다 잊었부랬지.
조사자: 아이고, 그래도 잘 하시네요? 할매 친정이 어디신데요?
이순태: 경주.
조사자: 할매 택호는요?
이순태: 신천댁. 여 적었는데.
조사자: 신천댁. 성함은요?
이순태: 이가.

조사자: 이? 이름?

이순태: 내 이름. 이순태.

조사자: '순' 자, '태' 자. 올해 연세는요?

이순태: 육십 여덟.

② 택호노래(2)

-제보자 : 2003년 2월 24일, 제보자 : 전남수(여, 70세) 조사자: 김유희, 나카무라 카즈요, 조연남.

* 옛날 무슨 꽃을 닮은 사람들은 택호를 넣어서 무슨댁이라고 하면서 노래를 불렀다고 하는데, 택호 노래를 한 번 청해보았다.

조사자: 그라먼 할매 택호 지어가주고도 노래 할매 했었지요? 뭐 도리납짝 패랭이꽃은 무슨 땍이 꽃일래라. 이래 택호 따라서.

이복선: 몰래. 옛날에 그런 노래 했다 카고 그카더라마는. 허리찔죽 담배 꽃은 무슨 댁이 꽃일래라 카미 했다 카더라마는 그거 우리 다 모리니더.

조사자: 그럼 할머니 생각나시는 대로 한 번 해 보세요

전남수: 그거.

도리납짝 패리꽃은
우동땍이 꽃일래라

　　"그거는 화전 때, 화전 때 가가 화전을 하먼 야, 자 마커 꽃 이름을 짓는다 카이. 우리는 또 그래지었다"

도리납짝 패리꽃은
홍분석이 꽃일래라
이 산 저 산 둥둥망태
김옥주의 꽃일래라
논뚝밑에 모매꽃은
조금룡이 꽃일래라

조사자: 모매꽃은 누구 꽃이요?

전남수: 논둑 밑에 모매꽃.

조사자: 예. 모매꽃은 누구 꽃이라고요? 조 누구요?

전남수: 조금룡이 꽃일래라. 지금 와가 이름은 하마 다 잊어뿼랬는데.

조사자: 친정서?

전남수: 친정서 클 때 화전 가가주고 노다 보면 그래 꽃 이름을 짓는다 카이. 얼굴에 따라, 꽃 이
꽃 비스듬하다 카먼 요리 쫄짝하면, 이 쫄짝한 사람 이름 꼭 불러가주고 부르고.

조사자: 쫄짝한 사람은 무슨 꽃입니까?

전남수: 모매꽃. 논둑 밑에 모매꽃은 쫌 개름하잖아. 뚱글뚱글한 사람으는 이 산, 저 산 둥둥망태
김옥주의 꽃일래라.

조사자: 둥둥망태.

이복선: 둥둥 방맹이 꽃이 이런 게 안 있나? 둥둥 방맹이.

전남수: 아 아 저거도 한다. 저게 우 붉은 목단꽃은 누구의 꽃일래라. 사람 얼굴에 따라서 꽃 이
름을 짓는 게라. 꽃 이름이래 그게.

조사자: 예. 그렇지요. 목단꽃은 할매 친정서 누구 꽃이라 캤습니까?

전남수: 나도 몰래.

이복선: 나도 모리니더.

전남수: 뭐 또 우불우불 작약꽃은 또 누구 꽃이라 카고. 얼굴에 따라서 이름을 짓기 때문에. 그거
는 누구.

박추월: 그거 인제 얼굴에 따라서 이름을 짓는 거지.

전남수: 그게 꽃이름이야. 옛날에 화전 가서 이래 놀다보면 꽃 이름을 그래 인제는 다 잊었부랬
다. 내 사는 게 고통 시럽운지(스러운지). 그런거까지는 생각을 못 해.

조사자: 할매는 무슨 꽃이셨습니까?

전남수: 나는 꽃도 없다.

박추월: 어릴 때 들은 소리래가(소리라서) 그걸 그렇게 인제 이래 꽃 내기가 나이 이래 한 둘씩
생각이 났지. 그게 다 몰래.

조사자: 한 둘씩 고거 한 번 해 보세요. 생각나시는 대로? 생각나는 대로

이복선: 아는대로 갈채 줘라.

③ 택호 노래(3)

-조사일: 2003년 2월 23일, 제보자: 박추월(여, 68세), 조사자: 임재해, 김유희, 조연남, 나카무라
카즈요.

* 택호 노래가 나오기 시작하자 다른 것도 있다며 불러 준 노래이다.

도리납짝 패리꽃은
귀동댁이 꽃일래라
허리질쭉 담배꽃은
석포댁이 꽃일래라
희고붉은 연달래는
우리엄마 꽃일래라

박추월: 그라고는 그 뒤론 잘 몰래. 다 잊었부래가, 인제는 친정에 클 때 택호도 잘 몰래요. 가면
　　　사람도 모르는데, 뭐 다 변하고, 자주 안 가고 하니까네.

이복선: 키가 크고, 담배 꽃으는 늘씬하잖나. 그래이께네.

박추월: 허리찔쭉 담배꽃은 키 큰 사람을 두고 말하는 거야.

전남수: 얼굴도 납짝하게 생겼으이께네. 도리납짝 패리꽃은.

이복선: 아가씨도 키 큰 사람은 그래 인제 키 크다고. 헌출 봤다고. 허리 질쑥 담배꽃은 누구 꽃
　　　일래라.

조사자: 담배꽃 아까 누구 꽃이라 하셨지요?

박추월: 석포땍이 꽃일래라.

조사자: 석포땍이 아, 희고 붉은 무슨 꽃은 우리 엄마 꽃일래라?

박추월: 요새는 연달래 꽃을 가주고(가지고), 개나리꽃이라 카나 뭐라 카나.

조사자: 개나리 노란.

박추월: 노란 게 아니고, 그게 개나리.

조사자: 진달래?

박추월: 진달래를 가주고, 희고 붉은 연달래는 우리엄마 꽃일래라 카고.

전남수: 그게 진달래라도 개꽃 아이라? 참꽃으는 요거고 이거는 개꽃 아니라.

(8) 시집살이 노래

① 형님, 형님 사촌형님

-조사일: 2003년 10월 29일, 제보자: 최옥기(여, 77세), 조사자: 조연남.

* 아주 어렸을 때 들었던 한 가지가 생각난다면서 들려주었다.

　　형님형님 사촌형님
　　날왔다고 성내말게
　　자리 한잎 비었이면
　　너도 앉고 나도 앉지
　　쌀 한줌 막 찧였으면
　　너도 먹고 나도 먹제
　　그 뜬물로 받았이면
　　니 쇠주지 내 쇠주나
　　그 누렁지 끌었이면
　　니 개주지 내 개주나

카머. 그런 노래가 또 있더라.

조사자: 이 노래는 어떤 노래예요? 할머니?
최옥기: 몰래. 그런 노래가 있데. 뭐 어지간히 저게, 뭐 사촌 형님 왔는 거, 저거 사촌 형님 카는
    거 보니깐. 사촌 동상이 왔던 모양이제. 동상이 왔는데 박대를 했던동 그래가주고. 그런 노래
    가 있데. 조매할(어릴) 때 들어보니 그런 노래가 있데. 이거 아주 옛날 노래다.
조사자: 옛날에 듣고 그럼 불러보시기도 했어요?
최옥기: 그래 불러봤지. 쪼매할 때 어른들이 그래 부르데.
조사자: 할머니들이?
최옥기: 할머니가 그래 부르데.

(9) 생금생금 생가락지

① 생금생금 생가락지(1)

-조사일: 2003년 2월 26일, 제보자: 이순태(여, 68세), 조사자: 김유희, 조연남, 나카무라 카즈요.

* 같은 상황에서 생금생금 생가락지 노래를 청했더니, 옆에 함께 앉아서 얘기를 듣고 있던 할머
니가 먼저 부르기 시작했다.

    생금생금 생가락지
    호독질로 딲아놓이
    먼 데 보이 달일래라
    곁에 보이 처녀일래라
    그 처자야 자는 방에
    숨소리도 둘일래라
    말소리도 둘일래라
    신도보이 두 컬일래

조사자: 이거 누가 부르는 노래죠?
이순태: 몰래 누가 부르는 노랜동.
조사자: 생금생금 생가락지 무슨 뜻입니까?
이순태: 노래 뜻은 모리고 하니까네 하는 줄 아고(알고) 했지 뭐.

② 생금생금 생가락지(2)

-조사일: 2003년 10월 29일, 제보자: 최옥기(여, 77세) 조사자: 조연남.

＊ 추수가 거의 끝나갈 무렵 할아버지댁을 찾았다. 아침 일찍 읍에 가셨다는 할아버지는 저녁이 되어도 돌아오지 않으시고, 할머니께 어렸을 때 불렀던 노래 몇 가지를 청해 보았다. 어렸을 때 불렀던 노래는 잘 안 잊어버린다고 하면서 불러 주었다.

최옥기: 옛날에 아주 옛날에 그런 소리하데.

생금생금 생가락지
호작질로 닦아내어
먼 데 보이 달일래라
곁에 보이 처잘래라
그 처자 자는 바에
숨소리도 둘일래라
말소리도 둘일래라
글소리도 둘일래라

최옥기: 그런 노래가 있데. 아주 옛날 노래래. 아주 옛날 노랜데, 우리 쪼매할 때 클 때 보이 그런
　　　소리하데.
조사자: 아주 쪼매할 때. 이건 누구한테 들으신 노래예요?
최옥기: 지금은 그런 거 없어. 우리 쪼매할 때, 클 때 보이 들으니 그래하데. 모도.

(10) 시상달강

① 시상달강(1)

-조사일: 2003년 2월 23일, 제보자: 이복선(여, 68세), 조사자: 임재해, 김유희, 조연남, 나카무라 카즈요.

＊ 조사자가 아이 키울 때 부르던 노래를 청하자 잘 모른다며 손을 젖다가 부른 노래이다.

달강 밑에 무덤은
머리 깎은 생쥐가
올라가면 내려가면 다 까먹고
하나 둘 씩 껍떼일랑 까가주고
할배 주고오~

> 허물일랑 까가주고
> 할매 주고오~
> 알따굴랑 까가주고
> 니캉내캉 먹자
> "몰래 그카더니 모린다"

② 시상달강(2)

-조사일: 2003년 2월 23일, 제보자: 이복선(여, 68세), 조사자: 임재해, 김유희, 조연남, 나카무라 카즈요.

* 위의 노래를 부른 뒤 청중들이 웃자 다시 한 번 부르기 시작했다.

> 왈강 달강 시상 달강
> 서울 가여 참밤 한 말 받어가
> 살강 밑에 묻어 놓으이
> 머리 깎은 생쥐가
> 올르가믄 내르가믄 다 까먹고
> 하나빾에 뿐인 걸
> 껍디길랑 까가주고 할배 주고
> 허물이랑 까가주고 할므이 주고
> 알따굴랑 니캉 내캉 먹자
> (관중들 웃음바다)

이복선: 그래 하면 맞어. 알강 달강 그래 하면 맞니더. 그래하면.
박추월: 맞는 동, 안 맞는 동 모리고.
전남수: 맞는 기 있나? 여러 질이 있는데, 아는대로 돌아가면 되지 뭐.

③ 시상달강(3)

-조사일: 2003년 2월 23일, 제보자: 이복선(여, 68세), 조사자: 임재해, 김유희, 조연남, 나카무라 카즈요.

* 연이어 생각났는지 연달아 부르기 시작했다.

조사자: 그래면 할매. 인제 애기가 인제 걸어요. 인제 아장아장 걸으면 또 자장, 자장말고 또 걸

　음마 띨 때 또 하는 노래 있죠? 어제 하셨잖아요. 시상 달강.
박추월: 아~들 걸을 때 쫌.
이복선: 아~들 쫌 인제 커먼(크면) 인제.

　알강 달강 시상 달강
　서울 가여 참밤 한 말 받어다가
　살광 밑에 묻어 놓이
　머리 깎은 생쥐란 놈
　올라가머 니리가머 다 까먹꼬
　하나 빾에 뿐인 거
　껍띠길랑 까가주고 할매 주고
　버무를랑 까가주고 할배 주고
　알따굴랑 까가주고 니캉 내캉 먹고

조사자: 알따구리요?
이복선: 소꼬배이 알. 인제 알따구이 알으는 지캉, 내캉 어마이하고 내하고 먹었부지 뭐.
조사자: 밤을 서울가신 아빠가, 오빠가?
이복선: 서울 가가주고 참밤을 한 말로 받어다가 살강 밑에 묻어 놓이.
조사자: 시렁.
이복선: 옛날에는 그릇이가 있나. 요새는 싱크대가 있지만 옛날에는 그릇 엎는 찬장매로 이래 맨
　　들어 놓은 게 있어요. 그래 인제 살강 밑이라. 그릇 밑이라꼬.
조사자: 아. 살강.
이복선: 그륵 엎는 밑에 인제 여 밑에 여기다가 파고 묻어 놨더라고. 살강 밑에 묻어 놨던 참밤.
　　머리 깎은 생쥐란 놈 올라가미 니리가미 다 까 먹었부고 한 나 남았다.
조사자: 아. 생쥐가 다 까먹고.
이복선: 어. 다 까먹었으이. 남은 거 하고 인제 그래 먹는데.
조사자: 할매 살강이 뭡니까? 살강이.
이복선: 실강, 실강 그릇 씻거 엎는 실강이 있다 카이께네. 그래 요즘은 싱크대가 있으이 그래 없
　　지마는 옛날에는 그릇 엎는 요래 맨들어가 실강이 있었다 카이. 그래 놓으이 인제 살강 밑에
　　묻어 놨다 카이.
조사자: 살강 밑에 묻어 놨는 게.
이복선: 생쥐란 놈. 요즘으는 전부 세민(시멘트)으로 해 놓이, 쥐 들어 올 때도 없지마는 옛날에
　　는 쥐가 다 까먹어 부랬잖아. 그래 다 까먹어 부래이까네. 한 나 남았더란다.
박추월: 우리들 그랬다 왜. 한쩍진 데 묻어 놓이 쥐가 먹기 때민에 드가는 문 앞에다 요래 파가주
　　고, 파서 고거다 갈랑 묻어 놓고 덮어놓고 사람이 아침, 저녁으로 밟고 댕기는 기라. 고거 참
　　밤을. 설에 명절에 제사 때 쓴다고. 묻어 놓고.
조사자: 뭐를 요?
박추월: 참밤을. 참밤.

조사자: 아. 참밤.

박추월: 요래 딜고(들고) 댕기는(다니는) 문 앞에다 파가 고게(거기) 묻어 놓코, 아침, 저녁으로
　　　밟고 댕기면 쥐가 안 물어 가라꼬.

조사자: 아. 그러면 쥐가 안 물고 가라고.

이복선: 그래 댕기니깐. 자주 자주 댕기니께. 사람이 요래 댕기니께네. 자구 댕기니 요놈의 쥐가
　　　몬 댕기니 그래제. 그래 말로는 그래 했쩨.

조사자: 할매, 고 시상 달강이 무슨 뜻입니까?

이복선: 재는(재우는) 뜻이지 뭐. 옛날 애 재는 뜻.

조사자: 아. 고거는 옆으로 요래, 요래 하는 거고.

이복선: 글치 뭐.

④ 시상달강(4)

-조사일: 2003년 10월 29일, 제보자: 최옥기(여, 77세), 조사자: 조연남.

* 자장가에 이어 기억이 안 난다며 부르신 노래이다.

　　참밤 한 되 주어다가
　　살광 밑에 묻어 났더니
　　생쥐란넘이 오머가머 다 까먹고
　　한 낯이 남었는 걸
　　버물랑 벗어가주고 아빠주고
　　껍띠길랑 벗겨가 엄마주고
　　알갱일랑 니캉 내캉 둘이 먹자
　　둘이 먹고

최옥기: 왈강달강, 왈강달강 이래하데. 왈강달강.

조사자: 이래 애기를 세워 놓고.

최옥기: 이래 둘이 잡고, "니캉 내캉 먹자." "알따굴랑 니캉 내캉 둘이 먹자." 왈강달강 그래 하데.
　　　옛날에. 아-들은.

조사자: 할머니도 직접 그렇게 하셨어요?

최옥기: 쪼매할 때 할매 보이(보니) 그래 하데. 우리 할매가. 할매가 손잡고. 니캉 내캉 둘이 먹
　　　자 카고 그래 하데. 허허허.

(11) 풀미딱딱

-조사일: 2003년 2월 24일, 제보자: 이복선(여, 68세), 조사자: 김유희, 나카무라 카즈요, 조연남.

* 화투치기 하던 할머니들한테 조사자가 바짝 다가가 아이 키우면서, 자랄 때 부르던 노래 한 번 해 보자며 시작한 노래이다.

조사자: 아를 (앞, 뒤로 왔다 갔다 하면서) 요래, 요래 하는 거도 있잖아요. 요래, 요래. 할매?

풀미딱딱 풀미딱딱
이 풀미는 누 불미로
경상도 대불미요

"하하하. 난 고거 뱆(밖)에 모른다. 여 어른들한테 그 갈채 달라 캐라"

(12) 자장가

① 자장가(1)

-조사일: 2003년 2월 24일, 제보자: 이복선(여, 68세), 조사자: 김유희, 나카무라 카즈요, 조연남.

* 조사자가 자장가는 언제까지 불렀냐며 묻기 시작했다. 요즘 아이 키우는 것과 예전 아이 키우는 것은 많이 다르다는 이야기를 하면서 부른 노래이다.

조사자: 그럼 할매 요래 자장자장 워리 자장 그걸 몇 살 때 까지 그래 재웁니까?
이복선: 엉심커도록 그래 재지 뭐. 애들이 인자 한 서너, 너덧 살 먹도록 인제 키우이께네. 그때 되도록 인제 애들이 인제 쫌 뭐하이께네. 뚜드러 하고. 옛날에 대략 안 그랬니껴? 그래. 뚜드러. 여게를 대략 뚜든다 카이. 그래 얼러(얼른) 재라꼬(자라고). 자꾸, 자장자장. 요래 보듬고 앉어가주고, 자꾸,

자장 자장 워리 자장
앞 집 개도 잘도 자자
뒷집 개도 잘도 자자
우리 개도 잘도 자자
우리 개도 잘도 자자

② 자장가(2)

-조사일: 2003년 10월 29일, 제보자: 최옥기(여, 77세), 조사자: 조연남.

* 어렸을 때, 형제들과 클 때 이야기를 하다가 애기 키울 때 노래를 청했더니 불러주었다.

금자동아 옥자동아
칠기청청 보배동아
"하하하하"
만첩산중 동삼씬가
눈진산에 꽃일런가

최옥기: 아(아이), 어르는 거, 아, 어르는 거.

(13) 이거리 저거리 각거리

① 이거리 저거리 각거리(1)

-조사일: 2003년 2월 24일, 제보자: 박추월(여, 68세), 조사자: 김유희, 나카무라 카즈요, 조연남.

* 조사자가 먼저 다리를 펴면서 적극적으로 나서자 화투 치고 있던 할머니들이 함께 다리를 펴기 시작했다. 연신 웃음을 머금으면서 부르기 시작했다.

박추월: 마커 여러 질이래. 하는 거도. 이거리 저거리 갓거리도 여러 질일래라. 우리 클찍에는 또
    발 쭉 놔 놓고

이거리 저거리 각거리
송실낭근 도망근
춘추대기 열성야는
까마구 까치 양기보고
산시게 노리게 둘러 빵

박추월: 카면 요거 인제 한 명 발 모 있거든, 뺏버리거든요. 또 여기 오이(오니) 또 다르더라. 우
    리 하는 거랑 마커 다르더라 하이 카네.
조사자: 여는 어떻게 합니까?
박추월: 여는 우에 하던동, 다르데. 내 배운 거하고 여기 오이 다르더라마는.
이복선: 배왔는 거 하소. 거 배왔는 거 하소.
조사자: 할머니 저 이거리 저거리 다시 한 번 해 주세요.

박추월: 발 마커 쭉 낼래.
[할머니들 비롯하여 유희언니가 발을 내고 직접 할머니들과 함께 이거리 저거리 갓거리를 했다.]
박추월: 발을 이래 놔 놓고. 이래 놔 놓고 인제 "이거리 저거리,갓거리 송신만근 도망근 춘추대길
    열성양 까막 까치 양기 범이 산시기 노리게 둘러 빵." 아지매 이거 드가야 된다. [청중: 하하
    하] 내 이겼니더.
이복선: 그라면 이기나.
조사자: 그래어 다 와서 이렇게 다 다리를 접으면 뭐가 됩니까?
박추월: 먼저 끝나는 사람이 이긴다. 먼저 끝나는 사람.

② 이거리 저거리 각거리(2)

-조사일: 2003년 2월 24, 제보자: 전남수(여, 70세), 조사자: 김유희, 나카무라 카즈요, 조연남.

* 모두 다리를 내 놓으며 신나게 하기 시작했다. 그러더니 우리 클 때 배운 건 다르다며 부르기
시작했다.

전남수: 우리는 또 이래 배웠다.

이거리 저거리 각거리
상세망근 도망근
저고리 받고 턱박구
"또 뭐라 카드라 그때. 그거도 여러 질이라. 여러 질이라 카이"
까막 까치 산시게 노리게 둘러 빵
"카더라. 마커 다르다."
이거리 저거리 각거리
송태망근 도망근
저고리 받고 돈받구

그거또. 주눅이 들어 안 된다.
박추월: 주눅이 들기는 뭐. 잊었버래서 글치 뭐. 주눅이 들기는 드노.

③ 이거리 저거리(3)

-조사일: 2003년 2월 24일, 제보자: 박추월(여, 68세), 조사자: 김유희, 나카무라 카즈요, 조연남.

* 웃음바다가 되니 연달아 노래가 나오기 시작했다.

이거리 저거리 각거리
송세망근 도망근
주거리 받고 돈받고
연지탕께 열두야
가 사 머리 장 두 칼

조사자: 할머니 뭐가 열두단 이냐고요?
박추월: 주거리 받고 죽 받고 주까도(말해도), 주께도 잊았분다. 내가. 아이, 웃읍다 참말로.
조사자: 주거리 받고가 뭔 말이지?
박추월: 아-들 요래 모여 앉아 놀 때 보면.
전남수: 진작 이런 거 하신다고 오시는 거 알았으면 내가 적어 놨다가 봐가미 하겠네. 고마 이래
　　　하니.

(14) 까치야 까치야

-조사일: 2003년 2월 24일, 제보자: 이복선(여, 68세) 조사자: 김유희, 나카무라 카즈요, 조연남.

* 한쪽 손은 바닥에 대고 다른 한 손으론 톡톡 두들기 시작하면서, 톡톡 모래로 까치집 짓는 듯
부르기 시작했다.

조사자: 할매 그래 고래 하다가 쪼매 더 크면 요렇게 손 여 놓고 까치야, 집 짓자 이런 거도 하지
　　　요?
이복선: 아. 이런 거. 헌 집을 니하고, 새 집을 날 주고. 그래 인제 모래 불에 가며는 멀개미(모
　　　래)가 이래 많이, 있잖아요. 많이 있으면 이래 이래 끌어 자꾸 덮어.

까차 까차
헌집을랑 니하고
새 집일랑 날도고
까차 까차
헌집일랑 니하고
새 집일랑 날 도고

이복선: 이래 카거든. 요래 뺏부리며는 무꾸(무) 구데이(구덩이) 매로 요게 요래 가 있고, 요 구

넝(구멍)이 손 드갔던데 뻐끔하고 그래.

조사자: 할매 왜 이를 뽑잖아요. 이를 뽑으면 아들 이 뽑아 놓으면 왜 이래 뭐 지붕에 떤지 던동?

이복선: 지붕에 안 떤지고, 이빨을 빼머는 딱 빼가주고 이 부엌에 갖다 옇지. 부엌에. "까차 까차 헌닐랑 니하고 새일랑 날도고"

조사자: 그카지요? 아. 그래 몇 번 노래하고 그카지요?

이복선: 그래. 그칸다 카이. 살짝 빼머는 인제 빼가 부엌에 갔다 옇부고, 인제 탔부라고 부엌에 갖다 여코(넣고). 인제 "까차, 까차 헌닐랑 니하고, 새일랑 날도게. 헌닐랑 니하고, 새일랑 날 도고." 이칸다.

(15) 앞니 빠진 갈가지

-조사일: 2003년 10월 29일, 제보자: 최옥기(여, 77세), 조사자: 조연남.

* 옛날 친구들 이가 빠졌을 때, 놀리는 노래를 청했더니 불러주었다.

　최옥기: 이 빠졌는 거, 하하. 뭐.

　앞니빠진 갈가지
　덧니빠진 덕식이

　최옥기: 카다. 그런 노래도 있더라. 하하. 그카데. 갈가지라 카데. 아들 이 갈면.

　앞니빠진 갈가지
　덧니빠진 덕식이

　최옥기: 카데. 뭐 그런 소리만 들었지 뭐. 여러 가지 소리는 못 들어 봤어.

(16) 항골레야

① 항골레야(1)

-조사일: 2003년 2월 24일, 제보자: 이복선(여, 68세), 조사자: 김유희, 나카무라 카즈요, 조연남.

* 마치 항골레를 쥐고 있는 듯, 손을 흔들며 부르기 시작했다.

　조사자: 그렇지요. 그런 거 가주 놀죠. 그래고 또 항골레비 잡으면 요래 까떡까떡하면서 항골레 야, 항골레야 하면서 그렇게 안 하셨어요?

이복선: 항골레비 잡아가면 다 알믄설로(알면서). 하하하.
조사자: 그래 그런 거 들으라고.
이복선: 메뚜기 잡아 가주고, 방아 찧라 카지 뭐. 그저.
조사자: 그거 한 번 해 보세요. 할머니.
이복선: 모르니더.
조사자: 에. 뭐 잘 하시는데 할머니. 이래 꼬불싹, 꼬불싹하면 뭐라 카지요? 뭐라 캅니까? 방아
　　　어째 찧라 캅니까?
이복선: 거 뭐라 카나. 그거. 그저 방-깐(방앗간) 찧라 하지 뭐.

항골레비야
방아 찧라
방아 찧라
"카지 뭐. 그거 뭐 딴 거 있나 뭐."

조사자: 까딱까딱 거린다고. 방아 찧는다꼬.
이복선: 그거는 요래요래 하면 지댈로 저래 깜빡깜빡거리지 뭐. 요래지니깐 깜빡깜빡 그러지 뭐.
　　　그래 그렇지. 여 어른들한테 그래라. 나는 모린다. 여 노인, 이 노인.
빅추월: 할매 얘기 다 했버렸는데 뭔 얘길 하나.
이복선: 난. 얘기할라고 하지도 안 했는데 여서 자꾸 카이 이애기(이야기) 그래 카지. 내가 얘기
　　　할라고 하는 거도 아이고. 여 얘기하는 대로 여 이 연세 많은 어른들.

② 항골레비야(2)

-조사일: 2003년 10월 29일, 제보자: 최옥기(여, 77세), 조사자: 조연남.

* 어렸을 때 불렀던 노래 중에, 항골레비를 잡아서 부른 노래를 청했더니, 옛날 생각에 얼굴에 미
소가 번지더니 불러주었다.

최옥기: 항골레비를. 항골레비 잡아가 요래 찧으면서 요 방아라 카머 까딱까딱 찧는다고 항골레비
　　　가.

아척꺼리 쪄라
저녁꺼리 쪄라

최옥기: 카머 요래 찧으면 까딱까딱하며 잘 쪘다 왜. 옛날에.

(17) 남원골 춘향이

-조사일: 2003년 2월 24일, 제보자: 이복선(여, 68세), 조사자: 김유희, 나카무라 카즈요, 조연남.

* 어릴 적 많이 했던 놀이라며, 실제로 이 놀이를 하다가 기절한 친구 이야기도 하면서 방망이 잡는 시늉을 하면서 부르기 시작했다.

> 조사자: 할매 그카고 쪼매 더 크면 이래 모여가, 이 콩 받어라, 콩 받어라 이거 하셨다면서요? 콩 받어라, 이거 하셨죠. 콩 받어라, 이래 하죠? 그래고 그런 거 들어보셨어요? 춘향이 점치는 거. 춘향아, 춘향아 카는 거.
> 이복선: 남원골 춘향이.
> 조사자: 그래, 그거 한 번 해 보시죠?

**봉아 봉아 천지 봉아
용바람에 용바람에 대장군아
어깨 짚고 소매 짚고
어리설설 내러주소**

> 조사자: 제일 첨부터 한 번 해 보세요?
> 박추월: "봉아, 봉아 천지봉아, 용바람에 대장군아, 어깨 짚고 소매 짚고 어리 설설 내리주소."
> 조사자: 어깨 짚고, 어디 한다고요?
> 박추월: 사매, 소매.
> 이복선: 사매, 소매 짚고.
> 전남수: 방망이 점하잖아.
> 이복선: 방망이 짚고 또 찾으러 가고. 어리 설설 내리주소. 이카거든. 이래 다 벌었는 게래. 다 벌어 놓으면, 그래 인제 방망이 지에 놓으면 "어리설설 내리주소."
> 만약 저 아줌마가 아가씨 겉으면 아무것이 시집 언제 갈로? 카머 이카머는 인제 저 가가 인제 서거든. 그래면 인제 거 시집간다 카고. 그래 옛날에는 장난이 뭐 있었나? 없으니깐 또 인제 뭐 하면 자 시집가면 잘 살라? "오동장롱 객개수 할라" 카면 "한다." 카면 이 이래고.
> 조사자: 다시 말씀 해 주세요. 할머니.
> 이복선: 오동장롱 객개수. 요새 이런 요랑하면 이런 농. 옛날에는 농이가 집집마큼(만큼) 이런 농이 없었어요. 잘 사는 집이는 농이 있고, 못 사는 집이는 채로 가주 맨들어가주 인제 상자가, 요런 상자가 네모 번듯한 상자가 있제. 거기 인제 옷을 마커 여가주고, 그래가 인제 실광이 저래 있거든. 그래 가 인제 실광 우에 인제 상자를 올려놓코.
> 시집가면 인제 모도 인제 오늘이 내가 시집 왔이머는 고 이튿날 되면 인제 이웃에 새댁들, 나(나이) 많은 사람이고 뭐 새각시 인제 옷 꾸경하러 오는 게래. 요즘으는 옷이 흔하지마는 내 아께도(아까도) 얘기했듯이 옷이 길럽꺼든(귀하거든).

그리이 누가 옷을 많이 해가 왔노 카머. 그 상자를 내러가주고 그 띠게(뚜껑) 열고, 새새딕이는 저거 열어가 뭐 이래 뭐 해주며는 다 남의 옷을 다 내비는 게래. 얼매 만치 곱게 했노. 이 저 고리가 멫(몇) 개로, 치마가 멫 개로, 속옷이 멫 개로,

그래 인제 옛날에는 옷을 한불썩(한 벌씩) 마커 이래 하잖나. 하머는 저고리가 몇 개다. 옷이 몇 불 있다. 그 집이 새댁이가 옷을 몇 불 해가 왔더라. 한 죽이면, 한 죽 열 부리가 인제 한 죽이거든. 그래 한 죽 해가 왔더라. 옛날에는 그랬어요. 그러이까 인제 이걸하면 인제 "누구는 시집가면 오동장롱 객개수 할라." 카머, 한다 카먼 "닌 야, 시집가면 오동장롱 객개수 한단다."하고.

조사자: 오동장롱 객개수요?

이복선: 으.

조사자: 객개수는 뭡니까?

이복선: 오동장롱 객개수가 이 농이라 카이께네. 오동 낭글 가주고(가지고) 하머는 이 농이 좋데. 옛날에는 이 오동낭글 가주고 하머는 농이 좋데. 그래 놓으이 오동장롱 객개수하라 카먼 한다 카먼 좋다. "니는 야, 시집가면 오동장롱 객개수 한단다." 카먼 그래 인제 이거를 가 이래 하고.

조사자: 이래 한 번 해 봅시다. 해 봅시다. 우리. 할매 아까 용, 용 뭐 카셨죠? 앞에 할매 하시고, 우리 함 해 봅시다. 자 할매.

박추월: 뭐라 캤노.

조사자: 이, 이건 누가 이래 흔듭니까?

이복선: 내가. 방망이 쥤는 내기. 맹 인제 신(神) 왔는 사람이.

박추월: 신이 올 때까지 외야(외워야) 되거든.

이복선: "어리 설설 내려주소." 이카먼. 신이 왔으이, 신이 내려 왔이-(왔으니), 그래 인제 여 갔다 방맹이 쥐에가, 그래 인제 누구는 뭐 우에노 카머 누(누구) 앞에라도 가가 인제 맞다 카머. 날 맞으면 맞다 카고 이카고. "니 시집 잘가나?" 카먼 "잘 간다." 카고, 이게 맞는, 이래 흔들리머는 내렸는 거 인제 맞다. 이 말이고 맞찼다.

박추월: 신이, 옳게 오긴 오나 뭐. 우리 윗일라고(웃을라고) 장난으로 하는 거지.

이복선: 옛날에 그것도 안 온 사람 안 온다 카이깐.

박추월: 우리는 온 기억은 모르고, 하는 게라고 했지.

조사자: 그러면 그거는 제일 많이 벌어진 사람이 합니까? 아니면 오늘은 니가 해라 이겁니까?

이복선: 만약에 인제 잘 오는 사람이, 그 사람이 만날 잘하지.

전남수: 신이 잘 오는 사람.

이복선: 신이 잘 오는 사람이 있다 카이. 이리 만날 내가 인제 하면 "니 해봐라." 카먼 또 내가 하고.

조사자: 그래먼 시집 잘 가는 것도 이래 물어보고, 또 뭐 물어봅니까?

이복선: 오만거 다 물어보고.

전남수: 누가 부자 집에 갈노? 카먼, 여 가가 이래 딱 서먼 "니는 거 가이 맞다." 카고.

조사자: 주로 뭐 시집가는 거 묻고만요? 장롱이라든가?

전남수: 그때는 뭐 그거지 뭐. 뭐 할게 뭐 있나. 시집가는 게 신랑 잘 만나는 거지 뭐.

박추월: 그래고 노래하는 거도 그래 해가 하고, 뭐 글 때 그때 인제 장난이 그게지.

전남수: 노래하고, 춤 춰. 그리 정월 대보름 지내가주고, 콩 한 뚜배기썩 모다가주고 노자 카머 노다가이께네. 엄마들이, 오라 카데. 너 몇이 오라 캐. 가가주고 너 막 노래 불러라 카더라이.

그래 노래 부르고 뭐 춤 실컨(실컷) 치고, 방망이 점하고 하다가, 그 어마이 고마 쫙 뻗었부더라 하이께네.

조사자: 아. 정월 대보름날. 아. 방맹이점 치고.

전남수: 아무리 뭐 객구(객귀) 물러도 안 되고, 막 뭐 물을 인제 바가지에 떠가 와가주고 솔잎 가주고(가지고), 적셔가주고 부정 물려도 안 돼가주고, 하다, 하다 안 돼가주고, 방망이점 막 하잖아. 막 이래 해 가, 두 다리 뻗쳐놓코 막 우리 아버지는 양반인데, 우리 엄마는 평양 기생 월상이라카머 막 입을 다 쥐 뜯어가주고 피가 나고, 막.

조사자: 누가요?

전남수: 이래 들었는 어마시가.

조사자: 아.

이복선: 신 내렸는 사람이.

전남수: 너무 고마 저거 했버랬는가봐.

조사자: 방맹이점 치다가 고마.

전남수: 신난다고 자꾸 노래 불러라 캐가. 아들이 막 몇이 노래 부르이께. 고마 쫙 뻗었부더라 카이께네. 그래가주고 저게 어떻튼동 막 아줌마들이 가라 카더라. 우리랑, 우리랑 가라 캐가주고 막 밥을 해 가주고 막 해냈단다. 해내고 이래가, 집에 가 알굴라(알릴려고) 카이. 집에 어마이, 아바이 있는데 알굴라 카이 겁나제. 그때는 하마 출가 했다 카이. 출가했는데, 요기서 왜 가면, 요 방천 넘어서면 옛날에 거 절이 있었잖아. 절이 있었잖아. 그 집 딸이라 카이께네. 성이 그 집 '주'씬데, 어마이가.

조사자: 아. 주씨요. 주씨 딸이 그랬다.

전남수: 그래가 쫙 뻗었부어라 카이께네. 그래고부터는 그 아줌마는 눈찔이, 허연 눈찔이 고마 한 쪽 눈에 딱 백앴부더라(박혔버리더라). 진짜 신들림이 온다. 으. 온다.

박추월: 진짜 신들리는 거 신 오는 거는 못 봤다.

전남수: 온다. 그 신 오는 거도 여러 가지라. 우리는 또.

춘향 춘향 성춘향
나이는 십 팔세
어 춘향 춘향 성춘향
나이는 십 팔세
이도령 없을 적에
재미있게 놀아보자
춘향 춘향 성춘향
나이는 십 팔세
이도령 없을 적에
재미있게 놀아보자

전남수: 카머 요래, 요래 첨에는 요래, 요래 가주고, 쫙 뻗었부머는 방망이를 이래 농춤을 추고 있던 누가 나가는데, 우리는 아무리 하라 캐도, 이래 쥐고 외워봐도, 백날 외워 봐도.

박추월: 우리는 안 되이께네. 잘 안 오는 줄 알았다. 장난으로 하는 줄 아지. 그런 거로.

조사자: 고거 몇 살 때 하셨습니까? 고래, 고래.

박추월: 한 여남은 살 먹었을 때.

전남수: 어마이 하나 쭉 뻗었부가, 애도 먹었부고.

조사자: 거 시집간 아줌마들하고, 처녀들하고 뭉쳐 같이 합니까? 여자들끼리.

전남수: 처녀들하고 같이 안하고, 그때 그 어마이는 하마 중신을 했고, 우리는 안주 학교 댕길 땐
데 오라 카더라 카이. 콩 한 떠배이씩 해 가주고 거돠가 모둠이 해가 볶어먹고, 노다가이께
네. 그 어마이들 노래 못 부르이까네. 학생들 불러가 노래 부르고, 춤 추엘라고. 노래 부르면
고래 노래 부르는 대로 춤춘다 카이께네. 방망이 거, 거 고마(그만)하자 카고, 또 방망이 점
하자 카먼 또 방망이가 점하고. 다하고 그래 한다 카이 오래했버래가주고, 굳었부래가 글튼
동, 쭉 뻗었부더라. 그래 두 다리 뻗어 놓코, 입술을 다 쥐어 뜯꼬 뭐 뭐.

조사자: 할매 그럼 그거는 주로 정월에 보통 많이 했습니까? 콩 볶아 먹거.

이복선: 정월로 설로 뭐 명절에, 뭐 삼명절로 놀았지 뭐.

(18) 그네뛰기 노래

-조사일: 2003년 2월 24일, 제보자: 이복선(여, 68세), 조사자: 김유희, 나카무라 카즈요, 조연남.

* 단오날 그네 타면서 불렀던 노래를 청했더니, 처음에는 없다고 하더니 불러주었다.

조사자: 그라면 할매 단오 때도 그네 타 보셨지요? 그네는 안 타셨어요?

박추월: 그네 타지요.

조사자: 그네 타면서도 노래 부르지요?

박추월: 그런거 뭐. 다.

조사자: 쪼매 하셔도 됩니다.

이복선: 난 모르니더. 저 저 할매한테 물어보세요.

박추월: 난 몰세. 그런 거는 모릅니다.

조사자: 그네 타면서도, 추천 뛰면서도 이래 뭐 부르지요. 할매요?

이복선: 저 함 물어보소.

조사자: 에헤이. 클랐네.

이복선: 하나도 모리는데.

조사자: 아시는 데까지만 해주시면 되요. 할머니.

이복선: 해봐라. 해봐라.

박추월: 난 모린다.

조사자: 그네 타면서 하는 걸 뭐라 캅니까? 그네 타면서. 쪼금씩 이래 해가 맞춰.

이복선: 옛날에 노래는 뭐, 그네 타면서 뭐 별 노래 있었나.

5월이라 단오날이

창 밖에 그네를 매어
임이 뛰면 내가 미고
내가 뛰면 임이 미고

(19) 첩 노래

-조사일: 2003년 2월 24일, 제보자: 이복선(여, 68세), 조사자: 김유희, 나카무라 카즈요, 조연남.

* 조사자가 첩 노래의 내용을 이야기하면서 노래하기를 권유했다.

박추월: 신랑이 첩 해가 와서, 첩죽이러 가세, 가세 그런 노래 못 들어보셨어요? 왜 첩의 정은 몇
    년이고, 이내 정은 뭐고 왜 들어보셨지요?
이복선: 그거 아거든(알거든). 갈채 줘라.
박추월: 난 모린다.
이복선: "첩의 집은 꽃밭이요." 카는 거 그거.
조사자: 다 아시네. 봐라.
이복선: 그거, 그거 다 모리이 다 모른다.
조사자: 해는 져서 다 저문 날에 그거 맞잖아요.
박추월: 그게 인제 노래, 소리로 나오는 거.
이복선: 응. 소리로 나오는 거 그거. 갈채 주소. 난 다 모린다. 그거.
조사자: 에헤이. 할매 아시는갑다.
이복선: 할매 아거든, 쫌 아거든 쫌 갈채 줘라. 난 아무꺼도(아무것도) 모린다. 다 잊았부렜다.
박추월: 첫 꼭때기 아거든 해줘 봐라.
전남수: 그캐 첫 꼭대기 알거든. 해봐라.
이복선: 아주 그래지마고(그러지말고), 여럿이 모다가라도 할 수 있이면 해주소. 이거 뭐라 카이
    께네. 하라 하이께네. 해 보소.
박추월: 생각이 안 난다.
이복선: 끝팅이(끝)가 뭘로.
조사자: 해는 져서.
전남수: 첫 꼭대기를 모린다.
박추월: 해는 져서 어두운 날에. 아닌데.
이복선: 아닌데, 그거. 해는 져서 그거 아이다. 그 첫 끝테이가 뭔 줄 몰다. 뭐

첩의 집이 갈라 거든
내 죽는 거동을 보고 가소
첩의 집은 꽃밭이요
이내 집은 연못이요

연못이 군목은 뭐 사시절이요
꽃 본 나비는 봄 한철이요

이복선: 카고. 이래 하더라만.
조사자: 예. 맞아요.

(20) 칭칭이

-조사일: 2003년 2월 24일, 제보자: 이복선(여, 68세), 박추월(여, 68세). 조사자: 김유희, 나카무라 카즈요, 조연남.

* 조사자가 받는 소리를 먼저 시작하니, 서로 안 하겠다고 하시던 청계댁 할머니와 유덕댁 할머니가 함께 불렀다.

칭아 칭칭 나네~
석수 갱빈에 돌도 많다
칭아 칭칭 나네~
거랑 물이 술 같으먼
우리 엄마 친구되어 가겠네
거랑 돌이 떡 겉으먼

(21) 칠성가

-조사일: 2003년 2월 26일, 제보자: 이순태(여, 68세), 조사자: 김유희, 조연남, 나카무라 카즈요.

* 다음날 아침 어김없이 마을회관은 방 한 가득 할머니들로 가득 찼다. 전날 듣지 못했던 여러 노래를 청했다.

어와세상 사람들아
이내말씀 들어보소
(?) 부부 몇몇이고
우리형제 몇사람에
옥황선녀 딸이되어
맏동생은 출가하여
월부항아 도야했고

둘째형은 강원하야
요지항로 자우되어
차오십년 기박하여
견오낭군 만났더니
옥비공안 고운시절
사무청춘 꽃가지에
생년사별 되단말가
천애비가 멀다한들
애사에 더 할소냐
풍상우에 풍산금을
모욕안에 이금이라
동지야 하지이래
어느때가 칠석인고
우리낭군 오실길에
인간오작 다옥나고
"아이고 모르겠데이"
어화세상 사람들아
이내말씀 들어보소
특특사랑 하자말고
설득멀득 참내수로
백년해로 하옵소서

조사자: 아이고, 잘 하시네요. 이게 무슨 노랩니까?
이순태: 칠성가.
조사자: 칠성가?
이순태: 칠성가라고 있어. 이게 견우낭군 만났을 때, 글 때 옛날에 너무, 너무 정이 있어가 엄마
　　　가 그래.

(22) 창부타령

① 창부타령 (1)

-조사일: 2003년 7월 12일, 제보자: 이종태(남. 83세), 조사자: 조연남, 나카무라 카즈요, 유경숙.

* 조사자가 청하자 부르기 시작했다. 노래가 끝난 뒤 아직 흥이 남았는지 연신 웃음을 잃지않았
다. 노래하는 제보자 얼굴에 땀이 송글송글 맺혀있었다.

이종태: 창부타령도 이거 참말로 뭐를 해가주고, 뭐가 먼저 해가주고 순서가 맞는지, 이게 머리에
　　　잘 안 들어온다 카이.
조사자: 예.

　얼씨구나~ 아니 노지는~ 못하리라
　아니 노지는 못하리라
　하늘 겉이~ 높은 사랑
　하늘 겉이도 크고 넓은 사랑~
　칠 년 가문 반달겉이 반긴 사랑~
　강명화 야기 들어~
　이도령은 (?)니라
　절시구 아~ 절시구나아
　아니 노지를 못하리라

이종태: 이 창부타령이 이런데, 이제는 나이 많아 숨이 차가주고 잘 몰랜다 카이께네.
조사자: 아. 잘 하시네요. 이거는 언제 부르신 거예요?
이종태: 이거는 아무때나, 아무때나.
최옥기: 맹 노는데 불렀지 뭐.
이종태: 아무때나 한다 카이.
조사자: 아. 그러면 누구한테 배우셨어요? 이거를.
이종태: 어. 배우잖애. 거. 젊을 때 우리가 많이 했거든. 듣고 많이 했지.

② 창부타령(2)

-조사일: 2003년 7월 12일, 제보자: 최옥기(여 77세), 조사자: 조연남, 나카무라 카즈요, 유경숙.

* 제보자 스스로 흥이 나서 부른 노래이다.

　얼씨구~ 아니 노지는 못하리라
　황해도라~아 금벌산 밑에
　추천 뛰는 저 처녀야
　너의 집이 어데 간디
　날 저문데 추천 뛰나
　너의 집을 찾으려면
　구월산 시렁게 밑에
　산간촌이 네 집이라

노다가 가라믄 노다가 가고
자고 가라면 자고 가소오
얼씨구 좋다 절씨구나
아니 놀지는 못하리라

③ 창부타령(3)

-조사일: 2003년 7월 12일, 제보자: 최옥기(여 77세), 조사자: 조연남, 나카무라 카즈요, 유경숙.

* 이종태(남, 83세)와 최옥기(여, 77세)는 부부이다. 서로 주고받으면서 모심기 소리를 하고 난 뒤 남편의 권유로 아내가 부르기 시작했다.

배꽃일~래 배꽃일래
큰아기 손수건이 배꽃일래
배꽃겉은 손수건 밑에
반달 같은 저 눈 보소
겉에 겉눈 살짝 감고오
속에 속눈은 바짝 뜨고
저 눈매가 조로큼 생겼으면
대장부 간장을 다 녹이리라
대장부 간장만 녹일 뿐 아니라
요 내 간장도 다 녹는다
얼씨구나 좋다 지화자 좋네
아니 노지는 못하리라

이종태: 이렇게 잘한다 말이라. 허허허.
조사자: 할머니 이게 무슨 노래예요?
최옥기: 이기?
이종태: 창부타령이래.
조사자: 창부타령이예요? 야, 할머니. 두 분이서 얼마나 잘 하시는지.
최옥기: 옛날 노래는 뭐, 얼마든지 뭐. 요새 신식노래는 잘 몬 한다. 옛날에 했던 노래 가락 듣고
　　　한다.

(23) 진시황 노래

-조사일: 2003년 7월 12일, 제보자: 이종태(남, 83세), 조사자: 조연남, 나카무라 카즈요, 유경숙.

* 조사자가 권주가를 요구하자, 진시황에 관한 이야기를 하던 도중에 부른 노래이다.

어헤여 겸하수가 저승에야
천하영웅 진시황도
천년 만년 살~고 싶은
아방궁을 짓고 만리~장성을 높이 쌓아
육국 영화 초혼줄로
저승차사 진시황~을 잡어~갈 때
독남독녀 오백명을~
산~신산~불사약~구하더니
불사약은 간곳 없고
사후평택 저문날이
여삼홍초 웬일이냐
천사영웅 진시황도
저승차사 못이겨여
유산대 잠들었고
삼천갑자 동방석도
죽은 뒤에~간곳 없다
꽃다운~우리 인생
칠팔십을 산다 해도
한 번 나[12) 차가 죽어지면
다시 오기 어려워라
살으~생~전 먹고 노자

이종태: 이게 이 소리를 지게(길게) 해가주고 목이 끊게 높어(높아) 가며는 이 소리가 좋은데, 나
　　　는 인제 뭐 숨이 차가주고 못해. 이렇다하는 거는. 헤헤헤.
조사자: 근데 이런 노래는 그냥 혼자서 부르실 때 기분이 어떨 때 부르세요? 뭐 슬프거나 뭐.
이종태: 글치. 사램이 이래 뭐 심심코, 마음이 구구할 때는 이런 노래 한 번씩 불렀부면 만사, 만
　　　사가 마마 만사가. 이 노래하는 사람이가 잘 안 늙지. 으. 글탄다(그렇단다). 노래가 수하게

---

12) 나이.

할 때는 노래 한 마디 했부면 세상 만세가 그냥.
조사자: 그러면 뭐 또 일 하실 때.
이종태: 또 인제 이 노래도 있고, 만고강산도 있거든. 만고강산. 만고강산도 여 티비에 하는 소리
하고 내 소리하고 쪼금 또 틀리제.

(24) 만고강산

-조사일: 2003년 7월 12일, 제보자: 이종태(남, 83세), 조사자: 조연남, 나카무라 카즈요, 유경숙.

* 진시황 노래를 부르고 난 후 연이어 부른 노래이다.

만고강산 흐르는 물은
죽장짓고 춤을 추니이
소백산 구경할 적~
경포동정 (?)를 구경하고오
다한발양을 능올라
청각정 낙산사와 초승정을 구경하고
만~고강산을 상봉하니
천도마아~ (?)~~으 들은
하날13) 우에 솟아 있고
대짝 북국 급한 물은
잠든 구러~ 깨고~ 난 듯
맑은 안개가 잠겼으니
선경이실하 분명하다
이곳을 당도하니이
에~ 헤헤~ 서러워라아
붉은 꽃 푸른은 잎
나는 날이 우는 새는
충정을 못 이겨여
상사이 나를 들 때
봉래산 좋은 경체에
축척에 던져 두고오
못 본 제가 몇 해더냐아

---

13) 하늘.

당연히 우날은
만고강산 여기로다
어허 산에 지는 해는
장유산 잡어내고
얼친(?) 달이 떴다
기생 거게 머물러라
가서르 거기서 놀다가자

이종태: 이 이건데, 허허. 만고강산. 이거 우리가 여게 서 열, 열 및 살 먹을 찍에 여기 들뜬쟁이
　　　 그때 술장사 여기 와가주고 추월이라꼬, 추월이. 추월이 기생 이름이 추월이래. 요, 요 우에
　　　 이 만고강산 장구 치고 따라 하도록 이거 갈챘는데, 나도 이 들어봤거든. 들어보이 참 잘하
　　　 데. 그때 우리가 얻은 소리라.
조사자: 그때 이렇게 듣고.
이종태: 어. 하매 한 칠십 몇 년 될끼래. 그래 인제 어떤 심정인지 인제 가끔 겪으이께네.

<임 재 해>

신화적 사유의 단절과 풍부한 민담의 전승

1. 마을공동체의 이야기판과 설화전승의 단절

할아버지나 할머니를 만나 구수한 옛날 이야기를 듣는 것은 쉽지 않은 일이 되어 버린 게 지금의 현실이다. 농촌공동체가 해체되어 이야기판이 형성되기 어려운 상황일 뿐 아니라 그나마 남아 있는 시골 어른들도 여가 시간의 대부분을 텔레비전 시청을 하고 있는 까닭에 옛날이야기를 할 상황이 조성되기 어렵다. 시골에서 어른들에 의한 이야기판은 세 가지 유형으로 남아 있었다.

하나는 어른들끼리 모인 자리에서 형성된 사랑이야기판이다. 물론 할머니들은 안방이야 기판을 벌였다. 특별히 어른들이 모이는 사랑이나 안방이 일정한 모듬살이마다 묵시적으 로 정해져 있었던 까닭에 겨울철 긴긴 밤에 모이면 옛날이야기를 주고받게 마련이다. 여 름철에는 정자나무 그늘 밑이 이야기판이 되기도 하지만, 밤에 멍석 또는 들마루에 모여

앉아서 옛날이야기를 나누기도 한다. 이들 이야기판에서는 새로운 이야기 목록이 나오기 어렵다. 마을에서 전승되는 이야기 유형이 상황에 따라 새로운 각편으로 거듭 구연될 가능성이 높다. 오히려 할머니들에 의한 안방 이야기판에서는 친정에서 들은 이야기 목록이 새롭게 대두될 수 있다. 왜냐하면 할머니들은 서로 다른 고장에서 시집왔기 때문이다.

둘은 집안에서 할아버지나 할머니들이 어린 손자와 손녀들을 대상으로 가족들끼리 이야기판을 벌인다. 조손간에 벌이는 가족들의 이야기판이다. 가족 이야기판은 두 갈래로 형성된다. 하나는 손자손녀들이 할머니들에게 옛날이야기 해달라고 졸라서 듣는이 중심의 이야기판이 형성되고, 둘은 할아버지나 할머니가 손자손녀들을 위해서 스스로 나서서 이야기를 들려주느라 이야기꾼 중심의 이야기판이 형성된다.

듣는 이 중심의 이야기판이 이야기에 대한 흥미 때문에 조성된다면, 이야기꾼 중심의 이야기판은 듣는 이들을 올바르게 성장시키기 위한 교훈적 의도 때문에 조성된다. 동기로 보면 문학적 이야기판과 교육적 이야기판의 성격으로 양분되지만, 실제 이야기 내용으로 보면, 이야기꾼이 할아버지 할머니이므로 대부분 어린이들에게 교훈적으로 도움이 되는 이야기들이기 일쑤이다.

셋은 잔치집이나 상가에서 형성되는 손님들의 이야기판이다. 마을에 혼인잔치나 초상이 나서 상례가 치러지면 많은 손님들이 찾아온다. 멀리서 온 손님들은 으레 잔치집이나 상가에 모여서 밤늦게까지 이야기판을 벌인다. 밤이 늦어지면 마을사람들은 거의 돌아가고 자고 갈 손님들끼리 남아서 이야기를 하며 밤을 새우다시피 하기도 한다. 현지마을에서 본디 전승되는 이야기보다 각자 자기 마을에서 전승되는 이야기를 가져와서 풀어놓는 까닭에 새로운 이야기 목록들이 많이 구연되고 마을과 마을 또는 고장과 고장 사이에 이야기 소통과 교류가 이루어지는 기회가 된다.

마을공동체 안에서 벌어지는 이야기판은 이 밖에도 여러 가지로 세분해서 고려할 수 있다. 아이들도 또래끼리 이야기를 하고 어른들도 한층 다양한 상황에서 이야기를 한다. 그러나 어른들이 이야기꾼이 되는 이야기판을 크게 유형화해서 보면 위와 같이 세 가지로 존재한다.

가장 흔한 이야기판이 마을공동체 안에서 벌어지는 사랑방 이야기판이나 안방 이야기판인데, 이들 이야기판을 통해서 마을의 이야기 목록이 공동체 성원끼리 공유되고 전승된다. 모이는 사랑이나 안방에 따라서 이야기의 공유가 제한되기도 하지만, '마실가기'를 통해서 마을 안의 서로 다른 이야기판의 이야기 목록들까지 널리 공유되게 마련이다. 할머니들의 안방 이야기판을 통해서 다른 마을의 이야기 목록이 교류되기도 한다.

가족 이야기판에서는 이야기의 횡적 확산이나 지역적 공유보다 세대간의 역사적 전승이 이루어지는 셈이다. 할아버지와 할머니들이 알고 있는 이야기들이 손자손녀들에게 전승되는 기회가 되는 것이다. 가족 전승이자 세대간 전승이 두드러지는 이야기판이라 할 수 있다. 어린이들이 조부모로부터 들은 이야기들은 성장했을 때 다시 다음 세대의 어린

이들에게 전승되는 것이다.

손님 이야기판에서는 마을공동체를 넘어서 여러 곳에서 온 이야기꾼들의 이야기 목록이 일대 경연을 벌이게 된다. 마을 성원들끼리 하는 이야기판에서는 온갖 이야기들을 고주알미주알 하게 되고, 거기에는 실화에서부터 풍문, 그리고 사소한 이야기들까지 망라될 수 있으나, 제각기 다른 고장에서 온 손님들의 이야기판에서는 각자 자기 고장에서 상당한 전승력을 지닌 흥미로운 이야기들을 구연하게 마련이다. 그러므로 이야기의 지역간 횡적 교류는 물론 일종의 이야기 경연장 구실을 하게 된다.

이들 이야기판은 형성 유형도 다르지만 이야기 전승의 기능도 다르다. 그런데 이제는 농촌에서도 이러한 대표적 이야기판이 형성되지 않는다. 우선 사랑방 이야기판이나 안방 이야기판이 무색하게 되었다. 이전처럼 특정한 사랑이나 안방으로 마실가기 하는 풍속이 현저하게 약화되었다. 노인들은 경로당으로 나가고 젊은이들은 마을의 상점으로 나가서 여가 시간을 보내는 일이 많기 때문이다. 할아버지 할머니들이 경로당에 모이면 텔레비전을 시청하거나 고스톱을 치느라 이야기판을 벌이는 경우는 거의 없다. 기껏 이야기를 해도 세간에 떠도는 풍문이나 마을의 현안, 살림살이 등에 관한 것들에 머문다. 그러므로 본격적인 사랑방 이야기판이나 안방 이야기판은 사실상 존재하지 않는다.

조손간에 이루어지는 가족 이야기판은 구조적으로 불가능하다. 이야기를 들어줄 손자손녀들이 시골마을에는 거의 없기 때문이다. 더러 있다고 하더라도 요즘 아이들은 할아버지 할머니의 이야기에 귀를 기울이지 않는다. 할아버지 할머니들도 아이들에게 옛날이야기를 들려주는 것이 학교 공부를 방해하는 공연한 일 정도로 알고 있다. 그러므로 주로 노인들만 사는 농촌에는 세대간의 설화 전승이 이루어지는 가족 이야기판이 형성될 수 없는 것이다.

손님 이야기판도 형성되기 어렵다. 우선 마을에서 혼인잔치와 초상이나 소대상의 상례가 이루어져야 하는데, 현재는 모두 마을에서 이런 행사들이 이루어지지 않는다. 시집장가 갈 젊은이들도 마을에 없을 뿐 아니라, 있어도 집안에서 마을잔치로 하지 않고 한결같이 도시의 예식장을 이용하는 까닭이다. 따라서 종전처럼 하객들이 잔칫집에 와서 자고 머물며 이야기판을 벌일 계기가 마련되지 않는다.

노인들이 많다고 하여 상례를 마을에서 치르는 경우도 드물다. 대부분 시중의 병원 영안실과 더불어 있는 장례식장을 이용한다. 따라서 문상객들이 마을에 와서 며칠씩 머물며 조문하는 일이 없다. 과거에는 소대상 때도 이웃마을이나 멀리 사는 친인척들의 문상객들이 며칠씩 머물며 저녁마다 이야기판을 벌이기도 했는데, 이제는 3년상을 치르는 집이 없고 대부분 100일 탈상이나 삼우제를 지내고 곧 탈상을 하는 까닭에 상례 때도 이야기판이 형성되지 않는다. 따라서 마을과 마을 또는 고을과 고을 사이의 지리적 전파 기회가 조성될 수 없다. 그러므로 이야기판의 소멸과 함께 이야기문화의 전승 기회는 급격하게 사라지게 된 것이다.

청운리도 이와 같은 사정 때문에 자연스러운 이야기판은 조성되기 어려웠다. 마실가기에 의해 어른들이 특정 공간에 모이는 사랑방이나 안방은 오래 전에 없어졌다. 번듯하게 지어 놓은 경로당이 그 기능을 대신한다. 따라서 할아버지든 할머니든 마실가기 장소는 경로당이다. 경로당이 마루형태의 거실을 좌우로 두 개의 큰 방이 있는데, 왼쪽방에는 주로 할아버지들이 오른쪽 방에는 주로 할머니들이 모인다. 경로당에 들어서면 할아버지나 할머니방 어느 쪽이든 텔레비전을 보고 있지 않으면 화투놀이를 하고 있다. 그러므로 이야기의 전승이 어려울 수밖에 없다.

이런 가운데에도 상당한 이야기를 들을 수 있었던 것은 마을의 규모가 크고 본디부터 이야기의 전승이 풍부하게 이루어진 까닭이 아닌가 한다. 따라서 이야기를 듣고자 여러 모로 애쓰고 있으면, "내가 이야기 한 자루 하지." 하면서 자발적으로 나서는 어른들이 있다. 할아버지들 사이에서 풍부한 민담이 전승된다는 사실을 확인할 수 있다. 그것도 한 명의 이야기꾼이 이야기를 구연한 것이 아니라 여러 사람이 이야기를 주거니 받거니 하면서 구수한 이야기판을 벌일 수 있었던 것을 보면, 과거에는 사랑방 이야기판이 상당히 드셌던 것을 짐작하게 한다. 다만 오래 전부터 이야기판이 조성되지 않아서 이야기 구연이 낯설게 되어 예전처럼 풍부한 이야기를 들을 수 없었던 것이 안타까웠다.

현지조사 계획에 따라 설화도 두 차례 정기 조사와 두 차례의 부정기 조사가 이루어졌다. 1차 정기조사가 2003년 2월 23일에서 25일까지 3박 4일, 그리고 2차 정기조사가 7월 11일에서 13일 까지 3박 4일간에 걸쳐 모두 6박 8일간 진행되었다. 그리고 자료의 보충과 보완을 위한 부정기 조사가 두 차례 이루어졌다.

2. 소박한 지명유래와 인물 전설

전설은 크게 인물전설과 사물전설, 풍속전설 등으로 분별할 수 있지만, 이 마을에서는 전설의 갈래 중에서도 소박한 지명전설과 인물전설이 주를 이룬다. 마을 현지를 본격적으로 조사하기 전에 행하는 사전 조사에서도 제일 먼저 하는 것이 바로 그 마을의 역사적 유래와 사회적 공간에 관한 내용을 먼저 주목한다. 자연히 가장 먼저 주목하는 것은 마을의 전설이다. 지리적 공간의 이해는 지명유래를 통해서 포착하고 역사적 사실은 인물전설을 통해 확인할 수 있다. 그러므로 현지조사에서도 지명유래를 먼저 조사하기 시작하였다.

청운의 지명유래는 다른 마을과 비슷한 양상으로 지명전설로서 본격적인 줄거리를 가진 이야기는 거의 없고 대부분 단편적인 말풀이 수준에 머물고 있었다. 따라서 지명 전설보다는 지명유래라 하는 것이 더 적절하다. 삼면이 산으로 둘러싸인 산간 마을답게 각각의 골, 들, 바위, 골목, 내 등과 관련된 단순하면서도 독특한 지명유래가 나타나 마을의 문화를 읽어낼 수 있다. '성황당이 있었던 자리라고 하여 붙여진 지명인 성황산', '해가 제일 먼저 뜬다고 하여 일두들', '빠지면 고만(영락없이) 죽는다고 하여 고만 바위' 등이 그 것이다.

베틀의 이름을 딴 듯한 '삼밭골'과 그 안에 '잉애골', '속골', '안동포 생산이 많았던 늪지의 월구들' 등의 지명이나 '아들 낳기 위해 백찜(백편) 쪄 놓고 빌었던 가매소', '먹으면 아들 낳는 다는 전설이 전하는 측백나무두겁', '사냥을 위해 빌었던 고적대 안의 바위' 등과 같은 청운 마을만의 문화를 엿볼 수 있는 독특한 것들도 있었다.

특히 삼의 전통과 관련된 베틀의 이름을 따거나 늪지의 지명은, 지금의 금소삼보다 질 좋고 많은 길쌈을 했었던 마을 문화를 잘 나타내 주는 것이다. 이는 마을 앞 강가에서 크게 벌였던 삼굿의 전통과도 맞물려 있다. 그곳이 예전에 모두 삼베밭이었다고 하니 더욱 지명의 의미가 살아난다. 또한 늪지로 질 좋은 안동포 생산을 많이 할 수 있었던 월구들은 이를 다시 한번 뒷받침해 준다.

아들을 낳기 위한 기도 행위는 대부분의 마을에서 여성민속의 하나로 나타나는 것이 일반적 현상이다. 하지만 아이들이 질병이 들어 죽는 것을 막기 위해 동제를 지낼 때 삼신당을 제일 처음으로 함께 위했다고 한다. 삼신당을 상당으로 모시는 동제당은 흔하지 않기 때문에 주목된다. 삼신당의 신체가 나무여서 하회마을의 삼신당과 만난다. 그러나 하회마을 삼신당은 상당으로 섬겨지지 않는다. 서낭당을 상당으로 섬기고 삼신당은 하당일 따름이다. 그러므로 삼신을 중요시하는 동제체계를 가지고 있는 것이 이 마을의 공동체신앙의 한 특징이라 해도 좋겠다.

지명 유래의 가짓수는 비교적 많은 편이나 한결같이 단편적인 사실들을 전하는 데 머물러서, 문학적 형상성을 내포하고 있는 것은 찾아보기 힘들었다. 한마디로 설화로서 문학성을 확보하지 못하고 있다. 다만 청운의 마을사와 마을 영역을 이해하는데 큰 몫을 담당하고 있을 따름이다.

청송 심씨의 기세는 청운 마을에도 예외일수 없이 미쳤던가보다. 청송 심씨들의 권력이 아주 강성하여 청운의 명당자리마다 묘터를 써서 사람들의 원성을 샀다고 하는데, 특히 예전에 동제당이 있던 자리에 자기 선조들의 묘를 써서, 당을 지금의 자리로 옮겨왔다고 한다. 그 자리가 워낙에 명당이어서 당을 거기에 모시게 되었는데, "새가 부른 당"이라고 알려져 있을 정도로 명당이었다고 한다.

이러한 일련의 사건들은 청송 심씨와 마을과 좋지 않는 관계를 드러낸 것으로 청송 심씨에 대한 반감이 많이 나타났다. 청송 심씨가 몇 천석군을 했을 정도로 굉장한 부자였으며, 권세가였다고 하는데, 이러한 부와 권세는 청송 군민의 피로 만들어진 것이라며 그 사람들과의 불편한 심기를 드러내기도 했다.

또한 지금의 여당(女堂) 자리에도 청송 심씨들이 묘를 써서, 이를 둘러싸고 청송 심씨들과 마찰이 있었다고 한다. 그 자리 역시 살부채 펴놓은 형상으로 마을의 전체적인 형국과 닿아 있다. 따라서 마을의 흥망성쇠와 긴밀한 연관을 지닌다고 보는 것이다. 청송 심씨와 묘자리를 두고 갈등하는 가운데 여러 가지 논란을 벌이면서 자신들의 풍수지리적 인식을 드러내고 있었다.

지명 유래에 비해 더 소박하게 나타나는 것이 인물 전설이다. 인물전설은 성취한 인물이 많아야 상대적으로 풍부하다. 훌륭한 인물이 많이 배출된 마을에는 인물전설이 적지 않다. 이 마을이 평해 황씨 집성촌이기는 해도 아들 장가보내기가 어려웠을 정도로 신분적 차별을 받았다. 마을에 역이 자리 잡고 있어서 역촌으로 지칭되는 탓이다. 오늘날 역이 있는 마을은 교통이 편리하여 주목받는 땅이지만 전통사회에서는 그렇지 못했다.

마을의 역사적 연원과 관련된 인물전설은 거의 나타나지 않았다. 마을을 처음 개척하고 들어온 입향시조에 대한 이야기도 뚜렷하지 않다. 시조신화는 물론 인물전설이라 할 만한 전승을 들을 수 없었다. 다만 난을 피해서 이 마을에 처음 들어오게 된 입향조 형제 이야기와 무과 급제한 입향조의 손자, 진무공의 이야기가 마을 입향시조와 관련되는 것이었다. 어느 것이나 간단한 줄거리로 구성되어 있다.

마을의 선조들 이야기로는 효자로 이름이 난 황취근(黃就根) 할아버지의 이야기가 전하고 있다. 이 이야기는 청운 마을의 역사를 설명하고 있는 책에 내용이 소개되어 있지만 직접 구술된 이야기의 줄거리는 매우 빈약하다. 마을을 빛낸 훌륭한 인물이 전설로 널리 전승될 만한 사례가 거의 없는 셈이다. 당대의 인물로는 국회의원을 지낸 황병우씨가 있으며, 마을을 지나는 국도를 확장하고 포장하는 데 큰 힘을 썼다.

청운리는 주왕산 국립공원으로 들어가는 분기점에 자리 잡고 있다. 이 마을에서 7km 정도만 가면 주왕산에 이른다. 따라서 마을의 입향시조나 인물전설 이외에 주왕산과 관련된 전설이 전하고 있다. 이 전설 역시 간략하여 주왕산의 지명유래 수준에서 머문다. 주왕산 전설은 풍부하지 않지만 마을 사람들은 지리적으로 주왕산을 이웃하고 있기 때문에 나들이를 쉽게 갈 수 있을 뿐 아니라 관광객을 상대로 한 식당에 일을 나가기도 한다.

3. 동제의 오랜 지속과 약화된 신화적 사유

청운리에서는 매년 한 번도 거르지 않고 당고사를 지내고 있으며, 지금까지도 그 전통이 지속되고 있다. 크게 남당과 여당 또는 안당이라고도 하는 두 곳의 당에 동신을 모시고 당고사를 올려 위하는 일을 하고 있다. 현재는 전승이 중단되었지만 이 마을의 좌장인 김수봉 어른이나 강주형 어른은 또 하나의 당을 기억하고 있다. 바로 삼신당이다. 그러므로 과거에는 남당과 여당 외에 삼신당에도 당고사를 올렸다. 원래 3당 체제를 이루었던 마을이다.

마을 안에 있었던 남당과 여당은 당집의 형태로 남아 있었으나, 마을 입구의 은어소라는 곳에 있었던 삼신당의 신체는 나무였다. 지금 주유소가 있는 마을 입구에 자리 잡고 있었다. 삼신당이 있을 때에는 제일 먼저 삼신당에 가서 당고사를 올렸다. 여당이 있는데도 별도로 삼신당을 모셨던 이유는 알지 못한다.

다만 여당은 깨끗하고 정갈하게 제수를 준비했으며, 제물로 미역국을 올리는 것이 특징이다. 아마 아들을 많이 낳기 위한 기자의 목적으로 미역국을 올리지 않았는가 짐작할 뿐이다. 그렇다면 삼신당의 기능은 별도로 찾아봐야 할 것이다. 어른들 말씀으로는 과거에 아이들이 홍역이나 전염병으로 목숨을 많이 잃었기 때문에 그것을 방지하기 위해서 삼신당을 섬겼다고 한다. 여당이 기자의 기능을 담당했다면 삼신당은 육아의 기능을 담당했던 셈이다.

청운리는 삼당구조의 동신신앙 체제를 이루는 가운데 제물을 마련하는 도가도 따로 정해서 제물을 마련할 정도로 동제 규모가 대단했음을 알 수 있다. 따라서 동제의 전통이 다소 축소되긴 했지만 지금까지 지속된 것으로 봐서 동신신앙에 대한 의식이 상당히 뿌리 깊다고 할 수 있다. 그럼에도 당에 모셔 놓은 당신의 정체나 그 내력을 제대로 알지 못한다. 당신에 대한 신화적 전통이 단절되었다고 볼 수 있다. 자연히 서낭신에 대한 영험한 이야기도 거의 전승되지 않는다. 간략한 이야기 두어 가지가 전승되고 있기는 하나 당고사의 오랜 전통과 동제의 규모에 비하면 빈약하기 짝이 없는 것이다.

이러한 현상은 마을사람들의 의식과 연관되어 있다. 이제 서낭신의 영험을 신앙하는 사람이 거의 없기 때문이다. 경로당에서 만난 어른들은 서낭신이 아주 영험했다는 이야기를 사실로 받아들이지 않고 있다. "옛날에는 거짓말도 참 많았어." 라고 하면서 당고사와 서낭신에 관련된 이야기를 잘 하려들지 않았다. 물론 진짜 영험이 있었다고 강력하게 주장하는 사람도 있었지만, 그런 이야기 자체를 꺼내려 하지 않는 것이 전체적인 분위기였다.

당이나 서낭신의 영험에 관한 이야기는 두 가지이다. 하나는 당이 있던 자리가 명당자리라고 하여 청송 심씨가 묘를 쓰게 되어, 당을 뜯어서 다른 곳으로 옮기게 된 이야기이다. 청송 심씨가 묘를 써서, 당을 옮기려고 하는데, 그때 새가 당을 불렀다고 하여 "새가 부른 당"이라고 한다. 그래서 거기에 다시 당을 짓게 되었다고 한다. 또한 지금의 여당 자리에 청송 심씨가 묘를 썼으며, 그 자리 역시 명당자리라고 한다. 서낭신을 모신 당은 한결같이 풍수지리적으로 명당으로 인식하고 있는 것이다. 그것은 마을사람들만 그런 것이 아니라 거기에다 기어코 묘를 쓴 청송 심씨들도 마찬가지이다.

또 하나의 영험 설화는 말을 타고 당 앞을 지날 때 말발굽이 바닥에 붙어 꼼짝할 수가 없었기 때문에 말에서 내려 걸어갔다는 이야기이다. 이른바 하마비 전설 유형으로서 널리 전승되는 이야기이긴 하지만, 서낭신이 하마의 영험성을 발휘했다는 사례는 흔하지 않아 주목된다. 적어도 서낭신의 영험성이 말을 타고 다니는 상층 신분의 위세도 인정하지 않을 정도로 대단했다는 것을 말한다.

서낭신의 영험성에 관한 이야기들은 실제로 더 다양하게 전승될 가능성이 높다. 왜냐하면 지금까지 끊이지 않고 동제가 전승되는 데에는 그만한 영험을 믿고 있기 때문이다. 그리고 당이 셋이나 있었으므로 그에 따른 영험성도 제각기 이야기될 만하기 때문이다. 그런데도 이야기가 전승되지 않는 것은 현재 주민들의 사유 속에서는 이를 긍정할 만한 믿음이 절실하지 않을 뿐 아니라, 새로운 문물에 적극적으로 적응하고 있기 때문에 의도적으로 신화적 사유를 부정하고 있는 것처럼 보인다. 마을에 기독교 신자의 비중이 큰 것도 무관하지 않다.

그러므로 당고사의 제의는 관습적으로 지속되고 있지만, 서낭신에 대한 신화적 사유와 공감은 약화되었다고 할 수 있다. 현재 마을일을 책임지고 있는 동장이 동제의 명맥을 유지하고자 어느 정도 노력하고 있으나, 신화적 사유가 단절된 현실을 고려할 때 당고사의 지속 가능성은 장담하기 어려운 상황이다.

4. 빈약한 전설과 풍부한 민담의 전승

청운리에서 전승되는 설화의 전체적 양상을 보면 전설이 빈약한 대신에 민담은 상당히 풍부하다고 할 수 있다. 소박했던 지명전설이나 인물전설과 마찬가지로 풍속전설도 상당히 빈약한 수준이다. 전통사회의 가치관과 문화를 반영하는 실화에 가까운 이야기들이 풍속전설과 만날 수 있다.

다른 마을에서도 더러 볼 수 있는 이야기로는 평해 황씨 효자상 받은 전설과, 열녀각의 주인공인 열녀전설이 두드러지는 정도이다. 일제강점기 때, 그들의 말을 곧이곧대로 들었던 순진했던 사람들의 처지를 반성적으로 이야기하는가 하면, 이에 맞서서 쌓은 경험적 이야기도 있다. 당시 조선총독부에서 전개했던 산골마을의 청결운동과, 미친개를 잡으러 다녔던 일본인 개백정에 관한 풍속을 이야기로 들을 수 있었다.

어느 마을에서나 들을 수 있는 자투리 민속인 국시꼬랭이(국수꼬리) 이야기와 콩서리 해 먹던 한가위 이야기는 풍속전설이라기보다 풍속을 알려주는 구술정보(oral information)라 해야 옳을 것이다. 특히 평소보다는 먹을 것이 풍부했던 한가위, 그래서 햇곡과 햇과일 등 모처럼 맛있는 음식을 잔뜩 먹고 소화시키기 위해서 콩을 서리해서 구워 먹었다는 풍속은 새로운 민속으로 주목된다.

　효자 이야기는 대체로 단편적인 내용을 벗어나지 못하는 편이다. 황옥향이라는 열녀에 대해서는 몇 가지 이야기가 다양하게 전승되었다. 내용을 보면, 마을에 살았던 열녀가 마음씨 나쁜 계모의 모함을 당해, 대추나무에 목을 매달고 억울하게 죽었다. 만약 억울하게 죽었다면 3년 동안 대추나무에 잎이 열리지 않을 것이라고 하였는데, 결국 3년 동안 잎이 열지 않아 열녀각이 세워졌다는 이야기로서 대추나무의 영험성이 열녀의 정당성을 입증하는 특이한 내용을 보인다.

　마을에서 사라진 전통을 들으라면 술, 담배를 즐기던 것과 이야기 마당의 쇠퇴를 들 수 있다. 시골마을에서 일반적으로 볼 수 있는 현상이지만 마을 회관에서 우리는 쉽게 할머니, 할아버지들이 화투 놀이하는 모습을 볼 수 있다. 화투 놀이의 성행과 이야기판의 쇠퇴는 서로 반비례 관계에 놓여 있다. 과거에는 화투놀이가 하이칼라 잡놈들의 주색잡기 가운데 하나로서 한가한 사람들의 부정한 놀이로 인식되었으나, 지금은 지식인들은 물론 국회의원들까지 공공연히 의원회관에서 고스톱을 즐겨서 화제가 될 정도로 일반화되어 있다. 따라서 새로운 놀이문화 속에서 이야기판은 더 이상 제 구실을 감당하기 어렵다. 그러므로 이야기를 듣고자 하면 '까짓 것 쓸데없는 이야기는 들어서 뭘 하느냐?'며 여전히 화투판에서 시선을 떼지 않기 일쑤이다.

　이런 상황에도 이야기판의 추억을 되살리는 어른들이 적지 않아 정말 잃어버릴 번한 민담들을 들을 수 있어서 큰 다행이었다. 이미 까마득한 기억 속으로 잠적해 버려서 이야기를 떠올리기 어려웠지만, 이야기꾼으로서 과거의 입심을 자랑이라 하듯이 흥미로운 이야기를 자진해서 들려줄 때에는, 새삼스레 이야기판의 건강성을 확인할 수 있었다. 이야기의 내용 자체가 흥미로운 데다가 줄거리의 구성까지 탄탄하여 민담으로서 작품성도 뛰어나고 자신들의 철학까지 투영되어 있었다.

그야말로 이야기꾼이 자신의 의식이나 가치관을 드러내고자 이야기를 선택하고 특정 내용을 강조하는 상황을 포착할 수 있어서 실감이 났다. 하나의 문화현상이나 구비문학 작품으로서 흥미 수준이 아니라 이야기를 통해 드러내고자 하는 가치관이나 세계관에 공감하도록 하는 이야기꾼의 의식이 돋보여서 이야기의 기능이 새삼 주목되기도 했다.

모두 25 편의 민담이 수집되었으며, 그 가운데 한자의 뜻풀이나 파자(破字) 이야기, 가난한 선비의 집에 시집간 색시의 지혜나 실수 이야기, 건달이나 모자란 사람들의 재미난 우스개 이야기, 뛰어난 인물이었던 박문수 이야기, 산골마을을 배경으로 한 도깨비와 호랑이 이야기 등이 두드러졌다. 어느 곳에서나 흔히 들을 수 있는 가난한 선비와 아내 이야기, 참을 '인(忍)'자로 화 면한 이야기와 고려장 이야기들도 수집되었다. 하나 같이 민담의 전형성을 띠는 이야기들이다.

민담을 잘 구연하는 분들은 주로 각성받이들이었다. 황덕호 어른과 황수도 어른을 제외하면 대부분 다른 성씨의 어른들이 민담을 즐겨 이야기한 셈이다. 대표적인 이야기꾼은 강주형 어른이다. 황덕호, 황수도 어른이 파자나 선비에 관련된 내용으로서 이른바 유식한 이야기를 주로 했다면, 강주형 어른은 아주 흥미로운 이야기를 실감나게 들려주었다. 구연목록을 보면 건달과 욕심 많은 설과부 이야기, 떡충이 덕에 벼슬한 선비 이야기, 사돈끼리 소 바꿔 타고 바꿔 잔 이야기, 금덩어리 땅에 묻어 놓은 구두쇠 이야기와 같이 우스개가 주를 이루지만, 순전히 웃음을 즐기고자 하는 데 머물지 않고 인간다운 삶을 누리고자 하는 이야기꾼 자신의 소견을 충분히 담고 있어서 흥미 이상의 가치를 지닌다고 할 수 있다.

강주형 어른은 재미있는 이야기판을 벌이고자 하는 의도 못지않게 자신의 의식을 드러내기 위해 이야기를 하고자 하였다. 금덩어리 땅에 묻어 놓은 이야기와 같은 민담도 "돈은 묻어두어서는 아무 소용이 없고 쓸 때 비로소 그 가치가 드러난다"는 점을 강조한다. 따라서 이야기 못지않게 "돈을 써야 할 자리에 돈을 쓰는 것이 바람직하다"는 주장을 여러 차례 거듭 말했다. 이 이야기는 그러한 주장을 감동적으로 설득하는 데 아주 기능적인 것이었다. 민담뿐 아니라 일제강점기에 취체나온 관리들과 맞선 경험담도 자신의 의식을 적극적으로 드러내 주었다.

5. 이야기 갈래에 따른 설화 목록

(1) 지명유래

· 취동에서 일제 때 청운으로
· 웃마부터 4구에서 9반으로
· 풍수지리학적으로 이뤄진 경자각판집
· 살부채 펴 놓은 듯한 마을 형국
· 치매양반 덕천 심씨의 명당
· 취동팔경으로 불리는 마을 경관
· 마을에 처음 들어온 성씨
· 아랫성지골과 웃성지골
· 고저골과 그 안의 빈지나무골
· 낙갈, 칡이가 많아 칡이골
· 마을에서 대략 큰골인 속골
· 냉골 안의 남과실, 통시골
· 고적대(古積臺) 안의 가는골과 독지골
· 앞산 너머 잘 마른다는 건지골
· 금천리(錦川里) 마을이 있었던 잣두골
· 동이만한 금이 나온 금동이골
· 골이 깊어 범이 자주 나온 시시이밭골
· 우무골이라고도 불렀던 맥갈과 영시골
· 취동팔경 월구들과 구석에 있는 구석들
· 해가 제일 먼저 뜨는 일두들
· 길쌈과 관련된 삼밭골과 잉애골과 속골
· 땅 값이 제일 비싼 새들과 굼들
· 안동포 생산이 많았던 늪지 월구들
· 보름달 보러 오르는 제일 높은 뒷산
· 성황당이 있는 성황산(星隍山)과 맥드락산
· 나무하러 많이 간 고적골과 낙골 금동이골
· 펴마 뛰기한 먼치 바위
· 고만 빠지면 죽는 고마 바위
· 자라가 올라 온 자래 바우
· 아들 낳기 위해 백찜 쩌 놓고 빌던 가매소

· 숨 진 사람이 볼 수 있는 마당 바우
· 먹으면 아들 낳는다는 측백나무두겁
· 사냥을 위해 빌던 고적대 안의 바위
· 김씨가 살았던 진골목
· 지게 지고 겨운 다녔던 소골목
· 특별한 이름 없는 앞냇물과 고만내 냇물
· 바람막이 동쑤구와 천연 자연림 월구숲

(2) 인물전설

· 난을 피해서 입향한 황씨 형제
· 무과 급제한 입향조의 손자 진무공
· ‘취(就)’자 ‘근(根)’자 효자 천류각 할아버지
· 꿩 잡아 아버지 살린 효자 ‘황하흠’
· 마을 출신의 황병우 국회의원
· 주왕의 죽음과 무달래꽃 전설

(3) 서낭신앙 전설

· 새가 부른 당(堂)과 당 자리에 쓴 청송 심씨의 묘터
· 말발이 땅에 붙을 정도로 쎘던 당신(堂神)의 영험

(4) 풍속전설

· 삼동에 송이 구해 병 고친 효자
· 억울한 누명으로 죽은 열녀 황옥향(1)
· 대추낭기에 목메 죽은 황씨 열녀(2)
· 애만하게 대추낭게 목메 죽은 열녀(3)
· 보름날 자시에 남당 여당에 지낸 동제
· 어두웠던 일제 때 한국 사람들
· 일제 때 청결 운동과 미친개 잡는 개백정
· 국시꼬리 “야 니 먼저 꿉는다. 내 먼저 꿉는다.”
· 빨간 댕기드리고 콩사리 해 먹던 추석

(5) 민 담

- 친구에게 조차 밥을 아낀 지독한 구두쇠
- 서울의 정조판서와 사돈 맺은 안동의 한림학사
- 용한 시아버지 점쟁이와 며느리의 점 대결
- 충청도 사람한테 속은 강원도 사람(1)
- 충청도 사람한테 속은 강원도 사람(2)
- 어떤 건달과 욕심 많은 설(薛)과부
- 참을 인(忍)자로 화 면한 남편(1)
- 참을 인(忍)자 큰 덕(德)자로 화 면한 아들(2)
- 떡충이 덕에 벼슬한 어떤 건달
- 안동 부사와 초전(草田)사또의 글짓기 한판
- 정자나무 밑에서 이유없이 벼락 맞은 한 사람
- 소 바꿔 타고 집 바꿔 잔 사돈들
- 금덩어리 땅에 묻어 놓은 구두쇠
- 씨받이한 하인 아들의 등극과 '피이'라는 말
- 과거 급제한 선비와 도망간 아내의 만남
- 외모가 뛰어나고 색을 밝혔던 중
- 뛰어난 유복자 아이 덕에 목숨 건진 박문수(1)
- 어렵게 얻은 자식이 박문수 찾아가기(2)
- 손자덕에 고려장 면한 할머니
- "옷을 걷어라 물이다. 까시다. 너러라."(1)
- "순홍아 순홍아 여 나와봐라."(2)
- "순홍아 내하고 놀자."(3)
- "하이 오빠 이키 일찍 오나?"(4)
- 호랑이 타고 다니며 비단 장사한 할머니
- 화롯불로 호랑이 잡는 영감
- 호랑이를 직접 본 황유모 어른
- 딱 맞아떨어진 황한이 할머니의 태몽

6. 청운리 이야기 마당

(1) 지명유래

① 취동에서 일제 때 청운으로

-조사일: 2003년 2월 24일, 제보자: 황유모(남, 77세), 조사자: 임재해, 배영동.

　* 마을의 노인회장님을 비롯하여 많은 할아버지들이 노인회관에 모이기 시작했다. 마을 지명 유래를 비롯하여 마을의 산, 골, 들, 길, 바위 등의 유래를 들어보았다. 마을 이곳, 저곳에 대한 지명은 풍부했지만 지명 유래가 확연히 드러나는 이야기는 거의 찾아 볼 수 없었다. 대체로 짧은 내용으로 구성되어 있어 면담 조사한 자료를 그대로 서술하였다.

　조사자: 여 청운리는 왜 청운리라 그럽니까?
　황유모: 모르지. 그거는 잘 모르겠고. 옛날에는 어 일제 이전에는 취동이라 그랬어.
　　　[조: 취동.] 푸를 '취(翠)'. 취동(翠洞)이라 그래. 그 다음에 먼저 적 돼가 와서는
　　　행정구역 변경이 다 됐는지. 할튼(하여튼). 일제 그 무렵에서 바뀌지 않았나 싶어.
　　　실제로 문헌에 나타난 거는 없고.
　조: 취동은 왜 취동이라 그래요?
　황유모: 취동 카는(하는) 거도 그 내력은 잘 모르겠는데. 하여튼 전에는 불리기는 취동
　　　이라고.
　조: 취동에서 청운동. 또 이 마을이 다른 이름으로 불리는 건 없습니까?
　황유모: 그 외엔(외에는) 없어.

② 웃마부터 4구에서 9반으로

-조사일: 2003년 2월 24일, 제보자: 황일호(남, 77세), 황유모(남, 77세), 조사자: 임재해, 배영동.

　* 앞의 이야기에 이어 계속되었다.

　배영동: 그 마을은 여 뭐 아랫마, 웃마. 요렇게만 나눕니까?
　황일호: 예. 오새는요(요새는). 일반부터 9반까지. [배영동: 반 별로.] 반 별로.
　황유모: 옛날에는 마 일제 때는 일시적으로는 마 구역을 네 구로 나눠가주고. [황: 4개
　　　구역이야.] 네 개로 나눠가주고 할 때도 있었고. 또 아랫, 웃동네로 갈라졌을 때도

있었고. 지금은 뭐 하나로.

배: 뭐. 풍수지리학적으로 이 뭐 산세는 어떻고, 뭐 내물(냇물)은 어떻고 이래가주고 이 마을에 뭐 어떤 인물이 난다든지, 또 어떤 뭐 재앙이 있을 수 있다든지. 뭐 이런 이야기 좀 없습니까?

③ 풍수지리학적으로 이뤄진 경자각판집

-조사일: 2003년 2월 24일, 제보자: 황일호(남, 77세), 황유모(남, 77세), 조사자: 임재해, 배영동.

* 마을의 풍수지리적 형국에 따라 이뤄진 집터에 대해 들어 보았다.

황일호: 이 동네 인제 터가 서류에 동류수거든. [배영동: 서류.] 서류에 동류수라 카이. 이 배, 배가 바닷가에 이래 대 났는데. 저 쪽에, 서쪽에서 동으로 흘러 이리가 옵니다. 여게서는(여기서는) 이래, 이래 흘러 이리, 이리 돕니다. 강물이. [배영동: 예. 그럼 풍수.] 풍수지리학적으로 이 동네가 인제 주로 집터도 마커(모두) 경자각판이고. [배영동: 경자각판.] 대략 다 경자, 경자각으로.

조사자: 경자각으로 짓는 거는 어예(어떻게) 짓는지요?

황: 몰래 뭐. 옛날에 어에(어떻게) 뭐 가주고. 상에서 맞찼든지, 우엤는지 경자각으로 많이 짓는다.

황유모: 동양으로. 〔조: 아. 동양으로.〕

황: 동에서 북으로 돕니다. 〔조: 아. 동북으로.〕

배: 제가 아까 이 경로당도 해틀 놓고 보니깐 이 경자각판입니다. 주민들이 일상적으로 부르는 이름.

황: 거의 다 그래. 여기는 경자각으로 집을 많이 짓는다.

④ 살부채 펴놓은 듯한 마을 형국

-조사일: 2003년 2월 24일, 제보자: 황일호(남, 77세), 황유모(남, 77세), 조사자: 임재해, 배영동.

* 앞의 이야기에 이어 마을의 전체적인 형국을 이야기 한 것이다.

황일호: 그래고 이 마을에서 여 앞에 산에 올라가면 아지만(알지만) 부채, 이 살부채 이 펴놓은 거나 한가지래.

배영동: 마을 형국이요?

황: 예. [조: 앞산에 올라 가보면.] 예.

조사자: 그래서 그걸 뭔 형국이라?

황: 앞이 이래 추룸하게 이래 되고.

배: 물이 이렇게요. 돌아가고.

황: 물이 이렇게 돌아가고. 딱 부채, 부채 이래 피(펴) 낳는(놓은) 거 겉애(같아).

배: 집들은 앞산 쪽을 전부 다 보고 있고요?

황: 예.

배: 그걸 뭐 어떤 말로 표현하진 않습디까?

황유모: 뭐 부친설이라든가, 뭐 이런 건 없고.

⑤ 치매양반 덕천 심씨의 명당

-조사일: 2003년 7월 12일, 제보자: 황한이(여, 86세), 조사자: 나카무라 카즈요, 조연남, 유경숙.

* 청송 심씨 이야기가 나오자 여자 덕에 부자 된 덕천 심씨 명당 이야기를 들려주었다.

명당자리가 이 뒤에 한 자리가 있는데 그거는 뭐 제일 부자가 여 덕천이라는 데가 있어. 요 가다가 덕천 심씨들이 명당자리 여(여기)1) 써 놨다고. 그 사람들은 수백 년 가도 맹(마찬가지로) 잘살아. [조: 덕천 심씨가, 덕천 심씨가 되게 부잔가 봐요?]

부자. 덕천 심씨는 치매(치마) 양반인데, 임금의 부인이 이제 덕천 심씨야. 인제 왕후가 됐기 때문에 심씨, 심씨 양반이라 그제(그러지). [조: 치매 양반이 뭡니까?] 덕천 심씨들이가. [청중: 아. 치마 양반.] 그 덕천 심씨 그 저 왕후 되는데, 그 왕의 아버지가 덕천에서 무지개가 베껬드란다(박혔드란다). [청중: 아.] 무지개가 베껬고. 자기 아들이 하고. 그래서 그 인제 아들이 왕이 됐는데, 어부지(아버지)가 덕천에 며느리 감이 있다 그러드란다. 그 때 해가 왕후가 됐다고. [조: 그렇죠. 꿈 때문에.] 꿈으로.

⑥ 취동팔경으로 불리는 마을 경관

-조사일: 2003년 2월 24일, 제보자: 황일호(남, 77세), 황유모(남, 77세), 조사자: 임재해, 배영동.

* 마을에 있는 영이정(詠而亭)이라는 정자 낙성식때 지은 시집에 취동팔경에 대한 시가 수록되어 있다. 취동팔경의 내용은 대략 다음과 같다며 이야기 해 준 것이다. 이외에도 마을에 관련된 몇 권의 책을 가지고 와서 이야기 해줬다.

---

1) 청송 심씨들이 마을에 써 놓은 묘자리를 말한다.

황일호: 한 번 빠지면 고만이라. 고만이라 카면 왜 고만이냐 하면. 빠지면 죽어야 돼.
　　　 빠지면 몬(못) 살아. 여럿이 빠졌거든요. [조: 아까 고마들 이야기했습니까?] 예.
배영동: 또 뭐 아까 유래 이야기 할 거 있으면 이야기 하십시요?
조사자: 예. 유래를 들어야 돼요. 요기[2] 있는 기록만.
배: 예. 내가 그럼 있다가. 그 다음에 벽암, 벽암 조수.
황유모: 벽암조수(霹巖釣叟) 카는 거는 고만(그만) 여울 밑에 고 보며는 옛날에 큰 바
　　　 위가 있었어요. 물 가운데. [배영동: 고만.]
황: 요 바로 이 동네끝이가 저 뭐라 카면.
배: 그 일두인데요.
황: 아 저 뭐라 카면. 측백나무 카는 거는.
황유모: 아. 배 선생 말로 조수라 그랬으니깐. [배영동: 낚시 '조(釣)'자.] 낚시대를 밀
　　　 긴다는 그런 뜻이 아닙니까? 거게는(거기는) 낚시질하고 그랬는데, 그랬는데 거기
　　　 라고 보는데 요즘은 바위도 뭐.
배: 맹 고만 있는 됩니까?
황: 바로 여 정자 앞이지. 정자 앞에 여 납일이란데.
배: 거 큰 바위가 있습니까?
황: 바위 있어요.
황유모: 그걸 아주 큰바위로 봐야되지. 사람이 목욕하다가도 거 올라가. 거 가면 발자
　　　 취도 막 있니더. 뭐라 카면.
황: 나도 얘기 할 거 있는데, 아주 예전에 뭐 거 말 타고 거기 갔던 모양이라. 지금도
　　　 말 발자죽(발자국)이 아주 선명하게 나와 있어요.
황유모: 딴(다른) 바우(바위)에 가면 거 또 떰뛰기(뜀뛰기)는 저 물에 탁 뛰가 물에.
배: 그게 너럭바위구나. 널찍한 큰 바위.
황: 그 우로(위로) 올라가야지. 거서는(거기서는) 물에 저 점뿌(점프)하는 점뿌. 거게
　　　 발자죽이 있다 카이.
배: 요즘도 그렇게 목욕하고 점프합니까?
황유모: 요새(요즘) 아들 마커. 여름철 많이 하지마는.
배: 어르신분들께서도 그렇게 많이 하셨겠군요.
황유모: 오새 아들 많이 안 하는데. 옛날에 많이 했고 말고.
배: 그러면 앞에서부터 제가 다시 묻겠습니까? 성황산에 신월(新月)인 뭐 초생달 아닙
　　　 니까?

---

2) 徐光潤 序, 『영이정 낙성시 시집(詠而亭落成時詩集)』, 1911년. 황수도 어른이 경로당으로 가지고 나온
　　문집 가운데 하나로 이 마을에 있는 정자 영이정(詠而亭) 낙성할 때 모은 시집이다. 여기에 취동팔경
　　에 대한 시가 수록되어 있다.

황유모: 초생달이죠. [배: 그 초생달.]

황: 세세. 성황세라고.

배: 예 예. 달이 그쪽에서 올라 오군요. 부연모하(釜淵暮霞).

황유모: 가매소.

배: 이게 해 저물 '모(暮)'자고, 이게 안개 '하'자 아닙니까? 이게 '단' 잡니까?

황유모: '하'자.

배: '하'자죠? 그 저 해질 때 거 뭐라 그럽니까?

황: 낙조.

배: 노르스름하게 노을이 저녁 노을. 저녁 노을이네. 예 예. 그 다음에. 어심담(魚深潭). 언어가 노는 깊은 못. 그러네요?

황수도: 예. 깊은 못은 아닙니다. 쏘(소), 쏘지.

황: 그 물이 하도 깨끗기(깨끗하기) 때문에. [배: 은어가 많이 있습니까?] 은어가 많이 올라와요. 낙동강에서 올라온다 카면 그쪽에는 마 틀림없지. [배: 임하댐 막고요.] 예. 임하댐 막고. 또 보를 또 쌔면(시멘트)보를 했버리니. 올라오는 중간, 중간에 쌔먼보로 했으니, 고기가 몬 올라온다 카이. 낙동강 하류에서.

황유모: 옛날에는 그 쑤(소)가 굉장히 깊었는데. 요즘은 많이 얕아졌부고. 그리 깊으지도 못하고. [배: 예.]

황: 복판에(가운데) 바우(바위)가 있었는데.

배: 봉산낙조(烽山落照). 뒷산에 해지는 건데. 그게 뭐.

황유모: 그 해지는 그 광경, 해지는데 그 저녁놀이 비치는 그 광경. 그것을 찬양하는 그런 말이 아닌가 싶어요.

배: 선산초적(仙山樵笛).

황유모: 예? [배: 선산초적요?] 아까 저, 저.

배: 맨드락산, 맨드락산이라고 있고요.

황유모: 초적이라 카는 거는 이 버드나무 뭐 대략 뭐 그런 건데.

배: 목동. 목동이 피리 분다는 거.

⑦ 마을에 처음 들어온 성씨

-조사일: 2003년 7월 11일, 제보자: 강주형(남, 85세), 황덕호(남, 82세), 조사자: 임재해,

  * 강주형 할아버지의 성씨관련 이야기를 들은 후 청운 마을의 입향 시조에 대한 이야기를 들어보았다.

강주형: 이래 '이', '황'이제 그제. '김'이, '김'이 들어왔나? 첫 번에. '김'이 들어오고, 그 다음에 '임', '임'하고 '송'하고 같이 드왔이(들어왔을) 껜데(텐데).

조사자: '임'씨도 여 들어와 살았습니까?

황덕호: '임'도 있고, 예천 임도 있고.

강: 예천, 예천 '임'이 있고, 어 안동 '임'이 있고, 그래 인제 '임'씨는 인제 원칙으로 '임'씨가 한 집네라 카이. [조: 예.] 한 집넨데 '임'이니, 예천 '임'이니, 강릉 '임'이니 한테(한곳에) 집으로는 한 가진데. 그래 여기 인제 예천 '임'이 여게 인제 많이 거주를 하고 있는데, 예천 '임'이째?

조: 예. 여게 임씨 다음에 '황'씨가 드왔습니까?

강: 한 무리가 드왔는지(들어왔는지) 몰래(몰라). 우리 '강'가 겉은(같은) 사람은 시컨(실컷) 있다가 뭐 고마 뭐 나쁜 짓 해 가주고 집안 쫓게(쫓겨)가주고, 쫓게 여기 이래 들왔쩨. 그냥 있이먼 고향 있지. 뫈데(뭐 하러) 오는가? 안 글라(그렇나). 노름하다 빚져가주고 왔든지, 안 글먼(그러면) 돈 갚으려다가, 돈 몬 갚아가주고 뭐 어데 피난했던지. 안 그래. 그냥 얘기지. 책자에 드러난 게사(드러난 것은) 마 안 썼나마(많나). [조: 예. 맞습니다. 책자 안 드러난 이야기 좋습니다.]

책자는 뭐 뭐 드러난 거 막 막 바뀐게 썼는데, 마 그 안 그래. 국사도 있고 다 있는데 이기 인제 그 인제 거짓말 이얘기 아니래. 거짓말로 얘기하는 게지. 뭐 딴 거는 뭐 없고 거짓말로 이래 하다보면 맞챘는 것도 있고, 안 맞챘는 거도 있고, 글체(그렇지). 원칙이사 뭐 밑에는 누구 정승이고, 누구 영의정, 정의, 우의정, 좌의정 카는 거 다 있는데, 그 뭐 얘기 할 거도 없잖아. 그제. 젊어도 누구 정승하고, 누구는 뭐 우의정하고 막 다 있는 거 아니데. 우리는 정승이 없어. 강가논(강가는) 임씨도 정승이 없고 황씨도 정승 없다. 뭐 여 서이(세명) 앉었지마는 우리는 정승 없다. 우리는 무관(武官)집이거든. 임씨도 무관집이는 무관집이제. 정승 뭐 카는 거도 없고 황씨도.

조: 황희 정승 있잖습니까? 황희 정승 대감?

강: 근데 우리 국사에는 안 나왔던데.

조: 왜 국사에 안 나와. 황희 정승 유명한 사람인데, 방촌 황희라고.

강: 그래 방촌 황희. [조: 예. 황방촌.]

⑧ 아랫성지골과 웃성지골

-조사일: 2003년 2월 24일, 제보자: 황수도(남, 70세), 황일호(남, 77세), 황유모(남, 77세), 조사자: 임재해, 배영동.

* 앞의 취동팔경 이야기에 이어 네 할아버지께서 주거니 받거니 하면서 마을의 골에 대한 이야기를 했다.

배영동: 마을 여기, 저기 그 중요한 곳마다. 중요하다고 꼭 그렇게 하지 않아도 되겠습니다마는 곳곳마다 이름들이 다 있지요?

황일호: 다 있죠.

배: 그걸 한 번 산은 산대로, 들은 들대로, 개울은 개울대로 쭉 한번 읊어서 한번 설명해 주실 수 있겠습니까?

황: 개울버텀(부터) 하죠. 뭐 부텀하는 게(것이) 좋으요(좋아요).

배: 입구부텁니까?

황유모: 조(저기) 아래부텀.

황일호: 남치골. 남치골이제. 저 우에 저 골이가?

황유모: 남치골이 아니고 성지골. 아래성지, 웃성지.

배: 성지골요. 그러이. 마을에서 방향이 어딥니까?

황유모: 요 밑에.

황: 요 니리(내려) 가면 좌측에. [배: 예. 주유소 건너편쯤 됩니까?] 주유소 쪼매 거 밑에 내리 가면. [배: 예 예.] 거 아래 성지골, 웃성지골 두나(두개)거든.

배: 다, 다시요. 아래 성지골. 근데 거게(거기) 이름이 그렇게 돼 있는 사연이 있습니까?

황수도: 모르지 뭐.

황유모: 사연이 저게(저기)3) 보면 대략 내용이 나와 있어요. 고 앞에. 여기 어디 보면 나와 있을 거야.

배: 그거는 저희들이 찾겠습니다. 고(그) 다음은요?

⑨ 고저골과 그 안의 빈지나무골

-조사일: 2003년 2월 24일, 제보자: 황수도(남, 70세), 황일호(남, 77세), 황유모(남, 77세), 조사자: 임재해, 배영동.

* 앞의 이야기에 이어 계속되었다.

황일호: 그 다음에 인제 올로(올라) 오면 고저어골이 안 되니껴?

황유모: 글치(그렇지).

배영동: 고저골요?

―――――――――――――――――――

3) 마을에 관련된 여러 가지 사실이 수록된 몇 권의 책 중의 한 권이다.

조: 고저골은 왜 고저골이라 그러죠?

황: 모르지 뭐요. 고저골(허허허) 고, ‘고’자는 고적, 고적 카기도 하고 그카디더. 여
   (여기) 책에 보이까네. 고저어골이라. 고 다음에 인제 고적골도 드가면(들어가면)
   골이 여럿 나(개) 있니더. 그기.

배: 아 거기 골이 또 갈라져요?

황: 야. 고저어골 그 골은 드가면 인제 빈지나무골 있고. [배: 비지나무골?] 빈지, 빈
   지. [조: 빈지.] 빈지나무골. 또 여 첨 골이(처음 골이) 뭔 골이라 하더나? 이짝
   들어가는 골.

황수도: 그게 예전에는 그 알았지마는 요즘에는 나무하러 안 댕기니(다니니).

황: 나무하러 안 댕깄이(다녔으니). 산에 갈 일이 없으이.

황: 그건 있다 여럿이 오면 쫌 알아 가주고요. 뒤에 하시더.

배: 나무 안 하니깐 고마 산 이름도 잊었버렸구나. 예. 예.

황수도: 산에 안 가니.

황: 그건 뒤에 하시더. 여럿이 오면 그때.

조: 고저어골 안에 있는 거는 여럿이 오면 하고요. 고저어골 다음에.

⑩ 낙갈, 칡이가 많아 칡이골

-조사일: 2003년 2월 24일, 제보자: 황수도(남, 70세), 황일호(남, 77세), 황유모(남, 77세), 조사자:
임재해, 배영동.

* 앞에 이야기에 이어 계속되었다.

황일호: 고저어골 다음에 거저 또 낙갈(落葛). 낙갈. [조: 낙갈?] 락, 떨어질 ‘락(落)’
   자. 낙갈. 칡이골. [조: 아 아.]

베: 골짜기 이름입니까? 그게.

황: 야.

조: 그럼 그건 칡이골입니까?

황: 칡이, 칡이 많기는 많은데, 어차피 떨어질 ‘락(落)’자, 칡이.

황유모: 어제 이야기한 일두 동네 카는 쪼매한(작은) 동네. [조: 아. 일두 동네] 일두
   동네 저 안쪽이 마커(모두) 낙골이라. 그 동네.

황수도: 그 마을 안에 드가며는 못이, 큰못이 있어요. 그거 가주고(가지고) 일두 카는
   데 그 들에 물을 전부 그 못에서 얻어다가 인제.

황: 그 고거 다음에. 고도(거기도) 작은골이 많이 있거든요. 거 낙갈도. [배: 예.]

⑪ 마을에서 대략 큰골인 속골

-조사일: 2003년 2월 24일, 제보자: 황일호(남, 77세), 황유모(남, 77세), 조사자: 임재해, 배영동.

* 앞에 이야기에 이어 계속되었다.

황일호: 그 골 골이 이름이 많다 카이께네. 그거는 뒤에, 뒤에 물어가주고 하고 또 그 다음에 저 짝에 또 속골. 대략 큰골이야.
배영동: 소골. 소?
황: 속. 속. [배: 속.] 속골, 속골.
조: 소골(길게) 입니까?
황: 소골이 아니고.
배: 속해 있다는?
황유모: 무신(무슨) ‘속’ 자면, 두인 변에.
배: 두인 변에 ‘속(涑)’자요. 이겁니까?
황유모: 맞아. 예.
조: 그거는 왜 그런 글자를 쓰죠?
황: 몰래. 그거는 속골이고.
배: 그런 표기가 어디 있는가 보죠, 그런 게?
황유모: 아니, 아주 오랜 옛날에 속골 입구에 속동(涑洞)이라는 마을이 있었어. [배: 예. 속동. 예.] 요즘은 인제 없어요.

⑫ 냉골 안의 남과실과 통시골

-조사일: 2003년 2월 24일, 제보자: 황일호(남, 77세), 황유모(남, 77세), 조사자: 임재해, 배영동.

* 앞에 이야기에 이어 계속되었다.

황일호: 그래고(그리고) 인제 냉골. 냉골.
황유모: 또는 남가, 남가실이라고 해.
황: 남가실으는 이 동네 아니고요. 우리는 보통 냉골이라 캤다. [배: 내골?] 야. 냉, 냉. [조: 냉골. 그럼 남가실이 냉골?]
황유모: 그 안에 남가실이 있고.
황: 남가실이 있고. [조: 냉골 안에 남가실이 있고.] 남가실이 동네가 있고요.
배영동: 남가실엔 남씨들이 많이 살았습니까?

황: 아니요. 권씨도 사고(살고) 김씨도 살고 이래. 여럿이.

배: 남갑니까? 남꽙니까?

황: 남과. 남과실. [배: 예.] 글코(그렇고) 인제 남과실 다음에.

조: 아니, 그 냉골은 왜 냉골이라 그럽니까?

황: 모르지 뭐. [배: 냉골.] 거도 드가면 또 이짝에 통시골 카는 기, 여 이 산이, 이짝 통신골이지 싶어요. 통신골도 있다 카이. 또. [배: 예 예.] 통신골도 있다 카이. 이 안에 통신골이 있거든. 이 통신골이라 카는데, 가마(가만히) 보이(보니) 옛날 성(城)이, 어느 때 쌓은 성이 있는데, 그 성도 모리고(모르고) 틀림없이 그 통신골 이지 싶어 가마 생각해보이. 통시골. 고적대. 또 고(그) 짝이(쪽이) 또 고적대고. [조: 통시는 정낭인데요?] 그캐요(그렇게 해요). 요새 생각해보이 통신골 같다.

⑬ 고적대(古積臺) 안의 가는골과 독지골

-조사일: 2003년 2월 24일, 제보자: 황일호(남, 77세), 황유모(남, 77세), 조사자: 임재해, 배영동.

* 앞에 이야기에 이어 계속되었다.

황일호: 거, 거 소에 올라갈라 카면 그 골로 가야 제일 가집거든(가깝거든). 가집고, 평지고.

배영동: 고적대라고요?

황: 예. 고적, 고적대.

황유모: 고적.

배: 고적대. 뭐 높은 대가 있다는 뜻입니까?

황유모: 글자는 쌓일 '적(積)'자라 뭐 그 잔데, 그런데. 옛 '고(古)'자랑 쌓일 '적(積)'자 하고.[배영동: '대' 자는 그럼?] 고적대라 그러기도 하고, 고적동이라 그러기도 하 고 그러드라.

배: 예. 고적대, 고적동(古積洞). 이거도 냉골 그 안에 있고요.

황: 그 안에 가면 가는골, 독지골.

황유모: 그 냉골 안에 가는골.

배: 목지골요?

황유모: 독지골. 홀로 '독(獨)'자하고.

배: 집 한 채가 있단 뜻 일가요?

황유모: 알 '지(知)'자하고. [배: 아. 독집니까?] 예.

황: 가는골 적었지요?

배: 예.

⑭ 앞산 너머 잘 마른다는 건지골

-조사일: 2003년 2월 24일, 제보자: 황수도(남, 70세), 황일호(남, 77세), 황유모(남, 77세), 조사자: 임재해, 배영동.

* 앞에 이야기에 이어 계속되었다.

황일호: 가는골, 독지골 있고 또 인제 여기 말했잖애. 요걸 뭐 뭔고. 앞산 너머 골. 앞 산 너머. 건지, 건지골.

황유모: 앞산 넘어 골, 작두골이라든가?

황수도: 건지골.

배영동: 무슨 뜻입니까?

황: 모르지요.

황유모: 건지, 건지골이라 그래요.

조사자: 건지골은 여기, 저기 많습니다.

황: 잘 마른다고 건지골이지 뭐요. [조: 아.]

배: 거 이 마을에 속해 있는 땅입니까?

황: 예 예. 우리 동네 땅이고. 산 다음에 여 못 있는 골은 뭔 골이껴.

⑮ 금천리(錦川里)라는 마을이 있었던 잣두골

-조사일: 2003년 2월 24일, 제보자: 황일호(남, 77세), 황유모(남, 77세), 조사자: 임재해, 배영동.

* 앞에 이야기에 이어 계속되었다.

황유모: 독지골로 넘어가는 골로 돼 있는데, 고면(거기면) 잣두골이라고 있는데, 고게 는(거기는) 잣두라는 곳에 인제 옛날에 고 집이 한 너덧 집 살았어요. 살았는데 그 동네 이름을 소리명으로 해서 금천리(錦川里)라 그랬어요. 뭐 벨로(별로) 행정구 역에 합병이 되는데, 별로 쓰이지는 않아도 비단 '금(錦)'자, 내 '천(川)'자 해서 금 천리(錦川里)라고 했는데, 고 안에 지금 못이 하나 있어요. [조: 지금 잣두골을 설 명하는데, 고기 금천리가 있었단 말이죠. 잣두골에?] 예. 지금도 보며는 지금 거

동리(洞里)에 사람은 안 살고, 그 터에다가 지금 뭐 우사(牛舍), 우사 지어가주고. 거기서.

배영동: 그럼 그 마을은 어른 분들이 보셨던 마을입니까?

황유모: 예. 내가 직접 살던 곳이래. 어릴 때.

황: 우리는, 우리는 전쟁 때 나고 거(거기) 가(가서) 만날 근무했는데. 뭐. [배영동: 예 예.]

조사자: 그러면 그 우사 이 마을 사람들 겁니까?

황유모: 예 예. 이 마을 사람들꺼지(까지) 뭐.

⑯ 동이만한 금이 나온 금동이골

-조사일: 2003년 2월 24일, 제보자: 황일호(남, 77세), 황유모(남, 77세), 조사자: 임재해, 배영동.

* 앞에 이야기에 이어 계속되었다.

황일호: 그 다음 골은 금동오골. 금이 동이 만한 게(것이) 나와 있었다고. 금동오골.

황유모: 금동이. 동.

조사자: 거기 뭐 이야기가 있겠네요. 거기 왜 동이 많았나.

황: 거도 인제 못이 있고, 못이 큰못이 있는데.

조: 거기 금동이 많이 나면 누가 관리를 했습니까?

황유모: 거도 이름은 그런데, 거기 뭐 금을 캤다든가, 구리를 캤다든가 이야기는 없는데, 그런 그 자리는 없는데 그 이름은 금동골.

황: 그 금동오골 안에 시시이밭골이 있고 또 문둥골이 있고. [배영동: 시시이밭골.] 또 문둥골이 있고. [배영동: 문둥골.] 그래고 그 다음에는 딱시골이지. 딱시골. 딱시골, 웃딱시골, 안딱시골.

배영동: 금동골 안에요?

황유모: 그거 아니고. 나와가. 나와가.

⑰ 골이 깊어 범이 자주 나온 시시이밭골

-조사일: 2003년 2월 24일, 제보자: 황수도(남, 70세), 황일호(남, 77세), 황유모(남, 77세), 조사자: 임재해, 배영동.

* 앞에 이야기에 이어 계속되었다.

조사자: 자. 시시밭골은 왜 시시밭골이죠?

황일호: 모르지. 그거는. [조: 예. 몰래요.] 거 속에 전에 왜 범 나와서 못 댕겼어. [조: 범 나와서 못 댕겼고.]

황유모: 거기는 골이 깊고.

황: 거저. 그 전에 거 저 하던 사람 보면 범이 달래가주고. 그래가주고. 예전에 거기 범이 많이 왔어.

황수도: 거. 공동묘지래. 밤에 댕기는데. [조: 공동묘지입니까?] 예. 공동묘지예요.

황: 거, 거 저 못에 물이 떨어져가주고. 오새(요새) 겉으면(같으면) 강물 퍼 올리지. 못 속 밑에 있는걸, 걸(그것을) 퍼 올리니라고(올리느라고) 모기가 깨물어 싸. 보리 짚을 갖다 이래 싸가주고 덮어 씨고(쓰고) 앉어 있는데, 범이 어디로 나오나 카면 그래면 딱시골로 나와가주고 저 월게4) 저 아랫들로요, 저 뭐나 새들로 해 가주고 쭉 돌아가요. 우에서를(위에서) 그렇게 올라 가더라마는. 그래가주고 겁이 안나. 왜 겁이 안 나나 하면, 그 고 건너에 할아버지 묘가 있거든요. 그러니깐 겁이 덜해요. [배영동: 하하.] 글때 월선 형님하고 둘이 저 이런 잠바 덮어쓰고 물 푸먼(푸면) 기계 돌리머(돌리며) 있었다 카이.

배영동: 옛날 몇 살 때 얘기하십니까?

황: 그때도 뭐. 그기(그게) 울매(얼마) 안 됐지. 뭐. 그기 뭐 한 시무(스물) 한 서너 살 됐을 때거든.

조: 그 문둥골에 문둥이가 살았습니까?

황: 모르지 뭐요.

조: 문둥골. 바깥 문둥골, 안 문둥골 있다고.

황유모: 그기 옛날에는 살았다는 뭐 말은 없고, 그 밑에 또 집을 짓고 살 만한 그런 곳도 아니고.

⑱ 우무골이라고도 불렸던 맥갈, 그 안에 영시골

-조사일: 2003년 2월 24일, 제보자: 황수도(남, 70세), 황일호(남, 77세), 황유모(남, 77세) 조사자: 임재해, 배영동.

* 골에 대한 이야기에 이어서 계속되었다.

배영동: 그럼 골짜기는 인제 다 하신 겁니까? 아랫 딱시골까지 하면요.

황일호: 저 막깔에서를. [배: 예. 막깔, 막깔.] 맥깔에서 가면 그 아께(아까) 뭐라 캤

---

4) 월구들을 말한다.

니꺼. 그골. 저 거짝(그쪽) 재 넘에(넘어) 골.

황유모: 영시골.

황수도: 또 저 아래서는 뭐. 턱골. 또 우무골하는 거는 어데(어디) 있노?

황: 우무골이 있어요. 우무골.

황수도: 우무골이 속골이었나?

황: 아니, 맥갈이지. 맥갈에 일제시대. 유수 집안에, 안에 우무골이 있다.

조사자: 우무골이 고저어골에도 있고, 일두 그 집안에도.

황: 고저어골로 드가면 인제.

황수도: 그, 그 골은 뭔 골이껴? 저게 맥갈 저 못 안에 드가가주고. 산소 드가는 데 거.

황: 그거 맥갈이지 뭐. 그거 맥갈. [조: 맥깔. 그 다음에 또 다른 골은요?] 그기 거진 (거의) 다 될텐데.

⑲ 취동팔경의 월구들과 구석에 있는 구석들

-조사일: 2003년 2월 24일, 제보자: 황수도(남, 70세), 황일호(남, 77세), 황유모(남, 77세), 황덕호 (남, 82세), 조사자: 임재해, 배영동.

* 앞에서 마을 이곳, 저곳의 골에 대해 알아보았다. 이어서 마을들의 지명에 대해서 들어보았다.

배영동: 아랫 딱시골하면 골짜기는 다 한 번 돌았구만요? 그러면 저 들도 뭐 이름들 쭉 있죠. 그것도 한 번 성지골, 이 부근에서부터 시작해서, 그 순서대로 한 번 들판을 쭉 한번 읊어 주시지요?

황일호: 그러면 인제 농토 있는 들 말이지요? [배영동: 예 예.]

조사자: 농토 없고, 뭐 막 숲이 있는 들 해도 돼. 들은 좌우간.

황수도: 이 자리에서 제일 밑이가(밑이) 고마.

황: 요부텀(여기부터), 요부텀 인제 농토는 여(여기)부텀 가시더. [배: 예.]

황수도: 채전리부터 해라.

황: 아니래요. 아까 위로 딱시골짜기끼네. 요 요 뒤에 동네.

조: 아래 성지골 근처서부터 시작해서.

황수도: 일로 가야 되지 뭐.

황: 이리 가만 뭐. 들 캐(해) 봐야 골매(?)하는 토지가 있고. 월구들이 있고. [배영동: 월구들.] 월구, 구석들 그 둘이 한들인데.

황수도: 원래 한들인데 크기는 쫌 크다.

배영동: 월구들하고 구석들하고 붙어 있습니까?

황수도: 한데(한곳에) 바짝 붙어 있어.

황: 바람 맞아가주고 이래가주고 갈랬다.

조: 월구들은 왜 월구들이라고 합니까?

황: 여기도 아께(아까) 월구, 월구.

배: 취동팔경의 월구요?

황: 예.

황유모: 맹 그거하고 관련되는 모양이야.

황: 그거랑 관련되지.

조: 구석들은?

황: 구석은 한테이야(한군데여야) 되는데, 아래 있고, 월구는 우에(위에) 있고 그래.

조: 근데 왜 구석. 한쪽 구석에 있나요?

황유모: 구석이라고 있다고 맹 구석들이라 캤지.

황덕호: 같은 들이래도. 한짝(한쪽) 구석에 있다고. 구석들이라 캤지. 한짝(한쪽) 구석
    에 있어.

황유모: 고거는 인제 서천산이 굉장히 높어가지고(높아서) 하마(벌써) 오후 세시, 네
    시 되며는 전부 산에 그늘이 다 져.

⑳ 해가 제일 먼저 뜨는 일두들

-조사일: 2003년 2월 24일, 제보자: 황수도(남, 70세), 황유모(남, 77세), 조사자: 임재해, 배영동.

* 앞에 이야기에 이어 계속되었다.

황유모: 머리 '두(頭)'자거든. 그러니깐 그기(그것이) 인제 해가 거기 동쪽에 산이 멀
    고, 낮기 때문에 해가 빨리 들어요.

황수도: 해가 거기 제일 먼저 달려든다.

황유모: 그래서 일두(一頭)라 캤나? 해가 제일 먼저.

㉑ 길쌈과 관련된 삼밭골과 잉애골과 속골

-조사일: 2003년 2월 24일, 제보자: 황일호(남, 77세), 황유모(남, 77세), 조사자: 임재해, 배영동.

* 앞에 이어 청운 마을의 과거 길쌈 문화의 전통을 잘 반영하고 있는 골에 관한 이야기를 들어
보았다.

황일호: 속골은 말씨더. 속골에도 거 골이 여러 나(가지) 있다. [배영동: 속골요?] 속
　　골. [배영동: 예 예.] 속골 그 골로 드가면(들어가면). 잉애골이 있고. [배영동:
　　예? 잉애골?] 잉애골이 있고, 또 저 집에 저 노골 아래 미(묘) 있는 데가 무신(무
　　슨) 골 있겨?
황수도: 몰래.
황덕호: 머리골 아이가?(아닌가)
황: 그게 머리골이라. 잉애골, 머리골. [배영동: 머리골?] 또 그 밑에가, 그 안에가 뭔
　　골이라. 종모네, 그 산 있는 골이? [황유모: 몰래. 그 무신 골인지.] 삼밭골.
배: 삼밭골. 삼, 삼베 이게 이앵, 뭐 머리, 삼 이게 전부다 삼베하는 거하고 연관이 되네.
황: 이 부근에 모든 구석들은 순(모두) 삼밭이라 카이.
배: 속골에요?
황유모: 아이. 월구들, 구석들이라는 카는 들에 말이제.
황: 전부 삼베라. 안동 금소보다 여기 낫다 카이. 삼이 나면.
배: 잠깐요. 월구들, 구들들하고 속골하고 이게 붙었어요?
황: 예.
배: 예 예. 삼밭들.
황: 삼밭골.
배: 아. 삼밭골. 이에는 베틀에 이에 그거군요? 결국은.
황: 알 수 없지. 알 수 없지 뭐.

㉒ 땅 값이 제일 비싼 새들, 굼들

-조사일: 2003년 2월 24일, 제보자: 황수도(남, 70세), 황일호(남, 77세), 황유모(남, 77세), 조사자:
임재해, 배영동.

* 앞에 이야기에 이어 계속되었다.

조사자: 새들, 굼들.
황일호: 거 우리 동네, 토지 농지가 제일이래. [배: 예.] 요새 말하면 장잎(?)이 안 죽
　　는다 캤어. [조: 새들하고 굼들이요?] 예.
배영동: 값이 그 제일 비싼단 뜻이 아닙니까?
황: 예. [조: 굼들이가.]
배: 굼들이가. 새들은 제일 늦게 생겼습니까?
황: 글치요(그렇지요).

황유모: 맹 그 들 중에서 늦게 생겼어. 한들이 있는데, 굼들이라 카는 것은 지대가 쫌
　　　낮고 해서, 토지가 먼저 형성이 됐고, 이쪼(이쪽에) 새들 카는 거는 거 강변 쪽으
　　　로 담긴 곳인데 거기는 지대가 쫌 높으고, 논이 거 개발 된 게 딴(다른) 데보다 먼
　　　저 보다 쫌 늦어요.
배: 이런 들들은 전부 논이죠? 아. 밭도 있어요?
황: 척두가 밭이고.
배: 잠깐요. 척두들은 전부 밭입니까?
황: 아니죠. 밭도 한 반되고, 논도 한 반되고.
배: 논밭이 1 : 1쯤 되네.
황: 그 고마들이 그 전체가 밭이고요.
배: 전체가 밭이고요. 전체가 논인 것은요?
황: 월구들, 구석들, 새들. [배영동: 월구들, 구석들, 새들, 새들.] 그 일두에 또 밭도
　　있고, 논도 있고. [배영동: 그 나머지는 전부 논, 밭 섞였군요.]
황수도: 섞였어요. 남산들은 전부 밭이고.
황: 참 남산들은 참 몽땅 밭이고. [배: 아. 그래요.]

㉓ 안동포 생산이 많았던 늪지 월구들

–조사일: 2003년 2월 24일, 제보자: 황수도(남, 70세), 황일호(남, 77세), 황유모(남, 77세), 조사자:
임재해, 배영동.

　* 역시 삼베문화의 전통을 말해주는 지명 이야기이다.

황수도: 그 저 월구들에는 거 삼 나오는 거 안동포 원료. [조: 예. 월구들에.]
황일호: 안동삼보다 여 삼이 훨씬 나아요. 이게 안동삼보다 훨씬 나아요. 안동포 원료
　　　라. 그. [조: 월구들에. 월구들에?]
황수도: 옛날에 여게(여기) 생산이 지일(제일) 됐어.
황: 삼 마디가 적어가주고 가장 저 보름세에 놓은 안동 사람 여와 사가 갔다 카이께네.
　　전에.
조사자: 아. 가늘고 키가 커서 그렇습니까?
황: 예. 마디가, 마디가 적어.
황덕호: 요샌 길안5) 삼 많이 나오고, 삼 삼고 하지마는 전엔 길안 사람들도 전부 여(여
　　　기) 와서 샀다고.

―――――――――――――――――
5) 안동에서 삼을 많이 하는 곳의 하나로 알려져 있다.

조: 예. 월구들 삼. 거기 토질이 좋아서 그렇습니까?

황; 토질이 좋아요.

황수도: 토질이 아주 특수해요.

황: 토질이 늦진 돼요. 성질토하고 똑같은 땅이래.

황유모: 마디가 삼을 매는, 삼을 키워 놓으면 마디가 없다 카이까? 매초란 게.

황: 그래가주고 옛날에는 여게 안동포 생산이 여게서 많이 됐어요.

조: 지금은 안 하시고요?

황유모: 지금은 원료가 여기 원료가 여기 없이이까(없으니깐).

황: 안동서 사 가주고. 지금은 쫌 하는 집이 있기는 있어요.

황수도: 비(베)를 많이 하지. 비하는 집이 더러 있기는 있어.

조: 그 다음 또 다른 들?

황: 들은 그래서 끝이래.

㉔ 보름달 보러 오르는 제일 높은 뒷산

-조사일: 2003년 2월 24일, 제보자: 황수도(남, 70세), 황일호(남, 77세), 황유모(남, 77세), 조사자: 임재해, 배영동.

* 들에 관련된 지명 이야기가 끝이 나고 산의 지명에 대한 이야기가 계속되었다.

황수도: 뒷산이 있고. 뒷산이 디게(되게) 높은.

조사자: 뒷산이 제일 높습니까?

황일호: 뒷산이 제일 높을 게라.

황수도: 이 근방은 제일 높지. [조: 뒷산 어디 있죠?] 저 가는데 고(거기) 제일 바로
    뒷산. 거 인제 보름에 달 볼 때, 인제 마커 거게 그 전날 달 보러 올라가고.

조: 달 보러 올라가고. 달 보러 열 나흗날 저녁에 올라갑니까? 보름날 올라갑니까?

황: 보름날 저녁에.

조: 그냥 달 보기만 했습니까? 거기서 불 놓고 했습니까?

황: 우리는 불 낼까봐 못 냈지 뭐.

황유모: 하여튼. 거기서 뭐 모두한테 모여가주고 소리 질르고(지르고). 그때 많이 올라
    가요.

황: 아들 불놀이하는 거는 들에 내려 와서 하고. [조: 들에 내려 와서 하고.]

황유모: 뒷산에 많이 올라가요.

조: 아. 뒷산에 달 보러 올라 가셨구나. 예.

㉕ 성황당이 있는 성황산(星隍山)과 맥드락산

-조사일: 2003년 2월 24일, 제보자: 황일호(남, 77세), 조사자: 임재해, 배영동.

* 앞에 이야기에 이어 계속되었다.

황일호: 그래고 성황산. [조: 성황산.] 남산 적었니껴. 남산? [배: 예 예.]
조사자: 성황산에는 안에 성황당 있습니까?
황: 예. 당이 있다. [조: 당이 있고.] 그 저 당이 있고, 당이 거 성황당 그게 아니고,
    성황사는 빌 '성(星)'자, 임금 '황(皇)'자 하이라께네. 성. [조: 예 예. 빌 성자.] 그
    성이 있어. 성터가 있는데, 성황당이고, 거 맨드락산이 있고.
배영동: 맨드락산요?

㉖ 나무하러 많이 간 고적골과 낙골 금동이골

-조사일: 2003년 2월 24일, 제보자: 황수도(남, 70세), 황일호(남, 77세), 황유모(남, 77세), 황덕호
(남, 82세), 조사자: 임재해, 배영동.

* 앞에 이야기에 이어 계속되었다.

조사자: 옛날에 나무하러 제일 많이 갔는 산이 어느 산입니까?.
황일호: 고는(거기는) 신흥구역 같지. 신흥구역. [조: 신흥구역.]
황수도: 아께 고적 카는 게 있었제. 거기 나무하러 많이 갔지 뭐. [조: 아. 고적.]
황: 낙깔하고. 낙깔. [조: 아. 낙갈하고 고적골에 나무하러 제일 많이 갔네.]
황수도: 금동오골도 많이 가고.
황덕호: 금동오골 고(거기).
황유모: 뚜렷한 이름은 없고.
황수도: 골하고 산하고 연관지어가주고 뭐 같이 부르고.
조: 앞산은 어디 산입니까? 앞산은 다른 이름 없고 그냥 앞산이라 그러고, 뒷산도 다른
    이름 없고, 그냥 뒷산이라 그러고.
황: 앞산이 이, 저저 이래 성황산이라 카이.
조: 앞산이 참 성황산이구나.
황: 맨드락은 여 따로 떨어진 데 그건 산이고. 그 나머지는 산이 빌로(별로) 뭐 골에
    달렸어.
황유모: 골이가 뭐 산에 같이 불러서 뭐 어느 골, 어느 산, 뭐 낙갈산이라 카면 낙갈골

뭐 이렇게.

㉗ 퍼마 뛰기한 먼치 바위

-조사일: 2003년 2월 24일, 제보자: 황수도(남, 70세), 황일호(남, 77세), 황유모(남, 77세), 조사자: 임재해, 배영동.

* 산 이야기에 이어 마을의 바위에 대한 이야기가 계속되었다.

조사자: 그러면 여기 저게 이 근처에 또 큰 바위가 이름을 가지고 있는 게 있습니까? 무슨 바위나, 방구·황수도: 바위가. 이 앞에 걸(냇가) 있잖아요. 걸 있는데, 저 우쪽(위쪽)에 입구에 가며는 똑 저게 큰 황소가 눕었는 거매로(누웠는 것처럼) 그 걸(그것을) 먼치 바우라 캤어. [조: 먼치 바우요?]
황유모: 그 안주(아직) 있는데.
황일호: 먼치 바우라는데 그게 여름에 거서 모욕을 하고 그 바위 우에 올라가가주고 터마 뛰고 그랬다고.
배영동: 아까 말씀하신 그겁니까?
황: 거(그거) 아이구요(아니구요). [배영동: 먼치바우.]
배: 아. 잠깐만요. 아까 그 먼치바우는 왜 먼치바우라 그랬죠?
황: 먼치바우 카는. [조: 아까 맨 첨에 황소.] 몰래. 먼치 바우. 그 막 앞에 전에 택이 사라호 때문에, 택이 이래 있는데 이래 작고. [조: 아, 밑으로.] 이래 댕기면, 쭉 댕기면 쭉 드가거든. 헤엄 몬 치는 사람들으는 이 동네 사람들은 그래도 물에 안 빠져 죽는데, 헤엄을 하도 많이 쳐가주고. 오새는 물만 건네면 여 재 넘어.
황유모: 아들이 거 올라 가주고, 인제 자멱질하고 이랬는 모양이던데.

㉘ 고만 빠지면 죽는 고마 바위

-조사일: 2003년 2월 24일, 제보자: 황일호(남, 77세), 황유모(남, 77세), 조사자: 임재해, 배영동.

* 앞에 이야기에 이어 계속되었다.

황일호: 그 꼬마 아들이 물에 빠지면요. 그 바우(바위)가 싹 돌아 쳐가주고, 그 바우가 땅바우는 땅바운데 앞이 이래 다 빗부고(베어 버리고) 밑에 뒤에만 이래 붙어 있거든. 땅바운데 물이 이래 치고, 이리 니리(내려) 가가주고 싹 돌아가주고. 아무나

물이 니리 오면 거 와 죽었분다 카이. 그래 가주고 고만 바우이거든. 고만 바우 때
문에 죽고.

황유모: 고마 빠졌부면 고만 이래. 고만.

㉙ 자라가 올라 온 자래 바우

-조사일: 2003년 2월 24일, 제보자: 황수도(남, 70세), 황일호(남, 77세), 조사자: 임재해, 배영동.

* 앞에 이야기에 이어 계속되었다.

황일호: 또 그 밑에 자래(자라) 바우 있고. [조: 자래 바우.] 자래. 이래 만날 올라와
　　　가주고 자래바우. [배: 아. 예.]

조사자: 자래바운 뭐. 자래 바우는 왜 자래 바우라 그랬어요?

황수도: 자래가 많이 올라온다고.

조: 아. 고기, 자래가 많이 올라와요. 고 밑에서.

황: 예.

㉚ 아들 낳기 위해 백찜 쪄 놓고 빌던 가매소

　-조사일: 2003년 2월 24일, 제보자: 황수도(남, 70세), 황일호(남, 77세), 황유모(남, 77세), 조사자:
임재해, 배영동.

* 특히 기자를 위해 빌었던 바위가 있다며 이야기를 들려주었다.

황유모: 가매(가마)손 하는 게 있고, 옛날에 이래 거 보면 층층이 있는데 가매가 똑 이
　　　런 큰 가매가 두나. 지금 말 넣기 어려운 어렸일 때 가마(가면) 보면 두 개 있다
　　　카이. 두 개 쌍 가매가 있다 카이. 두 개 쌍 가매가 있다 카이. 그거 때문에 가매
　　　손이라. [조: 가매솥?] [배영동: 가매솥.]

황일호: 바우가, 땅바우가 딱 가매 겉은 게 있어.

황유모: 흙인데 꼭 가매 겉이 두나 똑 겉은 기 이래 있다 카이.

황: 속은 짚어가주고(깊어서) 대나무 하나 가주고(가지고) 고기(거기)를 이래 찌르면,
　　　대나무가 안 돌아간다 카이. 짚어가주고 대나무가 안 돌아간다 카이. 속은 짚어가
　　　주고.

황덕호: 요즘은 묻엤버랬나?

황: 아이(아니) 있니더. 요새도 있어.

황유모: 그래가주고 가매소이라고.

조사자: 가매소이. 혹시 할머니들이 위하는 바위는 없었습니까?

배영동: 뭐 아들 낳아 달라고 빈다든지.

황유모: 삼 놓을 때 원래 보며는 한지 이래 갔다가 이래 불 써 놓고 하는데.

황: 가매소 하데. 거게 했어.

황유모: 백찜 쩌 가주(가지고) 가여. 거 가서 그 저게 종이 이래 쩌에 놓고, 실하고 이
    래 해 가주고. 거게는 촛불 써 놓고, 마커 그 밑에 거게. 거 가매 카는 이래 내려
    가면. 그 산에 많이 했어.

조: 아. 가매소 밑에요. 그 바위 이름 특별히 뭐 모르시고. 없고.

황수도: 바위 이름은 특별히 없어요.

㉛ 숨이 진 사람이 볼 수 있는 마당 바우

-조사일: 2003년 2월 24일, 제보자: 황일호(남, 77세), 조사자: 임재해, 배영동.

* 앞에 이야기에 이어 계속되었다.

황일호: 그래고 물 속에 바우가 하나 있는데 마당 바우가 있거덩(있거든). 똑 거정.

배영동: 먼치 바우 밑에요?

황: 밑에. 물이 있으면 요만치(요만큼) 오께라(올꺼야). 요만치 오는데 하튼(하여튼)
    저 물 속에 잠수 해 가주고, 아주 숨이 진(긴) 사람 돼야 이짝 거리, 저짝 거리 갈
    만한 사람이 돼야 한 바꾸(바퀴) 돈다 이래. 우 튼튼하고.

배: 고 무슨 바우라고요?

황: 마당 바우. [배영동: 아. 마당바우.]

㉜ 먹으면 아들 낳는다는 측백나무두겁

-조사일: 2003년 2월 24일, 제보자: 황수도(남, 70세), 황일호(남, 77세), 황유모(남, 77세), 조사자:
임재해, 배영동.

* 바위 이야기에 이어 마을에서 위하는 나무에 대한 이야기가 계속 되었다.

조사자: 아이고 참 바우도 가지, 가지 많네요. 참. 예. 그 다음에 또 큰 바우는 뭐 있습
    니까?

황일호: 바우 뭐 딴 거 절벽이 하나 있고. [조: 절벽이요?] 예.

조: 근 뭐 이름이.

황: 측백, 측백두껍. 옛날 몇 천년 묵은 측백낭기(나무) 있었는데, 오새 없어졌어. 그 측백나무 두껍이라 카거든. [조: 아 측백나무 두껍이.] 그 누가, 누가 띠갔노 카먼(하면) 방구가 거 점프해가 안 죽었다 카이. 그 높이가 그게. 45메단가 그래.

조: 아, 물 우에서 45메단데. 거기서 점프해도?

황수도: 거기서 널졌는데(떨어졌는데) 죽을라고 자살할려고 했는데, 옷을 이걸 한복을 입었거든. 이 한복이 바람이 이게 바람이 전부 이리 드갔단(들어갔단) 말이야. 이게 낙하산 구실을 했어. 그래 가주골랑 자살하러 갔는데, 술을 갖다 먹고 인제 이게 혼자 놔뒀으면 안 죽었을껜데. 누가 붙들러 갔거든. 가이께네. 저 사람 붙들러 못 쓰지 싶으다. 그래가 알았다 카이. 밑에 물이 있길래.

배영동: 마을 분이였습니까?

황수도: 예. 이 마을 사셨어.

배: 지금은 돌아가셨구요?

황: 돌아가셨어요. 고인 됐어. [조: 옛날에 저 측백나무 두껍에 그 측백나무가 많았는데. 고마.] 측백나무가요. 한나(하나)가요 몇 백년 묵었는데. 비 안 맞고 맹 거.

황수도: 측백나무가요. 전설이 있어. 그 측백나무를 갖다가 먹으며는 그 아들을 놓는다 카는 그런 전설이 있어요.

황: 근데 자가 그 뿌리를 캐가 아직도 그게 있으면 괜찮은데. 장촌네 아들 가가 거와 빘부랬어(베어버렸다). 그 나무를. 그 우리 밭에 가면 만날 비앤다(보인다). 하얀 게. 그게. 그 여게 수천 묵은 낭기랬어요. [조: 그 전설 때문에, 그 나무가 다 못 살았구만. 아들 놓는다는 전설 때문에.] 그 낭기 글 때는 오새 겉이 그래 가주고는 안 컸거든요. 맹 바우가 이래 맹 끝에, 맹 그래 뭐가 있었겠지.

황수도: 충분한 양분을 섭취 몬 하이 글치. 뭐 만날 안 크고 요래 쪼만한.

조: 그래도 누가 아들 놓겠다고 뿌리 캐 갔다면서요?

황수도: 야. 그래가주고 아들 놨일 게래.

황: 그 어에 갔던지 몰래. 그 보통 사람 못 간다 카이. 이, 이래 절벽이거든.

황수도: 아. 밑에서 올라갔다. 그때는. 밑에서 올라갔지.

황: 밑에서 물이 실어 가 뻐끔한데. 이래 가미 그 구멍 뚫었는데, 이래 나와가주고 이래 올라갔버렸는데.

황유모: 우에서 니리(내려) 갈 수가 있나. 옆으로 드갔다 카이. 옆으로요? 저 밑으로 45메터나 되는데, 거게 우에 니리 간단 말이야. 못 내리 간다. 올라갈라 카먼 밑에서 뭐 다리까지 겉은 거 이런 거 놔 가주골랑 보통 올라가면 그런 거는 가능했을 껜데. 좌우지간 예전에는 그 나무를 먹으면 아들 놓니 뭐 이런 전설들이.

배: 무슨 나무에서?

황: 측백나무.

㉝ 사냥을 위해 빌던 고적대 안의 바위

-조사일: 2003년 2월 24일, 제보자: 황수도(남, 70세), 황일호(남, 77세), 조사자: 임재해, 배영동.

* 위하는 나무 이야기에 이어 사냥을 위해 특별히 위했던 나무이야기를 들려주었다.

조사자: 그러니깐 지금 어른들이 말씀하신 바위는 거의 다 저게 이 강을 중심으로 그렇게 했는데 혹시 산에는 큰 바위나, 혹시 위하는 바위나 이런 거 없습니까?

황일호: 위하는 바위요? [조: 예.]

황수도: 위하는 바위는 아께(아까) 고적대 카는 데 거 있잖니껴? [조: 예.] 고게(거기)가면 거 너머 그 공굴이 하나 있어요. 고 공굴이 안에. 그전에 그 바위가 많이 있는데, 예전에 뭐 가령 조상 제사 이래 하든가. 개 겉은(같은) 거 사냥하러 가면, 돼지가 잘 안 잡히고 하며는 그 날 음식을 거게 갔다 해 놓고. 그래 막 빌었어. 밑에다 "개란 아주 마 재주 겉이 빠르고, 고마 돼지는 나타나거들랑 마커 봉사되고." 카면서 그래 마커 빌었다 카이. [조: 사냥꾼들이 와서.] 포수.

이 마을에는 예전에 사냥을 많이 했어요. 개. 여게 그때는 대 여섯 바리(마리) 가주(가지고) 가면 고마 어떨 때는 경기가 좋을 때는 하루에도 몇 바리씩 잡고 이랬어요. [조: 돼지를요?] [황일호: 예.]

조: 이 마을 어른들이 가서?

황수도: 이 마을 어른들이. 나도 그때 해서 같이. 그때는 개 가주고(가지고) 돼지를 많이 잡았어요. 마을에 큰 일 있으며는 아무 날이 우리 큰 일이 있이니깐. 돼지 거 저게 한 마리 잡아도(잡아 줘) 카면 꼭 가면 틀림없이 맞춰가주고. 잡아오고.

황: 그때는 그래 안 잡으면요. 농사를 못 집니다. 돼지가 먹어서. 돼지가 먹으면 또 어에노 카면 큰놈은 구르고, 새끼는 훑뜯거든. 나락을. 새끼는 키가 짤으이(작으니). 큰놈이 있으면 구르고, 새끼가 먹고. [배영동: 아 넘어지면 새끼가 그걸 따먹고.]

조: 그때 그 사냥할 때 위하는 바위가 뭐라고요?

황수도: 고저어골, 고저어골 카지. 고저어골 바우가 있다 카이.

조: 고적골 바윈데, 특별히 바위 이름은 기억 안 나시고?

황수도: 바위 이름은 별로 없고. 원래 산이 이래 내려오는데 고 약간 팬팬해요(평평해요).

배: 거 아까 고저어골이 있고 냉골이 있는데, 냉골 안에 고적대라는 게 있다고 안 그랬습니까?

황수도: 네. 냉골 있고요. 고적대 있고요.

배: 근데 지금 어른께서 말씀하시는 위하는 바위가 고적대에 있다고 그랬는데, 그게 고
    저어골 안에 있는 겁니까?

황수도: 그게 고적골 뱅(밖)에 입구라. [배영동: 뱅에 입구고요.]

㉞ 김씨들이 살았던 진골목

-조사일: 2003년 2월 24일, 제보자: 황수도(남, 70세), 황일호(남, 77세), 조사자: 임재해, 배영동.

* 앞의 이야기에 이어 이름이 있는 골목 이야기가 계속되었다.

조사자: 그러면 지금 바위에 대해선 인제 거진(거의) 다 말씀 하셨습니까?

황수도: 이젠 거진 다 했지.

조: 그럼 혹시 저게 골목 이름 있잖아요. 길 이름.

황수도: 마을 안에?

조: 마실 안에. 이 길은 물론 큰길이나 신작로고요.

황일호: 이 골목은 저 김씨 살았다고 김골목이고. 바로 요리 나온 골목. [조: 경로당
    이쪽으로 나가는 골목, 예. 김골목]. 진골목 카기도 하고.

황수도: 그전에는 어에(어떻게) 됐는지 몰라요. 왜그냐이(왜그러냐면) 김씨들이 사이
    (사니) 지다고 진골목이라고 했는동.

㉟ 지게 지고 겨운 다녔던 소골목

-조사일: 2003년 2월 24일, 제보자: 황일호(남, 77세), 황유모(남, 77세), 황덕호(남, 82세), 조사자:
임재해, 배영동.

* 앞에 이야기에 이어 계속되었다.

황일호: 요거는 소골목이다. 요서(여기서) 요리 약간 걸어나가다 보며는 소골목은 요
    만했어. 사람 하나 댕길(다닐) 만치(만큼). 지게 지고도 몬(못) 댕겼고.

조사자: 아. 지게 지고도 못 댕겼고 지금은 다 너르겠죠.

황: 예.

조: 소골목 또는 손골목 그랬구나.

황: 소다고6) 손골목. 그 나머지 골목 이름이 없제요?

황유모: 나머지는 골목이 뭐. 진골목 카는 거는 이 청운서는 이 골목이 길이가 제일 길
    거든.
황덕호: 골목이 이름이, 참 젤(제일) 길기는 젤 길다.
조: 진골목하고 소골목 두 개가 고마 이 마을에 골목이름으로.

㊱ 특별한 이름없는 앞냇물과 고만내 냇물

-조사일: 2003년 2월 24일, 제보자: 황일호(남, 77세), 황유모(남, 77세), 조사자: 임재해, 배영동.

* 앞에 이야기에 이어 계속되었다.

조사자: 아까 우리 저게. 골목, 골목 이름 조사 하다가 여기까지 왔는데, 뭐 독특한 지
    명이 뭐 있습니까? 다른 인근에 지명으로 또 뭐 독특한 지명이 있습니까? 강은 아
    까 이름 없다 그랬지요.
황유모: 강이 특별한 이름은 없어.
조: 그냥 강이라고 그럽니까? 내.
황유모: 앞 냇물. 뭐. 고만내 냇물.
황일호: 강 이름이 있는데.
배영동: 주민들이 일상적으로 부르는 이름은 없다 이거죠?

㊲ 바람막이 동쑤구와 천연 자연림 월구숲

-조사일: 2003년 2월 24일, 제보자: 황수도(남, 70세), 황일호(남, 77세), 황유모(남, 77세), 조사자:
임재해, 배영동.

* 앞에 이야기에 이어 계속되었다.

조사자: 숲이지요? 숲 이름 혹시 기억나세요?
황유모: 숲 이름도 지금도 기억이 뭐 잘 안 나는데, 뭐 별도로 불렀을 수도 있는데, 할
    튼(하여튼) 소나무가 많이 있고 숲이 우거져 있었어.
조: 아까 우리가 바위도 산도 뭐 우리가 이름을 알아봤는데, 이 마을에는 그런 쑤가 또
    없었습니까?
황일호: 있었죠. 쑤, 수구 카는 기. [조: 수구.]

---

6) 좁다는 뜻이다.

황유모: 여 그러며는 저 다리 새줄 다리 거 큰 공굴 안 있습디까? 그 밑에 보면 왜 양
　　　쪽으로 길 주로 저쪽 길 건너편에 나무가, 몇 백년쯤 넘은 소나무가 상당히 많이
　　　있었어요. 그 있던 게 사라호 태풍 때 반 이상 유실됐어요.

황일호: 그 낭기 시(세) 나무가 아직 있어요. 그 같은 낭기가.

황유모; 그 둑천에 올라가면 몇 나무 지금 남아 있어요.

조: 그 숲을 쑤구라 그랬습니까?

황유모: 예. 동쑤구.

조: 동쑤구. 그거 왜 쑤구라 그랬습니까?

황: 이 동네에 바람이 완전히 터졌이면 있고, 없고 완전히 터지면 바람도 많이 불뿐이
　　아니라 거게 막어 있으며는 괜찮은데, 그 터졌부며는 그 동네에 해롭다. 동민들 그
　　래 막어주기 때문에 동네를 심어서 지켜 줄 때다. 그래가주고 인제 거게다 나무를
　　많이 심궜어요(심었어요). 많이 심었는데 글때 우리 몇 년 전만 하더라도 뭐 몇 십
　　년 된 나무도 있었어.

황유모: 몇 십 년이 아니라 몇 백년 됐지. [조: 몇 백년?] 아람드리 뿐 아니라 있었어
　　　요.

조: 그러니깐 그거는 자연적으로 생긴 게 아니라 옛 어른들이 거기 심었구만요. 이 마
　　을에 바람을 그 허한 곳을 막아준다고.

황유모: 아랫들 들도 위하기 위해서 어른들이가 돌을 여기 수 만침(만큼) 져다, 여다가
　　　돌친을 맨들었어.

조: 그거 제방, 조산(造山)이겠네요? 조산. 제방했어요?

황유모: 제방을 하지도 안 하고 그냥 돌 져다 무쨌다.

조: 돌 거 져다 부은 걸 뭐라 그럽니까? 뭐 뚝이라 그럽니까? 방천이라 그럽니까?

황유모: 방천이라 하지. 새들 방천이라 그러지.

조: 아. 새들 방천 만들고. 그러면 그 동쑤구는 언제 만들었는지 모르겠네요?

황: 우린 모르지. 뭐. 이 동네 지면서(생기면서) 만들었으니.

조: 그러면 그 쑤구에 가 가주고 거기에 뭐 옛날에 뭐 당집이 있었거나 뭐 이 마을에
　　거가 풍물을 쳤거나?

황: 그런 거는 없었어. 그런 거는 없었는데, 마을 사람들이 점심 먹고 그때 여름에 한
　　참 덥고 이라면 그 밑에 나무 밑에 가가주고 쉬고 그랬지.

황유모: 들에 갈 때는 대게 다 그곳을 거쳐서 가기 때문에 그곳에 가서 한숨 자고.

조: 한숨 자고. 마을 어른들 여름 쉼터였구만요.

황유모: 그렇지요.

조: 특히 뭐 당집이 있었거나 뭐 위하는 집은 없었고.

황유모: 그런 거는 없었어. [조: 예.]

황: 그래고 이 마을에요. 천연 자연림이가 억수로 좋은 게 있었거든요. 있었는데 그거
　를 군에서 개발하려고 빘부랬는데 보통 수십 년 된 월구들 그 숲인데 보통 밑에
　바닥이 이래 한 불씩 마커 넘었을 게라. 그런 낭기 꼭(가득) 찼고 그래 막 든든하
　고 그래 있었는데, 거 오번에(요번에) 거 제방천에 따라 온 그 농지 맨든다고(만
　든다고) 개간 했버렸어. 그 그대로 놔 뒀으면 이 동네 월구들 숲이래. 그런 천연림
　이 있는 거를.

황수도: 그게 지금까지 잘할라면 그 동, 동 동유림을 했거든. [조: 동유림?] 동네, 동
　네 숲인데 그거를 이테까지(지금까지) 안 팔았으면 아마 여름철에는 거게 고마 인
　산인해 됐일께래. 멋져 고마. 전부 이만 하거든. 해 가주고 그 속에 드가면 전부
　마커 그늘이라. 밑은 마커 모래고요.

황: 모래하고 잔디하고 막. [조: 그러이까. 그거를 월구들숲이라고요?] 원구들 숲. 월
　구숲. [조: 월구숲. 아하 그 참 아이구! 그거 아깝네.] 그거를 개간 했버랬거든요.

조: 그 왜 개간하니깐 홍수가 나버려서 다 떠내려 갔버랬습니까?

황: 아니래. 빘부고 개간. [조: 빘부리고 개간했구나. 아이구 저런.] 그거도 막 기계톱
　안 들어가요. 막 이 껍데기가 일단 막 직경이 한 발, 한 발 마커 넘었다 카이.

조: 그거를 언제 그렇게 했습니까?

황: 그거는 그래 오래 안 되지. 군에서 사가주고 빘부랬지 뭐. [조: 아. 군에서 사가주
　고. 그래서 그거 다 토지 됐버랬습니까?] 야. 토지 됐는데 오번(요번)에 다 떠내
　려 갔부리고 복구 해 놨는데.

황유모: 군에서 안 하고 삼림조합에서 했어.

조: 어. 거기도 뭐 빌거나 그런 당집이 있었던 건 아니고.

황: 아니래요. 월구들로 보고 그 쑤 이름은 뭐.

황유모: 그 아래 잔디밭이 상당히 좋아가주고 여 주왕산 관광 오면 그 차에 오는 사람
　들이 청송 앞에서 건네가주고, 강을 건네가주고 그 쑤 안에 들어와서 놀고 뭐 이런
　거 많이 있었고.

황: 그 숲이 있었기 때문에 큰물이 져도요. 그 들이 안 떠내려갔어요. [조: 들이 안 떠
　내려갔어요.] 그 제방을 안 해도. [조: 근데 고마 그 숲 베고 난 다음에 고마 그
　들이 물에 떠내려 갔버렸구만.] 침수도 자주 됐지 뭐.

조: 그 숲도 조림이 아니고 천연림이었단 말이죠?

황: 예. 천연림. 천연림이지. 마커 그 뭐. 수양버들. 무시물나무, 버들 카고 얼름 덤불
　마구 이런 게 엉케가주고(엉켜서). [조: 아하. 그 참 아까운 숲이구나.]

황유모: 그 버드나무가 주종이랬는데 버드나무 참 큰 게 있었던 거를.

황수도: 여는요(여기는요). 왜 새들에 버드나무 두 나 있니껴. 그거보다 더 무거웠다
　카이.

(2) 인물전설

① 난을 피해서 입향한 황씨 형제

-조사일: 2003년 2월 24일, 제보자: 황일호(남, 77세), 황유모(남, 77세), 조사자: 임재해, 배영동.

* 마을 지명유래에 이어 마을을 개척한 시조에 대해 물어보았더니 자세한 얘기는 모른다고 하며 들려준 이야기이다.

조사자: 여 저게 첨에, 이 마을 개척하러 들어온 두 분 형제 되시는 분이 어떻게 이 마을에 들어오셨는지. 그 형제분에 관한 전설이 있으면, 입향시조에 관한 전설이 있으면?

황유모: 전설이 그러니깐, 그때 난시니깐. 난을 피해서 인제 이리 들어왔는 것으로 이렇게 전해지고 있어. 그 여기 「보석집」7)에도 보면 어디 앞에 나와 있는데 지금은.

조: 그때 임란 때 말이죠?

황유모: 그 임란 전후로 해서. [조: 아. 난을 피해서 여기 들어 왔다는 그 정도만 생각하고.] 예.

황일호: 이 할아버지는요. 자꾸, 자꾸 옮겨 댕겼데요. 여게 입향한 할아버지 바로 우에 할아버지 어디 살았나 하면. 여기 기계. [조: 기계.] 참 저저 의성 진보. 진보 거 바로 우에 할아버지 거기 살았고, 그 우에 할아버지 두 부이(분이) 기계에 살았고. [조: 기계에 살았고.] 바로 그 우에 할아버지가 동두천요. 그 경기도 양주군. [조: 예 예.] 그래 거 10년을 다 했버렸어. [조: 예.]

배영동: 제가 이 족보에 보니까요. 그 입향조에 바로 선대, 바로 윗대.

황유모: '후(後)'자, '만(萬)'자. [배: 예 예 예.] 그 할아버지께서는 사화를 당하셨어. 사화, 조선 후기, 사화. 사화를 피해서 내려 온 걸로 고래(그렇게) 나와 있습니다.

② 무과 급제한 입향조의 손자 진무공

-조사일: 2003년 2월 24일, 제보자: 황일호(남, 77세), 조사자: 임재해, 배영동.

* 유명한 인물로는 무과 급제한 입향조의 손자가 있어 그 이야기를 간략이 들어보았다.

조사자: 여 혹시 저게 선조들 중에서 아까 거 뭐 효자 할배 전설이 있었는데, 그와 같

---

7) 마을의 역사와 인물에 대해서 소개된 몇 권의 책 중의 하나로 생각되나 확실하지 않다.

은 전설 있으면 들려주시죠?

배영동: 무과에 급제하신 분이 한 분 계신 거 같은데 파서정(巴西亭).8) 파서정이라는 정자 있잖습니까? 그 정자가 아, '정(廷)'자, '필(必)'자 쓰시는 분의 정자더라고요. 그 분이 뭐 무과에 급제해서 뭐 장군으로써 그 일을 하셨던가 보던데, 그 분의 어떤 담력이라든지, 뭐 이런 거 하고 관계되는 전설 없습니까? 맹 그 이 마을에 있는 정자 아닙니까?

황: 예. 그 분이 무과에 급제한 택이 아이고, 우리 입향조 둘째 아들집 손자. 입향조 손자래요. 손자가 진무공신이거든요. 진무공이시더. 그래가 인제 병자호란 때, 병자호란 때 진무공 거도(거기도) 어디 있을 거예요. [조: 그 어른 이야기 어디 한 번.] '은'자, '기'자 바로 아랫대래.

배: '은'자, '기'자요. 무과 급제 맞은 설약장군이네. [조: 설약 장군?] 진무공, 진무공 입공인데 거 급제한 건 내 알아도 무과 급제 한 거는.

조: 그 어른 행적에 대한 일화가 전하는 게 없습니까? 구전으로 전하는 거?

황: 그런 거는 모르겠고.

③ '취(就)'자, '근(根)'자 효자 천류각 할아버지

-조사일: 2003년 2월 24일, 제보자: 황일호(남, 77세), 조사자: 임재해, 배영동.

＊ 이 마을에는 효자각 세 곳이 세워져 있으며 이에 대한 이야기도 각기 다르게 전하고 있다. 하지만 할아버지들은 그 내용을 잘 알지 못했다. 셋 중 한 명의 효자인 천류각 할아버지 이야기를 들려주었다.

조사자: 아까 그 효자 할배 이야기 아까 이 어른한테 들었는데 다른 분 또 아시는 분이 없습니까?

황일호: 효자 할배 뭐는 저기9) 다 있을걸요. 군지에 뭐 효열제에 다 있이걸요.

배영동: 거기 있는 거 말고 마을에 전해 내려오는 전설.

조사자: 거 있어도 우리 또 그냥 또 말씀하셔도.

황: 천류각 할아버지는, 고 인제 천류각 할아버지는 동지섣달에 상해를 만내가주고(만나서) 여 앞산에 상해(?) 따러 갔다. 거 나왔이건데(나왔을텐데). 다 나왔으긴데. [조: 거 나와 있어도 괜찮습니다.]

---

8) 과거합격자 黃廷必의 吟詠之所로 후손이 세웠다. 마을의 서남쪽 청운초등학교 부근의 도로변(청송-포항간) 언덕 위에 있다. 이에 대한 설명은 앞의 마을의 경관부분에 다루고 있다.

9) 경상북도에서 발행한 것으로 경상북도 전역의 누각을 다루고 있는 것 중에 청운리 4개의 효자각에 대한 내용이 설명된 책이다.

배: 쌍효각(雙孝閣). '취'자, '근'자?

황: '취(就)'자, '근(根)'자는 저. [배: 배위 김강씨하고 함께 이래.] 그 집낸데. 선친은
    퇴객양반인데. 거는 뭐 그 묘에 있는데.

배: 아. 후손이 이 마을에 안 사십니까?

황: 후손이 여(여기) 살아요. 여 우선 저 여게 송으네 그 집이 살고, 근데 실제 후손은
    아니다 카는 거.

④ 꿩 잡아 아버지 살린 효자 '황하흠'

-조사일: 2003년 2월 24일, 제보자: 황일호(남, 77세), 조사자: 임재해.

* 앞에 이야기에 이어 효자 이야기가 계속되었다.

황일호: 우리 웃대(윗대) 어른이가 그 천막(천식)으로 오래도록 병을 했어. 했는데 그
    어른이는 죽으나 사나 밤에 잘 때도 반드시 그 어른이 여게(여기) 인제 자기 아들
    덩(등)어리에 이래 지대(기대) 가주골랑. 이 천막 하는 거는 누우면 숨이 더 찼부
    거든. [조: 아. 예 예.]
    그래가주고 이래 인제 세고, 세우고, 세우고 이랬는데, 그래 다가 또 딴 병이 어에
    일어나 가주골랑 그래 수소문을 하이, 그 꿩을 해가주고 때려(다려) 먹으면 효과
    가 있다. 그래 이 어른이 인제 그 꽁(꿩)을 구한다 하며는(하면서) 안주(아주) 산
    중으로 막 해맸는 모양이라. 그래 해매다이께네.
    한 군데 아주 깊은 산에 드가이, 호랭이가 딱 나타났어요. 그 나도 거 직접 참여를
    안했으이. 전설이지. 전설인데, 그래 가주골랑 앞으로 가지도 몬 하고 이래 주춤해
    있었는데, 그때 마침 그 독수리가 한 마리 꿩을 차고 오면서 거 딱 널쌌거든요(떨
    어뜨렸거든요). 그래가주고 그 꿩을 좌가서(주어서) 집에 와서 때려 가주골랑 드
    려가주고, 병이 굉장히 많이 나셨어요. 예. 그런 전설이 있어.

조사자: 아. 그 어른이 어르신한테 어떻게 된다고요?

황: 내한테 바로 조부님 됩니다. [조: 조부님 되고요.] 그래가주고 전국에서 그걸 인제
    각 그 뭡니까? 유림에서 알고, 전국에서 그 추천을 해가주고 효자상을 탔어요. 근
    데 그때 이 사람들이 마커 그 아랫대라 그 뭐나 역사학들을 배우는 지금 그 학생
    이 있어. 있어가주골랑 그 책을 가주(가지고) 갔버렸어. 자기 증손자 돼. 그래가주
    고 지금 거 여 확실히 증명할 순 없는데, 충효제라고 보면 그게 나타나고 있어요.
    [조: 예.] 그래가주고 여기 인제 효자각10)을 세웠지.

---

10) 정효각(旌孝閣)을 가르키는 것으로 경상북도, 『孝烈行誌』(1987, 93~94쪽)에 나와 있으며, 동은정

조: 효자각 세웠습니까? 효자각 어디 있습니까?

황: 효자각은 지금 요리 쪽 성황당 있는 데로 가다가 보면 왼편에 서가주 있어요. [조: 길가에?] 길가에. 바로 길에서 한 100메다 안 될기라. 고게.

조: 지금 그 효자상 받은 분은 휘자가 어에 되십니까?

황: '하'자, '흠'자. [조: '하'자, '흠'자.] 하. 여름 '하(夏)'자, '흠(欽)'자는 쇠금 변에 이게 뭔 짠지 모르는데. 고게(거기) 거 유래가 조게(저기) 나와 있어요.

⑤ 마을 출신의 황병우 국회의원

-조사일: 2003년 2월 24일, 제보자: 황덕호(남, 82세), 김수봉(남, 89세), 조사자: 임재해.

* 같은 상황에서 마을 출신으로 여러 가지 혜택을 준 국회의원의 이야기를 들려주었다.

황덕호: 고마(그만) 하시더. [조: 예. 안죽 해가 많이 남았는데, 몇 자루 더 하셔야지.] 몇 자루 어디 있어야하지 뭐.

김수봉: 국회의원 삼대 했나.

조사자: 황병우 의원이 이 마을 출신입니까?

김: 이 마을 출신.

조: 그 집안에 얽힌 이야기는 뭐 없습니까?

김: 그, 그 집에는 본새(본래) 자부 이래로 부자고. 또 그 조부는 참 군내 인덕이 참 높게 난 분이고, 명예가 높게 난 분이고, 바로 정 그 어른은 청송읍 면장질 했고, 면장질도 두 분(번)이나 했고, 병우가 삼대, 상선 국회의원이라. [조: 상선 국회의원?] 그 집 좋은 집이여.

조: 그 저게 국회 의원하는 덕에 뭐 이 마을에 발전이 많았습니까?

김: 많이 됐지. 전국적으로 제일 저 도로포장이 많이 됐는 거는. 안동보다 여기가 도로포장이 훨씬 더 좋았어. [조: 예.] 여 저 이 사람 어디 갔노? 아께 저 전회장. 공덕비 거 갔다 왔다 카이. 학생들 거 공덕비 갔다가 돌아 왔더라. 와가주고 내한테 묻는데 갈채 줬다. 내가 이 마을에 동네 일을 수십 년 봤는데 공덕비 있거든. 학생들 거기까지 왔더라이 우리 집에. 만취 서당하고. [조: 예. 만취 서당하고.] 근데 우리 집에 와가주고 사진 있는 거 보더니 몇 나(개) 가주(가지고) 갔는데 뭐 복사한다 카면서. [조: 예. 옛날 사진?] 옛날 사진도 있고 뭐. 공부한다 카미 가주 가더라. 조사한다 카미.

앞에 창효각(彰孝閣)과 나란히 있다.

⑥ 주왕의 죽음과 무달래 전설

-조사일: 2003년 7월 12일, 제보자: 황한이(여, 86세), 조사자: 나카무라 카즈요, 조연남, 유경숙.

* 도깨비 이야기에 이어 마을과 인접해 있는 주왕산에 대한 이야기를 청했더니 들려준 것이다.

그라고(그리고) 이 주왕산이 있어. 주왕산. 주왕산에 주왕이 옛날에 주왕이 주씨가 있지. 주씨. 주왕이. 왕인데 역적을 몰리가지고(몰려서) 이 피난을 왔어. 이 주왕산에. 요 삼신(?) 드가만(들어가면) 주왕산이 있어. 그 피난을 갔는데, 주왕굴이라고 드가만 아주 큰 높은 산에 드가만 요만한데 거게 몇 년을 살았어.

살았는데 정부에서 그 때는 경주가 서울이라 그럴께래. 그래 인제 잡을라고, 주왕을 잡을라고 그놈들이 와서 나인들이 와서 계속 점령을 해 가 있었다. 있어도 주왕이 그 드갔는 걸 못 잡았는데, 하루는 죽을 때가 되면 그런 거야. 그래 목이 마르고 (해서) 폭포가 있어. 거게. 주왕굴 앞에. 폭포가 이래 있는데, 폭포 우에서는 그 착각을 했어. 그 세수를 했단다. 고마 쇠 오새 말하자만 기계차 같은 걸로 잡아. 잡아가지고 가니, 할 수 없이 잡혀 버렸잖아.

잡혀서 그래 그걸 주왕 죽은 뒤에 그 군인 죽은피라 그러면 무달래 꽃이 피어. 주왕산 골에. [조: 아. 주왕산 그 전설. 무달래꽃.] 무달래 꽃이 피지. 무달래 꽃이 피면 물밑에 삼사월에 한참 무달래 꽃필 때 가만(가면) 이 물이 그 꽃이 비치(비쳐)가지고 그 뭐라고 해석 하냐 카면 군인이 죽은피라고. 군인이 많이 죽었지. 그 주왕, 왕의 군은 다 죽었으니까.

그래 인제 그, 그 무달래 꽃 그거를 왕의 저, 저 봄 되면 그 구경하는 사람 많이 있데이. 왕 보러 많이 와요. [조: 그 얘기는 또 어디서 들으셨어요. 어디서?] 책. [조: 책보고 하시는 거구. 진짜로 많이 아세요.] 그래 인제 그 주왕이 그래서 주씨가 지금도 뼈골 있는 사람들도 고마(고만) 그렇게 망했다 그러고 그렇지 뭐.

(3) 서낭신앙 전설

① 새가 부른 당(堂)과 당 자리에 쓴 청송 심씨의 묘터

-조사일: 2003년 10월 29일, 제보자: 김수봉(남, 89세), 강주형(남, 85세), 황중구(남, 76세), 조사자: 조정현, 조연남.

* 삼신당과 동제에 대한 이야기를 듣고 당의 유래에 대해 이야기를 하던 중 명당 자리에 있었던

당과 그 당을 차지했던 청송 심씨의 이야기가 나왔다. 서낭신의 영험에 대한 이야기를 잘 들을 수 없었던 터라 이야기에 귀를 쫑긋 했지만 단편적인 내용이어서 아쉬움을 남겼다.

> 조사자: 그거 혹시 연유를 잘 모르겠는데, 보통 당이 마을 입구나 이런데 많이 있는데, 강 건너 에 있지 않습니까? 그 당이, 왜 강 건너에 있게 됐는지 뭐 이런 얘기 혹시 들어보셨는지?
>
> 김수봉: 어. 거 위치가 좋으이께네.
>
> 강주형: 어. 위치 전에 뭐 그런 일이 있는데, 거 골치(골치가) 아퍼(아파). 그런 거 하지 마소. 그런 거 뭐할라고. 당이 본새(본래) 앞 당에 있었는데, 딴 데 있었는데, 청송 심씨가 미(묘) 써가주고 그래 뭐 당을 뭐 윙길라(옮기려고) 카이, 윙길 자리가 없는 데, 거기서 뭐 새가 날아와가주고 거 앉어가주고, 당을 거기 모셨다 이카는데.
>
> 김: 당을 불렀단다. 부르면 거와 앉는단다. (새가) 그래.
>
> 강: 그래 그런 소리하면 요새. 요새 사람이 들으면요. 그거 말도 아닌 게래. 그런 얘기 하지마소.
>
> 조: 아. 그러니깐 원래는, 원래는 당이 거기 있었는데, 청송 심씨가 거기에다가.
>
> 강: 미를 썼어. [조: 미를 써 버릴려다가. 아 썼어요?] 썼부랬다 카이. [조: 썼버려가 주고.] 뜯어내고.
>
> 조: 아. 당을 뜯어내고.
>
> 강: 야.
>
> 조: 그걸 인제 옮기게 되면서 터를 저쪽으로 잡게 됐다. 아. 원래 저 위에 있었는데.
>
> 강: 그런 거짓말 쌨지 뭐.
>
> 김: 거짓말 많지 뭐.
>
> 강: 거기 당 있을 때 뭐.
>
> 황병구: 근데 거기 당을 해 놓고, 이 마실(마을)에서 어에 댕겼든동 몰래(몰라). 거 대백에 당에.
>
> 황중구: 에이. 그때는 질이(길이) 다 있었지.
>
> 김: 그때는 뭐, 댕기는 거 그런. 그 질이(길이) 약간 좋았나.
>
> 황병구: 저, 산꼭대, 저, 제일 높은데.
>
> 조: 저 위쪽에. 제일 높은데.
>
> 황병구: 그래 그만치(그만큼) 거게(거기) 미터(묘터)가 좋다 카는 그 터가 좋다 그래 놓으니, 그래 거 심씨네들이가 그짜(그쪽에) 와가주고.
>
> 조: 거기도 그랬고, 요기도 지금 여당 있는데 앞에다.
>
> 김: 심씨네 지(자기) 권리, 권리를 가지고 했거든. 그때 조선 총독, 조선 총독 그러면 위재 아들 캐 놓으이 심상원이.

강: 양, 양아들.

김: 양아들이래 놓으이.

강: 앞산 미도 가보면요. 좋고. 뒤에 미도 안 됐니 캐도 양짝 여 벌려가주고 등 여 복판에 있고.

황병구: 그게 부채여. 부채.

조: 거(거기) 올라 가보니깐 마을이 쫙 보이더라구요.

황병구: 그래 나와가주고 퍼져 놓으이, 꼭 부채이래.

김: 여게, 이 동네가 부채설인데 거기 부채살을.

조: 중심이구나. 이 건네편으로도 청송 심씨 묘가 있다면서요?

강: 거기는 남자고, 여기는 여자고.

조: 아. 남자고, 여자고.

김: 두 군데를 써 났지.

강: 그 사람들 청송에 미터 좋은데 다 알았어.

조: 거 뭐 혹시 동제 지내고 그럴 때 청송 심씨 쪽에서 뭐 지원금을 내거나 이런 적은 없습니까?

김: 없어. 없었는데.

조: 못 들어보셨습니까? 그런 얘기.

강: 그 사람들 뭐 촌사람들 등따리(등) 빗겨(벗겨) 먹고살았지 뭐. 옛날에는요. 부자라 카는 게 뭐 우에야(어떻게 해야) 부자가 되노 카면 천석꾼을 할라 카면 천 명의 등따리 빗겨서 천석꾼질 했고, 백석꾼은 백 명의 등따리 빗겨서 백석꾼을 했는데, 거기 뭐 및 천석꾼 했으니, 청송 군민 등따리 다 빗겠지 뭐.

② 말발이 땅에 붙을 정도로 쎘던 당신(堂神)의 영험

-조사일: 2003년 10월 29일, 제보자: 김수봉(남, 89세), 강주형(남, 85세), 황중구(남, 76세), 황병구(남, 세), 조사자: 조정현, 조연남.

* 앞의 이야기에 이어 계속된 당과 서낭신에 대한 이야기로 서낭신의 영험을 드러내 준다.

강주형: 거짓말을, 옛날 어른들 거짓말 얼매나 했는지. 거 당 있을 찍에 말 이래. 말을 타고 가다보면 말이라. 거 당 있을 때, 마 말을 타고 가면 말이야. 거기 말이, 발이 붙어가 걸음을 못 걸고, 뭐 내려가주고 뭐, 끌고 가고 했고 뭐.

김수봉: 그 당 밖으로 말을 타고 못 갔단다. 발이 붙어가주고 못 갔단다.

조사자: 원래 그러면 주왕산 넘어 가는 길이 저쪽에 길이 있었습니까?

김: 거 맹 거 요새 길로, 글로 갔어. 소로.

조: 소로 거 놀로 있는 쪽으로 쭉 넘어가면 어디가 나옵니까? 절로 넘어가면. 옛날에
  서낭당으로 넘어가면.

강: 서낭당은 바로 여 앞에 높은 산 저기 있고. 주왕산 가는 길은 거 산 밑으로 그냥
  주왕산 가면 되고. 질이 좁았지 거기 뭐.

김: 질로 뭐 말로, 말 타고 다녔는데 뭐 솔았는데11) 뭐.

강: 대구 가는 데도 요만한 길이(팔을 벌릴 정도) 대구꺼정(까지) 걸어갔는데 뭐.

조: 아. 그러니깐 거기 있던 것이 여기로 옮겨왔다.

강: 거기 얘기 들어보면 거짓말이 얼매나 되는동.

조: 그래가주고 새가 날려(날아) 와서 부르니 여기에 오게 됐다 이런 얘기죠?

강: 당을 부르이께네. 새가 와서 앉고.

김: 당을 부르이께네. 그 자리에 와가주고 거게(거기에) 당을 했다.

강: 뭐 당 있을 때는 뭐 말 타고 가면 뭐 말에 발이 붙어가주고 막 못 가고 뭐 내려오
  고, 끌어 왔부고. 이거 뭐 거짓말도.

김: 거짓말이 아니래. 그, 그랬다 카이.

(4) 풍속 전설

① 삼동에 송이 구해 병고친 효자

-조사일: 2003년 2월 24일, 제보자: 김수봉(남, 89세), 황경모(남, 70세), 조사자: 임재해.

 * 청운 마을의 여러 가지 사항이 기록된 몇 권의 책을 가지고 이야기를 하던 차에 제보자가 효
자 이야기를 묻자 그 책에 다 나와 있다며 하기를 꺼려했으나 한 번 더 권하자 아주 짧은 이야기를
해줬다. 옆에서 황경모 어른이 거들었다.

 [황경모:: 요샌 하나도 몰래. 다 잊었버리고. 아침에 한 것도 잊었분데 뭐.] [조: 여기
저게 효자 어른 이야기가 있디더마는요?] 예. 그거는 효자가 가면 비문에 막 씨애(쓰여)
있니더. 내려가 보면. [조: 아니 거 뭐. 비문에 씌여 있거나 뭐 여 책에도 있는데 여기,
저기 책에도 있어요. 있는데 인제. 저는 그냥] 전 내용 거기 다 써앴지요? [조: 그 씨앴
는 이야기하고 말로 하는 이야기하고 다르다니까요. 예.]
 뭐. 삼동에 뭐 송이를 그 어른이 원해가주고, 병중에 원해가주고 송이를 먹고 싶으다
카는데 삼동에 송이가 어디 있는교.

---

11) 좁았다는 뜻으로 말을 타고 가기에도 좁았던 당시의 길을 말하는 것이다.

그래 가 뭐 산에 가가주고 산을 보고 통곡을 하고 그 효자 정신을 가다듬으니깐 그 송이가 뭐 생감(?) 따데가주고 나았다는 그런 효자[12], 효녀가 거 있고. 그런 얘기 많이 있는데. 여게 저게 뭐 요게 가요담, 저용담.

[조: 송이를 삼동에 구해서 어른 병 고친 그런 효자도 있고요? 또요.] 그런 효자가 있고, 몰세(모르겠다) 거 있고. 효자각이 아주 여게 시(세)[13] 군데 있거든요. [조: 시 군데 이야기가 다 다를 텐데요.] 다 달라. 비문이, 비문이 다 있었어. [조: 다른 할배들은 혹시 효자에 대해서.] 그전에 여게 손이(손님이) 오면 그 효자각 들르면 비문에 그 이르고(읽고) 해주면 봤거든. 마커 봤는데도 다 잊었분다(잊어버린다). [조: 예. 아.]

② 억울한 누명으로 죽은 열녀 황옥향(1)

-조사일: 2003년 2월 24일, 제보자: 황일호(남, 77세), 황수도(남, 70세), 황유모(남, 77세), 조사자: 임재해, 배영동.

* 앞에 이어서 열녀각에 모셔져 있는 열녀에 대한 이야기를 들려주었다.

조사자: 그러면 아까 그 저게 열여각 이야기 한 번 들어봅시다.

황일호: 그거들랑, 저 여 책 가(가지고) 오거들랑 보소. 거 나 우리는 그 계수 낭기(나무) 목매가주고 그 낭기 살아 있었어요. 태풍 전에까지. 그 바로 오새 누(누구) 집이 있었나면 무용이 사는 집이요. 거기 계수 낭기 상그(계속) 하나 있었는데, 사라호 때 나가고 없다 카이. 그 저 저 순호 그 살았을 때 이 낭기 근데 사라호 때 떠내려 갔부렸다 카이. 이 계수 낭기.

조: 예. 구전으로 뭐 들은 데로 뭐 이야기 해 보세요?

황: 그 낭기 그 인제 목메 죽으면,

"내가 억울한 줄 알고, 3년을 이 낭글 잎이 피지 마라."

3년을 잎이 안 펐다가(펐다가), 3년 후에 새로 살아가주고. 그래가주고 인제 열녀 비문을 새웠다 카이.

조: 뭔 오해를 받아가주고 그렇게.

황: 계모라이께. [조: 아. 계모.] 서자 열녀 '황옥향(黃玉香)'. 뭔 오해를 받았던지 그 저 참 억울한 누명을 써가주고.

황수도: 여자로써 오해를 받았어.

---

12) 여기서 말한 효자는 창효각의 효자 황태징(黃泰澄)의 이야기로 내용이 소략하나 경상북도, 『孝行烈誌』(1987, 91~92쪽)에 나와 있어 그 대략적인 내용을 확인 할 수 있다.

13) 쌍효각, 창효각, 정효각을 가르키는 것이다.

황: 그래, 그래 죽을 만침(만큼) 맹 오해를 받았으이. 목을 맸지. 뭐. 그 유언을 남기면
　　서. 그래 아께 그 얘기도 했지마는 요새는 군(郡)에서 저 돌로 해 세웠지마는 전에
　　는 현판 하나 뿐이랬거든. 서자 열녀 황옥창각(黃玉香閣)14) 이래 써 있었어.
　　그 그 현판이가 을축년(乙丑年)에 떠내려 갔부랬다는구만 집이 떠내려 갔부이. 그
　　게 인제 현판이 고 밑에 고 오새 왜 돌뻬기 안 있니껴. 거기서 돌았다는만. 옛날
　　어른들 카데. 그래가주고 을축년에 그게 안 떠내려, 저 낙동강까징(까지) 안 가고
　　거 있었어. 그래 가주고 새로 고 각을 올려가주고 집을 졌다 카이.

조: 을축년이면 언제쯤입니까?

황: 지금부터 을축생이가 칠십 여덟이껴? 아홉이껴? [황유모: 아홉.] 그 해 큰물이 떠
　　내려가서. 그 해 대홍수가 졌어. 우리 저 아래 살 때 그해 집 떠냈깄잖어.

황수도: 열녀각은 본래 여 앞에 저게 있을 때.

배영동: 1925년이네. 1925년이다.

황: 고게 있었는데 열녀각이. 그때 거기 거 있을 직(적)에는 안에 뭐 비닐이라든가, 뭐
　　이런 거는 없고. 그냥 누각만 이래 세워가주고, 고 앞에 거 현판 붙여가주고. 저
　　쪽으로 옮길 때는.

황수도: 그래 된지 고저 운제(언제)된지 몰래요(몰라요). 그거는.

황유모: 그믐때까지도 그 집간판, 가마소 카는 데 고 아래쪽에 올라오는데.

황: 그 뭐다. 저게 안 있나? 맥드락산 밑에 거.

황수도: 야 야. 그 옮겼잖니껴.

황: 그 뭐 내력, 내용이 없는가?

황수도: 그 있어요. 이 집이 있다 카이. 종택이 있다 카이. 가긴 갔잖니껴.

③ 대추낭기에 목메 죽은 황씨 열녀(2)

-조사일: 2003년 2월 24일, 제보자: 황일호(남, 77세), 황수도(남, 70세), 조사자: 임재해.

* 앞의 이야기와 같이 열녀에 대한 대략적인 이야기이다. 앞의 내용과 마찬가지로 전체적인 내
용 구성이 성글다.

조사자: 예. 어흐. 또 열녀각도 있다고요?

황일호: 열녀각은 난 상세히 모리고, 이 마을에 있기는 있어요.

조: 그 열녀 전설 어르신 아십니까?

---

14) 제보자는 '옥창'으로 말하고 있으나 잘못 알고 있는 것으로 황신환(黃信還)의 딸 '옥향'의 정렬각(貞
　　烈閣)으로 실제 정절각(貞節閣) 되어 있다.

황수도: 열녀각 계모에 대한 얘기래. [황일호: 있긴 있는데.] 열녀집 있다. 있긴 있다. 이름은 옥창인데, 옥창인데 그래가주고 사라호 때 가보면 큰 대추낭기 있었는데, 거기 목을 맸다 카이. 목을 매 죽으이. 내가 억울하게 죽으이. 그래 새로 살아가주고 사라호 때 떠내려 가 버렸다. 그 대추낭기가 사라호 때 떠내려 가 버렸다. [조: 예. 그 얘기 나중에 듣지요.]

조(저) 끝에 물 강가에 세웠는데, 을축년, 을축생이면 올해 칠십 아홉이껴? 을축생이, 을축년에 큰물이 져가주고, 떠내려 간께. 지붕기(지붕이) 앞에 뭐라 카먼 글 때 뭐라 카먼 이런 저 나무 딱지에다가 '황옥창지각(黃玉香之閣)'이라 이래 써 놨거든. 그게 딴 거는 다 떠내려 갔부리고 현판은 그 밑에가 돌고 있었다는 거야. 안 떠내리 가고 그 충혼이 여기 배겨가. 안 떠내리 가고. 그래가주고 인제 올케 기와집을 지(지어)가주고.

[조: 지금 이야기하고 나중에 한 번 들어보겠습니다.]

④ 애만하게 대추낭게 목메 죽은 열녀(3)

-조사일: 2003년 10월 29일, 제보자: 김수봉(남, 89세), 조사자: 조연남.

* 추수가 거의 끝나갈 무렵 동네를 다시 찾았다. 경로당 근처에 왔을 때, 할아버지들이 타고 온 자전거가 눈에 들어 왔다. 경로당 안은 여전히 할아버지들의 열기로 가득 차 있었다. 오랜만에 경로당에 나온 할아버지가 통닭과 맥주를 내어 한잔씩하고 있었다. 맥주와 통닭을 권하여 함께 먹으면서 이야기를 시작했다. 열려각에 모셔져 있는 열녀 이야기를 권했더니 들려주었다.

황씨 열년데 그 집에 계모가 들와 가주고 글 때는 큰 어마이 자식은 그리 괄세를 했던 모양이라. 요새 겉(같이) 잖애. 아마. [강주형: 그게 없어서 자기가, 죽고 없었부래면.] 거 없으면, 없는데 자기가 짐이 되거든. 그래가주고 모함을 씨겼어(시켰어). 어떤 외갓 남자를 본다고 모함을 씨겨가주고 [강주형: 일꾼하고 관계 있어서 아 낳다 이카머.]

그래 그 열녀가 생각해 보이 도저히, 그래 그때는 하마 그랬부면 사람이 인간 배렸부는 (버려버리는) 게라. 그래가 죽을라고. 대추낭기 그래 목을 매 죽었는데, 목을 매면설랑(매면서) '이 대추낭가 내가 애 많커들랑 3년으로 입이 피지 마라. 내가 애만15)하게 죽거들랑. 그래 내가 애 많지 않거들랑 입이 이대로 피도 된다.' 카고 그래 죽었는데, 3년은 입이 안 폈다 카거든.

그래 4년 만에 입이 또 폈다 칸다. 그래가주고 열녀라. 열녀각 저, 저 주왕산 가는데 있어. [조: 그 이름은 확실히 누군지?] 이름은 용곡댁 그 집인데 확실히 모르겠다. 이름

---

15) 모함을 당해 억울하게 된 것을 말한다.

이 있을 께라. [황중구: 거 비문에 있을 거 아닌교?] 있지. 비문에 있지. 열녀 이름도 있고, 다 있지. 그래가주고 열녀가 됐다 카이.

[조: 이 이야기는 누구한테 들으신 이야기예요?] 우리 웃대 어른들한테. [강주형: 전해 내려오는 얘기지.] 전해 내려오는 얘기. [조: 애무?] [강주형: 그 어린애. 남의 남자를 봐가주고 어린애를 베가주고 가만히 키웠다 카머 쥐를 뺏겨가주고 그짝에 잡아 뀌가주골랑 매놓고 이래 가주고 이래 알라라 카머 이카고 말이야. 그걸 들고서 모함을 시켰어.] 쥐 잡았다는 거는 장화홍련전에 있고. [강주형: 아니, 여기도 맹 여게도 그랬다 카이. 이 집이도 그랬다 카이.] 쥐 가주고. 그래가주고 대추낭기 3년으로 잎이 안 폈다 카이. 안 피고 4년 만에 입이 또 폈다 카이.

⑤ 보름날 자시에 남당, 여당에 지내는 동제

-조사일: 2003년 2월 24일, 제보자: 김수봉(남, 89세), 조사자: 임재해.

* 동제의 내력에 대해 물었더니 간략하게 이야기해 주었다.

조사자: 예. 앞산에 가면 당 이름이 무슨 당입니까?
김수봉: 앞산에는 남당이고, 뒤에는 여당이지.
조: 예. 그 유래가 없습니까?
김: 유래가 언제부텀 생겼는지 우리는 모르지 뭐.
조: 예. 언제부터 생겼는지는 몰래도 그 왜 남당이 좌정했는지 뭐 전설이 없습니까?]
김: 뭐 그런 건 몰세요(몰라요).
조: 거기 그럼 동제는, 당제는 언제 지냅니까?
김: 음력으로 시월 열 나흗날 저녁, 저녁 준비 해 가주고 자시에가, 보름날 자시에. [조: 예. 제관은 어떻게 뽑지요?] 제관은 아주 맑은 사람이, 제일 맑은 사람이 해 가주고 그 행사를 하는데, 사람 많이 안 가요. 한 서, 너시(세 네 명씩) 가가주고 질(길) 옆에 저 모욕(목욕)하고, 그 거라(냇가) 가가주고 모욕하고 자시에 가 행사를 하는데 전에는 뭐 구역마덤(마다), 동네 구역마덤. 요새는 여 할 사람 없고 하니 동장이, 이 동장이 전부 집행 해가주고. [조: 아. 동장이?] 보름날 마실 어른들 모아 놓고 그 음식.
조: 그 경비는 어떻게 마련합니까?
황: 경비는 동비로 해. [조: 동비가 있습니까?] 있어요.

⑥ 어두웠던 일제 때, 한국 사람들

-조사일: 2003년 7월 13일, 제보자: 황한이(여, 86세), 조사자: 나카무라 카즈요, 조연남, 유경숙.

* 어렸을 때 겪었던 여러 가지 이야기를 하던 중 일제 강점기 때 일본어를 몰라 해맸던 한국 사람들 이야기를 들려주었다.

그래서 옛날에16) 천방지축으로 살았다. 이 천방지축이라는 거 이것도 욕인데, 천방지축이라는 거는 막 이거는 참 알기 싫다마는 그게 미쳤다 카는 건데, 그 한국 사람은, 그 일본 말로 미친 사람을 천방지축이라 카거든. 일본 사람 그카는거이,
"에이, 거 천방지축이다."
그 옛날에 그 오죽 캐서(해서) 이 한국 사람이 얼매나 어둡노. 그럼 내가 상소리를 한 번 얘기를 하께.
일본 세대에, 일본 사람은 정갈하고 경우가 얼매나 바르노. 경우가 참 바르다. 일본 사램(사람) 원 돈이 한국에서 맹 가진 사람. 그런데 참 바르거든.
바른데, 산간수가 인제 산에 갔다. 부자간에 낭글(나무) 하러 가니 산에 있으니까네. 산간수가 딱 뻘건 모자 씨고(쓰고), 칼을 탁 차고 오면(오면) '벌벌벌' 기는 게라. 그 당시 산은 낭글(나무를) 못 하거로(하게) 했거든. 국도에서는 국산에서는 못 하게 했어. 자기 산에도 허가를 내야하지. 그래 안 하면 못 하게 했어. 그러니께네 인제 가가주고,
"빠가야로 좃도맞대(ばかやろう ちょっとまって)."
이카먼 이카이께네. 그카이께네. 뭐로 고마,
"이, 아이고 야야, 좃을 맞대라 칸다."
하하하하하. 갓잖체. 그게 뭔 소린동 모리고(모르고) 부자간에 자지를 내가(내어서) 맞데고 있다. 하도 갓잖애서,
"빠가야로(ばかやろう)."
이카이께네.
"야, 야 박아라."
칸다.
"아, 기가나이야(きかない)17)."
"아, 야아 기라."
칸다 카머, 그렇게 한국 사람이가, 그렇게 몰랐다는 거야. 몰랐어. 그리 그런 얘기가 있다. 너무나, 너무나 모르니까, 옛날에 우리나라 가난하고, 너무나 모르니, 왜정시대 일

---

16) 일제강점기를 말한다.
17) 일본어로 말을 듣지 않는다는 뜻이다. 하지만 여기서는 무슨 뜻으로 쓰였는지 분명하지 않다.

본에서 들와가 정치를 했잖아.

⑥ 일제 때 청결 운동과 미친개 잡는 개백정

－조사일: 2003년 7월 13일, 제보자: 황한이(여, 86세), 조사자: 나카무라 카즈요, 조연남, 유경숙.

* 앞의 이야기에 이어, 역시 일제 강점기 때 일본사람들이 했었던 청결 운동이야기와 그 당시 상황을 들려주었다.

정치를 하면(하면) 우리 쪼맨할 때, 일년에 두 번썩 이 마을에, 농촌 마을에 얼마나 더럽게 사는지 파리도 많고, 뭐 모기도 많고, 뭐 이 형편도 없었어. 그러니 청소를 하는 거야. 청소는 그거를 뭐라 카노 하먼. 청소하는 그거를 뭐라 카노 하먼 이거를 챙결이라 카지. 챙결. 챙결이라고 인제 말을 했어. [조: 아. 청결?] 청결, 청결. 청, ‘청(淸)’자. 청결(淸潔), 청소라 안 카고, 청결이라 청결 검사 나오니께.

해라[18] 인제 연락을 하고, 그래먼 인제 애를 주렁주렁 많이 놓커든. 한 삼동세(삼동서)가 놔 놓으면 아가 한 대 여섯이면, 한 열 일곱 되잖아. 한 그 놈을 업고, 지고, 업고 끄고(끌고), 저 산골에 피난 가는 거야. 그 청결검사 와서 보고 왔다 갈 동안에는 애들 저지래 한다고. 얼매나 겁을 냈는지 몰라. 그리 인제 다, 다 쫓게(쫓겨), 아—들은 쫓게 갔부고, 우리는 마커 쫓게 가고, 어른들만 인제 청결히 해 놓고는 검사를 맞나, 인제 ‘갑’을 맞나, ‘을’을 맞나 이제 이 생각을 하미.

그런 세상에 또 개백정이 또 나오네. 개, 개 잡는 사람. [조: 개, 개백정.] 어. 우리, 우리는 개백정이라. 백정이다. 백정이. 되게[19] 붙이니까네. 지금은 개백정이카지. 개백정이래. 개백정. 근데 그 사람들은 맹 일본사람이야. 일본 사람. 일본 사람들이 나와서 한국은 워낙에 정신 없이 사이께네. (청결 검사를) 해야 된다. 그거 모 하먼 막 뒤죽박죽이 사이께네. 그리 인제 뒤죽박죽도 욕이야. 하하하.

그래, 그래 사이께네. 와서 인제 청결 검사도 하고 뭐 개도, 미친개가 있이먼 사람 깨물먼 사람 미치고 이러이께네. 잡으러 댕겼어. 개를 뭐 얼매나 맥이노(먹이노). 동네 개 맥여가주고(먹여서) 잡아먹고, 미친개도 많고 이랬어. 그래 그때 주사를 놓나? 기냥(그냥) 내두이, 뭐 나쁜 거 댕기머 똥 주 먹고, 아들 저 똥 누면 개 이름이 ‘워리’래. [조: 아. 워리.] 워리. 개 이름은 옛날에 워리야. 워리, 워리 카면 온다. 어디, 저 백(밖)에 있어도 듣고 오머. 아 똥 눴는 거 주매, 노 났으면 썩썩 핥아먹으먼 씻고 그랬다.

그런 시절에 내가 그때 몇 살 안 먹었어. 몇 살 안 먹었는데, 우리 막내 숙모가 시집을

---

18) 일본 사람들이 청결검사를 할테니 청소를 하라고 했던 것이다.
19) 된소리로 발음 한다는 것이다. 그래서 개백정이다.

와서 베를 짠다. 베를 짜는데, 베 짜는 거 못 봤을 끼라. 시골에 앉어가주고(앉아서) 인제 목화 베도 짜고, 안동포도 짜는데, 짜는데 베 짜는데, 거 빽정이 왔다.

와가주고는 이 치매(치마) 밑에 개 들었을까봐. 그래 감촤 놨던 모양이제. 그래 작대기 그거로 가주골랑 이렇게 걷다(걸어) 붙였어. 치매를 걷어 붙였어. 여기[20] 약간 걸챘어. 베 짜는데 여 걸챘어. 그래 내려 오면랑[21],

"아이고, 아이고 춤어래이, 춤어래이."

카고 내려오더라. 바(방) 드가가주고(들어가서) 자기 방이지. 새색시니께. 새색시 바(방) 따로 있어.

그래 새색시 바-(방에) 가(가서) 한증을 하고 막 떨고 막 춥다 카미 이불을 덮어쓰고, 고마 개소리 하는 거야. 개소리를 하는데, 처음에는,

"끙끙끙끙끙끙"

글디마는(그러디마는)

"꽤갱꽤갱꽤갱"

하고 막 희한한 게 나데[22]. 그러디(그러더니) 막 문을 열어 재키고,

"쾌쾌쾌쾌"

그리미 막 달려드는 게래. 미쳤어.

그래서 우리는 아주 어렸다고. 무서워가주고 감나무 밑에 도망을 가고, 그래 문을 열어 놓고, 그러이 면에다 연락을 했어. 뭐 연락을 사람이 갔겠지. 그때는 전화가 없으이. 뭐 그런 거는 어려가 잘 모르고, 사람이 갔지 뭐. 일꾼이 쫓에 갔을 꺼야.

면장, 면장이 왔는데, 면에다 (연락을) 했길래. 면장이 왔지. 면장이 와가주고 뭐 주사도 놓고 약도 갈아 먹이고 이라는데, 꿩, 꿩 왜 매가지(모가지)를, 왜 껍우리(껍질) 를 빗게가(벗겨서) 끼 챘겠제[23]. 그거도 무섭더라고 어릴 때 보이. 면장이 글쎄, 꿩을 한 마리 그리겠제. 총을 안 끼챘겠제. 요새 생각 카이. 요기다 차고(허리를 가르키면서) 이짝에는 뭐 하얀 뭐 주머이(주머니) 차고, 이래 와가주고 뭐 이래 손질 하이께네. 그 미친병이 났더라. 그래 나아가주고, 낫기는 나았는데 옛날에 그렇게 어두웠다. 그 개 잡았는 작대기를 걸챘는 게, 왜 그래 미쳤노. 그 균이란 게 참 무서워.

[조: 그 개빽정은 개 잡으러 다니는 사람들이었어요?] 그 인제 그 책임졌는 사람이지. 얼핏 개만 눈에 띠면 우에든동 잡는 거야. 뛰어 노는 거는 다 잡는 거야. [조: 왜, 왜 그렇게 개를 잡았어요?] 미쳐가 돌아댕기니까. [조: 아. 미친개만 잡았구나.] 미친개만 잡

---

20) 얼굴의 오른쪽 볼을 가르키며.
21) 갓 시집 온 숙모.
22) 개빽정의 막대기에 볼이 닿은 숙모가 개소리와 같은 이상한 소리를 점점 심하게 내기 시작했다는 말이다.
23) 허리에 꿩을 꿰찬 모습을 말하는 것이다.

았지. 근데 혹시 개를. 뭐 뭐든지 다 잡았는지 잘 몰래. 어려서. 잘 모리는데, 개가 치매 밑에 들었일까봐. 그 작대기를 이래 해 이랬는데 거 걸채 가.

그러이 그때 시절은 어둡고 밤중이라, 밤중. 오직 해서 도깨비가 거저 앞뒤에 있고, 이런 시절이니까네. 그러니깐 얼매나 밤중인데, 내가 한 서너, 너덧 살 먹었으니, 팔십년 전이께네. 얼매.

⑦ 빨간 댕기드리고 콩사리 해 먹던 추석

-조사일: 2003년 9월 8일, 제보자: 황한이(여, 86세), 조사자: 조연남.

* 추석을 이틀 앞두고, 마을을 다시 찾았다. 추석이 얼마 안 남아서 다들 분주하리라 생각했는데, 의외로 시골 할머니들은 요즘 더 한가했다. 도시에 있는 며느리들이 음식을 모두 준비해 오기 때문에 여느 때나 다름없이 경로당에 모여 추석을 맞아 군에서 나눠 준 라면을 먹으면서 한가롭게 보내고 있었다. 지금까지도 여전히 추석이면 마음이 들뜬다는 황한이 할머니의 어린 시절 추석 이야기를 들어보았다.

라면. 군에서 추석이라고 경로당에 한 박스씩 왔더라고, 그걸 그래 삶아 먹었는데, 열 갠가 뭐. 삶아가주고 사랑방, 또 사랑어른 대 여섯이. 한 열 서너 개 삶았지 싶으다. 반 그륵씩, 반 그륵씩, 나 많은 사람들이 쪼매만 입 다시고 저녁 먹고 왔다. [조: 라면으로 저녁이 되요?] 되고 말고지. [조: 할머니 그면 그 옛날에 추석 때 되며는 추석빔도 해 입고 그러나요? 옛날 추석땐 어땠어요? 할머니 어릴 때?]

추석 때? 옛날 추석으는 뭐로 카면 빨간 댕기 사 드리고, 뒷머리 이만치(이만큼) 땋아 가주고, 빨간 댕기를 사가주고 디리고, 널뛰고 단오날이 그네 뛰고, 팔월 추석에는 널뛰고, 저 산골에 저런데 가가주고 콩사리(콩서리) 해 먹고. [조: 콩서리?]

콩. 불 해 놓고, 불 해 놓고 콩밭에 거 뽑아가주고 팔월 보름날이 뭐 없어?[24] 먹을게 실컷 먹어 놓고도. 이제 햇떡 먹고, 햇밥 먹으며는 콩서리 해 먹으면 소화 잘 된다고. 그래서 저 산골에 가서, 불 해 놓고 콩사리 해 가주고 또 먹고 종이에 싸가지고 오고. 그게 인제 소화제라 카이. [조: 아. 종이에 뭐 콩 이렇게 해 가주고 싸가주고 오고.] 끄실었는 거를. 불에 끄실었는 게 참 맛있거든.

풋콩. [조: 풋콩이요?] 그냥 밭에 있는 콩. 누런 거, 누런 콩 인제 여물어가주고 인제 누런 그 놈 끄실어 놓으면 참 맛있어. 그게 인제 팔월 인제 추석이라는 그게 한 세월이라.

송편 먹고, 뭐 제사 지낸다고 이지 가지(여러 가지) 먹고는 젊은 아-들은 막 뭐 어디 댕김이 놀 때 있나 뭐. 가이 콩사리 해 먹고, 강가에 돌아 댕김이 뛰고 놀고, 그게 팔월

---

24) 반어법으로 먹을게 많았다는 말이다.

추석이래. 참 좋았어. [조: 뭐 달님한테 빌고 뭐 그렇셨어요?] 달한테 비는 거는 정월 보름. 추석에는 달 빌고 그런 거 안 해. 정월 보름날에는 달보고 절하고, 일년신수 소원 성취 해 달라고 빌고 그랬어.

⑧ 국시꼬리 "야 니 먼저 꿉는다. 내 먼저 꿉는다."

-조사일: 2003년 9월 8일, 제보자: 황한이(여, 86세), 조사자: 조연남

* 앞의 이야기에 이어 할머니께 어린 시절 국시 꼬랭이 먹은 이야기를 물어보았다. 비교적 짧지만 국시꼬리를 서로 먹으려 했던 그 당시의 상황이 잘 드러난 이야기이다.

[조: 국시 꼬랭이?] 국시꼬리? [조: 예.] 국시를 이래 안반에 놓고 밀어가주고, 이래 이래 썰으면 이래 끝팅이(끝이) 남으며는 썰어가 아들 서이면, 세 나, 너이면 네 나. 옛날에 아-들 많찮애.

이래 썰어가 손바닥 겉은 거 주면 불 넣는 불에가 꿉으면 꽈질(과자) 겉이(같이) 일어나. 그 놈을 하나 꾸(꾸워) 먹으면 그거도 별개라고, 아들 다섯이면 다섯 쪼가리. 그거도 국시 몇 그륵(그릇) 없어져. 그게 국시 꼬리래. 꿉어(꾸워) 놓으면 맛있어. 뭐 뭔 맛인동, 맛있다 하미 먹어. [조: 그럼 옆에 엄마가 국수하고 있으며는.] 그래 인제 썰이가 국시 꼬리를 줘야 되. 마커(모두) 바라코(바라고) 앉았다.

요 요렇게 앉어가 그걸 얻어가주고 꿉어 먹는다고, 소죽끼리면 여 불 옇는 게 있잖아요. 거 가여, "야, 니 먼저 꿉는다. 내 먼저 꿉는다." 꿉어가주고, 노랑 하이(노랗게) 꿉어 놓으면 바삭 바삭 맛있어. 그게 국시 꼬리래. [조: 국시꼬리. 그걸 국시 꼬랭이라 그래요?] 그래 국시 꼬랭이. [조: 할머니도 그렇게 해 보셨어요?] 꿉어 먹었지. 우리 시대에는 그런 거 꿉어 먹었다고. 아이고, 80년, 90년이 다 돼가이. 경로당에서도 내가 좌상 아니래.

(5) 민담

① 벗에게 조차 밥을 아낀 고약한 구두쇠

-조사일: 2003년 2월 24일, 제보자: 김수봉(남, 89세), 조사자: 임재해.

* 점심을 먹고 할아버지들이 서서히 노인회관에 모이기 시작했다. 노인회장이 김수봉 어른에게 이야기를 청하자, 김수봉 어른은 다시 강참판25) 어른께 이야기를 청했다. 하지만 못 한다고 하여 다

---

25) 강주형, 남, 85세.

시 김수봉 어른이 구두쇠 이야기를 구연하기 시작했다.

벗이가 날러(날마다) 놀러 오는 게라. 그 친구들이 점심때가 됐는데, 그 사람들 안 가고 있다. 그 며느리 있다가 비밀이 뭐 있었던 말이지. 남 모르게 주꼈는(말했던) 이야기 파자(破字)로,

"그 저 아버님 밥을, 진지 상을 올릴까요?"

그걸 인제 분명 파자로 했던 말이야. 남이 못 알아 듣거로.

"아버님, 인양복일(人良卜一) 하오리까?"

인양이라는 게 사람 '인(人)'자에, 어질 '양(良)'자하면 밥'식(食)' 하며는 밥 아(안)입니까? 점'복(卜)'자 밑에 한'일(一)'하면 윗'상(上)'자 아닙니까? "밥을 올리리까?" 그래 하이까네. 이 영감이 알어 듣고,

"월월산산(月月山山)커정."

했거든. 그 달'월(月)'자 두나(두 개) 벗 '붕(朋)'자고, 산산(山山) 두 나 하면 날 '출(出)'자 아닙니까?

"벗이야 나가거던."

했던 말이래. 이켔던 말이래. 이게 구두쇠였던 모양이래. 같이 "야야. 한 상 채려 온나." 하면 되는데 카거든.

"벗들이 나거든(나가거든) 상을 쫌 나라."

일꾼26)이 또 학식이 좋았던 모양이라. 마다(마당), 빗자루 들고 마당 씨다-(쓸다가) 들으니 가이(가히) 우습거든. 그 친구들이 밥 한 상 주는데, 그기 뭐 그리 아깝어(아까워) 가주고 늙어가주고 저런 수작을 하나 싶어가주고. 일꾼이 뭐라 그래면 뭐라 그랬다 하더라. 아.

"정구죽견(丁口竹犬)이라."

정구라는 거는 이거 입'구(口)'자에 가히 '가(可)'자 아닙니까? 가이 우습다고. 이제 웃음 소(笑)자. [조: 대접 밑에] 대접 밑에. 그 그만침(그만큼) 그래가주고, 밥 안 떨어지고 지 혼차(혼자) 먹고산다 카는 그런 얘기27). [조: 예 예. 아이고 참 훌륭한 말씀.] [황덕호: 파자라.] [조: 기동 어른28) 한 자루 하이소. 강참판 이야기부터.] 여 이바구(이야기)도 이야기꾼 많이 안 있나. 있어도 안 하는데 뭐 거짓말해도 괜찮다 카는데 안하고. 기동댁 한 번 하소. [강주형: 내 보다 더 잘 하는 사람도 있을 긴데.] 수호29) 어른한테 들은 이야기 [강주형: 지금 잊었부고(잊어버리고) 잘 몰라.]

---

26) 그 집에서 일하던 머슴.
27) 고약한 구두쇠 이야기.
28) 강주형 어른을 말한 것으로, 그 어른의 택호이다.
29) 마을에서 이야기를 잘 하셨던 어른으로 지금은 고인(故人)이 되었다.

② 서울의 정조판서와 사돈 맺은 안동의 한림학사

-조사일: 2003년 2월 24일, 제보자 : 황덕호(남, 82세), 조사자: 임재해.

* 앞의 이야기와 같은 상황에서 강주형 어른에게 거짓말 이야기를 권했으나 서로 이야기를 미뤘다. 그러는 상황에서 김수봉 어르신이 이야기를 하려 하자, 갑자기 황덕호 어르신이 안동에 한림학사 이야기를 구연하기 시작했다. 이야기를 청하는 내용부터 보자.

[김수봉: 내. 내가요. 얘기 몬 하니더, 얘기 몬 하는데 또 선생님이 그래 인제 또 그 런 얘기를 하시니간 그러면 또 쪼맨 짤둑마한30) 거 한마디하겠습니다. 이건 짧은 얘기야.] [조: 뭐 이야기 짧아도 괜찮고, 길어도 괜찮고.] [김수봉: 이. 처녀각, 처녀각. 처녀각이제.] [이때 갑자기 황덕호 어른이 먼저 이야기를 시작했다.]

안동에 한림학사라고. [조: 한림학사요. 안동에 한림학사요. 어르신네31) 쪼금만요.] 서울에 정조판서하고 사돈을 맺었는데, 그게 한림학사는 딸이고 정조판서는 아들인데 그 인제 거 행례를 치골랑 그 날 당일 치고 행성을 했는데, 서울 가가주고 그래 정조판서쯤 된다 카이께네. 요새 뭐 병무청쯤 되나. [조: 예. 그렇죠.] [황경모: 병무청 보다 더 높으지.] 그러 이 참 손님이 많이 모되고(모이고) 왔는데, 전다지(전부다) 선비들하고 모되가주고(모여서). [황경모: 국방부 차관쯤 된다.] 사돈하고 모되가주고 참 희롱하고 밤새도록 먹고 노는데, 이 주인은, 정조판서 부인은 가마(가만히) 보이 이 놈이32) 잔치하고 나서 아침꺼리가 삼일을 치데 불고(버리고) 가지도 아(안) 하고 붙들어 놓고 나데이.

정조판서 부인이 가마히(가만히) 생각해보이 기가 막히는 기라. 낼이(내일) 당장 아침꺼리가 없는데, 저래 주인이 저래고 들앉아 안 나오이. 기가 막혔거든.

그래가주고 그 전체는 이제 주인 나오도록 백(밖)에서 인제 바랐고 섰다. 그래 이래 있다 보이꺼네. 한 양반이 나오는데 그 소변보러 나오는데 보이, 다른 사람 지를까봐. 그 이놈의 영감이가, 가마 있으라 카이까네. 그래 채 틀어 가주골랑.

"아이고! 이 놈의 영감 정신 쫌 채리소!"

암말도 입을 안 띠죠. 사돈33)이라. 바로 사돈이라. 입을 안 띠고 있으이.

"새색시 드려 놓고 당장 내일 아침꺼리가 없는데, 어엘라고(어떻게 할려고) 이래가 있는교?"

암말도 안하고. 들은체만체 하고 입도 안 띠고 마. 그냥 바-(방에) 드갔다. 바 드가요. 자기 혼채(혼자) 돌아앉아가주고 쪽지 하나 적어 가주골랑 백에 나오이 종을 불러 가,

---

30) 길이가 짧은 이야기.
31) 이야기를 시작하려던 김수봉 어른에게 한 말이다.
32) 모인 손님을 일컫는 말이다.
33) 안동의 한림학사를 자신의 남편인 정조판서로 착각하여 부인이 어려운 사정을 이야기한 것이다.

간34) 사오라고 보냈는 기라.

그래가주고 그러이 야 야 여 한림학사 집이 부인이 받아 보이꺼네. 그 딸 굶길 지경이 거든. 이래가주고. 그냥 그대로 말에다 곡석(곡식)하고 뭐하고 뭐 말 한 차, 한 발 실켜(실 어) 보냈다. 새복(새벽)까지 도착시키라 해놨으이35).

참 새복에 가가주고. 아침에 자고 일라이께네. 그 병조판서 부인이 나와 보이께네. 뭐 곡석 가마이하고 뭐 별 희한한 걸 다 갖다 문 앞에 갖다 내려 놨는데, 어디서 온 줄 모르 는 기라. 정조판서 부인은 그냥 인낭전낭36) 모르지만 왔으니깐. 그 받아가주고 인제 참 아 침을 끓여가주고(끓여서) 손님을 대접하고 그래, 그래 인제 해 가주고 한 4, 5일 되니깐.

그러이(그러니) 한림학사 딸이 시집와서 가마 보이(보니) 참 기가 맥해는(막히는) 거 라. 뭐, 뭐 때도 없고. 참 빌어먹을 이런 형편인데 우에가주고(어떻게하여) 부인이 그 새 자리 색시, 그 새신부가 시아바이한테 이제 그 소리를 하는데,

"그 아버님 여게(여기) 좋은데, 어데(어디) 좋은 어데 토(土)가, 농토가 있는 가요?"

카이까테.

"없다."

카머.

"저기, 저 짝에 개골 짝에 드가면 있지마는 그 외엔 없다."

이카이. 그러면,

"아버님, 그럼 저하고 가봅시다."

이카이. 거기를 데리고 간다. 가 가주골랑 가보이 뭐 참 개발 할 만한 게 이래 있는데. 돌기(돌이) 뭐 별 희한한 것들도 다 있고, 그래 신랑하고 불래(불러) 놓고는,

"오늘 거(거기) 가(가서) 개발을 하는데, 저 양반이 일하고 올찍엘랑(올 적에) 돌근(돌 은) 뭐 어떤 돌그들랑(돌이든지) 돌을 한 짐 짊어지고 오라."

카는 게라.

그래가주고 내려 올찍에는 돌 한 번씩 지고 오고, 시아버지 지고 오고, 뭐 시동생도 지고 오고 뭐. 종도 지고 오고, 지고 오고, 그래 다 보이 돌을 그럭저럭 모두이(모으니) 돌기(돌이) 큰 나락자리만한데 이만치 모다 났는데. 그래 마지막에 이제 다 가고는 웃 덮 개이를37) 요만한 게 하나 헌득하이, 쳇돌 겉은(같은) 거를(것을) 하나 짊어지고 와요. 그 우(위)에 덮어놓고.

그리 그게 인제 그 집이 이제 이종선씨 정승이 가마 내다보니, '아무이 거 정조판서 집 이는 돌곽에 서리가 벌겋게 비쳤는데 저 뭔고.' 싶어, 암만(아무리) 봐도 몰래. 그래 종을

---

34) 반찬을 말한다.
35) 안동의 한림학사가 부인에게 편지에 새벽까지 도착하게 하라고 써 놨기 때문에.
36) 한림학사가 보낸 사정(事情).
37) 모아놓은 돌을 덮을 뚜껑 할 만한 돌을 말한다.

씨게가주고(시켜서) 그 정조 판서를 쫌 만내 달라이칸다. 그 정조 판서를 만내 달라 카이 뭐 안 갈 수도 없고 만내 보이.

"그 집에 거 돌가리가 있는데, 그 돌가리하고 우리 나락가리하고 바꾸자."

이카더라. 그 의심할 거 없이 바꿀수록 좋다. 바꾸자. 그래 그 이튿날 아칙에(아침에) 종놈을 불러가주고,

"그 돌가리하고, 나락가리하고 바꾿는데, 그 나락가리로 들고 오고, 저 돌 지고 가고 그 래라."

그리이. 그러이 당일 저녁에 저거 인제 숯이라 카고 꽤 무겁게 한 가마이를 딱 내라 놓는 게라. 내라 놓으이. 그래 나락 뭐 우에도 하이께네. 숯이라 하고 한 구뎅이, 한 가마이(가마니)로 내라 놓는 게라. 내라 놓으이 "거 내라 놓으이 우에도." 괴 숯이라하고 한 구뎅이 딱 내라 놓는 게라. 여기,

"아. 그럼 우리도 여 어디 내라라."

그 웃뚜껑이 덮어놓은 첏돌 그 한나(하나를) 니랐부래. 니라 놓으니. 그래 인제 그게 금덩거리(금덩어리)라. 그래이 그 나락가마이하고 돌덩거리하고 바꿔가주고 그래 이 집이 가 장가를 갔는 그런 얘기 나오디더. [조: 예. 아이구 참 좋은 이야기입니다. 지금 제가 들을려고 하는 거는 그런 이야기들.] 이게 맹 거짓말이긴. 거짓말이지만. [조: 예. 이야기 가 뭐 거짓말이죠. 지금 뭐 텔레비전에 나오는 이야기 다 거짓말로 만들어 낸 이야긴 데 요. 그게 다 문학인데, 문학이라고 하는 게 다 지어낸 겁니다.] 들은 지 오래되니깐. 다 잊어, 잊어가주고 이게 엄청 지던데(길던데) 하는 거 보이.

③ 용한 시아버지 점쟁이와 며느리의 점 대결

-조사일: 2003년 2월 24일, 제보자: 황수도(남, 70세), 조사자: 임재해.

* 같은 상황에서 사돈집에 가서 실수한 이야기를 청했더니, 며느리와 시아버지의 점 대결에서 며느리에게 진 시아버지 이야기를 들려주었다.

그런 이야기 다 잊었부랬지. 뭐 있나. 아께 사돈 이야기 하이께네 생각나지. 시아바이 가 인제 미느리(며느리) 시아바이하고 할마이하고 이래 사는데, 시아바이가 인제 점쟁이 거든요. 점을 하도 잘 해가주고 온갖 사람들의 길흉화복을 점을 쳤는데, 하루는 식전 다 음에 어떤 할마시(할머니)가 하나 와가주고, 점을 하려 왔는데, 뭐라 카냐면,

"우리 아들이 3년 전에 집을 나갔는데 언제 올로고? 소식이 없으이께네. 언제로?"

하이께네. 영감이 이래 점을 쳐 보디,

"금방 온다."

커거든. 오는 질(길)이라 카는데,

"집꺼징(까지) 몬(못) 오고 죽는다."

거거든. [조: 아 하.]

"거 살릴 도리는 없다."

칸다. 거 마마마마 아침 바람에 넘기질 못 한다고 하니, 미느리 밥하다 보이 대성 통곡이 났거든. 그래 아들이 금방 오다가 죽는다 카이. 이래가주고 미느리 밥하다가 인제 불려 들어,

"그거 우에(어떻게) 그래져, 우리 시아버지가 점을 했는데, 그 저 뭐 어에(어떻게) 했는데 그 우느냐?"

하이께네.

"우리 아들이 3년 전에 집을 나갔부랬는데, 종적이 없는데, 금방 오는 길에 집이 도착 안하고 죽는다."

칸다 하이께네. 그렇거든,

"집이 가가주고, 집이 가가주고 딴 소리하지 마고(말고)."

옛날에 사람 죽으면, 종발에 사주밥 시(세) 종발이 안 했는교? [조: 예. 그렇죠.]

"사주밥, 시(세) 종발이 해 놓고 돈 한 냥씩 던져 놓고. 옛날 아들 입던 저 옷가지를 내 흔들어 가머(가며), 이름 불러 가머 아들 올 때까지 불러라."

카거든. 그래 놓으이 아들 올 때까지 대성통곡을 하고 있다. 그래 인제 어에 가주고 집에 도착을 몬 하고 죽나? 그면(그러면).

참 오는 도중인데 아들이 3년 전에 나가가주고 돈을 벌어 가주설랑 엄마 볼라고 밤낮 주야(晝夜)로 없이 걸어온다. 오는데 참 어디 뭐 무인중(無人中) 골에 오다이(오다니), 아이(아니) 마 밤에 막 대성정령이 일어나며 천동(천둥)이 막 치고, 막 대우(大雨)가 퍼붓는다. 그래이 갈 곳이 없어가주고, 바우 돌 밑에 딱 드갔거든. 금방 드갔는데 잠이 탁 오는데, 눈을 감으니 어마이가 막 울어가 부린다(부른다). 아무것이. 그래 가주고 깜짝 깨가주고 나오이께네. 그 뒷바우가 뭉턱 무너진다.

그 할마시가 인제 그 옷을 들고 우다이께네(울다니깐). 아들이 왔다.

"그 어에 가 글로?"

카이. 그 오다가 그래 죽을뻔(번)했다 카거든.

이래 가주고 소문이 나가주고, 시애비(시아버지)한테는 점하러 아(안) 오고. 뒷담을 뛰 넘고 고만 미느리(며느리)한테 점하러 왔다. 이런 영감은 자신이 모른다 캤는데 이 할마이는. 저 저 그 집 미느리를 이칸다. 그 미느리 때문에 그 아들이 살아 있으이. 그 소문이 나가주고 고마 마 뒷담을 뛰 넘고 미느리 집에 자꾸 오이.

시아바이 가마이(가만히) 분커덩(분하거든). 자기 그만치 점을 잘 하는데, 이 미느리한테 졌단 말이라. 졌으이. '이 놈의 미느리 어에 가주고 없애자. (웃음) 요거를 없애야

내가 되 제이' 싶어가주고. 울매나(얼마나) 미느리가 잘 하는데 그렇게 그러노.

있다이께네. 어떤 저 이붓(이웃) 아줌마가 와요. 대문을 아침바람에 딱 뚜드거든(뚜들거든). 문 열어 주지말고, 이제 영감이 점을 딱 빼보이께네.

"배미 '사(蛇)' 자라."

뭐 얻으러 오긴 오는데, '이제 배미(뱀) '사'면 홍두깨 아니면, 방망이라 카거든.' 영감이 그래 생각하고 미느리(를) 불렀다. 미느리 부르이,

"야야, 저 아무것이 어마이가 저 뭐 얻으러 올(올 것) 겉은 데 뭐 얻으로 올로?"

칸다.

"거 아버님이 그 뭐 점괘를 빼 봤이면 알지요."

이칸다.

"배미 '사(蛇)'자."

"배미 '사(蛇)'자면 맹(마찬가지로) 배미 '사(蛇)'자지."

"야야. 나는 방망이믄(방망이 아니면) 홍두깨를 얻으러 온다."

카이.

"아버님, 떡(뚜껑) 없는 소두뱅이(솥뚜껑)를 얻으러 오니더."

카더든. 똑(꼭) 들어 오이, 떡 없는 소두뱅이 달라 카네. 시아바이 또 졌다. 그 어에가 며느리 불러 앉차.

"왜 떡 없는 소두배이 됐나?"

카이.

"배미는 낮에는 이래 뻗치지마는 밤새도록 똬리를 쳐가주고 아칙(아침)에 날이 새이께네, 고개를 딱 들으이 소두뱅이다."

이래가주고 인제 미느리한테 또 졌다. [황덕호: 해석을 잘 해야지.] 예. 해석을 몬 해 가 그래요. 그래가주 인제 저 바 있으이. 턱이 덜덜 떨래(떨려서) 밥이 안 넘어가. 분해가 주고. (허허)

그래가주 인제 또 낮에 인제 점심때가 딱 됐는데, 말 탄 인제 저 백말하고, 참 저 뻘건(빨간) 말하고 저 껌둥말하고 이래 있는데, 이 두 마리가 말이 고마 딱 눕는다. 눕어가주 (누워서) 있는데, 저 놈이 언놈(어느 놈이)이 먼저 일랄로? 싶어 점괘를 빼 보이께네. 불 '화(火)'자라. 뻘건(빨간) 말이 일난다. 이 불 '화(火)'자이께네. 불이 뻘겋잖으니 뻘건 말이 일란다고 인제. 그래 놓고. 미느리 불렀다

"저 말이가 어느 놈이 먼저 일랄로?"

카이.

"아버님 거 점괘를 빼 봤으면 아(알)잖니껴."

"난 불'화(火)'자."

"불 '화(火)'자는 맹 불 '화(火)'자죠."

"그 난 껌은(검은) 거, 아니 뻘건 거 미리 일란다."

미느리는 또,

"껌정 거 미리 일난다."

카네. 그러이 참 뭐 가마 있다이께네. 껌은거부터 일라. 그래가주고 인제 이유를 묻는 판이래.

"어에(어떻게) 가 껌운 거 일나나."

카이.

"불이 딱 찌르면 꺼민 연기부터 올로(올라)오고, 빨건 불꽃이 올라온다."

그데요.

이래가주고 가마이 생각허이, 참 밥 먹을, 저녁 먹을 생각도 없고, 저녁 이쯤 됐는데 이거38)를 없애야 내가, 미느리를 없애야. 이름만 점술간데. 가마이(가만히) 생각하니까이. 이마 저승사자를 불러가주고 없앴부래야 된다 싶어가주고, 그래가주고 글을 이래 써 놓고 굿을 한다 말씨더.

저승 차사를 불러가주고, 며느리 저녁에 잘라고 딱 누웠다이까네. 금방 저승 차사가 자기 잡으러 오는 겉애요. 가마 생각해 보이 '아이 시아버지가 날 죽일라 칸다.' '나는 아무리 저 미늘(며느리), 고부간이지마는 나는 아직 청춘이 말리 겉고(같고), 시아버지는 아주 나 많은 노인인데 시아버지 죽어도 괜찮지.' 싶어가주고, 시아버지 면에 낳은 데다 갔다 사주밥을 해 놓고 거기다가 신, 신, 시아버지 신을 갖다 얹어 났다.

얹어 놓고 저승 차사가 오다이(오다가), 저승 차사가 오다이께네. 배가 골르이39) 길에 왜 왜 저 밥이 시(세) 그륵 있으이 먹고, 돈 한 자루 있고, 신도 있고 이래가주고 먹고 가마 생각하이 와 이대로 먹고 그냥 있을 수 없는 기. 방망이를 가주고 뚜드이. 널을 뚜드이 '꽉꽉' 하거든. 이 꽉 속에 드갈 사람이 바로 영감이다. 여 저 청춘이 말리 겉은데 고마 이 영감 잡아갔어. 말짱한(멀쩡한) 미느리 죽일라다가 굿하던 영감이 죽었부렜다. [청중: 하하하.]

이래 죽어 놓으이 아들이 오이(오니) 가잖커덩. 틀림없이 인제 저 고부끼리 다퉈가주고 저 아부지 죽었다. 같이 디리고(데리고) 살 수 없다. 이혼하자 칸다. [황덕호: 아바이 죽인 자기 아내 못 디리고 살지.] 못 디리고 사니께네. 이제 이혼을 하로 가요. 하자 카이께네 뭐라 카나 아이라.

"그래 내가 나가라면, 틀림없이 가기는 가는데 자식은 못 데루(데리고) 간다."

카거든. 아(아이)가 인제 젖 먹는 아가 있는데 띠 놓고는. 요 놈의 아가 고마 엄마 내놔라. 꼭 어마이 내놔라 캐가 그래가주고 참 이 갓잖은 판이라.

---

38) 시아버지보다 점을 훨씬 더 잘 보는 며느리를 말한다.

39) 배가 고프다는 말이다.

이래가주고 인제 그 어른이 인제 책을 놓고 인제 요 마누라가 어데 가 있노? 싶어 가주고 인제. 이래 정성을 놓고, 대븐(대번)은 모르지요. 이래 보이께네. 어디 한 군데 와 있어. 이래가주고 이제 종을 엎애40)가주고(엎어서) 보냈어. 보내 놓으이께네. 그 젖을 애기를 시껀(실컨) 믹에(먹여) 주미(주면서).

"이제는 가돼, 다시는 찾아오지 마라."

카거든. 그 다시는 찾아오지 마는데, 그 요만한 경을 하나 준다 주면,

"이거는 너 아버지 책상 위에 얹어 놓고, 이 절대적으로, 팽생(평생) 열지 마라."

캤거든. 그러니 인제 마누라 없다. 아를 다시 보내주니, 그 질로 어데 갔부랬는지 없어 고마. 그래가주고 경 뚜껑을 톡 꼽으이께네(꽂으니간). 불이 팍 나가주고 고마 점구통이 탔부랬는데. 그래가주(그래서) 옛날 겉이 점이 정확하지 않단 말이 (있어). 하하하하.

[조: 아이고. 참 이야기 재밌네요.] [황덕호: 그러므로 모르면 쪼매 아더라도, 모르면 물어야 되는 게라. 모르면서 아는 체 해 가주고.] 그캐요. 그 모르지마는 그 미느리한테 져 놓으이 분, 분찮아요. [황덕호: 암만 분해도. 져먼(지면) 어째 할 수 없는 게제(거지).]

④ 충청도 사람한테 속은 강원도 사람(1)

-조사일: 2003년 2월 24일, 제보자: 황덕호(남, 82세), 조사자: 임재해.

* 같은 상황에서 황덕호 어른이 이야기 한자리를 더 한다며 구연하기 시작했다.

충청도 양반하고, 충청도 양반이 강원도 내기41)한테 쏙캤는(속았는) 얘기 내가 하께.

[조: 아이고 재밌겠네요. 예.]

충청도 양반이 딱 거 천상 글마(글만) 배우고, 아들 하나도 글마 배우고, 아들 하나 있는 것도 순(순전히) 글마 갈채고(가르치고) 이랬는데, 예전에 뭐 선비들 뭐 저 사대부는 뭐 소낙비가 와도 담장으로 안 내다 본다 캤거든. 그래가주고 아들42) 하나 그렇게 키워가주고 뭐 했냐면 있던 살림살이 다 팔아 먹었부고, 아(아들)는 성장 해가 인제 장게 보내가주고, 마니라(마누라) 데려오니께네. 살림살이 다 떨었부랬제. 먹을 길이 없는 기라.

그래 인제 마누라를 데리고, 남의 집 품팔이도 하고 뭐 깍지도 하고 이래가주고 벌어먹고 근근히 이래 사는데, 그래 한 번에는 그 마누래를 저 집이 이웃집이 인제 모 숨구(심는) 데 모숨구는 품하러 갈 챔(참)인데, 그 뭐야 보, 보리를 싹 받아 논(놓은) 보리를 식

---

40) 종한테 아이를 엎여서 부인한테 보내는 것을 말한다.,
41) '내기'와 같은 대결이 아니라 사람을 일컫는 말이다.
42) 매일 글만 가르치고 다른 일은 안 시켰다는 말이다. 즉 글 밖에 다른 거는 할 수 있는게 없었다.

전에 일라가주고(일어나서), 쪄(찧어)가주, 꼭 쪄가주 마다(마당) 다 멍석을 널어놓고 나
가이께 인제 남편한테 그래,

“마약(만약)에 그래 소낙비가 오거들랑 이 걷어들라 놓라고.”

씨게(시켜) 놨는데, 이 참 마 이 모를 숨구다(심다) 보이, 비가 소낙비 옳체(옳지) 딱
오는데 뭐 우에 할 수도 없고, 뭐 전부 비를 쪼르르르 맞골라 비오는데, 모를 숨구고 하루
일과를 마치고 집에 오이. 하마 삽지걸(삽작걸)에 들어서이께네 하마 보리쌀이 히끗히끗
비는데(보이는데) 고마(그만) 그 소낙비에 다 떠내려갔뿄어. 앞걸(앞거랑)에.

저녁꺼리가 없어. 다 떠 내루고. 그래 저녁도 못 해 먹고 할 수 없이 모 숨구는 집에 가
여. 저녁 먹으라 카는 그 밥 자기 안 먹고 주인한테 싸달라 캐가주고 이걸 남편 믹에(먹
여) 참 대접하고 이랬는데 그 이래가주 가마 남자가 생각해 보이. 이래 가주고는 도저히
살수가 없다. 자기 마누라한테,

“여보, 돈 석 냥만 구해달라.”

근다.

“말라(뭐 하러) 그러노?”

하니,

“강원도에 소금이 귀하다는데, 소금 장사하러, 강원도 소금 장사가야 된다.”

이카는 게라. 그리 마누라 가마(가만히) 생각해보이, 장사한다 카이 돈 안 데(데어) 줄
수 없고.

“그럼 조끔 기다리소.”

퍼뜩 시장가에든동 나가가주골랑 자기 머리를 깎아가주(깎아서) 팔아가주고, 월자를
팔아가주고 돈 석 냥을 장만해가주고 남편을 주고, 그 수건을 폭 덮어쓰고 오이, 그 남편
은 뭐 머리를 깎은 지, 묶은 지 모르지 뭐. 수건을 덮어 써버렸으니.

그래 가 소금, 소금을 서말 받아지고, 지고 강원도로 드가는 데 그래 몇 날 며칠 드가
서, 강원도로 드갔어. 드가가주고 팔러 댕겨 보이 뭐 소금 살 사람도 없고, 날은 저물었고
어디가 인제 숙소를 정해야 될 판인데, 자기 하룻밤 자고 가자 하이께네. 마커 안 된다 카
고 쫓앴부제(쫓아버리지).

그래 거 가이께네. 어느 우물가에 부인이 하나, 참 저녁 그 꺼리를 쌀로 씻는데 거가
이 물을 한 줌 얻어먹고,

“여보, 여게 좀 내가 이래 이래 나왔다가 참 잘 곳이 없는데, 잘 곳을 좀 구 할 수 없
노?”

카이.

“뭐라 캤노?”

카이께네.

“하룻밤 자고 가자니까.”

"에이, 그거 안 된다. 하루 밤, 하루 저녁 붙어가제."

해야카지,

"자고 가자 카면 안 된다."

카는 거라. [조: 아.]

"아, 그럼 어디 가면 되노?"

카이.

"저 저 저 큰 기와집, 저 집이가요. 제일 부잣집인데, 거가(거기 가서) 함 덜쳐 보라 그러면 될끼라."

이러니깐. 그러이 참 털래, 털래 소금 장사가 소금은 한 되도 못 팔고, 서말 등지고 와가주고, 그래 그 집이 찾아 드갔는데 드가이, 참 일꾼인데 마당서,

"그 여보, 여 쫌 하루 쫌 붙어 갑시다."

카이. 그래 쪼끔 있어 보래 그러지. 안에 가가주고 주인한테 승낙을 받아가주고, 그러니 행랑채에다가 드가라 카고. 그 저녁은 또 못 먹었제. 행랑채에 들앉아가주고 있어 보이, 어에 배도 고프기도 하고, 어에 슬프기도 하고 뭐. 시장 찬에 자고 나오는데, 가마이 생각해 보고 명심보감 첫 번째 그 놈을 한 번, 한 수 오는데(외우는데), 한 바닥 떡 오으니 또 쪼매 있다 보이께네. 일꾼이 나오디마는,

"여보, 이 손님, 저 사랑에 올라오시란다. 주인이 청한다."

이카이. 이 놈이 가마 생각해 보이, '자, 이런 망할 놈이 내가 여 와가주고 밤에 떠들어 놓이[43] 시끄러워가주고(시끄러워서) 잠 못 잔다고, 낼 쫓아 낼 작정인가' 겁이 쭐쭐 났는데, 명심보감을 한 번 쭉쭉 오왔는데(외웠는데), 쫓깨 날까 싶어, 겁이나가 벌벌 떨고 드갔어. 드가이 그 주인이,

"저 선비님, 참 잘 모셔야 되는데 참 몰라봐서 죄송하다."

이카는 거야. 이 사람 그것도 아니고 뭐 뭐 싹싹 빈다. 비니.

"아, 그게 아니고, 내가 얘기를 할테니 들어 줄라나."

얘기를 하래. 그래,

"그 어에, 뭐 우에된(어떻게된) 게 댕기다가 소금장사로 나왔소."

이카이.

"여기 이 마을에는 글이 귀한 곳이니깐, 아들 여게 몇이 있는데 여게 모다가지고(모아서), 글로 갈채주는 게 어떨로? 그러면 당신 먹을 거는 우리가 줄 수 있을테니. 그래 하면 어떨로."

근데 이 사람이 뭐 남의 집에 잠자는 것도 고마운데 안 한다 할 수도 없고,

"그래 소금은 내가 다 팔아줄테니께네. 걱정하지 말고 일 해 다고."

---

43) 밤이 늦은 시간에 명심보감을 외우니.

그래 그거는 승낙을 하고.

"그래 저녁은 했노?"

하이,

"저녁도 못 먹었다."

카이. 그래 저녁 얻어먹고 자골랑, 아침에 인제 아침을 먹고, 그래 그날부터 아들을 모다가주고 글로 갈췄는 거라.

그 이 사람 뭐 글로 갈채고 이래 앉어 있으이 집에는 어에된동, 굶는 동, 먹는 동 모르지 뭐. 마누라하고 놔두고 나와 버리니. 그래 인제 일생이 그 사람이 동시에, 순간에 이 주인이가요, 하인들을 씨겨가주고(시켜서) 전부, 이 선비 있는 집이, 집도 새로 맨들고(만들고), 먹는 거도 데(데어) 주고 그래 인제 맨들어 놓골랑.

그래 그 해 인제 가을쯤 돼가주고 인제 집에 갔어. 집에 가이. 이게 자기 있던 집이, 집이 없어졌거든. 이상하다 싶어가, 이웃에게 사람한테 물으니,

"당신 저 집이다."

이칸다. 고대로(그대로) 맹 집을 져가주고, 잘 져 놓고 있는데 그래 가 드가이 마누라한테 물으이께네.

"어에 되여?"

"어예 되어. 어떤 분들이 와가주고 그래 여게 해 줘서 잘 산다."

'아하. 그 집주인이 그래 했구나.' 그러이께네. 이웃에 모도 알기는 "헤, 저 아무껏이는 저 소금장사 나가디만 그만큼 돈을 잘 벌어와 집도 짓고 그 짜 그만침(그만큼) 풍부하게 지낸다." 카며는 이래 소문이 났는데, 그렇다이. 그래 놓고 자기는 인제 글로 갈친다 캤으이. 그만침 덕을 받았으이. 또 가야지. 글로 갈채 줘야 되거든. 그래 떠나 버렸다.

떠나 버렸는데 그래 이웃에 더벅머리 총각이 하나, 남의 집에 사는 놈이 '아무껏이 양반은 그래 가주 댕겼는데, 예를 들면 나도 한 번 소금장사를 가봐야겠다.' 소금을 지고, 강원도로 드왔다. 들오이 소금 팔러 댕기는데 소금을 누가 사나. 파(팔)지도 몬하고, 어데 한 군데 가가 맹 사람들 수북 있는데,

"여, 여보. 여 우에 쫌 자고 갈 수 없나."

카이께네. 그래 인제 당장 "안 된다." 카더란다. 안 된다 카고 그카잖아.

그래 또 우에(어떻게) 이야기하다 보이꺼네. 또 어떤 사람 만나 이야기하다 보이꺼네. 이야기는,

"붙어가자 해야 카지, 자고 가자 카면 안 된다고."

그래 (허허) 그래 알고, 그래 붙어 가자 카이.

또 한 집이 갈채 주는데, 그 집이 인제 그 집이 또 부자라. 부잔데. 그 집이 인제 달머슴으로. [조: 달머슴.] 달머슴으로. 드가가주고 일하는데, 그 가을쯤됐던동 모양이래. 거기도 그래거든. 그래 뭐 일년 세경44) 뭐 한 다달이(달마다) 세경 받아 가주(가지고) 뭐. 고걸

(그것을) 모다가주고 집으로 온다고 나오다이.

그래 인제 그것도 인제 옆에 뭘 아주머니제. 그 너매(넘어) 거 어떤 집이 소, 소사(소상)45) 지내는 판인데, 어른 제사를 지내는데, 그 축 이를(읽을) 사람이 축관, 축관이 없으니깐. 축관을 인제 구할라고 내려 올라고. 그 아문데(아무 곳에) 충청도 양반이 왔던데, 그래 고 거 연락 해가 충청도 양반을 부르기로 연락해서.

"그 내일이 우리 선친 제사를 모실 참인데 와가주고 축관을 쫌 해 다고."

그래,

"해준다."

이카고. 그래 그 질로 참 글찮에(그렇찮아) 남의 집 사다보이께네. 점점 일하고, 막 일해 놓고 인제 갈라 카이. 어둡거든. 어둡운데(어두운데) 이 집이는 음식 장만해 놓고, 그 충청도 양반이 오도록 울매나 바라고 있으이. 해가 빠지이(지니), 사람이 잡을라고 해매는데 오다가 너불너불하이, 그래가 재물재에 보이 홀래홀래 넘어 오는데 그래 충청도 양반이 오는 게라. 오는데 그 인제 제사 인원이, 제관하고 쭉 모되가(모여서) 있는데, 뭐 축문이라는 거 데고 뭐 알아야 축문 이르제, 하하하. 이래가주고, 마커 엎드리라 캐놓고, '갑자을축'이라 이른다. 그래 손지(손자). 이 놈 아가 글쎄 거 뭐 충성도 양반한테 글로 배우는 판인데, 알았던 모양이래. 요 놈이,

"내가 아는 충청도 양반은 끝에 가 사향(상향) 찾던데. 우리 집 충청도 양반은 사향을 안 찾노? 고마."

이카드란다. [조: 상향을 안 찾구만.]

"사향(尙饗)을 안 찾나."

이카더란다. 그래 이 영감이 가마 생각해 보이,

"예이, 아도 야군시럽다. 뭐 그런 소리하나? 충청도 양반이 여북 있나46)."

충청도 양반이 다 글 할 줄 알고, 자기 조부가 인제 손지를 나무라이 뭐라 캤단다. 그래가(그래서) 그 인제 참 용히(용하게) 그 때를 민(면)하고 거서 인제 저녁 얻어먹고, 거서 자고, 그 이튿날 점심이고 주인집에서 먹고 집으로 갈 참인데, 축관이라 카미 돈도 한 보따리 주고 떡하고 싸가주고 한 짐 짊어지고, 히히히. 집에 간다고 그래 떨래, 떨래오다이.

어느 한 동네 떡(딱) 오이, 사람이가 울매(얼마) 많이 모여가주고 욱썩거리는데, 장날도 아이고, 명절 근처도 아닌데 우에가 여 이런고 싶어가주고. 그래 물었어, 물으이께네(물으니깐).

"그 아무 대감 집이 소를 잊었부고 오늘 하마 삼일째 나는데, 소를 못 찾어가 글다."

---

44) 지금의 월급과 같은 것으로, 일년에 한 번 받을 수도 있고, 달마다 받을 수도 있다.
45) 소상을 말하는 것으로 상을 당하고 일년만에 지내는 제사를 말하는데, 부친의 소상을 말한다.
46) 손자를 나무라면서 충청도 양반은 다 글을 잘 한다고 생각한 주인 양반이 하는 말이다.

"하하. 그면 소는 내 찾아 줄테이. 내 씨기는 데로 할라나?"

"아. 소만 찾아주면 뭐든지 한다."

이카거든. 그러며는,

"당장 지금 거저 음식을 하는데 떡을 뭐 긑이(같이) 한 짝에다 한 섬썩. 머식 해가 해 가주고 제상을 채려가주고(차려서) 제를 지내야 된다."

그 이제 어리석기는 어리석제. 제를 지내가 소를 찾는다 말이야. 그래 가 소 찾는다고. 그래 여 여럿이 하이께네. 동네 뭐 모아가주고, 막 당장에 고마 쌀로 매가주고 디리 빻아 떡을 해 가주골랑, 대청 마루에다 이 한 상 채려 놓고, 마커 동군은 전부 인제 마루밖에 인제 밑에, 밖에 앉아가주고 제를 지낸다 카면. 마커 저 음복하고 요래가 있고, 이 놈이 가마이 생각해 보이 '축원은 용이 어에가주고, 손지 나무래가주고 민해(면해) 나왔는데, 여기는 어에 민해 나올까 싶어?' 걱정이 태산이라. 그래이 충청도 말이 떡 많다 카는기 '엄청다' 하더마는. [조: 예. 엄청다.]

"에끄, 엄청다."

캐 놓이. 소도둑이 그 인제 밟아 놓으니,

"에이, 엄청이."

'요놈의 새끼 내 이름을 어에 아노 싶으다.' 말이라. 또 그러이 또 엄청다 하이. 세 번이 나 엄청다 소리하는데,

"아이 이 놈으 새끼, 내 이름을 아노? 내가 여 있다 맞아 죽을따. 나가요."

그 이래 실겅실겅 나가서 울딸국(울타리 구멍)으로 빠져나가요. 산에 산 개골에 소를 풀어가주고 그 마커 엎드려 있다 보이까네 털래털래 보이께네.

"야. 소 들어온다."

카미. 그래 충청도 양반이 용하다고 인제 참 박수를 치고, 소를 찾았거든. 찾아가주고 인제 저기47) 한 보따리 얻었제, 여 한 보따리 얻었제.

두 보따리 얻어가주고 이 짊어지고 그제서(그제서야) 집에 온다고 오는데, 소도둑놈이 가마 생각해 보이, '저 놈의 새끼 낭궈(남겨) 놓으면 나는 도저히 살 수 없으이께.' 내가 인제 저 놈은 죽여야 된다. 대목달에 가 바라고 앉았다. '근나전나(그나저나) 저 놈은 저 렇게 아는 놈으로 그냥 죽일 수는 없고, 한 가지 내가 질문을 해 보고, 알믄(알면) 살려 줄 거고. 모리면 죽였분다고.'

그래 대목달에 칼하고 준비해 갖고, 대목재 떡 앉아 있다이. 이 놈이 헬헬거리미, 돈은 벌어 놨으이께. 좋다고 펄럭거리미 올라온다. 앞에 딱 막아서는데,

"이 놈! 니 아래 저, 아무 대감 집에 소 찾아 줬제."

"예, 소 찾아 줬습니다."

---

47) 소상을 지내주고 얻은 재물을 말하는 것이다.

"미리 그렇게 아는 거 보이, 놔두면 나는 여게서 살수가 없으이 니는 죽여야 된다."

꼼짝 죽는 거야 고마. 그러니,

"니 겉이 아는 놈을 그냥 죽일 수는 없고, 내 한가지 더 물어 보고 알믄 살려주께고, 모리면 닌 죽인다."

이카거든. 그러이 고마 이 넘(놈)이 꼼짝없이 죽은 기거든. 가마 있다가,

"이, 이 손에 주목(주먹)을 쥐고 내 손에 이게 뭐 들었노?"

이칸다. 이 눔이 인제 뭐시기, 소 찾아 준 놈이가 이름이 뭐라 카면 성(性)은 '조' 가고 이름은 깨구리(개구리)라.

"아이고! 조깨구리 죽는다."

고함을 지르미(지르며) 펄쩍 뛰면서 철철 뛰니. 그래도 이 눔이 가만히 생각하니 '아이 눔이 알긴 안다. 내 손에 개구리 쥔지 우에 알아 이카노.' 그래가지고. [황덕호: 지 이름을 갈채서.] 지 이름을, 지 이름이 죽거든, 그러면 자기가 죽을라 카이. 아이고 조개구리 죽그던. 그러면,

"아이구, 조깨구리 죽는다."

카이. 조깨구리 죽어. 그래가주고 인제 성이 '조' 가고, 이름이 개구리 가주고(가지고) 그래 면했다니더. [조: 아이구, 참 재밌는 이야깁니다.] 떡도 많이 해 놓고. 아무도 모르이. 그러이 어리석은 강원도 내기라 캤다.

⑤ 강원도 사람한테 속은 충청도 사람(2)

-조사일: 2003년 7월 11일, 제보자: 황덕호(남, 82세), 조사자: 임재해.

＊ 일본 군속으로 갔다온 이야기와 보국대로 갔다온 이야기를 강주형 할아버지와 주거니 받거니 하다가 들려준 이야기로 듣고 보니 겨울 답사때 했던 이야기였다. 빠진 부분을 제외하면 내용은 대체로 같으며 두 번 들어도 역시나 흥미로운 이야기라서 함께 싣는다.

저 충청도 양반이, 충청도 양반이고. 그 집이, 한 집에서 아들로 글로 갈채(가르쳐)가주고 선빈데. 옛날 선비들은 이 마당, 마당에 보리 타작, 보리타작해도, 소낙비가 와도, 앉어서 글 본다 카이. 그리 그 선비로 가까놓이48). 뭐 부(富)와 세(勢)를 이래, 저래 다 떨어먹었부고, 먹을 길이 없으이까네. 그 내외가 굶었어.

아녀자가 댕기미 남의 집 품팔이도 하고 남의 집 삯바느질도 하고 이래 먹고사는데, 어느 날이는 여자가, 아녀자가 누구 집 모를, 모를 심으러 가는 판인데,

"여보소, 오늘 내가 누구댁에 내가 모 심으러 가는데, 거(거기) 마당에 거 보리쌀이 쩌가주골랑 널어 놨으이. 그걸 소낙비가 오거들랑 그것을 치워 주시오."

이카고. 내일 아침 이제 마누라는 인제 남의 집 모둠일 간다고. 일찍이 나갔지. 인제 보리 쩌가주고 인제 말라가주고 인제 오는(오늘) 저녁에 오면, 그게 마르면 그거 때려가주고, 인제 저녁 해 먹을 그런 모양인데. 그래 놓고 인제 모숨구로 갔다.

모숨구로 가니, 옳다. 점심 먹다 보이께네. 소낙비가 쏟아져 껌덩(검은) 구름이 둥둥 떠다니는데 하마(벌써), 이 여자는 하마(벌써) 들에서 오밀조밀하다.

'아이고, 집에 어에 됐노.' 싶어가주고. 그래 놓이 남의 일 하다가 불쑥 들 올 수도 없고.

그렇게 있다가. 하루해가 져가(져서) 있으니, 하마 골목에 들어오이까네. 하마 이 보리 낟이(낟알)가 하마 히끗히끗한다. 거 마당에 널어놓은 보리쌀이 하나도 없이 다 떠내려 갔부랬어. 떠내려 갔부고 그래이, 뭐 저녁을 해 먹을라이 저녁 꺼리가 있어 야지. 저녁을 해먹든동, 뭘 해먹든동. 그래 할 수 없이. 이 집이 일하러 간 집에, 그 집이, 저녁을 한 그륵(그릇) 인제 참 자기 먹을 걸 얻어가주고, 신랑을 믹에고(먹이고) 그래 그 이튿날 또 남의 일 가고.

이래 다가 그 남자가 가마 생각하이까네. 기가 맥히는 게라. 자기 한 일 때문에 기가 맥히는 거라. 아무리 들여다봐도, 생각해 봐도 안 나고 저녁에 일하고 들어 온 부인을 보골랑,

"여보, 돈 나를 석 냥만 딱 구해 도고."

---

48) 아들을 글만 하는 선비로 키웠다는 말이다.

카이,

"석 냥은 당신, 석냥 왜 구해 달로."

카이.

"강원도 카는 곳이가 소금이 귀하다는데, 소금 장사 가야 된다."

그 여자가 아침에 나가더니마는 돈을 석 냥을 가 왔어. 그리 여자가 돈을 구해다 달라 카이. 다시 돈을 구할 수는 없고, 뭐라 그래면 자기 머리를 삭발을 했어. 머리를 깎아 가주 골랑 머리 월자49)를 팔아가주고, 돈을 석 냥을 벌어다가 신랑을 주고, 자기는 일 하로 가고. 이 남자는 돈 석냥 가주고(가지고) 소금을 서 되를 받아가주고, 소금을 서말, 서말이나 받아가주고 서말 카먼 여게 일곱 대 반이래요. 안동은 대두를 한 말이라 카는데, 여게는 소두, 소두 한말이라.

받아가주고 짊어지고, 강원도로 떡 드갔는데. 드가이 하루 종일 드가(들어가서) 소금 한 되도 못 팔고, 이제 잘 자리를 정해야 될 판인데, 어디 우물가 부인들이 쌀 씻는데, 가 가주고 물으이께네.

"저 집이 가소."

카는 게라. 마 댕기미(다니며) 물으이.

"여보소. 오늘 저녁에 여 쫌 자고 가자."

카이꺼네. 뭐 막 자고 가자 카자, 뭐 다가오이 야단 쳐버리고, 어떤 집이는 드가 얘기도 한마디 못하고 쫓께 나온 데도 있고.

이래 가다 갈랑 어디 한 군데 우물가가 어느 부인이 보리쌀을 씻는데 물었다. 물으이께네. 어에 보이 경상도 소금장순데, 그래 내가 이래해서 이래, 이래 왔는데 이 처소를 정해 줄 수 있나 이카이.

"뭐라 캤니껴?"

"그래, 하루밤 자고 가자."

카이.

"에이. 그카면 안 되니더. 여 하루밤 붙어 갑시다."

캐야 되제. 자고 가자면. [조: 하하하. 하룻밤 자고 가자면 안 되고, 하룻밤 붙어 가자고 해야.] 그카더란다.

"그래 어데 가면 될고."

카이.

"저 짜(저쪽에) 저 큰 대문 달랬는 집이 저 집, 높은 집. 저 집이 가면 될께다(될 것이다)."

그래 인제, 하. 그 집이 찾아 드간다. 찾아 드가이 그 쫌 주인이(주인이) 뭐 일꾼이 마.

---

49) 머리를 잘라 놓은 것을 말한다.

당에 있는데, 그래 이런 손님이 왔는데 글타(그렇다).

"하루 저녁 붙어 갑시다."

카이께네. 안에 인제 신고를 하는 게라.

"그래, 뭔 손님이 왔는데 글타."

하이.

"아, 그 행랑에 모셔라."

이카더라. 그래 행랑에 거 방을 주는데, 들앉아 인제 저녁도 몬 먹었제. 저녁 달라 칼 수가 있나? 그래가주 인제 이 밤중에 뭐, 뭐 하이 거 자기네 참 배워 논 글은 있고 하이께 네. 명심보감으로 한 곡조 쭉 외웠는 게라. 그러이, 그러이 뭐 예전에 학문, 명심보감 오 면(외우면) 초성 좋은 사람 듣기 좋거든. 한 곡조 오이(외우니) 그래 안에서 주인님이 듣 고, 그 일꾼을 불러가주골랑,

"그 행랑채 손님 하내기를 들어보내라."

그래 일꾼이 가가주고,

"여보소 손님. 저 쥔(주인) 양반이가 사라(사랑에) 올라오시랍니다."

'아하. 벌써 내가 이게, 저쪽 밤중에 이래가고 잠도 못 자고 방해했는가? 날 쫓아가주 고 나가란 소리 안 하는가? 겁이 찔찔 나.' 겁이 나는데 올라 드갔다. 그래 인사를 하고, 내 뭐 아무일했는데 이러, 이러하게 이런 볼일로 댕긴다이카이. 가마히(가만히) 그래. 인 제,

"자네. 여게 글소리 들어 봤는데 들어 보니까 아마 선비 양반 겉은데, 저 고 소금 장사, 소금은 내가 울매(얼마나) 있는지, 내가 책임, 책임질게고, 거 내일 저 아침에 여, 마을 에, 이 곳으는 글이 귀한 곳이니깐. 에헤 장세(장사) 그만하고 글을 갈채(가르쳐) 다고."

그래 이 사람이 가마 생각해보이, 그 자기도 보이간 괜찮고 고맙잖아. 소금을 다 팔아 줄라 카이. 그래 맹 과찮은 공경은 다 주께고(말하고), 그작(그쪽) 질로 나가주고 소금으 는 주인 양반이 달라 카거든, 달라 카이 쥐 줘버리고,

"값이 얼매로, 얼매로 값이 얼매로. 얼매로."

그래가주고 주인이,

"이 값으는 내가 당신이 집을 떠날 찍에(떠날 적에) 내가 이 돈을 줄테이 걱정하지 마 고 아―들(아이들) 글이나 갈채 도고."

그래 인제 아들 참 다섯이, 대 여시(여섯이) 불러가주고, 하루, 하루 지내 나오는데. 그래 그 상간에 인제 이 집, 주인집이가요. 어에 알아가주고 주소를 알아가주고 이제 이 집 자꾸 돈을 붙여 줬는 기라. 돈을 붙여 주고, 그래고 한 일년 동안을 있는데, 요상간[50]에 집도 요래 쪼마한 오두막집이 집도 한 채 짓고, 이래가주고 해 놓고 가을쯤 되니깐 이제는

---

50) 그 양반 집에서 묶었던 일년 사이를 말한다.

출세 해가주고 동네에 들어섰지.

"인지 날도 추워져 오고 하이께네. 집에 한 번 갔다 오는 게 좋지 안 나을라.51)"

하이.

"아이고, 고맙니더."

하이. 그래 질(길)을 떠나는데, 그 영감이 돈을 인제 얼매라 카미 주인이 인제 준다. 그래 주는데, 주는 돈을 보따리 싸가주고 짊어지고 인제 집을 떡 갔는데, 아이 자기 집이, 집이 없다. [조: 아하.] 그래 왜냐 싶어가주고, 그래 이웃사람들한테 물으이까네. 그 집을 물으이께네.

"그 집 저 저 저 새 저, 저 집이요."

카미. 아이고, 참 반갑기로 그지없는데, 웬일인지 쩡쩡하다. 그 드가이(들어가니) 마누라가 집 있는데 거 턱 앉어가,

"아이, 왜 이 집이 어에된(어떻게 된) 집이로?"

하미. 물으이.

"거 어데서(어디서) 왔던지, 보냈는지, 참 돈도 오고 양석도(양식도) 오고, 당신 가미(가며) 오늘날까지 온다."

이카이. 그리 가마이 생각해보이. '아. 이 주인이 보냈는거구나 싶어.' 그래 거서 한 이틀 묵어가주고, 하루 더 있으께라고 덜 있고 가는 판이라. 하도 고마워가주고, 하도 고마워가주고, 그래 가가주(가서) 있는데,

고 이웃에 인제 더벅머리 총각 아가(아이가) 남의 집에 사든 게, '아무집 양반은 보이께네. 강원도 소금장사 하러 가디마는 저렇게 돈을 많이 벌어 와. 에이 이 놈으 자석 나도 한 번 가봐야 된다.'

이 놈도 소금을 해 짊어지고 강원도로 드갔다. 소금을 사라 카이, 누가 사는가? 돌아대니다, 돌아대니다. 소금도 못 팔고 그래 한 부잣집 드가가주고(들어가서) 머슴을 살어. 달머슴52)을, 머슴을 살았어. 옛날에. 몇 달꺼지 산다 이래고. [조: 그거를 달머슴이라 그러군요?] 달머슴이라.

그래 인제 그 집이 인제 달머슴을 살고 있는데 그 인제 등 너머에 하나 인제 동네, 거 한 동네 거 소상 또 제사가 있어가주고, 제사를 지낸다고 할 때 그 충청도 양반 있어 놓으께네. 그 참 축문도 읽고 뭐 축으로 읽는데, 축관이 없이이께네.

"거 아무꺼세(아무곳에) 충청도 양반이 거 와 계신다는데 그 축문 읽으러 오시라."

카먼서. 그리 연락을 해가주고, 연락을 해 놓고,

"그 제사를 지낸데 저녁까지 와도고."

---

51) 날이 추워지니 주인 양반이 집에 다녀오라고 하는 말이다.
52) 평생 그 집에서 일을 하는 것이 아니라 몇 달씩 계약을 해서 얼마간 한 집에서 사는 머슴을 말한다.

카고. 그래 주인하고 타협을 해가주고 인제 저녁 따베 넘어간다. 해가 스루 넘어가이. 하이. 이 놈의 마커 제사 지내라 카미,

"아, 인제 저 넘어 온다."

카고, 저녁 딴에 단단히 하고 있다이카네. 오는데 거 여게는 제사, 뭐 하마 진설을 다 해가주고 온 상에 채려 놓고, 대청 마루에다 떡 채려 놓고는 동네 분이 막 제사 지낸다고 막 이래 모여 앉었어. 그래 충청도 양반이 뜩(딱) 오니간. 이 놈이 갈채 났는데 어에 갈채 났는가 카먼,

"떡을 많이 하라."

캐 났거든.

"떡을 많이 해라. 떡도 많이 하고, 이제 고기도 많이 올리고."

원래 음식을 많이 장만해. 뭐 손님이 먹을 판인데 음식을 많이 장만해야 할거 아니라. 그래가주 인제 제상을 차려 놓은 거 이래 뒷자리 앉어가 보이. 떡을 채다보이(쳐다보니) 참 태산 겉고(같고), 참 엄청나게 많은데 아무 연구가 안 나는 게라. 안 나이.

"떡 많이 채려서, 에키 엄청다."

카이. 이 소도둑이 가마이 생각해 보이까네. 아이고, 내 이얘기 빠졌다53). 이 집 이 제사 지내골랑, 그리 그 집이 인제 제사 지내골랑, 참 인제 뭣이. [조: 제사 지내기 전에 뭐 소도둑이 있었던 모양이지요?] 제사 지내고 그 인제 아칙(아침) 그 뭣이. 제사 지내는데 거 또 뭐,

"수고했다."

카먼 돈 쫌 주는 거 하고, 그 달에 주는 사람이 그 집이, 그 날 마치는 택이지. 그래 제 사 지내는 집에서 저녁 먹고, 그 날 제사 지냈는 집에서 여비 얻고, 그래가주고. [조: 아 이. 지금 달머슴 사는 그 머슴 이야기지요?] 야.

그 집에 온다고, 인제 싸 짊어지고 오다이께네. 참 동네 또 사램이 무신(무슨)날인데, 뭐 명절도 아니고 이렇게 수북이 모여가주고 옥신옥신 그런단 말이야. 이래 물었어.

"여보, 여 뭐 동네 뭐 행사가 있어서 사람이 이래 모였나?"

카이.

"그런 게 아니라 여 아무 대감 집이 소를 잃어 버렸는데, 엊저녁에 잃어버렸는데 소 찾 을라고 지금 이래 야단을 지긴다(친다)."

"아. 그래요. 그러면, 내가 소를 찾아 줄테니. 내 말을 들을라나."

"듣지요. 뭐든 듣지요."

그럼 이 부자집이고 하이께네.

---

53) 지난 겨울 답사때 했던 이야기를 다시 한 것으로, 제사 이야기 전에 소도둑 이야기를 빼 먹었다는 말이다.

“에헤. 떡을, 떡으로 한 상하고, 과실도 한 상하고, 마커(모두) 수북해 가주고(가지고) 제사를 지내야 된다.”

카더란다. 가마이 생각해보이. ‘이 놈의 자식이 제사 지내는 거하고 소 찾는 거 하고는 빈말인데, 근나전나 찾아 준다 카이께네 한 번 해 보기는 해 본다.’ 카골랑, 그래 생각하고 떡을 채려 놓고는 대청 마루에다 채려 놓고, 동네분들이 모여가주고 인제 제사 지내고 있는데 축문을 이르지도 안하고, 앉어가주고 떨그덩, 떨그덩 칸다.

“에. 거 엄청다.”

칸다. 아무 생각도 연구도 안 하이. 그때 인제 소도둑이 가마 생각 하이,

“아! 이 놈의 새끼가 저거 어에, 내가 어에 엄청인지, 어에 아노?”

싶어가주고, 또 앉었다 카이

“에크, 엄청다.”

세 번 부르는데, 세 마디다 엄청이로 부르는데, 소도둑놈이 엄청이라 이름이. 성은 엄, 엄가고, 이름이 창이라. 가마이 이 소도둑놈이 가마이 생각해 보이,

“야. 이 놈의 자슥이. 여기 있다 내가 맞어 죽겠다.”

울딸국에 실렁실렁 기 나오이 마 저 저 마 까치 구녕(구멍)으로. 예전에 까치 구녕 카는 거는 울탈(울타리) 해가주고 인제, 대에다 인제 그거를, 그거를 까치구녕이라 카는데, 그이 기나와가주고(기어나와서), 소를 풀어났는데, 쪼금 있다보이 쇠가 마당 가운테로 떨경떨경 들온다.

“카. 기찬 충청도 양반이라고 여부 있나.”

카고. 소 찾았단 말이라. 소 찾았단 말이다. 이래가 소를 찾아가주고 그래 있는데 주인 집에는 소를 찾아 줬제 하이 안 가고 거 한, 이틀 머물고 한 보따리 해 재 났어. 그래 그 사람이 나도 웬만침(웬만큼) 벌었으이 카고 짊어지고 이제 집에 간다고 헐러, 헐러가다이 까네.

어느 대목달에 떡 올라서이, 어느 한 놈이, 떡 소도둑놈이 나섰는데 이 칼로 빼가주고 잡아가주고,

“야! 이 놈아 내가 왜 엄창인 줄 어에 아노? ”

가마 뭐 어에 가주고, 떡이 많애 엄창이했제. 참 엄창인 줄 모르고, 그랬으이.

“이 놈의 자석! 어에든지 살고 싶으고, 내 살고 싶으고 이 놈의 자석. 이곳에는 그대로 살려 놔두며는 나는 뭘 먹고 사지도 못하고 죽을 판인데, 니는 칼로 가 찔러 죽여야 된다. 그런데 니 곁이 이래 아는 놈을 그냥 죽일 수는 없고. 내 한가지 물어보고, 더 알며는 니를 살려주께고, 그걸 모리면(모르면) 니는 죽는다.”

칼로 이래 짝 데 놓고, 그래 도둑이가 주먹일랑 손을, 주먹을 쥐고,

“임마, 이 내 손에 뭐 들었노?”

카이. 가마 생각했다. 제사 지낸 집이는 축을 몬 읽어도 남의 축을 잘 읽으면 되는데

‘갑자을축(甲子乙丑)’ 외워가주고 거기서 민했고, 여게는 소 찾는 집이는, 하도 떡이 많애가 엄청이다 하다보이 민해(면해) 나왔고, 이런데 여게는 어에 돼, 어에 면했노? 카먼 면할 길이 없는 게래. 저 놈의 손에 뭐가 들었는지 알애야(알아야) 뭐가 얘길하재. 그리이 이 놈이 그제서야,

"아이고! 조깨구리 죽었다."

고 과함(고함)을 지르고 팔짝, 팔짝 뛴다 고마. 조개구리. 조개구리 죽었다. 조개구리. 그리 인제 이 넘이 성은 ‘조’가고 이름은 ‘깨구리’거든. 그리 지 이름이라. 지 이름 개구리고 성은 ‘조’가고, 이름은 개구리인데,

"아이고! 조깨구리 죽는다."

카이께네. 도둑놈이 듣기로는 인제,

"아이고, 조(저) 깨구리 죽는다."

이캐 들었던 모양이래.

"아이고 이 놈아. 니가 알기는 안다. 내 손에 개구리 들었는 줄 어에 아노?"

카코 손을 딱 피니, 개구리가 톡 튀 나온다. [조: 야. 하하] 그래, 그래 면해가주고 이 사람이가 잘 살았다는 얘기가 하나 있어. [조: 그러니깐 선비가 그래서 잘 살았다는 이야기를 듣고, 머슴도 이렇게 해 가주 인제.] 머슴도 그래가주고 그 충청도 양반이 그렇게 어리숩다 캐(어리석다). 강원도 사람들이 그렇게 어숩드란 말이라. [조: 아. 강원도 사람들이 그렇게 어리석었단 그런 이야기. 예. 하하.]

⑥ 어떤 건달과 욕심 많은 설(㎰)과부

-조사일: 2003년 2월 24일, 제보자: 강주형(남, 85세), 조사자: 임재해.

* 노인회장인 황유모 어른에게 이야기를 권했으나 아는 이야기가 없다고 하여 다시 앞의 이야기에 이어 강주형 할아버지의 우스개 이야기가 계속 되었다.

[조: 강참판 어른 이야기 한 번 들어 보입시다.] 난 만날 우습은(우스운) 이야기만. [조: 예. 우습은 이야기 진짜 이야기죠.]

여(여기) 꼭 내 겉은(같은) 사람이 하나 있사가주고(있어서), 만날 먹고 노는 거만 놀고 가마 서 있으이. 뭐 아무꺼도(아무것도) 해 먹을 길은 없고 이래가주고, 서울로 올라가야 될다 싶어가주고 서울로 올라가는데, 동풍이네장54)을 만나가주고 인제 올라갔다. 올라가가주고 댕겨 보이 뭐 돈 있는 건 대번 다 써 가고, 남었는 게 요새 겉으면 돈 한, 돈 십

---

54) 당시 서울에 있었다는 시장이름으로 요새는 그 시장이 어디의 무슨 시장인지는 모른다. 그 당시 서울에 있었던 촌시장으로 나무도 팔고 했던 시장이다.

만원쯤 남아가주고 이래 댕기는데,

　"한 집이 술 먹으러 드가니, 아따 그 그 설과부55) 언간하지. 그 과부가 그래 혼자서,
　평상 시집도 안 가고 그래가주고 일꾼 드리고."

　이카는 거라56). 내 이 눔의 집에 갈 백(밖에) 길이 없지. 싶어가주고 거길 찾아 드갔다.
드가니 해는 울러울러 넘어가 석양 바램인데, 그 드가가주고,

　"뭐 낮에 점심도 안 먹고 이래가주고 왔는데, 밥 좀 돌라."

　이카이. 그 일꾼이 이래 있다가, 정재(부엌)에 드가디이 오샌(요새는) 식몬데 이말이
라. 식모인데 그 밥을 돌라 캐서 주는 게라. 아. 정재서(부엌에서) 밥을 줘 놓이, 이 놈이
가지도 안 하고 온 마당을 다 씨고(쓸고), 다락방 다 씨고, 뭐 뭐 어디 아쉬운데 없이 다
맑같게 씰어(쓸어) 놓는 게라. 그래 인제 일꾼이 아랫 바-(방에) 같이 드가가주고 저녁밥
주는 거 먹고 하룻밤 자고, 이거 또 새복에 일나가주고 또 씬다. 씰아 놨는데 또 씬다. 이
래 밥을 주이, 아칙을 먹고 나무하러 가가주고 낭그를 뭐, 뭐 얼매나 자리에 지고 왔는지.
와 번들, 번들 두 발 해 짊어지고 갔다 부라 났다.

　설(性)과부가 가마 욕심스런 설과부가 보는데, 저 어떤 눔이 밥 한 그륵(그릇) 먹고 나
무 한 짐 해 다 주고 또 밥 줬다. 밥 먹고 또 점심 먹고 간 뒤 또 두 단 번들번들 해 짊어
지고 왔다. 그래 인제 그 집에 한 사나흘 낭글 해 줬는데, 나흘만에 있다가 뭐라 카노이카
면 주인보고,

　"주인요! 저 오늘 소 가주 나무 한 발 해 싣고 오고 싶은데."

　이카는 게라. 거. 비리비리 한데 해가주 오라 캤어. 걱정이 되는데57), 해가주 오라 캤어.
사람들 착실하게 여가주고(넣어서) 가라 캤어. 나무 해다 놓고도 마당도 씰고, 뭐. 뭐 별건
다 뭐 뭐 낭그는 해 가주고는 오는데, 아이구 어둑, 어둑한데 일꾼이 아(안) 온다58). 다 와
가주고 그리 이상하다59) 싶어가주고 있다이. 컴컴한데 인제 소발굽 소리가 떨국떨국꺼머
(거리며) 오는데, 일꾼 땀을 철철 홀리면서 들어와 낭그를 싣는데도 낭근 잘해 왔어. 그래
놓고 요즘은 소 먹이러 안 갔으니 마 잊었부랬다마,

　"들어와. 요 와 밥 먹으라."

　카는데 밥을 먹으미 앉어가주고,

　"주인요. 뭐 낭글 해 놓고 올라 카다이, 그 안에 가이 뭐. 누런 거 뭐 있어가주고 낫끝
으로 두들어 띠다(뜬다) 보이 고마 이걸 띠 가주 왔니더."

　이칸다. 집에 있던 금덩거리를 가주 가가주고, 돌 옆에 끼워가주고 낫끝으로 떳다 이칸다.

---

55) 설과부는 성(性)이 '설'가인 과부를 말한다.
56) 주막에서 다른 사람들이 하는 이야기를 들은 것이다.
57) 그 당시에는 소를 가지고 나무를 하러 다녔기 때문에, 혹시 소를 몰고 도망갈까? 걱정한 것이다.
58) 나무를 시장에서 사가주고 오느라고 늦은 것도 있고, 또한 일부러 날이 저물어 늦게 왔다.
59) 아침에 나간 사람이 날이 저물도록 안오니깐, 걱정했던데로 소를 몰고 도망간 줄 알고 이상하게 생
　각했다.

"그래요. 덜따한 게 요만큼 참 턱턱 붙었는데, 다 띠도 요맨치(요만큼) 백에 못 띠니긴다(떼낸다). 이거 띠다 요만큼 저물어지데."

이칸다. 참 설과부, 설과부 욕심쟁이가 세사(세상)에 이런 눔 첨 봤다 싶어가,

"야. 이 눔의 자석(자식). 거(거기) 있다? 참말 있다?"

이카이.

"예. 말도 마소."

"가자."

찰밥을 여 싸 가주골랑 소격에 싣고, 찰밥은 마 우에 태가주고(태워서) 니 눔이 마 앞에 이끌고, 마 간다. 간다. 자꾸 간다. 뭐 산골짜기 그래 인제 어느 정도 가가주고 인제 여자가 물었다.

"여시꺼징(아직까지) 멀었나?"

카이.

"아. 조금 더 가면 됩니다."

이칸다. 조금 가다 또 묻는다.

"조금 더 드 가면 된다 카이요."

이칸다. 좋은 장소마(장소만) 찾아간다. 그래 가가주고,

"인제, 인제 다 왔니더."

이칸다. 니랬다. 니리가주고 해도 뭐 음석(음식) 해 가주(가지고) 와 놓이, 음석 갖다 놓고 둘이 앉어 먹는다. 실컷 먹고 뭐 술 갖다 놓고 술하고 실컷 먹고, 그제서야 인제 한 얘기한다.

"실지 당시이(당신이) 뭐 젊은 때, 혼자 돼가주고 이적꺼정 돈 벌고 살라 카는 욕심쟁 이라는 소문은 들었는데, 나는 당신 만낼라고 말이야. 무단히 애를 썼는데, 오늘 용케 만내니, 인지는 뭐 금이고, 뭐고 당신이 뭐 안 갈코는 안 된다."

(설과부가) 그래 가마이 생각 커이. 부지 차려가주고 안 된다[60]칼 때 없었고, 된다 칼 때 없고, 마커 타불을 잡는 판이래. 그래 동침을 했어. 그래 동침을 했단 말이라. 첩첩 산에 물 좋고 이런데 운짐이 다면(달면) 이래 마 동침을 했부고. 이래 생각커이. (선비가) 이 눔의 인제 내가 사람이니 살렸지. 그것도 오래 있다보이 참 좋은 거 겪어 봤으이 참 희한 하거든. [조: 그렇죠.]

그래 인제 집으로 디리(데려) 가가주고 그래 이 사람이 아 장개(장가) 들어가주고 그 여자하고 잘 살고 [황덕호: 금은 냇버려부고.] 부자 됐다 카이. [황덕호: 금은 냇버리부 고?] 금은 낫끝으로 못 뜯었다 칸데 왜 이러나. [황덕호: 원캉(워낙) 맛좋은 음식을 먹으

---

60) 산 좋고, 물 좋은 첩첩 산중에 들어사서, 동침하기를 바라는 것을 반대할 도리가 없었다는 것이다. 반대를 하면 오히려 불상사가 일어날지도 모르기 때문이다.

면 뭐 암만 하겠나?] [조: 그 이야기 아주 좋습니다.] 이제 돈 없다이 배 부르면 돈벌이 코앞에 다 좌가주고(주어서) 먹으면 그 사람들 다 맡었으이(맡았으니) 부자 돼버렸지. [황덕호: 일꾼이 보통 연구가 아니다. 그만침 연구하는 거.] 그 언간하지요. 이 돈 가주고 (가지고), 낭그도(나무도) 나무도 전부 돈 가주고 사 가주고요. 지게 지고 왔고, 나무하러 가가주고 소격에 싣고 오는 것도 전부 사가주고 싣고 오고, 생전에 일 안하고 놀고 먹던 놈이래가주고 연구 밖에 없었어. 저 놈의 살림을 떨어 먹어야 되는데, 저 살림. [황덕호: 이 방아(방안에)는 봐 가주고는 그런 얘기할 사람은 자네 혼자 뿐이네. 한 사람은 자네 혼자뿐이지.] 자네 얘기 들으이 곧 가고 잡지(싶지). 그런데. [조: 허허.] [황덕호: 내가 뭐. 그런 자리 있이까봐.] 그런 음식은 줘도 못 먹는다. 진짜 좋잖니껴. 물이 솔솔 내리 갈 때, 등나무 밑에 이렇게 조찬이, 참 맛이 좋잖니껴. 좋체. 돈 생기제.

⑦ 참을 ‘인(忍)’자로 화 면한 남편(1)

-조사일: 2003년 2월 24일, 제보자: 황양호(남, 80세), 조사자: 임재해.

* 같은 상황에서 조사자가 중과 색시 이야기를 하나 들려주었더니, 그 답으로 참을 인(忍)으로 살인 면한 이야기를 들려주었다.

한 가정(家庭)이가 사는데요. 한 가정이 사는데. 신(新)가정이요. 금방 결혼해가주고 집을 편하게 참 깨끗하게 지(지어)가주고 이 가정이가 사는데, 이 남자라 카는 것이 술 먹고 술만 먹고 드오면(들어오면) 막 해를 해 되고, 메를 데고 때리기도 하고, 이쿠(이렇게) 살았는데, 여자가 가마이 생각해 보이 남자의 이걸61) 곤쳐야(고쳐야) 되는데, 버릇을 곤쳐야 되는데, 어떻게 고칠고? 이래가주고 이 여자가 쫌 배웠던 모양이래요.
　신(新) 가정을 그래 지가 살아도 여자가요. 참‘인(忍)’자를. 참을 ‘인(忍)’자. [조: 참을 ‘인(忍)’자. 예.] 남자 가는, 눈에 띠는 데로 다 써 붙여 놨는 기라. [조: 아 하.] 참을 ‘인(忍)’자를 써 붙여 놨는데.
　한 분에는(번에는) 이 남자가 술을 취해가 들어오니깐 술 떠 부니 괴함(고함)을 지르며 들어오니깐. 문을62) 열고 보니깐, 머리를 깎아 버린 남자가 자기 마누라랑 잔다 이게라. 이 놈을 칼로 가주고(가지고), 시퍼렇게 갈아가주고 그거를 한 몫에 칠라고 드갔다.
　말로 참을 인(忍)짜가 눈에 띠가주고(띠어서), 그냥 다부(바로) 나왔는 기라. 그래가주고. 다부 인제 큰소리하면서 드가이께네. 자기 마누래(마누라)가 뻘 뛰 나와가주고, 말리, 말리들거든. 대번 인제,

---

61) 남편의 술버릇.
62) 술에 취해 집에 들어와서 문을 여니.

"같이 자는 사람 누구노?"

물을 거 아닙니까? 같이 이부자리서. [조: 그렇죠?]

"그런 거 아니라, 우리 언니가요. 절에 있다가 머리를 깎고 나왔는데, (지금 절에 마치고 나왔던 게라) 나왔는데 언니하고 잔단 말이래."

그러니깐. 남자가 가마 생각해 보이

"앗다. 내가 만약에 이 칼을 가주고 둘이 목을 쳤더라면 자기 처형 죽제, 자기 처 죽고, 자기까지도 목숨을 위태한다,"

이게라. 그래가주고 참으, 참으니깐. 내가 참 잘 참았구나. 그래가주고 인제 가정에 인제 여자가 그래 남자를 고쳤는 게라. 그래가주고 인제 아들 놓고 잘 살더라는 거라. 그 간단하게 여. [조: 참을 '인(忍)'자 때문에.] 참을 '인(忍)'자 때문에 자기 처형도 살고. 자기 처도 살고, 자기도 인제 살고. 만약 쳤더라면 서이 다 죽는 판인데. 안 그렇겠어요? 처 죽었다. 처형 죽었다. 자긴들 어에 사노. 말이래. [조: 그렇죠.] 그래가주 인제 안 죽고 다 살고. 하하하. [조: 아이고, 좋으신 이야기예요.]

⑧ 참을 '인(忍)', 큰'덕(德)'자로 화 면한 아들(2)

-조사일: 2003년 2월 24일, 제보자: 황덕호(남, 82세), 조사자: 임재해.

* 같은 상황에서 마을에 이야기를 잘 했던 호산 어른한테 들었던 참을 '인(忍)'자와 관련된 이야기를 제보자 스스로 구연했다.

참을 '인(忍)' 이얘기 하나 하까?

[조: 예.] 전에 삼내[63] 가주고 여 여 여게(여기서), 여게서 삼하고 있다이께내. 호산[64] 어른,

"아재."

"예."

"얘기 하나 하까?"

"얘기하소."

손지가 할아비, 할아비가 손지(손자)한테 글 배운단 말이 있제. 아랫질이요. 이 집이는 아들이, 애비가 아들한테 배웠다 카는 거. 우스기(우스개)라 이카면서 그런 얘길 하더라고.

할아바이(할아버지)가 인제 손지들도 가르쳤고, 아들도 갈챘고. 어디 사는 사람 학생들

---

63) 호산 어른이 살아 있을 때, 여러 명이 모여서 삼을 내고 있을 때를 말한다.

64) 예전에 마을에 이야기를 잘 하셨던 어른의 택호이다. 다음 이야기는 그 어른한테 들었던 것이다.

이 갈챘는데, 아들이 글 갈챘는 게[65] 할아버지 듣기도 좋고, 배워 갔으면 싶으기도 하고. 이래 가주골랑 어느 날 아침에 지(자기) 아부지한테 드와가주고,

"아부지요?"

"왜."

"나도 글 배워야 될씨더."

"그래 그러면 배워라. 배워."

그 인제 책도 없이.

"책은요?"

"아. 니는 책 없어도 된다."

"배워라. 내 갈채 줄테이. 그래, 니는 배울 게가 참을 '인(忍)'자 백(밖)에 없는데,

⑨ 참을 '인(忍)', 큰 '덕(德)', 참을 '인(忍)', 큰 '덕(德)'.'"

이것만 갈채준다. 암만 배워도 글자를 안 가르쳐죠. 한 달 배워도 맹 참을 '인(忍)', 큰 '덕(德)'이고, 두 달 지나고 맹 참을 인, 큰 덕 백에 이거든.

"왜 나는 이것만."

"아. 니는 글자는 갈챌 거 없다. 그것만 배워도 된다."

"에이. 글 안 배운다."

내 떤져부고 오익(도망) 갔버렸어. 글 안 배운다고 오익 갔부고.

그래가주고 한참 있다골랑 몇 달 지내가주고 여름이라, 한 여름인데 집에 떡 들어오이께네. 달이 환한데 자기 바-(방에) 보이께네. 일찍이 들어올라 카이께네. 이제 남세 시럽고(남사스럽고). 늦게 인제, 밤늦게 들어오는데, 마누라하고 어떤 여, 사내가 하나 둘이 젙에(곁에) 까고[66] 참 같이 동석에 눕어 자는데, '이 놈의 여편네가 또 내가 없으이께네. 또 훗사나 바라보나 싶어. 이걸 찍어야 되겠다.' 싶어. 부엌에 드가 싯돌에 데가 실겅실겅 갈아가주고 부둥켜 안에 들고, 방문을 열고 드가서 가마 생각하이께네. 아바이 갈쳐 준 참을 '인(忍)' 카는 그거 딱 생각해냈네.

그러는 달부(바로) 물러 나왔다. 세 번이나 집적거려가 할 수 없이, 얼른 못 죽이고 날을 세웠는데 날을 세우고 보이께네. 자기 처제(妻弟)라. 자기 처제가 와가주고 자기 마누래랑 자는데, 그래이 참을 '인(忍)', 큰 '덕(德)' 아니었으면 자기 처제가 죽었을겐데. 그리 이 집이가 궁석[67]해(하게) 사이(사니), 처제가 인제 한 보따리 싸다가 인제 지 언니를 인제 보태 주러 왔는 판에 클랄번 했어. 참을 '인(忍)' 없으면, 클랄번(큰일날번) 했어. 그래

---

65) 자신의 아버지가 아들(할아버지한테는 손자) 글 가르치는 것.

66) 옷을 벗고 알몸으로.

67) 가난하다는 의미.

가 인제 참을 '인(忍)', 큰 '덕(德)'이라 해가주고. 그런 면했어. 그 모면을 면했다 카이. [조: 아까, 집사 어른 이야기 한 거하고 쫌 비슷하네요.]

⑩ 떡충이 덕에 벼슬한 어떤 건달

-조사일: 2003년 2월 24일, 제보자: 강주형(남, 85세), 조사자: 임재해.

* 참을 '인(忍)' 자 관련 이야기가 끝나자 마자 연이어 강주형 할아버지께서 건달 이야기를 하나 한다면서 들려주었다.

이게 다 건달 얘기야. 그 뭐 시정질 전부이기 때민에(때문에) 지방에 앉아 가 공부는 많이 했는데, 거 대체 거 서울 가(가서) 과게(과거) 시험을 보믄(보면) 떨어져, 만날(매번) 낙방이 되고, 낙방이 되고, 만날 떨어지는 판이라.

그래 한 번에는 서울 올라가는데 동풍에장[68] 넘에(넘어) 가가주고 서울 올라가가주고, 올라 가 인제 참 과게 시험을 보러 갔는데, 낙방이 돼가주고 고마 돈 씨다(쓰다) 보이, 돈을 뭐 그냥 다 써 가는데 한군데 가 보이 여간 뭐 지짐(전) 붙여 놓은 거 사 먹는데, 떡값이 얼매나 비싼지. 한도 없이 비싸.

이래가주고 그 질로 인제 막 집에 니리 왔다. 니리와가주고 가마 생기(생각하니). 호박 찌짐 한 조각도 한 5천원썩 믹여(먹여) 가미(가면서) 말이야. 가마 생각하니 '뭐, 과거 하러 댕겼는(다녔는) 게 숙맥이다 말따. 떡 장세(장사)하면 돈을 더 버는데.' 이래 가주고 호박을 막 사가주고, 적(전)을 꿈어(구워)가주고, 막 말라가주고 소격에다 서너 바리 해 싣고, 서너 바리 싣골랑 그 질로 인제 서울 올라갔다. 그 서울까지 올라가믄 썩었분거(섞어 버릴거) 아니래요. 그래 한마디로 얘기하면 머리 부족 됐다 하는 얘기래요.

그자. 그래 폭삭(완전히) 썩은 거 싣고 올라갔다. 싣고 올라 가가주고. 싣고 올라가 소만 있고, 떡은 썩카(썩어)부래고. 들판에 가가주고 떡을 모다가주고 우디지[69] 해 덮어놓고. 그 때는 서울 요새 더러운 거 복판에 못 놓고 이래이 막 덮어놓고 소로 한 바리는 팔고, 한 바리는 니리 올 때 타고 내려온다고, 인제 팔아 가주 있는데, 내 서울 뭐 도둑놈 뭐 눈 빼가주 간다고 막 싸니 말이야. 그 눈 뜨고 있으면 눈 빼지 싶으고, 소 눈까리를 폭 좀 감아 가주고 조금만, 조금만 앉아 있다가, 실컷 있다가 이 눈막 솔가리를 끊어가주고 소를 몰고 갔부랬어.

그 질로 인제 뭐 타고 내려 올 소도 없고, 소 팔은 거도 이래, 저래 다 썩었부고 인제 집 니리 오이. 살림도, 과게 보러 댕긴다 카미 뭐 및 해 오르니뤘제. 그 놈의 호박적 구워

---

68) 앞의 이야기에 나왔던 서울의 시골 장을 말한다.
69) 짚을 엮어 가지고 만든 것으로, 물건 위에 덮어 씌워 놓는 것을 말한다.

가주고 서울꺼정 올라 갈 때 살림은 마 파산 다 됐부고. 뭐 먹고 살 길도 서울로 달부 인제 올라서는 판인데, 올라 가가주고 가던 길에 가마(가만히) 생각 카이 ‘내가 떡으로 두 바리 실어다가 우디지를 씨게 놨는데, 떡구뎅이(구덩이)는 어에 됐노.’ 싶어 인제 거 갔다.

1, 2년이 지나서 떡구뎅이를 들시-(들시니), 한 무재기를 들시-. 허연게(하얀게) 이런 게 토끼 겉은 간지(강아지) 겉기도 하고 이런 게 한 마리 있단 말이야. 이 그 놈을 서울 드갔다. 서울 장날에 뜩 드가가주고, 조그만 저 시장에 가가주골랑 놔두고 바래고(바라고) 있으이. 암만 바래도 누가 와 묻는 사람도 없네. 해가 거름 하이 한 사람이 오디,

“여, 물건 좋은 기 났다.”

이카믄서,

“얼매(얼마)달로?”

묻는 게라.

“나는 값도 모르니까. 모르이 거 뭐 참 요랑이 주이소.”

이카이.

“거 따라 오라.”

카는 게라. 그래 인제 따라 갔어. 따라 갔어. 따라 가이 거 저 저녁을 해 주고, 그 토끼 겉은 그거를 인제 그 집이서 가주가고.

“그래 아나, 돈을 주꾸마.”

이카는 게라. 그 인제 요새 겉은면 지리 박사라 카나? 보디(보더니). [조: 지리 박사가?] 어. 박사가. 박사가 오디 보디,

“아. 이 떡충이가 좋다. 떡충이 좋은 게 조매(좀처럼) 없는데. 아. 이거 먹으면 병을 고친다.”

이카는 거라. [조: 떡충이.] 떡충이라 말이라. 그 떡을 얻어 묵고, 썩카(썩여) 놨으이 떡 묵고(먹고) 커 놓으이, 떡충이란 말이라. 떡곶이란 말이야. [조: 어 허허.] 떡버지(벌레)란 말이라.

그래 참, 그 집이가 참 보화 문디(문둥이)가 있었는데, 참 그거를 먹고 문디병을 곤쳤어(고쳤어). 곤친 처녀가 나이 막 과년 해가주고 병이 걸려 놓으이, 나이 엄청 많도록 시집도 몬 가고 있었는 게라. 근데 그, 그 집으로 말할 거 같으며는 아주 정승 집인데, 비실(벼슬)을 든나한 사람들 집이라. 그 집이 인제 가서 떡충이를 줬는 게라. 줘 놨으이, 이 뭐 비실을 하는 겐 틀림없는데, 그 뭐,

“자네 가정이 어떠냐?”

묻는 게라.

“내 서울 과게(과거) 보러 댕기다 살림을 다 팔아서 쓰고, 아무꺼도 없고 살 길이 없어 올라 왔습니다.”

이카이.

"그래. 글은 쫌 배웠나?"

이카니,

"글 배웠다."

이카이. 그래 그 정승이 하는 말이,

"니가 운이 맞은 사람이다. 내가 비실(벼슬) 하나 주꾸마. 비실 하나 줄 모양이니께. 그 저 내 딸이, 과년해가주고 나이 많애가주고(많아서) 병이 걸려가주고 이래 있었는데, 병 으는 그 약을 먹고 병을 고쳤는데, 니가 은인인데 내 딸을 니에게 줄 모양이니, 니가 내 사위가 되다고."

말이라. 그래 뭐 생각하니, 서울 와가주고 뭐 혼자 돌아 댕기고 본새 뭐 과게 보러 댕 기미 공부한다 하고 장개(장가)도 안 갔고 뭐 이러이. 이 사람도 나이가 하마 많애졌고, 장개 갈 나이가 됐으이. 뭐 또 인제 장개도 가고 싶단 말이야. 또 생각 커이(생각하니) 집 도 다 좋은 집이라 카이. 또 사우(사위)가 되면 또 한량없지 싶으다. 그래 인제 사위가 돼 가주고 혼례를 치루고.

그래 인제 원(遠)거리 비실을 하라 카는 게라. 원거리 비실을 하라 카이. 이 사램이 요 새 겉으면 마 경찰서장 쫌 될게. 이런 비실. 고향에도 하는데, 고향에 가면 마 그거마하면 막 지방에 가 고지를 피우는 거 싶으거든. 그걸 몰래 캤는 게라. 그래 지금 말하면 청송 경찰서장이라. 청송, 안동 겉으면 안동 서장이고, 돌라 카이, 그 우에 사람은 그냥 돼 비 이는데 비실 돌라 카는 거 보이 뭐 무섭지도 안한 모양이다.

"그 소원이, 니 소원이, 니 소원대로 아무 비실이라도 좋은 거 돌라 카면 주거이 말이 라."

하라 카이. 그제서야 안 할라 카더라. 니리 오이. 뭐 하매 자리를 다 비워 놓고, 인제 드갔다. 드가 가주고 있는데, 비실이가 참 그 여자인데 자식이 나가주고, 그 자식이 대번 에 그 외가를 따라가주고 말이라. 좋은 비실을 했다고. 그 뭐 때가 당치면(닥치면) 말이 야. 냉게(나중에) 비실은 얘기한다 카이. [조: 아이고. 좋은 이야깁니다.] 떡충이 때문에 비실을 했는데. 그래가주고 그 사람들이 안주(아직) 말이라. 내 얘기 할 줄 알고 강기동 이 집에다가 일년에 고등에(고등어) 한 손씩 꼭 보내준다고. [청중: 모두 웃음] [조: 아 직도. 하하하. 이야기 할 줄 알고] 꼭 한 손씩 보내 준다니깐.

[황중구: 우지기, 우지기 조타.] [조: 이야기가 좋아요?] 이야기 우지기 좋아. 이야기 우지기가 좋다. 마디가. 마무리. [전선도: 마무리를 우지기라 하니더 왜.] 음석(음식)에 도 요 우에 요래 없고, 깨도 무치고 하는 게, 그게 우지기거든. [조: 아. 그게 우지기. 아. 시루떡 젤(제일) 우에 그 저게 깨하고 대추하고 막 이래 묻혀가주고.] 그걸 우지기라 카 니더. [조: 아. 우지기가 좋다.] [김수봉: 야, 이 사람 우지기 했나. 내가 우지기 해 보 까.] [전선도: 그 고등어 안죽(아직) 보내 준다 커는 그 말이라.] 지금도 보내주긴 보내 준다. 본 얘기보다 현재가 꼭 한 손씩 보내 준다 카이.

⑪ 안동부사와 초전(草田)사또의 글짓기 한판

-조사일: 2003년 2월 24일, 제보자: 김수봉(남, 89세), 조사자: 임재해.

* 앞의 이야기에 이어 김수봉 할아버지께서 드디어 이야기를 하나 들려주었다.

예전에 이얘기 하던 요새는 마, 오래 돼 잊었버린 거 같다마는 한 번 해 보겠습니다. 안동, 안동으로 부사 댕길 때, 안동 부사가 인제 서울서 부사직을 따가주고 인제 안동으로 부임하는 도중이다. 부임하는 도중인데, 그때는 안동 부임한다 그면 요새는 차라도 있지만, 부임한다 이카며는 서울서 말 타고, 이 앞에 서고, 이래 인제 부임을 했잖아요.

이래 오다이(오다니) 중간에 안동 거의 다 와 가는데, 거 사월이라 카더나 거 와 주고, 비가 고마 각중에(갑자기) 고마 소낙비가 따룻는데, 도저히 뭐 갈 수가 없는 게라. 그래도 거 내다 보이, 거 도로 옆에 오두막집이 하나, 조맨한 게 있는 게라. 그 집이 할 수 없이. 모셨지(모셨지).

부사를 모셔가주고 갔는데, 그 집에 가이, 딱 방, 방 두나, 부엌하나 있는데, 예전에 뭐 그래가주고 술잔이나 파고(팔고) 뭐 이런 집이였는데, 가이 비도 오는데 할 수 없이 올라 갔는데, 천상 방안에 자게 됐단 말이야. 아이고 방을 꼭 드려야 되는데. 저 바으는 서당에 있는 아들이 와가주고 놀고 있고, 거기는 영감, 할마이 있고, 비는 오제(오지) 우에면 좋을 씨고. 천상 큰방은 이 방으로 들어오소. 비는 오이께네.

그 바70) 드가이. 드가가주고 문을 이래 드다보이. 인제 마실 서당 아들이 마커. 비 오는

---

70) 서당 아이들이 놀고 있었던 방.

데, 놀러 갔다가 비를 만내가주고 그래가주고 거 왔다. 와서 저 바 노는데, 인제 그때 뭐 서다(서방) 다니는 아들 뭐. 전부 열두 살, 열한 살, 열세 살 먹은 기, 원놀음을 노는데 멋지게 놀아.[조: 아. 하.] 열 두 살 먹은 사람이 원이 되고, 그 부하들이 앉혀 놓고 정치를 하는데. [황중구: 정치를 잘한다.] 안동 부사는 유(類)도 아니라, 멋지게 해. 가마 앉아 보이, 굉장한 게라.

천상 안동 부사가 머이(먼저) 인사를 씨기는(시키는) 거라. [황중구: 아-(아이)들 있는데] 응. 다들 있는데, 뭔고 하니,

"여보."

초전(草田) 사또라 이름이 아주 그래 초전 사또라 카고 노는데, 그래 안동 부사가 채 문을 열고,

"초전 사또님 인사 올립니다."

아가,

"예."

카면서 대답을 하는 게라.

"그래 나는 안동 부산데, 지금 부임중이요. 그대는 참 보이 정치가 빠르고 좋다고. 참 배울 만하다."

이카는 거라.

"나는 초전(草田) 사또요."

이카는데,

"아 그렇습니까?"

대화를 해 보이. 참 모르는 게 없어. 참 천재라. 그래가주고 막 그러는 도중에 비가 그치는데, 하늘에 무지개가 생기는데 그 비 뒤에 무지개가 폈는데. [조: 그렇죠.] 붉은색, 푸른색 뭐 이런 무지개가 착 폈는데, 그래 안동 부사가.

"초전 사또 보시오."

"예. 말씀하시오."

"우리 저 무지개 놓고 글 한 번 재(지어) 봅시다."

"아. 좋지요."

카는 게라.

"그 저 초전 사또는 고향 아닙니까? 나는 지금 부임중이고, 먼첨(먼저) 한 번 지어 보시오. 저 무지게 놓고 져 보시오."

칸데. 야 이거 써라. [황중구: 야. 불러 주소, 불러 주소. 불러 주만]

"청홍수필단(靑紅繡匹緞)이요."

푸를 '청(靑)', 붉을 '홍(紅)'자 인지이래, 붉고, 푸른 비단 여러 개, 비단. 붉고, 푸른 비단이 많다 이 말이라. 고 다음에는,

"응출직녀기(應絀織女機)."

라. 응출직녀기라. 응당히 저 활을, 직녀, 견우, 직녀가 안 있습니까? 직녀가 베틀 해 나올 것이다. 직녀는 여자고, 견우는 남자 아닙니까? 직녀 베틀해 나왔을 것이다. [조: 음출?] 응출직녀기라. 베틀 '기'자, 비틀해 나왔을 것이다. 고 다음에는 인제 글이,

"욕재견랑의(浴裁擘郎衣)."

그 직녀가 짜가주고 견우 낭군의 그 옷을 마이고자(만들고자), '욕재견랑의.' [조: 견랑이?] 욕재견랑의. 욕실 드갈 '욕'자, 말가실 '재'자. [조: 예. 말가실 '재'자] 견랑의는 견은 모르제. [조: 알겠습니다. 견우.] 견랑의로 옷을 말고자. [조: 의는 옷 '의'자구만.] 예. 의짜. 옷을 말고자.

"세괘우후견(洗卦于後犬)."

이라. 씻은 '세(洗)'자. 그걸 씻어가주고 익히 하늘에 걸어 났더라. 걸'괘(卦)'자. 걸어 났더라이래 되. 그래 인제 그거를 받을라 하이께네.

안동 부사가 글이 안 돌아가는 게라. 고마 글 못 짓게됐어. 못 지을 거 겉애서(같아서) 항복을 했다요. 참 과연, 초전 사또 참 대단한 분입니다.

"내가 안동 부임 해 있어도 당신 안 잊고, 꼭 한 번 만내뵐테이께네. 수고하시라."

카미 갔다 카거든.

가머 저런 인재가 좀이(좀처럼) 없다. 그래 내가 만약에 내중에(나중에) 일을 하게 되면 서울로 불래(불러) 올려가주고 참 인재를 한 번 등용(登用)씨기겠다고 마음을 먹었다는데.

그래 그때 가 인제 이조(조선시대) 광해때라. 광해가 폭정을 아(안) 했나. 그래서 못 불려 올렸다 카는 말이. 그런 말이라.

[조: 아이고. 참 재밌는 이야기입니다. 그 초전 사또라 하는 거는 초전이 무슨 뜻입니까?] 초전이 뭐 농촌에 사는 풀 '초(草)'자, 밭 '전(田)'자지 뭐. 밭에 이래 놀다가 풀밭에. 풀밭에서 그래 지가(지어서) 이래 거라 놔와도 풀밭에서 날래 부임을 하는 기래. 그래서 초전이라. [강주형: 이 이 사람 카는 거는 참 얘기고, 우리, 우리 이야기는 거짓말이고.]

⑫ 정자나무 밑에서 이유 없이 벼락 맞은 딱 한 사람

-조사일: 2003년 2월 24일, 제보자: 황수도 (남, 70세), 조사자: 임재해.

* 위에 이야기에 이어 간단한 이야기하나를 하겠다며, 큰 나무 밑에서 놀다가 영문도 모른체 벼락 맞은 사람에 한 이야기를 들려주었다.

저 여름철에요. 그 동네마덤(마다) 큰 낭기 안 있니꺼? 큰 낭기 있는데, 정자나무인데

그늘에 마커 노는데, 그 만날 고 노는데, 하루는 곽째(갑자기) 그 천둥이 치더니마는 고마 저 머 내성벽력 울리디(울리더니). 고 나무 밑에 앉았던 여러 사람 중에 한 사람이 딱 벼락을 맞았는 기라.

벼락을 맞아 딱 죽었는데, 벼락 맞은 뒤에 글씨가 그 낭게 뭐라고 쌔겠나가먼(새겨졌냐면) '방구월삼팔(方口月三八)'이라고 적캤거든요. 그래 인제 '방구월삼팔' 아무리해도 그, 그 해석을 모해요. 그래가주고 그 참 동민들이 그 장사를 지냈부고, 그 어예 그래 방구월. 그 글씨는 그 뭔 자나카면 모 '방(方)'자, 입 '구(口)'자, 달 '월(月)'자, 석 '삼(三)'자, 여덟 '팔(八)'자거든. '방구월삼팔', '방구월삼팔', 다섯 자지요. 그러이께. 그 우선 써보소. 거. 글씨는 숩다(쉽다) 카이. '방구월삼팔'인데, 그리이(그러니) 아무도 그 노인들이 해석을 몬 해요. 그래다이께네.

어떤 저저 행객(行客)이, 지내치는(지나가는) 행객이 참 나도(나이도) 아주 청춘소년이라. 청춘소년이 지내치다가,

"저 어르신네들 뭐를 그래 고민하고 있습니까?"

했더니.

"그게 아이고, 뭐 여차, 여차하고 벼락이 맞았는데 '방구월삼팔'이라고 씨었는데 이 글을 해석을 몬 한다."

이카이까네.

"아이고, 그 우에(어떻게) 해석을 몬 합니까?"

하거든.

"복판에 지둥(지둥) 가리 하나만 걸치거라."

이카거든. 그래이 지둥 가리 하나를 걸치이께네. 그게 뭐가 되는고 하니, '시중용소두(市中用小斗)'라. 그래가 벼락을 맞어죽었다 이캐이. [조: 시중용소두?] '시중용소둔'데요. '방구월삼팔'에다가 복판(가운데)에 마 니리(내리) 한 줄로 걸치머, 지둥을 한 줄로 걸치먼 제작 가운데 적은 말을 써가주고, 나무 써서 내랐다 말씨더. 말, 말을 되는 말 있니꺼, 말용. 쓸 '용(用)'자. '용소두(用小斗)'란 말씨더. 그래가주고. 적은 말이 죽었다. [조: 아. 예.] 그런 전설도 있고. 글리더. [조: 아 예. 아이고 재밌습니다.] 거 맞지요? '시중용소둔'데. [조: 예. 시중용소두.] 방구재는 모 '방(方)'자에다 모방 '방(方)'자, 입 '구(口)'자에다 저 '방구월', 달 '월(月)'자, 여덟 '팔(八)'자, 석 '삼(三)'자 복판에 끄어(그어)부랬어. 거 니리 써 놓고 복판에 꺼 부면 '시중용소두'가 되거든. [조: 아. 하하. 예.] 니리 써 놓고요. [조: 한자씩마다 다.] 복판에 '시중용소두'

⑬ 소 바꿔 타고 집 바꿔 잔 바깥사돈들

-조사일: 2003년 2월 24일, 제보자: 강주형(남, 85세), 조사자: 임재해.

* 빨갱이나 6.25때 겪은 이야기를 하다가 황중구 어르신이 이야기를 권하자 상스러운 이야기 하나 해야겠다며, 강주형 할아버지께서 사돈에 관련된 이야기를 구연하였다. 이야기를 듣던 할아버지들은 모두 웃음을 멈추지 못했다.

낼 또 물어 보면 안 되는교. [조: 아니, 낼, 낼이 하셔도 됩니다. 이야기 주머이 끝이 있습니까? 아니 여 계신 어른들 다 이야기 잘 하시네요. 제가 들어보이까. 지금 이 정도로 하는 어른들이 잘 없습니다.] [황중구: 사돈어른 소 몰고 가가주고 한 이야기하소.] 상스러운 얘기다. [조: 상스러운 이야기가 정말 이야기죠.]

저 뭐. 자석을 낳아 놓고 뭐 지끼가주고(말해서) 뭐. 당하고 하고 "나세." 이카고. 저 뭐. 한 집이 딸이 있고, 하나는 아들이 있는데, 이 어른들이 만나면 마커 술 먹는 게 일이라. 고마 아−들 클 동안에 하리(하루) 두 번, 시 번 만내면 술 먹고 이랬는데, 그때쯤 되면 이제 요새 겉으면 공출도 없고, 매상도 없고, 뭐 이 시장에 실어다 팔텐데.

마커 늦달이[71] 암소에다가 쌀을 싣고 가, 시장 가팔고 두 분이 다 술이 챘는데(취했는데), 그 인제 해는 뭐 빠지고, 늦게 뭐 소를 찾으이까. 니 손(소)도, 내 손도 모르고 막 망을 막 풀어가주 막 가는데 소는 막 주인이 뭐 집을 아나. 소가 인제 집 찾아가는 판이라.

찾아 가이. 소가 뭐 저 마구 드간다. 짊어지고 마구 드가이 인제 으 인제 안 어른들 바−(방에) 자고 인제 사랑바−(사랑방에) 드가가주고 인제 잔다. 자는데 그 참 뭐 사돈이 그 날 저녁인데 행방 취했는 게라. 취했부고 날이 이래 빙그르르 새는데 보이, 사돈네 집에 안 사돈네 집에 가서 잤다. [조: 예.] [황수도: 그 저게 행방을 뭐라 했습니껴? 행방 카는 건 뭐라는 거지요.] 대강 그카면 알지. [조: 동침했다는 말이지.] 그 인제 안사돈과 했부랬다. 했붓다.

"야야, 야야,"

지(자기) 딸이 그 집에 있거든[72].

"야야. 그 마 여 있었는지 몰다[73]."

하하하. 그래 소를 바꿔 가주고 갔으이. 내려가주고 고마 저지래 했버렀으이. 이 저 사우(사위) 있는 사돈이 또 거가 또 저지래 했는지 모린단 말이야.

"야야."

---

71) 늙은소를 말한다.
72) 사돈집에서 아침에 자고 일어나니, 눈앞에 딸이 왔다, 갔다했다는 말이다.
73) 술이 취해서 자신이 어떻게 사돈집에 있었는지 모른다고 이야기한 것이다.

딸 보고

"내사 뭐 여 괜찮다마는 느그 어마이는 엊저녁에 우에 됐는지 몰다."

이래. [김수봉: 어 이 사람아 그 어디 얘기 그런 얘길 하나. 안동 얘기라, 충청도 얘기라. 안동 얘기면 그래 여면 안 된다.] 당신이 얘기를 하니깐 글치. 얘기 하잖니껴. [조: 그게 진짜 이야기죠.] [황수도: 손바꿈했단 말이제?] 안 사돈 바꿨는데, 소가 지댈로(자기대로) 갔버렸으이 할 수가 없거든.

또 어떤 때는 또 그런 야기(이야기)도 있지. 아 이 놈 뭐. 자기 남편이라고 뭐 금방 뭐 적어 가주(가지고) 간데(갔는데), 일분도 안 돼서 또 할라 칸다, 할라 카는데, 이 우에 그럴 라고, 또 할라 카나 그카이.

"이런 마한(망할) 놈이 있나, 누가 해갔붔나." 하하하하. [조: 아.] 여자는 뭐 지(자기) 사난동(사나인지), 남의 사난동 모리고 와 돌라 카이, 잠 좀 자이 뭐 뭐. 그거 뭐. 해 가주고 가니 또 칸다.

"이 양반이 뭐 이카노?"

이카이. 또 왔구나. [조: 하하하.] [김수봉: 옛날에는 그런 얘기 많다.] 호롱불 밑에 그까이(그러니깐) 훤하제. 당할 수 있나? [조: 예.] 요새 겉이 전기나 있이머사(있으면).

"아이고, 여보,"

전기이래 키먼(키면) 아지마는 호롱불 있는데, 성냥 지지고 할 여게(여가) 있나. 곽중에 뭐 했지. 우에노(어떻게하나). 안사돈도 그찮나(그렇찮나), 안 사돈도 뭐 오먼 왔는겠다. 불씰(불쓸) 여게가 있나 뭐. 그래 사돈 바꽜치기지. 이게 사돈 바꿨지. [황중구: 사기는, 청운동 사기 인제 냉중에(나중에) 책을 낸다.] [조: 이거는 사기가 아니고요. 이야기라고, 전승되는 이야기기 때문에 괜찮습니다. 이런 이야기는 반촌에 갈수록 이런 이야기가 많아요.] [황유모: 교수님 말씀대로 책에 보나 신문에 보나 반촌에 갈수록 더합니다.] [조: 이런 이야기 반촌에 갈수록 더.] [황유모: 우리 마을 이야기도 아니고.] [조: 아까 제가 지명 묻고, 이건 이 마을 이야기고요. 줄땡기기 어떻게 했는지 이건 이 마을 이야기고요. 지금 하는 거는 전국적으로 떠돌아다니는 이야기예요.] 농촌에 사돈 바꿨을 수도 있는 거지. 옛날 겉으면 아무나 사돈 바꿔치기 해 내나. [황중구: 이야기할라며는 저 어른 이름을 고 여소.] [조: 아. 물론 이죠. 이름 넣고, 조사자 넣고, 정확하게 몇 월 며칠 하고 다 들어가는데요.] 내가, 내가 그래 어디가 안사돈 했기 때문에. [황중구: 저 어른이 경험이 제일 많다이.] 주소로 강원도 사람으로. [조: 하하하하. 예. 아이고 참.] 한 잔 하시더. 좋다. 그게 다 옛날 이야기다. [조: 지금 이야기가 좋은 이야기죠. 요즘 텔레비전보다 낫죠 뭐.] 옛날 얘기는 전부 카지마는 요즘은 탁 털어놓고, 한 번 보면 없잖니껴. 옛날에는 차 왜 멋진 얘기 쌨잖니껴. 왜. 우스운 얘기. 우리가 웃는 게 바로 참 옛날 얘기거든. [조: 그렇죠.] [김수봉: 딴 얘기는 떠도는 얘기고, 이 사람은 꼭 이름을 여 줘요. 아, 오늘 대접을 너무 많이 받니더.]

⑭ 금덩어리 땅에 묻어 놓은 구두쇠

-조사일: 2003년 2월 24일, 제보자: 강주형(남, 85세), 조사자: 임재해.

  * 마을의 이야기꾼인 강주형 어른이 앞에 이야기에 이어 계속 들려주었다.

  한 사람이 구두쇠는 구두쇤데, 구두쇠가 돈에 대한 애착도 있고, 돈을 많이 애겨(아껴) 쓰고, 뭐 먹는 거도 애겨 먹고 이래는데, 내외분이 참 살아 있고, 자석(자식)도 있고 이런데, 그 참 고기 한 바리 사다 놓으면 저 뚫어(질)만큼보고만 밥 먹는 판이라.
  이래가주고 돈을 벌어가주고, 토지를 살라고 가마 생각해 보이, ‘산천에 살라 카이 산태(산사태) 나지 싶고, 거랑 가를 살라 카이, 뭐 큰 물 져 떠내리 갈 거 같고, 이래 가주고 가마이 생각해 보이 금덩거리 밖에 살거 없단 말이야.’ 금덩거리는 간수하기도 좋고, 그 희한하단 말이라.
  그래 금을 샀어요. 금을 사가주고 자기만 아고(알고), 이웃사람도 모르게 담 밑에다 갔다 땅을 파고 딱 묻었는 게라. 묻어 놓고 한 사나흘 있다 가마 생각하이, 금이 있는 동, 없는 동 찜찜하다, 자기가 묻어 놔도. [조: 그렇죠.] 가마 생각커이 안 돼가주고, 한 사나흘 있다 파제켰다. 파제키이 그래 금이 누런이 이런 그 쪽 파내이(파내니) 있거든. 이제 또 혼자 그 보고 윗고(웃고), 또 이래 파묻는다. 또 파묻어 놓고 또 미칠(며칠) 있다 또 파 제켜 놓고, 그 이웃 사람이 보이 뭐 담 밑에 와가주 허거직, 허거직하디 뭐 또 허거직, 허거직 하디 씨(익) 윗고 바- 드가고, 바- 드가는 게라.
  ‘이놈의 자식이 뭐를 저 저래는고 싶으다.’ 이웃사람이 보이(보니). 그 날 저녁에 돼가주고 년도가 한 수년 지냈어. 이웃 사람들 그제도 뭐 니꺼 아니다 싶으다 아. 매년 그 짓 한다. 한 달에 두 번, 시 번 와가주고 뭐 엎드렸다, 일랐다 하디 뭐 또 씩 윗고 또 드가고, 드간다.
  그래 인제 한 날이는(날에는) 이웃 사람이 뭔공 싶어가지고 이래 높은데서 보이, 담 밑에를 이래, 이래 파디(파더니), 그래 묻어 놓고. 윗거든. ‘그래 올(오늘) 저녁에는 내가 그거 파 봐야 될다 싶으다.’ 뭐를 들아가주고(들어서) 거 이 놈의 새끼가 수년 동안에 그래 인제 가가주고 파제키이. 금덩거리 이만한 게 한나 들어 있다 말이라. 그 뭐 홍재(횡재)라 카고 마마 가주갔버래.
  그래 미칠 있다 이 사람이[74] 가니, 암것도(아무것도) 없다. 아. 운다. 막 마 땅을 뚜들고 우다(울다가), 바 드가 우다, 나와 우다, 마다 돌아 댕기미 우다가 마 난리 났다.
  뭐 마침 그래다이 어떤 중이 하나 지내가다가 그 참 중이 볼 때, 그 집이 가가주고 참 동냥 한 번 얻어 온 적도 없고, 안주고 그러이 뭐, 뭐 참 오새 겉으면 뭐라 카노. 우리는

---

74) 금뎡어리를 묻어 놓은 구두쇠.

애끼는 거. 진자리꼽재기라 카는 거. [황덕호: 진주자리꼽재기.] [조: 예. 진주자리꼽재기.] 이래가주고 벌아(벌어) 사났는 뭐 뭐 잃었부고. 잃어가주고 있는데, 중이 이제 칸다.

“여보, 여보 왜 그코(그렇게) 울고 있나.”

이래이,

“당신은 몰래도 된다.”

칸다.

“아이, 갈채 주면 좋은 수가 있으이, 어엔 일인지 갈채 돌라고. 막, 혼자만 우지마고(울지말고), 뭐 딱한 일이 있으면 갈채 주면 같이 걱정을 하믄 좋은 일이 있으이 갈채 돌라.”

이칸다.

“갈채 주면 좋은 일이 있나?”

카는 게라 그러이,

“있다.”

카는 게라. 그래 사실이래 애겨가주고(아껴서) 토지를 살라 카이, 거랑에 살라 카이 떠내려 갔불랑 걱정되고, 이제 산비탈에 살라 카이 뭐 산태나지 싶으고, 그래 금덩거리 사가주고 묻어 놨더이 잃랐부랬다. 및 해 만에 이라 가주고(잃어버려서) 일타(이렇다). 이카이.

“금덩거리 어엤노?”

이카이.

“땅을 파고 묻었다.”

이카니,

“아. 그래요. 그럼 좋은 수가 있다고. 그래 벌어가주고, 남도 안 주고 혼자 거 먹지도 안하고 벌었으니 금덩거리도 묻어 놓으면 거 필요 없는 금덩거리 될 거 아이잖나. 어.”

칸다. 그렇다고.

“인제 냉제 후대에 니리 가가주고 자식들 물리 줄려고 근다.”

그래. 그거 좋은 일이다. 날 따라 온나. 그 중이 거랑 쓱 가디(가더니). 반들반들한 돌을 하나 줘가주고,

“이걸 갖다 묻어 놓으면 된다.”

이칸다. 묻어 놓고 맹 금 묻어 놓은 거 같이 생각을 해라. 이 말이라.

“그래 그 어에노.”

이카이.

“냇중(나중에) 금되나?”

이카이,

“금은 안 되고, 돌 그래 묻어 놓고도 금이라고 생각하면 되고, 금을 묻어놔도 금이라고 생각하면 되는데, 그 따(땅)에 묻어 놓는 금을 묻어 놓나, 돌을 묻으나 매 한가진데, 그

뭐 인정하기에 안 달렸나. 그 필요 없는 게야, 금덩거리도 필요 없는 게고, 돌미도 필요 없으이 말이라. 글로써 이거를 한 평상(평생) 여 만날 들 와서 보고 쫌 금덩거리 묻어 놨 다고 생각하면 된단 말이라.

"돈이라는 게 사회 운영해 씨고(쓰고), 남을 도와주고 내가 용(用)이 하는 게 돈이지. 그거가 땅 밑에 묻어 놓고 아무 소용없는 거는 돌기나 그게 매 한가지 아이잖나."

이래가주고 그 이 사람이 정신 반성을 했다 이카는 기라. [조: 아이구, 참 좋은 얘기네 요.]

⑮ 씨받이한 하인 아들의 등극과 '피이'라는 말

–조사일: 2003년 7월 11일, 제보자: 강주형(남, 85세), 조사자: 임재해.

* "남을 미워하지 마라.", "내가 잘난체 하지 마라."와 같은 학생들을 위한 강의를 길게 하다가 자기와 같은 사람이 있었다며 이야기를 구연하였다. 성(性)이 피씨인 하인이 이씨 시조가 된 배경 에 관한 이야기와 '피이'라는 말의 어원을 설명한 이야기다.

내 곁은 사람이 하나 있었는데, 참 그놈 자석을 놓을라 카이 안 된다. 남자가 안 된단 말이야. 남자가 안 돼가주고, 참 가마 생각커이. 참 높은[75] 사람이 저 있는데, 참 이 우습 지도 안 한 게라 왜서, 참 여자하고 수의(의논)했는데, 수의를 해가주고, 집에 있는 하인을 말이야.

"니가 돌을 파라."

이랬는 게라. 남자가 참 여자인데 참 그 이얘길 하니, 여자가 "안 된다." 그래는 게라.

"자 우리 후손이 있어야 될거 아니겠나? 후손이 있어야 되니, 니가 내 말을 안 들으면 내가 니 의부증이 있어서 니가 말 안 든다 카먼 나는 죽는단 말이라. 그리이 내 말을 동 의해다고."

그래 그 여자가 가마 생각카이 기가 맥했는 게라. 그치만(그렇지만) 하인하고 하루밤 을 잘라 캐도 기가 맥힐 거 아니잖나.

그래 하인을 인제 유괴작전을 해가주고, 참 밤을 행방을 했는 게라. 거 행방한다고 대 번되는 거 아니고, 행방을 해 보이 인정이 가는 기라. 그지. '자, 저 놈이 남의 집 상놈이 지. 혈기 망방하지 그지. 자기 남자는 하매, 나이 많은데 젊은 놈하고 해 보이 마 헐썩 낫 다 그지.' [조: 그렇죠.] 마고, 막 디리 막 떠드러 막 될데로 치이 말이래. 세상 그보다 더 좋은 거 없다 그지. 그리 몇 번 때리 치니 아가 막 딱 되는 게라. 돼가주고. 그 남자가 물 었어.

---

75) 당시 집안이 좋고, 벼슬이 높았다는 말이다.

"됐나?"

이카이.

"아가 됐다."

카이. 아. 저거76)를 처치해야 된다. 하인을 안 죽이며는 안 되지. 그래 하인을 직일라고 (죽일라고), 여자인데,

"도저히 나둬 가주고는 죽이는 게 안 낫겠나?"

카이 여자가 생각커이, '그 재미를 그커 좋은 재미를 봤는데 직일라 카이 아깝다. 아까울거 아니래 그제. 자기 영감은 하매 안 된다 (해)가주고 뭐 이래 있는데, 저거는 뭐 꾸벅하고 드리 데고 디리 치데이. 얼매나 좋던동.' 허허허, 그래가주고 남자 말을 듣고 처리를 할라 카는데 그 참 안 할 도리 없다 카이. 그 참 뭐 비실(벼슬)도 좋은 집이고 이리이. 그래 갖다가 처리를 하는데, 자 남을 씨기자(시키자) 카이 말이 센다. 거 포시랍은 사람이, 여자도 포시랍게 컸고, 남자도 포시랍게 컸는데,

그런데 인제 행방을 (한다고) 그래 저녁에 남자가 오라 캤는 게라. 아는 됐고, 남자를 오라 캐가주고 그걸 이제 갖다가 처리할라고, 참 남자가 들왔는데, 남자이래 참 신을 땡겨 쥐고 말이래. 여자가, 남자가 인제 행방을 하자 칼 때, 신을 땡겨 쥐거든. 뺐꺼 가주고, 장대 쳤어. 장대 치고 안 죽을 도리 있나 뭐. 마구 뭐 보타를 땡기니깐 안 그래. 그 인제 남자를 처리를 해가주고 아무 뒷탈없이 처리를 해가주고, 그 처소에, 남자, 그 밖에 있는 초당방 카는 거 안 있나.

그래가 거다(거기다) 갖다 놓고 마, 아침에 죽었다고 연락을 해가주고 갖다 묻었부랬는데. 묻었붓는데도, 어떤데 갖다 묻었나 카먼 대밭에다 갖다 묻었는 게라 대밭. [조: 아. 예. 대밭에.] 아. 대밭. 질(길) 옆에 대밭에다 갖다 묻어 놨네. 묻어 놓고, 그 참 본디 주인이 생각커이. 아가 났는데, 그 장사로 보디만 지 아들, 그 아들 벼슬를 받을라카미 명자리를 하나 (?) 했는 게라. 아무딴에, 아무딴에 대밭에 묻어가주고는 지(자기) 아도 자식을 못 낳는 게라. 가마 생각 커이. '지가 죽어가주고 갈라 칸데. 등극할짝에(등극할때) 말이라.' 등극할짝에 그짝, 하인을 갖다가 이장(移葬)을 했는 기라. 이장을 안 하며는 그 아들이 등극을 몬 하는 판이라. 거 갖다 인제 그 사람을 갖다 묻었는기라.

묻어, 이 아가 참 크는데, 재주도 있고 뭐 안 그래. 이래 있는데 그 내외간에만 아지(알지). 내외간에만 아는데, 그래면 그 대밭에 묻었이먼 그 자식이 등극을 몬 하는 게라. 나라 왕이 될 수가 없는데, 이걸 갖다가 등극할 자릴(자리에) 갖다가 묻어서, 지는 아문데 묻어도 되거든. 그 사람, 갖다가, 거다 묻어. 그 하인을 갖다 그 자리에 묻었는 게라. 아 묻어 놓으이. 이 놈의 자식 뭐 시체가 튀 나온다. 시체가 막 튀 나오이 이런 일이 있나 그지. 그래가주 하룻밤에 그 참, 그 참 피 갖고 묻은 그 사람이 꿈에 뭔 말이라 카먼,

---

76) 하인.

"거게는(거기는) 금관조복을 아(안) 해가주고, 묻으면 안 되잖소."

칸다. [조: 금관조복을 안 입으면?] 아주, 아주 금관조복 해가주고 묻어야 된다. 어. 아이. 하늘에서 인제 그칸다. 어. 하이 그 사람도 아이고, 거게 묻칬는 사람이 금관조복을 해가 드가야 된다. 금관조복이라 카먼 뭐 본데 힘이 들거 아니잖나. 근데 어떤 대사인데 가가 물었어.

"금관조복."

카이.

"그 좋은 길이 있다."

이카는 게라. 그 인제 오뉴월이 되면 보리를 뚜들어가주고, 보릿짚, 보릿짚 안 있니껴. 보릿짚을 엮어가주고 시체를 싸서 묻어라 카는 게라. 그래 인제 보릿짚을 엮어가주고 싸다 묻으이 안 튀 오르는 거라. 보릿짚이 이 갈(가을) 되면 누렇찮애.

그 인제 갖다 묻어 가주골랑, 그 참 그 후손이 자라나가주고, 참 나라가 이름난 그 어떤 성이라 카지는 마고, 그 뭐 '이'씨라 카더다. 이씨가 그 중 왕이 돼가주고 뭐 그래 됐다는. 이씨 카더라이까. 남의 성이 이씨라 뭔 이씨라 할 도리도 없고 안 그래. 근데, 근데 그 인제 자체가 이 참 거 짤막하게 이씨, 이씨 시조가 됐어. 종놈 이씨 시존데, 그 인제 종놈은 성이 뭐라 카먼 이씨가 아니고, 피씨라. 피. [조: 아하. 피씨가 이씨가 됐버렸네.] 피씨 후손이 이씨가 됐버랬어. '피이' 카는 거 고마 터졌부랬다 말이라. '피이'카고 터져, 방구 나면(구멍나면) 뭐 피이 카머 터지는 거 그래 뭐 간단하게 그랬부먼 그래 지지하게 뭐 우에 됐다 카는 거. [조: 이런 이야기 어디서 들었습니까?] 내가 아지 뭐. 내가 져 냈잖아. [조: 아. 등극할 자리구만요.] 등극할 자리에다가 미터(묘터)를 잡아 놨거든. 내 겉으면 내가 잡아 놨는데, 이 놈을 막 대 그만 막 묻어 놨붓다. 묻어 놓으이. 우에서 인제 칸다.

"여 묻으면 거 금관조복할 때 어디 갔다 미를 써서, 자석을 등극하지. 그래 아니면 임금질 몬 한다."

이칸다. 그래가주고 이 놈의 마음을 후손이, 종손이거든. 피의 손이란 말이라. 피를 갖다 묻어가주고, 이씨. 연결 씌켰붓다 카거든. 피이, 피이, 피이가 등국했다 카거든. 성이 뭔동 몰다. 그 이씬동 몰다마는 옛날에 그런 역사가 있다 카이. 그래 놓이, 가마 생각해봤더니 그래 아무딴에나 묻으면 될거 겉은데. [조: 아. 그 안 그렇네.] 지가 죽어가주고 후손이 없거든. 그래 그 사람을 갖다 거기 묻었단 말이라. 그 묻어 가주고 그 우선 피가 이가 돼가주고, 등극해버렸으이. 임금이 돼버렸잖아.

어느 이씨라 카는 거는 말할 수 없고, 거게 보면 어, 26[77], 26센가 그러께라. 그 맹 책 인제 보먼 그 재미집[78]이, 거 저 뭐 야담 겉이 고래(그렇게) 되 있는 책이 있다 카이. 재미

---

77) 피씨가 이씨로 등극한 그 자손이 26세손이란 말이다.

집이 있다 카이. 그 분이 26세 손이 그래 됐다 카는 게라. 그 막 '피이' 카이, 막 '이피', '이피' 카지. 근데 거 그기 또 안 그럴 도리 없어. 지 자석 안 되는 거를 뭐 거 할마이 하루 저녁, 하루, 이틀 빌리주고(빌려주고), 하루, 이틀 빌리 줬부먼 되는데 뭐. 요새도 그런 거 쎘다(많다). 남의 아 뺐는 거를 가가주고, 지 아라 캐가 데루(데려) 와가주고 했부고 지 안 되거든. 안 되이, 지 아라 카고 뭐 여자가, 마커 여자가 큰 소리 하거든. 되지도 안 하는 게 남의 아 대려다 놓고 뭐 지 아라칸다 카고 막 입도 안 다물고, 입도 딱 다물고 있는 사람 쎘는데 뭐. 요새도 글치. 옛날이나 지금이나 똑 같다.

⑯ 과거 급제한 선비와 도망간 아내의 만남

-조사일: 2003년 7월 12일, 제보자: 이종태(남, 83세), 최옥기(여, 77세), 조사자: 나카무라 카즈요, 조연남, 유경숙.

* 답사 둘째날 밤, 낮에 모심기 소리를 듣고, 저녁에 다시 찾아오겠노라고 할아버지와 약속을 해 놓고, 어둑어둑한 밤길을 걸어 마을 끝에 자리한 할아버지 댁을 찾았다. 낮에 교회 청소를 다녀 온 할머니와 함께 있었다. 마을에서 할머니 역시 베틀 노래를 잘 부르기로 소문 나 있었다. 할아버지와 할머니께 함께 모심기 소리 불러달라고 청했더니, 할머니와 함께 모심기 소리를 흥겹게 부르시던 할아버지는 모심기 소리(서울이라 유다락에 금비덜기 알을 놓네, 그 알, 저 알을 내 얻으면 금년 과게를 내가 할꺼)를 하던 중 과거와 관련된 내용이 나오자 과거 관련 이야기를 하나 들려주었다.

예전에는 삼 년만이나, 이 년만이나, 일 년만이나 서울 과게(과거) 길이라 선배(선비), 선비들 글 배워가주고 과게(과거) 시험하러 가거든. 글 때 그 시절에 인제, 공부 잘하는 사람은 급쩨(급제), 급하며는 알선급쩨하며는 참 좋은 비실(벼슬)이지. 일삼도 꼽고.

어떤 가정에 얘기를 한 번 또 해가주고. 어떤 가정에 인제 딸로 치워 놓으이까네[79]. 이 선비가 아무것도 없는 이 빈 마당에[80] 딸을 줬다말이래. 좌(줘) 놓고 처녀가 그 집에 시집을 떡 가보이께네. 아무꺼도 먹을게 없고, 참 사는 게가 힘드는 게라. 그래 그 부인이가 도둑질은 몬하고(못하고), 이웃에 잘 사는 집이가(집에 가서) 인제 반품을 들었는 게라. 반품을 들어다가 인제. 너거들 그카먼 모를 께다. 아직 꽁디기 뜯어가주고, 보리를 쪄(찧어) 가주골랑 마다다(마당에다) 널어놓고, 또 인제 반품, 반품 뜯으러 딴 집 갔어.

각지에(각중에) 소나기가 와가주고 막 이 보리쌀이가 마다에(마당에) 널어 놨는기, 이 남편이 치웠는지, 안 치웠는지 이게 의문이거든. 겉만 들여다 보이 '저 남편이가 보리쌀을 치웠나, 안 치웠나 싶어가주고' 쫓아오이께네. 비를 맞고 오니께네. 이 골목에 들어오이께

---

78) 재미있는 이야기를 모아서 묶어 놓은 책.
79) 딸을 혼인시켰다는 말이다.
80) 곡식을 추수하여 말릴 마당이 비었다는 것은 입에 풀칠하기도 힘들게 가난하다는 것을 말한다.

네. 이 마다(마당) 보리쌀이가 떠내려가서 저꺼지(까지) 하마 미캐(막혀) 있는 게라. 마다(마당) 거 보리쌀 널어 놨는 게 한나도 없고. 이, 이 착(책)만 들여다보고 있어. 이래 되이께네. 이 부인이 참 복장이 터질 일이라. 달구리(다리)가 빠지도록 방아 찧아(찧어서) 그 풀질해가 거 쪄가 널어 놨는 거를 비가 소낙비가 오면, 부뚜막에 꺼 들났부먼(들여다 놓으면) 글 드려다 봐도 되는데, 이거는 안 하고 글만 들여다보고 있이-(있으니). 절분이 터져가주고 달아났부랬다[81]. '나는 이 사람하고 사다가 평상에 고질이니께네. 몬(못) 산다. 나는 간다.' 갔버랬어.

가 가주골랑, 어느 동네에 가가주고 인제 여자 혼채(혼자) 몬(못) 살고 요새 말다나 개가(改嫁)를 인제 가가주고, 남편하고 이래 사는데, 여게 오니깐 암것도(아무것도) 없다. 없는데 어느 다리 밑에 쟁피[82] 거 지심인데, 그거를 훑다가 보니까네. 어데(어디) 마 풍금소리가 나고, 나발소리가 난데, 보이, 허. 일삼대 꼽아가주고 과게 해가주고, 인제 알선급쩨 해가주고 인제 앞에 태워가주고 마마(뭐뭐), 요새 겉으면 앞에 군이가(군인이) 마마 몇십 명이 이끌고, 마마 앞, 뒤 호위 해 가주고 오는데, 가마이래 처다보이 자기 남편 된 사람이라. 기가 맥힌(막힌) 일이 아니래. 그게.

이 마누라 죽으면 죽고, 사면 사고 마, 그 앞에 갔어. 부인이가. 앞에 가가주골랑, 무릎을 꿇고 [할아버지께서 직접 무릎을 꿇고 그때 상황을 재연하면서, 이야기를 계속 해 나갔다.] 이래 지나간다. 말에서 내려가주, 말에서 가마 내려다보이, 내가 보던 사람이라.

"왜 그러나?"

이카이께네. 그 인제 지(자기) 잘못을 뉘우쳤어. 그래 인제 잘 몬 했다는 거를 얘기하는 거라.

"그래, 그러며는 저 동으(동이)를 가주 가가주고, 니 동, 물을 한 동을 가주 온나."

이카는 게라. 말에 이래 높은데 앉어가주고. 그래 역꾼들 이래 뒤에 호위하고 있는 사람들은 뭔동 모르지 뭐. 물을 한 동이 여다 인제 앞에 갔다 놨다.

"쏟아라."

이카는 게라.

"땅에 쏟아라."

이카는 거라. 쏟았어.

"쏟은 물 다부(모두) 담아라."

이카이께. 다부(모두) 담을 수 있나 그자.

"니는 갔이먼 니는 나한테 인지는 적합하지 마라."

카는 그 말이라. 니는 갔이께네. 나한테 적합하지 마라 그 말이래. 물로 쏟아 놓고 담

---

81) 도망갔다는 말이다.
82) 먹을 것이 흔치 않았던 시절, 풀의 한 종류인 쟁피의 여문 알맹이를 훑쳐서 밥을 해 먹기도 했다.

으라 카이. 못 담으니께네. 가드라 카는 그 말인데, 그 소리가, 모심기 소리가 그거거든. 모숨기 소리 그거 따라서 그걸 따라 모심기 소리 있다 카이.

⑰ 외모가 뛰어나고 색을 밝혔던 중

-조사일: 2003년 7월 12일, 제보자: 이종태(남, 83세), 최옥기(여, 77세), 조사자: 나카무라 카즈요, 조연남, 유경숙.

* 역시 모심기 소리를 하던 중에 아이 밴 처녀를 탐한 중 이야기가 나오자, 할아버지께서 옛날 중의 행세가 어떠한지에 대해서 이야기해 줬다.

예전에는 인제 중이, 중이 생각보다 참 뭐. 목탁을 뚜드려 가 시주하며는 그 사람의 인제 그 집밖에 새색시 있다든지, 처제(처자)가 있다든지, 중이 보이께네. 말이라. 중도 이 처자가, 남녀간에 맹 다 한 가진 게라. 사람을 이래 보먼 탁한 사람이 있고, 뭐 대왕이 가져도 귀찮은 사람이 있고, 낮에 그런 나타내는 사람이 있거든. 그래 중이 이래 보니까네. 처자라든지, 그 집 새댁이라든지, 좋은, 이쁘다. 이쁘면 그 말 걸치며는(걸치면) 그 또 본인, 상대방이가 여자가 이래 볼 때는 그 젊은 주인에게 와 볼 때는 보통 여가 뭐 문 열었다. 자기, 그 마실에 보던 사람들보다 훨씬 복시럽고(복스럽고), 잘 생겼단 말이. 중이가 본대(본래) 잘 생겼거든. 보하게 잘 생겨 놓으이께네. 인제. 그 탐이 나는 게라. 인제 연애를 해가주고, 거 먼 길에 중하고 결혼도 해가주고, 그래가주고 뭐. 나도, 예전 얘기 들어보면 많거든. 박문수라 카먼 알지. 박문수.

⑱ 뛰어난 유복자 아이 덕에 목숨 건진 박문수(1)

-조사일: 2003년 7월 12일, 제보자: 이종태(남, 83세), 최옥기(여, 77세), 조사자 : 나카무라 카즈요, 조연남, 유경숙.

* 보통 마을 남성과는 달리 생김새가 뛰어나고 색을 밝혔던 중 이야기를 하던 할아버지는 길이가 짧은 박문수 이야기하나를 들려주었다. "거 찌래기 짤뚜막한" 이야기라고 했지만 30분간 흥미진진한 이야기는 계속됐다.

우리, 우리 한국서 최고 죄인 잘 다루는 박문수. 그런 양반들이는 참 뭐, 사람, 신(神)이지. 뭐. 신이라. 그런 하늘이가 지시 해가주고, 내리는 글로 해가주고 죄인을 잡아라 카는 자꾸 도와 줬거든. 박문수가 인제 끝트기(끝이) 요만한 거 찌래기(길이가) 잘뚜막한 거(짧은 이야기) 내 얘기하꾸마. [조: 예]

박문수가 인제 대천 마실(마을)에 떡(탁) 들어서니깐. 큰 기와집이 널이 빽빽한(빽빽한) 기와집이가, 예전에 구학(舊學) 배우는 학생 아―들(아이들) 마다에(마당) 소복히 있단 말이야. 거기를 떡 드가이께네. 제일 나이 많은 게 아홉 살, 아니 열 세살 먹었고, 고 다음에는 뭐 열 살, 여덟 살, 일곱 살 한 열 일곱이 모데가주고(모여서) 원놀음을 하는데, 원놀음이라카는 거 왜 예전에 원장카먼 뭐, 너들 모르는 동, 아는 동(아는지) 몰다마는 원이라카먼 인제, 원 겉으면 요새 군수라. 그 인제 열 세살 먹었는 게 좀 크다고 해 가주고 인제 원장을 맨들어 거다 앉혀 놓고, 그 밑에 인제 신하는 거 보고를 하는 게라.

"그 아무것이는 가주(가지고) 있던 매로 뛰웠부랬으이 원장님 그거로 어예 해야 되겠습니까?"

하이, 이 사람이 판결을 몬 하는 게라. 이 열 세살 먹었는 아가(아이가) 판결을 옳게 모 하는 게라. 그 박문수가 그 곁에(곁에) 인제 헌 파립을 해 덮어 씨고, 옷 다 떨어진 걸 입고서, 꼭 거지 겉은 영감이 거 섰어. 그래 아들은(아이들은) 거진도, 박문순도 분간도 못하고 저거꺼지(자기들끼리) 노름하니, 지켜보고 이래 섰는데, 다섯 살 먹은 아가, 판결을 뭐 이래.

"니들은, 요새 말하면 니는 원장 자격이 없으이께네. 내가 올라가 판결을 한다."

올라가는 게라. 그래 열 세살 먹은 기 내려왔다. 그래,

"여봐라."

하이께네, 그 밑에 신하가 열이나 아홉이나,

"예."

카거든.

"그 모자(母子)가 말이야, 그 사랑하던 매를 잃어버랬다하이 말이야. 얼매나 애석하노. 너거들이 빨리가 찾아라."

"예."

카머 뒤앴도록 지쳐를 미고 나간다. 나갈 찍에 문수가 보이께네. 열 세살 먹은 놈은 판결을 몬 하는데, 다섯 살 먹은 놈이 판결을 하니까네. 말이여. 머리를 이래 씨다듬으며

"헤, 기특다."

이랬어. 이카이께네. 아홉 살 먹은 게,

"여봐라."

그 뒤통수를 나오이께네.

"여봐라."

카이, 도사가

"예."

칸다.

"너그들이 여와 이 노인장을 묶아라."

이카는 게라.

"노인장을 묶아, 저 벤소(변소) 갔다 묶어라."

이카거든. 영감이 일라 서가주고 아들한테 안 묶이면 되지마는 이 놈들이 우에 하는고 싶어가주고 가마 서보이께네. 새끼를 가주고(가지고) 막 '빌빌빌' 돌려가주고 마, 거다 딱 묶어 가주골랑, 흙이고 땅이고 막 등을 밀어가주고 변소에다 딱 옇부고, 짝대기를 찌와가주고(끼워서) 문일랑 딱 박아 놨어. 박아 놓골랑 그래 다 보이께네. 선생이, 시간이 되니께네. 종을 치니, 마커 사라(사랑방) 드가(들어가) 글 배운다. 문수는 거 갖채(갖춰) 있었어. 한 시간을 공부하골랑, 나오디이(나오더니), 아홉 살 먹었는 게,

"여봐라, 아까 그 노인장, 정낭에 있는데, 아까 우리 잊었부고 안 냈으이, 내 놔라."

이카는 게라. [할아버지는 이야기를 하는 내내 연신 즐거워하시며 '하하하' 웃었다.] 그래 가보이 헌 파립 해 덮어쓰고, 아주 어설픈 사람이가 이래 묶어가주 내 났어. 내 놔 가주고 이래 풀어가주골랑,

"가라."

이카는 게라. 문수가 가마이 생각해 보이 요새는 도가 13돈데(열 세개 도), 그때 그 시절에는 팔도라. 우리 조선이가. 조선 팔도를 댕겨봐도 그렇게 적은 기가 하는 인사가 말이야. 나 많은 사람을 말이야, 법대로 묶어가주고 가 그 좌 넣다가, 지 마음대로 꺼내가주고 가라칸다. '자. 저 놈을 얻어야 되는데, 저거를 어예 얻노.' 싶으다. 그래 글사랑바[83] 드갔어. 드가 가주 그 글 갈채는(가르치는) 원장을 가가주고랑 인사를 하골랑, 인제 방금 여게 아홉 살 먹은 권유복이라는, 야 이름이 유복이라. 아바이 뱃속에 안 나온 쩍에 유복자, 유복자라고. 그 이름을 유복이라고 지었는 게라. 성은 권이요, 이름은 유백이라. 그래 원장한테 물으이께네.

"가(그 아이), 이름이 뭐냐?"

"유백이라."

그래 그런 문장들이는 뭐 글 뜻을, 글자뜻 화답을 해도, 그 유복이라 하는 것은 뱃속에 든채로 아바이가 죽었부랬으이, 내, 내 아바이 없는 세사(세상에) 낳으이 유복인게라. 이렇다이께네.

"그 집 사는 가정이 어떻냐?"

이카이께네.

"글식(걸식) 면하기 어렵다. 어마이는 반품 들어가 자[84] 글 갈채고 먹고산다."

그래 들었어.

"그렇냐. 그 아를 날 좀 달라꼬."

---

83) 글을 가르치는 사랑방.
84) 유복이를 말한다.

말이라. 그래기 전에 인제, 내가 아무것이다. 선생한테 얘기를 했어.

"내가 함자가 누구다."

카이께네. 선생이 보이께네. 어사란 말다. 박문수가. 선생이가,

"내가 박문수다."

이카먼 내가 어산 줄 알거든 그자. 그래 무릎을 꿇콜랑(꿇고서),

"인사가 늦다고."

사과를 했어. 하골랑, 그 인제 아 엄마를 불러 저 짝 바(방에) 데리고 와가주고.

"이렇다. 그 인제 저 사람이가 하는 말이가, 아, 10년을 돌라 카는데, 10년을 다 키워 가주고, 배워가주고 으 써먹도록 해가주고 갖다 줄라 카이. 어떻노?"

전신만신 아(아이) 하나 가진 거 신랑도 없이 그 놈을, 한 구학(舊學)을 한 두 배로 갈 채 놨는데, 그 일고(일곱), 여덟 중에 가가 제일이야. 배운 날짜는 거의, 거진 같애도, 제 일 재주가 있고, 아는 게 많으이께네. 어마이도 거기 혹다가 돼가주고 인제 아 보고 사는 판이데, 줄라 카이 주나. 및, 및 일 의문을 해가 아를 얻었는 게라. 어마이한테 가서 사정 을 해가주고,

"내가 이런 사람이다. 이러니, 여게 놔두면 인재를 못 맨드니, 내가 서울 데려, 데루가 가주고 인제를 맨들어가주고, 확실하게, 다 키워가주고 갖다 준다 말이야."

그래 박문수도 가 의사를 들어보이께네. 말이, 말째가(말씨가) 아주 꽴이 있고, 똑똑은 아라(아이라). 이래가주고 그걸 얻어가주고 나왔단 말이라. 나와가주고, 여 걸으며는 채 곱은질이제. 곱은질 쪽 떨어진데 여 카바(커버)가 이래 있었는데, 박문수 앞서고, 야는 뒤에 따라 가는 게라. 따라 가는데 어떤 부인이가 머리가 삼발 해가주고 박문수 앞에 짝 들어 서머 이 옷을 붙잡고,

"어르신, 사람 쫌 살려주소. 내 뒤에 날 죽일라고 사람이 따라 오이께네. 날 쫌 숨겨주 소."

이래 됐어. 문수가 엉겁절에 저 서숙 밭에 드가라 캤어.

"요건 질(길)이고, 여긴 서숙밭이니 여 드가 거라."

드가이, 키가 팔등쇠 겉은 놈이 시퍼런 단도(短刀)를 드골랑(들고서), 박문수 앞에 턱 갖다 데는 게라.

"니 지집(계집) 하나 못 봤나. 갈채 주면 살리고, 안 갈채 주면 죽인다."

이캤는 게라. 문수가 가마 생각해 보이

'그 여자 하나 살릴라면 내가 죽어야 되고, 그 내가 죽어야 되고, 저 놈으로 죽일라 카 이께네, 내가 살아야 되는데'

그런 대인(大人)도 고마 거기서 마 판단이 안 나는 게라. 자기 살기 위해가주고,

"금방 저 서숙밭에 드갔니더."

이카이. 유백인(유복이는) 뒤에서 이래 본다. 보이 그건 본데(본래) 영감을 따라가 배

울게 없는 게라. 명색이 참 박문수, 그 죄인잡고, 죽는 사람 살래주는 사람이랬는데, 그놈의 자식 마, 이거 살래 줘야 되는데, 드가디 재백이 꺼내가주고, 모가지 탁 쳐가 가. 그 여자는 죽었부랬다. 암말도 안하고, 그 유백이란 사람이 돌아서서 쨍하고 오던 질로 간단 말이라. 그래고 보이께네, 인제 박문수도 생각 캤는 게라.

'내가 잘 못 해가주고 여자를 죽였부랬으이께네. 자는 간다. 참 내가 많이 잘못했다.' 그 전에 막 쫓아가면서

"유복아, 유복아, 거 있거라, 거 있거라."

하이께네.

"나는 갑니다. 당신한테 난 배우러 갔는데, 오늘날 하는 바(것을) 가주고는 당신한테 배울게 없으이, 난 집에 갑니다." 이 사람이 그카이께네 인제, 안 그캐도 그 놈이 돌아 갈 때는 맹 인제 내가 사람을 살려 줘야 되는데 죽였부이께네. 저 놈이 간다 카는 거는 알지만은, 문수가 가, 가 붙잡고,

"그래 어예 그걸 살리노? 어예 각주에(갑자기) 그걸 살리노? 말다. 그걸 살릴라 카먼 내가 죽어야 되는데."

그카이까네.

"내가 배울게 없지요. 당신한테 내 배울게 없다고 말이요. 내가 당신 갈채 줘가 내가 당신 따라갈 필요 없다."

이카이께네.

"우에 살리노"

카이께네.

"눈을 깜고. 땅을 뚜드먼 그 사람이 당신한테 물을 필요가 없잖아."

그래 인제 해명을 하이까네. 여컨 숨어 말이여, 봉사들은 몬 들른단 말이야. 못 본다 하먼 글로 끝나는데. 눈을 확 뜨고 앉아 가주골랑 안 갈채주면 직인다(죽인다) 이카이. 그 인제 그 여자를 죽였단 말이야. 그리 문수가 가한테 사정을 많이 했어. 이 후에는 다시는 내가 안 그랜다.

"어려운 일이 있이며는 니하고, 나하고 수의할테이께네(의논할테니깐). 우에든지 가잔 말이여. 두고 봐라. 내가 맹세한다."

이래가죽(이래서) 억지로 인제 달게가주(달래서), 데루(데리고) 갔어. 데루 갔는데 저 강원도 어느 높은 재에 그걸 데리고 드가 가주골랑, 산 꼭두배기 올라가이께네. 날은 저물고, 그 인적 사는 데가 없어. 사램이가 어디 가며는 날이 저무면(저물면), 불 쓴 곳, 불 썼는 곳을 찾아가야 되거든. 내려 와가주고 사방을 살펴 보이께네. 산비탈 밑에 불이 하나 빈단(보인단) 말이라. 그래 문수가 유복이를 데리고, 그 집이를 딱 갔어.

문 앞에 딱 가이께네. 그 주인이라고 찾는다. 찾는데 남자는 안 나오고, 부인이 나오는데, 막 어떤 거는 저 박강시 걷다 그자. 여자는 밤으로 훨씬 더 잘 비거든(보이거든). 인

물이가 화하는 이 부인이 나와가주고 그 노인장 허고 그 소동제 아(아이)하고 손을 맞췄는 게라. 맞촤가주고, 그 문수가 그 무이재까지 와가주고 질로 왔다보이께네.

"가다보이 날은 저물고, 댁에서 하루밤 자고 갑시다."

이래 됐어. 그래 부인이가, 방이 인제 두 낮인데 사랑바(사랑방에) 모셨어. 모셔 놓고랑,

"저녁은 자셨습니까(드셨습니까)?"

못 먹었다 칸다. 아닌 밤중에 뭐 뭐 뭐 그 집을 찾아 왔으니께네. 낮에도 못 먹고, 저녁도 못 먹었으니, 먹기는 먹어야 된다. 못 먹었다 카이께네. 근데 인제 부인이 나가가주고 저녁을 해 가주고(가지고) 바(방) 갔다 줬어.

여자가 곱으며는(고우면) 이 음식 뭐 어지간히 해가 와도 음식 맛이 있고, 여자가 어설프면 음식 해 와도 맛이 없거든. 사실은. 문수가 아닌 밤중에 어린 거 데리고 그 집에가 저녁상을 받아 놓고, 배고픈데 잘 먹었어. 잘 먹고, 유복이는 고만, 밥 일번(금방) 먹고 떨어져 잔다. 떨어져 자이 어린게, 아가 고만 점토록 걸어 놨으이 이게 떨어져 자고, 문수는 어예 되노. 카이께네.

팔도에 솥 걸어 놓고, 여자란 거는 뭐 여러 여자가 있지마는 참 만날 날짜가 없는 게라. 그 외딴집에 부인을 보이께네. 남의 부인이 탐이 나는 게라. 그래 엿들어 보이, 내다 보고,

"보래, 보래."

캐. 남의 여자 가 또 즐기면 또 손 못 씨고,

"보래, 보래."

카이. 그때 불 써 놓코 이 침대질만 하고 앉었다. 근데 뭐 마다 '쿵' 소리가 난단 말이야. 그 문수가, 그 문수가 바(방)에 앉어가 귀를 번쩍 들고 보이께네. 자기 하던 소리가 여자가 자기 남편한테 하는 기라.

"오늘 저녁에 저물어서 언나하고(어린애하고), 노인장하고 자고 간다해서, 저 바(방) 갔다 놓고, 저녁을 해 줬더이. 여 문구멍을 뚫어 놓고, 날 보고 자꾸 보래, 보래."칸다.

"그래. 그 인간성이 나쁜 거는 살려줘서 안 된다. 그 죽였부래야 된다."

이 집이는 뭐 하노카먼, 산꼭대기에 앉어가주고, 짐승 잡아가주고, 생회 해 먹고 사는 집이라. 이 남자가 힘이 좋고, 칼질도 잘하고, 창질도 잘하고 이런 사람이랬는데,

"죽여야, 당장 죽여야 된다."

이칸다. 저녁도 안 먹고 마 칼 가는 소리가 설설 난다. 캐이 박문수는 막 막, 또, 또 '아이고, 죽는다.'

말이여. [신이 나신 할아버지는 '하하하' 통쾌하게 웃는다]. 카 말로 마마, 이 놈을, 유복이 깨워 부른단 말이야.

"야, 일라, 일라, 일라거라."

하이께네.

“왜, 왜 부릅니까?”

그카이께네. 야. 이렇고 이런 일이 있다. 이카이.

“내 이름이 보래라카소.”

이카고. 하하하.

“내 이름이 보래라카소.”

그 뭐, 이래, 저래 주께도 척척 맞딴 말이지. 이 놈아가. 그캐가주고, 통과가 되나 안 되나. 이따이께네. 문을 여디, 시퍼런 단도를 들고,

“내 이놈의 자석, 남의 집에 와서 뭐 우엔다고.”

이카는 게래. 그래고,

“여보소, (문수가) 그게 아이고, 어린것을 데리고, 질(길)을 몇 십리와가 저녁도 먹동 (먹든지), 말도(말든지) 해가(해서) 이게, 어린 게가 댁과 같은 이런 좋은 자래(자리에), 오줌·똥 싸까봐(쌀까봐), 내가 깨끗는데(깨우는데) 야, 야 이름이 보래, 보랩니다.”

“아. 그래, 그래면 글체.”

이카미 나가더래. 그래가주고 그 문수가 그 유복이한테 두 번 죽을 거 살았다. 그 역사 가 그런 게 있어. [이야기를 끝내신 할아버지 시원한 웃음을 웃는다. 조사자들도 흥이나 덩달라 함께 웃는다.] [조: 아. 재밌는 얘기네요] [최옥기: 아니면, 이 아저씨 죽었제. 보 래라 안 그랬으면, 그래이 아가 이견(의견)이 약간 있나]

그게 인제 저 가가주고는 하늘에서 지시를 해 가주고,

“니는 가 데리고 댕겨야(다녀야) 된다. 이게래. 박문수라 카며는 이게 뭐 웬만한 사람 은 학교 댕기는 사람은 다 아께고(알 것이고). [조: 예]   영웅 아이라(아니냐) 영웅. 영 웅. [조: 그 이야기 제목이 어사, 어사 박문수예요?] 에이. 얘기 제목이 뭐 박문수 이야기 지 뭐. 얘기 제목이 박문수라.

⑲ 어렵게 얻은 자식이 박문수 찾아가기(2)

-조사일: 2003년 7월 12일, 제보자: 이종태(남, 83세), 최옥기(여, 77세) 조사자: 나카무라 카즈요, 조연남, 유경숙.

* 앞의 이야기에 이어 박문수 이야기 한 자루를 더 해줬다. 이야기를 청하는 부분부터 들어보자.

[조: 박문수 이야기 되게 많죠. 어르신?] 많고 마고(말고). 여 백가지도 된다 카이. 여, 여도 죽는 사람을, 서른 다와가주고, 시아바이가 모함 덮어 씌고 죽는 거도 그 살려줬 고, 그 시아바이 살려줬고. [조: 박문수가?] 그러 뭐. [조: 예. 그거 뭐 어떤 이야기예

요?] 그 얘기 거 할라카먼 많은데. [조: 아. 긴 얘기구나]

박문수 거 새막에서 박문수가 본데(본래)는 예전에 큰 사람들은, 뒷손이 잘 안 피에거든[85]. 뒷손이 안 피엔다고. 자식을 잘 못 그린다고. 자식이 없는 사람이 있어요. 인생에 반이 넘도록 자식 없이 돌아다니다가 나라 일만 하고 댕기다갈랑, 어느, 어는 골에 이 큰 동네를 거쳐 저 건네 동네인데, 거 가다 중간에 소낙비를 각중에(갑자기) 만냈는 게라. 소낙비를 각중에 만내이까네. 들에 가서 그지 새막[86]하는 거. 요래 져(지어)가주고, 새 쫓는 막이 안 있나. 그카먼 새막. 그 인제 요런 새막이 하나 있단 말이라. [최옥기: 수박 뭐 원두막 겉은데 그런데.] 사램이 있는 동, 없는 동 거 옷이 젖으이께네. 글로(거기로) 드갔어.

드가이(들어가니) 꽃 겉은 부인이 거 앉어가주고 침소질하고 앉어 있었는 게라. 그저 뱎에 서 있으이, 들오라카는 게라. 그러이, 새막을 해 났는데, 요 하내기(한사람) 앉고, 요 앉어 둘이 마주 앉었다. 그리이 이거 부인이가 인제 그거도 혼차(혼자) 사는 부인인데, 이래 해 났는 게가 비가 오이께네, 각주에 오이께네 막 안에, 안에 있는 거도 막 젖는다. 문수도 옷이 다 젖어가주고 딱 붙었다. 문수가 보이께네, 부인도 젖어 가 옷에 딱 붙었다. 사람이 어떠노? 카먼 옷이라 이래 입은 태도를 요래 가 되며는 그 인제 탐이, 탐이 덜 나는데, 비가 맞어가 딱 붙어 놓으이께네. 이 몸 전체가 전부가 이 사진 찍었는 거 겉이 나오이.

박문수, 박문수가 들여다보이 여자 고마 탐이나 죽을 판이라. 그래 대인(大人)도 그래, 색(色)이라는 것은 그 사람이가, 참지를 몬 하거든. 그 색에는 지(罪)가 없다 안 캤나. 죄가 없다. 죄가 없다. 예전부터 그런 말이 있어. 그래 놓으이께네. 이 부인은 고개도 안 들고, 돌아 앉어가 침소질하고 앉었다. 문수는 도저히 그 여자가, 그냥 놔두고 갈 수가 없는 게라. 그 얘기하이께네 뭐. 된다, 안 된다 소리도 안하고, 그래 뭐 요새로 봐가주고 강제지 뭐. 그래 땡거가주고(당겨서) 그 인제 자격을 했는데, 그 부이(부인)이가 박문수를 보낼 직(적)에 앞 이거 웃옷으로 알짜고시가, 이 이래 되면 이게 알짜고시라. 요 요만치 끊어가주고 간수를 해 났다. 이 성이 뭔 동 뭐, 이름이 뭔 동 뭐 이 부인이 모르고 보냈부고, 이 박문수도 이 여자가 성이 뭔 동, 이름이 뭔 동 모르고 뭐, 뭐 짐대 챙겨 가 버렸다. [최옥기: 옷자락을 끊어 놔. 끊어놨다. 그래 가 아라(아기)도 놓으면 뭐 할라고 이래제.]

가버렸는데 그 후로, 이래 배가 자꾸 불러온다. 열 달을 배가 불러 아를 놓으이께. 머스마(아들)를 낳았어. 머스마를 낳아 놓으이께네. 이거를 한 살 먹어, 두 살 먹어 한 대여 살 먹어 서다(서당에) 보내 놓으이께네. 일등 명장이라. 한 자 갈 채, 석자 알고, 석자 갈 채 열자 안다. 선상(선생)이가 보이 막 탐복을 하는 게라. 마. 야 때문에 그 모든 것이 그 아들, 그 서당 열 미치(몇이)가 말이야. 만날 구박받는다.

---

85) 자식을 못 낳는다는 말이다.
86) 새 쫓는 막을 말한다.

“자는 저커(저렇게) 잘 하는데, 너거는 왜 모르노.”

말이다. 선생이 그래 비교를 해가주고, 이런 비교를 해가주고 고마, 그 곁에 아들은 마기가 죽는 게야. 이 넘 마 저 한 짝 데리고 가, 숱한 매 맞았어.

“이 넘의 자석, 애비(아버지)도 없는 놈의 새끼말이여. 니는 재주 타고 나 우리 맨날(만날) 니 땜에 맞는다.”

카머 마. 오새 학교 가먼 말다, 뭐 남자나 여자나 학교가먼 동무를 잘 사과야(사겨야) 되거든. 친구를 못 사구며는(사귀며는) 남 모든 매도 맞고. 그런 수가 안 있나 그자. 난 학교는 안 가봤다마는 여, 여 티비에도 보면 그런 수가 있다카이께네. 약할수록 지에 딸게(달려) 가먼(가면) 동무를 잘 사겨야 된다. 그 동무가 많으면 곁에 사람이 지(자기)보다 씨먼(세면) 막 저 팰라 캐도 곁에 사람이 겁나 못 때리거든. 일단적(일방적)으로 이건 맨날 매만 맞는 게래. 그래 맞았는데, 이게 한 열 두 살쯤 먹어 가주골랑, 생각해보이께네.

‘뭐 도저히 아바이 찾아야 된다. 까지 뭐 엄마한테 갈채 달라 해 안 갈채주면 자결, 자결할라고. 자결할라고. 살아봐야 뭐, 도저히 남말 다 환영 몬 받고, 만날 뚜드리(뚜드려) 맞으이 말이야.’

한날은 마 칼로 가주골랑 저 문 앞에 꺼지(까지) 갖다 놓골랑 꼽아(꽂아) 놓고,

“아버지 안 찾아주면 나 여(여기서) 죽는다. 어무이는 내 이력상을 잘 몰래 글치. 난 매일 맞는다. 자식은, 애비없는 자식이라고 말이야. 이래니 나는 모다, 모다가주고 오늘 판결을 해야 된다. 아버지 찾아 도고. 이 칼에 죽는다. 무슨 소리하든 아버지 안 찾아주먼 난 죽는다.”

이 과부가 생각하이 기가 맥히단(막힌단) 말이라. 아바이 성을 아나, 이름을 아나, 그 이래 앉어.

“들 온나, 여 들 온나.”

바(방에) 드가이께네. 울긋붉긋 예전에 거 망에 옷하다 끊어 놨는 거, 쪼글, 쪼글 모돠 놨는 거, 소복하게, 이 시끄이 접어가주고, 요래 뭉채(뭉쳐) 놨는 게 있다 하이. 이 할마이[87] 만날 그런 게 있었어. [최옥기: 옛날에 헝겊 보따리라고 있었다. 왜.] 옷 떨어지면 짓는 헝겊 쪼가리. 옷하고 이래 남았는 거. 거게 인제 첩지를 내디,

“너 아바이 표시라카이, 요, 이게다. 요 시무겼단 말이야. 요, 요 끊었부린거예. 요래 됐는데, 요고(이거를)를 인제 끊었부리놓으니깐. 요기하고, 요기하고, 요기하고 시무시였는데, 요 요게 가지다. 난 이름도 모리고, 성도 모린다.”

이카이,

---

87) 부인인 최옥기 할머니를 가르키는 말이다. 옷하다 남은 천을 모아 놓은 보따리를 가지고 있었다는 것이다.

"이거래도 나는 보따리 싸가주고 가야된다."

그러이 이 어마이가 논 돈이가 글 때 300백원 있었어. 석 냥, 엽전 그 석 냥. 석 냥, 요새돈 석 냥 60원이래. 석냥이가. 아, 그 철없는 거 아바이 찾아갈라 카는 거 돈 석 냥을 줬어.

"이게 가진 게[88], 돈이 이게 가진 게 이 보따리 가(가지고) 가라."

그 이놈이 짊어지고 나갔다. 서울로 찾아가는데, 걸어 뭐 아닌 말로 및 날 미칠을 올라갔어. 올라가이 서울 입세(가까이) 드가이께네. 사람이 소복 모돠(모아서) 돌아섰는데, 뭐하는가 싶어 이래 내려다 보이께네. 봉사가 점을 한단 말이여, 점을 하는데 뭐 맞췄다 카고 막 난리 났는 게라.

'에이 이 망할놈들아, 점해서 몇 번 떨어졌다.'

그 다리(다른 사람) 한 뒤에 지(자기) 채래(차례)가 딱 다가왔는데,

"어른요, 점하는데 복채가 얼맵니까?"

이카이께네.

"석 냥이다."

이카거든. 그래 엄마가 준 돈 석 냥을 다 줬버렸어. 주골랑, 이 산통[89]이가 말이야. 산통이라카먼 너들 알라. [이야기를 듣고 있던 청중을 향해서 하는 말이다.] 산통 찌래기 이마 하다. 고 놈을 딸각, 딸각 흔드이, 요래 흔들어가주고 요래 구녕을 쏙 빼이께네. 요 마디가 마커 있거든. 딸각, 딸각, 딸각 이 마디가, 마디를 여 손으로 훑어가주고 글자, 글자 탑, 탑을 해 가주고 여 인제 그 신기 맞춰 갈채 두는데, 한 두디이를 딱 빼디이,

"닌 아바이를 찾아왔다."

"예. 맞습니다. 아바이를 찾는데, 어예 찾습니까?"

"니가 오던 요 질을 똑바로 가며는 왼쪽 핀(편)에 큰 대궐 앞에 이 지팽이 짚고, 지팽이 짚어지고 작때기 땅을 뚜드리고 나오는 봉사가 하나 있다. 뭐든지 니 첫눈에 돌기고(돌이고), 뭐고 쥐고 낯 간지[90]를 택(딱) 때리먼 그 봉사가 닐(널) 인도해 준다. 그래 막 가봐라."

이카는 게라. 해는 다 지고 점 하나, 뭐. 그 질(길)로 인제 봉사가 점하는 그 질(길)로 똑바로 갔어. 가다보이께네. 그 대궐 앞에 보이께네. 봉사가 키 커단(커다란) 봉사가 작대기를 ·딱 뚜드고 나오는 게라. 그 돌비하는거(돌로), 돌미를(돌을) 가주고(가지고) 아까잰 뼈를 식 갈기고 막 개들었어. 그랬더니 이러디 이 이거 산통을 말다 빼가주고 쭉 훑더니,

"어느 요놈의 새끼 박문수, 문수 아(자식) 겉다. 요놈의 자식, 문수, 문수 양반의 이 문수라 카는 것이가 자석, 교육을 이 이래 디래(들여) 놨다. 대문 앞에 가야된다."

---

88) 가지고 있었던 돈이 60원 전부라는 말이다.
89) 점구통을 말한다.
90) 얼굴.

카면서 앞으로 간다 말이야. 그래 따라 갔어. 그래 따라가이 대문 앞에 가가주고,

"대감님, 대감님."

그래 문수는 글때는 마 나(나이) 인제 요새 말다나 나이가 많아가주고 대궐에 들 앉어가주고 아무것도 출입도 몬 하고 이래 집, 집 출입만하고, 인제 그런 짓은 안 한단 말이야.

"왜 그러냐?"

이카이께네.

"대감님은 그래 아들 지도를 그래(그렇게) 들여놨냐고? 말이야. 누가 이 가는 사람 돌뻬를(돌을) 가주고(가지고) 아까쟁구(이마)를 쳐가주고 아파 못 산다."

"왜, 그러느냐."

이카이께네. 이거를 이 문수는 아들이 없다 칸다. 현재 없으이께네.

"이 사람 무슨 소리고. 나 보데 자네한테 자식이 없는 사람이 아니나. 글잖아 자식이 있는데 왜 없다고 하느냐고 말이야. 아들 불러가 단디(단단히) 타이르고 그러지 마라."카고 가는 게라.

그 질로 따라 드갔어. 드가가주고 무릎을 엎드려 가주골랑 문수한테 인제 저거 아바이라 카고,

"내 이겐 아무데 있다고, 있는데, 내가 어머이한테 태어나가주고 서다(서당) 글 배우는데 아바이가 없으니깐 내가 같은 유지91)한테 숱한 매를 맞고, 견디다 몬 해가주고 아버지 찾아왔으이께네. 자식으로 받어 돌라 카이께네."

"난 자식이 없는 사람이다. 난 자식이 없는 사람이다."

그제서 인제 자기 품에 이 쪼가리 요 시무전 쪼가리 내 놨어.

"난 아무 표시가 없고, 이름도 모리고, 성도 모리고 그런데 집에 어무이가 요걸 주는데, 요거를 가지고 아버지 찾으라 카고 주는데, 이 쪼가리 한 번 맞춰보래."

카는 거야. 그 참 괴상다 말이여. 그래 문수가 하나 캐가주고, 종들 불러가주고,

"내 사오아끼를 전부 여기 갔다 놓으라."

이캤어. 그때 왜 그런 사람들 입는 옷이가 이거 소매가 탁 흐트러지고 옷이 다리거든(다르거든). 그제. 한 무데기 가져 왔는 게라. 가져와 하나, 하나 인제 보니께네. 들여다 보니께네. 한 군데 마침 없다 말이라. 딱 떨어져. 거다 맞추이 딱 맞거든.

"맞다. 그 자리에서 맞다. 허허."

자기도 거 맞춰보이 맞으이께네. 그 사마다하는 진실이 생각캤는기라.

"니, 내 아들 맞다."

이래가주고 말인즉 가가 박문수 대리 행세한다. 그런 얘기가 있지. [조: 이야기도 잘

---

91) 나이가 비슷한 또래를 말한다.

하시고. 이 이야기 어디서 들으셨어요?] 이 얘기가 나가 나는 일자무식이거든. 일자무식인데 남한테 들은 얘기는 내가 좀 안 잊었부랜다. 안 잊었부랬는데, 여 삼국지 얘기 그 얘기 해 보면 이보다 훨씬 더 재미있거든.

⑳ 고려장이 생긴 유래

-조사일: 2003년 10월 29일, 제보자: 황양호(남, 80세) 조사자: 조연남.

* 여러 할아버지들이 모여 앉아서 이야기를 주고받는 가운데, 황양호 할아버지께서 얘기 해줄 것이 하나 있다며 살짝 나를 불렀다. 그러더니 텔레비전에 여러 번 방영되어서 잘 알려진 고려장 이야기를 들려주었다.

옛날에 말이지 어떤 사람이 살았노 카며는 아들이 하나, 참 조모, 모친이 있고, 그래 가주고 인생을 많이 한, 늙도록 살았던 말이래. 늙도록 사니깐 아들이,
"나이 이러코로 많은 어마시(어머니) 갖다 냈버리자."
지게에다 짊어지고 손자가 뒤에 따라가고 깊-은 산중 골짜기에 이 사람을 냈버렸부고, 돌아 올, 내려 올라하는데, 돌아오는 판인데, 손자가, 그래 아부지제.
"아부지요? 지게를 왜 여게 놔두고 갑니까? 지게 지고 갑시다. 지게를 달부 집에 지고 가야 아부지도 늙으며는 아버지도 짊어가야 된다."
거슥 가마 생각해보이, 내가 잘못했다. 아바이가 그래서 자기 아들의 그 이야기를 듣고 생각하니, 내가 잘못이다. 내가 나 많은 모친을 여다(여기다) 내버리면 어떡 하나? 달부 지게를 짊어지고 집으로 왔다 카이.
그래 거 다시 말하면 손자가 그런 얘기를 안 했으면, 그 할머니 영 거 냈버려 버리고 왔을낀데, 그래 그 자식이 그런 경우가 있더라. 그래 그 손자가 지금 얘기하면 머리가 좋은, 자기 아버지 버릇쟁이를 대번 곤쳤거든. 안 그래? 그래 아바이는, 참 아들이라는게 거 지게를 달부 가져가야 한다.
"아버지 늙으며는 여게 달부 져서 어무이, 참 할머니 냈버린 것처럼 아버지를 갖다 내삐리다." [조: 어르신 이거를 어디서, 누구한테 들으신 이야기예요?] 누구한테 들은지 모르지 뭐. [조: 그냥 들으신 이야기고? 예. 거 손자가 지혜롭다는 이야기죠?]

㉑ "옷을 걷어라, 물이다. 까시다. 너러라." (도깨비 이야기1)

-조사일: 2003년 2월 25일, 제보자 : 황한이(여, 86세), 조사자: 김유희, 조연남, 나카무라 카즈요.

　＊ 청운 마을은 강을 끼고 삼면이 산으로 둘러싸여 있어, 험한 골짜기도 많아 도깨비 이야기를 흔히 들을 수 있었다. 특히 황한이 할머니가 살았던 곳은 강 건너 산 속에 위치해 있었다고 하니 할머니가 직접보거나 다른 사람이 겪었던 것을 들은 이야기를 주로 했다. 팔십 여섯의 나이에도 불구하고 예전의 이야기를 생생하게 기억하고 있었다. "도깨비 이야기야 많지."하며 열 두 살 때 기억을 더듬어 이야기를 들려주었다.

　도깨비가 여 그 전에 소낭기(소나무) 많이 있었어. 여 거랑 가(강가)에. 거 돌너덕에 오이(오니) 여 부잣집 사위가 처갓집에 온다고, 떡을 하고, 옷을 하고 해 싣고 오는데, 도깨비가 나섰어. 고마 사우(사위)[92]가 돼 나서가주고, 말고삐를 물고(몰고), 저 아랫골로 드갔다.

　골로 드가서 저 산너머 꼭대기 올라가가주고 짐을 부라놓고(풀어놓고). 산 넘어가주고, 무슨 산이라고 그러면 모르지. 무슨 산에다가. 영감을 데려다가 요(여기) 뒤에 갔다 놔놨어.

　그리(그러이) 아침에 인제 저 밤새도록 기다려도, 거 개 잡아 과 놓고, 기다려도 안 와. 안 오이 아침에 어떤 사람이 고(거기) 마 촛불 쓰러 가이 까네. 그때는 미신을 지키이(지키니). 촛불 쓰로(쓰러) 가이. 뭔 영감 하나 오그리고 앉었어. 방송을 했어. 그리 방송을 해. 찾어 가이 그 좌인(장인) 영감이래. 그 도깨비한테 홀래가주고 그 밤새도록 댕기는데,

　"옷을 걷어라, 물이다. 가시다. 너러라(내려라)."

　이래 가주고, 매런도 없이 그래서 삼일을 정신을 못 차렸어. 갖다 눕혀놔도. 그래, 그래도 죽지는 안 했어. 한 몇, 한 2년 살고 죽었어. 도깨비한테 홀리면 그래 죽었부래. 오래 못 살아. 〔조: 이건 진짜 있었던 이야깁니까?〕 이거는 현실이야. 〔조: 아이고.〕 이 동네 현실. 부자집이가 이름이 뭐로 카먼 '이광례'라고 요거(여기) 마을 복판에 살았어. 이광례 거 맏며느리 친정 아부지가 그래. 〔조: 아. 친정 아부지가 직접 겪은 이야기고.〕 거 쪼매할(어렸을) 때 현실이야. 그 도깨비가 진짜 있었어.

---

92) 도깨비가 사위로 변신했다는 것이다.

㉒ "순홍아 순홍아 여 나와봐라"(2)

-조사일: 2003년 2월 25일, 제보자: 황한이(여, 86세), 조사자: 김유희, 조연남, 나카무라 카즈요.

* 다른 이야기는 다 잊어 버려도 경험했던 이야기는 안 잊어버린다고 하면서 이야기를 시작했다.

옛날 얘기 어릴 때 얘기가 많지마는 하나도 몰래, 다 잊었버랬어. 현실은. 그 옛날에 거 수동댁이 아지요? 수동댁이 고모, 그 종고모 아이껴(안 있니껴). 종고모가 내보다가 12년 맏이이께네. 왔는데, 도깨비가 불러냈어. 종고모를 불러냈다. 이름도 희한하거러(희한하게). 종조모 이름이 홍인데, 순홍인데.

"순홍아, 순홍아, 여 나와봐라."

하미 불래(불러) 갔어. 와가주고 글쎄 밤, 밤중이 되도 안 온다. 불러가주 가가주고, 그래 북가산으로 저리, 어디로, 어디로 돌아 댕겨서, 녹초가 된걸 마당에 가 눕혀 놨어. 그 하마(벌써) 나이가 하마 시집갔다 왔으이께네. 한 이십 살이 됐는데, 그래 다 죽어가는 거야.

그래 어예 가주고 그랬는동 몰랐는데, 내중에(나중에) 보이, 도깨비 그때 얼매나 많은지 몰라. 도깨비가 홀게(홀려) 불러 내가주고 한 12시 되도록 끌고 댕기다가 데려다 집에 마다(마당)에 갖다 그래 흩으러 놨어. [조: 종고모를?] 종고모. 우리 종고모. [조: 고모가 도깨비 봤다고 얘기를 했습니까?] 그래.

"왜 그래노."

카이. 부르더란다. 그래,

"순홍아, 순홍아."

불러 나가이께네. 그 앞에 저 밭둑에 소낭기 있었는데. 그 소나무인데 서가(서서), 부르는데 따라가, 그 질로 가, 고꺼지는(거기까지는) 간 거 알고, 어디로 돌아 댕긴(다닌) 줄도 몰라. [조: 도깨비가 뭐 우에 생겼다 그래요?] 여자, 여자드란다. [조: 여자요? 어째 생겼답니까?] 사람이래. 사람인데 다리는 하나고, 다리는 하나고, 사람은 사람이더라. [조: 다리는 한 개밖에 없어요?] 어. 한 개밖에 없고. 아까 얘기하던 거 하나 빠졌다. 도깨비가 빗자리래. 빗자리라. 그래가 빗자리가 동동동동 뜨디이(뜨더니), 도깨비가 나와가주고,

"장인, 장인 오시니껴."

카머.

빗자루가 댕기미(다니며) 팔딱, 팔딱 귀신이라. 그 첫 시초가. 그거는 내가 현실이지[93].

---

93) 종조모가 직접 겪은 이야기라는 말이다.

[조: 이거는 다리가 하나?] 하나 있는 거 불러 내가주고, 시간, 가는 시간은[94] 그때 없으이께네. 그래 어둡지도 않은데, 불러냈으이. 나갔지.

　[임성윤: 본래 빗자리(빗자루) 깔고 앉지 말라고, 옛날부터 그랬다.] [조: 아. 빗자루 깔고 앉으면 안 됩니까?] 빗자루 깔고 앉으면 옛날에는 맨스 귀저구(기저귀)가 없었어. 그러며는 그게[95], 그게 보인다고[96] 빗잘게(빗자루에). 그 방간(방앗간) 겉은데 앉으며는. 거 옛날 사는 거 뭐 비옷(베옷) 같은 거. 한 세 사람이, 도깨비한테 홀래, 오래 못 살고 죽더라. 우리 고모는 안 죽었어. [조: 예. 아주 귀한 말씀 해주셨네요. 이런 얘기 들으러 왔다니까요] 이거는 아주 옛날 얘기지. 현실 얘기.

㉓ "순홍아 내하고 놀자"(3)

　-조사일: 2003년 7월 12일, 제보자 : 황한이(여, 86세), 조사자: 나카무라 카즈요, 조연남, 유경숙.

　＊ 한 여름 밤 할머니댁을 다시 찾았다. 여름밤에 듣는 으스스한 도깨비 이야기는 정말 흥미진진했다.

　[조: 아. 그 또, 또 있죠. 비슷한 이야기 있어요?] 연에, 연에 그 영혼이 무슨 영혼인지는 몰라도 지금, 개명 나고 차 댕기고 일꾼하고 없어졌지.
　저 고울(고을)에 인제 어떤 사람이 살았다고. 저저저 왜 사람, 죽은 사람 많이 묻는 데롤 공동묘지라 그러지. 공동묘지 밑에 어느 사람이 한 집이 와서 살았어. 사는데 그것도 하마, 산 지게가 한 7, 80년 전이래. 근 100년이 가차(가까워) 오는 덴데. 그래 인제1내

---

94) 그 당시에는 시계가 없었기 때문에 시간 개념이 없어 몇 시인지 몰랐다는 말이다.
95) 생리혈을 이른다.
96) 속옷을 제대로 갖춰 입지 못했던 당시에는 생리혈이 속옷에 묻거나 밖으로 배어 나오기 쉬웠다.

가 하마 시집가고 인자 한 70년쯤 되는가 그런데, 그래 사는데, 저녁마담 그런 귀신이 나오는 기야. 집에 와가 불러내. 불러내며는 밤 세도록 싸운다. [조: 귀신이랑?] 그 사람이 장단이 셌는 모양이라. 밤새도록 싸우다 아침에 보면 암 것도 아니야. 무슨 나무, 나무 둠뱅이를 안고 온 밤새도록 구불고. 가보이 그게. 생긴 건 어떻게 생긴지 모르고. 사람이지.

그래 이 산골 마을에 그런 전설이 있다고. 그래 인제 이 사람이 할 수 없이 살다 간게 대구로 갔데. 오새(요새)는 인제 가 잘 산단다. 그때는 너무나 먹을 게 없으니까 그 개울에 산전이라도 해가 먹고살라고. 그래 인제 그 사는데 그게 나와도 한 3년 살았다. 거게서. 죽지 못해서 거 살았다. [조: 거 산골에 살았나봐요. 저렇게 깊은.] 어어.

산골에 움막을 쳐 놓고, 사이께는 이 나와가 저녁 마담(마다) 도깨비가 있고, 그냥 도깨비라는 거는 완전히 사람 같이 댕기미 말을 해. 말을, 말을 하는데 먼데서 보면 불이 있어. 불이, 불줄기가 새파란 불줄기가 왔다 갔다, 왔다 갔다 해. 근데 우리 막내이 고모는 내보담은(나보다는) 열 두살 더 먹었으니까네. 세상을 떠났지마는 지금 열 두 살 많으만 백살 아이라. 저 구십 아홉. [조: 예. 구십 아홉.] 구십 아홉이제. 그런데 이, 이 어른이 클 때 집에서 이름을 불러 여. 저녁으로. 이름이,

“순홍인데, 순홍아 내하고 놀자.”

이러칸데여. 그래 문을 열고 어데서 그러나 보만 도깨비가 번쩍번쩍 그라고. 저 언덕 우에서 왔다 갔다 카미,

“순홍아, 내하고 놀자.”

그래 얼마나 무섭겠어. 그런 여게는 도깨비 전설이 있었어. [조: 아. 그렇구나.] 많이, 많이 있었어. 도깨비 때문에 아주 고민을 많이 했어. [조: 직접 마을 사람이 다 당한 이야기에요 할머니] 이거는 다 당한 이야기라. [조: 그런 거는 누구한테 들으셨어요. 할머니] 듣기는 내가 크면서 봤으이.

㉔ “하이 오빠 이키 일찍 오나?”(4)

-조사일: 2003년 7월 12일, 제보자: 황한이(여, 86세), 조사자: 나카무라 카즈요, 조연남, 유경숙.

＊ 할머니께서 우리의 흥미로운 눈빛을 읽었는지, 도깨비 이야기를 계속하셨다.

당에는 참 신(神)이 있지. 어디 어느 마을에라도 그런 일이 산신이라는 거는 분명이 있고, 뭐 이 신이라는 거는 없다는 소리는 못해.

이 동네 이 마을에 옛날에 도깨비가 참 많았어. [조: 도깨비 어.] 도깨비라 그러면 모를끼라. [조: 보셨어요. 도깨비?] 도, 도깨비라고 사람같이 똑같이 말하고 사람을 홀겨(홀려) 가지고 산으로 들로 홀려 댕기고, [조: 누가 당했다는 이야기.]

그래 있는데, 여기 도깨비는 어디 있노 카며는 이 마을 끝에, 물 내리 가는 끝에 저 기 내려가면 이 길로 바로 내려가면 이래 틀며는 그기(그게) 저 이 건너에, 농작물 있는 대로 가는 건데 가는 거, 가차운(가까운) 거리가 있다고. 고게서(거기서) 나오는 거래, 고게서 인제 그 도깨비가 나오는 거래. [조: 거기가 뭐 음습해요.] 돌너덜이,

거랑가(냇가에) 돌너덜이 있는데 그 전에는 일루도 댕기고, 절로도 댕기고 농촌에는 사방이 농촌인께로 오새도 맹 그래 댕긴다. 차가 댕기고 그렇지만. 고 가며는 딸각딸각 소리가 나만 일라(일어나) 가 봐. 여자가 가만 남자가 나오고, 남자가 가만 여자가 나오고, [조: 아. 무섭다. 그래서 어떻게 해요.] 그래 인제 나와가지고 우예노 카만 그거는 내 세대 봤는 얘기니껜 [조: 할머니가 보셨어요?] 그렇지.

가지는 안 했는데, 고모가 저 여게(여기) 진보 살았어. 고모가 진보 사는데 우리 고종 사촌이 저 외갓집에 온다고 말을 타고 왔다. 뭐 말이 옛날에는 말이 그게 차라. 말을 타고 외갓집에 떡도 하고 옷도 하고 이래 싣고 해가 빠졌는데, 안죽(아직) 해가 먼 산에 있는데 고 딱 어떤 여자가,

"하, 오빠 오느냐고."

천사(천상)보이께는 외사촌 동생이야. 나와 가지고는.

"하이, 오빠 이키(이렇게) 일찍 오나."

이랬는데, 말을 딱 붙들 있다. 저 건네, 저 고을 여서 건네다 보만 짚은(깊은) 고을이 있어. 절로 데빌고(데리고) 갔어. 말을 몰고 갔지 뭐. 하메(벌써) 홀게(홀려) 버린께 모린다. 가 가주 그 산태백이(산꼭대기) 올라가서 옷보따리를, 그 산대백이 옷보따리를 벗어 놨부고 말은 그 제 너머 갔다 놨부고 뒷간에 갔다 안치를 했어.

그러이 안 오이까 이상하다 말이라. 온다고 암만 기다려도 오지도 안 하제. 그 때는 참 반가운 손님이 오면 개를 잡아. 수캐(숫개)를 먹고. 개를 잡아 가 인제 과가지고(과서) 인제 식구들이 모이 앉아 먹는 그게 잔치야. 개를 솥에 앉혀 삶아 놨는데도 안 와. 밤중이 되고. 전화기 있으이, 전화를 하나. 사람이 암도(아무도) 모르지.

그 이튿날이, 여기 어떤 여자가 어야면 미쳤다 카기도 하고, 뭐 신이 그것도 들려 그랬을 께래. 여 산 밑에 가 불을 써 놓고 뭐를 어쩌고 카는 뚜들이는 그러는(그런) 여자가 있었어. 할마이가. 중중, 중쯤 되는 할마이가 있어. 그 할마이 촛불 쓰러 가이께네 덤불 밑에 요래 가 앉았는데, 나무를 땡기는 기라. 그래서 방송을 하는 기라. 그 사람이. 그 더럽에서.

"어떤 사람이 여게 죽었는지, 살았는데 덤불 밑에 앉았다. 동네 사람인동(사람인지), 사람 있는 사람 와 보라."

이래서 그래 기달려(기다려) 안 왔으이께네. 이 가보이(가보니) 외사촌 우리 고종 사촌 왔어. 인제 정신이 없는 거야. 집이 데려다가 개물97)을 떠 여코(넣고) 하루점도록(하루 종일) 인제 갔다 눕히(눕혀) 놔도 이 정신을 체리는데, 그 말도 내가 말을 타고 오니, 요 인

제 그 거리고 그릉(구릉) 밖에 뭐라 카노. 수구백이(수구맥이)라 카지. 인제 여기 농촌 말로 수구백이. 수구백이에 오니,

"오빠야 카문는(하면) 아무 것이가 왔는데, 뭐 어예댄동 모린다."

이기라. 그래 인제 일꾼들이 그 고을로 같이 대백(산꼭대기)에 가이 보따리가 마 거 있어. 옷 보따리하고 떡 보따리하고. 그 때는 어데 가만 떡 해가 간다. 찰떡하고 뭐 이래 해 가지고, 이래 고비에 담아 가지고 있어. 그걸 해 주고 넘어 가이, 말이 그 너머에 있더라고, 그래 인자 그래 죽어가지고 그 붙들어 가 왔더라고. 그랬는데 그 어른이 디게(대게) 그래 홀키고(홀리고) 한 3년 살고 고만 세상을 떠났었어. 마구 혼이 떠나 버렸어. 그런 전설이 여게 많애.

㉕ 호랑이 타고 다니며, 비단 장사한 할머니

-조사일: 2003년 7월 12일, 제보자 : 황한이(여, 86세), 조사자: 나카무라 카즈요, 조연남, 유경숙.

* 도깨비 이야기에 이어, 호랑이 이야기를 청하자, 비단 장사하러 다닌 할머니 이야기를 구연하였다.

이 마을에 날 보다 두 살 더 먹었는 할마이가 있어. 비단 장사를 했어. 비단 장사를 하는데, 저 대구로 영천으로 안동으로 이래 이고 댕기는 기라. 어디 산골에 해가 빠져 가다 이께로 호랑이가 나서더란다. 호랑이가 데려다 주더란다. 여게까지 먼데(먼) 산골에 가는데, 산을 뽀시락, 뽀시락 델다(데려다) 주더랜다. 그 무섭지도 안 하고. 그래 그 할마이는 내보다 두 살 더 먹었는데, 하마 죽은 지 한 5년 돼. 그래도 아들도 하나 못 놓은 할마이가 그거 양자 해 가지고 손자 학교 시킬라고, 비단장사도 하고 그쿠, 그쿠 알뜰해 가지고 논밭 사놓고 죽었다. 저 손자 도와 줄라고. 그래 그런 할마이가 여자도 그렇게 악발씨다 그런 할미, 없는 할마이.

[조: 할머니 그런 이야기는 그 할머니한테 직접 들었어요?] 직접 들었지. 자기가 했는 일이니깐. [조: 뭐 어떻게 타고 오셨데요?] 그래 인제, 내가 인제 그라만 시집 시누 뻘이 되거든. 색시야 내 그쿠 그래 벌었다. 그 얘기를. [조: 그래 그렇게 들으셨구나.] 내가 호랭이 하고 같이 댕기고, 자며는 밥값 줘야 되고, 잔값 줘야 되고, 안자고 가니라고 그래 호랭이가 데려다 주니란다. 그래 만날 그래 이얘기 하더라고. 그거는 요요요 중간에 적은(겪은) 일이고, 아주 옛날이야기는 옛날이얘기지.

---

97) 개 삶고 끓인 물을 말한다.

㉖ 화롯불로 호랑이 잡는 영감

-조사일: 2003년 7월 12일, 제보자: 황한이(여, 86세), 조사자: 나카무라 카즈요, 조연남, 유경숙.

* 호랑이 이야기를 연이어 들려주었다.

[조: 할머니 여기 호랑이가 있었다고 하는데 그거에 관련된 이야기는?] 호랭이도 있었지. 호랑이 그거 예전에 내가 한 번 했지.

그 호랑이가 어데(어디) 살았나 카며는 저 이 신작로 왼쪽 편으로 고개 넘어서가는데 있잖아. 우리 그 근처 있었는데 꼭 이리 해서 거랑가98)(냇가)로 해서 그때는 길이 없었어. 아주 토끼길 같은 거 있었지. 사람길이라카는 거는. 소도 겨우 댕기고 지게 지고 고래 댕기는 길이 있었는데, 호랭이가 온단 말이라. [조: 그 호랑이 그면 도망 못 가고 꼼짝없네.]

그 호랭이가 와도 어떤 할아버지는 이 구릉에 저 가며는 못둑이라고 그냥 물이 철철 넘는데 있어. 거기 인자 앉아가지고 화로에 앉아 가지, 호랑이 오만 잡는다고 앉았다고. 이래 앉았으면 호랑이가 와요. 골목으로 와. 호랑이 와가지고 어데 가나 카면 저 앞산으로 가여. 그 연결된 물에 가지고 물을 동동동동, 물에 고마 화로를 덮어 씌니깐. 호랑이는 등어리(등)에 불이 붙으만 도대체 안 꺼진다고. 고고(그거)를 인제 살았는지 죽었는지 모르지.

그래서 그 화롯불을 담아 가지고 호랑이를 덮어 씌웠는 영감이 이 동네에 저, 저 뒤에 꼭대기에 살았는데 그런 영감도 있었어. 죽었는지, 살았는지 몰라99). [조: 아. 그럼 그 할아버지께서는 돌아가시고.] 그 돌아가셨지. 그 할아버지는 그럼 뭐 그래 장단이 씨지(쌔지). 다리는(다른 이는) 호랑이 얼빙 거리면 다 도망가는데 화롯불을 담아 가지고 길 모리에 가서 앉았어. 호랑이 그 몽댕이를 때리 맞을 때 있나 가마이 앉았다가 덮어씌웠다고.

글코(그렇고) 옛날에 이 동네, 이 방에서 안 있고 이 마당에서, 여 마당에 이 멍석인가 뭐 이래 짚 가지 맨드는 거 뭐 있어. 나도 이 촌에 잘 안 살아 가 모리는데 그런 게 있는데, 그걸 갔다 뚜르륵 말아 접어 놨다 여름되면 그서 모여 앉아 삼도 삼고 뭐 놀기도 하고 삼도 삼고 모깃불 피아(피워) 놓고 늑대, 늑대 저 창지원에 가만(가면) 늑대 개 같은 거 있지요. 사람 잡아 먹는 거라. 와 가지고 마당 와서 같이 앉았다. 그래도 여사로 같이 보냈다.

늑대는 사람이 눕어야 잡아먹지. [조: 아. 왜 그런거예요?] 입이 질어서(길어서). 입이 질어가지고. 입이 그런데 늑대는 지가 잡아먹을라 그러면 자꾸 사람을 뛰 넘어. [조: 아 맞아 맞아. 홀리잖아.] 뛰 넘어가지고, 늑대. 뛰 넘어가지고 사람이 놀라 자빠지만(넘어지면)

---

98) 거랑, 즉 냇가를 일컫는 사투리이다.
99) 등에 화로를 씌워 불 붙은 호랑이가 살았는지, 죽었는지 모른다는 말이다.

㉗ 호랑이를 직접 본 황유모 어른

-조사일: 2003년 7월 12일, 제보자: 황유모(남, 77세), 조사자: 임재해.,

* 앞의 이야기에 이어 직접 호랑이를 보았다는 황유모 어른이 경험담을 들려주었다.

[조: 예. 호랑이가 혹시 뭐 나왔다던가, 혹시 뭐 그런 얘기 없습니까?] [황충구: 뭐 그런 말은 있지만도 거 우리가 안 봤으니깐 거짓불도(거짓말도) 잘 하고 뭐.] 그런 거는 잘 모리겠고(모르겠고). 어쨌든 내가 한 번 겪은 이야긴데, 그러니깐 뭐 한 40년쯤 됐지 싶은데. 아께(아까) 여기 앉았던 사람, 김유식 그 집에서 자주 놀았어요. 뭐 바둑두고 이래 놀았는데, 한 번에는 초겨울쯤 됐는지 그런데, 저 앞 골로 해서 우리 집이 저 아랫모테(아래모퉁이에) 있이니깐, 거 니리(내려) 간다고, 집에 간다고. 아직 산에 안죽 먼 산에는 햇볕이 있는데. 이른데, 그때 저 열여각이 저 건네 있었는데, 그 열여각 뒤로 해가주고, 노루가 한 마리 뛰어 내러오는 게라.

그래 이래 건네다 보고 있다이께네. 노루가 뛰어 가는데, 조금 있다가 보이(보니) 길에서 뭐 쪼매한 개 겉은 게 한 마리 따라 온단 말이지. 그때 나는 뭐 이 건너서, 이래 건네다 보고 있으이. 조금 올래(올라) 가더니만은 뭐 그마(그만) '쩍' 거리는 소리나는 게라.

그래서 저 안죽 해가 있는데, 저거 호랑이 소리가 아닌가 싶어가주고, 그 인제 논물 데는 보가 있는데, 고 우에 인제 거 우에 막 뛰어 갔어. 막 뛰어 가서, 작대기를 그래가 하나 주서가주고(주워서) 뛰어 가니깐, 거 사람이 가까이가니깐, 그 여기 요렇게 생긴 개 같은 거는 고 우에 밭에 올라 가가주고 요래 앉어 내려다보고 있는데, 그때 뭐 호랑이라든가? 무서운 생각이 안 들어요. 길에 사람도 다니고, 뭐 안죽 해가 있고 하니깐.

그래 가주 나는 이래 내려다보디마는 사람 가까이 가니깐 달아 나버리고, 노루만 인제 고 밭에 가서, 글쎄 그거는 주서 다가(주워다가) 우리 큰집이가 저 건네 있었는데, 이제 우리 집으로 오기보다는 그리가(거기가) 가까우니깐. 거기가 형님한테 가서,

"형님 이래가주고 주서 왔는데, 뭐 해가주고 끓여 먹으면 안 되겠느냐?"

그카이께네.

"그 끓여 먹으면 되지. 뭐 우달라고(어떨라고)."

그래가주 거기서 인제 장만하고 이래 하는 중에 그, 그 집에 개가 상당히 사나운 개가 있었는데, 개가 막 짖고 인제 고 중천에 올라가먼 논두럭이(논두렁이) 있고, 밭이 있고, 저 멀리 산이 있고 이랬는데, 그 산을 쳐다보면서 개가 자꾸 짖더라구요. 그래서 이상하다 싶어가주고, 두리번거리고 살펴봐도 아죽(아직) 그때는 해가 완전히 어둡진 안하고, 해가 질 무렵이었는데, 그 뭐 보이는 거는 없어도 그저 뭐 무신(무슨) 짐승인지, 하여튼 뒤에 저만치 떨어져가주고 따라 오디만은 조금만 해치니께, 그래가주 노루를 잡는단 말이지.

그래 볼 때는 그게 맹 일종의 못된 짐승은 못된 짐승인 모양인데, 그래가 한 번 그래

저 노루 한 마리 얻어먹은 기역이(기억이) 있어. [조: 글랄번 했습니다. 거. 큰 짐승 같으면 그거, 내가 잡아 논 노루말이지. 누가 먹냐고?] 그캐. 개가 하도 짓길래. 야, 그 으스스한 생각도 드더구마는(들더구만). [조: 옛날에 그 어른들 호랑이 봐도 호랑이라 안 그랬다 그러데요. 산신령이라 그러고.] 뭐 그런 말도 있기는 하데. 그 호랑이를 본 사람은, 아무 소리도 안하고, 그 참 말로 안하고 같이 만나먼 피해 내려와 버리고 뭐 이랜단 말은 들었어. [조: 그래요.]

㉘ 딱 맞아떨어진 황한이 할머니의 태몽

-조사일: 2003년 7월 13일, 제보자: 황한이(여, 86세), 조사자: 나카무라 카즈요, 조연남, 유경숙.

* 할머니는 여덟 명의 자식을 뒀는데, 어릴 때 일찍 남편을 잃고 자식들을 어렵게 키웠다. 그래서 그런지 자식에 대한 남다른 애정을 가지고 있었다. 삼신 할머니 이야기를 계속하다가, 할머니가 꾼 태몽을 이야기하며, 태몽의 뜻풀이까지 했다. 자식들의 삶과 태몽이 딱 맞아 떨어져서 매우 흥미로웠다.

삼신할매가 꿈속에 아주 영글게 그래 하직을 하고. 그 모습 지금도 눈에 환한데. 그 할매 모습이 그래 떠나더라.

그라고 태몽을 이래 꾸잖애. 이 장래 있는 애기, 참 애기들이. [옆에서 듣고 있던 우리를 향해 하는 말이다.] 내가 아들 들으라고, 그런데 태몽이 뀌엔다고. 태몽이 뀌에는데, 나는 첫째 태몽으는 달을 떳꼬, 달을 저 동쪽에 달을 떳꼬, 두 번째 태몽으는 하늘에서 구슬이 너러(내려) 왔는 거야. 똑 요만한 구실(구슬)이, 눈이 하얗게 깔랬는데, 구실이 내러와 동동동동 뛰더라고, 그래디마는 고는 아들을 낳았고, 성질이 벨라, 마커 아들이가, 성질이 벨라. 그랬는데,

세 번째는 어떤 저 우리 친정 마리(마루) 밑에 쏘가 있어. 근데 이시미라 그머 아주 억씬(억센) 악어보다도 크고 아주 소 겉은 게 눈이 이만쿰한(이만큼한) 게, 이시미. 그 물 밑에, 물에 이시미라 그래. 자기가 자기 이름이 이시미래. 근데 내중에 내가 살아가미 보이, 이시미라는 그 물 짐승이 있어. 그래 인제 그 이시미가, 지가 이시미라 그래. 그래 내가 그 안에 물을 퍼야되는데, 옛날에는 이 이는 버지기 꼭따리(꼭지) 달린, 버지기, 버지기가 있어. 항아리라 안 그러고, 버, 버지기라그래. 그 인제 그거를 인제 놓코, 빨간 양지기로 그 걸가주고 물을 풀라(푸려고) 카이, 이 놈의 이시미, 이 이게가 여기 쎄게 팍 끓었부이 피가 찌르르 나더라. 그래 펐다 그래고, 한 양지기 퍼 놓코, 그래 내가 인제 물어 봤다.

"왜 이래 우물가에 있이먼 어에라고 이래 있노?"

이카이,

"내가 이시민데, 물을 지켜야지. 곱께 퍼 가라."

퍼도 안 돼, 여 피가 이래 났다. 그 우리 둘째 삼촌이 거 마리 우(위)에서 짚을 석 단으로 동게 얹어놓코 있어.

"아이고! 저 작은 아버지, 거 짚으로 왜 그래 놔 됐노?"

이카니까.

"이 짚으로 갈라야지."

카머, 고로 가주 갈르니, 탁 갈라지더라. 태몽을 그래 꿨지. 그래 놓으이께네. 셋째가 딸이래.

지금 용띤데, 62살이야. 이게 열 아홉 살이 되이(되니) 맹장이 걸렸는 거야. 수술을 해야되지, 수술을 해야 되는데, 수술을 해가주고, 옛날에 그거 뭐 의사도 올찮코 이래 놓이, 수술 해가주고 떨괐어(떨어졌다). 침대에다가, 떨과놓으이 창지가 유착이 돼가주고, 재수술을 하는 거야. 창지가 유착이 돼가주고. 재수술 새로 한 번 쨌제. 또 그래 째고 해는가 보다하고 글때는 의사도 올찮코, 이래, 저래 했는데, 또 인제 애기를 하나 놓고, 애기를 하나 놓고나이, 또 되수술 해야된데, 되수술을 또 어깨를 쨌다. 또 이짝하나 이짝하나 또 쨌다. 째고 인제 수술을 했는데, 세 번째는 또 자궁에 혹이 생기네. 자궁에 혹이 생기니깐, 가로로 또 쨌다. 그거 태몽에 피 세 개 난 게 그거야. 짚단 석 단 얹어 놓코, 삼촌이 탁 갈랐는것도 그게 되수술이야. 태몽이 그렇게 영글더라. 그러고, 그 인제 거쩌점(거기까지는) 서이꺼점은(까지는) 그런데,

넷째는 목딴꽃이 피가주고, 5월달, 그 생일이 5월달이거든. 가질 때 5월달이 아닌데, 5월달 목탄꽃 밭이, 항정없이 넓은 고게 가서 아를, 딸을 하나 젖을 믹엤다고(먹였다고), 그래 목딴꽃을 쳐다보이 목딴꽃은 피웠다가 금방 잦아지는데, 해필이먼(하필이면) 내가 왜 목탄꽃 밭에 와서 젖을 먹이노. 말을 했다고,[100] 그카고 그 할 수 먹였는데, 놓으이 딸이야.

그래서 이름을 화자(花子)라고 지었어. 화자라꼬, 꽃 화'花'자, 아들 자'子'자 그래 화자라고 졌어. 그 애가 커가주고, 지금 52인데, 저 딸마(딸만) 서이 낳어. 꽃만 세 개 놓코, 꽃만 세 개 놓코, 네 개째 가져가(가져서) 병원에 가여, 또 딸이래. 유산시켰부고 안 낳았다. 딸만 서이래. 그 꿈이란 게 참, 그 태몽이란 게. [조: 목딴꽃] 목딴꽃 왜, 담 밑에 보먼 벌겋코(빨갛고), 넙떠한(넙적한) 거 피는 게 있잖애. 목딴꽃이라꼬, 목딴, 목딴 5월 딸에 펴. [조: 5월 딸에. 빨간색?] 빨간, 빨간 자주색. 아주 깜작어(깜직해). 그 목딴꽃은 이렇케 커. 그래 그게는 다 꽃은 춘추단절이지. 그래 인제 요새는 장미꽃이 피지. 그 장미꽃 전에 펴.

그리고 이제 넷째는 가질 때, 넷째하고 여섯째하고, 아니 다섯째하고 ,여섯째하고 (꿈

---

100) 꿈속에서 한 말이다.

을) 한 묶음을 꾼거야. 한 목에 꾸는데 어예 꾸노하먼 접시 요런데다 사과를 세 개 담아 주는 거야. 빨간 사과를 담아 주며는 여문 아들이 될지 모르는데, 뽈또그리한 사과가 두 낯이고, 새파란 사과가 하나, 세 낯을 요래 하얀 사과에다 사라(사발)에다 담어가 주는 거 받아 왔다. 받아와가주고 아들을 놓코, 낳아가 키웠지. 키워 놓으이께네. 그 아들으는 딸 하나만 놓코, 우리 며느리가 아를 못나. 하나 놓코 뭐 어떻게 탈이 나가주고 못 나. 딸 하나뿐이야. 그리고 세 식구뿐이래. 고 사라에 세 개. 딸 하나 저들 둘이하고 셋이 있어. 지금 나이 50인데 셋이 있어.

그래고 인제 막내이는 같이 꾸는데, 무슨 높을 산비탈에서 젊은 여자 애래. 여자 앤데, 동자 겉은 아들을 양손에, 머시마를 양손에 요래 붙뜰고, 그래

"엄마!"

카고 부르는 소리가 귀에 쏙 들어오더라고, 그래 나는 대답도 못 했고. 그거도 맹 한 몫 꿨어. 고거는 아들 둘이고, 막내이가 48살 아들 둘인데, 태몽 그거 몰라 그렇치. 딱딱 맞는 거여. 나는 살아보이 맞떠라. 그래고 그 큰 딸, 큰 딸 꿈 꿨는 거는 금을 해가주고 탁 떨어지기 따문에(때문에) 곤칠(고칠) 수 없는 게 팔자야.

한문에 여덟 '팔(八)'자. 아무리해도 여덟 '팔(八)'자는 못 고쳐. 팔자는 못 고쳐. 그래 인제 다른 글자는 천자 다 곤쳐요. 별거, 별거 갖다 붙이먼(붙이면) 말 되고, 붙이면 말 이 되는데, 팔자는 못 곤쳐. 팔자는 못 고쳐. 그러이께네. 팔자는 이 세상에 딱 떨어질 때 태고(타고) 났기 때문에 못 고쳐.

<임 재 해>

VI. 이야기로 듣는 생활사 구술자료

마을 생활과 풍속에 관한 구술자료 – 임재해

현대사의 고비를 겪은 사람들의 구술자료 – 임재해

삶의 경험과 현실생활에 관한 구술자료 – 임재해

마을 생활과 풍속에 관한 구술자료

버드나무로 홀때기 만들어 불던 어린 시절
농사일 거짐 되고 날 뜨거우면 약물 먹으러 가기
보릿고개 넘기기와 밀주단속 속이기
마을의 재난이었던 빨갱이 부대와 6.25 전쟁
새마을 운동과 술렁이는 변화의 물결
청운분교 걸립 지신밟기와 풍물대회
머슴 부리기와 머슴 달래는 풋굿 해먹기
택호 짓는 방법과 택호 잔치
상여운반과 장례풍속

버드나무로 홀때기 만들어 불던 어린 시절

　* 자연을 벗삼아 어린 시절을 보낸 할아버지들. 그 당시 할아버지들의 꼴베기, 홀때기 불기, 씨름 등의 놀이 문화를 살펴보고, 겨울철 주로 했던 짚신 삼기, 가마니 짜기 등의 이야기를 들어본다. 또 일제강점기 먹을 것만큼이나 귀했던 옷, 신발, 양발 등의 이야기를 들어보았다. 배움을 위해 멀리 있는 초등학교까지 걸어 다니며 친구들과 뛰놀던 할아버지들의 어린 시절 이야기 속으로 들어가 보자.[1]

꼴 캐러 가서 홀때기 불기

황유모[2]: 그 버드나무다. 벗나무 피리 부는 거.

황일호[3]: 그 산밑에 가면 양지거든요. 버드나무가 많이, 거 꼴 캐로(캐러) 가면 버들 피리 부는 곳이 거겝니다(거깁니다). 거 양지래 그래가주고 버들잎이 핀다.

조사자: 그걸 버들피리라 그랬습니까?

황: 홀때기, 홀때기 풀. [조: 우리는 초래라 그럽니다.] 여는 홀때기. [배영동: 우리도, 우리도 홀때기라 그래.]

황수도[4]: 홀때기 맞어. 홀때기라 캤어.

황: 쪼매 있이면(있으면) 버들강아지가 요래 굵어지면 막 그래가주고. 나발도 맨들고(만들고). 큰 건(큰 거는) 이래, 돌래가주고(돌려서) 이래 삐껴가주고(벗겨서) 홀때기 쪼맨 거 꼽어가(꽂아서) 이 나발(나팔)이래. 그래면 나발 '우' 이런 소리가 나요. 웅장하게. 낭기다(나무에) 자꾸 칼로 이래 돌리면, 이 홀때기 요거 겉으면(같으면) 자꾸, 자꾸 크게 만다 카이. 나발 맨들지(만들지). '우' 그면 그런 소리가 나요.

황유모: 나발, 나발 불듯이. 소리가 확성기 소리 겉이.

황수도: 오오 그래 불어요. 그러면 나팔 소리랑 비슷하게 나와요.

배영동: 고게 한 한 달쯤 더 있으면 될까요?

황수도: 한 달쯤 있으면 될게래요.

황: 낭기(나무가) 굶어 오니더 왜. [조: 그거 한 번 보러 와야 되겠네. 어르신들.] 요만한 거면 요만한 거, 요만한 거 비면(베면) 고마(그만) 칼로 빼빼 돌리면, 돌리면 이래 잘 뺏겨져요(벗겨져요). 그러면 여서 똘똘 마면(말면) 돼요. 똘똘 마면 돼요.

---

1) 2003년 2월 24일 임재해·배영동 조사, 임재해 정리, 조연남 녹음자료 채록.
2) 황유모, 남, 77세. 노인회장.
3) 황일호, 남, 77세. 앞으로 황이라는 성씨만 쓰는 것은 모두 황일호 어른을 일컫는다.
4) 황수도, 남, 70세, 초산어른.

말아가 그때 신까시가 드가게(들어가게) 요래 꼽으면(꽂으면), 꼽으면 안 풀레(풀려) 지거든. [배영동: 안 풀리고요. 예.]

황수도: 그래가주고 자자한 거 고 홀때기 꽂은 '우' 꼽으면, 나발식이지.

배: 그거는 이름을 뭐라 그럽니까?

황: 맹 홀때기. 홀때기, 홀때기지. 뭐.

배: 보통 홀때기는 아니잖습니까?

황: 나발 홀때기. 앞 대가리 후라시매로(후라시처럼) 저, 저 쫌 크고.

배: 저저, 홀때기 꽂인 데는 가늘고, 나가면서 커지고요.

황수도: 맞어, 맞어.

황: 마커(모두) 올릴라면 가주가요. 저 복사해가주고(복사해서) 번역 쫌 해가주고 뭐 쫌 하든지, 뭐 어에든지, 뭐 대략 뭐 하든지. 고래하고(그렇게 하고).

배: 그럼 그 아까 그 홀때기는 여러 사람이 함께 놀 때 부르는 거예요?

황: 저 꼴, 꼴 캐로 갈 때.

황수도: 소는 그냥 짚을 주면 잘 안 먹지마는. [배영동: 그렇죠.] 꼴을 주면. 숫소는 또 다르거든. 금방 나는 거는 비다(베다) 놔 놓으이. 예전에 막 캐로 댕겼어. 캐로 댕기는데, 그때 인제 한참 물이 올라오거든. 낭게(나무에). 그래더니 그거 인제 전부다 그거 뜯어가주고(뜯어서) 가가주고 그거 불면서 산에도 가고, 들에도 가기도 하고 뭐.

배: 여자들은 그런 거 안 하죠?

황수도: 여자들은 그런 거 안 하지.

배: 대게 그런 거 하는 연령대, 나이가 어느 정도 됩니까?

황수도: 나이요? [배영동: 예.]

황유모: 그게 보자. 한 열 살.

황수도: 스무 살 미망(미만)이께레. [배영동: 아. 열 살에서 스무 살 미만.]

황: 여덟 살부텀 마 하마(벌써) 뭐 학교 드가기 전에 꼴 캐로(캐러) 댕기고. 뭐.

배: 그때는 이 마을에 집집마다 소가 한 마리씩 다 있었습니까?

황: 다 있지. 농지. 농사짓는 집에 소 다 있었지.

황수도: 지금은 요 며칠 전만 하더라도 청송군에서 일방적으로 가정에 평구로로 봐가주고는 여기가 제일 소가 많이 나왔어. 규모가 많이 나와, 그 다음에로 암소 보담은(보다는) 숫소가 더 많애.

배: 그럼 청송군내에 다른 마을에서는 암소도 많이 먹였어요?

황수도: 예. 근데 이 마을에 축산 그 계원이 칠십 몇 사람인데, 딴(다른) 데 2개면 보다 여기 70년도에 조합원이 더 많았어요(많았어요).

배: 아. 그렇군요. 특별히 무슨 사연이 있을까요?

황수도: 소를 많이 맥였지(먹였지) 뭐.

황: 조합원이 많거든.

황유모: 그러니 여기는 농토가 이 마을에서 쪼꿈 다른 동네에 비해서 많이 떨어져 있어
    요. 거리가 쫌 멀어요. 그러니까 소도 뭐 약한 소를 가지며는 농사일을 충분히 못
    해내요. 그러니깐. 황소, 큰 소 이런 거를 여러 마리를 많이 먹였지.

황수도: 그리고 마을 안에 농지가 없어가주요. 이 마을에는 대략 모기가 딴 데 비해 영
    없는 샘이래요. [배영동: 모기가요?] 예. 모기가 거 자생하는데 어데 뻘 겉은데,
    일어가주고 나오는데 이 마을엔 농지가 멀리 있어 놓이. 딴 데 가면요. 밤으로 못
    자지만, 여(여기)는 빌로(별로) 뭐 거랑가가(냇가가) 있어도 모기가 없다이. 강가
    에는.

겨울철엔 가마니 짜기와 신 삼기

조: 옛날에 뭐 저게 부업으로 농사짓는 거 말고, 겨울에는 나무하는 거 말고, 부업으로
    하신 일은 뭐 있습니까?

황수도: 여기는 마커 뭐 예전에는 머리가 둔한지 몰래도 그래 하는 게 없었지.

조: 가마 짜기 뭐 이런 거?

황일호: 가마이(가마니). 가마이는 짜야 되지. 신 삼고 가마이 짜고 이런 거 안 하면.

황수도: 그건 행정적으로 지원을 많이 독려를 해 줬으이.

황: 우선 곡식을 여을(넣을) 때가 있니껴.

황유모: 그것을 뭐 생계수단으로 해가주(해서) 팔고 뭐 이런 건 별로 없었는데. [조:
    그냥 각자 필요한 만큼 가마이 짜고.]

황: 자리 짜고.

조: 가마이 짜는데 뭐 특별한 요령이나 그런 거 없습니까? 신 삼는 요령이라든가 뭐.

황: 나(나이) 많은 어른들 다 삼았지 뭐.

황유모: 대나무 막대로 해가주고 짚을 옇고(넣고) 빼고 하는 거 이거고 뭐. 바디 카는
    거 있잖아요. 베 짤 때 이 바디 겉은 거. 이래가주고 가짝에(바깥쪽에) 인제 마무
    리짓고 하는 이런 작업이 있고. 거의 다 그런 거 밖엔 없었는 거 같은데.

초등학교 시절의 신발 조리

황수도: 국민학교(초등학교) 댕길 때 하마 신 그 실리빠(슬리퍼) 카는 거 안 있니껴.
    그 촌 안 나고 밑에 부들부들 하거든. 이걸 교장이 이걸 가르쳤어요. 근데 그 교장
    이 우리는 짚 가주고(가지고) 하는데, 그 사람들은 고마 요 새끼에다가 전부 기름
    을 발라서 그래야 이게 되거든. 미끄럽기 때문에. 그래 가주골랑 교장이 지는(자기

는) 탁 기름 발라가주골랑 우리 보는데 이제 삼고, 우리는 그거 인제 형체만 보고 삼는데 삼았거든. 우리는 삼는 게 아주 고만 영 옳잖고. 그 사람이 삼은 기는(거는) 미끄덩하거든. 그래 가주고서랑 그 말에 고마 전설적으로 나왔어요. 그 사람이 바로 일본 사람이래. [조: 일본 사람. 일본 사람 교장.]

황유모: 일본말로 조리 삼는다.

황일호: 조리 삼는다. 짚도, 이 짚 새끼에다가 마커 기름. 이 미끄럽도록 하기 위해서. 그러이 그 사람으는 얼매나(얼마나) 사는 게 행복해가주고 기름을 가주고(가지고) 와가주고 사람한테 먹어야 하는 기름을 갔다 발라가주고 신, 신 신고. 우리는 소금 도 못 얻어먹는 형편에 살고 그랬다 카이.

조: 말이 뭐 있습니까? 기름.

황: 예.

조: 조리 삼는데 옛말이 또 뭐 있습니까?

황유모: 그 일본말. 조리라 카고. 조리 삼는 데 인제, 한 요새 말하면 쪼매한 강당 겉 이 아주 그 삼는 데가 있어요. 거 그걸 갖다 모아가주고. 뭐 5, 6학년 모이라 해가 주고. 전부 인제.

황: 공통적으로 그래 같이 삼았어요.

조: 아. 그랬습니까? 전부 각자 신 삼아가주고 자기 신었습니까?

황: 고무신 겉은 거 글 때 뭐 살라 카면 돈이 있니껴.

조: 짚신 안 신은 년도가 저게 어르신 년도상 언제부터 안 신었습니까?

황수도: 우리는 국민학교 마친 때가 지금부터 한 60년 될끼라.

황유모: 고무신을 신으면서도 인제 만들어가주고 신고 막 이랬어. [조: 일할 때 짚신 신고. 응.]

황수도: 해방되고 한 5, 6년 돼가주고 짚신 안 신었지. 안 그랬니껴. 고무 공장이 나서 고 검은 고무신.

일본인 교장의 신 삼는 법

황유모: 글 때 일본 교장도 꼭찌 카는 교장 아냐. 그 교장이 직접 갈쳐 주고 그랬어.

조: 아. 짚신 신는 거 가르쳐 주고. 학생들 같이 신고, 삼고. 그 일본식 짚신하고 우리 짚신하고 그 삼는 방법이 비슷했던 보죠?

황유모: 아니 거서 하는 일은. 우리는 짚신 카며는 인제 전부 인제 총을 가세(가에) 세 워가주고 이래 보통 고무신 겉이 가시 이래 쌓이게 하잖아. [조: 그렇쵸.] 거는 인 제 앞에 요 발가락 하나만 요래 드가주고 고마 요래 신도록. 대게.

황: 그 뭐 눈 오고 이래면 못 신었어.

조: 그게 조린데요. 그럼 학생들한테 조리를 삼도록 가르쳤습니까? 아니면 짚신을 삼
　　도록.

황: 짚신도 가리키고(가르키고).

조: 조리도 가리키고.

황수도: 조리 많이 갈캤제. [조: 아. 조리 많이 갈키고. 아.]

황유모: 교실에서 신는 거는 주로 조리 신고.

조: 아. 그러니깐 교장이 안 가르켜도. 우리가 인제 짚신을 신기 때문에 학생들이 짚신
　　도 만들고.

황덕호5): 예. 부모들한테 배워가주고 집에서 신었어요.

버선발에 개다 신고

조: 혹시 나막신 같은 거 신었어요?

황유모: 나막신은 신는 사람도 있었어.

황: 나무 가주고(가지고) 개다를 맨들어가주고. [조: 아. 개다를 많이 신었고.] 그 개
　　다 신다가요. 우엤나(어떻게 했냐) 카면. 학교 가는데, 이 버선인데 눈이 오늘 같
　　이 이래 오는데. 뭐 오이 있니껴. 이 만침(만큼) 다리 붙어가주고 막 누이(눈이)
　　개다 밑에 다리 붙어가주고. 이래가주고 벗었어요. 솔이 된 거, 거 소나무 택으로
　　그리 된 거 인제 그 벗었부고, 버선도 벗었부고 맨발로 왔거든.
　　그때 어리석지. 버선 그냥 갔부면 닐이 못 온다 카면 맨발로 눈에 인제. 걸어 오이
　　께네. 이 어디쯤 오이께네. 우리 교무 형님하고 숙모하고 옆으로 왔디더. 숙모하고
　　내하고 둘이 오데. 그러이 얼매나 어리석었니껴. 맨발로 거, 거 저 솔인데 금곡 1
　　동에서 매 2동꺼징 왔다 카이.

황유모: 글 때는 그런 일이 많앴지(많았지). 고무신이라든가, 운동화가 얼매나 귀했던
　　지.

황: 그래고 우에 발이 안 얼었든지 몰래.

황유모: 겨울철에도 뭐 그리 추운 날이 아이면(아니면), 신작로에 글때는 뭐 아스팔트
　　도 없고, 이런데 자갈을 깔아가주고 뭐 이래 한때, 그때도 인제 구길로 이래 올라
　　오며는 신은 벗어가주고 쥐고, 맨빨(맨발)로 다니고 이랬어요. [조: 아. 겨울에
　　도.] 예. 그러이 그만큼 신이라는 게 귀했다고. [조: 귀했죠.] 신. 보통 인제 그 심지
　　빼가주고6) 타먼(타면) 돈 그게 일원 얼매쯤(얼마쯤) 운동화 나왔을 끼래. 그거 하
　　나 해 놓으면 애꺼가주고(아껴서) 맨발로 다닐 때 많다 카이. 맨날 천날 들고 다녔

---

5) 황덕호, 82세, 청계어른.
6) 일제 때 심지를 뽑아 뽑히는 사람한테 신발을 배급했던 것을 말한다.

어. 아니지 거 인제 배급 나오는데 심지 빼가주고 돌아온다 카이. [조: 아. 심지 빼가주고.]

황: 돈이 없어서 몬 산다 카이.

조: 고건 언제 때 그랬습니까?

황: 학교서 배급나오만(배급나오면).

조: 일제 때 그랬습니까?

황: 예. 일제 때. 일제 말에.

집에서 만든 양발과 장갑

조: 일제 때 배급 나왔구만. 아. 양말은 언제부터 신었습니까? 버선 신다가 양말 신은 제가.

황: 모르지 양말도 뭐.

황유모: 우리 쪼그마할 때 학교 쫌 입학하고는 양발도 맹 있었어요. [조: 있었지요?] 있었지마는도 그걸 사 신을 능력이 없으니깐. 왜 집에서 왜 헝겊 가주고(가지고), 만들어가주고 신도, 혹은 뭐 무명실 가주고(가지고), 떠가주고 신기도 하고. 그랬는데. 사가주고 싣는 사람, 아이들은 좀 드물었죠.

조: 그러니깐 양말이나 장갑이 있어서 신을 경우에도 사서 신은 게 아니고, 다 떠서 신었구만.

황: 떠서 신는 게 많았어요.

조: 제가 어릴 때도 그 한복을 입었거든요. 제가. 학교 가면 양복 입은 아들이 있어가주고 부끄러워가주고 근데 또 우리 고모하고 기어코 버선을 신고 가면 겨울에 발 뜨시다고. 근데 딴 사람들은 양발을 신어가주고 부끄럽어가주고(부끄러워서) 혼이 난 적이 있어요. 1학년때까지. 예. 그 초등학교 2학년 때 가 양복바지 사 줘가주고.

황: 그때는 한복은 있는데 무명 가주고(가지고) 속케나 이래 넣고 그 안에 내복은 없거든. [조: 예. 내복 없고.] 이런 거 입어 놓으면 배가 그대로 쑥 나온다.

황수도: 바람만 불었부면 뱃속이 다 나온다. [조: 하하하.] 오새 이 내복 하나가 옛날에 이 옷보다 더 뜨시다 카이. 내복 하나만 해도. 바람 불어도 온 동네 배 다 들어나는데.

학교에서 오는 길에 씨름 숨바꼭질하기

황유모: 글 때는 이 동네 학교가, 초등학교도 청송읍 거기에 다녔는데, 한 5K 정도 되니깐 거리가 상당히 먼데도. 전부 그래가주고 뭐 여름철 되만(되면) 신은 기고(귀하고) 아침에 바쁘먼. 학교까지 막 뛰어 가야 되요.

황: 거는(거기는) 주로 (나이) 차가 인제, 읍에 사람, 금곡 사람, 청운 사람, 송정 사람 나이 차가 틀려. 왜 틀렸냐하면 거리가 머면(멀면) 멀수록 나이가 많고. [조: 나이 많고.] 나이 어리면 못 걸어 당긴다고(다닌다고). 보통 이십 리. 뭐. 여기는 5키로.

황유모: 열 살.

황: 그때는 열 살 되야 돼. 열 살 이상.

조: 읍내 아들 한 여덟 살 되도. 청운동 아들 한 열 살 되야 되고.

황: 많은 차가 있다 카이. 세 살, 네 살 차가 있어.

조: 학교 걸어 다니면서, 또는 오면서 뭐 재밌었던 일 뭐 있습니까?

황유모: 주로 여기서는 올 때에 인제 요즘 여 차도가 이리 안 나고, 금곡 3동으로 건네가는 다리까지 그 길로 해가주고 금곡 3동 동네 앞으로 해가주고 아 뭐 이동 앞으로 그리 나와서 올라 왔거든요. 올라오면 거 저 금곡 2동 건너편에 요즘도 보며는 버섯단지 하는데 있는데, 거기 소나무가 많이 우거져 있고 거기 뭐 모래밭도 있었고, 잔디밭도 있었고 거 좋았어요.

황: 못 하나 있었고.

황유모: 거기서 주로 인제 아 (학교) 갈 때는 시간이 없으니깐 안 되지만도 올 때는 주로 거기 인제 많이 모여가주고 놋씨름도 하고 숨바꼭질도 하고 거기서 밤에 많이 놀고, 그런 기억이 지금도 나는데.

황: 홀때기 꺾어 놀고 그랬어.

조: 거 쑤였겠네요?

황유모: 예. 숲이죠.

여름철 하루종일 앞내에서 살기[7]

조: 아. 여기 주왕산이 가까이 있어가주고 덕 본 게 있습니까?

황유모: 이 마을까지는 별로 못 미쳐요. [조: 이 마을까지는 못 미치지요. 그래도 여 코너에 보면 식당이 있고, 여 마을에도 뭐 식당이.] 있지마는 뭐 여 인제 여름 한 철 뭐 야영객들이 많이 있거나 조금은 뭐 볼 수 있겠지마는 크게 뭐 별로 덕되는 거는.

---

7) 2003년 7월 12일 경로회관에서 임재해 조사 및 정리, 조연남 녹음자료 채록.

조: 덕보는 게 없으면 뭐 이 쫌 불리한 거도 있겠네.

황유모: 그렇죠. 마을 앞에 와서 뭐 이런다든지 뭐, 혹은 뭐 여름철 같으며는 너무 뭐 쫌 복장을 심하게 해가주고 다닌다든가, 뭐 이런 거는 전혀 없진 않죠.

조: 여기 저게 길은 좁고, 차가 많이 다녀서 시끄럽거나 뭐 교통사고가 나거나 그래서 불리 쫌, 오히려 저게 오히려 저게 옛날 조용할 때보다 못할 수도 있겠네.

황: 그런 게 있기는 하지마는 여게 뭐 도로 가에서 사고도 몇 번나고 이래 놓니깐. 그런 일도 없지 않지마는도 그것은 뭐 직접 사는 사람들한테 직접적으로 뭐 하는 일은 크지는 않아요.

조: 여기 앞에 내가 무슨 내라 그랬죠?

황: 앞내.

조: 앞내죠? 앞내도 거 보니깐 상당히 여름에 피서하기 좋을 거 같은데.

황: 좋지마는 마을이 워낙 가까워가주고. 가까워가주고 그 대신 뭐 자유롭게 다니기가, 자유롭지가 않아요.

조: 아. 그래요. 외지 사람들이 차 갖다 놓고 뭐 수영하고 그런 게 별로 없습니까?

황: 수영은 못합니다. 하면 저 우에(위에), 저 다리 우에 올라가서 그쪽으는 여름철에는 강변에다가 뭐 이래 텐트도 치고, 막 거기서 외지 사람들이 많이 오는데.

조: 여기서 동네 아이들이 하겠네요?

황: 아이들이 제방 있는 데 저리 나가면 여기는 시내가 좋아가주고, 우리 어릴 때는 여름에는 뭐 하루 종일 거게8) 가서 살았지. [조: 아하.] 수영도 하고, 뭐, 거가 가 장난치고, 하루 종일 왔다, 갔다 하면서 놀았어. 맹 거기 중심이 돼가주고 놀이가 이루어졌거든. 그 여기 이 마을에 사는 사람들은 아마 소문이 날 정도로 수영을 잘합니다. [조: 아. 그렇겠네요.] 예.

여름밤에 목물하는 풍속9)

조: 아하. 아카시 나무가 그 자리에 있었구나. 거라(냇가)에 여름에 뭐 모욕하며는, 목욕하는 구역이 다 있었겠네요. 어른들 뭐, 할매들 또 며느리들, 아들 또.

황유모: 예. 어제10)도 얘기했지만 특별히, 여 특별히 목욕탕이 없이니깐, 목욕탕이 없잖니껴. 저희들 그러니깐 여름 되면 뭐 저녁 먹으면 아주 목물하러 나가거든요. 저녁 먹으면, 목물하러 나가면 참, 남자들, 남자들 가는 곳이 있고, 부인들, 부인가는 곳이 있고, 또 처녀들, 처녀들 가는 곳이 있고, 거 마커 다 각각 돼 있었습니다.

---

8) 앞내를 말한다.

9) 2003년 2월 24일 경로회관에서 임재해 조사 및 정리, 조연남 녹음자료 채록.

10) 답사 첫날인 2003년 2월 23일.

황상모: 옛날에는 목욕하는 장소도, 웃동네 사람은 웃동네 가(가서) 해야 되거든. 아랫동네는 아랫동네 했고. 아주 옛날에는 웃동리 사람들이, 아랫동네로 잘 내려가지도 못 했고, 아랫동네 사람, 웃동네 잘 올라가지도 못 했고, 그래 막 싸움하고 많이 그랬어요.

조: 그 저게 길 아래, 우로요?

황상모: 예. 줄땅기기 할쩍에도 길, 웃동네, 아랫동네로 나눠가주고.

황유모: 옛날에는 지금보다 사람, 인원수가 지금보다 엄청나게 많았어.

조: 옛날 제일 많을 때는 인구수가 한 몇 명 정도 됐습니까?

황유모: 많았지요.

황상모: 옛날에 거 40년, 50년대는 우리는 그때 뭐, 우리가 40년대에 태어났으니깐, 70년 초반에는 300집, 세대수는 한 330세대 됐고요. 거 인구수가 1700명, 반도 18개 반, 열 여덟 개 반. 지금은 9개 반이지만.

황중구: 여게 일제 말경에는 뭐, 동네가 사구로 갈렸는데 뭐. 넷 동네로 갈렸는데 뭐. [조: 넷 동네로.]

황상모: 아주 옛날에는 여 장 섰다 그러든데.

황덕호: 예. 사구로 갈렸는데.

황상모: 우리 동네 뭐 역, 역이 있었다. 그러는데, 역요.

황중구: 어. 그랬니더. 역.

황상모: 역, 역자리가 지금 용구네 집이 그, 그 자리래.

조: 그 뭐 그런 흔적이 있습니까?

황상모: 흔적은 지금 없어.

<임 재 해>

농사일 거짐 되고 날 뜨거우면 약물 먹으러 가기

* 주왕산과 인접해 있는 청운 마을 마을의 경우 약수 먹으러 가기가 그리 어렵지 않다. 여름에 농사일이 거의 끝나고, 날이 뜨거우면 약물 먹으러 가는 풍속이 있었는데 약물을 많이 먹기 위해서 준비했던 짠 음식들도 가지가지다. 백리 안의 사람들은 효력을 못 본다는 약수지만 효력을 본 사람도 있다는데. 약수 먹으러 갔던 이야기를 간략히 들어보았다.[1]

백리 안 사람들은 효력 못 보는 약수

조사자: 여기 저게 달기 약수통에서 약물 먹으러. 그 저게 약물 먹으러 가는 풍속 쫌. 거 뭐 준비는 어예 해가주고 가고, 언제쯤 가고, 가서 약물 어떻게 많이 먹고,

황상모[2]: 약물 먹는 시기, 시기는 지금, 지금부터. 이때부터, 더울 때. 그 옛날에는 일부 다니먼 뭐, 갈 때 별로 가지는 안 하지만, 가면 뭐 거 가면 식당에 다 있고, 돈 있으니깐 사 먹을 수 있고, 집에서 또 먹을쩍에 왜, 콩자반, 짭게(짜게) 많이, 많이 먹어야 약물을 많이 먹기 때문에.

조: 그 저게 가족끼리 갑니까? 뭐 어떻게 갑니까?

황중구[3]: 가족끼리도 가고 뭐, 이웃끼리도 가고, 뭐 친구끼리도, 주관하면 동민이 다 갈 때도 있고, 그렇지 뭐. 근데 결국 그게 지금 요새는 농사가 마카(모두), 뭐 참 비닐이도(비닐도) 나오고, 기계화가 돼가주고 뭐 바쁜 시기도 없이 늘 해치웠부는데, 그때만 해도 순 인력으로 농사를 지었기 때문에, 농사시기에는 시간이 없는 게래요. 뭐 약물 아니래도, 우약물이래도 먹으러 갈 시간이 없는 게래요. 농사를 거진(거의) 짓고, 인제 뭐하면 날이 뜨겁고 하면 인제, 뭐 "농사일도 거진 됐으이 인제 우리 약물 먹으러 가자." 이래가주 가는 게지. 가가주고 그래 그때만 해도 뭐 뭐 약물 먹으러.

황유모[4]: 그래도 그 약물 많이 먹어 효과 보는 사람도 많애.

황중구: 그때 그 당시 청송 약수탕 약물은 백리(百里) 밖에 사람들은 효력을 봐도, 백리 안에 사람들은 큰 효력을 몬 본다 이카거든.

조: 아. 그랬어요. 아 왜 그럴까요?

황중구: 철분이 섞여 있거든요. 철분이 섞여 있어가주고, 백리 안은 철분이 다 쪼매금썩(조금씩) 있는 게라. 백리 밖에 사람들은 철분 없는 곳에 사는 사람들은 그 약물

---

1) 2003년 7월 12일 경로회관에서 임재해 조사 및 정리, 조연남 녹음자료 채록.
2) 황상모, 남, 58세, 이장.
3) 황중구, 남, 76세.
4) 황유모, 남, 77세, 노인회장.

을 먹으면 효과를 본다는 얘기죠.

조: 어르신네 아까 모친이 약효를 보셨다면서요?

황중구: 그때 약효를 봤는데요. 그 채독 카는 거 말씨더. 그게 요새, 요새는 십이지장증 이래요. 그거를 인제 십이지장증 걸랬거든(걸렸거든). 그래 채독이 걸랬단 말이래요. 그래가주고 이 어른이 약물 먹고 고친다 카고, 약수탕에 가가주고 물을 얼매나 먹었는지 몰래요. 일단 안 받아줘도 막 안 죽으먼 고마 산다 카는 그런 생각으로 많이 먹으니, 자꾸 토하고 먹고, 토하고 먹고 막 이랬단 말이예요. 이래가주 집이 와가주고도 그래 했는데, 결국은 그래가주고 그 십이지장증 고쳤어요.

황상모: 위장병은 많이 고쳤다는 소리는 들었어요.

조: 그러면 여기는 달기 약수터 탕에는 약물 먹으러 안 갔습니까?

황상모: 우리, 청운 여게는 달기 약수터. 신촌꺼지(신촌까지). 신촌 그때는 약수탕이 없었어요. 오늘도 가보이 사람 엄청 많이 왔던데.

약물 먹으러 갈 때 음식도 가지가지

조: 오늘 거기까지 다녀왔어요? 그 옛날에 물 많이 먹으라고 콩조림 같은 거 해 가주고 가고 또 뭔 음식 해 가주 갔어요?

황유모: 집에서 인제 준비하는 거는 주로 콩조림이고.

황상모: 거 현장에 가면 장떡 카는 거 있잖아.

황유모: 엿을 많이 팔았어요.

황상모: 장떡 카는 그거 뭐 꼬추하고 썰어가주고요, 파나 그 저 뭐요.

황유모: 밥 싸 간다고, 가주(가지고) 가겠지마는도, 그 간식으로 뭐 이래 예컨대 보조 식품으로 먹는 게 콩조림하고 인제 엿, 가락엿.

조: 물, 물 많이 먹을려고 짜가운 음식 먹고 또 뭐 노력은 뭘 합니까?

황덕호: 뭐 지금은 별로 없어요. 그 전에는 뭐 짠 음식을 먹으면 물 땡겨 먹으라고 하는 거지 뭐. 딴 풍습은 없어요.

조: 우리, 우리도 약수 먹으러 갈 때 장떡 해 가주(가지고) 갔어요. 예. 허허.

황상모: 옛날에 그거 많이 했어요. 많이 싸가주고 가고 그랬는데.

황중구: 숩게 말하자먼 그때 인제 그 장떡도 맹 맵고, 짜고, 맵고 짠 음식을 해 가주 가이께네. 맵고, 짠걸 먹어야 이 물이 또 땡길거 아닙니까? 그래, 그래 말이지.

<임 재 해>

보릿고개 넘기기와 밀주단속 속이기

   * 배부르게 먹고살기 어려웠던 시절, 지금은 상상도 할 수 없는 것들을 먹으며 하루하루 생활했던 할머니, 할아버지들. 당시 보릿고개를 넘기기 위해 먹었던 구황음식, 일제강점기때 몰래 밀주를 만들다가 단속에 걸려 의성 재판소 간 이야기를 들어보았다. 지금은 할아버지의 아련한 기억속 단편이 되어버린 그때 그 시절, 하지만 그 당시엔 얼마나 살기 어려웠을까?[1]

병술년 큰 가뭄 들어 송구죽 먹기

황일호[2]: 우리도 병술 전 해, 그 두 해가 가물어가주고 마구 굶어가주고 번(부은) 사람이 쎴니더. 그래고 등이 저래 나고 그 깍지골 큰 나무들 일본 놈들이 작전하는데 송구 다 뺐겨 먹었거든.

조사자: 그 송구를 뺐겨 먹으면 또 막 그 변을 못 보잖습니까?

황: 변이고 뭐 뭐 뭐 배 고프이께네 뭐.

황유모[3]: 주로 송구 뺐겨다가 죽을 쒀 먹는데. 죽을 그때는 뭐 쌀이 곡식류하는 게(것이) 기러웠으니깐(귀했으니깐) 쪼끔씩 여코(넣고) 뭐 송구를 많이 여코, 나무 이파리도 넣고 나물도 여가주고 죽을 쒀가주고 거 걸이[4] 뻴겠는데.

황: 글코요(그러고요). 월래 이 쪽으로 가면 칡이가 거 속에 알이 드디더(들더라). 여게는 칡이 알이 안 드데. 굶어도.

황유모: 그래도 여게 칡이 안 캤나. 칡이 많이 캐가주고 먹었다.

황: 예. 저 송극동 칡이 캐 먹는데 월령 겉은 데 가면 칡이 요 만해도 그 끊으면 뽀얀 물이 쫙 났는데 여기는 글치(그렇지) 않다 카이.

조: 어. 그러이깐. 가물고 양식이 모자랄 때는 주로 송구를 많이 벗겨 먹었고.

황수도[5]: 송구 많이 먹었고.

---

1) 2003년 2월 24일 경로회관에서 임재해 조사 및 정리, 조연남 녹음자료 채록.

2) 황일호, 남, 77세.

3) 황유모, 남, 77세, 노인회장.

4) 거리를 말한다. 먹을 것이 흔치 않았던 시절, 어느 집에서나 송구를 벗겨 먹었기 때문에 집 밖에 나가면 거리가 온통 송구물 색깔로 벌겋게 물들었던 것이다.

5) 황수도, 남, 70세, 초산어른.

구황음식도 가지가지

조: 그 다음에 칡뿌리 캐 먹었군요. 또 뭐 그때 구황음식은 뭐.

황일호: 순 그때 나물. 봄 되면 나물 해 먹었고.

황유모: 쑥 비러(베러) 댕기고.

황: 쑥하고 뭐, 뭐. 저저. 호구나무 이파리(잎). 칙나무 이파리 뭐 못 먹는 게 없지 뭐. [조: 호구나무 이파리.] 야. 호구.

조: 호구는 어떤 나무죠?

황: 보리등 카니더, 보리등. 딴 데는 보리등 카기도 한다. [조: 아. 보리등 나무.] 이파리.

조: 산에 나는 겁니까? 봄에 나는.

황: 산에 나죠.

조: 산에 봄철에 납니까?

황: 예. 산에 봄철에 나는데 알알이 나는 거. 여는 호구나무 카고 딴 데 가면 안동 겉은데 가면 보리등 칸다. 보리등. [조: 아. 알겠어요. 가을에 보면 여게 저게, 빨간 열매가 있어가, 그거 따먹잖아요.] 야. 그 이파리도 따가주고 먹고, 시무, 심 싹이 나는 그거도 따먹고, 또 얼음, 얼음 덤불도 따먹고, 산나물하고 뭐.

조: 누구는 뭐 싸리나무 이퍼리도 훑어 먹었다고.

황: 으. 여는(여기는) 싸리 이퍼리는 먹는 거 못 봤고.

조: 시무나무 이퍼리도 새순 나는 거는 먹을 수 있구만요.

황: 맹, 먹었어. 콩가리 묻쳐가주고 그거 쪄 놓으면. [조: 쪄가주고, 두루 쪄가주고 먹고.]

황수도: 밀가리 여코(넣고) 떡 쪄가주고 먹고.

잿물로 송구 삶는 방법

조: 아까, 그 어르신들 그 송구 뱃겨 먹을 때, 걸이 벌겋다, 그 물이 벌겋다 그랬잖아요. 그 송구를 어째가주고 물이 벌겋단 말입니까?

황유모: 괬는 물이지. [황일호: 잿물에 괜거지 잿물에.] 삶아가주고 들에 가가주고 방매이로(방망이로) 뚜드러가주고(뚜드려서) 자꾸 그러이깐(그러니깐). 물이 송구 물이가 벌게, 거리가 전부 벌겠데.

황수도: 잿물이가 다 빼버리고.

황: 온 동네 거 거랑이 다 내려가이. 인제.

조: 예. 거 저게 송구 어에 뺏기는데부터 어예 뺏기는 방법에서부터 이제처럼 해 먹는데까지 인제 뭐 이걸 어떤 어른 한 분이 말씀해 주세요. 드문, 드문 들어가 놓으면 뭐.

황: 내가 얘기하까요? [조: 예 예.] 송구나무 비는데는 첨에 가서 낭글 비가주고(베

서) 껍질 두꺼운 데 말고 뺄건데, 우에 가면 인제 나무껍질 요 뺄건데, 얇게 거 싹 뺐겨비고(벗겨 버리고), 칼로 이래가 인제 이래, 이래 뜨면 안 되니껴. [조: 그러니깐 일단 톱으로 비가주고.] 비(베서) 눕해(눕혀) 놓고. [조: 비 눕해 놓고, 벌건 부분을.] 마커(모두) 뺐겨가주고(벗겨서), 그 마디에는 못 뺐기니. 요래, 요래 돌려가주고.

조: 그러니깐 그 겉껍질을 벗겨서 버리고, 속껍질 벗겨야 될 거 아닙니까?

황: 그 속껍질 벗겨가 오거든요.

조: 그러니깐 대번에 한 껍질 다 벗기는 게 아니고, 겉껍질 벗겨내고 난 다음에 속껍질 벗겨 낸다는 거죠.

황: 속껍질은 그저 칼로 가 이리 뜨면 쭉 줄기 난다 카이. [조: 겉껍질 벗길 때는 일일이 낫 가주고 일일이 벗기고. 속껍질은 한 번만 이래가주고 쭉 뜨며는.] 그걸 집에 가와요(가져와요). 재를 우리가 저 불 때는 재. 여 옹기 그륵(그릇)에 짚 여 넣고 재 퍼 버(부어) 놓고, 물 퍼 버가(부어서). 잿물이 안 나옵니까? 그 세탁도 하고 하는. 그 물 여가(넣어서) 같이 여가, 같이 여가 삶는다(삶는다), 푹 삶는다. 삶아 가 잿물이 다 우려 나오도록 씻꺼부고(씻어버리고).

그 인제 밤에 뭐라 카면 돌, 그 돌 인제 이래 우묵한 돌에다가 참나무, 참나무 가주(가지고) 맨드는 끌방맹이 그런 거. 참나무 이거 가주고(가지고) 인제 가리(가루)가 되도록 뚜든다 카이께네. [조: 가리가 되도록.] 그거 가주고 죽도 해 먹고, 떡도 해 먹고. 거. 그래 가 뭐 쌀가리 섞어가주고(섞어서), 떡도 해 먹고, 뭐. 좁쌀 하고 뭐 쌀하고 여가주고 고대로(그대로) 여코(넣고) 해가주고 밥도 해 먹고, 죽도 쉬 먹고 그래지.

조: 근데 이 저게 잿물 여가주고 왜 삶습니까?

황: 안 물커든. 안 물러지거든.

조: 아. 딱딱하니깐. 아이고. 그러면 인제 물렁물렁해진다고. 예. 예. 어. 이건 주로 인제 봄에 인제 양식이 없을 때 이래하고 그렇죠?

황유모: 그렇죠. 예. 물이 올라가 비끼거든요. 그때 아니면 몬 뺐기거든(벗기거든). [조: 이때가 인제 보릿고개, 보릿고개 전이구만요.] 보리고개 전이지.

어려웠던 보리고개와 장려쌀

황일호: 보리고개 대단했지. 뭐 근데(그런데) 오새 겉이 얼굴만 좋았으면요. 차라리 산에 송구 뺐끼 먹지 마고(말고) 그때 겉이 그 걸에(거랑에) 고기 많애, 고기 잡아먹으면 그래도 안 붓지는, 죽지는 아(안) 하는데 그때는 고기 억수로 많이 있었지. [황유모: 그때는 많앴었지.] 손을 갔다 이리 여도 우굴우굴 거렸다 카이. 여 올라

가면.

조: 그때 부어가주고 뭐 굶어 죽는 사람도 있었군요.

황: (당연하다는 어조로) 있었지요.

조: 그때 그 양식 없는 사람은 또 그래도 여기 부자가 있었을테니깐. 빌려가주고, 장려
　　쌀인가 뭐. 그런 거.

황: 장려쌀 많이 있었어.

조: 장려쌀 뭐 어떤 제돈지(제도인지) 한 번.

황: 장려쌀 나락 한 말, 저 한 말 가오면, 가을게(가을에) 두 말 줘야지 뭐요. 곱이라
　　카는 거지.

조: 아. 그거를 장려쌀이라 그러는구나. 뭐, 뭐 죽 도가니, 밥 도가니 뭐 이런 거는 못
　　들어봤어요?

황: 그런 거는 이 마실에 뭐. 그런 거는 안 들어봤지요. [황유모: 그런 거는 뭐.] 음식
　　주고 뭐 토지 뺏은 거. (허허허) [황유모: 그런 거는 잘 모르고.]

조: 특히 그 뭐 마을에 이제 그 참 굶어 죽는 사람이 많을 때 어떤 어른 집에서, 부잣
　　집에서 그냥 무료로 밥을 해서 줬다든가 그런 이야기는 있습니까?

황: 있지요. 있기사 많이 있지요. 있어도 무료로 뭐 동네 사람 다 줄 꺼 아니고, 가까
　　운 친척끼리 노네(나눠) 먹는 사람 많지.

황수도: 서로 간에 인척(姻戚)이 많습니더. 전에는 우리 황가씨들 인제 우리 친척이 많
　　은데. [황일호: 가까운 집끼리 나눠 먹고 안 그랬나.] 그래이, 자연적으로 한 번은
　　사촌 동생이 죽는다 카는데 그냥 있일 수 있나. [황일호: 다 나눠 먹었지요.]

황유모: 요새같이 그냥 뭐 그런 사업을 대대적으로 하는 데는 없었고 가까운 친척들이
　　인제 서로 도와가면서 이런 일이 많이 있었어.

황: 나는 그걸 몰랬디이. 기호요. 기호 그 집. 저 의성이 그 할만(할머니가) 오셨는데,
　　그 외국 가 있니더. 그 아들이 지금. 외국 가서 공장하는데 작년에 언제 나와가주
　　고 우리 동생보고 하는 말이 굶어 죽게 됐는데, 우리 저, 저 망천으로 시집 간 내
　　동생이요.
　　물 이러 갔는데, 거기서 죽을 한 양치기(양지기) 떠 여 갖다 줬다는 그거 주고 살
　　았다 카면 평생 안 잊는다 카고. 그 나도 그 몰래, 몰랬는데. [조: 아. 물 이러 가
　　는데.] 야. 물뻬지기 속에 이래 여가주고. 그때는 이래 우물이 있으면 고 이웃에
　　마커 가져갔지. [조: 네. 그렇지요.] 나도 상근(계속) 몰랬는데 작년에 언제 와가
　　주고 그래더구만. 평생을 못 잊는다고.

밀주 단속에 걸려 의성 재판소 간 사건

황유모: 우리가 밀주를 이래 해 놓으면 해 났다고 해서 밀주를 인제 세무서에서 나와가 주고 뭐 인제 조사를 하고 뭐 잽히고(잡히고) 하는 수도 있고, 혹은 뭐 장작을 집 에 갔다 났다가 산림원에서 나와가주고 말이지. 들켜가주고 곤욕을 치른 일도 있 고, 그 뭐 그런 얘긴 흔히 있지.

조: 그런데 또 용케 안 들키게 하는 방법이 있잖아요. 뭐 나무를 어떻게 숨긴다든가?

황일호: 우리는 다그켜가주고(다들켜서) 의성재판소꺼정 갔다 왔거든요. 아버지가, 갔 다 왔는데, 뭐를 했노 커면 소낭글(소나무를) 이래 비가주고, 돼지 믹일라고(먹일려 고) 막을 짓거든. 이래, 이래 했는데, 솔잎파리가 및(몇) 나(개) 달랬든 모양6)이래. 그러니깐 그 돼지 막을 나락비고 뜯어와가 땔라고 가주(가지고) 왔는데, 그 산림간 수가 신고했어.

그랬는데 이 동네 여섯 집 걸렸는가 이랬는데, 그 뭐 다른 사람들은 뭐, 그 뭐 손 을 썼는데, 뭐 닭도 잡아주고 해 놓이께네. 뭐 의성 안 잡아넣고 그 나(나이) 많은 아버지 잡아 여가주고(넣어서), 의성 가는데 걸어가야 되요. 의성 재판소 갔거든 요. 가이께네. 아버지 팔촌형이가 그때 인제 의성 사람인데, 고위관직에 있었어. 그래, "어에 왔노." 하이께네. "그 산에 나무 돼지 막 짓다 걸래가주고 왔다." 카이. 밥 해 먹고 있다가 가라 카더라네. 그래가주고 집에 왔부랬다 카이. 그래 거7) 드가지도 않고 왔부랬는데, 고마 벌금도 없이 아무꺼도 없이 가라 카더라느구만. 그래 왔버랬는데 뒤에 사람들이 막 어에 산간수가 어에 알고 말씨더. 막 끌려 왔니 더. 뒤에 그 사람들이요. 그래, 그런 예도 있었더이. 그래가주고 그 동지섣달에 의 성꺼징 걸어갔다가 대접만 하루 잘 받고 그래 왔으이더.

조: 예. 고런 이야기들이 재밌잖아요? 뭐 이 술 디베로 왔는데 기막히게 술을 또 숨기 는 어른들이 있더라구요. 그런 이야기. 옛날에 술 디베로 오며는 소문이, 어디서 어떻게 알고, 막 미리 뭐 옛날 어른들이 뭐 왔다하면 소문이 금방 나가주고.

황: 가마이 하면 원칙을 안 넘그만(넘기면) 되지마는 환갑 겉은(같은) 거 할라고 가마 이 할라 카면 어에 하냐면요. 땅 파고요. 독을 큰 거 좌 여(넣어) 놓고 한달 전쯤 술을 해가주 가세(가에), 쭉 가세다 새째8)를 꼭 자애가주고 우에(위에) 짚을 깔아 쟀버리거든.

조: 독요. 독 가세다 새째를?

황: 새째를 소두배이(소뚜껑) 덮어가주고요. 꼭 붙드러 매가주고 새째 여가주고 덮여

---

6) 산에서 나무를 해서 막을 지어 놓은 곳에 나뭇잎이 달려 있어서 발각이 되었다.

7) 감옥.

8) 나락겨. 즉 왕겨를 뜻한다.

놓고. [조: 아 새째를 여가주고 독을.] 독 뚜껑을 덮어가주고. 그 짚이, 짚을 잽버린다 카이. [조: 아. 짚.] 그래 놔두면 한달 후에 노랗게 청주 앉이면 그 멋진 술 아인교. [조: 아이고 참 멋진 술 되겠네요. 예.] 그래가주 우리 아버지 환갑하는데 그래 가 했니더.

황수도: 금색(금줄) 쳐 놓으면 고마 되낀데. [조: 금색을 쳐 놓고.] 야. 점심 아래. [조: 아. 대문 앞에 금줄 쳐. 골목 앞에.] [황유문: 아 낳다 카믄.] 그래가고(그래서) 주로 인제 하는 사람이요. 잘 하는 사람은 그냥. 그래 막. 해 놓고 안 들캐면(들키면).

마을에 도가가 있었지만 집에서 만든 농주

황유모: 큰 일 할 때는 주로 어느 집에고 쓰이(쓰니) 그때는 술 많이 했고, 또 한 가정에 그 특별히 뭐 애기 낳거나 뭐 이래가주고, 항시(항상) 준비 안 하면 안 되는 집도 있거든. [조: 예. 그렇죠. 농주 같은 거.]

농주를 이래 항시(항상) 해 먹는 사람들은 이 동네는 여기 인제 뭐 부엌 뭐 한쪽 켠(편)에 네 개씩 됐는데, 거 인주라 그래가주고 송판을 갔다가 이래 내 놓는데 많이 있거든. 거기다가 모래를 이래 뭘 만들어가주고 없이면. 겉으로 봐서는 벽으로. 안에는 뭐가 있는지 저쪽에, 저쪽엔 담이고, 이쪽에는 부엌이고 양짝 어디로 봐도 표가 안 난단 말이지. 상자 가(가지고) 요 이렇게 올렸부면(올려버리면) 그래가주고 카고. 혹은 뭐 부엌 바닥에는 파골랑 거기다가 참 묻고 그 우에다가 뭐 짚을 깔고 흙을 엎어가주고(엎어서) 묻고 하는 수도 있고.

그래가주고 상시로 농주로 먹고, 사실 일꾼 둘, 셋 데리고 하는 사람들은 집에 그래 안하며는 도가 술 받아가주고는(받아서는) 감당하기 어렵거든. [조: 그렇죠.] 그래가주고.

조: 이 마을에 도가는 있었습니까?

황유모: 있었어. [황일호: 도가가 있었기 때문에.] 왜 있었냐면 그것도 모를 일해도 자칫 소문이 나면. 도가에서.

조: 그 술 디베로(뒤지러) 오면 마을에서 그 도가 욕하고 그러잖아요?

황유모: 그러지.

조: 그거 뭐 세무서 그런다고.

황유모: 도가에서 그랬든지 안 그랬든지.

조: 이런 이야기들 인제 어른들 돌아가시고 하며는 아랫대들 다 몰라요. 그래서 인제.

<임 재 해>

마을의 재난이었던 빨갱이 부대와 6.25 전쟁

* 청운 마을의 재난이었다고 하면 빨갱이 부대가 마을에 들어온 것과 6.25 전쟁 그리고 사라호 태풍을 들 수 있다. 빨갱이 부대가 들어왔을때는 마을 청년들이 돌아가며 보초를 서기도 했으며, 우리의 예상과는 달리 그들이 사람들을 해코지하는 일은 거의 없었다고 한다. 특히 6.25때 많은 고가들이 불에 탔으며, 사라호때 마을에 피해가 있었다고 한다.[1]

마을에 들어 온 빨갱이 부대

황수도[2]: 그래고 또 이 마을에 재난이 한 번 크게 있었는데.

조사자: 마을에 재난이 크게 있었다고. 이 마을에요?

황수도: 빨갱이가 울매나(얼마나) 들어왔나 카이. 일개 부대가 들어왔다 카이. 이 마을에. 그 저 어른들 아는 대로 얘기하소. 글때 이 마을에 그 죽인 사람이, 신사어른이 한 분 죽었고, 그 저 지리산 그 저 뭐로 저 무슨 부대가 반란을 했다고. 그 부대가 여 들어왔다 카이. 이 마을에. [조: 빨치산 부대가?] 빨치산 부댄데. 국군이 반란을 했는기. 군복을 입고 왔다 카이.

그래가주고 그때 이 마을 청년들이 그때 그거 지키느라고. 생고생했네. 여게 저 어데로 여 곰마지골로 여, 아지트, 아지트랬다 카이. 그래고 이 마을에 그래도 주로 인제 척두 카는데. [조: 척두.] 거게 지키로[3] 가고, 일두 지키로 가고 남가지를 지키로 갔다. 그 인제 밤에 잠복 근무로. 밤 빨갱이도 아니고 국군 지키로 가는데, 글때 그 빨갱이 저 잠복 근무 나가다가 동료도 죽인 사람이 있다 카이.

그 여 수구목 거(거기) 가가주고 빨갱인 줄 알고, 그 전직이 누구냐? 카이카 마. 떠리리 한 사람이 수화하는데 안 받아가주고. 저 순사꺼정 그 열 하내기서 집중 사격했어. 그래가주고 글때, 인제 지리산에 간 사람이 여 몇이 있다마는 가가주고. 나는 그때 장개, 열 아홉 살에, 그때 열 아홉 살 때 장개 가니라고, 내 그 날 빠졌다 카이. 내 그 소댄데. [조: 그 날 아주 또 장개 갔구나.] 예 예. 내 열 아홉 살 때 장개 갈 때, 그래 빠졌는데, 그래 여 다르이 여럿이 물으머 뭐라 카나 하면 경찰서 구리칸에 자 여 놓고, 경찰서장이 밥 많이 주라 카고. 그냥 놔두면 그 부모한테 맞아 죽는다 카이. 그 동료를 살상했이이. 그리이 그때는 지 안 죽이면 죽여야 되기 때문에 빨갱이 그 얼매나 빨랐는고.

---

1) 2003년 2월 24일 마을회관에서 임재해 조사 및 정리, 조연남 녹음자료 채록.
2) 황수도, 남, 70세. 초산어른.
3) 빨갱이를 잡기 위해서 마을사람들이 잠복을 하면서 지켰다.

그래가주고 이 동네 참 그 빨갱이 수난도 많이 당했고, 또 한 번에 또 고평, 청송 고평이시더. 고평에 거게 인제 왔는데, 연락일랑 거 빨갱이가 왔는데 오라 카이. 그래가주 인제 여 부대가, 저 소대가 올라갔지요. 가가주고 미리 갔는데 그 경찰 순사가 잠복을 했이먼 양짝 길옆에 배수로 카는 거 딱 잠복 해 있는데. 인원파악을 안 해가주고요. 그때 누구 갔나 마컨, 도옥이하고 여럿이 갔는데, 여 수부에 아들 거 그 몸이 굵어가주고, 고무신 그때 뭐 딴 신이 있었나? 고무신 신고 막 빌미, 여 문 앞에 안 보일 정도로 왔다 카데.

왔는데, 그 인원 파악도 안코(안하고) 잠복을 씨겼는데, 늦게 한 놈이 오니께네. 고 건네 오다 막 미리 팍 업드려야 되. 하나 또 안 비는데. 이 사람들이 무작정 막 쐈꺼덩. 쐈는데 인제 늦게 오는 놈은 오고, 순사하고 붙었는 게라. (하하하) 서로 살라고. 총을 안 쌀라고, 총밥을 이고, 이 놈의 옆에 도로에 나오라고 고함을 질러 도, 그래 내중에 고함을 질러가주고, 서로 죽이지는 안 했지마는 그 소대원들이 어 떻게 했냐며는 숲에도 가고, 송정에도 가고, 야물어가주고 송정에 줄타고 나면 쏘 고, 그 빨갱이들은 이 땟놈들 벌쎄(벌써) 가고 없는데, 자기네끼리 밤새도록 싸우 다 보이께네. 날이 새더라. 그런 얘기도 있었어요. 그 빨갱이 지키다가.

빨갱이한테 붙들렸지만 해코지는 없었고

조사자: 예. 아 하. 여기 뭐 저게 빨개이부대 때문에 고생한 사람 없었습니까?

황유모4): 왜 없어요. 많이 있지.

조: 많이 있습니까? 이까지 빨갱이들이 들어 왔습니까?

황: 이 동네 전부 들어와가주고, 노인네들 아직까지 살려주고. [조: 살려주고. 예.] 한 집에는 그 아들이 경찰관인데. [조: 아. 경찰관?] 그 앙심을 품었든동. 참 빨갱이 가 그래 들어왔어요.

조: 빨갱이들 들어오면 마을에 와서 뭔 일 했습니까?

황: 마을에 들어와서 뭐 활동할 순(수는) 없쩨. 금방 드와가주고 뭐, 뭐, 뭐. 빨갱이들 여 참 들어와주(들어와서) 있었다 카는 것은 사변 때. [조: 6.25 사변 때?] 사변 때 김종길이 그때 들왔지마는도 그 외엔 여 와가주고 밤을 세우고, 며칠 동안 뭐 묵은 거 이런 거는 없었어. [조: 없었고.] 사람이 다치거나 뭐 이런 수는 없었어.

조: 여 마을에 들어오면 양석 같은 거 가져가고 그랬습니까?

황: 그런 일도 있지. 그런 일도 있고, 내가, 강 건너 저기 인제 살았는데, 우리 큰 형 여기하고, 한 몇 집 거 살았어요. 살았는데, 그 건네도 와가주고 나는 직접 붙들래

---

4) 2003년 7월 12일, 황유모, 남, 77세. 노인회장.

　　가주고 끌여가 온 적도 있어요. [조: 여기까지?] 야.

조: 빨갱이들한테.

황: 야. 그때는 교직 있을 때는 그때 한 스물 한 여덟쯤 되는데, 그래 들앉어 있다가, 밤에는 들어와가주고 말다. 거 와가주고, 내가 한 번 붙들랬다가, 붙들랬는데, 뭐 해꼬지(해코지)하고 뭐 이런 거는 없고. 하튼 청운 동네에, 워낙 큰 동네에,

　　"경비 서 있나?"

　　"안 선다. 그 뭐 안내를 해 달라."

　　이래서 끌려 와서, 냉게(나중에) 끌려 와서 마을에 들여서니깐.

　　그때 한여름 이랬어. 한여름. 물가, 이 삼이라든가, 이래 막 있었거든. 요새 왜 큰 도로가, 물가 도로가 없었거든요. 그래 인제 나무 밑으로 들오니깐. 달아나지 싶거든. 그래가주고 그까지 안 가고 인제, 딱 돌아서 인제 그래 참 여기 청년당이라고 있어가주고, 일을 하고 이랬는데 그래 거기 가서 사실이 이렇다. 이래 이야기를 하고 나니깐. 연락을 해가주고, 경찰서에서 연락을 하고, 내가 달아났부리니깐.

　　내한테 따러 오지는 못 하고, 다리 넘어서 드러오미(들어오면서), 나는 우리 집으로 갔는데, 강 입구에 가가주고 양식 폭 차려가주고, 그래서 경찰이 왔는데, 우리 동네 와서 참 인간들이 따러가주(따라서) 저 골 우에 가면, 우에 거 못들이 큰 게 있지. 그까지 가가주고 뭐 총도 쏘고, 반투도 쏘고 뭐 했는데, 어디 갔는지 모르지, 찾지를 몬 하고. 그런 일도 있고. [조: 그때는 물론 밤이었겠네요?] 밤이었지.

조: 뭐. 가족들 해코지는 안하고, 뭐 양식만.

황: 먹을 거만 가주고(가지고) 달아 났는 게래. 틀림없이 거 왔는 사램이 나를 잘 아는 사람이지, 싶은 느낌이 들어. [조: 아. 느낌이. 아 예.] 그러이 뭐 여 지방에 그런 사람이, 이 마을에는 뭐, 이 마을에도 한 두 사람 더러 그런 연류된 사람이 있기도 있고, 이 동네는 있으니깐. 어릴 때는 잘 아던(알던) 사람들이 몇이 있단 말이래. 아니 그래 찌앴는 게 아니나. 그런 생각이 대번 들더니만, 그 당하고 보니깐, 참 그때 위험했구나 그런 생각이. [조: 그때 뭐 위기감을 느꼈습니까? 뭐 그냥.] 크게 위기감은 주진않턴데. 아주 뭐 얌전하게 하고. 사람 얼굴은 안 비니깐(보이니깐). 뒤에서 인제 뭐 이래 들은, 총인지 뭔진 모르겠는데, 하여튼 껌문 거(검은 것) 들고 있으니깐 저게 총이다 싶은 생각이 들고. [조: 뭐 이래 들이대지는 안 하고요?] 들이대지는 안하고. [조: 들이대지는 안하고.] 들이대지는 안하고, 그 인제 뒤에 딸코(따르고), 앞에도 하나 딸코. [조: 물론 앞에 가는 사람 총 미고.] 글 때 뒤에 뭐 미긴(매긴) 있어. 있는데 그게 총인지 뭔지는 모르고. [조: 모르고.] 그래가주고는 틀림없이 날 잘 아는 사람 이제. 이런 생각이 들더니만, 때론 생각 캐도.

조: 그러며는 그 사람들이 회장님5) 모시고 여기 올 때 무슨 목적이 있었을 거 아니예

요? 뭐 어떤 목적이.

황: 그것은 모리지. 뭐. 잘은 모르지마는 어쨌든 경비 서고 있는 상황을 파악하기 위하여 왔는 모양이라.

조: 그때 마을에 자체로 여, 저게 경비를 섰구만요?

황: 섰어요. [조: 청년당에서.] 그래가주 마을에 드와가주고 아, 경비서는 사람들, 몇이 시켜주고, 그때 파출소가 여, 산밑에 고(거기) 드가 있었거든. 고 참 거 있는데, 그리 뭐 가가 가고 이랬거든. 뭐 연락도 가고. [조: 그때는 뭐 전화도 안 되고. 직접 뭐 가서.] 가서. 그래 나도 여게 파출소꺼지는 안가도, 저 앞까지는 올라가다가.

6.25 폭격에 다 타버린 집들

조: 예. 아 하. 예. 6.25때 여게 뭐 폭격은 안 당했습니까?

황수도: 왜 폭격 안 당해요. 여게요? 폭격이 무진장 많이 했디데이. 이 동네 큰 기와집들도 다 나가고. [조: 다 나갔어요?] 그리고 우리가 저 걸가(강가)에 사는데요. 강에요. 와서 헤엄쳐서 가는 사람은 강 건네 가고, 헤엄 못 치는 사람은 막 물에다 이 목에만 요래 내 놓는 게 있었거든. 있는데, 여게 저 기관총으로 호두기라 어떻게 도나 카믄 삐 돌아 저가 니리 보고 '뺑 뺑 뺑 뺑' 하고 하면 총을 딱 띠꾸면. 동네 소들이요. 들에 인제 글 때 소 막 뛰어 놓고 미겠다 카이. 변죽이(?) 저리 가면 와르르르 묻어요.

우리 저 건네에 살았거든. 물 건네. 소가 막 안죽이 났고, 소떼는 막 왔다, 갔다 했다 카이. 그랬다 카이. 그래고 이 동네 참 큰집은 거진 다 탔다 카이. [조: 거진 다 탔구나.] 그래도 인민군은 한 사람도 안 죽고, 우리 동민들이 다 죽었어. 그 만침(만큼) 많이 퍼벘어.

조: 근데 호두기가 여 퍼붓는 까닭이 뭡니까?

황수도: 그 인민군들이. 저. 인민군들이 많이 있었어요. 많이 있었는데, 딱 밤으로 가고, 여 인제 최전방 있는데 밤으로 가고, 낮으로는 숲 속에 숨어 있고, 여게 숱한 사람들 짐 지고 갔다. [조: 거 저게 숱한 사람 짐지고.] 인민군 짐지고.

조: 인민군 짐지고? 갔다 왔습니까? 못 돌아 왔습니까?

황수도: 갔다 다 왔지. 여게 지역이 밝으이 가마이 어디로 와도 다 왔지 뭐. 글코(그렇고) 의용군에게 붙들려 갔던 사람도, 눈 밝은 사람은 가마이 팔려 도망왔고, 또 뿌뜰려 간 사람은 죽었고.

---

5) 현재 마을의 노인회장을 맡고 있다.

6.25때 마을에 주둔하고 있었던 인민군

조사자: 아. 6.25때는 인민군들 드와가주고 뭐 어쨌습니까?

황유모: 6.25때 여 와서 참 주둔하고 있었어요. 있었는데 그때 여게 이 마을에는 피난 간 사람이 및 사람 안 됐어요. 갈 여가도 없고 뭐. 그런 전쟁을 당했버렸으니까. 그 사람들 들어 올 고(그) 시간에, 어디 외출을 했다거나, 뭐 읍에라도 가 있어가 주고, 소재지에서 하마 미리 이 사람들은 합류해가주고 나가는 사람 미치(몇이) 있었지마는 뭐. 이 마을에 있언(있었던) 사람들은 나갈 시간도 없고 마, 마. 그래 가주고 여게 공무원도 몇 사람 있었고, 나도 주소는 일단 여기로 돼 있었코, 그래 가주고 피난도 못 가고, 할 수 없이 저 건네 이제 산에다가, 이 뭐 텐트 같이 뭐 천막 같이 해 놓콜랑 거게서 일주일을 살았어요. 몇 달 살았어. 뭐 어떤 때는 저 산봉오리(산봉우리) 저리(저쪽으로) 해가주고, 마을에 내려다보기도 하고. 그때 이 마을에 폭격을 많이 당했거든요.

조: 많이 당했고, 아 인민군들이 있으니깐, 미군들이 폭격했군요?

황: 폭격을 할 때도 저 이 산에서 내려다보고 있이먼. [조: 폭격 당해 마을 어른들 많이 돌아가셨겠네요?] 뭐 사람들은 거의 다 이 뭐 산골짜기로 다 피해 버리니까. 사람들 다치진 안 해. [조: 아. 사람들 안 다치고, 집만 그대로 불탔구나.] 예. 집은 뭐.

조: 그때 인민군들도 그때는 다 산에 가 있고?

황: 인민군들은 이 마을에 주둔한 뭐도 있고, 뭐 산에는 인민군들은 잘 모르지. 저 건네는 한 달씩 해가주고, 저 건네 짝으로는 길은 다.

조: 우리 마을에는 뭐 인민군들이 드왔다고 하는데, 인민군들이 사람 해코지하는 거는 일체 없었고.

황: 그런 거는 없더라 카이. [조: 없고 뭐 아주 재밌었다고 그러데요. 다만 마을에 뭐 소를 잡았다던가? 뭐 이래가주고.] 뭐, 돼지를 잡아먹는다던가, 닭을 잡아먹는다 든가, 이런 경우에는 뭐 뭐, 많이 있었겠지마는 사람 해코지는 안 해.

조: 거기 또 어떤 마을 같은 경우에는 인민군 오래 와 있는 경우에는 뭐 이제 마을에 일하던 사람들 중에서 인민군 완장차고 뭐 이렇게.

황: 그런 적도 있었어. 오래 되니깐 뭐, 뭐 거기 협력해가주고 그 사람들 하라는 일도 하고 뭐 그래 하는 데도 있었어.

6.25이후 사라호 태풍과 김달선 부대

조: 그 이후에, 6.25 이후에 또 큰 사고는 뭐 있습니까?

황수도: 뭐 큰 사고 뭐. 6.25 후에 사라호, 사라호가 그 재난이지 뭐.

김수봉[6]: 6.25 이후에 빨개이들이 아마, 김달선 부대 카는 거는.

황수도: 6.25전이라이 카이. 6.25전이요. [조: 6.25전에 여 왔어요?] 김달선 부대는
　　　뭐냐 카먼 국군이 저 여수반란사건요. 그 부대가 여 이 마을에 한 번. [조: 아까
　　　저게 큰 부대가 왔다. 아까 그 얘기.]

황유모: 김달선 부대가 여기 와가서 가주고, 여기 사람 하나 죽었어. 사살하고 갔어.

김: 그 경찰하던 어른을 죽였어. [조: 아, 이 마을에서 경찰하던 어른.] 야.

조: 이 마을에 들어와서 알았습니까? 이 사람들 이 어른보고 들어왔습니까?

황수도: 아매(아마) 그건 뭐 밀고를 했지. 그 보고 그랬지. 그 사람의 연락을 다 받고
　　　내용을 아는 놈이 안 그러고사 아니껴. 그 월애는요. 우리 삼촌이 거 살았지마는
　　　남자를 뚜드러 매달려 달앴거든. 하루 저녁에 또 뭐 저 열, 열 몇 인동. 모조리 식
　　　구를 다 죽였부고, 거는 왜 그래.

조: 인민군들이 말이죠?

황수도: 그 부대들이. 김달선 부대. [조: 김달선 부대.] 그거를 왜 그랬노 카믄. 마을
　　　꾼들이 빨갱이를 하나 잡아 죽였거든. 그 잰다고 모조리 다 죽였붰어. 들에 가먼
　　　거 전적 그 삼장비가 다 있다 카이.

조: 3. 1 운동 때는 뭐 마을에서 뭐 만세를 불렀거나 장터에 가서 만세 부른 일이 있습
　　　니까?

황수도: 여도 있지요. 있었는데, 그 어른들은 마커 고인이 다 됐어요. 고인이 다 됐는
　　　데 여서는 운동, 여서는 부른 일이 없고, 안동 가 불렀다. 옛날 그 어른들 말 들어
　　　보이 저게 여게 여 송세이도 하는 분 있고, 친척이 거 안동 있어서 불른(부른) 사
　　　람도 있고, 친척간에도 막 불렀다.

<임 재 해>

---

6) 2003년 2월 24일, 남, 김수봉, 89세.

새마을 운동과 술렁이는 변화의 물결

 * 6.25이후 마을의 가장 큰 변화는 새마을 운동과 함께 시작된 길 넓히기, 지붕 개량의 물결이다. 새마을 운동을 하면서 마을에 전기가 들어오고, 잠을 쫓아가며 불 때며 짓던 담배 농사의 어려움도 차츰, 차츰 극복되어 갔다. 지금은 마을에 담배 농사를 짓는 사람들 거의 없지만 고추 농사를 지으려면 집집마다 전기 건조기 한 대씩은 갖추어져 있다. 새마을 운동이 가져다 준 청운마을의 변화 모습들을 할아버지의 목소리를 통해 담아본다.[1]

길 넓히고 지붕 개량한 새마을 운동

조사자: 여기, 그렇게 6.25때 크게 겪고, 뭐 4, 19 이나, 5, 16 때문에 변동사항이 있는 게 있습니까? 마을에.

황유모[2]: 그거는 일반적인 거지 뭐. 여기는 따로 크게 뭐 영향 받은 거는 없어.

조: 새마을 운동할 때는 주로 어떤 변화가 있었습니까?

황일호[3]: 그때 새마을 운동하고 할 때 변화라고 하는 거는 골목길 확장 시켜가주고, 뭐 이래 하고, 지붕 개량하고 뭐 이래 두 가진데. 옛날에 이 골목이 참 겨우 뭐 그저 사람이 겨우 다닐 정도 밖에 안 됐제. [조: 그렇죠.] 골목으로 요만큼한 길 뿐이랬는데, 그때 새마을 사업한다 카면서 골목을 넓혀가주고 차도 들어오게 하고 냈거든, 냈고, 지붕도 초가지붕이었는데, 인제 쓰레트 지붕으로 바꾸는데, 대다수 그때 쓰레트 집으로 바꾸고, 기와도 바꾸고.

조: 그때 뭐 새마을 사업해서 길 넓힐 때 무슨 특별히 갈등은 없었습니까? 집터가 서로 들어가고 해야되니깐.

황일호: 그때는 몰래. 내가 여기 안 있었는데, 할튼 큰 갈등은 있었다는 말 못 들었어요. [조: 지금 마을길이 넓어지고 상당히 좋아진 셈이죠?] 글쵸(그렇죠). [조: 차도 들락거리고. 요즘 그 마을 집을 보니깐, 새마을 운동 때는 지붕만 개량했지마는 지금은 집 자체를 새롭게 양옥 식으로 많이 짓는 게 많네요.] 예. 계속 일년에 몇 집씩 집을 지어 나오니깐.

조: 양옥이 들어서기 시작한 거는 언제쯤 됩니까?

황일호: 얼매지(얼마지). 새마을 운동 그 무렵 마치고, 뭐 잇따라서 또 시작이 됐는가? 글치(그렇지) 싶은데, 하마 오래 됐어. 내가 여기 교직 치우고 여 들오니깐, 그때 인제 한참 고때 집짓기 시작하더구만.

---

1) 2003년 2월 24일 경로회관에서 임재해 조사 및 정리, 조연남 녹음자료 채록.
2) 황유모, 남, 77세, 노인회장.
3) 황일호, 남, 77세.

조: 양옥집 지으면, 정부에서 융자를 해 줍니까? 요즘.

황일호: 처음에는 융자도 있고, 보조도 있고, 처음에 그랬어요. 그런데 요즘은 융자가 배당이 돼가주고 뭐. 많은 곳은 안 되고, 한 뭇집 나오는데, 보조는 없어지고, 융자만 있다 카는 같던데. 내가 안 해보고 들었으이.

초롱계와 마을에 전기 들어온 시기

우수기[4]: 그 전에는 초롱계 카는 거도 있었고, 그 담에 전기 들어오고부터 없어졌부랬는데. [조: 초롱계?] 예. 초롱계 옛날에 거 불을 거 인제 호롱을.

김광수[5]: 호롱불 걸어 여가주고 불 밝히고.

황문모[6]: 옛날에는 참 전기 안 나올 때는 종이로, 문종이 안 있는교. 고걸 요래 발라가주고 불 여가주(여서), 여 변소 겉은데 마커 달아 놓고.

황상모[7]: 우리 동네는 전기가 일찍 들어왔어요. 딴 동네 비해가주고(비해서). [전기 들어온 시기에 대해 두 분이 함께 이야기 함.]

조: 계원들은 일을 당하면 하나씩 만들어서 거기다 걸어주는 거구나.

우: 한 장례가 끝날 때까지.

추현태: 그러면 하루에 한 번씩 갖다 걸어줘야 됩니까?

황문모: 아니요. 걸어 주면요. 거 뭐 있나 카며는 옛날에 기름 안 있니껴? [추: 예.] 기름만 기름만 첨부해주며는 괜찮았고.

우: 전기 들어오고는 없어졌어. 전기 들어오기 전에는 그게 있었어.

황상모: 그래도 우리 동네는 딴 동네보다 전기 일찍 들어왔어. [조: 언제 들어왔습니까?] 전기 그 일찍 들어 와가주고 발전소 해가주고 전기 우리 동네.

우: 박대통령.

황상모: 지금 전기 들어온지가 보자. 40년 넘제?

황문모: 아이. 40년 안 넘니더.

황상모: 우리 할아버지가 전기 그때 몬 켜고 돌아 가셨으이끼네.

우: 박대통령 정권 생긴 이래에 재건 청년회가 생겨가주고 그때 마을에 발전을 씨켜가주고 그 전기하고, 그때는 이 마을 전체도 래디오까징 한 너 덧 데 됐어.

황상모: 이 동네 전기 드온지 35년 지났다.

우: 그 저 청송에 거서 유선 거 뭐 래디오를 가주와서.

황상모: 40년 안 된다. [황문모: 맞다 그쯤 된다.] 그건 내가 잘 안다. 왜 그로카먼 우

---

4) 우수기, 남, 63세.
5) 김광수, 남, 63세.
6) 황문모, 남, 53세.
7) 황상모, 남, 58세, 이장.

리 할배 돌아가실 때.

김: 맞고요. [조: 35년 전이면, 1978년.]

우: 가마이 써놔서 도정을 해서 전기 발전하면 자꾸 전력이 많이 나간다. 많이 나가는데 볼 수가 없어요. 근데 전기를 들고 여게다(여기다) 문에다 쳐 놓고 막아 놓고 일을 해요. 그리이 뭐 딴 기름불로 쓰는지 전긴지, 분간이 안가요. 그래 인제 분간을 할라 카먼 어떻게 해야 되나. 전주 그 왜, 끄는 거 휴지 거는 게 있잖아요. 그걸 끊어봐야 알아요. 끊키면 꺼지면 그게 전기거든요. 끊어가주고 인제 그 청년회원들 마 "저 집이는 전기가 맞다. 가봐라." 카고 이런 식으로 한 번 그런 게 아니고 일년에도 수십 번 아. 고생 다 시겼어. 그때는 저게 이 마을에 담배를 86집. 많이 할 때는 86집.

황상모: 100집도 했지. [조: 아. 100집도 했어요.] 근데 그때 그 당시에는 담배가 하도 힘들어가주고 우리도 담배 했는데, 담배 카면 도망갔분다. [조: 담배 집은 지금 하나 밖이 안 남은 거 같애요.]

김: 조 뒤에 하나 있고. 지금 현재 시계쯤(시기쯤) 될끼래. [조: 아. 그럼 옛날에 담배 집이 굉장히 많았겠네요?] 많았지. 100도 됐지. [황상모: 백 개도 더 넘었었어요.] [조: 아. 저런 게 백 개도 넘었다고요?] 그 뭐. 진짜 많이 있었는데 여게는. 그 담배 하는 집이는 어떤 집이는 한 개 있었고, 두 개씩 있는 것도 있고.

황상모: 한 집이가 두 개, 두 개 가 있는 집이 있었고.

우: 거진 하나.

김: 많이 있이머는 지금 두 개는 있었는데. 한 집이 하나는 꼭 있고,

황문모: 사라호 지기 전에는 우리 집에 가 거 가 했는데.

연탄으로 담배 농사짓기의 고생스러움

조: 근데 왜 요새는 담배 안 하시나요?

황상모: 담배 여 만데(뭐하러) 해요. 고생 시컨(실컷) 하는데.

김: 내 담배 하는데 내 하도 질래가주고(질려서) 이 담배 가주고(가지고) 도망갔다 카이.

우: 지금도 농작물이 그것도 딴 거 비해서 담배가 아직까지는, 담배가 났는데, 그때 워낙 고생을 했기 때문에 이게 지면, 인제 거 저게 요즘 말하먼 그저 [채록불가] 지 친정 나오고 할 때 그때는 돈이 너무 많애가주고(많아서) 새로 [채록불가] 할 때 그때 마 [채록불가] 를 마 다 냈버리(내버려) 부렀다. 고래(그래) 지금 그때 한 사람이 마을에 두 집이나 싯(셋) 집인가?

김: 지금 둣 집 한다.

우: 사실은 그카이 일도 아니고 억수로 잘 되는 건데 돈이 엄청나게 그 당시에 이상하
   게 많애가주고 그래가주고.
황상모: 지금도 이상하게. 지금은 왜 안 되나 카먼. 담배 안 피운데.
김: 그래 담배 돈이 인하 됐잖아. 정정 안 됐는데.
우: 담배 안 하더래도 금소에 그때 참 뭐 교수님들 다 뭐 얘기 안 해도 잘 아시겠지마
   는 연탄 나왔잖아요. 연탄은 나무 없이도 땠는데. 그때는 담배가 한다 카먼 그거
   뭐 전부 지가 손수 다 달아가 했어요. 달아 놓으면(놓으면) 한 늦으면 근 일주일간
   불을 쥐야 됐어요. [조: 불을 여야 되기 때문에.] 잠도 몬 자고 일을 해야 되고 고
   생을 이루 말할 수 없었는 게지.

조: 담배 굴에 져다 넣고, 불 일주일간 옇는 게 젤 고생스러웠어요?
우: 예.
황상모: 또 고생시럽고(고생스럽고), 담에 또 높은데 달잖니껴. 달아 놓을라 카먼 마지
   막에 그 손데(좁은데) 드가(들어가) 있으면 몸, 땀이 비 오듯하고. 비가 오머요
   (오면요).
김: 사람이 눈도 못 떠요. 행팬(형편) 없어. 사람인동, 짐승인동 몰래.
우: 다 달아 정리해, 불을 달아 놓으면 한 2일, 2일간인가 쪼끔 돼. 그 황변에다 색을
   내는 기간에는 불마(불만) 달아 놓으만(놓으면) 뭐. 불을 올렸다(올렸다) 그러면
   밤, 낮으로 바라코(바라고) 있어야되고.
김: 밤새도록 거서(거기서) 저 밤낮으로 불 안 끊어지고, 늘 그 도수를 올려야 된다 카이.
조: 그 심야할 때는 뭐 괜찮았습니까?
우: 그래 가주 다 해 놔 놓으면 작금을 인제 건조를 해가주고 딱 여 놓으면 지금 뭐 가
   을 지나면 인제 들앉아가주고(들어앉아서) [채록불가] 가리고, 분별을 가려가주고
   전부 도리를 한다 카는데. 방에 놓으면 그 일을 인제 전기를 간밤에 쓰는데는 그렇
   게 골치가 아팠다.

황상모: 전에는 인제 찌레기-(길이) 다 맞춰가주고 꼭대기 요만치 묶었다 카이. [조: 그렇죠.]

김: 지금은 안 묶어요.

황상모: 지금으노(지금은) 이 찌레기도 별로 안 맞촜코 이 묶잖니껴. 옛날에 전부 요만 커(요만큼) 묶괐다(묶었다).

김: 끈 묶는 거도 종 가주고(가지고) 감아가. [조: 감아가주고. 예. 고생 많이 하셨니 더.] 근데 여 여 이래. 낮에. 낮에 이래 보면 씌앴을기래.

황상모: 근데 고생 할찍에 도망 갔부지 뫄로(뭐하러) 있었니껴. 나는 불 여 아무따나 옇부이께 마 시컨(실컷) 뚜드래(뚜그러) 맞고 하지 마라 카드라. (하하하)

황문모: 그 당시에도 담배할라 카먼 나무 못 하면 겨울게(겨울에) 그 담배나무 하라 카 먼 남의 산은 없고 하먼.

우: 그 뒤에 연탄이 났잖아.

김: 그 연탄 옇는 거도 우리가요. 우리 어른은 여 불 옇는데 연세 많은 분들이는 잠이 쫌 적잖아요. 우리 한창때는 잠이 흔커든(흔하거든) 쫌. 자다 보면 쫌 쪼매 그러다 보면 마 아버지인테 시컨(실컷) 달코 막 이렇거든.

우: 나도 한 담배 10년 했는데, 그래 해 봐야 계속 내 혼자, 내가 불 때고. 나는 뭐 봐 주는 사람도 없었고.

황상모: 그래도 배운 도둑질이 가진데요.

조: 그래도 그거 때문에 목돈 안 맞졌습니까? 목돈 순 해 갖고.

우: 글쵸. 그때 목돈이 담배가 결국 목돈 됐죠. 그래 뭐 없이 살다보이 목돈 없어요. 중간, 중간에 담배가 돈은 많이 됐어요.

김: 지금도 제법 많이 벌어요.

조: 으. 그래 담배를 하시다가 거의 안 하게 된 게 언제부터?

우: 담배 안 한지가 오래 됐어요.

김: 담배 우리가 안 한지가 한 25년.

우: 30년 다 돼가요. 뭐 요즘 보니깐. 다 옇도 안하고 그냥 뭐 갖다 끼워가 딱 걸어 놓고, 그 기계에다 불도 다 해 놨부리고, 지대로 뭐 알아서 자기가 알아서 다 말려 가.

김: 하루 점토록.

황상모: 불 붙여 놓고.

김: 이래가주고, 이래가주고 짚 고대로요. 12시 넘도록 엮어야 된다 카이. 그리이 엮다 보이, 12시 넘도록 엮다보이게 인제 한참 잠이 흔헐(흔할) 때 아닌교. [조: 그렇죠.] 아침에 또 늦게 일라먼(일어나면) 또 꾸지람 시컨 듣는데.

고추농사 나무땔감부터 전기 건조기까지

우: 꼬추(고추)도 맹 그랬어요. 꼬추도. 꼬추도 담배 치우고 꼬추를 주로 많이 했는데, 옛날에 이기 방 겉으머는 온돌 구들 겉으머는 고추를 그때 뭐 많이는 못 했지. 그 구들이야 넓었소. 뭐 그도 뭐 잘 사는 사람이야 소가 있고, 뭐 웬만하면 전부 뭐 지게를 가져다 산에 가 나무를 져다가 불을 여가(넣어서) 구들로 뜨사가 말루코, 그거 쫌 지내가주고(지나서) 모 나왔나 카먼. 난로를 해가주고. [김광수: 연탄 난로가.] 연탄 해가주고 요새는 여 도시에 뭐한 사람들, 연탄 불 갈라 카먼 대번 죽었부래, 죽었부래 고마.

김: 죽지. 숨 막허(막혀) 죽는다.

우: 두 통씩 여가 띠가 운데 코앞에다 문 꼭 닫아가주고 공기 하나 안 드가도록 해 놨으면.

황상모: 아. 연탄, 연통도 없이 그냥 화로를 펴(피워) 놨거든요. 화로 여 두나 피운다고. 요만한 거. 안데 문 열고 드가면 목이 대반 막. 요즘 겉으면 참 어에 거 드갈 수 있나. 못 드가지.

황문모: 안 죽고 살아 있으이.

황상모: 안 죽고 살아 있으이 다행이다 참.

우: 담배 연통 좀 밑에서 하니깐 간단한데. 꼬추는 또 전선이 되요. 밑에 거꾸로.

황상모: 그 연탄이 엄청나게 독하더라고.

김: 층층이 해가주고 요, 요래.

황상모: 꼬치 꿉는데 집을 져가주고요. 한 몇 년 안에 계속 연탄 피웠부이 우에-(위에가) 퍼썩 니리(내려) 앉었부래요.

김: 우에 나무 썩어가주고. 그게 굉장히 독했어요.

조: 연탄 난로 다음에는 기름 보일러 했습니까?

우: 건조 다음에는 건조기가 나왔지요. [조: 건조기 기계로 전기로 하는 거지요?] 전기하고 기름하고. [조: 아.]

황상모: 그러니깐 그거는 거져지.

조: 나무 난로는 언제부터 됐습니까?

김: 나무 난로는 오래 됐어.

우: 그 저 온돌 해가 말루다가(말리다가) 그 다음에 인제 나무 난로를 해가 하다가 또 고 다음에 인제 맹 난로 식으로는 하는데 연탄을 때다가.

조: 연탄은 언제부터?

우: 연도 수는 이얘길 모(못) 하겠는데. 그 이제 건조기가 들어오고는 전기 들어온 이후에.

조: 지금은 뭐 건조기 더러 쓰십니까?

김: 지금요. 꼬치한다 카먼 거의 건조기 다 있니더.

황상모: 나무 난로 마 할찍에 70년도 그때도 했고, 연탄 마 한 80년도 했고, 이 건조
기 들어 온 적이 한 십 몇 년 밖에 안 되요. [우수기: 20년 안 되요?] 한 십 오년
쯤 안 되겠네.

조: 여기 주로 현금 만지는 작물이 고춥니까?

김: 예. 고치, 나락.

조: 고추는 여 일년에 몇 백근 정도 하십니까?

황상모: 몇 백근 안 하고 많이 하는 집은 뭐 저 저 밭이 5만평 겉으면 한 6천근 하나.
5000근 이상하지. 한 5천평 이상 심으니까 뭐.

황문모: 6천근하고 그라 이먼(그렇지 않으면) 3천근도 하고, 2천근도 하고 뭐.

우: 저 산 깊은 데로 들어가머는 딴 농사하고 전부 난 사람은 뭐 3만근까지 했다.

황상모: 우리 마을에 여게 한 고추가 한 20만근 정도 생산하께래요 [조: 총요?] 예.
[조: 아이고.] 농협에서 하는 거 5만, 5만 몇 천근 팔았거든요. 우리 동네에서.

우: 이 마을은 주로 소로 가주고(가지고) 소득을 많이 올렸는데, 지금은 뭐 소가 또 외
국산 들어오고 하기 땜에(때문에).

황상모: 여 한참 소, 한우 많이 먹일찍에는요. 한 1000두 가까이 됐는데.

우: 사람 숫자 보다 소 숫자가.

김: 소 숫자가 많았는데.

황상모: 지금 한 400두.

조: 1000두 정도 매길 때는 몇 년 돕니까?

황상모: 한 십년 안 넘었죠 뭐. [조: 예. 오늘 뭐 이 정도 공부하면.] 선생님 말씀 잘
하시네요. 안 그러면 우리 밤새울까 싶어 걱정했는데.

[옆에 함께 계신 어르신들 모두 웃음.]

<임 재 해>

청운분교 걸립 지신밟기와 풍물대회

　* 청운분교 걸립 때 마을의 모든 집을 돌면서 11일간 했던 지신밟기에 대해 할아버지들로부터 들어보았다. 작게는 나락 닷 말에서부터 열 몇 가마니에 이르기까지 대규모로 했던 지신밟기와 술 힘으로 하루, 하루 버티며 마을을 돌았던 생생한 이야기 속으로 들어가보자.1)

마당에서 놀고 대청 부엌에서 하고

김광수2): 우리가 여 이 할 때는 전부 나 많은 어른들, 우리 부친류로 했거든요. 예로부터. 해가주골랑.

우수기3): 글 때는 왜 그렇냐하면 글때는 그 어른들이 있었는데, 하루에하고 치우는 게 아이기(아니기) 때문에 통계 11일 동안해(동안에). 그러니깐 나 많은 노인들 그래 할 수가 없잖아요. [김광수: 그 인제 명절 때.]

한양명(조사자): 아. 그럼 그 어른들이 시키는 데로 그래 하셨습니까?

김: 명절 때 인제, 보름, 참 보름하고 이월하고 했지? 보름하고 이월에 했는데, 우리 할 때 여게 저저 동네 걸립하고 할 때, 집집마다 댕길 때 열 나흘썩, 열 다섯썩 했어요.

우: 아이따(아니다). 하는 건 11일간.

김: 아니지.

한: 청운 본동을 돌아다니는데 열 하루가 걸렸단 말이예요? 하 그때 한 400호.

김: 그때 한 삼백 몇 집 더 되지요. [한양명: 300호 몇 집호?]

우: 300호 뭐 그 미만 그래되지요. [한양명: 그 그럴라면 하루에 몇 집씩 돌라면 뭐.] 하루에 몇 집 못하죠. 하루에 그 뭐 한 집에서 놀 시간이 많이 걸리기 때문에 마다(마당)서부터 부엌에까지. 했기 때문에.

김: 방에까지 드가가주고.

조: 맨 첨에 어디 문굿부터 시작합니까? 그 차례대로, 지신 밟는 차례대로 한 번 그 집에 들어갈 때.

김: 집에. 집에 드가 가주고요? [조: 예.]

우: 지신밟는 거는 제일 나올 마지막에 하는 거고.

김: 일븐(바로) 들어 가주고는.

---

1) 2003년 2월 24일 경로회관에서 임재해·한양명·조정현·추현태 조사, 임재해 정리, 조연남 녹음자료 채록.
2) 김광수, 남, 63세.
3) 우수기, 남, 63세.

우: 마당에서 놀고.

김: 마당에서 한불(한번) 노고, 그 인제 대번에 그 옛날에 여 오새는 부엌택인데. [조: 부엌택.] 정지 하잖니껴. 거 가가주고 놀고, 또 거 인제 주인이 거 쌀이랑 뭐 이래 떠다 놓고 촛불이래 떠놓고, 했거든요.

한: 마당에서. 방에서 안 하고?

우: 대청에서 하고 부엌에서 하고.

김: 부엌에서 하고 소두배이 이래 솥이래 걸어 놓고요. 소두배이 이래 제쳐놓고 한 양 푼이 쌀 떠 다 놓고.

우: 대청에는 주로 그때 뭐라 캤나 하면 성주나는 그 신이 있고, 그 정지에는 조왕지신 카는게 있고, 그래가주 그 한 집에 가서도 뭐 마당 같이 세 군데 그래 놓고, 그러 다 보니 시간이 하루 많이 갔지.

김: 한 집에 하마 최하도한 한 시간 거의 잡아야 될꺼라.

우: 11일간.

조: 그런데 저게 마당에서 놀고, 정지에서 놀고 그 다음에 대청 위에 올라갑니까?

우: 그 요청하며는 그래 가고, 요청 안 하면은 한 군데, 대청이나 한 군데 하고 나오고.

조: 대청에 올라갈 때 신발 벗고 다들 올라갑니까?

우: 거진(거의) 신고 다 올라가고.

김: 신 다 신고하지.

한 집에 나락 최하 닷말에서 열 몇 가마니씩

조: 쌀하고 촛불하고 상 차리는데 부엌에만 차립니까? 또 어떤 집에 가면 대청에도 차 립니까?

김: 대청에도 하고요.

우: 그때 여 쫌 잘하는 집이는 그 벼, 벼 한 열 몇 가마이꺼지. 그래 나오이깐. 한 집에 나오는 게 만치니깐.

김: 한 집에 그래, 그래.

한: 한 집에, 그래, 그래 내 났단 말이지요?

김: 한 집에, 벼가요. 열 가마이썩.

우: 그때는 여. 요새 곁으면 구루마 그랬는데, 그 미워(채워)가주고 계속 실어 날리고.

한: 야. 아이 나락을 열 몇 가마이씩, 걸립 내 났단 말이죠?

김: 야.

우: 그때 가마이 큰 가마이잖아요.

김: 최하도 거의 뭐 한 그 뭐 닷말. [한양명: 그라면 그 걸립 열 하루 하셨으며는 쌀

한 뭐, 나락 한 최소한 50, 60 가마이는 나왔겠네.] 50, 60 가마 많이 나왔죠
우: 근(거의) 백 가마이가 나왔어요.
한: 근데 그건 인제 특별하게 행살했기 때문에 그렇죠?
우: 그때 여게 인제 거 그때 요즘은 초등학교에서요.
김: 기성회서. 기성회서 했거든요.
한: 이때는 보니깐 뭐. 청운분교 승격하고 동 다리 놓는데, 독립교. 아. 승격 독립교가
  다리가 아니고.
김: 다리가 아니고.
우: 분교가 학교가 없애고 마을 건물에다 분교를 한거죠.
김: 분교를 하다가 인제 이제 청운 동네 이제 초등학교 독단으로 채린다(차린다) 이거지.
한: 그 평상시에는 걸립하며는, 지신밟고 다니면 그렇게 많이는 안 냈죠?
우: 안 내 놨죠.
김: 야. 그래 안 냈죠.
우: 그때는 학교를 세우기 위한 그 마 참 초대 거 동민, 그 뒤에 거 전부임원들 그 맨
  들어 가주 인제 그래 가 인제.
한: 이 웃대(위대) 그 저 풍물 하신 분들 중에 생존하신분 안 계시죠?
김: 저게 보자. 웃대, 우리, 우리의 부친때부터 했어. [한양명: 그런 분들 연배, 지금
  저.] 그 연배가 지금, 거의 뭐 없지.
우: 그 시대적으로 저 뭐 살아 계신 분들 몇 뿐 계시지마는 그 농악에 대해가주고는 그
  분들은 없어.
한: 구경하신 분들은 계신가요?
김: 구경한 분들은 혹 있죠.
한: 그런, 그런 분들 구동장님 이런 분들은 혹시 구경하셨습니까?
김: 글 때 황중구 동장님이가 글 때하고, 저의 아버지는 글 때 설립 기성회 이원(의원)
  했어요?
한: 세상 뜨셨습니까?
김: 살아 계세요.
한: 살아 계시면 옛날 풍물 아시겠네요. 어르신, 지금 어른 치시던 웃대 풍물을 아시겠
  네요?
김: 아지요(알지요). 아부지도 아지요. 아버지는 그 이전에 이, 이 행사 안하다라도.
우: 우리가 하는 거 하고 그 웃대 어른들 풍물에 대한 과정이 별로 변동이 없습니다.

대회나갈 때 잡색탈을 만들어서

한: 변동이 없었고, 그러면 호랭이탈 이거도 예전에는 있었고?

우: 이거는 그 임시로 그때 볼 때, 뭐 이래 만들어가주고 종이 겉은 걸로 맨들어가주고 했는 거죠.

한: 그럼 그 전에는 이런 호랭이 탈이 없었단 말입니까?

우: 그 전에는 뭐. 짐승까지 탈 쓴 그런 기억이 안 나요. 대회 나갈 때 인제 맨들어가주고.

한: 이때 무슨 대회를 나갔습니까?

우: 이때는 대회는 마을간의 행사거든요.

김: 그때는 우리가 이게 배워가주고요. 어디까지 갔나 카면요. 저 안동까지가고, 도 영주까지 가고.

한: 어르신들 연세가 어떻게 되시죠?

김: 그때 우리가, 우리가 시물, 시물 한 너 댓 됐일라.

한: 올게 연세가 어떻게 되시는데요?

우: 난 육십 서이요.

김: 저 사람하고 내하고 동갑이거든요.

한: 그때 한 사십 년 전에 그런 대회가 제가 알기로는 이 시·군 단위로는 해 가주고는.

우: 그게 그러니깐 그 대회는 우리 이야기한 거는 요거 할 때 이야기한거고.

한: 그러니깐 요거고. 대회 나갈려고 할 때.

김: 대회 할 때는 그기가요. 우리가요 한, 한 삼십 년쯤 안 되겠나. 연수가. [한: 한참 될낍니다. 이거보다 한참 뒤에. 한 참 됩니다.] 근데 가마이꺼라 오새 거 자 중구[4] 동장님 안 있니더. 구동장.

우: 고 앞에 사진 앞에. [한: 예. 동장님 압니다.]

김: 아지. 근데 이 분들이 우리 아버지 집에까지 왔었더라 카이. [한: 알겠습니다.] 저 뒤에, 뒤에 서당 밑에 오셨다 갔다 카이.

한: 이 댁은 지금 어디지요? 이 뒤에, 이 기와?

우: 이 우리 아랫집이래요.

김: 아. 이거 어데 가 찍었는가?

우: 그것도 모리나? 조병윤씨 집이다. 이거. [김광수: 아. 그래 그카이 알따(알겠다).] 마지막에 그 기념으로다 사진 박고 찍은 그 집이다.

김: 지금 여게, 이래 보며는 이 어른들 세상 베린(버린) 어른들이 많이 있고, 많코. 그 인제. 생존해 계신분들은 몇이 없을게래요. 여게 보면, 사진 보면 이 어른 살고,

---

4) 전(前)동장이였던 황중구 어른을 일컫는다.

훤하게 알거든요. [한양명: 그때 저 호랭이하고, 포수하고 서로 뭐.] 우리 집에도
이 사진 있다 카이.

한: 저 쫓고, 쫓기고 이런 거 연출하고 했습니까?

김: 했지요. 댕기다가 총 쐈으며는 자빠져가주고, 죽는 흉학하고(시늉하고), 또 어에
하다보이까 미고(매고) 가기도 하고.

한: 호랭이 미고 가기도 하고. 아. 여기 저 보며는 사대부하고. 잡색춤이.

김: 야. 사대부하고 여, 여. 쩨미(수염)달아가. [한양명: 각시도 세 명 있고.] 예. 각시
도 있었지요.

한: 이 사대부하고 각시들 사이에서는 뭐 서로 주고받고 그런 거 없었습니까?

김: 그런 건 없었어요. [한양명: 그럼 각시는 각시 대로 가고.] 그런데 각시는 우엣나
카믄 그 인제 꽹메기(꽹과리) 뚜드린 게 창자 아닌교, 창자 앞에 가고, 그 뒤에
아. 괭이 앞에는 깃대가고.

풍물깃대 상쇠 사대부 양반 호랑이 순으로

한: 이 깃대가 여 있는데 그죠. 이 깃대에 뭔 글씨가 적혀 있었습니까?

김: 예. 썼지요. '천하지대본(天下之大本)'.

한: 아. '천하지대본'이라고. 농자천하지대본이라고 써 있었습니까?

김: 예.

한: 혹시 저 명명할 때, '영'자가 이래 쓰였는 게 아니고요?

김: '영'자는 없지.

한: 기는 한 게 밖에 없었습니까?

김: 기는 태극기 하나하고.

한: 태극기하고, 딴 거는 없었습니까?

김: 예. 딴 거는 없었지.

한: 기, 깃발이 컷습니까?

김: 깃발이 컷지요. 기단했지.

한: 그 위에 꽁털도 달고요?

우: 그런 거는 없었고, 낚싯때(낚시대), 한 긴 낚시때 되는 거 달아가주고.

한: 깃발도 달고요. 깃발도 이렇게 요즘 보는 거처럼 이케 이쪽 길이로 길게 이렇게 했
습니까?

우: 예. 길이로요.

조: 그 깃발 다음에 뭐가 갑니까?

우: 깃발 다음에.

김: 깃발 다음에 상쇠 따라 가고, 그 다음에 순서대로 따라 가고.

조: 호랭이나, 뭐 각시나 뭐 이런 사람들은 또 뒤를 따라 갔습니까?

김: 예.

우: 각시 경우에는.

김: 제일 꼬쟁이5).

조: 제일 꼭대이.

김: 야. 꼬쟁이 줄 따라 갔고.

우: 그 다음에는 순서대로 다 했고. 그 저 포수, 총쟁이하고 짐승 그거는 마음대로 부
   르는 대로 인제 나오는 거고.

조: 호랭이하고 총잽이하고 지 멋대로 왔다 갔다 하고 놀고.

김: 예.

한: 근데 각시들하고 사대부하고는 전혀 어울리지 않았습니까? 서로 같이 어울려서 춤
   추고 이런 게 없었습니까?

우: 왜. 저 그거는 춤추고 싶으면 추고, 그 안에서, 원을 놀고 있으면 그 안에 거 저거
   마음대로, 인제 마음대로 놀고.

조: 쫌 히히닥거리고.

우: 예. 남이 거 보며는 윗(웃게), 웃음거리가 되도로끔. 인제.

김: 남 인제, 관람자들 보게 되면 윗꺼(웃게), 윗게 하고 그만 오새 요랑하면 그 뭐 뭐
   시루때고 하다 그런 정도하고.

한: 그 일부러 쫌 싱거운 분들 뽑았습니까? 그 잡색하는 분들.

우: 예. 예.

한: 그 혹시 이런 것도 있었습니까? 여자들 각시가 서이고, 이 양반은 하나고 이러니
   까, 서로 막.

김: 아. 질투심. 그런 건 없었지요. 없지 싶어요.

우: 예. 그런 건 없어.

한: 그럼 재밌게 우에 재밌게 합니까? 양반, 각시가. 재밌게 할 라면 뭐. 재밌게 할 방
   법이?

우: 그 풍물을 치고 놀게 되면 풍물 그 흥에 의해가주고(의해서) 그 인제 보통 거 뭐
   이제 뭐 여럿이 참 여럿이 저 나름대로 거 뭐 놀고 하면 흥미가 놀고 하는 거하고
   틀리잖아요. 그 남이 보는 사람도 그렇고, 그때 한 십일일간 이 행사를 하는데, 거
   의 술로 다 살았어요. 밥도 먹지도 못해요.

---

5) 제일 뒤에 따라갔다는 뜻이다.

풍물패가 골목에 빽빽 흥이 나도록 놀아야

한: 아. 하. 그럼 저기 여 걸립하는데 거 저 우선 그 걸립패들이 내나 그 술도 자시고, 또 더러는 같이 식사도 하시고.

김: 예. 어떤 집 가며는 술도 내 놓고, 밥도 내 놓고, 음식도 내 놓고 했거든요.

우: 하루 일정이 내일이는 어느 집이 정심를(점심) 제공한다, 어느 집이 술을 제공한다. 우리 술을 돈주고 받아먹는 게 아니고, 사람이 한 50, 60명되니깐. 저녁에 딱 내일 일정을 짜가주고. 인제 그래.

한: 그래 다니실 때 농악 하시는 분들만 다니셨습니까? 뒤로 다.

김: 뒤에, 뒤에 많이 당겼지요(다녔지요).

한: 어른들, 아들 다 따라 갔지요.

김: 야. 청운 동네 사람이 다 모됐다고(모였다고) 보시면되요.

한: 그 뭐 풍물패가 골목에 빽빽했겠네요?

김: 빽빽하지요.

한: 뭐 담 넘으로도(넘어로도) 뭐 지켜보고.

김: 예. 담 넘으로도 너다 보고, 막 하다 모 하다 지붕에 가가주고 보고. [한양명: 지붕에도 보고. 아. 참 한 열 하루 동안 축제였네요?] 축제였지요.

우: 그때 66년도에 그 시대에 가가주고 많이 낸 데는 벼를 한 열 몇 가마를 냈다 카믄. 그만침 그 내는 만큼 그 신이 참 뭐 뭐하더로끔. 그만침 놀아 줘야 되요. 잘하면 한 덜 내주던 거 더 나올 수도 있고.

김: 우리가 가지끈6)(가지껏) 놀아야 된다 카이. 그때는. [한양명: 가지끈.] 가지끈. 그 저 이분들이는 안죽(아직) 모르는데 들은 가지끈 우리가요, 흥미나도록 놀아야 되요.

우: 그 하루 이틀도 그게 소일 두고 뚜들고 논다는 게 지금 생각해보면 그 보통 노력 가지고는 안 되는데, 11일간을 계속 했으니깐, 어떤 한 집에 들어갔부리면 그 대청이나 부엌 앞에 갔부리면 옛날 집은 뒤에 문이 있잖아요. 여기 마 가마이 몇 이서 마 글로 드가서 거서 담배도 한 대 피우까하고 빠져부고, 그 날 저녁이 뭐 또 앞에서 뭐 뭐, 또 그랜다꼬 난리가 나고, 그래 그럴 수 백(밖)에 없잖아요. 하루 이틀도 아니고, 열 하루 동안 했으니까. 하하.

김: 그때 우리가요. 한복을 입고 하긴 했는데 한복 입고 이거 새 거(것을) 입고 나가도 한 며칠 했부면 정지로 해맸부면 마구 뭐 껌정도 묻고. [한양명: 나무땔때니깐.]

우: 전부 나무 땔때니까. 오새 겉은 거 저 씽크대하고 뭐 이거 입석(입식) 부엌 없었거든요.

김: 없었거든요. 글때먼 없었거든요.

---

6) 힘 닿는데까지.

한: 글쵸. 그때 금 뭐 거의 술심(술힘)으로.

우: 예. 술 가주고(가지고) 살았어요.

한: 그쵸. 그럼 뭐 술은 뭐 농악치는분들 뿐만 아니라.

김: 그 동민들 전부 다 같이.

한: 그때 술을 도가에서 받아 왔습니까? 아니면.

우: 받어가 온 적도 있고, 집이서(집에서) 했는 거도 있고요.

한: 그때는 밀주 안 될땐데.

우: 밀주 될때래요.

한: 67년. 67년도 가요?

우: 밀주 같은 거 관계없었어.

한: 관계없을 땝니까?

김: 전부 말술을.

한: 그렇죠. 뭐. 말술을. 말술도 그렇게 드시고 또.

우: 술의 힘이 떨어지만(떨어지면) 몸, 사람이 피곤해서 모 움직어요. 그러니까 하루에
   도 몇 번씩 먹었어요.

한: 아침나절에 보통 몇 시부터 도셨습니까?

우: 그때 한 아침 여덟시쯤 되면 시작해서.

한: 노셔가주고. 그럼 저녁에는 몇 시에 마치세요.

김: 다섯시, 여섯시. 일곱시까지. [한양명: 해질 때까지.] 일곱시까지 할 때도 있어.
   근데 우리가요. 청운동에 우리가요. 이게 우리 웃대 어른때부터 우리 부친때부터
   했는데 그 우에부텀 했어요. 했는데. [한양명: 그렇겠죠.]

배워야하니 우리 하는 대로 따라 나온나

우: 아주 옛날에는 그 인제 보통 노면 걸립한다 그래고. 여게 줄이 유명했습니다. [조:
   뭐 거는 들었습니다.] 예. 한 해 한 편씩 줄땡기고 거는 뭐. 건 뭐 아주 뭐 우리 초
   등할 때 어른들이 얘기하는 거 보이.

김: 우리, 우리 놓을(낳을) 때부터 줄 카는 게 있었다 카이. 놓을 때부터. 그래 여 어
   른들이 농악하고 이래 할 때 어른들이 뭐라 카는 가요.

"우리 밑에 자녀들도 이거 쫌 갈 캐야(가르쳐야) 된다."

[한양명: 이 줄을.] 언제.

한: 농악을?

김: 예. 농악을 갈채야 된다 카미 그래가 글때 우리 청운동네 우리 동갑들 서(세명)인
   데, 서이나 나오라 캐가 그랬거든요. 그래 가가주고 하다보이 저 분은 유상쇠 소질

이 쫌 있었고, 나는 소고에서 쫌 소질이 있었고, 또 한 분으는 우리하고 맹 동갑인
데, 근데 우리보덤(우리보다는) 쪼끔 뒤떨어졌고, 그래도 맹 같이 뒤에 따라 댕겼
고. [한양명: 어른, 어르신 갑자년이라 그려셨죠?] 예.

한: 그 간지로 따지면 그 해가 무슨 생이시죠? 갑자생, 을축생 뭐 있잖습니까?

김: 우리 태어난 날.

한: 예.

김: 우리 신사(辛巳), 신사생.

한: 신사생 세 분이 풍물을 어른들한테 배우셨다 그죠?

김: 예.

한: 그 가르치신 어른 어떤 어른?

우: 배움 카는 거는 없고, 한때 거 아래도 오셔가주고 이야기를 드렸는데 이 마을에 여
태까지 뭐 뭐 어른들부터 행사 해가주고 가르치고, 배우고 이런 거는 없었고, 앞에
서 계속 그래 해 왔으요(왔어요). 보는 사람이 끼리끼리 모이면 그런 거 뭐 스스로
보기도 하고 하여간 그래가주고 다 배웠어요.

김: 이거요. 우리가 가이께네. 너거 맹 배워야 되이. 우리 하는 대로 따라 나온나. 같이
이래 서가주고 이래 뚜들고 이래 따라 댕기면 그래가주고 앞에 하는 분들 보고도
하고 그래하이 인제 딱 보이시래. 인제 같이 나가도 인제 맹 시시만큼 그게 안 있
니껴 그죠. 인제. 저 분은 인제 저 하고 나는 소고에서 가고.

한: 그래고 보면 저게 꽹매기(꽹과리)가 두 개고.

김: 꽹매기 두 개. [한양명: 징이 한 개고, 장구 두 채고, 그 다음에 북이 하나고.] 북
어떤 때는 두 개, 세 갠데도 있고.

한: 근데 요 사진에는 지금 보니깐. 하나씩 돼 있거든요.

우: 아. 여게는 마을 행사에 한 거 있거든. 대회 나가며는.

한: 아니, 대회 때 말고요. 요때.

김: 마을 행사 때 보며는 고대로지요(그대로지요).

한: 그때 여기 참가 안 하신 분들은 없고요. 사진 찍을 때.

우: 거진 전부 다 였어.

한: 북은 하나밖에 없었습니까?

김: 마을에는 하나 가지고(전부이고).

한: 접대 그 행사 때문에 북을 행사 때문에 그 주로 뭐 북을 어디서 사오거나, 빌려 오
거나 하지 않았습니까?

우: 그런 거 없어. 그런 일은 없고, 예로부터 여게 줄을 땡기고 했기 때문에, 암짝 편
이, 웃짝에 동네 기물이 풍물 한불 있고, 이짝에 한불 갖추고. 그래 갖추고.

한: 그래면 아래쪽에는 아래쪽대로 농악대가 있고, 풍물이 있고.

김: 풍물이 한불 있고. 농악할 때는 한테 합치고.

한: 항상 정초에 지신 밟고 하며는 합치고.

김: 또 이제 줄땡기고 하며는 인제 아래, 웃짝(윗쪽) 갈라가주고, 저 짝에 삼채치고, 저짝 딴 가락치고.

한: 그때 그 동네 그래 미리 마을에 제일 큰 행사하는데 왜 두 쪽이 합쳐가주고.

우: 아. 이건 합쳐가 한 거.

김: 이건 합쳤는 거.

한: 악기를 다 안 썼습니까?

우: 다 쓰면 거 사람이 부족해가주고(부족해서).

한: 아. 그때 사람이 부족했습니까? 사람은 많은데 칠 사람이 없었겠죠. 그죠. 치고 놀 사람이.

김: 근데 풍물 있어도, 풍물 또 다 칠 사람도 없을뿐더러.

우: 사람은 많았지. 여게 돌아가신 분들도 있고, 그때 많이 있었는데 하루가 아니고, 한 철이 아니고, 여러 날 했기 때문에.

한: 그러니까 그 여러 날 동안 하니깐. 그걸 비워가주고(비워서), 자기 시간을 비워가 주고 나설 사람이 숫자가 그거밖에 없었다 그죠.

우: 그거보다도 배겨(견뎌) 나질 못했어. [한양명: 배겨나질 못한다.]

김: 우리 어른들이 마커, 이원(의원)들 아닙니까? 우리는 행사하는 사람이고, 근데 우리 다 하고 나면,
   "이 사람들아 자네 첨에 나오이끼제. 올찍(적)에 퉁퉁하더이마는 다 하고 나니 홀쭉하다. 말랐어."
   이카디더.

한: 첨에 하신 분들이 마지막까지 다 하셨습니까?

우: 바뀌신 분이 더러 있는데, 사대부하고 뭐 이래 기 드는 사람들하고는 가급적 바뀌고.

한: 잡색은 더러 바뀌었습니까?

우: 예. 거는 왜냐 카믄 개인적으로 이런 거는 뭐 우리 풍물에서 거 저 빌(별) 거 기술에 드가는 것이 아이니까. 고 이제 바뀌고.

한: 다른 이제 풍물.

김: 상쇠하고, 이 북 치고, 징 치고 이거 뒤에 소고하는 사람한테는 별로 안 바꼈어요.

한: 그때 두 분은 소고 하셨잖습니까?

김: 아이죠(아니죠). 소고했나. 난 소고했어요

우: 그런데 거의 아까도 여 말씀드렸는데. 요기 있는 여 사람들으는 소구(소고)고, 북 이고, 장기고,

김: 주면 다 합니다.

우: 다 해요.

김: 근데 고 하는데 쪼끔 잘하고 모(못) 하고 요 차이지. 사람 시키면 다 할 줄 알아요.

추현태: 매구 치신 분은 임국헌씨하고, 저 강유연씨죠?

김: 야. 그때 강유연이가 동장질했지. 그때.

추: 그때 그러며는 황병은씨하고 황만봉씨 뭐 하셨습니까?

우: 그때 그 어른들은 우리 위에 어른이고.

김: 그, 두 분들이 상쇠.

우: 매쳤는데.

추: 근데 이때는 안 계시다 아입니까(아닙니까)?

김: 있었는데. 우리인테 물려 줬버렸어.

추: 그때 그 이후에 대회에 나가실 때는 다시 황만봉 어르신하고. 강유연씨가?

김: 했어요. 저게 저 안동 갈 때.

추: 이 연대가 이 임국헌씨하고 강유연씨보다, 황만봉씨하고 황병은씨가 더 연배가 높
   지요?

김: 높지요. 높으지요. 거의 구십이 다 됐지요.

추: 근데 요때는 일단 그 두 분은 참석은 하시지 안 하셨다.

한: 그러이 인제 그게 워낙 여러 날 돌아야 되니깐. 연세가 많으시니깐. 그 분들은 인
   제 뒤에서 이래 지켜보시고.

우: 그 분들 밑에가 인제 요게 사진에 있는 그 분들하고, 그 밑에 인제 우리들이 받아
   가주고 한 거지. [한양명: 그때는 두 분다 청년이셨네.] 스무 살 다 와가고.

김: 수무(스무) 살 쪼매 넘었지 뭐요.

영주 시승격 대회때 연자방아에 소 만들어

추: 연자방아 소리는 뭡니까?

우: 연자방아요. 안동 갈 때 맨들어 가갔어요(가져 갔어요).

추: 맨들어 간 전통입니까? 원래 저.

우: 소리도 하고 그 연자방아도 맨들고, 소까지 다 맨들어.

추: 안동 대회 갈 때.

우: 대회갈 때 예. [한양명: 뭔 대회지.] 그 우리 우에 어른들.

김: 어. 저 영주는, 영주는 시 승격 때 갔고.

우: 안동은 가가주고 그때 도별로 군 대항으로 갔다 왔는데.

김: 영주는 시 승격됐다 할 때 갔다 왔고.

우: 영주 갈 때는 시승격때 갔다 왔고, 어디 딴 데 가가주고는 입상은 못했지 싶어.

김: 근데 안동 가가주고는 일등하고 이랬나?

우: 그런 기억이 안 나는데.

김: 일등 한 번 했나? 그라면 이등하고. 저.

추: 안동갈 때도 두 분이 소고치고 따라 갔겠네요.

김: 갔죠.

추: 그때도 소고 쳤죠.

우: 안동 갈 때도 한 번 가긴 갔네.

김: 안동 갈 때는 이분이가요. 이거 꽹메이 한 번 쳤어.

우: 꽹메기 안 쳤어요.

김: 우린, 우린 대구는 안 갔어요.

우: 대구는 안 갔어요. 대구도 몇 번 갔는데, 우리 우에 어른들이 갔고.

김: 그 대구간 그 분들이는 하마 거의 고인들 거의 다 됐어.

추: 97년도 청송 문화제 행사 할 때 농악 나갔지요. 그때 저 쯤 있다 오시는 황충구씨
   하고, 저게 황성구씨지예.

김: 황성구하고.

추: 어르신은 소리하셨고?

우: 소리도 하고 메구도 치고.

추: 지신 밟기 사설도 그라면 쪼끔 했겠네요.

김: 했지요. 여기 지신밟기 참여한 젊은 축엔 여기고[7].

추: 농요는 예?

우: 농요는 없었어요.

추: 연자바우 소리하고.

우: 연자바우(방아) 소리는 어른들이 했고.

추: 그러면 전혀 기억이 안 나시네예.

우: 어. 기억이 없지.

김: 근데 연자방애 소리, 앞소리 했는 게는 대성어른이 했지.

우: 대성 어른이 황.

김: 황 뭐로.

우: 윤호.

김: 윤호씨.

한: 그럼 연자방아 소리는 대회 나갈려고 일부러 만들어 낸 거다(것이다). 그죠?

---

7) 우수기, 남, 63세를 일컫는다.

우: 예.

한: 옛날에 연자방아 있었습니까?

김: 있었어요. 우리 모를 때는 그게 연자방애 있었는데, 찧는 거는 못 봤어도 이 우리
　　가 저 큰 물 지기 전에 제일 큰 물 지기 전에.

우: 사라호 전에 그 돌이.

김: 돌기 이마한 거 담빗자리 만한 돌이 있었어요.

한: 그러니깐. 연자방아도 있고, 연자방아 소리도 있었는데. 그건 농악대하고 관계가
　　없었고, 그게. 그 뒤에 인제 대회 나갈려고 새로 또 만들었다. 그지요. 그 대회 나
　　갈땐 뭐 인제 꾸며서 나가야 된다. 의논을 해가주고, 그래 그때 악기도 쫌 더 늘리
　　고 그랬습니까?

우: 악기, 악기 쫌 늘렸어요.

한: 악기, 대회 나가실 때 안동 가실 때는?

김: 안동 갈 때는 꽹메기 많았지.

한: 꽹메기가 몇 개였습니까?

김: 두 개, 시 개 아니였나?

[중간에 새로운 할아버지가 들어오셨다.]

한: 징은 몇 개?

김: 징 두 개, 북도 두 개. 장기 두 개. [한양명: 그때도 내나 잡색도 하고.] 그때도 맹
　　사대부 있었고.

한: 각시도 있고.

김: 각시도 있었고.

한: 포수도 있고.

김: 포수도 있었고.

한: 호랭이는?

김: 호랭이도 있었고.

한: 그때 말한 호랭이가 인제. 껍질을 헝겊으로 만들어가주고 덮어쓰고.

김: 천으로. 그 뒤로는 뭐 없었잖니껴. 기냥 뭐.

일렬로 서서 40분 정도 지신 밟고

한: 그러다 지신밟을 때 들어가서 마당 너른 집에서는 말이죠. 뭐 촌에 하기야. 마당
　　뭐 다 엔가이(어지간히) 되지마는 거기서 마당에서 풍물 칠 때는 둥그렇게 둘러서
　　서, 둥그렇게 둘러서서하고 잡색들은 그 안에서 놀고. 그래 그렇게 하셨습니까?
　　그래 마당에서 다른 뭐 놀이는 없었습니까? 둥그렇게 노는 거 밖에 없었습니까?

김: 야. 별다른 거 없지 싶다. 그지 예?

한: 둥그렇게 서서 일로 돌고, 절로 돌고 이렇게 돌아가고 제자리 서서도 하시고.

김: 제자리 앉어가.

한: 돌아가면서.

김: 인사 할 때는 딱 서가 하고.

한: 집집마다 앉어서 인사 다 하셨습니까?

김: 인사 할 때는 일렬로 쭉 서가했고.

한: 아. 일렬로 서서 쭉하고. 그 다음에 다시 원을 만들어가주고.

김: 큰 행사를 하면요. 둥그벙하게(둥그렇게) 이래 서가주고 겉을 보고 인사를 하고.

한: 큰 행사말고 마을에서 하실 때는?

김: 마을에서 할 때는 일렬로 서서.

한: 누가 기준합니까?

김: 징보고, 징을 보고.

한: 그 다음에 인제 지신 밟아주고 그 다음에 놀고. 그 다음에 보통 한 집 마다 한 시
   간씩 걸립니까?

김: 많이 걸해면(걸리면) 한 시간.

우: 한 시간 더 걸래는(걸리는) 집도 있고, 뭐 30분, 20분.

김: 뭐 40분 걸리는 데도 있고.

한: 고 주인이 인제 뭐 대청에도 해 달라, 부엌에도 해 주고, 마당도 해 주고. 뒤안으
   로 가서 뭐 하는 거는 없었습니까?

김: 주로 방안하고, 부엌하고, 마당하고. 주로 시군데.

[새로운 어르신들이 중간에 또 오셨다.]

황상모: 나중에 저 책 거 아까도 얘기했지마는 뭐 불필요한 말했는 말은 절대로 수록하
   면 안 되니데이.

조: 아이고 그 걱정하지 마십시오.

한: 걱정하지 마십시오. 어른들한테 폐가 되는 그런 말씀은 안 씁니다. 저 다른 동네도
   저희들 조사해서 책이 나온 게 있잖습니까? 그 다 어른들한테 다시 다 보여드리고
   하기 때문에.

추: 저 경로당에 뭐 뭐 소고는 있습니까?

김: 저기 기물 다 있잖아.

우: 경로당에는 없고.

황상모: 소고문이라는 거 우리 이 사람이 없어가주고 처내이껴.

추: 저희들 소고춤 안 줍니까?

한: 전에 한 번 추시던걸 한 번 저 고대로 한 번 해 주시며는.

추: 세 분만 해도.

김: 아이(아니), 북하고 다 와야 된데 카이.

우: 여 뭐 안 와도 한 십 명이야 되야.

한: 그 하자면 여럿이 되야 되.

김: 여 할라 카며는 상쇠하나, 또 징 하나, 북 하나. 장기(장구) 하나.

우: 다 치면 되지 뭐.

황상모: 아가씨, 학생들하고 다 치면 되지 뭐.

한: 여. 여 두 사람은 아주 잘 치는 사람들이고요. 그러니깐 여 어르신들 두 분하고, 넷이.

황상모: 그 저것만 뭐. 꽹과리만 쳐주면 뭐. 메구만 쳐주면 춤은 여게 잘 치니께네. 원래 뚜들기는 뚜들고.

한: 왜냐하면 우리 저기 저 학생 중에 저 무용 전공한 학생이 있습니다. 그래서 그걸 뭐.

김: 치고, 무용 춤 춰 보지.

한: 그 기록하는 게 있거든요. 그 춤추는 걸 기록하는 방법이 있습니다. 그래서 비디오 찍고, 찍기도 하고 뭐 이 옮기기도 하고.

김: 양짝(양쪽)에 해요. 이제 다 잊았부데.

한: 기왕 그 하는 김에 그 지신도 한 번.

우: 그거는 사람 많이 있어야 풍악이 되는데.

김: 여기 사람 많이 있네.

황상모: 책에 내기 때문에 소리는 안나. 소리는 필요 없거든.

김: 그런데 나는 그거 하는 게 다 잊었부래가주고. [한양명: 술을 쫌 준비를 해가주고.]

황상모: 술을 자서야 쫌 하지. 원래 농악할찍에는 술 한잔해야 홍이 안나나.

우: 그래 이 분들은 학술적으로 배운거고. 했기 때문에. (모두 함께)] 여 진짜 우리 동네 하는 게 농악이고, 요새하는 거는. 아. 그거는 농사지으면서 했는 게 옳은 농악이지.

한: 맞습니다. 배워가주고 학생들이 하는 거는 아무리 잘 쳐도 그건 농악 아닙니다.

김: 그거는 무용식으로 하는 거지.

과거 마을 풍물에 등장했던 잡색들

조: 탈 거 저게 범, 범탈이라고 안 그러고, 호랭이탈이라고 그랬어요?

우: 범탈 이거 그 대회 나갈 때는 그 옷이 있었는데, 옷을 거 잊었부래가주고(잊어버려

서).

김: 그래가주고, 얼룩덜룩 하이 입은 탈을 짓거든.

조정현(조사자): 66년도에 할 때 혼자 했습니까? 아니면 이 사람 뒤에 한 사람 더해 둘이 했습니까?

김: 이 사람 혼자 했어.

조: 호랭이를 혼자 했다고?

김: 호랭이를 혼자 했고, 이분이는 포수질했고.

조: 근데 이 거를 호랭이탈이라고 그랬어요? 범탈이라고 안 그러고는요.

김: 모리지 뭐. 확실히는 모르겠어요.

우: 이름짓고 그 나중에는 전체적으로 옷이 있어요.

조정현: 호랭이, 호랭이가요. 그 범탈을 쓴 사람이요?

김: 예.

한양명(조사자): 그게 호랭이 가죽처럼 이렇게.

김: 가죽처럼, 가죽처럼이 아이고, 이게 이래 가른(가면) 꼬리 댈랬고(달렸고), 이래가 주고 종이 가 맨드는데.

우: 종이, 종이가 아니지. 천, 천으로 했는 겐데.

김: 에이?

우: 천, 천으로 했어.

김: 천으로 해가주고 인제 꼬리를 달고 이래 했거든요.

추현태: 그거 입고 뭐 덥어서 죽을 뻔했다 카데요. 하하하.

김: 야. 한참 덥을 때 했으이 또. 덥을 할 수도 있고, 춥을 때 할 수도 있고 이랬거든 요.

한: 근데 그 전에 말입니다. 어르신 그 어르신, 웃대에서 이 저 농악 놀 때가, 그 때도 맹 이 탈이 있었습니까?

김: 전에 있었제? 없었나?

우: 그때는 이 사람들이 안 나오고 어른들이 했기 때문에 그런 거 상세한 기억까지는.

풍물대회에서만 했던 농사풀이

추: 그 저 노는 거 뭐 농사 흉내도 냈다면서요?

김: 했지요. [추현태: 모심기?] 모심기도 하고 다 했지. [우수기: 그때 대회갈 때 근.] 대회갈 때 했거든. 마을에서 하는 일이 없었고.

황상모: 대회갈 때 그 영주 갔던 길.

우: 영주서 모심는 애길 농사 풀이가.

김: 영주 없었제?

우: 안동 어른들이서 갔을 때.

김: 근데 우리가 모 심기 안 했을 낀데.

우: 어른들 안동 갔을 때 그때.

한: 근데 그 저 농사 풀이는 원래 그 농사 풀이라 그러는데 그 농사 풀이는 원래 이 마
   을에 없었다는 겁니까?

우: 원래 이 마을에 없었는데. 우리 여.

황상모: 우리 군문화재 할쩍에는 그 워낙에 힘드니깐 빼버렸지. 그런 건 아(안) 하고.
   딴 거 했지. [한양명: 그 저 분교 건립할 때.] 걸립할 때는 그때는 집집마다 걸립
   하기 때문에 없었어.

우: 그때는 없었어요.

한: 그러므로 그 이전에 어르신들끼리 정초에 농악 칠때요. 넓은 터에서 농사 풀이도
   하고 그런 판을 벌인적 있습니까?

우: 없어요.

김: 큰 대회 나갈 때만 했지. 대회갈쩍에만.

우: 그때는 해 가 갔는데 보통 거 마을에서 놀 때는 그런 거 없어.

추: 그냥 이래 술 메기, 술 묵고 노는 거 할적에는 안 하셨겠지마는 그냥 판 이래 짜가
   주고 노는 거 할 때는 그런 거 없었지요.

황상모: 대회 나갈쩍에만 그런 거 했지.

김: 그 어른 고인 다.

한: 농사 풀이라는 게 보통 보며는 널은 마당에서 제대로 판을 짜가주고, 그 이래 소고
   잽이들이 제대로 놀 때 그때 한 거거든요. 그때 만약에 웃대 풍물 치신 분들이 다
   인제 그걸 어디서 배웠기 때문에 그렇게 하시지. 갑자기 만들지는 안았을꺼란 말
   입니다.

김: 배웠지. 옛날부터 내려 왔다 카이.

한: 옛날부터 해 내려 왔다며는 언제간은 이 마을에도 했을꺼란 말입니다. 대회와는 관
   계없이. 그게 혹시 이 마을에 옛날부터 이 농사풀이를 했다. 한 이야기를 들은 적
   이 있습니까?

우: 그런 소리는 별로 없고, 거 우리가 알기로는 옛날부터 우리 철이 없을 때 보며는
   여 수수깡을 가주고(가지고) 보름철 되며는 참 곡식을 다 만들어요. 다 만드는데
   여 뭐 퇴비 우에 올리고 그 인제 음력으로 십사일 저녁 되지요. 거 도리깨를 만들
   어 가지고 그 뚜들고 뚜들어가주고 태우고 재를 인제.

김: 재 가주고(가지고) 인제 쪼그맨(조그만) 그거 만들어가주고.

황상모: 나무가 뚜들고 그 재밌어요. 그거. 허허허.

한: 그걸 그렇게 하는 거를 뭐라고 한다 그랬습니까? 그 저 그렇게 만들어가주고 걸음
   더미에 꼽아 놓는 거를 뭐라 그럽니까?.
우: 여기서는 그 맹 말하는 건 보리 만든다고.
한: 보리 만든다고 그랬습니까? 보리.
황상모: 보리 만들어 그해 그래 하면 풍년든다고. 그거 뚜들라고 저 가시나무 가주고
   (가지고).
우: 거 뭐 이거 굉장히 심했어요. 그거. 우리 철이 없을 때 그때. 그 노인들도 막 맨들
   어가주고 서로 하고, 막 굉장히 심했어요.
조: 그걸 보리 맨든다고 그랬습니까?
우: 예.
조: 그가 저게 할 때 만들어가주고 짱대(장대) 우에 높이 세웁니까? 거름더미 우에.
우: 아니예요. 거.
김: 찌레기(길이) 요만한 걸로 해가주고.
황상모: 그 수수깡 가주고 보리 같이 요래 만들어요. 보리 수염 나쨚니껴. 수염났는 거
   는 수수깡 껍질 딱 꼽아가주고 수염 겉이(같이) 해가주고 거 퇴비에 꼽아 놓거든
   요. 꼽아 놓으면.
우: 이거 밑에서 껍질을 해서.
황상모: 수수깡 가주고 이래 꽂아 놓거든요. 그거 다 했지 옛날에.
조: 그거 열 나흗날 저녁에 합니까?
황상모: 예. 열 나흗날 저녁에. 그거 보름날이 아침에, 아침에 태워가주고, 그 저 되 가
   주고(가지고).
조: 되지요? 뭐 가주고 됐습니까?
우: 옛날 어른들은 짚신짝(짚신) 가(가지고) 됐다 다 그래요. [조: 짚신짝. 그 고거 해
   놨는 거 이웃집 아이들이 와가.] 계속 뚜들러 다녔어요.
조: 뚜들러 다녔지요?
김: 짱대 막 몇 빨 되는 거 해가주고 뚜드러 다닌다 카이. 붙들래면(붙들리면) 큰일
   나.
황상모: 보리 뚜들러 댕긴다.
우: 옛날에 농사에 필요한 건 다 있어요. 목화 있잖아요. 목화도 만들었어요. [조: 목
   화.] 솔방울 있잖아요. 그 뭐 가는 거 꼽아가, 목화 그 솜을 발라가 하여튼 농사에
   필요한 건 다 만들었어요. [조: 아. 다 만들었구만.]
한: 집집마다 다 만들었습니까?
우: 예. 집집마다 전부 다.
김: 옛날엔 우리 동네 거의 다 농사지었었거든요. 딴 거 한 사람 없었어요.

우: 거 뭐 사람도 만들고 소도 만들고, 쟁기 겉은 거 이런 거 다 하튼 퇴비에다 다.

김: 그래 맨들어 놓고, 그캐 허재비를 세워. 이래 그거 지킨다 카고. [조: 아아고. 허재
   비까지 만들었구만요.]

우: 농사에 관한 건 다 만들었어요.

조: 그래 뚜드리러 오며는 개를 풀어놓거나 뭐 막 다른 방법으로.

김: 개를 안 풀어 놔요. 지가 사람만, 사람이 숨어 있어요. 숨어 있다가 못 뚜드리게.
   개 풀었다가 절단 날라고요.

<임 재 해>

머슴 부리기와 머슴 달래는 풋굿 해먹기

* 예전에는 어느 마을이나 농사를 크게 짓던 집에서는 머슴을 하나, 둘 부리기 일쑤이다. 청송 마을 역시 머슴을 부렸는데 같은 마을 내에서 혹은 가까운 영덕에서 머슴살이를 위해 주인집에서 묶는 일도 있었다. 예전 머슴 부리던 풍습과 머슴을 달래는 행사인 풋굿에 대해 할아버지들의 이야기를 들어보았다. 힘들게 일하고 받았던 풋굿돈과 풋굿날의 맛있는 음식 특히 입안에 단맛이 도는 막걸리 한잔 그 보다 더 좋을 수 있었을까?[1]

머슴 부리기와 대우

조사자: 여기 뭐 머슴도 여럿이 데리고 살았을텐데. 뭐.

황일호[2]: 머슴 많이 살았지요. 농지가 많애가주고(많아서). 머슴 안 드리면 못 짓지 뭐. 옛날 일도 재들도 없고 순 밭이, 밭이 많았거든요. 일두들도 마커 밭이제, 척두도 마커 밭이제.

조: 머슴을 주로 이 마을 사람들끼리 주로 머슴 데리고 했습니까? 아니면 딴 데서 오기도 하고.

황: 딴 데서 오는 일이 많았어. 영덕서도 오고. 뭐. 주로 거 뭐 영덕서도 많이 오고.

조: 영덕서도 많이 오고. 머슴 계약할 때 어떻게 계약합니까?

황: 뭐 일년 돈 얼매주고, 또 옷 저 동복하고 여름옷하고 옷 두벌 해주고. 신은 지가 자기 삼아 신고. 신은 그 옛날 짚신 삼아 신고.

조: 그 인제 그 머슴 데릴라면 그 주인하고 머슴 당사자하고 만날 꺼 아닙니까? 만나가주고.

황: 만나가주고 구두 계약을 하지 뭐. [조: 아. 구두 계약하고.] 그것도 일시불로 안 주고, 일 년에 맹 일년에 세 번쓱(번씩) 노네(나눠) 주기도 하고. 뭐 그렇지.

조: 구두 계약하면 주로 겨울에 하겠네. 정초 전에 주로 언제쯤.

황: 주로 보름 전에 합니다. 보름 전에 저희들 바꿨으이께.

조: 보름 전에 당사자하고 인제 만내가주고 세경은 얼마를 준다. 주로 세경은 쌀을 줍니까? 벼로 줍니까?

황: 현찰 주조. [조: 현찰 줍니까?] 예. 주로 이 마실(마을)에는 비(베) 팔아가주고. [조: 아. 비 팔아가주고 많이 주고.] 비 팔아가주고, 세경을 많이 주고. 쌀 팔아가주고 주고.

---

1) 2003년 2월 24일 경로회관에서 임재해 조사 및 정리, 조연남 녹음자료 채록.
2) 황일호, 남, 77세.

조: 주로 현찰로. 혹시 현찰로 최근에 거 일년 세경이 어느 정돈지 현찰 기억이 나십니까?

황유모[3]: 요즘 거저 남의 집에 고용살이하는 사람이 없어요. [조: 지금 없겠죠.] 지금 없고. 하매 거 고용살이라는 제도 자체가 없어진지 오래됐는데. [조: 오래 됐고.] 오래됐는데, 옛날에도 그 인제 그 사람은 일하는 능력이 어느 정도 평가되느냐에 따라 뭐 달라지니까. 뭐 뭐 여러 가지.

황: 큰 일꾼도 아주 잘한 일꾼이 있고.

조: 금액을 지금 예상하기 어렵단 말이죠? 일꾼을 드리며는 그 일꾼을 집안에서 자고, 먹도록 합니까? 아니며는 별도로 자기 집에서 출퇴근합니까?

황: 주로 집에서. 가족 있는 사람은 저 집에서 자고. [조: 자고.] 보통 뭐 주인집에 초당방 채려 놓고. [조: 초당방. 예.]

황유모: 별도로 가정을 꾸리고 있는 사람[4]은 가정에 돌아가는데 아니며는. [조: 가정에 꾸리고 있는 사람들은 저녁 먹고 늦게 집에 가고. 새벽에 일찍이.] 그, 글치. [조: 나와야 되고.] 날 새면 와야되고.

조: 그러면 날 새면 오고. 그러면 머슴방이 초당방이라고 하는 것은 주로 대문채 근처에 있겠네.

황: 뭐. 그런 거는 아래채가 많체.

조: 아래채, 또는 대문채. 엉. 그리고 인제 머슴 그 식사는 어떻게 대접합니까? 매일.

황: 매일 그 뭐 밥은 뭐 보리밥이나 조밥이나 쌀밥은 귀하고, 어차피 많이 주면 일 많이 하고. 저 안주인에게 달렸다 카이. [조: 안주인에게 달려.] 배고프면 일 쪼매하고. 허허.

황유모: 그런 거는 주인집이 최소한도로 해주지. 대접 해가주고. 대략 보면 뭐 자기가.

황: 최대한도로 해 줘야 되지. 요새 겉이 반찬이 옳은 게 있나. 김치하고 된장하고 뭐 이래 뭐 먹이제.

황수도[5]: 지금 요새 드린다 카며는 최대한 서서 드가꺼래요. 만약에 몬 한다 카면 게으름 피웠부고. 무 뭐 일 안 하면 그것도 큰 문제 아니껴.

황덕호[6]: 말이라는 기(게) 이쁜 거 밥 많이 주는 거.

"살찌라고 주나, 일을 많이 해라고(하라고) 주제(주지)."

하는 그런 말이 있어요.

조: 제가 어릴 때 보니깐 울(우리) 집에도 머슴이 있었는데, 제가 부러웠어요. 우리는

---

3) 황유모, 남, 77세, 노인회장.
4) 머슴 중에는 가족 전체가 주인집에 살면서 머슴 일을 하는 경우가 있고, 출퇴근하는 머슴이 있었다.
5) 황수도, 남, 70세, 초산어른.
6) 황덕호, 남, 82세, 청계어른.

보리밥 먹고. 이 막 그냥, 저게 일꾼은 거의 우리 어른 밥상하고 같이 밥상이 이래 작게 낮은 상이어서 그렇지. 밥도 우리는 꽁보리밥 먹어도, 일꾼은 쌀이 거지반 (거의반) 반쯤 이상 섞이고 국 있고, 반찬은 있었어요.

황: 옛날 큰 이, 이래, 일꾼 밥솥은 이래.

황유모: 오새 그 저 나흘, 사흘 돼도 혼자 못 먹게 해.

조: 우리는 국수하면 국수만 먹었는데, 일꾼은 반드시 국수해도 밥이 있고, 죽 쑤면 죽 만 먹었는데, 쑤제비 쑤면 수제비만 먹었는데 이 일꾼들은 반드시 밥을 해 먹고.

황덕호: 왜 그래 해줘야 카며는 일꾼은 수시로 인제 해매고 디리기(다니기) 때문에 몬 해준다 그 집이 호가 나면 일꾼들 그 집이 안 갈라 칸다. 그렇기 때문에 일꾼들은 그렇게 잘 해 줬다고요

조: 그리고 일꾼들 언제 옷을, 겨울 옷 한 벌 해 주고, 여름 옷 한 벌 해줍니까? 새로 옷 해 줄 시기에.

황: 뭐, 뭐 어차피 일 년에 무명옷. 동복(冬服)은 솜옷 인제 한 벌하고. [황유모: 여름 철 딱 좋을 때 인제 여름 옷.] 여름 비옷. 비옷. 삼베 옷. 동복은 인제 솜옷 겹바지 인제 그래고.

세경 외에 풋굿 돈 받기

조: 혹시 저게 여게 뭐 풋굿도 한다는?

황유모: 합니다. 지금은 뭐 그저, 그저도 없어졌지마는 풋굿 농제, 농제 지내는 거 다 지나갈 때, 밭매기, 논매기가 다 끝나가며는 풋구 먹는다 그래가주고. 그 날은 일 꾼들 뭐 전부다 놀고. 풋구돈 카는 거. 아이들부터 일하는 사람들 거의 다 집주인 이 쪼금씩 노네(나눠) 주고 했어요.

황: 일꾼들 많이 주고. [조: 아. 예.] 일꾼들 새경 외에 많이 줬다 카이.

조: 예. 아 풋굿돈이 있었구만요.

황유모: 예. 풋굿돈을 전부.

조: 아이들도, 일하는 아이들도 주고.

황유모: 예 예. 우리도 어릴 때 그 풋구돈 받어가주고, 뭐 이래 가주(가지고) 댕기미 (다니며) 뭐 이래 사먹고 이랬는 기억이 나는데.

조: 풋굿 먹는 거 며칠간 했습니까?

황: 보통은 2, 3일썩(씩). 2, 3일썩 놀았는데. 주로 이제 중복 있이이껴, 말복이 있이 이껴.

황유모: 말복이 있이께네. 할튼 밭메기, 논메기하고.

황: 호미걸이라 카거든. 그래고부텀 풀 빈다 카이.

황유모: 논, 밭 다 메고 인제 마치는 뜻에서 인제 (호미를) 건다는.

조: 그러이까 이게 풋구 먹으라며는 그 논메기 세블(세 번) 논메기 끝내고, 밭메기도 끝내고 풀베기도.

풋굿날의 길닦기와 우물치기7)

조: 풋굿 먹었습니까? 여기.

김광수8): 먹었지요.

조: 풋굿 먹을 때는 어떤 행사를?

우수기9): 그 저 옛날에는 밭농사가 많고, 농사는 인제 호미로 다 멨잖아요. 지심10)을 그 거 다 메고 인제 마지막 메고 나서, 밭을 다 메고 나서, 그런걸 맞췄다는 그래서 인 제 농사짓는 사람들 하루 모이가주고(모여서) 음식 거 맨들어가주고, 모다가주고 (모아서). 날로 새고 그 날 놀기도 하고.

김: 시시만큼 술도 해 오는 이도 있고.

황상모11): 그때 인제 주로 남편들은 주로 인제 길 닦고 댕기고, 우물 청소했고, 단오날 전부 우물 청소했거든요. 여(여기)도 우물 많았니더.

우: 단오날이요? 풋굿날이 아니고요?

황상모: 풋굿날, 풋굿날이.

한양명: 풋굿날도 농악 쳤을 거 아닙니까?

김: 농악 안 했어. [한양명: 아. 풋굿날 농악 안 쳤구나.]

조: 그 풋굿날 음식 해 놀던 때가 어디였죠?

우: 여 뭐. 거르 겉은 데나. [김광수: 냇가.] 그 전에 어른들은 주로 그랬어요.

김: 놀기 좋은데, 동민들이 다 모여가 놀기 좋은 터를 잡아야 되요.

우: 그래가 그 다음부터는 인제 그 다음해 농사 준비 남자들은 전부 인제 그 풀베기, 풀베기하고 여자들은 인제 길쌈질로 들어가고. [조: 풋굿하면 인제.] 예.

조: 풋굿 먹기 전날 그 저 길 닦기를 하셨습니까?

우: 그 놀고, 그 다음날이 길 딲는 거고.

한: 당일날 아침에 안 하고요?

우: 아니요. 길 여(여기) 한 번 딲는다 그러면 글때는 여 마을이 크고, 저 농사짓는 멀 거든요. 하루 점심을 싸 갖고, 모이가주(모여서), 전 동민이 모이가 길딲어요.

---

7) 2003년 2월 24일 경로회관에서 임재해 조사 및 정리, 조연남 녹음자료 채록.
8) 김광수, 남, 63세.
9) 우수기, 남, 63세.
10) 잡초.
11) 황상모, 남, 58세, 마을이장.

김: 그거를 인제 하리(하루) 앞에 할 수도 있고, 놀고 그 뒤에 할 수도 있고.

우: 그건 인제. 놀고 뒤에 했어요. 우리 알기로는.

김: 주로 우물 청소 많이 했지. 반별로 인제 2개 반, 3개 반에 한 우물이 있으이께네.

우: 우물 청소는 풋굿 먹는 그 날이 아침에 남자들 모여가주고 우물 탁 치고. 여자들은 인제 음식 만들고.

조: 그 우물 친다 그럽니까? 우물 청소한다 그럽니까?

황상모: 친다 그래. 우물 친다 캤습니다.

조: 그 우물 칠 때 젤 첨에 뭐 물부터 퍼냅니까?. 뭐 어떻게.

우: 물부터 퍼내고.

김: 애들 보면 돌 걸은 거 좌(주어) 여 놨는 거 있거든. 그런 거 우리가 꺼(꺼내) 올리고.

조: 물 퍼내고, 그 물 퍼내면 자꾸 물이 나올 꺼 아니예요?

우: 그러니깐 사람 많이 모이가주고, 줄로 달아 물 퍼 올려버린다. 많이 나오는 데는 그 다 몬 푸는 거지 뭐. [조: 푸고, 그 다음에 그 안에 찌꺼기 다 꺼내고.] 그 사람이 그래가 물 '우르르' 해 가주고, 그래 퍼 올리고 다 못 푸는 데는 그래 퍼 올리다 보면 끝나는 거지. [조: 그 찌끄레기 또 퍼 올리고.] 찌끄레기 다 버리고.

조: 그 다음에 어떻게 합니까?

김: 그 다음엔 저 건제(건져) 갔고 가가 산불 나무 해가. 새끼를 딱 동여 놓잖니껴.

조: 아니 거기 뭐 자갈을 새로 깔고 그런 건 안 하시고?

우: 우물 카면 여게는 저 뭐 소규모 그게 아니고, 깊이가 한 뭐 4메다, 3메다 깊이로 해가주고 공동으로 해가주고 거의 다 밑에는 정석이 나옵니다.

조: 아. 정석이 나오고. 아. 물만 많이 푸고. 깨끗이 하면 끝나는군요. 그럼 그 우물에 한 두 서너 명 들어가십니까?

김: 보통 보며는 둘이 드가는데. 큰 데 꺼12)는 쫌 드가고.

우: 큰 데는 더 드가고. 쪼맨 데는 둘이 못 들어가니깐.

조: 들어가기 전에 뭐 절을 한다든가 그런 건 없었습니까?

우: 다 하고. 가령 이 사람이 알다시피 저 산에 가먼 거 왜 향뿌리나무 나무가 있지요? 금색을 삥 돌러 세워가주고 그 새끼, 금석 새끼를 쳐놔 놓고, 그때 잔, 한 잔 부 놓고, 용신에다가 제사를 올리고.

김: 언제나 이 물을 먹고, 우리가 건강하게 해돌라 카머 그런 택이지.

조: 삥 둘러 세운다는데 뭘 둘러 세워요?

우: 우물이 이래 있는데 가에 이래. [김: 참풀나무.] 여게를 인제 껍질이라 카는데, 그때는 세면(시멘트)이 아니고 나무를 갔다 맨들었잖아요. 그 가세(가에) 붙여 세워가

주고. 이제 싸-(싸서) 제지. [조: 참풀로.] 나무를. 팍 덮어 지도록. 그래 놓고는. [조: 그라고 금줄 치고.] 예. 금줄 쳐 놓고 인제 잔 한잔 물 잘 나오게 해달라고.

김: 그래 놓골랑, 그래 놓골랑. 그 물 설, 설 그믐날이 첫 날이, 그 물 일찍 떠오며는 좋다 카는데.

우: 그거는 그게 아니고. [김광수: 은제노(언제냐)?] 보름날이. 보름날. 열 나흗날, 열 나흗날이고 그 다음날 보름날인데, 열 나흗날이는 동제사 지내는 날이라. 동제사 지내기 전에는 물을 못 가(가져) 가게 되 있고, 제사 지내면 가 가는데 다 하고 난 다음에 그때는 그 안에 전부 그 두레박 카는 게 있었어. 집집마다 다 그거는 그때 거의 다 있었어. 삥 돌아가믄 여 공동 큰 데가 있었는데, 여서 기다리다가 동제사 끝나면 어디 뭐 사열가리 가주고 자 맸니, 뭐 이런 소리나믄(소리나면) 다 물 퍼가 주고.

김: 젤 일찍 퍼 가면 좋다 카먼.

황상모: 버지기 가주고(가지고), 따베이.

조: 그 풋굿 먹는 날 아침에 우물 치고 이제 참풀 세우고 금줄 쳐 놓고, 금줄 쳐 놓으면 우물 쓰지 못하잖아요. 그면 언제 금줄 치우고, 우물 쓸 수 있습니까?

우: 거 뭐. 그 이튿날이면 인제. [조: 그 이튿날.] 예.

조: 그러면 풋굿 전날 물도 많이 길러놔야 되겠네요. 그러면 정월 대보름에는 우물 안 치고요?

김: 대보름에 안 쳐. 여름에. 인지 전부다 수도로 돼가주고.

호미걸고 일꾼들 생일인 풋구 먹기

조: 잘 안 썩는 거. 우리 동네도 풋굿 먹는데 길닦이 하더라군요.

황일호: 엉. 길을 땎아(닦아). 풋구 먹는 전날 길을 닦아.

조: 여기는 주로 어디 길닦았습니까?

황유모: 농노. 농노 땎았습니다.

황덕호: 골짝, 골짝, 꼴짝, 골짝. 소 몰고 풀 비러 댕길라고.

조: 농노 땎을 때 집집마다 한 사람씩 나옵니까? 안 나오는 집에는 어떻게 합니까?

황덕호: 벌 카는 거 받고.

황: 안 나오는 집은 벌금 내야 되지. 이장이 뭐 어느 반은, 어디로 가고, 어는 반은 어디로 가고, 골골이 마커 다 댕기. 골골이 마커 집이 있이이.

조: 아 하. 그럼 풋굿 먹을 라고 인제 그런 호미걸이도 하고 길 닦고, 그 다음에 또 뭐 하는 거 있습니까?

황일호: 없지 뭐. 일꾼들이 어디가 술 받아먹고 한 삼일 푹 쉬는 그거뿐이지. 뭐.

조: 풋구날 돼가주고 어 주인 어른이 풋구 돈을 그 날 아침에 줍니까? 전날 줍니까?

황: 아침이죠.

조: 아침에. 그때 돈만 줍니까? 뭐 술상을 차려 가지고.

황유모: 상을 차려야지. 그 날 잘 하지 뭐. 그날 아주 뭐 전도 붙이고. 많이 해가주고 주로 인제 일꾼들 친구, 같은 일꾼 하는 이웃의 사람들까지 불러가주고 아주 작은 잔치정도로 하는 거지.

조: 그래 어르신네 또 그날 했던 일들. 대접. 그때 또 뭐 여름살이 옷도 새로 만들어가 주고 내 놓고, 그랬습니까?

황: 아니 그거는 언제든지, 어차피 하복은 삼베옷, 비 삼베옷 한 벌하고. 그때하지. [황유모: 풋굿날에 특별히 주는 거는 없고.] 풋굿날에 돈만, 돈만.

조: 돈만, 술상만 잘 채려 주고. 뭐 집안에서만 하는지 아님 뭐는 강변이나 그늘 나무 쑤 밑에 가가주고 뭐 일꾼들끼리 모여가주고 놀거나 그러진 않았습니까? 풍물치고.

황유모: 개인 가정에서 대접하고 하는 거하고 길놀이 개인 가정에서 별도로 하고, 일꾼 들 자신들이 스스로 모여가주 노는 거는.

황: 아주 옛날에는 형편이 안 됐어.

황덕호: 그 서리(서로) 전부 잘 해가 갈라 카고 그땐 그랬다 카더라마는 그땐 그랬다 카이.

조: 아. 서리 잘 해가 가는 거는 뭐 주인집에서 잘해가 가는 거죠?

황: 그건 말마(말만) 들었지. 우린 그런 거 할 때는 아직 안 받고.

조: 그렇죠. 말만 들었죠. 그러니깐 이 말만 들은 이야기들도 말씀을 해 줘야 되요. 예. 이게 뭐 지금하는 것도 앞으로 아이들이 모르거든요.

황유모: 그러니깐 각채[13], 각 집이 일꾼 드린 집이는 전부 음식을 해 가주고 한테 모다 가주고 거서도(거기서도) 인제 또 잘했는 집, 못 했는 집 검사하는 모양이더라고 이래 해가주고, 아주 잘 했는 집에는 뭐 칭찬도 받고 그랬는 게래.

조: 예. 아. 검사도 하고. 다른 마을에도 그랬다 그러드라구요. 음식을 잘 해 내야 다음 에 그래야 그 다음 상일꾼들을 음식만 보고, 술맛보고 자기 집에 온다고. 그래 다 투어 잘 했다고. 그래 인제 그 일꾼들하고 풋굿날 고마 일꾼들 생일이었겠네요?

황유모: 그치요. 생일택이지.

조: 예. 그 말고 일꾼들하고 관계되는 날이 뭐 있습니까?

황유모: 그거말고 행사로서는 그거말고 없는 거 같고. 일꾼 인제 남의 집 계약이 돼가 주고 들고나고 할 때에 인제 별도로 상을 딱 채려 준다던가, 뭐 이런 건 있지만.

조: 예. 들고나는 이야기 한 번. 상을 어떻게 채리고 뭐.

---

13) 일꾼을 드린 각각의 집을 말한다.

황유모: 그 광경은 집집마다 다 전부다 각기 다르니깐.

조: 다르지만 어르신네 아는 데로 한 번, 들고 날 때.

황유모: 우리 큰집에는 일꾼이 둘 달릴 때도 있었고, 하나 될 때도 있었는데, 들고날 때는 그때는 친구들이 함께 또 온다든가, 일꾼 친구들. [조: 아. 예. 예.] 또 소개 했는 사람 함께 불러가 한다든가, 이런 경우는 봤어요. [조: 글 때 그냥 대접한 정 도로.] 예.

조: 그래가주고 일년이 다 끝나며는 다시 재계약하는 경우도 있고, 고마 서로 안 맞으 며는 옮기는 경우도 있고. 예.

황유모: 예. 그건 그렇습니다.

풋구 전에 밭 메고 풋구 뒤에 풀베기

조: 풋굿? 풋굿. 풀굿. 풀 베는 거하고 뭐 관계 있습니까?

황상모: 맹 풀을 베가주고.

황유모: 옛날에 풀 비는 거는 풋구 먹고 난 다음날부터는 일꾼들이 주장 일이 풀베기를 한다고. [조: 아. 그래요. 풀 베 놓코, 풀 다 베 놓코 풋구 먹고.]

황상모: 풋구 먹기 전에는 밭 메고, 밭 세 그루까지, 밭 세 벌 도리 밭 세 번을 인제 메 야, 인제 곡식이 인제 곡식이 자라고, 하마 풋구 먹은 뒤에는 하마 풀 베요.

황유모: 퇴비 장만하는 거는 그때부터 인제 시작이라. [조: 아. 하. 풋구, 풋구 먹고 난 다음에 풀베기하는구나. 예.]

황: 풀베기 고때(그때) 인제 풋굿 먹은 후에 하고. [조: 아. 풋굿 먹은 후에 풀베기 시 작하고. 예.] 풀베기 시작은 첨에 인제 썩히는 거름풀 비고. [조: 예. 썩은 눈 거 름풀 비고요.] 또 겨울게 저장 해 났다가 이거 가래풀도 비고, 여름에. 온 겨울 내 내 소마구에 풀을 넣어가주고.

황유모: 가래풀은 소 믹이는(먹이는) 집에서 마구에 구석에 인제 난방용으로 인제 장 만하는 거.

황: 그거는 인제 내년 봄에도 거름 섞어가 쓰고. 온 겨울에 모종할 때 쓰고. 첨에는 인 제 보리갈라고 저 싸리하고 이런 자잘한 잎을 비가주고 거름을 맹글고(만들고). [조: 거름을 맨든다.] 그거 인제 썩은풀이라고도 하고, 가래풀이라고도 카고. [조: 썩은 풀은 인제 두엄에 걸음 더미에 여가주고.] 대번 여가주고(넣어서) 똥물 퍼가 주고 디베가주고(뒤집어서). 요 물하고 똥물하고 막 퍼버가주고(퍼부어서). 디베 가주고. 금방 보리갈 때(심을 때) 인제 씨를 여가주고 깔아 보리 가고(갈고).

조: 그 다음에 마구에 온 겨울에 넣는 거는 가리풀?

황: 가리풀도 그대로 오새는 살짝 말라가주고. 고만 그래 만들어 하루 종일 한 덩거리

(덩어리)씩 앉아가주고 만드지.

조: 가리풀하고 썩은풀하고 종류가 좀 다릅니까?

황: 다르지. 가리풀이는 잘 안 썩는 걸로(것으로) 하고, 썩는풀으는 싸리 이파리 그런
  거 비고, 가리풀이는 주로 속세.

황유모: 잘 안 썩는 거.

황중구: 오새는 농사가 전부 부지기로 많기 때문에, 옛날에는 풋구 먹을 당시에는 전부
  소 가주고(가지고) 쟁기로 갈아가주고, 그 농사를 짓거든요. 첨에 한 번 갈아가주
  고, 또 인제 풋구 놔가주고, 또 두 번 갈아가주고 풋구 놓코, 인제 세 번 갈아가
  풋구 놓으면 인제 끝나는 게라. 그래가주고 인제 끝나면 인제 풋구 먹고 이랬는데,
  그 풋구래도 우리는 그 뭐 우리는 거 뭐 풋구 그 뭐 원인은 확실히 몰래도, 우리
  아는 범위내에서는 풋구 카는 게 결국은 그, 그 당시에 그 일꾼들이 주관해가주고
  풋구를 먹었거든요. 일꾼들이 주관해가주고 풋구를 먹었는데.

황덕호: 일년 농사짓고, 주인측에서 인제 일꾼 하루 놀랬는 게지 뭐. 예전에 호미걸이
  카는 게 풋구카(풋구와) 한 가지래.

황유모: 일 잘하고 곧은 일 그래 먹는다 카는 거 일 마친 사람이.

황중: 그래가주고 풋구 먹는 날에, 옛날에 뭐할 땐 일꾼들을 위해 전부 그 날이 음식을
  준비해가주고 전부 가주 나왔어요. 마을에 어느 한 장소에 마-(모아) 놓코, 집단
  을(집단으로) 마- 놓코 인제 막 노너(나눠) 먹었거든요. 그 당시에 되도 쪼끔 재
  력이 다하고, 기력이 좋은 사람들으는 음식도 아주 대량을 만들어가주고 나오고,
  또 뭐한 사람들은 쪼끔 해 가주 나오는 사람도 있고, 그만침 거 기력이 있었지. 기
  력이 있었고.

조: 그 음식 갔다 놓으며는 뭐 어느 집 음식이 맛있다? 없다. 이래 품평도 하고 그랬습
  니까?

황중구: 그 인제 음식 많이 해 가주고 왔다. 잘 해 가주왔다 카는 게 인제 드러나지.

황덕호: 상주는 건 못 봤는데, 상은 줬다이카더라. 우리 함 봤는데, 고게 음식을 마커
  갖다 모다 놓코, 그 음식은 전부다 남의 일꾼 됐는 사람들, 일꾼 주인들이 해 가주
  고 나오더라.

황중구: 그렇지. 그때는 거 주인이 하매 주관해가주고.

황덕호: 과연 인제, 일 씨게고, 일년 농사짓고, 일꾼을 하루 놀랜단 뜻으로 했지 싶어.
  옛날에.

황중구: 그래도 그때만해도 풋구먹는다 카는 거 일꾼들이 전부 주관해가주고 안 그랬
  나. 일꾼들이 모여가주고 아무날 풋구 먹자고 결정을 지웠부면, 주인은 거 따라 가
  는 게라.

황상모: 옛날에는 일꾼들 많았잖니껴. 잘사는 집에는 일꾼들 다 있었잖니껴.

황중구: 야. 야.

황유모: 음식은 인제 주인이 마커 해서 주고, 또 풋굿 때 되면 풋구돈 카는 거 돈도 줘
요. 일꾼들 돈을 마, 뭐 어떤 집에는 많이 주고, 또 어떤 집에는 적게 주기도하고
일률적으로 다 줘요. 아들까지 다 주는데, 담(담은) 울매라도(얼마라도).

조: 아. 하. 아들이라는 거는?

황덕호: 아-들도, 어른들 주고 나이, 아들도 자꾸 울고, 보채고. [조: 아 하]

황유모: 머슴만 주는 게 아니고, 머슴 집에 자식들까지도 전부다 풋구돈 쪼금씩 다 주
고 이랬어요.

황상모: 풋구돈 주면 풋구돈 받아가주고, 그때 엿 사가주고, 엿도 사 먹고.

황유모: 맞어요.

요즘에는 풋구 대신 놀고 싶을 때 놀기

황상모: 여, 여 청송에는 자연부락이 여기 뿐이거든요. 여기 자연부락단위로 하게 되는
데, 우리 겉으면 여 뭐 할 수가 없는데. 뭐.

조: 아니, 풋구하는데 뭐 특별히 하고 안하고가 있습니까?

황일호: 예전에는 어만한(웬만한) 사람들이 남 사는 머슴들끼리 했거든. 그래 그 머슴
들이 주체를 해가주고 일년에 한번씩 노도록(놀도록) 했어. 디게(되게) 가물어도
그 머슴들이 주체 해가주골랑, 뭐 그 기도 드리고 이라거든.

황상모: 음식 해 가주고 한 곳에 모아 놓코, 뭐 이래 같이 이래고, 이래는데 우리 잘
안 돼요. 우리 동네 커가주고(커서) 잘 안 돼요. 부락, 부락별로, 자연 부락별로
지내는 데 있어요.

조: 글 때 인제 풋구 할 때 풍물쳤을 꺼 아닙니까?

황상모: 쳤지. 예전에는 쳤지.

조: 풋구 안 먹은지 하마 오래 되겠네요? 그러면.

황상모: 하마 오래됐어요. 십 몇 년 넘어요.

조: 그건 뭐 왜 안 하게 됐습니까? 머슴이 없어져서 안 하게 됐습니까?

황상모: 머슴도 없고 뭐 시대 변화고 되니껴 뭐. 요즘으는 풋구 대신에 그까 자꾸 노고
싶을 때 놀아요.

황충구: 자꾸 문명이 촉발이 되고, 과학이 발달이 되이께네. 풋구한다고 비가 반드시
오는 것도 아니고, 그러이 그게 스스로 없어지지 뭐.

조: 풋구 하면 비 왔습니까?

황상모: 비 아 오고, 마 안 올찍에는 기우제 지냈잖아요.

황일호: 기우제는 지금도 지내께라.

황상모: 저, 월구들에 구석에 여 월구들 밑에 여 한번 해 놓코요. 우리 왜 나무 다 모아가주고, 병에 꼽아 여 놓코, 밤 한 12시쯤 돼가주고 불 피워가 그 뭐. 제사 지내고 그랬지 뭐. 하도(너무) 비 안 와가주고. 그 그래가 나중에 또 몇 년 있다 안 와가주고, 여, 유무각이 여 없잖아. 지금은, 청송 거 용변천 다리 밑에서 거서 지냈거든. 그래도 비 안 오고, 그거 인제 거 하도, 하도 아 오이께네. 지내는데, 비도 하도 안 오다가도, 마침 올 때 되이(되니), 아이고, 기우제 지내이 비오더라이카고. 여기 언제나 올 줄 알았어. 그래 가 마침 거 지낼 무렵에 비오드라 카이.

조: 아니, 여게 기우제 지내는 장소가 정해져 있었습니까?

황상모: 없어요. 이짜-(이쪽에는) 없어. 청계네, 저게.

황중구: 주왕 가며는 거 아주 높은데 거는 저 비가 안 오며는 기우제 지냈지?

조: 주왕산이요?

황중구: 예.

조: 아. 거 높은데 기우제 단이 있었구나. 근데 아까 어른 뭐 요새 뭐 풋구한다면 비오나. 그랬는데 옛날에 뭐 풋구하면 비오라고 그랬습니까? 그거는 아니잖습니까?

황상모: 지금은 농사짓는데 비료를 치고 해 가주고, 그러니께 호미 별로 많이 안 쓰고, 옛날에는 전부 비료 나오기 전에는 호미 가(가지고) 다 사용을 했잖아요. 해를 내, 해를 내면 거의 인제 작물이 거의 컸거든요. 크먼(크면) 인제 밭 매고 호미 가주고(가지고), 인제, 호미를 인제 끝에 걸, 걸 무렵에 다 쓰고, 호미 건다고 인제.

조: 그 풋구를 왜 풋구라 그랬어요?

황중구: 그거는 우리도 잘 모리지요(모르지요).

<임 재 해>

택호 짓는 방법과 택호 잔치

* 청운 마을의 할아버지, 할머니 택호 짓기 관행과 택호 잔치에 대해 할아버지들로부터 들어보
았다. 특히 마을 앞의 넓은 강 문화를 따라 물고기 이름이 많은 젊은 사람들의 특이한 택호는 매우
흥미롭다.[1]

우리 택호는 처가 지 줬니더

천혜숙: 그렇게 할머니들 택호를 혼인해 가주고 와가주고 이 시집와서 금방 안 받고.

황수도[2]: 예. 우리 택호는 처가(妻家) 지 줬니더. 원래 우린 처가에서 짓거든요. [천혜
숙: 아. 어르신 택호는 처가에서 지어 주셔군요.]

황: 예. 보통 장개 가면 인제 처가에서 지 주거든요. 내가 인제 금곡 1동인데, 2동인데
초막골이거든. 걸 따라가주고 그 동네 이름을 따라가주고.

천: 초막골인데 초산이라고, 초산 어르신이라 부르네요. 근데 할머니들 택호는 인제 여
게서 짓잖습니까?. 시댁쪽에서.

황: 할머니들 택호는 없고, 남자 택호로 맹 아문(아무)댁이요 이카지. 뭐. 댁. 그래 우
리 한마이(할머니) 부를 때는.

천: 아. 초산댁이요. 이렇게 합니까? 근데 아까 여기서 들으니까 할머니가 여기 와서,
금소에서 시집을 왔는데 호계댁이라고 지었다고.

황: 호계댁이니끼니. 그 인제 영감님 택호가 호계거든. [천혜숙: 아. 영감님 택호가 호
계군요.] 야. 영감님 택호가 호계고.

천: 예. 보통 인제 며느리 경우에 친정 곳을 붙여가주고 택호를 지어 주는 경우도 많거
든요. 이 마을은 안 그렇습니까?

황: 여게도 주로 친정곳에서를, 저 부녀들, 친정곳에서, 나도 그캐 저 우리 처가 곳에
서를 지줬다 카이께래.

천: 아니, 아니 할머니들 택호요?

황: 할머니 택호는 없지 뭐요. 없고.

천: 없어요? [조: 같죠.] 없고요. 같이 하는가요?

황: 남자 택호 내가 초산이 겉으면, 우리 댁, 댁. 집댁(宅) 붙여서. [천혜숙: 그 말씀은
알겠는데.]

조: 저 선생님 말씀은 금소서 온 할매며는 당연이 금소땍이니 금양댁이니, 금수땍이니

---

1) 2003년 2월 24일 경로회관에서 임재해·천혜숙·한양명 조사, 임재해 정리, 조연남 녹음자료 채록.
2) 황수도, 남, 70세, 초산어른.

이래야 되는데, 호계땍이라고 지어서.

천: 다른 마을에는 그래 하거든요.

황: 고는(그거는) 인제 철학적으로 뭐 맞촤가주고 짓는 사람도 있고.

천: 근데 재미있는 게 택호를 받는 가고 그래가주고. 택호 받는다고 바깥어른들 다 친구분들 다 초대 해가주고 신고 받고 이런답니다.

조: 잔치를 하지.

황: 택호는 인제 저 아문3)어른요. 저, 뭐 저 사람들 불러야 되죠. 잔은 인제 친구끼리만 부르고.

조: 택호 짓고 인제 어른들한테 널리 알리는 뜻에서 작은 잔치했습니까? 술이라도 한 잔 받고.

황: 그 뭐 있니더. 맹 고 지(지어) 주는데서 있고, 혹에나 처갓집에서 택호 안 지주면 여게 뭐 유계회4) 겉은데 모애면(모이면) 택호 없는 사람 지주고.

각종 고기 이름이 연상되는 택호

김광수5): 여, 여 경로당 어른들이한테 부르면 열기 저, 여덟이나 앉었다. 모린다.

황상모6): 택호 필요 없니더.

조: 어르신이 일곡이라고요?

김: 야.

조: 아까 또 누가.

김: 방천. [조: 야.] 덕화 방천이. [조: 덕화, 방천.]

황상모: 전부다 고기 많애(많아). 소곡이,

김: '곡' 자, 소고기, 돼지고기, 개고기. 생고기,

조: 그 어에 가주고, 곡 자 들어가는 건 다 고깁니까?

김: 명곡이 있고. 헌곡이, 헌곡이라고. 근데 고기 중에 최고 일곡

조: 일곡이가 일등 고기 지요.

황상모: 일등고기 보다 맹곡이가 더 낫다.

김: 맹곡이 왜 싱겁어(싱거워) 가 먹지도 모 한다. 소고기, 돼지고기 좋다. 상곡이보다 일곡이가 더 낫다.

황정구7): 요새 여 어떤 사람으는(사람은) 매지 고기라 그래.

---

3) 어느 특정한 사람이 정해져 있는 것이 아니라, 아무 어른을 말한다.
4) 유림들끼리 모이는 모임을 뜻하는 것으로, 거기서 택호를 지어주는 경우도 있다는 말이다.
5) 김광수, 남, 63세.
6) 황상모, 남, 58세.
7) 황정구, 남, 55세.

김: 택호 뭔데.

황상모: 지(제)가요. 장곡이, 장곡이다 카이. 잔고기다.

<임 재 해>

상여운반과 장례풍속

* 예전의 청운마을에는 상여소리를 비롯하여 소리를 잘 하는 어른들이 많이 있었다. 하지만 지금은 그분들이 거의 다 돌아가시고 상여 뒷소리만이 남아 있다. 당시 상여운반과 장례풍속에 대해 할아버지들의 이야기를 들어보았다.[1]

스물 너이 미는 대틀이 있었어요

조사자: 어르신 뭐. 짐승 발자국 봤을 때는 연락 안 해도 괜찮고요. 마을에 혹시 초상이 났다거나 무슨 누가 회갑 잔치를 한다거나, 누가 혼례가 있다거나 누가 돌잔치를 하거나 이럴 때 연락해주시면.

황상모[2]: 아래, 아래. 어제 오셨으면. 수남의 모친이 여 기일했고. [조: 그때 연락 해주시며는 특히 이장님한테 당부를 드립니다.] 나는 바빠가주고 뭐. 하하하.

우수기[3]: 상여를 미고 갔는가?

황상모: 몰래요. 난.

조정현: 상여를 안 맸댐니다.

황상모: 근데 상여도 지금은 계량 상여. 그 저 쇠를.

황정구[4]: 그래도 저 아래 집은 상여 맸잖니껴. 덜구 찧고 다 했잖니껴.

김광수[5]: 그래도 여 옛날에 상여 안 있니껴.

황상모: 다 이랐붰어(잊어버렸다).

황정구: 옛날 상여 다 도굴 당했다.

황상모: 우리 동네는 한 분 돌아가시면 꼭 세분씩 돌아가신다 카이.

황정구: 그 하튼 그 연도수는 알 수가 없는데 워낙 오래 돼서 그 옛날에는 돈 카는 거 역전 돈 카는 거 저 상평통포나, 해전통보 하는 거 안 있는 겨. 그 물건을 고서를 칠했는 거 옛날에 이상하게 만들은 거 이런 거도 전부 도난 다 당했다. 그게 진짜 문화재급인데 전부 다 도난 당했다 카이.

우: 여기 상여계가 아랫, 웃동으로 나눠가주고 있었는데 여게는 대틀 카는 게 있었는데 대틀은 스물 너이 미는 게 있었어요. 보통 요새 하는 거는 인제 스물이 미는 게 있고. 보통 요새 하는 거는 열여섯이 이래 했는데.

---

1) 2003년 2월 24일 경로회관에서 임재해·한양명·조정현·추현태 조사, 임재해 정리, 조연남 녹음자료 채록.
2) 황상모, 남, 58세, 이장.
3) 우수기, 남, 63세.
4) 황정구, 남, 55세.
5) 김광수, 남, 63세.

황정구: 작년에도 저 우에 주왕산 가는 입구에 거 전답 있거든요. 이 상여를 전부 다
    훔쳐갔부랬어요. 상여 있는 거 전부 다 훔쳐 가고, 올래(올해) 새로 전부다 해 달
    았잖아요.

황상모: 그 옛날에 거 여 우리 상 당허가주고(당해서) 우리 친구 모친이나 친구 어른이
    나 이 마실 살 때 우리 매로(매러) 가잖니껴. 매로 가면 이게 무겁어가주고(무거
    워) 이 미고(매고) 가먼 이만치 벗다(부었다) 카이. 이만치 벗다 카이.

우: 그건 무겁어(무거워) 크는 게 아니고 크니깐 한 쪽에 더 눌랬는지, 덜 눌랬는 게
    있어가주고.

황상모: 아이 그거는 안 눌랬는 거는 하나도 안 눌리고, 눌린 거는 많이 눌래.

황문모: 요새는 안 눌리고 그런 거 없잖아.

우: 그러니깐 사람 숫자 무거우니깐.

황상모: 상여틀이 틀 자체도 또 울매나 무겁노. 그 자체가 나무 자체가 무거웠는데.

우: 대틀은 지금 없어졌부랬어. 대틀은 스물 너이 있다니깐.

김: 야. 스물 너이씩 있는데.

우: 너이씩 여덟 가구.

조: 언제 쇠틀로 바뀌었습니까? 쇠사슬 사용해서.

우: 그거 바뀐지는, 그거 바뀐지도 그거도 맹 오래 돼요. 우리 그 우리 철이 없을 때가
    그 대틀 거 한 거 보통보다 두 개 가주 있는데 그 사람, 잘 하는 사람 대틀로 쓰고
    있는데 그거 한 뭐 40년, 50년 가까이 되끼래. 없어진지.

조: 그러고 나서 쇠로 만들어가주고.

상여 나갈 때 용해 상여 영정의 순으로

조: 상여 첨 만들었을 때 뭐 빈상여 놀이 하셨습니까?

우: 그거는 모르고, 여 그 틀로 그거 저 비어, 산에 나무를 가주고(가지고) 맨들었을
    때 그때 맨들어가주고 상여를 미고 놀고 그런 말은.

황문모: 근데 문화재 끕은(급은) 다 잊어부랬다 카이. 거기 보면 상여 딱 우에 보면 저
    승사자 카므 요래 팔짱 요래 끼고있는 고 만들었는 거 아주 묘하게 만들었는데.
    [황상모: 지금 이애기 하는 저 사람이 기자거든요.] 아니 묘하게 만들었는데 그
    전부 도난 당했버렸거든요. 그거요. 요즘엔 그런 거 구경할라 캐도 없어요. 굉장히
    그 아주 만들기도 잘 만들고 그런데 그게 아주 그 참 옛날 어른들도 몰랐다 카이.

황상모: 저승사자 니 잡아간다.

김: 저승사자가 아이고, 그 이름이 꽃도련이 이칸다. [조: 꽃도련이.] 꽃도련이.

황상모: 그게 골조래기라 그게가.

조: 왜 골조래기라 그래요?

우: 왜 그렇게 했는지 모르겠고, 더 또 용을, 왕릉 카먼.

조: 그 세 사람 타는 가 그랬는데 그게 다 골조래빕니까?

우: 넷이지. 앞, 뒤로 네 사람. [조: 아 하.]

김: 그건 그래도 이름은 다 골조래기라.

황상모: 그 이름이 골조래기 맞다. [한양명: 꼴쪼래미요?] 골조래미. 이근(지금까지) 있어도, 내 그 소리 첨 듣네. [조: 아이고 이장님 이리저리 공부 많이 씨겨주네 요.]

김: 그게요. 말하자면 저승사자라 카이요.

조: 맞습니다. 근데 저게 고 맞고요. (하하하) 잠깐만요. 아까 어르신 아까 그 새로 나 무로 상여 다듬었을 때 뒷상여 놀이 어떻게 했는지 아시는지?

우: 맹 거 인제. 사람, 상을 당해 가 하는 것이. 그 만들어가 미고 마을에 돌아댕기미 놀았지. 뭐. 계가 아랫, 웃상여계가 있는데 대체로 공동으로 했제? 대체로 아랫, 웃동네 공동으로.

김광수: 웃도는(웃동네는) 하는 수도 있고.

조: 상여는 공동으로 하고 인제, 계는 따로 하고. 그때 빈 상여, 그때 상여 새로 만들 어 왔을 때 사람 태우고. 어떤 어른 태웁니까?

우: 그 인제 거 이때 계에서를 제일 대장을 앞에 태워가.

김: 마을 사람 앞에 선소리 하는 사람. [조: 아. 선소리 하는 사람이 탔군요. 아.]

황상모: 타고 싶은 사람이 탔죠. 뭐.

김: 선소리 하는 사람이 누가 있노?

조: 옛날에 거 큰 상여 나갈 때 선소리 하는 사람이 타고 불렀습니까? 걸어가면서 불렀 습니까?

황상모: 수복 어른 거 앞에 서가주고.

김: 그때는요. 상례 당해가주고 실지로 상여 모실 때 앞에 서가주고 항상 앞에 서 태워 가주고 했다 카이. [조: 태워가주고.]

우: 근데 마을 드왔부고는 마을 드올 때까지는 앞에 태워가주고.

조: 그때 그 탄 어른은 그냥 노래만, 앞소리만 매겼습니까? 아니면 요령을 흔들었다든 가, 북을 쳤다든가 그러지는 안하고.

황상모: 여 북은 안 쳤어.

김: 요령은 흔들어가주고 인제 이 어른 가시는데 뭐 어떻게 하고 그래 잘 하는 게 있다 카이.

조: 그래 그 어른을 그냥 앞소리꾼 그랬습니까? 아니며는 요행잽이 그랬습니까?

김: 앞소리, 선소리, 선소리꾼. [조: 아, 선소리꾼.]

황상모: 그 분은 하마 고인 된지 오래지 뭐.

조: 그 분이, 수복, 수복 어른요? 그 선소리 하셨던 분.

우: 그 분은 어떠카믄 그 저게 선소리 하는 그 전문 분이 아니고, 계군 중에서도 숫자가 많으면 사람들 상여 다 메기고 남는 숫자가 있었다고요. 그래 그 사람, 그 분은 인제 그 뭐 참 들은 얘기도 많고, 참 뭐 연세가 많은 분이래요. 고래 같이 가면서 그 저 맹 저 계원이니깐. 같이 가면서 인제 앞에서 장낸(장난) 삼애(삼아) 그래 하는 이가 몇 분 있었지. 전문 뭐는 아니래요.

조: 자. 상여 나갈 때 상여 앞에 또 작은 상여 나갑니까?

김: 예. [조: 고걸 뭐라 그러죠?] 그 왜 쪼맨한 거 안 있나. 거. 혼백 담아 가는 거.

우: 용해라 카는 거. 용해.

김: 용해는 그 전에. [조: 용엽니까? 요엽니까?] 용해.

황상모: 요여, 요여. 표준말로 요여.

조: 예. 요여지요? 그 요여 앞에 고무신 났습니까?

김: 옛날에는 있었지. 옛날에 짚신 났는 걸 내가 봤어. 옛날에 그게 놓고, 그 저게 뭐라 카믄 저 저 혼백하고 사모관대하고.

황상모: 그거 왜 그랬나카믄. 옛날에 저, 저거 뭡니까? 상여 지붕요. 저거 없을 찍에 저거는 뜯었부고 없일 찍에 창고에 있는 거 상여 왜. 요여 카는 거 작은 거.

우: 그 아주 옛날에 거 거도 잊았부랬는지, 뻐졌부랬는지(부셔져버렸는지) 옛날에꺼는 아담한 게.

황문모: 아주 잘 만들었는 게 있는데.

황상모: 그거는 아주 없고요. 아주 없고. 맹 철로 만들었는 거. 요새 거. 고런 거.

김: 여기 말고 저 부동에 가면 있니더.

황상모: 여기로 옮길 때는 안 가오이 글체.

김: 고 쪽으로 가면 있는데 왜 안 가 오노?

황상모: 현재는 없잖아. 가 봐도.

김: 길은 안주 있니더. 대처하고 다 있는 데. 중요한 건 다 이랐붰다 카이께네.

조: 그 저게 상여 전체 행렬에 맨 앞에 뭐 가죠. 차례대로 쭉 가는 행렬을 한 번. [김광수: 행렬이요.]

우: 맨 앞에 그 남자 겉으면 요새 거 잘 아 하는데 만사 카는 게 있어요. [조: 예. 만사.] 만사하고, 영정하고, 그 다음에 인제. [김광수: 그 다음에 인제 요예가고.] 그 뒤에는 상주 가고. 그 뒤에는 인제 잘 하는 집은 호상이 카믄. 여게 국회의원 조부님 돌아갔을 때는 광목을 갔다가 굉장히 걸어가주고 펼쳐가주고 활 잡고 따라 가는 거.

김: 지금 호상 카는 거는 어이 상주 외에 따라 가는 거는 마커 호상 칸다.

동(洞)장례가 아니어서 잘 없었던 뒷상여 놀이

조: 호상꾼. 예. 근데 뭐 인제처럼 유복한 집에서 장수 하다가 어른 돌아가시며는 상여 나가기 전날 상여 놀이 안 했습니까?

김: 아무꺼도 안 했어.

우: 근데 그 놀이 있다는 얘기는 들었습니다. 근데.

김: 여는 뭐 그런 거 잘 안 했습니다.

우: 왜 그랬냐하며는 딴 데는 그때도 동장례로 했고, 동장례로 했고, 근데 이 마을에는 아깨도 얘기했지마는, 알(아래) 웃동네 그런 계가 있이니깐. 그 인제 계에서를 다 하게 되니깐. 딴 데는 그 동부로 집집마다 했기 때문에 하루 저녁에 인제 모다가주고 술도 한 잔 미기고 이랬는 건데 이 마을엔 계가 있기 때문에. [조: 예.]

황상모: 이 상여계는 하나 뺵에 뿐이잖아.

조: 지금도 그러면 뭐. 쪼끔 전에 어떤 댁에는 상여를 안 맸다 그러지마는 상여 매는 집도 있습니까?

김: 마을엔 있어요. 몇 집이 있어요.

조: 아까 여쭤보니깐. 그 상두계에서 하진 않고 일신회에서 했다고.

김: 아. 일진회. 사람이 있어요.

우: 아직도 상두가 한 쪽에 있어요.

추현태: 한 쪽은 있는데, 그런데 왜 일진회에서 하지요?

황상모: 못 하겠으면 자기네가 알아서.

조정현: 아. 계를 안 드신 분이나, 젊은 분들 모임에서 청년회에서 이렇게 해 주시는 거구나. 아까 그 곧집 찾으러 건너편 가봤거든요. 못 찾았습니다.

황상모: 뭘로? [조: 곧집.] 곧집은 저 있는데.

조: 이쪽에 있습니까? 아. 요기, 요기 다리 건너에 있다고.

황정구: 요새, 계량 거 저 맨든(만든) 거는 쇠빠이브로 만든 거는 조 건네 거 있고. [채록불가] 거는 인제 옛날에꺼 그거는 잃었부고, 마커 거 구분하는 거 하고 그거 하고 있는데. 지금 요즘 사용하는 거는 요 다리 건네.

우: 그 잃았는데(잃어버렸는데), 새로 집을 지가주고서는 이것을 사람이 자주 볼 수 있는 곳.

황상모: 지금은 그 인제 잠과(잠궈) 놨지요.

조: 이장님께서 키를 갖고 계십니까?

황상모: 아니, 아니요.

김: 유사가 가주 있지.

황상모: 유사가 누구로. 유사가.

추: 예전에 거기서 상여를 꺼냈을 거 아닙니까?

황상모: 꺼냈지.

조: 그 유사 분이 새마을 지도자?

황상모: 아니지.

우: 현재 유사는 맹 거 상두꾼이 했는데. 뒷소리는 인제 에 현실적으로 하는 사람이 따로 있겠고, 그 뒤에 보통 하는 사람은 여 다, 다 했는데. [추현태: 뒤에 따라 하는 소리는.] 보통 미고 가면서 하는 소리는 여. [추현태: 고거 한 번만 혹시.]

"너호 너어호 너호 넘차 넘호오"를 반복해서

조: 여. 후렴구는 어예 됩니까?

우: 후렴뿐이래요.

김: 후렴은 다 아지(알지). 후령(후렴) 할 줄 아지 뭐.

조: 후렴 아며는(알면은) 한 번 해 주시겠습니까?

우: 어호, 어호, 이.

황상모: 이 마을에는 딴 마을에 하고 쪼끔 다르끼래. [조: 예. 다르죠.] 달라요.

우: 너호, 너어호, 너호 넘차 넘호오.

　　너호, 너호호야, 너호로 넘차 너호오.

　　이걸 계속 자꾸.

조: 고 앞소리만 쪼끔 더 들어 갈 수 있으면 좋은데.

우: 앞소리는 전혀 할 줄 몰래요. [조: 전혀 할 줄 몰래요.] [추현태: 아. 근데 청이 진짜 좋으십니다. 북만 산청. 이래 안 하십니까? 하하하하.]

김: 근데 혹 할라 카며는 아수운(아쉬운) 데로 하거든. [조: 그걸 어르신네 한 번 해 보세요.] 난 할 줄 몰래요. 춤은 치지. 노래는. 근데 그 후렴은 맹 할 줄 알지.

조: 그러면 저게 덜구 찧을 때는 어떻게 후렴을 하죠. 덜구 소리.

우: 덜구 소리 이 마을에는 옛날 고전 식으로 일련의 여 상여소리매로 그걸 반복해가 자꾸 하는 게가 있고, 요즘 딴 데 하는 게는 이 마을에는 내가 들어 볼 때는 그런 예가 없어요. [조: 아. 덜구소리 들은 적이 없어요?]

황문모: 아래 찧는데 아래.

우: 거 아래 덜구 찧는 거는 그 인제 거 조합 일꾼들이 와서 노이(노니) 그 사람들이 뭐 해 가주고.

황문모: 일진회 찧어서 했다 카이.

우: 일진회 찧는 거는 몰래 뭐 우에는동. 전에 여 상여 소리가 한 가지 소리가 계속 반복해서 하는 거 그거 백에 몰라 나는.

김: 앞소리, 앞소리 할 줄 알잖아.

우: "어허허어 덜구야." 카면서 뒤에 손바닥 치고 "이 히히" 이카고.

황문모: 그래야 땅이 다져지지.

김: 땅 다질 때 인제 그런 거.

황문모: 한 번만 더 하면 인제 교수로 초빙 돼 간다.

조: 그 저게 덜구 찧을 때 어르신네 춤 쳤습니까? 덜구 찧었을 거 아닙니까?

김: 맹 맹 그래 하지요.

조: 한 번, 한 번 해 보시겠어요? 후렴, 후렴.

황문모: 그거 잘 하면 조교로 된다.

김: "어허 덜구여어, 이 히"

　　"어허 덜구여어, 이 히"

우: 계속 반복으로 인제.

김: 계속 해 우리는. [모두 함께 이야기 해 청취불능.]

추: 나중에 점점 빨라지지 않습니까?

우: 맹 똑같애요. 고마 카자 카는.

김: 빨리 하면 빨리, 근데 앞소리 빨리 하면 빨리 하고, 앞소리 늦게 하면 늦게.

한: 끝날 때 어떻게 한다구요?

우: 끝날 때는 '오허허 달게'. 그랬부면.

김: 행동으는 똑같이 하고. [황문모: 그때, 그때 되며는 여 저저 줄에 돈이 막.] 근데
　　여기는 이랜데, 지방마다 그게 아니래. 틀리거든. 섬기는 우에냐 카며는 왔다 갔다
　　양짝에 왔다 갔다 하던데 뭐. 이, 이, 이, 이래 가잖아. 이이 히, 이이 히 이래 돌
　　아가잖아. 팔이 가요 이래 돌아가고, 여게는 이래, 이래하고, 그면 팔이 자꾸 (??)
　　같이 돌아간다 카이. 지역적으로 틀려요.

황상모: 여러 사람이 그거도 소리꾼이 잘 해 줘야 그거도 잘 하고. 첫째는 문제가 앞에
　　소리꾼이 문제지.

김: 행동으는 잘하는데, 소리는 옳게 몬 하겠다.

조: 그런 의미에서 어르신이 상여소리 거 "어와 넘차" 고 한번만 더 해 주세요.

우: 한 번 더 해라. [조: 한 번 하시고 다 같이 한 번.]

장례 때 상주의 복식

황문모: 그 인제 거 복을 입는다 카면 그 두건까지 만들어 가지고.

우수기: 워낙 잘하는 사람들은 입성까지라도 다 했어.

조: 두건, 입성, 고무신, 수건, 백고 모자, 장갑.

김광수: 백고 모자는 아니지. 두건이지.

임: 아. 두건이지. 배고 모자는 빼고.

김: 담배, 담배. [조: 담배 한 갑.]

우: 뭐 옛날에 담배가 없었일때는 모리고.

조: 거 인제 상여 다 매고 돌아 갈 때는, 돌아 갈 때는

우: 장례를 다 치리고 돌아 갈 때는 거 인제 묘가 거진 다 됐잖아요. 됐으며는 그날 그 인제 보통 여기서는 그 사람들 당군이라 그러거든요.

김: 미는 사람하고, 일한 사람하고.

우: 모이 앉으라 그래, 상주네들이 천부(전부) 와서 인사를 하는 거죠. 수고하셨다는 거를. 그래 하고 인제 돌아갔버서, 나머지는 다 마치고 거서 남은 게 제물하고 술 한 잔 하면서.

조: 으. 거 혹시 저게 묘지 근처에서 장난 안 하셨습니까? 사우(사위) 되이(되니) 뺄줌 하게 돈도 안 놓고 절도 안 하고 돌아다니고.

김: 다 불러 디랬어(드렸어).

우: 실제 돈을 꼽을 때 그때 하마 다 불러디랬데이까(불러드렸다니까).

황상모: 산소가요. 묘지 쓰는 데 한 여서 한 백 메다쯤 남잖니껴. 남아 있으며는.

김: 하마 안 올라가요.

황상모: 한 사람 딱 붙어가주고 아무리 갈라해도. [두 사람이 함께 이야기 함.]

김: 노자 돈 달라 카먼. 돈이 많이 나오거든. 다 나오고. 모지 한 십 미터 남가 놓고.

우: 그래고 덜구 카는 거는요. 딴 마을에 비해서 이 마을에선 그래 안 씨껬어. 왜 안했냐 카먼 이 마을에는 황씨네들이 많이 이래 조벌(?) 뭐 해가주고 살기 때문에 그 웃대(윗대)가 많잖아요. 그 웃대가 있기 때문에 그 웃대 산소 여 울린다고 옛날에 거의 다 덜구를 안 찧었어요.

황상모: 요새는 인제 덜구 찧는 게. 포크레인 눌렀부고. [조: 아. 웃대 조상들.]

김: 웃대 조상들 곁에 가면요. 조상들 묘 곁에 가면으요. 덜구를 안 찌요.

우: 그래고 인제 그래가주고 덜구를 안 찧단 말이. 그래 인제 덜구 문화를 만날 고전에 해 오던 그거만.

조: 그래고 뭐 상두꾼들 집으로 돌아올 때 장난 안 쳤습니까?

김: 돌아 올 때는 없어. 돌아 올 때는 장난 안쳐.

조: 장난 안 쳤어요?

황문모: 돌아 올 때는 장난칠라 카이 상주 뭐 다. 그때 나올 게 없거든요.

황상모: 근데 요즘 일하는 분들이는 쪼매 다 해 놓고 다 가는데. 약간 쪼끔 덜 돼도 상 주들 하고 마커 집에 다 가거든요. [조: 예. 그렇죠.] 그래지데, 할 말이 없지요.

황문모: 요즘 옛날 곁이 장난치는 거 없어.

황상모: 요즘으는 이거 마커 밥 굶는 사람이 없고, 잘 사이께네. 집에서 아침을 먹고
　　　　가잖아요. 근데 옛날에는 우리 쪼그마할 때는 그때는 참 보리 고개가 있어가주고
　　　　상두라 카며는 의례 집에서를 인제 식기를 인제 굉장히 큰 거를 빈 식기를 얻거든
　　　　요. 빈 식기 없고 전부 빈 그륵만 갖다가 아낙네들이 참 이고, 그 집이 큰 일 당헌
　　　　(당한) 집에 갔다고요. 가면 반찬을 대략 뭐 밥반찬 몇나 없고 그래 가가며는 빈
　　　　대접이하고 빈 식기 마커 가 가며는 그 밥을 마 마 마 그 옛날에 옥식기, 마마, 굉
　　　　장히 큰 거 있다고 이거. 놋쇠로 가 만들었는 거 꾹꾹 눌러가주골랑 이빠이(가득)
　　　　해가 제일, 상좌상 어른 있다고. 제일 나 많은 어른들 곁에 그 밥을 마 이래 담으
　　　　면 되나 카면, 합격이 되며는 그 밥을 그 정도로 담아가주고 딱 담아가, 딱 채려
　　　　놓고, 식사를 일제하는 데 실지로 그 반도 못 먹어요. 반 못 먹으먼 그거는 이고
　　　　가 집이가 노놔(나눠) 먹으먼 떡하고 났는 거 인제 집이가 나눠 먹으먼. 못 사는
　　　　집이는 전부 그래가주고. [조: 각자 자기 그릇을 갖고 오는 군요.] 가가주고 가서.
우: 반챈만(반찬만) 맨들어가주고 밥하고 국그릇하고는 빈 걸로.
김: 빈 그륵만 놔 놓고.
황상모: 그게 바로 어에 카며는 없을 시대에 조상 덕의 이밥 카는 거.
조: 조상 덕에 이밥? 그거 본인이 안 들고 가고, 아가 들고 가든지, 같이 먹잖아요?
황상모: 야. 그러(그런) 거를 조상 덕에 이밥이고.
황문모: 그거 이고 가는 그 상 이고 가는 이유는 뭐라 카면, 본가 그 당시에는 일꾼도
　　　　없고, 인제 상두꾼들 그거 밥 상 채려 가가주고.
황상모: 못 사는 집이.
황문모: 그거 없어진지가 얼매 안 된다. 한 20년.

　　　　　　　　　　　　　　　　　　　　　　　　　　　　　　<임 재 해>

현대사의 고비를 겪은 사람들의 구술자료

할머니들의 삶과 일
일본 군속으로 다녀온 강주형 할아버지
보국대 갔다 온 황덕호 할아버지
6.25 참전 경험과 구사일생
월남 참전 용사들의 고엽제 피해

할머니들의 삶과 일

　* 예전 할머니들의 삶은 그 자체로 힘겨운 일의 연속이었다. 시집오기 전에는 엄마를 대신해 동생들을 모두 엎어 키웠으며, 시집와서는 부엌일, 빨래하기, 애 키우기 등의 기본적인 집안일은 물론 나무하기, 농사짓기 역시 그들이 담당해야할 몫이었기 때문이다. 당시의 이야기를 할머니들의 생생한 목소리를 통해 들어보았다.[1]

젤루 힘든 거는 농사짓는 거

조사자: 뭐 안 해 보신 게 없다구요? 말도 마소. 안 해 본 게 없니더.

최귀선[2]: 말도 마소. 안 해 본 게(것이) 없니더.

조: 뭐, 뭐 하셨어요?

최: 쑥도 비고(베고) 나무도 하고. 뭐. [조: 뭐 쑥도 비고 나무도 하고 예.] 밭도 갈고. 모도 숨구고(심고).

배영동: 밭도 갈으셨어요?

최: 밭은 안 갈았지. [배: 아. 밭은 안 갈고.]

정분순[3]: 난 갈았니더. [배: 어. 할매는 안 했고요.] 사람 끌고 하는 거[4]. [배: 골타는 거

---

1) 2003년 2월 23일 경로회관에서 임재해·배영동 조사 및 임재해 정리, 조연남 녹음자료 채록.
2) 최귀선, 여, 68세, 덕천댁.
3) 정분순, 여, 78세, 용동댁.
4) 밭의 골을 탈 때, 소대신 사람이 끌면서 하기도 하는데, 그것을 말한다.

골타는 거요?]

최: 낭근(나무는) 뭐 계속했고요. [배: 나무 안 한지는 얼마나 됐어요?] 나무 안 한지
뭐 한 십 년.

정: 한 10년은 넘는다. 그래도 했는지 10년 넘어. [배: 그러면 그거 하다가 바로, 나무
때다가 바로 보일러로 바꿨어요? 연탄은 중간에 안 들어왔어요.] 연탄하다가 보이
라(보일러).

배: 예. 살아오시면서 제일 힘들은 거는 뭐라고 생각하시는데요?

최: 살아오면 우리가 젤루(제일) 힘들은 거는 나는 농사짓는 거. [배: 농사요?] 농사
짓는데 여자 힘으로 인제 이래 따라 댕김이(다니며) 해도 나는 나무했는 기(것이)
그게 쫌(좀) 참 많이 힘들었고, 글때는(그때는) 참 왜 그래 내 아(안)해도 되는데.
그때 왜 세월이 그렇든동(그렇든지). 글토. 여름에 인제 모숨구고(모심고), 인제
뭐 또 밭 매고 그게 이제 쫌 힘들었지. 그런 게 힘들었고, 나는 비(삼베) 배울 때
그거도 쫌 힘들었니더 왜요.

배: 친정에서 배워 가지고 오신 거 아닌가요?

최: 친정에서 안 배우고 오고, 여(여기) 청운에 와가 비를 배워서 작년꺼정(작년까지)
내가 안동포를 했어. 작년까정 안동 고곡 가가(가서) 삼 받아 와가 작년까진 하다
가 이제는 안하고, 올게(올해)는 삼을 한단 받아가 "형님5) 할라 카이 이를, 이를 틀
니를 해 넣고 나니까." [배: 삼을, 삼을 수가 없다 이거죠?] 삼기는 삼으면 되는데,
이는 이거 뭐 돈을 많이 주고 해였으니께. 이가 따르면 또 이 해여야(이해 넣어야)
될낀데. 그래가주고(그래서). 작년까지 했어.

일으는(일은) 뭐 여 참 우리 산에 댕기미(다니며) 재치6) 카는 그거도 약도 캤고
비도 짰고, 삼도 삼았고 뭐. 나락도 빗고(벴고), 보리도 빗고 농사짓는데 대해가주
고는 안주(아직) 내 허리, 다리마(다리만) 안 아프면 따라 다니미(다니며) 할끼라.
[조: 자신 있구만요 농사?] 자신 있어. 안죽(아직). 이 어른은7) 일도 내 보다 더 많
이 하고, 나는 말도 잘 못하고. [조: 뭐 어떤 일이. 이 할매는 비(베) 짜는 일이 첨에
여 와서 힘들었다 그랬지요?] 나는 그게 첨에 배울 때 그게 가장 힘들었고, 삼도
삼을 줄 몰래가주고 와가주고 삼아가 배와(배워)가주고 하는데. [조: 친정이 어딘데
요?] 친정이, 나는 고향은 우리 아버지 고향은 경준데, 경주 최씨거든요. 경주. 우리
아버지가 온데 댕김이 살아가. 첨에(처음에) 여 시집 올 때 덕천댁.

조: 글 때 그럼 친정에 있을 때는 길쌈 안 했군요?

---

5) 황씨 집안에 시집온 사람으로 거의 대부분의 부녀자들은 대소관계를 형성하고 있다. 집안의 형님으
로 용동댁 즉 정분순 할머니를 말한다.
6) 산에서 자생하는 약초를 말한다.
7) 역시 집안 형님인 용동댁 정분순 할머니를 일컫는다.

최: 아(안) 하고 "나는 형님요. 오번(이번) 설에 가(가니) 내 있카니더." "내 허리가 왜
이래 아푼도(아픈지) 아냐고?" 동생들 앉혀 놓고. 나는 마 오새도(요새도) 인제
친정에 가면 뭐 누구 어디서 왔다고. 팔남매의 맏인데요. 우리 엄마가 딸로 둘이
놓고 아들로 봐 놓으니. 그 아들네 마. 우리 올게(올해) 진갑이든 동생 고걸(그걸)
업어 키우는데, 하루 점토록 웬종일(온종일) 아(아이)도 애 먹고 막 그랜데 아 엎
어잤다고(엎어뜨렸다고). 아 울겠다(울렸다)고 뭐라 카제(하제). 그래 내가 인제,
"자네 엎어 키우느라고, 내 허리가 이래 일찍이 이래 아팠다." 그럼, "누님 약 져
드려야 되겠네요." "그래 약 한 제 지도고."

　나는 동생들 키우는데도 어려서 참말로 고생도 하고, 그게 글때(그때) 지나갔으
니 그게 고생이지. 나는 참 동생들 많이 키우다 보니, 팔남매 맏이다 보이까네. 동
생들 많이 키왔지요. 그런데 나는 못 배웠는데, 인지라도(인제라도) 내 몸만 건강하
고 아픈데 없으면 시시만매이(시시만큼) 일하는데 따라 가지 싶으다 카이(하이)
[청중: 나(나이)가 많잖아.] 따라가는데, 공부, 학교 못 했는 거 그게 한시럽다(한스
럽다). 그래. 엊저녁에, 엊저녁에 내 왜 저 내고향[8] 할 때 그 구구단 안 배우디겨.
그 전 회장[9]이, 전 회장이 가가 올게는(올해는) 늦어서 안 되고, 명년에는 구구단
갈채 줘. 그래 엊저녁에 그캤다. 그래 쪼매(조금) 있다가 돌선 아재가 이카더라. "1,
2, 3, 4라도 전화번호라도 눌릴 줄 아는 사람으는 갈캐면(가르치면) 퍼뜩(빨리) 다
하데." 작년에 왜 교회 배울 때, 그래 쫌 배웠는 사람은 쪼매 낫더라 카먼(하면). 그
래 구구단 칼챈다 하면서 그래데. 나는 구구단 안 배우고 이 화토 쳐가 계산하는
그거 가주고 구구단 된다 카고 엊저녁에도 그캤다.

　그 나는 동생들도 팔남매의 맏이다 보이(보니), 또 팔남매의 맏인데도 또 친정이
그카 데, 또 이 집[10]이도 와가(와서) 남매 둘인데, 여섯 명인데 또 맏이로 와가 아
이고! 말도 하지 마소. 내 고생했는 거 형님도 고생했다 카지마는(하지마는) 내 호
강하고 살았다 카는 사람은 모도(모두) 다 거짓말이래.

임봉월: 내사 보이(보니) 뭐 호강했지 뭐. [조: 뭐가 호강하는 거예요?] 뭐 예를 들면 이
래 늘어져가 편하면 되지 뭐요.

우리 시동상들도 울만치 애 믹엤노

최: 뭐 오새는(요새는) 펀치마는(편하지만) 아이고! 말도 마래. 우리 시동상들(시동생
들)도 울만치(얼마나) 애 믹엤노(먹였노). 그랬는 사람이 올게 설에 우리 시누 되

---

8) KBS1 텔레비전에서 저녁 6시에 방영되는 "6시 내고향" 프로그램을 말하는 것으로 추측된다. 전국
　각지의 고향 모습을 여러 각도에서 방송하고 있어, 농어촌 어른들이 애청하는 프로그램이다.
9) 노인회 전(前)회장으로 황중구 어른을 가르킨다.
10) 시집 온 시댁을 말하며, 시집와서 여러 명의 시동생도 함께 돌봤다.

는 아들이 스물 한 살 먹었는데, 와가주고. [임: 올 설에 왔디껴?] 엉. 왔는데 저 그걸 하는데, 뭐 화장실에 가도 전화 받고 바아(방에) 가서도 전화 받나? "야야! 니 무슨 전화를 바아(방에) 드가(들어가서) 문 걸어 놓고 받노." 카이, 그래 그 사촌이이 칸다. "큰 엄마. 애인이 전화 왔어." "아이고. 야야 니 하마(벌써) 애인이 있나? 장개(장가) 못 보내 헐떡거리는 사람 있는데 애인이 있다고 카이 반갑다.

근나전나 저게 색시 성(性)이 뭐고. 저게 테레비(텔레비전)에 나오는 거 보이 성(性)도 여러 안 됐는 성도 있고 글터라(그렇더라) 하이께. 성이 뭐로." 하니, "지(자기) 큰아버지가 그 성이 양반이라 괜찮다." 이카는데. 그렇게 애 맥이던 게(먹이던 것이). 그래도 우에(어떻게) 저거 하나 봐 놓고, 조곳만 말도 못한다. 아이다(아니다). 술만 먹으먼(먹으면) 그래(그래서) 그렇지. 술 안 먹으면 착해가주고 경우는 발랐다. 형인데고(형한테나), 뭐 내인데고 모(못)하는 건 없었다. [임: 그 내인테는 잘 했다.] 아무인데라도, 아무인데라도 연코(연하고), 그래 가 쪼매 지도 인자 쪼매 쾌가 들고, 지도 인제 지도 쪼매 고생 좀하고 그 여자 또 그랬부고, 오분에(이번에) 여자는 잘 만냈고, 처가도 괜찮고, 괜찮을라니 지 복이 없어서 그렇지. 그래 교통사고로 안 죽었버렸나.

[조: 시동생이 뭐 애 먹이는 거는 술을 많이 자셔가주고?] 야. 술도 많이 먹고, 티 안 내고 이 어른들 보듯이 그랬는데, 술만 먹으면 정신채릴(정신차릴) 줄이야. 오죽하면 영감이 그랬잖아. "저 놈의 자석(자식) 냉게(나중에) 죽으면 미(묘)에 풀도 안 날다." 요새도 풀이 많이 나가, "아이고, 저거도 아이겠다(아니겠다)." [하하하하] 전에는요. 풀을 그 비가(베어서) 부일댁이는 모르지마는 형님11)은 산소 아잖니껴(알잖니껴). 풀을 몇 번씩 비가, 지고 내려 와가 밭에 깔고 뒀다 하디마는(하더니만) 풀만 많이 나네. 그래 나는 그거도 내 딴에 그거도 고생이데. [조: 아 고생이죠.] 아 내가? 그래도 오새는 참말로 아프지만 안 하면 부일댁12)이요. [임: 나도 저게 쪼끔 걸으면 좋단다 싶어가, 여 걸어 왔다 갔다가 한 참 갈라고, 그래 내가나왔다. 그래 걸어 나오니 이래 죽겠다 하제.]

내가 진짜로 몸도 안 애끼고(아끼고), 대진13)네하고 농사도 그래 지을 때, 대진 어마이 그캤거든. 육십 살면 억수로 나(나이) 많은 줄 아고(알고), 나 많으면 일도 못할 줄 알고, "형님요. 농사 이래 짓다가, 형님 육십 살 되고, 아주바님(아주버님) 육십 살 넘거들랑 농사짓지 마세이."이카더라. 그래 작년에, "뭐 어예고, 뭐 어예 하러 가시더." "야. 육십 살 돼걸랑 하지 마라 카더니(하더니). 왜 칠십 살 다 돼도 왜 하라 카노." 임: 하마 칠십 다 돼가제요? 최: 야. 하마 육십 여덟인데요. 뭐. [조: 누

---

11) 정분순 할머니. 할머니에게 말을 하면서 이야기를 계속 해 나간다.
12) 임봉월 할머니를 말한다.
13) 시동생의 아들, 즉 조카이름이다.

가요?] 내가요. 육십 여덟. 그래 "칠십살 다 돼가도 자꾸 일하라 카네." 그래 그캤
다. 대진 아부지. "형수는 항상 일해도 허리 아프단 소리도 안 하고. 일 씨기면(시
키면) 뭐 내가 일에 대해가주고는 꽤 부리는 거도 없고." (말을) 하면 그래 일하면
재미가 있었다 카이. 뭐라도.

안주 이 나이에도 자꾸 일이 하고싶다

정: 일할 수 있잖아. 안주(아직) 이 나이에도. (일이) 자꾸 하고싶다고 하니께네.

최: 나도.

조: 왜 일이 자꾸 하고 싶어하세요?

정: 마음이 막.

최: 심심하이까네. 글코(그렇고) 그리고 하던 뭐가 있으이(있으니). 다리가 이래지고
　　요즘 농사도 안 짓고 이래 사이. '아 나도 저래 농사짓고 꼬치(고추)도 저 만치고
　　(만지고) 했는데.'

임: 농사, 농사일 몸서리난다. 몸서리.

최: 아 그래도 일을 탁 놔 놓고 있어보래. '아이고 내가 왜 이로(이렇지). 나도 저래 저
　　런 사람은 어에(어떻게) 저래 하노. 나도 저래(저렇게) 했으면 좋은데. 그런 마음
　　이 안 드나 보래.'

정: 작년에 내 꼬치 딸 때. 풍년이 들었지.

임: 글때(그때) 만해도 하마 몇 년 앞인데. 풍년이. 그때 꼬치 농사해가주고 아 글때는
　　우리 꼬치 안 땄다. 참, 글때는 사람 하나 할라 카면 뭐 참 뭐 하나이 뭐 하내이
　　찾는 듯이 했는데. 같았는데. "아이고, 아지매 꼬치 따주세이." 이카며는 언제든지
　　따줄 것이(같이) 말하는데. 고마 뭐라 칸다고. "형님. 나이 칠십에 또 꼬치 더 할라
　　이꼬." 못 땄다. 그저 않는다[14] 카먼 이유가 있지만은 연세 높아가 그저 참 그거를
　　뭐라 카노. [정분순: 나도 그때 갔다 왔다.] 그래 가마 놔뒀으면 집에 왔다 카이. 그
　　래 사람도 뭐 없다. 그래 가가주고 그랬고는 "아이고, 보자, 보자." 하머(하며) 자기
　　네 꼬치 따는데 실실(슬슬) 댕김이 따더라.

　　그래도 마, 그때 어른들 위해가 하는 소린가 싶어 있었지만 늦게 사과하더라. 하
이고(아이고), 내가요 어디 주껬는데(말했는데), 고마 마음에 안 걸렸을라. 이웃 어
른한데. 그래고는 꼬치를 안 땄다. [조: 어느 댁이 사과를 하더라고요?] 야. "연세가
칠십이 됐는데, 꼬치 따러 가지 마라." 이 어른보고 그캐가. 우리 꼬치 그날 따줄겠
데. 연세 높으다고 우리 고종사촌 동세(동서) 되제요. 못 따러가거러(따러가게) 하
이. 못 따이 그래 늦게는 자기네는 또 아쉬우니 따겠다(딸텐데) 이래니. 쪼끔 미안

---

14) 고추를 따준다고 했다가 나중에 못 따준다고 했던 것이다.

트라고요. 이야기를 하더라 카이.

최: 내가 우리 꼬치는 따게미(따면서). 그 꼬치는 따러 못 가게 됐다. 그래 미안타. 인
　　자 그래, 인제 사과하더라.

임: "그래 괜찮니더. 그거 뭐 딴 거는 몰라도 연세 높아가주고 못 따는 거 그런 거는 괜
　　찮니더." 이카니.

정: 내 그때만 해도 우에 그래 땄던동(땄던지) 몰래.

임: 아지매 꼬치 따면 수북이(가득히) 자루, 자루 한 자루 따잖아. 그래 내가 이 집 아
　　지매 꼬치 잘 딴다 카이까. 그카데, "옛날에 내가 젊을 적에는 정작 일을 글커(그
　　렇게) 잘 못 했는데, 자꾸 나 많으니깐 많이 해서 그랬는지 더 잘 딴다." 이칸다.

정: 젊은 때는 뭐 내사 일 뭐 그캐(그렇게) 했나?

영감님 일찍 돌아가시고 칠남매 학교 시키고

조: 할매 뭐 아까 내 고생한 거는 말도 마소. 이러시더니. 살아온 이야기 좀 들어봅시다.

최: 그 이야기를 어에 얘기 다 하니껴? [조: 아니 뭐 저게 생각나는 대로.] 다 모(못)
　　하니더. 내 고생했는 내 사정 이야기하라 카이 어예 하나 카이. 영감님 일찍 돌아
　　가시고 칠남매 출가도 하나도 안 하고, 그 칠남매 학교 씨캐고(시키고) 또 출가 다
　　하고 그랬으니까네. 그거 인제 내가 인제 고생이 말도 못 했다고. 또 농사짓고 그
　　게지(그거지) 뭐. 그게 고생이지. 딴 거는 고생이 없지. 그게 생활 그거에서 고생
　　쫌 많이 했지. 아들, 딸 칠남매 한났도(하나도) 출가 안 시키고 영감님 그래 돌아
　　가시고. 그래 이테까지는(지금까지는) 그래 인지(인제)는 출가도 다 씨게고 편다
　　카이.

임: 이제 했는 거 또 적어야 되지요. 다 적었니더. 헐떡헐떡거리미 여게 경로당 오는
　　데, 마커(모두) 거저(그냥) 안 와사코. 모도(모두).

최: 우리는 이칸다. 이 집 형님하고 나는. 회관에 가 볼래. 우리는 거가(거기 가서) 이
　　야기도 듣고, 우리 쫌 뭐 배워가주고 오자. (모두 웃음).
　　"우리인데 배울라 카는 데. 우리 뭐 배워가니껴. 우리 뭐 배와(배워) 오니껴." 이칸다

정: 배고프고 뭐 이런 건 없니더. 나는 그런 고생은 안 했고. 아들 데리고 뭐 이래 참
　　담은 뭐 쫌 씨게고 하이 뭐 그런 고생이. 글치(그렇지) 뭐. 배고프고 뭐 그런 고
　　생, 그런 구박은 안 받았니더.

조: 할매는 뭐 저거, 부일댁 할머니는 뭐 살아오면서 제일 힘든 일은 뭐 있습니까?

임: 힘든 일은 없이 뭐 앉아서 다 헤쳐 나가니. [조: 하하. 참 그래요. 힘든 일없이 참
　　살기도 어려운데.] 나는 뭐 그지 뭐. 잘 커 나가니. 잘 살아 나가니더. [정분순:
　　신랑 좋체(좋지) 뭐.]

친정 동생 마커 업어 키우는라고

조: 아까 그 친정 동생 업어키우니라고 허리 아팠다 그랬는데, 동생 업어 키울 때 자장
가 뭐 노래 안 불렀습니까?

최: 그런 거는 모린다(모른다). 뭐 그거 오래 되나(되어서) 기억도 안 나고. 글게 올게
도 그래 친정 가가주고, "누님 허리가 그래 아파가주고 어예노?" 하니 이카니,
"내가 너거(너희들) 마커 업어 키우느라고 허리가 이래졌다." 카이, "클 때 내 마이
업어키웠겠다." "니만 업어 키웠나." "내 죽었는 동생 있거든. 그거도 좀 업어 키우
고. 느그(너희) 마(모두) 업어 키우는라고 그렇고." 막내이가, "나는 누구 손에 물
도 한 그륵(그릇) 안 먹었데. [청중: 모두 웃음] 물도 한 그륵 안 얻어 먹었데이."
이칸데. 맏이가 많이 업었니더.

임: 옛날에는 친정 집에 아는 엄마, 아버지 일하고 그러이께네. 맏이가 많이 업었니더.

정: 딸 너이(네명) 놓고 아들 하나 났거든, 둘째딸이 우리 아들을 오금 7년 만에 놔 놓
은 거를 알라를 업고 저게 강가에 놀러 가니, 알라를 내라(내려) 놓고 마 저들끼리
마마. 숨박꼭질하고 노다가(놀다가) 아가 마 한바꾸(한바퀴) 쳐가주고 마. 고마 아
가 신주사네 미(묘)에 꼭도 배지 해 넣가주, 떼딴지15)에 얼굴이 마 다 긁케가(긁혀
서). 이래 긁케가 왔거든. 피가 출출 난다. 할매가, "아이고, 이 놈의 딸아예(딸아
야). 영수야. 니 아 왜 이래 났노."카이. "연이네 아제." 거짓말해도 그래 하제. 연염
이네16) 아제한테, 가서 큰일 날 뻔했어.

"할매 저게 연이네 아제 나무 해가 오시는데, 나무 짚에 거 끌체가주고 글타(그
렇다)." 이러니깐. 고만에 어마님(어머님)이, "저 저게, 해섭이 남의 아, 이거 어떤
아 라고, 이 나무 껍떼기 이래 바쳐가 이 껍떼기 이래 났노. 내 가야 한다." 하미(하
며), "내 해섭이한테 가야 된다." 하미 이카잖아. "가지 마소, 가지 마소, 아 어데(어
디) 곧 죽니껴. 가지 마소." 이카이까네. 그때 실지(실제로) 저녁 때, 저녁 먹으면서
그카는데, 잔다17). 저게 고마 눕혀 놓고 숨박꼭질 하다가 고마 아가 뒤고프 쳐가주
고 여게 긁해가 그랬는데, 그 연이네 아주버님한테 갔으면, 어예 됐노 그자. 그래
그 할매 딱아대로 간다 칸다. 와. 그래 그랬다. 참 아 많이 업어 키웠다.

---

15) 잔디를 말한다.

16) 저 너머 당 있는데 살고 있었던 이웃 아제를 말한다. 딸 이름을 따서 연이네 아제라고 하거나 해섭
이네라도 한다.

17) 업고 갔던 동생이 잔다는 말이다.

방간 찧으며 삼도 째고 바느질도 하고

* 대학원 회의와 보고서 설명을 하고 나서, 다시 마을회관의 할머니방에 들어오니, 모두들 드라마를 보고 있었다. 드라마를 보는 도중 질문을 할 수 없었기 때문에 그냥 드라마를 보면서 이런, 저런 이야기를 하는 것을 쭉 녹음하였다. 할머니들은 모두 드라마에 집중하고 있었는데, 제목이 뭐냐고 묻자, 다들 제목은 모른다고 하면서, 드라마를 보면서 이야기를 주고받고 있었다. 8시 드라마가 끝나자 어렵게 살아온 옛날 이야기를 청하여 들어보았다.[18]

조사자: 뒤에 디딜방아간 있고, 옛날에 뭐 디딜 방앗간 다 있었을 거 아닙니까?

이복선[19]: 옛날에는 다 있었지마는.

조: 디딜 방앗간 혹시 그 방아 찧으면서 뭐 혹시 노래는 안 불렀습니까? 방아 타령이라든가?

이: 우리들은, 우리 세대는.

조: 하마 많이 안 찧죠. 많이 안 찧죠?

임봉월[20]: 글때 디딜방아 찧을 때 가미 노래 부른가 캐요. 시집살이라고. 우리 우(위)에 할매들이나 하지. 우리는 방애(방아) 울매 안 찌었지.

이: 길쌈하고 애들 키우고 뭐 일에 지쳐가주고 뭐. 농사 짓제요, 길쌈하제. 애 키우제 하머(하며) 뭐 한 가지만 해야 뭐 우에든동(어떻 하든지) 하지. 옛날에는 뭐, 질쌈 아(안) 하면 죽을 줄 아이까네(아니간). 방간(방앗간) 찧으면 삼 째지 왜.

임봉월: 방간 찧으며 삼도 째고, 알라 업고, 손 바느질으는.

조: 아 방아 찧으면서도 삼 쨌다구요?

박추월[21]: 예. 삼 째고, 바느질도하고. [조: 바느질도 하면서?]

이: 예. 이래서가 찧으면서 했지요. 일만 알았지 뭐. 애 키우고 길쌈하고 농사 짓제요. 뭐 그래이 뭐 할 시간이 어데(어디) 있니껴.

임성윤[22]: 자연이 나빠 가물어도. 참. 뭐.

요새는 하이타이 풀어서 삶으면 되잖아요

이: 빨래 삶으므는 요새는 하이타이 풀어놓으면 삶으면 되잖아요. 옛날에는 이 넘의(놈의) 보리빔(보리짚), 서숙비 쳐대(태워)가주고 그 옹구 뭐로 그 씻게다 퍼붜가주고(퍼붜서) 그 놈을 퍼붜 보래. 부뚜막 다 베린다(버린다). 퍼부우니께네. 잿물

---

18) 2003년 2월 23일 경로회관에서 임재해 조사 및 정리, 조연남 녹음자료 채록.
19) 이복선, 여, 68세, 청계댁.
20) 임봉월, 여, 72세, 부일댁.
21) 박추월, 여, 68세, 유덕댁.
22) 임성윤, 여, 79세, 호계댁.

만들어가주고, 꽃 잿물 받쳐가주고 삶는다고 놔두고, 훗잿물에 또 그거 씨데가주
고 거랑 가가주고 또 뚜디려 씻어야 되니까네. 그런 거 하느라 노래 할 여가가, 그
런 거 할 여가가 어데 있니껴. [조: 잿물 냈는 이야기 한 거지요. 지금. 잿물 내가
주고 빨래한 이야기 말이죠?] 예. 그렇게 했잖아. 옛날에는.

조: 할머니 인제 잿물 냈는 다시 한 번 이야기 좀 다시?

이: 다시요 [조: 예. 어떻게 냈는지 과정을.] 옛날에요. 옛날에는 저게, 서숙 짚, 내물
나무 그 모로(뭐로). 내물 대궁이 이런 거 처대가주고 잿물 받거든요. 처대 가 온
거 떠 붜가주고, 그 인제 쳇다리를 놓고 그 우에(위에) 인제 그 얹어 놓고, 그래 인
제 물로 퍼붓는단 말씨더. 물 퍼부으면 그 꽃잿물23)은 인제 독다고(독하다고). 첨
에 받쳤는 거는 독다고. 독하니께네.

꽃잿물이라고 고거는(그거는) 인제 딸고(따로) 받아 놓고, 또 인제 삼을 만치(만큼)
그 물 놔두고, 물 나머진 또 인제 물 많이 붜가주고 치데거든요. 때 잘 가라고. 그래
치데 가주고 비벼가주고 거랑(냇가)에 가(가서) 방맹이 가주고(가지고) 뚜드리니꺼
네. 그리(그래) 옛날에는 얼매나(얼마나) 힘드니껴. 근나 불 여어가 밥 해 먹고 하
니 카면 끄슬음(그을음)이 뭐, 끄슬음이 주렁주렁 안 달리고 되니껴. 소죽 끓여(끓
여) 퍼 되야 되지. 들에 가야 되지. 밥 싸가 가야 되지. 뭐. 그 어데 노래 할 여가가
있니껴. [조: 노래 할 여가 없었겠네요?] 이 바 있는 사람 마커 그렇다. [조: 하하하.
이 바에 있는 사람 마커 그렇다. 허허. 그거를24) 저게 언제까지 시집 와가주고 이
마을에서도 했습니까?] 시집 와가주고 상근(계속) 애 키우면서 했지요. [조: 비누 나
오기 전까지 계속 그랬겠네요?] 예. 있기는 있어도 옛날에는 왜.

<임 재 해>

---

23) 처음에 받은 잿물은 독하기 때문에 꽃잿물이라고 한다.
24) 잿물내어 빨래하는 일과 같은 여러 가지 가사일을 말한다.

일본 군속으로 다녀온 강주형 할아버지

　* 팔순을 넘긴 나이에도 불구하고 여전히 건강미와 웃음을 잃지 않고 일본강점기 때 일본 순사와 대결했던 당시의 상황을 실감나게 이야기 해 주시는 강주형 할아버지. 그는 일본 순사를 둘러쳤을 만큼 지금도 여전히 웬만한 젊은이 못지않은 건강한 육체를 지니고 있다. 할아버지의 일제강점기 일본순사와 대결, 그 이유로 감옥에 끌여 가서 일본 군속으로 다녀온 이야기를 들어보았다.1)

일본놈을 우리 대문채에 둘미를 쳤어

강주형2): 나는 실지로(실제로) 실제 일제치하(일제 강점기)에서 내 나름대로는 일본 놈하고 많이 다뤘는 사람이래요. 여게 지금 증거가 충분히 많이 있습니다. 일본 순사를 때리고, 패고 영창을 가고, 내가 직접 그런 사람입니다. 이래봐도 지금 내 뒤에서 날 닦아3) 줄 사람이 없어서 그걸 내 혼채만(혼자만) 알고 있거든. [조: 아. 그거 영창에까지 갔으면, 그 기록이 있고 하면 그게 저게 다 그러면 유공자가 되는데.] 아니래. 여 마을에 아는 사람이 있지마는 내 뒤에서 나를 도와 줄 사람이 없으이(없으니). 그게 여서 뭐 끝나지 뭐. [조: 그래 뭐 꼭 안 밝히는 거도 좋지마는.] 아이. 지금 아는 사람이 많이 있다 카이.

조사자: 그때 뭐 구체적으로 했는 이야기 한 번 들어봅시다. 그냥, 그냥 팼다는 게 아니고. 그때 어떤 일이 있어서.

---

1) 2003년 7월 11일 경로회관에서 임재해 조사 및 정리, 조연남 녹음자료 채록.
2) 강주형, 남, 85세, 기동어른.
3) 뒤에서 도와준다는 것을 말한다.

강: 아니. 패는 거도 평상(평생)에 일본 사람은 가운데 내 생겨 있는 게라. 고(그) 내가 나이 및(몇) 살이나 카먼(하면) 열 일곱 살, 열 여덟 살인동, 열 아홉 살 될 때, 일본 사람이 참 우리나라를 침략을 해서, 조선 사람인데 나뿐(나쁜) 짓을 많이 했다 카는 거. 그거를 생각할 때 분통이 있었는 게라. 근데 그때 그 칭길4) 카는 게 있었어. 청결. 일본 사람들이 일년에 두 번씩 청결을 씨겨(시켜) 주는데, 농촌에 인제 타작을 하고 있는데, 자 타작하는데 거 타작은 뚜드려야 된단 말이야. 문지(먼지)가 안 날 도리가 없는데, 와가주고 말을 하는 거라. 내 마음에는 폭발이 있었기 때문에 와가주고, "문지를 날린다." 카네. 타작이. 타작이 문지 안 날 수가 없단 말이야.

　내 얘기를 들었다가 나이 얼마 안되고 뭐 이래 되이. 내 하는 말이 뭔(무슨) 말이었나 카먼. "그 당신이 불충분한 사람이라 말이야. 농촌에 타작을 안 하고는 말이야 먹을 수가 없는데, 왜 타작을 모 하거로(못 하게) 하난 말이야." 카이. "이 뭐 반역하제?" 카미 달거(달려) 드는 게라. 그러이. 고때(그때) 한참 힘이 있어놓으이(있어서) 말이라. 일본놈이로 우리 대중채5)에 고마 둘미를 쳤어. 여기 칼 찼는 거를. 둘러 치이(치니) 백사장에 치니 철컥6)거라. 또 일라 또 막 달려드는 거라. 그때 내가 힘이 빨리 났던 모양이제. 그때 이저끔(이테까지) 경찰이 청송군 창경원7)에 유도 배우러 내 당겼어요. [조: 어르신네께서요?] 열 일곱, 열 여덟 되기 전에. 한참 배우는 중인데 그 대번에 숩어(쉬워) 참 재미도 있고, 그냥 둘러치니 철컥철컥 근다(그런다). 한 뭐 및 꽉대기8) 해댔어요. 뭐 해 데고 난 그냥 그대로 가주고(가지고) 처리가 다 됐부고.

그래 인제 청송 경찰서 붙들려 가서

강: 그래 인제 그 이튿날이 [기동 어른이 이야기를 한참 하는 도중 청계 어른이 마을회관에 왔다] 여기, 여기도 그런 거 짐작은 할끼라(할 것이다). 청송 경찰 둘이서 연락이 와가주고 붙잡으러 왔는 게라. 일정 순사 때 얘기다. 여기 전부 다. [이야기를 하는 도중 청계 어른과 인사를 주고받은 후 이야기를 계속하였다.] 얼굴 다 알잖니껴? 그래 인제 청송 경찰서 붙들려 가서. 여게는(여기는) 마 일본놈들 대응시

---

4) 청결을 뜻한다. 일제 때, 일본사람들은 한국 사람들이 지저분하게 산다고 생각하여 일년에 몇 번씩 정기적으로 청소를 시키고, 검사를 하는 등의 청결 운동을 했던 것이다.
5) 사람들이 여러 명 모여있는 것을 말한다.
6) 그 당시 일본 순사는 항상 백동으로 만든 칼을 옆에 차고 다녔는데, 둘미를 치니 그 칼이 땅에 부딪치면서 나는 소리이다.
7) 어렸을 때, 청송 경찰서에서 유도를 배우고 있었을 당시에 일어났던 일이다. 청송 경찰서에 유도를 배우러 다니면서, 청송 경찰서 경찰을 때렸던 것이다.
8) 어릴때부터 배웠던 유도로 일본 순사를 여러 번 둘미를 쳤다는 말이다.

절에 아 그 막 영창에 갔다 넣어가주고, 막 더가이(드가이). 일본 서택9)이라 카더만 그 인제 참 경무주임이. 몽둥이 가주고(가지고) 막 패는 게라. 일본 놈 서택이라 캤는 게라. 야. 즉 말하먼(말하면) 일본사람 앞잽이라. 조선말고 일본사람 대가리라(머리라).

근데 강부장이라 카는 사람이 한 사람 있었어. [조: 강부장?] 어. 강부장. 영덕 있는 강부장. [조: 강부장.] 근데 그 인제 내 일가가 좋은 게 내 강가거든. 강가니 그거를 탁 던져가주고, 나를 한참 마구 때려가주고 한찰(한대) 탁 때리거든. 일본 놈이 나를 많이 팰까봐, 그 사람이 나를 딱 때리는 게라. 한찰 딱 때려가주고(때려서) 영창 탁 잡아옇부랬는(버리는) 게라. 그러이 많이 안 맞제. 두 찰 뱎(밖)에 안 맞았거든. 그래 있다이. 하루 밤을 자고 나이(나니) 아부지(아버지)가 또 온다. 아부지를 또 뭐, 뭐 뭐 영창 또 좌(주어)였는 게라. 아부지는 아무 잘 못 없는데. 내가 훨씬 잘 못 해서 그런데, 안 그래. 아부지 나쁜 게 아무것도 없는데, 근데 그 바람에 했다 카는 게라. 니 죄를 갖다가 영창에서 좌옇부랬어.

그 인제 칠일간, 칠일간 영창 생활을 했어. 아부지는 육일만에 나왔고, 난 칠일만에, 칠일만에 나왔어. [조: 나오기를 같이 나왔겠네요? 부자간에.] 야. 부자간에 같이 심할서 써 주고, 그래 놓으이 날짜가 우에(어떻게) 되냐카먼(되냐하면) 7일이 됐으이, 드간(들어간) 날하고 나온 날 하고 하면 9일날 되고, 아부지는 7일이 되고, 근데 그 인제 그 순간에 밤에, 사택10)이 들왔어. 사택이. 영창에서 주는 밥말고 딴(다른)데서 들어오는 밥을 먹었는 게라.

조: 집에서 가주왔습니까?

강: 누가 줬는지 몰라. [조: 아. 누가 줬는지 모르고.] 먹었는 게라. 먹었는데 먹고 나왔어요. 나와가주고(나와서) 밥을 해준 사람을 몰래 우리가. 한 아, 40일인가, 50일 되다니 말이라. 안동서 연락이 왔어요. 안동서 연락이 왔는데, 이게 횟수를 치먼(치면) 워낙 오래 돼서 사람 이름을 몰래요. [조: 그땐 알았는데. 지금 모른단 말씀이죠?] 모리지(모르지). 그 하는 말이 나한테 만주로 가자 카는(하는) 게라. [조: 아. 흐.] 나를 만주로 가라 카는 거라.

조: 연락이 요즘에는 인편으로. 오새는 전화로 하지만, 그때는 인편으로.

강: 뭐 우에 됐는지 모르고, 만주로 가라 카이. [조: 그 뭐 만주로 가라하는 것을 편지로 했습니까?] 그 분이. [조: 찾아왔어요?] 그 분이 안동 역에 나오라 캐가(해서) 그래서, 내 안동으로 나가이. [조: 아. 나가니깐.] 김 뭐라 카는데(하는데), 누군지 모르고. [조: 그때는 물론 알았겠죠?] 그 당시사 물론 알았지만, 하마(벌써)

---

9) 서택이라는 당시 경찰서에 있었던 일본 사람으로, 경찰서 서장, 경무주임이었다.
10) 영창에서 나오는 밥이 아니라, 외부에서 넣어주는 밥을 말한다.

오래 돼 모르는데, 가이. "만주를 가라." 카는 거라. 내는 나이 열 일곱, 열 여덟 살 만주 마로(뭐 하러) 갑니까? 안 그렇습니까? 참 성질이 나가주고, 나는데. 하기는 그래 했는데. "가머는(가며는) 어디 가머는 말이래. 닐 받아가주고 가는 사람이 있이꺼다." 이카는 거라. 거 뭐 알 수 있나. 누군지 모르지 뭐. 글때 그랬부고 안 간다 캤는 게라.

안 간단 캤는데 그 사람이 식대하고, 저거를 말이라. 전부 부담했는 사람인데, 그 사람이 나를 그 좀 개명하는 줄로 인정 해가주고 그때, 그때 인제 만주 뭐 팔로군인가 뭐 담은 뭐 돌객이라고 보낼라고 생각을 했는데, 내가 몬(못) 갔어요. 몬 가고 있어가주고, 일본으로 돌아 댕기고(다니고) 이랬는데, 그때 나도 정시이(정신이) 쪼매(조금) 딴(다른) 사람하고는 틀랬는 택이라. 배우지는 모해도(못해도). 성질이 아주, 성질이 쪼매 틀래면(틀리면) 용서 모(못) 하는 성질이래서. 이래가주고, 그래 그래 내 역사는 그래, 그래 되고.

조: 그러니깐 그때 찾아 와서 한 사람이 일본순사였구만요.

황: 일본순사 뚜드려 팼다 카이께요.

조: 그러니깐 일본순사가 집에 와서 인제 타작하는데, "왜 이래 먼지 나게 하느냐?" 이런 식으로.

황: 그래가주고 둘로 팼지 뭐. 근데 뭐 많이 팰 수 있나 뭐. 그냥 백통[11] 가주고(가지로) 히떡히떡하도록 둘미를 쳤지 뭐. [조: 아하. 그런 일이 있었구나.] 고거도(그거도) 재미, 재미라 카이. 근데 그거를 아는 사람이 많애요. 뭐 지금 뭐 칠십 한 몇 세 되는 사람은 다 아거든(알거든). 내가 이 열 여덟 살 카더라도. 육십 몇 백에 안 되거든. 63년인가 그래 밖에 안 되거든. 우리는 젊었을 때 재미있는 사람이 없었다고. 근데 나는 젊을 때 재미있는 사람이래. 거침은(거칠면) 뭐.

조: 그러니깐 재미있는 일화들. 인제 겉은 그런 일화들 쫌 들려주세요. 경험담.

강: 재미있는 거 많이 없다 카이. 거치면 쫌 날카로운 택(편)이지 뭐. 안 그랬으면 일본놈 뚜들어 팰 택도 뭐. [조: 우리나라 순사도 뚜들어 패기 어려운데, 그때 당시.] 그때 막 순사 카먼 벌벌 깄다(기었다) 카이. 우리가 클 때는 순사 카먼, 일본인 순사 커먼 숨을라 캤다 하이. 겁이 나가주고. 근데 나는 뭐 일본놈 순사 뚜드려 팼으이 뭐. 그거는 용[12]이 있언 택이지(있었던 편이지).

징역 있다 나와서 또 붙잡혀가주고

조: 그래고 그 외에는 뭐 일본사람들하고 부대낀 일이 또 뭐 있습니까?

---

11) 백동으로 만든 칼로 백동칼을 말하는 것이다.
12) 일본 순사를 때릴 정도로 용기가 있었다는 말이다.

강: 그래곤(그리고) 일본놈한테 붙잡혀가주고, 달부 일본놈한테 붙잡혔지 뭐. 안 붙잡
    혔으면 좋을걸다이. 붙잡혀 가가주고, 징역이 있다가 또 나와가주고 또 재차 붙잡
    혀, 그 일 때문에 또 붙잡혀가주고.

조: 그 일 때문에 두 번 또 구속됐어요?

강: 구속이 아이고(아니고) 붙잡혀 댕겼다(다녔다) 카이. [조: 두 번 붙잡혀 갔어요?]
    법적으로 안 가먼(가면) 안 된다 카이 뭐뭐. 우리나라에는 기본이 없으이. 힘이 없
    으이 말이래. 안 갈 법이 없는 게라. 군대에 가라 카먼 군대에 가야되고, 징역으로
    가라 카먼 징역으로 가야 되지.

조: 그때 그러면 그 일 때문에 재판까지 하셨습니까?

강: 아. 재판은 안 하고. [조: 재판은 안 하고.] 고거(그거) 인제 근무 해 줘야 되고.
    근무 해 주고, 그 뭐 붙잡혀 갔다가 뭐 일본이 패망하고 포로도 돼가주고, 미군들
    이 인갔다가(넘겨졌다가) 2년 7개월 미군 포로 돼 있다 또 나오고 뭐. [조: 아. 그러
    셨어요?] 내 인생이요. 나이는 울매(얼마) 안 돼도 참. 이 사람13) 비하면요. 나는
    막 온갖 일을 다 겪었는 게라. 미군 포로도 돼 있었지.

가고 싶어 군속으로 가는 거 아니다

조: 뭐. 그런 미군 포로라든가 그때 고된 과정이라든가, 뭐 글 때 겪었던 이야기를 쫌
    자세하게. 그게 역산데. 그런 역사가 잘 안 남아 있거든요?

강: 역사는 뭐. [조: 아이. 그게 진짜 역삽니다. 아, 아 그런 거(것은) 필요없니더. 그
    거 말하먼 가도 뭐, 밥을 못 먹고, 뭐 개구리 자(잡아) 먹고, 뭐 뭐 뭐. 그래가주
    고 개구리 잡아가주고 그 뭐 돌미(돌) 깨가주고, 금 깨가주고 먹고살았으이(살았
    으니) 뭐 뭐. 포로 되기 전. 포로 돼가주고는 미군들이 보급갔다주고 그랬다.

조: 포로 되기 전에는 어디 징역 가셨습니까?

강: 군속14) [조: 군속으로. 일본 군속으로.] 일본 군속이지. 자꾸 가고 싶어 군속으로 가
    는 거 아니다 카이. 그때 뭐 안 가고는 안 된데 뭐. [조: 몇 살 때 붙잡혀 갔습니
    까?] 군속으로 갈 때 스물 두 살 인동(인지), 세 살 인동 그랬지. 군속으로 붙잡해
    가주고 그때 오끼나와 가주고, 오끼나와에 내(계속) 있다가, 뭐 뭐 여러 군데 댕겼
    지. 쪼매큼한 섬에 뭐 거케(끌려) 댕긴데(다니던 곳이) 많애.

조: 붙잡혀갈 때는 어떻게 붙잡혀 갔습니까?

강: 그냥. 관원이, 관에서 붙잡아가주고 그냥 보내고, 그거도 안 되면 밤에 와가주고
    붙잡아 가고, 밤에 붙잡아가주고 보냈잖아. [조: 아이 명단이 있었습니까? 안 그

____

13) 옆에서 함께 이야기를 듣고 있던 황덕호 어르신을 지칭한다.
14) 군속, 일본 군 부속군으로 가게 되었는데, 붙들려가주고 강제적으로 갔다는 것을 강조했다.

면 마을에 와서.] 막 붙잡아 갔다 카이.

조: 그럼 이 마을에서 누구, 누구 붙잡혀 갔습니까?

강: 그때 이 마실에 붙잡혀 간 사람으는 내 하나 뺵에 없었어요.

조: 거 어째가주고 혼자 붙잡혀 갔습니까?

강: 거 왜 붙잡혀 갔나 카먼. 이리, 저리 자꾸 피해 댕기거든. 나는. 피해 댕기다 보이 다리 이는 다 붙잡혀 갔부고, 나머지는 남지 싶으다. 안 붙잡혀 갈 도리 없다 카이. [조: 하하하.] 그래 내가 그래. 비단 소리도 아까 안 캤나. 어예. 남은 이리 가고, 저리 가고 피해 댕길라 카다가(하다가) 냉제(나중에) 붙잡혀 갔지.

조: 어디 이 마을에서? 집에서?

강: 아, 집에서 붙잡혀 갔지. 글 때 내 붙잡혀 갈 때, 우리 할아버지 제사가 6월 미칠(며칠) 날인동 어이. 이런데. 오늘 할아버지 제사 겉으면(같으면) 오늘 내가 붙잡혀 갔어. 붙잡혀 가는데 막 집에 아버지 성질 나서, 제사 몬 지낼라 캤어. “손주놈 지금 단도리 몬 하는 조상들 모실 법 있나.” 카미, 집에 간다. 우리 아부지가. 제사를 안 지내. 내 우리 할아버지 제사 날짜도 몰른다(모른다) 카이. 6월 미칠 날인지 몰다. 음력. 뭐 어옌동 그런 얘길 모르고. 그래 집에 아버지 막 성질 내가주고 막 아부지 제사 집에 뭐, 나는 할아버지지지마는 아버지인데는 어른 아이래. 아버지는 뭐 그 손자도 뭐 못 붙잡는 어르이(어른이). 뭐 제사 자신다고. 제사 지내는 상 안 채렸어(차렸어).

조: 예. 그럼 뭐 저녁때 붙잡혀 갔습니까?

강: 밤에. [조: 밤에.]

황덕호15): 주로 밤에. [조: 예.]

강: 내가 갈 때는 요 보다는 조금 일찍. 저녁 먹을라 말라 하다가 그래 갔다. 글때는 조선 사람이 무슨 권리가 있나, 권리가 없다 카이. 가자 카먼 가고, 오자 카먼 오고 뭐.

황덕호: 또 날 새면 들오고.

밤에 붙잡혀서 대구를 거처 오끼나와 도착

조: 그래 붙잡혀 가가 어디로 붙잡혀 갔습니까? 맨 첨에 붙잡혀 갈 때.

강: 저 대구. 아. 청송 그거는 뭐 청송 갔다가 인지 뭐. 대구 하찌쭈렌다이손. 하찌주렌다이손. 군. 군대. 연대. 그러면 하찌쥬연대소. 하찌쥬렌다이소. 일본말로 하찌쥬렌따이소. 거 붙잡혀 가가주고 거 어디로 갔나 카먼 아. 하관으로 갔어. 하관. [조: 하관. 일본 하관.] 하관. 이런 거 알 필요 뭐?

---

15) 황덕호, 남, 85세, 청계어른.

조: 아이고. 거 중요합니다. 여 일본사람들 지금도 우리 안 붙잡어갔다 이카잖아요. 이런 증거 남어(남겨) 놔야 아버지, 할배들 이렇게 붙잡혀 갔다고.

강: 하관을 가이(가니) 말이야. 전쟁이 뭐 해가주고 우리는 만주로 가나, 전쟁을. [조: 필리핀으로 가나?] 필리핀으로 가나 카이. 그 문제가 있다 카이. 있다가 얼매로 (얼마나) 카면(하면) 거게(거기에) 3주로 있다가 어디로 갔나 카먼 저, 저 대만으로 갔어. 대만. [조: 아. 하관에 3주 동안 있다가, 대만으로 갔구나.] 으. 대만 갔다가, 대만에 경유해가주고 다부 대만에서 및(몇) 개월 있었어. 및 개월, 및 개월 있다가. 수 개월 있다가 다부, 다부 오끼나와를 다부 돌아왔는 게라. 돌아가 오끼나와서 근무했다 카이 우리가.

　근무하는데, 우리나라 사람은 근무가 뭐로 이카먼. 예. 일본 군인은 별 말이야. 둥근판에 별을 한 개, 두 개 달지. 뭐 일등병, 이등병을 다는데, 우리나라 사람으는 가가주고 군속으로 이래가주고 군속으로 카면 여 이짝에다가, 크다한(큰) 별을 다는 게라. 양짜아(양쪽에) 이래 커단(큰) 별, 이짝 한 개, 이짝에 두나 달거든. 이러면 뭐로 이런 쪼맨(작은) 별하고 붙으면 그게 일등병, 이등병 여게 붙이는데 우리는 가먼(가면) 군속은 여게다(여기에다), 여게다 커다한, 커다한 별 다거든. 그래가주고 그래 군속 생활하고 우리 참 조선 사람 가가주고 지내는 게 참 우습지. [조: 그래가주고 대만에서 있다가. 미군으로.] 오끼나와 왔다가, 오끼나와 미군이 점령하고 포로 됐붔지(되버렸다). 뭐. [조: 예. 아.] 포로 됐지.

2년 7개월 미군포로 수양소에 있었어

조: 그래 포로 돼가주고 어땠습니까?

강: 포로 돼가주고, 2년 7개월, 2년 7개월 포로 수양소에 있었어.

조: 그 붙잡혀 갈 때가 몇 살이였는데요? 스물 두 살이요?

강: 맹. 스물 두 살만 돼. 글 때 하매 횟수가 어예 됐나 카먼 스물 및 살에 갔다가, 또 붙잡해(붙잡혀)가주고 2년 7개월 있이먼(있으면) 한 2년 됐지 뭐. 한 스물 여댓 살 됐일끼라(되었을 것이다). [조: 예. 갈 때는 스물 두 살에 갔고요?] 야. 우리 저 사람 하나로 재미지게 살았어. [조: 허허허.] 다른 사람들 보다 나는 재미지게 살았어. 참 재미지게 살았어. 이리 *끄케(끌려)* 댕기고, 저리 *끄케* 댕기고 뭐. [이야기를 하던 중 술을 권했으나 이야기가 끝나면 먹겠다며 이야기를 계속 하였다.] 내가 성질이 참을성이 너무 없었어요. 일급성도 있고도, 유리강한 사람이야. 너그럽어서도(너그러워서) 성질나먼(나면) 막 안 되기도 하고. 누가 나쁜 사람 간 없다 카거든. 나쁘다 카는 거는 안 갈고 안 되는 거라. 나이 내가 팔십, 다섯 아인교?(아 닙니까) 이래도 안죽(아직) 칠십 된 젊은 사람은 아무나 안 세우는 게라. 한 가락

(가닥) 하거든. 한 가락만 되면 막. 허허.

조: 옛날에 유도를 쫌 해가주고.

강: 아잖니껴(알잖아요)? 젊을 때 재미있었다 카이. 그게 인제 늙어도 맹 그게 있거든. 있으이(있으니) 만날 재미가 있다 카이(하이). 나는 재미를 가주고(가지고) 있다 카이. 근데 저게 건들면 보면(보면) 히떡히떡 넘어오는 게 재밌다 카이. 패는 거 보담도(보다는). 저 막 이렇게 히떡히떡치는 게 그게 재미가 있거든. 그래 우리 둘이 지금도 그 얘기하고 앉었다.

조: 어르신요. 이 시원한 맥주 한잔.

황덕호: 나 안 먹어.

강: 나도 이 맥주를 좋아하는데. 소주 겉은 거요. 나는 마 탁 쏘거든. 소주. [조: 아니, 소주도 있어요.] 그게 아이고, 성질이 탁 쏘거든. 독한 술은 얼매나(얼마나) 좋고. [조: 뭐 좋아요?] 아주 독한 술. [조: 아. 독한 술.] 이 성질이 그렇다 카이. 사람도 부랑놈으는(부랑놈은) 상대하고 싶고, 미끌미끌한 사람은 상대하기 싫고. [조: 하하하하. 그래요.] 부랑한 놈으는 상대하면 재미도 있다 카이.

조: 그럼 뭐 마을에서 그러면 어르신네가 제일 부랑안 편입니까?

강: 으으으. 참 점잖다 카이. 보면 아지(알지). [조: 아니 뭐. 자기야. 자기 다 점잖다 카죠? 남들이 어떻게 생각하느냐?] 전부다 내인테(나한테) 해롭게 해도, 내 기분이 안 상하먼(상하면) 무의미래. 경우야 의례지면 말하지만 경우야 안 의례지면 말 안 해. 뭐 내 이야기는 다 했고, 뭐 그 얘기 다 했고, 재미 있잖니껴? 청계 인제 얘기 해 보소.16)

명작 지도원 나오면 싸워가주고 뚜드러 패고

조: 또 뭐 재미있었는 이야기, 그런 이야기 뭐 있었습니까?

강: 재미있는 거 쎘지(많지). 뭐. 그런 거 어예 얘기 다 하나. 내 평생에 해도 다 몬 하는 데 뭐. [조: 예. 그래도 그 하시는 데까지 해야지 이야기 남지. 어르신 돌아가시면 뭐. 다 소용없는 이야기래.] 내사(나는) 뭐 그런 얘기할라 카먼 해 놓으면 욕 되는 거도 있고, 좋은 기도(것도) 있고. 안 된 기도 있고, 그런 게(것이) 있으이. 근데 내가 생각하는 거는 그리.

일본놈 순사꾼들 패고, 그 저 명 갈랠 때17) 명작 지도원 카는 게 있쩨(있지)? [황덕호:

---

16) 강주형 할아버지께서 일본 군속으로 다녀온 이야기를 간략히 해 준 다음 함께 있었던 황덕호 할아버지의 보국대 다녀 온 이야기가 계속되었다. 황덕호 할아버지의 보국대 이야기가 끝난 뒤 앞의 이야기에 이어 다시 강주형 할아버지의 일제강점기때 겪었던 이야기가 계속 되어 글의 부드러운 연결을 위해 강주형 할아버지의 이야기를 연속하여 실은 다음 다시 황덕호 할아버지의 이야기를 실었다.

17) 일본당국에서 먹을게 없어서 굶주리던 사람들에게 명을 공출하기 위해서 일부러 명을 갈게 했다는

예.] 명작 지도원18) 나오면 막 그 사람들 (하고) 싸워가주고 뚜드러 패고, 배추잎 뽑는다 카고 뚜드러 패고, 뭐 나는 말이라. 격투기 했다 카이.

　명은 일본정부에서 명을 갈래가주고, 그 명을 가주고(가지고) 실도 맨들어(만들어)가주고, 방적 공장서도 사용하고, 화약도 맨들고 이 명을 가주고(가지고) 전부 사용했기 때문에, 강제적으로 명을 갈게 했다 카이. [조: 예. 명을 농사지라고 했구만요.] 그 맹 강제로 갈렸거든. 명을 강제적으로 보리도 몬(못) 갈고. 이런데 먹을 기는 없으이 말이라. 명 밭에다 배추, 배추 지었어. 모도(모두)19) 이거 막 뽑는 기라 막.

"이 명 안 된다"

카머 뽑거든.

조: 그 사람들이 와가주고. 면에서 나와가주고.

강: 어.

조: 순사가 나옵니까? 면 지도원이?

강: 지도원, 지도원 명작 지도원 카는 사람이 와가주고. [조: 아. 명작 지도원.] 지도원 카지. 와가주고 그거 뽑아재키고.

조: 지도원은 한국 사람이죠?

강: 맹 한국 사람이지 뭐. [조: 예 예.] 일본놈 밉다 할 수 없지 뭐. 자 글 때는 이 사람들이 지도원이 나쁘나? 우에 일본 놈들이 씨기니(시키니) 하는데, 배추를 뽑는 게라(거라). 밭을 뽑는데, 이 내가 아주 나뿐(나쁜) 놈이거든. "우리 밭에 배추 왜 뽑노?" 이카는 게라. "명 안 된다고 뽑는다." 칸다. "뽑으라고 씨게 놓고 뽑으라 카지. 왜 뒤로 뽑으면 도둑놈 아이가 말이라." 그래 발자국 가지고 막 쳤다 고마. [조: 명작 지도원을?] 아. 그땐 내가 고게 힘이 돌아갔던 모양이라 그지. 우리 참 못 됐어.

조: 그래 패고 말았어요?

강: 패고 말고, 뭐 또 끌려가지 뭐. 끌려가지 뭐. [조: 또 뭐 어데?] 또 영창 드가지(들어가지) 뭐. [조: 지서에 끌려갔어요?] 영창 드가지 뭐. 영창 드가 한 사나흘 살면 또 나오고 뭐. 참 못된거만 했다. 내가 가마 생각 커이. [조: 허허허. 그래도 그 정도로 하고 말았으이 다행입니다.] 으. 그리 이 안동서 나를 숨겨가주고, 그 참 내가 드가고, 사식도 씨게 주고 그 사람들 내 지위를 알어보고(알아보고), 내 저 놈이 씰만하다(쓸만하다) 싶어가주고 이런데 그거는 이 따라 갔으면 팔로군에 드갔이면(들어갔으면) 얼마나 잘 됐을로. 하하하.

　것이다.

18) 일본 순사 밑에서 일했던 한국사람으로 순사가 시키는대로 국민들을 괴롭혔다.

19) 명작 지도원.

보: 잘 됐을란지, 크게 다쳤을 란지 모르죠?

강: 아. 죽긴 죽었지.

가만히 물레 잦어가주고 쐐기 치고

조: 그 저게 명 갈아가주고 어떻게 합니까? 명을 추수해가주고 다 공출합니까?

강: 다 공출했지.

황: 집에 비(베) 마저 몬 하게 해가주고 가만히, 가만히 여 따다(땅에다) 묻어 놓고.

강: 집에 명을 몬 갈게 했어. 명을 다 갖다 받쳐야 된데. [조: 딴 거 못 가고, 명 다 갈
게 해 놓고는 가을에는 다 막 그냥 공출 되도록 하는 구나.] 집에서 몬 해. 몬 했
다 카이. 명으는 따가주고는 안 갖다 주이(주니). 뭐 알 수가 없으이. 뭐.

황: 수량이 나왔어. 수량이. [조: 아 하. 그럼 몇 근 대라 뭐 이래 됩니까?] 그게 지
뭐. “닌 몇 마지기 했는데 몇 마지길랑 내라.” 고래.

강: 밤으로. 밤으로 조사하러 댕기고. 우리는 가만히 또 그거 해가주고, 옷을 해 입어야
되이. 가만히 물레 잦어가주고 쐐기[20] 쳐가주고 하는데, 쐐기를 그때 이거사(이거
야) 옛날 쐐기사 ‘앵앵’[21] 이거든.

조: 소리가 나죠?

강: 냉제는(나중에는) 거기다 뭐 칠했는동 소리가 안 났다더라 그제.

황: 철사에 뭐 양철해가(양철해서).

강: 양철로 해가주고 소리 안 나거로(나게) 맨들었거든. [조: 양철로?] 우리나라 사람
들이 꾀가 있어가주고, 옛날에는 요래 치면 옛날에는.

황: 비누를, 세숫비누 갈아가주고 거기다 여가주고(넣어서). 미끄럽게 해가주고.

강: 옛날에 그거 치면 ‘앵 앵 앵’ 카거든. [조: 소리 쌔게 나지요.] 쌔게 나는데 그거를
안 나도록 맨들어가주고 틀어서 뿌꾸뿌꾸뿌꾸 나도록 해가주고 비누를 틀었단 말
이라. 틀어가 그래가 ‘퉁퉁퉁’ 쳐가주고 하는데 그거도 모하고 밤으로 조사해 가
뭐. 안 됐어. 마.

조: 그러니깐 명을 공출할 때는 쐐기까지는 안 돌리고 그냥 저게 명을 따가주고 그대로.

강: 명 따가주고 다 갖다 줬다 카이. [조: 그러면 공출하먼.] 돈은, 돈은 줘.

조: 돈은 인제 거게 따라서 일정하게 쳐주고.

---

20) 명을 따듬어 가지고, 명씨와 명을 골라내기 위한 기구의 하나로 명을 넣고 틀면 명은 앞으로 떨어지
고, 명은 뒤로 나가게 만든 것이다. 기구가 따로 있었던 것은 아니고, 나무를 사용해서 직접 집에서
만들어서 손으로 틀었다고 한다. 조선의 기계라고 할아버지는 웃으면서 말한다.

21) 쐐기를 틀면 나는 소리로 소리가 나면 일본 사람이 명을 뺏으러 왔기 때문에 소리가 안 나게 할려고
기름칠을 하고, 밀이나 초를 해 놓으면 미끄러워 소리가 안 나게 했다. 이렇게하면 아무런 소리고 안
났다고 한다.

강: 돈, 돈은 줬지. [조: 아 하. 거 참 거. 명작 지도원.]

황: 그 판매장, 판매장도 공동 판매장이랬거든.

조: 아. 명작 지도원이 있었구나. 하. 그.

우리는 마땅히 일본에 보상받을 사람이거든

강: 이런 거 우리 안 캐도(해도) 다 아는 얘기구만.

조: 다 알아도 이런 거 들어놔야 돼요. 뭐 저게 일본놈들 아무꺼도 안 했다고, 지금 딱 잡아때고, 우리 또 젊은 사람들 이런 구체적인 거 그냥, 일본 시대 때 이렇게 고생했다는 거만 알지. 뭐 어떻게 고생해서 구체적으로 이런 일이 있었다는 거.

강: 그런데 우리 겉은(같은) 사람들은 말이라. 일본에 보상을 마땅히 받을 사람이거든. 보상을 받어야되는데, 고(그) 당시 어예됐나 카먼 어 박정희하고 어, 금마(그 사람) 누구로. 김 뭐로. [조: 김종필?] 아. 김종필이하고 고속도로 닦을 때 일본에 한국 보상을 전부 청구권을 해가주고 한 몫 받았부랬는 게라. 지금 와도 우리도 거 게(거기에) 아무꺼도(아무것도) 없고, 또 돌시(?) 위원대(위안부?) 카는 거 알지. 위원대. 그거도 지금 안타까와서 안 지른다.

　우리나라는 이런데 보상을 한 몫 다 받으라 캐. 다 받았부랬다 카이. 다 받어가주(바아서) 고속 도로 쓱 닦았버고(닦아버리고) 다 했거든. 카고(하고) 죽었는 사람은 쪼매큼(조금만) 줬다. 근데 우리 겉은(같은) 거는 천부(전부) 그 혜택을 한번도 못 받었다. 몬 받았지마는 지금은 뭐 할 수 있어야. 그거는 뭐 나라서 하는 일이 됐버랬는 거(것을) 가주고, 우리는 막 옛날꺼정 내가 저 영양, 청송 태평양 동지회 회장으로 있었습니다.

외국 갔던 사람은 태평양 동지회라고[22]

조: 태평양 동지회?

강: 예. 태평양 동지회 회장으로 있었는데, 여 '김광'이라고 예전 '김광'이 부회장으로 있었는데 했는데 암만(아무리) 떠들어도 안 되요.

조: 태평양 동지회는 무슨 모임입니까?

강: 해외 갔던, 외국 갔던 사람으는 그 태평양 동지회라고. [조: 그러니깐 일제때 해외에 갔던 붙잡혀 갔던 사람들이.] 그 사람들이. 태평양 동지회 회원이야.

조: 거 몇 명쯤 됐습니까?

강: 우리는 뭐 횟수가 많지. [조: 태평양 동지회 회원이?] 하. 그거는.

---

22) 황덕호 할아버지의 보국대 갔다 온 이야기가 거의 끝나갈 무렵 일본 군속으로 다녀온 사람들의 모임인 영양, 청송 지역 태평양 동지회의 이야기를 시작하였다.

조: 한 50명 됩니까?

강: 50명만 되요. 한 및 천명 됐는데 뭐. 지금 그 저 태평양 동지회 경상북도, 태평양 동지회 '이주석'이라고 말이야. 거.

조: 아니, 어르신 회장 한 요 관내에는 몇 명 정도 됩니까?

강: 여게만(여기만) 해도 한 백 여명. [조: 아. 백 여명 됐어요?] 우리 영양, 청송 여 영덕 뭐 이래 전부 태평양 동지회. 전국적으로 인제 태평양 동지회 있었는데, 여 경상북도 태평양 동지회 회장은 누구로 이카먼 '이유덕'이. 유덕이가 경상북도 태 평양 동지회 회장이고, 맹 뭐라 참 글땐(그때는) 떠들어 봐도 안 되는 세상인데 뭐. 뭐 하머(벌써) 보상을 받어가주고 정부에서 보상을 받어가주고 나왔다 카이.

조: 근데 우리 겉은 사람들, 어르신네 겉은 사람들, 태평양 동지회는 왜 보상을 받아야 된다고 생각하십니까?

강: 우리가 가가주고 우리나라에 가가주고 고상을(고생을) 했이머는(했으며는) 하나도 안 받아도 안 되지마는 남의 나라 일본 놈에 대해가주고 우리가 가가주고 노역(勞 役)을 했으이(했으니). 일본 놈인데 변상을 해가주고 나와야 되거든. [조: 노역, 노역을 했는데.] 뭐 우리 했는 그 노동이 역, 그거는 일본 놈인데 받어나와야 된단 말이야.

조: 주로 어떤 노동을 했습니까?

강: 우리가 볼 때는 우리가 가 있는덴 군이구요.

다이칸 카는 쪼매한 배에다 폭탄을 싣고

조: 군이니깐. 뭐 전쟁했습니까?

강: 싸움하러 드간데도 드가고. 또 그저 땅 밑에 파가주고 배 여(넣어) 났는 '다이칸(大 艦)' 카는 쪼매한 배에다 폭탄을 싣고 드가서 큰배에 '다이아다리23)(たいあたり)' 카 는 거. '다이아다리'라 카는 거. '다이칸' 카는 큰배를 박는 거. 그거를 뭐라 카먼(뭐 라고 하냐면) 일본말로 '다이아다리'라 카거든. '다이아다리' 카는 거. 쪼매한 배에 다가 폭탄을 싣고 하내이(한사람) 죽으러 막 드가는 게라. 막 죽으러 드가가주고 대번 팍 받으면(박으면) 사람으는 하내이 아니면 둘이 죽는데, 배는 다 터져. '다이 아다리' 카는 거. '다이아다리'.

조: 그거도 했어요?

강: '다이아다리' 했지. [조: 아. 그리고 인제 뭐 공사도 하고, 전쟁도 하고.] 우리라는 사람은 인제 거 드가가주고 '다이아다리' 그거하고 배 꺼내는 거 하고.

---

23) 일본말로 'たい'의 '몸'이라는 뜻과 'あたり'의 '부딪치기'라는 뜻이 합쳐져서 직접 몸을 부딪친다는 뜻이다.

조: 그럼 많이 죽었겠네요?

강: 많이 죽었고, 마고(말고) 한정 없지 뭐. 그거 뭐 조사 안 해도요. 이게 벌써 조사
다 돼 있습니다. 몇 년 전에도 참 군속으로 갔는 사람이 가가주고 뭔 일을 했다.
또 뭐 했다. 다 돼 있습니다. 이런 거는 알아도 전부 저 일본하고 조선하고 그 다
돼 있습니다. 우리나라 사람이 가서 얼매나(얼마나) 고생했다 카는 것도 있고 뭐.
실제 우리가 살았는 거 보며는 참 기게(기가) 맥힌(막힌) 길이라 카이. 우리가 살
았는 길이. 요새 젊은 사람들이는요. 우리 살았는 거 얘기하면(얘기하면) 전부 거
짓말 겉다.

조: 그냥 기막힌 일이다. 이래 가주곤 소용없어요. 이제 어르신들 생생하게 거기서 누
구하고 어떤 대화를 주고 받았고, 요렇게 해야 그게 나중에 자료가 되고, 그냥 우
리 기맥히게 살았다 이래가주고 의미가 없습니다. 그러니깐 고 생생한 경험 이야
기, 기맥히게 살았는 이야기를 들을려고 온 거지요.

강: 근데 요새 젊은 아들이(아이들이) 나는, 나는 일본놈 순사하고 둘리미치고 마 싸웠
다 이카먼, 이 미친놈 지랄하고 싸우나.

조: 전혀 안 그렇습니다. 이제처럼 명 갈고 하는데, 뭐 배추를 뽑는다든가, 타작하는데
왜 먼지나? 이렇게 억지를 부릴 때 싸워야 되요.

강: 원인 조건이 그게가(그것이) 아이라 카이. 원인 조건이 일본 놈하고 감정이 있기
때문에. [조: 예. 물론 그렇겠지요.] 일본 놈하고 감정이 안 있으니깐. 감정이 있
으이 마 그카먼, “예.” 캤부먼 되는데, “예. 하겠습니다.” 하면 되는데, “이 새끼, 니
가 뭐로 말이라 이. 으.” 이래 되 인제 감정이 생기는 거거든. “내 밭에 배추 니가
와 뽑노? 내가 뽑쩨.” [조: 예. 맞습니다.] 이래가 생긴데 그거도 지댈론(스스로
는) 아(안) 해요. 나 겉은, 내 겉은 아주 안 될 사람이 일본 놈하고 싸움하고 막
비거다 치제. 여게 막 이런 사람도 순사 카먼 일본 순사 커먼 벌벌 깄다(기었다).
그 당시는.

황: 벌벌 기기는 뭐. 알아야 뭐 벌벌 기지 뭐.

강: 우리 일본 놈한테는 벌벌 깄다. 내 보다는 나이가 시(세)살 차이지만은.

황: 시살 차이 겉으면 차이 많지. 열 다섯 살하고, 열 여덟 살 아니요.

강: 나는 간이 배 밖에 나오고, 맘에 일본놈 카먼
“이 놈의 새끼들 우리나란데, 왜 너거 마음대로 카나.”
그게 있고. 이런 사람들 뭐 밥만 먹고 뭐 열심히 배우고, 우리는 성질이 일본놈 카먼
막눈에 쌍불을 서거든. 쌍불 커지 뭐. 달려들어 마 일본놈하고 싸울라 칸다 카이.
이래가주고 뭐 영창 생활도하고. 막 요새는 암꺼도(아무것도) 아니다. 안 그래.

내가 도미 '부영관소''도미나가 미싸끼'라

조: 이 마을에도 뭐 더러 창씨개명 했습니까?

강: 하고 뭐고, 뭐 안하고 견뎌 내나.

황: 창씨개명 하는 거. 이름 갈닌(바꾼) 거. 그거는 전국적으로 다 했는데, 안하고 있어내나.

강: 안 하고 전댄(견뎌낸) 사람도 있어. 당채 안 할라 카는 사람이 있었다 카이.

황: '임'씨네 아이래. '임'씨네. 하야시(はやし).

강: '하야시'는 본데(본래) '하야시'가 있고. 미나미(みなみ)는 '남'가도 있고, 본데 일본 사람 성이 있거든. 우리나라 사램이(사람이) 일본 드가가주고, '임'도 드가가주고 살았기 때문에 '임'이 있고, '남'도 쓰거든. '미나미' 있고 '하야시'가 있고, 일본성도 있기 때문에 그 사람 창씨를 안하고, '강'이라든지 '황'이라든지, 뭐 '이'라든지 이 사람들 창씨 안 하고 몬 전뎠다 카이.

황: 딴(다른) 사람들 안 하고는 안 되요. [조: 거면.] 임, '남'이가, 임, '남'이가 저거.

조: 예. '강'씨는 뭐 어르신네는 창씨 뭐 했습니까?

강: 글 때 우리는 그거 하매 오래돼가주고(오래돼서) 성도 잊었부래, 일본성도 잊었부랜다. [조: 거 뭐 잊었부길 잘했습니다. 예.] 일본성도 잊었부랬다. 우리가 했는데 부, 견딜 부자. [조: 견딜 '부'자요?] 아, 아, 가마(가만히) 있어보래이. 부영, 부영. 견딜 '부(夫)'자, 가마(가만히) 있자(있어보자), 영자는 무슨 영잔동(영자인지) 그거 잊았붰다. 하여간, 부영이라 부영.

조: 예. 강씨는 '부영'이라고. 그러면 '부영주형' 이랬습니까?

황: '부영'이라고 썼는데, 그 뭐 때문에 '부영'이라 캤는동 몰래.

조: 황씨들은 뭐 썼습니까?

황: 여러 가지로 뭐. '다까다(だかだ)', '오까다(おかだ)'. 여러 가지 다 있어. '히로야마(ひろやま)'도 있고 뭐, '사무라이(さむらい)'도 있고 뭐.

강: 내가 가마 생각하이까. 아. 내 강주형인데, 부영 그 일본놈 성이라 그런지 요새 생각 헐라이(할려니) 몰다(모르겠다).

창씨를 안 하면 관공서 볼일을 못 본데

조: 그거 안 하면 저게 많이 재제가 있었구만요?

강: 아. 가먼(가면), 가먼 관공서 가먼 볼일을 못 본데. [조: 관공서 가먼 볼 일을 못 봤구만요? 면사무소 가먼 막 볼 일을 못 보는구나.] 못 본다 카이. 나는 '부영관소.'

조: 그러니깐 성만 바꾸는 게 아니고, 이름을 다 바꿨구나.

강: 이름은 다 바꿨지. '부영관소'라 썼다 카이. 하이, 조선말로 '부영관소'라, '부영관소.'

황: 이름으는 바꾸든지, 안 바꾸든지 그거는 자기 요령이고, 성만으는 거진(거의) 다 성을 창씨를 다 했부리고. 성을 창씨로 하이까. 성을 바꾸이까(바꾸니깐). 이름이 거 인제 안 맞는다고. 안 맞으이(맞으니). 그래 저가 인제 일본 이름으로 짓고.

강: 부영관소가 '도미나가(どみなか) 미싸끼(みさき).' 내가, 내가 인제 일본말, 도미, '부영관소' '도미나가 미싸끼'라. '부영관소'가 '도미나가 미싸끼.' 그 일본말이 멋지다. '도미나가 미싸끼' 카먼 멋졌다 카이. 하하하.

조: 하하하. 그럼 군속으로 갔을 때도 맹 그 이름으로?

강: 아. 그럼 도미나가 미싸끼지 뭐. "도미나가 미싸끼." 카먼 "하이." 칸데 뭐. "하이." "도미나가 미싸끼." 카먼, "하이." 카거든. 부영관소거든. '도미난가 미싸끼' 인제 군번이거든. "생햐크하찌주로꾸(千百八十六)다이24)." 카는 게라. "생햐크하찌주로루다이." 카먼 "어이." 카지 뭐. 하하하.

조: 군번, 군번이구만요?

강: 군번이. "도미나가." 카먼, "도미나가. 신병 신(新) 하찌쭈 로쿠다이." 이카먼, 거서 인제, "어이."
그래 인제 군번을 다 부리거든(부르거든).

조: 그럼, 그러면 저게 일본에 갈 때는 배타고 가셨습니까?

강: 배, 배지 뭐. [조: 배타고 가가주고.] 갈 때는 밤이로 낮이로(밤이나 낮이나) 배타거든. 나올 때는 뭐 이틀을 걸려 나오더라 카이. 그러이 미군들이 허가 빠진데, 우리 저 아래 그로커로(그렇게) 갔는지 몰래. 밤이래 바다로 들어갔다 카이. 밤이래, 낮이래.

조: 밤이래, 낮이래. 올 때는 고마 하루만에 왔는데?

강: 하리밤(하루), 하리 낮에 왔는데. 아. 마한(망할) 놈의 참. 이 놈의가 저 앞에가 그커(그렇게) 참전해 드갔다 카이.

조센징 "개 겉은 놈 니가 왜 갈노"

조: 그 저게 일본 첨 드가 보니깐 느낌이 어땠어요? 아. 이 사람들 잘 사는 구나.

강: 에이. 나는 일본 있다가, 일본 있다가 한국 나와가주고, 일본 안 드갈라고 있다가 달부 붙잡혀 드갔거든. 일본 매우 징용 돼가주고 와가주고도 일본 안 드갈라켔다 카이. 일본으로 드가이.
　실지가 여 일본 드가 있는 사람도 있지만은 인제 일본 사람은 좋은 사람은 없어. 인종 차가 황놈의 판이라. 거가먼(거기 가면) 조센징(朝鮮人), 한토징(半島人)25)이라. 반도인. 어이. 조센징, 조센징이라는 게 아주 나쁜 말이거든. 징. 징이라는 거

---

24) 일본 군속으로 갔을 당시의 군번(1186번)을 부른 것이다.
25) 한국사람들을 반도에서 온 사람이라고 일본말로 반도인을 한토징이라고 불렀던 것이다.

징 카는 거 말 거 무슨 징짠도 몰다. 조센징, 한토징.

황: 가령 뭐 조선놈이지. 뭐.

강: 조센징 카는 게 있거든. 드가보이. 나는 일본 드가보이 인종 차가 황놈의 땅인 게라. 이게 막 배지가(배포가) 틀랜다 하이. "왜 틀랬노."이카먼 조선하고 막 일본 사람하고 싸우면 일본놈부터 복지게 때린다 카이. 왜 일본놈 복지게 때리난 말이라. 때리머는(때리며는) 일본놈 요짜(요쪽에) 와가주고 조선 사람 쫓어냈분다. 싸운 사람을. 왜 그러노 카먼, "그 개 겉은 놈을 니가 왜 갈노." 카는 택이라. 카이. 이 놈 나쁜 놈 아이래. "개 겉은 놈 왜 갈노." 카먼 영창에 좌 옇커든. 조선 놈은 개 겉단(같단) 말이라. 좌냈분다 카이. 함튼(하여튼) 인간 차가 있으이. 배지가 틀래, 배지가 틀래 막. 이 창지가(창자가) 막 본래 내 성질이 나뿐데(나쁜데). [조: 예. 아. 일본 사람하고 한국 사람하고 싸우며는 일본 사람은 볼때기 때리고 일본 사람 영창 주 넣고.] 좌옇는다 카이. [조: 한국 사람 그냥 내보냈부고.] 내보냈부지.

조: 왜 저 인간 겉잖은 거 하고 싸웠노?

강: 왜 싸웠노. 말이라. 그래 조선 사람 내 보내고.
"갈지 마라. 그 놈을 니가 왜 갈노."
카고, 근데 여게 지금 조선 사람은 그걸 모린다 카이. 우리는 글 때 참 본디 일본 사람하고 내 하고는 이래 등이 졌으이 가가 보면 배지가(속이) 틀래드라고, 배지가 틀랬는 게, 자.

심쭐하고 똥챙이 조선 사람이 전부 다 먹었다

강: 그런데 드가먼 일본놈으는 고기 먹을 때, 어떤 고기를 먹었노 카먼 살코기 먹고, 똥창26)이나 창자 안 있나. 이건 양석소에 가(가서) 조선사람이 사다 먹고, 좋은 고기는 저거(자기) 먹고, 심줄(힘줄) 겉은 거 이런 거는 조선 사람들이 사다 먹고 좋은 건 지들이(자기들이) 다 먹었던 게라. 이 그카먼 거짓말 겉제(같제). 한 번은 내 안 카더나 똥창이 카는 얘기.

황: 양석이(양식이) 조선 사람들은 똥창이 먹었어.

강: 양석소 카는 거. 인종 차가 그만침(그만큼). 요새 미군놈하고 우리하고 보다도 더 한 천 만배 차가 있었다 카이.

조: 또 뭐 인종 차가 뭐 있습니까?

강: 인종 차 많지 뭐. 거 뭐. 그런 얘기하면 배가 아플라 캐. 참 그 사람도 내가 저저저 우리나라하고 뺏어가주고 중국꺼징 뺏으러 드갈 때 호기호식했다. 일본 도요토미 는. 그 뭐 천부(전부) 보급해주고 받아가주고 저거들 먹고, 잘 살았잖애. 저 사람

---

26) 창자를 말한다. 한국 사람은 주로 똥창을 먹고, 일본 사람들은 좋은 것을 먹었다.

들 소를 잡으면 살코기는 발겨가주고 저거가 먹고, 심줄하고 똥챙이 하고는 냈비거든(내버리거든). 냈비리며는 이거는 우리 조선 사람이 사가주고 그걸 전부다 먹었다 카이.

조: 일본에서 말입니까? 한국에서 말입니까?

강: 일본에서. 그런 일이 한국에서 그런 게 없었꼬. [조: 일본에서.] 그런 일이 한국에서 없었고 그걸 인제 실망이라 카거든. 똥챙이를 실망이라 카고, 그걸 양석동, 한 양석동 하나 사가주고 조선 사람이지, 일본 사람이 똥챙이 먹는다 카는 거 없어. 그러이 인종차가 얼매나(얼마나) 되고. 또 아까 안 캤나. 조선 사람하고 일본 사람하고 싸우먼 일본놈 볼태기 때렸부고 영창 좌옇고, 조선 사람도 좌옇부랜다 카이. 좌여가주고 가보라 칸다. 그 뒤에 맹 일본 놈이 나오는 거는27) 틀림없잖애 그지. 나오는데. "그 뭐 개새끼 겉은 놈들을 그거를 뫄로(뭐하러) 갈깄노. 갈근 니가 나쁜 놈 아이라." 카면서. 그게 우리 사는, 글때 우리 살았는 게는 말이야. 사는 세월. 그걸 아는 사람은 알았고, 모르는 사람은 몰랐다 카이.

　근데 반드시 일본 사람이 높은 사람 하나 있이먼(있으면) 조선 사람 하나 또 사용했니데이. 아제(알지). 조선 사람 사용하이 조선을 불을 보고 쪼르는 게라. 근데 일본 사람이 이래 생각하이, 일본 사람으로써 강주형이 이래, 강주형이 저 놈이 쓸 만하다 싶으먼(싶으면) 날을 사용해가주고 조선 사람을 여 남은썩(씩), 백 명이나 내가 인제 처리 해가주고 움직이는 게라. 부려먹고. [조: 아. 일본 사람 간부가 하나 있으며는 조선 사람 간부 하나 써가주고.] 조선 사람 밑에 한 백 명이나 이 백명 뭐 해가주고 부려 먹는다 카이. 그런 짓을 많이 해, 일본놈 사람들이 일단은 뭐. 그거. 지금 우리도, 우리가 일본을 가주(가지고) 있다 카먼 맹 그래 되 있어요. 안 그러면 안 되는 게라. 우리, 우리 국민은 그만침(그만큼) 천직으로 살았다 카이. 그리이 내 겉은 거 마, 속아지(속) 못 됐으이 말이라. 마구 막 지리 막 대구 다루쳤지 뭐. 대구 다루치이 내가 무슨 소용이 있난 말이라. 판로군으로 갔이먼 죽든동, 사든동 결판 날낀데.

지금 안직 6.25는 결말이 아니란 말이야

조: 어르신 혹시 6.25때는 어떤 일 겪으셨어요?

황: 6.25때는 뭐.

강: 6.25때사 뭐. 아직 6.25때 얘기하면 안 되. 지금 안직(아직) 6.25때는 여러 말하먼(말하면) 결말이 아니란 말이야. 6.25는 말이야, 우익이니 좌익이니 밤에 보초 서고 카는 게 차, 우리나라 사람이, 우리나라 사람끼리 디리 싸운데, 어느 놈이 옳

---

27) 조선사람하고 잠깐 싸워서 감옥에 들어 갔던 사람이 아마 곧 풀려날 것이라는 말이다.

은 놈이 있고, 거른(그른) 놈 있나 그지. 사상은 민주주의나 공산주의나 자기 사
상 똑같이 가주(가지고) 있었는데, 즉 말하며는 우리는 국민은 높은 사람 이용질
매 밲에 안 됐는 게라. 안 그래? [조: 예.] 높은 사람 이용질 밲에.

“니는 여짝(이쪽) 가라 카고, 저 짝은 낫다.”

그카미 이런데 두부 한 모 팔고도, 4백원도 받고, 두부 한 모, 딱 두부 한 모 팔
고 4백원도 받았거든. 왜 그로카먼 빨치산이 여 와가주고 대번 거 뭐 두부 파라 칸
다. 파라 그래, 안 팔아도 죽고, 팔아도 죽일께라. 안 파먼(팔면), 안 파먼 지가 두부
를 안 파먼 안 죽일 수 있나? 팔았다고 또 죽이고, 안 팔았다고 죽이니, 자 팔아 놓
으면 우리나라 참 이 대통령 정부는 와가주고 자유당 시켜가주고 팔았는 놈보고
총살 씨겼분다. “니 두부 팔았나.” 카머 죽인다. 그래 만약 그 안 파머는, 안 파먼
어에노. 안 파먼 또 그놈이 또 죽인다 카이. “그 왜 거 안 파노.” 그러거든. 그 국민
이는 그만침 약한 국민이라 카는 거.

지금 뭐 민주주의 뭐 공산주의 카는데, 누구를 위한 공산주의고 누구를 위한 민
주주의가 되 있나 말이거든. 내 말이거든. 내 강주형이, 내 강주형이 자신이라 카
이. 나는 딴 사람은 나는 칸다 카이. 공산주의이고, 민주주의가 누구로 막. 국민은
한 나라 국민인데, 어에가주 이래가 돼 있노. 말이라. 두부 한 모 팔었는 이(사람)
도 죽고, 안 팔은 놈도 죽는다. 그럼 그 사람 뭐하는 사람이로. 거 팔았는 놈도 죽
고, 안 팔었는 놈도 죽는다 카이. 그 팔어도 죽고, 안 팔어도 죽는다 카이. 안 파먼
죽고, 팔어도 죽고, 그 어에, 어엘래 그러나 카이. 거 책을 보라 카이. 아이래 막 대
학 교수라 카먼 그걸 팔으라 카먼 도리가 아니지 그지. 파는 놈 죽이고, 안 팔었는
놈 죽이고, 직인(죽인) 놈이고, 살린 놈이라 카이. 죽는 사람 아이가 그지.

황: 죽이면 죽는 게고, 사며는 사는 게지.

강: 아, 아니야. 두부를 한 모 놔 뒀는데, 자 안 팔어도 죽이고, 팔아도 죽인다. 그지. 두
부를 한 모 이래 놔 뒀다. 두부가 인제, 인제 와가주고 “두부 파시오.” 칸다.

“두부 몬 팝니다.” 칸다. “왜.” “이 두부 팔먼 죽습니다. 으. 이승만 정권이 당신네
에게 두부 못 팔게 했다.” 칸다. “이 새끼, 이 새끼.” 카머 그 두부 쳤부랬다. 그먼
(그러면) “이 새끼 니 왜. 니 왜 두부 안 팔았어?” 이승만 정권이 니 왜 두부 팔았
나 카미 죽있뿐다(죽여버린다) 그지. 아 그 뭐 하노? 그게.

조: 그 뭐 실제 그런 사례가 있습니까? 두부 팔어 죽은 사람이.

강: 우리 마을에는 없고, 여 대목재란 그런 재가 있는데, 그런 거 뭐 또 판명할 쪼가리
(증거)가 없고, 그 얘기가 글타 카이. 그 이얘기가 글타 카이. [조: 아. 이야기.]

<임 재 해>

보국대 갔다 온 황덕호 할아버지

　　* 강주형 할아버지의 일제 강점기때 여러 가지 일화와 일본 군속으로 다녀온 이야기를 듣고 그 자리에 함께 있던 황덕호 할아버지의 보국대 이야기도 들었다. 역시 당시 일본사람들과 그 밑에서 일하는 한국인의 여러 가지 어려운 삶의 모습들이 이곳 저곳에 배어있다.1)

세 명이서 밤에 보국대로 붙들려 갔어

조사자: 어르신은 뭐 일제 시대 때 뭐 그렇게 곤욕을 치르거나 잡혀가거나 그런 일 없었습니까?

황덕호2): 왜 없었어요. 외국은 안 가고. [조: 외국은 안 가고. 국내에서 뭐 저게 어떻게 그것도 징용입니까?] 보국대. [조: 보국대. 몇 살 때.] 그거도 시물(스물) 두 살.

조: 아 하. 동갑일 때네. 그 보국대 데려갈 때는 어떻게 데려갑니까? 명단이 내려옵니까? 그냥 막.

황: 많이 붙들렸지. 맹 붙들렸지.

조: 차 가주 와가주고 붙들어 갑니까?

황: 아니. 밤에 붙들려 가. [조: 아. 밤에 자는데.] 좌 실었지 뭐. 밤에 저녁을 먹골라(먹고는), 그때 저 뒷산에 불이나가(나서) 저 뒷산3) 카는 거(거기) 굴을 파가(파서) 뒷

---

1) 2003년 7월 11일 경로회관에서 임재해 조사 및 정리, 조연남 녹음자료 채록.
2) 황덕호, 남, 82세, 청계어른.
3) 마을의 골짜기인 고저오골에 있는 산.

산에 뭐 불 끄러 간다고 거(거기) 나와 있다이꺼네.

조: 그 그럼 겨울이었겠네요?

황: 봄이래. [조: 아. 봄에.] 삼월 삼짓날에. 삼월 초이튼날. 내가 가는 날이 삼월 초사흘 날이래. 삼월 삼짓날. 그래가주고 나가 있으이까네. 거 저 배복직이[4]이 아제(알지)? [강주형[5]: 그래 배복직이.] 배복직이하고 부면장[6] 거 성수 영감하고 올라 왔더라. [강: 부면장.] 부면장 윤성수. 붙들려가주고 뭐 꼼짝 힐 수 있나. 뭐 붙들렸는데. 거 가이께네. 시(세) 명이서 붙들려 갔어. 둘을 붙들었는데. 붙들려가주고(붙들려서), "가자." 칸다. "어디 가노?" 카이. "가면 안다." 카이. "난 모르곤(모르고는) 안 간다. 갈채(가르쳐) 줘야 가지. 안 갈채 주면 안 간다." 그러이 바로, "보국대"라 칸다.

"여기서 딱 섰거라. 서가주고 인제 내가 인제 안에 드가(들어 가) 얘기를 하고. 집꺼지(집까지) 왔는데, 몬 드갈 수 없고. 집 알가(알려)야 내가 사람을 안 찾제." 그래 드가, 드가이까네. 뒤에 따라 드와(들어와). 따라 들와가주고. 집에서 이렇다. 이래, 이래 내려 끌려 내려 왔다 이래 존대를 하고. 그래 니리(내려) 가는데, 니리 가다 그래 요, 요 은어소[7]라고 요기(여기) 있었는데, 치봉[8]이라는 사람하고 둘이 붙잡혀 가는데, "치봉이 저저, 저 영감[9] 붙들어라. 배복직이 내가 붙들게. 복직이 허리를 뻐끔 붙들어가주고, 쏘(소)에 넣었부자, 떠밀어옇부고(버리고) 달아나자." 붙들고 있으이까네. 치봉이 버[10] 섰더라. 그래니(그러니) 성수 영감하고는, "아이, 고만, 고만." 그래가주고 놨버리고, 그거는 우스개 한 이야기예요. 아이고, 막 하하 하하 막 그러고.

청송군 대표로 대장이라고 임명이되더만

조: 그럼 여 붙잡으러 온 사람이 면서기였습니까?

황: 면서기. [조: 아 하.] 면서기하고 부면장하고. [조: 면서기하고 부면장인데, 맹 우리나라 사람이고?] 맹 우리나라 사람이고. [조: 다. 알겠네요. 그러면.] 아지요(알지요). 면이 다 아지요. 면이 아기(알기) 때문에 지가 고하게 대해야지. 그러이 내려와가주고(내려와서) 숙직실 자골랑, 아침에 뭐 어느 식당에 뭐 아침 먹고, 쭉

---

4) 면의 노무계(병사계)에 있었던 사람으로, 노무계는 주로 인원 동원하는 일을 하는 부서에서 일했던 사람이다.
5) 강주형, 남, 85세, 기동어른.
6) 보국대에 데리고 가기 위해서 사람들은 붙들러 온 사람이다. 배복직이라는 사람과 부면장 두명이서 함께 사람들을 붙들러 왔다.
7) 청운 입구의 커브 도는 곳에 있었던 깊은 소를 말한다.
8) 마을에서 함께 붙들려 갔던 사람이다.
9) 부면장 윤성수.
10) 아무런 행동도 안하고 가만히 서 있는 모습을 이르는 표현이다.

사람이 글 때 근(거의) 50명 좀 안 되. 명색이 또 내가 또 글 때 청송군 대표로 대장11)이라고 또 임명이되더만. 바로 그 날이 삼월 삼짓날 내 생일이랬어. [조: 아이고 참. 그때 어른들도 못 뵙고.] 못 봤지 뭐.

　그래 얘기하고. 그래 글 때는 갈 때는 말이라. 뭐, 뭐라 카노. 이 신발이가요 아주 귀했거든. 전부 이 짚신 삼아가주(삼아서) 공출로 받쳤지. 짚신 삼아가주고. 각 부락 매돔(부락마다) 그 그거를 막 차에 다가 몇이, 멫(몇) 죽12)를 실었는동(실었는지) 많이 실었어. 일제 때 그 목탄차 칙칙거리머(칙칙거리며) 가긴 가나? 웬거로. 아침에 청송서 몇 시에 버스를 탔냐면, 한 7시, 9시. 한 10경에 출발했을 꺼라. 그래가 안동꺼짐도(안동까지도) 못 간다 카이께네. 그 차가. 안동가(안동에서) 자게 됐으니. 목탄차13) 그게 잘 안 가고 하니께네. 안동가) 여 자골랑, 아침에 일라이꺼네. 식전벌에(새벽 무렵에) 고마 두 사람이 도망해 버렸어. [조: 도망 가 버렸구나.]

목탄차 타고 진남포까지

황: 그래서 거서. 면에 인솔자하고 군에 인솔자하고, 면 인솔자하고 경찰인솔자하고 둘이 사람 붙들러 간다고 니랬부고(내려버리고). 그래고 우리는 타골랑 서울로 가는데, 저 진남포, 진남포로 갔다 카이. [조: 진남포? 예.]

　그때 가는데 질로(질에) 차가 그때 얼매나 참 매였던지, 거로 하루 점토록(하루 종일) 서(서서) 가고, 그 날 밤새도록 가가주고 진남포 가야 새복에(새벽에) 아침 먹는데 이틀 걸려. 이틀. 밤 아래, 낮 아래 걸렸는데. 그때 차 고만침(그만큼) 속력이 없었다 카이. [조: 목탄차 타고?] 열차도 글치(그렇지). 열차도 목탄이거든. 열차도 목탄이라 하이께네. 안동서 열차 타고 하리(하루) 종일, 하루 밤새도록 탔는 게가 평양까지도 못 갔으이께네. 거 평양이 아니라 진남포, 진남포까지.

　평양 가가주고 열차 니래가주고(내려서) 거기서 인제 또 뭐 버스를 타고, 뭐 그 때 버스도 별로 없고, 화물차, 짐차 막 그기거든(그거거든). 그 놈을 실케(실어)가주고. 그래가주고 새복(새벽)에 일라(일어나) 아침 먹고 나서이께네. 그때 한 여남은 시, 열시 됐더나, 아홉시쯤 됐겐데. 그 상간(사이) 되끼라. 육로로 드가먼(들어가면) 육십리래. 거 현장에 드가먼, 고(그) 바리(바로) 또 철로로 가머는(가며는) 십오리 백에(밖에) 안 되고. 그 진남포에서 고 현장까지 건네(건너)가는 육로가, 질로가 철로가 있는데, 고 철로로 가면 십오리 백에 안되고, 그 육로로 가면 육십리래. 마주 삥 돌아가먼(돌아가면). 그래 가니깐 한 낮 점심. [조: 그래가주고 육로로 갔어요?

---

11) 청송군 대장으로 보국대에 들어가게 되었단 말이다.
12) 각 동네마다 짚신을 삼아서 공출을 했는데, 그것을 한 사람에 석죽씩, 서른 컬레씩 차에 싣고 공출했다. 그 짚신을 세는 단위를 죽이라고 하는데, 한 죽은 열 컬레를 말한다.
13) 그때의 트럭은 숯껑을 피워서 불을 때서 움직였던 차이다.

철로로 갔어요?] 차가 육로로 갔지. [조: 차가 육로로.] 차로 가이(가니) 육로로 가
이께. 시간이 고만치(그만큼) 걸리제. 점심 때 열두시 쪼끔 넘었일꺼야. 그때 거기
서 점심도 주드만, 점심 먹고.

그리 저 인제 영양 50명, 청송 50명 갔는데 영양 그 저, 저 경찰인솔자14)가 '하이
야마(はいやま)'라고 뭐 한 바(방)15) 갔다가 달부 오라캐가주고(오라해서) 한 방 마
커(모두) 교체 해가주고 왔다가, 또 다시 인제 오라 캐가 가이. 숙소에 가며는 배치
받은 사람이 또 왔어. 배체(배치) 받은 사람이. 그래 거 따라 와가주고 이거 하는데
기간이 왜 이래 끄는동. 거 오이께네. 대번에 그 저 영양 경찰서 거 인솔자가 '하이
야마'라고. 영양 경찰서.

강: 영양? 영양?

황: 영양 인솔자가 말이래. "거 청송경찰은 뭐 어떻드노(어떻드냐). 방하고 뭐 어떻드
노." "괜찮터라." 이캤네. 그러이께네. 여 옛날에 뭐 부석, 부석 모양이 여 있는데,
꺼져16)가주고 빤떼기를(판데기) 맞촤 놨던 모양이라. 그 우리는 몰랐디만(몰랐더니
만), 그래도 "괜찮터라." 이캐 놨으이. 해가 빠져(져)가주고 사람 막 디리고(데리고)
오더이(오더니). 청송군 소속이는 군에서 요새 박명준17)이라고 해 놓은 그 사람이
갔고. 박명준 그 사람이 갔고. 면하고 경찰하고는 안동서 떨었졌부렀고. 그래가주
(그래서) 거서 지내는데 영양대장이가요. 서울서 잤지 왜. 영양서는 왜 대장, 대장
보낼 머시기로 없어가주고. 경남 사람을 사 가주왔어요. 창씨. 본성은 박갠데(박씨
인데). '다께야매(だげやめ)'라고.

조: 어르신, 어르신네가 여 청송 대장 안 했습니까?

황: 아니, 영양대쟁(대장), 영양대장이 말이래. 영양 대장이 사가 왔는데. 인제 그 찾
아 왔는데, 와가주고. "청송 대장은 어예둔동(어떻게든지) 징역 있나?" "나는 징역
없다. 이게 첨이다." 이카이께네. "그래. 그래며는(그러면) 우리 영양, 청송인데 참
가오 한 마을 아이가, 한 마을 한 이웃이니깐 어예둔동 의우(우애)있게 지내 나가
자. 만약 여기서 어떤 불상사가 생기거들랑 영양한테로 연락을 빨리 해 다고. 그러
면 우리가 열사(열일)를 젖혀놓고 건네 오꺼마(올테니)." 그러이 영양하고 청송하
고 떨어진 거리가 얼매나 되노 카먼. 이 장소 현장은 한 가진데. 떨어져 자는 장소
는 한 2키로. 한 2키로 5백. 한 2키로 정도될끼라. 그런데 일하는 현장은 똑 같고.
그 양바이(양반이) 뭐 참모 하다 보이께네. 인부가 마커(모두) 도망을 갔버렸네.
[조: 청송에서.]

---

14) 그 당시 청송의 인솔자는 박명준이었다.
15) 숙소의 한 방에 모두 들어갔다는 말이다.
16) 배치 받은 방의 구들이 한 군데 꺼져 있었다. 불을 떼야 되는데, 뗄 수가 없었다.
17) 당시 청송 인솔자를 말한다.

청송에서 영양으로 도망 많이 왔어

황: 청송에서 도망갔는데, 영양으로 도망 많이 왔어. 하루 저녁 두이, 서이, 너이가요. 한 몫에 나가 버렸어. 나가 놓으니. 찾는다고. "나가라." 카이. "찾으라." 카이. 안 찾아 갈 수도 없고, 밤에 나가가주고 날이 새도록 돌아 댕기다가(다니다가) 그 다음에 못 찾고, 돌아 댕기다가 몬 찾고 들와 눕어잖다고 마커 잤는데, 그래 아침에 날이 새가주고 그 인제 치봉이 카는 마을에 한테(함께) 간 사람. 내하고 한동갑인데 그, 그 사람을 그 식당에 들여놨거든. 그 밥하는데다가. [조: 밥하는데 들어갔구나. 하하하.] 취사반이.

　거다 여 놨는데 있다이, 가가 쫓애(쫓아) 들어와 "왜?" 카이께네. "저 가루골[18] 영감하고, 거 저 머시기 거 저 허 가지야[19]하던 영감하고 둘이 밤에 없다." "운제(언제) 없어졌노?" 카이. "우리 밥하러 나갈 적에 오줌 나온다고 나오디마는 없다." 카고 안 드왔다 카고. 그래 그렇거들랑. 아침 먹고 마커(모두) 일 나갈 때라. 글게 우리가 이 사람들 들른데 아침 먹고 나갔다 캐도 카골랑. 그 드와 잤다. 자고 일나이(일어나니). 노더이까네(놀다니깐). 뭐가 밸건(빨간) 밸건 거리더라. 거 '시와오끼(しわおき)'. 현장 '시와오끼'하고,

강: 응. 요새 겉으면(같으면) 총감독관이지 뭐. [조: 실장입니까?] 감독관쯤 될기라?

황: 현장 감독, 현장 감독관 대리라 카이. 사장 대리.

조: 그러면 시오야끼라 그랬습니까?

황: 시오야끼. [조: 시오야끼 일본말이구만요.] 일본. 일본말이라.

강: 현장 감독관. 으. 현장 감독관이구만.

황: 그리고 또 십장이 한 나(한 명) 서 있었어. 근데 그래 인제 시발(시작)하이께네. 이 놈의 새끼 사람 저 사람 도망하겠다 하미 괄괄 퍼붓는데. 그래 거 인제 이 놈의 새끼들, 개새끼들 뭐 이래 하미. 욕설을 하미(하며) 전라도 놈인데. [조: 저 그 '시오야끼'가 전라도 놈이라고요?] "야. 야. 빨리 사람 찾아오라고." 고함을 지르이께네. 우리 반장이 심상훈이라고. 이 사람이 있다가, "새복(새벽)에 나간 사람이 인지(인제) 어디 가 찾겠습니까?" 이카이께네. 거게(거기) 십장이 거 있다가. 아이가 뭐 오야지가 여 있다가, 산 놓고 까먹었지 이카더라.

　그래 그제서야 나도 골이(화가) 삐죽 나가주고, 이거는 '나가다상(なかださん)'인데 택호가, 저 뭐야 창씨[20]로 일본 이름을 가렸는데, 창씨로 '나가다'라 했는데. "나가다상" 하이까네. "예." "당신 지도 맞소." "왜. 왜. 그래요" 그러놓으이(그래놓으

---

18) 도망간 사람이다.
19) 역시 가루꼴 영감하고 함께 도망간 사람이다. 지금의 정비 공장을 말한다.
20) 일제 때, 창씨개명한 것을 말한다.

니). "그 당신이 우에(어떻게) 이 지도 한단 말이래. 우리 청송대원이 어디가 도망을 갔소. 우리 현장에서 도망을 다 씨겠잖나 말이라. 우리 여 씨겠으니. 근데 우리가 인제 십장할라 그니(그러니) 다 우리는 지도 몬 받는다. 당신이 책임감을 가지고 남의 뭐, 다 도망시켜 놓고, 오늘 여 와가주골랑 잘 했니. 못 했니 충고한다." 고마, 그래가 고함을 딱지르이께네. '시오야끼'가 있다가. "야. 고마. 갔는 사람은 이미 갔버렸고. 있는 사람이나 우리 인정 있게 지냅시다." 이랜다. 이카면서 그래 숩게(쉽게) 말하더니마는 그래 뭐 그 질로(길로) 맹 인제 구미 사무실에 가가(가서) 신고를 했다. [조: 구미 사무실에?] 야. 구미21). 구미. 구미.

강: 구미쪽 카는 게 합해 가기 전, 단체라 카이. [조: 아. 구미.]

황: 야. 그래 구미사무실에 가가 신고를 딱 하고, 근데 낮에 들어오이께네. 그 '니시야마(にしやま)'는 '서산'인데, 나(나이)는 글때(그때) 사십 살 먹었어. [조: 서산이라고요?] 야. [조: 한자로 쓰면 서산으로 쓴단 말이죠.] 글치(그렇지). 한국, 조선 사람이께네. 조선 지서서, 자기 본성이가(원래) '서'간데, 창씨를 서산이라 했다 카이. 그러이 '니시야마'라 캤어. 그 저걸 또 문 앞에 요래 딱 걸터앉았다. 앉았으이. 대장 드오이(들어오니). "아. 청송 대장으는 우리 십장22)이 잘 못 해가주고 청송 대원을 다 도망 씨겼다(시켰다) 카데 우리 십장23)이 잘 못한 게 뭐 있소?" 그 자네가 우리 대원을 어데(어디), 어데 도망 씨겼는지, 전부 현장을 다 도망 시켰나 말이라." "당신이 알다시피 우리 쪽에 도망 씨긴 거는(시킨 거는) 올게, 올게 첨이잖아. 없었잖아." 그래 인제 뭐 이러코, 저러코 이런다.

"빠가야로(ぱがやろ)24)." 야 이놈아! 하고 지르이께네. 딱 일어서드라, 멱살 잡고, "나가자," 나갔다. 그래 나가이께네. "인제 뭐라 캤노. 난 일본말이라 모른다. 니 뭐라 캤노?" "난 딴 말 안 했다. 사나이가 사나이답게 노라(놀아라) 그랬다. 왜. 뭐 내가 헛말했나." 이러이. 이래가주고 니가 옳으이, 니 자신이 옳으니. 쌓는데(싸웠는데). '이 쌍' 카면서 손이 탁 올라오더니 이거를 내가 때릴라고 한 것이 아니라, 이거를 내가 안 맞을라고 방지할라고 나가민서(나가면서) 탁 첬부랬는 게가(것이). 나가미(나가며) 팔뚝에 맞아 가주고. 피가 툭 터졌다. "아! 이런 망할놈." 코에 피터져. 피, 코에 피, 툭툭 터져, 남한테 구박 받았제.

그러이. 이래가주고(이래서) 그러이 뭐 어예 할 수도 저 놈의 저 상처를 받아 놨으이. 어예 할 수도 없고, 뭐이 할 수도 없고, 막 논이 밀려가주고), 창고에, 영양 창고에 밀래가주고 이래 서 가 있는데, 이거를 쫌 놓으면 싶다. 저거는 인제 내 멱살

---

21) 지역 이름의 구미를 뜻하는게 아니고, 단체, 조라는 뜻이다.
22) 일을 데리고 가서 시키고, 다시 현장으로 데리고 오는 직접적인 일을 맡았던 현장 감독을 말한다.
23) 당시 현장 십장으로 '장선옥'이라는 사람을 말한다.
24) 일본어로 "야. 이놈아."라는 뜻이다.

꼭 쥐고, 나는 저 놈의 인제 칼저머리를 쥐고, 카저머리라 하면서 한 놈이 있다. 키
는 내보다 작고, 이거를 실강이를 실라이께네. 현장 오야지, 현장 오애지가 참 찾아
왔어.

강: 오애지가 조선 사람이야? 일본인이야?

황: 조선인이야.

강: 전부 조선 사람 왜 그랬는지 몰래.

황: 전라도 놈인데 그것 또 현장 시오야끼도 전라도 놈. 현장 오애지도 전라도 놈. 또
뭐 뭐로 장승으로 하는 게 저, 저 한 발 들오디만(들어오더니) 그 둘이 한 쪽으는
그 도리시마, 한발 도리시마에 있고, 동생으는. 정월 십사일이었는데, 이기 인제
글자 하나도 못 써요. 이 그려 놓은 거 보면 지가 알고 썼쩨. 옆에 사람은 누도(누
구도) 못 보는 거야. 이런 형편인데. [조: 그런 사람들이 다 창씨 개명 했구만요?]
예. [조: 아.] 이런 형편인데 둘이 형제가 와 있는데.

일본놈들 비행기 맨드는 공장

조: 그 현장에서는 주로 무슨 일 했습니까?

황: 노가다죠. 뭐. [조: 노가다 뭐. 기찻길 아닙니까? 뭐, 뭔 노가다 했습니까?] 저거
들 말로는 일본놈들 뭐 뭣이 비행기 맨드는(만드는) 공장. 부속, 부속 맨드는 공
장. [조: 아. 비행기 부속품 공장? 공장 세우는 일이구나.] 공장 세워요. 공장 세
워. 철탑 해 가며, 집 서워(세워) 가며 인제 막 거 하는데. [조: 아. 하. 철탑 받
고, 집도 세우고.]

강: 아니, 집 세우는 게 아니라니깐.

황: 아이, 집 세웠다 카이께네. 집 마니 세웠지. 이거 마 쇠떨떨이 나오면 집 댕기고
뭐 막. 이 또 광목은 하먼 뭐 통 막 그런 게 막 들어와 있고 뭐 뭐. [조: 거기가 어
디였는데? 현장이?] 그 저 진남포서 건너도 보면 동네 이름이 뭐 개운포라 했는
가? [조: 개운포?] 야. 지금 글때는 강을 막 강을 미꿔(메워)가주고, 강을 미꿔
맨들어 놓는다. 맨들어 축을 해가주고, 그래서 거기 집을 짓더라고.

조: 지금은 어쨌든 잘 불분명하구만요? 현장은?

황: 야.

조: 현장 이름은 불분명하군요. 진남포, 진남포에서 한 육십리 더 가서.

황: 육십리 들오지요(들어오지요).

강: 어딘지 몰르지(모르지) 뭐.

황: 어딘지 몰래요(몰라요). [조: 어딘지 모르고. 예 예.] 요새 이북 땅이니 뭐. 그래
가주고

도망 간 대원들 때문에 십장들이 모두 모여서

황: 그 신고를 하고는 들오이. 이 저 싸움이 붙었는데, 알고 와가주골랑 이래 곁에(곁에) 오디만(오더니만), 날 어깨를 툭 치골랑, 눈을 떠밀면서 비키라고 그래 비키고, 비키니. 우리 방에 인제 와가주고 손을 막 씨골랑, 거서 앉아 담배 한 개 물고 앉았으 이걸랑, "오라." 이카더라. 그래 갔다. 가이(가니) 십장 일곱이 앉아가 일렬로 쭉 서워(세워) 놓고, 또 인제 고급대 대장, 반장들 일렬로 서워 놓고 그 우리가 거 내꺼정(나까지) 서이 가고, 전라도방, 충청도방이 있었고, 충청도 방에 대장, 반장 하나 이(하나) 오고, 전라도 반에도 반장이 하나 있고, 충청도 반에도 대장이 하나있고, 거 둘이고, 우리는 서이고, 다섯이 그 인제 이짝에 반장에 드가고, 맞붙어 서워가.

서산을. [조: 예. 서산이.] 그 놈을 이제 앞에 한 쪽에 서워 놓고는 이제 질문을 막하는 거라 인제. "에. 우리 대장, 반장님은 우리 현장에 입당하여서, 우리 십장님과 초면 인사에 어떻게 생각했습니까? 십장을 현장책임자로 생각했습니까? 그래 아니면 사무실에 급사로 생각했냐." 이거라. "물론 그거는 책임자로 생각하지요." "그래며는 그 사람 지도를 받아야 되겠습니까? 못 받아야 되겠습니까?" "그 받을 만하면 받고, 못 받을 만하면 못 받죠. 못 받는다고." "글치요." 내가 이래이. 또 실장이 또 묻더라. "에. 우리 십장님 하천보국대장 반장님 이하 초면 인사에 어떻게 생각했습니까?" 지방 관청에서 뭐 어예 돼가(어떻게 돼어서), 그래 됐나. 그래.

내 놨을까? 어예 놔 놓으이. 그 저게 저 전라도 황해도 안데(사람인데). 황해도. 황해도 사는데 다까이라 카는 게. 황해도 사램이라. 다까이라는 사람이. 그 사람이 인제 답변을 하거든. 하는데 그거는 물론, "지방 관청에서도 인부, 인부 5호 기관 아입니까(아닙니까)?" "그렇지요." "그래면(그러면) 오늘 아침에 사람을 데리고 갔는데, 그 대장, 반장한테 승낙을 받고서 데루(데려) 갔나? 그냥 데루 갔나?" "대장, 반장 엊저녁에 사람 찾으러 밤새도록 댕기다가 참 곱게 잔다고 나두고, 우리꺼점(우리까지) 해가주(해서) 데러 갔다." 이카니깐. 여서 대번에(바로) 그래면. "우리 십장이 잘 못했습니다. 남의 물건을 가주(가지고) 가면 주인을 알게 가주 가야 되제. 원. 주인 놔두고도 남의 물건을 그 많이, 많이 가가노(가져가니)." "아이니더(아닙니다). 우리 십장이 잘못했다고." "사과하시오." 악수를 시겼다(시켰다).

그랬부고(그래버리고) 그 날이 저녁에 배급이, 정종 배급이가 하나기 서옵썩 나왔는걸, 그걸 하내기(한사람) 한옵썩 주고랑, 한 옵은 여 재커(재쳐) 놓고, 여 저녁이는 화해를 삼자. 화해를 붙여가주고. [조: 화해를 붙였어요?] 화해를 붙였지. 실장 놈들하고. 안주는 우에노 카먼(어떻게 하냐면) 현장에 나가면 도투라기 막. 도투라기[25]. 이거를 인제 뜯어 와가주고 데쳐가(데쳐서), 뜨거운 물에 안주를 맨들어가주

---

[25] 나물을 말하는 것으로 지금도 밭이나 아무곳에서 흔히 볼 수 있는 것으로 물론 지금은 먹지 않는다.

고, 이래가주고 인제 화해를 시켰다. 화해를 시켜 놓고, 그걸 먹어 놓고 마커 식중독이 걸려가주고, 식중독이 걸려가주고, 사람 사십 명이 마커 뭔 뒤 토고, 마커다 토고 막 싸고 해 놓이. 눈이 뻐끔한 게 아칙에(아침에) 확실히 또 병원에 또, 병원에 가가주고 또 진찰하고 또 약 타 가 오이(오니). 그래 그걸 먹고는 인제 괜찮터라. 괜찮았는데 그래 얼매 지내다이꺼네. 전라도 놈들이26) 깡이27)가 어지가이(어지간히) 깐깐시러워. 깐주, 깐주 세워. 그래 임마들이가, 실장하고 저, 저 반장하고도 숱하게 싸웠어. 이놈의 새끼들 거친 대장 힘만 믿고, 어떻고, 저떻고(저렇고) 하면 막 인사드려 하면서 싸웠어.

보충이라 카고는 인제 휴가증 받아가주고

황: 그것도 우에 알았나 카먼 그래 할라이 이놈들이 거 인제 벨 아침에 집에 왔다가 인제 갔다. 집에 왔다가고 그래, 이산 보충28)이라 카고는 인제 휴가증 받아가주고, 15일간, 보름, 보름 휴가를 받아가주고, 와가주고 15일만에 올라갔거든. 올라가이. [조: 그러이깐. 이까징. 청송까지 왔다가.] 예. 청송에.

조: 차로? 오는데 몇 일 걸렸겠네요?

황: 이틀 걸려. 이틀. [조: 이틀 걸려요?] 서울와(서울 와서) 자고, 서울서 인제 안동까지 오고, 안동에서 여기.

강: 아이. 휴가 받아 가 올 여가가 있었나?

황: 이산 보충으로 왔다 카이. 도망간 후송으로. 그래 인제 그 증명을 냈는데, 증명은, 증명을 그렇게 했어요. [조: 아. 실제로 그렇게 안 하지만 증명은 그렇게 해가주고 나서 휴가하고. 아하.] 그래가주 인제.

강: 우리 갈 때 그러면. 우리 갈 때 그런 게 없어.

조: 그래도 여기는 인간적이네요.

황: 15일만에 가이, 그 뭐 먹던 쌀도 전부 다 먹었부고 없고, 뭐, 참 아침에 거 뭐 참 굶을 그런 형편이라.

조: 여기 왔다 보름 휴가하고 가니깐.

황: 가이(가니), 그 자리 가이. 그래 이거를 이 놈의 새끼들이 십장놈들이 노름을 해가주고, 노름을 해 가주고 돈 가왔는 거 나부래.

강: 십장할 때 노름 안 잡았으면.

그 나물을 소금 간을 해서 묻쳐 먹었는데, 안주 할 것이 달리 없었던 그 당시에는 별미였다고 한다.
26) 그 당시 보국대에는 전라도 사람들이 많았다고 한다.
27) 깡이 쌨다는 것은 성격이 별났다는 말이다.
28) 집에 가고 싶은데 어쩔 도리가 없어, 도망간 사람들 대신에 다른 사람들을 보충 시켜 오겠다고 하여 명목상 이산 보충이라고 거짓말을 하여 휴가를 다녀온 것이다.

조: 밤엔 여유가 있었구만.

황: 누가, 누군지 같이 노름을 해. 전부 다 털어 먹었부고, 아침거리도 없어. 가이꺼네. 그리(그래) 인제 아침은 인제 할 수 없고, 아침에 인제 현장 오야지 찾아가주골랑(찾아서) 가이, 그래 일타, 이러이께 우엘라나(어떻게 할까) 이카이께네. "사람 데려 왔나?" 이카더라. "사람 디리(데려) 오긴 뭐 데려와. 누가 있어야 데려 오지. 누가 갈라 카나 어디."

강: 맞다. 누가 어디 사람들 있어야지. 마커 갔부랬는데.

우리쪽 아를 때려가주고 입술이 당나발

황: 그러며는 좋은 수가 있다. 뭐 우예노 카이꺼네. 사람, 처음에 50명 데려 와가, 50명, 50명 쳐 넣어, 50명 쳐 넣었으면, 45명으는 모였는데, 다섯 명이는 추가로 여차(넣자). 와가주고 그래 하자. 이카거든. 그래라. 그래가주고 인제 배급을 타가주고 아침을 해 먹고, 이틀인가, 사흘인가 있다이께네. 해도 빨리, 해도 안직(아직), 아직 있는데, 근데 시간은 말이야. 요새 시간으로 4시한쯤 되께라. 아29)가(아이가) 하나 쫓아 들오미, "다이쪼상30)요" "왜." 카이. "다이쪼상. 다이쪼상. 대장." "다이쪼상요." 카이. "왜." 하이. 그래가주고 "생전 첨으로 소지(청소)하다가요. 우리도 소지하다가. 우리도 시마이31)(しまい) 하시더." 칸다고. '히마시야' 십장이 와가주고 막 디리 때려가주고 입술이 당장 막 터져부려가주고(터져서). "왜 그랬노" 카이깐. "쌔면(시멘트) 창고 소지 하다갈랑 다르이(다른 사람이) 시마이하니깐. 우리도 시마이하자고 하다. 그래가주고 둘고 팼붓다." 쌔면 창고. 쌔면 창고 소지(청소)를 하는데. 다르이(다른 사람이), 다르이가 다 마커하고 가이까(가니까). 우리도 시마이 하시더 한다고. 그래가주고 십장32)이 들고팼데.

강: 시마이라는 끝냈다. 끝났다 하는 거.

황: 그래서 인제 그래가주 맞았다 이카더라.

강: 우리는 마마 미국도 있었고, 일본도 있었고 이래가주고, 미국말도 쪼매(조금)하고, 일본말도 쪼매하고.

황: "지금 둘이 다 디리(데려) 온나. 데려 온나 보자." 카이. 데려오는데 보이께네. 입이 당나발33) 돼가주고 입술이 터졌버려가주고, 입이 당나발 돼가주고, 그래가주(가지

---

29) 당시 거기서 일하던 나이가 어렸던 김기대라는 아이를 말한다. 그때 시멘트 창고 청소를 했었다.
30) 우두머리인 대장(大將)을 뜻하는 일본말로 당시 보국대장을 맡고 있었던 황덕호 할아버지를 일컫는다.
31) 일본어로 '일을 끝내다.', '끝났다.'라는 뜻으로 쓰인다.
32) 현장 감독이였던 장성옥.
33) '와'하고 부는 것을 당나발이라고 하는데, 입이 튀어 나와서 부은 모양이 꼭 당나발 같다고 생각하여 그런 모습을 당나발이라고 표현한다.

고), 설렁설렁 올라 왔다. 올라 와가주고 십장들인테 올라가이,

강: 오늘 둘이 뿐인겨 오늘. [조: 예. 딴 어른들은 어디 가셨고. 한 분은 할머니가 입원해가주고 오늘 그 병간호한다고 지쳐가주고, 낼 오신다고.] 미리 얘기를 해야지.

황: 오늘 내 생각이 안 난다.

강: 대충, 대충 해줘라.

조: 아니, 자세하게 해야 되요.

강: 내는 대충 주껬어요.

황: 그래 올라가이, 올라가이, "히마시야상." 카이께네. "예이." 이카는 게라. "나 좀 봅시다." 이카이께네. "예. 잠깐만요." 그리 그때 뭐 뭐 시이가(신발이) 올찮었는데, 미틀신34). [조: 예. 미틀신.] 그거 사가주고 인제. 낀(끈) 뀌어가주고, "잠깐 있으래." 이카면 "야. 이 자석아, 낀 뀌는 거 말고 잠깐이고 뭐고 빨리 나온나. 임마." 하이께네. 그래 "야. 임마." 카이 하마 그 사람도 골(화)이 나거든. 이게 문이 이게 닫칭문35)이거든. 이래 드는 문, 이런데. 들창문에 딱 붙어 서서, 이게 이미 요 많이 너르이(넓으니). 이 이렇게 너르지 않애. [조: 고걸 단충문이라고 그래요?] 닫는 문.

강: 단단 닫칭문.

황: 들창문, 들창문.

강: 이, 이래 올리는데. 닫친.

황: 그래 카이. 내가 고개를 이래 내미니, 그 사람이 문안 인사를 하는데, "뭐 때문에 그렇노." "뭐고 마고(말고) 빨리 나온나." 이카이께네. 나는 백(밖)에 있고, 지는 안에 서 있으니. "이 새끼 어떤 용서를 안 해. 이 새끼 빨리 나온나." 이 멱살을 검어 쥐고, 심(힘)데로 땡겼부니, 오히려 막 사람이 악을 쓰이께네. 힘이 좀 되게 나는 모양이라. 가가주고 요 요거서 탁 때렸부이께네. 거서 참 너머 가가주고, 땅바닥36)에 떨어졌는데. "아이고! 내 죽는다." 하고 늘어졌는데 그래되이, 그때 현장 '시오야끼'가 사무소 거 바로 그 곁에(곁에) 사람들한테 들앉었단 말이라.

　　나오더라. 나오디마는. "왜 이래. 이 놈의 새끼 알선 보국대장, 반장이 어데 용쓰나, 산 뜨나. 돛대가? 깃대가? 어. 거치면, 십장 둘고 패고, 거치면 실장 둘고 패고 이 새끼들이?" 카먼 웃통을 훌텅벗으미 막 달려들더라. [강: 실장이 맹 반장이라.] 그 당시 날 패고는 내사 맞는다. 힘도 모지래고(모자라고), 기술도 모지래끼고, 맞긴 맞는다. "맞으며는 조건은 알고 사람을 때리라고. 내 맞는 거는 내가 알테니 조건을 알고 날 때려라. 내가 맞는 거는 뭐라 안 할 테이께네." 그리 그때는 인제 보국대장. 보국대라 하며는 요만침(요만큼) 권리는 줘 놨어요. 예. 그 관에서도 인제

---

34) 신이 없었던 당시 미틀에 끈을 뀌어 삼으로 삼아 만든 신을 말한다.
35) 그때 대부분이 들었다 낳다 하는 들창문.
36) 산을 파서, 전부 돌로 매워 놓은 땅바닥.

우대해 주거든. 같은 일꾼이라도. 그리 저거 맘대로 손을 몬 된단 말이라.
　"뭐 어예 됐노." 이카이. "그 사실이 이래가주고, 아들을 때려가주고 아들이 퍼져가주고 일라지도(일어나지도) 못하는데 놔두고 왜. 가도 뭐 죽을죄도 안 지었는데." 그래가주고 옥신각신 싸우다니, 그 아37) 데리 오라 칸다. 그 그래 되놓으이께네. 엎고 왔어. 엎어 갔다 와 놓으이께네. 입술이 탁 당나발 됐버렸다 이랬는데 그래가주고 데리고 오더이 및(몇) 번 싸우라 하꺼이(할테니) 뭐라고 하나. 털럭털럭 오디마는 "도오시다까(どうしたか)38)?"하더라. "왜 일노(이렇노)." 이카더라.

강: 왜, "왜 그리노".

황: 저저저 시오야끼가 가이. 가이. 그 실컨(실컷)듣고는 내한테, "왜 이렇노." 이카드라. 그래 사실대로 얘기했다. 그래가주고 이만, 저만 이래가주고 안 하이(하니). 입술이 당나발 겉이 뚜드려 맞고 여 왔는데 그리 뭐. "한 분담 썼나, 부해가 마셨나." 이런다. 그래요. 그 아 디리(데려) 오는 거를, "이리 온나 보자." 이카고. 그래 인제 아를 인제 디리 오이, 디러 오는데. 이 사람이 보이깐(보니깐) 입술이가 버가(부어서) 이렇커든. 디번(대번)에 막 돌아서가주고(돌아서서) '시오야끼' 치면 한 서너 번 둘고 때리니, 이리 히떡 꽂히고, 저리 히떡 꽂히고. 또 이쪽으로 돌아 갖고는 이 놈이 내하고 싸운 놈, 그 놈을 막 곤두박질로 걸어 찼버리니께네. 땅바닥에 넘어 져 놓으이, "일나라." 하고 일라니께네. 또 그래 놓고는 또 이놈을 볼따귀를 이리 때리고, 저리 때리고 양짝에 툭 튄데. 사정없이 패요. 어예 그래 하게 패던동.

암만 법이 있다고 해도 무법천지 아니라

황: 그때는 뭐 뭐 암만 법이 있다고 해도 무법천지 아니라. 막 둘고 패니, 하나 뭐 죽었버래도 무고한 시댄데. 때거로 맞아, 참말로 맞기는 많이 맞았으이, 그 사람이 가마 생각해 보이 '지바나시(じばなし)'하면, 우리꺼징 해결 할 수 있는데, '지바나시오까'. 그래 인제 만약에 여게서 이의가 있고 하거들랑, 전공을 빨리 오란 게라. 전공잔데. 전공이라 카며는 군대에는 헌병이고, 사회에는 경찰 한가지라.[조: 전공이요?] 야.

강: 6.25에 전공이라고.

조: 한자로는 뭐라, 뭐라고 씁니까? 전공?

황: 몰래. 그거는 전공이사. [조: 군대에는 헌병 한 가지고, 사회에는 경찰 한 가지고.] 권력, 권력이 되면. [조: 아. 그 현장에서.]

---

37) 현장 감독한테 맞은 김기대라는 아이를 말한다.
38) 원래 일본말로 "どうしたのか?"인데 구어체에서는 줄여쓰기도 하며, "왜 이러노?"의 뜻이다.

강: 현장에 가먼 그래, 그래. 현장 책임자다 그제?

황: '도리시마'라 카이께네. 현장 '도리시마'.

강: 현장 아니라?

황: 아니, 아니 경비라 카이, 경비원이라 카이. [조: 예.]

강: 그런가. 그이 공사에는 감독보는 패는 사람아이라.

황: 패는 사람이지.

강: 그거를 패는 사람이라 그래.

황: 그거는 도리시만데. 현장, 경비원인데 그는 김기원인데 아무래도 체는 막 사람은 둘고 패.

강: 내가 그래, 그래 더러 갈챘는데.

황: 그래가며는, 나가며는 나를 에깨(어깨) 툭툭 치고 나가. 그래 저거쯤 따라 가서 올라가미 인사를 하이. 사겨 보지 뭐. 죄 시럽우니깐. 현장전공하고 친해지려 해도 안 되더라.

강: 같은 고향 사람인동.

황: 안동 있는 임 무신(무슨) 어데더라. 아. 강운씨 뭐. 안동 있는 강 뭣이라 카더라. 이카골랑 영 나이가 싱숭생숭하이까 서슴치 말고 빨리 그 전공인데 연락해 둬가. 그래 가버리고 속이 시원하더라. 참 그래 젂어(겪어) 나왔는데 그래고(그리고) 사흘 있다 해방 됐버렸나.

해방되니 사무실 사람들 양복에서 한복으로

조: 아하. 해방될 땐 그 소식이 어떻게 왔습니까?

황: 그야 당연히 알았지 뭐. 라디오, 라디오 방송으로.

조: 그 해방 소식 듣고서 뭐 그때, 어떻게 했습니까?, 그 이후로.

강: 그 뭐 끝났지 뭐.

황: 해방 소식 듣고는 아침에 나가이께네.

강: 만세 부르고 글치(그렇지) 뭐.

황: 으으으. 기척이 없어. 기척이 없는데, 그 사무실, 의병대대라고. 그 인제 의병단의 사람이가요. 나오라이카더라. [조: 누가 의병단의 사람이?] 으. 나오라이카더라. 그 이튿날이는 나오라캐가 가이. 거 "해방 됐다." 이카더라. "뭐 해방 됐노?" 이카이. "에이. 무슨 해방이노. 안 그렇다. 아이(안) 글타(그렇다)." 이카더라. 그 인제 "저 저저저 넘에(너머에) 저 불이 없제." 이러이까네. "불이 없다." 카이. 거는 잔그(매일) 불이 번뜩 번뜩거렸거든. 그 헌병, 군대들이. [조: 주둔하던 곳.] 주둔하던 자리. "거 불 없잖아." 카이. "불이 없다." 카이까네. 없다. 참말로 그런가 푸르등등

한데 날 새고 그 이튿날 아직(아침)에 참 사무실 건너가이(건너가니). 일본놈들이 가 한 놈도 안 나왔어.

조: 일본사람들 어떤 사람들이 있었습니까? 감독관, 아니면.

황: 사무실에, 사무실에 감독관. 뭐. 직원들이.

강: 감독관들이 일본사람들이 다 책임자가 있었다 카이.

황: 그래고 인제. 책임자39)를, 책임자 하나를 바리(바로) 거 책임잔데 혼자가요. 혼자가 와 있다. 혼자 앉어 가지고, 혼자 앉았는데 그 라디오 방송 프로 나오고, 그때 하매 (벌써) 이승만40) 어떻고, 저떻고, 더러 나오고 하이께네. 고마 이것도 손쟁이들이 날래데, 마커 한복입고 내보이지도 안 하이.

강: 아이. 하매 어침이(엄청) 세월이 흘렀다.

황: 아이래. 그날 해방됐다 소리 듣고 그랬다이께네.

조: 일본사람들이 고마 그때부터 한복 입었단 말이죠?

황: 아니. 조선사람들이. [조: 아. 조선사람들이.] 그래 그래가주고 사무실 나와가주고 (나와서), 라디오 방송 듣고 있었다이께네. [조: 아하. 그 전에는 그만 뭔 옷 입었나?] 양복. [조: 그 전에는 양복 입다가 해방 됐단 소리 듣고 한복 입었단 말이고.]

강: 그 사람들이 전부가 친일파라. 이게 마 변동이, 변동이 돼가주고 뭐 지(자기) 좋으이 카 고 나오는데 전부다 나쁜 놈들이라. 그게. 순 의용군 겉은(같은) 군대는 애국자고, 갓삐리내고 나온다 카는 거는 전부 나쁜놈들이라 카이.

황: 아이. 갓재이41) 내 속에 싹 붙어먹는 사람들까지 사무실에.

강: 붙어먹는 그 놈들이 거 나쁜 놈들이 아이라(아니라) 고래(그래), 거. 붙어먹는 거지.

황: 그 사무실 그 직원들인데.

강: 붙어먹기는 일본놈들한테.

조: 그래가주고 어예 됐어요?

황: 그래고 말았지 뭐. 우리는.

조: 그래가 어예 돌아왔습니까? 여기까지.

황: 올찍에요? 올찍에는. [조: 그래 누군가 돌아가자. 이랬을 거 아닙니까? 아니면.] 용무해줬지. 가라고. 가라고.

조: 가라고. 해방 된지 며칠만에.

황: 해방 된지, 사흘만에. [조: 사흘만에 돌아 왔어요?] 사흘만에 돌아 왔지. [조: 아.

---

39) 일본 사람은 하나도 안 나왔고, 사무실 책임자 혼자 나왔는데, 그 전까지는 줄곧 양복을 입고 다니다가 해방되었다 방송이 나오자마자 한복을 입고 나왔다.

40) 해방되고 이승만 박사의 이야기가 라디오에서 나왔고, 만세 삼창이 나왔다.

41) 간사질하는 사람을 말한다.

하. 그럼 거기서 얼마동안 일했습니까?] 예. 3월 달에 갔으이께네. 음력 3월 달이
께네. 3월, 4월, 5월, 6월 달이라. 한 댓 달쯤 됐을끼라. [조: 아. 3월에. 아. 가
던 해 고마 해방됐구나.] 3월, 4월, 월7, 월8 다섯 달만에 왔다.

조: 그럼 스물 두 살에 가서, 스물 두 살에 오셨네요?

강: 그 이네(금방) 왔네.

황: 이네 왔지 뭐.

강: 우리는 포로 돼가주고, 2년 7개월 있다가 나왔는데.

그 당시 한 달 대장하면 8원정도

조: 거, 저기 보국대 일하면 월급이나 뭐 그런 게 있었습니까?

황: 보국대요. 일하면 있지 왜요. 월급이 있는데 뭐. [조: 대장은 월급이 많았나요?]
대장은 글때는 보자, 글 때 하루 5원씩이요. 하루. [조: 반장은요?] 반장은
하루 3원씩인가 그럴께고. 노가다 상고(商高)가 3원 50전이고, 보통 거는 3원씩
이고.

강: 그래도 돈 벌수 있잖아. 우리는 무보순데. [조: 그러네요. 아 하.] 우리는 무보수.

황: 그래 인제 대장상으는 인제 하루 5원 주는데다가 인제 가족 수당이 붙고. 또 인부
수당, 인부 수당 이제 거 나가는데 하루, 하루 열 명이면, 열 명, 시무(스물) 명이
명(명이면), 시무명 인제 보냈는데, 거 또 수당이 붙거든. 그게 또 하루 50전인
가? 뭐, 뭐 얼매나 붙어가주고, 그거 하며는 한 달에 대장하면 한 8원정도.

강: 괜찮다.

황: 한 8원이잖애. 하루 50전, 하루 5원이께네. 하루 5원하고 한 한 80전. 한 8원. 8
원. [조: 하루 8원이니까. 3, 8에 24, 280원. 한 달에.] 글치.

조: 그래며는 그 동안에 상당히 돈을 많이 버셨겠네?

황: 돈 그래도. 돈 없어요. [조: 왜. 현장에서 써버렸습니까?] 그이(그러니) 또 돈 안
되데 그거는. 오는데 얼마 썼지. 뭐, 뭐 보국대 일해 가미(가면서) 하루 3원씩 받
아가주고 저 다 먹었버리고 없다 이카데. 누구 밥 사 미겠고(먹이고). [조: 그러면
그 돈 받아가주고, 뭐 저금했습니까? 그냥 가주고.] 그냥 가주고(가지고) 그 돈
받아와서 주머이(주머니) 하루 여(넣어) 있다가 썼버렸지 뭐. 그거도 그때도 우리
집이 뭐 어렵게 안 컸버렸으이. 포시랍게 컸으이께네. 호강 카는 거 모르고, 그 중
한(중요한) 줄 몰랐거든.

조: 뭐 있는 데로 썼지. 뭐 모아가 알뜰히 해 가주고 뭐 하겠단 생각.

황: 거 있는 사람들 뭐 없다고 카면 주고, 주고.

조: 그러니깐 인부는 거만 보통 하루 고만 1원 30전 그래 받았습니까?

황: 인부는 뭐 보통 인부는 3원씩이고. [조: 3원씩.] 하루 3원씩. 상고가(商高價)는 노가다 서리마다 파고 이런데, 드가며는(들어가며는) 콘크리트 있고, 이런데 드가며는 3원 50전씩 받고.

강: 일본인인데는 월급을 받았지마는 우리는 무보수로 가가 있었다 카이.

조: 그건 완전 군인으로 끌려 간 거고. 여는 참 인부로.

황: 우리는 인부로. 인부로.

조: 보국대로 가서 소속이 다르네요. 그래 저 보국대 가 있다가 한 번 그 저게 휴가 왔을 때 부모들 만났을 때 어땠습니까?

황: 뭐 보통이지 뭐. [조: 보통이었어요?] 그 뭐, 뭐 재미 뭐. [조: 그냥 일하러 갔네 싶어.]

강: 국내에 있었으이.

황: 그래도 몬 견디지(견디지) 뭐.

강: 자네는 호강했지 뭐.

조: 국내에 있었고, 전쟁에 간 것도 아니고. 그때 아직 장가 안 드셨고요?

황: 장개들었어요. 스무 살에 장가들었어요.

조: 아 하. 그 뭐 저게 부인께서는 마, 마 대게 뭐 막막 섭섭했고, 반갑고 그랬겠네요?

강: 우리는 그때 무보수로 가가주고 어예 살았는지도 모르고 뭐 뭐.

조: 뭐 어르신은 완전히 목숨걸어 놓고, 사경에 갔다가 뭐 돌아 온 거도 아니고.

강: 죽을라 그리 간데(가는데) 뭐.

<임 재 해>

6·25 참전 경험과 구사일생

* 마을회관에 모인 할아버지들의 구수한 이야기가 서로 오고 가고 이야기판의 분위기가 물어 익을 즈음 입을 굳게 다물고 조용히 앉아 계시던 황중구 할아버지께서 사람들의 성화에 못 이겨 드디어 이야기를 꺼내셨다. 6.25 전쟁에 참전했던 전 노인 회장님의 이야기를 들어보았다.[1]

밤새도록 이송해서 함경도 원산까지

조사자: 전회장님 뭐.

황중구[2]: 저는 뭐 전혀 아는 게 없어.

황수도[3]: 근데요. 전 회장님한테 한 게 들을게 있는 데요. 거 또 젂은(겪은) 이얘기도 얘기 아닙니까? [조: 젂은 이야기 좋습니다.] 6.25 전쟁사요. 이 어른이 몇 번 죽을 걸 살았다 카이께네. [조: 그렇쵸. 6.25 때 뭐. 참전 이야기.] 그 저 저 대추사까징 들어갔다가. 참 명소 살아 나왔다 카이.

조: 그렇죠. 그 얘기 한 번 들어봅시다.

황수도: 어른이 하는 말이 뭐라 캤노 카면 이캤니다. 헬리콥터가 아이모(아니면), 밤새도록 드가거든. 충분히 가는데, 헬리꼽터를 물어도 몇 뿐이나 총도 다 냈비맀부고 (내버려버리고) 그래가 살아 나온 분이거든.

조: 그 얘기를 한 번 해 봅시다.

황중구: 주변이 없어가주고. [조: 주변 없어도 괜찮습니다.] 그거도 참 애기도 좋다. 제가 50년도 10월 17일 날이 여게 참 6.25 나던 핸데(해인데), 그래 10월 17일 날이 입대를 했어요. 입대를 해가주고, 그게 뭐 참 끄께(끌려) 갔는데 마지막 어디 갔노 하며는 에 밤새도록 갔는데 대구라. 여게 저녁 따베 붙들래가주고 밤새도록 이송을 해서 걸어갔는게 대구 역전인데, 옛날 역전인데 가이. 그때 우리나라 참 육군 총참모장이가 전인권이라. 전인권씨가 육군전참모장인데, 소금, 소금물 요래 뭉쳐가주고 밥 한 덩거리썩 수 천 명이 아닙니까? [조: 그렇쵸.] 그래 받아먹고, 밤에 열차를 타고, 함경도 원산까지 올라갔어요. 이틀만에. 이틀만에 올라가서 함경도 원산에 가니깐 총을 주는데, 뭔 총을 주는데. 뭐 쏠 줄 압니까? 모르죠. 뭐. 새로 주이(주니) 뭐 총이나 구경을 했나 뭐. 주이 총이라고 줬지마는 쏠 꺼도 아니고, 쏘지도 몬 하고 이래 받아 미고(매고) 갔는데, 그래가주고 우리가 6사단이 7연대 내가 근무하는 게 3대대 갔는데, 그 통신병으로 인제 근무하는데, 그때 6사

---

1) 2003년 2월 24일 경로회관에서 임재해 조사 및 정리, 조연남 녹음자료 채록.
2) 황중구, 남, 76세, 노인회장.
3) 황수도, 남, 70세, 초산어른.

단 7연대 3대대 통신병으로 있을 때에 우리 연대장이 임부택이라고 육군 대령이고, 백선엽. 백선엽이. [조: 임부택이요?] 임부택씨. 육군대령 연대장님이고, 사단장님은 백선엽씨.

밤 되믄 인해전술인 점마들한테는 못 당해

황: 그래서 인제 거 함경도 원산에 있다가 그 이튿날이 폭격을 당하면서, 압록강에 들어갔는데, 압록강 드가가주고 에. 11중대, 3대대의 11중대가 앞에 들어가주고 거 참 뭐 도라무깡에다가 물, 압록강에 물을 퍼 옇고(넣고), 붕어, 붕어 두 바리(마리)를 잡아가주고 여(넣어)가주고 헬리꼬다(헬리콥터) 싣고, 이승만 박사한테 압록강 돌입했다하고. 거 참. 붕어 두 바리하고, 압록강 물 퍼가주고 이박사한테 받혔다. 이 박사한테 받치고, 그때 우리 그거 참 숱한 사람들 표창도 많이 탔지요.

타고 이래가주고 그 찰나에 중공군이 고마 무진장 왔버렸어요. 여. 가들은 인해전술이고, 우리는 총도 못 쓰는 그런, 그런 청년이고, 쫓께오는 게 가지지(전부지) 뭐. 그래 일주일을 쫓께오는데, 뭐 어데 갈 때 있습니까? 무조건하고 뭐 일주일 굶었지요. 굶어가면서 오는데, 오데로(어디로) 왔나 카면 서울 밑에 의정부 거게 8일만이면 도착을 하니깐. 우리 임부택 연대장님이 참 대과에다가 레이션, 미국놈들이가 레이션 카잖아. [조: 네. 레이션?] 마구 거 니라(내려) 주는데, 그 놈 받아가 먹고 거기서, 거기서 인제 다시 재편성을 했어. 부대를. [조: 부대를.] 6사단, 7연대고 뭐. 6사단은 전부 인제 재편성을 하는데, 후방에서 인제 신임병력이 오고 하는데 재편성 해가주고 거 저저 백암산 카는데, 강원도 화천 우에 백암산 카는 큰산인데 거기에 가가주고 인제 주둔을 해가주고 일년 넘두로(넘도록) 근무하면서 지내다가 그 인제 거기서 인제 우리가 수련을 했어.

수련하는데 그 상간에(사이에) 뭐 죽을 고분(고비) 폭격을 해서 글치마는 말도 모하죠(못하죠). 여 겉으면 저 앞산 겉은데 중공군이 있고, 뭐 인민군이 있다 카면. 동아 작전을 여러 수천 번 했니더. 하루는 올라갔다가 또 저녁때면 쫓게 내려오고, 낮에는 우리가 올라갔는데 탈환을 해요. 밤 되믄(되면) 인해전술인 점마들한테는 못 당해. 또 쫓게 내려오고 올라갔다, 니리갔다(내려갔다). 아침에 올라가면 뭐. 팔은 팔대로 낭게(나무에) 달렸어.[4]

거는 전부 참 낭기 많애요. 풀 나무, 풀 낭게 뭐 다리 걸랬는 거, 팔 걸랬는 거. 전부. 이런 식으로 참 당할 때 저도 뭐 뛰 넘다가 부상도 쫌 당했습니다마는. 숱한 그 문제가 생겼고, 전에도 한 번 얘기했지마는 우리 마을에는 6.25때, 6.25때 우리 마을에 참전해 갔던 분들은 그 아래도 교수님 계실 때 제가 서두에 약간 말씀

---

4) 죽은 사람의 시체가 나무에 팔은 팔대로 다리는 다리대로 매달려 있었다는 말이다.

드렸습니다마는 참 타 동네, 딴 동네에 비하면 우리는 안 죽었다. 많이 안 죽었다. 많이 살았다. 조상이 받들었는지, 하느님이 받들었는지. 많이 참 전사를 안 당하고 참 성은이다. 이런 얘기를 오늘날 어른들 합니다. 하는데 그래서 그 참 근무를 제가 7년 6개월 했어요. 7년 6개월 해가주고 제대를 해와가주고 와가주고 오늘날까지 여게(여기) 고장에 어른들 모시고 이래 삽니다.

한번은 죽은 사람 밑에 파고 드갔어요

조: 아니 그 뭐. 겪었던 그때 아슬아슬했던 이런 장면들.

황: 아슬아슬했던 거 뭐 얘기하자 카면 한정이 없어요. 그때는 가믄(가면) 명령만 딱 내리면요. 칼 하나 안 있습니까? 칼. 칼 뭐 그 드는 칼이래요. 손끝에 끼가(끼워서) 뭐 찌구는 칼인데, 그거 가주고 있으면서 산에 올라가요. 오늘 저녁에 이 구디(구덩이)에 구디이를 파가주고, 나무 비다가 호를 만들고, 우에 흙 떠버가주고 호를 만들어라. 카면 맨날(매일) 잠 안 자고, 그 놈 호를 파가주고 구디(구덩이) 맨들어가주고 나무 걸치고, 나무 이 막으면 풀 나무를 그 대검 가주고 끊자면 그 참 애 먹었어요. 톱이 있는교, 뭐. 그래 그래 찍어가주고 그 놈을 힘으로 가주고(가지고) 땡겨 맺치고 이래가주고 맨들어가. 줄로 맨들고 이래 가, 밤에 되믄(되면) 그 우에 중공군들이 폭탄을 갖다가요. 놓고 그리 뛰 놓고 저 갔다 던졌부면 폭 내려 앉았부래.

그래이 많이 죽죠. 뭐 말할 거 없어. 고마. 거 있는 일고, 여덟이 일개 중대들은 고마 갔붑니다. 그래서 어떤 거를 했느냐 카면 보초를 서지요. 보초를 서기는 서지마는 저 놈 아들이 하도 인종이 많으니깐. 총을 쥐도 뭐 이거를 쏠 줄을 모리니깐. 우리는 그 당시는 죽을 지경이지요. 뭐. 만날 쫓게 오고, 그러다 보이 숱하게 죽고, 저는 한 번 그 굴속에서 밑에 파고 드갔어요. 죽은 사람 밑에. 피를 푹 덮어 씨고 뭐. 그래 참 해봤고.

인민군들이 너리하게 죽어있던 개골물도 먹고

황: 그 다음에 여름이 되면 인민군들하고, 중공군들하고 말 가 와가주고, 그 썩었제. 51년도 4월 달쯤 돼가주고. 백암산 그때 구만리 발전소를 해요. 질가(길가)에 고마 구데기(구더기)가 와 냄새도 나고, 사람 썩는 내(냄새). 사람하고 말하고 죽었는 게 뭐 쫙 깔랬거든요. 그 안 밟을 수가 없는 게라. 밟아가주(밟아서) 참 전진도 하고 후퇴도 하고 이랬는데, 그래도 이 밥 한 덩거리 소금물 했는 거 받아가주고, 그 소금물 했는 거 먹어요. 먹고, 산에 올라 가다보면 갈증이 나지요. 개골에 물이 내려온다. 쫄쫄 내려 오이. 마커 엎드려 먹는다. 먹어 놓고 저 우에(위에) 올려 가면 인

민군들이 너리하게 죽어있다 말이래. 개골에. 그 피를 다 먹었어요. 그 핏물을 먹었
단 말이래. 우리가.

　그 있이먼 모르지 뭐. 올라가보이 뭐. 마커 그 계골에 죽었지. 썩어 자빠지고 있
는 게 그 물 먹었다 카이. 그래이 요즘도 캅니다. 요즘은 전 캅니다. 그때 그 물이
아주 예. 요즘, 인삼, 녹용보다 나은 물이라. 제가 생각할때요. 요즘 그런 물을 먹었
다이카면 대번 생각해서 병이 되지 싶어. 안 그랬습니까? "아이고, 저 물을 먹었데
이. 내가 병이 안 나나." 속담에도 있습디다마는 "4월 달에 나물하러 갔다가 계골
물 마시고 올라이 구렁이가 구들구들하게 넘어, 자빠져 죽어 있으이. 그 물 먹어가
주(먹어서), 고민하다 죽었다." 카는 전설의 이야기도 있습디다마는 저도 요즘 생
각하면 그런 것도 생각하는데, 오히려 그게 나에게는 큰 인삼, 녹용이었단 이런 생
각도 하고 있는데, 그때 그 당시 그 참 6.25 나고 휴전 될 때까지는 제가 전선에
있었습니다. 최전방에 있었어요. 그래서 참 얘기할라면 뭐. 선생님이 잘 알라디더
마는 대충 그런 참 경험을 했습니다.

조: 밥 자실 때 소금물로?

황: 예 예. [조: 소금물.] 아이(아니). 소금물 뭉쳐 옵니다. [조: 소금물로 간을 했는
　　뭉친 밥을 가져온다.] 예 예. 우리는 뭐. 그때 6.25 때 가신 분들은 100% 고대로
　　(그대로) 지 뭐. 저만 아니고 뭐. [조: 그렇죠.]

황수도: 주먹밥을 해도 소금을 안 뭉치면 안 되요. 전부 주먹밥이지 뭐.

황: 그때는 뭐 요새 겉이 하얀 쌀밥이 아니라. 보리쌀 반, 쌀 반 섞였는 게지. 지금 쌀
　　밥이 아니야.

<임 재 해>

월남 참전 용사들의 고엽제 피해

 * 마을의 건실한 일꾼인 이장님의 월남 참전 이야기를 들어보았다. 그는 오랫동안 청운리의 이
장을 맡아 오면서 "마을의 발전을 위해서라면 불구덩이라도 들어간다."는 심정으로 마을을 위해 지
금까지 열심히 일하고 있다. 이장님의 월남 참전 이야기를 들으면서 전쟁이 남긴 상처, 특히 고엽제
에 시달리는 많은 사람들에 대해서 생각할 수 있는 시간이 되었다.[1]

참전 용사 얘기할라 카먼 억울해 죽을판이지요

조사자: 그 이장 안 해봐도 아는 거 아닙니까?

황중구[2]: 이장이, 참전 용사. [조: 참전 용사네요.]

황상모[3]: 참전, 참전 용사 얘기할라 카먼 억울해 지금도 죽을판이지요.

조: 그, 그라면 월남 이야기 쫌 들어야 되는데.

황상모: 월남, 월남 이야기할라 카먼 밑도, 끝도 없는데 월남은 사실상 월남 갔는 게
  어디 돈 있는 곁으면 월남 안 갔지요. 워낙 집이 가난해서 보리밥도 못 먹었잖니
  껴. 보리고갤(보리고개를) 못 넘겼잖니껴. 국민소득 우리나라 그때 세계에서 가장
  가난한 국가 아니랬니껴. 그래 실지 월남 파병해가주고 그래고부터 그 돈 가주고
  (가지고), 정부서 끌어다가 국가 경제 시설 다하고 실지 여 뭐 공단 뭐, 구미 공단
  이나 창원 공단 뭐 전부 월남 갔다 온 지금 정부서 싹 쑤셨부고요. 그거 뭐 떠들고

---

1) 2003년 7월 12일 경로회관에서 임재해 조사 및 정리, 조연남 녹음자료 채록.

2) 황중구, 남, 76세.

3) 황상모, 남, 58세, 현재 이장을 맡고 있음.

나설까봐 싹 쑤셨부고. 그래 인제 제가 남의 집에 머슴을 살았다 카먼.

옛날에 머슴을 살았다 카먼, 옛날에 머슴, 옛날 돈으로 100만원 받았다, 300만원 이라든가 그래먼(그러면) 머슴을 살아도, 머슴이 우리 아버지가 머슴 돈을 받아가도, 제가 머슴을 살았으며는(살았으면) 언제 가갔다(가져갔다) 카는 거 알아야 될 꺼 아니꺼. 월남 가가주고 저희들은 거기서 살아왔지마는 숱한 전우들 죽고, 같이 오늘밤 같이 자다가도 내일되면 어디 가고 없고 죽어가 시체로 변하는데, 시체도 못 찾는데, 얼매나 받았는지, 몸값은 얼매나 받았는지, 지금도 안 밝혀지는 게래. 그러니까 그게 얼매나 억울한지. 그러이 뭐 하마 누가 책자에 내 놨는데 보이까 그 때 돈 몇 100만불 받았는데, 그때 돈 몇 100만불이면 한 사람한테 엄청난 돈 아니 꺼. 지금 통계를 내 놨는데, 월남 갔다 와가주고 정부에서, 미국정부에서 준 돈 다 받으며는 그걸 가주고(가지고) 돈으로 예금씨키먼(예금시키면) 지금 한 사람 당 9억씩 찾아낸다 그래. 지금으는.

9억 찾아내는데, 그때 얼매 줬나 그래먼 그때 15,000원 줬거든요. 한 달에. [조: 한 달에.] 15,000이면 그거 뭐 뭐 개 죽었부먼 30만원이래요. 죽었부먼 30만원인데 개 죽는 거나 한 가진데. 그 정부에서 기왕 그러커로 못 사든 게, 그때 돈, 그때 돈 그때 달러로, 30년, 40년 하마 월남전 갔다 온지가 하마 44년되거든요. 그때, 그때 돈이 요새 돈으로, 저는 딴 신문은 안 봐도 전우, 전우 신문은 만날보는 게래. 그거 봐야 거는 뭐 뭐 했다 카는 거 알기 때문에. 그때 돈으로 10억 8천만 달러를 벌었 으니. 그때 돈 십억 8천만 달러라 카먼 요새 돈으로 환산하면 수백조 돼요. 근데 아 무 대우해주는 게 없는데요. 그래 거기서 죽었는, 죽었는 전우, 전우들은 또 원통하 기 짝이 없고.

고엽제로 죽어가는 게 한 둘도 아니고

황: 거 또 작전하기 위해가주고 만날 안 나오디껴. 고엽제. 그거 인제 고엽제 뭐냐 카 먼 지금 농약 원액이거든요. 그거 또 뿌리먼 뿌려야 되는데 전부 거 장벽지대기 때 문에, 작전하는데, 그거 비행기로 지금, 지금치먼(지금으로치면) 헬리꼽터 항공 방지하듯이 이거는 아무꺼도 아니래요. 거 비행기 막 미국 비행기 와가주고는 엄 청나게 많이 나오는게래요. 많이 나오는데, 거 바보 같은 거 뭐 하도 덥으니깐(더 우니깐) 사십도꺼징 올라가거든요. 올라가는데 덥으니깐 뿌리는데 웃통 벗고, 시원 타 카머 맞았어. 일부러 맞았는데, 그거는4) 벌써 하마 다 죽었고요. 그거는 하마 벌 써 죽었어요. 벌써 다 죽었부고 없고, 지금 우리 겉은 거는 옷 입고 조금 맞았고, 이래해가주고 그, 그 피해 말도 못하는게래요. 한 평생 생활하면서요. 심(힘)도 하

---

4) 그때 고엽제 맞은 사람을 일컫는다.

나도 못 쓰고요. 만날 흐리한 게 뭐. [조: 참전 용사.]

　그래 아래도 인제 그 산업계장하고, 읍에 직원들하고 인제 차 한 잔 먹으면서 그런 얘기를 해가주고 정신이 흐리하다 이래니 산업계장이 뭐라 카노. "서류 하나 만들어 내는데는 그러커로 영글게 잘 만들어 내는 게." 카거든. 그래도 나는 그래 지금도 아주 몸이 올찮커든. 지금, 지금도요. 늙어, 6.25전쟁에 참여했던 어른들보다가 지금 6.25에 참전하신 분들은 연세가, 우리세대보다 연세가 십몇 년 더 많이 차니꺼. 그래 지금 돌아가 연세 많은 6.25 참전하신 분들, 어른들보다가 우리 월남 참전자들이 훨씬 더 많이 죽거든요. 고엽제 때문에. 지금 일년에 150명에서 200명. 150명에서 200명 계속 죽어요. 그런데.

황중구: 월남전에 그 고엽제 사망률이 더 많애.

황상모: 150명에서 200명 죽거든요. 200명 죽는데, 지금도 늙어가주고 다 죽어가는 게 한 둘도 아니고, 여 거 인제 그거 등급을 받을라고 군병원에 가면요. 그거 한 달에, 한 분씩 모아가주(모아서) 오는 거 보면요. 한 백 몇 십명씩 그거 받아야 그거라도 먹고살라고 오는데, 전부 완전 빙신 이래가주고(이라서) 이 걸음을 못 걸어가주고 기가 오는 거, 목발 두 개 짚고 오는 거, 자기가 군병원을 못 찾어가 부인이 휠체어 태워가 오는 거 전부 글커든요. 그래, 전 전 직접 저 자신을 거울 안 디다(드려다) 보면 모르잖니꺼. 모르는데, 같은, 같은 참전했던 용사들 이래 보면(보면), "참 젊을 땐 총알도 피해 댕겼는데 왜 저러노." 싶으거든. 진짜 눈물이 나요. 근데 정부에서는 지금 형식상 해주는 거지. 아무꺼도 해주는게 없는 게래. 그래 가가 집회해도 되지도 안하고.

황중구: 그래 그런 사람들은 지금 거, 거 가가주고 발언해도, 발언도 안 받아준다.

옳게 국가 유공자 돼야 될 사람이 안 되고

황상모: 그러니깐 그 다부됐는 게 옳게 국가 유공자 되야 될 사람이 안 되고, 광주 그 사태나 그 전부 국가 유공자 전부 3억씩 몇 억씩 다 주고. 지금 신문에 요 앞에 났는 거 보이께네 또 뭐 지역 거 학생들, 또 회사 데모 앞잡이 서든거. 학생 운동 데모하든 거 전부 그런 사람들만 전부 광주 민주화운동으로 전부 국가 유공자 다 됐부랬는데, 박장군네도 국가 유공자, 광주민주화 운동 유공자 됐니더. 그 박장군네도. 그 징역 몇 분(번) 갔다오고 이래다가.

조: 박장군네는 누굽니까? 이 마을?

황상모: 우리, 우리 청송 1구에 도의원요. [조: 아. 도의원.] 그러이 국가를 위해서 공헌한 사람들, 6.25 참전하신 분이나 월남 참전자들이가 국가 유공자를 씨게가주고 뭘 해줘야 되는데, 실지 우리는 참 뭐 이런 얘기하면 안 되지마는요. 6.25는 내

나라 일어났으니깐 당연히 전쟁에 참여해야되고, 우리는 워낙 우리가 못 살았으니깐 가가주고 죽어도 참 내 가정이라도 쫌 살까. 글 때 국가는, 국가를 생각 할 수 없고, 내 가정이 몬 사니깐, 내 가정 잘살먼(잘살면) 맹 국가도 잘 살기고 맹 그런, 그런 뜻으로 지원해 갔거든요. 지원해갔게 거 인제 후방에 전부 착출 돼. 후방에는 니 가라 카고 안 가먼 안 되고, 우리는 전방에 있었기 때문에 하도 고생을 했기 때문에 지원을 했거든요. 집에 워낙 못 살고 하니까네. 보리, 보리밥도 못 먹을 정도됐으니깐 그때.

그래 그러니깐 지원해가고 이랬는데 그거 받아가주골랑, 정부 뭐 정부에서, 그래 그거를 뭐, 박대통령, 박대통령이 있었이먼 또 모르지마는 전두환 대통령은 우리 연대장꺼징 지냈는데 그 분이 미국에서 인제 마커 다 호주나 뉴질랜드 월남 참전 하신 분 중에는 그 고엽제하먼 우리나라 보다 더 빨리 생겼어요. 더 빨리 생겨가주고 그 미국정부에서 3억씩 다 보상을 해 줬거든요. 해줬는데, 우리나라도 미국 정부에서 맹 3억씩, 맹 30만 넘게 갔으니깐, 그 고엽제 환자들이 많으니께네. 돈을 그때 돈 150, 150억 달러를 내 났어. 미국정부에서 그래 가주 가라 카이, 전두환 대통령, "우리나라는 그런 거 없다.' 카머. 그랬부이께네. 그 돈을 미국 정부에서 국제기 아대책기구로 드갔어.

그래 그 뒤로 계속 고마 고엽제 환자가 나타나게 생겼으니. 이거는 금방 맞어, 맞으면 금방 나는 게 아니라 10년 후에 날지, 20년 후에 날지, 죽을 때 날지 몰래. 그래 그 뒤로 막 계속 막 방송에도 나와 행편(형편)없는, 행편 없는 사람이 있잖니꺼. 온 몸이 막 형편없는 거게, 거게 보며는 병 종류가, 미국에서 정의한 종류가 한 30 가지 되요. 그래 지금 인제 거 신체검사 해가주고 고 병명 미국에서 정의한 우리나라도 고거를 사용하는데, 고 병명이는 신경 척추마비, 마비가 되며는 마비가 되는 고 병 진단해. 고거 나오먼 진단서 띠가(떼가주고) 가먼 판정을 받을 수 있어요.

있고 이런데, 그게 뭐 형식, 형식상이지 뭐. 그러이 고엽제 환자들이 지금 전체 한 4만명 되는데, 지금 뭐 죽었는 거 뺐부고 인제 지금 억지로 살아있는 게 4만명 되는데, 미국, 미국 다오키칼 회사하고 인제 지금 전부 우리나라 들어와 있거든. 그 사람들이, 그거는 농사 주 맞는 그거 미국에서 다 왔단 게라. 그리이 다오키칼, 몬산도 이런 회사가 우리나라 지금 와 있는데, 그 회사가 미국 거 월남전에 만들어가 주고 그랬는 거. 그때 그 인제 우리나라 그때 약품, 그 이제 우리나라 들어와 있어. 그 회사가 총 재산이 얼매나 카먼 55조가 넘어요.

회사 상대로 패소 판결 내렸는데 또 항소 해 났거든요

황: 그 인제 우리가 소송을 해 났거든요. 소송을 했는데, 소송에 참여했는 사람이 17,000

명 정도 되는데, 그래 5조 1600억을 해 놨어요. 하내기(한사람) 3억 뭐 뭐, 3억 했는데, 뭐 5억, 5억 해달라 카고, 국제 재판꺼지. 또 하면 우리 이기먼(이기면) 그짜(그쪽에) 또 뭐, 뭐 항소할 기고, 그짜 우리 졌부면 우리 또 항소하고, 우리가 작년에 패소 판결 내렸잖니꺼. 패소 판결 내렸는데 또 항소 해 놨거든요.

그래 인제 이 재판을 한 번 하는데, 작년에 먼저 우리 99년도에 신청을 해가 재판했는데, 돈이 얼매나 드가나 하면 180억 드가거든. 그래 인제 우리헌테(우리한테) 일하는 변호사가 몇이나 그러면 백, 백하내기거든요. 그래 인제 그 제일 그 인제 앞에 일하는 변호사가 백영옥 변호사 카는 분, 그 법원에 부장 판사까지 했는, 했는 변호산데 그 그분은 틀림없이 이긴다 이거야. 그래 백하내기가 우리 앞에 일하는데, 이길꺼란 생각 들었는데, 그리 작년에 패소 판결 내렸거든요. 그래 인제 왜 그렇노 카먼 미국정부하고 해가주고 인제 미국정부하고, 미국정부는 돈을 150억 달러 내 놨는데 안 찾어갔으니깐 미국정부하고는 이길 장사가 없고, 그리 인제 회사하고 상대를 하거든요.

하는데 그 인제 180억, 진지로 180억을 우리가 뭐 돈 뭐, 돈이 뭐 있니껴. 아무꺼도 없는데, 마커 인제 영세민인데 그래 어예 해가주고 정부에서 그거 다 댔어요. 데고, 그래 미국꺼지 가가주고 완전 뭐 불구자가 미국 가가주고, 온데 미국 의회도 다니고 그래 막 그래 다니고 오고 이랬는데, 그래 인제 항소할라 카먼 돈이 240억 들어.

실지로. 그래 인제 240억 드는데, 우리는 뭐 예금 씨게(시켜) 놨는 돈도 없으니깐. 막 여권 신청해 얓부고, 돈쫌 있는 사람들은 나중에 돈 내놔라 하까봐. 신청을 아 했어요. 안 하이께네 인제 숫자가 인제 또 줄어질 거 아니꺼. 줄어지는데, 그래 인제 이거 변호사측에서 정부하고 계속 상대를 해가주고 인제 뭐 그 쫌 지원해 달라 캐가주고 전부 인제 구제하기로 카고, 지금 인제 항소 해 놨지요. 항소해 놨는데, 그거 인제 재판, 재판 판결이 어에 나와야.

황중구: 여 인제 바로 간다. 바로 가야되지. 난 내 호부래비(홀아비) 밥 해 먹어야 되니.

조: 여기 계시다가 우리 밥 해가주 가지.

<임 재 해>

삶의 경험과 현실생활에 관한 구술자료

사라진 것들과 그 자리를 메우는 것들
할아버지들이 이야기하는 우리시대의 정치현실
오늘의 농촌현실과 문제의식

사라진 것들과 그 자리를 메우는 것들

* 현재 농촌 마을에는 사라진 것들이 많이 있다. 구수한 이야기판을 비롯하여 사람들과 모이면 의례 거나하게 한잔씩 주거니 받거니 하면서 정을 나눴던 술, 길거리 여기 저기서 따스한 햇살을 즐기며 긴 곰방대를 차고 있었던 할아버지의 모습을 찾을 수 없게 되었다. 이러한 장면들은 이제는 쉽게 찾아 볼 수 없는 지나간 풍경이 되어 버렸다. 하지만 그 자리를 메우는 것들이 있다. 그것은 다름 아닌 이야기판을 대신한 텔레비전, 화투 그리고 술을 대신한 커피나 녹차가 그것이다. 사라진 것들에 대한 이야기를 황유모 할아버지를 통해 들어보았다.1)

지금은 사라진 것들

조사자: 그래서 거 뭐 일화라든가, 거 뭐 혹시 전설 같은 거는 혹시 없습니까? 옛날에 뭐 모이면 이야기하고 했는데 뭐 요새는 뭐 텔레비전 있고, 이래가주고.

황유모2): 글치 뭐. 혹시 뭐 집안끼리, 아이들끼리, 아이들하고 같이 살며는 뭐 간단한 일화 같은 거도 이야기 해주겠지마는 지금은 노인들이 앉어 가주골랑 옛날 이야기 별로 한 적 없지. 그저 앉어가주고(앉아서) 뭐 바둑 두는 사람은 바둑 두고, 혹은 뭐 화토 치는 사람은 화토 치고, 텔레비보고 그렇지 뭐. 이야기 마당이라 카는 거 없어.

조: 예. 이야기 마당 없죠. 어. 옛날에 어르신네 젊었을 때는 뭐 이렇게 모이며는 호롱 불 켜 놓고, 겨울 겉은 때는 이야기하고 그랬었죠?

황: 그런 기억도 뭐 희미합니다.

조: 요즘 그럼 그러면 경로당에서 바둑이나 뭐 화토 치고, 뭐 다른 놀이 뭐, 예를 들어 화토 쳐도 무슨 내기를 해야 재미있을 꺼 아닙니까? 커피 내기나 뭐 이런 내기하 십니까?

황: 화토 쳐도 뭐, 무의미하게 그냥 하기는 뭐하니깐. 가령 뭐 한 500원씩 해가주고 뭐. 인제 해가주고 인제 사탕이나 노인네들 먹고, 혹은 빵, 빵 카는 거라도 먹고, 더울 때는 뭐 하드 같은 거나 사가주고 그거 뿐이라.

조: 아. 그 정도구나. 옛날에는 뭐 어른들이 이웃에 다니시나, 뭐 무슨 일이 있어 서로 오고 가며는 주로 뭐 인제 술상을 차린다거나 뭐 그러잖아요. 그런데 요즘은 그래 어른들 오면 술 받으러 가잖아요. 주전자 들어 가주고 오먼(오면) 도가가 술 받어 오고 하는데.

---

1) 2003년 7월 12일 경로회관에서 임재해 조사 및 정리, 조연남 녹음자료 채록.
2) 황유모, 남, 77세, 노인회장.

황: 그렇지.

조: 요즘은 시골에서는 그런 거 보다 커피 대접을 많이 하십니까?

황: 일반적으로는 커피 대접을 많이 하는데, 특히 술을 즐기고 뭐 이런 사람이 오며는 막걸리 한 병썩(병씩) 받아가주고, 대접하고, 대접하는 수도 있고, 있지마는 제일 손쉽게 뭐 커피, 뭐 한잔 주고 이런 거지 뭐. 옛날보다 쪼금 달라져가주고.

조: 예. 그렇죠. 커피 외에 다른 차도 쫌 준비합니까? 주로 커핍니까?

황: 주로 커피, 녹차 뭐 그렇지 뭐. [조: 커피, 녹차.] 아니면 뭐 음료수 종류 뭐, 음료수를 대접한다든가.

조: 손님 대접 풍습이 그렇게 많이 바뀌었군요?

황: 바꿨지. 요즘은 뭐 옛날 같이 술을 많이 먹는 사람도 없어요.

조: 술은 많이 안 자시고. 담배는 어떻습니까?

황: 담배는 거의 없어졌어요. 여기, 여 노인들이, 이 동네만 해도 보통 한 십 여 명씩 모이는데, 회의치면(회의하면) 한 20명, 30명 모이게 되는데 담배 피우는 사람이 있어도 두 세 사람, 두 세 사람 방안에 사람 있는 데는 안 피우고, 저 바깥에 나가 피우거든. 그렇는데.

조: 그 어째 그럴까요? 옛날 어른들, 뭐 참 담뱃대 들고 참 이렇게 많이 다녔는데, 이제 건강 생각해서 그렇습니까?

황: 주로 건강 관계요. [조: 그러며는.] 매스컴에서도 많이 떠들고 하니깐.

조: 주로 건강 관계 때문에. 어쨌든 뭐 이제, 여기 지금 담배 농사는 거의 안 하잖아요?

황: 이 동네는 하는 사람이 없어요. 하는 동네는 하는 데도 많이 있는데, 이 동네도 옛날에 많이 했습니다. [조: 많이 했지요?] 많이 했는데 요즘으는(요즘에는) 뭐.

조: 근데 담배 농사 안 하는 거하고, 담배 피우는 거 하고 무슨 관계가 있습니까?

황: 그거는 큰 관계가 없지 싶은데요.

조: 관계가 없어요. 옛날에 담배 농사 할 때는 직접 뭐 이거 담배 짚을 직접 썰어가주고, 우리 어릴 때도 보면(보면) 어른들이 그렇게 해서 담배 쌈지 해가주고 담배를 피웠지요?

황: 그때는 그거 주로 그거를 많이 피웠지요. 젊은 사람들은 가령 몇 대 사가주고 피우기는 하는데 거의 다 쌈지 해가주고 그 짚을 그대로 썰어가주고, 요새는 담배 값도 담배 값이지만 건강을 하는 편이지.

조: 건강을 많이 생각하죠? 어르신은 그럼 젊었을 때 담뱃대 사용 안 하셨습니까?

황: 우리는 안 했지요. [조: 아. 그때 하마 안 했어요?] 우리 담뱃대라는 것은 뭐 우리 어른들이 담뱃대를 태우셨는데, 우리는 한 20세쯤 돼서 사회 나가가주고. [조: 예. 사회 활동을 하셨으니깐.] 거 그런 담뱃대 들고 다니는 일은.

조: 아. 그러셨군요. 그럼 여 시골에 있었던 어르신네 또래나, 그 아랫대는 쫌 나무도
하러 다닐 때 곰방대 넣어가(넣어서) 다니고 그러셨군요?

황: 우리 뒤에도 들에 나무하러 댕기고 하는 사람들, 혹시 그런 사람 있었어요. 사회
댕기며는(다니면) 자연히 일을 하다보니깐.

조: 그때는 다 그 형식을 취했으니깐. 요새는 뭐 담배도 안 피우시고, 술도 옛날보다
덜 자시는 것 같아요?

황: 나도 담배는 많이 피웠어요. 보통 하루 두 갑 정도는 피웠는데, 담배 끊지가(끊은
지가) 한 7, 8년, 한 10년 되가는데, 담배를 일체 안 피웠거든요. 한번 끊고는.
[조: 아. 하. 그 참 끊으시기 어려운데, 그 참.] 야. 이 상당히 어려워하는데, 이
첨에 끊을 때는 결심을 안 하먼(하면) 안 되고, 처음에는 안 피우고 계속 한 일년
지나니깐.

조: 그럼 여, 어른들 중에서 담배 피우는 분이 더 적겠네요?

황: 훨씬 적지요.

조: 한 뭐 열 명 정도 계시면 몇 분 정도 피우십니까?

황: 열 명중에 한 둘이라고, 내가 생각헐(생각할) 때.

조: 그럼 뭐. 태울려면 나가서 태우겠네요?

황: 전부 나가지요. [조: 방안에서는?] 경로당에서는 좀처럼 못 봐요. [조: 아.] 혹시
혼자 살짝 나가서 앉아서 피우고. 지금 몇 명 안 피워요. 그만큼 담배에 대한 생각
이 많이 달라 졌어요.

조: 술은 그럼 열 분 중에 몇 분 정도 자십니까?

황: 술도 열 사람 중에 보자, 한 두 세 사람 밖에는 없는 거 같애요.

조: 예. 아하. 그러면 주로 여기서, 심심하면 음료수나 커피 마시겠네요?

황: 그렇죠. 주로 뭐 커피 마시고, 한 두 사람 술 즐기는 사람은 혹시 뭐 맥주 같은 거
는 누가 와서 대접을 한다든가 하면 뭐. 여럿이 다 먹으니깐. 남의 잔이 비었으이,
뭐 냉장고라도 여(넣어) 넣고 스스로 내 먹기도 하고 그래요.

조: 그러며는 뭐 특별히 뭐 굴미할 거는 뭐 옛날처럼 하지 않고 그냥.

황: 그렇죠. 예. 옛날에는 뭐 참 노인들이가 콩을 볶어가주고도 가주왔는데, 지금 집에
서 생각되는 거만 일분 해가주고, 같이 이래 참 노놔(나눠) 하는데 요즘 그래 먹는
거, 먹는 것에 대한 집착이 옛날하고 다른 걸애.

잠은 안 오지만 즐기는 커피와 다방

김수봉3): 잠이 잘 안 와. 딴 커피 먹어야지 안 되겠어.

조사자: 오새 그래도 뭐 집에서 다 커피 한 잔씩 하시지요?

김: 그럼 커피는 먹지. 흔하다. 그기(그것이) 거이(거기) 다바으는(다방에는) 가이께 네, 일반 차 보다 비싸드라 또.

황덕호4): 비싸요.

김: 더 받데. 원다방 2,000원 받고. 원래 거 그 전에는 거 원다방에서는 어떤 데는 그지(그냥) 돌라 캐도 그저 주디만(주더니만) 안 되더라.

황덕호: 2,000원. 2,000원 더 받니더. 지금 여 한 2,500원, 여 한 2,500원 하끼라.

전성도5): 차 값 다 올렸일껄요.

황덕호: 올렸단다.

김: 올랐어? 으. 언제?

전: 요전 날에 올렸는 모양이래. 올렸어. 소주 값이고, 막걸리 값이고 뭐 음료수 값 뭐.

황덕호: 원래 천 저, 저 1,200원하는 거 1,300원하는데. 1,300원에서 또 더 받는 모양이라.

전: 저 가면 1,000원이씨더 왜. 아리랑 바로 밑에요.

황덕호: 오데(어디). 으. 영감이사 아무데 가도 1,000원이다. 영감이사 아무데 가도 1,000원이래. [전선도: 그런데 뭐요.] 생전 안 가던 집 가믄(가면), 또 받는 대로 다 받고. 진보에 가면 맨날(만날) 1,000원 받는다. 저 번에 저게 거 수다바(수다방) 거 생전 안 가던 데 처음 가보이. 1,000원, 1,300원 받는데. 저 밑에 저 뭐시기. 요새는 그렇게 안 해. 아주 그 집 자주 댕기면 영 알아가주고 하지마는, 처음에는 그래 안 해.

김: 전부 양발 한 커리씩(켤레씩) 주더라. 나도 양발 한 커리 얻었는데.

<임 재 해>

3) 2003년 2월 24일, 김수봉, 남, 89세.
4) 2003년 2월 24일, 황덕호, 남, 82세, 청계어른.
5) 2003년 2월 24일, 전선도, 남, 68세.

할아버지들이 이야기하는 우리시대의 정치현실

　* 할아버지들이 하나 둘 경로당으로 모이기 시작했다. 어느새 경로당에는 할아버지들로 가득 찼다. 할아버지들은 둥글게 둘러앉아 옛날이야기를 주거니 받거니 했다. 마치 예전의 옛날이야기 판이 되살아 난 듯했다. 금덩어리를 묻어 놓은 욕심쟁이 구두쇠 이야기 한 뒤 돈을 쓰면서 살맛나게 사는 방법에 대해서 이야기를 했다. 또한 현 사회나 정치 문제에 대해서도 자신들의 의견을 제시하였다. 할아버지들이 말하는 지금의 사회·정치 이야기에 귀 기울려보자.1)

돈은 써야 살맛 나는 세상

김수봉2): 그랬다. 자기도 돈 여가(넣어서) 오거든. 여 술을 내라.

강주형3): 어제 1,000원 안 내다?

조사자: 예. 참 좋은 이야깁니다.

강: 그래 돈 카는 게요. 진짜 돈이 있이면 교수님도 월급 받아 이래 사주고 하는 게 울매나 좋으니껴. [조: 예. 맏니더.] 저금 해 놓는 거도, 돌미(돌) 묻어 놓는 거랑 한 가진데. [조: 예.]

황일호4):대답하지 마소이. 낼이 또 사줘야 되니 더.

조: 오늘 가서 저금 다 찾아야 되겠네요.

강: 또 찾아가주고요. 이래 생각해가주고. 돈 씰(쓸) 수 없는 사람들이 있거든요. 돈은 씨고 줍어(싶어) 돈 없는 사람 안 있니요(있어요). 그러이. 요새 인제 벌어가주고 써라. 쫌 없는 사람도 쫌 주고, 이제 하지말고 그래 가가주고 말이라. 저 소갈비 안 있니껴. 뼈다구(뼈다귀) 있는 데 말고 갈비 우에(위에) 덧살 카는 게 있니더. [조: 덧살.] 저 갈비 우에 이 덧살. 맹 갈비카(갈비와) 한 가진데. 그거 해가주고 찜 해가주고, 뭐 자시 던 거 남거든 청송으로 쫌 보내 줬으면. [조: 하하하. 예.]

김: 그 저거는 남을 씨기(시겨) 주는 기(것이) 내가 남한테 베풀어야 된다 카이.

강: 나는 없다 카이.

황중구5):거짓말 쳐 놓이.

강: 돈이 안 그렇습니까? 돈이. 돈이 이게 한도가 있습니까? 돈이라는 게. [조: 예. 돈이 한도가 있어요.] 1억이 있이면 2억 벌고 싶고, 2억 있이면 4억 벌고 싶으고, 4

---

1) 2003년 2월 24일 경로회관에서 임재해 조사 및 정리, 조연남 녹음자료 채록.
2) 김수봉, 남, 89세.
3) 강주형, 남, 85세, 기동어른. 금덩이 묻어 놓은 구두쇠 이야기를 재미나게 들려주었던 장본인이다.
4) 황일호, 남, 77세.
5) 황중구, 남, 76세.

억 있이먼 8억 벌고 싶으고, 이 돈이란 게 한도가 없거든. 그 돈이 지금 서울 겉은 데(같은데) 큰 빌딩을 가주고(가지고) 있는 사람들이 그 사람들 거 뭐하는 거 그 게. 필요 없는 돈 아닌교. 자기 먹고 남는 거는 이 사회에 환원도 하고 이웃 사람 들도 더리(더러) 도와주고. 똑 내 겉이 돈 없는 사람들도 이래 길에 칠때 쪼맨큼 보겉(주머니)에 여(넣어) 주고, 이래 살아야지 사람 사는 맛이 있제요. 맛이라는 게 뭐로이카먼 고기 먹는 맛보다요. 사람 사는 맛도 또 있다 카이. 이 세사 사람 사는 맛이 남을 도와주고 집에와 저녁에 누워 자머(자며) 생각하면 말이야. 내가 이게 참 좋은 일 했제. 싶으면 세사(세상에) 지(자기) 고기 반찬 먹는 거 보다 더 낫습니다. 그런 짓을 해서 되제. 그저 마 뭐 인제 돈 없는 거 가주고, 1,000원 빌 러 주고, 1,500원 꼭 받는데도, 이 마 안 갚애(갚아) 줄래하고, 받아 모다가주고, 그거 돈 다 모다 놓으면 뭐 하는 겨 그게.

황일호: 그거를 천상 지가 돈 번다고.

강: 에이 그게 아니래요. 와서 직접 쏙여(속여)가주고 남 1,000원짜리 줄꺼, 1,000원 짜리 안 내고, 500원만 내노. 나는 어에든지 화토짱 씨게가주고(시켜서) 돈 빠 여 놓고, 그칸(그렇게 한) 적은 없다. 여 마마.

황덕호: 당신 저게 하는 거 따로 가주 왔니껴?

강: 난 따가 줬부거든.

김: 어 누구는 돈 따가 간 적 있나.

황덕호: 1,000원했으면 500원으로 쏙여가주고 500원치 내가주고, 500원 냈부고, 1,000원 가갔지.

강: 그케(그렇게) 내, 내가 돈이 있나? 도딕님(도둑놈)이 왜 도둑질 카냐? 이카면 없 으이 도둑질하거든. 있이먼 도둑질 아(안) 한다 카이.

김: 그래 거 교수님은 내일 가시지마는, 자네는 이 방언을 몇이 들어났으이, 들어났으 이 내일부터 자네 행동을 쫌 본다.

조: 야. 참 오늘 정말 좋은 얘기하네.

강: 그래. 사람이 그래 사는 세상이 좋은 세상인데.

김: 그 청송읍에 거 김양옥이라 카는 청송약국에 건강 십전을 우리한테 보낸 게 있거 든. 거 보면 남한테 잘 베푸는 것도 참 건강이 좋다 카고, 마음이 편 커든.

황중구6): 저런 희한한 자기 아버지가 대통령질 하면 그 이상 더 좋을 거 뭐 있난 말이 야. 김대중이 말이야. 김대중 아들 그 마커 보소. 그래 나쁜 사람 어디 있는지. 그 래. 자기 아버지가 대통령질 했이먼(했으면), 참 월급 타제. 좋은 집 있는데 그냥 사고. 자기 아버지 또 나오면 월급타제. 가정이 편케(편하게) 먹고사는데, 그 알뜰

---

6) 황중구, 남, 76세.

이 그 우에 뭐 그냥 참 드가가주고 고생하고 이럴 필요가 없다 카이. 사람이 사는 게 그거는 맛없는 살림살이래.

김: 한국에 대통령 다 그래요. 박대통령도 저거 아들이 지금 아편쟁이 되거나.

강: 그러이께네. 사는 게 그게 맛이 없는 살림살이고, 돈 수북 벌어가주고 친구 들어가 술 받어 주고, 둘이 으깨지고 이기적, 이기적 이래 야지. 택시 타고 집에 와가주고 "이 사람 가세"이카고. "가세."이카고 참 집에 와 보먼 참 멋있는 돈 안 썼닌겨. 멋지제요. 그거도 몬(못) 하고 그래 금덩거리 사서 묻어놓고, 혼차. 돌미(몰) 묻어 놓은기나(놓은거나) 한 가진데. 그 마로 그래.

김: 진작에 한참 자수 할찍에는 이 순 한 달도 못 얻어먹었다.

황중구: 조금 전에 얘기했잖아요. 1억 있이면, 2억 있고, 2억 있이면, 3억, 4억이고 자꾸 마음은 있잖아, 있는데, 그 저 김대중씨 대통령 얘기하는데 자녀들이 맹. 아까 그 얘기래. 1억 있이면, 2억 있고 싶고 인간의 본능 아닙니까? 웬만하면 90% 나는 그게 본능이라꼬 봅니다. 아니래요? 누가 돈 싫다 카고, 누가 벼실(벼슬)을 싫다 카는 사람 누가 있는교. 없어요. 없다. 다 하고 싶고, 돈 많이 모으고 싶고, 그 다음에 참 봉사를 하느냐, 누가 으. 얼매나 봉사를 하느냐. 여게 인제 차가 있지, 차이가 있지. 1억, 2억 있고 싶은 거는 인간의 본능입니다. 나무랄 꺼 없어.

김: 그 금액에는 한도가 없어. [강주형: 어. 한도가 없어. 거 뭐하노.] 그 뭐하노가 아이라 카이.

황중구: 그 저게 오늘 구속영장을 받았지마는 SK 뭐, 뭔 사장이라 카는 거 그 막 마커 얼매나 많으노. 그 SK 사장이 얼매나 많어. 그것도 더 벌라고. 혈연을 수십 가족 이래 노다가. 걸려 드갔다이. 그리이(그러니) 사실 따지고 보며는 너무 돈에 뭐한 태도가 그게 안 된다 카이. 자기 나름대로 이래 사다가 죽는 게 편키는(편하기는) 맘적으로(마음으로) 제일 편해.

강: 젤 편니더.

김: 뭐 요새 우리나라는 대통령, 국회의원 뭐 출마하는 사람들은 인심을 얻어가주고, 표를 많이 이카는 데. 그 공약이 들어 봤는데 한나(하나)도 치안에 대한 얘기를 하는 게 없어. 아주 나쁜 거거든. 그거이.

소몰고 간 정주영과 그의 아들

황중구: 교수님께서는 뭐 저희들보다는 월등히 잘 알고 계실텐데, 제가 좁은 소견이나 지금 얘기 어른들도 얘기하시지마는 정주영이 겉은(같은) 분이 자기 고향에서 부모 모르게 소 한 마리 팔아가주고, 이 나라 우리 대한민국 와가주고 얼마나 참 우리나라에서 참 뭐 현 김대중 대통령한테나 그 앞서 뭐 모든 대통령한테 잘 했다고

봅니다. 내가 알기로는. 알고 있는데 특히 몇 년 전에 참 팔십 몇 년돈지, 구십 몇 년도 그 당시 정주영이가 오늘의 상황을 봐가주고 저는요 잘 썼다. 참 고맙게 (생각)하는 분이다. 우리나라 이 조국을 평화통일 하는 데는 참 훌륭한 분이다. 저는 지금.

조: 소떼 몰고 갔는 이야기 말씀이죠?

황: 예 예. 뭐 1,100마리 줬다. 차 그대로 및 수백 대 줬다. 거기에 따라서 뭐 돈을 얼마 줬다. 지금 정주영씨 아랫대 회장 정 뭡니까? [조: 정몽헌이.] 하는 일이나 제가 이래 볼 때, 테레비 볼 때 그야말로 그분들의 부자간에, 정말 노벨상 줘야 분들이 아니냐. 저 쫍은(좁은) 소견에 이런 생각도 해 봤습니다. 안 그래요. 돈 가주고 (가지고), 돈 가주고, 그래 쓰는 분이 있다 하면, 안 쓰는 분이 얼매나 있습니까? 그지요. 그러이 사람마다 다리다(다르다). 저는 그렇게 봅니다. 일억 천금이 있어도 못 쓸 사람이 있고, 남의 집 빌리도 십원 있어도 씨던(쓰는) 사람이 있다. 결론적으로 저는 그렇키(그렇게) 생각을 합니다. 하는데 모쪼록 오늘 참 뭐 교수님이 계시는데 이런 얘기 하니 부끄럽습니다마는 저 나름대로 여러 가이(가지) 이런 생각을 해 보면 정주영이 부자분들이는 우리나라를 위해서, 앞으로 통일이 된다면 얼매나 좋은 일입니까? 그지요? 억지로 지금 뭐 5억을 줬는데 가마이 줬니, 2억은 드러나고, 3억은 감춰있느니 카는 이런 의견이 나옵니다마는 몰래 지금 정, 지금 참 아랫대 정회장님이 밝힌다 이런 말도 있습디다마는 아무튼 돈이 있어도 못 씨는데 참 잘했다꼬 저는 그 분들이. 돈 있어 뭐합니까? 아까 저 어른 말씀대로 금덩거리 아니래 돌덩거리 묻어도 똑같은 건데, 그거 묻는 거 보다 그게 나요.[조: 아이고. 나고 마요.] 예. 역사에 참 수천만대로 남어야 할 거 아닙니까? 난 참.

대구 지하철 방화범 사형

김수봉: 그 사람으는7) 지금 앞으로 벌은 어느 정도 받습니까?

조사자: 그거 잘 모르겠네요.

강주형: 사형이 없다 카이께네. 사형은 없지요?

조: 사형 제도가 아직 있습니다.

황유모: 사형 집행은 빌로(별로) 안 하데

김: 아직 있는교? 사형 집행을 안 하이께네. 없는 게지 뭐. 사람 비행기 태워 죽이미(죽이며) 사형 집행하는 거 한 번 못 봤이이께니(봤으니깐).

황일호: 사형 제도가 있어도 대략 보면 특사 할 때는 보며는 전부 마커 그냥 나오네.

강: 그리 그런 사람은 당장 이 대통령 되는데 드러내놓고 징역을 주든 동, 직였부리면

---

7) 대구 지하철 사고 방화범을 말한다.

(죽여버리면) 그런 일 없지.

황중구: 인도주의 카는 거는 말써더 사람을 죽이는 데는 없어요. 그 사램이 반동되며는 사오이(?), 사오이 인간 짓을 하도록 맨드는 게지.

김: 참 난 예전 사람이라서 그런 동. 지금 현 치안을 볼 때 치안이라 볼 수 없는 게라. 또 구속영장 하는 그거요. 사람 때려 죽여도 구속영장, 남의 집 쌀 한 되 도두켜도 (도둑질해도) 구속영장. 뭐가 그게 어째 치안이래.

황유모8): 그 사람을 거 사형시켜서 세상을 떠나게 하는 거 뭐 그게 뭐 하는 것이 아니고, 그 참 나쁜 행동을 교화시켜가주고 개선시키는 목적이기 때문에.

강: 사람을 죽였는 거 그냥 그대로 놔두면 되는가? 그 안 되는 거거든.

김: 대구 지하사건 봐서는 그 사람 김씨고, 박씬 동 몰다마는 그런 거는 아무 소리해도 아무 민주주의, 백방 민주주의라 해도 사형씨겨야 되는 게고. 그래야 국민이.

강: 다른 사람 병 곤쳐도(고쳐도) 옳은 사람이 안 된다.

전: 그러면 옳은 사람이 안 된다.

황일호: 그런 거는 없앴버려야 돼.

김: 그 전에 하마 정신이 걸려 있었거든. 딴 데 가면 또 저지레하는 게 또 있다 말이라. 그것도 대통령 출마, 국회의원 출마 해가주고 나는 치안을 어에(어떻게) 하겠다는 카는 거 하나도 공약 안 하거든.

황유모: 그 법이 있는데 그 입법에서 해야 하는 일인데.

테리비 보면 불안해서 못 살겠어

김수봉: 테리비 들어보면 불안해서 못 살겠어. 도저히 불안해 안심하고 살 수 있는 시대가 못 된다.

조사자: 어떤 점이 특히 불안합니까?

김: 전부 뭐 뭐 사람 때리(때려) 죽이고 양민들 디리고(데리고) 나와가주고, 들고 나와 돈 뺏아서 산에 묻고, 친정 어마이 때려죽이고, 아바이 때려죽이고, 그런 게 이게 저게 티비에 나오는 거는요. 굉장히 우리가 저 카는 거는.

강주형: 그런 거 보면 잠을, 잠을 옳게 잘 수가 없다 카이.

황중구: 그리고 우리가 텔레비 겉은 거를 보더라도 선향(선행) 카는 거. 우리가 자랄 수 있는 거, 뽄(본) 볼 수 있는 걸 이래 많이 하며는 그 저 자식들한테도 도움되고, 우리 스스로도 많이 교양이 되잖니껴. 이 사회가 나쁘다 카는 거 전부 아침, 저녁으로 전부 다 나온다.

김: 다 나오이 뭐 불안해가주고 못 산다 말따(말이다). 백성들이 불안해 살수가 없는

---

8) 황유모, 남, 77세.

게라. 참말로 문제라. 너무 너무 그래.

황중구: 지금 저 요번에 거 대구 지하철 사건도 보이께네. 원본차 그 불지른 놈 갔다
여 놓고 그 유족들이 드갈라 캐도 못 드가게 경찰이 막어가주(가지고) 있데. 그기
어예 되게 가주고 죽드록(죽도록) 나눠야 되는데.

강: 조사를 해야 되지.

황중구: 안 직일라(죽일라) 카이께네. 검찰네분들이가 티비에 보는데 말이죠. 저녁에
나 아침 드라마 이런데 보먼 전에는 그런 게 없었는데, 저 개인적으로 생각할 때
저 오히려 그 아−들을 자꾸, 더 봐라, "관심 있게 봐라." 카는 거 백에 안 되요. 뭐
12세 이상은 못 본다. 이하는 못 본다. 또 15세 이하는 못 본다 카고. 막 써서 기
록해 내데요. 그죠. 아침드라마, 저녁에 뭐 이래 보면 그런데 그 아들이 15살이나
12살이 호기심이 더 볼라 카지 싶은 거야. 그죠. 그 아이면(아니면) 차라리 고마
모리낀데. 전에는 안 그랬거든. 전에는 뭐 연속극 드라마 겉은 거 하면 그대로 방
영하고 그대로 봤는데 요즘 그거 뭐 형식적으로 15세 뭐 12세 뭐 이래가 내 놓으
이. 아−들 참 호기심에 더 볼라 카고, 더 거 집중한다. 나는 이리키보고 있어요.

강: 어른 되면 안 그래요. 어른 되면 뭐 정상적이 될끼라.

김: 나쁜 건 없앴부래야 돼.

황중구: 없어야 돼요.

김: 그거 놔두며는 또 죽일 줄도 모리는(모르는) 걸 그걸 왜 살려 주나. 요번에 그 사
람 하나 때문에 사람이 얼매나 죽었노. 말이라. 그 많은 사람이.

황중구: 그 뭐 반영이 되고 안 되고 간에 우리 이야기지.

김: 뭐 우리 이야기인데 이게 뭐 국회에 반영이 될라. 뭐 정부 반영이 안 되지마는 백
성들이 불안해 못 살지. 살수가 없어. 테레비 보고.

통일은 미국놈이 우리나라에서 떠나야

강주형: 이야긴데 그러이 세상천지가 어. 모택동이가 뭔 말을 했나 카먼 요번에 확실히
인제 우리나라 통일으는 백년 내내 통일이 안 된다. [조: 백년 동안에는 안 된
다?] 내가 그 들은 얘가 있다 카이. 들은 얘. 모택동이가 백년 내에는 통일이 안
된다. 왜 안 되노. 천 없이 뭔 소리를 해도, 통일은 소련하고 중국하고가 합의가
되지 안 하면, 통일이 될 수가 없다 이래요. 몰래 뭐 그거는 지금 여 어에 된지 모
르지만 모택동이 하는 말이 중국하고 소련하고는 한국의 통일을 책임져야 돼. 미국
도 안 되고, 일본도 안 된다. 두 나라가 통일을 씨겨(시켜) 줘야 된다 캤는데, 모택
동이가 그게 언제노 카먼, 오호, 그러면 내가 사십 일곱 살 땐데 모택동이 그 말을
했는데, 방송을 딱 했는 게라. 대한민국 통일은 백년 전에는 안 된다 이캤는 게라.

조: 그러니깐 백년 전에는 소련하고 중국이 합의 안 된다는 얘기?

강: 어. 합의가 돼가주고 우리나라 통일을 씨꺼(시켜) 주고 싶으면 씨거 주고, 통일을 안 씨그먼 안 씨기는 데로 할 낀데. 지금 우에 되노.(어떻게 되냐면) 지금 그 나라가 우리나라 통일 씨거 줬부면, 씨거 주면(주면) 소용 있쩨. 지금도. 지금도 씨거 줄 도리 안 있나. 그제. 아니면 지금, 아니면 지금 통일될다마는 그 사람들이 통일을 안 씨거 준다 카이. 왜 안 씨거 주노 커먼, 통일 씨거 줄라 카먼 미군들이 와가주고 찝찝이제. 일본놈 찝찝이제. 뭐 가마 생각 커이 어 우리가 통일 씨켜 준단 말이야. 통일 못 씨겨 준다 말이야. 지금 평화 통일 카는 거 평화 통일이 아니고, 평화적으로 사는 게지. 우리가 평화적으로 사는 기지. 내가 막 모가지 칼이 들어와도 통일 안 된다. 통일은 어에 통일이 되노 말이라. 말도 안 되는 소리하고 있다. 대학교수지 말이지마는 통일된다고 생각합니까?

조: 통일 쫌 될꺼 같습니다. 남북한에 오고 가고, 이산가족 만내고 그게 통일이지요. 쪼끔씩, 쪼금씩 돼 가는 거지요. 저는 일체 그걸.

강: 통일이 안 됩니다.

조: 통일은 뭐 그런 통일은 저기, 영남하고 호남도 싸우고 통일 안 되는 데요. 그거는 점점 가까워지고, 우리 이웃간에도 맹 부부간에도 지금 뭐 통일이 안 돼가주고 이혼하고 난린데.

강: 지금 어에야먼 중국하고 소련이 안 된다 캤부면 통일됩니까? 남한이 눌러 준다면 이북이 눌러도 되는데.

조: 지금 중국이나 소련 때문에 안 되는 게 아니고, 지금 미국 때문에 안 됩니다. 미국하고. 미국 때문에 안돼요. 미국하고.

강: 근데 미국만 손 떴부먼(떼버리면) 또 뭐. 미국이 또 그냥 있습니까? 그게. 그리이 통일이 안 되는 거 뻔히 알고 우리나라는 통일 카거든. 내 그래 저녁에 이래, 내 참 나쁜 놈입니다. 통일, 통일. 모택동이가 백 년 전에는 통일이 안 된다 이캤는데, 백년, 천년 돼도 안 된다. 미국놈이 한국에 들어와 있다. 미국놈이 한국에 들와가주고 주둔해 있는데 소련이 안 덤빈다, 중국이 안 덤빈다. 이거 언제 통일 되노 말이래. 그래며는 미국놈이 떠났버든지(떠나버리든지), 손을 떴분다 카이.

　"나는 너거 몰다. 너거 마음대로 해라." 떠나야 돼. 나는 거 인제 아무 꺼도 모르는 사람인데, 미국 사람이 말이래. "아이. 몰다 한국 너거 우리는 간다." 이카먼, "그 뭔 소련이나 중국이나 있다가 너거 통일을 해라," 해야 되지 이제는 안 될다. 이래야 되지. 아! 미국놈이 들와가주(들어와) 있고 [할아버지 흥분해서 목청이 높아짐.] 복판에 갖다났는데, 미국놈들 통일이 될로, 통일이 어에가 통일이 될로 말이라. 이거 떠나야 된다 칸다. 떠나야 돼. 떠나야 통일이 된다 카이. [조: 맞아요. 그건 맞는 말씀입니다.] 이게 떠나야 돼.

이게 떠나가주고 고마(그만에) 저, 저 가 있꼬, "너거 마음대로 해라." 이카먼 요거 오래 가주 있다가 그래, "우리 인정스레 사자." 이카미 요개 어불렀부그던(어울려 버리거든). 그래 여(여기) 있다아(있다가). 소련하고 중국하고 너거 잘 살아라 이캤부먼 되는데, 아 이거 복판에, 정복판 여 드와가주고 여 인지 여 정복판에 커다한 거 복판에 쐬짝때기(쇠작대기) 막 돌리고, 그러면 통일이 안 됩니다. [조: 예. 맞아요. 미군이 있는 한 통일이 안 됩니다.] 야. 대학 교수님이 잘 아껍니다(알겁니다). 나는 그게 내 심정에 통일 방-(방안)이라 카이. 통일 방-입니다. [조: 예. 맞습니다.] 내가 생각카며는(생각하며는) 통일이 방-이고.

강주형 할아버지의 학생들을 위한 강의

강주형: 아주 필요한 말도 할 도리 있는데, 이제 나라에 대한 문제라든지, 뭐 개인에 대한 문제 있는데, 이거는 아니단 말이라. 아이니, 그런 얘기는 안하고 시무잡은(하고 싶은) 얘기만 하제. 살뿌리 박힌 얘기를 여기다 얘기할 도리가 그지.

조: 아니, 그런 이야기 하셔야 됩니다. 뿌리박힌 이야기.

강: 그러이 뭐 [조: 뿌리박힌 이야기하세요.] 그런 건 못 한다. 나는 참말이가(정말) 배운 게 없어도, 정신 상태는 딴(다른) 사람하고는 틀려. 그 일정(일제강점기) 때 그놈들하고 싸웠다는 카는 정신상태가 틀린 사람인데, 지금껏 내가 아는 거는 말이야. 정신 사상 통일관이 카는 문제 내가 연구를 한다 카이. 내 이제 통일, 되나, 안 되나. 미군 떠나야 되나, 안 떠나야 되나. 내 혼차(혼자) 앉어가주고 연구하거던. 연구를 하지마는 내가 여게 참 내가 주께가주고(말해서) 천년 후라든지, 뭐 백년 후에 뭐 어떻다 카는 얘기는 판명을 할 도리 없네. 내가 박사가 아니거든. 박사라 아니라, 천년 후에 뭐가 된다. 우에 된다 카는 거. [조: 그 천년 후에 이야기는 안 하셔도 되고요?] 아 하지.

조: 젊을 때 겪으셨던 이야기, 지금 우리 젊은 사람들이 모르잖아요. 그걸 저게 이야기 하시면 그거는 천년 뒤에도 남고, 2천년 뒤에도 남아요. 이 책 만들어 놓코 인제.

강: 내가 생각하는 거는 "남을 밉어(미워) 하지 말자." 카는 거야. 첫째, 남을 밉어 말 아라. 첫째 안 하는 것을 내 신명이 핀타(편하다). "밉어 하지 마라. 내가 잘난체 하지 마라." 나는 언제든지, 나는 남보다가 낮은 인물이다. 남을 부러하자. 남을 높이 받들어 줘라. 이것이 우리가 사는 세상에는 늙지도 안 하고, 죽지도 아(안) 한다. 뭐 말하는 거는 믿음으로서만 평생을 살 수 있다 카거든. 믿는 게 아니라. 남을 밉어 하지말고, 내가 남인데, 높이도 생각하지 마고, 틀리다하는 생각으로 만날 남을 우러하고(우러러하고), '니는 내보다 낫다.' 남을 도와 줘야 된다.

젊은 아들이 뭐하며는 뭐 어떤 생각하나 카먼 고마 귀따귀를 막 버붓는 기라. 그러지 말고, 내가 배우는 거는, 내가 배우는 거는 남을 주지 안 한다. 내 배우는 거는 남 안 주고, 내 배웠는 거는 내가 가주 있다. 지금 학생들이 수북 와 있지마는 내가 배와가주고, 내가 배운 거는 팔아먹지를 모(못) 한다. 내가 배운 거는 팔아먹지를 몬 하는 거 아니래요. 어느 사라 캐도(사라고 해도), 살수도 없는 거야. 내 배워 놨는 거는. 내 배워 놨는 거는 내 포부에 가주 있는 거. 내 포부에 가주 있는 거 누가 살라 카이 살수가 있나 뭐.

이래가주고 이것을 상기해가주고 큰아~들이(아이들이) 전부다 생각 해가주고 살아야 카는데, 요새 아들은 그걸 못 생각한다 카이. 배워가주고 남을 주는 거는 아니다. 배우는 거는 전부 내거다. 그걸 알아야 된다 카이. 지금 학생아들이 뭐 사용하는 거 이것도 희한하지. 내가 배웠는 거는 내 것이다. 내 배워 놨는 거는 막, 이거 맨드는 거는 내 배워 놨는 거는 내 해다(꺼다). 이거 뭐 팔라 캐도 살 사람이 없다. 누가 살 사람이 있어? 요새는 판다 카지. 파는 놈도 있어. 기술, 기술이니 해가주고, 외국에 갔다 파는 놈들 있잖나?

안 그래. 있지마는 그거는 혹(간혹) 있고, 내가 배운 거는 내가 가주 있고, 근데 내가 생각하는 거는 뭐로 이카먼 사람이 이 세상에 살며는 누구든 위에 사는 건 아니다 말이야. 지금 우리 국민이 사는 거는 윗사람을 따라가주(따라서) 산다 카이. 대가리 있는 거는 대가리를 미쳤내(미쳤나). 그 사람을 위해가 산다 카이. 내가, 내가 살아야 한다는 걸 모른다 카이. 내를 위해 살어야 된다 말이라. 내, 내 정신을 가주고 된다, 안 된다 판단을 해야 된단 말이야. 가(그) 한 사람이 대통령 됐다 이래면 대통령 지시 받아가주고 전부 따라가주고, 마커 따라가주고 산다 카이. 그러면 거게 어떻노 카먼 거게 이 사람을 따라 산다거든. 대통령이 되면 아부할라꼬 거 따라 산다 카이.

이, 이런 정신 상태가 아니고, 자기 정신만은 참 끈기가 있는 사람이 되사(되어서), 이 사회 젊은 사람들이 살 수 있는 질이라 카이. 내 정신 내가 가주고 있는 것이 살 수 있는 길이라 카이. 학생들이 있었다 카먼 배워가주고도, 배웠는 걸 바리(바로) 몬 한다 카이. 학생들 배워가주고 지가 배웠는 것을 바리(바로) 가야 되는데, 이래 있이먼 이래 막, 혼들혼들 혼들 이리 가고, 저리 가고, 저리 가고, 이리 치면 이리 따르면, 이리 치면, 이리 따르고 그 정신 상태가 글러 빠졌는겠다. 내가 볼 땐 글러 빠졌다 카이.

사람이 이 세사(세상) 사는 거는 자기 주위의 상을 반듯이 가주고(가지고) 있어야 돼. 내가 생각하는 거는 말이라. 젊은 아들, 갈치고 싶은데, 딱 그게 가지(전부)라 카이. 내가 한 번 가졌이먼, 가지고 목포를 가지고 있고, 혼들리치 마라 카는 거. 혼들리치 마고 사는 것이 참 사람의 기본, 기본, 그게 사람의 기본 재산이래.

조: 허허허, 어르신 옛날이야기를 하라니깐, 강의를 하시네. 하하. 어르신네 주위 주장

은 뭡니까?

강: 나는, 나는 마, 젊은 사람도 좋고, 뭐 나 많은 사람도 좋고, 이거 왜 그러노 이카먼 나는 우에나 이카먼 이 세상에 내가 살어가주고 내가 가는 길을 택하지 몬 하이. 내가 가고 잡은(싶은) 길이 몬 간다. 못 가이 뭐, 뭐 이것도 좋고, 뭐가 좋다 카거나 안 됐다 카거나. 어 그래, 그래 이래 사거든.

　내가 터져 나갈 길이만(길만) 있이먼 길을 뚫어 나가는데 나는 어에나 카먼 뚫어 나갈 길이 없이니 막. 어, 어, 막 참. 여, 참 이 사람 알지마는 날 안 됐다 카는 사람 없어. 막 그래 이게도 좋고, 이게도 좋다. 아 근데 사람은. 어디로 나갈라 카머는 자기가 터져 나갈 길이 있었고. 사람은 배움이, 배움이 참 사람을 아르켜 (가르쳐) 주는 게다 말이라. 몬 배운 사람은 안 된다 카이. 딱 배워가주고, 아들이는 글 배워가주고 남 존닐(좋은 일) 한다. 이거 글을 배워 지핸데(자기것인데), 배우는 게 지핸데, 모도 일타 카이.

<임 재 해>

오늘의 농촌현실과 문제의식

* 오늘날의 농촌은 급격한 인구의 감소로 고령화되고 있는 데다가 농업의 구조적인 여건이나 문화적인 혜택의 부족 등 여러 가지 정책적인 문제들을 많이 안고 있는 것이 사실이다. 특히 이들이 먹고사는 데 큰 몫을 차지하고 있는 농업 문제가 가장 중요한 문제이다. 할아버지들이 말하는 농촌의 현실과 문제의식에 대해 이야기를 들어보았다.[1]

젊은이들이 사는 활기찬 농촌이 되려면

조사자: 여기 앞으로 농촌이 쫌 젊은이들은 떠나지 않고, 옛날처럼은 안 되지마는 쫌 희망적으로 살 수 있게 한다면 뭐. 어르신네 뭐 여기 살아 보니깐 방도가 뭐 어떤 방도가 있겠습니까?

황유모[2]: 사실, 뭐 요즘 뭐 젊은이들이 농촌에 뭐 좀 애정을 갖고 정착할 수 있는 방법을 정부에서 많이 하고 있지는 않은데, 그 토지 뭐, 토지를 일굴 수 있는 자금을 해 준다든가, 혹은 무슨 질쌈(길쌈)이라든가, 혹은 뭐 특용작물이라든가, 이런 거도 숨굴(심을) 수 있는 밑천이 있어야지. 그런 뭐 융자를 해 주고 해서, 해 주는 것을 하고 있는데, 하여튼 그 혜택은 지금 상당히 보고 있는 거 같아요. 젊은 사람들이 뭐 일단 여기서 자리를 어느 정도 잡으며는 떠난 뒤에 돌아 올 그런 것이 생기니까? 어느 정도의 효과를 볼 수 있는 거 같은데, 하여간, 무슨 산업이든지, 특수하게 해 볼 수 있는 게 별로 있을 꺼 같지 않단 말이죠. 무슨 들이 크게 넓어가주고 집단적으로 뭐를 한다든가, 이런 거는 아직까지는 개발이 안 되고 있으니.

조: 그러니깐, 여기 뭐 특산물만 쫌 할 수 있으며는 그래도 쫌 낫겠다는 이야긴데, 여기 뭐 특산물을 할만한 여건이 별로 안 돼 있단 말씀이죠?

황: 그렇지. 판로라든가. [조: 판로. 옛날에는 담배도 좀 하고 그렇죠?] 예. 여기서는 지금하고 있는 거는 주로 전작에서는 꼬추(고추) 생산, 그 다음 시기 작은 뭐 비(벼) 농사 이거뿐이거든요. [조: 그럼 고추하고 벼농사 밖에 없군요?] 예. 혹시 채소 겉은 거 요새 한 두 사람 하는 사람 있지마는 극히 소수고.

요새는 많이 떠나는 사람은 없어요

조: 여기 도시로 나가는 사람들, 이사하는 사람들 고향을 떠나는 사람들이 주로 뭣 땜에(때문에) 갑니까? 아이들 교육 때문에 그렇습니까? 먹고살기 위해 그렇습니까?

황: 요새는 그다지 많이 떠나는 사람은 없어요. 하여튼, 뭐 한 10여년 전 그때쯤에는

---

1) 2003년 7월 12일 경로회관에서 임재해 조사 및 정리, 조연남 녹음자료 채록.
2) 황유모, 남, 77세.

너도 나도 가고 싶어했고, 뭐 떠나는 사람도 많았고, 이 역시 지금은 그때보다는 많이 개선이 됐다고 할까? [조: 요새는 쫌 안정됐구만요?] 뭐 글타고(그렇다고) 봐야지.

조: 이사를 할 때, 제일 많이 할 때가 한 10년 전, 20년 전.

황: 글치. 한 10년, 한 15년, 글때가 뭐 한창 많이 나갈 때, 그때는 주로 뭐 핑계는 표면적인 이유는 뭐 아이들 교육이라든가 이런 게 기본이었지. [조: 지금은 떠날 사람이 별로 없어서 또 안 떠나고.] 별로 없어서. [조: 그때 떠날 사람 거의 다 떠나고.] 예. 여기서 갈 형편이 안 되는 사람은 여기서 농사를 지으면서 어른들하고 아이들 데루(데리고) 가서 집 얻어 놓고 학교 가리키고(가르치고) 뭐 이런 부모도 많이 있었어.

조: 젊은이들이 떠나는 경우도 있었지마는 젊은이들이 여기 농사짓고, 자녀하고 할아버지, 할머니를 보내가주고 도외지에서 교육 씨겨가주고 아. 그런 경우도 상당수 있었구나.

황: 사실, 그래가주고 해 봤더니, 그 뭐 효과가 단번에(한번에) 드러나는 게가 아니니깐. 지칠 대로 지친 사람 더러 있었어.

시골에 시집 오지 않는 여성들

조: 혹시 여기서 나가주고는 장가가기 힘들다 그래서 총각들이 떠나거나 뭐.

황: 그런 얘기도 뭐 더러 있기는 있는 모양인데, 사실 오새 젊은, 장가갈 정도 나이는 이 마을에, 마을이 이리(이렇게) 커도 별로 없어요. [조: 별로 없지요?] 예.

조: 시집간 처녀들은 더러 있습니까?

황: 다 그렇죠.

조: 처녀, 총각들은 다 없구만요.

황: 학교 졸업해가주고 이 지방에서 다문(다만) 뭣이라도 직장을 가지는 사람으는 여기서 지내지마는 안 그랜(그런) 사람들은 다 나갔부랜다.

조: 지금도 마을에서, 정부에서 특별히 마을에 쫌 살만하게, 옛날처럼 살게 뭐 정책적으로 지원을 하거나 도움을 준다면 뭐 어떤 게 가장 효과적일까요? 제가 어제 그런 거 물어봤더니, 뭐 부녀회 일을 보는 아주머닌데, 제일 문제가 시골에 시집을 오지 않을려고 한단 얘기죠. 그러니깐 시집, 시골에 자기가 농사짓고 사는 것은 괜찮은데 여자들이, 그 때문에 그런 게 아니라, 그거보다 더 큰 문제는 시골에 시집가면 무조건 부모를 모셔야된다는 거죠. 그게 더 큰 부담이라는 이야기죠.

황유모: 그런 일이 전혀 없지는 않겠지마는도(않겠지만) 요즘 그 노인들도 생각이 옛날하고는 많이 바뀌어졌어. 지금 뭐 자식한테 얹혀서 사는 것이, 물론 뭐 뒤에 형

편에 따라서는 자식한테 얹혀 살아야 되는 거도 있고, 그래 안 하면 혼자서 견디지 못하는 경우도 있지만 자신들이 어떤 거 자기 몸이라도 움직일 수 있는 정도라며는 자식들 신세를 되도록이면 안 지겠다 카는 것이 요즘 노인들 생각이거든. 크게 자식한테 의존할라는 그런 거 차츰, 차츰 희박해 지는 걸애. 안 그래요?

조: 그래 맞습니다. 어른들 스스로 뭐. 아들, 며느리 얹혀 살기를.

황: 이 마실에도 뭐 거의 뭐 아들들이 객지에 나가가주고 잘 살고, 생활이 넉넉해서 부모를 모실라고 해도 "안 간다." 카고 안 가는 사람 있거든. 그런 사람 많아요.

조: 그렇죠. 곁에 가서 인제 얹혀 살면 더 불편하죠?

황: 야.

조: 근데 인제 그렇게 사는 경우도 있지만, 한 집에, 시골에 오며는 어쨌든 같이 살아야 되잖아요. 요기 마을에 있으면서도 아들하고 부모하고 떨어져 사는 경우가 있습니까?

황: 있기는 있죠. [조: 아. 더러 있습니까? 마을에?] 부모 따로 살고, 그 자식들이 따로 살고. [조: 몇 집 됩니까?] 야.

조: 아. 하. 그런 경우는 덜 불편하다 이거죠. 그러니깐. 그 시골에 여성들이 시집을 안 오니깐, 젊은이들이 결국은 자꾸 나가고, 자기 여기 촌에 있으면 장가를 못 간단 말이죠. 그거도 문제라.

황: 그런 문제가 있다고는 보지마는도, 이 동네 같으먼 그게 큰 문제가 되지는 않는다 그래 보는데, 물론 여기보다 더 오지 이런 데는 뭐 그런 일이 있는데, 여기서는 아직까지는 뭐, 결혼을 못 해가주고, 야단을 치고 뭐 그런 모습은 크게 많이는 없는 거 같애요. 그래서 뭐 걱정하는 집도 전혀 없지 안 하지만 한 둘씩 있기는 있는 것 같은데, 그거는 큰 문제가 되는 그런 사정은 아니야. 여긴 그래도 벽촌보단 쫌 낫다. 그렇잖애.

고추 농사가 제일 힘들지요

조: 예. 그렇습니다. 여기 거 농사일하는 데 제일 힘들거나 불편한 점이 뭐 있습니까? 일하는데, 뭐 고추를 갈던지, 벼농사를 하는데.

황: 꼬추, 벼농사는 주로 인지 기계화가 많이 되 있으니깐, 주로 기계를 많이 이용하지 마는도 꼬치 농사가 제일 힘들지요. 꼬치 따는 거는 사람이 하나도 안 따면 안 되니깐. 더우면, 한창 더울 때 시작이 되고.

조: 꼬추 딸 때가 제일 힘들구만요? 그 일일이 따야 되니깐. 그럼 그걸 놉을 해 가 땁니까? 뭐 각자 땁니까?

황: 그런 거 놉 해가주고 많이 하는 사람들 놉 해가주고 하는 사람들은 할 수 없이 놉

해야 되고, 뭐 각자 뭐 자기 식구들끼리 따는 사람도 있고, 뭐 각양각색이 있지마는 할튼(하여튼) 꼬치 따는 거 만은 예사 힘든 일이 아니야.

조: 뭐 그래서 전에 하고 다르게, 뭐 수월한 방법을 이렇게 발견한 게 없습니까?

황: 그 거는 뭐 꼬치 따는 게야 뭐 그런 게 없는 거 같애.

조: 그렇죠. 저 영양에 갔더니, 어른들 중에서 뭐 회장님 같은 분들은 아주 쟁쟁하신 분들 있지마는 할머니들, 노인이 이거 허리를 못 편다고. 그래 고만 꼬추골에 이 도르래 단 구루마 같은 거.

황: 나와 있어. 그거는. [조: 앉어가주 밀면서 이래 따 담는다 그러데요.] 여기서도 그 거 사가주고 이래 하는 사람이 있다니깐요. [조: 아. 그래요. 뭐 그 정도 방법 밖에는 없는 같애요. 고추 따는 데는.] 그거 하나, 하나 색깔도 가려야 되지. 보고, 직접 눈으로 보고 따야 되니깐.

조: 농기계로 하는 경우에는 뭐 별 문제없습니까? 벼농사 같은데.

황: 그리(그러니) 농기계가, 우리 동네는 그래도 뭐 이 마을에 부족하면(부족하면) 딴 마을에 빌려가주고 이래하고 뭐 융통이 잘 되는 편이고, 그 항상 그 농사일이라 카는 게 몇 달을 두고 이래 계속 보는 게 아니고, 모내기면 모내기, 또 추수면 추수, 고 단시간에, 몇 일 내로 주다 말려야 되거든. 그러이께네. 날씨가 쫌 뭐하고 하며는 그 뭐 서로 참 일꾼을 못 구해가주고, 뭐 야단 치는 일이 많지요. 경운기 뭐, 뭐, 여 뭐, 뭐, 농기계도 트랙타라든가, 혹은 뭐 콤바인이라든가, 이게 또 차례가 안 돌아가주고 막 어려움이 있고, 그런 거는 많죠. 그래 그것이 뭐, 한 달이고, 보름이고 계속 또 안 되고, 며칠 해야 되면 또 끝났부래니깐. 며칠 묵 해지고, 땅기고 하는 것은 그 사이에 뭐 비라도 몇 분(번) 왔부고 하머는 야단을 치지마는.

농기계 완전히 갖추고 있는 집은 없어요

조: 농기계는 각자 자기가 가지고 있잖아요. 그렇죠? 못 가진 집도 있고, 가진 집도 있고.

황: 농기계를 뭐 완전히 갖추고 있는 집은 없죠. [조: 없죠. 그러면 그 어디서 빌립니까?] 경운기라든가 이런 거는 뭐 거의 자기꺼 자기가 가지고 쓰지마는 뭐. [조: 집집마다 있어도.] 이앙기 뭐, 논 모심기를 하는 기계라든가, 또는 뭐 콤바인 뭐 나락 비는 기계라든가, 혹은 뭐 논골 이을 때 하는 거라든가, 또는 뭐 공사 할 때 뭐 논둑이 무너지면 그거 곤치는(고치는) 거라든가, 이런 기계는 각기 다 갖출 수가 없으니깐. 그건 뭐 아주 돈도 많이 드니깐. 집집마다 다 갖출 수 없어요. 인제 고거 인제 집에 가주 있는 것을 인제 마을에 고루, 고루 인제 세 주고.

조: 세 주고. 그거 빌릴 때 그러면 하루에 빌립니까? 마지기로 합니까? 시간당 합니까?

황: 주로, 주로 마지기로. [조: 마지기로. 한 마지기 해 주면 얼마씩이다. 현금으로 정
해져 있겠네요?] 글치. [조: 아니 뭐 예를 들어 가주 뭐 벼를 준다는 게 아니고,
현금 얼마.] 야. 현금이죠 뭐. 요새 벼는 뭐.

조: 아. 전부 현금입니까? 아. 하. 예를 들어가주고 그런 거를 옛날에 우리하듯이 마을
에 공동으로 이런 기계 시설을 갖춰 놓고, 공동으로 관리하고, 쓸 수 있도록 하면
혹시.

황: 그런 건 없어요. 그런 건 없고, 그래 한다고 하더라도, 이게 기계가 돼가주고, 기계
를 뭐 누구라도 잘 운전이라든가, 혹은 수리라든가, 이런걸 자유롭게 할 수 있는
사람이 그리 뭐 흔하진 않커든요. 각기(각자) 만질 줄 모르니깐. [조: 그러니깐.
그건 가질만한 집에 가졌고, 나눠 쓸 수밖에 없겠네요?] 예.

조: 왜냐며는 그게 더러 낭비 같은, 낭비가 되는 경우도, 집집마다 사실 경운기가 다
있을 필요가 때로는 없을 때도 있단 말이죠. 집집마다 이앙기 있을 필요가, 필요가
없거든요.

황: 필요가 없어. 몇 사람이 어불려(어울려)가주고 그 기계를 사는 수도 있고.

조: 그래서 그거를 정부에서 지원을 해가주고, 공동으로 이 마을은 호수가 얼마고, 경
작지가 얼마고 하니깐, 콤바인 몇 개가 필요할 꺼다. 그래 이렇게 해서 마을에 기
술자 몇 분 정하고, 그래서 공동으로 그 정부에서 지원해서 구입하고, 사용하고 관
리하며는 어, 기계가 쫌 없거나 형편이 안 되는 사람도 편하지 않을까? 혹시나 뭐
그런 생각을 한 번 해 봤어요.

황: 그렇게 생각이 될 수도 있겠죠. 있는데, 이게 농기계라든가 이런 것도 사람 마음이
똑같지가 않아요. 공동운영이라 카먼. [조: 혹 고장나고. 탈나고.] 자기 물건 같이
손질을 안 해서 그런지, 할튼 관리가 잘 안 돼. [조: 관리가 잘 안 되죠. 맞습니
다.] 쉬운 게 없습니다.

조: 쉬운 게 없죠. 뭐 어쨌든 여기 마을에 미래가 있을라며는 젊은이들이 있어야 되거
든요. 그러니깐 젊은이들이 떠나지 않아야 되고, 또 떠났던 젊은이도 차라리 고향
에 사는 것이 더 좋겠다. 와보니. 추석 때도 와보고 하니깐. 이런 말을 듣도록 해
야 이게 시골이 지속이 되거든요.

황: 결국 이 농사라 카는 것도 현재는 소규모로 하는 사람이 많잖아요. 이 차츰, 차츰
이게 대규모로 바뀌져야 되는 것이 사실인데, 우리 농촌에는 사실 그 토지라는 게
한정 돼 있거든요. 한정 돼 있이니, 이 동네 같은 데도 참 자가 생활이 어느 정도
이 농사에 맞게끔 생활 할 수 있게 할라 카먼, 지금 한 30분의 2정도 되지마는 한
10분의 1로 줄어야 되는 게라. [조: 아. 그래요.] 안죽으는 허허 생활비, 생활비
를 일체를 자급자족 해 나갈 수 있는 방법이 없어요. [조: 아. 그래요.] 예를 들어
서 토지를 자꾸 넓힐 수 있는 것은 아니니깐.

조: 그 뭐 그래도 일꾼이 없어가주고 뭐 묵는 토지도 있을텐데요.

황: 요새는 꾸석에3) 묵는 토지도 있지. 있지마는도 개별 가정에 볼 때는. [조: 토지가 더 있어야 된다.] 더 있어야 되지. 젊은 사람들이 일할라면 더 있어야 되지. 그래 정부에서는 지금 뭐 노인들이는 되도록은 젊은이들에게 파든지, 혹은 뭐 대여를 하던지. 이렇게 회전하도록 권장하고 있지마는. [조: 아. 그렇케.] 예. 그런 정책을 쓰고 있는 거 같은데, 몇 뺀 뭐 이게 확실하게 고쳐지지는 안 하지마는 그런 정치가 또 필요성 있으니깐.

농산물 제값만 받도록 해주먼

조사자: 그 저 이장님 생각하시기에 이 촌에 지금 젊은 사람들이 적고, 인구가 자꾸 줄어드는데 젊은 사람들이 안 떠나고, 계속 살만하게, 뭐 이 마을뿐만 아니라 이 농촌에서 뭐 그런 어 정책이라든가, 뭐 대안이라든가, 뭐 정부에서 이런 정책을 해주며는 농촌이 쫌 살만하다, 안 떠나겠다. 그런 거 뭐 있습니까?

황상모4): 안 떠날라면 우리 농민들이 뭐 여게 집회하고, 뭐 농가부채 탕감해달라 이거는 실지 자기가 써 놓고, 부채 탕감 해 달라 카먼 그거는 정당한 일은, 얘기는 아니라고 보거든요. 보는데, 농산물 값을 제값만 받도록 해주먼 아, 뭐 빚 탕감해 달라 할 필요도 없거든요.

　꼬추 한 근에 예를 들어서 5,000원 이상, 벌써 70년대 5, 6,000원 갔는데, 지금 작년에 정해가주고 3,100원 받았거든요. 3,100원 받으면 농비 주는 게 거의 3,000원 가까이, 2,500원 거의 3,000원 가까이 드갔부고, 일년 내도록 땀 흘려가주고 어데(어디) 품값 받을때도 없고, 아무꺼도(아무것도) 나오는 게(것이) 없기 때문에 농촌에 살 사람이 없는 게래. 농사 져(지어)가주고, 저도 한 수 십 년 한 사, 50년 농사 졌지마는, 농사 져가주고 아주 옛날에 식량이 없을 때는 됐지마는 지금은 이래, 이래 가주고는 농촌에 젊은 사람이 살 사람들 아무도 없어요.

황중구5): 뭐 쪼매 올라가먼 고마 중국서 가져 오제 뭐. 쌀도 우선 당장 뭐 쪼금 생산이 더 되니, 적게 되니 카지마는 쌀도 하마 2%가 모재랜다 카미(모자란다하며).

황상모: 그 그거는 인제 원상시겠는 거 같은데, 국회에서 이게 정부안을 2% 니라(내려)가주고 그랬는데, 국회에서 요 앞에 다시 원상 올렸어. 실지 여 식당 겉은데 가 가주고, 밥하고 고기하고 그거 먹으면, 몇이 먹으면 몇 10만원 아이껴. 실지 우리가 식사하며는 밥 한 그륵에(그릇에) 식당에 가면 밥 한 그륵에 1,000원 받잖니

---

3) 마을하고 멀리 떨어진 골짜기와 같은 구석에 묵히는 논이 많은 게 전국적으로 지금 농촌의 현실이다. 이러한 현실을 이야기한 것이다.
4) 황상모, 남, 58세, 이장.
5) 황중구, 남, 76세. 전 동장 및 전 노인회장을 맡음.

껴. 밥, 밥만 말씨더. 딴 거 생략하고요, 밥만 1,000원인데, 우리 집에서 밥 해 먹으면, 밥 한 그륵에 300원도 안 한데. 그런데 거 뭐 이보다 식량이 더 헐할(쌀) 수는 없는 게래.

근데 쌀 한가마이 16만원, 17만원 받아가주고, 그 농비 지금 뭐 심을때부터, 지금은 다 뭐 기계로 하잖니껴. 실지 기계, 기계 있는 사람이야 쫌 괜찮지마는 기계 없는 사람들은 전부 심는 거, 뭐 여 농약치는 거, 못자리 또 나중에 탈곡할 적에 거 콤바인 다 줬부면 없어요. 남는 게 없어요. 남은 게 없으니깐. 누가 농사 질(지을) 사람이 누가 있나. 여 젊은 사람들 지금 여 뭐 우리 동네도 젊은 사람들 사십대가 젤 나가(나이가) 적은데, 이 사람들 끝났부며는 농사 질 사람이 아무도 없어요. 저 겉어도(같아도) 뭐 자식들 누가 이런데 농사 지엘(짓게 할) 사람 누가 있니껴. 아무도 없지요. 실지적으로 여 공무원들이나 직장인들은 한 달에 월급 많이 받는 사람은 300만원씩 다 받는데, 300만원 받어가 쌀 사 놓으면 몇 년은 안 먹으니껴.

황중구: 그, 그 농촌이 될 일이 아닌데, 그 일년 농사 지가주고 300만원 적자나는데.

황상모: 작년에요. 저 어른 꼬치 해가주고요. 다 해가주고요. 640만원 올려가 거 농비마(농비만) 한 300만원 가까이 들었부고, 둘이 논 여 땅 만져가 살았는데요. 거 뭐하니껴? 한 달 월급도 안 되는걸. 농촌은 안 돼.

황중구: 농촌은 인제 기대할 수는 없고. 근데 어쨌든(어쨌든) 교수님 이야기는 앞으로 지금 한국이 문제점이 있어요. 문제점이 있는데, 현 이 조시로(상태로) 나가면 농사 지을 사람이 없습니다. 농사지을 사람이 없는 게, 이제 맹 이장이 말씀하신 한가지로. 지금 우리 동네도 40대, 50대 사람들이 끝에 참 어렵게 살고, 교육도 옳게 몬 받고 이래가주고, 농사 달랬는 게가 지금 농사짓고 있제. 그때도 담은 중고등핵교라고 나왔는 사람들은 전부 취직하러 다 나가버리고, 지금 좋은 자리 있고 뭐. 마커 시내에 집 한 채도 갖고 있고 다 안 벌었습니까? [조: 네.] 야. 이런데 지금 여기 있는 사람들도 지금 농사짓는 사람들도 어예든(어떡하든지) 아랫대 아들 농사 안 지엘라고 애 쓰거든요. 아랫대 아─들 어에든가, 내가 어떤 져서 애를 먹어도 내해(내 것) 가주고(가지고) 어떤 교육을 씨게가주고 아랫대 아들 농사를 안 지켈라고(짓게 할려고) 애 씨고 있으이 근데. 근데 앞으로 인제 우리나라 실정이 난처해요.

황상모: 농가부채도요. 지금 농사짓는 사람들이 몇 1,000만원에서 1억 이상꺼지 거의, 거의 다 있습니다. 부채없는 집이 몇 집뿐이지. 거의 다 있습니다. 그리 인제 농작물 값이 제 값을 못 받으니깐. 부채 탕감 씨게라. 정부 시책이 잘못됐으니깐. 탕감해 달라 얘기죠.

황중구: 지금 여 이 바(방) 여 계시는 분들이, 옛날에 맹 마커 농사짓던 분이시거든요. 그래 나이 많으이 노동력이 없어지니깐. 농사를 안 짓는 기라. 마커 남 줘 놓코 있는 기래. 남 줘 놓코 있는데, 이 이게 어느 시기에 가 전멸되고 없어졌부는 게래요.

계골짝에는 짐승 때문에 농사 안 돼

황상모: 지금은 또 계골짝에는 짐승 때문에 농사가 안 돼요. 지금 일두 져 아래 가면,
　　　일두 그 지금 수무(스무)집이 있는데, 그 수무 집이 농사짓는데, 작은 동네 한 동
　　　네 농사짓는 거 보다 많이 짓는데 농사를. 그 안에 가면 큰 유지가 하나 못이 있는
　　　데, 그 못 밑으로 그밖에 동네, 동네 쪼끔 안에부터 그 안으로 올게(올해) 저 쌀
　　　생산 더는 인제 다 했버랬거든.
　　　　왜 안 돼냐 하면 돼지가 와가주고, 벼로 인제, 돼지는 암놈, 숫놈하고, 새끼하고
　　　바리는(마리는) 거의 열 바립니다. 열 바리가 다니면, 큰어미 돼지가 새끼를 인제
　　　벼가 인제 익을 때 이 어미돼지가 새끼를 못 챙겨가주고 큰 돼지가 막 굴러, 굴러
　　　요. 이 밑으로 굴르면 새끼가 벼가 눕잖니껴. 먹으면 새끼들이 고마 열바리썩 돼서
　　　그 다 훑어먹었부면 없어요. 애써가주고 농사지어 놓으면 하나도 없어. 지금쯤 어
　　　느 마을 할거 없이 짐승 땜에 큰일이예요. [조: 아. 하. 짐승도 큰 문제구나.] 이 여
　　　뭐 짐승 뭐 잡으면 벌금하고 물고 그러는데, 앞으론 이 짐승 때문에 계골짝에 농사
　　　못 져요. 노루, 꿩, 뭐 많이 있잖아요. 돼지, 삐들기(비둘기), 삐들기는 지금 저 깨꺼
　　　지 다 파먹어요. 옛날에는.
황중구: 오시이, 너구리가 지금 여 들에 논둑, 밭둑 가에 강냉이를 심어놓으면 강냉이
　　　거 뭐 쫌 여물만 하면 다 까먹고 내팽게 치고.
황상모: 소태골 저게 동원각 그 논 안 있니껴. 작년에 상의 아들이 안 붙혔니껴. 그 도
　　　로 옆에도 상시(항상) 많이 다니고 그래요. 돼지가 논둑을 싹 다 비래서 논둑이 없
　　　어요. 일두 여게 저, 저 해진이네 집 옆에 있잖아요, 우리 아지매 거 논 거 붙이는
　　　데 작년에, 저 작년에 돼지가 내려와 나락 다 밟았어. 지금 도로 옆에나 어딘가 할
　　　수 없이 온데 다 온다고.
황중구: 여 뒤에 여게도. 와. 학교 뒤에 거게 뭐 내가 듣기에 거 뭐 고구마 숨어 놓은
　　　거다.
황상모: 고구만 안 돼요. 고구마는 거 인제 여 계골에, 고저어골 계골에 한 해 심었거
　　　든요. 딴 건 꼬치하고 고구마 몇 근 심었는데, 고구마는 다 뭉겠부리고요. 그 다음
　　　에는 또 꼬치(고추)를 거 심었거든요. 꼬치 심었는데, 고, 고구마 심었는 고랑 작
　　　년에 디벴는 디베다 고랑, 3년간 짝 거 다 디벴거든. 거기를. 거기 뭐 냄새가 나는
　　　모양이라.

<임 재 해>

● 줄당기기와 길쌈이 유명한 청운마을

● 초판 인쇄 | 2004년 4월 20일
● 초판 발행 | 2004년 4월 25일
● 지 은 이 | 배영동 외
● 엮 은 이 | 안동대학교 민속학연구소
● 펴 낸 이 | 채종준
● 펴 낸 곳 | 한국학술정보(주)
　　　　　　경기도 파주시 교하읍 문발리 파주출판문화정보산업단지 538-2
　　　　　　전화 031) 908-3181(대표) · 팩스 031) 908-3189
　　　　　　홈페이지 http://www.kstudy.com
　　　　　　e-mail (e-Book 사업부) ebook@kstudy.com
● 등 　 록 | 제일산-115호(2000. 6. 19)
● 가 　 격 | 35,000원

ISBN　　89-534-1758-9　93810　(Paper Book)
　　　　　89-534-1759-7　98810　(e-Book)